Doderer (Hrsg.)

# Jugendliteratur zwischen Trümmern und Wohlstand

# Jugendliteratur zwischen Trümmern und Wohlstand 1945–1960

Herausgegeben und eingeleitet
von Klaus Doderer

Erarbeitet von Martin Hussong, Petra Jäschke
und Winfred Kaminski
unter Mitwirkung von Hildegard Schindler-Frankerl
und anderen

Mit 175 Abbildungen

Beltz Verlag
Weinheim und Basel

Über den Herausgeber:

Klaus Doderer, Jg. 1925, Dr. phil., Professor für Germanistik
und Jugendliteraturforschung an der
Johann Wolfgang Goethe-Universität Frankfurt am Main
und Direktor des dortigen Instituts für Jugendbuchforschung

Eine Veröffentlichung des Instituts für Jugendbuchforschung
der Johann Wolfgang Goethe-Universität Frankfurt am Main

Die Deutsche Bibliothek – CIP-Einheitsaufnahme

*Jugendliteratur zwischen Trümmern und Wohlstand 1945–1960:*
[eine Veröffentlichung des Instituts für Jugendbuchforschung
der Johann-Wolfgang-Goethe-Universität, Frankfurt am Main]/
hrsg. und eingel. von Klaus Doderer. Erarb. von Martin Hussong ...
unter Mitw. von Hildegard Schindler-Frankerl u. a.
– Weinheim ; Basel : Beltz, 1993
ISBN 3-407-83131-5
NE: Doderer, Klaus [Hrsg.]; Hussong, Martin;
Institut für Jugendbuchforschung <Frankfurt, Main>





Lektorat: Peter E. Kalb


(Der Band erschien 1988 unter der ISBN 3 407 56515 1)
Satz: Satz- und Reprotechnik GmbH, Hemsbach
Druck: Druckhaus Beltz, Hemsbach
Buchbinder: Osswald & Co., Neustadt/Weinstr.
Umschlaggestaltung: Zembsch' Werkstatt, München
Printed in Germany

ISBN 3 407 **83131** 5

# Inhaltsverzeichnis

# Vorwort des Herausgebers

Nach mehrjährigen Untersuchungen der Arbeitsgruppe „Kinder- und Jugendliteratur nach 1945“ im Institut für Jugendbuchforschung der Johann Wolfgang Goethe-Universität in Frankfurt am Main legen wir hiermit die Ergebnisse vor. Die Lektüre von unzähligen Büchern und Dokumenten und viele Gespräche mit „Augenzeugen“, mit Beteiligten an der Entwicklung der Kinder- und Jugendliteratur im Zeitraum von 1945 bis etwa 1960 ließen allmählich ein Bild der jugendliterarischen Landschaft und ihres materiellen und ideologischen Unterbaus entstehen, das in vielen Teilen nicht mit dem übereinstimmen dürfte, was man gemeinhin annimmt, nämlich daß gleich nach Kriegsende eine neue, eine freie, eine moderne und weltliterarisch offene Kinderliteratur entstanden sei. Die Verhältnisse sind komplizierter. Die Ereignisse und Probleme, ob sie nun die kurze, aber dennoch mehrphasige Entwicklung oder aber die kulturpolitischen, pädagogischen und ökonomischen Bedingungen betreffen, sind in den einzelnen Abschnitten dargestellt. So ist insgesamt ein umfangreiches Werk entstanden, das verschiedene Lesarten zuläßt. Es kann nämlich einerseits zur Hand genommen werden als Zeugnis einer zwar schon vergangenen, aber dennoch höchst wirkungsvollen und in ihren besten literarischen Ergebnissen immer noch sehr lebendigen Epoche, denke man nur daran, daß in ihr viele Kinder- und Jugendbücher entstanden und bekannt geworden sind, die noch heute von jüngeren und älteren Erwachsenen, aber ebenso von Kindern gelesen und geliebt werden: Die Liste reicht von „Pippi Langstrumpf“ bis „Jim Knopf und Lukas der Lokomotivführer“, vom Bilderbuch „Der glückliche Löwe“ bis zu dem vom „Schellenursli“, vom „Doppelten Lottchen“ Erich Kästners über „Die kleine Hexe“ Otfried Preußlers bis zum „Leuchtturm auf den Hummerklippen“ von James Krüss.

Es geht aber nicht nur um den Aufweis von Zeugnissen in Wort und Abbildung, um das, was gewesen ist, es geht in einer zweiten Lesart auch um die Antwort auf die Frage, warum dies so war, warum die Kinder- und Jugendliteratur der Zeit nach dem Zweiten Weltkrieg diesen Verlauf genommen hat. So haben wir versucht, möglichst viele Quellen heranzuziehen, nicht nur die Werke der Kinder- und Jugendliteratur selbst, die zwischen 1945 und 1960 erschienen sind und Verbreitung gefunden haben, sondern auch die, die insgesamt das Bedingungsgefüge dieser Literatursparte markieren können, ob sie nun die materiellen Voraussetzungen (z.B. die Papierzuteilung direkt nach dem Kriegsende, die Lizenzvergaben durch die Besatzungsmächte vor der

Währungsreform, die Förderungsmaßnahmen der jungen Bundesrepublik Deutschland usw.) oder die ideellen Hintergründe (z. B. die der weitgespannten Schmutz- und Schundkampagne, die der nur zögernden Auseinandersetzung mit der jüngsten, der nationalsozialistischen Vergangenheit usw.) betreffen.

Für die Erarbeiter, Petra Jäschke, M. A., Dr. phil. Winfred Kaminski, Dr. phil. Martin Hussong, die anderen Mitarbeiter und den Herausgeber war es von Beginn an ein festes Ziel, sowohl die ideellen als auch die materiellen Bedingungen der Kinder- und Jugendliteratur freizulegen, weil nach unserer Meinung beide ein Wechselverhältnis eingehen, ohne das Literaturgeschichte im allgemeinen, schon gar nicht die der Kinder- und Jugendliteratur, verstanden werden kann.

Diese Studie mag der Ergänzung bedürfen, die in ihr zum Ausdruck gekommenen Einschätzungen des Geschehens mögen vielleicht auch nicht von allen Lesern uneingeschränkt geteilt werden. Wir haben unsere Aufgabe darin gesehen, in eine Zeit, die direkt auf den schrecklichsten Abschnitt deutscher Geschichte folgte, hineinzuleuchten. Noch ist die Verwobenheit in die Trümmerwelt, die die nationalsozialistische Herrschaft hinterließ, im Gedächtnis der Lebenden, der Überlebenden, der Opfer wie der Mitläufer und der schuldigen Rehabilitierten spürbar. Wie sich und wann sich im deutschsprachigen Raum nach 1945 – auch Vergleiche mit den Verhältnissen in der Deutschen Demokratischen Republik, in Österreich und der Schweiz wurden angestellt – aus der Last der jüngsten Geschichte eine literarische Modellandschaft für die Jugend, für die erste Generation ohne Pimpfenkluft und Braunhemd, heraushob, dies offenzulegen ist Ziel der Untersuchung gewesen.

Noch niemals vorher dürfte ein so kurzer Zeitraum der Geschichte der deutschen Kinder- und Jugendliteratur so intensiv und sorgfältig angegangen worden sein.

Auf dem Wege der Erarbeitung seit 1983 gab es Gelegenheit, Dokumente, welche den Weg der Kinder- und Jugendliteratur nach dem Zweiten Weltkrieg kennzeichnen, in einer vielbeachteten Treppenhausausstellung unter dem Titel „Trümmerliteratur für die Kinderstube? – Von Aufbau und Erbauung in der Kinder- und Jugendliteratur nach 1945“ im Institut für Jugendbuchforschung (September 1985 bis Sommer 1986) vorweg zu zeigen. Ein Symposium mit „Gewährsleuten“ und Experten fand im Oktober 1985 statt. Auch ein Beratergremium hat dem Projekt bei seiner Konstituierung und zum Teil auch im Laufe der Erarbeitung geholfen. Ihm gehörten die Frankfurter Professoren Egon Becker, Iring Fetscher und Volker Nitschke an.

Es gilt hier, außer den schon Genannten noch vielen für das Zustandekommen des Projekts und dieses Werkes zu danken. Im engeren Bereich der Arbeitsgruppe waren beratend tätig Dr. phil. Helmut Müller und Hildegard Schindler-Frankerl. Letztere hat mit großem Verantwortungsbewußtsein die bibliographischen Angaben geprüft und zusammengestellt. Unersetzlich für das Zustandekommen des Zeitbildes dürften die Auskünfte sein, welche die vielen am Ende dieses Buches einzeln aufgeführten fachkundigen Zeitzeugen in der Bundesrepublik Deutschland, der Deutschen Demokratischen Republik, in Österreich und der Schweiz in den vergangenen drei Jahren gegeben haben.

Das Projekt hätte aber nicht verwirklicht werden können, wenn nicht die „Stiftung Volkswagenwerk" Mittel zur Verfügung gestellt hätte. Wir sind dankbar, daß diese uns aus dem weiterreichenden Schwerpunkt „Deutschland nach 1945" zugeflossen sind.

Oktober 1987 *Klaus Doderer*

KLAUS DODERER

# Über Zielsetzungen, Methoden und Ergebnisse

# Über die Ziele der Untersuchung

Nicht nur für die politische Geschichte der Deutschen, auch für die ihrer Kultur und ihrer Erziehungsauffassungen hat das Jahr 1945, in dem die nationalsozialistische Herrschaft in den Trümmern des Zweiten Weltkrieges zu Ende ging, den Charakter eines entscheidenden Einschnittes. Nach der Kapitulation im Mai 1945 hatten sowohl die von der braunen Hitler-Diktatur angezettelte Menschenvernichtung, als auch die Gültigkeit der Einteilung in Herrenrasse und zu unterwerfende bzw. auszurottende Minderrassen und die Zerstörungen von Werten, materieller und moralischer Art, in den Schlachten, die seit 1939 in Europa und in Übersee geschlagen wurden, aufgehört. Ein neues Kapitel begann mit dem Leben in den Ruinen, in den Besatzungszonen, mit Flüchtlingsströmen und ganz knappen Lebensbedingungen der noch einmal Davongekommenen. Gewiß, die Waffen schwiegen. Aber wie neu war das Leben wirklich, das in den ersten Jahren nach dem Zweiten Weltkrieg, vor und nach der Währungsreform und dann in den fünfziger Jahren in den deutschen Gebieten von Schleswig-Holstein bis nach Bayern, von Berlin bis nach Aachen, von der norddeutschen Tiefebene bis an den Alpenrand entstand? Wie radikal war die Zäsur? Diese Frage läßt sich in den nun folgenden Ausführungen global nicht beantworten. Jedoch ist beabsichtigt, ein kleines Teilgebiet des in den ersten anderthalb Jahrzehnten nach 1945 entwickelten geistigen Lebens, nämlich das der Kinder- und Jugendliteratur, unter die Lupe zu nehmen. Es mag auf Anhieb vielleicht nicht sofort einleuchten, daß sich aus Kinderbüchern und Jugendbüchern die seinerzeit gehegten Ansichten über die deutsche Geschichte, über die Einstellung zur Gegenwart und jüngsten Vergangenheit, ja auch zu einer eigenen Zukunft ablesen lassen, daß gerade sie Symptome des Zeitgeistes enthielten, ja anschauliche Modelle des Alltagsdenkens darstellen. Bei einigem Nachdenken jedoch dürfte einleuchten, daß in diesem kleinen Feld ganz wichtige Fluchtlinien künstlerischer, kulturpolitischer und pädagogischer Auffassungen zusammenlaufen, so daß manchmal schon aus einzelnen Bilderbüchern, ganz gewiß jedoch aus dem Zustand der Gattungen, etwa dem des Mädchen- oder des Abenteuerbuches, viel über den damaligen „Geist der Zeit“ abzulesen ist.

Ein Stück Literatur-, Erziehungs- und Kulturgeschichte gilt es hier aufzuarbeiten, das bisher nicht ausreichend erhellt worden ist, obwohl doch die in den ersten Jahren nach 1945 entwickelten Konzepte und Formen des „Jugendschrifttums" – wie man seinerzeit gerne sagte – samt der dazugehörigen kinderliterarischen und literaturerzieherischen Einrichtungen entscheidende normgebende Bedeutung, zum Teil bis in unsere Tage haben, weil die heutige mittlere Generation der Vierzig- und Fünfzigjährigen – die Junglesergeneration von 1945 bis 1960 – von den damaligen Auffassungen und kulturellen Mustern stark geprägt worden sein dürfte.

Insofern hat die Arbeitsgruppe des Projekts „Kinder- und Jugendliteratur nach 1945" von Anbeginn an einen Komplex von Grundfragen verfolgt, die zu beantworten den Beteiligten wichtig schienen, um neben der deskriptiven Darstellung des tatsächlich Geschehenen das Ziel, nämlich die Aufhellung der geistigen Strömungen jener Jahre und deren Hintergründe, nicht aus dem Auge zu verlieren. Dazu gehörten u. a. die folgenden:

1. Wie sahen die literarischen und ideologischen Konzepte bedeutender Schriftsteller, die in der Nachkriegszeit für Kinder und Jugendliche schrieben, aus?
2. Welche Rolle spielte die Kinder- und Jugendliteratur im Rahmen des gesamten Literaturbetriebes? Nahmen von 1945 bis 1960 Jugendliteratur und die Literatur für Erwachsene eine vergleichbare Entwicklung?
3. Gab es in jenen Jahren eine gemeinsame deutschsprachige Kinder- und Jugendliteratur, oder gab es mehrere, womöglich vier – nämlich in der Bundesrepublik Deutschland, in Österreich, in der Schweiz und in der Deutschen Demokratischen Republik – verschiedene „Nationalliteraturen"?
4. Hat sich nach 1945 in der hier interessierenden Literatursparte eine kontinuierliche Entwicklung vollzogen oder muß man einzelne Phasen unterscheiden? Wenn es sie gibt, wodurch sind sie bedingt?
5. Welche gesellschaftlichen Gruppen, auch welche Institutionen, seien sie vom Staat, von den Konfessionsgemeinschaften, von politischen Parteien oder anderen Interessenten eingerichtet, haben die Kinder- und Jugendliteratur zwischen 1945 und 1960 zu beeinflussen gesucht, sie unterstützt und mitgetragen?
6. Welche Ideen der literarischen Jugendbildung liefen seinerzeit um, welche Ziele wurden diskutiert, auf wen stützte sich die damalige Theorie der Kinder- und Jugendliteratur?

Wer sich mit einem Zeitraum von fünfzehn Jahren beschäftigt und wissen will, was geschah und warum diese oder jene Entwicklung oder dieses oder jenes Ereignis eintraten, der kann nicht umhin, nach den Wurzeln des Geschehens zu suchen. Dieses aber heißt im hier vorliegenden Fall, die Ursachen auch in der Zeit des Dritten Reichs, ja auch gelegentlich noch weiter zurück bis in der der Weimarer Republik zu suchen. Die schnellfertige, lange die öffentliche Meinung bestimmende Formel, es habe nach 1945 einen Neuanfang in der „Stunde Null" gegeben, das gerade Vergangene habe zu existieren aufgehört, sei der Vergessenheit anheimgegeben, läßt sich nämlich wohl besonders schlecht für die Sparte der Kinder- und Jugendliteratur aufrechterhalten.

Der Zeitpunkt, jetzt aus der Distanz der achtziger Jahre die Kinder- und Jugendliteratur nach 1945 genauer zu untersuchen, ist nicht willkürlich gewählt worden. Er hat zu tun mit dem in den letzten Jahren wachsenden Interesse an der Geschichte und Vorgeschichte der Bundesrepublik Deutschland. Der Zeitpunkt offeriert spezielle Perspektiven, denn nicht allein, daß die – wie vorhin erwähnt – damals jugendlichen Leser die jetzigen Väter und Mütter, ja schon die Großmütter und Großväter sind, die heute ihre Kinder und Enkel noch immer mit Kinderbüchern der damaligen Zeit versorgen und erreichen, daß die Titel von damals durchaus noch stark im Bewußtsein vieler sind, sondern darüber hinaus ist es jetzt auch noch möglich, von der Generation derjenigen, welche nach dem Kriege als Verleger, Autoren, Bibliothekare, Pädagogen am Ausbau des „Kinder- und Jugendbuchwesens" mitgearbeitet haben, mündliche Auskunft einzuholen und zu erfahren, wie es aus ihrer Sicht seinerzeit mit „Wiederaufbau" und „Vergangenheitsbewältigung" gewesen ist. Wir haben noch Augenzeugen befragen können.

Das Institut für Jugendbuchforschung hatte schon vor zwanzig Jahren eine Dokumentation über die jugendliterarischen Verhältnisse während der Zeit des Nationalsozialismus (Peter Aley, Jugendliteratur im Dritten Reich, 1967) herausgegeben. Sie ist die erste wissenschaftliche Recherche zu diesem Literaturgebiet über den genannten Zeitraum gewesen, übrigens auch die erste umfangreichere Untersuchung aus dem 1963 gegründeten Institut für Jugendbuchforschung. Thematisch und chronologisch schließt der vorliegende Band zwar an den genannten an, nicht aber in Struktur und Methode. Inzwischen sind die Quellen und Kenntnisse über die Kinder- und Jugendliteratur sowohl der Nazizeit wie auch der Epoche direkt danach vermehrt worden und der zeitliche Abstand hat sich vergrößert. Das Interesse an dem Geschehen der dreißiger, vierziger und fünfziger Jahre hat im öffentlichen Bewußtsein erfreulicherweise zugenommen. Die „Historikerdebatte" von 1986 belegt dies ebenso wie das Anschwellen der Memoirenliteratur und die schriftstellerische Auseinandersetzung mit den Taten und dem Schicksal der Väter – zum Beispiel bei Peter Härtling und Christoph Meckel – in den letzten Jahren. Krieg und Nachkrieg sind dabei der besondere historische Hintergrund. Ist die sogenannte „Stunde Null" in der deutschen Geschichte der Pflock, an dem die Gegenwart verankert ist? Zu dem, was damals geschah, inwieweit die gegebenen Chancen genützt wurden, muß heute Stellung genommen werden. So ist es der Stiftung Volkswagenwerk zu danken, daß sie ein Sonderförderungsprogramm „Deutschland nach 1945 – Entstehung und Entwicklung der Bundesrepublik Deutschland und der Deutschen Demokratischen Republik" seit Jahren unterhält, aus dem auch die Erarbeitung der hier vorgelegten Studie gefördert worden ist.

## Über die Vorgehensweisen

Der Vielschichtigkeit des Gegenstands entsprechend mußten verschiedene Methoden der Erkenntnisgewinnung entwickelt und Arbeitsteilungen organisiert werden. Um den Zustand und die Entwicklung der Kinder- und Jugendliteratur in den vierziger und fünfziger Jahren und der sie bedingenden materiellen und intellektuellen Faktoren im nachhinein und auf dem Hintergrund ihrer Bezüge zu begreifen, waren zunächst drei Aufgaben zu bewältigen:

1. Ein intensives Quellenstudium der Primärtexte, also der Bilder-, Kinder- und Jugendbücher, die zwischen Kriegsende und dem siebenten Jahrzehnt unseres Jahrhunderts ediert wurden, ebenso ein solches der theoretischen Schriften.
2. Ein mühevolles Recherchieren in Archiven, um die Daten und Fakten – zum Beispiel die Verlagslizensierungen in der Besatzungszeit, die Gründungsgeschichten von Institutionen, Ereignisse des Schmutz- und Schundkampfes etc. – des sogenannten „Jugendbuchwesens" zu eruieren.
3. Das Einholen von Erfahrungen der an der Kinder- und Jugendliteratur beteiligten Zeitgenossen in längeren Expertengesprächen.

Die Studien in allen drei Bereichen wurden begünstigt durch die Möglichkeit, die das Institut für Jugendbuchforschung bieten konnte: die Bibliothek mit ihrem großen Buchbestand an Primär- und Sekundärliteratur, auch aus der hier interessierenden Epoche, und das Archiv, ebenso ausgestattet mit Dokumenten aus diesem Zeitraum, sowie die zum Teil schon lange Zeit bestehenden Beziehungen zu Spezialisten und Fachinstitutionen in der Bundesrepublik, in der Deutschen Demokratischen Republik, in Österreich und der Schweiz. Allerdings reichten die Quellen im Institut bei weitem nicht aus. Wir sind deshalb allen an anderer Stelle genannten Auskunftgebern, allen Archiven, Verlagen und Bibliotheken für die gewährte Unterstützung sehr dankbar.

Die Untersuchung hat letztlich, sieht man von der Aufarbeitung des Bereichs der „Jugendzeitschriften" durch Martin Hussong einmal ab, zwei große Gebiete zu analysieren übernommen: das der „Kinder- und Jugendliteratur in der Zeit von 1945 bis 1960" selber, dessen Bearbeitung vor allem in den Händen von Winfred Kaminski, und das der „Produktionsbedingungen und gesellschaftlichen Einschätzungen der Kinder- und Jugendliteratur", das zu erschließen vor allem in den Händen von Petra Jaeschke lag.

Die Arbeit der Gruppe war so konzipiert, daß durch einen ständigen Erfahrungs- und Erkenntnisaustausch – in und außerhalb regelmäßiger Projektbesprechungen und mehrerer Kolloquien – Revisionen von Einschätzungen bestimmter Ereignisse, Austausch von Beispielen, Akzentverschiebungen bei der Bewertung von Teilergebnissen möglich waren. Es dauerte zum Beispiel recht lange, bis das Drei-Phasen-Modell (1. Phase: 1945 bis zur Währungsreform; 2. Phase: 1948 bis Mitte der fünfziger Jahre; 3. Phase: 1955–1960) als chronologisches Fundament für alle Teile akzeptiert werden konnte. Auch die Gewichtung der als typisch herausgehobenen Werke und Ereignisse entwickelte sich erst langsam in der Diskussion. Nicht immer haben sich einhellige Beurteilungen in Einzelfragen ergeben können; jedoch haben der Austausch in den Diskussionen und die Zwischenberichterstattungen zu einem letztlich von allen Mitgliedern der Arbeitsgruppe getragenen Gesamtkonzept geführt, das wesentlich zur jetzigen Strukturierung des vorliegenden Werkes beigetragen hat.

Zu den erwähnten drei Aufgaben – dem Quellenstudium der Literatur, dem des Archivmaterials und den Expertengesprächen – sei folgendes vermerkt:

Ein Stück Literaturgeschichte schreiben, und sei die Aufgabe auch so eng umgrenzt wie hier, wo nur fünfzehn Jahre und nur der Teil der Textwelt, der für Kinder und Jugendliche produziert, bereitgestellt oder von der Jugend adaptiert wurde, zu beobachten waren, heißt immer eine Auswahl treffen, sowohl was die Beispiele als auch die Gesichtspunkte der Darstellung betrifft. Insofern läßt sich bei dem selbstverständlichen Wunsch, eine möglichst weitreichende Repräsentativität zu erreichen, eine gewisse Subjektivität nicht vermeiden, ja sie ist sinnvoll und weist auf das Moment hin, was innerhalb der Literaturtheorie gelegentlich unter „Parteilichkeit" verstanden wird. Die in unserem Zusammenhang angestrebte Parteilichkeit liegt, kurz gesagt, im Interesse des Aufweisens, wieweit in Texten der Kinder- und Jugendliteratur der Zeit nach dem Zweiten Weltkrieg das Bewußtsein der jungen Leser in einer demokratischen, die Entfaltung der freien Persönlichkeit und deren gesellschaftliche Verantwortung fördernden Weise erweckt oder gestärkt wird. Es ist deutlich, daß im Vordergrund dieser Art von Geschichtsschreibung der Kinder- und Jugendliteratur nicht etwa die Formengeschichte, nicht die deskriptive, biographisch orientierte Dichtungsgeschichte, auch nicht die aus der Perspektive des Lesers, also die Rezipienten- und auch nicht die Rezeptionsgeschichte, stehen. Wenn demnach Bilderbücher oder Abenteuererzählungen, Sachbücher oder Mädchenromane, Phantastische Erzählungen oder Märchen der Zeit zwischen Kriegsende und sattem Wirtschaftswunder interpretiert werden, dann dürfte vor allem ihr Ideengehalt, der in der erzählten Geschichte steckt, von Interesse sein. Den Ideologiekritiker beschäftigt vor allem die Botschaft (message) eines Textes, wobei er sich allerdings bewußt sein sollte, daß die Form der Vermittlung, also die Struktur und Sprache, einen entscheidenden Anteil am Transport der Intentionen und der Ausstrahlung hat. Insofern ist im folgenden selbstverständlich der Blick immer auch auf Sprache, Stil, Form und Struktur der Kinder- und Jugendliteratur der Nachkriegszeit gerichtet. Allerdings haben es die Akzentsetzungen des Gesamtprojekts, aber auch die persönliche Einstellung der Mitarbeiter mit sich gebracht, daß manche Bilder-, Kinder- und Jugendbücher von damals, die vielleicht von einigen Lesern dieser Studie erinnert werden, nur eine kurze Erwähnung finden bzw. nicht genannt werden, während dafür andere Beispiele ausführlich behandelt werden. Leider müssen diejenigen, die mit Gedichten ihre Jugend literarisch durchlebt haben, die Betrachtung der Kinderlyrik vermissen. Auch das Kindertheater, auch der Kinderfilm der damaligen Epoche, einer Zeit weithin noch ohne Fernsehen übrigens, sind nicht thematisiert worden. Noch einmal: Ein Stück Literaturgeschichte schreiben, heißt eine kleine Auswahl, eine parteiliche auch, treffen. Diese allerdings dürfte in den folgenden Kapiteln beweiskräftiges Material liefern, mit Hilfe dessen der Weg der Kinder- und Jugendliteratur nach 1945 und die in diesem ästhetischen Komplex, dieser Bibliothek der damaligen Jugend, angebotenen Botschaften beispielhaft zu erkennen sind.

Das Quellenstudium des Archivmaterials vollzog sich in Frankfurt, Berlin (DDR), Wien, Zürich und an anderen Orten. Es führte ganz allmählich dazu, die Geschichte von Jugendliteraturverlagen, von Vereinigungen, von Tagungen und Förderungsmaßnahmen herauszuschälen und nachzuzeichnen. Erst nach und nach wurde hinter den einzelnen Daten und Fakten die Vernetzung der Ereignisse sichtbar, ließen sich zum Beispiel das Aufkommen und die Entwicklung der Comics mühelos mit den Stationen der Schmutz- und Schundkampagne verbinden, stellten sich Zusammenhänge zwischen Verlagsgeschichten und Besatzungspolitik her, wurden die Auswirkungen der Währungsreform auf die Kinder- und Jugendliteratur in vollem Umfang erhellt.

Es ist bisher nicht üblich gewesen, Jugendliteraturgeschichte zu schreiben, indem auch die materiellen, die politischen und die kulturgeschichtlichen Bedingungen untersucht werden. Zu den Anschauungen, welche diesem Werk zugrunde liegen, gehört allerdings diese: Literatur, so auch Kinder- und Jugendliteratur, ja wahrscheinlich sie in besonderem Maße, wird nicht voraussetzungslos geschaffen, entsteht unter bestimmten Bedingungen der jeweiligen Zeit. Wer demnach die Produktionsverhältnisse im Urteilen über Texte außer acht läßt, bekommt Literatur nicht in ihrer historischen Tragweite, aber auch nicht in ihrem Bedingungsrahmen zu Gesicht. Und um diese Erkenntnis der Zusammenhänge geht es hier.

Auch die Befragung der Gewährsleute gehört, wie erwähnt, zu den dankbar genutzten Quellen, und zwar ergebnisreich für beide Teile der Untersuchung, den jugendliteraturgeschichtlichen und den, der das Bedingungsgefüge und das jugendliterarische Leben darstellt. Bei der Methode der Befragung wurde mit Bedacht von den üblichen standardisierten Verfahren abgehoben. Es handelte sich jeweils um zeitlich und auch inhaltlich nicht limitierte „wenig strukturierte" Einzelgespräche mit Experten, die je nach Temperament und Aufgeschlossenheit, Erinnerungsvermögen und Sachkenntnis des Befragten zwischen einer und mehreren Stunden dauerten. Die in generell vorher festgelegten „Gesprächskomplexen" vom befragten Experten berichteten Einzelerfahrungen bzw. -einschätzungen sind in allen Fällen zur Verifikation bzw. Falsifikation anderweitiger Aussagen herangezogen worden. Hier ist ein Stück „oral history" von Petra Jäschke und Winfred Kaminski aufgenommen worden (allerdings mit Absicht nicht mit Tonband festgehalten), das zum Einleben in die Untersuchungsepoche und zum Erwerb von Sachkompetenz der beiden Befrager, die beide keine erwachsenen „Zeitgenossen" des Untersuchungszeitraums sind (Petra Jäschke, *1954; Winfred Kaminski, *1948), außerordentlich beigetragen haben dürfte.

Eine Bemerkung sei im Hinblick auf die Methode des Erarbeitens noch erlaubt. Innerhalb der Arbeitsgruppe trafen sich die Kenntnisse und Erfahrungen der eben genannten Jüngeren mit denen der Älteren (Klaus Doderer, *1925; Helmut Müller, *1924). Dabei ergaben sich an einigen Punkten Unterschiede in den Auffassungen und

Bewertungen, die meiner Erinnerung nach nicht prinzipieller, vielmehr stets gradueller Art waren. Sie wurden nicht zuletzt dadurch hervorgerufen, daß die Jüngeren und die Älteren unterschiedliche Zugänge zum Zeitraum 1945–1960 hatten, daß die Jüngeren sich eine notwendigerweise theoretische Kenntnis der damaligen Verhältnisse erwerben mußten – und dies führte zu gelegentlich schneller und vielleicht auch einseitiger Urteilsbildung – und daß die Älteren als Zeitzeugen ein noch immer bestehendes Befangensein und Wissen um die vielen kleinen, faktisch damals vorhandenen Widersprüche und um die damals auch gedachten, aber letztlich doch nicht verwirklichten Ideen mit sich herumtragen – und das führte zu nur zögernder Urteilsbildung und dem Versuch, vorsichtiger und weniger apodiktisch zu formulieren.

## Über die erzielten Ergebnisse

Zwischen den Trümmern der späten vierziger Jahre und in dem schnell wachsenden Wohlstand der späten fünfziger Jahre, der Zeit des „Wirtschaftswunders", liegt der Beginn der Kinder- und Jugendliteraturgeschichte unserer Gegenwart. Im nachhinein klingen die seinerzeit gebrauchten Formeln vom „Neubeginn", auch von der „tabula rasa"-Situation der Kinderliteratur nach 1945, wie hohle Absichtserklärungen, weil sich – wie sich im folgenden herausstellen wird – Veränderungen, grundlegender Wandel, neue Ideen und moderne künstlerische Ansichten, wenn überhaupt, nur kurz, nur am Rande des breiten Literaturstromes bemerkbar machten. Wolfgang Weyrauchs berühmt gewordenes Nachwort zu der 1949 bei Rowohlt erschienenen „Sammlung neuer deutscher Geschichten" mit dem Titel „Tausend Gramm" enthält zwar den Satz: „Die Kahlschläger fangen in Sprache, Substanz und Konzeption von vorn an", aber wer von „den Männern des Kahlschlags" verirrte sich damals schon in die Kinder- und Jugendliteratur? Und dennoch hören sich die appellativen Worte des Mitglieds der „Gruppe 47" an, als ob sie gerade *den* Schriftstellern Mut machen sollten, die sich an die kriegsgeschädigte und noch bis vor kurzem nationalsozialistisch indoktrinierte Jugend wenden möchten: „Die Männer des Kahlschlags ... schreiben die Fibel der neuen deutschen Prosa. Sie setzen sich dem Spott der Snobs und dem Verdacht der Nihilisten und Optimisten aus: ach, diese Leute schreiben so, weil sie es nicht besser verstehen. Aber die vom Kahlschlag wissen, oder sie ahnen es doch mindestens, daß dem neuen Anfang der Prosa in unserem Land allein die Methode und die Intention des Pioniers angemessen sind. Die Methode der Bestandsaufnahme. Die Intention der Wahrheit. Beides um den Preis der Poesie" (W. Weyrauch, 1949, S. 217).

Der Geist dieser Pioniere der Feder, die die Poesie der Wahrheit opfern, die erst einmal nach dem Ende der Hitler-Diktatur Bestandsaufnahme machen, ist zwar bei Heinrich Böll, bei Wolfdietrich Schnurre, bei Alfred Andersch und anderen deutlich zu spüren, er hat die „Gruppe 47“ eine Zeitlang beflügelt und auch zur Hervorbringung neuer Formen, zum Beispiel der Gattung Kurzgeschichte, beigetragen. Aber hat er die Kinder- und Jugendliteratur der frühen Jahre nach dem Krieg überhaupt erreicht? War und blieb diese so bedeutsame Sparte der Literatur unaufgeräumt im Schatten der Trümmer verstaubt zurück, vielleicht – um bei der Formulierung Wolfgang Weyrauchs zu bleiben – in den Händen der Optimisten, die mit Märchenerzählen das Aussprechen bitterer Wahrheiten verhindert haben?

Die in den einzelnen Abschnitten im folgenden ausgebreiteten Detailerkenntnisse mögen ein vielfältiges Bild ergeben. Es gibt überraschend viele Nuancen, Strömungen, Stilrichtungen und „Menschenbilder“ innerhalb der Kinder- und Jugendliteratur der ersten anderthalb Jahrzehnte nach dem Zweiten Weltkrieg, es gibt sich rasch ablösende Debatten um Standorte und Ansichten, es gibt sich ebenso rasch ändernde politische und vor allem auch ökonomische Verhältnisse. Bevor die Einzelheiten in den folgenden Abschnitten ausgebreitet werden, seien hier die Grundlinien der Erkenntnis angedeutet:

## *1. Die Kinder- und Jugendliteratur nach 1945*

Die Entwicklung nach 1945 läßt drei Phasen erkennen. Die erste Phase vom Ende des Zweiten Weltkrieges bis 1949 kann als die des Wiederbeginns jugendliterarischen Lebens bezeichnet werden, nicht aber als Phase eines radikalen Neubeginns, wie vielfach vermutet wird. Die zweite Phase reicht von 1950 bis etwa 1956 und wurde durch den Kampf gegen Schmutz und Schund bestimmt. Die dritte Phase von 1956 bis 1961 führte schließlich zur Etablierung einer originellen neuen westdeutschen Kinder- und Jugendliteratur. Bilderbücher, Mädchenbücher und märchenhafte Erzählungen der Jahre 1945 bis 1949 zeigten einen Hang, den „Innenraum“ zu betonen, die Beziehungen der Figuren sowie der Erzähler zu den Lesern autoritär zu gestalten und traditionelle Geschlechtsrollenstereotypen zu verstärken. Die Texte sollten unter dem Mantel des Ideologems von der „Heilen Welt“ als Erziehungsmittel dienen. In einigen der Mädchenbuchserien war nur vordergründig nationalsozialistisches Gedankengut eliminiert. Vor allem die neu aufgelegten Mädchenbücher ließen erkennen, daß von einer „Stunde Null“ der Kinder- und Jugendliteratur oder gar einem „Kahlschlag“ nicht gesprochen werden kann. Wie schon im Dritten Reich und davor blieben Opfer und Verzicht die leitenden Kategorien der neuen Mädchenliteratur. Die Autorinnen setzten erneut auf die dem Genre eigentümlichen Ideen von Verzicht und Entsagung. Die Entwicklung von Frauen- und Mädchenfiguren beschreiben hieß damals vor allem, das Wachsen der inneren und menschlichen Werte betonen.

Eine einschneidende Veränderung erfuhr die Kinder- und Jugendliteratur nach dem Krieg erst spät, nämlich erst gegen Ende der fünfziger Jahre. Dies geschah aufgrund der Etablierung eines neuen Kinderbildes und des Auftretens der Phantastischen Erzählung als wichtiger Gattung. Jedoch deutete sich diese Entwicklung schon kurz nach 1945 dadurch an, daß die deutsche Übersetzung von Astrid Lindgrens „Pippi Langstrumpf“ (1949, schwedisch 1944) trotz des Widerstandes unter Pädagogen, Eltern und in einem Teil der öffentlichen Kritik ein schnell wachsendes positives Echo erfuhr. Lindgrens berühmt gewordenes Kinderbuch zeichnete sich gegenüber den ersten deutschen Nachkriegspublikationen dadurch aus, daß das Phantastische nicht zur Erreichung eines Erziehungszwecks eingesetzt wurde, sondern als Konstituens einer poetischen Struktur. Ihr Text enthält keine Verhaltenslehre oder diente nicht als Werkzeug in einem Dressurakt. Das „Überkind“ Pippi Langstrumpf zielte auf die Befreiung der Kinder ab.

Auch für die zweite Phase, die Jahre von 1950 bis etwa 1956, blieb kennzeichnend, daß die Autoren der Beschreibung unmittelbarer Wirklichkeit auswichen. Lieber griff man auf Vorgestriges zurück. Eine indirekte Annäherung an die deutsche Vergangenheit und die Jahre nach 1933 versuchten Autoren wie Herbert Kranz, Kurt Lütgen oder Hans Baumann, die gegen die Siegfried-Gestalten des Nationalsozialismus eine andere Idee von Abenteuer setzen wollten, die sie als Abenteuer des Menschlichen faßten. Der Blick „von unten“ diente ihnen zur Destruktion „großer Gestalten der Geschichte“. Ihr Anliegen war Charakterbildung durch Literatur. Sie befleißigten sich dabei im Unterschied zu den Autoren der Mädchenliteratur und der märchenhaften Erzählungen eines neutralisierenden, fast sachlichen Tones, um so ihrem Anspruch auf Objektivität gerecht zu werden. Diesen Texten ist nicht zu bestreiten, daß sie die „Schatten der Vergangenheit“ ansprechen wollten. Aber durch die Verlegung der Abenteuer in zeitlich und räumlich ferne Welten stellte sich eine eigentümliche Distanz in bezug auf die vorfindliche Realität ein. Sie wichen letztlich doch aus. Es machte sich Berührungsangst geltend.

In der dritten Phase, die von der Mitte der fünfziger Jahre bis etwa 1961 reicht, scheinen die Kinderbücher an dem phantastischen Konjunktiv und dem kritischen Moralismus von Astrid Lindgren und Erich Kästner orientiert zu sein. Seit der Mitte der fünfziger Jahre traten Otfried Preußler und James Krüss mit ihren phantastischen Erzählungen hervor.

Preußler sah Phantasie als Medium gewandelten Erkenntniszugangs. James Krüss band die Phantasie an die politische Utopie solidarischen Umgangs der Menschen untereinander. Nach ihrem Ideal einer Veränderung durch Phantasie vollzog sich in den Schriften Heinrich Maria Denneborgs und Ursula Wölfels zu Ende der fünfziger Jahre eine Veränderung der Phantasie durch Psychologisierung. Jetzt wurde Phantasie nicht mehr als eine schriftstellerische Möglichkeit gesehen, Überwirkliches zu entwerfen, sondern als ein Mittel, bei realistischer Schreibhaltung die kindliche Psyche mit ihren Ängsten, Wünschen und Bedürfnissen auszuleuchten. Phantastisches zielte nicht nach draußen, es wurde Reflex des Innenlebens der Protagonisten. Zeitlich parallel zu der Wiederannäherung an die subjektive Wirklichkeit eroberte sich die Kinder- und Jugendliteratur die jüngere deutsche Gegenwart. Diese Rehistorisierung deutete sich in den Bildergeschichten von Reiner Zimnik („Der Trommler für eine bessere Zeit“) und in der Erzählung „Damals war es Friedrich“ von Hans Peter

Richter an. Diese Veröffentlichungen machten die bis dahin unterdrückte und verdrängte deutsche Geschichte als eine Geschichte der Unterdrückung wahrnehmbar.

Insgesamt gesehen hat die Untersuchung der Kinder- und Jugendliteratur nach dem Zweiten Weltkrieg ergeben, daß die Jahre 1945 bis 1961 für die westdeutsche Kinder- und Jugendliteratur nicht eindimensional zu sehen sind. Auf den traditionsverhafteten Griff zum Bilderbuch und zum Kunstmärchen, die oft in ein gefühlig religiöses Licht getaucht worden waren, und die glaubensvoll gehaltene Wiederaufnahme des Mädchenbuchs folgte die Thematisierung geschichtlich wie geographisch entlegener Ereignisse im historisch-sachlichen Abenteuerbuch. Diese Sachlichkeit hatte ihr Fundament im Mißtrauen gegen jedwede Politisierung. Es schloß sich daran ein Genre an, die Phantastische Erzählung, das neu war in Westdeutschland; hier wurden Vorbilder aus dem angloamerikanischen und skandinavischen Raum wirksam.

Erst mit dem Auftreten und der öffentlichen Anerkennung der Phantastischen Erzählung in der zweiten Hälfte der fünfziger Jahre institutionalisierte sich eine Kinder- und Jugendliteratur, die ihre Voraussetzungen und Wurzeln nun in der Gegenwart der Bundesrepublik Deutschland fand. Von da an datiert in der Bundesrepublik eine eigenständige Kinder- und Jugendliteratur.

Zu den Ergebnissen der Untersuchung gehört auch die Einsicht, daß neben einer Gruppe von Autoren – wir zählen Erich Kästner und Kurt Held dazu –, die der Restauration überholter Konzepte widerstehen wollte, sich eine zweite etablieren konnte – ihr Protagonist war der Autor und Literaturpädagoge Wilhelm Fronemann –, die dafür einstand, daß die Kinder- und Jugendliteratur nicht zu „Inventur" und kritischer Bestandsaufnahme aufgerufen wurde. Fronemann propagierte weiterhin die Kinder- und Jugendliteratur als Teil der Erziehungslehre und sah sie als Lebenshilfe im Sinne der Aufforderung zu Aufbau und Erbauung. So waren in der Kinder- und Jugendliteratur nach 1945 auf lange Zeit pädagogische Präferenzen vorherrschend. Man verfocht einen pädagogischen Imperativ und mißtraute der literarästhetischen Avantgarde.

## 2. *Das Kinder- und Jugendliteraturwesen*

Parallel zu den innerliterarischen Entwicklungen konnten die Rahmenbedingungen für die Entstehung von Kinder- und Jugendliteratur zwischen 1945 und 1960 freigelegt werden.

Wir konnten feststellen, daß innerhalb dieses Zeitraumes die Besatzungszeit bis 1948/49 eine Sonderstellung einnahm, weil sich während dieser Jahre der gesamte literarische Bereich – einschließlich der Kinder- und Jugendliteratur – nur in engen Grenzen entwickeln konnte.

Der materielle Notstand nach Kriegsende, das heißt die Zerstörung der Produktionsstätten, Rohstoffmangel, besonders die Papierknappheit, war der eine Grund.

Genauso einschneidend machten sich die politisch induzierten Beschränkungen bemerkbar. Ebenso wie der gesamte Sektor der politischen und verwaltungstechnischen Administration stand auch das „Druckschriftenwesen“ unter alliierter Kontrolle.

Das von den Besatzungsmächten unter unterschiedlichen Konditionen durchgeführte Lizensierungsprogramm für Verlage sollte mit Hilfe seiner personengebundenen Form der Zulassung die persönliche und politische Integrität der antragstellenden Alt- und Neuverleger garantieren. In der Tat erreichte man dadurch aber auch, daß selbst belastete Unternehmen – ein öffentlicher Treuhänder wurde nur in Extremfällen bestellt – unter Einsetzung von „Strohmännern“ als Lizenzträger sehr schnell wiedererstehen konnten. Insgesamt setzte ab 1946 ein enormer, auch Jugendbuchverlage einschließender Verlagsgründungsboom ein.

Vor- oder Nachzensur sowie die ebenfalls als Kontrollmechanismus wirkende Papierbewirtschaftung von seiten der Besatzungsbehörden führten dabei – neben direkter Begrenzung verlegerischer Freiheit – zu Selbstkontrolle und Selbstzensur. Kinderbücher schienen in dieser Situation ob ihrer vermeintlichen Neutralität und also „Ungefährlichkeit“ ein attraktives Arbeitsgebiet. Dezidiert neue Konzepte für Kinder- und Jugendbücher oder tatsächliche Beispiele für eine jugendliterarische Neuorientierung sind demnach kaum zu finden, wohl aber eine relative Masse an Bilderbüchern oder Einzelausgaben von Märchen und märchenhaften Texten, die sich aufgrund ihres materialsparenden Umfangs anboten und zudem besonders „kindgemäß“ schienen.

Mit der Währungsreform von 1948, die u.a. auch ein erstes Verlagssterben provozierte, und der nachfolgenden Beendigung der Papierbewirtschaftung beziehungsweise mit der Gründung der Bundesrepublik Deutschland 1949, mit der die Aufhebung der Lizensierungspflicht für Verleger einherging, war eine erste Phase der Nachkriegsentwicklung abgeschlossen. Bis zu diesem Zeitpunkt hatte aber auch die Mehrzahl älterer Verlage ebenso wie die der Nachkriegsgründungen, darunter die jugendliterarisch interessierten Unternehmen, ihre Arbeit aufnehmen können.

Aus der Vielzahl der neugegründeten Jugendbuchverlage sollen hier beispielhaft nur zwei angeführt werden, für die der Einschnitt der Jahre 1948/49 in unterschiedlicher Weise von Bedeutung war, die aber beide zu den wenigen gehörten, deren Publikationen neue Impulse geben wollten. Für den einen, den Felguth-Verlag in Berlin, dessen Bilderbücher fast schon avantgardistische Züge trugen, bedeutete die Währungsreform – zusätzlich noch die Berlin-Blockade – das vorzeitige Ende einer gerade erst begonnenen Arbeit. Für den Verlag Friedrich Oetinger andererseits gab diese wirtschaftspolitische Maßnahme überhaupt erst den Anstoß – nachdem das bisherige wirtschafts- und sozialwissenschaftliche Programm plötzlich nicht mehr gefragt war –, sich dem Kinderbuch zuzuwenden: 1949 erschien hier als erste kinderliterarische Veröffentlichung Astrid Lindgrens „Pippi Langstrumpf“.

Die nach Aufhebung der besatzungsrechtlichen Restriktionen freien Publikationsmöglichkeiten hatten augenblicklich ein „neues“ Produkt zur Folge: Die „Flut“

sogenannter Schmutz- und Schundschriften, denen sexualisierende, brutalisierende bis kriminogene, allgemein demoralisierende und teilweise sogar autoritätsstörende Wirkung nachgesagt wurde, rief heftigste Reaktionen hervor. Alte Traditionen des Schmutz- und Schundkampfes, in dem sich in besonderem Maße Lehrervereinigungen, wie die Vereinigten Jugendschriftenausschüsse, hervortaten, wie auch kirchliche Organisationen, namentlich aber der Volkwartbund, wurden wiederbelebt, und bereits Ende 1949 wurde im Bundestag ein Schmutz- und Schundgesetz gefordert.

Gegen den prohibitiven Grundzug passionierter Schundkämpfer erhob sich allerdings – im Namen der „Freiheit des Geistes“ – schnell ein vehementer Widerstand. Der PEN-Club etwa, an der Spitze Erich Kästner, nahm mehrfach öffentlich gegen die Literatur betreffende gesetzgeberische Maßnahmen Stellung. In bezug auf die grundsätzliche Ablehnung von Groschenheften und verwandten Texten, auch hinsichtlich deren Einstufung als „schädlich“, herrschte demgegenüber ein beinahe alle Gruppierungen durchziehender Konsens.

Der Erlaß des aufgrund des öffentlichen Protests erst 1953 verabschiedeten „Gesetzes über die Verbreitung jugendgefährdender Schriften“ bedeutete nicht das Ende des „Schundkampfes“, aber er gewann danach eine andere Qualität, positive Maßnahmen rückten seitdem stärker in den Vordergrund.

Das selten näher definierte Konzept des „guten Jugendbuches“ bildete ab diesem Zeitpunkt das Zentrum jugendliterarischer Aktivitäten.

Ältere Organisationen aus dem Umfeld der Kinder- und Jugendliteratur, wie die Vereinigten Jugendschriftenausschüsse, verloren an Bedeutung zugunsten der um die Jahrzehntmitte neu ins Leben gerufenen Institutionen.

Eine der ältesten dieser Neugründungen, das 1956 entstandene Deutsche Jugendschriftenwerk, das sich um die Beobachtung und Begutachtung des Kleinschriftenmarktes kümmerte, verdankte seine Entstehung noch am deutlichsten dem Schmutz- und Schundkampf.

Es ist auch zu erinnern an die Gründung des Arbeitskreises für Jugendschrifttum in München 1955, der sich als Dachverband aller in der Jugendbuchszene vertretenen Interessengruppen verstand, und die Schaffung des Deutschen Jugendbuchpreises, des bis heute einzigen literarischen Staatspreises der Bundesrepublik. Obwohl der entstehungsgeschichtliche Zusammenhang mit der Schmutz- und Schunddebatte unverkennbar ist – den abgelehnten Textsorten sollten endlich attraktive Alternativen gegenübergestellt werden –, erscheint bedeutsam, daß nun nicht mehr nur „Negatives“ ausgesondert wurde, sondern ernsthafte Bemühungen um eine Niveauanhebung beim Jugendbuch in Gang kamen.

Inzwischen hatte sich auch das Verlags- und Rezensions- bzw. Empfehlungswesen soweit konsolidiert, daß erstmals in größerem Umfange an die Ausarbeitung oder den Ausbau neuer Orientierungen gedacht werden konnte.

Selbst die nach 1945 geforderte und im Rückblick bereits für die erste Nachkriegszeit behauptete Internationalität der Kinder- und Jugendliteratur hatte nun, nachdem der Lizenzerwerb für ausländische Verlagswerke sowieso erst (von den Übersetzungsprogrammen der Besatzungsmächte abgesehen) Anfang der fünfziger Jahre wieder möglich war, eine tatsächliche Chance, realisiert zu werden. Dies zählte mit zu den „Aufgaben“ des Deutschen Jugendbuchpreises, der absichtlich nicht auf deutsche Originaltexte begrenzt war.

Damit hatte sich bis ungefähr 1955/56 wieder ein breit gefächertes jugendliterarisches/literaturpädagogisches Bezugssystem herausgebildet, auf dessen Grundlage sich jetzt erstmals eine spezifisch bundesdeutsche Kinder- und Jugendliteratur entwickeln konnte.

Es dauerte fast anderthalb Jahrzehnte, bis unter dem Schutt der geistigen Trümmer und Versuche der Verharmlosung in einem literarischen Schonraum eine neue Phantasie Platz griff und Freiheitsräume bot, die dann auch eine Weile von jüngeren Autoren in der Nachfolge Erich Kästners, Tove Janssons und Astrid Lindgrens meubliert und genutzt worden sind. Wie sich die Kinder- und Jugendliteratur dann in den sechziger, siebziger und achtziger Jahren weiterentwickelte, gehört in eine andere, noch zu schreibende Studie. In ihr, soweit kann man schon gehen, werden die Jahre um 1968 eine mindestens ebenso starke Zäsur bilden wie das Kriegsende für das hier vorgelegte Projekt.

WINFRED KAMINSKI

# Kinder- und Jugendliteratur in der Zeit von 1945 bis 1960

# Positionsbeschreibungen

## Vorbemerkung

Der nachfolgende Beitrag zur Geschichte der Kinder- und Jugendliteratur der ausgehenden vierziger und der fünfziger Jahre möchte Ergebnisse der seitherigen literaturgeschichtlichen, aber ebenso auch andere Bereiche der Forschung einbeziehen, weil wir die Kinder- und Jugendliteratur als Teil der Literatur und auch der Kulturindustrie betrachten möchten, und nicht nur – trotz des damals vorherrschenden Selbstverständnisses – als Teil der Erziehungslehre.

Diese Einbettung der Kinder- und Jugendliteratur gestattet es unseres Erachtens erst, die eigentümlichen Leistungen der damaligen Literatur für junge Leser zu gewichten, sie auch vor vorschnellen Beurteilungen zu schützen.

Die Quellen, auf denen unsere Untersuchung beruht, sind die im Institut für Jugendbuchforschung vorhandene Sammlung alter Kinderbücher, vor allem der nach 1945 und im hier zu behandelnden Zeitraum erschienenen, deren exemplarische Bedeutung am Deutschen Bücherverzeichnis soweit wie möglich überprüft wurde. Sodann beziehen wir uns im Hinblick auf die Gewichtung der Texte und die Bedeutung der Autoren auf eine Reihe von Aussagen und Hinweise von Zeitgenossen – Autoren und Theoretikern der Kinder- und Jugendliteratur –, die 1984 von uns befragt worden sind. Eingebunden in diese Vorarbeit sind auch die Schriften zur Kinder- und Jugendliteratur von Irene Dyhrenfurth-Graebsch (1951), Margarete Dierks (1967) und anderer Theoretiker, die – zum Teil in verstreuten Aufsätzen und Rezensionen – seinerzeit oder in jüngster Zeit Stellung bezogen haben.

Der Umfang des Materials macht es erforderlich, auszuwählen und eher fallweise zu verfahren. Deshalb stehen in den einzelnen Abschnitten jeweils die Werke von einem oder einigen wenigen Autoren zur Diskussion, um die allerdings weitere Titel und Schriftsteller gruppiert werden, gleichsam als eine Art „Hof", der die Argumentation unterstützen soll.

Gründe für die Wahl eines Autors und seines Werkes als ein die jeweilige These veranschaulichendes Untersuchungsmaterial gibt es mehrere. So können das Typische der Biographie des Autors, die besondere Rolle einer Publikation in der damaligen Diskussion, die häufige Präsenz seines Werks auf den Empfehlungslisten jener Jahre oder auch die beispielgebende Funktion eines Textes für ein Genre, ein Motiv oder eine Stilrichtung, ja auch das Zusammentreffen mehrerer Faktoren den Ausschlag gegeben haben.

Eine Geschichte der jugendliterarischen Formen der Zeit nach 1945 zu skizzieren wäre zwar reizvoll, bietet aber wegen der Vielfalt der Genres unüberwindliche Probleme. Eine auf die gehaltlichen Aspekte sowie die Hintergründe eingehende Untersuchung möchte zu erhellenden Einschätzungen der damaligen Aussagen und ästhetischen Strukturen der jugendliterarischen Texte und zur Nachzeichnung von Strömungen, Trends und Entwicklungen dieses Literaturzweiges gelangen. Deshalb wurde ein vorwiegend ideologiekritisches Verfahren angewandt, das um den Rückgriff auf kultur- und geistesgeschichtliche Zusammenhänge erweitert wurde und auch die strukturellen Probleme nicht übersehen möchte.

## Rückwärtsgewandte Anfänge

In den sechziger Jahren führte Urs Widmer in seiner Dissertation „1945 – oder die neue Sprache“ (1966) den Nachweis, daß die erhoffte Erneuerung von Form und Inhalt in der Nachkriegsliteratur nicht stattgefunden habe. Er vermochte darzulegen, daß im Gegensatz zu der bis dahin weitverbreiteten Ansicht Vokabular und Stillage – trotz gewandelter Inhalte – an die Jahre der Kriegszeit und des Nationalsozialismus gebunden blieben. Die Behauptung der Kargheit der neuen Literatur war – nach Widmer – bloße Behauptung und ihr Realismus bloße Forderung. Wenn, wie es Wolfgang Weyrauch vorgeschlagen hatte, von einem „Kahlschlag“ oder einer „Stunde Null“ der Literatur oder mit Heinrich Böll von „Trümmerliteratur“ die Rede sein sollte, so war das ein durchsichtiges, wenn auch im nachhinein verständliches Selbstmißverständnis: Idee und Verwirklichung gelangten nicht zur Deckung.

Autoren wie Wolfgang Koeppen, Günter Eich, Hans-Erich Nossack, Horst Lange, auch Wolfgang Weyrauch hatten, aufgrund ihres Lebensalters verständlich, ja schon zwischen 1933 und 1945 publiziert. Fritz J. Raddatz (1979) zog daraus die fast denunziatorische Folgerung: Die Nachkriegsliteratur habe im Krieg begonnen. Gewiß hatten die genannten Autoren keine Texte im Sinne einer nationalsozialistischen Weltanschauung verfaßt, aber solche, die den damaligen Machthabern nicht negativ auffielen. Die Frage nach Kontinuität und Diskontinuität der Literatur dürfte nicht einfach zu beantworten sein (vgl. Schäfer, 1981).

Die Termini „Kahlschlag“ und „Stunde Null“ erweisen sich mehr und mehr als leere Formeln der Rechtfertigung und lenken vom Tatsächlichen ab. Zweifelsfrei empfanden die Schriftsteller persönlich das von ihnen erhoffte Kriegsende und die Niederlage des NS-Regimes als Bruch, als eine Umwälzung, nach der es nicht mehr so weitergehen konnte wie vorher. Dabei birgt die betonte politisch-literarische Diskontinuität, die diese Autoren für sich beanspruchten, bei allen damit verbundenen Gefahren der Selbsttäuschung, einen eminent kritischen Sinn (vgl. Mayer, 1979).

*Lilo Lammers gestaltete Willi Reschkes Jugendbuch „Die Trümmerkolonne“ (1949).*

Diese Einstellung verwandelte das militärisch und politisch Überwundene auch zum historisch Überlebten und moralisch Verwerflichen, das keinerlei Anknüpfungspunkte mehr bieten konnte.

Daß eine „Stunde Null“ auch im Bereich schulischer Literaturvermittlung nicht stattfand, ergibt sich beim genaueren Betrachten von Lesebüchern und Lehrplänen der damaligen Zeit. Zwar beherrschte in der Nachkriegszeit das im engeren Sinne nationalsozialistische Gedankengut nicht mehr den Schulunterricht, aber die irrationalen Grundströmungen blieben bis weit in die fünfziger Jahre dominant. Die Lektionen des „anderen“ Deutschland, des Exils, blieben ungelernt und ungelehrt. Im Vorwort seiner Dokumentation „Die Bücherverbrennung – 10. Mai 1933“ notiert Gerhard Sauder (1983, S. 33), daß die Generation der Nachkriegslehrer und deren Schüler noch lange von der im Dritten Reich entstandenen Literatur überzeugt waren. Und ein Blick in die Lesebücher der Nachkriegszeit demonstriert, daß nach wie vor die im Lande gebliebenen Autoren die deutsche Literatur repräsentierten – „die Bücherverbrennung wirkte noch Jahrzehnte nach“.

So mußte der französische Germanist Robert Minder in seinem denkwürdigen Essay „Soziologie der deutschen und französischen Lesebücher“, der in der von Alfred Döblin herausgegebenen Schrift „Minotaurus. Dichtung unter den Hufen von Staat und Industrie“ (1953, S. 74–87) erschien, feststellen, daß das französische Kind,

*Erich Kästner (1899–1974).*

wie er sich ausdrückt, „auf Literatur einexerziert“ werde, die „nie ein Reich für sich, sondern ... immer in Beziehung zu der gesamten politischen, sozialen, religiösen, kulturellen Entwicklung gesetzt“ werde. Das deutsche Kind dagegen erfahre auch nach 1945 viel – zu viel – von „Scholle“ und „Volkstum“, von „Pflege des Gemüts und der Weltanschauung“, lerne „das spießige Winkelglück der zahllosen Boden- und Schollendichter des 20. Jahrhunderts, deren Welt mit den Brettern des Untertanengehorsams vernagelt ist“ kennen. Minder formuliert gegen Ende seiner Ausführungen die Passage, die – vielfach zitiert – den Anstoß gegeben haben dürfte, das deutsche Lesebuch eingehend in den fünfziger und sechziger Jahren zu diskutieren und neue Konzeptionen zu erarbeiten[1]: „Fielen dem Mann vom Mond solche Lesebücher in die Hände, er dächte: ein reiner Agrarstaat muß dies Deutschland sein, ein Land von Bauern und Bürgern, die in umhegter Häuslichkeit schaffen und werkeln und seit Jahrhunderten nicht mehr wissen, was Krieg, Revolution, Chaos ist.“

Das merkwürdig Rückwärtsgewandte, die „Volksverwurzelung“ und „Bodenständigkeit“ sind auch in der Kinder- und Jugendliteratur nicht verhindert worden. In den

„Richtlinien über die Ausmerzung des nationalsozialistischen, des militaristischen und des imperialistischen Schrifttums“ wurden von den Alliierten explizit auch Jugendschriften und Jugendliteratur aufgezählt: „Verboten und für Ausleihe und Vertrieb gesperrt sind [...] alle Jugendbücher und Jugendschriften mit nationalsozialistischer oder militaristisch-imperialistischer Tendenz“ (zit. nach Chr. Cobet, 1983). Die entstandene Lücke wurde – so Cobet – ausgefüllt von „so vielen so Unbegabten“. Ihnen war, Literatur zu schreiben, Entlastung, Schritt zur Verinnerlichung. Weltanschaulichen Halt bot das Heideggersche Existential „Sorge“. Dadurch, daß es alltäglich-prosaisch herabgestimmt wurde, erreichte der Jargon der Eigentlichkeit die Kinder- und Jugendliteratur und ließ sie zu einem seiner Propagandisten werden. Hans Egon Holthusens Formel vom „unbehausten Menschen“, heimatlos und flüchtig, darf als zentrale Hintergrundidee auch der Kinder- und Jugendliteratur der Nachkriegszeit angesehen werden.

## Ein Fall nationalsozialistischer Tendenzliteratur nach 1945: Kurt Knaaks „Hornissenvolk“ (1948)

Die Feststellung „nationalsozialistischer oder militaristisch-imperialistischer Tendenz“ in der Literatur war zwar letztlich bis 1948 Aufgabe der Militärbehörden der Alliierten; aber haben sie sie auch immer erfüllt? Ein eklatantes Beispiel, wie ein ganz deutlich diese Kriterien aufweisendes Jugendbuch den Zensoren der französischen Besatzungsmacht durch die Maschen schlüpfte, ist Kurt Knaaks „Hornissenvolk. Eine Geschichte aus dem Leben der Natur“. Es erschien 1948 mit Genehmigung der französischen Militärbehörde unter dem Zeichen „Visa No 3050/Dr. de la Direction de l'éducation Publique Autorisat on No 3561 de la Direction de l'Information“. Der Autor Kurt Knaak (1902–1976) gehörte seit den dreißiger Jahren zu den erfolgreicheren Tierbuchautoren für junge Leser. Er hat auch damals schon zu Beginn der vierziger Jahre versucht, in theoretischen Beiträgen über das Genre Tiergeschichte nachzudenken. Sein erster Aufsatz geht der Frage nach, inwieweit die Tiergeschichte dazu beitragen kann, die „biologische Notwendigkeit der Volksgemeinschaft“ zu unterbauen. Knaak meint, das sei möglich, er macht jedoch für das seines Erachtens bis dahin geringe Echo dieses Genres den „früheren jüdisch veratmeten Zeitgeschmack verantwortlich“ (Knaak, 1942, S. 18 f.). Eine Präzisierung dieser Auffassung liefert seine zweite Betrachtung „Die Bedeutung der wissenschaftlichen Tiergeschichte“ (1943, S. 12 u. 13). Hier hebt er Naturverbundenheit und Daseinskampf hervor, wendet sich gegen das Großstädtische und erkennt die Jägerei als Vorübung für den Krieg an. Zu sprechen kommt er auf die Rassetheorie und die Bedeutung der Reinhaltung der Rasse durch „geschlechtliche Zuchtwahl“. „Nur das Starke darf sich vermehren“, heißt es in dem Beitrag.

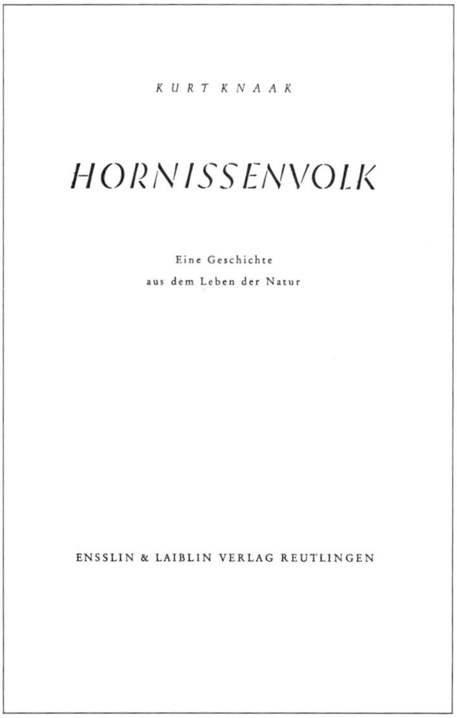

KURT KNAAK

HORNISSENVOLK

Eine Geschichte
aus dem Leben der Natur

ENSSLIN & LAIBLIN VERLAG REUTLINGEN

*Innentitel einer Tiergeschichte von Kurt Knaak (1902–1976), die trotz ihrer Nähe zur NS-Ideologie 1948 veröffentlicht werden konnte.*

Man mag vermuten, daß solche Äußerungen zeitverhaftet gewesen seien, auch in Knaaks Geschichten selbst keinen Niederschlag erfahren haben, äußerlich geblieben sind und keineswegs das Jahr 1945 überdauert haben. Ein Blick auf des Autors nach dem Kriege erschienenes Buch „Hornissenvolk. Eine Geschichte aus dem Leben der Natur“ (1948) lehrt allerdings anderes. Den Zensoren war offensichtlich nicht klar, welche ideologische Konterbande sie mit diesem Text zugelassen haben. Das Buch hat folgenden Inhalt: Zu Beginn wird beschrieben, wie an einem Hornissenbau jeder Ankömmling auf seine Herkunft geprüft wird und die Wächterinnen „sich auf jeden Fremden stürzen, um ihn zu vernichten“ (Knaak, 1948, S. 12. u. 13). Dies alles ist zwar durch das Instinktleben der Hornissen gerechtfertigt, aber als Parabel für den Leser anthropomorphisierbar. Pardon gibt es nur für „Artgenossen“. Innerstes Gesetz des Lebens der Insekten ist Fressen und Gefressenwerden, um die Art zu erhalten. – Um nicht nur in diesen biologistischen Vorstellungen zu verbleiben, sucht Knaak Hilfe bei militärischem Jargon. Flüge der Hornissen werden zu „Jagdflügen“, die einzelne Hornisse zum „Jagdflieger“ (Knaak, 1948, S. 70). Unter der Kapitelüberschrift „Ein Volk" legt er seine Erziehungstheorie dar: „Keine Zärtelei, keine Weichlichkeit, nur Härte und Ausdauer gegen den Widerstand waren in ihrem Daseinskampfe am Platze" (Knaak, 1948, S. 62). Regulative des Lebens sind „Schicksal" und „inneres Gesetz", die er zu einer Haltung der Härte, des Kampfes und Krieges addiert. Leben wird zum Spannungsfeld von „Kampf und Arbeit".[2]

Knaak schließt Überlegungen an, weshalb die Hornissen anderen Insekten überlegen sind. Er kommt zu dem Ergebnis, daß dies aus ihrer kriegerischen Härte, der Kampfeshaltung, der Fruchtbarkeit sowie der Nichtachtung des Todes der Einzelnen herrührt. Mutterschaftskultus und Feier des Sterbens verbinden sich zu einer unheiligen Allianz: „Die Kraft des Volkes wurde durch diese Verluste keineswegs geschmälert; denn mehr Wesen als da starben, empfingen das Leben, machte die Königin doch die zugefügten Schäden durch ihre Fruchtbarkeit wieder wett" (Knaak, 1948, S. 74). Das erinnert an die nationalsozialistische Vorstellung von der Frau als Gebärerin, vor allem von tapferen Männern, von Soldaten, von Wesen, die nicht geboren werden, um zu leben, sondern um zu sterben.

Der Hornissenstaat ist aggressiv nach außen, nach innen baut er auf eine Volksgemeinschaft, die keine Klassen kennt: „Nicht alle von ihnen arbeiteten, sondern etliche als Weibchen und Männchen zur Sicherung der Zukunft ihres Volkes bestimmt, lebten ihr Leben ohne anstrengenden Dienst, leisteten der Königin zuweilen Gesellschaft ... und ließen sich von den Schaffnerinnen füttern und tränken ... sie konnten ihre Kräfte schonen und genossen ein Herrendasein auf Kosten ihrer Artgenossen. War das im Sinne einer Wohlfahrt des Ganzen recht? Dem Augenschein nach zu urteilen, bestimmt nicht, und doch lag in der äußeren Spannung zwischen Bereitschaft und süßem Nichtstun der letzte Grad der Arbeitsteilung im Hornissenstaat verborgen [...] Die Natur hatte dies so bedacht und wer mochte sich erkühnen, den Schöpfer einer Ungerechtigkeit zu zeihen! Die Arbeiterinnen, die vielen taten es nicht!" (Knaak, 1948, S. 75 f.).

Knaak verzichtet auf keines der Versatzstücke der nationalsozialistischen Doktrin: Härte, Kampf, Mutterkultus, Todesheroik, Volksgemeinschaft, nicht einmal auf die Führerideologie. Letztere führt er ein, wenn er plausibel machen will, daß ein führerloses (Bienen-)Volk den Angriffen der Hornissen notwendig ausgeliefert und ihnen unterlegen ist: „Kein Wunder, daß ihr (der Hornissenkönigin, W. K.) auf ihren zahlreichen Streifzügen die Weisellosigkeit eines Bienenvolkes beim Müller nicht entging und sie nun diesen Mangel an Führung und Ordnung für sich täglich auszunützen versuchte, um so mehr als der Zustand führerlosen Dahinlebens sich für das vieltausendköpfige Immenvolk um so schwächender auswirkte, je länger er andauerte" (Knaak, 1948, S. 81).

Knaak setzt, das ist unzweifelhaft, auf Ordnung und Führung. Er versäumt auch nicht die Schilderung, daß es – unter Hornissen – üblich sei, lebenswertes und lebensunwertes Leben zu unterscheiden und letzteres zu töten: „Manch einen Gespinstdeckel rissen sie auf und holten eigenmächtig ein lebensunfähiges Kind daraus hervor, um Raum für neues, gesundes Leben zu schaffen" (Knaak, 1948, S. 96).

Hier erweisen sich die Knaakschen Biologismen in ihrer Inhumanität. Die Gefahr, die darin liegt, naturhafte Abläufe und Zusammenhänge auf die menschliche Gesellschaft zu übertragen, muß offengelegt werden. Das, was Knaak am Leben der Hornissen zu erkennen glaubt und als ihnen eigentümlich zuschlägt, ist Projektion seiner völkisch-national gefärbten Gesellschaftsvorstellung.[3] Knaak interpretiert Natur nach dem Muster menschlicher Gesellschaft. Er muß fehlgehen, weil er sich nicht klarmachte, daß schon die Redeweise „Hornissenvolk" metaphorisch ist. Knaak gerät in Widersprüche, die er durch die der Erzählung angefügten Reflexionen – „Ausblick" – nicht aufheben kann. – Der Text von Knaak steht hier beispielhaft an dieser Stelle, wie ideologieanfällig die Tiergeschichte ist und dafür, daß bereits 1948 wieder (oder sollte man sagen noch?) ein Kinderbuch möglich gewesen ist, das in sich die Hauptmerkmale nationalsozialistischer Weltanschauung versammelte.

Wie wird ein solches Buch, drei Jahre nach Kriegsende erschienen, in der Fachpresse jener ersten Epoche demokratischen Aufbaus aufgenommen? Noch im Jahr seiner Veröffentlichung wurde es in der Zeitschrift „Bücherei und Bildung" scharf kritisiert. Werner Mevissen hielt dem Autor den Entwurf eines nationalsozialistischen Staates im Tiergewand vor mit Führer, Volksgemeinschaft, Militärsprache, völkischem Mythos und Kitsch. Er nennt das Buch „posthumes Geisteserzeugnis einer vergangenen schrecklichen Zeit" (Mevissen, 1948, S. 34). Jedoch schon ein Jahr später findet sich in der „Jugendschriften-Warte" eine andere (anonyme) Rezension des „Hornissenvolks".

Darin wird zwar noch auf das „politisch Bedenkliche" des Bändchens hingewiesen, aber dieses wird nicht mehr detailliert benannt. Anstoß der Kritik sind jetzt die „umständlich formulierten philosophischen Erörterungen, staats- und völkerrechtlich hochtrabende Belehrungen [...] Die Darstellung geschieht in einer unzulänglichen Sprache mit gehäuften unübersichtlichen Schachtelsätzen, unmotivierten Adjektiven und überflüssigen Mittelwörtern" (Jugendschriften-Warte. NF. 1. 1949, 7. S. 160). Noch lehnen die Jugendschriftenausschüsse dieses Buch ab, aber in den Heften 9/10 und 11 desselben Jahrgangs ihrer Zeitschrift „Jugendschriften-Warte" wird das Buch „Hornissenvolk" gelobt.[4] Die anfänglichen kritischen Einwände gegen diesen Text wichen demnach binnen kurzem positiverer Beurteilung bis hin zur Empfehlung.

## Zeitgeschichtliche Abstinenz der Autoren

Die kulturgeschichtliche Forschung hat seit längerem schon die „Pubertät der Republik" – das ist der Titel eines Buches der Journalisten Nikolaus Jungwirth und Gerd Kromschröder – im Blickfeld. Das Vorwort ihrer Materialsammlung behauptet, daß den Menschen der fünfziger Jahre zur Verwirklichung ihrer Sehnsüchte keine besseren Ideen kamen als die gerade bankrottgegangenen, angeblich zeitlosen Werte, in „moderner“ Ausformung allerdings; diese Werte waren bestimmt vom Streben nach Erfolg und Effizienz und „gleichzeitig von dem Bedürfnis nach moralischer Absicherung und der Kleinlichkeit des Neureichen“ (Jungwirth/Kromschröder, 1978, S. 8).

Wenn zutrifft, was die beiden Journalisten behaupten, dann waren die Mahnungen des Schweizer Theologen Karl Barth vergeblich. Er rief schon 1945 auf, nicht „möglichst schnell und völlig zu jenen Zuständen vor 1933 zurückzukehren [...] Wer zu jenen Zuständen zurückkehren will, der will dahin zurückkehren, von wo aus das Übel seinen Anfang nahm [...] Restauration kann eine gut gemeinte Sache sein, aber Restauration tut's heute nicht“ (zit. nach Franck, 1980, Vorwort).

In Teilen der Literatur war – wie angeführt – Barths Aufforderung angenommen worden. Die Literaturkritikerin Elisabeth Endres beschreibt in ihrer Studie „Die Literatur der Adenauerzeit“ diese als eine Literatur, „die Fragen stellte, wo die Antworten bereits zur Selbstverständlichkeit geworden waren“ (Endres, 1980, S. 8). Damit relativiert sie die harschen Vorwürfe U. Widmers und F. J. Raddatz'. Nach Endres reagierten die Schriftsteller auf die entfremdete Gesellschaft mit verfremdeter Kunst (Endres, 1981, S. 134). Sie durchbrachen die „Verschwörung des Schweigens“ gegenüber der jüngsten Vergangenheit.[5]

Für die Kinder- und Jugendliteratur muß gesagt werden, daß sie sich dieser Tendenz nicht angepaßt hat. Sie hat neue, aber keine neu orientierten Romane und Geschichten vorgelegt. Vor allem mangelte es in der Nachkriegsliteratur an einer sprachlichen Inventur im Sinne von Günter Eichs „Ausnüchterung“. Häufiger hat sie neue Inhalte genommen und die alten Formen bewahrt. Sicherlich kann von der Kinder- und Jugendliteratur behauptet werden, daß sie in vielen Fällen und an vielen Stellen versäumt hat, sich selbst in Frage zu stellen. Ihr kam Werner Bergengruens Formulierung „Die heile Welt“ (1950) gelegen, ein Titel, der von Bergengruen metaphysisch gemeint war, jedoch restaurativ mißverstanden wurde. Für den Autor Bergengruen war „die heile Welt“ Ziel, nicht Faktum. Aber statt als kritischer Maßstab wurde seine Formel weithin als konservatives Korrektiv wirksam und half in der Kinder- und Jugendliteratur bei der Stabilisierung der „Verschwörung des Schweigens“.

Den meisten kurz nach dem Krieg publizierenden Kinder- und Jugendbuchautoren scheint eine Schrift wie Eugen Kogons „Der SS-Staat“ (1946) kaum Eindruck gemacht und Wirkung erzielt zu haben. Eher wurden solche Schriften wahrgenommen wie der von Kurt Hass herausgegebene Band „Jugend unterm Schicksal. Lebensberichte junger Deutscher 1946–1949“ (1950). In seinem Vorwort betont der Herausgeber dieses Buches, daß nurmehr ein Schreiber unter tausend zu dem Zeitpunkt, als er sich mit „den Ereignissen“ – gemeint sind die Verbrechen des Nationalsozialismus und des Krieges – auseinandersetzte, den Glauben an die Menschheit und an eine höhere Ordnung in der Welt noch nicht wieder gefunden hat, deshalb die Gemeinschaft fliehe und „das Böse für (die) herrschende Macht“ halte.

Trotz der soeben festgestellten reflektorischen Abstinenz, gelegentlich auch Rückständigkeit innerhalb der Kinder- und Jugendliteraturszene[6], setzte dennoch recht früh hin und wieder Kritik ein. Sie folgte zum Teil denselben Fragen wie den in der Auseinandersetzung um Literatur schlechthin gestellten. Die Publizistin Christa Rotzoll versuchte schon 1948 eine Antwort auf die Frage „Warum es keine neuen Kinderbücher gibt". Rotzoll geht in ihrer Variation der Behandlung des Problems der „leeren Schubladen" davon aus, daß die Kinder- und Jugendliteratur von der Idee eines „Wunschbildes" lebe, aber die Nachkriegszeit keine Zeit der Hochgefühle oder gar voller Sinn sei. Deshalb seien gute Ausgangsbedingungen für Kinderbücher nicht gegeben, selbst wenn manche Autoren so täten.

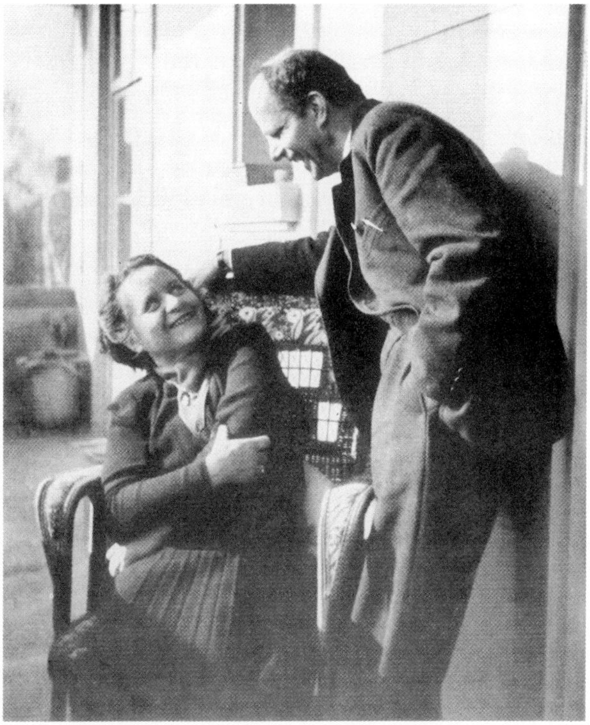

*Lisa Tetzner (1894–1963) und Kurt Held (1897–1959) im Jahre 1952.*

Neben dieser Erwägung und Artikulation von Unsicherheit gab es ganz alltägliche Probleme, z.B. die schwierige Informationssituation. So vermeldet der Autor Willi Fehse in einem Beitrag „Dichter, die wir nicht vergessen haben" (1946) nicht nur Hermann Kesten als noch vermißt, sondern von Kurt Held sagt er: „Er ging [...] nach Rußland". Dabei lebte der Verfasser der „Roten Zora" (1941) mit seiner Frau Lisa Tetzner in der Schweiz.

Eine weitere Variante dieser Problematik – des Fehlens neuer Ansätze in der Kinder- und Jugendliteratur – deutet auch Clara Mencks Aufsatz an „Die Kunst mit Kindern zu reden. Vom Geheimnis der klassischen Kinder- und Jugendbücher" (1954). Menck macht zwei typische Gruppen namhaft, die das Bild der Kinder- und Jugendliteratur konstituieren. Auf der einen Seite stehen für sie „Die Familie Pfäffling" und das „Doktorhaus im hohen Norden", auf der anderen „Der kleine Lord" und Spyris „Heidi". Diese Typen, beide gegen Ende des 19. Jahrhunderts entstanden, stehen für Realismus versus Verklärung. Sie werden in der Produktion der ersten Nachkriegsjahre zu Vorbildern für die Titel, in denen Flüchtlingsschicksale und die Situation kinderreicher Familien aufgegriffen werden. Menck erkennt die alten Ideale und allenfalls gewandeltes Zubehör. Vor allem moniert sie, bei aller guten Absicht, einen Verlust an sprachlicher Substanz.

1958 erschien dann in der Zeitschrift „Panorama" ein Aufsatz von Gertrud Schwärzler unter der verspielten Überschrift „Traumpferde, Kaugummi, Moderne Kunst". Die dort formulierten Überlegungen zur Kinderbuchproduktion der Nachkriegszeit versuchen zwar eine andere, aber ebenso kritische Differenzierung. Die Autorin möchte solche Verfasser, die die Position des „klugen" Erwachsenen einnehmen und alles, was sie sagen, unter dem erhobenen Zeigefinger stehen lassen, von denen einer gegenläufigen Position: nämlich der des Kindes, unterschieden wissen. Aber auch die zweite Position, die ja seit der Jahrhundertwende besteht und die der Schulreformer und der Kunsterziehungsbewegung („Vom Kinde aus") ist, findet vor dem kritischen Blick Schwärzlers keine Gnade. Denn was daraus folgt, sei „infantil".

Seit der Mitte der fünfziger Jahre meldeten sich dann vermehrt solche Stimmen zu Wort, die das moderne Kinder- und Jugendbuch als Spiegel der Zeit akzeptieren wollten (Langewiese, 1958) und davon ausgehen, daß die westdeutsche Kinder- und Jugendliteratur ungefähr seit 1956 den Vorsprung des Auslands aufgeholt habe. Diese Position erkennt eine Tendenz zum Realismus und zur Darstellung der Wirklichkeit an.

James Krüss resümierte 1963 schließlich im Rückblick auf die fünfziger Jahre der Kinder- und Jugendliteratur, nicht aber auf die Anfänge nach 1945, diese als „liebenswert und utopisch". Seine eigene Stellung umreißt die Aussage, daß für Kinder die Welt der Objekte subjektiv so eingefärbt werden muß, daß aus Begriffen Bilder werden. Krüss konstatierte in der Kinder- und Jugendliteratur der ausgehenden fünfziger Jahre ein kritisch-destruktives Moment. Sie entheroisierte, entmythologisierte und baute hierarchische Ordnungen ab: Könige wurden zu Trotteln, Hexen und Wassermänner gute Wesen, Löwen wurden liebenswürdig und Ritter lächerlich gemacht. Insgesamt sah Krüss eine „Skepsis gegenüber alten Ordnungen". Letztlich wurde jedoch, wenn auch augenzwinkernd, wieder Harmonie postuliert.[7]

Die Kinder- und Jugendliteratur – betrachtet man sie in ihrer Gesamtheit – hinterläßt so den Eindruck, als seien ihre Autoren gar keine Zeitgenossen der damaligen Gegenwart gewesen und als hätte es keine reale Vergangenheit für sie gegeben. Charakteristisch ist ein Vorgang, den man mit Alexander Mitscherlich als „Derealisation der Wirklichkeit“ beschreiben kann. Aus den Trümmern ist keine Trümmerliteratur für junge Leser hervorgegangen, es entstand nicht einmal ein Trümmerbewußtsein. Vielfach nehmen – das mag bei der wiederholt festgestellten Zurückgewandtheit fast paradox klingen – die Texte den Aktionsrahmen des Aufbauens und des Wirtschaftswunders vorweg (Die Mühen der Ebenen, 1981, S. 110).[8]

*Illustration aus dem Bilderbuch „Der glückliche Löwe“ (1955) von Louise Fatio und Roger Duvoisin, das 1956 mit dem Deutschen Jugendbuchpreis ausgezeichnet wurde.*

Der spezifische Bezugspunkt jener Jahre war der Krieg und, dahinter zurücktretend, der Nationalsozialismus. Wenn für die damalige Literatur für Erwachsene, bei allen aufgezeigten Grenzen, eine relative thematische Offenheit und Breite der Ansätze festgehalten werden kann, so blieb die Nachkriegskinderliteratur insgesamt „realitätsfern“ (Held, 1981, S. 27). Erwähnt sei auch der durchgängig religiöse Untergrund zahlreicher Texte. Christliche Kinder- und Jugendliteratur war öffentlich präsent. Dazu passend war die Kinder- und Jugendliteratur damals durch eine ausgeprägte Neigung zur Verinnerlichung ausgezeichnet. Zur Folge hatte dies, daß die Darstellungen von Leid und Elend „weicher“ gerieten als in den zwanziger Jahren. Das soll bedeuten: die Autoren erlaubten sich keine Schroffheiten. Parallel zu Kunst und Literatur allgemein durchzieht viele Kinder- und Jugendbücher ein Klima der

Wehleidigkeit und des Selbstmitleids. Persönliches Unglück wird erzählt, doch selten nach der Ursache des Leidens gefragt. Kommt es einmal zu dieser Frage, hat sich folgende Argumentation eingespielt: Nicht der Ursache des Krieges wird nachgegangen, sondern der Krieg als Ursache vorausgesetzt. Und entsprechend können die Überlebenden sich als Opfer erfahren und müssen sich nicht als Täter erinnern.

Was die Kunsthistorikerin Jutta Held für die Bildende Kunst zu erläutern wußte: „Die Geschichte selbst wird nicht gezeigt, nur ihre Spuren" (1981, S. 54), galt in gleichem Maße für die Kinder- und Jugendbücher der direkten Nachkriegszeit. Die Kinder- und Jugendliteratur nach 1945 schildert gerne Szenen – so könnte man vielleicht sagen – einer „defensiven" Solidarität, einer Abgrenzung gegen das bedrängende Draußen. Für den Innenraum, z.B. den der Familie, wenn er in Texten thematisiert wird, hat das zur Folge, daß nur selten einmal kommunikative Situationen oder eine Handlung zwischen Partnern vorgeführt werden. Das Gegenüber sind entweder sprachlose Tiere oder eine menschenleer gedachte Natur: „Miteinander schließt man sich von der feindlichen Welt ab und teilt die Einsamkeit, das Leid, die Hilflosigkeit" (Held, 1981, S. 63). In der Kinder- und Jugendliteratur wird eine solche Situation nicht als Gefährdung der Identität erfahren oder gestaltet, sondern die Protagonisten erscheinen darin gerade als ungebrochen und in sich gefestigt.

Als Dokument gelesen, belegt die Kinder- und Jugendliteratur der Nachkriegszeit an manchen Stellen die Zerstörung der inneren Natur. Sie besitzt aber selbst kein Bewußtsein darüber. Die Entwirklichung der äußeren Realität hat eine Entsprechung in dem „beredten" Verstummen der literarischen Helden. Und während die Bildende Kunst sich der metaphorischen Umschreibung oder der surrealen Verfremdung bediente, zog die Kinder- und Jugendliteratur einen – aus heutiger Sicht – illusionistischen Realismus vor. Ohne Bilder des Leidens, der Ratlosigkeit, des Todes und der Prüfung entworfen zu haben, setzte sie auf Errettung und Erlösung. Und statt für den Zweifel plädierte sie für Hoffnung. Das gelang, weil die Kinder- und Jugendliteratur keine Lehren zu ziehen wußte (oder wollte), sondern gleich wieder Lehren zu vermitteln suchte. Insofern bedingt der Aufbauoptimismus ihrer Helden die Kinder- und Jugendliteratur insgesamt. Die Kinder- und Jugendliteratur erhob keine Anklage, sondern klagte (vgl. Grauzonen-Farbwelten, 1983, passim).

Ein Motiv läßt die spezifische Blindheit der Kinder- und Jugendliteratur ganz besonders sichtbar werden. Während die christliche Kunst als thematische Schwerpunkte Kreuzigung, Grablegung, Auferstehung, Totentanz und Höllenfahrt aufwies, eben „Ruinenbilder", favorisierte in den Jahren nach 1945 die Kinder- und Jugendliteratur das Weihnachtsfest, die Geburt Christi und den Advent. Für die Kinder- und Jugendbücher stand im Vordergrund „Denn euch ist heute der Heiland geboren". Wohingegen die übrige religiöse Kunst und Literatur eher auf die Verzweiflung, die in dem Satz „Gott ist tot" liegt, rekurrierte.

In die Nähe einer Bestandsaufnahme gelangte die Kinder- und Jugendliteratur allenfalls in den jedoch politisch und geschichtlich fragwürdigen Geschichten von Flucht und Vertreibung. Es läßt sich darin – die Themata betreffend – eine

Vermeidungsstrategie gegenüber den deutschen Verbrechen erkennen an den eroberten und unterdrückten Völkern, seien es Polen, Russen oder Juden.[9]

Das für die fünfziger Jahre bezeichnende auktoriale Stilmuster, ja das festgestellte autoritär-repressive Verhältnis zwischen Autor und Lesern (Schultheiß, 1980, S. 13) begegnet auch in der Kinder- und Jugendliteratur und ihrem Kontakt zu den Lesern. Die Autoren fühlten sich für Läuterung und Säuberung im moralischen Sinne zuständig. Dieser Impetus brachte es mit sich, daß die Totalität der inneren oder äußeren Zerstörung selten kinder- und jugendliterarisch fixiert wurde: „Die Figuren haben jedenfalls selten Zeichen der Verstörung oder Angst angesichts dessen, was die Ruinen über die materielle Zerstörtheit hinaus repräsentieren. In ihrer körperlichen, offenbar auch emotionalen und intellektuellen Unversehrtheit sind sie das Versprechen auf die ‚Neugeburt' Deutschlands" (Schultheiß, 1980, S. 17). Die Berechtigung dieses Versprechens wird undiskutiert vorausgesetzt, es gilt als einlösbar. Die Begründung der Zuversicht erfolgt größtenteils durch die religiöse Orientierung. Die Autoren lassen nämlich Gegenwart und Vergangenheit abstrakt als Zeiten der Prüfung gelten, für die – durch den Rückgriff auf die Weihnachtsgeschichte – gesichert ist, daß sie bestanden werden kann. Es mangelte der Kinder- und Jugendliteratur an einem durch Hoffnung auf Sinn nicht getrübten Blick. Ihr ging es gar nicht um eine zu bewältigende Vergangenheit, sondern um die zupackende Bewältigung der Gegenwart im technischen Sinne: Nicht Eingedenken wurde gefordert, man setzte auf den Wiederaufbau.

Die Kinder- und Jugendliteratur sah sich im Gegensatz zu einer Meinung, die ausdrückte, „daß nach dem Ungeheuerlichen, was geschehen war, heute niemand sein Tagewerk fortsetzen kann, wie er es vor der Nazizeit getan hatte" (zit. nach: Als der Krieg zu Ende war, 1975, S. 57). Was nach dem Kriege auf den Theaterbühnen der Berliner und westdeutschen Theater sich ereignete, jene Flut von Stücken mit Themen der Gegenwartsproblematisierung (Günter Weisenborns „Die Illegalen", 1946; Thornton Wilders „Wir sind noch einmal davongekommen", Jean Paul Sartres „Die Fliegen", 1948, „Die schmutzigen Hände", 1949; Wolfgang Borcherts „Draußen vor der Tür", 1947, u. v. a.), erlebte in der Kinder- und Jugendliteratur keine Parallele.

Nach 1945 griff übrigens auch die Kinder- und Jugendliteratur gern ins 19. Jahrhundert zurück. Sie holte in Neuausgaben – und zwar in Text und Illustration – insbesondere zwei Phasen ins Bewußtsein der lesenden Jugend in den Trümmerjahren: die Biedermeierzeit und die Wilhelminische Epoche, beides Zeiten gesellschaftlich-politischer Restauration.[10]

## Wirklichkeitsfremdheit

Als Jella Lepman, die nachmalige Gründerin und erste Direktorin der Münchener Internationalen Jugendbibliothek, 1946/1947 ihre Ausstellung internationaler Kinder- und Jugendbücher in München und in anderen Städten zeigte, war die Resonanz auf diese Aktion keineswegs einhellig positiv.

*Jella Lepman (1891–1970), Gründerin der Internationalen Jugendbibliothek in München und Initiatorin des Internationalen Kuratoriums für das Jugendbuch (IBBY).*

Zu einer der schärfsten Kritikerinnen machte sich Anna Siemsen (1892–1951), selbst Autorin für junge Leser seit den zwanziger Jahren und in der Tradition der sozialistischen Arbeiterbewegung stehend. Ihr Urteil über die ausgestellten Bücher fiel vernichtend aus: „Überlegte man sich aber genauer, was man gesehen, so war das Ergebnis, daß diese Ausstellung, abgesehen von ihrer Unvollständigkeit, ebenso gut im Jahre 1912 wie im Jahre 1947 hätte stattfinden können. Sie war [...] außerhalb der Zeit, insofern sie überhaupt nicht Notiz nahm von allem, was seit einem halben Jahrhundert Europa bewegt, erschüttert und um und um gekehrt hat. Da sind die alten Indianerbücher ... Dazu ein wahrer Märchenwald ... und dazu eine Hochflut von reizenden Bilderbüchern, die eine, ach, gänzlich verschwundene und zerstörte Traumwelt um die Kinder aufbauen. Wie hübsch und rührend ist das alles – und wie unzulänglich" (Siemsen, 1947, S. 296). Die Kritikerin hält die Kriegserfahrungen der Kinder, ihr Leid und ihren Alltag dagegen und möchte, daß davon Notiz genommen wird. Sie erinnert an Themen wie den Spanischen Bürgerkrieg sowie die antifaschistische Widerstandsbewegung. Aber sie mußte sehen, daß das einzige zeitgenössische Beispiel zur Aufarbeitung der nationalsozialistischen Vergangenheit – Lisa Tetzners (1894–1963) neunbändige „Kinderodyssee“ – auf der Ausstellung nicht vertreten war.

Anna Siemsens Kritik ist damals in den Westzonen kaum beachtet worden, obwohl sie in den Kern jugendliterarischer Richtungsbildung nach dem Ende der nationalsozialistischen Herrschaft trifft: Hier Traumweltideen, dort Wirklichkeitsbezug. Für Siemsen war bei der Auswahl von Jugendbüchern unerläßlich: „Wirklichkeitsnähe,

„Das Schwarze Korps“

# Der Gipfel der Vollkommenheit

Vor uns liegt das Literaturblatt der „Frankfurter Zeitung“, Nummer 49 vom 8. Dezember 1935. „Es war einmal ...“ lautet die erste Überschrift. Einverstanden ...

Es war einmal eine Zeitung, die konnte es nicht lassen, das zu bleiben, was sie schon immer gewesen ist, und es war einmal ein Redakteur — wir wollen ihn nicht Schriftleiter nennen —, der konnte es nicht lassen, in Pazifismus zu machen. Doch da er seine Anschauung als echter Pazifist nicht öffentlich bekennen will, flüchtet er sich mit ihr in die Kunst und bringt sie in Bildunterschriften unter. Und so lesen wir in der oben bezeichneten Nummer unter dem Selbstbildnis von Tizian. „Das Werk läßt schauen, was ein großer Mensch endlich aus sich zu machen vermag. Die vollkommene Absage an jede Gewalt nähert den Ausdruck der Gesichtszüge einem Gleichmaß, das einer anderen Welt zu entstammen scheint.“ Das hat natürlich mit Politik und Pazifismus nichts zu tun. Wir verstehen: eine „reine Kunstangelegenheit“!

Sie können's eben nicht lassen. Wir haben noch ein wenig geblättert in diesem Literaturblatt. Höchst lehrreich. Wer kein Pazifist ist, hat in diesen Spalten Pech, zum Beispiel Cromwell. „Dieser in die Wirklichkeit seiner Zeit gerückte Cromwell wirkt oft größer (!), eben weil Kleinheiten des Charakters und Blässen der Gesinnung bloßgelegt werden.“ Zuerst wird man groß durch Absage an jede Gewalt, hier wird man größer durch blasse Gesinnung. Wir verstehen: eine „reine Literaturangelegenheit“!

Ein paar Seiten weiter finden wir einen alten guten Bekannten wieder. Das Dritte Reich hat den Juden Stefan Zweig bzw. seine Werke dorthin befördert, wohin sie gehören. Aber schmeiß' du einen Juden zur Vordertür hinaus, gleich kommt er von hinten hineingekrochen. Und so werfen wir einen Blick auf dieses Hintertürchen: ein großes Inserat, auf dessen Raum acht Bücher photographiert wiedergegeben sind. Darunter: „Bücher aus dem Herbert-Reichner-Verlag — Leipzig, Wien, Zürich, in jeder guten Buchhandlung vorrätig.“ Der berüchtigte Stefan Zweig ist gleich dreimal vertreten. „Maria Stuart“ — „Baumeister der Welt“ — „Marie Antoinette“. Wir registrieren also vorläufig, daß „deutsche“ Verlage wieder Stefan Zweig verlegen. Kommt aber nicht mit der Ausrede, Leipzig sei bloß das Auslieferungslager.

Zum Nachtisch einen besonders guten Happen aus dieser Literaturbeilage. Der „Herbert-Stuffer-Verlag“ in Berlin zeigt da ein Buch für Kinder von 8—14 Jahren an, das er sich nicht entblödet, „das schönste Jugendbuch dieses Jahres“ zu nennen. Lisa Tetzner: „... was am See geschah“. Tetzner, Tetzner, Tetzner? Der Name kommt uns so bekannt vor. Richtig, das ist die berüchtigte Tetzner vom Systemrundfunk, bekannt durch ihre Kinderstunden, seit langem verheiratet mit Kurt Kläber, einer bolschewistischen Schriftstellergröße, der jahrelang im Karl-Liebknecht-Haus residierte und zeitweilig mehr in Moskau als in Berlin war, einer der intellektuellen Hetzer, der in Gedichten, Artikeln, Geschichten und Büchern den bolschewistischen Aufstand predigte. Heute lebt das edle Paar natürlich in der Schweiz, in Carona bei Lugano.

Wir haben nicht gelesen, was am See geschah. Uns genügt, daß bolschewistische Schriftstellerpaare das nationalsozialistische Deutschland mit Kinderbüchern beglücken — die Erträgnisse, gehen sie nach der Schweiz? —, die dann als „das schönste Jugendbuch dieses Jahres“ bezeichnet werden. Das ist schon so viel Satire, daß man darüber keine mehr schreiben kann.

*Lisa Tetzner und Kurt Held werden im Jahr 1935 in der SS-Zeitung „Das Schwarze Korps“ diffamiert.*

übernationale Aufgeschlossenheit, soziale Verantwortung“ (Siemsen, 1947, S. 299). Sie fügt an anderer Stelle noch hinzu, daß es an der Zeit sei, „gute Europäer und weiterhin gute Weltbürger heranzubilden“ (Siemsen, 1949, S. 60). Zustimmung und Unterstützung fand sie bei dem in die Schweiz emigrierten Autorenehepaar Lisa Tetzner und Kurt Held (1897–1959), die wie sie aus der Jugendbewegung und der Arbeiterbewegung stammten. Held plädiert ebenfalls für die Aufnahme realistischer, zeitnaher Themen; eines davon ist ihm der Kampf um die Freiheit. Er fordert auf, das Bild einer Jugend zu zeigen, deren Rebellion, „obwohl sie ins Verbrechen führen (mag), doch noch viele, wenn auch verschüttete menschliche Regungen und Träume in sich trägt“ (Held, 1952, S. 25f.).

In ähnliche Richtung hat schon Lisa Tetzner gewiesen, die – ausgehend von der Diskussion um die Grausamkeit in den Grimmschen Märchen und die Greueltaten von Belsen und Auschwitz – zu der Einsicht kommt, daß die nachrückenden Generationen zur Menschlichkeit erzogen werden müssen. Deshalb darf der Fehler nicht begangen werden, „Realitäten zu leugnen oder zu verhüllen“ (Tetzner, 1947, S. 303). Allerdings schließt für sie die Rückbindung an die Wirklichkeit die Märchen nicht aus. Diese bleiben ihr – trotz mancher Einwände – die Grundlage aller guten Jugendliteratur (Tetzner, 1948/49, S. 65). Hier wird – völlig theorielos – der Begriff des Realismus bzw. der Wirklichkeitsnähe in der Literatur benutzt. Es geht den Kritikern der zeitlosen Traumwelttheorie um nichts anderes als um die Mahnung, der Jugend ein verantwortungsvolles Gegenwartsbewußtsein zu vermitteln.

Tetzner zählt nicht zufällig zu den ersten und entschiedensten Verteidigern von Astrid Lindgrens „Pippi Langstrumpf“-Geschichten. Sie rubriziert sie als „Märchen des heutigen Alltags“ (Tetzner, 1953, S. 74). Diese Geschichten gehören für sie in eine Reihe mit James M. Barries „Peter Pan“, Hugh Loftings „Dr. Dolittle“ und Pamela L. Travers „Mary Poppins“. Für Tetzner unterliegt es keinem Zweifel, daß sowohl realistische Kindergeschichten als auch Phantastische Erzählungen „zur Vorstellung dessen erziehen können, was heute möglich wäre“ (Tetzner, 1954, S. 792). Aber sie weiß, daß dieses antizipatorische Moment – Möglichkeitssinn – wenig Rückhalt hat in der Kinder- und Jugendliteratur.[11] Sie tritt für Konkretheit ein und wendet sich gegen „reine Innerlichkeit“. Tetzner warnt davor, weil in Deutschland zu schnell sakral mit soldatisch und kultisch mit völkisch in eins gesetzt wurden.

Noch eine Stimme ist hier zu erwähnen: die John Barfauts (1891–1965), des langjährigen Redakteurs der Jugendschriften-Warte und Vorsitzenden der Vereinigten Jugendschriftenausschüsse nach 1945. Seine Betrachtung in der zweiten Nummer der Neuen Folge der wiedererstandenen „Jugendschriften-Warte“ läßt meinen, die Wünsche von Siemsen, Tetzner oder Held seien realisiert worden. Denn er schreibt unter direkter Bezugnahme auf Siemsens Hinweise, daß die Arbeit der Vereinigten Jugendschriftenausschüsse zukünftig durch drei Ideen gekennzeichnet sein muß: Den Friedensgedanken, den demokratischen und den sozialen Gedanken (Barfaut, 1949, S. 40). Dem ist aber keineswegs so, denn Barfauts Zustimmung zu Siemsens Anregungen bezeichnet nur die eine Seite. Schon ein Jahr zuvor – 1948 – hat der

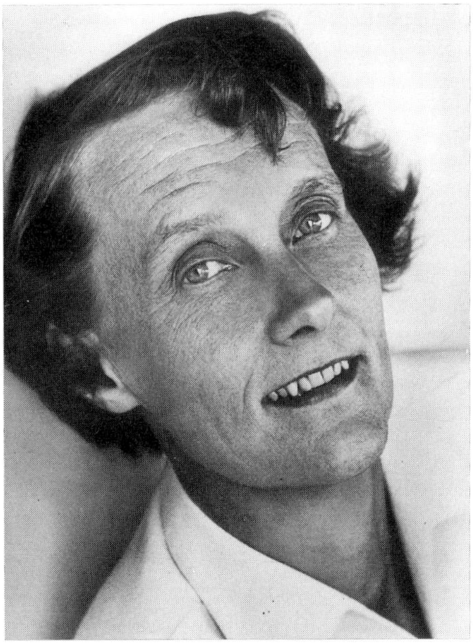

*Astrid Lindgren (*1907).*

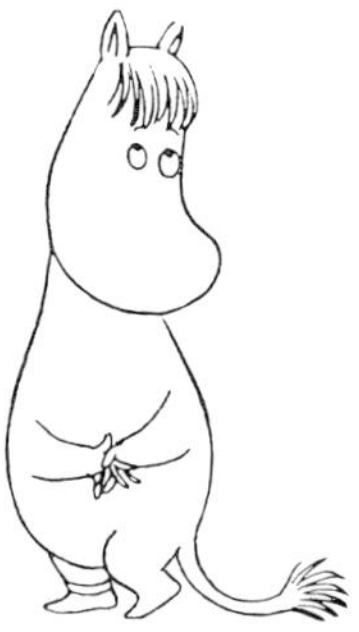

*Micki Maus, Mumin und Pippi Langstrumpf. Drei Phantastistische Figuren, die seit den fünfziger Jahren zum „Kanon" der Kinderliteratur zählen.*

Frankfurter Lehrer und Jugendschriftenpädagoge Wilhelm Fronemann (1880–1954), der sich seit den zwanziger und verstärkt in den dreißiger Jahren der Kinder- und Jugendliteratur und der Jugendschriftenbewegung gewidmet hatte, unter der Überschrift „Jugendschrifttum und die Fragen der Jungleserkunde" empfindlich auf Siemsens Realitätspostulat reagiert. Fronemann möchte nämlich das Thema Krieg vergessen machen. Er spricht von der „göttlichen Unbefangenheit" der Jugend.[12] Sein

Text dürfte eine Selbstrechtfertigung sein. Offensichtlich fühlte er sich persönlich angegriffen und Vorwürfen ausgesetzt. Man muß wissen, daß Fronemann wie Barfaut Repräsentanten der traditionsreichen Jugendschriftenbewegung sind, die ja eng mit der Geschichte gewerkschaftlicher Lehrerorganisationen verbunden ist. Fronemann opponiert nach 1945 gegen deren politische Ausrichtung auf sozialdemokratische Positionen hin. Er votiert dementgegen für die Richtigkeit und Zeitangemessenheit der völkisch-nationalen Ansichten des Lehrers und Literaturpädagogen Severin Rüttgers (1876–1938). Es ist für die Entwicklung des Jugendbuchwesens in den fünfziger Jahren nicht uninteressant, daß Fronemann vier Jahre später (1952) anläßlich der Neuauflage von Heinrich Wolgasts (1860–1920) „Das Elend der Jugendliteratur" ($^{7}$1950) die „eigenartige Literaturkunde Anna Siemsens" kritisiert. Er unterstellt Siemsen, daß „sie Wolgast durch Karl Marx ersetzen möchte" (Fronemann, 1952, S. 22). Im Grunde wird hier eine scheinbar unpolitische Literaturpädagogik mit deutlich politischer Polemik zu postulieren versucht. Und diese Auffassung dürfte dem Gros der damaligen Szene entgegengekommen sein.

In ähnlichem Sinne und in der Diktion Fronemanns lautet übrigens auch ein Bericht über die erwähnte Internationale Kinder- und Jugendbuchausstellung Jella Lepmans von 1946, die für Siemsen Anstoß war, über eine realistische Kinder- und Jugendliteratur nachzudenken, denn auch so: „In ontologischer Sicht bietet also das wertvolle Jugendbuch ein Schaubild des Wahren und Guten im Spiegel des Schönen" (Engl, 1947, S. 165). Nicht die Idee des Friedens, nicht die Erinnerung an das Leid von Millionen oder gar der Gedanke der Internationalität finden Erwähnung; statt dessen fallen Worte, die zwar jedermanns Zustimmung gewiß sind, aber zu nichts verpflichten. So hatte sich die Emigrantin Jella Lepman, die Verfechterin jugendliterarischer Reeducation, die Wirkung ihrer Idee nicht vorgestellt, auch nicht Erich Kästner, einer ihrer positiven Kritiker.

## Zweierlei Kindheitsverständnis

Der entscheidende Streitpunkt zwischen den reformerischen Kräften und den eher konservativen nach dem Zweiten Weltkrieg war die Einschätzug des Kindes und dessen, was mit Kindheit zu verbinden erlaubt ist. Zum Ausdruck kommt dieser Konflikt besonders deutlich in einem Beitrag aus dem Jahr 1953 des unter dem Pseudonym Marsyas veröffentlichenden Autors „Revolution in der Kinderstube?". Marsyas amüsiert sich über das verbreitete Unverständnis dem Buch „Pippi Langstrumpf" (1949) gegenüber. Er meint, Pippi Langstrumpf sei „das Überkind, das alle verborgenen Kinderwünsche" erfülle. Er fährt fort: „Kurz: diese Pippi Langstrumpf ist das, was jedes unverbildete Kind sich erträumt – ein Produkt ungehemmter Phantasie zwar und doch im tiefsten Sinne eine psychologische Realität" (Marsyas,

1953, S. 74). Die positive Einstellung der Kinder zu Pippi Langstrumpf hat für Marsyas ihren Grund in der spezifischen Sicht des Kindes und der Kindheit. Mit dieser Figur ändere sich das Paradigma der Kindergestalten in der Literatur für junge Leser: „Während es bisher üblich war, in Kinder- und Jugendbüchern zu zeigen, wie das Kind in die menschliche Gesellschaft und Gesittung hineinwächst oder hineingezwungen wird, macht Astrid Lindgren es umgekehrt: Sie entfesselt das Kind" (Marsyas, 1953, S. 74).

*Einband der deutschen Erstausgabe von „Pippi Langstrumpf" (1949), gestaltet von Walter Scharnweber.*

Eine solche Sichtweise steht in unaufhebbarem Gegensatz zu einer Haltung, die Gefahren für das Kind darin sieht, daß die Großen sich einmischen, es lächerlich machen, Unverständnis zeigen oder verweichlichen und verwöhnen. Diesen Gefahren entspricht vom Kinde aus gesehen das „Sich-gleich-machen-wollen den Großen, zu frühes Erwachen der Triebe oder des zersetzenden Verstandes" (Faber du Faur, 1948). Zwischen der Kinderwelt und der Welt der Erwachsenen ist nach Faber du Faurs (1894–1955) Auffassung ein Bruch; wer ihn überspringt, schadet dem Kinde. Die Autorin schreibt an die Adresse der Kinderbuchautoren, daß derjenige, der für

Kinder schreibt, „die Kindheit im Kind fester begründen und verankern (muß), daß sie ihm bleibe für sein Leben" (Faber du Faur, 1948, S. 438). Die Kindheit in diesem Sinne im „Kinde fester begründen" meint, es nicht befreien, nicht entfesseln, sondern in die von Erwachsenen gezogenen Schranken verweisen. Indem die Kindheit aus der menschlichen Gemeinschaft gleichsam ausgegrenzt wird, weil sie separiert wird, hebt sich auch der Widerspruch der der Kindheit immanenten Utopie gegen die erwachsene Welt auf.

*1958 wurde Marlene Reidels (*1923) Bilderbuch „Kasimirs Weltreise" (1957) im Rahmen des Deutschen Jugendbuchpreises ausgezeichnet.*

Diese Art „beschränkter" Kindheit war nicht gemeint in dem Vorwort zu dem Buch „Kinder, Bücher und große Leute" (frz. Erstausgabe 1932) des französischen Literaturhistorikers Paul Hazard (1878–1944), das Erich Kästner schrieb und der deutschen Ausgabe von 1952 voranstellte. Kästner betont darin, daß für Hazard feststehe, „die Jugend (dürfe) nicht zur Vorstufe fürs Erwachsensein degradiert werden, sondern als absoluter Wert erkannt und anerkannt werden" (S. 9). Hazard selbst hatte vermutet, daß die Zufriedenheit der „großen Leute" davon abhinge, die

„Kindlichkeit des Herzens" zu ersticken, „aus dem Geist den Sinn für Freiheit" und die „Freude am Spiel" auszuradieren. Sie zwingen Regeln und Schranken auf, um die Kinder „ohne alle Verzögerung auf die Höhe ihres eigenen so vollkommenen Wesens zu heben" (Hazard, 1952, S. 21).

Hazards Einsichten haben wenig gemein mit der Art, wie Faber du Faur Kindheit faßt. Ihre Auffassung speist sich aus der Furcht vor den den Kindern eigenen Antrieben und Ansprüchen. Bei Hazard sind Kindheit und Jugend als Status sui generis akzeptiert, der als Status die Erwachsenenwelt kritisiert. Hazard ergreift Partei für die Unterlegenen, gegen pädagogische Intervention: „Nicht genug, daß sie die Phantasie von ihrem angestammten Platz vertreiben und dem Traum den Krieg erklären, die Kleinen sollen noch obendrein feierlich versichern: ‚Ich lerne, ohne daß ich zu lernen scheine' ..." (Hazard, 1952, S. 23).

Diese kontroversen Ansichten über den Status der Kindheit in der menschlichen Gesellschaft gehören in die Diskussion um die Kinder- und Jugendliteratur der fünfziger Jahre. Erinnert sei nur, daß das, was Hazards Aussagen implizieren, Kästner in seinem berühmten Vortrag „Jugend, Literatur und Jugendliteratur" (1953) auf der ersten Tagung des International Board on Books for Young People in Zürich aufgegriffen und erläutert hat. Kästner bringt darin die Formel von der Kinder- und Jugendliteratur, die immer noch aus der Kniebeuge heraus geschrieben werde. Er geht mit jenen Autoren, die *nur* Jugendbücher schreiben, hart ins Gericht: Sie seien „keine Schriftsteller" und er fährt fort: „... Jugendschriftsteller sind sie schon gar nicht" (Kästner, 1953, S. 41).

Mißtrauisch seinen Zeitgenossen gegenüber formuliert er: „Der Jugend kann in unserer desolaten Welt nur helfen, wer an die Menschen glaubt. Er hat keinen Anlaß, an die abgewerteten Zeitgenossen zu glauben. Sich selber wird er dabei nicht ausnehmen dürfen. Doch er muß einen gelungeneren Entwurf vom Menschen vor Augen haben" (Kästner, 1953, S. 45). In Opposition zum „Museum der abgelebten Werte" reklamiert Kästner „das Gewissen, die Vorbilder, die Heimat, die Ferne, die Freundschaft, die Freiheit, die Erinnerung, die Fantasie, das Glück und den Humor" (Kästner, 1953, S. 45).

Diese Werte – gewiß aus der heutigen Sicht eine bunte Sammlung von auch ambivalent benutzten, ja zum Hinterfragen anregenden Begriffen – sind damals eindeutig beziehbar auf die „abgelehnten Werte", wie sie sich etwa in Alfred Weidenmanns (*1918) in der Hitler-Zeit preisgekrönten Jugendbuch „Jungzug 2" von 1936 darstellten. Kästners Entwurf widerspricht ganz entschieden den sogenannten „sieben Schwertworten des Jungvolkjungen": „Härte, Tapferkeit, Treue, Haltung, Wahrheit, Kameradschaft, Ehre", die Weidenmanns Geschichte einleiten.

Kästner, Tetzner, Siemsen und Held kannten, als sie sich in der deutschen Nachkriegsjugendliteratur wieder zu Wort melden konnten, ihre politischen und literarischen Opponenten. Sie hatten es jedoch insofern nicht leicht, als nach Beendigung der Kampfhandlungen und am Beginn der Zeit des Wiederaufbaus von 1945 bis etwa 1960 eine Meinungsbildung in Publizistik, Pädagogik und Jugendlitera-

*Diese großformatige Heftausgabe von Erich Kästners „Emil und die Detektive", hergestellt im Rotationsdruck, erschien 1947 in hoher Auflage in der Reihe „Williams-Jugendhefte".*

turkritik stattfand, die in Richtung auf ein Isolieren der Kinder, die ja an dem Desaster ohne eigene Schuld waren, gegenüber der de facto vorhandenen Trümmerwelt der Erwachsenen ausging, auf ein harmoniereiches Fiktionsangebot von Phantasiewelten und verschönten Wirklichkeitsschilderungen, auf ein damit auch – übrigens gut gemeintes – Raushalten der Jugend aus dem so oder so gedeuteten Ende des „Dritten Reichs".

Der Satz Erich Kästners – geschrieben um 1960 – aus dem Vorwort zu einem anderen Buch der Nachkriegszeit, nämlich Clara Asscher-Pinkhofs „Sternkinder" (dt. 1961), ist aus der Opposition zu dieser Tendenz der Isolierung der Kinder von der Wirklichkeit der Gegenwart und jüngsten Vergangenheit zu verstehen: „Wer aus der schuldlosen Jugend eine ahnungslose Jugend zu machen versuchte, der fügte neue Schuld zur alten." Dieses Buch, das die Leiden jüdischer Kinder in deutschen Konzentrationslagern schildert, war übrigens schon 1946 in Holland erschienen, es bedurfte aber fünfzehn Jahre, bis eine westdeutsche Ausgabe vorlag. 1962 wurde Asscher-Pinkhof dann mit dem Deutschen Jugendbuchpreis ausgezeichnet.

Die vierziger und fünfziger Jahre hatten – betrachtet man die Geschichte der Kinder- und Jugendliteratur – ihre Schwierigkeit, zu einem wahrheitsgemäßen Verhältnis zur damaligen gesellschaftlichen Wirklichkeit zu gelangen.[13]

*Schutzumschlag der deutschen Ausgabe des Kinderbuchs „Sternkinder" (1961) von Clara Asscher-Pinkhof (1896–1984).*

## Die Suche nach gesunder „Lesekost"

Zahlreich sind nach 1945 Überlegungen darüber, wie auf empirische Weise erforscht werden könne, was die Leser konsumieren wollen.[14] Im Verein mit diesen Plänen zur Markterforschung macht sich zeitgleich ein stark pädagogischer Zugang zu den Leserwünschen geltend. Die Adepten dieser letzteren Richtung meinten, aus der Position der Laissez-faire laissez-passer-Pädagogik, ja auch der „vom Kinde aus" heraus auf die freiwillig genutzte Lektüre der Jungen und Mädchen aufbauen zu sollen, ja nur mehr zu geben, was goutiert wird. Im Endergebnis unterscheiden sich die Resultate der empirischen und der leserpädagogischen Zugänge kaum.

Schon 1947 teilt O. E. H. Becker im „Börsenblatt für den Deutschen Buchhandel" mit, daß die Jugend Abenteuer- und Reiseliteratur, Tiergeschichten, Märchen, Technik und Naturwissenschaft, Biographien, Mädchenbücher, Romane und Erzählungen, Bastelbücher, Schulbücher, Politik und Geschichte bevorzugt. Autoren, die die Jugendlichen nennen, sind Cooper, Defoe, Karl May, Stevenson und Kästner bei den Jungen. Bei den Mädchen sind es Agnes Sapper, Johanna Spyri und Sofie Schieker-Ebe. Zusammenfassend stellt Becker „mit Erschütterung" – wie er anführt – fest, daß die Jugend einen in die Ferne drängenden Trieb besitzt, „einen mächtigen Drang, Welt in das Bewußtsein zu nehmen" (Becker, 1947, S. 212). Er sieht das nach der Enge und Abschließung durch den Nationalsozialismus positiv. Aber seine Schlußfolgerung mutet seltsam an: „Das Denken der Jugend ... darf durch realistische, dem Naturalismus angenäherte unmittelbare Gegenwartsstoffe nicht eingeengt werden" (Becker, 1947, S. 213).[15] Becker hat den „klassischen" Jugendliteraturkanon wiederentdeckt und in seiner Berechtigung anerkannt.

Die Literaturpädagogik konnte sich, wollte sie sich nicht selbst aufgeben, mit einem reinen Überlassen an den Publikumsgeschmack nicht zufriedengeben. Sie konnte zwar zur Beachtung des Lesebedürfnisses der Kinder auf den verschiedenen Wachstumsstufen aufrufen, aber nicht gänzlich von Zielvorstellungen im Hinblick auf einen literarisch gebildeten Leser abrücken. So ging über die Auffassung Beckers zum Beispiel die Literaturpädagogin Martha Glaser (* 1898) aus christlicher Sicht hinaus. Sie will für die Jugendlektüre aus der gesamten Dichtung auswählen und läßt die spezifische Jugendliteratur allein nicht gelten. Sie empfiehlt Kleists „Michael Kohlhaas", Chamisso und Eichendorff und Autoren des 19. Jahrhunderts wie Grillparzer, Gotthelf, Stifter, Meyer, Keller, Storm, Raabe und Fontane. Aus dem 20. Jahrhundert bestehen vor ihr Thomas Mann, Hans Carossa, Anna Schieber, Selma Lagerlöf, Gertrud Bäumer, Hermann Hesse und – gleich mehrfach – Bernt von Heiseler. Ihr Vorschlag ist sogar, den Jugendlichen insbesondere „schwierige Bücher" zu empfehlen. Für sie sind das Bücher „mit krassen, ausgefallenen Einzelfällen, in denen sich nicht so sehr der tiefe Sinn des Lebens offenbart, als daß umgekehrt seine Fragwürdigkeit, ja seine – freilich vermeintliche – Sinnlosigkeit zutage tritt" (Glaser, 1948, S. 6). Der Einschub „freilich vermeintlich" nimmt den Anspruch ihres Vorschlags zurück. Glasers Vorhaben bleibt durch diese Relativierung in den Bahnen traditioneller „positiver" Lektüre für junge Leser, gegen das Zersetzende des Intellekts.

Noch mehr dem Gedanken der Behütungspädagogik zugeneigt und insofern auch noch betulicher als Glasers Vorschläge zur Lektüre der Jugend klingen die Johanna Haarers in „Unsere Schulkinder" (1950). Bei ihr spielt zudem eine Metapher eine entscheidende Rolle, die in den fünfziger Jahren bei Kinderbuchpädagogen beständig wieder auftaucht: Lesekost. Haarer bewertet Bücher als „nahrhaft", „verdorben" oder „unverdaulich". Dies sind Formulierungen, in denen sich zugleich Skepsis gegen das Lesen kundgibt: „Es sei hier ein Vergleich mit der Kost und Ernährung des Körpers erlaubt: Ein richtig ernährtes Kind ist nicht sonderlich naschhaft ... Ein Kind, dem wichtige Stoffe vorenthalten werden, weiß nicht, was ihm fehlt. Es möchte dauernd etwas anderes haben, es nascht herum ... Bei der geistigen Kost scheint es ähnlich zu sein. Ein Kind, das mit wenigen guten Büchern versorgt wird, die seinem Alter entsprechen und seiner Seele die richtige Nahrung geben, verfällt nicht leicht der blinden Lesewut" (Haarer, 1950, S. 298f.). Die Adepten der Kinder- und Jugendliteratur geraten also in den Konflikt, zur selben Zeit vor dem Lesen zu warnen und es zu fordern.[16]

Darin deutet sich an, daß in den fünfziger Jahren die Kinderbuchkritik oftmals gar keine literaturkritische Funktion haben wollte, sondern sich als „Lesehygiene" verstanden hat. Dazu paßt die vielfach wiederholte und probate Kritik am fortbestehenden Erfolg der Bücher Karl Mays. Der Literaturpädagoge Joseph Antz (1880–1960) fragte (1950/51): „Immer nur Karl May?" Ihm stellte er andere Abenteuerautoren des 19. Jahrhunderts an die Seite. Meist fallen dann die Namen James F. Cooper oder Mark Twain, Robert L. Stevenson oder Karl Postl.

Der Hang, auf das lang Bewährte zurückzugreifen, überdeckt den Hang, nach Neuem zu suchen. Daß Experimente in der Kinder- und Jugendliteratur der Nachkriegszeit kaum gewagt worden sind, demonstrieren nachdrücklich die „Jahresgaben" des Reutlinger Ensslin & Laiblin Verlags. Darin wird unter anderem begründet, weshalb die klassischen Titel wieder auf den Markt gehören. Veröffentlichungswürdig erscheinen ohne jeglichen kritischen Einwand Grimmelshausens „Simplizissimus", Stevensons „Schatzinsel", Mark Twains „Tom Sawyer", die Märchen der Brüder Grimm und James F. Coopers „Lederstrumpf", ein Buch, von dem gesagt wird, daß es „große Beispiele, Männer, zu denen Jugend aufschauen kann", biete (F. Bahnmüller, 1951). Und vom „Robinson Crusoe" des Daniel Defoe heißt es in der Jahresgabe 1951, daß es „das Bild der freien, sich selbst entfaltenden Persönlichkeit" beinhaltet. Der Autor – G. Jacob – setzt dies in Kontrast zur Gegenwart, in der „wir schon von Jugend an in großen Massenorganisationen eingegliedert" sind (G. Jacob, 1951, S. 33).

Die nach „draußen" dringenden Momente, der „Drang zum Pioniertum", werden ergänzt durch Heimatidolatrie. Der Lektor des Ensslin & Laiblin Verlags, Eduard Rothemund (1900–1966), spielt sie in seinen Überlegungen zu „Johanna Spyri und das Mädchenbuch" aus. Die Gegner, die er dingfest machen will, sind „Elektrifizierung, Industrialisierung und Amerikanisierung". Er arbeitet mit dem sentimental interpretierten Gegensatz von Stadt und Land: „Land ist Heimat und Freiheit, Stadt ist Fremde und Zwang" (Rothemund, 1951, S. 30 und 31). Es geht um eine gesunde, saubere, bewährte Lesekost.

# *Anmerkungen*

1 Vergleiche hierzu den Band „Die Diskussion um das deutsche Lesebuch“, herausgegeben von Hermann Helmers (Darmstadt 1969), mit Beiträgen von Walter Killy, Hildegard Hamm-Brücher, Peter Glotz u. a. Die Diskussion wurde sowohl von politischer als auch von fachwissenschaftlicher Seite aus geführt.

2 Zeitweise tauchen in Knaaks „Hornissenvolk“ Reminiszenzen an Waldemar Bonsels' „Biene Maja“ (1912) auf, vor allem anläßlich der Szene, in der Bonsels' Biene Maja ihr Volk vor den Hornissen rettet. Bonsels schildert darin die Hornissen als Räuber- und Mördervolk. Bei Knaak haben wir eine entgegengesetzte Einschätzung der Hornissen, er sieht sie positiv – aus ihrem Blickwinkel –, denn sie folgen ihrem inneren Gesetz. Er bejaht deshalb ihren Überfall auf ein anderes „Volk“.

3 Knaak wendet sich in seinem Beitrag „Wesen und Bedeutung der Tiergeschichte“ gegen sentimentalen Anthropomorphismus. Er selbst sieht aber die Zusammenhänge des Tierlebens nicht funktional, sondern sinngetragen und verfällt somit selbst dem Vorwurf zu „vermenschlichen“. Knaak beharrt nämlich darauf, daß Tiergeschichten Sinndeuter des Lebens seien. Er betreibt „sinndeutendes Tierschauen“. Fragt er aber nach der Bedeutung, hat er den natürlichen Bereich schon verlassen und bewegt sich in anthropomorphen Kategorien. Die Tiergeschichte ist für Knaak „weltanschauliche Handreichung mit dem Hinweis auf die großen kosmischen Gesetzmäßigkeiten und ihre unabänderliche Gültigkeit“ (Knaak, 1954, S. 42).
Im Abschnitt „Ausblick“ des Bandes „Hornissenvolk“ unternimmt es der Autor, seine Geschichte zu relativieren, indem er nach der Vergleichbarkeit von Tierleben und Staatenleben der Menschen fragt: „Es reizt gewiß den Beobachter nach all den Einzelheiten seiner Schau, die gesellschaftliche Ordnung der Hornissen mit dem Staatenleben der Menschen in Beziehung zu setzen, ein Unterfangen, das aber der Wesensart der Insekten nicht gerecht wird. Denn es muß beachtet werden, daß die Arbeitsteilung dieser Wespen ... trieb- und instinktmäßig festgelegt ist und daher in ziemlich starren Bahnen verläuft, während die Staatsformen der Menschen auf freiwilliger Einordnung des Einzelnen in den großen Zweckverband der Rechtssicherheit aus Gründen der Einsicht und Vernunftbestehen und darum auch stets wandelbar sein können“ (Knaak, 1948, S. 109f.). Knaak sieht also das Problem, das seine Tiergeschichte aufwirft, durchaus, aber im „Volkswohl“ hat er die ideologische Überhöhung gefunden, die ihm seinen Vergleich angebracht sein läßt.

4 1950 schließlich votiert der Literaturpädagoge Hermann Bertlein in seinen Überlegungen zur „Problematik des jugendlichen Tierbuchs in der Gegenwart“ (1950, S. 43) uneingeschränkt für die Schriften Kurt Knaaks.

5 Diese These kann nicht in gleicher Weise auf die Jugend jener Jahre bezogen werden. Der Münsteraner Soziologe Helmut Schelsky erkannte in seiner Studie „Die skeptische Generation“ (1957), daß in den fünfziger Jahren keine künstlerischen oder geistigen Bewegungen durch Westdeutschland gegangen seien, die eine über private Geschmacksäußerungen hinausreichende Stellungnahme der Jugend als solcher hervorgerufen hätten (Schelsky, 1957, S. 484). Er sieht zum Beispiel im ästhetischen Bereich bei der Jugend eine „neue Konventionalität“ am Werk und in bezug auf die Rezeption moderner Kunst und Literatur meint er, eine Haltung vernehmen zu können, die – lässig indifferent – „das Revolutionäre, den geistigen und künstlerischen Ausbruch ... gar nicht mehr spürt“ (Schelsky, 1957, S. 486). Gut zwei Jahrzehnte später konnte der österreichische Kulturhistoriker Thomas Zaunschirn behaupten, daß die Jugendbewegung der „skeptischen Generation“ in Europa keine Literatur hervorgebracht habe, keine ideologischen Parolen und keine allgemeine Richtung (Zaunschirn, 1980, S. 31).

6 Bei der Betrachtung der Kinder- und Jugendliteratur der frühen Nachkriegsjahre kann davon ausgegangen werden, daß die bisherigen Überlegungen – denen wir vielfältige Anregungen verdanken – zu kurz greifen, weil sie zumeist erst gegen Ende der fünfziger Jahre ansetzen. Das trifft zu für Klaus Doderer (1981), Helmut Müller (1983) und Alfred C. Baumgärtner (1976), die ihren Ausgang von Autoren wie Krüss, Preußler, Guggenmos oder dem späten Kästner nehmen. Das davor von anderen Veröffentlichte lassen sie undiskutiert. Die Kritiker beziehen sich auf eine wieder etablierte kinderliterarische Öffentlichkeit und lassen Vorheriges im Dunkeln. In seinen Überlegungen zu den pädagogischen Intentionen in der Kinder- und Jugendliteratur von 1945 bis heute differenziert Helmut Müller die Entwicklung in Phasen. Er unterscheidet eine Behelfsphase 1945–1950, eine der Neuorientierung 1950–1955 und die ethisch orientierte Kinder- und Jugendliteratur 1956–1965. Diese Gruppen faßt er unter dem Oberbegriff „pädagogisch-moralisches Schrifttum" zusammen. Müller sieht diese Entwicklung zu positiv-geradlinig. Das trifft auch, soweit wir sehen können, auf Baumgärtners Aussagen zu. Denn er postuliert, daß die Jugendliteratur, die während der ersten zehn Jahre nach dem Kriege veröffentlicht wurde, erkennen läßt, wie stark die historischen Erfahrungen von Nationalsozialismus und Krieg nachwirkten, aber nur seltsam indirekt zum Ausdruck gebracht wurden. Die Autoren waren bemüht, so Baumgärtner, einen Beitrag zum Neuaufbau zu leisten, den sie als eine moralische Aufgabe verstanden haben: „Was in den 12 Jahren als höchste Werte propagiert worden war, konfrontierten sie mit dessen Gegenbild. Dem Nationalismus stellten sie die Völkerverständigung entgegen, dem Kriegswillen die Verständigungsbereitschaft, dem kämpferischen Abenteuer die Bewährung im Dienst am Menschen" (Baumgärtner, 1976, S. 217). Es bleibt zu überprüfen, ob Baumgärtner nicht eher einen Soll-Zustand als einen Ist-Zustand beschrieben hat. Gerd F. Rumler jedenfalls hat in seiner Studie „Die westdeutsche Jugendliteratur seit 1945" auf das Fehlen jeglicher Kriegsliteratur hingewiesen. Er gibt aber zu bedenken, ob nicht die weit verbreiteten Indianergeschichten auf geschichtlich und geographisch neutralem Terrain das latent vorhandene Interesse an Kriegsliteratur und Heldenverehrung befriedigten (Rumler, 1973, S. 26). Rumler erkannte auch eine eher konservative Titelpolitik der Kinder- und Jugendbuchverlage in der Nachkriegszeit.

7 Es ist bemerkenswert, daß die Kinder- und Jugendbuchautoren an der Reorganisation der westdeutschen Schriftstellerverbände nur geringen Anteil nahmen (vgl. U. Bürgel-Goodwin, 1977, S. 362ff.), was vielleicht mit ihrem Hang zur Verteidigung alter Ordnung zu erklären wäre. Auch wenn James Krüss Neuorientierungen zu sehen versuchte, bleibt es bezeichnend, daß diese Autorengruppe an der Umgestaltung ihrer eigenen Verbände nicht interessiert schien. In Berlin war es allein die Mädchenbuchautorin Hertha von Gebhardt, die als Beiratsmitglied an der Arbeit des Schutzverbandes der Autoren mitwirkte. Aktiv waren im Norden die Autoren Hans Leip und Rolf Italiaander, im Westen Wilhelm Fronemann und Laurenz Kiesgen und im Frankfurter Schutzverband deutscher Schriftsteller der Redakteur und Autor Walter Pollatschek. Diese Zurückhaltung ist wohl damit zu erklären, daß es zwar bis Juli 1946 allein in der amerikanischen Zone mehrere hundert Verleger mit Lizenz gegeben hat, aber vor 1949 ein freies Verlagswesen und Schriftstellerdasein nirgendwo in Deutschland möglich war (vgl. H. Gehring, 1976, S. 89). Hinzu kam die Unsicherheit gegenüber den wechselnden Direktiven der Besatzungsmächte und ihrer Kulturpolitik.

8 Verschiedene Phasen sind schon in der ersten Nachkriegszeit zu erkennen: Die erste nennt Gehring die antinazistisch-antimilitaristische, sie währte ungefähr bis 1948 (mit einer liberalen Kulturpolitik), gefolgt von einer Phase der Erziehung zur Demokratie. Bei der Erläuterung dieser Etappe führt Gehring ein Zitat an, das die Kinder- und Jugendliteratur betrifft: „The Civil Affairs Division feels that out of policy reasons we should not try to take a hand in writing of proposed juvenile texts" (Gehring, 1976, S. 91). Demnach hätte für die

Autoren dieser Adressatengruppe eine Chance freier Entfaltung bestanden. Die kritischste Phase war die, die mit der Berlin-Blockade begann und sich mit dem Korea-Krieg fortsetzte. Sie geriet strikt antikommunistisch. Kultur diente jetzt als Instrument der Propaganda.
Die Kinder- und Jugendliteratur, so viel ist zu sehen, hat kaum einmal die Möglichkeiten der „offeneren" Literaturpolitik der westlichen Besatzungsmächte genutzt, sondern sich erst in der Phase des Kalten Krieges eingeschaltet. Durch die extensive Erzählung von Vertriebenengeschichten hat sie an dem Feindbild weitergearbeitet, das schon im Dritten Reich vorbereitet worden war: dem Kommunismus. Dennoch, trotz der Anpassung an die Direktiven der Alliierten, war das Urteil eines amerikanischen „Committee of Book Publishers", das 1948 Westdeutschland bereiste, über die Kinder- und Jugendliteratur vernichtend: „Grimm and Struwwelpeter are not enough in modern times for growing minds. These minds are particularly important to us because the future has to build on today's children" (zit. nach Umlauff, 1978, S. 510).

9 Hier mag ein Verweis auf Hermann Hesses „Brief nach Deutschland" (in: H. Hesse, Werke, Bd. 10. 1970, S. 579) angebracht sein. Dieser Brief aus dem Jahre 1945 unterrichtet über Schreiben deutscher Kriegsgefangener an Hesse. Als typisches Merkmal dieser Briefe erkennt der Autor, daß sie nur von dem sprechen, „was sie erleben mußten, ... von dem, was sie als deutsche Soldaten jahrelang der Welt angetan hatten, war nie mit einem Wort die Rede". Eine ähnliche Erfahrung teilt auch Max Frischs „Tagebuch 1946–1949" in seinem „Entwurf eines Briefes" mit. Frisch macht in seinem „Tagebuch" auf ein weiteres aufmerksam. Er empfindet die deutsche Lyrik der Jahre nach 1946 als „antiquarisch". Sie versäume, so sein Urteil, die sprachliche Durchdringung der Welt, die uns umstellt. Seine kritische Inventur der Sprache der Lyrik trifft im selben Maße die der Kinder- und Jugendliteratur damals: „Die Sense der Bauern, die Mühle am Bach, das Spinnrad, der Löwe das sind ja nicht die Dinge, die uns umstellen. Das Banale der modernen Welt (jeder Welt) wird nicht durchstoßen, nur vermieden und ängstlich umgangen" (Frisch, 1950, zit. nach [8]1970, S. 166). Die Welt der Kinder- und Jugendliteratur der Nachkriegszeit war keine gestaltete Welt, sie war jedoch – in den Worten Frischs – immer „schon gereimt".

10 Die von Petra Jäschke und Winfred Kaminski während der Untersuchung in den Jahren 1984 und 1985 geführten Befragungen bei Experten haben an vielen Stellen die hier vertretene Auffassung bestätigt, aber auch variiert. So wird in einem Hinweis der Literaturwissenschaftlerin und Kinderbuchtheoretikerin Anneliese Bodensohn (Brief vom April 1984), die die Existenz einer „Trümmerliteratur für die Kinder", analog zu der für Erwachsene, nicht zu erkennen vermag, augenscheinlich, daß es diesen Bruch um 1945 nicht gegeben hat. Für Bodensohn ist offenbar, daß zahlreiche Buchprojekte nach 1945 nicht bloß den Anschluß an die Zeit vor 1933 suchten, sondern fast noch mehr sich an den Poetischen Realismus der 2. Hälfte des 19. Jahrhunderts anlehnten. Diese Erkenntnis wird von Horst Schaller (Gespräch am 3.5.1984) bestätigt.
Auch Margarete Dierks (Gespräch am 1.6.1984) schließt sich diesen Aussagen an. Sie erkennt darüber hinaus den Vorrang eines „Gemüthaft-Lieblichen", beispielhaft im Werke von Paul Alverdes. Seit dem Beginn der fünfziger Jahre macht sie dann ein verstärktes Interesse am Sachbuch aus. Gegen Ende der fünfziger Jahre meint Dierks in den Schriften von Ursula Wölfel eine Tendenz zur Psychologisierung „vom Kinde aus" zu erkennen sowie eine Wendung gegen das apsychologische Umweltbuch, das insbesondere die gegenständliche Nahwelt des Kindes zum Thema hatte.
Der Literaturpädagoge Hermann Bertlein (Gespräch am 8.4.1984) sieht u.a. die Kinder- und Jugendliteratur der Nachkriegszeit durch „Innerlichkeit", „Schönheit", „Seele" und Flucht in die „alte Geschichte", d.h. durch Verdrängung der unmittelbaren Vergangenheit gekennzeichnet. Die Kinder- und Jugendliteratur war in seiner Erinnerung insgesamt konservativ und in Teilen zumindest sogar immer noch national eingefärbt. Bertlein wies

auch auf die in seiner Sicht problematische Kontinuität beispielsweise in der Beurteilungspraxis der Vereinigten Jugendschriftenausschüsse hin. Für ihn war das „gute Jugendbuch" das mit den jeweils gesellschaftlich gewünschten Inhalten.
Starke Verwandtschaft mit Bertleins Charakteristik hatten Bemerkungen des Autors und Jugendbuchkritikers Heinrich Pleticha (Gespräch am 17.5.1984), der dahin zielte, daß es zu Ende der vierziger Jahre und noch zu Beginn der fünfziger das Thema „Deutsche Geschichte" in der Kinder- und Jugendliteratur nicht vorkam. Bemerkenswert war zudem für ihn ein anderes Moment: die Durchsetzung der „Sicht des Kindes", die gegen das Heldische gerichtet war, sowie der Positivismus des Sachbuchs, der für ihn eine Art neuerlicher Aufklärung einschloß. Generell benennt er die damaligen Kinder- und Jugendbücher mit den Worten „geistige Care-Pakete".
Walter Scherf, der langjährige Direktor der Internationalen Jugendbibliothek, formuliert (Gespräch am 9.7.1984) ähnlich: es seien „geistige Postwurfsendungen"; nicht ohne einige – wie er anmerkt – deutsche Töne gewesen. Inhaltlich sieht Scherf in bezug auf das Geschehen in Deutschland vor 1945 eine „stille Verarbeitung" der Geschichte, voller Vermeidungsstrategien. Die Gesamtentwicklung verlief für Scherf von einer anfänglichen Sachorientierung und Neutralisierung, kurz nach 1950 hin auf Psychologisierung, die über phantastische Erzählungen vermittelt wurde. Außer acht gelassen wurde weithin unmittelbar Politisches und Zeitgeschichtliches.
Auch Klaus Doderer entwickelt eine eher skeptische Perspektive auf die fünfziger Jahre der Kinder- und Jugendliteratur. Ihm fehlt eine Kinder- und Jugendliteratur, die die damals jungen Leser „katastrophengewärtig" gemacht hätte. Statt dessen seien eine Albert-Schweitzer- oder Elsa-Brandström-Ideologie und die „inneren Werte" kultiviert worden, die dann als Instrumente autoritärer Pädadgogik wirksam wurden. Die Dominanz dieser Einstellung, als gruppenübergreifende Ideologie, verhinderte die notwendige sprachliche und sachliche „Ausnüchterung" der Kinder- und Jugendliteratur. Eine Ursache für das Fehlen eines solchen Vorgangs sei wohl – so Doderer –, daß innerhalb der theoriebildenden Kreise der Kinder- und Jugendliteratur kein eigentliches Literaturverständnis existiert habe.
Auch James Krüss und Otfried Preußler wurden um ihre Meinung befragt. Beide Autoren hatten in den fünfziger Jahren zu schreiben begonnen. Preußler (Gespräch am 2.7.1984), der für sich eine „barocke Komponente" beansprucht, setzte auf die Volkstradition und die Volksliteratur. Er schrieb Überliefertes um und verstand, durch Spielangebote zur Entdämonisierung unheimlicher Wesen, Hexen und Wassermänner, zu gelangen. Ein Zug, den er allgemein für die Kinder- und Jugendliteratur der fünfziger Jahre bezeichnend findet. Ihn fasziniert das Sichbehaupten seiner kleinen Helden.
Preußlers Entdämonisierungsintention (wenn z.B. der traditionell tückische Wassermann „positiv" erscheint und gesellig wird) hat eine Fortsetzung in der Tendenz zu Entheroisierung und Entmythologisierung bei James Krüss (Gespräch vom 25.8.1984). Krüss vor allem sieht für die Jahre 1945 bis 1960 ein eher „formloses Gesicht", erst nach 1960 habe die Kinder- und Jugendliteratur aus dem Ghetto herausgefunden. Für ihn selbst ergab sich bei seiner Richtung gegen den „traditionellen Kram" die Suche nach einem „lapidaren Ton". Er wollte so der Entpolitisierung und der von ihm erkannten „verschleierten Tendenz" der Adenauerzeit begegnen.

11 Die Verteidigung des in den frühen fünfziger Jahren noch umstrittenen Genres Phantastische Erzählung gibt Tetzner zugleich die Möglichkeit, darauf hinzuweisen, daß ihre „Kinder-Odyssee", von der Anlage her anders als die genannten klassischen Kinderbücher, genauso von Erwachsenen abgelehnt worden ist. Tetzner macht einsichtig, daß nicht nur ein bestimmtes Genre geeignet ist, Denkanstöße zu geben, Sichtweisen zu ändern.

12 Auch Otto Metzker, ein weiterer einflußreicher Jugendschriftler der fünfziger Jahre, macht sich gegen zeitgeschichtliche Fragen im Kinder- und Jugenduch stark. Denn menschliche

Tragödien sind in erster Linie Probleme der Sozialpolitik. Deshalb sollen zum Beispiel Schwarzmarkt oder Schiebergeschäfte als Sujets nicht in der Lektüre für Kinder auftauchen. Metzker lehnt realistisches Schreiben ab, akzeptiert aber die Gefühligkeit der „Heimatlosen-Schicksale" (Metzker, 1950, S. 23).

13 Es ist festzuhalten, daß neben vielen Einwänden gegen die reformerischen Kräfte sich doch auch solche Stimmen erhoben, die sie unterstützen. So lobt noch zu Ende der vierziger Jahre in „Westermanns Pädagogische Beiträge" F. Koppe (1949) Tetzners „Kinder-Odyssee" und erwähnt Erich Kästner (1899–1974) positiv. Beide werden auch in der vierten Nummer des Jahrgangs 1949 der Zeitschrift „Schola" gefeiert, vor allem Kästner wird als Beispiel für die Neue Sachlichkeit emporgehoben. Aber dieser Autor ist es auch, der besonders häufig kritisiert wird. Wiederum ist es W. Fronemann, der sich gegen Kästner wendet: „Was soll diese satirische Jugendschrift?", gemeint ist „Das doppelte Lottchen" (1949). Er hält dafür, daß Kinder „gesundes und gerades Denken" wollen, keine überspitzte Satire (Fronemann, 1949, S. 928f.). Wie zuvor schon greift Fronemann auch jetzt zur Denunziation, wenn er schreibt: „Es sollte doch stutzig machen, daß in der Ostzone Kästner über den grünen Klee gelobt ist, neuerdings zusammen mit einem Friedrich Wolf, von dem ich keine Zeile gelesen habe. Es muß also in Kästners Büchern ein Sinn liegen, der nicht dem seelischen Aufbau zugewendet ist, sondern der seelischen Zerrüttung" (Fronemann, 1949, S. 929).
Vorsichtiger verfährt in der Jugendschriften-Warte der Redakteur Fritz Westphal in dem Aufsatz „Von Emil bis Lottchen", der mit einem Lob der von Kästner betreuten Jugendzeitschrift „Pinguin" beginnt, den „anklagenden, schonungslos anprangernden Kritiker seiner Zeit" preist, um dann für die Kinderbücher feststellen zu müssen: „Ein von Herzen echtes Jugendbuch ist, bis auf eine Aufnahme, keines geworden" (Westphal, 1950, S. 42). Der Autor verschweigt, welche Schrift Kästners er ausnimmt – vermutlich „Emil und die Detektive" –, sondern fährt fort, ob es denn stimme, daß Kästner im „Doppelten Lottchen" die Welt der Erwachsenen „als ein Kaspertheater darstellen wollte".
Wenige Jahre später glaubt Westphal, Kästner endgültig entlarven und bloßstellen zu können, als er mitteilt, „der Autor Kästner kannte ja gar keine wirklichen Kinder" (Westphal, 1953, S. 25). Er gesteht zu, daß Kästner ein revolutionärer Autor gewesen sei, weil er die Kinder zeichnete, wie sie selbst gern sein möchten, nicht wie die Erwachsenen sie wollen. Dieses Zugeständnis erfolgt aber, um im nächsten Schritt Johanna Spyris „Heidi" gegen Kästners Bücher zu stellen. Das Großstädtische bei ihm schreckt ab. Und in der Zeitschrift „Pädagogische Provinz" schließlich vergleicht Ernst R. Funk Kästners Bücher mit Wilhelm Matthießens „Das rote U" (1932), das er mit „Gemüt" identifiziert; Kästners Bücher hingegen – abfällig – mit „Intellekt" (Funk, 1955).
Es verwundert hier nicht, daß dem Kritiker Karl A. Schenzingers Sachbuch „Anilin", das nach dem Kriege neu aufgelegt wurde, als gutes Jugendbuch gilt, und er teilt mit, daß selbst die Kinder angeblich Kästners Bücher negativ einschätzen. Funk wirft dem Autor Kästner „schriftstellernde Brillanz" vor, schimpft über seine „Schnoddrigkeit" und nennt ihn „entartet" (Funk, 1954). Dieser Kritiker ist selbstverständlich ebenso gegen Lindgrens „Pippi Langstumpf" eingenommen. – Als abzulehnendes Vorbild muß Kästner auch für Betrachtungen im Rahmen der Planung eines Programms für den Aufbau von Jugendzeitschriften herhalten. Die Maxime des Beitrags ist, nicht wirtschaftliche Rentabilität darf das Ziel sein, sondern „pädagogisches Ideal". Der Inhalt einer Jugendzeitschrift soll „bunt und schillernd" sein, die Form solide und ohne Nachgiebigkeit. Arnim und Brentano, Adelung, Rochow, Äsop und Rückert sind die Vorbilder, „nicht immer Cooper und Defoe" (Weimann, 1949). Diese Ausführungen sind ausdrücklich gegen Kästners Jugendzeitschrift „Pinguin" gerichtet, die ein Versuch war, die „Revolution" in die Kinderstube zu tragen. Im Rowohlt Verlag veröffentlicht, erschien das erste Heft im Frühling 1946. Das Titelblatt bot einen „Pinguin mit Fliege ausstaffiert, einer Blume im Knopfloch, Zylinder, Gehstock

und ‚Frack'". Die Selbstdarstellung der Zeitschrift begann: „Pinguin ist mein Name! Ich rede, wie mir der Schnabel gewachsen ist. Ich lache, wie es mir gefällt. Ich will mich anfreunden mit all denen, die jung sind und sich jung fühlen. Ich liebe das Leben und alles, was lebendig ist. Ich hasse das Abgelebte und Verstaubte, den Spießbürger und den Schnüffler. Ich freue mich an der Schönheit der weiten Welt, an den Wundern der Natur und den Schöpfungen der großen Künstler. Ich habe ein offenes Ohr für die Klagen der Bedrückten, und mein Herz schlägt mit Allen, die guten Willens sind. Ich will Euch begeistern für all das, was wir tun können, um uns selbst ein besseres Leben zu schaffen" (Kästner, in: Pinguin. 1. 1946, 1. Titelseite).

14 Einige Autoren lösten das Problem der Unsicherheit gegenüber Publikum und interessierter Öffentlichkeit für sich in heikler Weise. Der Sachbuchautor Kurt Kuberzig (1912–1971) wünscht sich von den Kinder- und Jugendbuchkritikern Beratung bei Stoffen und der Themenauswahl, bei seiner Autoren- und Herausgebertätigkeit, um Überschneidungen mit anderen Autoren zu vermeiden. In der Manier des Befehls von oben besteht er darauf, daß das gute Jugendbuch nur im Auftrag entstehen kann. Die Instanzen und Beurteilungsinstitutionen, Kuberzig spricht vor allem die Jugendschriftenausschüsse an, werden so zu Aufsichtsorganen umgedeutet (Kuberzig, 1950, S. 11). Ein anderer Kinderbuchautor, Heinz Sponsel (* 1913), schreibt, daß es viele Themen gebe, über die zu schreiben lohnt. Aber er meint, daß dritte auf ihn als Autor zukommen sollen und ihm sagen, hier ist etwas, schreibe darüber. Die Autoren machten sich derart zu Handlangern und bloß ausführenden Organen einer Rezeptpädagogik (Sponsel, 1953, S. 3).

Die Verunsicherung ging so weit, daß die Amerikanerin Bernice E. Leary „Winke für Verfasser von Kinderbüchern" veröffentlichen konnte (1948, S. 105). Zwar hatten Kuberzig und Sponsel ihre Fragen eher im Hinblick auf das Was des Schreibens bezogen, nicht auf das Wie. Leary geht dennoch auf das Wie ein, gibt differenzierte Hinweise, und dann auf das Was des Schreibens. Sie redet davon, daß die Interessen der Kinder eher in die Breite gehen, statt in die Tiefe, daß sie Tatsachen Grundsätzen vorziehen, und daß für Kinder nichts zu schwierig sei. Über die Schreibweise sagt Leary, daß ein Autor, was immer sie auch damit meint, „flink und fleißig" formulieren können muß. Allgemeinplätze dieser Art waren zu Beginn der fünfziger Jahre, wenn es um das Schreiben von Kinder- und Jugendliteratur ging, gang und gäbe.

15 Das Ablenken vom Vorfindlichen und dem jüngst Vergangenen verstärkt sich in der Vorstellung von Hans-Heinz Parry. Der fragte, obwohl empirisch gerichtet, normativ: „Welche Bücher für die Jugend?" Er steht ein für eine sorgfältige Auswahl, altersangemessen, ethisch sauber und behauptet, daß ein Roman nicht in die Hand eines Kindes gehöre. Angebracht sind ihm Naturverbundenheit und Heimatliebe. Parry trifft sich mit dem Pädagogen Becker, denn auch er weiß, daß die jungen Leser nicht „immer an unser Elend und an unsere Not erinnert werden" wollen (Parry, 1948, S. 594).

16 J. Haarer bevorzugt Märchen, Sagen und Volksbücher. Und sie macht auf die „unerwünschte Lesewut" aufmerksam, eine Ambivalenz, die viele der Lesepädagogen teilen: „Es gibt erwachsene Männer, die von nicht erfolgten Versetzungen, veranlaßt durch Karl May zu berichten wissen" (Haarer, 1950, Vorwort). Sie akzentuiert auch geschlechtsspezifische Leseinteressen, Jungen wenden sich bevorzugt Abenteuerlichem zu, Mädchen nehmen Anteil an allem Gefühlsmäßigen. Für Jungen sind die fremden Völker Leseanreiz, Mädchen hingegen verlangen Schicksale von Menschen, denen sie begegnen könnten (Haarer, 1950, S. 293). Es hat einen Zug von Don Quichotterie, wenn der Schriftleiter der Zeitschrift „Pädagogische Welt" gegen Wildwestgeschichten und Abenteuerliteratur streitet und von der, wie er unterstellt, „vergessenen Kunst des Lesens" berichten will. Eine Kunst, „die sich um vieles nicht kümmert, die auswählt, lauscht, zehrt und bedachtsam vorgeht", aber auch er kommt ohne Skepsis gegen das Lesen nicht aus. Der Lehrer und Redakteur Ferdinand

Kopp findet angeblich Unterstützung bei „großen Männern der Geschichte", die nur ein oder zwei Bücher gelesen haben sollen. Zwar verschweigt er, von welchen Personen er spricht, welche Bücher er auswählen würde, aber es läßt sich nur vermuten, worauf er zielt, wenn er davon redet, daß dem „liebenden Leser" aus dem Buch „Weltwirklichkeit, Ewigkeit und Gott selbst" entgegentreten (F. Kopp, 1954, S. 169). Natürlich sind die Bedürfnisse der jungen Leser gegenüber solchen „Einbildungen" prosaisch und wertlos.

# „Heile Welt“ zwischen Trümmern
# Die ersten Jahre nach dem Zweiten Weltkrieg

## Vorbemerkung

Wenn auch die Trümmer der Städte länger liegen blieben und eine „Heile Welt“ im ersten Jahrfünft nach Kriegsende realiter nicht sichtbar wurde, so scheint doch damals, wenn man sich die Kinder- und Jugendbücher jener Zeit auf ihren Ideen- und Bildergehalt hin anschaut, bei Autoren, Illustratoren und Verlegern der Wunsch vorgeherrscht zu haben, den jungen Lesern wenigstens im fiktiven Raum der Texte einen Weg aus der Trümmerlandschaft in ein möglichst unzerstörtes, harmonisch gestimmtes Ambiente und eine intakte Innen- und Außenwelt zu zeigen.

Bei der Betrachtung der seinerzeit aufgelegten Bilderbücher, Mädchenbücher und Kunstmärchen, also dreier wichtiger Gruppen der Kinder- und Jugendliteratur der ersten Jahre nach dem Ende des Krieges, fallen vier Charakteristika auf: erstens wurde von den damals publizierenden Autoren und Illustratoren – beobachtet man die von ihnen gewählten Stoffe, Themen und Botschaften – der „Innenraum“, sei es der individuelle, sei es der einer Gruppe, betont und eine Abschottung gegen das jeweilige Außen intendiert; zweitens sind die Beziehungen der Figuren untereinander in den fiktionalen Texten, aber auch die der Erzähler zu den Lesern im Erzählstil autoritär gehalten. Beides läßt sich gut an Bilderbüchern der direkten Nachkriegszeit beobachten. Drittens erfuhr in vielen Fällen das bis dahin traditionelle Mädchen- und Frauenbild nochmals eine Verstärkung gegenüber der vorausgegangenen Zeit, und viertens wurde in der Fortentwicklung des Kunstmärchens zur Phantastischen Erzählung die charakteristische Veränderung vorgezeichnet, die dann das Gesicht der Kinder- und Jugendliteratur des folgenden Jahrzehnts, der fünfziger Jahre, entscheidend geprägt hat.

## Bilderbücher: Ein Weg in die Stille

Die Kinder- und Jugendliteratur im allgemeinen[1], die Bilderbücher im besonderen, sind in ihren wichtigsten Texten und in den hier zu diskutierenden Beispielen in der Frühphase der Nachkriegszeit zwar, wie erwähnt, durch die Schilderung von

„Innenräumen“ charakterisiert. Sie sind aber auch durch ein anderes Moment gekennzeichnet: das einer eigentümlichen Beziehungslosigkeit der Teile untereinander, sei es der Personen in Erzählungen, sei es von Figuren auf Abbildungen. Diese stehen oft unverbunden im Raum, reagieren nicht aufeinander, sind isoliert wie Monaden, sprechen über etwas, aber selten zueinander. Diese seelische Reaktion auf das gerade geschehene Inferno des „Totalen Krieges“, diese seelische Grundhaltung des Mißtrauens wird jedoch offensichtlich in der Lage, in der sich damals Erwachsene fragen, wie sie der Jugend ein Bild der Welt geben sollten, durch das Ideologem der „Heilen Welt“ überlagert. Das, was als Sehnsucht ein Recht hat, wird hier zum vorfindlichen Faktum erhoben. Das utopische Element in der Idee von der „Heilen Welt“ wird durch die Tradierung des Trivialen – das betrifft vor allem die später zu betrachtenden Mädchenbücher – reduziert und affirmativ gewendet.

Die Kinder- und Jugendliteratur entwarf kurz nach 1945 zwar Gegenwelten zur Wirklichkeit der Trümmerlandschaft, aber sah sie nicht als Spiegel der Erkenntnis, als realitätsbezogenen Entwurf von möglicher Welt, sondern als das ganz Andere, als Fluchtrevier weit weg von aller Gegenwärtigkeit. Das hängt damit zusammen, daß die Kinder- und Jugendliteratur selten einmal „Ausdruck von ...“, d.h. Expression, war, vielmehr fast immer „Literatur, um zu ...“, im Sinne von Instruktion.

Die Bilderbücher hatten in der Zeit von 1945 bis 1949 einen auffallend hohen Anteil an der Gesamtproduktion von Kinder- und Jugendbüchern. Es erschienen in diesen vier Jahren insgesamt rund 1500 Titel (W. Weismann, 1980; F. Mück, 1985). Gründe für die erstaunlich hohe Zahl sind vermutlich zum einen die damals allgemein gefühlte Verpflichtung, gerade den Jüngsten unter den Kindern, die menschlich und materiell fast alles entbehren mußten, etwas Erfreuliches in die Hand zu geben, und zum anderen das Empfinden, hier einen Bereich zu haben, in dem man künstlerisch wie verlegerisch ungefährdet durch Kontrollmaßnahmen arbeiten konnte.

### *Der Trend zum naiven, einfachen Leben*

Eine erste oberflächliche Durchsicht der einschlägigen bibliographischen Nachschlagewerke, zum Beispiel des Deutschen Bücherverzeichnisses, belehrt darüber, daß viele Bilderbücher thematisch auf die „kleine Welt“, das „einfache Leben“ oder die nahe Umwelt des Kindes abheben. Typische Titel jener Jahre sind „Vom Morgen bis zum Abend“ (1947), „Schnapuzzi, der Schnupfenzwerg“ (1947), „Die Reise ins Traumland“ (1948), „Elfchens Geburtstag“ (1948), „Im Wald und auf der Heide“ (1948), „Drüben beim Gärtnersmann“ (1948), „Haustiere“ (1949), „Wurzel-Märchen“ (1949) sowie „Bunte kleine Kinderwelt“ (1948). Dargestellt ist vielfach der Alltag der Kleinen in der gestalterischen Tradition von Gertrud Caspari (1873–1948) und ihres sogenannten „Kleinkinderstils“ aus den zwanziger Jahren. Immer wieder werden die Tiere anthropomorph gezeichnet, wie dies schon vor Jahrzehnten vom Jugendstil vorgezeichnet war. Inhaltliche wie stilistische Vorbildwirkung, bemerkt

Semra Hossenfelder (1985, S. 359), hatten unter anderem ohne Zweifel auch noch nach 1945 Elsa Beskows „Hänschen im Blaubeerenwald“ (1903), die „Häschenschule“ (1924) des Fritz Koch-Gotha, „Die Schule im Walde“ (1931) von Adolf Holst mit Bildern von Else Wenz-Viëtor und die weitverbreiteten Illustrationen des Kreidolf-Epigonen Fritz Baumgarten.

Den Illustrationen und den mitgeteilten Geschichten der ersten Nachkriegsjahre fehlt es oftmals an Dynamik. Das bedeutet, daß das Organisch-Vegetabilische hier nicht – wie in der Epoche des Jugendstils – als wuchernd-schwellend gefaßt ist, daß vielmehr Statik vorherrscht. Und kaum einmal werden Entwicklungsprozesse geschildert: Nicht Geschehen, sondern Zustände werden abgebildet; Naivität, Harmlosigkeit, Bravheit bestimmen die Welt der Natur und der Menschen. Ihre Anziehungskraft gewinnen solche Bücher aus ihrer farbigen Gestaltung und der Lenkung des Betrachters auf das Unbekannte oder das, was man an kleinen Dingen nicht besitzt, z.B. auf eine Tafel Schokolade. Der Gestus der Bilder und Texte ist nicht der der Neugier, vielmehr der des Staunens.

Die weithin verbreiteten Umweltgeschichten in den Bilderbüchern – übrigens ebenso in den Schulfibeln jener Jahre – bezogen sich in erster Linie auf ein dörfliches Leben. Bilder von Katze und Hund, Hahn auf dem Gartentor und von Kindern, die sich an der Pumpe waschen, sind häufig anzutreffen. Darstellungen von geflochtenen

*Seite aus dem 1946 erschienenen Bilderbuch „Heinz und Inge“ von Hans Füsser mit Versen von Walter Thierbach.*

Zöpfen erzeugen den Anschein von Ruhe und Ordnung. Erstaunlicherweise fehlt es scheinbar an nichts in dieser Bilderbuchwelt. Die Eingrenzung, die aufgrund der realen örtlichen wie wirtschaftlichen Enge besteht, wird hier kinderliterarisch konterkariert. In der festgefügten ländlichen Lebenswelt sind die Kinder weiterhin blondhaarig und adrett gekleidet. Dazu gehört auch, daß die männlichen Protagonisten aktiv sind, z.B. sich selbst waschen, die Mädchen dagegen eher passiv. Stereotyp ist die Vatergestalt als aufrecht sitzender Mann in weißem Hemd mit kantigem Gesicht und kurz geschnittenem Haar entworfen. Die Mutter finden wir in gebeugter Haltung, dienend, mit Schürze und altertümlicher Haarfrisur. So haben es Hans Füsser und Walter Thierbach in dem Bilderbuch „Heinz und Inge" (1946) dargestellt.

Auch im Bereich des Bilderbuchs konnte zwar angesichts der Notzeit nicht vollends der bestehende wirtschaftliche Mangel unbeachtet bleiben, aber in den Veröffentlichungen für die Jüngsten überwiegt dennoch das Liebliche, das noch dazu durch gern benutzte dekorative Schattenrisse betont wurde. Die Illustrationen schildern vielfach Ausschnitte aus einer Welt der Eintracht, Freude, Zufriedenheit und Fröhlichkeit.

„Leid und Not weisen unserm Volk nun den Weg in die Stille. In ihr soll sich vor allem unsere Jugend auf ihr wahres Wesen besinnen." Dies ist ein Zitat aus dem Vorwort des 1946 erschienenen Bändchens „Kinderlust". Es ist bezeichnend für die Suche mancher Nachkriegsgestalter und Produzenten von Jugendlektüre nach einem rechten Weg. Man stößt auf weit zurückliegende Muster. Wir sahen schon, daß bis in den Jugendstil der Jahrhundertwende zurückgegriffen wurde. Nunmehr stoßen wir auf den Wiederabdruck von Vorlagen aus dem Biedermeier. Der „Weg in die Stille" führt zur Reproduktion von Illustrationen von Ludwig Richter (1803–1884). Die Genre-Bilder Richters galten als geeignet, indem sie Szenen wiedergeben, die froh stimmen, Gemütvolles zeigen und obendrein kindlichem Sinn zugänglich sind. Richter bildet „edle Genügsamkeit" ab und gibt an – so interpretiert das Vorwort des Bändchens „Kinderlust" –, „im eignen bescheidenen Heim das Glück zu suchen". Zu finden ist das Glück in biedermeierlicher Einfalt. Es war besonders Fritz Baumgarten, der in seinen Bilderbüchern den im 19. Jahrhundert vorgeformten Genre-Stil übernahm, mit anthropomorphistischen Darstellungsmotiven kombinierte und – nach Art der Else Wenz-Viëtor – eine milde, vertraute deutsche Landschaft wieder und wieder abbildete.

Besondere Bedeutung schreibt Semra Hossenfelder in ihrem Aufsatz über das Bilderbuch der Nachkriegszeit „Die Wirklichkeit blieb draußen" (1985, S. 362) dem Werk Susanne Ehmckes (1906–1982) zu. In den Arbeiten dieser Künstlerin finden sich Bestätigungen für unsere Thesen. Ehmckes Veröffentlichungen nach 1945 sind Versuche, bei Wahrung der in den zwanziger Jahren erworbenen künstlerischen Mittel und unter Fortsetzung der in den dreißiger Jahren gemachten Stilerfahrungen unter den Bedingungen der Nachkriegsjahre neue Bilderbücher zu schaffen. Ehmckes „Neubeginn" aber ist, was Arianna Giachi (1973) in ihren Reflexionen zur Entwicklung des Bilderbuchs feststellte, dabei durch einen Rückgriff auf Bewährtes gekennzeichnet. Aussagen über Ehmckes Bilderbücher erlauben zugleich Aussagen über typische Aspekte der damaligen Illustrationskunst für Kinder. Ihr Werk und ihre Biographie gestatten Rückschlüsse auf die allgemeine Situation. Ehmcke steht in der Bilderbuchszene für die Kontinuität der Überlieferung.

Auch diejenigen ihrer Werke, die nach 1945 entstanden sind, verleugnen nicht ihre Herkunft aus der Gebrauchsgraphik. Ehmcke hatte sich solche neusachlichen Intentionen in den zwanziger Jahren zu eigen gemacht, die sich ihren didaktischen Absichten anboten. Sie verband sie in den dreißiger Jahren mit Elementen der

*Umschlagillustration von Susanne Ehmcke (1906–1982) zu ihren 1946 veröffentlichten „Gaukelmärchen".*

Folklorekunst. Auf dem Hintergrund der Fröbel-Pädagogik und deren Idee des spielerischen, einfachen und anschaulichen Lernens produzierte sie seit dem Ende der zwanziger Jahre und ebenso nach 1945, ohne einen Stilbruch oder eine Wende erkennen zu lassen, in erster Linie Bastelbücher. Vereinzelt machte sie auch Versuche, phantastische und poetische Stoffe zu verarbeiten. Der Schwerpunkt ihres Schaffens – in enger Verbindung mit dem Ravensburger Otto Maier Verlag – blieb während aller Perioden das Beschäftigungsbuch zum Ausmalen und Ausschneiden. In der Nachkriegszeit[2] erregten vor allem zwei Bilderbücher von S. Ehmcke Aufmerksamkeit: „Gaukelmärchen“ (1946) – von A. Giachi als „kleines Gesamtkunstwerk“ charakterisiert – und „Das kleine Bilderlexikon“ (1949). Im letztgenannten verwendet Ehmcke die Farben eher graphisch als malerisch; sie haben keinen Selbstwert, sondern sind dem Zweck der möglichst genau konturierten Wiedergabe von Gegenständen, Personen und Begebenheiten untergeordnet. Das „Kleine Bilderlexikon“ – es steht in der alten Tradition des „Orbis pictus“ von Johann Amos Comenius und seiner Nachfolger – setzt Begriffe und Bilder von Dingen nebeneinander. Zusammen wiederum erläutern die Wortbildleisten die dazwischengestellte umrahmte Illustration, so z. B. die zu den Themen „Die Erde“, „Der Mensch“, „Das Haus“, „Der Garten“, denen einzelne Blätter gewidmet sind. Die künstlerische Absicht ist darin klar erkennbar der didaktischen neben-, ja vielleicht auch untergeordnet.

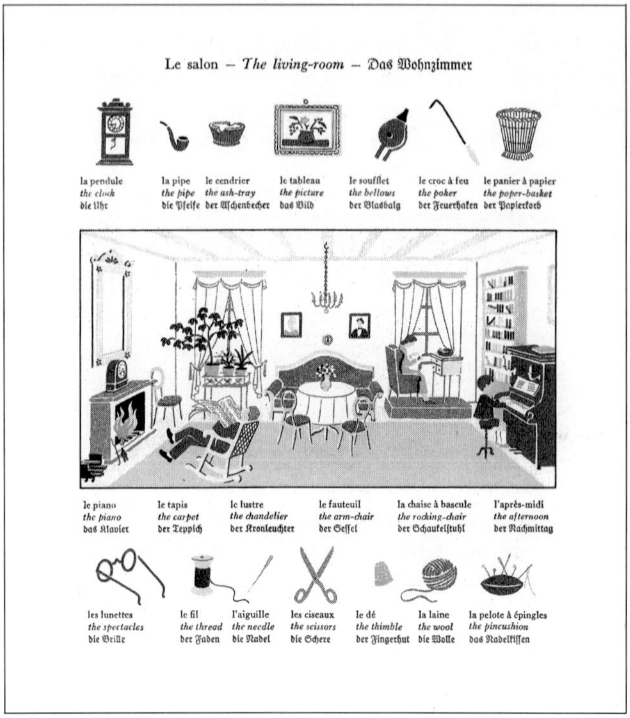


*„Das Wohnzimmer“ als Thema in dem von Susanne Ehmcke 1949 publizierten und gestalteten dreisprachigen Sachbilderbuch „Das kleine Bilderlexikon“.*

Ehmcke versieht die umrahmten Illustrationen fast durchweg mit einer Zentralperspektive. Der Blick des Betrachtenden wird dadurch stark ins Bild hineingelenkt. Die einzelnen Abbildungen, z. B. die von Küche, Eß- und Wohnzimmer, erinnern an eine

Guckkastenbühne und – bei Ehmcke nicht überraschend – an die Architektur von Puppenhäusern. Wenn sie in ihren Darstellungen das Dekorative meidet, ist doch ersichtlich, daß ihre Stärke in der stilisierten Wiedergabe von Dinglichem liegt. Ehmckes Bilder verbergen nichts, denn sie wollen alles vorzeigen, jedes abgebildete Detail für sich, nebeneinander. „Das kleine Bilderlexikon“ von 1949 ist ein „Suchbilderbuch“ in dem Sinne, daß das abgedruckte Wort und der entsprechende abgebildete Gegenstand in der Art eines Bildwörterbuchs aufeinander bezogen werden sollen. Diesem Zweck ordnet sich alles andere unter.

Versucht man, im Rahmen unserer Fragestellung auf die inhaltliche Seite einzugehen, dann dokumentiert Ehmckes „Kleines Bilderlexikon“ eine eigene Weise des „Weges in die Stille“. Denn die Künstlerin bringt darin zwar einen – prima facie – weit gespannten Ansatz. Sie beginnt mit dem Thema „Die Welt“ und schließt mit dem über „Das Theater“. Aber innerhalb ihres „Welttheaters“ steht vom Umfang her – trotz der scheinbaren Weite – bezeichnenderweise das Haus als Familienraum im Mittelpunkt: der Küche, dem Eß-, Wohn-, Kinder- und Badezimmer und dem Schlafraum werden Abbildungen und Glossare gewidmet. Und die von ihr abgebildete Familie lebt in geordneten Verhältnissen, hat eine Köchin und ein Kindermädchen. Es ist eine hierarchisch organisierte Einheit, mit Herrschaften und Bediensteten, und mit einer Tischordnung, die den Eltern die Kopfseiten der Tafel zuweist. Widergespiegelt ist auch das existente soziale Rollenschema in dieser Familie; zumindest sind die „weiblichen“ Tätigkeiten der abgebildeten Frauen erkenntlich: Nähen, Kochen und Kinderpflege.

Aufschlußreich ist die Organisationsweise des Interieurs und der Personen in den entworfenen Räumen. Auf dem hier wiedergegebenen Blatt, das ein Wohnzimmer des gehobenen bürgerlichen Mittelstandes mit Kamin, Kaffeetisch, Klavier und Schaukelstuhl zeigt, sitzen Vater, Mutter und Sohn voneinander getrennt in den verschiedenen Ecken des Raumes, kommunikationslos. Ihre jeweiligen Tätigkeiten wie Zeitunglesen, Nähen und Musizieren ersetzen das Gespräch, und statt zusammenzuführen, entfremden sie die Menschen einander. Das wiederholt sich auf anderen Blättern: Kinder spielen für sich. Rollenstereotyp wird obendrein das Puppenhaus dem Mädchen und das Reiterspiel dem Jungen zugesprochen. Selbst das kleinste der Kinder auf dem Arm der Kinderfrau wendet sich von dieser weg. Die Menschen stehen nebeneinander, leben nicht miteinander.

In ihrem vorhin erwähnten, schon 1946, also ein Jahr nach Kriegsende, veröffentlichten Band „Gaukelmärchen“ hatte Ehmcke noch die Wünsche eines Kindes ernstgenommen und im Bilderbuch literarisch erfüllt. Sie läßt den Betrachter am Prozeß des Lebendigwerdens von künstlichen Gestalten teilnehmen. Sie macht hier den Versuch, tote Dinge lebendig werden zu lassen. Im „Kleinen Bilderlexikon“ – drei Jahre später – verteilte sie Menschen dinghaft im Raum. Mit der Verlebendigung, wie sie das „Gaukelmärchen“ vorführt, hatte sich Ehmcke noch der Verdinglichung widersetzt.

Die Schlußvignette bringt übrigens das direkte Zitat einer Illustration von Tom

Seidmann-Freud, von der 1929 „Das Buch der erfüllten Wünsche“ erschienen war, und zeigt, in welcher Tradition Ehmcke sich sieht. Als Illustratorin ist sie für uns bei der Betrachtung von Nachkriegsbilderbüchern schon deshalb von Interesse, weil sich in ihrem Werk der Widerstreit zwischen dem nüchternen neusachlichen Duktus und dem auf freundliche, natürliche Atmosphäre bedachten, zum Teil ins Puppenhafte gewendeten Folklorismus besonders deutlich abspielt. Sie hat diesen Mischstil produktiv zu wenden gewußt.

### *Ausnahmen von der Regel*

Werke der Bilderbuchkunst, die aus dem beschriebenen Trend in den frühen Jahren der Nachkriegszeit herausfielen und inhaltlich oder formal Sonderentwicklungen markieren, sind rar. Wir möchten drei davon erwähnen.

Erstens: Marie-Luise Hoerttrich-Schimmings „Jopo“ (1945). Wenn Marie-Luise Hoerttrich-Schimming bereits 1945 „Jopo“ in Strichmännchenmanier erzählt, dann thematisiert sie zugleich das Verhältnis von Kunst und Natur. Denn Jopo, eine

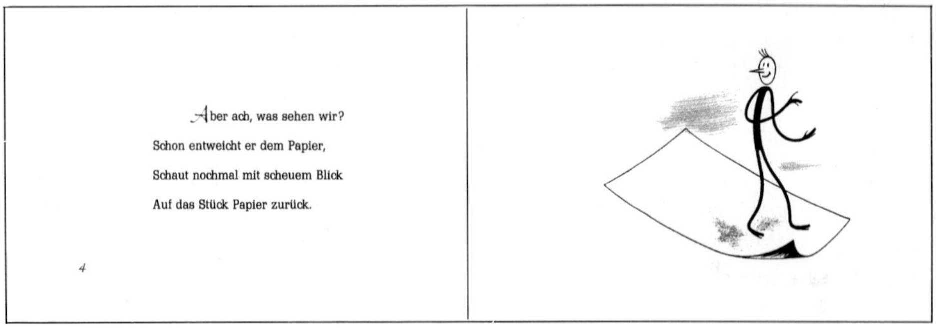


*Doppelseite des bereits 1945 erschienenen avantgardistischen Bilderbuchs „Jopo“, das im Studio der heute verschollenen Marie-Luise Hoerttrich-Schimming entstand.*

Kunstfigur, sehnt sich nach Natur und erfährt, daß der Graben zwischen diesen beiden Welten für ihn unüberwindbar ist. Hoerttrich-Schimming entgeht der damals üblichen Idyllisierung, der Präsentation einer bloß bunten Bilderbuchwelt, durch Abstraktion. Sie spendet keinen falschen Trost, behauptet keine Harmonie, sondern bringt die unaufhebbare Diskrepanz von Bild und Gegenstand spielerisch zu Bewußtsein. Diese Bilderbuchkünstlerin blieb aber so gut wie unbekannt und ist heute vergessen.

Zweitens: Rosemarie Wendels „Zottelbär, wo kommt er her“ (1946). Auch die heute ebenfalls vergessene Rosemarie Wendel macht insofern kurz nach 1945 eine Ausnahme, als sie in dem Band „Zottelbär, wo kommt er her“ (1946) mit karikaturistischen Elementen arbeitet. Bei ihr wird durch das Eckige der Holzspielzeugfiguren die Wirklichkeit verfremdet, verdreht, zum Lachen freigegeben.

*Seite aus der „mit lustigen Bildern“ von der heute vergessenen Rosemarie Wendel illustrierten, 1946 erschienenen Sammlung von Kinderversen „Zottelbär, wo kommt er her?“.*

Jedoch kann auch sie – dem Zuge der Zeit folgend – offensichtlich nicht auf Anleihen bei folkloristischem Buchschmuck verzichten, obwohl die spielerische Note überwiegt. Interessanterweise erlaubt sich Wendel in ihrem Buch auch, die ansonsten sakrosankte Vaterfigur zu verspotten: „Am Troge schmatzt das größte Schwein;/das muß wohl der Herr Vater sein.“ Dabei kommt Nonsens auf wie auch in dem Vers: „Ich wollt für 1000 Taler nicht, daß mir der Kopf ab wär!/Sonst lief ich mit dem Rumpf herum, und wüßt' nicht, wo ich wär.“

Drittens: Hans Leips „Zauberschiff“ (1946). Der Ausnahmecharakter buchkünstlerischer Arbeiten im Bereich des Bilderbuchs findet sich auch in diesem Buch. Hier weicht der Stil allerdings nicht ins Karikaturistische ab, vielmehr in Formen, die, kunstgeschichtlich gesehen, in die zwanziger Jahre und in die Zeit des Expressionismus zurückreichen.

*Hans Leip (1893–1983) veröffentlichte 1946 sein deutsch-englisches Bilderbuch „Das Zauberschiff", das er schon in den zwanziger Jahren geplant hatte.*

Der Autor erzählt im „Zauberschiff" von Fantalu, wo das Kleine groß und das Große klein sein wird, in der Hoffnung, daß die „Dummheit des Krieges" ein Ende haben wird.

Es ist ein Bilderbuch, das übrigens schon in den zwanziger Jahren geplant war und in seiner expressiven Farbigkeit an die Malerei des „Blauen Reiter", in der Figurenzeichnung an George Grosz erinnert.

Eine Betrachtung der Bilderbuchkunst der Jahre 1945 bis 1949 darf nicht an dem Berliner Arthur Felguth Verlag[3] vorbeigehen. Dieses Haus nahm mit dem Gesamt seiner Produktion in jenen Jahren eine Sonderstellung ein. Es war die Absicht des Verlegers, sowohl literarisch wie illustrativ auch bei den Bilderbüchern Besonderes zu leisten. Der Hausillustrator war Kreki (d.i. Paul G. Chrzescinski). Seine Zeichnungen wollten nicht gefällig sein und konnten es auch nicht, denn er setzte – bei aller Gegenständlichkeit – auf Stilisierung und Abstraktion. Auch die bei Felguth veröffentlichten Arbeiten Frans Haackens (1911–1979) bekamen eine karikaturistische Note; besonders erkennbar wird diese in seinen Illustrationen zu dem Titel „Husch, das gute Gespenst" (1948), dessen Text von Kreki stammt, der neben seiner Arbeit als Illustrator mehrfach als Autor hervorgetreten ist.

*Illustration von Frans Haacken (1911–1979) zu der 1948 im Felguth-Verlag erschienenen Bildergeschichte „Husch, das gute Gespenst“ von Kreki (d. i. Paul Gustav Chrzescinski [1892–1980]).*

Überschaut man die Bilderbuchwelt der Jahre 1945–1949 im Hinblick auf die damals gewählten Themen, Motive und Darstellungsweisen, dann kann man sich des Eindrucks nicht erwehren, daß in ihr die Familie weithin als Schutzraum und als (immer noch) funktionierend angesehen wurde; selbst wenn im realen Leben, Vater, Brüder oder Verwandte vermißt, gefallen, noch in Gefangenschaft oder als Krüppel aus dem Krieg zurückgekehrt waren. Die Welt der Familie – in sich durchaus hierarchisch (von oben nach unten: Vater – Mutter – Kind) strukturiert – wurde entgegen allen faktischen Bedingungen als „Heile Welt“ dargestellt. Darin zeigt sich übrigens, daß kaum eine Veränderung zu Vorstellungen bürgerlicher Erziehung, wie sie im 19. Jahrhundert entwickelt und auch unter den Nationalsozialisten akzeptiert worden war, mit dem Kriegsende und den ersten Jahren nach 1945 verbunden werden kann. Erstaunlich oft kann in den Bilderbüchern aus den Trümmerjahren hinter der gezeichneten illusionären Harmonie eine Vereinzelung der ins Bild gesetzten Objekte und Figuren festgestellt werden. Bei allem Realismus im Detail, überwiegt aufs Ganze gesehen zwar die Verklärung, aber Ich und Welt und deren verschiedene Teile scheinen doch nicht immer zusammenzuhängen, sind vielfach isoliert, ja das Ganze erscheint wie in Stücke zerfallen.

Auf der formalen Ebene ist erkennbar, daß die große Gruppe derjenigen Bilderbücher, die sich dem Genre-Stil verpflichteten oder sich an folkloristische Formen und Motive anlehnten, auch inhaltlich im Überkommenen steckenblieben. Die stilistisch ambitionierteren, sich auf kontroverse Traditionen beziehenden Veröffentlichungen hingegen gelangten auch auf der thematisch-inhaltlichen Seite zu heute noch diskutierenswerten Werken.

Deutlich erkennbar ist, daß diese Künstler Anlehnung und Rückhalt an Stil- und Denkrichtungen aus den zwanziger Jahren suchten, in denen Expressionismus, Neue Sachlichkeit, politische Karikatur und die vom Bauhaus protegierten Formen Gestalt gefunden hatten.

Next day the Mayor and Councillors called on Uncle Fritz. They presented him with a huge laurel wreath and the Mayor made a speech and thanked Uncle Fritz in the name of the whole village for his cleverness in catching the robber.

15

*In deutscher und englischer Sprache brachte 1946 der buchkünstlerisch maßstabsetzende Felguth-Verlag „Uncle Fritz and the robber“ von Kreki heraus.*

## Mädchenliteratur: Von Opfer und Verzicht

Auch Mädchenbücher waren in den Jahren direkt nach dem Ende des Krieges, in der Zeit von 1945 bis etwa 1949, an Titelzahl häufig vertreten, sie wurden öffentlich diskutiert und spielen übrigens auch eine erhebliche Rolle in der Kinder- und Jugendliteraturgeschichte jener Jahre, sieht man sich etwa die Ausführungen Irene Dyhrenfurth-Graebschs (1951) dazu an. Wir möchten hier fragen, ob die lange Tradition, wie sie innerhalb dieses Genres im späten 19. Jahrhundert begonnen und bis hin in die Zeit der Hitlerherrschaft fortgesetzt wurde, einen Abbruch erfuhr oder ob doch ein Wiederanknüpfen an das über die Weimarer Epoche, die dreißiger Jahre und die Kriegszeit hinweg Überkommene festzustellen ist.

Bei einer differenzierenden Betrachtung der Literatur für junge Mädchen der frühen Nachkriegszeit sollte man drei Gruppen von Büchern unterscheiden. Ein erheblicher Teil der Produktion besteht aus Neuauflagen von Texten, die entweder schon zu Beginn des 20. Jahrhunderts, in den zwanziger Jahren oder gar während des Dritten Reiches veröffentlicht worden waren. Vor allem einige der Mädchenserien haben nach Kriegsende ihre Fortsetzungen erfahren, in denen lediglich „vordergründige Nationalsozialismen" – wie sich Malte Dahrendorf ausdrückt (1983, S. 34) – eliminiert wurden. Dann gibt es zwar neu entstehende Texte, die aber nach Inhalt und Stil den traditionellen Konventionen des Mädchenbuchs verhaftet blieben. Und zuletzt finden wir auch solche Bücher, die – wie unterschiedlich auch immer – die Alltagssituation der unmittelbaren Gegenwart zum Thema haben.

An der Literatur für junge Leserinnen fällt neben ihrer bekannten und immer wieder durchschlagenden Nähe zur Trivialliteratur das enorme Maß an Kontinuität über die Jahrzehnte hinweg bis in die fünfziger Jahre, ja bis in die Mitte des sechsten Jahrzehnts unseres Jahrhunderts auf. „Das Gros weist ..." – so wiederum Malte Dahrendorf – „eine sich kaum verändernde Struktur auf, bzw. verändert sich nur an der Oberfläche" (M. Dahrendorf, 1983, S. 34). An Inhalt und Intention des Mädchenbuchs läßt sich – wie an keinem anderen Genre der Kinder- und Jugendliteratur – ablesen, was diejenigen im Sinne hatten, die das „gute Jugendbuch" propagierten: Entsexualisierte Atmosphäre, positive Heldinnen, kein offener Schluß, Hinwirkung auf „Vertrauen" sind die unerläßlichen Bedingungen des „guten" Mädchenbuchs.

Autorinnen, deren Werke nach dem Krieg veröffentlicht, in Bibliotheken zu haben waren und von der heranwachsenden weiblichen Jugend gelesen wurden, sind u.a. Magda Trott (1880–1945), Margot Benary-Isbert (1883–1979), Sofie Schieker-Ebe (1892–1970), Margarete Haller (* 1893) und Martha Maria Bosch (* 1917). Sieht man auf die Lebensdaten zumindest der vier erstgenannten, dann bestätigt sich das, was in anderem Zusammenhang als „Überalterung" der Autorenschaft der Kinder- und Jugendliteratur genannt worden ist (vgl. H. Müller, 1980). Und obwohl die jüngste der fünf erst nach dem Kriege zu veröffentlichen begann, geben auch ihre Texte in Thematik und Gestaltung dem Druck der Tradition nach.

Die Texte und Themen der Mädchenbücher sind wie aus untereinander austauschbaren Fertigteilen zusammengesetzt. Und somit liest sich die Mädchenliteratur dieser Tage wie eine nicht endenwollende Wiederkehr des Gleichen. Das Genre hat seit seiner Etablierung nur geringe Wandlungen erlebt. Die erzählte Welt simuliert sehr oft zeitgenössische soziale Wirklichkeit, diese ist in den meisten Fällen im Nachkriegsdeutschland jedoch realiter nicht vorfindbar. Die erzählte Wirklichkeit des Mädchenbuches will offensichtlich in einem „höheren Sinne" verstanden werden. In den Geschichten von Mädchen und jungen Frauen herrschen Exempel des Sichbescheidens vor. Die Heldinnen der Bücher wie auch die Autorinnen zeigen einen hohen Grad an „Anpassungsfähigkeit" schreibt Dagmar Grenz (1983, S. 32) im Hinblick auf die Entwicklung der Mädchenliteratur seit dem 18. Jahrhundert bis in die Nachkriegszeit. In den Texten sind Aufforderungen zu Konformität auf vielfältige Weise eingeschrieben. Die Handlungsträger verhalten sich auch so. Sie suchen nach der neuen Innerlichkeit, nach Familie und Anlehnung an Autoritäten, die für Ordnung und Recht sorgen.

Wenn auch manche Mädchenbücher der ersten Nachkriegszeit den Anschein erwecken möchten, einen direkten Bezug auf das „wirkliche Leben" zu nehmen, reduzieren sie jedoch die Einsicht. Sie lenken die Leserin auf eine Nahwelt, selbst wenn diese vom Erzähler in eine „gute alte Zeit" verlegt ist. Die Rückwendung in eine beschauliche Epoche geht dann noch einher mit dem Favorisieren der milden Natur oder des frischen natürlichen Sinns. Landluft macht nach dem Zweiten Weltkrieg noch immer – wie unter Hitler – frisch und lebendig, Stadtluft hat zerstörerische Eigenschaften. Die Tendenz, die Sujets in die Vergangenheit zu verlegen, oder doch Zusammenhänge mit Überkommenem zu schaffen, intendiert aber nicht, Geschichte im präzisen Sinne aufzuarbeiten, sondern eher dahin, das Unveränderliche und immer Bleibende, eben „Natur", zur Geltung zu bringen.

Richtet man auf Schriften für jüngere Mädchen bis etwa vierzehn Jahre das Augenmerk, etwa auf Texte von Schieker-Ebe oder Trott, auf Serien, wie z. B. die der „Pucki"-Bände oder die der „Gisel und Ursel"-Bände, dann stößt man auf geradliniges auktoriales Erzählen und episodisches Reihen von Ereignissen aus Familie, Schule und nächster Umgebung. Kinder bis in die Pubertät, so forderte es die seinerzeit vorherrschende entwicklungspsychologisch orientierte Literaturdidaktik – sei es bei Leo Weismantel, bei Elisabeth Schliebe-Lippert oder bei Charlotte Bühler – seien in ihrem friedlichen Schonraum zu belassen. Man möge ihnen möglichst viele Bilder einer heilen Umwelt geben, war die Intention.

Die an ältere Mädchen gerichteten Schriften haben hingegen – entsprechend der geänderten Lebenssituation der Rezipientinnen – häufig die Suche nach dem eigenen Weg zum Gegenstand; sie bemühen sich in ihrem Handlungsgeflecht anschaulich, die Frage nach der Gestaltung des persönlichen Lebenslaufs, auch nach der Lösung innerer Konflikte zu beantworten. Und während in den Texten für jüngere Leserinnen das von den Autorinnen für richtig und wichtig Erachtete meist einer erwachsenen Person in den Mund gelegt und durch sie zum Ausdruck gebracht wird, ist erkennbar, daß in der Literatur für die Älteren die Protagonistinnen durch die Umstände selbst, den stummen Zwang der Verhältnisse, belehrt werden, gleichsam durch Sachautorität.

Wer kurz nach dem Zweiten Weltkrieg nach einem irgendwie gearteten neuen, andersartigen Mädchen- oder Frauenbild in der Literatur für junge Leserinnen sucht, wird nur wenige Ansätze – Malte Dahrendorf nennt Kästners „Das doppelte Lottchen“ als eine Ausnahme – finden. Die Emanzipation der Mädchen von ihrer lange vorgegebenen sozialen Rolle war in der Nachkriegszeit für die Mädchenliteratur tabu.

## *Poetisches Museum*

Im Jahre 1947 erschien der Band „Dichterinnen erzählen der Jugend“. Er war erstmals 1940 unter dem Titel „Junges Herz am Morgen“ veröffentlicht worden. Wird durch diese beiden Ausgaben – die erste noch während des Nationalsozialismus, die zweite nach dem Kriege in der Besatzungszeit – die Vermutung bestätigt, daß die Mädchenliteratur – ohne Rücksicht auf das politische oder soziale Geschehen – sich fast bruchlos fortsetzte? Inhaltlich und stilistisch deutet diese Publikation darauf hin, daß lebenserfahrene Autorinnen weiterhin in wohlmeinendem und mütterlichem Ton Rat geben möchten. Dieser Rat akzentuiert als Tugenden „Pflichterfüllung und Gehorsam “. Diese beiden Substantive geben die beiden Pole an, zwischen denen die „Botschaften“ – oder sagen wir besser, die moralische Belehrung – der Mädchenbücher der Nachkriegszeit vorwiegend verspannt sein dürften.

Hinzu kommt noch der nunmehr entmilitarisierte, jedoch weiterhin als Lebenstugend gepriesene Begriff der „Sieghaftigkeit“. „Sieghaftigkeit“ wird auf das Vorwärtskommen im privaten Leben gelenkt, nimmt man sich das Buch „Bille und die Holtermänner“ (1948) von Käthe Friedrichs vor. Der Text spricht zugleich den Widerstreit von Pflicht und Neigung an. Friedrichs Lösung, die sie direkt mitteilt, sieht so aus: „Im Verzichten wächst der Mensch.“ Das Verzichten wird in besonderer Weise gefordert, weil die Lebenswelt der Protagonisten verengt dargestellt wird. Die Menschen dieses Buches leben in keinem öffentlich-politischen Raum, sondern im engsten Familienkreis, von der Welt isoliert. Die Ablehnung gilt den „städtischen Vergnügen“, denn die Stadt ist leb- und lieblos.

Die Jungmädchengeschichten – mit den Versatzstücken: Schule, Familie, erste Freundschaft und Liebe, dann Heirat – idealisieren die Natur als Opposition zur Stadt und zwar in zweifacher Weise: Einmal ist sie die Idylle, mit mächtigem, stillem, einsamem Wald, grünenden Wiesen, wogenden Feldern, mit Forsthäusern und Bauerndörfchen als Inseln fern vom Getriebe, zugleich aber kann Natur auch in Form von Unwettern und Feuersbrünsten lebensbedrohende Gestalt annehmen. Die Menschen dieser Geschichten aber erscheinen doch unlebendig, selbst wenn sie – in ihrem engen Lebenskreis eingeschlossen – gefestigt wirken sollen.

Der Gegensatz zur „rußigen großen Stadt", begriffen als „großer Maschinensaal", wird etwa in Peter Pries' „Das ländliche Jahr der Antje Gärtner" (1948) entfaltet. In dieser Schrift findet der Leser scheinbar der Natur gemäße, auf den Menschen übertragene Gesellschaftsideen: „... jeder an die Stelle, wo er hingehört". Der Autor übernimmt in seinem Sujet die typische Rollenverteilung (der Vater ist Autorität, hart und drohend, die Mutter eher weich und verständnisvoll), sowie ein weibliches Schönheitsideal, das sich als „schlichte Harmonie" begreift, die ohne Puder oder bemalte Lippen und Augenbrauen herstellbar ist. Der Autor entwirft zudem einen Mythos der Selbstaufgabe mit der zentralen Aussage: „Es muß sein! Es muß." Ein Erziehungsprozeß gilt dann als erfolgreich abgeschlossen, wenn ein Mädchen dieses Muß erkannt und sich zueigen gemacht hat[4], wenn Opfer und Verzicht als erreichbare Lebensziele deutlich geworden und angenommen worden sind.

Zur Darstellung des unbedingten Gehorsams eignet sich aber nicht nur die ländlich-sittliche Welt eines Forsthauses oder einer Gärtnerei, sondern genauso wirkungsvoll Genres aus der vergangenen Welt des Wilhelminismus. Dabei ist zu beobachten, daß sich historische Texte in der Regel wenig Mühe geben, detailreich Zeitkolorit wiederzugeben, sie erscheinen relativ zeitlos. Manchmal kann die Leserin nur aus den Requisiten und den Beziehungen der Figuren erahnen, wie der geschichtliche Hintergrund der Handlung beschaffen ist. Die vom Autor intendierte Grundlehre des hohen Wertes, der Mutterrolle, des Verzichts und der Opferbereitschaft bleibt jedoch letztlich dieselbe, auch wenn einem jungen Mädchen vorläufig zugestanden wird, sich zur Puppenspielerin auszubilden. Es ist perspektivisch klar, daß ihre eigentliche Berufung die der Mutter und Hausfrau ist, wie in „Renate", einem „Roman für junge Mädchen" von Olga Pöhlmann (1949).

Die „Heile Welt" – es ist auffallend, daß keine der Autorinnen die Zeit der Weimarer Republik dazu erhebt – des Wilhelminismus ist zeitlicher Hintergrund von Sofie Schieker-Ebes ein Jahr nach Kriegsende erschienenen Mädchenbuch „Tines Fahrt ins Blaue. Eine Sommergeschichte" (1946). Die Autorin erzählt darin, als ob inzwischen nichts geschehen wäre, von Sommerferien, Ostseebädern und Erholungsreisen zur Zeit des ausgehenden 19. Jahrhunderts. Schieker-Ebe gibt in ihren familienzentrierten Erzählungen das Standesdenken des Wilhelminischen Zeitalters nicht nur wieder oder läßt gar Kritik an ihm erkennen, nein, sie ergreift deutlich für eine solche überholte bürgerliche Standesordnung Partei, wenn ihr z.B. der Hausknecht eines Hotels zum Paria gerät, der eigentlich nicht ansprechbar ist. Tine, ihre Hauptfigur, geht zwar trotzdem mit ihm um, aber bestätigt dennoch nur die von der Autorin intendierte Idee des gesellschaftlichen Unterschieds.

Dieses Buch war nicht das erste, das die im Kaiserreich geborene und aufgewachsene Schieker-Ebe veröffentlichte. Ihre Produktion reicht in die zwanziger Jahre zurück und erfuhr in den dreißiger Jahren keine Unterbrechung. Schon 1937 war von ihr das Bändchen „Im Lenz des Lebens" erschienen, das nach Kriegsende erneut publiziert wurde (bis 1949: 55. Tsd.). Dieser Text enthält ebenso eine herkömmliche Ideologie, er erinnert an die Zeit „gemäßigten Säbelgerassels" und „bürgerlichen

Wohlstands“ und bestätigt das überkommene Frauenbild. Frauen, so wird festgestellt, brauchen keine Ausbildung, ihnen genügen einige Französischkenntnisse. Denn für die Frau kommt es vor allem auf Herzensbildung an. Insbesondere künstlerische Interessen werden als Gefahr hervorgehoben. Die „stillgestellte Zeit“ in diesen Texten feiert den Stand des Untertanen voller patriotischer Gesinnung. Schieker-Ebe schließt ihre Erzählung mit dem Satz: „Denn auf irgendeine Weise ist alles wieder gutzumachen.“

Andere Titel dieser Autorin durchsetzen das Szenarium der Wilhelminischen Ära mit einer sehr freien religiösen Komponente, die als „Walten des Schicksals“ näher zu bestimmen ist. Diesem Walten des Schicksals, diesem Ausgeliefertsein kann dann die Heldin nur durch Mitleid und Barmherzigkeit begegnen. Erneut wird erzählerisch die scheinbar weibliche Tugend des Sichopferns, der ergebenen Hilfsbereitschaft veranschaulicht. Der auf „Sybille blickt ins Leben“ (1931, NA. 1946) folgende Band „Was tun, Sybille“ (1932, NA. 1946), der die „furchtbare Verstrickung“ alles „Schuldigseins und Unschuldigseins“ ansprechen will, läßt dann die Hauptperson Sybille einsehen, „daß ein Sünder, der leidet, zehnmal besser ist als neunundneunzig Gerechte“. Traktathaft verfährt das Buch „Karin und ihr Ring“ (1949), das von einer versäumten guten Tat handelt.

Schieker-Ebe beschreibt in fast allen ihren Texten die Familie als einen sicheren Hort, das letztlich einträchtige Zusammengehen der Mitglieder, sie schildert eine

*Eine der Illustrationen von Brunhilde Trautwein zu Sofie Schieker-Ebes (1892–1970) idyllisierender Geschichte „Das Haus an der Stadtmauer“ (1949).*

liebliche Natur, in die der kleine Ort der Handlung, womöglich von einer Stadtmauer umschlossen, sicher eingebettet ist. Ruhe und Festigkeit charakterisieren ihre Figuren. Besonders in den für jüngere Leserinnen gedachten Büchern „Das Haus an der Stadtmauer“ (1949) und „Du schöner grüner Wald“ (1949) unterstellt die Autorin die Idylle als Realität. Das Unglück draußen wird geahnt, stärkt aber in der Konstruktion dieser Geschichten um so mehr den Hang zur Verklärung.

In ihrem Buch „Der neue Tag“ (1949), das nun nicht mehr rückwärtsgewandt Vergangenheit verklärt, vielmehr nach dem Krieg geschrieben sein dürfte und die Handlung in die Zeitgeschichte verlegt, wird interessanterweise das Kriegsende – nicht aber andere politische Einschnitte wie das Ende der Weimarer Republik oder der Ausbruch des Zweiten Weltkrieges – als Beginn des Unglücks behauptet. Schieker-Ebe beschreibt den Weg zweier Menschen durch Krieg und Nachkrieg in eine gemeinsame Zukunft. Sie schlägt darin zuweilen einen glaubhaften grüblerischen Ton an, der sich aber desto mehr verliert, je näher das glückliche Ende herbeierzählt wird. Arbeiten, Helfen, Lieben, Verzicht und Pflicht sind die immer wiederkehrenden Termini und Leitgedanken ihrer Heldinnen.

Es gibt, das ist herauszustellen, in diesem die Gegenwart schildernden Buch besinnliche Töne, keine Verleugnung des Todes, auch den Versuch eines Blickes zurück; die im Kriege Getöteten werden als „Vermächtnis“ und Mahnung empfunden. Allerdings überlagert der vorwärtsgewandte Optimismus des Textes, der sich schon in dem Titel „Der neue Tag“ ausspricht, – vielleicht auch das Grundmuster der Gattung Mädchenbuch – den Ansatz problematisierender Auseinandersetzung mit der gegenwärtigen Situation.

Die Mädchenbücher von Martha Maria Bosch bilden Variationen zu dem Muster, das bisher bei Schieker-Ebe und ihren Vorgängern durchschimmerte. In ihrem Band „Mareile und Dieter“ (1946) ist das religiöse Motiv bestimmend. Es ist das Thema Weihnachten, durch das der Glaubensaspekt in die Erzählung eindringt. Dieses Thema ist nach dem Kriegsende vielfach zum erzählerischen Ausgestalten verwandt worden. Es betrifft nicht nur die hier betrachtete Mädchenliteratur, im weiteren die gesamte Kinder- und Jugendliteratur. Erinnert sei zum Beispiel auch an Wolfgang Borcherts schnell zur Schullektüre gewordenen Kurzgeschichte „Die drei dunklen Könige“ (1946/47). Das hatte seinen Grund. Das Weihnachtsfest als Symbol des Wunsches nach und als Traum von Erlösung spielte eine wichtige Rolle. Die Identifikation mit dem Schicksal der Heiligen Familie, arm und ausgestoßen und, wie sie, ohne Heimat zu sein, hat die Funktion, Wiedererkennen zu ermöglichen und die eigene Situation erträglicher zu gestalten.[5] In Boschs Erzählung ist aber – im Gegensatz zur Realität – alles wohlgeordnet und festgefügt. Sie berichtet nämlich von einer wohlhabenden kleinstädtischen Apothekerfamilie. Ein Schimmer von möglichem Unglück kommt zwar in deren Leben durch eine Krankheit hinein. Bosch stellt aber eine Gegenwelt, außerhalb der tatsächlich herrschenden Wirklichkeit, dar.

War diese Kleinkindergeschichte der Autorin recht sentimental, – sie dürfte 1945/46 unter dem Eindruck des Kriegsendes entstanden sein – dann klingt in ihrem zwei

Jahre später publizierten lebenskundlichen Buch „Irenes erstes Lehrjahr“ (1948) schon ein härterer Ton an. Klagen ist Schwäche könnte die dort vertretene Maxime lauten. An späterer Stelle heißt es darin: „Es ging auch gar nicht darum, ob Lotte das oder jenes wollte oder nicht, es ging um das tägliche Leben, um das Geld für alles, was notwendig war: Essen, Kleider, Schuhe, Miete und Krankenkasse. Darum ging es, nicht um Träume und Wünsche“ (Bosch, 1948, S. 81). Dieser moralische Rigorismus, der die Notwendigkeit als Freiheit ausgibt, steht quer zu dem sonst eher gefühligen Gehalt ihrer Mädchengeschichten. Die weltabgewandte, aufs „Innerliche“ gerichtete Seite der Mädchenliteratur trägt bei Bosch dazu bei, nur um so apodiktischer gegen die Leserinnen zu etablieren, was Not tat: Nicht die Welt, sie selbst haben sich zu verändern. Bosch tröstet ihre Leserinnen mit dem Satz: „Wer kein Unrecht tut und ihm geschieht trotzdem so viel, bei dem wird es eines Tages schon wieder recht“ (Bosch, 1949, S. 47). Mit diesem Trost – enthalten in der Geschichte „Der arme Schlucker“ – sollen sich die Mädchen zufrieden geben. Statt ihr Leben selbst in die Hand zu nehmen, mögen sie auf Caritas und Gebefreude Dritter vertrauen. Bosch gibt durchaus zu erkennen – das macht ihre Mädchenbücher noch problematischer –, daß Frauen lange schon ihren „Mann“ gestanden haben. Aber sie verinnerlicht und stilisiert dennoch die Frau zur „Hüterin der Daseinsmitte“. Ihre „innere Stimme“ ist der männlichen Jagd nach Macht und Äußerlichkeiten überlegen. Die Frau hat sich darein zu ergeben, daß es ist, wie es ist.

Die Schriften von Schieker-Ebe und Bosch sind Beispiele für Literatur, in der erfolgreiche Zähmungen junger Mädchen gezeigt werden, die auf dem Wege eigene Wunschträume haben und auch partiell ausleben dürfen, ehe sie ihre Rolle erfüllen. Anfänglich werden die Heldinnen durchweg wegen ihrer Ursprünglichkeit, Lebendigkeit und Natürlichkeit gelobt und gegen andere positiv abgesetzt. Das Ziel ist noch jedesmal – perspektivisch – die anschmiegsame Braut. Dabei wird den Leserinnen das Ergebnis schmerzhafter Dressur als Erfahrung weiblicher Natur akzeptabel gemacht (vgl. S. Zahn, 1983, passim).

In diesem Vorgang, der das Mädchenbuch als eigenes Genre schon lange vor der uns hier interessierenden Zeit konstituiert, spielen auch nach 1945 ältere Einzelwerke und die Serien eine besondere Rolle. Was mit Clementine Helms „Backfischchens Leiden und Freuden“ um die Mitte des 19. Jahrhunderts begann, über Thekla von Gumperts „Töchteralbum“ sich bis zu Ottilie Wildermuths Erzählungen fortsetzte, von Emmy von Rhoden weitergetrieben wurde und mit Else Urys „Nesthäkchen“-Serie einen Kulminationspunkt erreichte, wurde nunmehr von Magda Trott wieder aufgenommen. Die „Pucki“-Geschichten dieser Autorin sind Teil des Scharniers des kontinuierlichen Übergangs der Mädchenliteratur des 19. Jahrhunderts[6], vor allem der Gründerzeit, zum Mädchenbuch des Nationalsozialismus und schließlich zum Buch für junge Leserinnen in der Nachkriegszeit.

Trotts „Pucki“-Bände, erstveröffentlicht zwischen 1935 und 1941, erschienen erneut und textidentisch in zwölf Bänden nach 1945.

Trott artikuliert den Verzicht auf Selbstbestimmung und setzt dafür Fürsorgebereitschaft und Entsagungsverhalten hin. Sie bedient sich, um dies attraktiv erscheinen zu lassen, einer in der übrigen Mädchenliteratur nicht üblichen Konstruktion. Während weithin Kindheit als verlorenes Paradies erinnert wird, porträtiert Trott Kindheit als „schlimme“ Kindheit und opponiert ihr durch ein umsonntes Erwachsensein. Nicht das Peter-Pan-hafte „Nicht-erwachsen-werden-wollen“ ist bei ihr gefragt, sondern der möglichst umgehende Schritt aus der Kindheit heraus. Trott zitiert durchaus Momente der „widerspenstigen Zähmung“, verbleibt aber – selbst Emmy von Rhoden und Else Ury gegenüber – reaktionär, verdeckt durch modischen Schick. Trott weist nämlich weiterhin Verlust als Gewinn ihrer Heldinnen aus und wälzt die „Kosten“ der Erziehung ganz auf die zu erziehenden Mädchen ab.

Integration und Unterwerfung der Heldin kennzeichneten schon in der Zeit nach dem Ersten Weltkrieg ihr Buch „Zwitschervögelchen“ (1922), das während des Dritten Reiches unter dem Titel „Stürmende Jugend findet den Weg“ ([6]1940) herausgebracht wurde und das dann in den fünfziger Jahren als „Wildfang Doris“ (1953) nochmals eine Neuausgabe erfuhr.

*Magda Trotts (1880–1970) Mädchenbuch „Zwitschervögelchen“ erschien erstmals 1922. Dieselbe Erzählung kam Ende der dreißiger Jahre unter dem „zeitangepaßten“ Titel „Stürmende Jugend findet den Weg“ heraus. In den fünfziger Jahren konnte dieses Buch mit wieder angepaßter Aufmachung als „Wildfang Doris“ erneut verlegt werden.*

Ob keck wie in den zwanziger Jahren, heldisch-stürmend unterm Nationalsozialismus oder burschikos-kumpelhaft in den fünfziger Jahren, Trotts Texte fanden Abnehmer. Ihre Texte sind – in Stil und Inhalt äußerlich jeweils an die Gegenwart der schreibenden Autorin angepaßt – immer auf dieselbe Message hin strukturiert: Mit Freuden soll die Heldin aufblicken, sich im Dienst der Barmherzigkeit ausgeben, um im „Hafen der Ehe" zu landen.[7]

Auch die Mädchenbücher Margarete Hallers (* 1893), die den Alltag junger Frauen zum Thema haben, sind Beispiel für die ungebrochene Kontinuität dieses Genres. Hallers Serie „Gisel und Ursel", deren erster Band 1932 auf den Markt kam, wurde einige Jahre nach 1945 wieder aufgelegt. Dabei zeigt der Text der Neuausgabe keine Veränderungen, nur die Illustrationen wurden leicht abgewandelt und in den Accessoires verändert.

Hallers Mädchenbücher aus der Nachkriegszeit dokumentieren den beginnenden wirtschaftlichen Aufstieg in Westdeutschland. Der eine, während des Dritten Reichs zuerst erschienene Band ihrer Gisel und Ursel-Serie hatte den Sport in den Mittelpunkt gestellt und dabei die Idee des Siegens betont.

Im Nachkriegsdeutschland erschien gleichfalls „Gisel und Ursel die beiden Glücksmädel" (zuerst 1932, neu 1950). Zwar ist das Motiv das gleiche geblieben, wiederum geht es darum „Erste zu sein". Die sportliche Akzentuierung ist jedoch abgeschwächt. Dieser Band überträgt das Motiv des Wettkampfes auf die Konkurrenz in Handel und Wirtschaft. Die wirkenden Faktoren sind Leistung und Zufall. Der glückliche Zufall aber ist die Folge von Leistung. Dieser Band ist der ältere, ihn schrieb die Autorin während der letzten Jahre der Weimarer Republik. Das Verhältnis der Eltern zu ihren Kindern war in dem zuerst 1938, also in der Hitlerzeit verfaßten Band „Gisel und Ursel, die beiden Sportmädel", traditionell bestimmt und die dominante Position des Vaters als Familienoberhaupt und Autorität herausgehoben.

In der Darstellung der Beziehung der Eltern zu ihren Kindern ist erstaunlicherweise das ältere Buch, das 1932 zuerst erschien, das freiere. Der Umgang scheint bevorzugt kameradschaftlich, nicht ganz so autoritär. Bestehen bleibt hingegen bei Haller der von vornherein kleine Traum vom Glück. Und Selbständigkeit, die durchaus gefordert wird, ist nur in dem von den Erwachsenen abgesteckten Rahmen gestattet. Hallers Band „Gisel und Ursel auf eigenen Wegen" markiert den Höhepunkt dieser Entwicklung. Seitdem die Mädchen „vernünftig" geworden sind, dürfen sie eigenen Wegen folgen. Sie haben das in sie gesetzte Vertrauen der Erwachsenen gerechtfertigt; aber auch dieser offenere Weg der Erziehung produziert am Ende sittsame Wesen. Jedoch bleibt trotz aller Veränderungen für die beiden Protagonistinnen dieses Bandes gültig: Sie sollen die kleinen Dinge des Tages als die großen Ereignisse ansehen.

Auch Haller läßt – wie die anderen seither erwähnten Autorinnen – die Welt der Erwachsenen ungebrochen stehen. Darin unterscheidet sich ihr Werk aber von dem der Enid Blyton, deren Bücher seit 1949 auch in Westdeutschland herauskamen und die von da ab zu einer der meistgelesenen Jugendbuchautorinnen wurde.

Sind bei Haller die Mädchen trotz aller neuen Attribute den Erwachsenen per se unterlegen, so sind bei Blyton im Gegenteil die Kinder den Erwachsenen vielfach überlegen (vgl. A. Prieger, 1982). Die Mädchen der Haller bleiben unter sich, agieren in ihrer Altersgruppe, während Blyton in den Abenteuerbüchern die Kinder in die Welt der Großen hinübergreifen läßt.[8] Ob sich hier schon die Wende zu dem Trend der fünfziger Jahre ankündigt?

*Ein Beispiel, wie Titel aus den dreißiger Jahren in die fünfziger Jahre „hinübergerettet" wurden, ist das Mädchenbuch „Gisel und Ursel, die beiden Sportmädel" (1932) von Margarete Haller (*1893), dessen Aufmachung nur in den Accessoires modifiziert werden mußte, um auch 1950 brauchbar zu bleiben.*

## *Heimatlos*

Während die bisher betrachteten Bücher für Jüngere vielfach den kleinen Leserinnen unter den Nachkriegskindern eine „gute alte Zeit" ausmalten, wandten sich Texte für schon ältere Mädchen nach Thema und Inhalt auch in die Realität der ersten Jahre unmittelbar nach dem Kriege. Zwei Bereiche erfahren dann besondere Aufmerksamkeit, das Leben der Flüchtlinge und das Alltagsleben in der Nachkriegszeit.

Die Berliner Autorin Hertha von Gebhardt (*1896) läßt zum Beispiel ihre Erzählung „Freundinnen" (1948) vor der Kulisse der ersten Monate nach dem Krieg ablaufen. Das Leben ihrer Heldin bleibt jedoch merkwürdig unberührt von der Zerstörung draußen. Familie und Schule sind intakt wie eh und je. Folgerichtig geht es in diesem Buch nur um „typische" Mädchenprobleme: Eifersucht und – damit verknüpft – den Sprung aus der Kindheit ins Jugendalter. Insgesamt geht sonst alles seinen üblichen Gang trotz der desolaten materiellen Situation und der beengten äußeren Lebensumstände. Seelische Konflikte drohen zwar durch die Erinnerung an die gefallenen Brüder, den Vater oder Freunde belastend zu wirken, aber die Hauptfigur findet unangetastet ihren Weg. Ihre Gestalt ruht in sich, ihre Seele ist stabil. Und ihre Lehrerin – das ist die Stimme der Autorin – teilt ihr mit: „Wieder leben wir heute in solcher Zeit der Not und der Besinnung auf unser eigentliches Wesen" (H. v. Gebhardt, 1948, S. 127).

Was diese „Zeit der Not" ausmacht, was Besinnung auf das „eigentliche Wesen" meinen könnte, wird nicht zum Gegenstand der Erzählung selbst, bleibt bloße Formel.

In ähnlich vage Formulierungen flüchtete sich auch Renate von Gebhardt, die Tochter der eben genannten Autorin, in ihrer Erzählung „Annemarie Denger, stud. mus." (1949). Dieser Text läßt den Zeithintergrund ebenfalls kulissenhaft unbestimmt. Zwar spielt die Handlung im vom Krieg zerstörten Berlin, das aber als Ort ohne spezifisches Profil gezeigt wird. Es wirkt an der Erzählung selbst nicht mit. R. v. Gebhardt berichtet vielmehr – für das Genre typisch – vom Abitur, der Trennung von der Mutter und dem Studienbeginn in einer ihr fremden, großen Stadt. Die Autorin stellt eine Heldin vor, die durch Abschließung auf die Fremde reagiert, obwohl sie doch „Vorwärts denken" lernen soll. Eindeutig ist dies nicht in einem politischen Sinne verstanden, sondern in dem humanen Sinne eines Albert Schweitzers: Hilfsbereit sein gegen andere und sich selbst überwinden. Gerade Ruinen, das spricht der Text implizit an, eignen sich als kontrastierender Hintergrund für die Darstellung guter Taten einzelner Menschen. Vor der Trümmerkulisse kann die Größe eines Menschen von der Autorin gut entfaltet und von den Leserinnen gut erkannt werden. Die Umwelt wird fast völlig von der psychischen Lage eines Menschen separiert; vor allem entspricht den Zerstörungen draußen nichts im Innern der jugendlichen Hauptfigur.

Wie allgemeines gegenwärtiges Elend gleichsam privatisiert wird, geht aus einem anderen Mädchenbuch – zwei Jahre nach Kriegsende erschienen – hervor. Den „Weg durch Nacht zum Licht" bietet auch die Erzählung „Das sparsame Jahr" (1947) von Grete Westecker an. Wiederum ist dann die Zeit direkt nach dem Krieg und die umgebende Notsituation nicht als Kriegsfolge begriffen, sondern das Unglück hat rein private Ursache: Tod des Vaters und eine Krankheit des Bruders. Gefordert wird, sparsam zu sein, sich einzuschränken in der Gewißheit: „War das Leben nicht überhaupt so, daß erst aus dunklem Schmerz die starke und helle Bejahung des Lebens wuchs?" (Westecker, 1947, S. 80). Requisiten der Wirklichkeit werden eingesetzt, nur um als „lichte Schatten" hinter den Figuren zu stehen auf ihrem Weg zwischen Beruf und Berufung. Eine Entscheidung, die sich aber zumeist dadurch erledigt, daß die Heldin heiratet. Die Autorinnen lassen keinen Zweifel, daß die äußere Realität ihnen gar nicht das Ausschlaggebende ist. Sie setzen das „geschützte Heim" – die Innenwelt

– dagegen: Aufbau und Verpflichtung. Die hochfliegenden Pläne der Mädchen werden zunichte gemacht und ihre Wünsche, wenn sie die gewohnten Vorstellungen und Erwartungen überschreiten, als lächerlich abgetan. Der Vorgang der Belehrung der Heldin erfolgt direkt und gelegentlich sogar rücksichtslos.

In Helga Fürstenbergs Geschichte „Das Mädchen Corry" (1949) zum Beispiel ist es das Verhalten eines Bruders – hier mit vaterähnlicher Autorität ausgestattet –, der aus dem Kriege heimkehrt und für die Heldin katalysierende Wirkung hat. Wenn sie in ihren Überlegungen noch unsicher war, nach seiner Rückkehr ist es klar, daß eine Entscheidung fallen muß ohne Rücksicht auf ihre Wünsche. Die Tatsache aber, daß Grauen und Schmerz des Krieges, ja die Niederlage den Bruder nicht zerbrochen haben, verleihen ihm übermenschliche Züge: „Wie ein Lump sieht er aus. Dreckig, bärtig, mager, bepackt mit einem schäbigen Bündel. Aber seine Augen leuchten, die ganze Jugend ist noch in ihnen. Ungebrochen" (Fürstenberg, 1949, S. 68). Dieser Held weiß, wie das Leben zu bestehen ist: Um zu überleben, hat man sich in sein Schicksal zu ergeben, man müsse „arbeiten wie ein Pferd, bescheiden und genügsam sein ein Leben lang und nach einem mühevollen Dasein in die Grube sinken" (Fürstenberg, 1949, S. 141). Das Mädchen Corry akzeptiert denn auch, daß sich in den Worten des heimgekehrten Bruders ein „göttlicher Zweck" ausspricht. Damit läßt die Autorin Corrys Lernprozeß zu seinem Ende kommen. Fremdbestimmtes als eigene Entscheidung zu bejahen, ist der wiederkehrende Impetus zahlreicher Mädchenbücher jener Jahre.

Eine andere thematisch bedeutsame Gruppe der Mädchenbücher der ausgehenden vierziger Jahre sind die Flüchtlingsgeschichten. Episodische Reihung des Geschehens kennzeichnet zum Beispiel die Erzählung „In der neuen Heimat" (1949) von Christel Kirchner. Durch die akribische Darstellung des Interieurs und des Alltagslebens kommt in dieses Buch zwar ein wirklichkeitsnaher Zug hinein. Die Chance aber, die darin gelegen hätte, wird durch einen rührselig gläubigen Ton und einen die gesamte Erzählung durchziehenden Vanitasgedanken unterlaufen. Fremde und Einheimische läßt die Autorin durch Nächstenliebe und Verzeihen geeint sein. Steigt doch einmal eine düstere Idee wegen der beengten Lebensverhältnisse auf, dann hilft der Trost, daß es anderen noch schlechter ergeht.

Die diskutierten Texte zeichnet im Bereich der in ihnen intendierten Botschaften eine charakteristische Ähnlichkeit aus. Auf den Nenner gebracht, möchten die Autorinnen den Gedanken vermitteln, daß alles eitel sei, aber auch unvermittelt ein trotziges „und dennoch" entgegenhalten. Diese Spannung ist zwar deutlich, sie wird aber kaum einmal in Erzählung umgesetzt. Ebenso wird je nach Nutzen die Erinnerung an die jüngste Vergangenheit als „böser Traum" erfahren lassen und die Gegenwart als „tröstlich, so versöhnlich", oder das längst Vergangene als schönes „altes Haus" und die neue Umgebung als die „enge neue Wohnung" dargestellt. Mit einer gewissen Prägnanz gibt sich die Stimmung jener guten zurückliegenden Zeit in einem Zitat aus dem Band „In der neuen Heimat" zu erkennen: „Besinnt sich noch jemand auf die Zeit, da man Schnürsenkel für 10 Pfennig kaufen konnte? Es war eine gute alte Zeit, eine gesegnete Zeit. Auch die Jahre, da man an die Stelle von Schnürsenkeln festen Hanfbindfaden durch die Schnürlöcher zog, war gut und leicht. In dem Jahr aber, von dem ich erzähle, war bei der Familie Reinhard auch der Hanfbindfaden ausgegangen" (Kirchner, 1949, S. 179). Das Bild der Armut, das hier entspringen soll, gerät zur Schilderung einer sentimentalen Heimwehszene. Die naheliegende Frage „Gut für wen?" an die „gute alte Zeit" wird nicht erwogen. In seiner Zufälligkeit verharmlost und verniedlicht dieses Bindfadenbeispiel das historische Geschehen. Seine Konkretheit und sein Quasirealismus, die auf Verständlichkeit ausgerichtet scheinen, verstellen den Blick auf dahinterliegende Zusammenhänge.

Was sich in der eben erwähnten Flüchtlingsgeschichte „In der neuen Heimat" andeutete, spezifizieren Margot Benary-Isberts Bücher „Die Arche Noah" (1948) und „Der Ebereschenhof" (1949). Benary-Isberts Jugendromane gestalten das Heimweh, verleugnen die Trauer. Das korrespondiert damit, daß für ihre Bücher das entscheidende geschichtliche Ereignis das Kriegsende 1945 war, das nicht als Befreiung empfunden wurde, sondern als Niederlage.

Bestimmend für die beiden Veröffentlichungen Benary-Isberts ist, daß darin – anders als in der Fabel, in der im Tiergewand das „wahre Gesicht" des Menschen gezeigt wird – ihrer Protagonistin die Tiere als die „wahren Menschen" erscheinen und ihre Helden sich in ihnen spiegeln. Derart schreibt Benary-Isbert die Entfremdung der Menschen von der menschlichen Gattung fort, verunmöglicht Verfremdung und dadurch vermittelte Einsichten. Außerdem belastet sie ihre Bücher mit grobrastrigen Adaptionen der Idee der Irrfahrt und der – heiklen – Analogisierung von Teilen der alttestamentarischen Geschichte des jüdischen Volkes mit dem Schicksal der vertriebenen Deutschen. Ihre Familie Lechow ist „heimatlos in der Welt". Der „stille Glanz des Friedens" kann aber nur schwer die Erinnerung an das „Gut in Schlesien", das sie verlassen mußten, verdrängen. Benary-Isbert bemüht – wie andere auch – die Weihnachtsgeschichte als Rechtfertigung und Wiedererkennungsmoment: Ausstoßung, Einsamkeit, Armut, Verlassensein und doch ein neues Leben: „Damals wie jetzt warteten die Menschen auf Einen, der ihre Not wenden sollte" (Benary-Isbert, 1948, S. 85). Die Verheißung der Gnade ist es, die das Weihnachtsfest zentral werden ließ.[9] Und es wurde eine weitere biblische Geschichte wirksam: die von Hiob, der unschuldig litt (Benary-Isbert, 1948, S. 212). Hat der Mensch dieses Stadium erst einmal erreicht, werden die äußeren Dinge unwichtig. Vielmehr meint die Autorin, erst dann gibt sich das „eigene Gesetz" der Dinge zu erkennen.

In dem Fortsetzungsband „Der Ebereschenhof" (1949) bringt die Autorin das „Gesetz der Dinge": die Aufbauarbeit. Bei diesem Unternehmen ist nicht der Mensch Partner der Menschen, sondern erneut ein Tier. Von Margret, der weiblichen Hauptfigur, heißt es: „Sie hatte eine unendliche Geduld mit Tieren, so ungeduldig sie auch mit Menschen sein konnte" (Benary-Isbert, 1949, S. 36). Margrets Gespräche mit den Tieren gestatten ihr zugleich, „über das Vergangene zu schweigen". Dieser „Trost in Trümmern" reflektiert ihre Furcht vor den Menschen, die in den beiden Bänden Benary-Isberts durchgängig vorhanden ist, und ihren Gestalten menschenfeindliche Züge anhängt: „Margret im Kreis ihrer Tiere, Matthias bei seinen Obststämmen, Pflanzen und Sternen, beide der Natur und ihrem stetigen Wirken dienstbar [...]" (Benary-Isbert, 1949, S. 173).

Ist hier bei Benary-Isbert nicht am Ende der Halt in einer Art Stifterschen Idyllik der Naturverbundenheit gesucht? Die Spanne zwischen der Realität der Trümmerjahre auf der einen Seite und der Utopie einer stillen, friedvollen Welt auf der anderen ist groß. Es ist verständlich, wenn gerade in den ersten Jahren nach dem Krieg eine Art Flucht auf die Seite der Natur, die sich harmonisch ausnimmt, einsetzte angesichts der Verwüstungen, die der Mensch gerade angerichtet hatte.

Gegenüber Benary-Isberts dennoch optimistischen Text kommen bei aller Ähnlichkeit im Grundmuster in einem anderen Werk mit verwandter Thematik, nämlich der Bewältigung eines Neuanfangs in einer Familie, und zwar in Käthe Miethes (1893–1961) Erzählung „Unser neues Leben" (1949) Töne zum Ausdruck, die etwas von der Kritik am politischen Zustand, an der gläubigen Hinnahme, auch an der eskapistischen Ausmalung idyllischer Natur erahnen lassen, die seinerzeit in großen Teilen der Jugendliteratur vermißt wird. Diese Autorin war allerdings während des Dritten Reiches mit Büchern hervorgetreten wie „Friedel im Pflichtjahr" (1940) und „Die Kinder vom Lindenhof" (1944) und nach dem Kriege mit den Geschichten „Zur rechten Stunde" (1948), worin der „Weltenbrand" sich als der Brand eines Hauses herausstellt, sowie „Kamerad in der Not" (1947), das nichts anderes ist als die Umsetzung des Spruches „Wenn dich die bösen Buben locken, folge ihnen nicht".

Auch in dem Band „Unser neues Leben" steht, darin nicht unterschieden von den zuvor genannten Büchern, die Aufbauidee im Mittelpunkt. Eine Seefahrerfamilie muß sich beruflich und im Alltag neu orientieren. In soweit fällt dieser Text nicht aus dem Rahmen. Aber in der Figur Karli Dillwitz – charakteristischerweise ein Junge und nicht ein Mädchen – kommen nun doch Ansichten zur Aussprache, die in den bisherigen Flüchtlingsgeschichten nicht zu finden waren. Dieser Junge – er ist nicht die Zentralgestalt – wirft nämlich den Erwachsenen vor, und erhebt Anklage gegen sie, daß sie den Krieg gemacht haben: „Aber man sieht ja, wohin sie uns geführt haben – in den Abgrund" (Miethe, 1949, S. 46). Das ist eine Formulierung, wie sie in kaum einem anderen der Jugendbücher der Nachkriegszeit anzutreffen war. Auch das Verhältnis zwischen Lehrern und Schülern scheint gewandelt: Kein blinder Gehorsam, sondern der Mut zu fragen und die Idee „ganz von vorn zu beginnen". Karli Dillwitz zweifelt sogar an der Religion, der Macht, an der sich andere meinten wieder aufrichten zu können, „weil die Menschen immer schlechter geworden (sind)" (Miethe, 1949, S. 70). Er zieht den Schluß, „einfach wandern, so weit man will, und sich dann niederlassen, wo es schön ist, wo keine Menschen sind, nur Tiere, Pflanzen und Bäume, ein ganz dichter Wald! Da bauen wir uns eine Hütte und leben in Frieden" (Miethe, 1949, S. 75). Dieser utopische Plan, robinsonähnlich zu leben, gestaltet ein friedvolles Dasein, das allerdings nur als ohne andere Menschen denkbar ist, eine Idee, die ja auch für die Bücher Benary-Isberts wesentlich war. Da wird für kurze Momente der Gedanke des Aussteigens, des Verweigerns sichtbar. In eigentümlichem Umkehrverhältnis zu diesem Entwurf steht aber die schließliche Gewißheit: „Dabei liegt die Rettung auf der Hand. Gut zum anderen zu sein, zufrieden sein, Mitgefühl haben, helfen und sich fest an den Händen halten, nicht gleich verdammen und den Stab über den anderen brechen! Das ist es, was eine bessere Zukunft verbürgt" (Miethe, 1949, S. 111). Diese Aussage nimmt die kritischen Fragen des Karli Dillwitz wieder zurück. Seine Frage: „Warum ist das auf der Welt alles so falsch eingerichtet?" bleibt unbeantwortet, eine Antwort wird gar nicht mehr versucht.

Miethe, darin mit den anderen Autorinnen übereinstimmend, hat sich auf die je persönliche Entscheidung eingerichtet. Die Menschen können und müssen bei sich selbst anfangen, dann folgt alles andere von allein. Die Form, die das „Bei sich selbst beginnen" für die Familie Niemann aus Miethes Buch annimmt, ist unzweideutig: ein neues Leben aufbauen. Das „neue Leben" aber wird eine Frage der veränderten materiellen Gegebenheiten, die gemeistert werden können. Ihre Voraussetzungen sind gerade nicht die intellektuellen Zweifel des Karli Dillwitz, sondern der materielle Verzicht. Vor allem das individuelle Fortkommen in Schule und Ausbildung muß hinter der Arbeit zurückstehen. Persönliche Wünsche sind zurückzustellen.

Wir können feststellen, daß sich – wie beim Bilderbuch, so auch in der Mädchenliteratur der Jahre nach 1945 – der Drang nach „Innen", die fortbestehende Fixierung an Autoritäten und die Betonung eines klischeehaften Frauenbildes wiederholen. Dabei macht sich eine auffallende Spannung bemerkbar. Denn neben einem deutlich spürbaren Optimismus, der sich zum Beispiel in dem Titel „Der neue Tag" ausdrückt, steht eine eigentümlich skeptische Haltung in bezug auf die vorfindliche Gegenwart, gespiegelt etwa in dem Titel „Das sparsame Jahr". Bücher solcher Art vereint, daß sie zwar auf Gegenwart und Zukunft vorbereiten wollen, indem sie auf Vergangenes rekurrieren, dabei aber die Vergangenheit nur selektiv wahrnehmen. Die Epoche des Wilhelminismus wird vielfach – sie ist für einige der Schreiberinnen ja auch die Zeit ihrer eigenen Kindheit – als „gute alte Zeit" erinnert. Derart wird die unmittelbare Vergangenheit der Jahre zwischen 1933 und 1945 mehr oder weniger verdrängt. Eine literarische Auseinandersetzung mit dem, was in der Zeit des Nationalsozialismus geschah, findet in den erwähnten Büchern nicht statt.

Die Schriften der Mädchenbuchautorinnen wollten den Leserinnen begreiflich machen, was „Not tat". Gemeint war damit die Bereitschaft zum Verzicht (ein überkommenes Moment der Mädchenliteratur), der Wille zum materiellen Aufbau (als zeitaktueller Aspekt) und zur „Aufgabe". Der Widerspruch zwischen diesen Anforderungen, Verzicht zu leisten und doch eine Aufgabe zu übernehmen, den die weiblichen Protagonistinnen aushalten mußten, wurde nicht bewußt gemacht. Aufgehoben wurde dieser Konflikt in der Ersatzideologie der Caritas, der oft bis zur Willfährigkeit und Unterwürfigkeit gesteigerten Vorstellung der mitleidenden Helferin. Aus diesem Schema resultierte konsequenterweise ein moralischer Rigorismus, der jede Abweichung von dem als normal Empfundenen unmittelbar mit Sanktionen bedrohte.

Die Auslieferung der Mädchengestalten an ein gegebenes Schicksal, das über ihren

Lebensweg bestimmte – ein Charakteristikum etlicher Titel – wurde seit den frühen fünfziger Jahren ansatzweise aufgebrochen. Die Hauptfiguren blieben – auch zur Zeit des Wirtschaftswunders – ausgeliefert, nun jedoch mehr den Mechanismen des undurchschaubar gestalteten Marktes als dem Walten des Schicksals.

In einer seltsamen Schwebe verharren die Lebensläufe von Mädchen in den Büchern, die für den Rückzug in die Natur votieren, Natur verstanden als ländliche Idylle. Der Schritt in die Natur, die Hinwendung zu Tieren und Pflanzen, diente der Abkehr von und der Abwehr der Trümmerwelt. Er führte zudem zur Abwendung von den Menschen. Es war ein Weg in eine selbstgewählte Isolation.

Die Einsamkeit, lautet die Unterstellung jener Bücher, bietet Fülle und zeigt die wahren Werte auf, während das städtische Getriebe bloß äußerlich orientiert ist und abgelehnt werden muß. Verwirklicht wurden Schriften, die – nach einem Wort des Freiburger Bischofs Conrad Gröber (1945) – dem Nihilismus des Nationalsozialismus „innere und menschliche Werte“ entgegensetzten. Sie forderten Demut und Standhaftigkeit, hielten der „finsteren Welt“ das „reine Herz“ der Jugend entgegen und warnten in einem Atemzug damit vor der „Tyrannei des eigenen Herzens“. Die Mädchenwelt dieser Botschaft war eine Innenwelt, die den Materialismus des Alltags ablehnte. Opfer und Verzicht wurden die handlungsleitenden Kategorien.

Insbesondere die Autorinnen für jüngere Mädchen hatten Schwierigkeiten mit der Gegenwart. Denn sie verlegten nicht selten die Handlungszeit ihrer Erzählungen weit zurück. Kindheit ist ihnen kein „Noch nicht“, kein „Es wird einmal“, sondern ein zitathaft festgehaltenes „Es war einmal“. Sie stellt sich als immer schon vergangen dar, nichts Zukünftiges in sich bergend. Die Autorinnen scheinen überdies die Vorstellung ihrer eigenen Kindheit mit der von Kindheit überhaupt gleichzusetzen. Warum sonst wird die erinnerte Kindheit des öfteren zeitlich um das Jahr 1900 angesiedelt, ja womöglich noch bereichert mit dem Kolorit der Restaurationsphase des ersten Drittels des 19. Jahrhunderts, der Metternich-Ära. Für diese Texte, die übrigens durch das häufige Vorkommen von Diminutiva charakterisiert sind, ist die Lebenswelt der Mädchen biedermeierlich-niedlich.

In der Mädchenliteratur wird damit deutlich ein historisches Kontinuum erkennbar. Idealisierung und Heroisierung von Verzicht und Entsagung waren nicht nur die Merkmale der Mädchenbücher von 1933 und danach, sie bleiben es auch zu Ende der vierziger Jahre (D. Grenz, 1983, S. 32). Weiterhin galt damals den Mädchenbüchern das „biologische Schicksal“ der Frau als unausweichlich. Das Mädchenbuch war durch Wirklichkeitssuggestion determiniert, indem es eine prästabilierte Harmonie zwischen der Heldin und einer pädagogisch zurechtgestutzten Wirklichkeit herstellte (M. Dahrendorf, $^{3}$1978, S. 115).[10] Dies meint vermutlich auch Wolfgang Promies (1986), wenn er in der Mädchenliteratur der Jahre nach 1945 eine „umgekehrte Anthropologie“, die von ideologischen Komponenten ausgeht und sie als naturwüchsige auszuweisen versucht, zu erkennen glaubt. In der Mädchenliteratur sind die moralisch-ästhetischen Kriterien der Weimarer Republik und des Dritten Reiches nach 1945 gültig geblieben.

## Märchen und Phantastische Erzählungen: Die Wünsche der Kinder

Zu den vom Umfang der Produktion her populärsten Gattungen zählen in der Nachkriegszeit – wie z.B. aus dem Auswahlverzeichnis „Das gute Jugendbuch" (1953), das Kinder- und Jugendbücher der Jahre nach 1945 zusammenstellte, ersichtlich wird – die Märchen und die dem Märchen verwandten Erzählformen. Dieser Sachverhalt deutet erneut an, daß die Kinder- und Jugendliteratur jener Jahre ungebrochen eine enge sympathetische Affinität zur Epoche des biedermeierlichen, den dunklen Seiten der Romantik entronnenen 19. Jahrhunderts zu halten, ja zu stärken versuchte. Man kann vermuten, daß die Kinder- und Jugendliteratur nach 1945, um gerade Gewesenes nicht verarbeiten zu müssen, sich besonders gerne auf Vorgestriges bezog. Manche an das traditionelle Märchen angelehnte Erzählweisen und Motive boten sich, wie sich Ulrike Bastian ausdrückt, als „repressives Erziehungsmittel" an (U. Bastian, 1981, S. 239). Nationalpädagogik, Erlebnispädagogik und Schonraumdenken gehen bei der Märchenrezeption jener Jahre eine eigentümliche Mischung ein. Ob nicht gar das Märchen darin als bloßer poetischer Vorwand für eine im Grunde sittliche Erziehungsarbeit, also als didaktisches Mittel, fungiert?

Dieser Abschnitt soll nun den allmählichen Wandel vom traditionellen Märchen und Kunstmärchen zur nunmehr nach dem Zweiten Weltkrieg aufblühenden Kinderbuchgattung der sogenannten Phantastischen Erzählung behandeln. Die Veränderungen, die sich in diesem Prozeß ergeben haben, wollen wir an einem inhaltlichen Moment, der Stellung dieses Genres zur Politik, zu erkennen versuchen.

Daß überhaupt in der Nachkriegszeit auf märchenhafte Erzählformen bezug genommen wurde, geht vermutlich auf die Scheu zurück, angesichts der Trümmer Zeitgenössisches nüchtern und wirklichkeitsgetreu direkt zu thematisieren. Aber indirekt erlaubte diese Form doch ein Eingehen auf das Hier und Jetzt. Für das Enthistorisieren und das Verfremden des Geschehens können zum Beispiel Äußerungen Ernst Wiecherts (1887–1950), des im „Dritten Reich" durch Konzentrationslager geschleppten Märchendichters, herangezogen werden. Denn er fragt zwar nach den Gründen für die schrecklichen Ereignisse im Hitler-Deutschland, fand aber als Ursache nur einen Mangel an Religion und vermutete, daß ein Mehr an Glauben dem geschichtlichen Verlauf eine andere Richtung hätte geben können. Zu den für zeitsymptomatisch erachteten Autoren gehören aber auch die damals am Beginn ihrer Karriere stehende Schwedin Astrid Lindgren (* 1907) und der seit Beginn der vierziger Jahre bekanntgewordene Tierschriftsteller und „Naturmärchen"-Erzähler Hans Wilhelm Smolik (1906–1962), dessen Hauptschaffensperiode in die Zeit nach 1945 fällt. Astrid Lindgrens Schriften können Hinweise liefern, warum das Märchen, das weithin nur noch zum Belehren benutzt worden ist, durch das neue Genre der Phantastischen Erzählung abgelöst wurde. Denn in der Phantastischen Erzählung dient das phantastische Element nicht so sehr als Mittel zur Erreichung eines pädagogischen Zweckes, vielmehr vor allem als Konstituens einer poetischen Struktur. Um diese Behauptung zu erhärten, können unterschiedliche Typen der Märchenadaption der ausgehenden vierziger Jahre herangezogen werden.

### *Thema Märchen und Moral: Brav, barmherzig und bescheiden*

Bei den Bearbeitern, Herausgebern und Dichtern von Volks- und Kunstmärchen sind in den ersten Jahren nach Kriegsende deutliche Unterschiede in der Wiederaneignung der „Gattung Grimm“, ja der von Märchen allgemein, zu erkennen. Die damals vorherrschende Grundrichtung können einige Beispiele verdeutlichen, darunter der von Rudolf Meyer herausgegebene Band „Gebrüder Grimm. Märchen in zwei Bänden“ (1948). Meyer lobt die Märchen wegen ihrer Volkstümlichkeit; er ordnet ihnen Elemente wie Mutterboden, Volksgemüt, Einfalt, Treue und Tugend zu. Die „Kinder- und Hausmärchen“ wirken seiner Ansicht nach als „ein Werk der Treue gegenüber der Volksüberlieferung“ und stehen in Opposition zum „Geist der Aufklärung“. Diese – auf den ersten Blick – antiintellektuelle Haltung des Herausgebers birgt ein Paradox. Denn er ist nicht antiaufklärerisch gesinnt. Sein Verweis auf „graue Vorzeit“, „intuitives Erleben“, „nationaler Kulturschatz“ ist das eine. Ebenso wichtig ist für Rudolf Meyer, was schon Wilhelm Grimm betont hatte, daß die „heimatlichen“ Märchen zugleich der „Abkapselung der Nationen“ entgegenwirken und völkerverständigend sein können. Märchen sind in dieser Perspektive „Weltbürger“, „Zeuge der tiefren Einheit des Menschengeschlechts“, die „über den Dämon des Völkerhasses“ triumphieren (R. Meyer, 1948, S. 8).

Diese Argumentation ist deshalb bemerkenswert, weil Meyer den Märchengegnern auch der Besatzungsmächte, die die Märchen als „first steps in cruelty“ (T. J. Leonard, 1947, S. 111) und als Mitursache der nationalsozialistischen Verbrechen ansahen, entgegenhält, daß doch gerade umgekehrt jede Leugnung des Bösen und Schrecklichen dieses erst recht zuläßt und ihm gegenüber wehrlos macht: „Das Märchen aber enthüllt unerbittlich die Mächte der Finsternis. Und welche Zeit hätte es wohl nötiger als gerade die unsrige, daß dieser Macht offen ins Auge geschaut wird“ (R. Meyer, 1948, S. 10). – Es mag eingewandt werden, daß es nicht zureichend sei, politischhistorische Vorgänge in Kategorien der Dämonie und der Macht der Finsternis zu kritisieren und zu werten, auch die Attribute „göttlich“ oder „satanisch“ scheinen dazu wenig geeignet. Aber es sind immerhin Versuche, mit der Besinnung zu beginnen.

Wie sehr jedoch unter der Decke einer gut gemeinten Ideologie der Hoffnung auf Heilung die Strukturen der gerade als vergangen geglaubten Märcheninterpretation der Nationalsozialisten sichtbar werden, sei hier erwähnt. In dem schon 1946 veröffentlichten Band „Deutsche Volksmärchen“ von Angelika Merkelbach-Pinck (1885–1972), vom Verlag als zeitbedingte „Behelfsausgabe“ deklariert, ist ein Holzschnitt von Paula Jordan wiedergegeben, der einen Scheiterhaufen zeigt, auf dem eine Hexe und ein Hexenmeister in ganz unmißverständlicher Aufmachung verbrannt werden. Das Szenarium wird nämlich dadurch bezeichnet, daß der Hexenmeister einen spitzen Hut trägt – seit dem Mittelalter diskriminierendes Kennzeichen für die Juden – mit einem Davidsstern darauf und nicht einem Drudenfuß (A. Merkelbach-Pinck, 1946, S. 26). Derart fungiert hier die Märchenikonographie mit problematischer Stoßrichtung. Sie tradiert Ressentiment und Vorurteil.

*Diese knapp nach dem Ende der nationalsozialistischen Herrschaft publizierte Illustration aus der Sammlung „Deutsche Volksmärchen“ (1946) fällt auf, weil sie einen Hexenmeister zeigt, der durch einen Davidsstern gekennzeichnet ist und auf dem Scheiterhaufen verbrannt werden soll.*

Schon 1946 hat Ernst Wiechert seine beiden „Märchen“-Bände vorgelegt. Bei ihm dürfte von der Intention her das Märchen eine ähnliche, heilende, die zerstörte Welt, auch die irregeleiteten Gemüter wieder zu optimistischer, das Gute vertretender Haltung anregende Funktion erhalten. Wiechert war am 11. November 1945 in München mit seiner „Rede an die deutsche Jugend“ hervorgetreten, in der er die Nationalsozialisten in biblischbilderreichem Ton als Götzenanbeter angreift und ihnen den wahren christlichen Gott entgegenhält. Im Mittelpunkt seiner Ausführungen steht, gegen das Vergessen und Verdrängen, die Aussage, es gäbe „Niemand der sagen könnte, er hätte es überhört“ (E. Wiechert, 1945, S. 8). Unter nachdrücklichem Hinweis auf die Greuel und Verbrechen unter dem Nationalsozialismus folgert Wiechert: „Laßt uns erkennen, daß wir schuldig sind.“ Aber trotz der konkret benannten Details, trotz seiner Aufforderung zur Erinnerung an die Gefangenen und die in den Konzentrationslagern ermordeten Menschen schlägt bei Wiechert doch durch, daß er – bedingt durch seine protestantisch-christliche Grundauffassung – Schuld metaphysisch versteht, im Sinne eines unausweichlichen menschlichen Verhängnisses, als Sünde. Diese Steigerung gibt ihm Anlaß, darüber nachzudenken, wie denn eine „Erde der Gerechtigkeit“ verwirklicht werden könnte. Ein Weg dahin – unter anderem – scheint ihm, „Kindermärchen für die Ärmsten aller Völker“ zu erzählen. Im Vorwort seiner Märchensammlung postuliert Wiechert denn auch, daß es in den Märchen nicht um Wunder und Zauber gehe, sondern um Gerechtigkeit. Die parallel zu den seinen veröffentlichten Märchen von Zeitgenossen zielten dagegen – wie er meint – auf Wunder und Zauber und unterschlügen die Gerechtigkeit, verkehrten Mittel in Zwecke. Wiechert möchte deshalb im Gegenzug diesseitige Geschichten bringen, in die jenseitige Figuren und Geschehnisse eindringen.

Beispielhaftes für seine Auffassung in den von ihm geschriebenen Märchen geht aus dem Text „Der alte Zauberer oder das Ende vom Lied“ hervor. Dieses Kunstmärchen berichtet davon, was ein Zauberer sein könnte: „... wo ein Richter Unrecht spricht statt Recht, läßt er seine Hand zu Stein werden“ (Wiechert, 1946, S. 304). Und gegen das heidnische Zaubern setzt Wiechert das christliche Wunder, das aus samariterhafter Praxis entspringt: „Tue Recht und Barmherzigkeit wohin du kommst. Das ist der wahre Zauber dieser Erde und das wahre Märchen, das immer bleibt ...“ (Wiechert, 1946, S. 314). Wenn für Wiechert das Märchen und dessen Optimismus, daß das Schicksal zu wenden sei, durch Bedeutungsschwere belastet wird, ist doch der nachdrückliche Ernst seines Anliegens erkennbar und legitimiert die Form, die er seinen Märchen gibt.

Andere Märchenbücher jener Jahre, in der Nachfolge der süßlichen Kunstmärchen mit lehrhafter Tendenz, stehen nur noch bedingt von der Gattungszuordnung her als Märchen da. Die lehrhafte Seite überlagert die ästhetische Gestaltung. Diese „Geschichten vom Verzeihen“ sind nichts anderes als moralisierende Erzählungen in märchenhafter Einkleidung. In ihnen ist das Erzieherisch-Pedantische an die Stelle des Unheimlichen der Märchen getreten. Manche verfahren eklektizistisch und versammeln – wie z.B. der Band „Kindermärchen“ von Walter Hecht (1945) – alles was irgend nach märchenhaftem oder volkstümlichem Requisit aussieht: Holzsoldat, Kasper, Teufel, Sandmann, Spielzeug, Weihnachts- oder Hampelmann. In diesen Geschichten wird drastisch erzogen: Durch Hauen, Stechen oder Hängen.

Und doch setzte sich in der öffentlichen Diskussion die Meinung durch, daß die Märchen zeitgemäße Lektüre seien, weil in ihnen das so wichtige und hilfreiche Hoffen auf das „Zauberwort“ manifest würde. Dieses Wort, das die „Wüstenei der Zivilisation“ (E. Krehbiel, 1948, Nachwort) überwinden sollte, wird in den alten und neuen Texten durch „träumende Schau“ herbeizitiert, nicht durch die „Sicht der Sinne“. Ernst Krehbiel, selber Verleger von Märchen, votiert für das Schauen, nicht für das Denken. Märchen sieht er in der Fortsetzung und Verwirklichung der Goetheschen Idee der „anschauenden Urtheilskraft“, eines organizistisch verstandenen Georg W. F. Hegel, dann wiederum auch basierend auf der Anthroposophie Rudolf Steiners, die er in die Farbe des Heideggerschen Vokabulars kleidet. Diese synkretistische Berufung auf Gewährsleute aus der Geistesgeschichte läßt auch die Romantiker nicht aus, so wird angeknüpft an Aussagen von Novalis zum Märchen, der die Zeit mit der „allgemeinen An-Archie“ gleichgesetzt hatte. Nach Krehbiel eignen sich Märchen, derart interpretiert, ganz unmittelbar als Ausdruck für die Gegenwartsnöte.

Die Therapie, die aus einer solch weiträumigen Rechtfertigung des Märchens als der Gegenwart entsprechende Literatur- und Denkform folgt, lautet schlicht: „Ja, und dann müssen die Menschen sich liebhaben und versuchen, einander zu verstehen“ (E. Planner-Pletelin, 1946, S. 131).

Die „entspannte Pädagogik“ solcher nur noch bedingt Märchen zu nennende Geschichten zur „moralischen Aufrüstung“ taugt allerdings nicht, die literarische Gattung der Märchen zu konservieren; statt Kinderliteratur bleibt gelegentlich dann nur noch kindische Literatur übrig. Nachdem die klassischen Kinder- und Hausmärchen durchaus gezeigt hatten, daß in ihnen die Märchenhelden den Kampf mit den Großen dieser Welt aufzunehmen in der Lage sind, machen die Kunstmärchen der Jahre nach 1945 von vornherein die Welt zur kleinen Welt. Sie schlagen vor, „brav und bescheiden“ zu sein. Das Phantastische ist dann nur noch bloßes Mittel, nicht auch Zweck in sich selbst.

Märchen, versehen mit den Attributen „lustig“ oder „fröhlich“, werden zu Verhaltenslehren. Die Helden lernen darin den untrennbaren Zusammenhang von „Ordnung und Frieden“, „Ordnung und Sauberkeit“, sowie von Zucht und Ordnung kennen. Selbst der Himmel wird als gerade so hierarchisch vorgestellt wie ein Gutshof. Obwohl nicht zugegebenermaßen als funktional gedacht, erweisen sich die hier vorgestellten märchenhaften Erzählungen als Fortsetzung der Erziehung mit anderen Mitteln und als ein auf spezifische Weise politisches Medium.[11]

### *Phantastische Erzählungen: Die Suche nach frischen Kindern*

Mit den eben diskutierten Märchen und märchenhaften Erzählungen der frühen Nachkriegszeit haben die seit den ausgehenden vierziger Jahren nach Westdeutschland gekommenen Phantastischen Erzählungen wenig gemein. Sie sind in ihren frühen Beispielen gewollt funktional und lassen offen und deutlich erkennen, daß sie als Kunstprodukte verstanden werden wollen, die Aussagen im Dienst der Friedenserziehung und der Antikriegsbewegung machen wollen. Solches trifft zum Beispiel auf Gustav Sandgrens „Der große Ameisenkrieg“ (1949) zu, mit einem Vorwort des damaligen UN-Generalsekretärs Trygve Lie, wie auch auf Richard Stracheys „Klein Rubens Insel" (1948). Die zentralen Ideen dieser Bücher sind die eines Weltparlaments, des Friedensrates, der Wohlfahrt nach schwedischem Modell in Verbindung mit der Abschaffung von Krieg, Armut und Sklaverei. Erich Kästners „Konferenz der

*Antoine de Saint-Exupéry (1900–1944) lieferte auch die Textzeichnungen zu seiner Phantastischen Erzählung „Der kleine Prinz", die 1950 erstmals auf Deutsch erschienen ist.*

Tiere" (1949), entstanden nach einer Idee von Jella Lepman, war die deutsche Parallele zu jenen importierten Texten. Wie die Schriften von Strachey und Sandgren begreift auch dieses Buch Krieg zuerst als ein militärisches Geschehen und dann sekundär als ein politisches. Kästners Vorschläge zur Abschaffung des Krieges sind, dem Genre entsprechend, von phantastischem Ausmaß.[12] Alle drei erwähnten Texte – das vereint sie – wollen vor allem politischer Appell sein und zum Umdenken aufrufen.

Daß dem in der Theorie der Kinder- und Jugendliteratur seit langem diskutierten und auf eine lange Tradition zurückblickenden Genre der Phantastischen Erzählung jedoch nach dem Zweiten Weltkrieg neue und eigene Akzente abgewonnen werden können, belegt das heute vergessene Buch „Der Himmelrutscher" (1946) von Gertrud

*Doppelseite aus „Die Konferenz der Tiere" (1949) von Erich Kästner, der diese Phantastische Erzählung nach einer Idee von Jella Lepman entworfen hat. Die Illustration stammt von Walter Trier (1890–1951).*

Roesler-Ehrhardt (* 1896), die im Vorwort andeutet, daß sie „all die Jahre nicht sprechen durfte". Ihr Bilderbuchheld gerät frech und aufmüpfig, er gibt Widerworte. Jakob erlebt eine Traumgeschichte, macht eine phantastische Reise mit und begegnet seltsamen Wesen: Mammuts, Eisbären etc. Ein Lernprozeß setzt bei ihm ein, der aber nicht an Jakob vollzogen wird, sondern gemeinsam mit ihm. Er erfährt im buchstäblichen Sinne, daß als neues Ideal in der Zeit nach dem Kriege nur das Prinzip der gegenseitigen Hilfe gelten dürfe, daß Schlachten überholt und die „goldene Freiheit wichtiger als goldene Löffel" seien. Mit den üblichen literarischen Mitteln wie der Reihung der Ereignisse, wie der Inszenierung überraschender Begegnungen mit außergewöhnlichen Wesen, wie der Schaffung eines vertrauten Umgangs zwischen Menschen und Tieren vermag es die Autorin doch, eine überraschende Aussage zu vermitteln. Unter der „Zuckerschicht" einer Weihnachtsgeschichte versteckt sie mehr als nur die „frohe Botschaft".

Im selben Jahr 1949, in dem die „Konferenz der Tiere" erschien, ist von Astrid Lindgren „Pippi Langstrumpf" in deutscher Übersetzung erschienen, nachdem der erste Band auf schwedisch schon 1945 veröffentlicht worden war. Diese Phantastische Erzählung markiert ohne Zweifel den kinder- und jugendliterarischen Höhepunkt jener Nachkriegsjahre (L. Tetzner, 1953). Das außergewöhnliche, wenn auch zu Anfang zwiespältige Echo[13] dieses Buches im Nachkriegsdeutschland hat offensichtlich unmittelbar mit der Lage der Kinder und der Kinder- und Jugendliteratur am Ausgang der vierziger Jahre zu tun. Ihre Idee des ungezwungenen, hilfsbereiten, starken und selbständigen Superkindes korrespondierte zwar teilweise mit Vorstellungen Kästners und anderer, nahm aber eigene Form an. Lindgren hat zum Beispiel die explizite politische Inanspruchnahme der Kinderliteratur und des Genres Phantastischer Erzählung nicht mitgemacht. Sie verweigert sich der pädagogischen Zurichtung, geriert sich eher antipädagogisch und – das ist entscheidend – beschränkt sich nicht auf die schlichte Positivierung ehemals als „böse“ geltender literarischer Figuren. Sie entwirft ein neues Bild vom Kind, stellt das Kindliche ins Zentrum, ein anarchisches Kinderimago. Ihre implizite Erziehungsvorstellung ist relativ antiautoritär und nonkonformistisch (R. Tabbert, 1975, S. 1f.). Damit hat sie im Westdeutschland der Nachkriegszeit Aufsehen erregen können.

*Pippi Langstrumpf. Illustration von Walter Scharnweber aus dem Jahre 1949.*

Lindgrens „Pippi Langstrumpf“ ist weder ein aufgeklärtes, tugendhaftes Lottchen oder Dortchen, noch ein verführbares Rotkäppchen – eher selbst verführerisch. Sie ist kein leidender Backfisch, kein integrierbarer Trotzkopf, keine gemütvolle Heidi und schon gar nicht ein Nesthäkchen oder Försters Pucki. Pippi Langstrumpf stellt sich vielmehr auf eine Ebene mit den Erwachsenen und bleibt – gemessen an den traditionellen Normen – unbelehrbar.

Pippi Langstrumpf fällt aus dem Rahmen, während die übrige Kinderliteratur und ihre Helden nach einem Rahmen suchten. Den wieder aufkommenden Ordnungsvorstellungen in der Nachkriegszeit – aus der Unordnung sollte Ordnung werden –, steht sie mit der Haltung derjenigen, die die herrschende Ordnung durcheinanderbringen will und kann, ablehnend gegenüber. Pippi Langstrumpf geht über die unmittelbare Wirklichkeit hinaus. Sie appelliert an den Möglichkeitssinn. Die anderen Kinderbücher dagegen stecken in der Wirklichkeit.

Pippi Langstrumpf ist ein Paradiesvogel. Im Verhältnis zu ihr werden die Kindergestalten anderer Bücher jener Jahre eher zu blassen Schattenfiguren, die – wenn auch nur scheinbar – den Wirklichkeitssinn ansprechen. Lindgrens Heldin hat mehr mit den Wünschen von Kindern nach Unabhängigkeit und Selbständigkeit und – in dieser Hinsicht – wenig mit der unmittelbaren Lebenssituation in der Nachkriegszeit im Sinn. Das rührt sicher auch daher, daß weder Lindgren noch ihr Land so direkt vom

Krieg betroffen waren. Die übrige Kinderliteratur, sowohl in ihren realistischen als auch ihren märchenhaften Beispielen, befaßt sich mehr oder weniger nur auf pseudokonkrete Weise mit der vorfindlichen Welt und zudem nur ausnahmsweise mit den Wünschen der Kinder. Pippi Langstrumpf ist kein Ina Seidelsches „Wunschkind“, aber Ausdruck von Kinderwünschen. Lindgrens Phantastische Erzählung bestätigt die Kinder- und Jugendliteratur als Teil einer Spielwelt.

In diesem Beispiel erweist die Phantastische Erzählung, daß sie – im Kontrast zu den etablierten Kunstmärchen – keine Flucht vor der Wirklichkeit impliziert, sondern daß sie die Kritik der Wirklichkeit vorbereitet. Nicht die Metaphysik einer „Heilen Welt“, die der Beschwichtigung dient, steht zur Diskussion, sondern die Auseinandersetzung – wenn auch phantastisch gesteigert – mit dieser Welt. Nicht die schlechte Alternative einer transzendenten „Heilen Welt“ und einer diesseitigen unheilen ist das Movens von Lindgrens Geschichten, sondern die Grenzen der alltäglich-unheilen. Pippi Langstrumpf war erfolgreich, weil sie die abstrakte Negation, gerichtet gegen alles und jedes, durch die bestimmte ersetzt hat und konkretisiert. Sie attackiert nicht die Menschen, sondern die Bedingungen unter denen sie zu leben gezwungen sind. Das was das Befreiende an diesen Phantastischen Erzählungen.

Die Haltung Pippi Langstrumpfs in Astrid Lindgrens in vielen Ländern berühmt gewordenen, besonders aber in der jungen Bundesrepublik erfolgreichen Buch steht in kontradiktorischem Widerspruch zu den doktrinären Tendenzen zahlreicher anderer zeitgleicher Bücher. Wunder und Zauber stehen auch Pippi Langstrumpf zur Verfügung. Die Autorin läßt aber durchsichtig sein, daß das Taschenspielertricks sind, Anlässe zu vergnügtem Spiel und zur Übertreibung. Und dem von den Erwachsenen wie selbstverständlich behaupteten Sinn bestreitet sie mit Pippi Langstrumpf die Berechtigung. Sie führt dementgegen die Kraft des Unsinns vor.

Lindgren hat in "Pippi Langstrumpf“ familiäre, schulische sowie staatlich-administrative Autoritäten in Frage gestellt und deren Reetablierung kritisch beleuchtet. Pippi Langstrumpfs exzentrisches Wesen hat sie neugierig sein lassen auf Anderes und Fremdes, ihr steht die Welt offen. Zwar besitzt sie ein eigenes Haus, das ihr Zuflucht bietet, aber sie verwechselt nicht ihre Welt im Haus damit, daß ihr Haus in einer es umfassenden Welt steht, die viel weiter ist als jenes. So ist sie gefeit davor, das außer ihrem unmittelbaren Lebenskreis Liegende schicksalsergeben als Gewaltzusammenhang aufzufassen und sich dagegen abzuschließen. Sie fühlt sich nicht durch die Geschehnisse um sie herum bedroht. Pippi nimmt es vielmehr mit allem und allen auf und empfindet sich nicht als ausgeliefert. Die Ereignisse in der großen Welt, die „jenseits der Natur“ vor sich gehen, d.h. in der Gesellschaft, können ihr nicht gefährlich werden. Ihr Urvertrauen und ein daraus entspringender Optimismus machen Pippi Langstrumpf stark, ohne daß sie gewalttätig würde.

Bei genauerer Betrachtung der Geschichte der Gattung Phantastische Erzählung im ersten Jahrfünft nach dem Zweiten Weltkrieg lassen sich auch noch andere Werke entdecken, die weniger die gegebene Chance nützten, mit den Mitteln der phantasievoll verfremdeten Realität einen neuen Schwung in die Kinderliteratur zu bringen. Sie sind heute längst vergessen, hatten jedoch seinerzeit schon deshalb ihre Bedeutung, weil die Namen ihrer Verfasser – wie z.B. der Hans Wilhelm Smoliks oder Kurt Knaaks – bekannt waren.

Auch die Gattung der Phantastischen Erzählung ist ja, genau wie die des Märchens, nicht auf die Vermittlung bestimmter Gehalte festgelegt, sie läßt sich verschieden einsetzen, zum Beispiel zu einer verklärenden oder einer kritisch gemeinten Botschaft. In Luise Rinsers (*1911) Kinderbuch „Martins Reise" (1949), das kurz nach der Währungsreform erschien, wird an der Hauptfigur, diesem süddeutschen Nils Holgersson, ein Exempel statuiert. Martin wird gezähmt und unterworfen, bis er als gewandelt gilt: „Du hast dich gestern tadellos benommen, mein lieber Junge. Du hast dein Leben aufs Spiel gesetzt, für das Leben eines anderen Wesens. Du hast damit gut gemacht, was du früher an den Tieren Böses getan hast" (Rinser, 1949, S. 233). Da wird eine andere, eine bravere Moral als die aufrechte der Pippi Langstrumpf und der Tiere und Kinder aus der „Konferenz der Tiere" vermittelt.[14] Rinser hat ein mit phantastischen Elementen durchsetztes Werk geschaffen, sie hat in ihrem Text aber dem Spielmoment eine nur geringe Rolle zuerkannt, dafür umso mehr auf das „moralischer Ausrüstung" und Einkehr Wert gelegt. Daß die Welt alles andere als Spiel ist, wollen auch einige der Tiermärchen der Jahre nach 1945 sowie die Naturmärchen Hans Wilhelm Smoliks und ihm verwandter, aber heute vergessener Autoren demonstrieren. So berichtet zum Beispiel Karl Schnares „Lebenslied einer schönen Kannibalin" (1948) von einer Raubforelle und ihrer Lebenswelt. Der Autor trägt darin den „Kampf ums Dasein" als gültiges Weltgesetz vor, das „Fressen und Gefressenwerden" als nichthintergehbares Faktum allen Lebens. Schnare vertritt die Isolation von der Gesellschaft als Lebensprinzip und das Aufgehen des Einzelnen um der Erhaltung der Gattung willen, ohne die Widersprüchlichkeit seiner Konstruktion zu erkennen. Er ist darin kaum unterschieden von Aussagen Kurt Knaaks in seinem Büchlein „Die kleinen Freunde des Herrn Wendlin. Im Reiche der Waldameisen" (1949), das – wie schon an anderer Stelle ausgeführt – voller Biologismen und sozialdarwinistischer Philosopheme steckt. Die Natur, heißt es in dem Text, „duldet nichts Weichliches. Sie läßt das Schwache vergehen, und nur das Gesunde hat ein Anrecht auf die Zukunft" (Knaak, 1949, S. 44). Ersichtlich stehen solche Formulierungen, die – wohlgemerkt – nach dem Kriege veröffentlicht wurden, in diametralem Gegensatz zu Kästners utopischen Plänen und seiner Einsicht, daß der Mensch nur zum Teil ein Naturwesen sei, sondern auch und vor allem ein denkendes.

Was bei Knaak und Schnare als ideologische Haltung anklingt, findet sich verstärkt in Formulierungen Hans Wilhelm Smoliks, zum Beispiel in seinem Buch „Rauschebart" (1946), wieder: „Ob der Hopfen den Holunder erwürgte, ... der Fuchs das Birkhuhn fraß ..., das war alles ohne Bedeutung. Die Hauptsache blieb, daß der Wald weiterlebte." Obwohl Smolik Menschen in seinen Büchern agieren läßt, entwirft er letztlich eine gewalttätige Idylle ohne Menschen. Seine Naturmärchen haben vielmehr menschenverachtende Züge. Aber die von ihm menschenleer gedachte Natur interpretiert Smolik nach den Mustern und mit Hilfe solcher Projektionen, die die menschliche Geschichte ihm anbietet. Dabei privilegiert er jene Vorstellungen – was sich sprachlich zu erkennen gibt –, die die Blut- und Bodenideologie der dreißiger Jahre wiedererstehen lassen. Smolik, darin Hans Watzlik verwandt, gehört der Heimatliteratur an. Heimat aber wird nicht begriffen als zukünftiger und offener Ort, sondern als ein dumpfer Raum der Rückbindung voller Kampf gegen Fremdes: „Das Leben ist Kampf! Immer Vorwärts und wenn es schief geht, dann gerade erst recht" (Smolik, 1946, S. 11).

Die zuletzt genannten Autoren und Werke belegen, daß nach dem Kriege nicht nur konservative oder reaktionäre Erziehungsideale wieder wirksam werden konnten, sondern sogar diejenigen weltanschaulichen Konzepte, die zentral zur nationalsozialistischen Doktrin gehörten wie Biologismen, Sozialdarwinismen, das Recht des Stärkeren, der Volksgedanke oder der Todeskultus, erneut verbreitet wurden.

## *Anmerkungen*

1 Welche Texte gleichsam diskussionslos zur gültigen Kinder- und Jugendliteratur gezählt und deshalb sofort wieder publiziert wurden, belegen die vielen Ausgaben sog. Kinderklassiker. Sie boten sich an, einmal vom Aspekt der Internationalität und dann vom Aspekt des Anerkannten her. So nennt G. Dittrich (1952) in seinem Verzeichnis „Das deutsche Jugendbuch" allein zwischen 1948 und 1950 sieben Struwwelpeterausgaben, gut vierzig Ausgaben der Märchen der Brüder Grimm mit Illustrationen von Ludwig Richter, Paul Hey, Alfred Zacharias, Willy Planck, Franz von Pocci oder Ruth Koser-Michaels, siebzehnmal erschien zwischen 1948 und 1951 von Wilhelm Hauff „Das kalte Herz", sechsmal fanden Josephine Siebes „Kasperlegeschichten" einen Verleger. Der Defoesche „Robinson Crusoe" kam ab 1949 siebzehnmal heraus, zumeist in gekürzten Versionen. Der Umfang der Bearbeitung schwankte zwischen 62 Seiten und 334 Seiten. Zwölfmal wurde zwischen 1948 und 1951 Swifts „Gulliver" aufgelegt. Variantenreich wurde auch mit Collodis „Pinocchio" umgegangen: Wiederaufgelegt wurde die ältere Übertragung von Otto Julius Bierbaum „Zäpfelkerns Abenteuer", als „Purzels Abenteuer" mit Bildern von Alfred Zacharias, außerdem als „Geschichte vom hölzernen Bengele" und mit Bildern von Walt Disney als „Purzel, der Hampelmann". Ediert wurden für junge Leser in Auszügen die „Märchen aus 1001 Nacht". Er erschienen von 1949 bis 1951 drei Ausgaben. Präsent auf dem Kinderbuchmarkt waren sodann die Geschichten der Johanna Spyri, Ottilie Wildermuth und der Else Ury.

2 Vielleicht sollte man als Besonderheit des Schaffens von Ehmcke ihre Zusammenarbeit mit dem Herbert Stuffer Verlag sehen, für den sie gegen Ende der vierziger Jahre zu den inzwischen verschollenen Nachkriegsauflagen einiger Spiel- und Rechenfibeln von Tom Seidmann-Freud entweder die Einbandzeichnung oder den Einbandentwurf vorlegte. In der Vorherrschaft des Zeichnerischen bei Ehmcke zeigt sich eine gewisse Verwandtschaft mit den künstlerischen Arbeiten Seidmann-Freuds (J. Assel, 1981).

3 Ute Liebert hat dem Felguth Verlag unter dem Titel „Der Felguth-Verlag in Berlin in den Jahren 1945 bis 1950" ein ausführliches Porträt gewidmet. Der Beitrag schließt mit einer umfassenden Bibliographie der Produktion des Verlages (in: Die Schiefertafel. 8. 1985, 2/3. S. 75–91).

4 Eine andere Formulierung für das Sichabfinden, bei inhaltlicher Identität, liefert Ella Cramers „Brigitte" (1947), das mit der Behauptung schließt: Erwachsene sind gut, Kinder

unbeständig. Cramer verlangt von ihrer Hauptfigur, daß sie diese Einsicht zu der ihren macht. Und in ihrem an das Genre Kriminalgeschichte angelehnten Text „Das Haus Nr. 100" (1951) macht Schieker-Ebe schließlich ebenfalls die Schuldentlastung mit. So interessant und für ein Mädchenbuch jener Jahre auch gewagt ihr Plan ist, zur Erkenntnis beizutragen, daß ein Verfolger sehen lernen muß, daß der gesuchte Schuldige vielleicht selbst auch nur ein Opfer ist. Es gelingt aber der Autorin nicht, die aktuelle Frage nach Schuld und Unschuld zu stellen, weil sie – vor aller Durcharbeitung des Problems – entschuldigt.

5 In einem Brief an Hermann Kesten (zit. nach Hay, 1973, S. 242) vom 30.12.1945 teilte Alfred Döblin diesem mit, daß es allzu viele „religiöse und fromme Schriften" gebe: „Nichts Radikales; große Apathie". Dies trifft mehr noch auf die Kinder- und Jugendliteratur zu, auch hier erstand wieder auf breiter Basis ein religiöses Schrifttum. Für dessen Gehalt hatte ein Hirtenbrief des Freiburger Bischofs Conrad Gröber „Die deutsche Jugend. Ihr Irrweg und ihre Heimkehr" (vom 1.8.1945) Vorbildwirkung. Gröber steht zu einem unumwundenen Schuldbekenntnis. Genauso wichtig wird aber seine Vorstellung, wie die durch die „Gottlosigkeit der Nazis" entstandene Entseelung der Jugend aufgefangen werden kann. Gröber möchte der „verwahrlosten Jugend", die in falscher Autorität erzogen wurde, zu früh erwachsen wurde, den Glaubensweg anbieten: „Die Überzeugung wird wieder Gemeingut werden müssen, daß nicht die Militarisierung auf irgend eine Art der Weg ist zu neuer Kraft, sondern nur die Pflege der inneren und menschlichen Werte und der geistigen Ziele und Güter" (Gröber, 1945, S. 49/50).

Diese „inneren und menschlichen Werte" sollen Gestalt finden in dem Traktat Thomas Klinggs „Der Stern des Gewissens" (1948), mit Legenden vom Wunder mitten im Krieg. Krieg begriffen als Zeit der Umkehr, der Wandlung. Oder Walther Teichs „Armand und Armida" (1949), im Buchring der Jugend erschienen, überliefert eine Geschichte der Standhaftigkeit. „Der Granatapfel" ($^{2}$1948) von Julius Angerhausen beruft sich auf das Walten Gottes in der Welt und fordert: Guten Mutes zu sein. „Der Herr wird es richten" steht hinter Ruth Schaumanns „Der Weinberg" (1946), Ergebung ins Schicksal, Demut und Ausharrungsvermögen stehen obenan in den eher für kleine Kinder konzipierten Texten, z.B. bringt der Kalender „Kinderland – Wunderland 1947" (1946) als ersten Text das Sterntaler-Märchen: Erst wer ganz arm und erniedrigt ist, wird erhöht und belohnt werden. Moralische Aufrüstung dieser Art kehrt wieder in „Des Kindes erstes Weihnachtsbuch" (1946) von Marthe Coqui und Hanne Forster, die die Weihnachtsgeschichte in ein kleinstädtisch-deutsches Interieur auf dem Hintergrund einer süddeutsch-bayrischen Landschaft versetzen. Die Einfalt der Verse und die Undifferenziertheit der Illustration finden ihre Entsprechung in den Bändchen „Vater unser" (1946) und „Gegrüßet seist du, Maria" (1946) von Margarete Seemann, illustriert von Tilde Eisgruber. Die „christliche Botschaft" wird durch Pastelltöne und Kindchenschema verniedlicht. Auf den Schlußseiten der Bändchen setzt sich jedoch die Prosa des Alltags durch. Denn über den Schlußvignetten ist die Lizenznummer der Zensurbehörden der Besatzungsmächte eingedruckt, so daß diese noch über den „Englein" zu stehen kommen. Scheinbar neue Seiten werden in Karl Hesselbachers „Haltet stand! und andere Geschichten" ($^{2}$1949) angeschlagen. Dieser Text, 1935 erstmals veröffentlicht, hatte damals kritischen Sinn. Es heißt darin mehrfach: „Résistez!" Das Schillersche „in tyrannos" wird aber in der Nachkriegsauflage verkehrt. Nun zielt es vor allem gegen die „Tyrannei des eigenen Herzens". Und spricht der Titel „Weg in die Weite. Worte ins Leben für Jungen" (Eismann, 1949) das Fremde an, erweist sich bald, daß zuerst „innere Weite" gemeint ist.

Es ist Friedrich Schnacks Geschichte „Der Spielzeugladen" (1948) vorbehalten, das zusammenzufassen. Er benutzt das Spielzeug, Wunschbild in einem materiell zerstörten Land, in eigentümlicher Weise. Es gerät ihm zur Idealisierung der Kindheit. Denn

Kindersinn „hat die Kraft, die Großes aus Geringem schafft" (Schnack, 1948, S. 72). Die Weihnachtsgeschichte ist von Bedeutung, weil sich im Kinde wortwörtlich, die Welt erneuert (Schnack, 1948, S. 85). Diese Konstruktion der Kinderwelt zielt auf Innenwelt. Die Außenwelt ist unkindlich, in ihr geht es vor allem darum, „einen Sack Kohlen zu besorgen". Die Abwendung von der Wirklichkeit durch Überhöhung des Innerlichen wiederholt sich in Martin Hillers „Keine so wie sie" (1946). Der Titel spricht die Mutter als die große Entsagende an, die sich Aufopfernde. Und David Gathen (Hrsg.) verkündet „Erde ist mehr als andere Habe" (1946). Für ihn ist dementsprechend „Bauernarbeit Gottesdienst" und die Scholle, so seine Terminologie, heilig. Dieses Bändchen „rettet" ältere Konzepte durch christliche Tönung in die Gegenwart. Die Formel „Herr des Ackers – Der Erde Knecht" läßt zweifeln, ob der Verfasser anders als in Dichotomien denken wollte.
Demselben Illusionismus folgt Edith Rossmanns „Der Bund der fünf Gerechten" (1949). Dieser in einem katholischen Verlag edierte Roman für junge Mädchen voller gläubiger Gefühligkeit will die Samariteridee hochhalten zum Beweis, „was alles in dieser Nachkriegsjugend steckt". Dieser Text spart Rückverweise auf den Krieg nicht aus und bleibt dennoch seltsam abstrakt, weil Grauen und Schmerz ohne weitere Detaillierung nur benannt werden. Dagegen wird die gleichsam touristische Seite des „Herumgekommenseins" konkret bildhaft geschildert: „Urwälder, Lagerfeuer, Steppe, Meer oder gar behäbige Kachelöfen und rebenumkränzte Stätten des Südens" (Rossmann, 1949, S. 42). Ferne kann jedoch nicht das Ziel sein, denn die Heimat fordert ihr Recht, „weil sie unsere Kindheit sah" (Rossmann, 1949, S. 43). Erfüllung kann nur im Glauben an den Heiland und die Erlösung durch „Opfer und Verzicht" gefunden werden (Rossmann, 1949, S.199). Rossmann stilisiert ihre Protagonisten zu Helden „reinen Herzens" in einer „finsteren Welt" (Rossmann, 1949, S. 200). Dieser Roman endet mit der Vision eines „Kinderkreuzzuges". „Inmitten gerader Straßen schritten erhobenen Hauptes die ‚Gerechten'! Von beiden Seiten aber, aus Wäldern, Dörfern, Stadtruinen, da strömten Scharen mit hungrigen Augen, und suchenden Herzen und sie schlossen sich den Voranschreitenden an, bis es ein Zug wurde schier ohne Ende: Der Zug der deutschen Jugend zum Licht" (Rossmann, 1949, S. 200). Mit dieser „weltumfassenden Gemeinschaft der Herzen" war es nicht weit her. Der „Bund der Gerechten" war nämlich eher selbstgerecht. Er hatte sich dieses Attribut selbst zuerkannt, noch ehe er durch eigenes Tun bewiesen hatte, daß er gerecht zu handeln vermag. Insofern nährt sich der Marsch „der deutschen Jugend zum Licht" von Hybris. Die „inneren und menschlichen Werte" Bischof Gröbers erfahren darin eine problematische Konkretisierung.

6 Es war kein Zufall, daß Autoren wie Sofie Schieker-Ebe, Anton Schnack oder Wolf Durian in der „Erinnerungskiste" kramten und Kindheiten um 1900 wiedergefunden wurden. Dies paßt exakt in die Richtung der Kinder- und Jugendliteratur der ausgehenden vierziger Jahre, die „gute alte Zeit" mit dem Wilhelminismus zu identifizieren.
Durians „Der kleine Gustav" (1948) schildert ein sensibles Kind, keinen Draufgänger, der in der patriotisch-männlichen Welt fehl am Platze war. Seine Ängste, Phantasien, Qualen und Alpträume resultieren aus dem Unverständnis der Mutter. Die ausschweifende Phantasie ihres Kindes trifft sich in keinem Punkt mit dem Bedürfnis der Mutter, in dem, was ihr Kind unternimmt, etwas zu erkennen und selbst beteiligt zu sein. Gustav reißt aus, kehrt aber zurück. Dennoch war das Fortlaufen ein Erfolg. Der Junge ist jetzt nicht länger „klein". Durians Kindheitserinnerung votierte gegen die idealisierten Kindheiten, die gleichzeitig von anderen aufgeschrieben wurden.
Für die eher herkömmliche Variante der Kindheitserinnerung steht Sofie Schieker-Ebe mit „Machet auf das Tor" (1946). Ihr ist Kindheit umsonnt und glückhaft die Zeit der harmlosen Streiche. Es ist eine gereinigte, von keinem Dunkel getrübte Kindheit. Zwar taucht bei ihr das Bild vom „Riß in der Welt" auf, als Trennung zwischen argloser Kindheit und problematischer Jugend, aber das funktioniert nur als Formel, wird nicht ausgebaut.

Ebenfalls ein Erinnerungssammelsurium findet sich in Anton Schnacks „Die Angel des Robinson“ (1946). Hier fehlt die Bestandsaufnahme. Schnack stimmt ein auf die Aufmerksamkeit für das Alltägliche, das ihm feierlich gerät. Dinge, Tisch und Koffer z.B., werden ihm Sinnbild des Lebens. Ihre Vergänglichkeit mahnt, wird im Predigtton vorgetragen.
Das Bild der Kinderwelt dieser „Erinnerungsstücke“ wiederholt sich in den sogenannten Umwelterzählungen. Diese sind bestimmt durch stereotype Rollenverteilung – Jungen sind die Anführer, Mädchen folgsam – wie in Ingeburg Wilutzkis „Monika und Dieter“ (1948), oder in der Hundegeschichte „Waldinchen“ von Hans von Gaudecker (1946). In ihr wird harter Gehorsam gefordert; Ungehorsam bringt in Gefahr. Das gilt für Mensch und Tier. Exotisch mutet auf den ersten Blick Christa Ruhes „Männe und die wilden Tiere“ (1948) an. Ihre Erzählung ist harmlos-niedlich, aber eben erzählt und nicht bloß Demonstration. Eine pädagogische Note determiniert dagegen die „Geschichten von Werner und Anneliese“ (1947) von Herbert Lambeck und Heinrich Mellmann, die, obwohl auf die Kinderwelt hier und jetzt gezielt, von Wünschen sprechen, d.h. von unerfüllten kindlichen Bedürfnissen. Daß der Aspekt Vergnügen ein Nebenaspekt war, erweist sich an Artur Kerns „Gritzly. Lustige Geschichten aus aller Welt“ (1947). Seine vorgeblich zu Lust und Lehr erzählten Geschichten sind bloße Lehrgeschichten, welche die Lust auszutreiben helfen.
Auch in der Kinderlyrik läßt sich ersehen, wie die Kinder- und Jugendliteratur „Aus dem Kinderland“ (von Bärbel Krokisius, 1946) schöpft, aber nicht für die Kinder. Krokisius siedelt das Kinderland in biedermeierlich drapiertem 19. Jahrhundert an. Der Kern ihres mit Schattenrissen von 1943 ausgestatteten Lyrikbandes versammelt sich in einem Vers von Friedrich Güll: „Macht aus einem Knaben dann, einen festen, frommen Mann“. Anstand, Fleiß, Ordnung, Rechtschaffenheit, Wohlerzogenheit sind die Kennmarken des sekundären Tugendkatalogs. Spielerisches taucht nur in volkstümlicher Überlieferung auf, nicht in den Dichterversen für Kinder, diese verbleiben erzieherisch-mahnend. Der Schrecken, das Unheimliche des „Kinderlandes“, kommt nur in dem Gedicht vom „Bucklicht Männlein“ aus „Des Knaben Wunderhorn“ zur Sprache. Hier sind, auch in den Illustrationen, Kinderängste gestaltet, nicht nur benannt, Phantasien und Projektionen. Der Schattenriß zeigt nicht bloß ein Zwerglein, sondern eine in ihrer Häßlichkeit bedrängend-bedrängte Gestalt: Das bucklicht Männlein ist das Kind selbst. Überzogen wurde dies mit einer „Zuckerschicht“ aus Butzenscheiben, Rankenwerk, Tanne vor dem Haus, Gartentor und innig betendem Kind. Derart ist die „Heile Welt“ dann wieder hergestellt.
Das Denken in Diminutiva kennzeichnet auch Rudi vom Endts „Tierlein rund um uns“ (1946). Er versammelt Tiergeschichten aus dem 19. Jahrhundert, und bietet die Einsicht Franz von Assissis, daß die Tiere unsere Brüder seien; Tiere vorgestellt als Tierlein, was durch die naivisierenden Zeichnungen vom Endts noch unterstrichen wird. Das Tier und die Zuneigung zu ihm ersetzt die Begegnung mit den Menschen. Eine „andere“ Seite des 19. Jahrhunderts gibt sich in der Sammlung „Eins und Alles. Gedichte für Kindheit und Jugend“ (1948), herausgegeben von Heinz Ritter, zu erkennen. Vorangestellt ist Joseph von Eichendorffs Gedicht „Schläft ein Lied in allen Dingen ...“ und die utopische Idee des Novalis „... triffst du nur das Zauberwort“. Gewährsleute sind Güll, Rückert, Goethe und Mörike als „Kinder einer neuen Lebensgläubigkeit“; aus dieser soll der „klare, tapfere deutsche Charakter“ erwachsen, „welcher sich aufrecht erhält gegen Phrasen und Prahlerei“ (ebd., S. 146).

7 In einigen Bänden ihrer Serie „Goldköpfchen“ (1928ff.) hatte Trott nachgewiesen, wie wenig Arbeit für Frauen taugt. Für sie gibt es allein den Dreischritt: Liebe, Heirat, Ehe. An anderer Stelle votiert Trott für „Arbeiten und nicht verzweifeln“ und in ihrem bereits 1929 veröffentlichten „Unternehmer“-Roman „Angela“ geriet Pflicht zur Freude. Private Wohlfahrt, d.h. Wohltätigkeit, war Trotts Antwort auf die „soziale Frage“ in der Zeit der Weltwirtschaftskrise. – Eine ähnliche Richtung wie Trott nahm später Emma Gündel-

Knacke. Sie predigt ein Leben aus dem Gefühl, dem wie selbstverständlich jede Sinnlichkeit fehlen muß, und hebt hingebungsvoll Opferbereitschaft heraus. Gündel-Knackes Figuren, schablonenhaft wie fast alle Mädchenbuchheldinnen, gleichen sich darin, daß sie sich am „Genuß der Selbstlosigkeit" (M. Dahrendorf, $^{3}$1978) erfreuen. Wenn schon die Welt der M. Trott entwirklicht war, indem die Arbeitswelt und die Welt außerhalb der Familien zwar nicht vollends negiert, aber doch als für Mädchen abträglich verleugnet wurden, dann setzt sich dieser Prozeß der Entwirklichung in der „Elke"-Serie (1951ff.) von Gündel-Knacke fort. Der entscheidende Terminus heißt „Sorge", in den sich die in diesen Texten zugelassene Form der Wirklichkeit zusammenfassend benennen läßt.

8 Einen weiteren Beleg dafür, daß Haller dem konventionellen Rahmen des Mädchenbuchs treu bleibt, liefert ihre Erzählung „Die Mädchen von Oberhofen", in der es um die Gründung eines Eulenspiegelbundes geht. Aber Eulenspiegel ist hier nicht mehr ein Wahrheitssucher, sondern wird als sozialarbeiterische Institution verstanden. Sein Anarchismus ist pädagogisch domestiziert. Darin stimmt dieser Text zu den Schriften von Haller aus der frühen Nachkriegszeit, in denen sie unvermittelt vom „Vertrauen" oder vom „eisernen Fleiß" zu erzählen wußte.

Andere Verfahrensweisen machte sich Enid Blyton (1896–1968), deren Bücher nach 1949 auf Deutsch erschienen sind, zunutze. Sie hatte zu Beginn der fünfziger Jahre ein überaus positives Echo auf ihre ersten Titel der Abenteuerserie (z. B. Die Insel der Abenteuer, 1950; Die Burg der Abenteuer, 1950; Das Tal der Abenteuer, 1951). Das eigentümliche Merkmal ihrer Texte, die sie selbst als sehr „englisch" empfand (Blyton, 1957, S. 464), sind aufgeweckte Kinder, die in die Welt der Erwachsenen hinübergreifen, etwas unternehmen wollen und mit forscher Neugier sich umtun. Blyton wollte Helden zum „Bewundern und Nacheifern" erfinden, die „unseren harten Ideen und Idealen" entsprechen: „Fair Play, Mitleid mit den Unterlegenen, Verachtung für Schleicher und Großsprecher, absolute Gerechtigkeit, Tierliebe und Begeisterung für echte Vorbilder" (Blyton, 1957, S. 464). Diese „gesunde Moral" wurde in der Kritik der frühen fünfziger Jahre uneingeschränkt gelobt. Der Berliner „Tagesspiegel" (vom 14.12.1952) stellte den „unmerklichen Übergang vom Alltäglichen zum Abenteuer" in den Vordergrund, der „Telegraf" (vom 11.6.1950) feierte die „beloved story-lady".

Blytons Abenteuerbücher wurden in Gegensatz gesehen zu „Heidi", „Nesthäkchen" und anderen Mädchenbüchern. Es waren nach einer Formulierung der SPD-nahen Mainzer Zeitschrift „Die Freiheit" (vom 9.9.1953, Nr. 108) Texte „sauber in der Gesinnung" und „Reißer gegen den Schund". Die überwiegend positive Einschätzung Blytons wich, als die Schablonenhaftigkeit ihres Schreibens erkennbar wurde. Aber der frühe Erfolg der Blyton-Bücher kann nicht nur mit dem naiven Vertrauen in das aus England Importierte erklärt werden oder mit einem Nachholbedarf an ausländischen Texten. In ihren ersten Veröffentlichungen war etwas, gespeist von den Ideen der Reformpädagogik, das sie von anderen zeitgenössischen Veröffentlichungen unterschied.

Wichtig wurde nicht so sehr der allmähliche Übergang des Alltäglichen zum Abenteuer, sondern Blytons implizite Voraussetzung, daß im Alltäglichen das Abenteuer angelegt sei und man es nur zu packen wissen müsse. Zwar wählt sie immer wieder eigentümliche Orte als Handlungsplätze: Burgen, Täler, Inseln, wo das Abenteuer ganz unmittelbar vorfindlich sein soll. Dessen Allgegenwart wird von Blytons kindlichen Helden als Herausforderung empfunden, die sie oftmals dahin führt, sich gegen (einzelne) Erwachsene zu stellen und ihnen ihre Überlegenheit zu beweisen. –

Blyton folgt zweifellos der Geschlechtsrollenstereotypie, und sie bedient sich eingeführter literarischer Requisiten und Motive wie Schatzsuche, Gefangenschaft, unerwartete Begegnungen, sonderbare Geschehnisse, Mitternacht und geheime Gänge, aber alles bleibt in einem realistischen Rahmen. Übersteigert sind nur ihre Kinderfiguren selbst. Denn sie sind

allemal längst „erwachsen“ und die „zuverlässige Sicherheit der Erwachsenen“, manchmal verkörpert in der Polizei, ist nur äußerliches Korsett.
Zu dem Mißverständnis über Blyton trug in den frühen fünfziger Jahren wesentlich der Text „Diese Angeber“ (1953, engl. „Those dreadful children“) bei. Es war eine ihrer ersten ins Deutsche übersetzten Schriften. Blyton geht darin von dem Streit zweier Kindergruppen aus: Die eine wohlerzogen und gesittet, die andere lärmend und ungebärdig. Sie läßt die zweite Gruppe, die gar nicht dem überkommenen Erziehungsideal entspricht, positiv erscheinen: rauhe Schale, guter Kern. Die „wilden“ Kinder sind in diesem Band plastischer als ihr langweilig-braves Gegenüber. Blyton macht sichtbar, daß schulisches Wohlverhalten, Ordnung und Fleiß zwar langfristig erfolgversprechender sind, aber mit einem Verlust an Lebendigkeit erkauft werden. Dieser Tenor ihrer ersten Bücher sowie ihre Integration so unterschiedlicher Vorbilder wie R. L. Stevensons „Treasure Island“, von Gespenstergeschichten, der Tradition der Detektivgeschichte und der älteren „Gothic Novels“ machten ihre Bücher für junge Leser anziehend und ließen sie vor der Kritik bestehen. Wenn nachherige ideologiekritische Auseinandersetzung mit den Publikationen Blytons autoritärrepressives Gedankengut bei ihr erkennt und „Brutalität“ als grundlegenden Zug ihrer Texte, so geht dies an den Rezeptionsbedingungen der fünfziger Jahre vorbei.

9 Durchzogen von gefühliger Religiosität, die nur wenig entfernt vom Traktatton sich bewegt, ist „Das Niemandskind“ (1949) von Käthe von Roeder-Gnadeberg (* 1912). Diese Autorin stellt darin den Weg eines siebenjährigen Kindes vor, das allein auf der Flucht ist, getrennt von der Familie: „Opfer eines schrecklichen Krieges“ (Roeder-Gnadeberg, 1949, S. 20). Die Autorin bedient sich in ihrer Erzählung des Aschenputtelmotivs, dann taucht die Frage auf, ob „Gott tot sei?“, schließlich die zweiflerische Vorstellung vom „dieu caché“. Zuletzt erzählt Roeder-Gnadeberg im Grunde eine Reisegeschichte im Stile Johanna Spyris von den „wundersamen Wegen des Herrn“, der alles füglich leitet. Die getrennten Freunde finden einander wieder und werden belehrt: „Vielleicht muß man alles verlieren, um die goldensten Sterne zu finden.“ Zum Schluß haben sie wieder „Hort und Heimat“.

10 Diese Aussagen können in gleicher Weise auf die Mädchenbücher bezogen werden, die in der ersten Hälfte der fünfziger Jahre ihr Publikum suchten und fanden. Sie folgen weiter den Sujets der Flüchtlingsgeschichten, z.B. Lise Gast „Die Haimonskinder“ (1950), ein Buch, das frühe Nachkriegszeit, Flucht und Vertreibung zum Hintergrund hat: Es redet von Heimat, von der Landarbeit, votiert gegen die Städte und erhöht die „Kräfte im Boden“. Gast steht für die Haltung des Verzichts der Frauen und dafür, daß ein Mädchen sich wahrhaft erst Frau nennen kann, wenn sie Mutter geworden ist. Alltagsnah schreibend, gerät ihre Alltagsschilderung jedoch etwas sentimental: „Schreckliche Zeiten kommen, Kriege gehen über das Land und entlauben es, Brände legen Städte und Dörfer in Asche, Hunger und Typhus gehen um. Aber mitten aus dem Schutt blüht ein Holunder, und darauf singt ein Vogel ...“ (Gast, 1950, S. 54). Das Unglück, das naturhaft gewaltig über die Menschen hereinbricht, wird ebenso „natürlich“ aufgebrochen und in Glück verwandelt. Das Ganze ist ein großer Kreislauf mit ewigem Wechsel von Glück und Leid. „Innere Ordnung“ und „verzehrende Nächstenliebe“ werden als Richtmaße des Lebens angeboten. Die „Fähigkeit“, „sich zum anderen hinzuneigen“ (Jehmlich, 1957, S. 34ff.) wurde als charakteristisch für die aus dem Ausland nach Westdeutschland importierte Mädchenliteratur erkannt. Die Schweizerin G. Häusermann erzählt in „Marianne“ (1952) vom „Sinn des Verzichts“, ebenso F. de Cesco „Der rote Seidenschal“ (1957), oder die Amerikanerin Mary Stolz behauptet in dem Buch „Liebe hat Zeit“ (1959, amerik. 1950): „Als Anna dies begreift, überwindet sie ihren Schmerz und sie geht aus diesem Sommer zwar verwandelt, aber im Innersten unversehrt hervor.“ Glück, verstanden als Rückzug ins Private und den Rekurs auf „innere Werte“, propagierte auch die Norwegerin Berte Bratt in „Anne und Jess“ (1955). Diesen Publikationen sowie Alberta Rommels „Der goldene Schleier“ (1955) ist die

„Selbsttäuschung ich-befangener Wesen“ (M. Dahrendorf) einbeschrieben. Marianne in A. Rommels „Roman eines jungen Mädchens“ wird von der Pechmarie zur Glücksmarie, als sie ihren Egoismus aufgibt. Rommel geht davon aus, daß das Leben ein Passionsweg ist, mit der Auferstehung am Ende. Eine ähnlich strikte Pädagogik beinhaltet G. von Cettos „Bäume wachsen nicht in den Himmel“ (1957), ein Buch, das uns mitteilt, daß das Leben die Antwort erteilen wird, „die wir durch unser Verhalten“ verdient haben, sowie auch Marie Louise Fischers „Die Klasse ist für Petra“ (1959), wo ebenfalls programmatisch eine Wandlung von egoistischen zu sympathischen Mädchen gezeigt wird, was auch heißt, die Schilderung des Wandels von „affektiert“ zu „offen und natürlich“.
Diese Texte wurden damals von einem Teil der damaligen Jugendbuchkritik apologetisch gesehen. Der Bibliothekar Heiner Schmidt behauptete in seinem Buch „Das lesende Mädchen“ (1959), daß die „natürlichen Wünsche“ der Mädchen „das Haus und die Familie“ und das „Glück und kleine Kinder“ (Schmidt, 1959, S. 92ff.) seien. Und Anna Krüger verteidigte das Genre (1957, S. 92ff.) aufgrund eines angenommenen spezifischen „mädchenhaften Anliegens“. Allerdings hatte zuvor Else Schmücker dem Mädchenbuch die „Daseinsberechtigung“ abgestritten und es als „gewollte Abseitsliteratur“ kritisiert (Schmücker, 1956, S. 184). Eine vermittelnde Haltung nahm in den „Studien zur Jugendliteratur“ Heimgard Roos ein („Das moderne Backfischbuch“, 1955, S. 83). Zwar gesteht sie die Kontinuität der Mädchenliteratur zu, betont aber, daß es sichtbare Veränderungen gegeben habe, nicht zuletzt eine Wandlung des Milieus, in dem die Geschichten angesiedelt werden. Sie erkennt eine Profanierung des Happy-Ends. Die abschließende Verlobung á la Trotzkopf ist nicht mehr der typische Schlußakkord der Bücher. Wenn das traditionelle Backfischbuch ein Erziehungsbuch war, so kann dies nicht mehr umstandslos vom modernen Mädchenbuch behauptet werden. Dessen Heldinnen wissen zumeist, wie sie sich zu benehmen haben. Jetzt ist die Erziehung vorausgesetzt, wird nicht mehr als Prozeß gezeigt. Zu den neueren Texten für Mädchen, auf die diese veränderten Akzente zutreffen, zählt Strätling-Tölles „... ganz einfach Doko“ (1955), das schon durch seinen reflektierenden Erzählrahmen und die betont nüchterne Sprache eine Sonderrolle einnimmt. Auch zeigen sich inhaltliche Unterschiede darin, daß Strätling-Tölle für das Recht der Frauen, allein zu leben, eintritt.

11 Der Verlust der Möglichkeiten dieses Genres wiederholt sich in verwandten phantastischen Geschichten, z.B. in den für Kinder gedachten Drachen- und Gespenstergeschichten. Auch diese sind nur noch „leblose“ Märchen, längst nicht mehr spannend. Von einem Drachen, der singt, geht nicht Bedrohliches mehr aus. Es sind keine Geschichten mehr von einem, der auszog, das Fürchten zu lernen. Durch die „Positivierung“ der Helden kommt eine apologetische Note in diese Erzählungen hinein. Z.B. entsteht von Gretel Wendt „Das lustige Hexenbüchlein“ (1946), das eine Hexe als eine „gute Frau“ zeigt, deren Tageslauf aus Arbeit und nochmals Arbeit besteht. Das Erschreckende wird einfach fortgelassen, und ein pädagogisch gemäßigtes „Anti“-Märchen entsteht. Ein ähnlicher Prozeß der Verharmlosung und Verniedlichung stellt sich in den volkstümlichen Kaspergeschichten dar. In den nach 1945 veröffentlichten Geschichten, hat der ehemals plebejische Kasper sich zum verlängerten Arm des Gesetzes gemausert. Er gilt als aufmüpfig, ist es aber nur noch in Maßen. Dadurch entbehren diese Geschichten jeden Hintersinn und werden im wortwörtlichen Sinne sinnlos.

12 Einwände sind jedoch zu erheben gegen Manfred Michaels (d.i. Henry Winterfeld) Phantastische Erzählung „Timpetill, die Stadt ohne Eltern“ (1948). Dieser Autor läßt die Kinder nicht Opfer sein – wie bei Kästner, Sandgren und Strachey – von erwachsener Gewalt, sondern sie sind selbst für das Unglück, das über sie hereinbricht, verantwortlich. Sie waren ungebärdig und ungehorsam. Dafür haben sie Strafe zu erwarten. Michaels „verkehrte“ Welt ist strikt aus der Sicht der Erwachsenen konzipiert und damit gegen die

Kinder gerichtet. Seine Phantasie geht nicht auf einen Wunschtraum aus „wie es wäre, wenn ..." sondern beabsichtigt, Schreckmittel zu sein. So wird diese Erzählung trotz des phantastischen Sujets eine Warngeschichte konventionellen Typs. Der Autor unterstellt, daß die Kinder als Kinder schon wie Erwachsene handeln müssen.

13 Aus heutiger Sicht hat Astrid Lindgrens „Pippi Langstrumpf" ohne Zweifel Maßstäbe gesetzt. Bei ihrem Ersterscheinen 1949 in Deutschland aber schien sie manchem der Zeitgenossen nicht tragbar. Wir haben zwar zeigen können, daß die Phantastische Erzählung als Genre sich gegen die traditionellen märchenhaften Erzählformen abzusetzen vermochte. Traditionsbildend ist Lindgren unmittelbar für die deutschen Autoren dennoch nicht geworden. Zwischen die Veröffentlichung von Lindgrens Werken und die seit Mitte der fünfziger Jahre entstehenden Phantastischen Erzählungen westdeutscher Autoren, genannt seien: Otfried Preußler und James Krüss, schieben sich Schriftsteller für junge Leser, die z.B. Abenteuergeschichten gestalteten oder die Historie als Feld des Abenteuers ansahen und exemplarisch diskutierten wir Herbert Kranz, Kurt Lütgen und Hans Baumann. Ihre realistische Schreibhaltung nähert sich einem versachlichten Ton und führt die Leser in zeitlich und räumlich ferne, exotische Welten unter Ausblendung der Gegenwart. Ihr Realismus, der gründlich unterschieden ist vom heroisch-völkischen des Nationalsozialismus, bedient sich unter anderem neuer Heldenkonzeptionen, sei es, daß eine Gruppe als Held, sei es, daß die Sicht der Kinder favorisiert wurde, oder überhaupt nur ein Held „mittleren Maßes" zugelassen wird, keine Siegfried-Gestalten.

Die „Mäßigung", der sich diese Autoren befleißigen, stand im Gegensatz zu „Pippi Langstrumpf" und ihrem Über-die-Stränge-schlagen. Von ihren Verteidigern als „Überkind" charakterisiert und als Wunschliteratur bestimmt, die die Vorherrschaft der Erwachsenen gebrochen hat, indem sie die Kinder aufruft, zu tun, was sie wollen, ist doch unübersehbar, daß dieser Text damals den Jugendbibliothekaren und Kinderbuchpädagogen Schwierigkeiten bereitet hat. Einige nannten ihn „gründlich mißglückt", „abstoßend" und „unzulänglich". Der Autorin wurde vorgehalten, ihr Buch besäße keine Originalität und keine Psychologie. In der Zeitschrift „Bücherei und Bildung" beeilte sich eine Rezensentin zu sagen: „So ist es als Kinderbuch doch nur bedingt verwendbar" (M. Ewald, 1951), oder Johannes Colshorn, in den Bremer Volksbüchereien tätig, wollte „Pippi Langstrumpf" nicht als Kinderbuch, sondern erst als Jugendbuch ab vierzehn Jahre zulassen. Und in „Westermanns Pädagogische Beiträge" hieß es 1950: „... kann man sich nicht entschließen, das Buch Lindgrens für deutsche Kinder zu empfehlen."

Wurde doch einmal zugegeben, daß mit „Pippi Langstrumpf" etwas Neues entstanden sei und sie den Rahmen des Althergebrachten sprenge, wird angefügt: „So führt gerade das Fehlen alles Moralisierenden, das anfänglich so begeistert, dazu, das Buch für unsere Arbeit abzulehnen." In der Tageszeitung „Die Welt" schließlich (Nr. 282 vom 2.12.1950) wurde Lindgrens Phantastische Erzählung negativ als eine „hektische und ein wenig rohe Groteske" bestimmt. Es dauerte immerhin bis zum Jahr 1953, als in einer Sendung des Südwestfunks „Pippi Langstrumpf" als das „moderne Kinderbuch schlechthin" bezeichnet wurde. 1949 stand der Kritiker W. M. Herrmann noch isoliert da, der in der „Hamburger Allgemeinen" formulierte, daß die Abenteuer der Pippi Langstrumpf „durchaus nicht in irgend einer pädagogischen Provinz (spielen), sondern völlig im Zauberreich der übermütigsten Phantasie".

Ehe Lindgrens phantastische Gegenbilder sich durchzusetzen vermochten, haben sich – mit der Unterstützung der Jugendbuchkritik – diejenigen Autoren geltend gemacht, die realistisch gehaltene Bücher schrieben. Pippi Langstrumpfs Übermut hatte in deren Einsatz für den Mut im Alltag sein Gegengewicht. Die Wirklichkeiten der Imagination und die imaginierte Wirklichkeit schienen unversöhnlich. „Pippi Langstrumpf" entwirft eine Utopie und ist moral-kritisch; das haben ihre Kritiker durchaus erkannt. Die anderen Texte

dagegen waren antiutopisch, wollten wirklichkeitsnah sein und vor allem ein neues humanitäres Ideal verbreiten helfen; eines der Bewährung im Dienst am Nächsten, gegen den Eigennutz.
Die Hinweise auf die Rezensionen und die Möglichkeit des Einblicks in die Jugendbuchkritik der ausgehenden vierziger Jahre verdanken wir dem Entgegenkommen des Hamburger Friedrich Oetinger Verlags, der uns seine Zeitungsausschnitte zeitweilig zur Durchsicht überlassen hat. Leider waren nicht alle Rezensionen bibliographisch umfassend beschrieben, so daß die Angaben in einigen Fällen bruchstückhaft bleiben.

14 Eine übers Individualpädagogische hinausgehende Idee steckt auch in dem Konzept von Bernhard Klaffkes „Der deutschen Kinder wundersame Deutschlandreise“ (1948). Dieses heimatkundliche Werk, das ebenfalls mit phantastischen Mitteln arbeitet, feiert das „alte, echte wirklich wundersame Bild Deutschlands“ in den Grenzen von 1937. Für diesen Text sind nicht nur die überkommenen pädagogischen Mittel nicht obsolet, sondern die politischen Veränderungen im Gefolge des Krieges werden schlicht übergangen. Klaffke setzt die Nadlersche Theorie über den Zusammenhang von Literatur und Landschaft für Kinder in Szene und zugleich diese Hypothese als zutreffend voraus.

# Macht und Abenteuer – Einblicke in historisch-abenteuerliche Texte
# Die Zeit nach der Währungsreform

## Vorbemerkung

Als sich ab 1950 die Kinder- und Jugendbuchautoren wieder mehr geschichtlichen Ereignissen und Themen zuzuwenden begannen und mit ihrem je individuellen Beteiligtsein an der jüngsten Vergangenheit befassen mußten, taten sie es mit unterschiedlichen Strategien. Fünf Jahre nach Kriegsende war die Diskussion um die Schuldfrage, um die Verantwortung des einzelnen oder des deutschen Volkes als Kollektiv an der „deutschen Katastrophe" noch nicht ganz abgeklungen. Besonderes Augenmerk ist deshalb verständlicherweise auf die Zeichnung des „Helden" zu legen, denn die Epoche des Führerkultus und der Kriegerverehrung hatte diese Gestalten auch in der Literatur als Leitbilder genutzt. Gab es „neue Helden"? Wir greifen, um diese Frage zu beantworten, die geschichtlichen Abenteuerbücher der Jahre um und kurz nach 1950 heraus und sehen nach, ob in ihnen die Hauptfigur neue Konturen gewinnt. Es läßt sich denn auch finden, daß z.B. Herbert Kranz (1891–1973) bewußt eine Gruppe zum Helden seiner Erzählungen nimmt, Kurt Lütgen (*1911) einen Helden „mittlerer Reichweite" entwirft und Hans Baumann (*1914) durch den Blick „von unten", aus der Perspektive des Kindes, große Gestalten der Geschichte aus dem Dunstkreis der Bewunderung herausholen und kritische Distanz zur Attitüde der Verehrung schaffen will.

Gemeinsam haben die drei genannten Autoren, daß sie Geschichte – durchaus im Trend der Zeit – moralisch sehen und ihre Absicht – hinter der guten Erzählens – die der charakterbildenden Einwirkung auf den Leser ist. Sie gleichen sich überdies auch darin, daß sie im Prozeß der Vergegenwärtigung der Geschichte dennoch nicht die deutsche Geschichte der Jahre nach 1933 ansprechen. Darauf weist übrigens auch Walter Scherf (1974, S. 392ff.) in seinen Diskussionen über die zeitgeschichtliche und politische Kinder- und Jugendliteratur jener Jahre hin.

Dieses Kapitel trägt die Überschrift „Macht und Abenteuer". Vor allem die jugendliterarischen Zustände und Entwicklungen der Jahre nach 1950 bis etwa 1955/56 sind Gegenstand der Erörterung. Wir greifen uns als Demonstrationsobjekt die realistisch orientierte und auch intentional auf realistische Orientierung ausgerichtete Abenteuererzählung, wie sie seit langem zur Kinder- und Jugendliteratur gehörte, heraus. In ihr wird in diesen Jahren das Thema „Macht" erzählerisch anschaulich behandelt bzw. angeschlagen. Wir können dabei nicht übersehen, daß nach 1949 zahlreiche der Autoren, die im Dritten Reich Bücher dieses Genres publiziert haben, wieder mit Schriften für junge Leser hervortraten. Zu fragen ist, wie diese Schriftsteller nach dem Kriege weiterschreiben, ob sie anders schreiben.

Weiterhin soll belegt werden, daß sich ab etwa 1950/51 eine Gegentendenz zu dem seither beschriebenen märchenhaft-phantastischen Erzählen durchzusetzen begann.[1] Ein Hang zu nüchternerem Stil, zu neutralem, sachlichem Berichten macht sich breit. Es entstand wieder ein Interesse an Geschichte, aber eines, das in räumlich und zeitlich ferne Welten hinausgriff. Inhaltlich brachten die Autoren Fragen nach der Macht und nicht nur nach der Macht der Tradition vor. Das Problem, vor das manch ein Kinder- und Jugendbuchautor sich gestellt sah, war das seines vormaligen persönlichen Verhältnisses zur Macht und den Mächtigen im Dritten Reich. Um es auf eine Formel zu bringen – dem gescheiterten Abenteuer der Macht meinten ein paar einflußreiche Schriftsteller dieses Genres die Macht des Abenteuers[2] entgegenstellen zu können; letzteres von ihnen vielfach verstanden als Abenteuer des Menschlichen.

Die Schriften von Herbert Kranz, die er nach dem Kriege im Freiburger Herder Verlag veröffentlichte, die von Kurt Lütgen geschriebenen Abenteuerbücher, die im Braunschweiger Westermann Verlag publiziert worden sind, sowie die Nachkriegswerke von Hans Baumann sollen näher betrachtet werden. Diese drei Autoren stehen für unterschiedliche Gruppen. Kranz und Baumann für diejenigen, die schon in den dreißiger und vierziger Jahren als Autoren hervorgetreten waren; Lütgen für die, die in der Nachkriegszeit als Autoren ihre Wurzel haben.[3]

Kranz erreicht nach 1950 und später sein Publikum mit der mehrbändigen Serie „Ubique Terrarum". Lütgen ist mit seinem Bericht „Kein Winter für Wölfe" und Baumann mit dem Sachbuch „Die Höhlen der großen Jäger" hervorgetreten. Gemeinsam ist diesen Texten, daß es in ihnen nicht um Sensation, nicht um Gewalt und Aktionen geht. Die äußere Aktion ist in ihnen Mittel, nicht Selbstzweck des literarischen Vorhabens. Die erzählerische Absicht zielt – so haben die Verfasser es verschiedentlich ausgedrückt – auf die Darlegung der Handlungsmotive und der innerseelischen Konflikte der Akteure ab. Die Texte zeigen einen Hang zur Neutralisierung und auch zur Entpolitisierung des erzählten Geschehens. Der angestrebte versachlichende Ton, der den Objektivitätsanspruch des Erzählten steigern soll, kann so gedeutet werden, daß diesen Abenteuerbüchern ein Selbstdementi eingeschrieben ist. Die Botschaften werden im Gewande des Abenteuers dargeboten. Welche sind es?

## Helden der Menschlichkeit in den Büchern von Herbert Kranz

Herbert Kranz wuchs im Berlin der Kaiserzeit auf, studierte, wurde Soldat und Offizier im Ersten Weltkrieg. Er schrieb seit 1919, arbeitete am Theater und war einige Zeit in der Jugendhilfe tätig. Nach Anfängen in expressionistischem Ton fand er schon in den zwanziger und vor allem in den dreißiger Jahren zu volkstümlicheren Schreibweisen. Die fünfziger Jahre brachten seine Abenteuerbücher eigener Prägung – die damals sogenannten „Kranz-Bände" – Darstellungen zur deutschen Geschichte auf dem Hintergrund einer ausgesprochenen Preußenverehrung, sodann Neugestaltungen von Volksgut und die Arbeit an Laienspielen.

Mit der Serie „Ubique Terrarum", die ab 1953 im Freiburger Herder Verlag zu erscheinen begann und 1959 zehn Bände umfaßte, arrivierte Kranz in den fünfziger Jahren zu einem angesehenen Jugendbuchautor.[4] Kranz hat sich offensichtlich von seinen ideologischen Verhaftungen in den Jahren 1933 bis 1945 befreien und etwas anderes an deren Stelle setzen wollen. Das läßt sich aus der Anlage und Darstellungsweise der Serie „Ubique Terrarum" und anderer Werke herauslesen. Aber zunächst ist festzustellen, daß er auch nach dem Zweiten Weltkrieg seiner Idee treu geblieben ist, Geschichte in Geschichten mitzuteilen, denkt man an seine Bücher der Reihe „Erzählte Geschichte". Der Unterschied zu den älteren Texten besteht allerdings darin, daß er die Ausrichtung auf eine völkisch-nationale Geschichtsbetrachtung zugunsten einer Ehrenrettung der preußischen Geschichte, die nunmehr für ihn als ideologischer Ort und Halt wichtig wird, aufgegeben hat. Kranz versucht, die Wurzeln geschichtlichen Geschehens durch den Blick auf „große Männer", in den Personen Friedrich der Große und Fürst Bismarck, zu erfassen. Ihre Qualitäten – ihr Weitblick und ihre Charakterstärke – sind ihm die Garanten dafür, daß die Abenteuer der Macht nicht zum Negativen ausschlagen. Seine Serie „Ubique Terrarum" ist getragen von einem ähnlichen Menschenbild, und diesmal von der Idee der Macht des Abenteuers. Kranz verweist – in einem sehr weiten politisch-geschichtlichen Verständnis – immer wieder auf das Problem der Macht und des Umgangs mit ihr und den Mächtigen. Bezeichnenderweise ist seinen Abenteuererzählungen unterlegt, daß Macht kein in Europa vorfindliches Beziehungsgefüge ist, sondern eines, das nur in räumlich fernen Gegenden, zumeist in Übersee, Anlaß der Auseinandersetzung und die Möglichkeit des Eingreifens für sein Heldenteam bietet.

Die spannend erzählten „Kranz-Bände" wurden bei ihrem Erscheinen als neuartig empfunden. Was dieses Neue war, umschreibt Fritz Bartusch in der „Jugendschriften-Warte" (1956, S. 384). Der Rezensent erkennt in dem Team „Ubique Terrarum" eine Helfergemeinschaft nach dem Vorbild der „Ritter vom heiligen Gral", betont die gelungene sprachliche Gestaltung sowie die „wirkungsvolle Führung der Parallelhandlungen". Ihn erfreut, daß in den Bänden das Abenteuer nicht zum Selbstzweck wird: „Zwar arbeitet diese Gesellschaft nach wirtschaftlichen Richtlinien, dennoch geht es stets darum, dem Recht – den Menschenrechten im allgemeinen – zum Siege zu verhelfen".

Kranz' Intention war es eingestandenermaßen, die Abenteuerromane Karl Mays zu konterkarieren. Diese Funktion bringt es mit sich, den Typ des isolierten Superhelden, der durch die nordamerikanische Prärie oder die Schluchten des Balkan zieht, durch andere Identifikationsfiguren abzulösen, das heißt, dem jugendlichen Leser der

unwiderstehlich wie eine Lawine, zwei Menschen in einen entsetzlichen Tod gerissen hatte“ (Kranz, 1954, S. 170).

Das Agieren seines Heldenteams ist bei Kranz durch eine Form der Nichteinmischung gekennzeichnet. Es handelt nicht im Sinne des klassischen Praxisbegriffs, es tut allenfalls etwas. Darum können ihnen nur technische Versehen unterlaufen, keine politisch-praktischen Fehlentscheidungen mit Folgen für Leib und Leben der Menschen. Folglich stellt sich beim Tätigsein der Gruppe niemals die Frage von Recht und Unrecht, von Schuld und Unschuld. Hinzu kommt, daß Kranz' Geschichten allesamt in weiter geographischer Ferne spielen: in Afghanistan, Brasilien, Mexiko/Arizona, Südamerika, Grönland oder Malaysia. Nicht nur die Helfergruppe ist intakt, und das Unheil ist draußen bei anderen Menschen, nein, letztlich ist auch der Herkunftsbereich des Teams, Europa, als Konfliktfeld ausgespart und die Unheilszonen sind nach draußen verlegt.

Im Jahre 1959, die Serie „Ubique Terrarum“ liegt zu dieser Zeit abgeschlossen vor, hat Kranz die Verteidigungsschrift „Worum es mir ging“ verfaßt. Theoretisch sieht er darin sein literarisches Vorhaben in der Pädagogik Eduard Sprangers begründet, vor allem in der These, daß Abenteuer und Aktion „in jeder gesunden Seele“ liegen. Das Urbild des Abenteuers ist für Kranz die Geschichte eines Helden, der ein Ungeheuer bezwingt.

Für „Ubique Terrarum“ nimmt er in Anspruch, daß diese Helfergruppe zur Verwirklichung eines alten Traumes des Abendlandes beitrage, „denn sie ist nichts anderes als eine verweltlichte, unserem technischen Zeitalter angepaßte Wiederkehr der Gralsritter“ (Kranz, 1959, S. 6). Zweifellos ist dem Autor zuzugestehen, daß die Jugend Helden als Leitbilder brauche. Sie erhalten dem jugendlichen Leser die Freude an der rechten Leistung im „Wettkampf des Lebens“ (Kranz, 1959, S. 7). Mit der Konstruktion eines solchen Teams – keines „Kollektivs der Arbeit“, wie Kranz abwehrend und sich deutlich gegen eine sozialistische Interpretation wendend, formuliert – möchte er verhindern, daß der humane Gehalt seiner Geschichten unter der unguten Hochstilisierung des Einzelhelden zu leiden hat. Er will keine „Übermenschen“. Deshalb sind die drei Männer zwar tüchtig, aber nicht vollkommen (Kranz, 1959, S. 10).

Die deutliche Absicht, aus dem Gedanken eines humanen und sozialen Heilen- und Helfenwollens heraus Geschichten zu erzählen, steht allerdings in gewissem Kontrast zu dem, was der Leser in den Werke erfährt. Zwar hindert er den *einen* Helden an der Entfaltung, aber er richtet dafür eine außerordentlich perfekt funktionierende, leistungsstarke Gruppe als Held ein. Seine Serie „Ubique Terrarum“, behauptet Kranz, habe „nicht einen alles vermögenden Helden“. Aber er fährt fort: „Im Mittelpunkt der Erzählung steht ein immer wiederkehrendes Team von drei Männern. Jeder von ihnen verfügt über Fähigkeiten, die nur ihm eigen sind, und die drei können die Aufgaben, die sich ihnen stellen, nur lösen, indem sie die Schwierigkeiten gemeinsam bewältigen, indem jeder den Beitrag liefert, der ihm gemäß ist. Nicht einer allein bringt alles zustande, sondern durch Zusammenarbeit wird das Werk vollbracht“ (Kranz, 1959, S. 8). Kranz – entgegen seiner Absicht, keinen Helden zu inthronisieren – hält indirekt am Leitbild des starken Helden fest. Denn die Unvollkommenheit der drei Männer ist nur behauptet, sie verfügen über außergewöhnliche Fähigkeiten. Ihre „Mängel“ sind erfunden, um die Besonderheit der drei zu betonen. Für das Team gilt das Nichtalltägliche, das Auffällige. Ihre Taten sind mehr als bloße Handreichungen. Der Wunsch, für andere zu sorgen, „Helfer der Menschheit“ zu sein, entspringt der Begabung der Protagonisten – und damit auch des Autors – zur Einsicht in das Wesentliche, „das zeitlos gültig ist“ (Kranz, 1959, S. 24).

Das sind „Bruchstücke einer Lebenskunde“, wie sie Kranz vorschwebten.

Seine uneingeschränkte Anerkennung gilt also *den* Männern, die den Fortgang der Geschichte entscheidend beeinflussen[6]. Es sind sämtlich Helden, die entsprechend dem Lauf der Geschichte agierten, kaum einmal sich gegen ihn stellen. Kranz kennt Helden vor allem im Sinne derer, die mitmachen, nicht derer, die Widerstand leisten. Deshalb gestaltet er auch seine geschichtlichen Vorbilder gemäß den ohnehin gängigen Interpretationen. Er unternimmt es nicht, sie „gegen den Strich zu bürsten“ und bleibt damit leicht dem historisch Sanktionierten verhaftet.[7]

Der Kampf gegen das Böse ist allein seinem „Drei-Männer-Team“ vorbehalten. Nur es verfügt über die Kraft, gegen Willkür, Gewalt, Korruption und Verrat zu bestehen. Dabei folgt Kranz auf dem Weg zur Überwindung der Gegner einem durchgängigen Muster. Die Bösen, zum Beispiel die Drachenmenschen, ereilt ihr Schicksal durch die Fallstricke, die sie für andere ausgelegt haben. Sie werden sich selbst zum Verhängnis. Das Unrecht spricht sich selbst das Urteil. Damit ist das Team frei von der Verantwortung für die Zerstörung des Lebens anderer, es kann nicht zur Rechenschaft gezogen werden. Es treibt allenfalls seine Gegenspieler dahin, daß diese sich selbst zum Opfer werden. „Ubique Terrarum“ darf seine Hände in Unschuld waschen. Die Leitbilder in den Abenteuerbüchern von Herbert Kranz bleiben somit sozusagen isoliert, einsam, ja auch unbeschmutzt auf dem ethischen Sockel, den ihnen der Schriftsteller untergeschoben hat.

Die Neigung des Autors Kranz, in seinen Erzählungen durchblicken zu lassen, daß um das dargestellte Geschehen größere geschichtliche Bögen zu schlagen seien, verführt ihn dazu, dadurch zugleich eine Art Ideologie des „semper idem“ durchscheinen zu lassen. Das Immergleiche ist ihm dabei „der Mensch“. Dieser ist die Konstante im geschichtlichen Weltlauf. Darum sieht Kranz auch bei aller Unterschiedlichkeit von Zeit und Ort seiner Sujets – ob er ein Ereignis 1781, 1811, 1931 oder 1945 angesiedelt sein läßt – die Wiederkehr des Gleichen: „... und muß der Spiegel nicht immer das gleiche Bild zurückwerfen, wenn die Menschen sich gleich bleiben?“ (Kranz, 1957, S. 239). Aus dieser Position heraus und verbunden mit der Voraussetzung, daß heldenhaftes Tun zu allen Zeiten heldenhaft sei, kommt Kranz zu einem relativistischen Fazit: „So sind die Menschen, aber auch so sind sie“ (Kranz, 1957, S. 239).

Der Autor Herbert Kranz, der Offizier des Ersten Weltkriegs, der Sozialarbeiter und junge Autor der zwanziger Jahre, der Professor an der Pädagogischen Akademie in Halle bis 1933, als ihn die Nationalsozialisten aus dem Amt entfernten, der in den folgenden vierzig Jahren ein umfangreiches, vielfältiges, zeitweise den politischen Machthabern sicherlich thematisch entgegenkommendes literarisches Werk als freier Schriftsteller verfaßte, gibt den „Zeitgeist“ der Nachkriegszeit – in der „Ubique Terrarum“-Reihe speziell den der fünfziger Jahre – aus seiner Sicht wieder. Er gestaltet seine fiktive Erzählwelt auf dem Hintergrund eines gutgemeinten, auch unpolitisch gemeinten, individualistisch und idealistisch gesinnten Humanismus – verwandt, angelehnt vielleicht auch an Vorstellungen, die auf das seinerzeit vielzitierte Albert-Schweitzer-Bild zutreffen dürften. Bei genauerer Analyse ergeben sich Positionen, die uns heute zu denken geben und die fraglich erscheinen lassen, ob Strukturen der dreißiger und vierziger Jahre tatsächlich überwunden sind. Denn genügt es, wenn Kranz für das Handeln seiner Helden eine Art Prinzip der Nichteinmischung, des Sichheraushaltens gelten läßt? In seinen Abenteuergeschichten sind die „modernen Gralsritter“ nur äußerlich tätig, ohne innerlich betroffen zu sein. Ihr Engagement steht zwar im Dienst allgemeiner moralischer Prinzipien, aber diese erstarren leicht zu Leerformeln („Gesetze der Menschlichkeit“ heißt es in der „Satzung der Gesellschaft“). Ein bloß formal-technisches Interessiertsein macht sich bei den Protagonisten breit. Sie verhelfen dem Guten zwar zum Sieg, tun aber selbst dies Gute nicht, wie sie auch – vice versa – das Böse überwinden helfen, ohne selbst einen Finger dafür zu krümmen. Ihre Aktivität ist beendet, noch bevor es zu einer eigenen Handlung kommt, die im Ernst nach Gut und Böse, Richtig und Falsch zu bewerten wäre. Das Team rettet Völker, sucht verschwundene Kinder, befreit Gefangene, ohne daß sein Tun in Beziehung gesetzt scheint zu dem, was aus seinen Taten praktisch folgt. Im Grunde handeln sie wahllos und ohne Perspektive.

## Der Horizont des Abenteuers in den „gestalteten Sachbüchern“ von Kurt Lütgen

Kurt Lütgen, aus Pommern stammend, ist 1911 geboren, also zwei Jahrzehnte jünger als Herbert Kranz. Er erlernte in den zwanziger Jahren nach dem Besuch eines Humanistischen Gymnasiums den Beruf des Buchhändlers, den er zwischen 1933 und 1941 ausübte. In diese Jahre fielen erste Schreibversuche und kleinere Veröffentlichungen. Seine eigentliche Tätigkeit als Jugendbuchautor begann Lütgen jedoch erst nach dem Zweiten Weltkrieg. Er selbst sieht die 1950 zuerst erschienene James-Cook-Erzählung „Der große Kapitän“ – sie ist allerdings schon einige Jahre zuvor (1946) konzipiert worden –, für die er 1952 mit dem Friedrich-Gerstäcker-Preis der Stadt Braunschweig ausgezeichnet wurde, als sein erstes gelungenes Buch an.

Lütgen findet seine Stärke – anders als Kranz – in der erzählerischen Belebung durch nachprüfbare Tatsachen und Ereignisse vorgegebener Stoffe. Von ihm wurden, darin wiederum Kranz verwandt, weit entfernt liegende Schauplätze gewählt, er thematisiert zum einen die „Erforschung der Arktis“, zum anderen die Entdeckung und Erkundung Australiens; es entstand eine dreibändige „Südland-Saga“. Jedes seiner Bücher erforderte historische Nachforschungen. Lütgen läßt sich in der Arbeit von der Prämisse leiten, in die Ereignisse und Gestalten, die einmal Wirklichkeit waren, nichts hineinzulegen: „Ich will vielmehr aus ihnen herausholen, was [...] das übers Zeitbedingte Hinauswirkende, das menschlich Anrührende ihres Schicksals ausmacht“ (Gespräch mit Kurt Lütgen am 7.3.1984). Der Autor sieht sein gesamtes Werk bis hin zu dem Band „Das Rätsel der Nordwestpassage“ (1966) aus diesem Gedanken entwickelt.

*Kurt Lütgen (*1911), Aufnahme anläßlich der Verleihung des Deutschen Jugendbuchpreises 1956.*

Vorbilder für Lütgen waren zwar in den zwanziger Jahren Christian Morgenstern und Hermann Hesse, aber für sein Schreiben, wie wir es aus seinen Büchern der hier zu betrachtenden Jahre kennen, dürfte nach eigener Aussage (vgl. Lütgen, 1958, S. 273 f.) Sven Hedins „Von Pol zu Pol“ von Einfluß gewesen sein. Die „Ökonomie des Schreibens“, wie er es nennt, erlernte er bei Joseph Conrad und von dem Sachbuchautor A. E. Johann. Bei Johann fand Lütgen damals das abenteuerliche Sachbuch schon vorgeprägt, das auf „erzählten Fakten“ aufbaut. Seine Spezifik gab Lütgen diesem Genre durch die Haltung, daß Jugendliteratur nach seiner Meinung eine „Sonderform der Literatur“ ist und durch eine notwendig „pädagogische

Tendenz“ bedingt wird (Lütgen, 1957, S. 257f.). Der Autor geht von der Annahme aus, daß die Welt der Jugendlichen einer – im Verhältnis zu der der Erwachsenen – „qualitativ wie quantitativ verschiedene(n) Erlebnissphäre“ – entsprungen sei (Lütgen, 1957, S. 260). In einer anderen Formulierung gibt Lütgen die Auffassung vom Schreiben für Jugendliche und damit seine deutlich didaktische Ästhetik bekannt, indem er sagt: „Das ästhetische Gesetz gewinnt eine pädagogische Bedeutung“ (Lütgen, 1957, S. 261).

*Illustration von Oswald Voh aus dem James Cook-Roman „Der große Kapitän“ (1951) von Kurt Lütgen.*

Nach der James-Cook-Erzählung veröffentlichte Lütgen den Bericht „Der weiße Kondor“ (1952) über die Reisen des Vasco Balboa. Hier beweist er sich erneut als „Finder“, mit den Fähigkeiten eines „kunstreichen Handwerkers“, nicht als „Erfinder“ (Lütgen, 1971, Nachwort). Die Schlußworte von „Der weiße Kondor“ deuten auf das Kernmotiv seiner Entdeckergeschichten hin: „Nimm keine bitt'ren Gedanken gegen Gott mit auf deinem letzten Weg, Freund. Zwar hat er dir wie Moses die letzte Erfüllung versagt, aber so hat Gott unser aller [...] Los gewollt und uns Menschen dies als quälenden Stachel zugleich und als ermutigenden Sporn bestimmt: was auch immer wir versuchen und vollbringen, es öffnet andern die Pforte.“

Dieser Gedanke unterscheidet Lütgen von Kranz im Grundsatz, denn der Zwiespalt, daß dem Entdecker selbst das Gelobte Land nie zugänglich sein wird, wird zum Motor seiner Geschichten. Für Lütgen ist das Gelobte Land nicht nur das Land Kanaan Moses'. Es kann ebenso die Namen Xanadu oder Eldorado tragen: „Ziel unserer verschwiegenen Träume“. Für Kranz gab es herstellbare Ordnungen, Reparaturen und Beendigungen von chaotischen Situationen, utopische Harmonisierungen fiktiver Scheinrealität. Bei Lütgen werden Wege ins Unbekannte beschritten, die Wirklichkeit nicht befriedet, allenfalls waghalsig erforscht und erlebt.

In der Auseinandersetzung mit Lütgens Werk hat Malte Dahrendorf festgestellt, daß in dessen Schriften die „Wirklichkeit“ als Held figuriere und die Hauptgestalten seiner Bücher so gut wie alle am Robinson-Modell gebildet seien. Sie sind „Bürger zugleich und Abenteurer“ (Dahrendorf, 1968, S. 16). Diese Bestimmungen werden erläutert durch eine weitere Dimension, die des Traumes, im Sinne eines Wunsches. Er spricht als Korrektiv der Wirklichkeit hinein in die „erzählten Fakten“. Ist die Wirklichkeit der „quälende Stachel“ der Helden, dann ist ihr Traum ihnen der „ermutigende Sporn“.

Aus der Entfernung von Traum und Wirklichkeit nährt sich die Spannung von Lütgens preisgekröntem Werk „Kein Winter für Wölfe“ (1955), die Geschichte der Rettung einer im Eis eingeschlossenen Walfangmannschaft. Der Seemann Jarvis, Lütgens Protagonist, nimmt den Kampf mit dem arktischen Winter auf und ineins damit den Kampf um die Entlastung von persönlicher Schuld. Zwei Handlungsstränge sind unterscheidbar. Auf der einen Seite berichtet Lütgen vom Weg Jarvis' und seines Begleiters Eskimo-Joe, die in Anpassung an die Natur vorgehen und deshalb erfolgreich sind. Danach verfolgt der Autor eine Expedition Jarvis' und eines Lord Eckersley, der um des Abenteuers willen „hinter den Horizont“ blicken will. Jarvis, dem es gelang, die Seeleute zu retten, wird zum „Mörder“ Eckersleys, der ihn auffordert, ihn zu töten, weil er den Strapazen des Winters, der arktischen Natur, nicht gewachsen ist.

Lütgen baut – in durchaus erzieherischer Absicht – eine Konstellation auf, in der auf der einen Seite von abenteuerndem Hochmut erzählt wird, wobei am Ende der Mensch der Gewalt der Natur unterliegt, und in der auf der anderen Seite von dem Abenteuer der Selbstüberwindung die Rede ist, das der Unterstützung durch die Natur sicher sein kann. Abenteuer bedeutet für Lütgen, den Widerstreit zwischen dem durch Ordnung gesicherten Gefüge der Zivilisation und dem „Abbruch“, der ungebändigten Natur (vgl. Lütgen, 1968, S. 67ff.) auf sich zu nehmen. Dem Abenteuer muß der „Traum von der Heimkehr“ einbeschlossen sein.

Lütgens Werk intendiert in den fünfziger Jahren eine neue, eine ehrliche Bindung des Erzählers an die harte geographische und historische Realität. Gewiß hat er sich stilistisch an Vorbildern orientiert, steht zwischen Karl May und dessen „neuer Wirklichkeit“ und Friedrich Gerstäcker und dessen „erlebter Wirklichkeit“. Lütgen arbeitet seine Stoffe aus dem „weiten Feld der Historie“ heraus (Lütgen, 1968, S. 73), wobei er Geschichte nicht als politische oder Sozialgeschichte, sondern als Geschichte der Entdeckungen verstand. Gesehen soll werden durch die Augen der Entdecker, wie es C. W. Ceram (d.i. Kurt W. Marek) 1949 in seinem Sachbuch „Götter, Gräber und Gelehrte“ methodisch auch gemacht hatte. Die Entdecker sind „erfolgreich“, solange sie sich der Macht des Abenteuers anvertrauen, aber sie werden untergehen – wie Eckersley –, wenn sie sich auf das Abenteuer der Macht und hochmütige Sensationsgier einlassen. Hier dringt ein etwas anders gelagerter Zug des vorhin bei Herbert Kranz vorgefundenen Konzepts eines letztlich optimistischen und individualistischen Humanismus durch. Lütgens Helden sind mehr ihrem Entdeckerdrang als dem einer karitativen Menschheitsbeglückung verpflichtet. Insofern sind sie vielleicht ehrlicher und realistischer als die Helfer aus der „Ubique Terrarum"-Reihe.

Lütgens Vorliebe für den „chronikhaften Bericht" begründet sich, wie er mitteilt, in seinem „konservativen Wesen". Er wendet sich vergangenen Geschichten zu, weil er die Gegenwart nur „passiv" erfahren hat und er sich nicht als Zeitgenosse fühlt. Seine literarische Methode wird durch den Terminus „perspektivische Verkürzung" charakterisiert. Er empfindet seine Veröffentlichungen als „erzählende Bücher unterrichtenden Charakters". Weil Lütgen den Leser spüren lassen will „Tua res agitur", hat er sich mit dem Seemann Jarvis aus „Kein Winter für Wölfe" einen „Typus des Sterblichen, von mittlerem Maß und mittelmäßiger Gesinnung" (Lütgen, 1968, S. 81) ausgewählt.[8]

*Illustration von Kurt Jan Blisch zu Kurt Lütgens Abenteuerbuch „Kein Winter für Wölfe" (1955).*

Lütgens Bücher, heißen sie nun „Kein Winter für Wölfe" oder „Das Rätsel der Nordwestpassage", aber auch seine anderen Entdeckergeschichten, gehen darauf aus (vgl. Lütgen, 1966, S. 367) zu belegen, daß das Rätsel, dem seine Helden auf die Spur kommen wollen, gar kein bloß seemännisches oder geographisches ist, sondern, daß es in der Frage besteht, weshalb sich so viele abmühten, es unter Einsatz ihres Lebens zu lösen. Das ist das motivierende Zentrum seiner Veröffentlichungen.

## Der Schatten der Vergangenheit in den Büchern von Hans Baumann

Unser dritter spezieller Fall des Schreibens für eine jugendliche Leserschaft in den beginnenden fünfziger Jahren ist der des 1914 geborenen Hans Baumann. Er hatte zu veröffentlichen begonnen, als er für kurze Zeit (1933–1934) Lehrer in Furth im Bayerischen Wald war. Anschließend machte er im nationalsozialistischen Staat Karriere, war als Hauptreferent im Amt für weltanschauliche Schulung der Reichsju-

*Hans Baumann (*1914).*

gendführung tätig, nahm als Offizier am Zweiten Weltkrieg teil und geriet in französische Gefangenschaft. Sein schriftstellerisches Werk, das seit 1933 zu erscheinen begann, richtete sich gleichermaßen an junge Leser wie an erwachsene.

Er publizierte bei führenden Verlagen, bei Diederichs (Jena), Voggenreiter (Potsdam) und bei Eher (München), dem Parteiverlag der NSDAP. Es entstanden Gedichte und Lieder, die sich an die Jugend, ja zum Teil auch direkt an die Hitlerjugend wandten, sowie volksliedhafte Verse, von denen einige zu einem in den dreißiger und vierziger Jahren vielgesungenen Volksgut wurden, wie z. B. „Es geht eine helle Flöte“ und „Hohe Nacht der klaren Sterne“. Bekannt wurde Baumann mit seinem Hitlerjugendlied „Es zittern die morschen Knochen“, das vom Geist jugendlichen Aufbruchs zeugen sollte, aber zum makabren Marschlied der Arbeitsmänner und Soldaten im Zweiten Weltkrieg verkam, sie auf die Bahn der Eroberung lenken sollte. Auch einige Schauspiele schrieb dieser junge Schriftsteller nach 1933, die am Wiener Burgtheater und in Berlin, unter anderem unter der Regie Gustav Gründgens', aufgeführt wurden.

Während des Zweiten Weltkrieges, im Gefolge von Erlebnissen während des Rußlandfeldzuges, setzte bei Baumann ein Prozeß des Umdenkens und eine weltanschauliche Wandlung ein. Diese fand ihren ersten Niederschlag in den beiden Schauspielen „Der Turm Nehaj“ (1941) und „Alexander“ (1941). Im einen setzt er gegen die Bewährung des Kriegers die „weibliche“ Kraft der Bewahrung als qualitativ höherrangige menschliche Eigenschaft und im „Alexander“-Drama votiert Baumann für den „liebenden Menschen“ gegen den gewalttätig-kriegerischen. Für seine gewandelte Position fand Baumann anläßlich eines „Deutschen Dichtertreffens“ in Weimar 1941 die Formulierung: „Mag die Macht der Vater aller Dinge sein, die Milde bleibt doch aller Dinge Mutter“ (Baumann, 1941, S. 471). Abgedruckt wurde dieses Wort in „Das Innere Reich“, der wichtigsten Kulturzeitschrift der Nationalsozialisten.

Nach dem Krieg trat Baumann als Übersetzer russischer Literatur in Erscheinung und arbeitet als Autor eigener belletristischer Werke seit den fünfziger Jahren mit verschiedenen Verlagen zusammen, darunter mit den Jugendbuchverlagen Ensslin & Laiblin (Reutlingen), Bertelsmann (Gütersloh), Loewe (Bayreuth), Thienemann (Stuttgart) sowie in den letzten Jahren mit dtv-junior. Von ihm erschienen 1949 die Legenden „Das Kind und die Tiere“ und 1951 die „Legenden der Liebe“. Diese Titel signalisieren eine Wende. Der selbstbewußte Ton seiner früheren Werke, der Lieder und Verse, weicht jetzt mehr und mehr dem einer demütigen Haltung. Baumann lehnt sich – dies ist bis in das von ihm verwendete Vokabular spürbar – an christlich-biblisches Gedankengut an. Sein Ideal in den ersten Jahren nach 1945 wird es, „dienend“ das Nächste zu tun; sein Leitziel ist die „Kraft der Schwäche“.

Was aber schreibt Hans Baumann in den fünfziger Jahren? Es ist für ihn die Zeit seiner größten Erfolge. Seine politisch nationalsozialistische Vergangenheit hat dabei interessanterweise eine nicht sehr störende Rolle gespielt. Mit neuen Schauspielen und realistischen Kindergeschichten sucht er zunächst seit 1950 Anschluß an die Kinder- und Jugendliteratur zu finden. Zu *seinem* Thema aber fand er, als er für sich das Sachbuch und das historische Abenteuerbuch entdeckte. Hier sind durchaus thematische Parallelen zu Kurt Lütgens Schaffen zu erkennen. In „Die Höhlen der großen Jäger“ (1953) wird ihm die Faszination einer Sache und einer Person zum Schreibanlaß, der ihn nicht mehr loslassen sollte. Es dürfte dabei Biographisches eine Rolle spielen. Denn Baumann erkennt und macht literarisch für sich fruchtbar, daß er seine persönliche Geschichte, sein vormaliges Fasziniertsein vom Führer als Idee und

Realität, nicht einfach beiseite lassen kann. Der „dunkle Blick“, dem er sich ausgeliefert sah, wird wiederholt von ihm thematisiert, um sich vom Bann zu befreien. Und nicht zufällig steht in „Die Höhlen der großen Jäger“ neben der Nacherzählung der Entdeckungsgeschichte der vorzeitlichen Höhle von Altamira, Lascaux und Les Trois Frêres die Schilderung der Möglichkeit der Selbstveränderung, daß aus dem Christenverfolger Saulus der Apostel Paulus werden konnte; ein Wandlungsprozeß, den Baumann für sich selbst in Anspruch nimmt.

*Hans Baumanns erzählendes Sachbuch „Die Höhlen der großen Jäger“ (1953) ist mit Wiedergaben von Original-Höhlenzeichnungen versehen worden.*

Ob man Hans Baumanns „Der Sohn des Kolumbus“ (1951) liest, ob die „Steppensöhne“ (1954), „Die Barke der Brüder“ (1956) oder sein gegen Ende der fünfziger Jahre entstandenes „Ich zog mit Hannibal“ (1960), immer steht darin die Frage nach der „Befreiung aus dem Bann“ im Zentrum und auch die Frage danach, wie einer sich aus der Abhängigkeit und Blindheit Führern gegenüber lösen kann. Baumann schreibt seine Romane nicht zuletzt deshalb, um mit den Mitteln anschaulichen Erzählens „große Gestalten“ der Geschichte – Kolumbus, Dschingis Khan, Heinrich der Seefahrer, Hannibal – aus dem Dunstkreis der Bewunderung herauszuholen und kritische Distanz zu ihnen herzustellen.

Helden, das ist Baumanns gewandelte Einsicht in seinen Werken nach dem Kriege, erweisen sich „durch die Hellhörigkeit für die Nöte anderer, durch ihr Eintreten für Unterdrückte verunsichern sie die Mächtigen“ (Baumann, 1979, S. 6). Ob der Autor die intendierte Botschaft auch immer deutlich machen konnte, ist zu fragen. Denn seine Helden leisten kaum Widerstand gegen Unterdrücker, sie sind vielmehr Herren und halten die Macht in ihren Händen. Die Hellhörigkeit für die Nöte anderer ist zwar als Forderung in den Texten präsent, jedoch zum Beispiel für Baumanns Kolumbus-Gestalt nicht charakteristisch, auch nicht für seinen Dschingis Khan. Es scheint bei Baumann so zu sein, daß er – und zwar gegen seine eigene Intention – seine mit politisch-gesellschaftlicher Macht ausgestatteten Protagonisten (oder sollte man sagen „Herrenmenschen"?) vor dem Leser gleichsam entschuldigt und ihre Taten rechtfertigt, indem er andere Gruppen mit „niederen" Interessen als die eigentlichen Drahtzieher und Täter ausmacht. Seine Führer haben hohe Ideale, die von eigensüchtigen Dritten um des bloßen Gewinnes willen hintertrieben werden.

Aber es treten in Baumanns Büchern auch solche Personen auf, die seinen Ideen eher zu entsprechen scheinen, wenngleich sie ihm nicht zur titelgebenden Gestalt taugten: Der Schreiber Silenos etwa aus dem 1960 erschienenen Roman „Ich zog mit Hannibal" und der weise Ratgeber Yeliu aus „Steppensöhne" (1954). Silenos verharrt bei Hannibal, obwohl er diesen als zynischen Eroberer und Gewalttäter durchschaut hat, um nachfolgende Generationen vor einem neuen Hannibal zu warnen. Er versteht sich als Chronist der Verbrechen, auch um den Preis, mitschuldig zu werden. Wenn Silenos Geschichte schreibt, so hatte Yeliu sich für die Erziehung entschieden. Er wird zum Lehrer der Fürstensöhne. Sein Erziehungsideal opponiert der Haltung des Imperators durch sein Eintreten für „den Bauern, der das Schöpfrad tritt, den Fischer, der mit Kormoranen fischt, und die Bettler im Schatten des Tores" (Baumann, 1954, S. 270). Yeliu verbreitet gegen die Kriegskunst das Wissen um die Heilkünste und gegen die Kriegsmittel seine Kenntnisse der Heilmittel.

Der Roman „Steppensöhne" belegt besonders deutlich, wie problematisch es ist, wenn man versucht, des Autors Absichtserklärungen zum durchgehenden Erklärungsmodell für die didaktische Intention seiner inszenierten Weltsicht und Handlungsverläufe zu machen. Sind da nicht Diskrepanzen zwischen erwünschter Botschaft und tatsächlicher Aussage? Die Rahmenhandlung, ein Gespräch zwischen den Enkeln Dschingis Khans, zeigt den „sanften" Kubilai als Sieger über den Krieger Arik-Buka. Die dann erzählte Geschichte des Wandlungsprozesses überläßt aber die Hauptrolle dem Krieger und seinen Vorhaben. Im Epilog erweist es sich schließlich, daß Arik-Buka „die Erzählung mehr und mehr an sich gerissen hatte" (Baumann, 1954, S. 277). Absicht und Ausführung kommen nicht zur Deckung. Die Binnenerzählung berichtet von Kämpfen Dschingis Khans und von seinen Siegen. Von den angeblich „glücklichen Zeiten" des Friedens, die mit dem Fürsten Kubilai ihren Einzug gehalten haben sollen, wird nicht erzählt, sie werden bloß genannt. Das Kriegsgeschehen behält seinen privilegierten Platz und determiniert negativ die Wirkungsabsicht Baumanns, die auf die „versöhnliche Mitte" hin orientiert ist. Der Zwiespalt, der Baumanns Texte durchzieht, kommt ebenso in dem sechs Jahre später erschienenen „Ich zog mit Hannibal" zum Ausdruck. Dieses Buch, obwohl erst gegen Ende der fünfziger Jahre geschrieben, ist wegen seiner eminenten Bedeutung hier zu diskutieren. Es gibt die Möglichkeit, Baumanns ideologische Position auszuleuchten. Baumann weiß – und der Roman führt es an –, daß die abwartende Haltung des Schreibers Silenos, mit dem er sich identifiziert, bedeutet, Schuld auf sich zu laden, und daß sie Resignation impliziert. Silenos Aufgabe wird so formuliert: „Aber solange

*Titelbild (Schutzumschlag) zu dem Roman „Steppensöhne" (1954) von Heiner Rothfuchs (*1913).*

er (Hannibal, d.V.) mich meinen Weg gehen läßt, werde ich bei ihm bleiben. Ich muß dahinterkommen, wie er wirklich ist. Das kann nur einer, der ihn immer im Auge behält [...]! Ich bin mehr um ihn als jeder andere. Mir anvertraut er mehr als seinen Brüdern, und er weiß nicht, daß er dabei in meinem Dienst ist. Das ist mein Abenteuer: Von seinem Gesicht mein Buch abzulesen. Das hält mich bei ihm. Mit seinem Volke habe ich nichts zu schaffen [...] Aber bei Hannibal werde ich ausharren. In ihm fasse ich den Krieg an der Wurzel [...] Die Späteren müssen erfahren, wie es in so einem aussieht – vielleicht werden sie dann, wenn bei ihnen einer auftritt wie dieser, nicht hinterherrennen, bis sie der Abgrund verschlingt" (Baumann, 1960, S. 174/175). Diese Absichtserklärung enthält den problematischen Kern der Auffassungen Baumanns. Denn er trennt Volk und Führer, Hannibal und sein Heer. Dadurch personalisiert Baumann Geschichte und macht andere Erklärungsansätze für sich kaum mehr möglich. Daß dieser um seine Verstrickungen wissende und um seinen Standort ringende Autor sich von dem „Führer"-Syndrom kaum befreien kann, ist auch dadurch illustriert, daß er in „Ich zog mit Hannibal" wiederum die Kampfeshandlungen fasziniert und auch faszinierend wiedergibt, wobei die Führergestalt und ihre Ausstrahlung von ihm besonders plastisch ausgemalt werden.

Weil Baumann Volk und Herrscher trennt, erhöht er letzteren und erschafft durch diese Konstruktion jeweils eine Führerfigur. Dadurch dürfte dem von ihm expressis verbis angegebenen Schreibvorhaben das im tatsächlich gestalteten Werk sichtbar werdende Verständnis von Geschichte nicht entsprechen. Baumanns Geschichte läßt einen Hannibal erstehen, der Sieger ist, wenn auch mit hohen Verlusten für sein Heer. Er erzählt von einem Führer auf der Höhe seiner Macht, ungebrochen, nicht von einem geschlagenen Hannibal. Ist für Hans Baumann das Scheitern seiner Einsicht und Absicht notwendiger Bestandteil seines Werks, weil letzteres aus Bildern und Vorstellungskomplexen heraus, aus ästhetischen Prägungen besteht, nicht aber aus Cognition?

Der Ausbruch aus dem „Panzer einer Überzeugung" ist auch das Hauptelement der Baumannschen Parabel „Der Bär und seine Brüder" (1961). Dieses Bilderbuch, ebenfalls zu Ende der fünfziger Jahre entstanden und in engem thematischen Zusammenhang mit Baumanns geschichtlichen Abenteuerromanen, faßt die Versuche, sich seiner Geschichte und der Geschichte zu stellen, zusammen und hat deshalb hier seinen Ort.

Baumann läßt in dieser Tiergeschichte einen Tanzbären, nachdem er „heimkam aus der Gefangenschaft", anderen Bären erzählen, wie es ihm mit seinem menschlich-unmenschlichen Herren ergangen ist. Mischa findet mit seinem Bericht bei seinen Artgenossen keine freundliche Aufnahme. Sie mißtrauen ihm. Es wird angedeutet, daß man sich gerne mit dem Argument distanzieren möchte, der Tanzbär sei der Künstler, der Gewaltherrschern mit seinem Können gedient habe. Mischa erzählt, um die anderen wieder für sich zu gewinnen, sie für sich einzunehmen.

Er beginnt seine Darstellung mit der Schilderung seiner „Gefangennahme", die nicht gewalttätig war. Honig hatte ihn gelockt und verführt, die Bärengemeinschaft zu verlassen. Mischa freundete sich mit seinem neuen Herrn an und mit dem Kind, das ihn begleitete. Er lernte zu tun, was sie von ihm verlangten. – Auch der Sänger Hans Baumann schuf Lieder und zog die Kinder an, lockte sie in den Bann des Führers. – Baumanns Parabel findet – übrigens ganz ähnlich wie im 18. Jahrhundert Gotthold Ephraim Lessing in seiner Tanzbärenfabel auch – Bilder für den Künstler, der sich in Dienst nehmen ließ. Die Geschichte steht in schonungsloser Offenheit dafür, daß der Autor sich für sein Tun verantworten will. Der überheblichen Entgegnung der Brüder, wie man sich zu so etwas nur hergeben könne, begegnet Mischa durch den Hinweis „Ich tue es nicht mehr". Aber die Bären trauen seinem Versprechen nicht. Dieser Text ist – bewußt oder unbewußt – eine Auseinandersetzung Baumanns mit seinen Kritikern. Diese läßt der Autor selbstgefällig antworten: „Aber du hast es getan

[...] Ein Bär, der auf sich hält, der tut das nicht" (Baumann, 1961, S. 25). Mischa widerspricht ihnen und entgegnet, daß er an ihm, seinem Herrn, hing. Hier spielt Baumann mit der doppelten Bedeutung von „an jemandem hängen". Äußerlich war der Bär angekettet, weil er leben mußte, innerlich, weil er glaubte und das Mädchen liebte. Als der Alte – sein Herr – es übertrieb, weil er nicht genug bekommen konnte, riß Mischa sich los. Die Bärenbrüder verstehen seine Erzählung nicht. Sie wollen und können ihn nicht begreifen. Sie halten ihm seine Veränderung vor und bezweifeln sie zugleich. Einer wirft Mischa sogar vor, daß er immer „noch an ihm hängt". Mischa gesteht das ein, denn er kann seine Geschichte nicht wie eine Schlangenhaut abstreifen. Sie hängt an ihm, bleibt mit ihm verbunden.

Baumann setzt sich in der Bärenfabel auch mit seiner Verantwortung gegenüber seinen Rezipienten, vor allem den Kindern, für die er schrieb und schreibt, auseinander. Ihm macht dabei das Phänomen der Indienstnahme und Funktionalisierung der Kunst zu schaffen. Der Bär wurde zum Fortlaufen und zur Umkehr getrieben. Aber er hat ein schlechtes Gewissen, weil er die, die ihm zuhörten, zurückließ. Es ist die Erinnerung daran, daß er nur angekettet hat singen dürfen, die sein Gewissen entlastet. Die Versklavung zum „Hofsänger" läßt den Ausbruch gerechtfertigt erscheinen.

Baumann treibt das Spiel mit den Doppelbedeutungen weiter: Nicht nur das „Anhängen" wird ihm zum Vexierspiel. Die Formel „jemandem etwas an der Nase ansehen" gerät ihm ebenfalls zum doppelten Bild. Es heißt: „Man sieht dir an der Nase an, daß du angekettet warst. Da brüllte Mischa: Man sieht es, weil ich mich losgerissen habe" (Baumann, 1961, S. 41). Mischas Aufschrei ist Baumanns Aufschrei. So wie der Tanzbär akzeptiert sein will, weil er sich befreit hat, will der Künstler Baumann respektiert sein, weil er sich gewandelt hat. Die Öffentlichkeit macht ihm den Vorwurf, daß er das Mal der Abhängigkeit nicht loswird. Er ist gezeichnet. Ohnmächtig hält der Autor dagegen, daß man das Zeichen sieht, weil er sich losgerissen hat. Die Verletzung, die seine Befreiung anzeigt, zeigt im selben Maße seine fortwährende Abhängigkeit an. Das äußere Stigma der Abhängigkeit widerläuft der inneren Loslösung. Schicksalhaft bleibt Mischa, der Tanzbär – und also auch der Autor Hans Baumann – an seine Vergangenheit gebunden. Abhängigkeit und Befreiung haben beide Wunden geschlagen. Aus diesem Zirkel gibt es scheinbar kein Entrinnen.

Baumann dürfte sich dessen bewußt sein, daß seine künstlerische, aber auch seine moralische Existenz immer zwischen diese beiden Pole der Verhaftetheit und der Loslösung verspannt ist. Die Abrechnung mit seinen Kritikern in der Bärenfabel hat einen hohen Grad an Suggestibilität. Autor und Figur sind ja nicht identisch. Baumann kann im Text nicht einfach „Ich" sagen. Aber er erzählt doch in nur leicht verschleierter Form von sich: Setzt sich Einwürfen aus. Dadurch erreicht diese Geschichte tatsächlich Parabelcharakter. Sie erhält eine innere Geschlossenheit und in bezug auf Baumanns Hauptthema, die Befreiung aus dem Bann und das Zerreißen der Kette, eine Stringenz, die seine historischen Romane vermissen lassen. Dort läßt

Baumann das Geschehen von sich wegtreten und setzt es in das objektivierende Licht geschichtlicher Betrachtung. In „Der Bär und seine Brüder“ geht er indirekter vor. Zwar konfrontiert er hier den Bären (seine Person) mit seinen Brüdern (die kritische Öffentlichkeit). Aber Baumann bringt sich selbst nur distanziert und vielfach vermittelt ins Spiel. Er schlüpft nicht in eine dritte Person, die zudem in dozierender Trockenheit steckenblieb, wie Yeliu oder Silenos, oder legt sich das Gewand des „schlechten Alten“ an wie in der Gestalt des Arik-Buka. Baumann präsentiert in dieser Parabel sich und macht fühlbar, daß die Härte und die Zweifel seiner Kritiker ihn nicht kaltgelassen haben. Die Parabel „Der Bär und seine Brüder“ ist eine Bekenntnisschrift, die die Zustimmung der anderen erheischt, endlich anzunehmen, daß hier einer sich gewandelt hat.

Hatte Baumann in seinen umfangreichen Romanen der fünfziger Jahre geplant, das Mißverständnis über die „großen Männer“, die Geschichte machen, aufzuklären und es letztlich doch bestätigt, so hat er in diesem Bilderbuch aus dem Jahre 1961 einen hohen Grad an Bewußtheit erlangt. Denn er deutet darin nicht von sich weg in die Geschichte, sondern exemplarisch auf sich selbst zurück und macht derart Geschichte als seine Geschichte nacherlebbar. In seinen Texten zu Beginn der fünfziger Jahre hatte Baumann Geschichte als „fernen Spiegel“ aufgefaßt. In „Der Bär und seine Brüder“ war sie ihm Spiegel seiner selbst. Vorher hatte er von anderen erzählt, jetzt sprach er von sich und gewann an Authentizität.

Baumanns Entwicklung von den dreißiger Jahren an kann beschrieben werden als eine von der Begeisterung über die Teilnahme an dem Abenteuer der Macht zum Zweifel an der Macht – nicht notwendig an den Mächtigen –, dann zu der einer Demutshaltung, bis hin zu der Zuversicht, daß im Abenteuer mehr verborgen ist als nur der Ausdruck des Willens zur Macht. Erst, als er sich selbst geschichtlich zu sehen begann und seine eigene Geschichte zu begreifen und nachzuerzählen versuchte, konnte er den scheinbaren, von ihm unterstellten Objektivismus der in fernen Zeiten und Räumen angesiedelten Texte aufbrechen und Geschichte nicht mehr als Geschichte großer Einzelner, sondern nunmehr als Menschengeschichte begreifbar machen. In Baumanns Jugendbüchern aus den fünfziger Jahren ist ein Bewußtsein vom persönlichen Anteil an der historischen deutschen Schuld gegenwärtig, gepaart mit Trauer. Das unterscheidet Baumann von manchen seiner Zeitgenossen und macht seine Schriften in ihrem Scheitern lesenswert.

## Schlußbemerkung

Wir haben auf den vorangegangenen Seiten anhand der Werke von Herbert Kranz, Kurt Lütgen und Hans Baumann feststellen können, daß sich innerhalb der Kinder- und Jugendliteratur ungefähr ab 1950 Texte finden, in denen, zumindest auf indirekte Weise, eine Auseinandersetzung mit den Fragen begann, die durch die Ereignisse im

Dritten Reich, durch das Kriegsende und die Niederlage Deutschlands angestoßen worden sind. Die behandelten Autoren hatten alle drei schon im Dritten Reich veröffentlicht. Sie schrieben nicht einfach weiter, bemühten sich vielmehr, neue Impulse in ihre Werke aufzunehmen und zu einer gewandelten politischen Moral beizutragen.[9]

Herbert Kranz erfand – wie im einzelnen in diesem Kapitel geschildert – ein Heldenteam „Ubique Terrarum". Das war ein gegen die Heroisierung des Einzelnen, den Siegfried-Mythos, und die Vorstellung vom Primat des „Rechts des Stärkeren" gerichteter Entwurf. Eine Gruppe bekam die positiven Eigenschaften zugeschrieben, die in der Abenteuerliteratur der Hitlerzeit und auch schon vorher zumeist den Heroen allein zukamen. Ihre Unternehmungen, die Rettung von Menschenleben oder die Hilfe gegen politische Gewalttäter, bleiben jedoch – wie wir sahen – eigentümlich zwiespältig. Die Männer – keine Frauen! – schreiten ein, helfen in fernsten Gegenden und beweisen jedesmal neu ihre Überlegenheit. Zweifel, Fragen nach Recht und Angemessenheit der Mittel und Zwecke, nach der Funktion ihres Tuns scheinen dem Team fremd. Die drei Helden sehen die Dinge von draußen und greifen ein, wenn es irgendwo Schwierigkeiten gibt. „Ubique Terrarum" übernimmt jedesmal erst die Initiative, nachdem das Unglück schon geschehen ist.

Kranz sieht offensichtlich Geschichte als einen objektiven Prozeß an, der sich über die Köpfe der Menschen hinweg vollzieht, unbeeinflußbar. Das Volk findet in dem Team „Ubique Terrarum" seine Fürsprecher. Kranz tritt zwar für Pazifismus sowie Toleranz ein und ist doch zugleich der Auffassung, daß das Schicksal unausweichlich sich vollzieht; jeder muß schuldig werden. Sein Fazit heißt deshalb, geschehenlassen und hoffen, daß sich Männer nach der Art des Teams „Ubique Terrarum" finden, die das Schicksal wenden.

Die Vermeidungsstrategie von Kranz impliziert: Ausweichen in ferne Räume, unausgesprochene Wiederherstellung des Helden, den Gegensatz der Vielen und der wenigen Wissenden sowie von Herrschern und Beherrschten. Was der Autor zugesteht, ist die Auswechslung von Machteliten, nicht aber die Kritik der Mächtigen.

Ebenfalls als Reaktion auf die Jahre vorher können wir Kurt Lütgens abenteuerliche Sacherzählungen ansehen. Lütgen setzt aber im Gegensatz zu Kranz auf den Einzelnen, das Individuum, und fordert es auf, sich zu bewähren, sein Menschsein zu beweisen. Der Ort dieser Bewährung ist bei ihm weder die politische Geschichte – wie überhaupt Lütgen Geschichte primär als Geschichte der Entdeckungen sieht –, noch die soziale. Er kehrt jenen Komplexen der Historizität den Rücken zu, um sich der Auseinandersetzung des Menschen mit der Gewalt der Natur zuzuwenden, sozusagen „Naturgeschichte" zu erzählen. Auf dieser Abstraktionsebene kann er den einzelnen Menschen, bei ihm als Held „mittleren Maßes" – nicht zu gut, nicht zu böse – den Gewalten der Natur sich entgegenwerfen lassen. Lütgen übersteigt die geschichtlichen Prozesse der Gegenwart, um an die natürliche Basis des Geschehens und Lebens heranzukommen.

Abenteuer zu erleben, angestoßen durch den Traum von unbekannten Weltgegenden, ist ihm zugleich die Auseinandersetzung eines Menschen – bevorzugt eines Mannes – mit sich und seinen Möglichkeiten, die er an der Natur erprobt. Lütgens Frage ist: Wie weit kann einer gehen im Guten wie im Bösen und doch ein Mensch bleiben? Welche Anstrengung kann einer auf sich nehmen, ohne daß das Humanum in ihm gestört oder er selbst zerstört wird? Dabei ist dem Autor Lütgen immer bewußt, wie eng physische und moralische Zerstörung verbunden sind. Dennoch entziehen sich Lütgens Texte unmittelbarer geschichtlich-kritischer Konnotationen dadurch, daß er die Konflikte, die ihm zur Vorlage dienen, weit zurückverlegt und den Widerstreit des einzelnen mit der Umwelt nicht ins Politische ausweitet, sondern strikt auf die Bewährung an und in der Natur beschränkt.

Seine Auffassung des Helden steht dennoch in kritischer Beziehung zu der Idee des „Kampfs ums Dasein", den er als „survival of the fittest" begreift. Lütgen interpretiert ihn nicht – nach Art des Sozialdarwinismus und des Nationalsozialismus – als die Überlegenheit der Stärkeren, sondern als die Fähigkeit, sich äußeren Gegebenheiten einzupassen, sich der Natur anzuschmiegen. Nur der Einklang mit der Natur und ihren Abläufen garantiert das Überleben im arktischen Winter. Die Überlegenheit des Menschen über die Natur zeigt sich eigentlich erst, wenn er sich als Teil der Natur begreift und sich ihr unterwirft. Es ist ein Irrtum, sich außerhalb der Kreisläufe der Natur stellen zu wollen, nur in sie eingebunden können wir existieren. Die Herausforderung der Natur durch den Einzelnen hat ihre Berechtigung dann, wenn sie eine Herausforderung für den Menschen selbst ist. „An die Grenze des Menschenmöglichen gehen" heißt aber, sich in der Natur wiederfinden.

So wie Herbert Kranz in seinen historischen und abenteuerlichen Erzählungen das Angebot machte, das Versagen der Deutschen im Dritten Reich durch gute Taten in fernen Ländern kompensiert zu sehen, so stellt Lütgen das Beispiel des Einzelnen vor, der durch übermenschliche Leistungen im Kampf mit der Natur, d.h. auch mit seiner Natur, seine Unversehrtheit zu beweisen und sich zu bestätigen sucht. Beide Autoren blenden in ihrem Schaffen der fünfziger Jahre die unmittelbare Gegenwart, die Situation in Deutschland, aus. Sie gibt ihnen weder den Handlungsort noch einen expliziten motivierenden Anstoß. Abenteuer und Macht haben wenig, so scheint es, mit dem Hier und Jetzt zu tun, als wäre nicht auch die Gegenwart Geschichte und als fände die Auseinandersetzung mit widerständiger Natur nicht mehr statt.[10]

Der Gedanke, daß gegenwärtiges Werden Geschichte impliziert, gehört spezifisch zu den Veröffentlichungen Hans Baumanns aus den fünfziger Jahren. Er begann mit Legenden und der Aneignung eines biblischen Tons, und stellte sich – wiederum gespiegelt in zeitlich und örtlich fremden Gegenden[11] – dem aktuellen geschichtlichen Prozeß. Baumann erzählte Vergangenes so, daß dem Leser der Rückbezug auf seine Gegenwart nahegelegt wird. Geschichte ereignet sich in jedem Augenblick.

Wenn Baumann von Führern erzählt, und das unternimmt er in vielen seiner Bücher, so ist zweifellos, daß er von Adolf Hitler berichtet und seiner persönlichen Beziehung zu ihm. Wenn Baumann von Kämpfen, Kriegen und Gewalttaten schreibt, so sind diese rückgebunden an die des Zweiten Weltkrieges und des Nationalsozialismus. Was Baumann von den beiden vorgenannten Autoren unterscheidet, ist, daß er immer wieder in seinen Geschichten sich selbst thematisiert und darin auch seine Funktion als Chronist, die er als Jugendbuchautor einnehmen will, benennt. Baumann legt Zeugnis ab, indem er von sich selbst spricht.

Ob aber seine Helden Fernan oder Arik-Buka heißen, oder die Führer Kolumbus oder Dschingis Khan genannt werden, jedesmal stellt er das Beziehungsgefüge Führer und Geführte dar. Baumann bevorzugt als Interpretationsmodell für dieses Verhältnis – und das bringt seine Bücher um den kritischen Anspruch – das Verführungsmodell. Die Macht der Führer erklärt er durch die Vorstellung des Mißbrauchs der Verführten. Diese Bilder legen nahe, die Verführten als Opfer eines willensstarken Mannes zu sehen, nicht auch selbst wieder als Täter. Baumann gelangt dahin zu schildern, was er erlebt hat oder was ihm widerfahren ist. Aber was er selbst getan hat, was sein tätiger Anteil war, gerät außer Sicht.

Trotz dieser Einschränkung und obwohl Baumann die Führer je und je voller Fasziniertheit wiedergibt – sie gerade nicht destruiert –, ist seinem Werk eigentümlich, daß er nachdrücklich auf das Eingedenken setzt. Unübersehbar ist dabei, daß tragischerweise diese Teile seiner Texte durch ihren dozierend-trockenen Ton denjenigen mit den vorwärtsdrängenden Aktionsbeschreibungen unterlegen sind und nicht in gleichem Maße zur Identifikation einladen.

Es darf nach dem bisher über die Entwicklung der Kinder- und Jugendliteratur der beginnenden fünfziger Jahre Gesagten nicht der Eindruck entstehen, als ob diese drei Jugendschriftsteller die einzigen bedeutenden Erscheinungen dieser Literatursparte gewesen seien. Die Regale der Bibliotheken in Kommunen, Gemeinden, Schulen und Privathäusern füllten sich gerade damals wieder mit bunter werdenden Bilderbüchern, Märchenausgaben, Biographien der Helfer der Menschheit, Klassikern der Kinder- und Jugendliteratur und dem trivialen Bestand an Mädchenbüchern und Abenteuerromanen, Umweltgeschichten und Sachschrifttum. Wir haben uns jedoch diese drei Autoren herausgegriffen, weil sie in der Tat unter den damals diskutierten Schriftstellern einen hervorragenden Stellenwert hatten, ihre Werke weite Verbreitung fanden, und nach unserer Meinung ihre thematischen Profile einige Aussagen über die Strömungen der fünfziger Jahre erlauben.

Charakteristisch – bei aller festgestellten Verschiedenheit nach Botschaft und Thematik en detail – dürfte doch nicht nur für Herbert Kranz, Kurt Lütgen und Hans Baumann, sondern für Dutzende von Schriftstellern und Werken jener Zeit sein,

daß das Interesse an der Darstellung von erlebnisreichen Handlungen „draußen in der weiten Welt" wuchs,

daß ebenso das Interesse an der historischen Erzählung, besonders auch der Vor-, Früh- und Alten Geschichte, anschwoll,

daß somit das, was seinerzeit „gestaltetes Sachbuch" genannt wurde, mit besonderer Aufmerksamkeit von Verlegern und Käufern verfolgt wurde; ein Hang zur Sachlichkeit als vielleicht späte Reaktion auf das hohle Pathos der Jugendbücher der Hitler-Zeit ist zu erkennen, daß in Westdeutschland – und ebenso in Österreich und der Schweiz – Jugendbücher dann Beachtung und Zustimmung fanden, wenn sie eine möglichst individualistische Protagonistengestalt hatten, die humanen Zielen verschrieben ist und mit ganzem Einsatz, möglichst allein, manchmal einsam, allenfalls in einer kleinen Gruppe handelt,

daß diese „Helden" Alltagsgestalten werden, daß diese in ihrer Schwäche und mit ihren Schwächen gezeigt werden, ist tendenziell einer späteren Epoche – den siebziger und achtziger Jahren – vorbehalten, in den beginnenden fünfziger Jahren sind es vielfach Menschen, deren heroische Züge erzählerisch herausgearbeitet werden, und sei es als große „Helfer der Menschheit". Es waren übrigens seinerzeit überwiegend Männergestalten, deren sich die Jugendschriftsteller bedient haben, um episch zu veranschaulichen, wie Krieg und Frieden, Fortschritt und Eroberung, ferne Länder und ferne Zeiten erreicht wurden.

*Fritz Steuben, d.i. Erhard Wittek (1898–1981), fand in den dreißiger Jahren und wieder seit 1949 mit seinen Büchern um den Indianerhäuptling Tecumseh zahlreiche junge Leser.*

*Barbara Bartos-Höppner (*1923) wurde in den fünfziger Jahren als Autorin von Mädchenbüchern und von geschichtlichen Abenteuerbüchern bekannt.*

Man muß sagen, daß in jenen Jahren eine allmähliche Auseinandersetzung mit den Problemen der Gegenwart begann. Aber sie wurde in der Kinder- und Jugendliteratur sozusagen über Umwege in die junge Bundesrepublik Deutschland eingeführt.

1 In den Jahren zwischen 1945 und 1949 waren selbstverständlich auch Sachbücher im engeren Sinne entstanden. Es gab darunter solche, die damals schon Geschichte klitterten und die Wurzeln des Nationalsozialismus z.B. allein außenpolitisch (Versailles) sahen oder die „nichtdeutschen" Ursprünge des Rassismus bei Gobineau und Chamberlain betonten wie P. Rohrbach „Unser Weg" (1949). In diesen Schriften war Adolf Hitler kein „deutsches Verhängnis". Ein Autor verstieg sich gar zu der Aussage, „daß der Krieg zu gewinnen gewesen wäre, wenn ...". Solche Aussagen standen nicht isoliert. Erkennbar wird das in Rohrbachs Kampf gegen das Stuttgarter Schuldbekenntnis der Evangelischen Kirchen, vor allem in dem Angehen gegen die Predigt Martin Niemöllers vom 17.1.1946.
Daneben standen solche Sachbücher, die opportunistisch gesinnt, die „Deutsche Geschichte in Kurzfassung" (von O. H. Müller, 1949) eilfertig aus der Sicht der Sieger umschrieben. Ihnen ist die „preußische Geschichte" das große geschichtliche Übel, das jetzt in der Geschichtsschreibung überwunden werden muß – Demokratie als Lippenbekenntnis –, um die Rolle der USA gebührend würdigen zu können. Derart sollen die demokratischen Traditionen gegen die autoritären in Erinnerung gebracht werden. Neue Heroen sind F. D. Roosevelt und Abraham Lincoln (vgl. W. Görlitz, 1946) sowie das englische Gentlemen-Ideal (vgl. A. Schroeter, 1946).
Diese scheinbar auf Politisierung im demokratisch-antinazistischen Sinne hin angelegten Bücher erfahren ihre Brechung durch eine weitere Buchgruppe: Die Biographien. Bei diesen fällt vor allem die mehrfache Behandlung des als exemplarisch angesehenen Lebens und Wirkens Albert Schweitzers auf (vgl. H. Hauterre, [2]1948). Sein Tun muß für traktathafte Darstellungen herhalten. Bei Schweitzer zieht das „Unpolitische" an seinen Aktivitäten an, das „Humanum". Er „konspirierte" nicht, „politisierte" nicht und „debattierte" nicht. Schweitzer war der „Held ohne Waffen" in einer waffenstarrenden Welt. Dieses „aus der Welt sein" wurde auch auf eine Jugendbiographie des Philosophen Immanuel Kant übertragen. E. Schönebecks „Immanuel" (1946) zielte auf das Weltabgewandte seines Lebens, sein Sichfernhalten von den Zeitläufen, das dadurch betonte „moralische Gesetz in mir" und den kategorischen Imperativ als die mögliche Maxime gegenwärtigen und zukünftigen sozialen Handelns.
Diese auf unterschiedliche Wirkungsabsicht hin angelegten Sachbücher werden ergänzt durch solche, die im üblichen Sinne unter dem Aspekt des Interessanten dem Leser „diverses leçons" ermöglichen wollten, Zerstreuung, auch wenn sie sich nicht ganz dem tagesaktuellen Geschehen entziehen konnten. So formuliert „Die Wissenstruhe" (redigiert von J. Gerhards, 1948, S. 5):
„Hier zeigen wir euch nach den Jahren der Abgeschlossenheit von der großen Welt das Interessanteste aus dem Leben und Schaffen der übrigen Völker unserer Erde". Ausgerichtet ist dieses Jahrbuch auf die „demokratische Erneuerung unseres Volkes". Und es werden deshalb die „Helden des Alltags" gefeiert: „Nicht unmenschliche Kriegstaten, sondern voller Einsatz im Alltag zeigen den ganzen Kerl" (Gerhards, 1948, S. 5); gewissermaßen Kants Kategorischer Imperativ realisiert in der Praxis Albert Schweitzers.
Eine weitere Gruppe machen jene Titel aus, die schlicht Sachkenntnisse vermitteln wollen, z.B. K. Bernheims „Vom Wasser" (1946) oder P. Lieberenz' „Abenteuer mit der Filmkamera" (1946). Diese Bücher leisten der Entpolitisierung Vorschub unter dem Deckmantel der Darstellung objektiver Sachverhalte.
Es ist unschwer erkennbar, daß im Sachbuch die politisch-gesellschaftlichen Machtgruppen der frühen Nachkriegszeit und ihre Ansprüche Ausdruck fanden. Auf der einen Seite das Amerika-Bild der westlichen Alliierten, auf der anderen die Stalinsche Variante des Sozialismus mit der Vorstellung von Kollektivierung und Elektrifizierung als den Voraus-

setzungen gesellschaftlichen Wandels, z. B. in Michail Iljins auf Deutsch 1946 erschienenem Buch „Berge und Menschen. Erzählungen von der Umgestaltung der Natur".
Das Sachbuch war Feld für die politisch Unbelehrbaren einerseits sowie die allzu schnell Angepaßten andererseits, die sich den neuen Herren andienten und sich ein demokratisches Mäntelchen umhingen. Dabei drückt sich in dem Untertitel des Sachbuchs „So regiert sich England. Technik und Wesen der englischen Demokratie" (A. Schroeter, 1946) das Mißverständnis aus. Denn Demokratie verkürzt sich mechanisch auf ihre Organisationsweise und wird nicht im Zusammenhang einer herauszubildenden demokratischen politischen Kultur gesehen.

2 Ebenfalls in den ersten Jahren veröffentlicht wurden Abenteuergeschichten. Sie waren bald nach dem Kriegsende wieder in den Verlagsprogrammen vertreten. Typisch für die trivialere Variante ist z. B. A. John Schierenbergs „Das Geheimnis der Paradiesfarm" (1948). Seine Requisiten sind der unheimliche Handlungsort Südamerika, Urwald, Voodoo-Kult, Rassismus der Schwarzen sowie Revolution, Aufruhr und Entführung. In welchen literarischen Nöten dieses Genre steckte, macht Gottfried Mylius' „Cecco der Trapezschwinger" (1948) klar. Der ausschweifende Untertitel „Abenteuerliche Erzählungen von Zirkusleuten, Meuterern, Bösewichtern, guten Menschen und einem prachtvollen Jungen" bringt die entscheidenden Elemente schon auf der Titelseite. Die dann erzählte Geschichte ist eine beliebig zusammengesetzte Story mit Stücken aus „Die Schatzinsel", „Meuterei auf der Bounty", „Robinson Crusoe", Zirkusromanen, Reisegeschichten und Verfolgungsjagd sowie einem Einschlag rührseliger Familiengeschichte. Darüber hinaus sind fast wörtliche Anleihen bei „Oliver Twist" oder „David Copperfield" zu finden.
Ein eigenes Profil gewinnt – in diesem Zusammenhang – Edgar Walsemanns „Jonni komm mit" (1948). Diese Geschichte spielt auf dem Hintergrund der Nachkriegszeit, d. h. hier ist der örtliche und zeitliche Rückhalt nicht nur Kulisse, sondern handlungsbestimmend und nicht austauschbar. Das geht von der reportagehaft-detailreichen Schilderung eines Bunkers unter dem Hauptbahnhof bis zu Schwarzmarktgeschäften, Schiebereien und Jonnis dunklen Geschäften. Benutzt werden die Mittel der Kolportage: Schmuggel, Diebstahl, Fälschung, Flucht aus dem Gefängnis, Erpressung und – dagegen abgesetzt – das „gute" Leben auf dem Lande mit redlicher Arbeit. Der moralisierende Aspekt wird aber im Verlauf der Erzählung überlagert. Denn so konventionell Jonnis Weg vom Trümmerjungen zum fleißigen Handwerker nachgezeichnet ist, die Geschichte bleibt ansprechend. Walsemanns Figuren sind hart konturiert, aber nicht unlebendig. Seine Sprache ist variantenreich mit deutlichem Einschlag von Dialekt und den Fachsprachen der Fischer und anderer Handwerker. Das aber kann nicht darüber hinwegtäuschen, daß das Vokabular auch „älteren" Ursprungs ist. Denn selbst alltägliche Verrichtungen werden in kämpferisch-kriegerischen Termini erfaßt: Großkampftag, Schlacht ums Dasein, Stellungskrieg und Bewegungskrieg sind die kennzeichnenden Worte. Diese sprachliche Anbindung an Überholtes macht es notwendig, daß die Moral dieser Abenteuererzählung eigens als Spruch angeführt werden muß. Friedrich Schiller muß herhalten, Jonni zu belehren: „Es ist der Fluch der bösen Tat, daß sie fortzeugend Böses muß gebären."

3 Andere Namen, die sachlich wie zeitlich parallel zu den hier zu diskutierenden stehen, sind Rolf Italiaander, Alfred Weidenmann, Karl Aloys Schenzinger und Fritz Steuben (d. i. Erhard Wittek).
Italiaander (* 1915), der vor und nach 1945 veröffentlichte, hatte 1931 – sechzehnjährig – sein erstes Buch „So lernte ich segelfliegen" publiziert. Im Jahr des Erscheinens schon brachte in der „Weltbühne" Kurt Tucholsky eine Kritik dieses Büchleins, in der er dem Autor „übelste Wichtigmacherei, Nationalismus, geistige Aufrüstung an allen Ecken und Enden und Reklame für den nächsten Krieg" vorwarf. Ein Titel wie „Wegbereiter deutscher Luftgeltung" (1941) bestätigt Tucholskys Vorahnungen. Für Italiaander wurden der

Spanische und der Griechische Bürgerkrieg Orte männlich-kriegerischer Bewährung. Eine besondere Vorliebe aber entwickelte dieser Autor für den italienischen Faschismus. Zum Ausdruck kommt das z. B. in seiner „biographia militans" „Italo Balbo" (1942). Balbos Tun wird für Italiaander Beispiel für die Verbindung von „heldischem und poetischem Leben", von „Leier und Schwert". Italiaander ästhetisiert den Krieg; er feiert das technische Ereignis und hebt die Erlebnisseite des kämpferischen Handelns hervor. In seinen Schlacht- und Kampfesbeschreibungen zielt er auf die dramatische Situation, auf den theatralischen Effekt des Geschehens. Insbesondere das Fliegen wird ihm zur kultischen Handlung. Nach 1945 folgte in Italiaanders Schriften der Evokation des Technischen die Berufung auf den Glauben „des Dichters an Märchen und Wunder" (1947). Der Autor rechtfertigte sich, indem er auf das Gesetz allen Geschehens verwies, dem zu gehorchen ist. Er scheute sich auch nicht, von der „gewissen Größe" zu sprechen, die die „faschistischen Führer viel öfter auszeichnete als ihre nationalsozialistischen Weggefährten" (Italiaander, 1949, S. 65). Als Jugendbuchautor war Italiaander in der Nachkriegszeit mit seinem „Roman junger Menschen dieser Zeit" „Hans und Jean" (1951) erfolgreich. Es war ein Versuch, sich der Zeit und der Geschehnisse im Dritten Reich zu versichern. Das geriet zur Entschuldigung: „Die Deutschen waren so wie er gezwungen, drangsaliert, geknechtet, vergewaltigt. Sie konnten nichts dagegen unternehmen, weil ihnen dann ein furchtbares Schicksal drohte, an dessen Ende der Tod stand" (Italiaander, 1951, S. 38).
In anderen seiner Bücher aus den fünfziger Jahren will Italiaander „Helden ohne kriegerische Taten" vorstellen. Vorbild sind auch ihm Albert Schweitzer und dessen Unternehmungen in Lambarene. Italiaander hat in seinen Jugendbüchern von Macht und Abenteuer erzählt.
In den dreißiger und vierziger Jahren kehrte er die Anbetung der Macht als das wahre Abenteuer heraus, um in den fünfziger Jahren – vermittelt durch den Humanismus Albert Schweitzers – Abenteuer fern der Macht als einzige gelten zu lassen und doch – unausgesprochen zwar – den Mächtigen zu dienen.
Wie Italiaander hatte sich auch der junge Alfred Weidenmann in Dienst nehmen lassen mit seiner Trilogie „Jungen im Dienst", die 1937/38 mit dem dritten Preis des Hans-Schemm-Preises des NSLB ausgezeichnet worden war. Weidenmann hat in dieser Trilogie das Soldatische geschildert und die Krieger als die wahren Menschen aus der Masse herausgehoben. Er wandte sich nach 1949 in seinen Abenteuergeschichten der Welt der Wirtschaft zu, wurde proamerikanisch, weltgewandt und entdeckte nun die Atmosphäre der Hotels und Flughäfen für sich. Weidenmann propagiert in den frühen Fünfzigern sozialen Aufstieg durch wirtschaftliche Tätigkeit. Jeder hat seine Chance, wenn er sie zu ergreifen weiß und sich im Kampf ums Überleben, was hier heißt im Wirtschaftsleben, durchsetzt. Jetzt rückt die Karriere in Handel und Industrie an den Platz der vormals angestrebten Militärlaufbahn. Weidenmanns Bücher waren Propagandaschriften im Rahmen des beginnenden wirtschaftlichen Wiederaufbaus in Westdeutschland. Seine Erfolgstitel waren „Kaulquappe" (Bd. 1 u. 2. 1951–1953) und „Gepäckschein 666" (1953).
Anders als Weidenmann hatte Karl A. Schenzinger nach dem Zweiten Weltkrieg keinen vergleichbaren Erfolg, obwohl seine Sachbücher „Anilin" und „Metall" – beide erstmals in den dreißiger Jahren publiziert – wiederveröffentlicht wurden und in Millionenauflage herausgebracht worden sind. Sie waren aber zweifellos genauso wie sein „Hitlerjunge Quex" (1932) von der nationalsozialistischen Ideologie durchsetzt. In diesen Titeln wird der einsame Arbeiter der Wissenschaft gezeigt, der als Führer den blinden Massen vorangestellt wird.
Eine Fortführung erlebte nach 1949 auch die Reihe „Tecumseh" von Fritz Steuben. Der erste Band war 1930 erschienen. Alle kamen jetzt neu auf den Markt, und das, obwohl sie die Indianer „germanisierten" und Tecumseh als „faschistischen Helden" entwarfen. Diese

Bände wurden mit marginalen Veränderungen – die kompromittierenden Vor- und Nachworte des Autors wurden weggelassen – erneut an junge Leser herangetragen als „Geschichten der Mannhaftigkeit“ und in Auflagen von mehreren Hunderttausend verbreitet. Dabei darf nicht übersehen werden, daß von Steuben unter seinem Familiennamen Erhard Wittek mit „Durchbruch anno ’18“ (1933) ein Buch veröffentlicht worden war, das die Materialschlachten des Ersten Weltkriegs verherrlichte und allein den soldatischen Menschen, den Offizier, als anerkennenswerten vorstellte.

4 Werden nur diejenigen Texte von Herbert Kranz diskutiert, die nach 1945 erschienen, kann man kaum nachvollziehen, weshalb in den „Beiträgen zur Kinder- und Jugendliteratur“ (1963) Bruno Pioch einen Aufsatz mit dem Titel „Gegen Herbert Kranz“ veröffentlichte. Er nennt Kranz einen „chauvinistischen Schriftsteller“ und sieht eine fortbestehende „Gesinnungsgemeinschaft mit den Blut- und Bodenphilosophen und ‚Volk-ohne-Raum‘-Barden des Faschismus“. Die westdeutsche Zeitschrift „Jugendschriften-Warte“ war 1956 zu einem entgegengesetzten Votum gekommen. Johannes Wachholtz überschrieb darin seinen Beitrag „Für die Sache des Menschen“ und verweist besonders auf die „Erziehungs- und Bildungswerte“ der Kranz-Bände. Der Widerspruch klärt sich, wenn auf die Publikationen Bezug genommen wird, die Kranz nach 1933 herausgebracht hatte. Da sind zum einen Schwänke in der Manier des Hans Sachs, die Reihe „Der Hansnarr. Eine Reihe deutscher Schwänke“ (1935ff.), zum anderen deutlich kolonialistische und rassistische Afrika-Erzählungen wie „Die weiße Herrin von Deutsch-Ost“ (1935) oder „Abenteuer am Uhehe“ (1937), in denen Kranz C. von Falkenhorst und Hans Grimm nachfolgte, sowie z.B. die antifranzösische „Zeit- und Sittengeschichte 1933–1940. Hinter den Kulissen der Kabinette und Generalsstäbe“ (1941). Diese Veröffentlichungen, aber auch seine Auslassungen zur Geschichte des „deutschen Ostens“ und zur Minderwertigkeit der slawischen Völker, zeigen Kranz’ Nähe zur NS-Ideologie. Davon ist in den Texten, die seit dem Beginn der fünfziger Jahre herauskamen, wenig mehr zu spüren. Diese Phase scheint überwunden.

5 Kranz’ Gesellschaftsbild ist festgefügt, jeder hat seinen sozialen Ort und nur Außergewöhnliche dürfen sich darüber erheben. Für Diener gibt es nichts zu gewinnen, ebenso wenig wie für Frauen. Ihre Aufgabe in seinen „Männergeschichten“ ist die einer Helferin im Sinne der sorgenden Krankenschwester und als Mutter. Auf diese Rollen, als Bewahrerin, beschränkt, kann sie keine Schlüsselfunktion haben „für wegweisende menschliche Verhaltensweisen“.

6 Kranz verehrt nunmehr vor allem Friedrich den Großen und Bismarck. In dem Band „Der Thronfolger“ (1963) sind seine Vorbilder der indische Prinz Akbar, Heinrich der Löwe, Carl Schurz, Johannes Kepler, Scipio, Thomas Jefferson und eben „der junge König“ und „der alte Fritz“. Daß das nicht ohne Absicht ist, drückt der Verlagskommentar – der Kranz’ Handschrift verrät – zum „Thronfolger“ aus: „Wer die Geschichte studiert, wird immer wieder auf Gestalten stoßen, die ihr eigenes Leben wagen, wenn es gilt, den Staat und das Volk zu retten [...] Männer, die den Lauf der Geschichte wesentlich beeinflussen, die für die Rechtsstaatlichkeit Opfer bringen“. Für sein Schreiben hat das die Konsequenz, daß er Geschichten erzählen will, „eindringlich aber einfach erzählt, spannend im dramatischen Ablauf, aber von der Würde ihres Gegenstandes getragen. Geschichten aus der Geschichte – aber keine verstaubten Museumsstücke, keine „historischen Schinken“, sondern bedeutende Vorgänge, aus der Sicht von heute gedeutet. Die Stimme der Vergangenheit, die in ihnen beschworen werden möchte, ist die Stimme der Einsicht in das Wesentliche, die keine Lawine geschichtlicher Ereignisse verschütten kann“ (Kranz, 1963, Nachwort). Der Autor gibt sich positivistisch, verharrt bei dem, wie es gewesen ist. Die Frage, wie und ob es auch hätte historisch anders laufen können, stellt sich ihm nicht. Kranz erinnert, ohne zu verändern, d.h., er versagt sich einer spekulativen Position. Das fügt sich gut zu seiner Erläuterung des Begriffs „Erzählte Geschichte“ (im Nachwort zu seinem Buch „Schwarzweißrot und Schwarzrotgold“, 1961, S. 279):

„Der Verfasser bemüht sich, zu berichten und nicht zu richten. Er verlangt von den Menschen der Vergangenheit nicht, daß sie hätten wissen müssen, was wir heute wissen." Das ist nur verständlich und nicht weiter fraglich. Die Frage geht doch aber dahin, was wir Heutigen mit dem Wissen um die Vergangenheit anfangen. In der von ihm wiederholt benutzten Metapher von der „Lawine geschichtlicher Ereignisse" wird kenntlich, daß Kranz Geschichte als einen alles überrollenden, unausweichlichen Prozeß deutet, über den sinnvoll nur berichtet werden kann, passiv das Geschehene hinnehmend. Er interpretiert den historischen Verlauf objektivistisch. Ein Eingriff kann deshalb nur durch ausgewählte Einzelne erfolgen, die aber wiederum nur das vollziehen, was ohnehin geschehen mußte.

7 Kranz hat seinen drei Bänden „Erzählte Geschichte" ein Wort des Historikers Gerhard Ritter vorangesetellt: „Geschichte ist für uns heute nicht mehr der Ort andächtiger Heldenverehrung, sondern der nationaler Selbstbesinnung. Wie sollten wir ohne sie mit unserer jüngsten Vergangenheit fertigwerden?" Dieses Zitat deutet die Dimension an, in der Kranz sein Werk verankert sieht. Gegen Heldenverehrung, für nationale Selbstbesinnung und beides kritisch beziehbar auf das Dritte Reich.

Die Schriften von Herbert Kranz blieben – wie gezeigt – nicht ohne kritisches Echo. Eingehend setzte sich in den „Beiträgen zur Kinder- und Jugendliteratur" (1963, S. 18ff.) der DDR-Autor Joachim Nowotny mit der Reihe „Ubique Terrarum" und den Bänden „Erzählte Geschichte" auseinander. Nowotny schreibt über Kranz: „Wie soll man eine ‚internationalistische' Haltung nennen, die die Welt in eine gute (sprich westeuropäische) und eine schlechte (sprich außereuropäische, asiatische, südamerikanische, afrikanische) Welt teilt? Natürlich: Wir wollen uns es nicht zu einfach machen, die drei Nothelfer finden überall in den transozeanischen Räumen auch gute Menschen, aber ändert das etwas an der getroffenen Feststellung? Nun sind allen diesen Bänden der Seriosität wegen am Schluß Wort- und Sacherklärungen beigegeben. Sie sollen dem jugendlichen Leser Zugang zu der fremden Materie erleichtern. Und dort findet man im Band 6 unter dem Stichwort ‚Zivilisation' folgende aufschlußreiche Erklärung: ‚Zivilisation von lat. civis ‚Bürger' ist die Lebensform von gesitteten Menschen, die hohen Ansprüchen genügt. Ein unzivilisiertes Volk ist ein barbarisches Volk.'

Dies verrät manches. Die Erklärung folgt eindeutig der Ideologie, mit der imperialistische und faschistische Kolonisatoren in andere Länder eindrangen, raubten, plünderten, mordeten und in Besitz nahmen, was ihnen nicht gehörte. Spätestens an dieser Stelle muß mit gutem Recht gefragt werden, wer Verfasser dieser Bücher ist. Er heißt Herbert Kranz, schrieb Bühnenstücke und Belletristik für Jugendliche, er verfaßte eine auch von der Jugend viel gelesene Reihe mit dem Untertitel ‚Erzählte Geschichte'. Dies tat er übrigens schon 1939. Am Ende dieses ereignisreichen Jahres erschien sein ‚Buch vom deutschen Osten'. Und zum Beweis, auf welch makabre Art und Weise hier nationalsozialistische Geschichtsklitterung betrieben wurde, möchte ich nur folgenden Absatz in Sachen Internationalismus zitieren: ‚Im Kampf gegen die Gewalt seiner Paragraphen (gemeint ist hier der Versailler Vertrag, d.V.) rief Adolf Hitler das deutsche Volk auf, die nationalsozialistischen Kämpfer scharten sich um ihn, in einem unerhörten Aufschwung wurde der einmal ganz unbekannte Mann zum Führer des deutschen Volkes, und unter seiner Führung vollendete sich, was bis dahin nur die höchsten deutschen Träume gewesen waren: Österreich wurde wieder die Ostmark des einigen deutschen Reiches, zum ersten Mal in der Geschichte zog das erstarkte deutsche Reich seinen Siedlern nach, als es die Sudetendeutschen in seinen Schutz nahm, und dann, als der tschechische Scheinstaat das doch wieder stören wollte, kamen die Tage, in denen zu Prag eine neue Ordnung in Böhmen und den angrenzenden Gebieten geschaffen wurde. Memel kehrte zum Reich zurück, Danzig folgte ihm, und als Polen, getreu seiner Tradition, die unsinnigsten Wunschgebilde als Wirklichkeit zu nehmen, und gestützt auf die Zusicherung der Westmächte den deutschen Vorschlag einer gedeihlichen Regelung der

Beziehungen zum deutschen Reich nicht einging, dazu aber fortfuhr, die Volksdeutschen seiner Gebiete unmenschlich zu behandeln, vernichteten die deutschen Truppen in einem achtzehntägigen Feldzug, wie ihn die Geschichte noch nie gesehen hatte, das polnische Heer.'

Freilich hat der Verfasser nach dem Zusammenbruch des faschistischen deutschen Reiches sich umzustellen gewußt. Die Reihe überdauerte die Zeiten, und mit schöner Folgerichtigkeit erschien Anfang der sechziger Jahre mit dem gleichen Untertitel der Band ,Das Ende des Reiches'. Hier wird mit vorgegebener Objektivität deutsche Geschichte von der Machtergreifung Hitlers bis zum Ende des Faschismus dargestellt. Auf einmal ist Hitler das schlechthin Böse, das unbegreifliche Schicksal, der verbrecherische Narr – der natürlich alles falsch gemacht habe. Wie heißt es doch auf Seite 106 zu den Ereignissen des faschistischen Eroberungskrieges gegen die Sowjetunion: ,Nun also Marsch auf Moskau – doch zu spät, zu spät ... man hätte sich, wie es die Generale wollten, für Moskau oder die Ukraine entscheiden müssen. Hitler aber wollte die Ukraine und Moskau, immer vom Irrglauben genarrt, sein Wille allein genüge, ein Ziel zu erreichen.'

Welch sonderbare Sehnsucht spricht aus diesem ,zu spät, zu spät!' Wie soll man diese Sätze anders interpretieren als eine nachträgliche Rechtfertigung der deutschen Unterwerfungspolitik. Man hätte eben nur die Generale machen lassen sollen, dann wäre schon alles, alles gut gegangen" (Nowotny, 1971, S. 18f.).

8 Was in „Kein Winter für Wölfe" trotz des Berichtens Erzählung wurde, verharrt in dem späteren Buch „Das Rätsel der Nordwestpassage" (1966) im Sachlichen. Hier reiht Lütgen verschiedene Expeditionsgeschichten aus dem 15. Jahrhundert bis zum 19. Jahrhundert aneinander. Er beginnt mit den Unternehmungen des Sebastian Cabot, der scheiterte, und geht bis zu Roald Amundsen, der seine Expeditionen erfolgreich zu Ende brachte.

9 Der moralische Anspruch, der in den Texten von Kranz, Lütgen und Baumann enthalten war, hat seine Entsprechung in den fast zeitgleichen Veröffentlichungen von Ingeborg Engelhardt (* 1904), Barbara Bartos-Höppner (* 1923) sowie Fritz Mühlenweg (1898–1961) und Herbert Kaufmann (1920–1976).

Sie verfolgen ebenfalls mit ihren Büchern einen Zweck, dem das Abenteuergewand vor allem Ornament ist. Engelhardt, für die die Besiedlung Grönlands im Mittelalter, der Untergang der Staufer, die Hexenprozesse und das Werden Ostpreußens bedeutsam wurden, unternimmt es in den Bänden „Ein Schiff nach Grönland" (1959) und „Im Schatten des Staufers" (1962), die „Anschauung im Raum der Geschichte" zu realisieren (vgl. Dierks, 1983, S. 8). Ihr wurde ein besonderer Sinn für Historisches attestiert. Sie wählte für ihre Darstellungen, nicht unähnlich Hans Baumann, Menschen, die im Umkreis der Berühmten standen.

Oder Barbara Bartos-Höppner, die zu geschichtlichen Abenteuerbüchern fand, nachdem von ihr Mädchenbücher traditioneller Art verfaßt worden waren. Darin berichtet sie von der Bewährung der Frau in „dienender Liebe", „Krankheit als Läuterung" oder auch, wie ein Mädchen „ihren Mann steht". Die Titel waren „Die Töchter des Königsbauern", 1956; „Der gezähmte Falke", 1957; „Das tönende Holz", 1958; „Entscheide dich, Jo", 1959. Immer ist es die Selbstüberwindung, von der die Autorin handelt. Ein „Kriegsbericht" ist ihr Buch „Kosaken gegen Kutschum Khan" (1959), in dem sie – wie Baumann und Engelhardt – sich eines Jungen aus dem Umkreis des Anführers bedient, um durch seine Augen das Geschehen erstehen zu lassen. Mitja stellt Fragen, aber beruhigt sich mit schnell gegebener Antwort: „Was ist recht und was ist unrecht? Ich kann es nicht ergründen. Es gibt wohl nur einen, der es weiß ..." (Bartos-Höppner, 1959, S. 270). Indem Bartos-Höppner auf Gott verweist, enthebt sie ihre Protagonisten des Konflikts, sie machen ihre Kriegszüge und begeben sich der Notwendigkeit des Nachdenkens. Asien, vor allem die Mongolei und die Taiga, zieht Bartos-Höppner auch in „Taigajäger" (1960) und in „Rettet den großen Khan" (1961) erneut an. Den ersten Text beginnt sie mit der Entfaltung eines Konfliktes zwischen der Staatsmacht und der Freiheit der Jagd, um bei einem gefühlsbeladenen Eintreten für Tierschutz und Tierhege zu enden. Ihr Held, Kyrill Iwanowitsch, macht sich auf, um das „Raubtier in uns" zu bekämpfen. Er setzt dazu auf die zaristische Herrschaft.

In dem Band „Rettet den großen Khan" (1961) führt Bartos-Höppner ihre Schilderung der Eroberung des Mongolenreiches durch den Zarismus fort und stellt nochmals auf die Frage ab: „Weißt du einen, der ohne Schuld ist?" (Bartos-Höppner, 1961, S. 272). Dieser Band hat – wie die anderen zuvor – einen ausdrücklichen Bezug zur Gegenwart der fünfziger Jahre. Bartos-Höppners Roman spielt um 1560, damals begann der Kampf des Zarenreichs gegen die Mongolen, und sie läßt Mitja feststellen: „Wie es sein wird, wenn abermals vierhundert Jahre (also um das Jahr 1960, d.V.) über die Erde gegangen sind, weiß keiner". Damit hat Bartos-Höppner ihre Bücher aus dem historisch Unverbindlichen und Zufälligen herausgestellt und als gegenwartsbezogene ausgewiesen.

Es hat mehr als zufällige Bedeutung, daß Bartos-Höppner Geschichten der Eroberung vorträgt, z.B. in dem Band „Sturm über dem Kaukasus" (1963). Von der Kritik wurde der Autorin zugestanden, daß sie „Momente der Veränderung" zum Sujet wählte, sowohl der individuellen Veränderung, z.B. in den Mädchenbüchern, als auch den Wandel der Lebenssituation ganzer Völker, den sie nicht als Widerstreit unterschiedener Interessen eines Volkes hin zu sozialer Umwälzung erfahrbar macht, sondern als Überwältigung und Unterwerfung durch andere Völker. Bevorzugt wird von ihr der Blickwinkel des Erobernden. Von ihren Jugendbüchern wurde gesagt, daß sie Fragen aufwerfen, „die in der Vergangenheit, im historischen Einst spielen und im Lauf der Erzählung dennoch moderne Antworten haben" (Barbara Bartos-Höppner, 1976, S. 11). Diese Antwort läßt sie in den „abendländischen Werten" auffinden, die sich – so ihre Ansicht – trotz aller Fehler als tragfähig erwiesen haben.

10 Im engeren Sinne Abenteuergeschichten verfaßten zu Beginn der fünfziger Jahre Fritz Mühlenweg und Herbert Kaufmann. Mühlenweg hat seinen Handlungsort in China gefunden, Kaufmann vor allem den afrikanischen Hintergrund zur Basis genommen.

Fritz Mühlenweg veröffentlichte „In geheimer Mission durch die Wüste Gobi" (1950). Darin folgt er den Spuren des China-Pioniers Sven Hedin durch das Innere Asiens, gesehen mit den Augen zweier 12jähriger Jungen. Angesiedelt in den späten zwanziger Jahren, Episode an Episode reihend, kann Mühlenweg in den Geschichten die Exotik des Fremden entfalten: Wegelagerei, Begegnung mit Fürsten und die Gefahren der Wildnis sorgen für Spannung. Die „Räubertugenden" Mut und Pflichtgefühl sind es, die die beiden Jungen als nachahmenswert erleben. Sie lernen, daß es wirkliche Menschen nur außerhalb der Städte gibt. Vorangestellt ist dem ersten Band ein Satz Hedins: „Er (d.i. Mühlenweg, d.V.) lehrt sie, den großen majestätischen Frieden zu lieben, der in der großen Wüste der Welt und der grenzenlosen Steppe waltet" (Mühlenweg, 1950, I, S. VII).

Friede ist als verwirklichbar nur in einer Welt ohne Menschen denkbar, in einer menschenleer gezeigten Natur. Dennoch – obwohl Mühlenweg einen fernen Handlungsort wählt – trägt er eine europäische Geschichte vor. Denn es gibt in seiner Schrift nichts, außer den Schilderungen der Wüstenei, das spezifisch für die Mongolen und das Leben und Denken der Völker dort wäre. China und die Mongolei sind Orte des Abenteuers für die Europäer. Die Einheimischen haben die Aufgabe von Statisten. Sie sind bestenfalls Diener oder eben Gegner, d.h. Räuber. Die Anpassung an die Lebensformen und die Übernahme der Kleidung der Mongolen (vgl. Mühlenweg, 1952, passim) hat Dekorfunktion. Sie bezweckt, dem Text äußerlich Authentizität zu verleihen. Das scheitert, weil Mühlenweg, literarisch anspruchslos – er bleibt auf den Stoff konzentriert – ereignishaft reiht. Seine Geschichte folgt sukzessiv dem Selbsterlebten. Die Protagonisten bleiben konturlos, nur das Geschehen zählt. Vor allem die Bewohner des „Graslandes" erhalten kein Gesicht, das sie kenntlich machte.

Anders Herbert Kaufmanns literarische Versuche über das Innere Afrika. Seine Romane „Der Teufel tanzt im Juju-Busch" (1956) und „Roter Mond und heiße Zeit" (1958) sind aus der Haltung eines teilnehmenden Beobachters entstanden. Es sind Geschichten voller Sympathie für das Fremde und mit Respekt für das alte Recht der Wüstenvölker Afrikas. In „Roter Mond ..." entwirft Kaufmann eine Liebesgeschichte, die den Konflikt zwischen der Zuneigung zum Geliebten und der Anerkennung des Rates der Eltern thematisiert. Ihm ist bewußt, daß europäische Vorstellungen nicht ohne weiteres auf afrikanische Verhältnisse übertragbar sind: „Wichtig ist nur, daß jede Gestalt ein Stück wahren Lebens spiegelt und daß wir in solchen Spiegelungen auch uns selbst erkennen" (Kaufmann, 1958, S. 272). Dieser Autor geht von der Erkenntnis aus, daß die europäischen Kolonialmächte die afrikanische Welt zerstören, selbst wenn manche von ihnen beste Absichten hegen mögen. Ihn interessiert der unlösbare Konflikt zwischen dem Recht der Schwarzen und den Gesetzen der Weißen (Kaufmann, 1956, passim). Kaufmann zeigt eine Freundschaftsbeziehung zwischen einem schwarzen und einem weißen Jungen, aber er besteht darauf: „Einiges, was ich denke, verstehst du nicht. Und einiges, was du denkst, kann ich nicht begreifen" (Kaufmann, 1956, S. 172).
Kaufmann trägt den Untergang der afrikanischen Sitten und Gebräuche als einen Verlust nicht nur der Schwarzen, sondern auch der Weißen vor: Eine Welt wird zerstört. Kaufmann, der sich gegen das „kitschige Löwenabenteuer" wehrte, kann das zeigen, weil er nicht vor den politischen Implikationen ablenkt. Die Welt ist ihm nicht bloßer Ort des Abenteuers. Ihm stellt sich mit dem Abenteuer die Frage nach seiner Rechtfertigung. Wiegt der Gewinn für die europäischen Abenteurer den Schaden für die anderen auf? Kaufmanns Antwort ist: Nein; weil ihm die „Werte des Abendlandes" nicht per se garantiert sind. Denn sie gestehen Existenzberechtigung nur denen zu, die sich zu ihnen bekennen und bejahen die Schwarzen nur, insofern diese sich den Weißen anpassen und damit sich selbst entfremden. Das Bestehen auf den Werten des Abendlandes als gültig impliziert die Zerstörung der eingeborenen Kultur: Das ist das kritische Ergebnis Kaufmanns.

11 Diesem Blick über die Grenzen hinaus und von den unmittelbar vorfindlichen Zuständen weg – wenngleich fast alle Texte unausgesprochen sich mit der Situation in der Bundesrepublik Deutschland konfrontieren – entspricht zu Beginn der fünfziger Jahre eine andere Gruppe von Texten, die die Bedrängnisse des Alltags durch den Rückzug in geschützte Räume der Nahwelt, sei es in das Forsthaus im Wald, sei es in eine idyllische Kleinstadt an der See, auffängt. Typisch ist Rolf Ulricis (*1922) vierbändige Serie „Käptn Konny", die 1954 zu erscheinen begann. Sie ist charakterisiert durch strikt hierarchischen Aufbau der Kindergruppe und ihres Verhältnisses zu den Erwachsenen sowie durch das unhinterfragte normative Netz. Wie in den schon vorgestellten Abenteuergeschichten dient die Normübertretung geradezu als Bestätigung der Norm.
Erich Kloss (1898–1964), ebenfalls im Franz Schneider Verlag publizierend, veröffentlichte ab 1953 die Serie „Im tiefen Forst". Darin arbeitet er mit gefühlsbeladenen Oppositionen wie „Kind und Kampf", bedient sich der Jägersprache und eines aristokratisierenden Tones. Seinen Texten ist die Idee von der unausweichlichen „Härte des Lebenskampfes" unterlegt. Kloss verdient Aufmerksamkeit, weil er im dritten Band seiner „Jagdabenteuer" den Menschen als „das allergrößte Raubtier" hinstellt. Seine Kritik der Entfremdung und der Zivilisation bleibt aber fragwürdig, weil er akzeptiert, daß „Kampf zum Wesen der Natur" gehöre und folglich auch zum Menschen. Damit ist dieser in seiner Raubtierhaltung legitimiert und der Sozialdarwinismus als probate Ideologie sanktioniert.
Ulrici und Kloss greifen – wie alle triviale Literatur – grundlegende Sehnsüchte und Ängste der Leser auf. Sie bewältigen die Realität, indem sie sie verzerren, um schließlich die nur scheinbar eliminierte schlechte Wirklichkeit als einzig mögliche wieder auferstehen zu lassen.

# Schattierungen der Phantasie
# Die neue Kinder- und Jugendliteratur am Ende der fünfziger Jahre

## Vorbemerkung

Nachdem wir in unserem Kapitel über die ersten Jahre nach dem Zweiten Weltkrieg für das Bilderbuch und das Mädchenbuch der Jahre vor 1950 eine Haltung kennzeichnend fanden, die mit einem engen familiären Rahmen, ohne Perspektive auf die Welt draußen, vorlieb nahm, zeigte sich in den Abenteuerbüchern für junge Leser der Jahre zwischen 1950 und 1955/56 vielfach ein Bedürfnis nach Weite und Ferne, ein Drang zur Auseinandersetzung mit der ungebändigten Natur oder zu Unternehmungen mit humanitärsozialem Anstrich in außereuropäischen Gegenden. In einem Fall, bei Hans Baumann und seinen Versuchen, die Schatten der Vergangenheit zu fassen und sie nicht zu leugnen, erkannten wir eine Konfrontation des Autors mit seiner persönlichen Geschichte, gemildert durch die Spiegelung in geschichtlich abgelegenen Räumen.

Der Realismus dieser sachhaltigen Abenteuerbücher distanzierte die vielfachen märchenhaften Rettungen und Erlösungen der Mädchenbücher oder auch der Märchen, die kurz nach dem Kriege entstanden waren. Aber wie diese blieben auch jene der unmittelbaren Gegenwart, dem Hier und Jetzt, eigentümlich fremd. Ob realistisch oder phantastisch erzählt, den Büchern ging es ums Ausweichen und um Vermeidung, worin sich Berührungsangst bemerkbar machte. Den Durchbruch zur Kritik der Gegenwart – wenn auch in phantastischem Gewande – hatte schon 1949 Astrid Lindgren vorbereitet, die unbekümmert die Wirklichkeit als ganze in Frage stellte und provozierte. Lindgrens „Pippi Langstrumpf“ setzte auf die Wirklichkeit der Phantasie. Denn sie setzte sich über die Wirklichkeit hinweg und entwarf eine Welt sui generis.

Die Veränderung, die Lindgren in Gang gesetzt hat, fand in den fünfziger Jahren ein kritisches Komplement und ihre Parallele in Kästners Moralismus; darin, daß er auf eine Art „moralischer Phantasie“ hoffte, moralisch verstanden im Sinne der aufklärerischen Vorstellung von der „monde morale“, der sozialen Welt. Das Zusammengehen dieser beiden kinderliterarischen Richtungen machte schließlich den Weg für das Konzept phantastischer Erzählungen Otfried Preußlers frei, der Phantasie als Medium gewandelter Erkenntniszugangs und Mittel der Wahrnehmung des Unerhörten und Unvorhergesehenen verstand. Bei James Krüss wird dann die Kraft, sich

Phantastisches vorzustellen, dazu genutzt, die Utopie solidarischen Umgangs der Menschen auszubreiten und kritische Gegenwelten zu entwerfen, um das Vorfindliche zu verändern.

Lindgrens Spielphantasie, Kästners „soziale Phantasie", Preußlers Erkenntnisweisen leiten zur „utopischen Phantasie" von Krüss hin, um zu Ende des Jahrzehnts nach den Prozessen der Veränderung durch Phantasie bei den eben genannten Autoren zu einer Veränderung der Phantasie durch Psychologisierung zu gelangen. In den Kinderbüchern Ursula Wölfels (* 1922) und Heinrich Maria Denneborgs (* 1909) ist Phantasie nicht mehr eine schriftstellerische Möglichkeit, Überwirkliches zu entwerfen, sondern Werkzeug – bei ansonsten realistischer Schreibhaltung –, um die kindliche Psyche mit ihren Ängsten, Wünschen und Bedürfnissen auszuleuchten. Phantastisches zielt nicht mehr nach draußen, sondern ist bei ihnen Reflex des Innenlebens ihrer Protagonisten. Es geht Wölfel und Denneborg nicht um neue Bilder oder Gegenbilder des ganz Anderen, vielmehr um Innenansichten und die seelische Befindlichkeit der Kinder. Diese beiden Autoren erzählen von gewöhnlichen Kindern in alltäglicher Umwelt; sie binden ihre Phantasie an die Wirklichkeit zurück. Phantastisches ist ihnen Innerseelisches, nicht eine Welt jenseits dieser Welt.

Die Rückkehr aus den phantasierten Welten sowie aus den räumlich oder zeitlich fernen Welten des Abenteuers in die Gegenwart der Kinder setzt sich fort und vertieft sich in den Schriften für junge Leser, die seit dem Ende der fünfziger Jahre zu erscheinen beginnen und die die sogenannte „jüngste Vergangenheit", Nationalsozialismus, Krieg sowie die Verfolgung und Ermordung von Angehörigen des jüdischen Volkes und anderer Völker ansprechen, wie Hans Peter Richters Kinderbuch „Damals war des Friedrich" (1961). In der „heilen Welt" des Kinderbuchs treten jetzt Risse auf. Endlich nimmt es Bezug auf die deutsche Geschichte der jüngsten Zeit, fragt nach Ursachen, nach Völkermord und Antisemitismus. Die Kinderliteratur holt damit nach, was spätestens seit der deutschsprachigen Veröffentlichung des „Tagebuchs der Anne Frank" (1950), das zahlreiche junge Leser gefunden hatte, und seit den Berichten über das Schicksal von Sophie und Hans Scholl (1952) fällig gewesen wäre.

Die fünfziger Jahre enden so für die Kinder- und Jugendliteratur mit ihrer Repolitisierung, nachdem sie sich anfänglich entpolitisiert gegeben hatte. Die Bücher für Kinder und Jugendliche richten sich jetzt auf Menschlichkeit, Toleranz, Offenheit und gegenseitige Rücksichtnahme, nicht mehr auf Macht. Es wird erkannt, daß Macht und Freiheit einander ausschließen.

## Die Wirkung von Erich Kästners sozialer Phantasie

Zwischen einer humanitär-moralischen Position und der utopischen könnte man in den fünfziger Jahren das Werk Erich Kästners (1899–1974) ansiedeln, für das Utopie und Moral gleichermaßen Bedeutung haben. Denn ihm war die endlich gelebte Moral die verwirklichte Utopie. In den Nachkriegsjahren wurden Kästners seit 1928 entstandene Kinderbücher sämtlich wieder aufgelegt. Kästner selbst wurde – nach einer Aussage Otfried Preußlers – zur „Überfigur" der Kinderliteratur. Es schien, als hätte Kästners Poetik, die er 1928 in „Emil und die Detektive" entworfen hatte, weiterhin Gültigkeit. Darin stellte er an sich die Forderung auf, Wirkliches wiederzugeben, d. h. für ihn, die Umgebung der Großstadt mit Untergrundbahn, Hotels und „solchem Zeug" möglichst deutlich zu vergegenwärtigen. Das geschah nicht in geordnetem Zugriff, sondern in „Emil und die Detektive" „abwechslungshalber von unten statt von oben" (Kästner, 1928, zit. 1959, S. 165), aus der Kinderperspektive. „Südseegeschichten" waren damals für Kästner noch nicht denkbar. Ihn interessierte das, was „wirklich passiert" – so eine Aussage in „Pünktchen und Anton" (Kästner, 1929, zit. 1959, S. 416) –, sowie das Mögliche im Wirklichen. Damit kam in seine Texte eine besondere Spannung hinein, weil das Wahre und das Wirkliche nicht identisch sind. Zielt ein Autor auf das Wirkliche, wird er erkennen müssen, – wie z. B. in der 12. Nachdenkerei in „Pünktchen und Anton" –, daß die Menschen wachsen, sich aber nicht ändern. Diese pessimistisch stimmende Aussage über die Wirklichkeit befriedigt den Autor Kästner nicht. Er hält deshalb dafür, daß die Menschheit das Mögliche im Auge behalten muß, ein „Es sollte so sein ...", und er weiß zugleich: „Aber es ist nicht so" (Kästner, 1929, zit. 1959, S. 508). Dieses „Noch nicht" erfährt seine inhaltliche Füllung durch Moral und die in ihr verborgene Utopie. Dadurch gerät in Kästners wirklichkeitsbezogene Kinderbücher ein konjunktivisches Element: „Die Erde soll früher einmal ein Paradies gewesen sein. Möglich ist alles. Die Erde könnte wieder ein Paradies werden. Alles ist möglich", heißt es in „Pünktchen und Anton" (Kästner, 1929, zit. 1959, S. 508).

Die Verbindung zwischen Kästners Kinderbüchern, die in den zwanziger und den frühen dreißiger Jahren entstanden, und den Texten nach 1945 stellt sich durch seine immer wieder vorgetragene Aufforderung zu „Mut und Klugheit" her. Sowohl in „Das fliegende Klassenzimmer" von 1933 als auch in „Die Konferenz der Tiere" von 1949, ebenso in den Jahren zuvor, schreibt er gegen Bürokratie und Militarismus an und appelliert an die Einsicht der Menschheit, endlich zu begreifen, daß sie nicht dümmer als die Tierwelt sein dürfe.

Militarismus, Faulheit, autoritäre Erziehung und die Gefahren totaler Technokratiegläubigkeit hatte er schon in seiner Phantastischen Erzählung „Der 35. Mai oder Konrad reitet in die Südsee" (1932) karikiert und verspottet. Die Mischung von Ironie und Poesie, die Kästner am Werk James M. Barries, den er übersetzt hatte, schätzte, zeichnet ebenso sein Buch „Das doppelte Lottchen" (1949) aus, das als ein Angriff auf die geheiligte elterliche Autorität gedacht war. Die hinter diesem Buch stehende Frage lautet: Dürfen Eltern alles? Kästners Antwort ist ein knappes „Nein".

Es ist aber augenfällig, daß Kästner den Optimismus seines „Emil" dennoch nicht unbeschadet in die Nachkriegsjahre hat hinüberretten können. Denn die Erzählung „Das doppelte Lottchen" ist immer auch in Gefahr, bloß eine anmutige Verwechslungskomödie zu bleiben und zur Idylle zu denaturieren. Die Zuversicht des

Aufbruchs nach 1945, die sich nicht zuletzt in Kästners publizistischen Arbeiten spiegelt, unter anderem in dem Aufsatz „Gescheit, und trotzdem tapfer“ (1946), worin er den Menschen als „denkendes Wesen“ definiert, das nur „zum Teil in die Naturkunde“ gehört, war nicht durchzuhalten.

*Illustration von Walter Trier aus Erich Kästners Kinderroman „Das doppelte Lottchen“ (1949), den der Berliner Williams & Co. Verlag herausgebracht hat.*

Die Einsichten, die er in dem Schauspiel „Die Schule der Diktatoren“ (1956) aussprach, ließen sein Konzept der Kinderliteratur nicht unverändert: „Damals“ – gemeint ist die Hitlerzeit – „wurden viele ... um alle Hoffnung ärmer und um eine Erfahrung reicher. Sie erfuhren am deutschen Beispiel, daß sich der Mensch, unter Beibehaltung seiner fotografischen Ähnlichkeit, bis zur Unkenntlichkeit verunstalten läßt“ (Kästner, 1956, zit. 1959, S. 9). Die von ihm selbst apostrophierten „chronischen Aktualitäten“ haben Kästner eingeholt. Die demokratische Blüte der ersten Nachkriegszeit, die alles mögliche versprach, erwies sich als Scheinblüte. Kästner mußte einsehen, daß seine Hoffnung auf die Realisierung des „gelungenen Entwurfs vom Menschen“ getrogen hat.

Der Text, mit dem er noch einmal kinderliterarisch Aufmerksamkeit erregte, war denn auch nicht zufällig kein Kinderbuch im engeren Sinne, sondern die Kindheitserinnerung „Als ich ein kleiner Junge war" (1957). In dieser autobiographischen Erzählung wird die Kindheit als Erfahrung von Mangel auseinandergelegt: „Mein Vorgarten war der Hinterhof, und die Teppichstange war mein Lindenbaum" (Kästner, 1957, zit. 1959, S. 10). Kästners Kinderbücher, darin seine Kindheit wiedergebend, zeigen immer wieder Kinder, die stets schon erwachsener als die Elterngeneration geraten sind, auch im moralischen Sinne. Diese Überlegenheit macht sie für kindliche Leser attraktiv, und Kästner hat keinen Zweifel daran gelassen, daß er sich nicht nur als Rationalist verstanden wissen will, sondern genauso als Moralist, wenn auch einer Moral verpflichtet, die dem sekundären Tugendkatalog abhold war. Kinder boten sich ihm als Adressaten wie als Protagonisten an, weil er bei ihnen voraussetzen konnte, daß sie „dem Guten noch nahe wie Stubennachbarn" wären (Kästner, ³1965, S. 304).

*Titelillustration von Horst Lemke (1922–1985) zu Erich Kästners Kindheitserinnerung „Als ich ein kleiner Junge war" (1957).*

Für weite Kreise war Kästner in den fünfziger Jahren – trotz fortgesetzter Anfeindungen – eine moralische Instanz, aber nur sekundär eine literarische. Das resultiert aus den gewandelten politisch-sozialen Umständen. Klaus Doderer glaubt, ein Grund für Kästners Nachkriegserfolg liege darin, daß seine Kinderromane, allen voran sein „Emil und die Detektive", zwar die Morbidität der bürgerlichen Gesellschaft aufzeigten, zugleich aber eine klassenlose Gesellschaft unter den Kindern entstehen ließen: Aber „je weiter sich der ‚Emil'-Roman von der zeitgeschichtlichen Unterlage der zwanziger Jahre, auf der er ruht, entfernt hat, desto ‚neutralistischer' läßt er sich von den heutigen, aus einer anderen Bewußtseinslage lesenden Menschen interpretieren. Insofern könnte es durchaus stimmen, daß er sich heute gleichsam verbürgerlicht und harmonisiert" hat (Doderer, 1969, zit. 1983, S. 114). Damit hätten veränderte äußere Umstände Texte, die antibürgerlich und gesellschaftskritisch intendiert waren, um ihre polemische Spitze gebracht. Tatsächlich hat Kästners Beharren auf der ausdrücklichen wortwörtlichen Morallehre, so als könnte er mißverstanden werden, gegenüber Lindgrens „Pippi Langstrumpf" etwas Traditionelles.

In den zwanziger Jahren galt Kästners Werk als Exempel für eine Literatur des Desillusionismus, des provokativen Pessimismus und eines satirisch zugespitzten Galgenhumors. Seine Kinderbücher teilten zwar nicht die scharfe Zivilisationskritik der Gedichte, Essays, Erzählungen und Romane, aber auch sie nahmen die Kritik an der wirtschaftlichen und politischen Extremsituation der späten Weimarer Zeit auf (D. Walter, 1977, S. 259). Kästners säkularisiertes christliches Ethos ging auf eine Welt frei von Aggression, bestimmt von Solidarität, die die gesellschaftlichen Klassen übergreift. Wenn hierin die Ideale seiner Kinderbücher und die der Erwachsenenliteratur übereinstimmen, ist doch unleugbar, daß im „Fabian" (1931) die Darstellung der negativen Wirklichkeit dominiert, während in jenen die Präsentation des Positiven die Hauptrolle innehat.

Was in den ausgehenden zwanziger Jahren als noch uneingelöste Forderung erschien, wirkte in den fünfziger Jahren – zumal im Gefolge des sozialen und wirtschaftlichen Wiederaufschwungs – als realisiert und machte Kästners Kinderbücher eigentümlich obsolet. Entsprechend folgte seinem Aktivismus in der Weimarer Zeit und während der Phase der Reeducation in den späteren fünfziger Jahren ein „Rückzug". Nach einer Aussage Dirk Walters (1977) war Kästner jetzt nurmehr Herausgeber von Humoranthologien.[1] Für die westdeutschen Kinderbuchautoren bot sich Kästners Werk darum nicht zur unmittelbaren Anknüpfung an.

Unübersehbar auch, was Dieter Mank in seiner Dissertation (1981) bemerkte, hat sich die ambitionierte Kunstlosigkeit seiner Sprache zu einer fast apologetischen Sprachlosigkeit seiner Kunst verkehrt. Und Kästners Moralismus, so sehr er auf dem Zeithintergrund zu verteidigen ist, impliziert eher Sublimation als Explikation (M. Mombert, 1985, S. 255). Das kämpferische Element hat seine Kraft eingebüßt. Zu deutlich sind Kästners „Nachdenkereien" und die trocken belehrenden Vor- oder Nachworte vom Erzählten getrennt und verkürzen dieses zu einem literarischen Anwendungsfall. Kästners Realismus hat seinen Stachel verloren. Denn die Bundesrepublik der fünfziger Jahre war nicht einfach mit der Weimarer Republik der zwanziger und dreißiger Jahre ineinszusetzen. Deshalb konnten seine Moralforderungen manchem als bloßer Appell, der ins Leere ruft, erscheinen.

Erst die Verquickung seiner Sicht „von unten“, des Kinderblicks seines „Emil“, mit Lindgrens phantastischer Außenseitergestalt, bereitete seit der Mitte der fünfziger Jahre das Neue in der Kinder- und Jugendliteratur vor. Kästners Zugriff war einer von innen heraus. Er verblieb in der Wirklichkeit, auch wenn er sie an ihren uneingelösten Möglichkeiten maß. Sein „Emil“ ist ein intentionaler Außenseiter, der in der allgemeinen Unvernunft das Vernünftige tut. Pippi Langstrumpf dagegen verkörpert den Typus des „existentiellen Außenseiters“ – eine Formel aus Hans Mayers „Außenseiter“ (1975) aufnehmend –, der gar nicht anders kann. Aufgrund ihres Soseins allein widerspricht sie dem Gewohnten, für sie bedarf es keiner Begründung ihres Tuns.

Kästner sieht sich beständig aufgefordert zu erläutern und zu erklären. Der Rationalist in ihm kann auf den Diskurs nicht verzichten. Pippi Langstrumpf hingegen lebt – durch ihr bloßes Dasein – den Zweifel an der Berechtigung dieses Rationalismus. Sie ist damit einen Schritt über Kästner hinaus, der – trotz aller Rationalität – auf den Glauben an einen „gelungeneren Entwurf vom Menschen“ nicht verzichten kann und will, ihn aber rational nicht zu begründen vermag. Jedoch sind Kästners kritischer Kinderblick und Lindgrens „Amoralismus“ die vorbereitenden Elemente, auf deren Basis sich seit der Mitte der fünfziger Jahre eine Kinder- und Jugendliteratur entwickelte – im Gewande der Phantastischen Erzählung[2] –, die ihre Wurzeln in der Bundesrepublik Deutschland selbst hat und nicht länger in zeit- oder literaturgeschichtlich vorangegangenen Dezennien.

## Heitere Spiel- und Spiegelflächen in Otfried Preußlers Phantastik

Otfried Preußlers Werke sind seit 1956 veröffentlicht worden. Für ihn dürften die soeben erwähnten Einstellungen des „kritischen Kinderblicks“ und des „Amoralismus“, im Sinne der Kritik an Erwachsenensichtweisen, zu Voraussetzungen seines Schreibens geworden sein. Verwirklicht hat er Texte, die – in der Volkstradition wurzelnd – Spielangebote für Kinder bereitstellten. Ineins damit hat er immer wieder „Entdämonisierungen“ vollzogen, obwohl sie von ihm unmittelbar nicht beabsichtigt sind. Ihm geraten Hexen, Wassermänner oder Gespenster „klein und gut“, wobei dem Autor bewußt ist, daß in der Überlieferung Gespenster für unerlöste Seelen voller Schuld stehen. Hinzu kommen in seinen Kinderbüchern realistische Züge, wie das Interesse am Sichbehaupten seiner Kindergestalten in einer widrigen Umwelt und ihre – nach Preußlers Ansicht – „biologisch“ bedingte positive Grundstimmung.[3] Dies alles erlaubt es ihm, den „tückischen“ Wassermann als gesellig aufzufassen und seine „problematischeren“ Eigenschaften zu negieren.

Determiniert ist das Geschehen in der Preußlerschen Phantastischen Erzählung „Der kleine Wassermann“ (1956), die im Jahre 1957 im Rahmen des Deutschen Jugendbuchpreises ausgezeichnet wurde, durch das Prinzip der Verkehrung. Es wird nämlich in diesem Text das Ungewöhnliche – durch die Sichtweise des kleinen Wassermannes – als dennoch alltäglich dargelegt, und das in normalen Augen Übliche erscheint aus dem Blickwinkel dieses „Jenseitigen“ als ungewöhnlich und besonders. Preußler geht auf die Irritation eingefahrener Wahrnehmungsweisen aus. Der Leser ist

*Otfried Preußler (*1923). Foto aus den Jahren 1959/60.*

aufgefordert, Gewohntes neu aufzunehmen: „Alles war anders hier oben“, erfährt der kleine Wassermann, als er sein natürliches Element einmal verläßt (Preußler, 1956, S. 39). Die Umwelt wird so gezeigt, als sähen wir sie zum ersten Mal. Verwunderung und neugieriges Staunen sind die kindlichen Haltungen, die als produktiv vorgestellt werden. Wenn aus der Sicht der Erwachsenen behauptet wird: „Wassermänner gibt es doch gar nicht“ (Preußler, 1956, S. 102), dann setzt der Autor – von Kindern gesagt – dagegen: „Ja sowas, da bist du ein Wassermann“ (Preußler, 1956, S. 111). Kinder sind zu unbefangener Aufnahme von Neuem, Anderem fähig und unterliegen nicht den schon eingeschränkten Sehweisen der Großen. Ihr Blick ist noch nicht verstellt und angepaßt.

Preußlers Adaption der Wassermannfigur hat aber auch die Seite der Verharmlosung und Verniedlichung. Dies nicht nur, weil er die Geschichte in einer ländlich vergangenen Bauern- und Handwerkerwelt – die sich unter Wasser wiederholt –

spielen läßt, sondern weil er das Negative, Düstre des Charakters des Wassermannes fortläßt und ihn damit pädagogisch einpaßt.

*Illustration aus Otfried Preußlers Kinderbuch „Der kleine Wassermann" (1956) von Winnie Gebhardt-Gayler.*

Dieselbe pädagogisch motivierte Entmythologisierung vollzieht sich in Preußlers zweitem Erfolgsbuch „Die kleine Hexe" (1957). Auch hier setzt er anfänglich auf kindliches Über-die-Stränge-schlagen. Gegen autoritäre Verhaltensanmutungen hält die kleine Hexe ihre Lust: „Ich hatte auf einmal so große Lust dazu" (Preußler, 1957, S. 11). Das Wissen „Verboten ist vieles" läßt sie nicht erschrecken, sondern die Verbote übertreten. Autoritäten wie „alten Hexen", „Revierförstern" oder „prügelnden Bierkutschern" begegnet sie ablehnend und verulkt sie, setzt sie dem Spott aus oder spielt ihnen Streiche.

Preußlers Wortspiel mit der Formulierung „gute Hexe", gut einmal verstanden als moralisch „gut" und als gut im Hexensinne, also im menschlichen Sinne böse, verkehrt sich jedoch gegen seine Intention. Den „vernünftigen" Rat ihres Raben Abraxas nimmt die kleine Hexe nicht sofort an; er sagt: „Aber es ist einmal so, und es läßt sich nicht ändern" (Preußler, 1957, S. 92). Jedoch ihr Streit mit den Alten – auch zu verstehen als Generationenkonflikt –, der mit dem Sieg der kleinen Hexe endet, lenkt sie im selben Moment unter die Normen des „moralisch Guten". Wenn also im

Verlauf der Erzählung Abraxas' gleichsam das externalisierte Über-Ich war und er das Gewissen verkörperte, so hat es die kleine Hexe zum Schluß internalisiert und die normativen Regeln des Alltags übernommen und zu den ihren gemacht.

Die pädagogische Einpassung von in der Überlieferung negativ oder abwertend charakterisierten Personen oder Geschehnissen wiederholt Preußlers „Verarbeitung", wie er es nennt, der Schildbürgerstreiche „Bei uns in Schilda. Die wahre Geschichte der Schildbürger nach den Aufzeichnungen des Stadtschreibers Jeremias Punktum" (1958). Diese aus der Volksüberlieferung stammende Geschichte übernimmt Preußler nicht direkt, sondern bearbeitet sie und läßt eine gleichsam „rationalisierte" Variante entstehen, voller Kommentar und Erläuterung. Die Schildbürger, wie Preußler sie entwirft, sind nicht mehr „naiv" übergescheit, sondern fast reflektiert. Die Moral, daß übermäßige Klugheit und übermäßige Dummheit nicht weit voneinander entfernt sind, stellt sich erzählerisch unmittelbar nicht ein. Das hat seinen Grund darin, daß Preußler alle jene Geschichten ausgeschieden hat, in denen der Spaß, wie er meint, „für Kinder zu weit geht" (Preußler, 1958, S. 408).

Dieselbe Vorsicht – sie ließ ihn schon Hexen und Wassermänner ihrer bedrohlichen, angsterregenden Aspekte entkleiden – die sich aus erzieherischen Vorbehalten speist, zeitigt das Ergebnis, daß seine zu Beginn der sechziger Jahre erschienene Kasperliade „Der Räuber Hotzenplotz" (1962) nur noch einen domestizierten Kasper kennt (M. Schedler, 1973). Preußler greift zwar auf das gesamte Figurenarsenal dieses Genres zurück: Kasper, Seppel, Polizist, Räuber, Fee und Großmutter und bringt es zusammen mit Elementen des Schwankes und der Groteske sowie des wortspielerischen Nonsens. Aber Verwechslungskomödie und Zaubereien verschlagen nichts dagegen, daß der kritisch-naive „ungläubige" Kinderblick der beiden ersten Phantastischen Erzählungen aufgegeben ist.

Die Erwachsenen kommen auch hier nicht gut weg: Die Großmutter ist ältlich, dem Polizisten muß geholfen werden und Zauberer und Räuber unterliegen den gewitzten Kindern Kasperl und Seppel. Das Fazit ist erneut: Autoritäten sind lächerlich. Anders aber als in „Die kleine Hexe" und „Der kleine Wassermann" sind es nicht mehr zwei Welten und zwei differente Sichtweisen, die sich gegenüberstehen. Anders auch als in „Die kleine Hexe" sind Kinder und Erwachsene in „Der Räuber Hotzenplotz" auf einer Ebene angesiedelt, leben in einer Welt. Die beiden älteren Texte haben die Dialektik von Klein und Groß zum Gegenstand und Motor der Handlung gehabt, während die Distanz von kleinen und großen Leuten in Preußlers Kasperliade unveränderlich gedacht ist.

Preußler schreibt seine Geschichten, wie er mitteilt, für das Kind, das er selbst einmal war. Er erhofft sich von ihnen für die Leser Wirkungen des „Trostes und des Zuspruchs, der Hilfe und Ermunterung" (Preußler, 1970, S. 74). Gewiß wohnt Preußlers Büchern die Haltung inne, darauf hinzuwirken, daß das, was heute noch schwach und machtlos scheint, es morgen nicht mehr sein muß. Es gehört zu ihnen ein rationalaufklärerischer Zug, der besagt, daß man sich vor Hexen nicht zu fürchten braucht (Pleticha, 1973, S. 6). Preußlers Kritik des Aberglaubens hat jedoch seine

Geschichten nicht unberührt gelassen. Der Jugendbuchkritiker Horst Künnemann meint, daß Preußlers Bücher zwar auf eine „Bewußtseinslücke“ aufmerksam gemacht haben, indem sie auf das verweisen, was Kinder gern tun würden. Künnemann (1973, S. 57) sieht aber auch das Reduktive in Preußlers Umgang mit der Tradition, vor allem seine Betonung der gemüthaft-familiären Züge. Er möchte darüber nicht unterschlagen, welche entscheidende Rolle die lausbubenhaften Eigenschaften des kleinen Wassermannes und des sich emanzipierenden kleinen Mädchens in „Die kleine Hexe“ spielen. Preußlers Kindergestalten sprechen geheime Sehnsüchte der Kinder an; sie sind störend, unbequem und außenseiterhaft.

*Titelseite zu Otfried Preußlers 1957 erschienenem Kinderbuch „Die kleine Hexe“. Illustration von Winnie Gayler.*

Eberhard Möbius sieht deshalb den Erfolg nicht nur von Preußlers Kasperlgeschichten unter anderem darin begründet, daß diese Texte eine Komplizenschaft zwischen den Kindern und dem Räuber herstellen. Denn es geht ihnen in unserer Gesellschaft nicht besser als dem Räuber: „Auch sie bilden eine unterprivilegierte Gruppe ohne Lobby – und so solidarisieren sie sich nur zu gern mit anderen Außenseitern. Hier liegt wohl auch der Grund für den Erfolg dieser Stücke und nicht etwa beim Aufatmen der Kinder, wenn der Bösewicht hinter Schloß und Riegel sitzt, die ‚heile Welt' wiederum in Ordnung ist" (Möbius, 1973, S. 46).

Für Preußler war immer wieder der Däumling Vorbild seiner Kinderhelden als einer, der sich auf Schritt und Tritt aus Neugier und Übermut in haarsträubende Abenteuer stürzt und dem es trotz seiner Winzigkeit gelingt, „seinen Widersachern ein Schnippchen zu schlagen" (Preußler, 1975, S. 8ff.). Dieses Vorhaben verleiht seinen Erzählungen trotz ihrer märchenhaft-phantastischen Gewandung einen „aufklärerischen Impuls" (L. Petzoldt, 1983, S. 42), mitbedingt durch die parodistischen Züge von Preußlers Traditionsaneignung. Die dämonischen Gestalten der Volkssagen erhalten durch die pädagogisch-soziale Komponenten ein freundlicheres Gesicht: sie werden entzaubert. Der Literaturdidaktiker Gerhard Haas meint darum, daß Preußlers Werk aus den fünfziger Jahren alle Grundzüge des Phantastischen aufweise, verdeckt allerdings durch die didaktische Absicht, „das Grelle, Schreckenerregende, Schockierende und Dunkle [...] ins Helle, Heitere, Komische aufzulösen und die Texte zu Spiel- und Spiegelflächen kindlicher Aktivität und Lebensfreude zu machen" (Haas, 1983, S. 38).

## Veränderung durch Phantasie bei James Krüss

Ähnlich wie Preußler, wenn auch auf formal und sprachlich anderen Wegen, hat James Krüss seit der Mitte der fünfziger Jahre – davor waren von ihm die Legenden „Der goldene Faden" (1946) und Texte zu Bilderbüchern erschienen – für Kinder zu publizieren begonnen. Methodisch geht Krüss von der Einsicht aus, daß für Kinder die Welt der Objekte so subjektiv eingeführt werden muß, daß aus Begriffen Bilder werden. Diese Position hat er 1963 – auf die Jahre davor zurückblickend – formuliert. Er erinnert in den Texten, die ihm wichtig waren, eine „Skepsis gegenüber alten Ordnungen", in denen zugleich – augenzwinkernd – Harmonie postuliert wird. Für Krüss ist aber das „destruktive Moment" der Kinder- und Jugendliteratur der fünfziger Jahre entscheidend, nämlich das Entheroisieren, das Entzaubern und der Abbau von Hierarchischem, so daß Könige zu Trotteln, Hexen und Wassermänner gut, Ritter lächerlich und Löwen liebenswürdig wurden.[4] Diese Umkehrungen machen sich in Krüss' eigenen Schriften geltend.

In seinem Buch „Der Leuchtturm auf den Hummerklippen" (1956) bessert Krüss die mythische Gestalt des Poltergeistes, den er – moralisiert – zum „guten" Polterer werden läßt. In dieser Absicht ist durchaus eine Verwandtschaft mit Preußler zu erkennen. Der Poltergeist gerät ihm schließlich zum „nützlichen Mitglied der menschlichen Gesellschaft" (Krüss, 1956, S. 24). Die realistisch gehaltene Rahmenhandlung dieses Buches bietet dem Autor Anlaß zur Einfügung immer neuer und anderer Phantastischer Erzählungen, sei es aus der Fabeltradition, sei es aus der der Lügengeschichten. Der antirealistische Effekt kommt nicht durch unwirkliche Dinge,

Geschehnisse oder Figuren zum Tragen, sondern dadurch, daß Krüss feststellt: „Bei Geschichten kommt es nicht darauf an, daß sie wahr, sondern daß sie schön sind" (Krüss, 1956, S. 36). Durch die Akzentuierung der ästhetischen Implikationen der Kinder- und Jugendliteratur, die für ihn dasselbe Recht beanspruchen wie das sogenannte Wahre und Gute, möchte Krüss erfahrbar machen, daß Schönes für sich schon humanisierende Wirkungen haben kann.

*James Krüss (*1926). Foto aus den fünfziger Jahren.*

In seinen Erzählungen vom und für den Poltergeist Markus Marre geht es um Geschichten, die vorgetragen werden, um zu überleben. Markus Marre soll durchs Erzählen aufgehalten und daran gehindert werden, Unglück herbeizuführen. Krüss erzählt, um das Schicksal zu wenden. Hier wiederholt er das Motiv der „Märchen aus 1001 Nacht", die von Scheherazade erzählt wurden, damit der Fürst sie nicht tötet.

Krüss macht sich zwei wesentliche Eigenschaften der fiktiven Literatur zunutze: nämlich, daß einerseits Erzählen den Zuhörer in Bann schlägt und daß andererseits der Bann über einer Sache, einer Person oder über Ereignissen durch Erzählen wiederum gelöst wird. Literatur hat insofern einen humanisierenden Effekt, als sie – zumindest zeitweilig – den tatsächlich vorhandenen „Kampf ums Dasein" suspendiert. Krüss spricht zudem noch eine direkte Botschaft aus, wenn er einen Antikriegsappell vorträgt (Krüss, 1956, S. 166) oder seine „glücklichen Inseln hinter dem Winde" (Krüss, 1956, S. 168) entwirft, auf denen Mensch und Tier einträchtig miteinander umgehen und selbst Gegner sich versöhnen. Dieser utopische Ort, ein Paradies, läßt ahnen, daß das, was erzählerisch möglich ist, wirklich werden soll: „Alle Geschichten, die schön sind, werden auf dieser Insel Wirklichkeit“ (Krüss, 1956, S. 170).

In dieser Konsequenz ist Literatur utopisch, und nicht ohne Grund sind die Protagonisten in „Der Leuchtturm auf den Hummerklippen“ allesamt Erzähler, heißen sie nun Johann, wie der Leuchtturmwärter, Tante Julie, Emma, wie die Möwe, oder Hans im Netz, der Wassermann.

*Illustration von Jutta Benecke-Eberle aus dem Kinderbuch „Der Leuchtturm auf den Hummerklippen“ (1956) von James Krüss.*

Die Annäherung an die Utopie setzt Krüss in seinen beiden Bänden „Die glücklichen Inseln hinter dem Winde“ (1959/60) fort. Der erste Band hängt unmittelbar mit einer politischen Utopie zusammen. Denn das Erzählte spielt – zeitlich exakt angegeben – im Sommer des Jahres 1945, unmittelbar nach dem Ende des Nationalsozialismus und des Krieges; der zweite Band handelt in den Jahren um 1956 und bringt bereits eine Reduktion und Verengung des Utopischen. Jetzt entdeckt Krüss als den eigentlichen Ort der Utopie die Künste, der Kalte Krieg, die Ereignisse in Ostberlin 1953 und die Geschehnisse in Ungarn 1956 sowie die Restauration in Westdeutschland fordern ihren Tribut. Durch die Unterschiede in den Handlungszeiten der beiden

Bände – unmittelbare Nachkriegszeit und die Mitte der fünfziger Jahre – hat der Autor Krüss sich die Möglichkeit verschafft, auf die noch nicht verwirklichten Versprechen und Wünsche der Jahre nach der Befreiung wieder aufmerksam zu machen.

Krüss läßt einen Kapitän während einer Seereise erzählen und verschafft sich damit die Gelegenheit, spielerisch wirkliche Menschen in phantastische Erlebnisse zu verwickeln und in unbekannte Gegenden zu versetzen. Krüss' phantastische Welt ist eine ohne Technik. Es ist ein Paradies ohne Streit und ohne Gewalttat. Er deutet sogar eine Art „Ursprache" an, die einst Menschen und Tieren gemeinsam gewesen sein soll (Krüss, 1959, S. 19). Spannung kommt in den phantastischen Reisebericht dadurch hinein, daß Krüss zwar dem Glücklichen „Tag und Traum" dasselbe sein läßt, aber auch weiß, hierin durch Erich Kästner belehrt, daß es „gut ist, gescheit und daß es gescheit ist, gut zu sein" (Krüss, 1959, S. 30). Einer solchen Haltung ist der Feind ein

*Für „Die Glücklichen Inseln hinter dem Winde" von James Krüss, erstmals 1959/60 erschienen, hat Eberhard Binder-Staßfurt (*1924) die Illustrationen geliefert.*

„verhinderter Freund". Derart werden für Krüss die Vorstellungen vom Schlaraffenland, vom Paradies, Garten Eden oder auch von der Arche Noah zu Leitlinien in der Alltagspraxis. Neben diese utopischen Momente tritt ein weiteres. Zu den Ideen von Fülle und von Freiheit – Handlungszeit ist der Sommer 1945 – tritt als die Kernidee die des Friedens (Krüss, 1959, S. 76). Die phantastischen Geschichten sollen die Leser – paradoxerweise – vernünftiger machen.

Nach Krüss' Meinung hilft die Phantasie vom Paradies zugleich, das Paradies der Phantasie vorzubereiten und es zu bestärken. Hier haben Geschichte, auch wenn die Weltgeschichte nur ein „schreckliches Durcheinander" (Krüss, 1959, S. 75) anbietet, und Geschichten ihre Aufgabe als Erinnerung und als zukünftiger Entwurf. Krüss hält deshalb ausdrücklich gegen den autoritär-monarchischen Ameisenstaat die politischen Lebensformen Republik und Demokratie (Krüss, 1959, S. 128).

Ohne Vorbehalt gibt er zu, daß seine „glücklichen Inseln" „Schlösser im Monde" seien. Er meint jedoch: „Wenn wir auch niemals ganz glücklich sein können auf dieser Welt, so sollten wir uns von der Glückseligkeit doch eine Vorstellung machen. Wir müssen wissen, was das Glück ist, wenn wir es suchen. Wir brauchen ein Bild des Paradieses, wie der Seemann den Polarstern braucht, um sein Schiff sicher zu führen" (Krüss, 1959, S. 139). Diese Einsichten schlagen sich in der heiteren und freundlichen Grundstimmung seiner beiden Bände „Die glücklichen Inseln hinter dem Winde" nieder. Dunkles ist darin nur als vorübergehend gedacht, selbst wenn es an einer Stelle heißt, „das Absurde muß man können" (Krüss, 1960, S. 28).

Im zweiten Band seiner phantastischen Reisegeschichte hat Krüss, wie erwähnt, den Hort der Utopie, als rettenden Fluchtpunkt vor der Wirklichkeit, benannt. Es sind jetzt insbesondere die Musik, die aus Tönen Welten baut, sowie die Malerei Albrecht Dürers oder Pieter Brueghels. Diese Zuordnung der Utopie zu den Künsten bringt Krüss' Erzählungen um die anfänglich ausdrückliche politische Implikation. Der resignativ-melancholische Ton, der sich nach und nach herausbildet, kulminiert in dem Satz, den Krüss Don Quichotte aussprechen läßt: „Wer unsere Abenteuer liest, denkt, wir sind Narren" (Krüss, 1960, S. 127).

In dem anderen 1959 erschienenen Kinderbuch von Krüss „Mein Urgroßvater und ich", das er für „Kinder jeglichen Alters" geplant hat, gibt der Besuch eines Jungen bei seinem Urgroßvater den Rahmen ab, gemeinsam Geschichten zu erfinden und Verse zu schmieden. Überliefertes, Wortspiele, Realistisches und Phantastisches werden fallweise von Krüss herangezogen und tragen als Geschichten und Gedichte seine poetische Theorie sowie sprachphilosophische Reflexionen vor. Reiz gewinnt dieses Buch dadurch, daß Krüss beständig die dichterische Wirklichkeit – Fiktion – des Urenkels und des alten Mannes mit der Alltagswelt, voller Sorgen, Krankheiten und banaler Dinge, zusammenprallen läßt. Krüss liefert Gedichte und Geschichten, „die auch mit der Sprache zu tun haben" (Krüss, 1959b, S. 24), aber eben nicht begrifflich, sondern praktisch umgesetzt. Nachgerade klassisch wurde das Gedicht „Der Zauberer Korinthe".

In diesem Buch wiederholt Krüss seine theoretische Vorannahme, daß eine „Geschichte, die Sinn hat, darum auch wahr ist, selbst wenn sie nicht wirklich passiert ist" (Krüss, 1959b, S. 98). Das hält er einem allzu engen Wirklichkeitsverständnis entgegen. Krüss möchte das Überschießende, das in den gewohnten Dingen kaum einmal aufscheint, fassen, weil er zuletzt doch auf „den guten Geist unserer Einsicht und Vernunft“ hofft (Krüss, 1959b, S. 233). An diese appelliert der Autor Krüss gerade dann, wenn er feststellt, daß Poesie wesentlich Schöpfung sei (Krüss, 1959b, S. 233). Und nur darum gibt es die utopischen „glücklichen Inseln“ – in der Form von Kunst und Literatur – „auf denen das Schöne wirklich wird“ (Krüss, 1959b, S. 233).

Künstlerische Wirklichkeiten und Alltagswelt gehen nicht bruchlos ineinander über. Aber weder ist es zutreffend, Literatur durch den Verweis auf das Leben zu denunzieren, noch sollte Literatur ohne Bezug auf die umgebende Realität sein. Die Verbindung dieser Sphären stellt Krüss' Poetik durch die Formel „Verse drechseln“ her. Er akzentuiert damit das handwerkliche Geschick und Vermögen, das zur Arbeit an Versen ebenfalls gefordert ist, und benennt zudem die praktische Nähe und Verwandtschaft von künstlerischen und alltäglichen Verrichtungen. Lesenswert werden die Kinderbücher von Krüss nicht zuletzt durch des Schriftstellers Verwendung von mäeutisch angelegten Dialogen, die er Urenkel und Urgroßvater führen läßt. Es sind Gespräche zwischen gleichberechtigten Partnern, die – und damit ist Krüss' Zutat benannt – aber nicht aufklärerisch auf bloße Sacherklärung verengt sind, auf die Erkenntnis von Realien ausgerichtet sind. Die einwöchige Diskussion der Gesprächspartner dreht sich immer um Poesie und Phantasie.

Krüss' Vertrauen in die weltverändernde Kraft des Poetischen ist zugleich eines in die des kindlichen Wesens als Chance und Potenz. Seine späteren Texte, z. B. „Timm Thaler oder das verkaufte Lachen“ (1962), zeigen die Kinder als bedroht und gefährdet. Auch sein „Mein Urgroßvater, die Helden und ich“ (1967) fragt nach einem anderen Heldenbild und verteidigt die Außenseiter. Das Spiel mit der Sprache, das den Kern des Bandes „Mein Urgroßvater und ich“ (1959) ausmacht, ist in diesen Büchern vorerst beendet. Politik und Gesellschaftskritik drängen in den Vordergrund.

Der hellere Grundton seiner phantastischen Geschichten aus den mittfünfziger Jahren muß auf dem Hintergrund biographischer Erfahrungen und lebensgeschichtlicher Einschnitte gesehen werden. In seiner 1965 veröffentlichten „Vorläufigen Lebensgeschichte eines Geschichtenerzählers“ schreibt er über sich und seine Situation im Sommer 1945: „Meine Heimreise durch Deutschland in den dunkelsten und wildesten Tagen und in den Nächten der langen Messer war ein merkwürdiger Anachronismus: eine dreimonatige Taugenichtsidylle, ein Lied an die Freude und ein Gesang an die Freiheit. Wohlgemerkt: Es war bei mir kein Aufatmen nach Jahren geistiger und politischer Drangsal, jedenfalls nicht bewußt; denn ich hielt Herrn Hitler immer noch für einen guten Mann mit schlechten Dienern. Es war einfach der Genuß der absoluten persönlichen Freiheit: Freiheit von Besitz, von Glaubenssätzen, von Erziehern jeder Art und Schattierung, von Verantwortung, Rücksicht, Konvention und von Furcht und Mitleid. Ich war ein vollkommener, unendlich heiterer Nihilist“ (Krüss, 1965, S. 11f.). Für den Menschen James Krüss bedeutet das, offen zu sein für neue Erfahrungen und empfindlich gegenüber Begrenzungen, seien es solche der Literatur, seien es solche des Lebens.

In diesem Nihilismus traf er sich mit Erich Kästner, sowohl dem des melancholischen „Fabian“ als auch – in der Heiterkeit – dem Aufklärer und Rationalisten, der an die Erziehung des Menschengeschlechts glauben wollte. Kästner veranlaßte diese Wahlverwandtschaft zu der Stellungnahme: „Krüss und mich trennt kurz gesagt, eine Generation. Sonst aber, glaube ich, trennt uns wenig" (Kästner, 1961, S. 161). Das Geheimnis der literarischen Produktion von Krüss sieht er in dessen Begabung, „ein lebenslängliches Kind" geblieben zu sein (Kästner, 1961, S. 163).[5]

Krüss selbst hat, seine Arbeiten analysierend, in der Aufsatzsammlung „Naivität und Kunstverstand" – die Beiträge aus den fünfziger und sechziger Jahren versammelt – die Forderung erhoben, daß sich das Kindliche und das Literarische decken müssen (Krüss, 1969, S. 8). Seine Bücher zielen deshalb auf zweierlei: Auf eine rechte Anschauung von sich selbst und eine von der Welt, um kraft der Phantasie die Welt zu verändern (Krüss, 1969, S. 12). Mit Ablehnung reagiert er auf das Ansinnen, Kindern bloß das klar Gegliederte und scharf Umrissene zuzugestehen. Er möchte ein „Plädoyer für das Chaos" beginnen, d. h. für solche Spiele, deren Regeln erst noch zu finden sind und nicht immer schon vorausgesetzt werden können.

Gerade weil Kinder „Realisten" sind, bedürfen sie – durch Literatur vermittelt – der „Sehnsucht nach gestern" sowie des „Traums von morgen", dessen, was war, und dessen, was sein könnte. Literatur wird somit einerseits rückwärts gerichtete Wiederholung der Erfahrung und andererseits vorwärtszielende Möglichkeit des Spielens mit den Elementen der Welt (Krüss, 1969, S. 20). Das Bedürfnis nach einem solchen Spiel folgt aus dem existenten „Ungenügen an der Welt", so wie sie ist. Krüss ist sich dennoch – die Grenzen der Literatur nicht verkennend – bewußt geblieben, daß der Reiz der auf „den Kopf gestellten Welt in der Gewißheit (liegt), daß die Welt de facto eben nicht auf dem Kopf steht" (Krüss, 1969, S. 114). Wenn Krüss hier die Veränderungskraft der Phantasie relativiert, so steht er gleichwohl nicht vor der Feststellung zurück, daß nur eine Menschheit im Bewußtsein ihrer besseren Möglichkeiten fortzubestehen vermag.[6]

Die Bücher für Kinder von Krüss vertrauen auf die Kraft der zwanglosen Überzeugung durch Kunst. Sie setzen voraus, daß es bei Geschichten nicht zuerst darauf ankomme, ob sie im langläufigen Sinne wahr sind, sondern daß sie schön sind. Dann entfalten sie humanisierende Kräfte. Krüss entwirft Utopien. Seine „glücklichen Inseln hinter dem Winde" sind die literarische Fortsetzung der gescheiterten „Konferenz der Tiere". Sie führen weiter und übersetzen zudem Kästners ältere Phantastische Erzählung „Der 35. Mai" in die Welt der fünfziger Jahre.

Krüss hat nicht nur diese Tradition und den melancholischen Konjunktiv mit Kästner gemeinsam. Die Vorliebe für Lyrik und seine Sensibilität für Sprache verbinden sie ebenso. Im Umgang mit der Sprache, die er – im Unterschied zu fast allen vorgenannten Autoren – nicht naiv hinnimmt, zeigt sich Krüss' herausragende Stellung in der Kinder- und Jugendliteratur jener Jahre. Er fragt nach ihren Grenzen und nach ihren Chancen, diskutiert ihre Gesetze und Eigenheiten, probiert Erlaubtes und Verbotenes. Krüss versichert sich erst der Brauchbarkeit der Sprache. Er gibt sich nicht damit zufrieden, daß wir aus den Grenzen unserer Sprache nicht herauskönnen. Sein Ausweg ist der des durch Phantasie angestoßenen Immanent-über-sich-Hinaustreibens der Sprache. Seine Werke erreichen ihren Zielpunkt darin, daß sie immer mehr sind als die bloße Hinnahme oder gar Fortsetzung der lingua tertii imperii.

## Innenansichten von Kindern bei Heinrich Maria Denneborg und Ursula Wölfel

Bevor Heinrich Maria Denneborg (1909–1987) mit seinem Kinderbuch „Jan und das Wildpferd" (1957), einer realistischen Kindergeschichte, bekannt geworden ist – er erhielt dafür 1958 den Deutschen Jugendbuchpreis –, hatte er – nach ersten schriftstellerischen Anfängen in den frühen dreißiger Jahren – parallel zum gesellschaftlichen

*Heinrich Maria Denneborg (1909–1987), Kinderbuchautor und erfolgreicher Puppenspieler.*

und wirtschaftlichen Wiederaufstieg in Westdeutschland die „Erfolgsgeschichte" „Daniel, der kleine Uhrmacher" (1953) vorgelegt. Sie berichtet von dem märchenhaften gesellschaftlichen Aufstieg eines aus ärmsten Verhältnissen stammenden Schweizer Uhrmacherjungen zu Weltruhm und materiellem Gewinn; zugleich ist dieser Text ein Sachbuch zur Geschichte der Uhrenproduktion. Denneborg blieb aber nicht bei dieser Sorte Literatur stehen.

Charakteristischer für den Schriftsteller Heinrich Maria Denneborg, der in den fünfziger, sechziger und auch den siebziger Jahren einer der bekanntesten Puppenspieler war, ist die Tiergeschichte „Das Eselchen Grisella“ (1955), die – nicht unähnlich der eben genannten – ebenfalls mit dem Gegensatz von „äußerlich arm, innerlich reich“ spielt. In der Tradition der Trivialliteratur und verwandt der „Sterntaler“-Ideologie ordnet darin Denneborg der Armut Gesundheit und Frische zu, dem Reichtum Krankheit und Blässe. Seine, trotz aller Verwicklungen, heitere Sommergeschichte präsentiert das Gewinnen von Heimat als Ziel des Lebens. Ferne und Fremde können dagegen nur Zwischenstufen auf dem Weg sein. Seinen Helden Tino läßt er sagen: „Lieber in Procchio“ (d.i. sein Heimatdorf) „trockenes Maisbrot essen – als in Domingos marmorner Villa wohnen“ (Denneborg, 1955, S. 136).

Hat Denneborg in dem Bändchen „Daniel, der kleine Uhrmacher“ noch eine Art Klassenkompromiß vorgestellt – Fabrikanten und Arbeiter verfolgen ein gemeinsames Interesse –, so führt er in „Das Eselchen Grisella“ vor, wie Reichtum und Besitz Unglück und menschliche Kälte mit sich bringen. Menschliche Wärme und Anteilnahme, genauso wie Tierliebe, sind nur bei den armen Leuten in Italien zu finden. Denneborg ruft zur Selbstbescheidung in äußerlichen Dingen auf. Für ihn hat diese Haltung „innere Größe“, die den Menschen auszeichnet, zur Folge. Gier nach materiellem Gewinn versieht er mit einem Fragezeichen. Sie führt zumeist zu Verlusten im Menschlichen.

In diesen Texten aus den frühen fünfziger Jahren ist Heimat nur begrifflich präsent gewesen, die Geschichten spielten in der Schweiz, den USA oder in Italien und Südamerika. Geographische Heimat, ja Heimat als Lebensprinzip, wird zum zentralen Sujet in dem preisgekrönten Kinderbuch „Jan und das Wildpferd“ (1957). Denneborg macht darin exakte Ortsangaben: Die Geschichte ereignet sich in Westfalen im Meerfelder Bruch, einem Gehege mit wildlebenden Pferden. Wie die Tiergeschichte erzählt wird und wie das Brauchtum geschildert wird, das ergibt einen Text, der deutlich Nähe und Gefühl vermitteln will. Der Unberührtheit der Natur draußen entspricht Jans Wohnort, ein Bauernhof, den eine noch intakte Großfamilie bewohnt und bewirtschaftet. Die Freundschaft zwischen Jan und dem Pferdeknecht Natz, einem münsterländischen Original, trägt wesentlich zur Spannung dieser Geschichte bei. Denneborg reiht episodisch, auch läßt er die beiden Hauptfiguren keine Entwicklung durchmachen; es sind eher Typen. Dieser Statik widerspricht auf der inhaltlichen Seite, daß der Autor durch Natz gegen eingefahrene Denkweisen Stellung bezieht.

Zentrale didaktische Absicht des Erzählers dürfte sein zu zeigen, wie Natz gegen eine gewalttätige Erziehung angeht, sowohl Menschen wie Tieren gegenüber. Er hält dementgegen „Güte und Liebe“ (Denneborg, 1957, S. 71) für entscheidend. Durch Natz belehrt, will Jan deshalb nicht einsehen, daß angeblich „minderes“ Leben „ausgelöscht“ werden darf. In seinen Augen hat auch ein krankes Pferd ein Recht zu leben; es ist als Lebewesen an sich wertvoll. In den Worten von Natz: „Wo kämen wir hin, wenn wir alle Schwachen einfach auslöschen wollten“ (Denneborg, 1957, S. 105) kommt ein entscheidender ethischer Gedanke zu Wort. Der Autor Denneborg läßt nachempfinden, daß das „unerbittliche“ Naturgesetz überwunden werden muß. Der Satz „Der Starke bricht sich Bahn“ kann nicht die Grundlage menschlichen Handelns und Lebens sein. Was nach den Worten des Försters und eines Wildhüters „Gesetz der Wildbahn“ sein soll, ist pure Grausamkeit.

*Illustration zu Heinrich Maria Denneborgs Kinderbuch „Jan und das Wildpferd“ (1957) von Horst Lemke (1922–1985).*

Denneborg trägt seine Moral nicht lehrhaft vor. Er bringt immer wieder aufregende Ereignisse des ländlichen Lebens und Erlebnisse Jans ins Bild, durch die – und nicht durch aufgesetzte Aussagen – der Junge überzeugt wird. Themen wie Kirmes, Wildpferdfest, Pferdediebstahl und Wilddieberei geben das Umfeld ab. Natz insbesondere vertritt die „Lehre“, obwohl er sich beständig den Anordnungen des Bauern oder des Försters widersetzt. Er hat seine eigenen Regeln, die nicht den eingeschliffenen Konventionen folgen. Er handelt gegen den sekundären Tugendkatalog und ist nicht gehorsam, nur weil man gehorsam zu sein hat. Obwohl er manchmal unrecht handelt und gegen geltendes Recht verstößt, hat er im menschlichen Sinne recht. Was er unternimmt, um das Wildpferd zu schützen, ist legitim, wenn auch gesetzeswidrig.

Die münsterländische Landschaft und die Heimatbräuche, wie das Lambertusfest in Münster, sind wichtig auch in dem Folgeband „Das Wildpferd Balthasar“ (1959). Denneborg stellt hier wiederum heraus – diesmal vermittelt durch die Figur des „Knipperdolling“, einer Figur aus der Volkstradition des Landes –, wie bedeutsam für das menschliche Zusammenleben eine „naive“ gelebte Moral und das menschlich unmittelbar Einsichtige sind. Daraus folgt, daß Jan erfahren muß, wie sehr das, was sachlich oder situativ angebracht ist und selbstverständlich scheint, fast immer eingefahrenen Konventionen widerspricht. In diesem Text wird aber eine sich verstärkende Tendenz zur Verinnerlichung, die schon in „Jan und das Wildpferd" spürbar war, erkennbar: Natur, Landschaft, das Verhältnis von Mensch und Tier werden noch bedeutendere Fluchtpunkte. Denneborg entwirft – trotz der Widersetzlichkeiten von Natz – eine idyllische Welt fernab von den drängenden Problemen des Alltags. Und obgleich Jan mit Wildpferden umgeht, mit ungebändigter Natur, läuft Denneborgs Freundschaftsgeschichte auf Domestikation hinaus, auf Naturbeherrschung.

*Illustration zu Heinrich Maria Denneborgs Buch „Das Wildpferd Balthasar" (1959) von Horst Lemke.*

Bei Lindgren sahen wir eine phantastische Gestalt in realistisch dargestellter Umwelt, bei Kästner fanden wir einen Realismus, der sich an einer überzeitlichen Moral zu bewähren hatte, Preußler opponierte üblichen Wahrnehmungsweisen durch seine Spiegelwelt voller skurriler Gestalten und Krüss fragte nach den Grenzen der Sprache und dem Gegensatz von wahr und wirklich. Denneborg nun schreibt realistisch. Aber er verlegt seine Handlung in eine – obwohl zu dieser Welt gehörig – eigentümlich unberührte weltferne Landschaft. Und Jan, selbst wenn er durch Natz gegen Normen des Alltags orientiert wird, hat an ihm eine Vorbildfigur, auch wenn sie nicht im üblichen Sinne dazu taugen mag. Natz ist ihm unbefragte Autorität.

So ausführlich Denneborg das heimatliche Dekor darstellt, seine Welt bleibt farblos, weil ohne Widerstreit. Die Konflikte kommen nicht zum Austrag, dazu sind die gesellschaftlichen Schranken zu deutlich gezeichnet. Sie werden überdies nur als verinnerlichte zugelassen. Letztlich macht Jan an der Hand seines „Lehrers" Natz einen Bildungsprozeß durch.

Diese Tendenz zur Verinnerlichung ist auch in den frühen realistischen Kinderbüchers von Ursula Wölfel (*1922) angelegt. Ihre psychologisch durchgestalteten Schriften geben Blicke in die Kinder frei. Dazu kann die Waisengeschichte „Der rote Rächer“ (1959) als Beispiel dienen. Der Held dieser Erzählung erlebt sich als

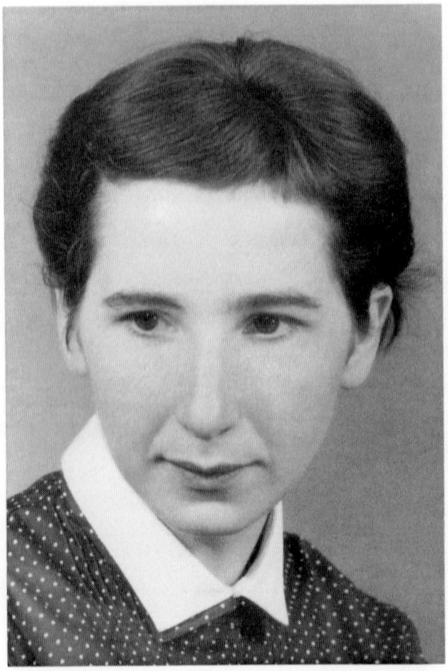

*Ursula Wölfel (*1922). Foto aus dem Jahre 1957.*

alleinstehendes, ja von allen mißverstandenes Wesen. Er schleppt seine Biographie mit sich herum. Der Autorin geht es um die psychische Befindlichkeit ihres Protagonisten, auch wenn sie dabei schematisierend den Fremdling und die „glücklichen Kinder“ einander entgegenstellt. Ihre Erzählung will eine Situation vorbereiten, in der die Leser lernen können, sich selbst und ihre aktuelle Situation anzunehmen. Der Optimismus dieser Veröffentlichung wiederholt sich in ihrem Buch „Fliegender Stern“ (1959), das von dem Wunsch, groß zu werden, berichtet. Es ist zugleich Kindergeschichte, Indianerbuch und Reisebericht. Wölfel verzichtet nicht auf ein „gutes Ende“; Brüderlichkeit und christliche Nächstenliebe sind ihre Leitmotive.

Gegen den Materialismus des Alltags richtet sich ihr „Feuerschuh und Windsandale“ (1961) und ruft – darin Denneborg verwandt – zur Selbstbescheidung auf. Eine gemeinsame Wanderung von Vater und Sohn ist ihr Anlaß, den Bericht über deren Weg durch Einschübe zu schmücken, in denen kindgemäßes Wünschen, die Rolle der Launen und der Hang zum Eigentum erzählerisch thematisiert werden. „Realistisch“ kommt Ursula Wölfel in ihrer Erzählung zu dem Schluß, man solle sich mit dem zufriedengeben, wie es ist und was man hat. Der „innere Reichtum" wiegt ökonomische Potenz auf. Tim, ihr Protagonist, macht sich zueigen – so wie auch der Vater –, Erlebtes in Worte zu fassen, er wird ein Erzähler. Zugleich akzeptiert er, das Erlebte gegen sich selbst zu wenden: auf seine Wünsche zu verzichten, ohne daß er diesen Verzicht als Verlust erfährt. Tim wird „einsichtig".

Diese beiden frühen Publikationen Wölfels kommen mit einem realistischen Szenarium aus, sie verbleiben in der geschilderten Wirklichkeit. Über die reale Umwelt hinaus geht dagegen die Autorin in der Kindergeschichte „Sinchen hinter der Mauer" (1961). Dieser Text, der sich einer nüchternen Sprache bedient, verwendet – trotz realistischem Grundansatzes – eine phantastische Figur „Muli" als Projektion der Innenwelt von Sinchen, einem Mädchen im Kindergartenalter. Das Kind lebt geborgen im Schoß der Kindheit, eng an seine Eltern gebunden, aber ansonsten in völliger sozialer Isolation. Vor allem ist Sinchen von anderen Kindern getrennt. Wölfel stellt das kleine Mädchen als materiell wohlsituiert, ja reich, dar und als zugleich seelisch verelendet. Um ihre Vereinsamung zu überwinden, oder auch nur zu beherrschen, hat Sinchen sich Muli phantasiert; ein Wesen, mit dem sie sich unterhalten kann, mit dem sie lebt, das ihre Sorgen und Nöte teilt. Ohne Muli wäre die Außenwelt noch bedrohlicher und voller Verunsicherung. Zeichen des Größerwer-

*Zu Ursula Wölfels Kinderroman „Feuerschuh und Windsandale" (1961) schuf Heiner Rothfuchs Einband und Zeichnungen.*

dens – des Endes der Kindheit – ist es aber, so deutet Wölfel an, das Ungewisse auszuhalten, mit Unbekanntem zurechtzukommen und sich davon nicht überwältigen zu lassen. Um dies nacherlebbar zu machen, beschreibt sie nicht so sehr Außenereignisse, wie Sinchens tastende Annäherung an fremde Kinder, sondern sie entfaltet Sinchens innerseelische Prozesse, ihre Phantasien. Je mehr Sinchen mit Kindern in Kontakt gerät und mit der Wirklichkeit in Berührung kommt, desto mehr lernt sie, auf Muli und ihre „Einbildungen" zu verzichten.

*Die Kindergeschichte „Sinchen hinter der Mauer" (1960) von Ursula Wölfel. Einband und Zeichnungen von Anna-Elisabeth Meyer-Riehl.*

Ins Bild setzt Wölfel Sinchens psychisches „Wachstum" dadurch, daß sie ihre Spiellandschaft – Berge und Burgen im Sandkasten – durch Regen und Unwetter zerstören läßt. Sinchen bricht darüber nicht zusammen. Das, was sich wie ein Naturereignis draußen im Hof vollzieht, wiederholt sich in ihr im Prozeß des selbständiger Werdens und der Lösung von den Eltern durch die Beziehung zu anderen Personen. Obwohl diese Veränderung über sie hinwegzugehen droht, hat Sinchen Kraft genug, dieser Macht zu begegnen, weil sie sich ihr stellt und sie –

selbstbewußter geworden – die ersten Schritte aus kindlicher Geborgenheit, aus dem Schoß des Elternhauses, wagt.

Diese Entwicklung vom behüteten zum selbständig zu bewältigenden Leben zeigt Ursula Wölfel in „Sinchen hinter der Mauer". Sie zeigt zugleich, wie das Wirkliche, das grau scheint, doch das Leben ist und daß es das Phantasierte überholt, weil dieses zur Vereinsamung beiträgt und zur Abkapselung. Der Weg in eine sozialkritische Umweltdeutung, wie sie bei Ursula Wölfel ab etwa 1970 durchbricht, ist zwar schon andeutungsweise erkennbar, aber noch unter idealistischem, entwicklungspsychologischem Gedankengut (die Pädagogik Friedrich Trosts und Eduard Sprangers dürften sie beeinflußt haben) versteckt.

So läßt „Sinchen hinter der Mauer" die sozialen Unterschiede zwar existent sein, aber dieses Buch kümmert sich mehr um menschliche Gemeinsamkeiten der individuellen psychischen Entwicklung. In ihrer Zigeunergeschichte „Mond, Mond, Mond" (1962) erzählt Wölfel – auf andere Weise – dann, „wie es ist, wenn man fremd ist". Das ist zugleich eine zusammenfassende Formel für das Generalthema von Wölfels zu Ende der fünfziger Jahre entstandenen Kinderbüchern. Denn letztlich ist sie von dem pädagogischen Eros befallen, im jeweils Andersartigen, im Ungenormten, im Fremden das Schwesterliche und Brüderliche zu entdecken, das in die friedfertige Provinz seelisch intakter, freier, gutwilliger Menschen zu integrieren sei.

Mit ihren Kinderbüchern der späten fünfziger Jahre hat Wölfel – so wie Denneborg – dennoch der Romantisierung von Kindheit Vorschub geleistet. Und das, obwohl sie selbst für Entidealisierung eingetreten ist. Sie weiß nämlich, daß Kinder nicht nur lieb, sondern ebenso grausam sein können. Sie kennt kindliche Aggressivität und Egozentrik. In ihren Werken kommt das dennoch nur versteckt zum Ausdruck. Ihre Kinderfiguren, heißen sie nun Tim, der „Rote Rächer" oder Sinchen, sind fast immer auf dem Rückzug aus der Welt, die ihnen beängstigend erscheint. Die Autorin Wölfel hat aber selbst anläßich ihrer Überlegungen zum Erfolg der Groschenliteratur dargelegt, daß diese für junge Leser attraktiv ist, weil sie auf das „eigene ungestillte Gefühl" (Wölfel, 1965, S. 279) der Kinder eingeht, es ausspricht und zum zweiten Einblicke in die Welt der Erwachsenen gewährt. In ihren eigenen Texten hingegen sind Kinderwelt und erwachsenes Leben voneinander getrennt. Und die Gefühle der Kinder in ihren negativen Aspekten stehen in Wölfels Geschichten nur als vorübergehende da.

In jenen Jahren war für das Schreiben von Wölfel wie auch für Denneborg bestimmend, daß sie – unausgesprochenerweise – eine Bewußtseinsveränderung im Kopf der Leser ihrer Werke anstrebten, indem sie mit Hilfe der ausgebreiteten Fiktionen und genutzten Phantasie die personale Umwelt ihrer Protagonisten und diese selbst tiefgehender psychologisch zu durchdringen trachteten. Ihre zentrale Intention war nicht, die herrschende Außen- und Übersicht der Erwachsenen dem Kinde vor Augen zu führen, vielmehr gerade die Innenansicht der Kinder vorzubringen und ihr Gewicht zu verleihen. Bei Krüss und Preußler dürften zwar auch Bewußtseinsveränderungen im jugendlichen Leser beabsichtigt worden sein, aber hier

*Josef Guggenmos (*1922) hat seit Ausgang der fünfziger Jahre als Autor von Kindergedichten das Gesicht der westdeutschen Kinderliteratur wesentlich geprägt.*

*Michael Ende (*1929). Foto aus den fünfziger Jahren.*

*Janosch (d.i. Horst Eckert, *1931).*

viel mehr mit Hilfe der angebotenen, recht autonom gezeichneten Phantasiewelten, denen man sich weniger psychologisch, viel eher spielerisch-ästhetisch nähert.

Man sollte bei den hier angestellten Beobachtungen der Kinder- und Jugendliteratur der Zeit um 1960 und dem Jahrfünft davor bedenken, daß Ursula Wölfel eine ganze

*Illustration aus Michael Endes Kinderbuch „Jim Knopf und Lukas der Lokomotivführer“ (1960) von Franz Josef Tripp (1915–1978).*

*Michael Endes zweiten Kinderroman „Jim Knopf und die Wilde 13“ illustrierte (1962) Franz Josef Tripp. Hier Titelseite und Frontispiz.*

Reihe nur wenig jüngerer Schriftsteller um sich hatte, auf die der Blick der Fach- und auch der weiteren Öffentlichkeit schon fiel. Unter ihnen waren vor allem Michael Ende (* 1924) und der unter dem Pseudonym Janosch illustrierende und schreibende Horst Eckert (* 1931). Und außerdem schrieben – und schreiben zum Teil bis heute weiter – Hans Baumann, Kurt Lütgen, Barbara Bartos-Höppner, Erich Kästner, Josef Guggenmos, Ludwig Renn, Benno Pludra, Karl Bruckner, Käthe Recheis, Fritz Brunner, um nur einige aus deutschsprachigen Ländern zu nennen.

Michael Ende hat gleich zu Beginn seiner Laufbahn als Kinderbuchautor mit den „Jim-Knopf"-Bänden (1960/62) enormen Erfolg gehabt. Diese Phantastische Erzählung geht in der Feier der Magie der Technik auf, in der Haltung des Rätsellösers, der mit handwerklichem Geschick ungewöhnliche Dinge zu richten weiß und sich nicht bange machen läßt. Ende folgt der Phantastik kindlichen Spielens. Er erprobt neue Sehweisen und wehrt sich gegen die Privilegierung eines Standpunktes als des allgemein gültigen. Die Phantastik dieser Geschichten bleibt dabei dem gesunden Menschenverstand immer kommensurabel, geht restlos in Erklärungen auf. Das Wundersame ist darin das Technische: die Lust am Funktionieren (Tabbert, 1979, S. 19f.).

*Illustration von Janosch aus seinem Bilderbuch „Valek und Jarosch" (1960).*

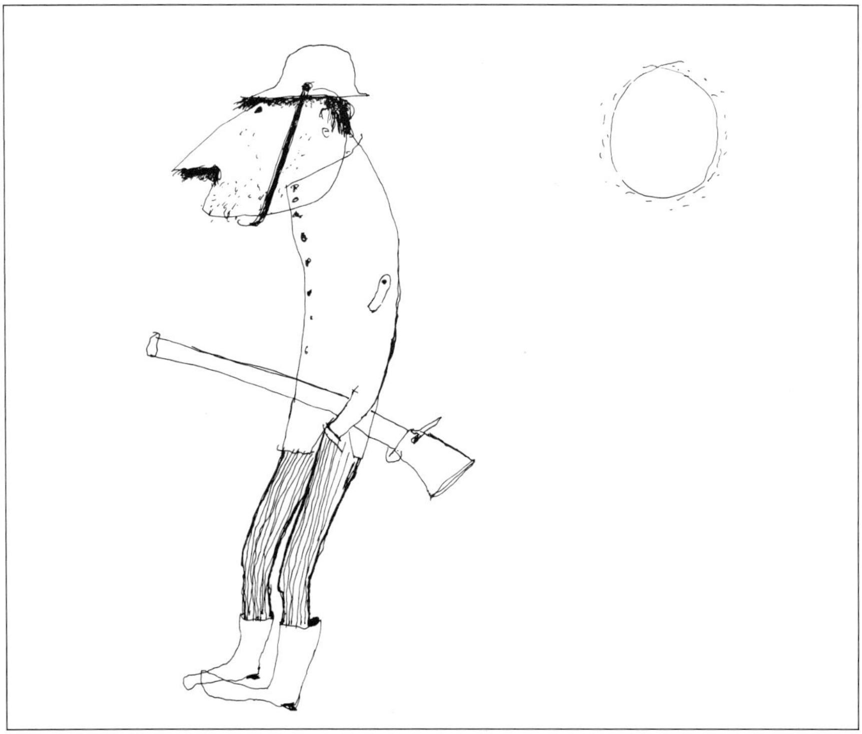

*Illustration von Janosch aus seinem Bilderbuch „Die Geschichte von Valek dem Pferd“ (1960).*

Anders bei Janosch, sein Werk steckt von Anbeginn voller irregulärer Phantasien. Janosch lobt die Zeit arbeitslosen Glücks und evoziert dadurch ein kritisches Trotzdem. Er erklärt nicht, erläutert nicht, sondern erzählt und spielt. Seine Texte wollen auf nichts weniger hinaus als auf eine „Anleitung, wie man glücklich leben kann“. Beispielgebend ist ihm das Grimmsche Märchen vom „Hans im Glück“. Janoschs Geschichten sind Geschichten vom Überschreiten. Sie transzendieren das Gegebene und zeigen, wie einer, dem das Leben mitspielt, den Spieß umkehrt und erzählerisch mit dem Leben spielt. Janosch lehrt die Abkehr von der Wirklichkeit. Unübersehbar aber wird die Abkehr durch die – zauberische – Veränderung der Wirklichkeit herbeigeführt. Seine ersten Titel waren „Die Geschichte von Valek dem Pferd“ (1960), „Valek und Jarosch“ (1960) und „Josa mit der Zauberfiedel“ (1960).

## Wider die Verdrängung gesellschaftlicher und politischer Fragen

Die erste Phase der Auseinandersetzung mit deutscher Zeitgeschichte hatte, wie an anderer Stelle gezeigt, vor allem Flucht- und Vertreibungsgeschichten gebracht, und

*Michel del Castillo (*1933), in Madrid geborener Autor des 1959 mit dem Deutschen Jugendbuchpreis ausgezeichneten Buches „Elegie der Nacht“.*

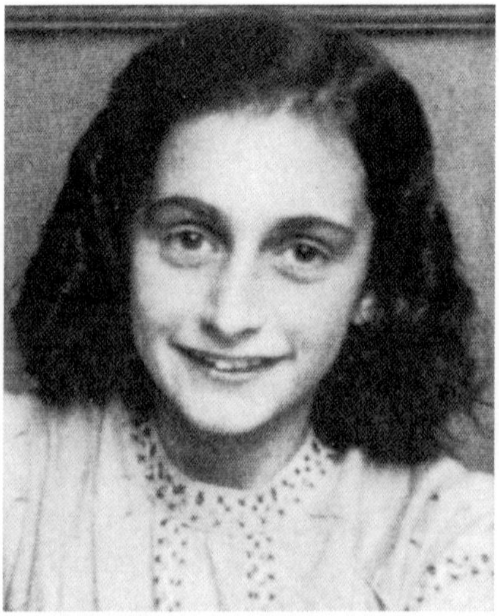

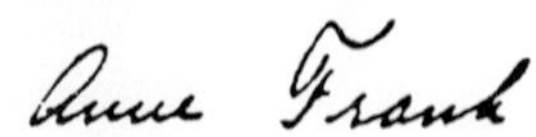

*Anne Frank (1929–1945).*

zwar solche, die die Deutschen als Opfer des Krieges zeigten (vgl. B. Weber, 1980 und B. Otto, 1981). Nun, gegen Ende der fünfziger Jahre, erscheint – und dies kann als Beispiel der veränderten Lage im Hinblick auf die politische und gesellschaftliche Thematik in der Jugendliteratur verstanden werden – als Ergebnis des unmittelbaren Nachdenkens über die sozialen und politischen Prozesse im Dritten Reich und der Unterdrückung Ludwig Altenhöfers „Aktion Grün“ (1956) ein Buch, das „vom Widerstand der Jugend gegen die Diktatur“ zeugen wollte. Vorangestellt ist dem Text Schillers Satz: „Der Mensch ist frei geschaffen, ist frei, und wär er in Ketten geboren.“ Altenhöfer beansprucht dokumentarische Nähe für seinen Bericht vom kirchlichen Widerstand. Die Nationalsozialisten – so die Diktion des Autors – müssen bekämpft werden, weil sie areligiös und atheistisch sind und vor Blasphemie nicht zurückschrecken. Aber Altenhöfer zeigt auch das Scheitern des Widerstandes gegen den „braunen Bolschewismus“, wie er den Nationalsozialismus nennt. Seine jugendlichen Hauptfiguren werden inhaftiert, zum Militär eingezogen oder sie erkranken. Am Schluß aber steht der siegesgewisse Satz, der auf den letztlichen Niedergang des Dritten Reiches deutet: „Hinter der Hakenkreuzfahne an der Schule geht die Sonne unter“ (Altenhöfer, 1956, S. 216). Ein zweites Beispiel für solche Literatur, in der Ansätze für eine Auseinandersetzung mit der jüngsten Vergangenheit zu finden sind, kann Franz Bahls „Schwarze Vögel“ (1957) sein. In einem berichtenden Ton ist seine Anklage gegen den Krieg gehalten. Bahl hat das Geschehen des Krieges in der Sicht und im Erleben der serbischen Bevölkerung vor Augen. Bahls Protagonisten erkennen: „Krieg, eine einzige Kirchweih, ein Fest, das mit Tanzen beginnt“ und mit

Begräbnis, Tod und Trauer endet (Bahl, 1957, S. 73 und S. 78). Die Schrecknisse des Geschehens werden, mehr oder weniger direkt die nationalsozialistische Vergangenheit anklagend, beim Namen genannt.

Authentizität und Dokumentation sind auch die Projektionen, die zum einen durch das „Tagebuch der Anne Frank" (dt. 1950) und dann durch Inge Scholls „Die weiße Rose" (1952), ihrem Bericht vom Widerstandskampf von Hans und Sophie Scholl, vorgegeben wurden. An sie schließt sich Michel del Castillos (* 1933) „Elegie der Nacht" (1958) an, das aus der Perspektive eines spanischen Jungen namens Tanguy eine unglaublich erscheinende Odyssee durch die Gefängnisse und Haftlager in Ost und West wiedergibt. Die autobiographischen Erfahrungen, die hier Ausdruck gefunden haben, lassen überall um den verschleppten Jungen Haß erkennen, kaum

*Schutzumschlag von Michel del Castillos „Elegie der Nacht" (1958).*

einmal Menschlichkeit. Tanguys Irrfahrt durch den Spanischen Bürgerkrieg, seine Internierung in Frankreich, die Einlieferung in ein Konzentrationslager in Deutschland und – nach der Befreiung – seine Unterbringung in einer Erziehungsanstalt im faschistischen Spanien Francos machen ihn zum „Kind unserer Zeit", dem sämtliche Illusionen zerstört werden. Aber der Autor wendet sich gegen die einfachen Schuldzuweisungen, er appelliert vielmehr an eine Haltung, die Abstand zu den

Parteien hält und sich nicht auf Politik einläßt. Unzweideutig bleibt die Aussage dieses Buches: „In einem Krieg gibt es weder Sieger noch Besiegte, nur Opfer" (del Castillo, 1958, S. 123).

*Hans-Christian Kirsch (*1934), dessen Jugendbücher auch unter dem Pseudonym Frederik Hetmann erschienen. Foto aus dem Jahre 1954.*

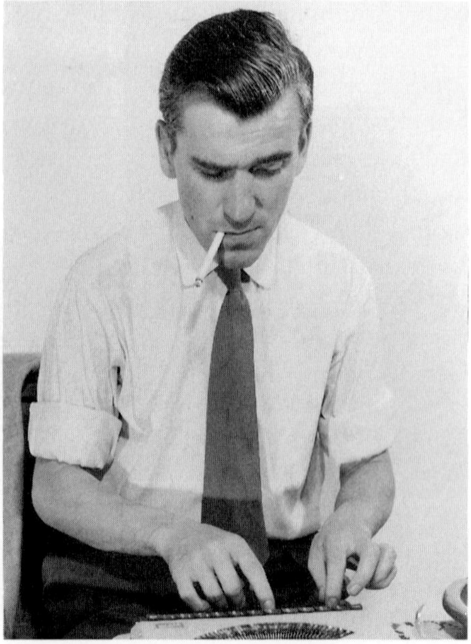

*Hans-Georg Noack (*1926). Foto aus den fünfziger Jahren.*

Es ist auffällig, daß um 1960 und kurz danach einige Titel Aufsehen erregen, die durchaus politische Implikate enthalten. Denn fast zeitgleich mit del Castillos seinerzeit mit dem Deutschen Jugendbuchpreis (1959) ausgezeichneten und übrigens keineswegs allseitig akzeptierten Buch erschienen westdeutsche Beispiele des Rückblicks. Hans-Georg Noacks (*1926) „Stern über der Mauer" (1962), das den Stalinismus als direkten Nachfahren des Nationalsozialismus behauptet, ist das eine; das andere von Frederik Hetmann (d.i. Hans-Christian Kirsch, *1934) ist „Blues für Ari Loeb" (1961), das gegen den Nihilismus des Existenzialismus für Mitmenschlichkeit votiert. „Ich will nur bauen und schaffen eine bessere Welt" (Hetmann, 1961, S. 268) lautet Hetmanns Aufruf, der gegen die Verdrängungen der Elterngeneration zielt.

Alle diese Texte, sowie Bücher von Nikolai von Michalewsky und das „Tagebuch des Dawid Rubinowicz" (dt. 1960) unternehmen es, die Geschichte der Gewalt wiederzugeben, um zu trauern und anzuklagen. Die Notwendigkeit solcher Bücher sprach Erich Kästner an, als er im Vorwort zu dem ebenfalls hier zu nennenden

Kinderbuch „Sternkinder“ (1961) von Clara Asscher-Pinkhof (* 1896) schrieb: „Wer aus der schuldlosen Jugend eine ahnungslose Jugend zu machen versucht, der fügte neue Schuld zur alten.“ Asscher-Pinkhofs Beitrag, dies zu verhindern, ist ihre Erinnerung an den Weg in die Hölle der Konzentrationslager und die „sterntalerhafte“ Erhöhung durch die endliche Befreiung aus der Haft und die sich anschließende „Himmelfahrt“, d.h. der Weg ins „gelobte Land“, nach Palästina.

Das Vorbild, das die Aufzeichnungen der Opfer, sei es Anne Frank, sei es Dawid Rubinowicz, abgeben, war der Anstoß für die deutschen Autoren, sich dieser Sicht und ihrer Herausforderung zu stellen. Hans Peter Richter (* 1926) veröffentlicht 1961 mit „Damals war es Friedrich“ ein Buch, das als beispielhafte Form der Vergegenwärtigung der Vergangenheit in der Kinderliteratur angesehen werden kann. Seine Veröffentlichung ist der erste Band einer Trilogie, zu der noch „Wir waren dabei“ (1962) und späterhin – gegen Ende der sechziger Jahre – „Die Zeit der jungen Soldaten“ (1967) gehören. Der letzte Titel desavouiert den Idiotismus militaristischen Gehabes und wirbt zugleich um Verständnis für die jungen Menschen, die mitgemacht haben und – wie Hans Peter Richter meint – einmütig dafür waren, weil niemand offen den Machthabern widersprochen hat.

Die Entlarvungshaltung, durch kühles Abschildern des Istzustandes, macht Richter sich auch in „Wir waren dabei“ zunutze. Er sieht sich in der Rolle des Berichterstatters, der notiert, was objektiv geschehen ist, und doch nicht unparteilich sein kann, selbst wenn sein Erzähler zwischen Braunen und Roten steht. Richters „Wir waren dabei“ verfolgt den Prozeß der ideologischen Attraktion des nationalsozialistischen Regimes bis hin zu Krieg, Tod und Elend für die, die mitgemacht haben. Das autobiographische Element ist hier deutlich. Es stand in seinem „Damals war es Friedrich“, in dem Richter Ereignisse und Erlebnisse aus dem Leben eines jüdischen Jungen und seiner Familie seit den mittzwanziger Jahren und dann in den dreißiger und vierziger Jahren aufnotiert, noch nicht in derselben Weise im Vordergrund. In „Die Zeit der jungen Soldaten“ erstattet Richter Bericht über die „Täter“, die – so sein Plädoyer – selber Opfer waren, in „Wir waren dabei“ entwirft er eine auf die eigene Person bezogene Haltung des Bekennens, durch Nichthandeln schuldig geworden zu sein. Und in seinem „Damals war es Friedrich“ zeichnet er das Schicksal der Opfer, eines jüdischen Jungen und seiner Familie, chronologisch reihend auf. Das Vorwort von „Wir waren dabei“ exponiert hierzu: „Ich berichte, wie ich jene Zeit erlebt und gesehen habe – mehr nicht. Ich war dabei, ich war nicht nur Augenzeuge: Ich habe geglaubt, und ich werde nie wieder glauben.“

Die Spannung des Textes „Damals war es Friedrich“ rührt her aus dem Widerstreit seines sachlich-objektivierenden Aufzählens der Ereignisse und der Herausforderung durch die Frage „... und wer wäre es heute?“ Welches sind in der Gegenwart die Sündenböcke oder welche Vorurteile bestehen weiter? Zu solchem bohrenden Nachdenken fordert der Autor auf. Richters Kinderbuch scheint in bezug auf die gelungene Überwindung des Antisemitismus und jeglichen Rassismus’ eine skeptische Haltung einzunehmen. Denn es läßt aufscheinen, daß die bloße Mitteilung der

Wahrheit versagen muß, weil sie die emotionale und soziale Funktion der Vorurteile nicht einholen kann. Um das deutlich zu machen, läßt Richter den Lebensweg zweier Nachbarsjungen von 1925 bis zum Tode Friedrichs vor dem Leser Revue passieren. Die beiden Jungen unternehmen vieles gemeinsam und sind Freunde. Immer deutlicher aber wird die Kluft zwischen ihnen, d.h. dem Juden und dem Deutschen, erkennbar. Die gesellschaftlichen und politischen Veränderungen lassen ihre Beziehung nicht unberührt. Während für Friedrichs Familie der gesellschaftliche Abstieg droht und ihre persönliche Gefährdung wächst, scheint es für den Vater des Erzählers beruflich aufwärts zu gehen und sich alles zum Besseren zu wenden. Dennoch hört der Kontakt der Jungen – auch nach dem 31. Januar 1933 – nicht auf. Ihre Trennung erfolgt erst, als Friedrich, weil er Jude ist, während eines Bombenangriffs vom Hausbesitzer aus dem Luftschutzkeller verjagt wird. Er wird getötet.

Richters reihendes Verfahren zeigt diejenigen Ereignisse und Gesetze auf, die zur Verfolgung der jüdischen Bevölkerung gehörten, bis hin zu Ausgrenzung und Mord. Eindringlich legt er dar, welche Pseudoargumente auf der religiösen, der wirtschaftlichen oder der moralischen Ebene herhalten mußten, die Juden zu den am „deutschen Unglück“ Schuldigen zu erklären. Richter läßt die Leser an der Veränderung, die Friedrichs Familie an sich erfährt, teilnehmen. Er beginnt mit harmlosen Episoden, gelangt zu solchen, die Verunsicherung belegen, bis zu jenen, die offene Angst einschließen. Richters Beschränkung auf das Schicksal einer Familie macht ihre Existenz um so paradigmatischer und fordert zur Verallgemeinerung auf.

Das Buch „Damals war es Friedrich“ nimmt deshalb eine besondere Stellung ein, weil der Autor sich darin dem Thema der Judenverfolgung stellte. Bis zum Zeitpunkt des Erscheinens dieses Textes war sie vor allem von den Verfolgten selbst aufgezeichnet worden, während nichtjüdische deutsche Autoren anderes, wie zum Beispiel die Vorgeschichte des Dritten Reiches, den Widerstand, das Leben Jugendlicher im Dritten Reich, die Sinnlosigkeit des Krieges oder Emigration und Exil zum Erzählanlaß gewählt hatten. Vielfach – und nicht nur in den ersten Jahren nach 1945 – hatten deutsche Autoren von Flucht und Vertreibung erzählt. Ungefähr die Hälfte aller Titel, die sich im weitesten Sinne der Zeit des Nationalsozialismus und des Zweiten Weltkrieges annehmen, sind Texte mit diesem Gegenstand. Insofern markiert Richters Buch einen wichtigen Punkt im historischen Kontinuum. Er hebt nicht mehr ausschließlich auf die Leiden der Deutschen ab, sondern versucht, sich in die Opfer der nationalsozialistischen Gewaltherrschaft hineinzufinden. Über dem Text steht – so formuliert Bernd Otto (1981) – die Aufforderung, sich der „Mitverantwortlichkeit“ bewußt zu werden.

Richters Kinder- und Jugendbücher über die NS-Zeit sind bemerkenswert, weil sie ohne Umwege von den Dingen sprechen wollen, wie sie wirklich waren. Mit ihnen meldet sich ein Augenzeuge, der aus der Distanz zwischen dem als Kind Erlebten, dem nachher Erfahrenen und dem durch „Enttäuschung“ Belehrten seine Erzählungen aufbaut. Sein Unterfangen, sich möglichst dicht an das anzunähern, was war, ist die eine Variante des Umgangs mit Geschichte.

Eine ganz andere Variante sind die parabolischen Bilderbücher und Bildergeschichten von Reiner Zimnik (*1930), der seit der Mitte der fünfziger Jahre publiziert. In seinem Bilderbuch „Xaver der Ringerlstecher und das gelbe Ross" (1954) hat er bereits einen Außenseiter zum Helden gemacht, der als Gezeichneter ein Ausgezeichneter

*Reiner Zimnik (*1930). Foto aus den fünfziger Jahren.*

war. In der Bildergeschichte „Der Kran" (1954) warnt Zimnik vor den technisch-zivilisatorischen Gewalttaten, die – so der Autor – alle Dämme werden brechen lassen. Er tritt für die „langsamen Denker" ein, die nicht blind dem Fortschritt huldigen. Und in „Der Bär und die Leute" (1954) thematisiert Zimnik das Verhältnis der Gemeinheit der Masse gegenüber dem verfolgten Sonderling, dem Narren und Künstler. Sein Weg geht gegen die Uniformierung und die bewußtlose Anpassung und Nachahmung des „Normalen". Zimniks zweiflerische Skepsis kulminiert in der Parabel „Die Trommler für eine bessere Zeit" (1958). Hier zeichnet er voller Geschichtspessimismus den „Aufstand der Massen" nach und sieht ihn motiviert durch „unheimliche Anstekkung". Die Anfälligkeit für sie besteht für ihn in der alten Idee der „vita nova" sowie in „der Angst der Reichen" und den „Träumen der Armen". Zimnik – auf Hitlers Selbstcharakteristik als Trommler anspielend – wendet sich gegen eine Entweder-Oder-Haltung, die Scheinalternative zwischen „Tod oder Trommel", Sichverweigern und Mitmachen. Er entwirft einen Weg der Menschheit mit den Stationen: Auszug, Suche, Finden, Scheitern, Weiterziehen, Arbeiten, Neuanfang. Was immer aber begonnen wird, es bleibt die Unzufriedenheit. Zimnik gibt zu erkennen, daß es ihm nicht genug ist, „wenn keiner hungert, keiner friert" (Zimnik, 1958b, S. 39). Die so großartig angekündigte „neue Zeit", als Zeit der Suche nach dem Paradies ausgegeben, läßt das Paradies zerstört hinter sich zurück. Zimniks fortbestehendes Unbehagen an der Geschichte deutet sich in seinem Hinweis auf das Fehlen des Schönen und des Überflüssigen an, das keinen unmittelbaren Nutzen impliziert (Zimnik, 1958b, S. 42). Die Erfüllung der menschlichen und sozialen Grundbedürfnisse allein garantiert kein menschengerechtes Leben. Zimniks Parabel gegen den Massenwahn, „überall hinter

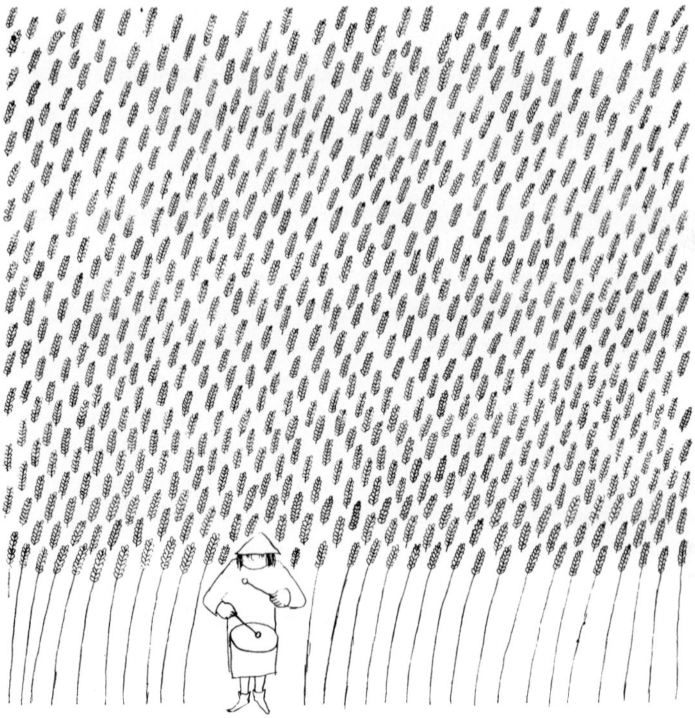

*Illustration aus Reiner Zimniks Bildergeschichte „Die Trommler für eine bessere Zeit" (1958).*

den Trommlern ging das Land in Flammen auf" (Zimnik, 1958b, S. 46), schließt mit der Angst, daß es so nicht weiter gehen darf, jedoch vielleicht weitergehen wird. Es könnte ein neuer Ver-Führer auftreten, der trommelnd alles und alle mitreißt und niederwalzt.

# Schlußbemerkung

Die vorangegangenen Seiten haben darzulegen versucht, daß die Herausbildung des Phantastischen Stilelementes und die Suche nach mehr Politikbewußtsein in der Kinder- und Jugendliteratur der ausgehenden fünfziger Jahre nicht in einer zeitlichen Folge stehen, sondern sich mehr und mehr verschränkt haben. Dabei hatte Kästners aufs Konkrete zielende Phantasie sich den Konjunktiv des Moralischen angeeignet, indem er – Moral als Möglichkeitsform fassend – die Wirklichkeit durch Kritik an ihr im Lichte ihrer bislang unausgeschöpften Möglichkeiten überschritt. Kästners Zukunftsentwürfe gesellschaftlichen Zusammenlebens waren Extrapolationen aus den in der Realität angelegten Tendenzen. Paradigmatisch war ihm die Solidarität der Kinder, gleichsam als gelebte Utopie. Bei ihm wurde der aufklärerische Impuls fruchtbar – Aufklärung verstanden als moralisches Unternehmen –, die Geschichte nicht in den Schranken bloßer Naturgeschichte zu belassen, damit sie Menschengeschichte werden kann.

Aber Kästners Ausgangspunkt vom Möglichen im Wirklichen – sein moralischer Ernst – war schon durch Lindgrens Zugriffsweise überholt worden. Sie hatte in „Pippi Langstrumpf" das Spielmoment favorisiert und dadurch die Chance zur Verspottung und Verkehrung der Regeln des Alltags wahrgenommen. Ihre Heldin fasziniert durch ihre antikonventionelle Fragehaltung und ihr Für-nicht-selbstverständlich-nehmen des Gegebenen. Die Ordnung der Dinge durcheinanderzubringen, weil Spielen eigene Regeln entwirft, ist der innere Kern von „Pippi Langstrumpf". Lindgren verbleibt jedoch insofern im Vorfindlichen, als sie ihre Heldin, eine Phantastische Gestalt, in einer ansonsten realistischen Welt ansiedelt. Die Opposition dieser beiden Sphären gibt in „Pippi Langstrumpf" den Antrieb zur Veränderung des Gewohnten. Ist in diesem Text das Phantastische vom Realen umgeben und darin eingebettet, dann hat Preußler in „Der kleine Wassermann" eine andere Art Zwei-Welten-Theorie zur Basis. Es gibt darin die Welt unter Wasser und die außerhalb dieses Elements, das scheinbar feste Ufer. Die Konfrontation der je spezifischen Gesetzlichkeiten dieser unterschiedlichen Welten und ihrer besonderen Erkenntnisweisen führen zur Durchbrechung des Automatismus der Wahrnehmung, gleichsam eine Variante des Verfremdungseffektes. Die „Sinnestäuschungen", denen Preußler seine Leser aussetzt, die Gesetze der Lichtbrechung durch das Wasser nutzend, rufen im Endergebnis Einsichten hervor und durch Erfahrungen relativiertes Wissen. Die Sicherheit des Gewohnten wird aufgegeben, um für neue, andersartige Eindrücke offen zu werden. Phantastisches dient der Erkenntniskritik.

Der Widerspruchsgeist, der in Krüss' Texten offensichtlich wurde, gewinnt wiederum ein anderes, ein eigenes Format dadurch, daß er auf die unmittelbare Schilderung utopischer Welten, als notwendigen menschlichen Wunschträumen, setzt. Krüss' utopische Phantasie hält der Wirklichkeit das ganz Andere entgegen, um Grenzen zu überschreiten. Das ist bei ihm nicht in bezug auf kognitive Schranken des Wissens oder der Erkenntnis gemeint. Krüss hat vielmehr politische Ansprüche, die in seine Entwürfe eingehen. Für diesen Autor ist unsere Welt keinesfalls die „beste aller möglichen Welten", der Optimismus Candides ist nicht der seine. Die neuen Welten, die Krüss leuchtend ausmalt, und seine Paradiesvorstellungen funktionieren als Warnungen in dem Sinne, daß sie angeben, was die Menschheit verfehlt, wenn sie nicht endlich versteht, mit ihren Anlagen umzugehen. Krüss ist sich aber bewußt, wie sehr die Träume von Fülle, Friede und Freiheit gefährdet sind. Es scheint darum folgerichtig, wenn sich eine Entwicklung in seinen Büchern erkennen läßt, die letztlich die Utopie um das politische Moment verkürzt und an deren Stelle ästhetische Utopien etabliert, die sich in Musik, Bildender Kunst und Literatur verwirklichen. Krüss' Antrieb wird es jetzt, aus Wörtern Welten entstehen zu lassen, damit die Unzulänglichkeit dieser Welt aufscheint. Deshalb macht er auf Überschießendes aufmerksam. Erzählen wird zum „Überlebensmittel". Das Spiel mit der Sprache ist wichtig, weil die Grenzen unserer Sprache, auch die Grenzen unserer Welt bezeichnen. Die Erweiterung unserer Sprachfähigkeit trägt demnach zur Erweiterung des menschlichen Horizontes bei.

Bei Erich Kästner, Otfried Preußler und James Krüss sind die Resultate des Umgangs mit dem Phantastischen auf die für Autor wie Leser erfahrbare und erkennbare Außenwelt orientiert, sei es in kritischer Verlängerung, in anklagender Opposition oder kognitiver Nutzung. Phantasie gilt als Vermögen des Subjektes, mit der Welt umzugehen. In dieser Hinsicht richtet sie sich auf Anderes, Außersubjektives. Eine Gegenrichtung haben wir in den Kinderbüchern Denneborgs und Wölfels erkannt, die Phantasie im Sinne des Innerseelischen fassen und die Innenwelt von Kindern, zumeist Außenseiterfiguren, gestalten. Die Bedrohung, die von der Normalität ausgeht, und die Krüss seine „glücklichen Inseln hinter dem Winde" erfinden läßt, um ihr zu begegnen und zu widerstehen, wird zu Ende der fünfziger Jahre introjiziert gesehen. Sie ist Teil der Kinder selbst. Der Gegensatz ist nicht mehr nur einer zwischen Kind und Welt, sondern in den Kindern selbst wütet ein Streit, in dem sie gegen sich selbst angehen und der sie um ihre Möglichkeiten zu bringen droht. Wölfels Sinchen leidet nicht allein unter einer bedrängenden Außenwelt, sie leidet ebenso unter dem bedrängenden Innen.

Mit diesen Texten hat die Kinder- und Jugendliteratur eine wesentliche Dimension hinzugewonnen: Die innere Wirklichkeit der Subjekte. Die Kinder- und Jugendliteratur der fünfziger Jahre ist aber noch ohne historische, über das Individuelle hinausgehende Vertiefung geblieben. Sie hat zwar die Wiederannäherung ans Phantastische vollzogen, das gleichsam „oberhalb" der Wirklichkeit aufgefunden wird. Sie hat sich auch schon zeitlich wie räumlich ferne und fremde Welten angeeignet, allerdings unter Ausschluß der unmittelbaren Gegenwart. Und davor hatte die Kinder- und Jugendliteratur in den ausgehenden vierziger Jahren – z.B. in den Mädchenbüchern – einen allerdings um alle widersprüchlichen Tendenzen bereinigten Bezug zur Realität herzustellen versucht.

Die Figuren jener Texte der Zeit nach 1945 erfahren sich als Opfer des Krieges und der Gewalt und unterschlagen, daß sie zuvor zu den Tätern gehört haben.

Zu den hier aufgelisteten Komplexen: Subjektivität, Geschichtlichkeit, Phantasie, Realismus tritt nun zu Ende des Jahrzehnts in der Erinnerung an die Opfer deutscher Historie der Reflex auf die Gegenwart als Teil des geschichtlichen Prozesses. Durch die ausdrückliche Anerkennung des Leidens der unterworfenen und unterdrückten Völker sowie die Einsicht in die Rolle des Antisemitismus in Deutschland gelangte die Kinder- und Jugendliteratur zu ihrer Rehistorisierung und – dadurch vermittelt – Repolitisierung. Die Autoren – wir diskutierten Hans Peter Richter und Reiner Zimnik – machen die bis dahin unterdrückte und verdrängte Geschichte als eine Geschichte der Unterdrückung einsichtig. Zugleich tragen sie dazu bei, die Vorstellungen von einer „Stunde Null" oder einem „tabula rasa"-Stand im Jahre 1945 zu untergraben.

Nur die Aneignung der gesamten deutschen Geschichte – so der Tenor ihrer Bücher –, ihre dunklen Seiten eingeschlossen, schützt vor einem unbewußten historischen Wiederholungszwang. Diese Warnung hat vor allem Zimnik in seinen Bilderbüchern vorgetragen, in denen er dem bewußtlosen Fortschreiten und gewalttätiger Vereinheitlichung Einhalt zu gebieten versucht. Er votiert für das Recht der Einzelnen auf ihre Besonderheit und attackiert die Massengesellschaft mit ihrem Zwang zu Uniformierung.

## *Anmerkungen*

1 Andere Kritiker der Werke Kästners kommen – rückblickend – zu noch abwertenderen Einschätzungen. Dieter Mank (1981, S. 71) behauptet in seiner Dissertation über Kästners während des Dritten Reichs entstandene Werke eine Entwicklung von der Resignation im „Fabian" (1931) zur Anpassung, wie sie sich in „Drei Männer im Schnee" (1934) ausdrücken soll, bis zum „reibungslosen Funktionieren" im System, z.B. „Die verschwundene Miniatur" (1936). Er sieht das begründet in einem Theoriedefizit Kästners. Auf dessen Kinderbücher bezogen folgert Mank eine Entwicklung von der „moralischen Utopie" zur späteren „modischen Utopie". Diese Untersuchung führt ihn dahin, Kästner „geistiger Kollaboration" zu bezichtigen (Mank, 1981, S. 159).
Jedoch der Vorwurf gegen Kästner, seine Moralismen seien retrograd, trifft nicht. Denn die politische Relevanz seiner Einstellung zeigt sich gerade darin, daß er in einer Zeit, die auf Moral nichts gab, weiter für sie stritt. Jene Auseinandersetzung mit Kästners Werk – wie bei Mank oder Marianne Bäumler (1984), die ihm „entpolitisierende Problemverleugnung" vorhält – geht ungeschichtlich vor. Sie übersieht, daß – wie an anderer Stelle gezeigt – Kästner selbst und auch seine als utopistisch abgelehnten Kinderbücher der Zustimmung der Literaturpädagogen und der Jugendbibliothekare, genannt seien W. Fronemann und F. Westphal, in den fünfziger Jahren nicht sicher sein konnten. Diese monierten weiter Kästners Haltung der Desillusionierung. Sein anfänglicher Erneuerungsschwung war ihnen unheimlich und nicht genehm. Kästner war eine moralische Instanz. Wer seinen Büchern heute „Konformismus" zuschreiben will, muß bedenken, daß sich die gesellschaftlichen Entwicklungen im Nachkriegsdeutschland – trotz aller Restaurationen – teilweise gerade in der Richtung vollzogen haben, hin auf die Verwirklichung bürgerlicher Ideale, wie Kästner sie als zu realisierende vorschwebten. Die Wirklichkeit hat sein Werk eingeholt.

2 Der Terminus Phantastische Erzählung als Bezeichnung für ein eigenes Genre ist in den fünfziger Jahren von Anna Krüger „Das Buch – Gefährte eurer Kinder" ($^2$1954) erstmals diskutiert worden, um Texte neuerer Art von den Märchen und Kunstmärchen der Überlieferung abzugrenzen. Eine nähere Charakteristik erfuhr die Phantastische Erzählung durch Ruth Koch (1959), die feststellte, daß darin das *Unwirkliche* das Besondere und Außergewöhnliche ist, und es nicht – wie im Märchen – auf einer Ebene mit dem Wirklichen angesiedelt ist. Koch hebt die „Sonderstellung" der Phantastischen Erzählung und ihre neuartigen Eigenschaften hervor. Weitere theoretische Auseinandersetzungen folgten in den siebziger Jahren.

3 In das nachfolgende Kapitel sind Einschätzungen und Hinweise von Otfried Preußler eingegangen, die er anläßlich eines Gesprächs mit dem Verfasser in Stephanskirchen am 2.7.1984 zum Ausdruck brachte.

4 In das nachfolgend Gesagte sind Einschätzungen und Hinweise von James Krüss eingegangen, die dieser anläßlich eines Gesprächs mit Klaus Doderer auf Gran Canaria am 25.8.1984 zum Ausdruck brachte.

5 Der zweite Band der „Glücklichen Inseln" bringt zudem Hinweise auf Krüss' literarische Vorbilder: Cervantes, Defoe, die Grimms, Alan A. Milne, H. Lofting, A. Lindgren sowie Erich Kästner. Zu ihnen fügt sich noch der Lyriker Paul Celan, dessen Verse über den „Tod ein Meister in Deutschland" sich in Krüss' Gedicht „Wo ist Sun, meine Schwester/Die ich im Sommer sah?/Auf ihre weißen Schultern, wirrte sich schwarzes Haar" (Krüss, 1959b, S. 228) wiederfinden lassen. Krüss spielte also nicht nur, er erinnerte auch und versuchte Eingedenken.

6 Krüss' Kinderbücher fanden große öffentliche Resonanz. Es gab darunter auch einige Stimmen des Zweifels oder der Ablehnung. So anerkannten die Vereinigten Jugendschriftenausschüsse Baden-Württembergs den „Erziehungs- und Bildungswert" seines Buches „Mein Urgroßvater und ich", aber andere monierten, daß manches darin die Auffassungskraft von Kindern überschreite. Angespielt wurde auf die politischen Aussagen gegen den Krieg und für gesellschaftliche Veränderung. Anläßlich seines Buches „Der Leuchtturm auf den Hummerklippen" fragte 1956 der Landesverband Braunschweig der Vereinigten Jugendschriftenausschüsse: „Muß man Kindern den folgenden Satz sagen: ‚Wer Kinder prügelt, beweist damit, daß er auf vernünftige Weise nicht mit ihnen fertig werden kann. Das ist ein schlechtes Zeichen.'" Dennoch überwiegen die wohlwollenden Einschätzungen des Krüss'schen Werkes. Die Kritikerin und Journalistin Arianna Giachi z.B. entwarf ein Porträt „Der Inseljunge und die Reimkunst" (1961), in dem sie behauptet, daß Krüss eine Poetologie geschaffen habe, in der alle Theorie in unmittelbare Anschauung verwandelt sei. Sie zitiert in diesem Zusammenhang einen Ausspruch von Krüss, der sein literarisches Credo genannt werden könnte: Krüss spricht darin von seiner unerschütterlichen Vorstellung von einer besseren, moralischeren Welt, „aus deren Perspektive sich die Wirklichkeit wie ein Zerrbild ausnehme" (Krüss, zit. nach Giachi, 1961). Das ist sein Ansporn, aus Sprache wieder Leben zu machen. Was zugleich heißt, daß sich das Pädagogische – das Krüss der Kinder- und Jugendliteratur durchaus zugesteht – aus der Fabel selbst ergeben muß, aus „absichtsloser Notwendigkeit" (Krüss, 1966).

Lob schwingt auch mit in einer Aussage von Fred Rodrian, damals Leiter des Ost-Berliner Kinderbuchverlags, der in Krüss' Büchern eine Steigerung über Kästner hinaus geleistet sieht (Rodrian, 1976, S. 29).

# Einblicke in die Kinder- und Jugendliteratur der Schweiz, Österreichs und der Deutschen Demokratischen Republik. 1945–1960

## Fragen und Thesen

Ein Versuch, sich die Entwicklungen der Kinder- und Jugendliteratur nach 1945 in den drei anderen deutschsprachigen Ländern, Schweiz, Österreich und Deutsche Demokratische Republik, unter komparatistischen Aspekten zu vergegenwärtigen, kann nicht darauf ausgehen, jeweils eine eigene Geschichte jener Literaturen zu verfassen. In erster Linie sollen die Unterschiede gegenüber den kinderliterarischen Prozessen zuerst in den Westzonen und dann in der Bundesrepublik Deutschland herausgearbeitet werden. Es interessiert uns, wie in den bisherigen Kapiteln, die Frage nach der Kontinuität und/oder Diskontinuität vor und nach 1945, sowie die nach einer Ein- oder Mehrphasigkeit der Entwicklung. Gab es in der Schweiz, in Österreich und in der Deutschen Demokratischen Republik vergleichbare oder gänzlich andere Etappen und Einschnitte als in der kinderliterarischen Entwicklung der Bundesrepublik? Weiter befassen wir uns mit den Unterschieden von Gattungsschwerpunkten, der Wertung herausragender Autoren sowie der Ausformung literaturpädagogischer und -theoretischer Konzeptionen im Vergleich der genannten vier deutschsprachigen Länder.

Betrachtet man den Neubeginn der Kinder- und Jugendliteratur unter dem Aspekt des gesellschaftlichen Umfeldes, dann stellt sich heraus, daß nach Kriegsende in der sowjetischen Besatzungszone und dann späterhin in der Deutschen Demokratischen Republik eine neue theoretische Doktrin – die des „Sozialistischen Realismus" – zum Durchbruch gebracht wurde und daß wirtschaftlich infolge der weitgehenden Verstaatlichung des Verlagswesens auch eine Umwälzung der Produktionsbedingungen von Kinder- und Jugendliteratur stattfand. In den Westzonen und der Bundesrepublik hingegen gab es zwar persönliche Neu- und Rückorientierungen auf der individuell-moralischen Ebene, die Produktionsbedingungen – das heißt Privatverlage und deren Marktabhängigkeit – jedoch blieben die nämlichen wie zuvor. In Österreich wiederum wurde vielfach in Einzelstellungnahmen nach 1945 die Herrschaft der Nationalsozialisten als von außen aufgezwungen abgetan sowie recht umstandslos an die zwanziger und dreißiger Jahre vor dem „Anschluß" (1938) anzuknüpfen versucht. Auf der ökonomischen Ebene blieb die privatwirtschaftliche Produktionsweise bestehen, aber der Kinder- und Jugendbuchmarkt wurde doch von

Wien aus mit starker staatlicher Subventionierung neu organisiert. Eine von den bisher genannten völlig abweichende Ausgangslage fand sich in der Schweiz. Deren Autoren und Literaturpädagogen brauchten sich nicht umzuorientieren. Sie konnten auf dem einmal eingeschlagenen Weg weitergehen. Die objektiven Gegebenheiten, Markt und Produktion, blieben ebenfalls identisch. Die schweizerischen Verlage hatten sich allerdings – das bedingt das starke Eingebundensein in den westdeutschen und auch österreichischen Buchmarkt – auf die wachsende Veränderung in den deutschsprachigen Nachbarländern einzustellen.

Während also in der Deutschen Demokratischen Republik in der Kinder- und Jugendliteratur radikale Umwälzungen vor sich gingen, scheint in der Schweiz das Jahr 1945 kaum eine einschneidende Veränderung gebracht zu haben. Das Element der Kontinuität blieb dort in der Entwicklung bestimmend (vgl. auch Vier deutsche Literaturen? 1986, passim).

## Bemerkungen zur Schweizer Kinder- und Jugendliteratur[1]

Die Verlegerin und Schriftstellerin Bettina Hürlimann bemerkte 1961, daß die schweizerische Kinder- und Jugendliteratur bis in die Gegenwart hinein nicht von Johanna Spyris Werk und Wirkung loskam. Als schweizerische Merkmale der Kinder- und Jugendliteratur meint sie, „Naturnähe, vaterländische Gesinnung, erzieherischer Wille, verbunden mit einem lebendigen historischen Bewußtsein" (Hürlimann, 1963) sowie einen überwiegend volksbuchartigen Charakter der Kinder- und Jugendliteratur erkennen zu können. In der Tat lassen sich dazu schon Beispiele im 19. Jahrhundert finden, wie etwa Jeremias Gotthelfs Jugendbuch „Der Knabe des Tell" (1846). In der Nachfolge Spyris treten dann Autorinnen hervor, die bis in die sechziger Jahre des 20. Jahrhunderts das Gesicht der modernen Schweizer Kinder- und Jugendliteratur mitbestimmen sollten, so Ida Bindschedler mit „Die Turnachkinder" (1906) und „Die Kummerbuben" (1941), Elisabeth Müller mit ihrem „Vreneli" (1916), Olga Meyer mit „Anneli" (1919) sowie Cecile Lauber mit „Land einer Mutter" (1946). Diese Bücher wurden immer wieder neu aufgelegt.

Die typisch „helvetischen Züge" – so eine Formulierung von Verena Rutschmann (1979) – seien: Naturgefühl, republikanischer Patriotismus, praktischer Wirklichkeitssinn, gepaart mit dem Mißtrauen gegen alles Spielerische und nicht offensichtlich Nützliche. Diese Eigentümlichkeiten der schweizerischen Kinder- und Jugendliteratur tauchten schon in Texten der Zeit der Aufklärungsepoche, verstärkt in der Epoche des Wilhelminismus auf – dort als Ausdruck der Opposition gegen das deutsche Vorbild, nachdem sich im 19. Jahrhundert die Schweiz kulturell zunehmend am nördlichen Nachbarn orientiert hatte. Das änderte sich mit dem Ersten Weltkrieg und erst recht mit dem Zweiten. Die nationalistischen Tendenzen der deutschen Kinder- und Jugendliteratur waren für die Schweizer nicht akzeptabel. Als Folge setzte eine

*Elisabeth Müller (1885–1977), Schweizer Autorin.*

*Olga Meyer (1889–1972), Schweizer Autorin.*

verstärkte Schweizer Verlagstätigkeit ein. Die deutsch-schweizerische Kinder- und Jugendliteratur nimmt von hier aus eine von der deutschen getrennte Entwicklung. Ausdruck fand das in vermehrten sprachlichen Helvetismen und inhaltlich zum Beispiel im Wandel des Konzepts „Heimat". Für Spyri war Heimat, identisch mit der Alpenwelt gesehen, ein landschaftlicher Komplex (Rutschmann, 1979). Seit der Jahrhundertwende wird mehr und mehr Heimat als ein politisches Gebilde aufgefaßt. Ein anderes Ergebnis dieser Einstellungsveränderung war die verstärkte Hinwendung zur eigenen Schweizer Geschichte bis in die fünfziger Jahre hinein. Der Bedrohung, die vom wilhelminischen und dann vom nationalsozialistischen Deutschland ausging, wurde durch den Bezug auf „traditionelle" Schweizer Werte geantwortet: Ablehnung der Unterordnung unter eine fremde Macht und individuelle Verantwortlichkeit des Handelns.

Werke dieser Tendenz stammten von Josef Reinhart, Lehrer und später Literaturprofessor, der seit 1909 die Zeitschrift „Jugendborn" herausgab. Für Jugendliche verfaßte er Lebensbilder „Helden und Helfer" (1931), „Schweizer, die wir ehren" (1941) und „Brot der Heimat" (1943). Andere setzten ländliche Einfalt gegen „stadtgewollte Zweckmäßigkeit" (Freundesgabe für Olga Meyer, 1964, S. 32). Johann Heinrich Pestalozzi als Kämpfer für die Würde des Menschen stellte Adolf Haller dar in „Heiri Wunderli von Torlikon" (1944). Dieser Text ist als Auseinandersetzung mit dem Nationalsozialismus zu lesen, ebenso wie diejenigen Bände, die von Befreiungskämpfen aus der Schweizer Geschichte berichten: „Heini von Uri“ (1942) und „Tanz um den Freiheitsbaum“ (1954). Für Haller stehen, 1939 von ihm zitiert (in: Adolf Haller, 1967), die Ideen Pestalozzis zentral: „Laßt uns Menschen werden, damit wir wieder Bürger werden können“. Haller, der sich zu einem Christentum der Tat bekannte, sah seine geschichtlichen Bücher auch als gegenwartsbezogene Stellungnahmen. Seine Kritik Napoleons richtete sich gegen Hitler und seine Porträts der Vorbilder Pestalozzi, Abraham Lincoln, Winston Churchill wollten den Mut zur Freiheit stärken.

Die besondere Situation der neutralen Schweiz im Zweiten Weltkrieg hatte dazu geführt, daß die Kinder- und Jugendliteratur systematischer als zuvor gefördert wurde. Zugleich dürfte eine Trennung der schweizerischen Kinder- und Jugendliteratur in Abschnitte vor und nach 1945 künstlich sein (Meier, 1984). Gerade die ersten sechs Jahrzehnte des 20. Jahrhunderts, die lange Zeit von 1900 bis 1960, haben von Thematik und Stil her gesehen im Gegensatz zur deutschen Kinder- und Jugendliteratur desselben Zeitraums einen erstaunlich geschlossenen Charakter und bezeichnen eine Phase zunehmend eigenständiger Entwicklung der Literatur für junge Schweizer Leser. Man sollte bedenken, daß in der Periode der Hitlerherrschaft in der Schweiz neben den wichtigen Bilderbüchern späterhin für den deutschen Markt so bedeutsame Werke wie die von Lisa Tetzner, ihre neunbändige Kinderodyssee „Die Kinder aus Nr. 67“ (1933–1949), und von Kurt Held „Die rote Zora“ (1941) entstanden sind. Beide Autoren waren gezwungen gewesen, aus dem nationalsozialistischen Deutschland zu fliehen und in der Schweiz Arbeits- und Lebensmöglichkeiten zu finden. Aber auf die schweizerische Kinder- und Jugendliteratur hatten sie kaum die Möglichkeit, Einfluß zu nehmen.

Die Hauptleistung der Schweizer Kinder- und Jugendliteratur nach 1945 – so stellten Peter Keckeis (1961) und Helmut Müller (1979) übereinstimmend fest – lag auf dem Gebiet des Bilderbuchs. Dafür stehen die Namen der Illustratoren Alois Carigiet, Hans Fischer und Felix Hoffmann.

Das sogenannte Künstlerbilderbuch wurde nach dem Kriege durch die Arbeiten Hans Fischers, dem Begründer des neuen Schweizer Bilderbuchs, wiederentdeckt: „Pitschi“ (1948) und „Rumpumpum“ (1951). Zur selben Zeit wirkte der Musikersohn Felix Hoffmann, der nicht nur die Werke fast aller bekannten schweizerischen Autoren gestalten sollte, sondern vor allem auch als Märchenillustrator auftrat. Eine besondere Konstellation ergab sich durch die Zusammenarbeit der Autorin Selina Chönz, die zunächst in rätoromanischer Sprache dichtete, mit dem Bauernsohn Alois Carigiet. Ihre „Schweizer Trilogie“ – „Schellenursli“ (1945), „Flurina und das Wildvöglein“ (1952) und „Der große Schnee“ (1955) – verarbeitete bäuerliche Heimat und Schweizer Bergwelt. Trotz dieser Kunstwerke blieb aber – aufs Ganze gesehen – die schweizerische Kinder- und Jugendliteratur, wie Peter Keckeis (1961) meinte, durch „kühle Berechnung“ und das Fehlen des Phantastischen bestimmt.

Man muß sich fragen, wo die literaturpädagogischen Intentionen nach dem Zweiten Weltkrieg zu suchen sind.

*Felix Hoffmann (1911–1975), Schweizer Grafiker und Illustrator.*

*Diese Illustration schuf Felix Hoffmann Ende der vierziger Jahre für das Grimmsche Märchen von „Rapunzel".*

*Alois Carigiet (1902–1985), Schweizer Grafiker und Illustrator.*

*Titelbild des 1945 zuerst erschienenen Bilderbuchs „Schellen-Ursli" von Selina Chönz (*1911) und Alois Carigiet (1902–1985).*

*Hans Fischer (1909–1958), Schweizer Grafiker und Illustrator.*

*Das Bilderbuch „Pitschi" von Hans Fischer erschien erstmals 1948.*

In der „Bibliographie der deutschsprachigen Publikationen des Schweizerischen Jugendschriftenwerks 1932–1952“ von Eleonora Brauchlin (1953) lassen sich die Punkte der schweizerischen Kinder- und Jugendliteratur erkennen, die ihre erzieherische Absicht markieren: Sie ziele, heißt es dort, auf die Weckung der Gewissensstimme, auf die Darstellung des Inhalts der Gewissensforderung und auf den Ausdruck der Gewissensstimme in einer guten Tat. Die Leser sollten für das Gute begeistert werden, sollten über die Stellung des Menschen zur Natur, den Mitmenschen und zu Gott nachdenken lernen, um auf diesem Wege zu einer „brüderlichen Gesinnung den Mitmenschen gegenüber“ zu finden. Neben diese sentimentalische, religiöse und zugleich humanistische Auslegung – nicht weit entfernt von denen in der jungen Bundesrepublik und Österreich der frühen Nachkriegszeit – treten andere, unter denen Hans Cornioleys besonderes Gewicht hat. In seinen „Beiträgen zur Jugendbuchkunde“ setzt er voraus, daß sich Kinder- und Jugendliteratur auf das – wie er sich ausdrückt – „als normal geltende gesellschaftliche Gefüge“ zu beziehen habe (Cornioley, 1966, S. 58). Aber was ist das? Dies wird nicht erklärt. Diese Aufsatzsammlung enthält auch einen Text aus dem Jahre 1946, der die damaligen Kriterien der „Auswahl guter Jugendbücher“ auflistet. Hier haben wir eine fast bis in den Wortlaut hinein mit anderen Stimmen wie etwa die von Richard Bamberger gleichlautende Stimme des Nachkriegsdenkens: „1. Das gute Jugendbuch muß psychologisch wahr sein, wirkliche Menschen und richtiges Leben widerspiegeln. 2. Das Jugendbuch hat literarischen Ansprüchen zu genügen; es muß in einfacher aber gepflegter Sprache geschrieben sein und 3. es soll künstlerisch gestaltet und 4. erzieherisch wertvoll sein. Aufdringliches Moralisieren und tendenziöse Darstellungen werden abgelehnt. 5. Das Jugendbuch sei gut und zweckmäßig ausgestattet“ (Cornioley, 1966, S. 101).

In ihrer komparatistischen Studie zur Kinder- und Jugendliteratur Englands, Frankreichs und der deutschen Schweiz hat Ruth-Gisela Klausmeier (1963) folgende pädagogische Ideale in der schweizerischen Kinder- und Jugendliteratur ausgemacht: Einordnung in die Gruppe, einfaches Leben, körperliche Disziplin, Fleiß, Selbstaufgabe, Selbstverantwortung und Schicksalsgläubigkeit. Klausmeier bringt diese Vorstellungen mit den für den Calvinismus zentralen Fragen der Prädestination, seiner Ablehnung der Sinnenfreude, seiner kirchlichen Disziplin und dem Engagement für soziale Fragen in Verbindung. Kinder- und Jugendliteratur orientiert sich in dieser Hinsicht nicht auf Emotion und Phantasie, sondern auf den Zweck, „die Welt durch Ordnung zu bewältigen“ (Klausmeier, 1963, S. 66).

Die schweizerische Kinder- und Jugendliteratur unseres Jahrhunderts sei durch einen „demokratisch-pädagogischen Zug“ gekennzeichnet und auch dadurch, daß in ihr die Phantasie kein Hauptanliegen sei: „Das Leben wird nicht verwandelt, sondern geordnet“ (Klausmeier, 1963, S. 68). Auch Klausmeier gelangt wie Bettina Hürlimann dahin zu behaupten, daß die Grundstimmung von Spyris „Heidi“ noch in der Mitte der fünfziger Jahre einen großen Teil der Kinderbücher in der Schweiz getragen habe. Eine solche Behauptung korrespondiert mit Hinweisen in einem neueren Arbeitsbericht des Schweizerischen Jugendbuchinstituts „Swiss picture books for children – a panorama“ (1980), worin im Hinblick auf das schweizerische Bilderbuch gesagt wird, daß darin immer noch Landschaft – vor allem die Alpenwelt – mehr sei als bloß ästhetischer Hintergrund. In ihrer Darstellung komme vielmehr die Idee von der „Kindheit als Schutzraum“ zum Ausdruck.

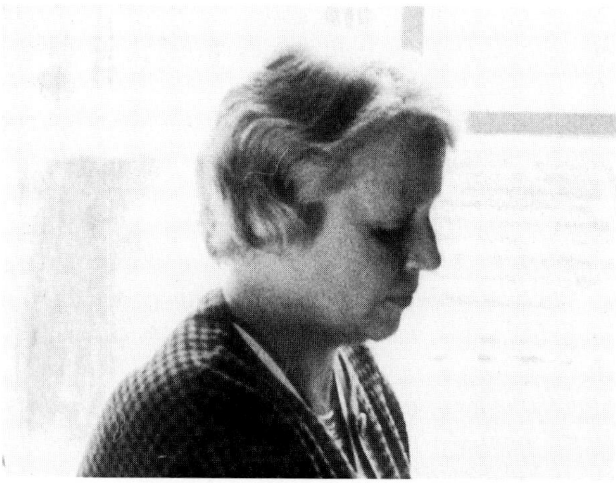

*Bettina Hürlimann (1909–1983), Schweizer Verlegerin und Jugendbuchspezialistin.*

Eine Arbeit über Erziehungsziele in Schweizer Kinderbuch sieht denn auch in den ersten Jahrzehnten dieses Jahrhunderts innerhalb der Entwicklung der Literatur für junge Leser kaum eine Zäsur (Meier, 1984, S. 61). Erst Ende der sechziger Jahre sollten neue Tendenzen auftreten und das Phantastische seinen Einzug in die Schweizer Kinder- und Jugendliteratur halten. Zuvor aber war die Rücksicht aufs Pragmatisch-Nützliche und eine pädagogische Komponente dominant.

## Bemerkungen zur österreichischen Kinder- und Jugendliteratur

In seiner Studie „Das österreichische Kinder- und Jugendschrifttum nach dem Zweiten Weltkrieg“ (1968) behauptet Hubert Hladej, daß von einer genuinen österreichischen Kinder- und Jugendliteratur, die sich unabhängig von Deutschland entfaltet hat, vor dem Ersten Weltkrieg nicht die Rede sein könne. Wegbereitend aber wäre zu Beginn des Jahrhunderts Peter Roseggers autobiographische Erzählung „Als ich noch der Waldbauernbub war“ (1902) gewesen. In dieser Veröffentlichung hätten damals viele Theodor Storms Diktum, daß, wer für die Jugend schreibt, nicht für die Jugend schreiben dürfe, beispielhaft verwirklicht gesehen. Hier schien – im Sinne Wolgasts – Jugendliteratur Literatur geworden zu sein. Einen weiteren Höhepunkt österreichischer Kinder- und Jugendliteratur bildete sodann die im Stuttgarter Franckh-Verlag herausgekommene Trilogie „Die Höhlenkinder" (1918–1920) von A. Th. Sonnleitner. Dieser mitteleuropäischen Robinsonade, einem vom Autor sogenannten Kulturerarbeitungsroman, folgten die Bände „Hegerkinder" (1920–1923).

Wenn Richard Bamberger dann im Hinblick auf die Epoche nach 1945 für das Österreich der ersten Nachkriegsjahre eine Vorherrschaft von Tier- und Naturbüchern heimatkundlichen Tones erkannte, lag das durchaus in der Traditionslinie dieser Schriften begründet, wobei noch Felix Saltens „Bambi" (1923), eine verklärende Tiergeschichte mit realistischen Zügen, hinzuzufügen wäre. Die in den zwanziger Jahren einsetzende Emanzipation der österreichischen Kinder- und Jugendliteratur von jahrhundertealter, das 18. und 19. Jahrhundert umschließender deutscher Bevormundung (Bamberger, 1977) – wenngleich die Abhängigkeit vom deutschen Buchmarkt erhalten blieb – erlebte ihr abruptes und vorläufiges Ende durch den freiwillig-unfreiwilligen „Anschluß" 1938. Die Entscheidung der Alliierten, 1945 alle

*Richard Bamberger (*1911). Gründer des österreichischen Buchklubs der Jugend und langjähriger Direktor des Internationalen Instituts für Jugendliteratur und Leseforschung.*

Verbindungen zwischen Österreich und Deutschland zu kappen, vor allem die wirtschaftlicher Art – anfangs auch die kultureller –, hatte schließlich für die österreichische Kinder- und Jugendliteratur zugleich den positiven Effekt, daß sie sich selbständig machen mußte.

Schon in der Zeit zwischen den beiden Weltkriegen waren wesentliche Impulse von zwei Verlagshäusern, dem Verlag für Jugend und Volk und dem Österreichischen Bundesverlag ausgegangen. Nicht nur, daß sie erstmals eine eigenständige österreichische Kinder- und Jugendliteratur etablierten, sie trugen nun auch dazu bei, daß erneut ein Qualitätsschritt nach 1945 getan werden konnte. Später ist sogar gesagt worden, Jugendbücher mit dichterischer Qualität besäße Österreich erst seit dem Zweiten Weltkrieg (Hladej, 1968, S. 15).

Beobachter der Anfänge der österreichischen Literaturszene gleich nach 1945 fanden Unterschiede zu den westdeutschen und auch den Verhältnissen in der Deutschen Demokratischen Republik heraus. So bemerkt der Marbacher Ausstellungskatalog „Als der Krieg zu Ende war“ (Hay, 1973) zur österreichischen Literaturentwicklung nach dem Zweiten Weltkrieg, daß es dort fast nirgends das Bewußtsein einer „tabula rasa“ gegeben habe, „aus dem radikaler Nihilismus wie radikale Erneuerungssucht ihre Nahrung hätten ziehen können“. Auffallend sei vielmehr durch das häufige Anknüpfen an die „große“ österreichische Vergangenheit eine Art „konservativer Regeneration“ gewesen. Ein Ausdruck dieses Zustandes scheint die Veröffentlichung solcher traditionell märchenhaft-phantastischer Kinderbücher gewesen zu sein wie „Die Abenteuer des kleinen Hansl“ (1946) von Manuel Oppitz oder „Prinz Pips. Eine Spatzengeschichte aus Schönbrunn“ (1945) von Emmy Wohanka; Texte, die zu den ersten gehörten, die nach dem Kriege in Österreich für Kinder publiziert wurden.

Zum spezifischen Bild der österreichischen Kinder- und Jugendliteratur trugen seit den ausgehenden vierziger Jahren zahlreiche Autorinnen bei, die sich ein gestalterisch eigenes Feld erobern konnten. Während Schriftsteller wie Othmar Franz Lang, Franz Braumann, Fritz Habeck und Karl Bruckner eher realistisch erzählten und schilderten, haben die Autorinnen das märchenhaft-phantastische Schreiben bevorzugt, ja auch äußerst feine Töne für die Kinderlyrik angeschlagen. Zu nennen sind unter anderem Vera Ferra-Mikura, Mira Lobe und Erica Lillegg.

Vera Ferra-Mikura kennt, so ihre Aussage, Märchen als Märchen mit artikuliertem sozialen und erzieherischen Gehalt. Ihr Buch „Der Märchenwebstuhl“ (1946) war dafür ein Beispiel. Von ihrer Phantastischen Erzählung „Der Zaubermeister Opequeh“ (1956) sagte sie: „Für mich sind es Geschichten, deren Boden wie ein Schachbrett angeordnet sind, wobei ein Teil der Felder real, der andere irreal oder stellenweise übersteigert ist.“ Ihr Schreiben ist als „magischer Realismus“ definiert worden, worin das Reale nicht der Boden ist, von dem das Phantastische sich abstößt, sondern zu dem es zurückkehrt.

Prägend für die österreichische Kinder- und Jugendliteratur in den fünfziger Jahren wurde sodann die in Görlitz geborene Mira Lobe, die nach ihrer Rückkehr aus der Emigration in Palästina ihren Wohnsitz in Wien nahm. Lobe läßt Umwelt und Innenwelt ineinander fließen. Ihre im Exil entstandene Erzählung „Insu pu“ (1951) verknüpft Motive, die sie bei Tetzner „Die Kinder auf der Insel“ und bei William Golding „Herr der Fliegen“ vorgebildet fand. Vor die Wahl zwischen Anpassung und

Außenseitertum gestellt, nimmt Lobe nicht nur in ihrem Bilderbuch „Hannes und sein Bumpan“ (1961) für den Außenseiter Partei.

*Mira Lobe (*1913), österreichische Kinderbuchautorin.*

Schließlich erschien, die Arbeiten Ferra-Mikuras und Lobes fortsetzend, im Münchener Ellermann Verlag von der Österreicherin Erica Lillegg „Vevi“ (1954). Dieses Buch kann als die erste deutschsprachige genuine Phantastische Erzählung angesehen werden, mit Verbindungen zu Carrolls „Alice“, zu Lindgrens „Pippi Langstrumpf“ sowie durch Sprachspiel und Alogik zum literarischen Nonsens.

Lillegg trägt eine realistisch gehaltene Geschichte vor, in die Phantastisches vermittels der noch nicht angepaßten Imaginationskraft eines Kindes einschlägt. Die Autorin gestaltet die Phantasien Vevis als Fluchtphantasien, als Schutzräume vor einer bedrängenden Wirklichkeit. Sie ist dabei an der seelischen Funktion des Phantasierens interessiert, nicht an den Eigengesetzlichkeiten der Phantasie. Vevis antiautoritäre Geste gegen ihre Erzieher geht jedoch durch den Wechsel von der Phantasie zur Didaxis verloren. Zu Beginn widersetzlich und unangepaßt, träumt Vevi zum Schluß hin „erziehergerecht“, und ihre Traumphantasien belehren sie. Die Erzieher sind längst in sie eingedrungen, haben von ihr Besitz ergriffen, und die „bessere“ Vevi wird bestärkt. Ihre Einbildungskraft wird zum Mittel gegen sie und Vevi entwickelt sich zu einem „zufriedenen kleinen Mädchen“ (Lillegg, 1954, S. 113).

Lilleggs Erzählung, formal unkonventionell, schließt mit einem konventionell guten Ende: „Niemals wieder wird sie ungehorsam sein, niemals wieder wird sie eine Dummheit machen ...“ (Lillegg, 1954, S. 176).

VEVI

Für Mädchen und Buben erzählt von Erica Lillegg

Zeichnungen von Dorothea Stefula

Verlag Heinrich Ellermann 1955

*Titelseite von Dorothea Stefula zu der Phantastischen Kindergeschichte „Vevi“ von Erica Lillegg (*1910).*

Damit ist für die fünfziger Jahre eine widersprüchliche Situation vorbereitet. Die Phantastische Erzählung gestattete es den Autorinnen, formal zu experimentieren, neue Erfahrungsfelder zu erobern. Inhaltlich hängten sie sich jedoch an überkommene pädagogische Vorstellungen. Die realistischen Autoren, in Opposition zum Experimentellen stehend und sich aufs Erzählen versteifend, blieben formal traditionsverbunden, konnten jedoch inhaltlich neue Bereiche erschließen, vor allem eine neu gesehene und anders gewichtete Geschichte. Zu nennen ist hier unter anderem Fritz Habeck, der nach Jurastudium, früher Theaterarbeit, Mitarbeit bei Studio Wien und einer Tätigkeit als Leiter der Literaturabteilung des Österreichischen Rundfunks zum Schreiben von Jugendbüchern kam. Habeck, er markiert – so R. Bamberger – gemeinsam mit Karl Bruckner den Höhepunkt der Nachkriegsentwicklung der österreichischen erzählenden Kinder- und Jugendliteratur, war schon als Romancier bekannt – z. B. sein Villon-Roman „Der Scholar vom linken Galgen“ (1960) –, als er sein erstes Jugendbuch schrieb: „Der Kampf um die Barbacane“ (1960), eine historische Erzählung aus der Zeit der zweiten Belagerung Wiens durch die Türken, gesehen aus der Perspektive der Armen und Entrechteten. Habeck hat sich dem Jugendbuch zugewandt, weil ihm – nach eigenem Bekunden – die experimentelle

Prosa nicht behagte. Die Kinder- und Jugendliteratur hingegen erlaubte es, einfach zu erzählen und sich noch dazu einer leicht historisierenden Sprache zu bedienen.

Zur beherrschenden Gestalt der österreichischen Kinder- und Jugendliteratur der fünfziger Jahre ist – nicht ohne die Unterstützung durch den Österreichischen Buchclub der Jugend – Karl Bruckner geworden (Bamberger, 1955). Zwei seiner

*Fritz Habeck (*1916), österreichischer Autor von geschichtlichen Jugendbüchern.*

Werke ragen heraus: „Lale, die Türkin" (1958) und „Sadako will leben" (1961). Maßgebend für Bruckners literarische Arbeiten ist ein Motto Lessings, das er seinem Hiroshima-Roman vorangestellt hat: „Wer über gewisse Dinge den Verstand nicht verliert, der hat keinen zu verlieren". Bruckner wurde aber nicht zum Verneiner. Er möchte trotz der kritischen Implikate seiner Schriften bejahen. Seine Bücher haben einen positiven – autobiographisch geprägten – Sinnkern: Von unten auf sich gegen Schwierigkeiten durchsetzen, sich bewähren. Über Bruckner hat man gesagt, er sei „Rousseau in moderner Fassung".

Bruckners Werke für Jugendliche, die seit 1946 herauskamen, nachdem er sich zuvor in verschiedenen Berufen versucht hatte, sogar zeitweilig nach Südamerika ausgewandert war, haben gesellschaftskritische Absichten; wenngleich sie kaum einmal direkt auf österreichische Verhältnisse Bezug nehmen. Seine Literatur lebt vom politischen Engagement, gleich, ob er über die Reformen Kemal Atatürks schreibt oder über den Atombombenabwurf auf Hiroshima. Der Schluß seines „Sadako"-Romans betont diese Intention: „Sagt nicht, es ist klüger, unseren Kindern von dem, was geschehen ist, nichts zu erzählen. Es ist nicht klüger! Denn wer die Gefahr nicht kennt, kommt in ihr um."

*Karl Bruckner (1906–1982). Porträt aus den fünfziger Jahren.*

Bruckners Schreiben schließt die Entwicklung der österreichischen Kinder- und Jugendliteratur jener Jahre ab. Er steht zugleich für einen ihrer Höhepunkte (Bamberger, 1955), weil er sich den gesellschaftlichen Forderungen an die Kinder- und Jugendliteratur nicht entzogen hat und sie durch einen Zugewinn an Politisierung vor Funktionsverlust bewahrte. Seine eigentümliche Stellung innerhalb der Kinder- und Jugendliteratur rührt auch daher, daß bei ihm die Phantasie einen Aufgabenwandel erfuhr: „Man hat mich oft gefragt: Wie finden Sie den Stoff für dieses (oder jenes) Buch? Meine Antworten waren bisher: Ich kenne das Land, habe eine Erkenntnis verwertet, ein geschichtliches Ereignis mit Hilfe meiner Phantasie gestaltet. Im Falle ‚Lale' müßte ich antworten: Ich habe Anatolien durchwandert, habe viel erlebt und später erst mein Wissen von der Geschichte der modernen Türkei ergänzt" (Bruckner, 1958, S. 241f.). Bruckner sieht Phantasie als ein Vermögen, das ihm Werkzeug ist, durch das er etwas zustande bringt. Anders als die Phantastischen Erzählungen Lilleggs zum Beispiel, wo über die Phantasie das Kind, das Subjekt, sich anmessen soll an fremdbestimmt Vorgegebenes, will Bruckner soziale Phantasie in Gang setzen. Er klärt die Menschen über eine unzulängliche Welt, die zu verändern ist, auf.

Die Retrospektive zur kulturellen Situation im Österreich der Nachkriegszeit „Aufforderung zum Mißtrauen" (1967) resümiert selbstkritisch unter dem Stichwort „Literatur", daß Österreich keinen Wolfgang Borchert und keine „Gruppe 47" hervorgebracht habe, daß sich vielmehr bald ein Kulturbetrieb herkömmlichen Stils etabliert habe (S. 7). Bemerkenswert ist aber, daß in der von Breicha redigierten, damals wichtigen österreichischen Literaturzeitschrift „Plan" Autorinnen wie Christine Busta, Vera Ferra-Mikura, Ilse Aichinger und Marlene Haushofer publizierten, die späterhin oder gleichzeitig Kinder- und Jugendliteratur veröffentlichten. Hans Weigels Aussage „Es begann mit Ilse Aichinger“ bezieht sich programmatisch auf den Neubeginn der Literatur im Nachkriegsösterreich, ist aber auch auf die Kinder- und Jugendliteratur beziehbar. Die Grenzziehung der Autoren zwischen den beiden literarischen Bereichen schien noch nicht so strikt wie manchmal späterhin.

*Den Schutzumschlag von Karl Bruckners Roman „Sadako will leben“ (1961) schuf Maria Sorger.*

Die österreichische Literatur der fünfziger Jahre – so meinten ihre Kritiker – sei durchzogen von „elegischer Resignation“ und von Utopismus beherrscht: „War die Welt wirklich so heil oder so mystisch, wie sie einer Vielzahl österreichischer Lyriker und nicht nur den Romanciers erschien? Die Literatur ging in vielen Hervorbringungen an den gesellschaftlichen Phänomenen der Zeit vorbei, weniger kritiklos als uninteressiert“ (Aufforderung zum Mißtrauen, 1967, S. 125f.). Diese Haltung zeitigte restauratives Denken und eine „zeitabgewandte Ordnungsidyllik“. Damit ist ein entscheidender Unterschied von Literatur und Kinder- und Jugendliteratur in Österreich benannt. Denn die damalige Kinder- und Jugendliteratur hatte in hervorragenden Beispielen – erinnert sei an Karl Bruckner – die Gegenwart als literarische Aufgabe vor Augen und wirkte gerade nicht zeitabgewandt.

Rückschauend konstatierte der Schriftsteller Paul Kruntorad dennoch, daß viele der in Österreich Schreibenden ihre Existenz in der Gesellschaft bewußt oder unbewußt ausklammerten. Kruntorad erklärt damit die blinden Flecken in der thematischen Landschaft in bezug auf die dreißiger Jahre und den Zweiten Weltkrieg. Er vermutet, daß sich mancher Autor eine Haltung zugelegt hatte, die betonte, daß das, was damals geschehen war, gar nicht zur Tradition zählte. „Das Jahr Null", schreibt Kruntorad, „das die Befreiung gebracht hat, bedeutete hierzulande Absolution, nicht Verpflichtung zur Wiedergutmachung" (Kruntorad, 1967, S. 503f. und ders., 1986). So ist auch nicht verwunderlich, wenn Elisabeth Lercher in ihrer Studie „Aber dennoch nicht kindgemäß" (1983) hervorhebt, daß das österreichische Kinder- und Jugendliteraturwesen – das zum erheblichen Teil auf Gründungen der Nachkriegszeit beruht – durch einen von „Anbeginn existierenden Konsens" gekennzeichnet sei. Dieser Konsens basierte, behauptet Lercher, auf einem „konservativ-bildungsbürgerlichen Denken", das sich antiintellektuell gab und durch einen emotionalen Grundzug gefärbt war. Es wurde „Literatur als Erlebnis" auf der Basis einer Einfühlungsästhetik angeboten. Der Hinweis auf das „Kind" erlaubte es, traditionell ästhetische Vorstellungen im Bereich der Kinder- und Jugendliteratur aufrechtzuerhalten.

## Bemerkungen zur Kinder- und Jugendliteratur der Deutschen Demokratischen Republik

Die Geschichtsschreibung der Kinder- und Jugendliteratur in der Deutschen Demokratischen Republik (vgl. zum Beispiel Sozialistische Kinder- und Jugendliteratur der DDR, 1977, oder Literatur für Kinder und Jugendliche in der DDR, 1979) hat unterschiedliche Stufen der Entfaltung der Kinder- und Jugendliteratur festgeschrieben: Die Jahre von 1945 bis 1949, dem Gründungsjahr der Deutschen Demokratischen Republik, werden als die Phase der antifaschistisch-demokratischen Kinder- und Jugendliteratur angesehen. Es folgt von 1950 bis ca. 1961 die Phase der Kinder- und Jugendliteratur der Zeit des Übergangs, das heißt, des Aufbaus der Grundlagen des Sozialismus. Ab 1961 könnte man von der Phase des sich entfaltenden Sozialismus und seiner Kinder- und Jugendliteratur, gerechnet bis 1971 (hierzu auch: M. Geiss, 1979), sprechen.

Zur Bestimmung des Standorts hat man in der Deutschen Demokratischen Republik fünf Quellen, aus denen sich die neue sozialistische Kinder- und Jugendliteratur speisen soll, notiert: Das „klassische Erbe" (dazu gehören z. B. Campe, Grimm, Carroll, Verne und Stevenson), die bürgerlich-humanistische Kinder- und Jugendliteratur (vor allem Erich Kästner), die proletarische Kinder- und Jugendliteratur der

Weimarer Republik (u. a. Alex Wedding und Max Zimmering), die Exilliteratur (zum Beispiel Kurt Held und Willi Bredel) sowie das Vorbild der sowjetischen Kinder- und Jugendliteratur (insbesondere Nikolai Ostrowski und Arkadij Gajdar).

Daß die Situation für den Kinder- und Jugendbuchmarkt sofort nach 1945 in der sowjetischen Besatzungszone vergleichsweise offen und unentschieden war, erhellt ein Blick in die bereits 1946 veröffentlichten Bilderbücher „Zweibein und Vierbein“ von Otto Kirsten und Kurt Rübner oder in „Glückliches Kinderland“ von Anneliese Tesdorpf. Kirsten/Rübners Bilderbuch verfährt in den Illustrationen schablonenhaft-

*Fritz A. Fischer gestaltete Walter Pollatscheks (1901–1975) 1948 zuerst erschienenes Kinderbuch „Die Aufbaubande“.*

naturalisierend und gemahnt in seiner plakativen Farbigkeit an Kaufhausbilderbücher. Eine ähnliche Stimmung erzeugt Tesdorpfs „Glückliches Kinderland“, erschienen im Zwickauer Verlag für antifaschistische Literatur. Auf dem Hintergrund einer Sommerstimmung, gekennzeichnet durch Eintracht und Freundschaft, dominiert der Junge Peter – er ist der Akteur – die Mädchen, die eher Statisten sind. Der Kindertag ist sein Kindertag. Das Bild, das diese beiden Büchlein entwerfen, wiederholt die älteren Vorbilder einer Gertrud Caspari (Illustrationen) und eines Adolf Holst (Text), von denen 1948 im Verlag für antifaschistische Literatur „Gernegroß“ herauskam.

Der charakteristische Text dieser Phase wurde der 1948 erstmals veröffentlichte Band „Die Aufbaubande“ von Walter Pollatschek. Pollatschek, aus der Emigration zurückgekehrt, lebte in Frankfurt am Main und war einer der Lizenzinhaber der neugegründeten Tageszeitung „Frankfurter Rundschau“. Er arbeitete als Autor unter anderem mit dem im sowjetischen Sektor Berlins ansässigen Verlag von Alfred Kantorowicz zusammen. Pollatscheks „Aufbaubande“ ist eine Programmerzählung in der Form eines Abenteuerbuchs, sie wurde auch im Westen veröffentlicht, in dem

*Zu dem Indianerbuch „Pocahontas“ (1948) von Anna Müller-Tannewitz (*1899) schuf Wilhelm Westphal die Illustrationen.*

Bezüge zu Sonnleitners „Die Höhlenkinder“ bis hin zur Formulierung „heimliche Höhle“ anklingen. Pollatschek geht darauf aus, kindliche Bedürfnisse zu kanalisieren, indem er sie institutionalisiert. Er will lehrhaft sein. Deshalb bringt er mehrere Kinder zusammen: einen Jungen jüdischer Herkunft, der im KZ war, zwei ortsansässige Geschwister, den „Kippenheiner“, Sohn eines im KZ inhaftierten Arbeiters, der im Krieg umkam, sowie einen Jungen, dessen Vater Nazi war. Außerdem treten ein Mischlingskind und ein Flüchtlingskind auf. Die Kinder bilden eine Bande für „gute Streiche“ (Pollatschek, 1949, S. 93), eine Art „Gesellschaft der Helfer“, und beginnen ein „Aufbauwerk“.

Versuchte Pollatschek durch berichtenden Realismus die Augen zu öffnen für die Aufgaben der Gegenwart, nahm Anna Müller-Tannewitz einen gegenläufigen Weg. Sie zitierte in ihrer Indianergeschichte „Pocahontas" die „blaue Blume" der Romantik (Müller-Tannewitz, 1946, S. 6) und kritisierte die moderne Zivilisation. Die Autorin – auch sie veröffentlichte in Ost- und Westdeutschland – setzte ihr das natürliche, von den Weißen bedrohte Leben der Indianer entgegen. Bei diesen erkannte sie urkommunistische Ideen in praxi: Erziehung ohne Schläge, kein Eigentum, kein Diebstahl, Rücksicht, keine Arbeit um des Erwerbs und Profits willen, keine Hast (vgl. auch ihren Roman „Blauvogel. Wahlsohn der Irokesen", 1950).

Aber der in den ausgehenden vierziger Jahren beginnende Wandel der Einstellungen zeigt sich schon in Alfred Kantorowicz' 1947 entstandenem Bändchen „Suchende Jugend" (1949), das deutlicher als die vorgenannten Bücher politisch gerichtet war. Es zielte auf die Verteidigung der sozialistischen Entwicklung in der sowjetischen Besatzungszone. – Dem Band ist ein Brief von Thomas Mann vorangestellt, der schon 1945 in der Zeitung eines amerikanischen Kriegsgefangenenlagers abgedruckt worden war. Thomas Mann hebt darin unter der Idee der „One World" auf die Weltzivilisation ab. Er argumentiert sowohl gegen die anarchischen Gefahren der Freiheit wie gegen die despotischen der Gleichheit. Aber zu jener Zeit war die Position des Herausgebers Kantorowicz – und nicht nur seine – mit der identisch, die die „eine Welt" nach sowjetisch-russischem Vorbild sahen.

Die einsetzende ideologische Verengung der Kinder- und Jugendliteratur in der Deutschen Demokratischen Republik ist um das Jahr 1949 herum zu datieren. Dies hat unter anderem den Grund, daß sich die bestimmende politische Macht auch weltanschaulich durchzusetzen wußte. Wenn der politische Kampf bisher antifaschistisch/antinationalsozialistisch gerichtet war, ist dies plötzlich zugunsten eines „neuen" sozialistischen Nationalbewußtseins entschieden. Rückblickend formulierte 1959 Nadeshda Ludwig in einem Almanach zum zehnjährigen Bestehen des Ostberliner Kinderbuchverlags: Die sowjetische Kinder- und Jugendliteratur, die ihr als vorbildlich galt, sei „sozialistisch in ihrem Inhalt, national in ihrer Form" gewesen (Ludwig, 1959, S. 50). Vorgegeben wurde von ihr die Idee vom Aufbau des Sozialismus, verknüpft mit der des positiven Helden, zum Beispiel des Friedenshelden in der Gestalt des Wissenschaftlers oder des „verdienten Arbeiters", eingebunden in ein Kollektiv.

In dem Mitte der fünfziger Jahre aus dem Russischen übersetzten Band „Über Kinderliteratur" (1955, S. 6, russ. 1950) ist der zentrale Akzent der Diskussion zur Kinder- und Jugendliteratur nach 1950 in der Deutschen Demokratischen Republik folgendermaßen umschrieben: „Unsere ganze Literatur kann nur von einem einzigen Kriterium aus betrachtet werden: wie hilft diese Literatur den Kommunismus errichten und die Menschen erziehen, die den Kommunismus erbauen?" Diese Publikation, die die Auseinandersetzung um die antifaschistisch-demokratische Kinder- und Jugendliteratur abschloß, indem sie sich uneingeschränkt auf die Seite des Aufbaus des Sozialismus nach sowjetischem Vorbild schlug, artikulierte das Selbstverständnis – basierend auf der Methode des Sozialistischen Realismus – der sowjetrussischen Kinder- und Jugendliteratur. Das ist zugleich übertragbar auf das Selbstverständnis der Kinder- und Jugendliteratur in der Deutschen Demokratischen Republik: „Die sowjetische Kinderliteratur ist die fortschrittlichste Kinderliteratur der Welt“ (1955, S. 329).

Und noch 1979 hat Chr. Emmrich festgestellt, daß die sowjetische Kinder- und Jugendliteratur im Lektüreangebot der fünfziger Jahre eine Funktion erfüllte, „die unsere im Entstehen begriffene sozialistische Nationalliteratur damals noch nicht verwirklichen konnte“ (Literatur für Kinder und Jugendliche in der DDR, 1979, S. 135). Er weist auf die beherrschende Rolle des Verlags der sowjetischen Militäradministration hin, der nach 1945 in der sowjetischen Besatzungszone Bücher von V. Katajew, W. Kawerin, A. Grin, A. Gajdar und N. Ostrowski verbreiten half. Insbesondere wurden Gajdars „Timur und sein Trupp“ (dt. 1947) und Ostrowskis „Wie der Stahl gehärtet wurde“ (dt. 1947) beispielgebende Veröffentlichungen. Zwei geschichtliche Ereignisse waren es, die sich die sowjetische Kinder- und Jugendliteratur zum thematischen Vorwurf genommen hatte: Die Oktoberrevolution und der „Große Vaterländische Krieg“. Kinderliteratur aus dieser Perspektive war ein politischer Aufklärungs- und Erziehungsfaktor, durchaus in Konsequenz zu sehen mit dem schon 1933 von Maxim Gorki geäußerten Satz: „Erziehen bedeutet in unserem Land Revolutionieren“ (zit. in: Gorki, 1971). Für die Kinder- und Jugendliteratur meinte das, den Kindern den Menschen vor allem als Helden, das heißt, als Kämpfer, Ritter, Märtyrer und Revolutionär zu zeigen. Das hieraus resultierende Konzept von Kinder- und Jugendliteratur könnte man umschreiben als eines Wolgastscher Herkunft, das durch Gorki aktivistisch umgedeutet wurde.

Gajdars Timur-Buch wurde – im Entwurf des bejahenden optimistischen Helden – als maßgebliche Ausgestaltung im Sinne des Sozialistischen Realismus angesehen: „Ein solcher Held, der immer den rechten Weg geht, ist Timur [...] Timur vervollständigt die Reihe positiver Helden in der Kinderliteratur, Timur ist der vollkommenste unter ihnen“ (Ebin, 1955, S. 125). Gefeiert wurde die Idee des patriotischen Kampfes. Dieser ist nicht mehr der abwehrend-kritische der antifaschistisch-demokratischen Periode, sondern der eines positiv herausfordernden Aufbaus des Sozialismus. Gorki hatte seinerzeit ein Gleichheitszeichen zwischen dem Prozeß der Erziehung und dem des Revolutionierens gesetzt. Diese These gibt ein Argument zur Anerkennung auch des nichtrevolutionären Übergangs zum Sozialismus an die Hand. Das wiederum war die Situation in der Deutschen Demokratischen Republik in den vierziger und fünfziger Jahren. Denn die sozialistische Gesellschaftsordnung war dort nicht Resultat einer aus eigener Kraft entstandenen historisch-sozialen Umwälzung, sondern Ergebnis der militärischen und politischen Niederlage Deutschlands, das heißt einer Intervention und Befreiung „von außen“.

Die besondere Lage der Kinder- und Jugendliteratur in der Deutschen Demokratischen Republik wird offensichtlich durch die Gegenüberstellung des antimilitaristischen Brecht-Textes „Der verwundete Sokrates“ (1949), das war die erste Publikation des Kinderbuchverlags, und der „Kampf"-Schriften Ostrowskis und Gajdars gekennzeichnet. Aber auch der Sozialutopismus eines Pollatschek und seine Idee der moralischen Erziehung durch Kunst erreichen nichts gegen den Heroismus des Kämpfens und Kriegens der sowjetrussischen Vorbilder. Die Texte der sowjetischen Autoren unterbrachen die Dominanz der antifaschistisch-demokratischen Elemente,

*Alex Wedding (d.i. Grete Weiskopf, 1905–1966) im Gespräch mit einer Gruppe Junger Pioniere.*

und sie unterbrachen – innerliterarisch – die Entwicklung von der Pädagogik zur Poesie (Ebert, 1976). Ihr Beispiel zwang die gerade entstehende Kinder- und Jugendliteratur der Deutschen Demokratischen Republik in den Bann der Konvention. Stefan Hermlin (1955) hat dies kritisiert, als er – bezogen auf die Kinder- und Jugendliteratur – von den „Legenden der Wirklichkeit" sprach (zit. in: Ebert, 1976).

Wenn zutreffend ist, daß die sowjetischen kinderliterarischen Vorbilder dazu beigetragen haben, die Behauptung von der Kinderwelt als einer von der der Erwachsenen isolierten zu unterminieren, und wenn es stimmt, daß seit dem Ende der fünfziger Jahre die Kinder- und Jugendliteratur „praktisch legitimierter Bestandteil" der Nationalliteratur der Deutschen Demokratischen Republik wurde (Sozialistische

Kinder- und Jugendliteratur der DDR, 1977, S. 93f.), ist dennoch zu sehen, wie sehr die Durchsetzung der sowjetischen Vorbilder dazu führte, daß die Werke der proletarisch-revolutionärenLiteratur der zwanziger Jahre und die der Exilliteratur auch in der Deutschen Demokratischen Republik relativ spät zur Entfaltung kamen. Ihre Wirkung setzte nicht vor 1950 ein. Danach erst kamen Titel heraus wie Max Zimmerings „Die Jagd nach dem Stiefel“ (1953), das 1932 entstanden war, oder seine Thälmann-Erzählung „Buttje Pieter und sein Held“ (1951).

*Ludwig Renn (1889–1979) begann zu Anfang der fünfziger Jahre für junge Leser zu schreiben.*

Wie Zimmering haben unter anderem auch Berta Lask und Auguste Lazar, beide schon in den zwanziger Jahren als Kinderbuchautoren tätig, in der Deutschen Demokratischen Republik ihre politische und literarische Heimat gefunden. Der negativ-kritische Impuls, ihre vormals kämpferische Haltung gegen Faschismus und Krieg, ist der Zustimmung zum herrschenden sozialistischen System gewichen, in dem sie sich wiedererkennen.

Zu dieser Autorengruppe, die die Brücke zwischen der proletarisch-revolutionären Kinder- und Jugendliteratur der Weimarer Zeit und der der Deutschen Demokratischen Republik schlägt, gehört Alex Wedding (d.i. Grete Weiskopf), deren Kinderroman „Ede und Unku“ erstmals 1931 erschienen war. Dieses Werk, gegen Erich Kästners individualistische Lösungsversuche sozialer Konflikte gerichtet, zeichnete eindeutige proletarische Charaktere in einem Kinderbuch, machte sie zu tragenden Figuren und perspektivisch zu Siegern. Wie die anderen Autoren auch, bejahte Wedding den Erziehungsauftrag der Literatur für junge Leser mit der Einschränkung, daß – so sagt sie – pädagogische Leitsätze nicht ins Kinderbuch gehörten. Ihr Rückblick auf die Anfänge der Kinder- und Jugendliteratur in der Deutschen Demokratischen Republik konstatierte zudem: „Kunstwerke wurden damals aber nicht geschaffen" (Wedding, 1975, S. 252). Im Vordergrund stand die Funktion der Integration der jungen Generation in die entstehende sozialistische Gesellschaft.

*Kurt Zimmermann (1913–1976) gestaltete Ludwig Renns (1889–1979) bis heute erfolgreiches Kinderbuch „Trini" (1954).*

Die Hauptforderungen an die Literatur für junge Leser waren: Sie soll zu einer optimistisch-humanistischen Lebensauffassung erziehen, zu wahrem humanistischen Patriotismus sowie zu einer wahrheitsgetreuen klaren Erkenntnis der Wirklichkeit und zu einer wissenschaftlichen Weltbetrachtung, schließlich die schöpferischen Kräfte der jungen Leser wecken und fördern (P. Wagner, 1957).

Eine Sonderrolle innerhalb der sozialistischen Kinder- und Jugendliteratur nahm Ludwig Renn ein. Er war durch seinen Roman „Krieg" (1928), einem Ausdruck der

Desillusionierung über den Ersten Weltkrieg, an dem er als Offizier teilgenommen hatte, bekannt geworden und hatte sich – aus adeliger Familie stammend – der KPD und dem Bund Proletarisch-Revolutionärer Schriftsteller angeschlossen. Nach seiner Rückkehr aus dem mexikanischen Exil begann Renn fünfundsechzigjährig in der Deutschen Demokratischen Republik für Kinder und Jugendliche zu schreiben. Unter anderem entstand „Trini" (1954), ein Werk, in dem zum Internationalismus aufgerufen und die Situation der unterdrückten Völker und Menschen der Dritten Welt ins Bewußtsein gerückt werden.

Ebenfalls zu den älteren unter den Autoren der Deutschen Demokratischen Republik ist Liselotte Welskopf-Henrich, von Haus aus Althistorikerin, mit ihren Indianergeschichten – die „Harka"-Bände –, die seit 1951 erschienen sind, zu rechnen.

*Liselotte Welskopf-Henrich (1901–1979), Althistorikerin und Jugendbuchautorin.*

Aktualität hat das Schicksal der Dakota-Indianer für Welskopf-Henrich, weil der Freiheitskampf der Indianer von ihr als Parallele zu den Kämpfen aller unterdrückten Völker, Rassen und Klassen der Geschichte gesehen wird.

Es ist bezeichnend, daß diese herausragenden Beispiele ihre Handlung – geographisch gesehen – nicht in Leipzig, nicht in Dresden oder Rostock ansiedelten, vielmehr weit weg in Mittel- oder Nordamerika. Das wird um die Mitte der fünfziger Jahre anders. Denn die literarisch herausragende Gestalt der neuen jungen Autorengeneration der fünfziger Jahre in der Deutschen Demokratischen Republik sollte Erwin Strittmatter mit seinem Roman „Tinko" (1954) werden. Strittmatter, auf dem Land aufgewachsen – sein Vater war Landarbeiter und Bäcker –, bleibt in seinen Schriften auch dem Landleben seiner Heimat verbunden. „Tinko" zum Beispiel erzählt von den Veränderungen während der Jahre der Bodenreform in der Deutschen Demokratischen Republik. In seinem Roman macht Strittmatter den Gegensatz von alt und jung,

Altem und Jungem fruchtbar. Nachdem er in seinem literarischen Erstling „Ochsenkutscher“ (1954) durch einen kindlich-naiven Erzählerstandpunkt ein großes Maß an Verfremdung erzielt hatte, gelang ihm dies einmal mehr mit „Tinko“.

Grundmotive in „Tinko“ sind Wandlung, Entscheidung und Bewährung, personalisiert durch die Figuren Großvater, Tinko und Tinkos Vater, genannt „Heimkehrer“. Strittmatter vertritt einen Realismus – an Brecht geschult –, der nicht bloß zeigen will, „wie die wirklichen Dinge sind, sondern wie die Dinge wirklich sind“ (Rindfleisch, 1972, S. 251). Diese theoretische Einsicht findet Eingang in sein Werk über die

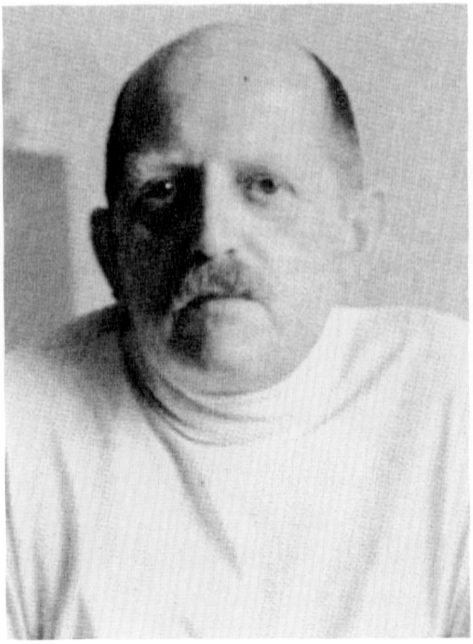

*Erwin Strittmatter (*1912) schuf mit seinem Roman „Tinko“ einen modernen Klassiker der Kinderliteratur.*

kontroverse Figur des alten Kraske. Die politische Bewertung seiner Hartnäckigkeit, seiner Nichtanpassung und seines Widerstrebens fällt vom Autor her gesehen negativ aus, der Großvater verkörpert das gesellschaftlich Überfällige. Dennoch bleibt die menschliche Integrität des alten Mannes gewahrt und obsiegt.

Die Situation *in* der Deutschen Demokratischen Republik ist auch die Vorlage für die schriftstellerischen Arbeiten Benno Pludras. Sein wichtigster Text – gegen die westliche Schundliteratur gerichtet – war „Sheriff Teddy“ ($^{2}$1957). Zur sogenannten Antidiversionsliteratur zählte zuvor Horst Beselers Schrift „Die Moorbande“ (1952). Den Einfluß des kapitalistischen Westens auf Jugendliche in Ostberlin und dessen kriminalisierende Folgen hatte ebenso Günter Görlich zur Vorlage in „Der schwarze Peter“ (1958) und „Die Ehrgeizigen“ (1959) genommen.

Für die Autoren der Deutschen Demokratischen Republik, die zur ersten Generation gehörten und die ihre Kindheit oder Jugend noch unterm Nationalsozialismus verbringen mußten, wie zum Beispiel Kurt David, bleibt neben der Auseinandersetzung mit dem westlichen Ausland oder dem Leben in der sozialistischen Gesellschaft die Diskussion des Faschismus, gesehen aus dem Blickwinkel des Widerstandskampfes der Kommunisten, vorherrschend. David versuchte dies in „Die Verführten" (1956) und „Der erste Schuß" (1959). Die Frage der Parteinahme war immer schon entschieden. Das galt gleichfalls für Hanna-Heide Krazes historische Erzählung „Des Henkers Bruder" (1956), die vom Kampf der Bauern gegen die Feudalordnung handelt: „Es gehört die brave, fruchtbare Welt/für immer dem, der sie bestellt", ist das Motto dieses Buches.

*Gerhard Holtz-Baumert (*1927), Kinder- und Jugendbuchautor.*

Kannten die positiven Helden der Kinder- und Jugendliteratur der Deutschen Demokratischen Republik – mit „Tinko" als Ausnahme – wie sie bisher dargestellt wurden, kein Innenleben – sie lebten von der ihnen von außen aufgetragenen Funktion her – deutete sich mit Karl Neumanns „Frank" (1959) ein eigener Ton an. Mit dieser Veröffentlichung wurde Neumann – in der Sicht der sozialistischen Jugendbuchkritik – zum Wegbereiter und Schrittmacher einer neuen sozialistischen Jugendliteratur.

Neumanns Erzählung beendet den Streit zwischen den Ansprüchen des gesellschaftlichen Plans und den individuellen Bedürfnissen mit der Bewährung Franks, die durch eine dennoch traditionelle Pädagogik – Natur und handwerkliches Tun sind ihre Mittel – vorbereitet wird. Neumanns Werk vertraut zudem – gegen das Erzählen

– auf die rationale Überzeugungskraft. Sein Roman ist von der These her angelegt, daß Franks Weg vom gesellschaftlichen Außenseiter zum Mittelpunkt einer Jugendgruppe geführt werden muß. Die erzählten Abenteuer, selbst schon pädagogisch zugeschnitten, dienen der erzählerischen Beweisführung.

Zeitlich parallel zu Neumanns „Frank" entstand Alfred Wellms „Kaule"-Buch. Wellm nahm sich – ähnlich wie Strittmatter und Pludra – das Dorfleben und die Kollektivierung der Landwirtschaft zum Thema: „Igel, Rainer und die anderen" (1958) und „Die Kinder von Plieversdorf" (1959). Seine Bücher „beweisen" einmal mehr, daß allein kollektiv organisierte Tätigkeit der Kinder Erfolg verspricht.

*Fred Rodrian (1926–1985), Autor und später Leiter des Ost-Berliner „Kinderbuchverlags".*

Auf eine völlig andere Weise artikulierte sich gegen Ende der fünfziger Jahre die Neuorientierung in der Literatur für jüngere Leser in den Publikationen von Fred Rodrian und Gerhard Holtz-Baumert. Rodrian bediente sich einer Mischung aus realistischen und phantastischen Mitteln in „Das Wolkenschaf" (1958) und „Hirsch Heinrich" (1960). Zwar bleiben sie inhaltlich dem allgemein Akzeptierten verbunden: Betonte Lehrerrolle, Solidarität, Pflichtbewußtsein und die Achtung vor der Arbeit anderer, aber neben das „Du mußt fröhlich sein und nützlich" treten Träume und Wünsche, wie zum Beispiel die nach einer Feuerwehrleiter, die buchstäblich in den Himmel reicht. So läßt Rodrian Unmögliches doch denkbar sein.

Und Holtz-Baumerts „Alfons Zitterbacke" (1958) schließlich ist der Pechvogel schlechthin. Humor, Witz, Slapstick und ein Kinderton lassen einen Antihelden entstehen, den es zuvor in der Kinder- und Jugendliteratur der Deutschen Demokratischen Republik noch nicht gegeben hat. Holtz-Baumerts Buch erscheint deshalb als gelungen, weil er seine pädagogischen Intentionen durch ästhetische Kategorien zu integrieren vermochte.

Trotz des positiven, manchmal enthusiastisch klingenden Echos in der Deutschen Demokratischen Republik auf ihre Jugendschriftsteller und deren neue Werke – insbesondere traf dies auf Renn und Welskopf-Henrich zu – äußerte sich innerhalb der am Kinder- und Jugendbuch interessierten Öffentlichkeit vor und um 1960 herum in der Deutschen Demokratischen Republik Unbehagen. Die Kritik hat mehrere

*Titelbild (Gestaltung Franz Kerka) zu dem 1958 erschienenen Kinderbuch „Alfons Zitterbacke" von Gerhard Holtz-Baumert (*1927).*

Gründe: Unter der Überschrift „Wie man leben soll" erinnerte sich Eva Strittmatter (1960) an die Kinder- und Jugendliteratur der Zeit um die Mitte der fünfziger Jahre. Sie hält den dann erschienenen Texten vor, daß sie zwar in der Gegenwart spielten, aber nicht aktuell gewesen seien. Vor allem verwirft sie die „zeitlose Fabel" vieler der Bücher. Positives Gegenbeispiel sind für sie die Werke Renns, in denen er „Geschichte darstellt in Geschichten". „Man kann" – so schreibt sie – „von Renns Werken ableiten, daß es falsch ist, über das ‚Durchschnittliche', über das ‚Normalverhalten' zu schreiben" (Strittmatter, 1960, S. 43). Eva Strittmatter akzeptiert die „pädagogische Geradlinigkeit" der Kinder- und Jugendliteratur nicht. Die Texte, das ist ihr Vorwurf, bleiben im Allgemeinen stecken, verfehlen die besondere Geschichte und geraten zum Bericht über erzieherische Taten.[2]

Eine anders gelagerte Kritik erfolgte von seiten der staatlichen Jugendarbeit der Deutschen Demokratischen Republik. Klaus Herde (1959, S. 87), Erster Sekretär der Leitung der Pionierorganisation, forderte Bücher, die davon erzählen, wie die Pioniergruppen nach ihren Kräften an der sozialistischen Umgestaltung der Landwirtschaft teilnehmen. In dieselbe Kerbe schlug Edith George (1960, S. 108ff.), eine Mitarbeiterin des Kinderbuchverlags, in ihrem Beitrag „Hoffnung auf reifere Werke". Sie bemängelt die nur undeutliche Darstellung der „guten Seiten" der Pioniergruppe. Wenn sie einmal dargestellt werden, sei es zu passivisch gehalten. Die Figuren der Bücher handeln nicht und reifen nicht, behauptet George. Sie erhebt sogar den Vorwurf, daß es in den Büchern an positiven Helden fehle und daß die Darstellung der sozialistischen Gemeinschaft „mangelhaft" sei.

Im selben Jahr wie E. George entwarf Fred Rodrian, damals Leiter des Kinderbuchverlags, sein Programm der Kinder- und Jugendliteratur. Sein Beitrag war überschrieben „Notizen zu Erich Kästners Kinderbüchern" (1960). Er monierte an Kästner Neutralismus, Individualismus, Perspektivlosigkeit sowie einen naiven Moralismus, der auf „das Glück von innen" setzte. Kästner kennt den „Weg in den Schrank", hält Rodrian ihm vor und meint: „An Erkenntnis hat es Erich Kästner nie gefehlt. Nur an Konsequenz" (Rodrian, 1960, S. 117f.). Ex negativo scheint in Rodrians Aussagen auf, worauf sozialistische Kinder- und Jugendliteratur abzuzielen hätte: Parteilichkeit, sozialistische Gemeinschaft, Perspektive und Konsequenz, d.h. die politische Tat.[3]

Die jüngere Kritik der Kinder- und Jugendliteratur in der Deutschen Demokratischen Republik, die sich mit den fünfziger Jahren befaßt, geht davon aus, daß inzwischen Rodrians Forderungen verwirklicht worden sind. In dem Verlagsverzeichnis zum 25jährigen Bestehen des Kinderbuchverlags heißt es zum Beispiel: „Heute ... können wir mit Genugtuung feststellen: Das Kinder- und Jugendbuch in unserem Staat ist befreit von militaristischer und faschistischer Ideologie der Gewalt, des Hasses gegen andere Völker und Rassen und verherrlicht weder Verbrechen noch niedere, die Würde des Menschen beschmutzende Gefühle" (G. Schmidt, 1974, S. 9).

## Vier deutschsprachige Literaturen für junge Leser?

Der kurze Gang durch die Entwicklung der Kinder- und Jugendliteratur der Schweiz, Österreichs und der Deutschen Demokratischen Republik sowie die Erarbeitung der Geschichte der Kinder- und Jugendliteratur der Bundesrepublik Deutschland in den Jahren von 1945 bis 1960 haben deutlich werden lassen, daß die Literaturprozesse in den deutschsprachigen Ländern nicht identisch verlaufen sind.

Für die Schweiz konnten wir einen artikulierten „helvetischen Akzent" sowie die traditionsbildende Kraft Johanna Spyris bis weit in die sechziger Jahre unseres

Jahrhunderts aufzeigen sowie eine Vorliebe für geschichtliche Selbstverständigung mit republikanischer Tendenz. Charakteristisch war die Blüte des Bilderbuchs in der Schweiz nach 1945. Anders als die österreichische, wo wir die Aufeinanderfolge phantastischen und realistischen Schreibens sahen, war die schweizerische Kinder- und Jugendliteratur durch die bruchlose Kontinuität eines poetischen Realismus geprägt. Für die Kinder- und Jugendliteratur dieses Landes scheint eine Unterscheidung in Etappen vor und nach 1945 nicht angebracht.

Wir konnten dann am Beispiel Österreichs zeigen, daß sich dort als ein hervorstechendes Merkmal eine Arbeitsteilung zwischen männlichen Autoren einerseits und weiblichen andererseits herausgebildet hatte. Während die Autorinnen vor allem das märchenhaft-phantastische Feld besetzt hielten, ließen sich die Autoren der realistischen Erzählweise zuordnen. Zudem war ersichtlich, daß in den ersten Jahren nach dem Kriege die nichtrealistische Kinder- und Jugendliteratur als kindgemäß galt. Erst ab etwa 1958 deutete sich die Bevorzugung eines wirklichkeitsbezogenen Schreibens an. Diese Texte – exemplarisch die Schriften Karl Bruckners – waren traditionell in der Form, aber engagiert in der Sache. Der anfänglichen „konservativen Regeneration" setzten sie einen gesellschaftskritischen Anspruch entgegen.

Wenn zutrifft, was wir aber nur andeuten konnten, daß in Österreich etliche Autoren sowohl für Kinder als auch für Erwachsene schrieben, und die Kluft zwischen den Autorengruppen nicht so groß schien – Aichinger, Busta, Haushofer wären zu nennen –, so galt für die Schweiz ebenfalls diese Nähe. Hier war sie mitbedingt durch den stark volksbuchartigen Charakter eines großen Teils der Schweizer Literatur für junge Leser.

Sieht man von diesem Sachverhalt her auf die Kinder- und Jugendliteratur der Deutschen Demokratischen Republik, darf festgehalten werden, daß der Intention nach hier die Kinder- und Jugendliteratur ebenfalls als integraler Bestandteil der Nationalliteratur – nicht als Bereich für sich – angesehen wurde. Entsprechend stellten sich ihr dieselben Aufgaben wie der Literatur überhaupt. Wir konnten sehen, daß die Entwicklung in Phasen verlief: Auf die antifaschistisch-demokratische Kinder- und Jugendliteratur der Jahre nach 1945 folgt ab etwa 1950 die Literatur des sozialistischen Aufbaus, die bis ca. 1960/1961 währte (so die Darstellung und Einschätzung aus der Sicht der Forschung in der Deutschen Demokratischen Republik). Im Unterschied zu den Vorgängen in Österreich und in der Schweiz bezogen sich die Autoren und Kinderbuchpädagogen in der Deutschen Demokratischen Republik auf ausdrücklich benannte geschichtliche Vorläufer. Wichtig wurden nach 1945 die sowjetischen Beispiele und die proletarisch-revolutionäre Kinder- und Jugendliteratur der zwanziger Jahre. Diese Traditionen wurden benutzt, um eine neue eigene Grundlegung der Kinder- und Jugendliteratur zu leisten. Dabei wurde die Literatur für junge Leser rein funktional in bezug auf ihre Rolle der Integration der Jugend in die entstehende Gesellschaft gesehen. Es galt uneingeschränkt das theoretische Modell des sozialistischen Realismus. Kinder- und Jugendliteratur mußte parteilich sein und einen positiven Helden haben. Thematisch zeichnete sich die Kinder- und Jugendliteratur der Deutschen Demokratischen Republik durch ihr sehr frühes Aufgreifen des Kampfes gegen den Nationalsozialismus, durch ihren Internationalismus sowie dadurch aus, daß sie als Folge der Umwälzung der gesellschaftlichen Besitzverhältnisse immer wieder das Landleben als thematischen Ort ansprach, um auf diesem Hintergrund den gesellschaftlichen Fortschritt darzulegen und die Erfolge des Neuaufbaus aufzuzeigen. Es entstanden Werke, welche die Wege hin zum Sozialismus entwickelten, sowie solche, die Vorgänge und Ereignisse im Sozialismus schilderten. Das explizite politische Anliegen unterschied die Kinder- und Jugendliteratur der Deutschen Demokratischen Republik grundlegend von der der Schweiz, die trotz republikanischer Tendenz nur implizit politisch sein wollte, und auch von der Österreichs mit einem eher sozial gerichteten Ansatz.

Die eigentümlichen Differenzen der Kinder- und Jugendliteratur und ihrer Diskussion kann man umrißhaft herausarbeiten, wenn man den Bezug der einzelnen Literatur zu Heinrich Wolgasts theoretischer Position als Fluchtpunkt annimmt. Wolgasts Buch „Das Elend unserer Jugendliteratur" (1896) wurde in allen vier Ländern – es bejahend oder es ablehnend – zum Kronzeugen der eigenen Ansichten genommen. Wir fanden in der Deutschen Demokratischen Republik eine durch Gorki sozialistisch-aktivistisch umgedeutete Interpretation der Auffassungen Wolgasts. In Österreich zeigte sich eine durch die Literaturpädagogen ästhetisch überstrapazierte, in der Schweiz eine ums ästhetische verkürzte sowie in der Bundesrepublik eine gesteigert pädagogisierte Rezeption der Wolgastschen Gedanken.

Trotz der vielfältigen gemeinsamen Vergangenheit, einer gemeinsamen Sprache und einer weithin gemeinsamen Kultur muß wohl doch von vier Kinder- und Jugendliteraturen deutscher Sprache die Rede sein. Wir haben in der Bundesrepublik Deutschland drei Phasen der Entwicklung der Kinder- und Jugendliteratur nach 1945 kenntlich machen können. Vor allem haben wir darzulegen vermocht, daß von einer genuinen westdeutschen Kinder- und Jugendliteratur erst seit der zweiten Hälfte der fünfziger Jahre die Rede sein kann.

Dagegen war das Gesicht der Literatur für junge Leser in der Deutschen Demokratischen Republik durch Strittmatter, Renn, Wedding und Welskopf-Henrich früher ausgeprägt; ähnlich in der Schweiz oder in Österreich, wo die politischen und kulturellen Trennungen von Deutschland sich produktiv geltend machten und früh eigenständige Werke entstehen ließen.

Während die Deutsche Demokratische Republik einen radikalen Bruch mit der bürgerlichen, konservativen, ja reaktionären Kinder- und Jugendliteratur der Vergangenheit wollte und sich auf die unterdrückten Traditionen berief, versuchten Gruppen in Westdeutschland, die „gute alte Zeit" zu retten. Das hatte – wie gezeigt – unter anderem zur Folge, daß die Mädchenliteratur ihre ungebrochene Fortsetzung fand und daß anfänglich die religiöse Kinder- und Jugendliteratur mehr als nur subkulturellen Rang behaupten konnte. Verantwortlich zu machen ist dafür die eingangs erkannte „fehlende Bestandsaufnahme" innerhalb der westdeutschen Kinder- und Jugendliteratur. Man wollte nicht zurückblicken, wollte die Last der Vergangenheit los sein und sich in einem ökonomisch wieder prosperierenden Gemeinwesen einrichten. Es waren Anstöße von außen, die zur Herausbildung einer neuen Kinder- und Jugendliteratur in Westdeutschland beitrugen. Dabei hatte – wie wir zeigen konnten – das Werk Astrid Lindgrens eine Hauptrolle gespielt. In der Bundesrepublik Deutschland lief in den Jahren von 1945 bis 1961 eine beständige Konkurrenz zwischen realistischen und eher phantastischen Schreibweisen, ohne daß sich eine Methode der anderen gegenüber als überlegen zeigen konnte. Ersichtlich aber ist, daß die frühe pädagogische Domestikation der Phantasie zurückgedrängt werden konnte zugunsten einer Vorstellung von Einbildungskraft, die das Vorfindliche verwandelt und es sich seiner Potenzen bewußt werden läßt. Das Phantastische wurde Medium der Kritik.

## *Anmerkungen*

1 Bei der Betrachtung der Kinder- und Jugendliteratur der Schweiz sind Einschränkungen vorzunehmen in der Hinsicht, daß es hier nur um die deutsch-schweizerische Kinder- und Jugendliteratur gehen kann. Auf die literarischen Prozesse in den französischen, italienischen und rätoromanischen Sprachgebieten kann nicht eingegangen werden.
Die Entwicklung der schweizerischen Kinder- und Jugendliteratur ist von Interesse, weil die Schweiz nicht in demselben Maße historisch-politische Einbrüche erlebte wie Deutschland, zugleich aber auf die Ereignisse beim nördlichen Nachbarn reagieren mußte. Die ununterbrochene Entfaltung der Schweiz im Verlauf der letzten beiden Jahrhunderte deutet auf einen ebenso kontinuierlichen literarischen Prozeß (vgl. auch Siegrist, 1986, S. 651ff.).

2 Eine der immer wiederkehrenden Aussagen der frühen Kritik der Kinder- und Jugendliteratur in der Deutschen Demokratischen Republik ist die vom „Nachhinken“ des subjektiven Bewußtseins hinter dem objektiven gesellschaftlichen Fortschritt. Letzterer wird ineins gesetzt mit den von der Partei herausgegebenen Leitlinien zu Politik und Literatur. Dieser Objektivismus hat verschiedene Ursachen. Eine ist die Bindung der Literatur an die Aufgabe, Widerspiegelung der Wirklichkeit – selbst wenn sich diese Wirklichkeit nachher als die Wirklichkeit eines Parteiprogramms erweist – zu sein. Somit ist dem Projekt Sozialistischer Realismus per se ein Moment von Idealisierung inhärent.
Ihre deutliche Ausformulierung fand die Theorie der Widerspiegelung durch Todor Pawlow (1973). Er läßt – das hatte auch Auswirkungen auf die Kinder- und Jugendliteratur – die Einheit von Subjekt und Objekt objektiv (qua Einheit der Natur) garantiert sein. Das Subjekt und seine gesellschaftliche Praxis sind bei ihm unterbestimmt. Pawlow verwendet deshalb fast durchweg den Begriff „Subjekt“ pejorativ. Eine Idee ist ihm zum Beispiel „bloß“ subjektives Abbild objektiver Dinge. Das Subjekt ist ein „Störfaktor“ nicht nur auf der Ebene der Erkenntnistheorie, sondern auch in abgeleiteteren Bereichen wie die Kinder- und Jugendliteratur. Innerhalb einer solchen Interpretation scheint der Anspruch des Subjekts auf Objektivität seiner Erkenntnis und Einsichten unvorstellbar. Pawlow und den Anhängern der Widerspiegelungstheorie – sie ist der Kern des Sozialistischen Realismus – ist vorzuwerfen, daß sie beständig naturalistisch verkürzt darstellen, was aus praktisch-gesellschaftlicher Aktivität hervorgeht. Dieses Konzept ist ein evolutionäres, gerade kein revolutionäres, allen gegenteiligen Aussagen zum Trotz. Für den Marxismus aber als eine wesentlich kritische Theorie ist es von eminenter Bedeutung, davon auszugehen, daß das Klassensubjekt eines ist, das sich noch bildet und dessen Konstitution eben nicht je schon als geleistet vorausgesetzt

werden darf. Wird das nicht bedacht, gerät die marxistische Theorie durch ihre Positivierung zur Apologie und hat nur noch legitimatorische Funktion.

3 Malte Dahrendorf sieht – aus westdeutscher Sicht – in der Kinder- und Jugendliteratur der Deutschen Demokratischen Republik das Problem, „daß die Arbeit als literarischer Gegenstand dogmatisiert“ wird. Er hat den Eindruck gewonnen, daß Produktion und Leistung wichtiger sind als die Bedürfnisse der Menschen, die sich „dem Allgemeinzweck, den aber nicht sie selbst gesetzt haben, unterordnen müssen“ (Dahrendorf, 1977, S. 41). Ihn irritieren die „überwältigend tüchtigen“ Leitbildfiguren von „erdrückender Autorität“ und die Erkenntnis, daß in der Kinder- und Jugendliteratur der Deutschen Demokratischen Republik neben Disziplin Ordnung ein Zentralbegriff ist. Vor allem im Bereich des Bilderbuchs glaubt er, eine Tendenz zu geradliniger Indoktrination festmachen zu können. Zudem kritisiert Dahrendorf die durchgehende Forderung nach „Sinnfälligkeit“ und die dazu parallele Mystifizierung und Glorifizierung solcher Symbole wie Fahne oder Halstuch der Jungen Pioniere.
Seiner Meinung nach folgt die Aufforderung, Leid und Anstrengungen auf sich zu nehmen, um über Unfertiges hinweg zu kommen, aus dem unhinterfragten, positiv optimistischen Verhältnis zur Industrialisierung und der durch extreme Arbeitsteilung in der Fabrik genormten Arbeitsvorgänge. Entfremdung und Verdinglichung scheint es nicht zu geben. Entsprechend finden sich – führt Dahrendorf aus – in den Büchern keine Helden im Widerspruch, das heißt mehrschichtige Charaktere, denen zugestanden wird, Irrtümer zu begehen. Die Kinder- und Jugendliteratur ist ihm eher durch einen sozialistischen Heroismus und Idealisierungen bestimmt als durch Sozialistischen Realismus. Seit der Mitte der sechziger Jahre gibt es jedoch in der Kinder- und Jugendliteratur der Deutschen Demokratischen Republik auch Konflikte im Sozialismus. Und in den siebziger Jahren schließlich entsteht ein Respekt auch vor der je individuellen Subjektivität der kindlichen Helden und ihren nicht notwendig plangerechten Bedürfnissen und Wünschen (M. Geiss, 1979).

PETRA JÄSCHKE

# Produktionsbedingungen und gesellschaftliche Einschätzungen

# Das Jugendbuchverlagswesen

## Entwicklungsbedingungen nach 1945

### *Der Status quo der Verlagsszene im Mai 1945*

„Deutschland – Stunde Null“: so und ähnlich dramatisch lautet eine Vielzahl von Titeln, die sich mit Kapitulation, Kriegsende und Nachkriegszeit auseinandersetzen. Es hat zwar einen solchen Nullpunkt, eine Art Vakuum, eine – wenn auch nur kurze – Zwangspause, während derer im jugendliterarischen Betrieb und anderswo alle Arbeiten stillstanden, in der Tat gegeben. Nur, die „Stunde“ genau zu orten, für den Bereich der Literatur zu datieren, spezieller den der Kinder- und Jugendliteratur, fällt nicht nur aus einem Grunde außerordentlich schwer. Den 8. Mai 1945 kann man da höchstens als symbolisches Datum benennen, hat doch die Besetzung Deutschlands durch die Alliierten Wochen und Monate zuvor begonnen. Von den Rahmenbedingungen aus betrachtet, und damit sind hier vor allem die Bedingungen gemeint, unter denen Publikation und Distribution von Literatur erst und nur möglich war, wurde die „Stunde Null“ von dem „Gesetz Nr. 191“ der Militärregierung – Deutschland Kontrollgebiet des obersten Befehlshabers eingeläutet. In seiner ersten Fassung vom November 1944, die in dem Augenblick in Kraft trat, in dem die Siegermächte deutschen Boden betraten, formulierte es allerdings noch keinerlei Vorschriften für Verleger etc., sondern sprach den Deutschen zunächst jegliches Recht ab, irgendetwas zu publizieren, wie es auch Radioübertragungen, Film- und Theateraufführungen anfänglich unter Verbot stellte. Selbst Buchverkauf bzw. Leihverkehr von Bibliotheken waren aufgrund dieser Bestimmungen unterbunden. Natürlich galt dies für die Kinder- und Jugendliteratur genauso wie für jeden anderen Bereich des literarischen und kulturellen Lebens.

Von der inneren Zerstörung des Verlagswesens unter dem NS-Regime wird noch die Rede sein, die äußeren Kriegsschäden, sowohl bei den Verlagen selbst als auch beim Druckgewerbe, konnten für die folgenden Jahre ebenfalls nicht bedeutungslos sein. Im Gebiet der Westzonen waren etwa 40% der Druck- und 85% der Buchbindekapazität durch Kriegseinwirkungen zerstört, hinzu kommt, daß sich circa 75% der gesamten Herstellungskapazitäten in Deutschland vor dem Krieg im Gebiet der späteren sowjetischen Zone konzentriert hatten, die Ausgangssituation in den Westzonen für ein schnelles Wiederaufleben der Buchproduktion also recht ungünstig war.

Bevor nun aber detaillierter auf das Publikationsverbot und die es ablösenden Verlautbarungen der Besatzungsmächte eingegangen werden soll, muß ein knapper Rückblick auf die Zeit des Nationalsozialismus zunächst erst klären, welche Strukturen innerhalb der Verlagsszene zum Zeitpunkt der Kapitulation überhaupt noch als existent angesprochen werden konnten.

### *Ein kurzer Blick zurück auf die Jahre des „Dritten Reichs"*

Konfrontiert man die Lage der Verlagshäuser in Deutschland bei Kriegsende mit der vor Beginn und in den ersten Jahren des Dritten Reichs, muß man als erstes feststellen, daß von den einstigen circa 3000 Verlagen[1] im Frühjahr 1945 nur noch wenige Hundert existierten; noch weniger waren tatsächlich betriebsfähig. Schon aufgrund der Dimension dieser Zahlenverhältnisse muß klar sein, daß Jugendbuchverlage von dieser Situation genauso betroffen waren wie andere Verlagszweige. Verantwortlich für den enormen Tiefstand im Verlagswesen waren dabei nicht nur kriegsbedingte Zerstörung von Gebäuden und Maschinen oder die Einziehung von Verlagsmitarbeitern zum Militärdienst, denn der starke Rückgang hatte viel früher begonnen, war im Grunde ein direkter Ausfluß nationalsozialistischer Kultur- beziehungsweise Literaturpolitik.

Verbotspraktiken, Stör- und Behinderungsmaßnahmen innerhalb dieses Gebiets bezogen sich ja keineswegs nur auf unliebsame Autoren; Verlage und Verleger waren von entsprechenden Restriktionen in ähnlicher Weise be- und getroffen.

Firmen jüdischer Verleger mußten Besitzer und dann auch ihre Namen wechseln.

Zum Beispiel ging der Verlag Williams & Co. nach der Emigration der Eigentümerin an die Prokuristin der Firma, Cecilie Dressler, über, 1936 mußte auch der Name geändert werden.

Aber auch bei anderen Verlagen konnten die Eigentümer zum Verkauf gezwungen werden: grundsätzlich versuchte man bedeutendere Verlage, die auch als Wirtschaftsfaktor eine Rolle spielten, zu erhalten, jedoch mit einer systemkonformen Linie.

Bei der Deutschen Verlagsanstalt, Stuttgart, etwa wurden die Inhaber zum Verkauf gezwungen und anschließend (1936) wurde das Unternehmen in eine GmbH mit regimefreundlicher Leitung umgewandelt.

Ein besonders wirksames Mittel zur Beeinflussung der Verlagsarbeit in ihrem Sinne hatten die Machthaber dann ab 1939 mit der kriegsbedingten Einführung der Papiergenehmigungspflicht in der Hand. Die Gutachten der zunehmend schärfer werdenden Zensur durch das Propagandaministerium hatten auch Einfluß auf die Genehmigung der Papierzuteilung.[2] Mißliebigen Unternehmen konnten mit der Kürzung oder Sperrung der Papierlieferungen recht einfach enge Grenzen gesetzt werden. Auch wenn diese Maßnahmen sich niemals bis zu einer hundertprozentigen Produktionslenkung auswuchsen, auch wenn es Mittel und Wege gab, die Papierzuteilung in begrenztem Maße zu umgehen, so waren sie insgesamt doch dazu angetan, die Arbeit unbequemer Verlage zu behindern, beziehungsweise bereits im Vorfeld die Selbstzensur der Programmverantwortlichen in Gang zu setzen. Des weiteren gab es verschiedene Bestimmungen und Verbote, die sich nur auf bestimmte Verlagszweige bezogen.

Schon 1938 kam das endgültige Aus für einige jüdische Kleinverlage, die sich bis dahin erstaunlicherweise noch hatten halten können, allerdings bei einer ausschließlichen Beschränkung auf religiös-jüdische Thematik und den entsprechenden Leserkreis. Auch christliche Verlage kamen schon früh in Konflikt mit dem NS-Regime. So mußten wiederholt auflagenstarke Zeitschriften eingestellt werden, „anstößige" Titel wurden nach Fertigstellung beschlagnahmt, oder man versuchte, solche Verlage sozusagen zu isolieren, indem man sie auf Bücher mit ausschließlich „christlicher" Thematik festlegen wollte.

Nach Kriegsbeginn, besonders nach 1941, setzte dann eine Welle von Stillegungsbefehlen oder Papiersperrungen für christliche Verlage ein, die nur wenige lange überlebten.[3]

Eine allgemeine Gründungssperre vom 26. April 1941, die neben der Gründung neuer Verlagsbuchhandlungen auch die Aufnahme neuer Verlagsrichtungen unter Verbot stellte, hinderte die Unternehmen daran, bei Beanstandungen auf andere Gebiete auszuweichen.

Die Buchproduktion insgesamt konnte sich während der Kriegsjahre, auch aufgrund der Papierknappheit, allein quantitativ überhaupt nicht mit der der Jahre zuvor messen.

Und selbst der Weg vom Verlag zum Buchhandel wurde nicht mehr allein durch die Nachfrage geregelt. Im Laufe des Krieges setzte sich nämlich das Zuteilungsverfahren mehr und mehr durch (nicht der Buchhandel bestellt beim Verlag die gewünschten Titel, sondern er bekommt sie, ohne selbst Einfluß darauf zu haben, zugeteilt).

Heißt es in einer Bekanntmachung über den buchhändlerischen Bestell-, Liefer- und Zahlungsverkehr im Oktober 1942 (Börsenbl., 15.10.1942, S. 209f.) noch, daß zur Ausräumung von Schwierigkeiten und Verwirrung im Bestell- und Lieferverfahren Verleger der Bereiche „Politisches und schöngeistiges Schrifttum, Jugend- und Bilderbuch" sich endgültig für eines der beiden Verfahren entscheiden müßten, bestimmt eine Anordnung im August 1944 (Börsenbl., 23.8.1944, S. 133), das Zuteilungsverfahren solle zwar nicht zwangsweise eingeführt werden, habe sich aber im Bereich des schöngeistigen und Jugendschrifttums durchaus bewährt, weshalb man von diesen Gruppen erwarte, daß sie sich diesem Verfahren anschlössen. Wer dazu nicht bereit war, mußte seine besonderen Gründe dem Börsenverein mitteilen. Einem Großteil der Verlage, die bis zum Herbst 1944 die bis hierher geschilderten Maßnahmen noch überlebt hatten und auch noch nicht Opfer der Bombardierungen geworden waren, wurde schließlich im Zuge der Gesetzgebung für den „Totalen Krieg" endgültig jegliche Arbeitsmöglichkeit genommen. Die Wirtschaftsstelle des deutschen Buchhandels wandte sich nämlich in diesem Zusammenhang im Börsenblatt vom 9. September 1944 „An die deutschen Verleger" und verlangte eine

Zurückziehung der Papierbestellungen für alle belletristischen und geisteswissenschaftlichen Publikationen, darunter auch die Kinder- und Jugendliteratur.[4] Erscheinen durften dagegen technische und naturwissenschaftliche Werke sowie natürlich im weitesten Sinne rüstungswichtige Fachliteratur. Außerdem wurde wieder eine große Anzahl von Stillegungsbefehlen ausgestellt. Wenn trotzdem einige der von diesen Bestimmungen betroffenen Verlage noch weiterexistieren konnten, dann lag das wohl daran, daß verschiedentlich Stillegungen in der mittlerweile zugespitzten Situation aufgrund von kriegsbedingtem Chaos nicht mehr zur Durchführung kamen.

Bis auf etwa zweihundert mußten alle Verlage, etwa die Hälfte der Buchhandlungen wie auch der gesamte Zwischenbuchhandel im Herbst 1944 schließen (vgl. Reichmann, 1947, S. 187).

## *„Treuhänder für die Zukunft Deutschlands“*
## *Von den Rahmenbedingungen für Verleger in den Westzonen von 1945 bis 1949*

Das „Gesetz Nr. 191“ der Militärregierung vom November 1944 beinhaltete, wie anfangs erwähnt, ein absolutes Veröffentlichungsverbot für Druckschriften, wurde aber bereits am 12. Mai 1945 dahingehend modifiziert, daß jetzt die Verbotsauflistung mit der Klausel eingeleitet wird: „Vorbehaltlich anderer Anordnungen oder sonstiger Ermächtigung durch die Militärregierung wird folgendes verboten [...]“ (Umlauff, 1978, Sp. 1490). Was mit der Formulierung „andere Anordnungen und sonstige Ermächtigung“ tatsächlich gemeint war, erläutert die „Nachrichtenkontrollvorschrift Nr. 1“, ebenfalls vom 12. Mai 1945, näher. Darin wird „Das Veröffentlichen von Zeitungen, Magazinen, Zeitschriften, Büchern, Plakaten, Broschüren, Musikalien oder sonstigen Veröffentlichungen“ erlaubt „[...] auf Grund einer schriftlichen Zulassung der Militärregierung und in Übereinstimmung mit den Vorschriften solcher Genehmigung und den Bestimmungen und Anweisungen der Militärregierung [...]“ (zit. nach Umlauff, Sp. 1492). Damit war bereits die Voraussetzung für den Beginn der Lizensierungsphase – bis hierhin noch zentral – geschaffen.

Bevor nun die Lizensierungsbestimmungen in den einzelnen Zonen näher erläutert werden, scheint es sinnvoll, kurz auf die einzige andere Maßnahme innerhalb unseres Interessengebiets einzugehen, die von den Besatzungsmächten gemeinsam in Angriff genommen wurde. Gemeint ist hiermit die für die Informationskontrolle zum Wichtigsten zählende Aufgabe der Säuberung Deutschlands von nationalsozialistischer und verwandter Literatur. Als gemeinsamer Ausgangspunkt diente dabei der „Befehl Nr. 4“ des Kontrollrats vom 13. Mai 1946 (mit einer Ergänzung vom 10. August 1946), der sich an „alle Inhaber von Leihbüchereien, Buchhandlungen, Buchniederlagen und Verlagshäuser“ sowie an „alle ehemaligen staatlichen und städtischen Büchereien, alle Universitätsrektoren [...]“ wendete, die in eigener Verantwortung innerhalb von zwei Monaten alle „Literatur und Werke nationalsozialistischen und militaristischen Charakters“ – ausdrücklich wird vermerkt: „auch solche

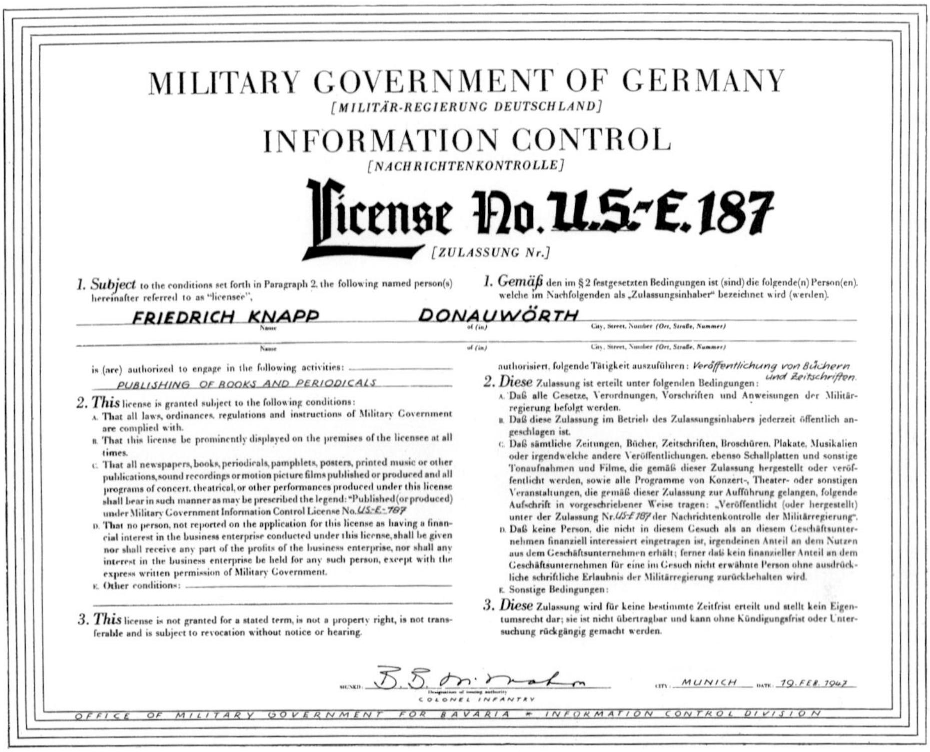

MILITARY GOVERNMENT OF GERMANY
[MILITÄR-REGIERUNG DEUTSCHLAND]
INFORMATION CONTROL
[NACHRICHTENKONTROLLE]
License No. US-E. 187
[ZULASSUNG Nr.]

1. *Subject* to the conditions set forth in Paragraph 2. the following named person(s) hereinafter referred to as "licensee",

FRIEDRICH KNAPP — Name — of (in) DONAUWÖRTH — City, Street, Number (Ort, Straße, Nummer)

Name — of (in) — City, Street, Number (Ort, Straße, Nummer)

is (are) authorized to engage in the following activities: PUBLISHING OF BOOKS AND PERIODICALS

2. *This* license is granted subject to the following conditions:
A. That all laws, ordinances, regulations and instructions of Military Government are complied with.
B. That this license be prominently displayed on the premises of the licensee at all times.
C. That all newspapers, books, periodicals, pamphlets, posters, printed music or other publications, sound recordings or motion picture films published or produced and all programs of concert, theatrical, or other performances produced under this license shall bear in such manner as may be prescribed the legend: "Published (or produced) under Military Government Information Control License No. US-E.-787
D. That no person, not reported on the application for this license as having a financial interest in the business enterprise conducted under this license, shall be given nor shall receive any part of the profits of the business enterprise, nor shall any interest in the business enterprise be held for any such person, except with the express written permission of Military Government.
E. Other conditions:

3. *This* license is not granted for a stated term, is not a property right, is not transferable and is subject to revocation without notice or hearing.

1. *Gemäß* den im § 2 festgesetzten Bedingungen ist (sind) die folgende(n) Person(en), welche im Nachfolgenden als „Zulassungsinhaber" bezeichnet wird (werden),

authorisiert, folgende Tätigkeit auszuführen: Veröffentlichung von Büchern und Zeitschriften.

2. *Diese* Zulassung ist erteilt unter folgenden Bedingungen:
A. Daß alle Gesetze, Verordnungen, Vorschriften und Anweisungen der Militärregierung befolgt werden.
B. Daß diese Zulassung im Betrieb des Zulassungsinhabers jederzeit öffentlich angeschlagen ist.
C. Daß sämtliche Zeitungen, Bücher, Zeitschriften, Broschüren, Plakate, Musikalien oder irgendwelche andere Veröffentlichungen, ebenso Schallplatten und sonstige Tonaufnahmen und Filme, die gemäß dieser Zulassung hergestellt oder veröffentlicht werden, sowie alle Programme von Konzert-, Theater- oder sonstigen Veranstaltungen, die gemäß dieser Zulassung zur Aufführung gelangen, folgende Aufschrift in vorgeschriebener Weise tragen: „Veröffentlicht (oder hergestellt) unter der Zulassung Nr. US-E 187 der Nachrichtenkontrolle der Militärregierung".
D. Daß keine Person, die nicht in diesem Gesuch als an diesem Geschäftsunternehmen finanziell interessiert eingetragen ist, irgendeinen Anteil an dem Nutzen aus dem Geschäftsunternehmen erhält; ferner daß kein finanzieller Anteil an dem Geschäftsunternehmen für eine im Gesuch nicht erwähnte Person ohne ausdrückliche schriftliche Erlaubnis der Militärregierung zurückbehalten wird.
E. Sonstige Bedingungen:

3. *Diese* Zulassung wird für keine bestimmte Zeitfrist erteilt und stellt kein Eigentumsrecht dar; sie ist nicht übertragbar und kann ohne Kündigungsfrist oder Untersuchung rückgängig gemacht werden.

SIGNED: B. B. McMahon — Designation of issuing authority — COLONEL INFANTRY — CITY: MUNICH — DATE: 19. FEB. 1947

OFFICE OF MILITARY GOVERNMENT FOR BAVARIA * INFORMATION CONTROL DIVISION

*Lizenzurkunde der US-amerikanischen Nachrichtenkontrolle, ausgestellt am 19. Februar 1947 auf Friedrich Knapp, Lizenzträger für den Ludwig Auer Verlag in Donauwörth.*

für Kinder jeglichen Alters" (Umlauff, Sp. 1504) – auszusondern und den Militärbefehlshabern zwecks Vernichtung auszuliefern hatten.

Die Ausführung dieses Befehls löste beim angesprochenen Personenkreis einige Verwirrung und Unsicherheit aus, denn außer in der sowjetischen Besatzungszone[5] wurden keinerlei verbindliche Listen der inkriminierten Literatur veröffentlicht, da man wohl Maßnahmen vermeiden wollte, die denen der Nationalsozialisten in irgendeiner Form ähnelten. Das hieß für die betroffenen Verleger, Bibliothekare etc., daß keine festen Maßstäbe von dem, was abgeliefert werden sollte, bestanden.

Bei den Amerikanern muß zwar eine Art schwarzer Liste mit etwa tausend Nennungen bestanden haben, aber sie war ausschließlich für den Dienstgebrauch bestimmt, und die eigentlich Angesprochenen bekamen sie nie zu Gesicht. Insgesamt zog sich auch deshalb die Aktion sehr viel länger hin als geplant, und häufig wurde die sowjetische Liste als Richtschnur zu Hilfe genommen. Es gab in diesem Zusammenhang auch von deutscher Seite Klagen, daß die getroffenen Maßnahmen zu spät eingesetzt hätten, daß sie nicht gründlich genug und vor allem nicht zügig genug abgelaufen wären.

Genauere Anweisungen oder Richtlinien sowie die Einzelheiten der Lizensierungsprozedur wurden von den einzelnen Besatzungsmächten jeweils für ihr Gebiet[6] mit zum Teil erheblichen Unterschieden festgelegt, wobei es bereits verschieden lange dauerte, bis ein entsprechender Verwaltungsapparat eingerichtet und arbeitsfähig war. Erste Lizenzen für Buchverlage wurden in der amerikanischen Zone im Juli, in

1.–5. TAUSEND
DEZEMBER A·D· 1947

FELGUTH-VERLAG · BERLIN W 30 · AUGSBURGER STRASSE 68

DER FELGUTH-VERLAG IST VON DER NACHRICHTENKONTROLLE DER AMERIKANISCHEN MILITÄRREGIERUNG ZUGELASSEN · LIZENZ NR. B 204

GEDRUCKT IM MAXIMILIAN-DRUCK · BERLIN NW 87 · HUTTENSTR. 17-20

*Die Verlage waren – außer in der britischen Zone – während der Besatzungszeit verpflichtet, die Zulassung ihres Unternehmens wie auch Erscheinungsjahr und Auflagenhöhe in ihren Publikationen zu dokumentieren. Impressum-Seite des Bändchens „Oh Freude über Freude. Alte deutsche Weihnachtslieder“ mit Holzschnitten von Frans Haacken.*

der britischen im September und bei den Franzosen im Oktober 1945 ausgegeben. Zuvor waren allerdings bereits verschiedentlich Zeitungen erschienen; die erste Zeitung unter deutscher Regie, die „Aachener Nachrichten“, kam sogar bereits ab dem 24. Januar 1945 heraus. Allerdings war dies nur dadurch möglich, daß in der ersten Phase der Besetzung Deutschlands bis unmittelbar nach der eigentlichen Kapitulation die einzelnen lokalen Befehlshaber quasi autonom waren. Im übrigen bestand nach dem 8. Mai auch die Möglichkeit, noch vor einer allgemeinen Lizenz, Druckgenehmigungen für Einzelwerke zu bekommen, denen von der Militärregierung große Dringlichkeit zugebilligt wurde.

Die Stelle, die sich bei den Amerikanern mit Buchveröffentlichungen befaßte, war die Publications Control Branch, eine Unterabteilung der Information Control Division (ICD), die aus der Psychological Warfare Division (PWD)[7] hervorgegangen war. Obwohl mit den Lizensierungen schon im Sommer 1945 begonnen wurde, wurden konkrete Anweisungen für die Lizenzträger der amerikanischen Zone in gesammelter Form erst niedergelegt in den vom Office of Government for Germany (U.S.) herausgegebenen „Richtlinien für alle Lizenzträger im Deutschen Nachrichtenwesen. Nummer drei" vom 30. September 1946. Dort wird sowohl die Meinungsfreiheit garantiert wie auch deren aktuelle Grenzlinien gezogen, die bei den Punkten „Aufrechterhaltung der militärischen Sicherheit", „Nationalsozialistische Propaganda" und „Kritik an Richtlinien oder Personen der Militärregierung" erreicht schienen. Darüber hinaus wurde darin den Lizenzträgern ihre Verantwortung vor Augen gehalten als „Treuhänder für einen lebenswichtigen Teil der Zukunft Deutschlands", von deren Verhalten auch die Dauer der einzelnen Phasen abhinge, durch die u.a. das deutsche Verlagswesen hindurchgehen müsse, um sich vollständiger Freiheit als würdig zu erweisen (vgl. Umlauff, Sp. 1500–1504).

Beim Zuwiderhandeln gegen die Vorschriften für Lizenzträger drohten von amerikanischer Seite – wie auch in den anderen Zonen – Strafen, die von einer befristeten Sperrung der Lizenz über Umfang- oder Auflagebeschränkungen bei Zeitungen und Zeitschriften bis zum endgültigen Entzug der Zulassung reichten. Kam es schon bei der Presse nur hin und wieder zu einer solchen Bestrafung – im allgemeinen dort wegen Kritik an der Besatzungspolitik –, geschah dies bei Buchverlagen noch viel seltener. So wurde beispielsweise Johannes und Richard Weiß im Gebrüder Weiß Verlag die Lizenz von der amerikanischen Militärregierung für die Dauer von drei Monaten ausgesetzt, weil sie „Das Märchen vom Rhein und von den Menschen" von Georg Engelbert Graf veröffentlicht hatten. Dieser Autor hätte sich jedoch während des Dritten Reichs im nationalsozialistisch-propagandistischen Sinne schriftstellerisch betätigt. Als mildernder Umstand wurde dabei anerkannt, daß Graf selbst dem Verlag gegenüber irreführende Angaben gemacht hätte (Die Neue Zeitung, 9.12.1946). In einem anderen Fall, dem des Frankfurter Siegel-Verlags, wurde die Lizenz auf die Herausgabe von Zeitschriften beschränkt, weil laut ICD eine Untersuchung die „berufliche Inkompetenz" des Verlegers sowie die „Unfähigkeit, zur Veröffentlichung geeignete Schriften auszuwählen, ergeben" hätte. „Der Verlag habe bewiesen, daß er ‚die geistigen Erziehungsaufgaben eines deutschen Verlegers nicht erkannt habe'" (Die Neue Zeitung, 12.2.1948). Insgesamt gesehen blieben solche Maßnahmen jedoch Einzelfälle.[8]

Zu Beginn der Besatzungszeit herrschte insgesamt weitgehende Konfusion, nicht nur auf seiten der Deutschen, sondern auch auf der der Besatzer. Politische Richtlinien, Kompetenzen und Verantwortlichkeiten waren keineswegs eindeutig festgelegt, bei den Amerikanern genausowenig wie bei den anderen Besatzungsmächten. Die Einstellung der amerikanischen Militärbehörden gegenüber den Deutschen war in dieser Anfangsphase noch stark geprägt von nachwirkenden Vorstellungen des

Morgenthau-Plans, der als Gesamtkonzeption längst ad acta gelegt war. Davon zeugen die anfänglich programmatische „Direktive JCS 1067“[9], die Kollektivschuldthese und nicht zuletzt das mit dem „Befreiungsgesetz“ vom 5. März 1946 eingeleitete Entnazifizierungsprogramm.

„Re-education“, die Umerziehung des deutschen Volkes, stellte von Anfang an die zentrale Zielvorstellung für die als Besatzer ins Land gekommenen Amerikaner dar, Mittel und Wege änderten sich jedoch im Laufe der Besatzungszeit genauso wie die ideologische Ausrichtung. Die allererste Phase stand sowieso unter negativen Vorzeichen. Vordringlicher als die Vermittlung demokratischer Spielregeln schien es, jeden Deutschen von seiner Mitschuld zu überzeugen ebenso wie alle Lebensbereiche von nationalsozialistischem Gedankengut beziehungsweise deren Vertretern zu säubern. Auf diesem Feld, der Entnazifizierung, lagen zunächst auch die Präferenzen innerhalb des Aufgabenbereichs der amerikanischen Nachrichtenkontrolle. Die Lizenzträger wurden einer sehr eingehenden, anfangs besonders politischen, Überprüfung[10] unterzogen, im Bereich der Presse allerdings noch stärker als bei den Buchverlagen. Zur besseren Nachprüfbarkeit wurden Lizenzen von der Militärregierung (auch bei den Briten und den Franzosen) grundsätzlich nur an Personen und nicht an „anonyme“ Verlage vergeben. Ein Großteil der Antragsteller blieb, beim ersten Versuch wenigstens, erfolglos.[11] Eine Sonderstellung bei der Lizensierung nahmen hingegen die Kirchen, evangelische wie katholische, ein. Mindestens was Zeitungen oder Zeitschriften anging, gab es dort eine Art Generallizenz (auch personengebunden), in deren Rahmen eine Vielzahl von Blättern erscheinen konnte. So berichtete beispielsweise Georg Popp, der aus der katholischen Jugendbewegung kommend noch vor der Gründung seines Arena-Verlags eine Jugendzeitschrift (ab Anfang 1948 erst als „Jungschar-Rundbrief“, später unter dem Titel: „Unser Guckloch“) herausbrachte, er habe dies tun können mit Hilfe einer Unterlizenz der Rahmenlizenz Nr. 6 der katholischen Kirche. Aus diesem Grund habe er selbst auch nie direkt mit den Amerikanern zu tun gehabt.[12]

Buchverlage konnten zwar nicht an dieser Vergünstigung teilhaben, profitierten jedoch von dem Wohlwollen, das man dem religiösen Bereich insgesamt zukommen ließ.

Dem Jugendbuch beziehungsweise den Jugendbuchverlegern wurde demgegenüber keine Sonderbehandlung zuteil wie überhaupt das Verlagswesen und die Buchproduktion – im Gegensatz zur Presse – nicht allzu große Beachtung fanden.

Die Re-education-Politik der Amerikaner konzentrierte sich in ihrer ersten Phase eher auf direktere Umerziehungsversuche, eingeleitet wie gesagt von der Entnazifizierungskampagne, ansonsten hauptsächlich dem Prinzip der Überparteilichkeit beziehungsweise Parteiunabhängigkeit verbunden.

Kindern und Jugendlichen, denen man als Hoffnungsträgern eines neuen Deutschland an und für sich mit großem Interesse begegnete, versuchte man eine seltsame Mischung nahezubringen aus Demokratieverklärung mit Hilfe von praktischer Einübung demokratischer Spielregeln („‚democracy‘, as symbolized by ‚how we do it in the States'", Gimbel, 1961, S. 201) auf der einen Seite und ausgesprochener Politikfeindlichkeit verbunden mit altbekannter Schonraumideologie auf der anderen.[13] Bücher – abgesehen von Schulbüchern – erschienen dabei als zweitrangig. Im Mittelpunkt der Diskussion um die Jugend stand vor allem die Frage nach dem Schulsystem, dessen Struktur – nach dem Willen der Amerikaner – hätte grundsätzlich umgestaltet werden sollen.

Bei den Briten war die für Verlagslizensierungen zuständige Stelle die Book Section der Cultural Relations Branch innerhalb der Information Services Division. Das Lizensierungsprogramm der Briten unterschied sich nicht grundsätzlich von dem der Amerikaner, wenn es auch erst etwas später in Gang kam. Nach einer ersten Phase, in der alle Publikationen einer Vorzensur unterworfen waren, mußte laut den „Bestimmungen für lizensierte Buchverleger" nur noch „ein fertiges Exemplar jedes vom Lizenzträger herausgebrachten Werkes [...] am Tage der Auslieferung" (Umlauff, Sp. 1526) an die Book Section eingesandt werden. Von der Cultural Relations Branch sollte dann jeder Lizenzträger zu jedem verlegten Werk die Mitteilung erhalten, ob seine Veröffentlichung genehmigt worden sei. Im gegenteiligen Fall mußte das entsprechende Werk mit sofortiger Wirkung aus dem Handel gezogen werden. Interessant ist auch, daß die Publikationen zwar Angaben über Druckerei, Druckort und Erscheinungsjahr tragen sollten, daß aber ganz im Gegensatz zur Praxis in den anderen Zonen „eine Erwähnung der Militärregierung und der Lizensierung unzulässig" (ebd.) war; offenbar mochte man die als notwendig empfundene Kontrolle nicht noch nach außen hin demonstrieren.

Die britische Zone war im übrigen die einzige, in der relativ früh Bemühungen in Gang gesetzt wurden, um Deutsche an der Verlagslizensierung zu beteiligen.[14] Die Berechtigung, Verlagslizenzen zu erteilen oder zu verweigern, wurde auf die Minister für Ernährung und Volksbildung in den einzelnen Ländern übertragen, die sich allerdings durch spezielle Ausschüsse beraten lassen sollten. Dazu wurde mit der „Verordnung Nr. 106" vom 15. Oktober 1947 die Bildung eines Beratenden Zonenausschusses für das Buch-Verlagswesen in die Wege geleitet, der sich aus Vertretern der Verlegerverbände, von Büchereien, Buchhändlern und Anstalten des Erziehungswesens sowie aus Vertretern der Allgemeinheit zusammensetzte. Seine eigentliche Arbeit – hauptsächlich die Bearbeitung von Lizenzanträgen – nahm dieser Ausschuß schließlich erst mit seiner zweiten Sitzung am 8. August 1948 auf. Von den sechshundert eingegangenen Anträgen wurden bis zum September 1949 etwa vierhundert befürwortet, zum Teil mit einer Zusatzbedingung verbunden (zum Beispiel Zulassung nur für bestimmte Verlagsgebiete). Den Grund für eine Ablehnung von Anträgen stellte in den meisten Fällen das Fehlen beruflicher und wirtschaftlicher Voraussetzungen dar. Das letzte Wort beziehungsweise ein Vetorecht, sowohl bei der Lizensierung wie auch gegen einen Lizenzentzug, hatte allerdings auch hier die Militärregierung. Mit Inkrafttreten des Besatzungsstatuts stellte der Beratende Zonenausschuß im September 1949 seine Tätigkeit ein (bis auf eine beratende Funktion bei den Kultusministerien der Länder).

Im Verhältnis zum angloamerikanischen „Macht"bereich waren die Vorschriften für Verleger in der französisch besetzten Zone wesentlich restriktiver. Die Bedingungen für die Herausgabe von Druckerzeugnissen wurde dort zuerst in dem „Circulaire concernant l'Edition" vom 27. Oktober 1945 niedergelegt, in verbindlicher Form dann erlassen als „Richtlinien für Verleger und Sortimenter" von der Direction de l'Information (mit demselben Datum). Darin wurde bestimmt, daß für die Wiedereröffnung oder Neueröffnung eines Verlages eine „Autorisation", die französische Entsprechung zur „Licence" in der amerikanischen und britischen Zone, bei der Direction de l'Information, einer Unterabteilung der Direction Générale des Affaires Administratives zu beantragen war.

Wie in den anderen beiden Westzonen erfolgte der offizielle Erlaß solcher Richtlinien erst zu einem relativ späten Zeitpunkt, während das Zulassungsprogramm bereits angelaufen war. So hatte zum Beispiel der O. Maier Verlag schon im September 1945 die Antragsunterlagen zugesandt bekommen und konnte im November 1945 – also ungewöhnlich schnell – seine Autorisation in Empfang nehmen. Zusätzlich zu dieser allgemeinen Zulassung eines Verlegers war bei den Franzosen allerdings für jede Auflage oder Neuauflage eines Verlagswerks eine eigene Buchlizenz („licence d'edition") notwendig, die wiederum anhand spezieller Formulare und einer zweifachen Ausfertigung des Manuskripts beantragt werden mußte. Gleichzeitig mit der Genehmigung eines Titels erhielt der Verleger einen „Freigabeschein" für das Papier, „entsprechend der genehmigten Auflage" (vgl. Umlauff, Sp. 1527–1534) was allerdings nicht bedeutete, daß man damit das benötigte Papier direkt schon in Händen hielt; der Freigabeschein beinhaltete lediglich die Berechtigung, Papier zu erwerben und es dann auch zu verbrauchen.

### *Zensurbestimmungen*

Selbstverständlich stellte schon der Zwang zur Verlagslizensierung einen – und zwar einen tiefgreifenden, aber durchaus beabsichtigten – Akt der Zensur, einen auf „Demokratie" abzielenden Vorstellungen eigentlich zuwiderlaufenden Eingriff in die grundsätzlich auch von den Besatzern geforderte Meinungs-, Rede- und Pressefreiheit dar. Zusätzlich bedeutete die Papierbewirtschaftung, auf die noch eingegangen werden wird, einen nicht unerheblichen – in ihrer Wirkung einer direkten Zensur vergleichbaren – Lenkungsmechanismus. Darüber hinaus gab es jedoch in allen Zonen eine kürzer oder länger dauernde Phase direkter Zensur. Auch bei Amerikanern und Briten existierte zu Beginn der Besatzungszeit eine Vorzensur, der alle Druckschriften – auch die aus bereits lizensierten Verlagen – unterworfen waren. Von nur kurzer Dauer erwies sich diese Phase bei den Amerikanern, die Vorzensur wurde dort bereits im Oktober 1945 wieder aufgehoben.

Bei den Briten mußten die lizensierten Verleger Fahnenabzüge des fertigen Satzes beim Book Censorship Bureau einreichen, bis sie mit dem 1. Februar 1946 ebenfalls die alleinige Verantwortung für ihre Publikationen innerhalb der von ihrer Lizenz gesteckten Grenzen trugen.

Eine Nachzensur bestand jedoch fort bis zum Ende der Besatzungszeit beziehungsweise darüber hinaus im Rahmen des Vetorechts der Alliierten Hohen Kommission bis zu deren Auflösung im Mai 1952 (dies betraf dann natürlich das ganze Gebiet der Bundesrepublik).[15] Mit dem Ende der Vorzensur wurde auch das Book Censorship Bureau aufgelöst, es bestand aber weiterhin die Möglichkeit zu einer freiwilligen Vorlage und Prüfung von geplanten Veröffentlichungen durch die Militärbehörden. Immerhin hatten bei den Briten wie auch bei den Amerikanern die Verleger nach Beendigung der Vorzensur selbst dafür einzustehen, daß nur Schriften politisch unbedenklicher Autoren erschienen. In der amerikanischen Zone empfahl die Militärregierung deshalb den Verlegern sogar, ihren Autoren Fragebögen vorzulegen oder ihnen eidesstattliche Erklärungen abzuverlangen, daß sie nicht unter die Ausführungsbestimmungen des „Befreiungsgesetzes" fielen, wobei in Zweifelsfällen die Militärregierung zu Rate gezogen werden konnte.

Wie dargestellt, behielten die Franzosen ihr System der direkten Kontrolle im Prinzip während der gesamten Besatzungszeit bei; zu einer Lockerung der Zensurbestimmungen kam es aber doch im Sommer 1948 für die Werke, die vor 1933 erschienen waren ebenso wie für später veröffentlichte Texte aus den Gebieten: Literatur, Philosophie, Kunst, Technik und Religion. Für entsprechende Titel wurde die Drucklegung ohne vorherige „licence d'edition" erlaubt. Statt dessen wurde in diesen Fällen nur noch die Einreichung eines Fahnenabzugs verlangt, um eine sogenannte „Hinterlegungsnummer" zu vergeben.

Die Form der Zensur, die ihren Ausdruck in der Lizensierungspflicht für Verlage gefunden hatte, wurde für das Gebiet der Westalliierten offiziell mit dem „Gesetz Nr. 5 über die Presse, den Rundfunk, die Berichterstattung und die Unterhaltungsstätten" der Hohen Kommission vom 21. September 1949 aufgehoben, worin die grundsätzliche „Freiheit der deutschen Presse, des deutschen Rundfunks und anderer deutscher Mittel der Berichterstattung" zugesichert wird. Ihren Einspruch konnte die Alliierte Hohe Kommission danach noch geltend machen – in der Form von Veröffentlichungsverboten und Beschlagnahmungen –, wenn ihr Ansehen und Sicherheit ihrer Streitkräfte und des alliierten Personals gefährdet schienen (vgl. Umlauff, Sp. 1509–1512).

Im amerikanisch besetzten Gebiet hatte zuvor schon die „Allgemeine Genehmigung Nr. 3" vom 2. Mai 1949 Publikationen ohne Lizensierung ermöglicht. Da diese Genehmigung jedoch erst gültig wurde nach der vorherigen (länderweisen) Verabschiedung von Pressegesetzen, fiel der Lizenzzwang in den einzelnen Ländern zu unterschiedlichen Zeitpunkten zwischen dem 1. Juli 1949 (Württemberg-Baden) und dem 5. September 1949 (Bremen-Unterweser) weg.

Bei den Briten wurde die Aufhebung der Lizensierungspflicht Mitte Oktober 1949 wirksam, während die Franzosen die drei Kultusministerien ihrer Zone vom Ende der Zulassungspflicht offiziell erst im März 1950 unterrichteten.

Grob gesagt mit Gründung der Bundesrepublik Deutschland konnten die Verleger also wieder veröffentlichen, was sie von Interesse hielten oder wovon sie sich den größten Absatz versprachen.

### *Die Papierbewirtschaftung*

Die Wiederaufnahme der Buchproduktion kam 1945 nur sehr langsam in Gang.[16] Die Papiererzeugung, die bei fortschreitender Besetzung Deutschlands vollkommen zum Erliegen gekommen war, war, besonders infolge des Rohstoffmangels, noch kaum angelaufen. Zudem lag ja ein Großteil der Papierfabriken in der nun sowjetischen Zone; noch vorhandene Papiervorräte erwiesen sich als äußerst dürftig. Den Besatzungsbehörden wurde dementsprechend schnell die Notwendigkeit einer Bewirtschaftung des Papiers und seiner zentralen Verteilung klar, wobei die Verteilmechanismen in den einzelnen Zonen wieder unterschiedlich ausfielen. Der anfänglichen Produktion mit Hilfe alter Lagerbestände oder auf illegal organisiertem Papier wurde im übrigen bald mit der Forderung eines Verbrauchsnachweises entgegengetreten (unter Androhung hoher Strafen).

In der französischen Zone regelte sich die Papierfrage mehr oder weniger durch das System der Einzelgenehmigung von Publikationen und dem damit verbundenen Papierfreigabeschein. Bei den Amerikanern sah es so aus, daß alle von den Publications Control Branches der Länder genehmigten Verlagsplanungen zentral zusammengefaßt und die vorhandene Papiermenge prozentual darauf verteilt oder häufiger gleichzeitig gekürzt wurde. Die Präferenz lag hier eindeutig bei den Zeitungen und Zeitschriften, für Bücher wurde das erforderliche Papier wesentlich sparsamer und titelweise zugeteilt.[17]

Bereits im November 1945 wurde wegen der bedrohlicher werdenden Papierknappheit die Auflage für Bücher allgemein auf je 5000 Exemplare beschränkt. Wünsche nach höheren Auflagen mußten speziell beantragt und begründet werden. Nicht anerkannt als Argument wurde dabei „große Nachfrage“, wohl aber die besondere Bedeutung einer Publikation für den Prozeß der Demokratisierung. Ein „guter Draht“ zu den Besatzern konnte gegebenenfalls auch hierbei Abhilfe schaffen. Der Berliner Felguth Verlag brachte beispielsweise keines seiner Bilderbücher in der schmalen fünftausender Auflage heraus, die Erstauflagen hielten sich meist zwischen zehn- und zwanzigtausend Exemplaren. Keineswegs darf daraus jedoch geschlossen werden, daß Kinderbücher überhaupt eine Sonderstellung bei der Papierversorgung eingenommen hätten; im allgemeinen waren die Jugendbuchverleger wie andere an die Auflagenbeschränkung gebunden.

Große Probleme traten auf dem Papiersektor auch dadurch auf, daß die Amerikaner mit Verlagslizenzen und besonders Zulassungen für Zeitschriften anfänglich recht großzügig umgegangen waren, die Lizenzträger also ständig zunahmen, währenddessen die tatsächliche Papierproduktion weit hinter allen Planungen zurückblieb.[18]

Die Briten wandten zwar eine vorsichtigere Lizensierungspraktik an. Die Voraussetzungen waren hier durch einen größeren Anteil an der Gesamtkapazität der Papiererzeuger günstiger. Trotzdem kam es in der zweiten Hälfte 1946 ebenfalls zu einer Versorgungskrise. Daraufhin wurde auch hier ab dem 1. Februar 1947 die Auflagenhöhe für Bücher auf 5000 Exemplare begrenzt. Im Gegensatz zur amerikanischen und französischen Zone teilten die Briten das Papier nicht titelweise zu, sondern jeweils für ein gesamtes Verlagsprogramm; die weitere Aufteilung blieb dem Verleger überlassen.[19]

Die Franzosen erließen für ihr Gebiet keine generelle Auflagenbeschränkung, doch war bei den dortigen Zensurbestimmungen eine Produktionslenkung überhaupt leichter durchführbar.

Aufgehoben wurde die Papierbewirtschaftung in der amerikanischen und der britischen Zone im Gefolge der Währungsreform, bei den Franzosen erst zum 1. April 1949. Auch danach herrschte noch Mangel, obwohl – ähnlich wie in anderen Produktionszweigen – gehortete Bestände auf den Markt kamen.[20] Schwierig blieb die Situation für Verleger weiterhin, sogar nach Gründung der Bundesrepublik wurde immer wieder von deutscher Seite die Forderung nach einer staatlich oder sonstwie gelenkten Papierverteilung erhoben; von den zuständigen Stellen der Bundesregierung wurden solche Maßnahmen jedoch prinzipiell abgelehnt.

### *Erste Blicke nach draußen: Übersetzungsprogramme der Besatzer*

Beinahe vom Beginn der Besatzungszeit an und darüber hinaus ergriffen die Militärregierungen neben der Verlagslizensierung noch andere literaturpolitische Maßnahmen, zum Teil zentral organisiert für die jeweilige Zone, zum Teil aber auch aufgrund persönlicher Initiativen und Interessen einzelner Kulturoffiziere. Eines der wichtigsten Ziele sollte dabei die Wiederheranführung der Deutschen an die Weltliteratur sein, vornehmlich zuerst an die Literatur der jeweiligen Besatzungsmacht. Dazu wurden in der britischen und amerikanischen Zone spezielle Übersetzungsprogramme ins Leben gerufen, bei den Amerikanern noch 1945 die „Book Translation Unit“ gegründet. Die zuständigen Besatzungsstellen wirkten hierbei als Vermittler zwischen den deutschen Verlegern und denen des jeweiligen Heimatlands, da ja selbständige Kontakte ins Ausland noch unterbunden waren. Später wurden verfügbare Übersetzungsrechte listenmäßig angeboten. Durch dieses Verfahren kam die große geistige Öffnung gegenüber dem Ausland in den frühen Nachkriegsjahren trotzdem nur in Grenzen und auf von den Militärregierungen geebneten wie gebilligten Wegen in Gang. Denn natürlich wurden in die Angebotslisten nur solche Titel aufgenommen, die den Besatzungsbehörden genehm waren und die für die demokratische Umerziehung der Deutschen von Nutzen erschienen.[21] Außerdem hatten die Militärbehörden selbst Schwierigkeiten, ein auf deutsches Interesse stoßendes Angebot bereitzustellen, da es für Autoren und Verleger im jeweiligen Heimatland wenig Argumente für ein solches Engagement gab. Einer der wichtigsten Hinderungsgründe dürfte der gewesen sein, daß eine angemessene Bezahlung des Copyrights kaum möglich war; die deutsche Reichsmark war nicht mehr konvertibel in ausländische Währungen, und Devisen für solche Unternehmungen waren auch bei den Militärregierungen knapp bemessen. Ausländische Verleger und Autoren hatten darüber hinaus oft kein Interesse daran, den Feindstaat Deutschland auch noch mit Literatur zu günstigen Konditionen zu versorgen und bekanntere Autoren – auch unter den deutschen Emigranten – hatten die Rechte für die deutschsprachige Veröffentlichung ihrer Werke längst in der Schweiz oder bei renommierten Exilverlagen untergebracht. Daher lassen sich in den Listen der Übersetzungsprogramme auch kaum „große" Namen finden.[22]

Einen Vorteil hatte die Annahme eines solchen offiziellen Übersetzungsprogramms aber doch: das notwendige Papier war dem deutschen Verlag so gut wie sicher (und wahrscheinlich auch dementsprechendes Wohlwollen von seiten der Besatzer). Bei den Franzosen existierte kein in der Form von Angebotslisten organisiertes Übersetzungsprogramm. Trotzdem wurde auch und gerade hier die Übertragung französischer Werke propagiert, wobei der Kontakt zum französischen Verlag ebenfalls nur über die Besatzungsorgane zustande kommen konnte und durfte (dann allerdings für von deutscher Seite ausdrücklich gewünschte Titel). Zahlenmäßig sind in der französischen Zone wohl auch mehr Bücher übersetzt worden.[23]

Die Übersetzungsangebote beziehungsweise die tatsächlich realisierten Übersetzungen beinhalten auch Kinder- und Jugendliteratur, wobei jedoch kein besonderes Interesse der Militärregierungen an dieser Sparte zu bemerken ist. Die absoluten Zahlen liegen so niedrig, daß von einer tiefgreifenden Wirkung beim Leser kaum die Rede sein konnte.[24] Ein ähnlicher Eindruck war aus zahlreichen Gesprächen mit damaligen Jugendbuchexperten zu gewinnen.

Wiewohl in diesem Zusammenhang noch eine Reihe weiterer Aktivitäten zu verzeichnen sind, etwa die von den Amerikanern veranstalteten „overseas-editions"[25] oder der von allen drei Besatzungsmächten zeitweise organisierte Buchtausch mit der Schweiz, wurde dem Buch – trotz einer sozusagen grenzenlosen Nachfrage in den ersten Jahren nach 1945 – von seiten der Besatzungsmächte kein besonderes Interesse entgegengebracht, auch nicht dem Jugendbuch. Wenn überhaupt, setzte man eher auf rascher „konsumierbare" Informationsträger wie Zeitungen und Zeitschriften.

Dies änderte sich – wenigstens teilweise –, als die Besatzungspolitik 1947 insgesamt in andere Bahnen geriet, die ersten Folgen des beginnenden „Kalten Kriegs" sichtbar und spürbar wurden. Ein verstärktes, zentral organisiertes Re-orientation-Programm – jetzt gekoppelt mit antikommunistischer Propaganda – kam bei den Amerikanern 1948/49 in Anwendung, und durch die stetig wachsende Zusammenarbeit untereinander wirkte sich das auch auf die anderen Zonen aus. Aufgrund der gewandelten weltpolitischen Lage war man – gerade von amerikanischer Seite – jetzt bereit, größere Geldmittel in die kulturelle, am „freiheitlich-westlichen" Demokratieverständnis orientierte Umerziehung der Deutschen zu investieren.

Bei dem Versuch einer Gesamteinschätzung der Kulturpolitik im besetzten Deutschland muß man feststellen, daß die Franzosen sich innerhalb der Westzonen sicherlich am stärksten um kulturelle Belange bemüht haben: sie organisierten sehr zeitig große Kunstausstellungen, Konzerte mit namhaften Interpreten, auch Theateraufführungen und beschäftigten auf diesem Sektor weitaus mehr Personal als die anderen Zonen. Wichtig zum Verständnis der französischen Besatzungspolitik ist hierbei die Grundthese, auf der die Einzelmaßnahmen aufbauten. Im Gegensatz zu Engländern und Amerikanern sah man aus französischer Sicht die Ursache des Nationalsozialismus und damit auch des Zweiten Weltkriegs im deutschen Nationalcharakter verankert, meinte ihn im schon seit dem 19. Jahrhundert fehlgeleiteten Nationalismus gefunden zu haben.[26] Folgerichtig stellte man sich auf eine langfristige Besetzung Deutschlands ein, während der zum einen bei der Erziehung der Kinder angesetzt werden sollte, zum anderen die Deutschen mittels französischer Kultur „zivilisiert" werden sollten.

Bücher spielten auch bei der französischen Mission keine Hauptrolle, man bevorzugte ganz offenbar Veranstaltungen mit live-Charakter.

Die Briten versuchten sicherlich am wenigsten, ihre eigene Lebensart auf Deutschland zu übertragen. Ihre Aufgabe sahen sie vornehmlich darin, für alle Bereiche des gesellschaftlichen Lebens geeignete Deutsche zu finden, deren Tätigkeit einer gewissen Kontrolle zu unterziehen, alles jedoch mit einem möglichst geringen Maß an Einmischung. Im Grunde wurden hier wohl Möglichkeit und Aussichten einer geistig-moralischen „Um-erziehung" am pessimistischen und vielleicht aus britischer Mentalität und der Erfahrung des Empires auch am realistischsten eingeschätzt. Im übrigen wurden eventuelle originäre Ansätze in der britischen Besatzungspolitik bald auch verwässert durch den Zusammenschluß mit der amerikanischen Zone zum vereinigten Wirtschaftsgebiet der Bi-Zone (ab Januar 1947). Nicht zuletzt wegen der zunehmenden Finanznot der Briten blieb diese Zusammenarbeit nicht einzig auf den Wirtschaftssektor beschränkt, sondern der amerikanische Einfluß nahm insgesamt mehr und mehr überhand.

### *Exkurs: Jella Lepman und die Internationale Jugendbuchausstellung 1946/47*

Im Herbst 1945 kam Jella Lepman, eine nach London emigrierte jüdische Journalistin, in der Uniform der Sieger zurück nach Deutschland, und zwar als Beraterin für Jugend- und Frauenfragen bei der amerikanischen Militärregierung. Noch im gleichen Jahr, während einer Informationsreise durch die amerikanische Zone, hatte sie die Idee, eine Ausstellung internationaler Kinder- und Jugendbücher zu organisieren, um dem immer noch isolierten Deutschland ein Fenster zum Ausland zu öffnen, als Anregung für Jugendbuchverleger, vor allem jedoch als einen ersten konkreten Schritt in Richtung auf eine neue Völkerverständigung. Ungeachtet aller äußeren Schwierigkeiten setzte sie ihr Vorhaben durch, schrieb Bittbriefe – Gelder standen vorerst einem solchen Unternehmen nicht zur Verfügung – in viele Länder und erhielt daraufhin ein Bücherpaket nach dem anderen. Am 3. Juli 1946 konnte dann tatsächlich die erste „Internationale Jugendbuchausstellung" im Haus der Kunst in München eröffnet werden.

*Nils Holgerssons Flug mit den Wildgänsen als Symbol für die grenzüberschreitende Kraft der Kinder- und Jugendliteratur auf dem Plakat zur ersten von Jella Lepman initiierten Internationalen Jugendbuchausstellung 1946/47.*

Diese Ausstellung erregte damals als eine der ersten großen kulturellen Veranstaltungen im Nachkriegsdeutschland großes Aufsehen, rief überall – sie wurde noch in Stuttgart, Frankfurt und Hannover gezeigt – Begeisterung hervor. Nicht nur Erich Kästner berichtete über sie in der „Neuen Zeitung", sondern weitere seriöse Blätter schrieben plötzlich über Jugendbuchhelden und deren grenzüberschreitende Kräfte. Selbst das Leipziger Börsenblatt brachte – damals war das noch möglich – positive Besprechungen (Schlemminger, 1947 und: Die internationale Jugendschriften-Ausstellung ..., 1947). Und doch brach hiermit nicht etwa ein Frühling für das Jugendbuch an, wurde keine umfassende Förderung der Jugendbuchproduktion eingeleitet, nicht einmal die Presse kümmerte sich künftig intensiver um den jungen

Leser. Die Bücher der Ausstellung bildeten später den Grundstock für die Internationale Jugendbibliothek. In der unmittelbaren damaligen Zukunft blieb die Initiative Jella Lepmans eine Einzelaktion, die im Grunde wenig Folgen zeitigte.

### *Das Verlagswesen nach 1945*

Die ersten Jahre nach Kriegsende – grob gesagt: die Besatzungszeit – können auf der Suche nach einer charakterisierenden Bezeichnung der Entwicklungen innerhalb des Umfelds der Kinder- und Jugendliteratur als ausgesprochene Verlagsgründungsphase bezeichnet werden, wobei „Gründung“ sowohl als Neukonstituierung als auch als tatsächliche Neugründung verstanden werden muß.

Es ist nämlich durchaus spannend nachzuvollziehen, daß und wie sofort, nachdem die äußeren Rahmenbedingungen vorhanden, das heißt die Lizensierungsvorschriften in den einzelnen Zonen in Kraft getreten waren, ein ausgesprochener Boom an Verlagsgründungen, eine gewisse „gründerzeitliche“ Aufbruchstimmung, einsetzten. Ohne aus den Augen zu verlieren, daß dieser Prozeß nicht zuletzt durch die jeweilige Zulassungspraxis der zuständigen Besatzungsbehörden gelenkt wurde, können und müssen die Jahre 1945 und 1946 (mehr noch 1946) in allen drei Zonen als die eigentliche Gründerzeit im Verlagswesen angesehen werden.[27]

Die Lizensierungspolitik der Besatzer war einem Wandel unterworfen. Während bei den Amerikanern anfänglich die Aufmerksamkeit hauptsächlich der politischen Vergangenheit des Bewerbers galt – ehemalige KZ-Häftlinge oder sonst vom Nationalsozialismus Verfolgte wie auch zurückkehrende Emigranten kamen am schnellsten zu einer Lizenz –, rückte nach und nach die berufliche Qualifikation des Antragstellers in den Mittelpunkt. Bei akuter werdender Papierknappheit 1947 wurden neue Lizenzen immer stärker hinausgezögert. Erst die Währungsreform, besser gesagt die Aufhebung der Papierbewirtschaftung als ihre Folge, führte auch in der Lizenzbewilligung zu einer Liberalisierung. Beinahe jeder, der nicht gerade Mitglied der NSDAP gewesen war, konnte nun eine Zulassung erhalten. Trotzdem war die Anzahl der noch 1948 oder Anfang 1949 zugelassenen Verleger gering im Vergleich zu der der Jahre zuvor. Währungsreform und das Ende der Papierbewirtschaftung hatten darauf wenig Einfluß, dagegen wesentlich deutlicher auf einen tatsächlichen Produktionsstart zuvor gegründeter Firmen einerseits und umgekehrt auf ein erneutes Verlagssterben.

Als 1949 die Lizensierungspflicht endgültig aufgehoben wurde, kam es unter den Buchverlagen zu keiner abermaligen Gründungseuphorie. Nur auf einem „Nebenschauplatz“ lief die Entwicklung dem zuwider: ab 1948/49 wurde eine ganze Anzahl von Roman- und Abenteuerheftchen- und später Comicverlagen ins Leben gerufen, die sogenannten Schmutz- und Schundproduzenten erschienen auf der Bildfläche. Doch dieses Thema soll erst im folgenden Kapitel behandelt werden. Ein Absehen von den Heftchenverlagen an dieser Stelle läßt sich auch damit rechtfertigen, daß es eine beinahe strikte Trennung zwischen Buch- und Heftchenverlegern gab.[28]

Daß sich das eigentliche Verlagswesen bis zum Ende der Besatzungszeit – und das trifft besonders auf die älteren Verlage zu – bereits weitgehend konsolidiert hatte angesichts der einschneidenden Restriktionen durch die Militäradministration, ist bei näherem Hinschauen gar nicht so erstaunlich.

Die Lizensierung gestaltete sich zwar zeit- und energieraubend, stellte jedoch für die meisten mindestens der älteren, eingeführten Verlage kein unüberwindliches

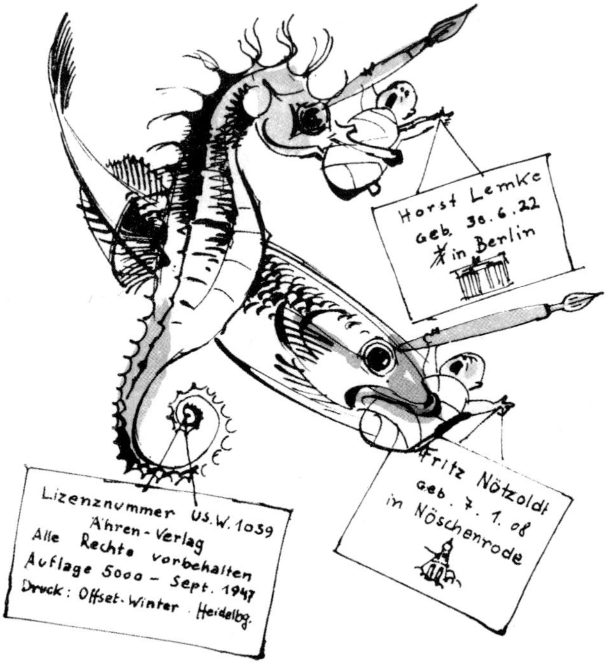


*Rückseite des Bilderbuchs „Torsten und der Seestern", auf der Horst Lemke dem von Besatzerseite zur Pflicht erhobenen Nachweis der Verlagszulassung und der Lebensdaten von Autor und Illustrator durch seine graphische Auflösung eine deutlich ironische Note verliehen hat.*

Hindernis dar, auch dann nicht, wenn frühere Publikationen den Verlag beziehungsweise Verleger als Nutznießer oder Sympathisanten oder als bloßen Opportunisten auswiesen. Das Mittel nämlich, das – aus Sicht der Besatzer – eine bessere Kontrolle und Auslese hinsichtlich der – politischen – Vergangenheit der Lizenzträger hatte bewerkstelligen sollen, nämlich Lizenzerteilung nur an natürliche Personen, nicht an Körperschaften oder Firmen, verkehrte sich geradezu in sein Gegenteil, indem es in den meisten Fällen ausgesprochen einfach zu umgehen war: Statt des – belasteten – Verlegers konnte beispielsweise dessen Ehefrau, ein leitender Angestellter der Firma oder auch ein – nicht belasteter – Verlegerkollege Antragstellung und Lizenz mehr oder weniger pro forma übernehmen. Von der Möglichkeit, einen Verlag einem Treuhänder zu unterstellen, machten die Besatzer jedenfalls selten Gebrauch.[29] In welchem Umfang tatsächlich genannte Um-Wege beschritten wurden, um weiterhin verlegerisch tätig zu sein, ist kaum mit konkreten Zahlen zu belegen. Keinesfalls kann man einfach in den Lizenzlisten diejenigen heraussuchen, die nicht mit dem Inhaber oder gar Namensgeber der Firma identisch sind, denn dafür kamen auch andere Gründe in Frage, wenn beispielsweise der ursprüngliche Verleger gefallen, vermißt oder noch in Kriegsgefangenschaft war.

Gleichzeitig und trotz des Gründungsbooms bedeuteten die auf den vorausgegangenen Seiten beschriebenen Einschränkungen verlegerischer Freiheit eine teilweise fast fatale Fortsetzung der Methoden des besiegten Unrechtssystems durch die Sieger, angefangen von der Säuberung der Bibliotheken und Buchhandlungen (auch wenn man sich der öffentlichen Brandmarkung und Vernichtung beanstandeter Werke enthielt) über die eigentliche Lizensierung mit all ihrer „Gesinnungsschnüffelei“ bis hin zu den hier stärker, dort schwächer ausgeprägten Formen direkter Zensur.[30] Trotz verschiedenster Vorsichtsmaßnahmen wie etwa der Vermeidung „schwarzer Listen“ in den Westzonen, können die Parallelen zur damals jüngsten Vergangenheit nicht übersehen werden. Auch das bis etwa zur Währungsreform praktizierte Zuteilungsverfahren, das dem Buchhändler nur noch die Rolle des dankbaren (soweit er von den Verlegern mit Zuteilungen bedacht wurde) Verteilers zuschrieb, hatte sich ja schon zu Zeiten des NS-Regimes im Zweiten Weltkrieg zunehmend durchgesetzt.

Immerhin wurde diese restriktive Politik der Besatzungsmächte nicht grundsätzlich umgangen oder als Übel betrachtet. Eine nicht geringe Anzahl deutscher Verleger akzeptierte die Handlungsweise der Sieger durchaus in positivem Sinne oder erachtete sie mindestens grundsätzlich für notwendig und sinnvoll. Noch nach Beendigung des Lizenzzwangs meldeten sich sogar Stimmen aus dem Kreise der Verleger, die für die Fortführung einer zentralen Verlagszulassung – nunmehr in deutscher Regie – plädierten.

### *Der Verleger in der Besatzungszeit*

Bei der Diskussion der Frage nach Bruch und Neuanfang oder Fortsetzung von Traditionen (und dann welchen) kann die Komplexität dieser Fragestellung kaum überbetont werden. Wie bereits ganz zu Anfang dieses Kapitels aufgelistet, machten allein schon die „äußerlichen“ Zeitumstände im Mai 1945 und den Monaten danach einem Jugendbuchverleger, ja jedem Verleger, ein reflektionsloses Weiterarbeiten im alten Trott unmöglich. Die Beantragung einer Verlagslizenz mit unzähligen Fragebögen und Gesprächen mit Besatzungsoffizieren erforderte ein mehr oder weniger fest umrissenes Programm, und das mußte – bis zu einem gewissen Grade und sicherlich auch abhängig von der jeweiligen Bezugsperson – mit den echten oder vermuteten Vorstellungen der Besatzer in Einklang gebracht werden. Auch weisen Äußerungen damals Beteiligter darauf hin, daß das Ende des NS-Regimes subjektiv gesehen, also für jeden einzelnen, immer einen Einschnitt in seinem Leben bedeutete (was natürlich nicht gleichbedeutend mit „innerer Einkehr“ oder einem radikalen Sinneswandel sein mußte). Andererseits banden die offensichtliche Not beziehungsweise die Anstrengungen, in ihr zu überleben, bereits einen Großteil der vorhandenen Energien und Ideen und halfen gleichzeitig, unbequeme Fragen angesichts scheinbar oder tatsächlich primär zu bewältigender Probleme zu verdrängen.

Die Idee jedoch, sich bei einem „Neuanfang“ gerade oder zumindest mit an die Jugend zu wenden, war naheliegend und stand auch in Übereinstimmung mit den das allgemeine Klima prägenden Umerziehungsgedanken.

Für den Sektor des Kinder- und Jugendbuchs mußte sich hierbei bestimmend bemerkbar machen, daß man dieses Gebiet ganz offensichtlich als extrem harmlos ansah, daß es allem Anschein nach bestens geeignet war zum „Überwintern“ für politisch verunsicherte Verleger oder solche, die ein eigentliches Programm noch nicht vorweisen konnten.

Die eben erst zu Ende gegangenen Erfahrungen mit Beeinflußbarkeit und Beeinflussung gerade des jungen Menschen führten nicht etwa zu dem Schluß, die Jugend durch Aufklärung über die jüngste Vergangenheit und allgemein die Mechanismen gesellschaftlichen und politischen Zusammenlebens immunisieren zu wollen gegenüber einer Wiederkehr des Vergangenen, sondern im Gegenteil: Sie endeten in einem Rückgriff auf die scheinbar altbewährte und nicht nationalsozialistisch diskreditierte Ideologie vom Schonraum Kindheit (in dieser Hinsicht war die Naziideologie ja ausgesprochen „progressiv“ gewesen). Man wollte den Kindern nach all dem Schrecklichen, was sie hatten erleben müssen, nach Panzern, Bomben und Flucht, zeigen, was Leben sonst noch sein könnte, wollte sie in die „Wunderwelt der Kindheit“ führen. Daß die Realität auch für Kinder und Jugendliche ganz anders aussah, daß Kälte, Unterernährung, miserable Wohnverhältnisse beziehungsweise die Entwicklung neuer Überlebenstechniken den Alltag bestimmten, daß für die etwas Älteren zumeist das ganze Weltbild und Werteverständnis noch radikaler zu Bruch gegangen sein mußte als für die Erwachsenengeneration und aus der Sicht der Jungen die Eltern und andere erwachsene „Respektspersonen“ nun ganz anders sprachen als noch kurze Zeit zuvor, ihnen gegenüber daher eher Skepsis und Mißtrauen angebracht schien, das alles wollten nur die wenigsten wahrhaben. Und falls doch, so sollten die Kinder, wenn schon nicht in der Realität, dann wenigstens in ihren Büchern diese andere, ihnen angemessenere Welt finden können.

Es scheint so, als ob sich Besatzer und Besetzte hinsichtlich einer Politisches weitgehend ausklammernden Idealvorstellung von „Kinderwelt“ durchaus einig gewesen wären.

Für harmloser als die meisten anderen literarischen Gebiete müssen auch die Franzosen die Kinderliteratur gehalten haben. Als dort 1948 ein der Beschleunigung von Buchlizensierungen dienendes Klassifizierungssystem eingeführt wurde, stufte man das Jugendschrifttum zusammen mit technischen Büchern, Kunst- und Wörterbüchern sowie Übersetzungen französischer Werke in die Klasse B ein, „für die die Zensur zu beschleunigen ist und die in keinem Fall anfechtbare Texte enthalten".

Und für Jugendbücher konnte ein Verleger unter Umständen eher eine Lizenz erhalten als für einen anderen Verlagszweig. So wurde dem Hoch-Verlag in Düsseldorf von den Briten zunächst nur die Inbetriebnahme seiner Druckerei genehmigt, bis ihm zum 1. Januar 1949 doch noch eine Verlagslizenz erteilt wurde, eben nur für Kinder- und Jugendliteratur, nicht jedoch für die früheren Sparten Belletristik und Pädagogik.

Schaut man sich unter den kargen programmatischen Aussagen von Jugendbuchverlegern in der unmittelbaren Nachkriegszeit um, ist neben der stereotypen Absichtserklärung, „das gute Jugendbuch" zu pflegen, zwar auch einmal die Rede von der besonderen Verantwortung der Jugend gegenüber. Kommen dagegen erste Titel ins Blickfeld, fallen Assoziationen mit dem Begriff „Neubeginn" außerordentlich schwer angesichts all der Wichtlein, Blümlein und sonstigen lustigen „-leins" und „chens". Und wenn – etwa in Verlagsanzeigen – etwas im Zusammenhang mit Jugendliteratur betont wird, dann ist es die lange Tradition, die große Erfahrung.

Selbst der Ensslin & Laiblin Verlag, der eine größere Zahl kriegs- und nazifreundlicher Titel herausgebracht hatte, hatte offenbar wenig Schwierigkeiten mit den jüngst verflossenen Jahren. Er konnte bereits 1946 wieder neu beginnen, für sich werben und dabei auf sein langes Bestehen (Gründungsjahr 1818) hinweisen. Die Verlage, die ihren Weg zu Zeiten des Dritten Reichs nicht unbehindert hatten fortführen können, bemühten sich eher um ein Zurückholen des vor 1933 Verlegten, das zwischendurch oft genug als unerwünscht gegolten hatte, als sich prononciert um einen Neubeginn zu bemühen.

Wurde doch einmal ein Vorstoß mit aktueller Thematik gewagt, von emigrierten Autoren zudem und durchaus bewußt politisch wie in Lisa Tetzners für Deutschland von Stuffer herausgebrachten im Original neunbändigen Kinderodyssee „Die Kinder aus Nr. 67" (bei Stuffer sind nur drei Bände erschienen: „Erwin kommt nach Schweden", 1948; „Die Kinder auf der Insel", 1948; „Mirjam in Amerika", 1949), so wurde das, worum es den Büchern geht, die am Beispiel gestaltete Darstellung von Rassismus, politischer Verfolgung, von Emigration und Krieg, in den Ankündigungen zu diesen Bänden kaum deutlich beim Namen genannt. Vielmehr umschrieb man den eigentlichen Inhalt salomonisch, den kritischen Aspekt spielte man stark herunter bei demgegenüber starker Betonung des positiven Aspekts der Völkerverständigung. Eine Verlagsanzeige von 1949 beschreibt dementsprechend das Gesamtwerk so: „Kinder zahlreicher europäischer und überseeischer Völker sind die Träger der fesselnden, oft hellen und jugendfrischen, oft tief erregenden Handlung. Ihr Sinn ist – wo er ausgesprochen wird, in Worten, die jeder Junge und jedes Mädchen versteht: Erkennet, was geschehen ist, reicht euch die Hände und macht die Zukunft besser." Wo Widerstände gegenüber „Tendenz"schrifttum und Exilanten, überhaupt gegenüber Politischem im Jugendbuch und die Angst vor zu vielen Fragen der Jungen so groß waren wie zu jener Zeit, konnte man sicherlich kaum deutlicher werden.

Was sich dagegen ein Verleger dem „Zeitgeist“ entsprechend von Autoren, u.a. auch Jugendbuchautoren, wünschte und erwartete, brachte Hermann Leins, Lizenzträger des R. Wunderlich Verlags (Tübingen), 1948 in einer Rundfunkansprache zum Ausdruck: „So bitte ich, verehrte Autoren, schreibt anspruchsloser, fabuliert freier, schenkt uns Jugendbücher, in denen etwas geschieht, schreibt, damit unsere Kinder den Winkel vergessen, in dem sie hausen. Erzählt den jungen Mädchen von der guten, bergeversetzenden, weltverwandelnden Liebe. Haltet das Herz der alternden Männer, die sich für ihre Familien plagen, jung und zu Abenteuern aufgelegt; laßt die Mädchenphantasie in der geplagten Hausfrau und Familienmutter nicht einschlafen – und gebt Deutschland in der Enge des Raums die Weite des Erlebens, Hoffens und Glaubens!“ (Leins, 1948, S. 303).

Gründe für die mindestens bis zur Währungsreform anhaltende Defizitsituation auf dem Buchmarkt gibt es sicherlich nicht nur einen, und für die Kinder- und Jugendliteratur sind es keine grundlegend anderen als bei der Literatur für Erwachsene. Für den Bereich der Herstellung sind die Ursachen der Krise relativ schnell und einfach aufzuzählen, sie wurden weiter oben zum Teil ja schon genannt: akuter Rohstoffmangel, Kriegsschäden bei Druck- und Setzmaschinen, vor allem auch Transportprobleme wie auch die anfangs kaum durchlässigen Zonengrenzen, die teilweise Verlagsort von ausgelagerten Buchbeständen trennten oder den Verleger von seinen früheren Mitarbeitern. Dazu trat im Laufe der ersten Jahre auch noch eine Verlangsamung des Produktionstempos aufgrund des besonders durch Unterernährung gesunkenen Leistungsniveaus der Angestellten sowie einer Überalterung der Maschinen und Schwierigkeiten bei der Ersatzteilbeschaffung. Doch neben „äußeren“ Produktionserschwernissen mangelte es mindestens ebenso an brauchbaren Manuskripten, auch im Bereich der Jugendliteratur; dafür sprechen nicht zuletzt die von diversen Verlagen ausgeschriebenen Preisausschreiben „für das beste Jugendbuch“, die damals jedoch – soweit feststellbar – kaum zu positiven Ergebnissen geführt haben. „Leere Schubladen“ bedauerten bekanntermaßen ja nicht nur Jugendbuchverleger. Allein die Lebensumstände direkt nach 1945 waren wenig dazu angetan, zum „Dichten“ anzuregen. Die Sorge um das physische Überleben mußte zunächst an erster Stelle stehen und darüber hinaus braucht das Schreiben eines Buchs ja auch eine gewisse Zeit. Nicht verwunderlich erscheint daher die Überschrift eines programmatischen Artikels in der „Neuen Zeitung“: „Laßt uns Zeit“, der gegen einen sich breit machenden Kulturpessimismus angesichts fehlender neuer Texte und neuer Talente aus der jüngeren Generation anging (Kolbenhoff, 1948). Erklärungen für die mißliche Lage in Deutschland gibt auch die „Rheinische Zeitung“ gegen Ende des Jahres 1947: „Diese Ära steht in Deutschland im Zeichen der minderen Qualitäten. Schlechte Ware, schlechtes Geld, schlechtes Leben, schlechte Entlohnung und schlechte Leser [...] Es kann einer schlechterdings nicht mehr als 600 bis 800 Mark im Monat, gleich zwei bis drei Pfund Butter verdienen. Alles andere schluckt die Steuer [...] Und ein Schriftsteller von Geschmack und Haltung soll sich auf solche ekelhafte Nachbarschaften und Verquickungen“ – gemeint sind solche mit Schwarzhandel und Schieberei – „einlassen? Er hat jetzt fast 15 Jahre gewartet und wartet noch weiter" (Schmitt, 1947).

Was in diesem Zitat zum Schluß anklingt, war beim ständigen Wertverfall der Reichsmark allgemein deutlich, nämlich, daß es zu einer Währungsreform kommen müsse. Wie etwa Kurt Lütgen in einem Gespräch berichtete, hatte er sein erstes Buch „Der große Kapitän" bereits 1946 geschrieben, das Manuskript jedoch erst nach der Währungsreform einem Verlag angeboten. Er habe grundsätzlich keine größeren Arbeiten in dieser Zeit veröffentlicht, da ihm – wie jedermann ersichtlich – die finanzielle Basis der neulizensierten Verlage zu unsicher erschienen sei.[31]

Und in dem zuletzt zitierten Artikel heißt es an anderer Stelle: „... Manuskripte an Verlage zu geben, bedeutet für den Schriftsteller, daß er seine Arbeit praktisch verschleudert, wegschenkt [...] Dazwischen" – gemeint ist zwischen Autor, Verleger, Leser – „steht nämlich die Währung [...] Wer nicht gerade in einen Erstling verliebt ist, wird daher lieber ganz etwas anderes tun, als seine Manuskripte aus der Schublade zu holen" (Schmitt, 1947). Es darf vermutet werden, daß auch andere Autoren so dachten und sich entsprechend verhielten.

Auch ein weiteres Reservoir, das der fremdsprachigen Titel, konnten die Verlage in der unmittelbaren Nachkriegszeit kaum ausschöpfen, die Gründe hierfür wurden schon genannt.

Obzwar das Interesse an Übersetzungen von seiten der Besatzer mit großzügigen Papierzuteilungen belohnt wurde, gestaltete sich die Abwicklung solcher Projekte zeitintensiv und langwierig. Es ist demnach während der Besatzungszeit nur wenig an Übersetzungsliteratur erschienen, innerhalb der Kinder- und Jugendliteratur noch weniger als etwa bei der Belletristik, sieht man von Klassikern wie „Robinson" oder der „Schatzinsel" und ähnlichen Titeln ab.

Darüber hinaus konnte auch von den im deutschsprachigen Ausland – in erster Linie Österreich und der Schweiz – erscheinenden Büchern kein Gebrauch gemacht werden, solange Deutschen der freie Verkehr mit dem Ausland untersagt war, also bis zum Ende der Besatzungszeit.

### *Exkurs: Eine amerikanische Verlegerdelegation bereist das besetzte Deutschland*

Im Jahr 1948 bereiste eine amerikanische Verlegerdelegation mehrere Wochen lang Deutschland, in der Hauptsache die amerikanisch besetzte Zone, um sich über den bis dahin erreichten Entwicklungsstand der nachkriegsdeutschen Buchproduktion zu unterrichten und Empfehlungen für die Weiterarbeit der amerikanischen Presseoffiziere zu geben.

Man führte Gespräche mit offiziellen Vertretern der Militärregierung, mehr aber noch mit Verlegern und Buchhändlern, und verfaßte zum Abschluß einen ausführlichen, in Buchform veröffentlichten Erfahrungsbericht (German Book Publishing and Allied Subjects, 1948). Dieser Bericht stellt eine der wenigen Quellen aus der

Besatzungszeit dar, in der auf Kinder- und Jugendliteratur ausdrücklich eingegangen wird. Auf diesem Feld, heißt es dort, sei „the most conspicious deficiency of all in Germany publishing“ (S. 30) feststellbar, obwohl Kinderbücher jetzt so wichtig seien wie noch nie. Die Gründung eines halben Dutzends ausgezeichneter neuer Verlage (ausdrücklich erwähnt wird dabei nur der Felguth-Verlag) wird festgestellt, weiterhin die Existenz einiger guter alter Verlage, aber auch der Mangel an qualifizierten Kinderbuchautoren (und Illustratoren), der einige Verleger veranlasse, selbst zur Feder zu greifen. Der Militärregierung wurde empfohlen, mehr Geld zur Belebung dieses Gebietes einzusetzen, auch Verlegern Aufenthalte in Amerika zu ermöglichen, um dortige Techniken zu studieren. Zusätzlich forderte man Gelder zur Unterstützung der (gerade gegründeten) Internationalen Jugendbibliothek in München wie auch eine Ausweitung des Übersetzungsprogramms auf diesem Sektor. Interessant ist dabei, daß sich hinsichtlich dessen, was für Kinder gut und zuträglich sein soll, eine Haltung niederschlägt, die wieder Kinder aus einer Auseinandersetzung mit realer Umwelt heraushalten will. Konkret zur Übersetzung vorgeschlagen werden nämlich amerikanische Jugendbuchklassiker von Mark Twain und anderen; solche Bücher seien wichtiger als alle in den letzten Jahren erschienenen Titel, denn sie vermittelten menschliche Qualitäten, die einer Demokratie zugrunde liegen müßten, ohne aufdringlich zu predigen. Auch wenn diese Auffassung als Spitze gegen Völkerverständigungs- und Internationalitätsgedanken ausnutzende Konjunkturschreiberei verstanden werden soll[32], bedeutete sie in ihrer Konsequenz doch wieder die völlige Ausblendung von Gegenwartsthematik.

## *Die frühe Nachkriegsproduktion*

Einen auch nur einigermaßen verläßlichen quantitativen Überblick über die Verlagsproduktion nach Kriegsende bis etwa 1950 zu geben, erweist sich als kaum durchführbar. Statistische Angaben über diesen Zeitabschnitt sind äußerst spärlich und es gibt kaum Möglichkeiten, sporadisch irgendwo genannte Zahlenangaben nachzuprüfen.[33]

Ganz vorsichtig geschätzt dürfte die Produktion von Kinder- und Jugendbüchern in den Westzonen beziehungsweise der Bundesrepublik bis 1950 bei etwa 4000 Titeln[34] gelegen haben, von denen ein Großteil allerdings erst ab Mitte 1948, also nach der Währungsreform, erschienen ist.

Bei einem Blick auf die damalige Jugendbuchszene anhand von Äußerungen interessierter Zeitgenossen, zeigt sich vorerst ein reichlich uneinheitliches Bild. Abgesehen von den ständigen Klagen über die Papierknappheit, beschworen die einen die großen, besonders dem Jugendbuch innewohnenden Möglichkeiten der Erziehung zu Demokratie und Völkerverständigung und die in diesem Sinne hohe Verantwortlichkeit des Verlegers (solche Worte trugen eher Appellcharakter), andere blickten eher auf die tatsächliche Produktion und bedauerten – gerade angesichts der Papierknappheit – die Doppel- und Mehrfachproduktion „bewährter“ Titel. Parallele

Tendenzen lassen sich da durchaus auf dem Markt der „Erwachsenen"literatur ausmachen.

Einerseits rief man geradezu händeringend nach Manuskripten, nach neuen Talenten, betrauerte die leeren Schubladen, andererseits wurde Stöhnen laut angesichts einer Flut von Bilderbüchern. Eine Märchenwelle, Altes und Neues, Grimm und das moderne Kunst- oder Dichtermärchen – selten hat es so viele Dichter und Dichterinnen in Deutschland gegeben! – gleichermaßen umfassend, hatte in ungeahnter Breite die Lande überschwemmt, während in der „großen" Literatur das Sonette-Fieber ausgebrochen war.

Die Nachfrage nach bedrucktem Papier jeglicher Provenienz kannte von seiten der Öffentlichkeit augenscheinlich keine Grenzen, gehörte es doch zu den wenigen Waren, die „frei", soll heißen: ohne Marken zu kaufen waren. Zeitgenössischen Zeitungsberichten und Erinnerungen zufolge war es dem Normalverbraucher, hier Leser, fast unmöglich, ohne Beziehungen an einen auch nur einigermaßen interessanten Titel zu kommen. Der Preis der Bücher war dabei anscheinend relativ unwichtig; gemessen an Druck und Ausstattung und im Vergleich zu Vorkriegsstandard und Preis waren die Bücher der endvierziger Jahre nahezu alle überteuert. Von Verlegerseite wurde die Zeit vor der Währungsreform als „das goldene Zeitalter der Diktatur des guten Buches"[35] bezeichnet, die Periode wird charakterisiert als von „Entdecker- und Missionarsgeist"[36] geprägt. Andere hingegen begrüßten den Papiermangel als letzte Rettung vor einem Versinken der Produktion in Mittelmäßigkeit. Obwohl das nicht nachlassende Käuferinteresse einen starken Nachholbedarf und große Aufnahmebereitschaft für Neues zu signalisieren scheint, erkannten manche diesem Phänomen auch einen gewissen Scheincharakter zu, sahen darin weniger inhaltliches Interesse als eine Art Kaufzwang, ein Haben- und Besitzenwollen. Einzelne, wie der Verleger Peter Suhrkamp, gingen in ihrem Pessimismus noch weiter: „Wenn ich aus einem Setzkasten wahllos Buchstaben zusammenstelle, diesen Unsinn drucke, einbinden lasse und verkaufe, so bin ich sicher, die ganze Auflage in wenigen Tagen zu verkaufen und auch nicht eine einzige Reklamation zu erhalten" (zit. nach Gasser, 1947). Andererseits wandte gerade Suhrkamp ein äußerst kompliziertes Verteilsystem an, damit die bei ihm herauskommenden Bücher auch bestimmt in die richtigen Hände gerieten.[37]

Doch zurück zum Jugendbuch. Wichtiger als genaue Produktionsziffern, die aus genannten Gründen nur vage sein können, ist der inhaltliche Aspekt. Das starke Übergewicht von Märchen und Bilderbuch, auch in Kombination, läßt sich bereits an den Titelübersichten der Deutschen Bibliographie für die Jahre 1945–1950 ablesen: die entsprechenden Rubriken Märchen, Märchenbilderbuch und Bilderbuch[38] führen allein reichlich 60% aller der Kinder- und Jugendliteratur zuzurechnenden Titel auf, und in den Jahren 1945 bis 1947 konzentrieren sich die angezeigten Publikationen beinahe ausschließlich auf diese Gattungen.

Unter den Produktionsbedingungen vor Beendigung der Papierbewirtschaftung ist die Scheu der Verleger vor umfangreicheren Texten auch verständlich. Für Bilderbücher oder Einzelausgaben von Märchen benötigte man natürlich weniger Papier. Statt sie aufwendig binden zu müssen, kam man mit einer Heftung aus. Und es gab auf diesen Gebieten ein reichlicheres Angebot an Manuskripten, da sich viele Hobbyautoren, meist Hausfrauen und Mütter, fanden, denen „Märchenhaftes" als der Inbegriff kindgerechten, „kindertümlichen" Lese- oder Vorlesestoffs galt.

Daß die Unverhältnismäßigkeit im Angebot bereits für den Zeitgenossen sichtbar war, bezeugt beispielsweise Eugen Kogon, wenn er 1947 über die Nachkriegsproduktion schreibt: „Es heißt diese Aufgaben" – den Nachholbedarf zu decken ist hier gemeint – „keineswegs erfüllen, wenn uns Heines ‚Buch der Lieder' gleich in mehr als einem Dutzend verschiedener Ausgaben geboten wird oder ein Märchenpotpourri nach dem andern wie dünnbelegte Salatplatten: von überallher ein bißchen Gerupftes" (Kogon, 1947, S. 873). Und noch einige Jahre später erklärt Eduard Rothemund, langjähriger Lektor im Ensslin & Laiblin Verlag, alle deutschen Jugendbuchverlage wären froh, einmal ein Jahr nicht mit solchen „Kunstmärchen", in denen es von Gnomen, Wichteln, Blumenelfen etc. wimmele, „beglückt" zu werden (1954, S. 826).

Keine solcher Klagen konnte – jedenfalls bis Ende 1948 – den Absatz gefährden. Allein die Anzeigen im Börsenblatt belegen, daß sich Verleger der vielen Anfragen von Buchhändlern und Bitten um Aufnahme in deren Zuteilungslisten kaum erwehren konnten.

Genausowenig hatte die breite Märchendiskussion der frühen Nachkriegszeit einen erkennbaren Einfluß auf die Produktion. Obwohl es dabei um die Frage ging, ob die deutsche Märchentradition, besonders die der Grimmschen Märchen, als eine der Ursachen für die Massenvernichtung im Dritten Reich (der Backofen bei Hänsel und Gretel als Vorläufer der Verbrennungsanlagen von Auschwitz) angesehen werden könnte, erschienen bald nach 1945 wieder zahlreiche Sammlungen und Einzelausgaben. Besonders heftig vertraten dabei Angehörige der britischen Militärregierung die These von der verhängnisvollen Wirkung der Brutalität im Märchen auf die Kinderseele und legten in ihrem Einflußbereich den Verlegern Hindernisse in den Weg.[39] Trotzdem konnte bereits 1947 bei Wede in Hamburg eine deutsch-englische – allerdings bearbeitete – Ausgabe „Volksmärchen. Fairy Tales. Von Jacob und Wilhelm Grimm" herauskommen.

Immerhin wurden auch einige andere verlegerische Versuche unternommen, der Produktionsschwierigkeiten Herr zu werden, ohne dem Märchen- und Bilderbuchtrend zu folgen. Einen der am breitesten angelegten Vorstöße in dieser Richtung – allerdings auch erst ab 1948 – bildeten die „Williams Jugendhefte". Im Rahmen dieser Reihe wurden Jugendbuchklassiker (Titel von Kästner, Twain u. a.) ungekürzt, aber in Heftform ohne festen Einband, im Rotationsdruckverfahren mit einer Auflage von je 100000 Exemplaren hergestellt; durch dieses Verfahren konnte man die hohe Auflage bei der Militärregierung durchsetzen und gleichzeitig dem herrschenden Materialmangel – besonders prekär bei Einbandpappen und feinerem Buchdruckpapier – ausweichen. Zudem erlaubte es die sparsame Herstellungsweise, einer so wenig kapitalkräftigen Käufergruppe wie Kindern äußerst billige Lektüreangebote zu machen.

Einen nochmaligen Einschnitt in dem sich gerade neu etablierenden Verlagsbereich bedeutete in jedem Fall die Währungsreform vom 20./21. Juni 1948 und deren Auswirkungen.

Vom etwa gleichzeitigen Ende der Papierbewirtschaftung und der damit verbundenen Erweiterung der Produktion war an früherer Stelle die Rede. Daneben leitete

*Der Verleger Arthur Felguth (1896–1981), Gründer des engagierten, doch kurzlebigen Felguth-Verlages, in seinem Arbeitszimmer in Berlin. Aufnahme um 1946. Rechts: Blick aus einem Fenster des Felguth-Verlags-Büros auf die Berliner Trümmerlandschaft um 1946.*

jedoch die Geldumstellung ein – seinem Umfang nach – nicht übersehbares Verlagssterben ein, das sich mit einiger Wahrscheinlichkeit mindestens bis 1952/53 verfolgen läßt. Zum Aufgeben gezwungen oder in den Konkurs gedrängt sahen sich dabei häufig junge, erst wenige Jahre existierende Unternehmen, die in der kurzen Zeit ihres Bestehens noch keinerlei finanzielle Reserven hatten bilden können. In ähnlicher Situation befanden sich im übrigen solche Firmen, die vor 1945 schon bestanden hatten, aber durch Kriegsschäden praktisch neu hatten anfangen müssen. Von den dieser Studie zugrunde liegenden 782 Verlagen wurden in jedem Fall 45 bis 1953 aufgelöst, mit großer Wahrscheinlichkeit waren es jedoch wenigstens doppelt so viel. Der Zusammenbruch dieser Verlage ist auch im Zusammenhang mit der Währungsreform nicht monokausal zu sehen, deshalb soll hier eine Reihe möglicher Ursachen zusammengetragen werden, die für diesen Schrumpfungsprozeß mitverantwortlich waren.

Eine der ersten Folgeerscheinungen der Geldumstellung[40] war im Buchhandel – wie anderswo – das plötzliche Auftauchen gehorteter Bestände. Parallel dazu gaben die

*Die Verlegerin Erika Klopp (1902–1980).*
*Aufnahme aus dem Jahr 1959.*

Verlage in den darauf folgenden Wochen und Monaten alle vorhandenen und in Reserve befindlichen Manuskripte mit höheren Auflagen als bisher in Druck (Papier war zwar nicht unbegrenzt verfügbar, aber doch in erheblich größeren Mengen als während der Papierbewirtschaftung), insbesondere um das nahende Weihnachtsgeschäft auszunutzen. Dort zeigten sich nach zeitgenössischen Beobachtungen zwar gerade im Bereich des Kinderbuchs starke Erfolge, schon die erste Hälfte 1949 brachte jedoch auch hier wie in den anderen Zweigen des Verlagswesens hohe Remissionsraten.[41] Zudem wandte sich das Publikumsinteresse bei insgesamt stark eingeschränkten Geldmitteln zunehmend anderen bislang nicht erhältlichen Waren, vor allem natürlich Lebensmitteln und Bekleidungsgegenständen, zu. Der Käufer von Literatur verlangte jetzt zumindest eine bessere Ausstattung der Bücher, besseres Papier und einen richtigen Einband. Langfristige Kredite wären notwendig gewesen, aber Verlage, besonders junge Unternehmen, galten vielfach nicht als kreditwürdig und mußten über kurz oder lang ihre Arbeit einstellen.

Der 1945 gegründete Berliner Felguth-Verlag, dessen Jugendbuchproduktion mit über dreißig Titeln zwischen 1946 und 1949 sowohl quantitativ als auch qualitativ aus dem üblichen Angebot herausragte, mußte aufgrund seiner finanziellen Schwierigkeiten 1950 bereits wieder aufgeben. Etwas anders verlief die Entwicklung beim ebenfalls in Berlin ansässigen Klopp Verlag. Nach 1945 hatte die von den Briten lizensierte

*Publikationen des Felguth-Verlags, Berlin. Im Mittelpunkt stand zwischen 1946 und 1949 das Bemühen um zeitgemäße graphische Ausdrucksformen im Bilderbuch.*

Erika Klopp den ehemals „Literarischen Verlag Fritz Klopp" unter ihrem Namen (ihr Mann war bereits 1939 gestorben) neugegründet und insbesondere englische Sprachlehrbücher herausgebracht. Währungsreform und – als zusätzliche Komplikation für Berliner Unternehmer: die Blockade – führten dazu, daß E. Klopp ihre verlegerische Tätigkeit unterbrechen mußte und vorübergehend die Vertretung einer westdeutschen Buchgroßhandlung im Bundesgebiet übernahm. 1950 ließ sie dann ihren Verlag in Berlin wieder aufleben, jetzt aber – der veränderten Situation entsprechend, in der Sprachlehrbücher nicht mehr in dem Maß aktuell waren – mit einem von angelsächsischen Autoren bestimmten Kinderbuchprogramm.

Daß die Währungsreform, obwohl eine Reformierung der instabilen Reichsmark und des insgesamt desolaten Finanzsektors in Deutschland mit Sicherheit anstand, in der Art und Weise, wie sie dann durchgeführt wurde, im höchsten Maße unsozial war, ist in speziellen Studien zum Thema längst geklärt worden.

Trotzdem wäre es jedoch kurzsichtig und simplifizierend, behaupten zu wollen, die Geldumstellung und die in deren Folge und der der Gründung der Bundesrepublik endgültig sich durchsetzende kapitalistische Restauration habe das hauptsächliche Potential an zukunftsweisenden Ansätzen im Verlagsbereich unterdrückt.

Das wird in dem einen oder anderen Fall – der Felguth-Verlag steht hier nicht als zufälliges Beispiel – den Tatsachen entsprechen. Darüber nicht vergessen werden darf jedoch eine andere, ebenfalls unumstößliche Tatsache, daß nämlich die Mehrzahl der wieder- und neugegründeten Verlage keineswegs eine wie auch immer geartete progressive Neigung in ihren Publikationen und „Programmen" hatte erkennen lassen. Nicht nur die wenigen großen, traditionellen Jugendbuchverlage können ja als Verursacher der Märchen- und Bilderbuchschwemme angesprochen werden. Eine Stimme wie die Eugen Kogons über das „Märchenpotpourri", verbunden mit einem anschließenden Seufzer der Erleichterung ob des (1947) herrschenden Papiermangels, sollte nicht überhört werden. Und er war auch nicht der einzige, der sich von der erwarteten Währungsreform eine positive Veränderung der Situation, eine Normalisierung der Verhältnisse auf dem Buchmarkt, versprochen hatte.[42]

Eine Reduktion der nach 1945 aus dem Boden geschossenen Verlage, eine Konzentration auf solche, die beziehungsweise deren Leiter über eine professionelle Befähigung verfügten, hatte als durchaus wünschenswert gegolten (und das nicht ausschließlich aus Konkurrenzängsten).[43]

### *Die Entwicklung in den fünfziger Jahren*

Die weitere Entwicklung der Jugendbuchverlage während der fünfziger Jahre soll hier nicht mehr in der gleichen Ausführlichkeit dargestellt werden wie die Gründungsphase. Zum einen hatte sich die Verlagsszene im Bereich der Jugendliteratur bis Anfang der fünfziger Jahre weitgehend stabilisiert; in den folgenden zwanzig Jahren sollten keine umwälzenden Verschiebungen stattfinden.

Einen ergänzenden Überblick über das gesamte Feld der auf dem Gebiet der Jugendliteratur stärker oder weniger stark engagierten Verlage und ihre Produktion bieten zudem die anschließend wiedergegebenen Tabellen.

Zum anderen kann die kontinuierliche Entwicklung über einen etwas längeren Zeitraum deutlicher an einzelnen Beispielen aufgezeigt werden, was im letzten Teil dieses Kapitels versucht wird.

An dieser Stelle wollen wir deshalb nur noch einige Hinweise auf die grundsätzliche Richtung, in die sich die Verlage fortentwickelten, geben.

Nach dem „märchenhaften“ Wiederbeginn der Jugendbuchproduktion nach 1945 waren die fünfziger Jahre zunächst von einem Trend zur Versachlichung gekennzeichnet. Die Entwicklung verlief dabei vom eher „gestalteten“ zum eigentlichen Sachbuch, wobei nicht das eine vom anderen abgelöst, sondern mehr ergänzt wurde. Nach und neben vor allem historischen Romanen eroberten das erste deutschsprachige Jugendlexikon („Die Welt von A bis Z“, 1952) wie Bücher zu allen Wissenschaftsbereichen den Markt. „Trend-Leader“ in der zweiten Hälfte der fünfziger Jahre waren dabei vor allem der O. Maier Verlag in Ravensburg und der erst 1949 gegründete Arena-Verlag in Würzburg, dessen Sachbuchprogramm mit dem von Georg Popp herausgegebenen Band „Die Großen der Welt“ (1955) nach Angaben des Verlegers den Durchbruch schaffte (Gespräch mit G. Popp am 21. 9. 1984).

Eine Bestätigung für das zunehmende Interesse am Sachbuch findet sich auch in der Ausgabe 1960 von „Buch und Buchhandel in Zahlen“. Dort wird der seit Mitte des Jahrzehnts stetige Rückgang des prozentualen Anteils des Jugendschrifttums an der Gesamtproduktion damit erklärt, daß die Jugend sich mehr und mehr dem Sachbuch und populärwissenschaftlichen Darstellungen zuwende, die häufig nicht zur Rubrik der Jugendliteratur zählten.

Für einen Großteil der Sachbuchproduktion, den nämlich, der mit aufwendigen Illustrationen zu arbeiten hatte, war auch eine technische Fortentwicklung von großer Bedeutung, beziehungsweise ermöglichte deren Produktion überhaupt erst. Der Mehrfarboffsetdruck, der schon früher entwickelt worden war, war bis Mitte des Jahrzehnts soweit vervollkommnet, daß er sich ab da allgemein durchsetzte und damit durchgängig farbig illustrierte Bücher zu einem vertretbaren Preis realisierbar machte.

Überlagert wurde die Neigung zum Sachbuch ab 1955/56, aber deutlicher werdend gegen Ende der fünfziger Jahre, durch eine neue Hinwendung zu märchenhaften Bereichen, diesmal aber doch anders als in der Zeit vor der Währungsreform, nunmehr in Form der Phantastischen Erzählung, die in „Pippi Langstrumpf“ – 1944 in Schweden und 1949 dann bei Oetinger in Hamburg erschienen – einen Vorläufer hatte.

Eine Sparte allerdings, die während dieser Zeitspanne eine Leerstelle blieb, war das politische Jugendbuch, besonders dasjenige, das sich der jüngsten Vergangenheit angenommen hätte. Franz Schneider gab zu diesem Punkt in einem Gespräch an, jeder Versuch, etwa das Kapitel der Judenverfolgung aufzugreifen, sei schon daran gescheitert, daß trotz entsprechender Anfragen kein Autor bereit gewesen sei, sich mit dieser Thematik zu befassen.

Im allgemeinen dürfte Themen dieser Art wohl eher von seiten der Verlagsleitungen ausgewichen worden sein, denn sie mußten das Risiko sehen, mit einer solchen Thematik an eine Käuferschicht, nämlich die Eltern, heranzutreten, die gleichzeitig die Generation der Täter (und Opfer) war.

1947 mochte ein Argument wie „Wir brauchen Abstand“ vielleicht einsehbar geklungen haben, die Jugendliteratur brauchte jedoch sehr lange, mehr als fünfzehn Jahre, bevor sie diesen Abstand hatte finden können.

Zuletzt sei noch eine auch für die folgenden Jahrzehnte bedeutsame Neuerung auf dem Jugendbuchsektor erwähnt, nämlich das Aufkommen von Taschenbuchreihen für die Jugend. Auch die ab 1950 erscheinenden rororo-Bändchen und andere allgemeine Taschenbuchreihen enthielten damals einige Titel für jüngere Leser, aber nur sporadisch. Auf das Experiment des speziellen Jugendtaschenbuchs ließen sich die Verleger in größerem Maßstab erst in der zweiten Hälfte des Jahrzehnts ein, und durchgesetzt – auch im Buchhandel – haben sich Taschenbücher für diesen Leserkreis erst in den sechziger Jahren. Da jedoch die Konzeption früherer Reihen meist aus der Diskussion um die Heftchenliteratur, um Schmutz und Schund also, erwuchs, soll davon ausführlicher im folgenden Kapitel die Rede sein.

## Zwischen Traditionssuche und Aufbruchverlangen
## Die Entwicklung einzelner Verlagshäuser

Es kann nicht Sinn und Aufgabe der nun folgenden Beispiele sein, einzelne Verlagsgeschichten zu schreiben oder Verlagsprofile zu entwerfen. Im Mittelpunkt des Interesses stehen nach wie vor nur die fünfzehn, sechzehn Jahre unseres Untersuchungszeitraums, die spezifischen Merkmale der Jahre nach 1945.

Wenn dennoch im folgenden – im Einzelfall – auch von Verlagswerken aus der NS-Zeit, ja von verlegerischen Anfängen im 19. Jahrhundert oder Trendwenden in der Zeit zwischen den beiden Weltkriegen die Rede ist, dann deshalb, weil gerade der Einzelfall im Rahmen dieser Arbeit die Chance eröffnet, den Überlagerungen und Widersprüchlichkeiten von Kontinuität und Diskontinuität konkret nachzugehen. Wer fragt, ob und/oder warum Verleger nach 1945 bruchlos ihre Arbeit fortgesetzt haben, muß auch danach fragen, was gleichblieb, was im speziellen Fall weitergeführt wurde.

Die Beschreibung der Situation in den vorausgegangenen Abschnitten konnte, um Umfang wie zeitlichen Rahmen unserer Studie nicht zu sprengen, lediglich andeutungsweise einen „Blick zurück" wagen. Die anschließenden Seiten wollen demgegenüber im besonderen Maße den Verflechtungen von Altem und Neuem nachspüren, Traditionslinien folgen und dies immer in Blickrichtung auf Knotenpunkte oder Bruchstellen und nicht zuletzt auf erste Spuren zukünftiger Entwicklungen.

Das Gesamt der nach 1945 tätigen Jugendbuchverlage läßt sich im Hinblick auf das Programm in drei Gruppen gliedern. Da sind 1. diejenigen, bei denen Traditions- und Kontinuitätsbewußtsein vorherrscht, 2. diejenigen, bei denen Traditionen zwar gewahrt werden, aber eine Vorstellung des nunmehr neuen Aufbruchs vorhanden ist, und 3. diejenigen, die auf der Suche nach einem Neubeginn sind.

Zu den „Traditionalisten" werden hier die Verlage gezählt, die auf eine bereits längere Geschichte zurückblicken können, die die Jahre des Dritten Reichs relativ unbeschadet überstanden haben (es ist in unserem Zusammenhang verständlicherweise nicht die Rede von Ausbombung der Verlagsgebäude und anderen Sachschäden) und nach 1945 in ihrer Produktion ohne große inhaltlichen Änderungen fortfuhren, beziehungsweise sie nach einer meist relativ kurzen Pause (bis zur Lizensierung und/oder Beschaffung neuer Verlagsräume) wieder aufnahmen.

Daß sich explizit auf den Nationalsozialismus beziehende Titel auch hier nicht wieder aufgelegt wurden, versteht sich fast von selbst. Charakteristisch für die Jugendbuchszene war es, daß beinahe alle wichtigen, traditionsreichen Verlage ihre Arbeit nach 1945 sehr bald wieder fortsetzen konnten. Von den bekannteren Jugendbuchverlagen kann man dabei etwa Ensslin & Laiblin, den Loewes Verlag Ferdinand Carl, den Union Verlag, den Voggenreiter-Verlag wie auch den Franz Schneider Verlag anführen.

Ebenso werden solche Verlage zu dieser Rubrik gerechnet, die zwar nach 1945 gegründet wurden oder da erst die Produktion von Kinder- und Jugendbüchern aufnahmen, die aber von ihrer Autoren- und Titelauswahl her deutliche Parallelen zu den bereits länger bestehenden Verlagen zeigten. Hier ist beispielsweise der Hoch-Verlag in Düsseldorf zu nennen, der in den ersten Jahren nach seiner Umstellung auf Jugendliteratur (ab 1949) hauptsächlich bewährte Titel oder Autoren, Jugendbuchklassiker oder Texte beispielsweise von Waldemar Bonsels, Hans Dominik, Friedrich Schnack wie auch Abenteuergeschichten herausbrachte, die häufig nach der Grundidee „deutsche Kinder in der Welt" herausgegeben worden zu sein scheinen.

Eine vorsichtige Öffnung Neuem, auch jüngeren Autoren, gegenüber fand hier erst ab Ende der fünfziger Jahre statt. Die ersten Titel von Ursula Wölfel erschienen beispielsweise 1959 („Der rote Rächer", „Fliegender Stern"). Zuvor jedoch hatte sich der Verlag die Rechte an der „Nesthäkchen"-Reihe von Else Ury gesichert, von der er ab 1950 alle Bände – mit Ausnahme von „Nesthäkchen und der Weltkrieg" – neu herausbrachte.

Eine kleinere Untergruppe sollte hier ebenfalls genannt werden, nämlich die Verlage, die zwar auch versuchten, Traditionen fortzusetzen beziehungsweise an sie wieder anzuknüpfen, bei denen es sich jedoch um ganz andere Traditionen handelte. Hierbei muß in erster Linie der Cecilie Dressler Verlag in Berlin, der nach 1945 zunächst unter seinem früheren Namen als Williams-Verlag (bis etwa 1950) wiedererstand, angeführt werden. Der Verlag war 1928 von Edith Jakobsohn unter diesem Namen (genauer: „Williams & Co.") als Jugendbuchverlag gegründet worden und hatte sich durch die Veröffentlichung von Erich-Kästner-Titeln oder auch der Dr.-Dolittle-Bände von Hugh Lofting Ansehen erworben. Nach der Emigration Edith Jakobsohns nach Schweden führte ihre Prokuristin, Cecilie Dressler, den Verlag fort, erwarb ihn 1936 und mußte 1941– wie an früherer Stelle erwähnt – den Namen umändern. Nach 1945 konnte und wollte man sich dort auf das Programm der Gründungsphase berufen und produzierte erneut Titel von damals, die zwischenzeitlich häufig genug zu den „unerwünschten" oder verbotenen gezählt hatten.

Ähnliches läßt sich etwa auch für die Büchergilde Gutenberg sagen, die, aus dem Exil zurückgekehrt[44], ab 1948 wieder in Deutschland verlegte und – ein Unikum beinahe – in allen vier Besatzungszonen lizensiert war. Auch hier waren es vor allem die Kinderbücher Erich Kästners, die ab 1949 den Grundstock des neuen Büchergilde-Kinderbuchprogramms bildeten. Hinzu traten in den folgenden Jahren insbesondere Titel der Exilautoren Kurt Held (d.i. Kurt Kläber)[45] und Lisa Tetzner-Kläber, später auch solche von Astrid Lindgren und andere.

Vielleicht wird deutlich, was wir in der zu beschreibenden Epoche unter der Position der „Traditionalisten" im engeren Sinn verstehen, wenn wir einige Aspekte aus der Geschichte der Verlage Ensslin & Laiblin und Franz Schneider herausgreifen und darzustellen versuchen.

Bereits im Januar oder Februar 1946[46] erhielt Marlis E. Hebsaker eine französische Autorisation zur Herausgabe von Jugendbüchern, belletristischen und populärwissenschaftlichen Werken. Ihr Mann, Karl Friedrich Hebsaker, Verlagsinhaber und eigentlicher Leiter des Ensslin & Laiblin Verlags in Reutlingen, befand sich zu diesem Zeitpunkt (bis 1947) noch in französischer Kriegsgefangenschaft.

1946, beim „Neubeginn", konnte der Verlag auf eine über hundertjährige Geschichte zurückblicken (das Gründungsjahr war 1818), in der – bis 1938 – zwar nicht ausschließlich Kinder- und Jugendbücher herausgegeben worden waren, dieser Sektor jedoch immer schon einen bedeutenden Platz im Verlagsprogramm eingenommen hatte (neben „Volksbüchern" und einer Vielzahl leichter Unterhaltungsromane, zum Beispiel von Hedwig Courths-Mahler und anderen Autoren).

Als freilich 1933 aktuelle Titel wie „Albert Leo Schlageter, ein deutscher Held" von Martin Freitag, „SA-Sturmführer Horst Wessel" von Fritz Daum oder 1934 „Kleine Hitlermädel" von Margarete Jähne und „Unser Hermann Göring" von Julius Steinhardt angeboten wurden, hatte man sich „recht schnell arrangiert", wie es im Jubiläumsband von 1968 (Künnemann, S. 183) heißt. Diese Titel lagen auf der Linie einer konsequenten Entwicklung von völkisch-nationalistischen Kolonialzeit und Krieg verherrlichenden Schriften[47], und zwar mindestens von den seit Anfang des Jahrhunderts bis zu den ab 1933 publizierten. Die Entwicklung kam zwar 1945 inhaltlich zu einem Ende. Ein Großteil ihrer Autoren aber schrieb weiter. Von biographischer und schriftstellerischer Kontinuität seit Ende der zwanziger bis in die fünfziger Jahre hinein zeugen in besonderem Maße die in diesem Verlagshaus veröffentlichten Buch- und Hefttitel von Josef S. Viera, die von „Kampf um Wild-Süd. Eine Afrika-Erzählung aus großer Zeit" (1929) über „Karl Peters Kampf um ein Ost-afrikanisches Kolonialreich" (1939)[48] bis „Zwischen Kap und Kairo" (1952) reichen.[49] Und daß es nicht nur ein knappes Dutzend „angebräunelter Hinweise" (Künnemann, 1968, S. 185) und Titel waren, die die damalige Verlagslinie beschreiben, beweist ein Vorwort zu einem Gesamtverzeichnis der von der Reichsleitung des

N.S.-Lehrer-Bundes empfohlenen Leseheftreihen „Bunte Jugendbücher, Bunte Bücher, Bunte Bände“ von 1934, das deutlicher kaum abgefaßt sein könnte. Es heißt dort über diese Heftreihen, die im Jahre 1908 begründet worden waren, „im bewußten Gegensatz [...] und unter jahrzehntelangen erbitterten Kämpfen mit den ,Hamburgern‘“ und der „marxistisch-liberalistischen Führung der Vereinigten Deutschen Prüfungsausschüsse“, daß „die drei in ihren Wesenszügen echt deutschen Sammlungen“ ihre „volle Auswertung [...] erst im geeinten nationalsozialistischen Staate finden“ würden, „zu dessen Wegbereiter sie sich in aller Bescheidenheit, aber mit großem Stolz“ rechneten (Bunte Jugendbücher. 1934).[50]

Bei Ensslin & Laiblin konnten übrigens – wie sonst kaum – selbst 1945, vor Kriegsende, noch eine Neuerscheinung und achtzehn weitere Titel erscheinen.

Nach dem Zusammenbruch des Dritten Reichs konnte der Verlag – wie eingangs erwähnt – bereits 1946 seine Arbeit wieder aufnehmen. Zwar erschien dann keiner der patriotischen, kolonialistischen oder nationalsozialistisch ausgerichteten Titel[51] mehr, von einem tatsächlichen „Neubeginn“ konnte jedoch kaum die Rede sein, allenfalls von dem mehr oder weniger geglückten Versuch, so rasch wie möglich die nun geforderte weltanschauliche Kehrtwendung mitzumachen oder nachzuvollziehen. Jedenfalls bildete Ensslin & Laiblin in den fünfziger Jahren geradezu ein Auffangbekken für Autoren, die schon vor 1945 jugendliterarisch aktiv – nicht unbedingt allerdings im direkt nationalsozialistischen Sinne – gewesen waren.[52]

Als Cheflektor von 1947 bis 1960 am Wiederaufbau stark beteiligt war Eduard Rothemund, der an zentraler Stelle im Jugendbuchwesen während des Dritten Reiches tätig gewesen war.[53] Auch nach 1945 war er, über die konkrete Verlagsarbeit hinaus, einer der zentralen Anreger, Diskussionspartner, ja Wortführer auf Tagungen und bei anderen Aktivitäten innerhalb der Jugendbuchszene, bei dem Versuch, das Jugendbuch endlich „aus seiner bisherigen Aschenbrödelstellung innerhalb unseres literarischen Lebens herauszuführen“ (Rothemund, 1951).

Wenn von ihm auch nicht behauptet werden soll, er habe seine doch eindeutig an nationalsozialistischer Ideologie ausgerichteten Vorstellungen zum und über das Jugendbuch in die fünfziger Jahre hinübergerettet und dann geradlinig fortgesetzt, so muß man doch auch sehen – gerade angesichts seiner weit über den Ensslin & Laiblin Verlag hinausreichenden Bedeutung –, daß aus dieser Richtung keine kritische Auseinandersetzung mit der Vergangenheit in die Diskussion um die Jugendliteratur hineingetragen worden ist, damit auch wenig an tatsächlicher Erneuerung.

Wenn Rothemund 1956 den Verleger Karl Friedrich Hebsaker mit folgenden Worten charakterisierte: „Als er im Jahre 1938 allein die verantwortungsvolle Leitung des Verlags übernahm [...], konnte er seine Auffassung vom Verlegerberuf, seine moralische Verpflichtung der Jugend gegenüber als Verleger von Kinder- und Jugendbüchern voll und kompromißlos zur Geltung bringen“ (Rothemund, 1956b), dann spricht das in Zusammenhang mit der realen damaligen Produktion seines Verlags für sich selbst.

Die „neuen Bücher“ nach 1945 waren – von Ausnahmen abgesehen – so neu nicht. Der Band „Frauen“ von Konradine Lück zum Beispiel, der der „kritischen Chronik“ von 1968 zufolge den „positiven Reformen“ beim „schlimm beleumundeten Mädchenbuch“ zuzurechnen war, war zuerst 1937 erschienen, gefolgt übrigens 1940 von dem Titel „Männer, Kämpfer, Sieger“ derselben Autorin.

Auch die Texte, bei denen es sich nicht nur um Neuauflagen handelte, setzten – in der Regel wenigstens – die frühere „Tonlage“ fort, variierten kaum das überkommene Spektrum literarästhetischer Formen im Kinder- und Jugendbuch. Es waren die gleichen Mädchen-, Abenteuer- und Tiergeschichten, geschrieben von denselben Autoren, wie zuvor.[54]

Stärker akzentuiert wurde auch hier das Sachbuch, was einem schon lange gehegten Interesse Rothemunds entsprach. Davon zeugt beispielsweise die Mitarbeit bei den bereits 1952 beziehungsweise 1954 in internationaler Koproduktion entstandenen Lexika „Die Welt von A bis Z“ und „Die Kinderwelt von A bis Z“.

Früh nutzte der Verlag die sofort ab 1949 wiedererwachte Schmutz- und Schundkampagne, konnte er doch in diesem Zusammenhang die eigene jahrzehntelange Arbeit für das „gute Jugendbuch“ rechtfertigend und werbewirksam ins Feld führen.

Im übrigen waren Rothemunds, damit auch des Verlags, Forderungen an Jugendbuch und Autor – trotz ihres sich oft sprachlich modern gebenden, psychologisch verbrämten Gewands – die altbekannten, die dem restaurativen Tenor der Zeit durchaus entsprachen. Man plädierte zwar für eine Aufwertung der Sparte Jugendliteratur gegenüber anderen literarischen Zweigen, aber genauso stark wurde die Andersartigkeit des Jugendbuchs im Vergleich zum Buch für Erwachsene betont. Das eine wird als „pädagogisch-psychologische“, das andere als „literarische oder wissenschaftliche Aufgabe“ (Rothemund, 1956a, S. 525) beschrieben. Wichtig schien auch wieder die „Altersgemäßheit“, zur Darstellung gebracht werden sollte vor allem der „gesunde individuell gefaßte Kern des guten Durchschnittkindes“ (Rothemund, 1955, S. 306).

„Neu“ für den Ensslin & Laiblin Verlag und aus dem Mund seines Lektors war allenfalls die Forderung nach absoluter Tendenzfreiheit im Jugendbuch, denn „Verlage mit literarischer Verantwortung wissen, daß Tendenzen im eigentlichen Sinne des Wortes fast immer in unkünstlerischer Form vorgetragen werden ...“ (Rothemund, 1954, S. 827). Und dies sollte auch im Hinblick auf geschichtliche Stoffe und in bezug auf die „besondere Lage und Aufgabe unseres Volkes“ gültig sein, weshalb „geschichtsphilosophische Betrachtungen ebenso wenig in das Jugendbuch“ gehörten „wie eine geschichtlich-politische Parteitendenz, ganz gleich, aus welcher Himmelsrichtung sie uns als alleinseligmachende Wahrheit angepriesen wird“ (Rothemund, 1954, S. 827). Einer vorsichtigen Distanzierung von Nationalsozialismus und systemkonformer Jugendbuchproduktion wird hier in Rothemundscher Formulierung durch die gleichzeitige Absage an jegliche Beschäftigung mit historisch-politischen Vorgängen jeder eventuelle (selbst-)kritische Stachel gleich wieder gezogen. Und absolut folgerichtig heißt es im selben Text wenig später: „Die politischen Ereignisse von heute werden morgen von anderen überholt; was bleibt, sind die großen Leistungen bedeutender Menschen auf dem Gebiete der Kultur, der Wissenschaft, der Technik“ (Rothemund, 1954, S. 827). Die apolitische Haltung der Zeit, verbunden mit einer kompensatorischen, deshalb jedoch nicht weniger restaurativen und ideologieverdächtigen „Anrufung“ von Wissenschaft, Technik, Kultur, schlägt sich in dieser Formulierung nachgerade mustergültig nieder. Im Klartext bedeutet der zuletzt zitierte Satz nichts anderes als: Kepler, Goethe und Daimler-Benz dürfen, sollen und werden auch die Gedanken künftiger Generationen bewegen; Hitler und Göbbels demgegenüber brauchen das Gedächtnis (und Gewissen) nachwachsender Kinder und Jugendlicher nicht mehr zu belasten.

In mehrfacher Hinsicht typisch für die Hindernisse, die einem Verlag entgegenstanden, aber auch die (gerade wirtschaftlichen) Chancen, die die Nachkriegszeit eröffnete, ist der Franz Schneider Verlag. Kriegsende und die ersten Nachkriegsjahre erlebte er – nach Zerstörung des Berliner Büros und Buchlagers – in Wittenberg, also in der dann sowjetisch besetzten Zone, produzierte dort auch schon in kleinerem Maßstab, bevor er 1947 in Augsburg einen zweiten „Neuanfang“ unternahm. Ursprünglich wurde der Verlag 1913 in Berlin von Franz Schneider sen. gegründet. Bereits damals verlegte er – neben anderen Verlagszweigen – Kinderbücher; die erste Veröffentlichung war sogar ein Kinderbuch: „Von Regen, Sonne, Schnee und Wind“ (1913) von Sophie Reinheimer.

Ende der zwanziger, Anfang der dreißiger Jahre hatte der Verlag mit erheblichen wirtschaftlichen Schwierigkeiten zu kämpfen, verlegte seinen Sitz von Berlin nach Leipzig, konzentrierte sich jedoch bereits ab 1927 auf das – nach eigenen Aussagen – „neue Kinderbuch“ (30 Jahre Franz Schneider in Bayern, 1977, S. 40) mit selbständigen kindlichen Handlungsträgern wie etwa in Wolf Durians (d.i. Wolfgang W. Bechtle) „Kai aus der Kiste“ (1927) oder in „Minnewitt macht nicht mehr mit“ (1929) von Peter Mattheus.

Die Jahre ab 1933 bedeuteten für Franz Schneider sen. eine Zeit der wirtschaftlichen Gesundung, 1936 kehrte der Verlag auch nach Berlin zurück.

Neben traditionellen Tier- und Mädchenbüchern, die immer schon im Programm waren, erschien nun auch eine Vielzahl nationalistischer und militaristischer wie direkt nazifreundlicher Texte, und zwar gleich ab 1933. Als besonders „produktiv“ erwies sich auch hier Josef S. Viera.[55]

Eine solche Taktik, die zusätzliche Herausgabe angepaßter Titel, sei im Rahmen der damaligen Verhältnisse notwendig gewesen, um vor der Zensur der Reichsschrifttumskammer bestehen zu können, beziehungsweise später, um genügend Papier zugeteilt zu bekommen. Außerdem habe Franz Schneider sen. mit dem zusätzlichen Problem zu tun gehabt, daß drei seiner Töchter mit Juden verheiratet waren; dies habe 1944 endlich auch zur Schließung des Verlags geführt (Gespräch mit Franz Schneider am 26.6.1984).

Die „Stunde Null“ erlebten Franz Schneider sen. und die Reste des Verlags wie gesagt in Wittenberg. Das Startkapital für einen Wiederbeginn bildete dort vor allem ein Waggon mit älteren Kinderbüchern des Verlags, der – eigentlich für das Oberkommando der Wehrmacht beziehungsweise für Kriegswaisen bestimmt – zufällig wieder in die Hände des Verlags gelangt war und nun, da laut Franz Schneider keinerlei Titel mit Kriegsanspielungen darunter waren, verkauft werden konnte.

Die ersten tatsächlichen Nachkriegsproduktionen bei Schneider bestanden im Jahre 1946 aus auf Zeitungspapier gedruckten Heften mit Märchen und Geschichten von J. K. A. Musäus, S. Reinheimer, den Brüdern Grimm. Aufgrund der komplizierten Genehmigungsprozeduren für Gedrucktes[56] in der sowjetischen Zone und überhaupt negativen Prognosen entschloß sich Luise Schneider, nach dem Tod ihres Mannes Anfang 1946 inzwischen die Verantwortliche, mit dem Verlag in den Westen umzuziehen.

Da für München ein Zuzugstopp bestand, siedelte sich der Verlag 1947 zunächst in Augsburg an. Kurz vor der Währungsreform erhielt Luise Schneider, die gleichzeitig bei Amerikanern und Briten eine Verlagslizenz beantragt hatte, eine britische Zulassung für den Vier Tannen Verlag Schneider & Co. – einem ursprünglich als Roman-Verlag von Franz Schneider sen. gegründeten Unternehmen.[57] Der offizielle Geschäftssitz mußte deshalb auch in der britischen Zone liegen, man wählte hierzu Bielefeld aus. Der Verlag habe dann praktisch bei Null anfangen müssen, denn durch die Währungsreform waren letzte Kapitalreserven verlorengegangen. Dementsprechend handelte es sich bei den dann „neuen“ Verlagswerken ausnahmslos um Nachdrucke bereits früher im Verlag erschienener Texte, etwa von Margarete Haller, Sophie Reinheimer, Erich Kloss und anderen. Die erste Jahresproduktion 1948 belief sich auf siebzehn Titel, doch schon 1953 wurden bei Schneider über tausend Titel publiziert. Man habe sich zu dieser Zeit im Verlag lange mit der Frage auseinandergesetzt, ob man in die gerade anlaufende Comicproduktion einsteigen solle, sich dann aber doch zu einer Beschränkung auf Bücher entschlossen. Als wichtigste Aufgabe und Ziel sah man es nämlich – so Franz Schneider – an, Kinder überhaupt zum Bücherlesen zu bringen. Die Schneider-Bücher hätten sich immer als Einstiegsliteratur verstanden. Man wollte solche Bücher herstellen, die ein Kind, das in seiner Freizeit liest – schon vom Umfang her –, gut bewältigen und verstehen kann. Am deutlichsten spreche das die damalige Maxime des Verlagshauses aus: „Ziel des Schneider Verlages ist es, Bücher herzustellen und an Kinder zu verkaufen, die in Klein- und Mittelstädten und Stadtrandgebieten der Großstädte leben und deren Eltern Volks- und Mittelschulbildung haben“ (Gespräch mit Franz Schneider am 26.6.1984).

Man wandte sich also vor allem an einen solchen Leserkreis, bei dem Bücher nicht sowieso zum Alltagsleben gehörten, „weil der Verlag davon überzeugt war und auch ist, daß für die Zukunftsbewältigung das Buch unverzichtbar ist“ (Gespräch mit Franz Schneider am 26.6.1984). Offen (wenn nicht überhaupt fraglich) bleibt dabei, wie Bücher es zustande bringen könnten oder sollten, Kinder für eine Zukunftsbewältigung zu konditionieren beziehungsweise mit welcher Zielrichtung Zukunft „bewältigt“ werden sollte.

Bewußt verzichtet wurde im Schneider Verlag dagegen auf die breit praktizierte Überfrachtung von Kinderbüchern mit pädagogisch intendierten „Lehren", ein Verzicht, der innerhalb der Produktion des Schneider Verlags allerdings nicht gleichzeitig Spielraum für ein inhaltliches oder ästhetisches Plus erzeugte; „gut" war offenbar einzig, was gefiel, und nicht umsonst wurden Titel, deren Jahresabsatz unter sechstausend Exemplaren lag (vgl. Flemmer), aus dem Programm herausgenommen. So erging es auch mehrfach unternommenen Experimenten zur Niveauhebung, die – wie einige Titel von Erika Mann zwischen 1953 und 1956 belegen können – eine nur kurze Lebensdauer hatten.

Unterstellt man trotzdem die Ernsthaftigkeit oben genannten Anliegens, nimmt man an, nicht nur der Warencharakter (und -wert) eines Buches waren für den Verlag von Bedeutung, dann stellten „Buch" und „Lesen" in diesem Konzept bereits einen Wert an sich dar, wohl im Sinne einer auch von der Jugendliteraturtheorie (soweit man damals davon sprechen kann) wiederholt bemühten „Brückenfunktion" der Kinder- und Jugendliteratur; das Kind sollte sich demnach vom Kinderbuch zur eigentlichen (Erwachsenen-)Literatur „hochlesen", wobei literarisches Niveau selbst etlichen Experten nicht unverzichtbar schien (vgl. z.B. Ackerknecht).

Auch wenn, wie Franz Schneider angibt, der Verlag 1947/48 wieder bei Null anfangen mußte, kann sein Einstieg in den westdeutschen Buchmarkt – wie schon angedeutet – kaum als inhaltlicher Neubeginn gewertet werden. Natürlich wurden die Viera-Titel genauso wenig wie „Sybille und ihr Soldat" (von Wolfgang Federau, 1940) oder „Panzer voran!" (von Albert Benary, 1939) wieder aufgegriffen, andererseits bildeten auch bei Schneider Werke aus den zwanziger und dreißiger Jahren das Rückgrat der ersten „neuen" Verlagsprogramme.

Mädchenerzählungen, Tierbücher oder sonstig Naturverbundenes wie auch Umweltgeschichten bildeten den Schwerpunkt der Produktion, Spitzenreiter waren zunächst wieder die Autoren Margarete Haller, Erich Kloss, Peter Mattheus[58], die alle ja bereits früher bei Schneider publiziert hatten. Franz Schneider nennt dementsprechend die frühe Nachkriegszeit im Rückblick eine gedankliche „Fortsetzung dessen, was man zwischen 1927 und 1932 publiziert hat" (Gespräch mit Franz Schneider am 26.6.1984). Als thematische Ergänzung traten im Laufe der fünfziger Jahre dann vor allem Abenteuergeschichten auf – häufig mit fremdländischem Ambiente[59] – oder Texte zur – gedachten – Überschrift „Faszination der Technik" (zum Beispiel: W. P. Herzog: „Jochens Flug in den Weltenraum", 1958). Beim Mädchenbuch finden sich neben älteren Typen à la „Trotzkopf" (zum Beispiel: „Hilde, die Wilde", 1951, von Margarete Haller oder „Susi Sausewind", 1956, von Greta Steffens) beziehungsweise der auf „typisch weibliche" Wesensmerkmale hin angelegten Variante (etwa: „Ein Mädel mit Herz", 1955, von Rolf Ulrici oder „Lotti hilft überall", 1958, von Greta Steffens), Erzählungen, in denen ein sogenannter Traumberuf im Mittelpunkt steht (zum Beispiel in: „Renate wird Stewardeß", 1955, von Elisabeth Streit), oder das Thema: Mädchen aus oder in fremden Ländern (Wolfgang Federau: „Juttas Glück in Afrika", 1950; Irene Kordt: „Kleine Schwester aus Korea", 1955).

Der sich schnell einstellende Erfolg[60] des Schneider Verlags lag sicherlich in erster Linie in seiner strikt am Publikumsgeschmack orientierten, auf möglichst konfliktfreien, leichtverdaulichen Lesestoff zielenden Programmgestaltung begründet. Parallel zu den konservativen Inhalten (nach dem Motto: Altbekanntes in modischen Gewändern) setzte man allerdings von Anfang an, also seit etwa 1947/48, auf eine durchaus neuere, moderne Methoden der Marktanalyse antizipierende, offensive Werbe- und Verkaufsstrategie.

Bereits 1948 – der Verlag hatte gerade sein erstes ein reichliches Dutzend Titel umfassendes Programm vorgelegt – nahm eine Anzeige, damals noch unter dem Signum des Vier-Tannen-Verlags Franz Schneider, die ganze innere Umschlagseite der Weihnachtssondernummer des Börsenblatts ein.[61] Der ins Auge fallende Begleittext zu den Buchankündigungen lautet dort: „Kinder lieben Tannenbücher". Damit ist also schon die im Prinzip gleiche Formel in Benutzung, die nach der Umbenennung (ab 1950) allgemein bekannt werden sollte. Nicht Autoren oder Themen werden gepriesen, sondern der Verlagsname selbst rückt in den Mittelpunkt, steht für einen „Markenartikel". Keine wie auch immer geartete „veredelnde" Wirkung wird versprochen, man beruft sich auf keinerlei pädagogische Maximen, sondern stellt die ja erst erhoffte Publikumswirkung – „Kinder lieben Tannen- (oder später Schneider-) bücher" – als Tatsache vorweg, behauptet sie einfach. Das heißt aber auch, daß hier bereits durch die Werbestrategie der fast ausschließliche Rezipientenbezug sozusagen unter Beweis gestellt wird oder doch wenigstens werden soll. Für die weitere Entwicklung des Verlagsimages ist eine immer stärkere Diskrepanz zwischen der Einschätzung des Unternehmens beziehungsweise dessen Produktion in den Augen der „Fachleute" und denen des allgemeinen Publikums charakteristisch. Es entstand die paradoxe Situation, daß der Verlag von den einen mehr oder weniger abschätzig unter die trivialen Massenproduzenten gezählt wurde, von den anderen, in der breiten Öffentlichkeit, und nicht nur bei den kindlichen Lesern selbst, sondern häufig auch bei deren Eltern, der Verlagsname Franz Schneider und das „Schneiderbuch" zum Inbegriff des „guten" Jugendbuchs wurden.

### *Zur Gruppe der traditionsbewußten Aufbruchsbereiten*

Die hier gemeinten Verlage sind dadurch charakterisiert, daß sie zwar in ihren ersten Nachkriegsprogrammen vornehmlich frühere Texte und Autoren wieder aufleben ließen, dann aber recht schnell ihr Erscheinungsbild änderten oder zumindest stark (und nicht nur in bezug auf die Anzahl der Titel) erweiterten.

Ein typisches Beispiel ist der Verlag Herder in Freiburg, der wohl größte katholische Verlag in Deutschland. Dessen Jugendbuchprogramm war ursprünglich weitgehend auf den religiösen Bereich begrenzt, hatte überhaupt innerhalb des Verlags kein allzu großes Eigengewicht, was sich schon daran zeigte, daß es bis 1948 kein eigenes Lektorat für Jugendliteratur gab, diese Titel vielmehr gemeinsam mit

Katechismen, Laienbibeln, Volksromanen bearbeitet wurden. Die Währungsreform bildete dann im Verlag den Anstoß zu einem Neuanfang, dessen Anlaß neben der allgemeinen Aufbruchsstimmung die Absicht war, aus dem katholischen Ghetto in Planung und Wirkung auszubrechen.[62] Bei diesem Vorhaben habe die Jugendliteratur als „Türöffner“ für das allgemeine Programm fungiert. Man plante, eine „Jugendliteratur als Literatur“, aber mit sachlicher Fundierung, sprach davon, daß sie „welthaltig“ sein müsse, das heißt, dem Leser Zugang zur Welt verschaffen, ihm auch Informationen über soziale Vorgänge geben sollte. Dabei sollte sie geschmacksbildend wirken, in jedem Fall aber ethische Positionen nicht in Frage stellen.

*Der Jugendbuchautor Fritz Mühlenweg (1898–1961) in mongolischer Tracht. Seine Expeditionserfahrungen in Innerasien als Begleiter Sven Hedins verarbeitete Mühlenweg zu Abenteuererzählungen für junge Leser.*

Trotz des gewollten Neuansatzes bei Herder sei der Übergang gleitend gewesen, habe keine Abwendung oder direkte kritische Auseinandersetzung mit der Vergangenheit beinhaltet. Das neue Jugendbuchprogramm konzentrierte sich besonders auf die Bereiche Abenteuerbuch, Tiererzählungen und etwas später auch das Bilderbuch. Im Gegensatz etwa zum letztgenannten Bereich, dem Bilderbuch, wo tatsächlich neue Akzente gesetzt wurden, wirkt beim Abenteuerbuch, speziell bei der als „Anti-Karl

May“ konzipierten „Ubique terrarum“-Reihe von Herbert Kranz die „neue“ Herangehensweise zeittypisch konstruiert: der Einzelheld wird nunmehr durch eine Gruppe, allerdings eine von Supermännern, ersetzt, deren Internationalität in einer Übertragung des „Nationalcharakters“ auf je eine der Figuren (der deutsche Vertreter, der natürlich auch Leiter der Gruppe ist, wird GG = Großer Geist genannt) ad absurdum geführt wird.

*Im Rahmen der ersten Verleihung des Deutschen Jugendbuchpreises 1956 überreicht der damalige Bundespräsident Prof. Theodor Heuss Fritz Mühlenweg (links) als dem Übersetzer des im Verlag Herder erschienenen Bilderbuchs „Der glückliche Löwe“ (1955) die Preisurkunde.*

Lebendiger wirken die Erzählungen Fritz Mühlenwegs, die auf eigenen Expeditionserfahrungen mit Sven Hedin beruhen. Sie wurden seit 1950 integraler Bestandteil des neuen Jugendbuchkonzepts bei Herder. Für den Band „In geheimer Mission durch die Wüste Gobi“ wurde Mühlenweg 1954 auch der Friedrich-Gerstäcker-Preis zugesprochen. Ebenso gehört in diesen Zusammenhang der Vorstoß des Verlags Herder auf dem Bilderbuchsektor mit dem „glücklichen Löwen“ von Louise Fatio und Roger Duvoisin 1955, der 1956 bei der ersten Verleihung des Deutschen Jugendbuchpreises diese Auszeichnung als bestes Kinderbuch (die Sparte „Bilderbuch“ wurde erst später eingerichtet) erhielt. Zur endgültigen Durchsetzung des Herder-Jugendbuchprogramms hätten – wie es im Verlag heißt – die genannten Literaturpreise wesentlich beigetragen.

In einem Punkt dem Verlag Herder vergleichbar ist auch die Entwicklung des Arena-Verlags in Würzburg. Zwar gründete Georg Popp sein Unternehmen erst 1949, er stand aber in den ersten Jahren sehr klar in der Tradition der katholischen Jugendbewegung, in der er bis dahin selbst aktiv gewesen war (zur Zeit der Verlagsgründung war Popp selbst erst einundzwanzig Jahre alt). Man habe, meint Georg Popp (Gespräch am 21.9.1984), den Verlag in den Anfangsjahren als katholischen Jugendbuchverlag bezeichnen können, was weder die weitergeführte Zeitschrift „Unser Guckloch" noch viele Titel aus der Frühzeit des Verlags verleugnen konnten oder wollten. Etwa ab Mitte der fünfziger Jahre habe der Verlag bewußt versucht, das katholische Image abzulegen, denn in den Reihen der Katholiken war ein zwar sicheres, aber doch zu begrenztes Leserreservoir zu finden. Anders als bei Herder stellte Popp sich nach diesem „Kurswechsel" auf einen in dieser Hinsicht absolut neutralen Kurs ein, verlegte überhaupt keine spezifisch christlichen Jugendbücher mehr.[63]

Betrachtet man die Anfänge des Arena-Verlags aus einer anderen Perspektive, fällt eher ein „Mangel" an Traditionen ins Auge, den Georg Popp selbst noch betont. Er sei immer Praktiker gewesen, habe erst seine Zeitschrift („Unser Guckloch") und dann den Verlag aufgrund der Erfahrungen in seinen Jugendgruppen, dem dort vermißten Lesestoff, gegründet. Dementsprechend waren für ihn bei der Programmplanung stets die Lücken und Nischen im Angebot anderer Verleger entscheidend. Als erstes Verlagswerk erschien so zum Beispiel „Die leuchtende Straße" von Berthold Lutz, ein Aufklärungsbuch für Jungen, das für die damalige Zeit ungewöhnlich offen gewesen sei. Eine Ausnahmeerscheinung in diesem Sinne war auch der Band „Aktion Grün" (1956) von Ludwig Altenhöfer, in dem die authentische Geschichte der Widerstandsarbeit einer katholischen Jugendgruppe, an der Popp selbst noch am Rande beteiligt gewesen sei, nacherzählt wird. Allerdings fand dieser Titel auch bei Arena in den Folgejahren, das heißt bis 1960, keine thematischen Nachfolger.

Schwerpunkte waren für den Verleger vom ersten Verlagsprogramm an „spannende Unterhaltung" und „spannende Information" (diese Formeln wurden auch als Werbeslogan genutzt), „Literatur" zu produzieren sei nie seine Absicht gewesen. Nach eigenen Angaben publizierte Popp Jugendbücher, um die Nachkriegsjugend durch Leseerlebnisse ihre häufig erbärmliche Wohnsituation vergessen zu lassen, sie aus Lethargie und Trostlosigkeit herauszuholen. Er wollte junge Leute sinnvoll beschäftigen, ihnen überhaupt erst die Freude am Lesen beibringen. Dabei war für ihn der Programmteil „Information", also das Sachbuch, mindestens ebenso wichtig wie erzählende Titel, denn es sollte mit und neben sachlich richtiger Information eine „Lebenshilfe" darstellen, zu neuer Orientierung verhelfen. Neu an den Büchern des Arena-Verlag, speziell an den Sachbüchern, waren besonders deren formale Seiten: einerseits gab es die biographischen Sammelbände, angefangen mit „Die Großen der Welt" (1955), die im Laufe der Jahre immer stärker zur dokumentarischen Methode griffen, andererseits naturwissenschaftliche, technische oder wissenschaftsgeschichtliche Bände wie etwa „Wir leben seit 5 Sekunden" (Popp, 1958), für die speziell die sogenannten Bild-Lese-Seiten im Verlag entwickelt wurden. Neu oder zumindest ungewöhnlich war zudem der eher nüchterne, nicht mit wohlmeinenden pädagogischen Floskeln verbrämte Ton, in dem man den Leser ansprach, die Tatsache, daß hier der Jugendliche als Leser wirklich einmal ernstgenommen wurde. Von daher ist es auch kaum erstaunlich, daß die Sachbücher des Verlags nicht unbedingt auf einen jugendlichen Leserkreis beschränkt blieben, sondern von ihrem populärwissenschaftlichen Ansatz her auch Erwachsene ansprechen konnten.

Die Vorliebe für das Sachbuch – dieser Programmzweig machte etwa siebzig Prozent der Produktion aus – entsprach außerdem den Zeichen der Zeit. Sachliches Berichten von dem, was ist oder war, erschien einerseits als ein Gegenrezept gegen allzu riskantes „Partei“nehmen für wen auch immer, andererseits war es offenbar dazu angetan, eine Art Ausnüchterung gegenüber dem weitverbreiteten gefühlig-kitschigen oder pathetisch-weihevollen Jugendbuchton zu bewerkstelligen. Zeittypisch beim Arena-Verlag war dabei auch, daß – im Gegensatz zur späteren Entwicklung gerade in den siebziger Jahren (mit Titeln wie „Gewalt oder Gewaltlosigkeit?“, 1972, von Frederik Hetmann, d.i. Hans-Christian Kirsch) – konkret politische Themen, auch aus der Historie, zunächst noch umgangen wurden. Auch der Band „Die Großen der Welt“ (1955) berichtet nicht etwa, wie der Titel vermuten ließe, von früheren und gegenwärtigen Potentaten, sondern ausschließlich von Forschern, Künstlern, Wissenschaftlern. Geschichte erschien überhaupt nur möglich als Kulturgeschichte der Menschheit, die sich angesichts der politischen Desaster, besonders der des 20. Jahrhunderts, als die einzige Optimismus erlaubende Perspektive darstellte.

Auch bei dem folgenden Beispiel, dem Otto Maier Verlag in Ravensburg, war ein zentraler Bereich, in dem man sich um Erneuerung bemühte, das Sachbuch, das eigentlich in besonderem Maße den Traditionen des Hauses entsprach, hatte man seit den Anfängen im 19. Jahrhundert doch schon zahlreiche Fachbücher, meist für handwerkliche Berufe, verlegt.

1945, bei Kriegsende, sah sich der Otto Maier Verlag in Ravensburg einer wesentlich günstigeren Situation gegenübergestellt als die meisten anderen Verlage, soweit sie zu diesem Zeitpunkt überhaupt noch existierten. Aufgrund seiner dezentralen Lage in der Kleinstadt Ravensburg waren Verlagsgebäude wie auch ein Teil der Bestände unversehrt geblieben, bei O. Maier hatte man sogar bis Kriegsende arbeiten können. „Dabei waren nicht zuletzt seine guten geschäftlichen Beziehungen zur Schweiz und die Einbringung kostbarer Devisen durch seine bis Kriegsende möglichen Lieferungen dorthin von besonderer Bedeutung“ (Pollitz, 1983, S. 107).

1945 blickte man im Verlag aber nicht nur auf die letzten zwölf Jahre, sondern auch auf eine längere Geschichte in der Zeit vor der nationalsozialistischen Machtergreifung zurück.

Bereits in den frühen Verlagsjahren – als Gründungsjahr gilt 1883 – brachte Otto Robert Maier neben handwerklichen Vorlagewerken und Gesellschaftsspielen Jugendbücher, zuerst Jugenderzählungen Christoph von Schmids, heraus. Programmatische Aussagen des Verlagsgründers – 1912/13 etwa zum Start der Buchreihe

„Selbsthilfe und Selbsterziehung“ niedergeschrieben – prägten bis in die Nachkriegszeit das Profil: „Die unter diesem Titel erscheinende Bücherfolge hat den Zweck, denkenden, strebsamen Menschen, jungen und älteren, Fingerzeige und Anregungen zu geben [...] Die wahren Erfolge werden nur von charaktervollen Menschen errungen [...] Um den verschiedenen Seiten menschlichen Wesens gerecht zu werden, sollen unsere Schriften teils praktische, teils ethische Fragen behandeln; wobei wir allerdings das vielfache Verwobensein beider nie aus dem Auge verlieren, sondern stets auf die Zusammenhänge hinweisen werden [...] Was die Kraft und den Lebensmut entwickeln und stärken kann, alles, was zur Selbsthilfe gehört, soll da besonders berücksichtigt werden“ (1883–1983, S. 10).

In diesem Sinne traten in der Sparte Jugendbuch neben die religiösen Schmidschen Erzählungen bald Bastel- und Beschäftigungsbücher, ausgerichtet vor allem an der Fröbelschen Pädagogik, an deren zentralen Begriffen von Selbsterziehung und Selbstbildung des Menschen durch Spiel und „schaffende Selbsttätigkeit“.

In einer Übersicht über die Arbeit des O. Maier Verlags während der Jahre 1930–1945, ein Papier vom Oktober 1945, das die französischen Besatzer verlangten, wurden diese Grundsätze für die vergangenen fünfzehn Jahre ebenso wie für die Fortsetzung der Verlagstätigkeit betont. Es heißt in dieser Schrift: „Das Gedankengut Pestalozzis und Fröbels, der großen Jugenderzieher des 19. Jahrhunderts, war der ideelle Boden, aus dem die Verlagsproduktion wesentlichste Anregung gewann: Sinnvolle Beschäftigung für Geist, Hand und Körper von frühester Jugend an sollen das Wesen des Menschen zu einer freundlichen, tätigen verständigen und natürlichen Lebensform führen.“ Für die Zeit des Dritten Reichs wird hier, wie in späteren Selbstdarstellungen, immer wieder die „politisch absolut neutrale, allgemein menschlichen Gedanken und Idealen dienende“ Ausrichtung des Hauses betont, das „in seinen fachlichen Plänen durch die politische Entwicklung seit 1933 nicht beeinflußt“ worden sei. Das damalige Programm wird in späteren Jubiläumsschriften jeweils mit Formulierungen wie „Unterlaufen und Überleben“ (Ravensburger Almanach, 1978, S. 4) überschrieben, was heißen soll, daß sich in dieser Zeit die Aktivitäten vornehmlich auf das Gebiet des Fachbuchs wie auf Bau- und Bastelanleitungen konzentrierten. Den wirtschaftlichen Aufschwung des Verlags im Dritten Reich erklärte man 1945 mit dem großen Bedarf des Regimes an Arbeitsmaterialien für die stark betonte Werkarbeit und Werkerziehung und dem „jahrelangen, gründlichen und sachlichen Wirken(s) des Verlages“ in dieser Richtung. Man habe sich jedoch der Arbeitsmaterialien „vorwiegend in äußerlicher, rein technischer Verwendung“ bedient, „ohne die tieferen Grundlagen auszuschöpfen“. Es sei „durchaus bezeichnend, daß als einziger Punkt der der Belebung des Bilder- und Jugendbuches nur beschränkten Erfolg hatte. Denn hier, wo es sich nicht mehr um rein fachliche, technisch-handwerkliche oder -künstlerische Themen handelte, wurde eine neutrale Einstellung nicht geduldet“. Ansonsten habe schon die aus geographischen, ideellen und persönlichen Gründen enge Bindung an die Schweiz und andere europäische Kulturvölker den Verlag an seiner neutralen, unpolitischen Einstellung festhalten lassen.

Nicht zuletzt eine solche, eher kosmopolitische Haltung und die persönliche Bekanntschaft mit einem der zuständigen Besatzungsoffiziere waren es, die dem Verlag nach Kriegsende im November 1945 zu einer der ersten Verlagslizenzen (Nr. 7) in der französischen Zone verhalfen. Die zusammenfassende (und im Original der „Übersicht" durch Unterstreichung hervorgehobene) Positionsdarstellung ist über den engeren Rahmen der Geschichte des O. Maier Verlags hinaus zugleich ein Beispiel für den (auch geforderten) „Zeitgeist" der „Stunde Null": „Freie, universale Entfaltung der natürlichen, menschlichen Anlagen zu einer Persönlichkeit, die offen und ehrlich den Forderungen unseres Zeitalters gemäß und in der friedlichen Gemeinschaft der Menschheit zu wirken gewillt ist." Die anschließenden, allgemein gehaltenen Absichtserklärungen in dem Papier schließen unter Punkt drei eine Belebung des Jugendschrifttums ein „aus der vorhandenen, alten Wurzel der Chr. von Schmidschen Ausgaben". Auch das Wiederansetzen an und das Herausstellen einer christlichen Grundlage ist sicherlich nicht Zufall, vielmehr symptomatisch für Forderungen und Stimmung der unmittelbaren Nachkriegszeit.

Trotz der im Verhältnis zu anderen Unternehmen günstigen Ausgangslage – z. B. konnte sich der Verlag in der ersten Zeit finanziell mit Barverkäufen von Alt- und Uraltbeständen über Wasser halten – trotz dieser relativ positiven Voraussetzungen also, hatte man bei O. Maier mindestens bis Anfang der fünfziger Jahre erhebliche Schwierigkeiten, die Planungen der ersten Stunde zu verwirklichen. Das traf ganz besonders das Gebiet des Kinder- und Jugendbuchs, das in diesen Jahren innerhalb des Verlagsprogramms eher ein Schattendasein führte. Insgesamt wichtiger und offenbar auch realisierbarer waren Verlagsobjekte aus dem Fachschriftengebiet, beispielsweise die Zeitschrift *„Bauen und Wohnen"* ab Juli 1946 oder Broschüren wie „Massivholz – Sperrholz – Gußholz? Das Gebrauchsmöbel der Zukunft", ebenfalls 1946.[64]

„Entnazifiziert" werden mußten nur wenige Bücher und Bastelvorlagen – etwa Anleitungen für Modellflugzeuge. Die eigentlichen Schwierigkeiten lagen damals in der technischen Herstellung. Es mangelte an Papier, Maschinen, Farbstoff etc. So konnte zum Beispiel ein mehrsprachiges Bilderwörterbuch der bekannten Bilderbuchkünstlerin Susanne Ehmcke, das eindeutig der Situation im besetzten Deutschland sein Entstehen verdankt hatte, erst 1949 erscheinen – Reproduktion und Druck waren dann erst möglich.

Mit welchen Komplikationen die Zusammenarbeit mit den Besatzern, hier speziell den französischen Kulturoffizieren, häufig verbunden war, verdeutlichen Protokolle von Arbeitsgesprächen des Verlegers Otto Maier beziehungsweise eines Mitarbeiters mit dem französischen Bureau d'Edition in Baden-Baden, die im Frühjahr 1946 stattfanden (Andreas Pollitz: Bericht über die Reise nach Baden-Baden, 19.–21. 6. 1947; Otto Maier: Notiz über Besprechung am 18. 3. 1946 mit Herrn Leutnant Ripault). Allein schon wegen des anfänglich äußerst unzuverlässigen Postverkehrs war zeitweiliges persönliches Vorsprechen bei der Besatzungsmacht unabdingbar. Es zeigte sich dort, daß tatsächlich jeder einzelne beantragte Titel – wenigstens in der ersten Phase der französischen Besatzung – einer genauen Prüfung unterzogen wurde, auch daß ganz subjektive Gründe wie persönliche Abneigung des zuständigen Kulturoffiziers gegenüber einem bestimmten Autoren die Chancen für eine positive Entscheidung bereits im Vorfeld zunichte machen konnten. Klar wird anhand dieser Berichte zudem, wie kompliziert das ganze System der Bestimmungen oder Zuständigkeiten für unterschiedliche Verlagsobjekte war und wie lückenhaft entscheidende Informationen bis zu den Betroffenen, den Verlegern und deren Mitarbeitern, durchgedrungen waren.

Der Besuch in Baden-Baden im März 1946 brachte z.B. folgende Auflagen für den Verlag: Jedem für eine Lizenz eingereichten Werk war hinfort ein Exposé beizufügen und der Pappbedarf für Buchdeckel mußte drastisch gesenkt werden. Auch stellte sich heraus, daß Spiele und Malbücher außerhalb der Kontrolle der Baden-Badener Stelle standen, deren Herstellungsfrage statt dessen der Landesdirektion der Wirtschaft in Tübingen überlassen worden war.[65] Um positive Bescheide zu bekommen, hatte man, so geht aus den Aufzeichnungen hervor, den Franzosen die Integrität der eigenen Absichten nachweisen müssen. Die französischen Besatzungsbeamten hätten insgesamt jedoch kein dem der Amerikaner vergleichbares „Sendungsbewußtsein" an den Tag gelegt. Das Verhältnis zu den Franzosen sei nicht zuletzt auch eine „Klimafrage" gewesen, wobei gute französische Sprachkenntnisse – wie etwa bei der Familie Maier vorhanden – schon viel ausgemacht hätten (Gespräch mit Dorothee Hess-Maier am 10.7.1984).

Was bis Anfang der fünfziger Jahre im Otto Maier Verlag an Kinder- und Jugendbüchern (bis Ende 1952 ca. 20 Titel sowie einige Pappbilderbücher) erschien, war noch weitgehend geprägt von Autoren und Illustratoren aus der Zeit von vor 1933; darunter fanden sich auch Neuauflagen von Titeln, die aufgrund der jüdischen Herkunft ihrer Autoren oder anderer politischer Gründe im Dritten Reich bald nicht mehr hatten publiziert werden können, zum Beispiel das Bilderbuch „Die Straße" (1950) von Marigard Bantzer, der Frau von e. o. plauen (d.i. Erich Ohser), die Neubearbeitung des Jugendromans „Ma-Re-Li" (1951) der emigrierten Schriftstellerin Elsa M. Hinzelmann. Eines der wenigen neuen und auch erfolgreichen Bücher dieser Periode war eine von Jella Lepman initiierte Sammlung der schönsten Gute-Nacht-Geschichten (1951).

Sybil Gräfin Schönfeldt beschreibt im Ravensburger Almanach 1978 das „Material des Programms" bis in die Nachkriegsjahre als „zuverlässige, musische Vernunft" (Schönfeldt, 1978, S. 20), und Dorothee Hess-Maier erklärt die traditionelle „Firmenphilosophie", zusammengefaßt in der Formel „Unterhaltung und Belehrung", als gültig auch für die Jahre nach 1945, nennt als Konzept das der „guten Form" für eine Gebrauchsliteratur, ein Konzept, das sich beim Bilderbuch beispielsweise in dem Anspruch auf klare Formen und Farben geäußert habe. Thematisiert worden sei dabei „das gute" – soll heißen: „nicht aufsässige Kind" (Gespräch mit Dorothee Hess-Maier am 10.7.1984). Im Hause Maier habe damals kein „fortschrittsgläubiger Geist" geherrscht.

Daß sich die Firmenpolitik dennoch und gerade auf dem Kinderbuchsektor etwa Mitte der fünfziger Jahre entscheidend wandelte, war nach D. Hess-Maier nicht unbedingt von verlegerischem Weitblick geleitet worden, eher von Möglichkeiten des Vertriebs.

Diese neue Phase bei O. Maier war vor allem eine Phase der Entdeckung neuer graphischer und drucktechnischer Möglichkeiten für das Kinderbuch, und es bedeutete jetzt tatsächlich eine Öffnung gegenüber Einflüssen aus dem Ausland. Die neuen Bücher, die ab 1955 im Verlag erschienen, stammten fast ausschließlich aus den USA und aus Frankreich; an wichtigen Autoren- bzw. Illustratorennamen müssen dabei besonders Alice und Martin Provensen, Roger Duvoisin wie auch Jean de Brunhoff genannt werden. Unter den Neuerscheinungen aus den USA fanden sich Bilderbücher und großzügig bebilderte Sachbücher, gleich zu Anfang etwa der Band „Lebendige Geographie" (Werner, 1955), der nach Angabe des Verlags das erste durchweg farbig illustrierte Jugendsachbuch auf dem deutschsprachigen Markt gewesen sei.

Dieses wie auch die Bücher der Provensens, zum Beispiel deren erstes hier erschienenes „Die neue Arche Noah" (1955), stellten – wie im Verlag berichtet wird – durch ihre „Faszination der Vierfarbigkeit" (Gespräch mit Erwin Glonnegger, Verlagsdirektor im O. Maier Verlag, am 9.7.1984) eine kleine Sensation dar, zogen zahlreiche Plagiate nach sich und hinterließen – im Rückblick – einen farbigen, munteren, „wirtschaftswunderlichen" (Gespräch mit Dorothee Hess-Maier am 10.7.1984) Eindruck.

Das neue Bilder- und Sachbuchprogramm dieser Jahre bewirkte eine starke Ausweitung dieses Verlagsgebiets, bis es 1957 und in den folgenden Jahren an der Spitze der Verlagsproduktion stand. Insgesamt erschienen zwischen 1953 und 1960 etwa 80 neue Titel, zu denen noch ca. fünfunddreißig Neuauflagen hinzutraten.

Inhaltlich allerdings sind die „neuen" Bücher weit von einer revolutionierenden, innovativen Haltung entfernt. Das Bemühen um das „sachliche" Sachbuch, um Neutralität und Objektivität führt eben zu einem nur scheinbar „tendenzfreien" Weltbild. Als Beispiel sei hier noch einmal der Band „Lebendige Geographie", die deutsche Bearbeitung eines amerikanischen Originals, angeführt, schon weil er als das erste der „Großen bunten Bücher" richtungsgebend wirkte und für Jahre im Programm blieb: Die verschiedenen Erdteile werden dort mit Hilfe einer Karte und eines kurzen allgemeinen Textes (für Asien stehen etwa zehn Sätze zur Verfügung) charakterisiert. Zusätzlich sollen jeweils in einer Reihe von Zeichnungen mit kurzen Bildunterschriften typische Situationen in konkreten Ländern vorgeführt werden. Das Bild zur Türkei zeigt z.B. traditionell gekleidete Männer neben zwei fast uniformiert wirkenden Mädchen in blauen Kleidern, weißen Schürzen und Schulranzen. Der entsprechende Text dazu lautet: „In der Türkei übernimmt die Jugend die moderne europäische Art in Kleidung und in Lebensweise" (Werner, 1955, S. 24). Zu einem anderen Bild erfährt man: „Im Himalaya tauschen die Menschen ihre Waren" (ebd.). Das Europa-Kapitel fällt zwar etwas großzügiger aus, die „Tatsachen", die aufgezählt werden, erscheinen jedoch genauso zufällig bzw. kolportieren ohnehin verbreitete Klischees. Zu Holland heißt es u. a.: „In Den Haag regiert die Königin. Die Holländer sind Meister in der Tulpenzucht. Bei Edam bereiten sie aus der fetten Milch die roten Käsekugeln. Auf dem Lande hat jede Familie ihr eigenes, blitzsauberes, kleines Haus“ (Werner, S. 33). „Deutschland, die Mitte und das Kernland Europas“ wird auf einer Doppelseite etwas eingehender abgehandelt und erstreckt sich auf der dazugehörigen Karte – wie kommentarlos angemerkt – in den Grenzen vom 31. Dezember 1937. Auch der Text bietet keinerlei Hinweise auf seither stattgefundene Veränderungen: „[...] kleine und große Städte wie Weimar, Braunschweig und Königsberg sind als Geburts- oder Wirkungsstätten großer Dichter, Denker und Erfinder berühmt“ (Werner, S. 38), und in Oberschlesien rauchen die Schlote.

Dabei will das Buch insgesamt, wie es im „Wort an die Eltern“ von Dr. phil. Mary M. Reed heißt, „dem Kind helfen, ohne Furcht und Vorurteil in seine große, sich ständig weitende Welt der Erfahrung vertrauensvoll hinauszuziehen“ (Werner, S. 24).

Die auch in diesem Beispiel angewandte vermeintlich objektive, „tendenzfreie“ Darstellungsweise ist genauso Folge und Ausdruck der vernunftbetonten Firmenphilosophie, der Neutralitätspolitik des Hauses Maier, wie es die relativ unangepaßte Haltung während des Dritten Reiches gewesen war. Man hatte sich im Gegensatz zu so vielen Verlagen nicht weiter in die Machenschaften des NS-Staates involvieren lassen, hatte in den fünfziger Jahren die Zeichen der Zeit und des Marktes erkannt und seine Produktion früher als manche andere der Lage entsprechend umorientiert, neue Einflüsse, zumal aus dem Ausland, in konkrete Verlagswerke umgesetzt und beispielsweise für Deutschland neue Bilderbücher wie die Babar-Reihe Jean und Laurent de Brunhoffs oder die Petunia-Bände Roger Duvoisins entdeckt.

Doch das – wenigstens scheinbare – Heraushalten jeglichen Standpunktes konnte dabei – wie in der „Lebendigen Geographie“ – auch zu einem Konglomerat mehr oder weniger zusammenhangloser, oft nebensächlicher Informationsbrocken führen, die Universalität und Weltoffenheit signalisieren sollten, statt dessen aber noch nicht einmal den Status quo abzubilden geeignet waren.

Der Aufbruch aus der Enge des Ortes und der Zeit sollte gewagt werden, doch konnte er zum Beispiel noch nicht auf Deutschland als Mitte und – zwischen den Zeilen – die Vergangenheit als Orientierungspunkt verzichten.

### *Die seltene Suche nach einem Neubeginn*

Beim Gesamtüberblick über das Verlagswesen in der Untersuchungsperiode wurde bereits festgestellt, daß damals Verlage, die dezidiert nach ungewohnten, noch nicht begangenen Wegen und entsprechend neuartigen ästhetisch-literarischen Maßstäben für die Kinder- und Jugendliteratur suchten, absoluten Seltenheitswert hatten. An den schon mehrfach genannten Felguth-Verlag in Berlin muß in diesem Zusammenhang nochmals erinnert werden.

Einige Jahre später unternahm Georg Lentz mit seinem 1953 in Berlin gegründeten Verlag ebenfalls den Versuch, insbesondere das Genre des Bilderbuchs zu erneuern. Es erschienen Titel von Marlene Reidel wie „Das bunte Bilderbuch" (1957) oder „Kasimirs Weltreise" (1957), das 1958 mit dem Sonderpreis des Deutschen Jugendbuchpreises als „das beste Bilderbuch" ausgezeichnet wurde, frühe Tomi Ungerers wie die Schlangengeschichte „Crictor" (1959) oder „Der Regen-Otto" (1958) von Reiner Zimnik.

Ebenfalls in besonderem Maße dem Bilderbuch widmete sich der 1954 ins Leben gerufene Parabel Verlag in München. Zu einem seiner immer noch bekanntesten Verlagswerke der ersten Jahre wurde die Buchausgabe von Sergei Prokofjews „Peter und der Wolf" (1958) mit den Illustrationen von Frans Haacken, die gemeinsam mit dem Ostberliner Arno Holz Verlag publiziert wurde.

Im übrigen wollte man bei Parabel ausdrücklich ein internationales Programm zusammenstellen und war eines der wenigen Verlagshäuser, das sich in der Atmosphäre des Kalten Krieges auch um Lizenzausgaben sowjetischer oder anderer sozialistischer Bilderbuchkünstler bemühte. Mit „Das Katzenhaus" (1957) und „Bärtig und gestreift" (1960) erschienen beispielsweise zwei Bändchen eines der bekanntesten sowjetischen Verfasser von Kinderversen, Samuil Marschaks.

Erst gegen Ende unseres Untersuchungszeitraums, 1959, entstand dann der Signal Verlag Hans Frevert in Baden-Baden, der es sich von Anfang an zur (unbequemen) Aufgabe gemacht hatte, deutlich politisch engagierte Texte in einer Zeit zu verlegen, in der dies noch weitgehend als nicht jugendgemäß galt, zehn Jahre vor der breiteren „Politisierung" der Kinder- und Jugendliteratur. Die Werke des Verlags, die Sammelbände „Signal. Ein Buch für junge Menschen" (ab 1959) oder Titel von Hans-Georg Noack wie „Hautfarbe Nebensache" (1960), wandten sich speziell an Jugendliche und junge Erwachsene und wollten als Denkanstöße verstanden werden. Mit solch einem Konzept konnte Frevert (bis heute) keine Massenproduktion in Gang bringen.

Intensiver als diese hier nur am Rande erwähnten Unternehmen soll nun aber ein anderer Verlag beleuchtet werden, der noch zu den frühen Nachkriegsgründungen zählt und trotz seiner anfänglichen Ausnahmestellung das Jugendbuchverlagswesen der fünfziger Jahre mit- und weiterentwickelt hat: der Verlag Friedrich Oetinger in Hamburg. Der Empfang der britischen Verlagslizenz am 12. Juni 1946 war für Friedrich Oetinger zugleich der Gründungstag seines Verlags. Unter den Gebieten, für die er zugelassen worden war, befanden sich neben Politik, Pädagogik, Philosophie und Schöner Literatur auch Jugendschriften. In den ersten Jahren vor der Währungsreform wies das Programm des jungen Verlags jedoch keine derartigen Texte auf. Es erschienen hauptsächlich wirtschafts- und sozialwissenschaftliche Werke, Titel von Upton Sinclair wie auch einige Bücher zur Pädagogik, zum Beispiel von Anna Siemsen. Das Verhältnis Friedrich Oetingers zur britischen Militärregierung gestaltete sich durchweg positiv, als erstes Verlagswerk wurde eine von den Briten empfohlene Übersetzung veröffentlicht, und bis zur Währungsreform konnten insgesamt etwa hundert Publikationen erscheinen.

Oetinger war von Anfang an nicht den Traditionalisten seines Fachs zuzurechnen, tendierte eher nach links und wurde bald – gemeinsam mit seiner Frau – Mitglied der Gruppe sozialistischer Verleger.

Das erste „Kinderbuch" des Oetinger Verlags war der 1948 publizierte „Kinderknigge" von Anton Tesarek, einem Autoren, der Verfolgung und KZ erfahren hatte.[66] Auch dieses Buch richtete sich jedoch noch immer mehr oder wenigstens ebenso stark an die Eltern, gehörte eher in das Gebiet der Pädagogik als in das der eigentlichen

*Friedrich Oetinger (1907–1986), Gründer des seit 1946 bestehenden gleichnamigen Hamburger Verlagshauses, und Heidi Oetinger (*1908), Mitarbeiterin und spätere Leiterin des Verlags Friedrich Oetinger.*

Jugendliteratur. Für den Verlag bedeutete es jedoch insofern einen Glücksfall, als die ersten Exemplare gerade zur Währungsreform fertiggestellt waren und nun (in hoher Auflage, etwa fünfzigtausend Exemplare) für neues Geld verkauft werden konnten.

Weniger positiv wirkte sich die Geldumstellung auf das übrige Verlagsprogramm aus: die Titel der ersten Jahre waren ab 1948 durchweg nicht mehr gefragt, eine Umstellung der gesamten Verlagskonzeption wurde notwendig.

Überlegungen in dieser Richtung fielen zusammen mit einer Einladung und ersten Reise Friedrich Oetingers nach Schweden, die ihn auch mit Astrid Lindgren zusammenführte und von der er den ersten „Pippi Langstrumpf"-Band mitbrachte. In Schweden bereits 1944 erschienen, war er von mehreren deutschen Jugendbuchverlagen abgelehnt worden, bevor er im Herbst 1949 dann bei Oetinger als erster

tatsächlicher Kinderbuchtitel erschien. Der sofortige Erfolg des Buchs bei seiner Zielgruppe, den Kindern (im Gegensatz zur teilweise vehementen Ablehnung, die es besonders von Pädagogen erfuhr), bedeutete für Friedrich Oetinger wohl den entscheidenden Anstoß, seine verlegerische Arbeit ganz auf den Sektor der Jugendliteratur umzustellen, zumal er auf diesem Gebiet über bereits eingehende Erfahrung als Verlagsleiter Kinderbuch beim Ellermann Verlag von 1938 bis 1946 verfügte. 1950 wurde dann das erste Kinderbuchprogramm bewußt geplant. Man wollte nicht die Wege der traditionellen Jugendbuchverlage beschreiten, wählte nicht die einfachste Lösung, bereits Bekanntes, Bewährtes, Klassiker erneut herauszubringen. Der Wunsch, etwas anderes auszuprobieren – auch, um sich als neuer Verlag gegenüber eingeführten Häusern erst einmal abzusetzen und bemerkbar zu machen – fand seinen Ausdruck unter anderem darin, daß der Verlag Friedrich Oetinger ein Verlag von Nachkriegsautoren sein sollte, daß hier zudem bewußt Schritte unternommen wurden, um auch auf dem Gebiet der Kinderliteratur den Nachholbedarf an Literatur von jenseits der Grenzen decken zu helfen. Im Unterschied zu anderen Verlagen, bei denen ausländische Titel in erster Linie zum Auffüllen der Lücken im eigenen Angebot dienten, bedeuteten für Oetinger diese Texte die Basis des Programms, wurden zum Teil Agenten damit beauftragt, interessante Autoren und Titel im Ausland aufzuspüren.[67] Zur Realisierung der Vorstellung, Kinder in aller Welt voneinander erfahren zu lassen, gehörte – neben Erzählungen ausländischer Autoren – auch eine 1952 begonnene Photobilderbuchreihe, die später unter dem Titel „Kinder unserer Erde" weiterlief und bei der der einzelne Band jeweils ein Kind und seinen Alltag stellvertretend für sein Land schildert.

Das Konzept des Verlags unterschied sich von dem der meisten anderen in diesen Jahren auch dadurch, daß hier bei der Beurteilung und Annahme eines Manuskripts der literarisch-künstlerische Aspekt an erster Stelle stand. Im Rückblick, von heute aus gesehen, meint Heidi Oetinger, Frau und seit 1948 Mitarbeiterin des Verlegers beziehungsweise selbst Verlagsleiterin, der Verlag habe „das Kinderbuch literarisch machen" (Gespräch am 14./15.11.1984) wollen, habe damit eine Entwicklung auf dem Kinderbuchsektor gefördert, die insgesamt in der Nachkriegszeit ihren Anfang gefunden habe. Der literarische Anspruch bedeutete auch, daß keine festen thematischen Richtlinien für das Verlagsprogramm bestanden. Charakterisiert hat man sich statt dessen durch und mit Hilfe seiner Autoren. Neben Astrid Lindgren sind für die ersten zehn (und weiteren) Jahre vor allem noch James Krüss und die Holländerin An Rutgers zu nennen.

Der Unterschied der Arbeitsweise des Oetinger Verlags, im Vergleich etwa zum Franz Schneider Verlag, lag auch darin, daß es nach Aussagen von Heidi Oetinger hier so gut wie keine Auftragsproduktionen gab, während dort beinahe ausschließlich der Verlagslinie entsprechende Texte geordert wurden.

Während man bei Oetinger in vielem sicherlich eine Vorreiterfunktion innehatte, bewegte man sich in einem Punkt durchaus im Rahmen, besser gesagt: auf der Höhe der Zeit. 1953, im gleichen Jahr, in dem auch das „Gesetz über die Verbreitung

jugendgefährdender Schriften“ endgültig verabschiedet wurde, startete der Verlag – als seinen Beitrag in der Auseinandersetzung um Schmutz und Schund – eine der ersten Taschenbuchreihen für Jugendliche, den „Taschenjunior“. Es handelte sich dabei um eine Lizenzreihe aus Holland – wesentlich kleiner im Format als die üblichen Taschenbücher –, die vor allem Abenteuerliteratur versammelte und bei Oetinger um klassische Erzähler wie Robert L. Stevenson oder Jules Verne ergänzt wurde.

Die Bände kosteten jeweils 95 Pfennige und waren gedacht als „Mittler für junge Leser, die sich sonst mit Literatur nicht beschäftigten“ (Gespräch mit Heidi Oetinger am 14./15.11.1984). Insgesamt erschienen bei Oetinger 39 Bände dieser Reihe, die ersten sechs Titel in einer Auflage von fünfundzwanzigtausend, die späteren dann mit fünfzehntausend Exemplaren.

1956 wurde die Reihe bei Oetinger allerdings wieder eingestellt, der holländische Originalverlag habe das Niveau nicht gehalten, ein neuer Herausgeber wäre dementsprechend notwendig geworden, außerdem noch eine Umstellung auf ein größeres Format, insgesamt jedenfalls eine Investition, die zu viel Kapital erfordert hätte. Die Rechte wurden an den Verlag Lebendiges Wissen in München verkauft.

Trotz des Erfolgs der „Pippi Langstrumpf“ bei den Lesern hatte der Verlag bis 1956/57 in wirtschaftlicher Hinsicht zu kämpfen. Und selbst bei diesem Titel und seinen Fortsetzungen standen der begeisterten Zustimmung von seiten der Kinder lange noch Bedenken einflußreicher Gruppen, zum Beispiel aus kirchlichen Kreisen oder den Reihen der Lehrer, entgegen. So brauchte „Pippi“ – laut Heidi Oetinger – auch ungefähr drei Jahre, bevor es ihr gelang, die Mainlinie in Richtung Süden zu überschreiten; ebenso wurde sie lange von der Einkaufszentrale öffentlicher Bibliotheken (EKZ) abgelehnt. Interessanterweise stand dieser meist negativen Einschätzung von (selbst)berufener Seite eine von Anfang an fast enthusiastische Zustimmung im Rundfunk und der Tagespresse – soweit sie sich einmal mit Kinderbüchern beschäftigte – gegenüber. Wo auf der einen Seite ernsthafte „erziehliche“ Bedenken laut wurden, bedachte die andere „Pippi Langstrumpf“ mit Lobeshymnen wie „Es ist das moderne Kinderbuch schlechthin“ (Südwestfunk/Frauenfunk, 23.7.1952) oder bezeichnete die Bände anläßlich der Internationalen Jugendbuchausstellung in München 1952 als eine „Wohltat“ (Julius, 1952) inmitten der gewöhnlichen Mädchenbücher (allerdings gemeinsam mit Lindgrens „Kati in Amerika“ und den „unsterblichen ‚Heidi‘-Bänden“).

Trotz der Ablehnung fester thematischer Richtlinien bei der Programmzusammenstellung waren neben dem literarisch-künstlerischen Niveau auch andere Faktoren von Bedeutung, die sich nicht zuletzt in den schließlich publizierten Texten widerspiegeln. Zuerst und in vorderster Linie war (und ist) das die Phantasie, zu deren Freisetzung das Kinderbuch beitragen sollte, die das Kind zu eigener schöpferischer Tätigkeit befähigen könnte. Ebenso ging (und geht) man davon aus, daß ein phantasievolles Kinderbuch seinem Leser zeigen könne und solle, daß er selbst an einem besseren Zusammenleben mitzuhelfen imstande sei; in diesem Sinne könnten solche Bücher auch eine Lebenshilfe darstellen. So führen, in den Augen von Heidi

Oetinger, gerade viele der Lindgren-Bücher eine „heile" Kinderwelt vor, eine „heile Welt" allerdings, der in ihrer phantastischen Ausdeutung weniger eskapistische Züge eigneten, als vielmehr ein „utopisches" Bild vom Auch-Möglichen, die heile Welt als Welt „wie sie sein sollte", als Welt, „in der Kinder lachen und weinen, träumen, aber auch leben können" (Gespräch mit Heidi Oetinger am 14./15.11.1984).

Die phantastische Linie im Oetinger-Programm wurde ab Mitte der fünfziger Jahre dann auch von James Krüss (der unbedingt im gleichen Verlag wie „Pippi" publizieren wollte) ausgebaut, um neue Varianten, besonders auf sprachspielerischer Ebene, ergänzt, zum Beispiel mit seinen Titeln: „Der Leuchtturm auf den Hummerklippen" (1956), „Die glücklichen Inseln hinter dem Winde" (1959–1960) oder „Mein Urgroßvater und ich" (1959) und seinen Gedichtbänden.

Eine andere Linie wird in den Anfangsjahren besonders mit Titeln von An Rutgers aufgebaut, die mehr an Jugendliche gerichtet sind. Das bedeutet gleichzeitig eine Ausweitung der Altersgrenzen im angesprochenen Leserkreis überhaupt. An Rutgers befaßte sich mit realistischen, zum Teil sozialkritischen Erzählungen und nahm sich Themenbereichen wie Umweltschutz oder Rassen- beziehungsweise Außenseiterproblematik an. Obwohl ihre Bücher, die ab 1957 bei Oetinger erschienen, meist noch den damals allgemein geforderten positiven Schluß aufweisen und versöhnlich, ja manchmal unnötigerweise versöhnlich ausgehen[68], sind sie damals ohne größere Resonanz geblieben; Heidi Oetinger zufolge kam die Autorin mit ihren Büchern, ihren Themen – wenigstens für Deutschland – zu früh an die Öffentlichkeit.

Außer auf den Bereich des Jugendbuchs weitete man ab 1957 das Programm auch auf Bilderbücher aus (zuvor war nur die genannte Photobilderbuchreihe begonnen worden). Hier erschien als erstes eine Reihe, die später den Namen „Lampion-Bücher" bekam, wieder mit Titeln aus dem Schwedischen von Astrid Lindgren, Hans Peterson und anderen Autoren.

Eine besondere Bedeutung, gerade bei der Etablierung des Oetinger Verlags, hat, nach Meinung von Heidi Oetinger, der Deutsche Jugendbuchpreis[69] gespielt wie auch die Empfehlungen der Vereinigten Jugendschriftenausschüsse in der „Jugendschriften-Warte" und andere Besprechungsorgane.

Mit heutigen Augen gesehen, die Politisierung der Jahre nach 1968 und die Kinderbücher im Gefolge der anti- und nichtautoritären Erziehungsmodelle im Blickfeld, mag der frühen Produktion des Oetinger Verlags vielleicht wenig an progressivem Geist innegewohnt haben, wirken die damals kreierten literarischen Gestalten manchmal recht zahm und harmlos. Urteilt man über diese Bücher allerdings vor dem Hintergrund der Periode, in Anbetracht auch des zuvor Beschriebenen, erwächst den Titeln ein ganz anderer Stellenwert. Gegenüber „Elke, dem Schlingel" (1937, NA. 1948) von Emma Gündel-Knacke und deren unsäglichen Fortsetzungsbänden, zeichnen die „Pippi Langstrumpf"-Bücher eine geradezu anarchische Kindergestalt und stellen das bis dahin übliche Kindheitsbild auf den Kopf.

# Statistische Angaben 1945–1960*

## *Lizenzvergabe durch westliche Besatzungsmächte von 1945 bis 1948*

Mehr als ein Viertel, nämlich 122 (27,41%) der in den ersten vier Jahren vergebenen Lizenzen wurden bereits 1945 erteilt. Mit 248 (55,75%) brachte das Jahr 1946 die meisten Lizenzerteilungen, während in den Jahren 1947 und 1948 nur noch wenige folgten. Bei 13 Verlagen konnte das Jahr der Lizenzerteilung nicht ermittelt werden.

Von den hier berücksichtigten 445 lizensierten Verlagen existierten mindestens 234 schon vor 1945 und nahmen nach Lizenzerteilung ihre verlegerische Arbeit wieder auf; für die restlichen 57 Verlage konnte das Gründungsjahr nicht festgestellt werden. 154 Verlage wurden in der Zeit von 1945 bis 1948 neu gegründet. Von den Lizenzen wurden 191 von der amerikanischen, 160 von der britischen und 94 von der französischen Besatzungsmacht erteilt.

Berücksichtigt wurden Verlage, die ausschließlich, schwerpunktmäßig oder unter anderem, z.T. auch nur in geringem Maße, Kinder- und Jugendbücher verlegt haben.

*Aufgliederung der in der Studie berücksichtigten 445 von den Westmächten erteilten Verlagslizenzen auf die einzelnen Jahre der Besatzungszeit*

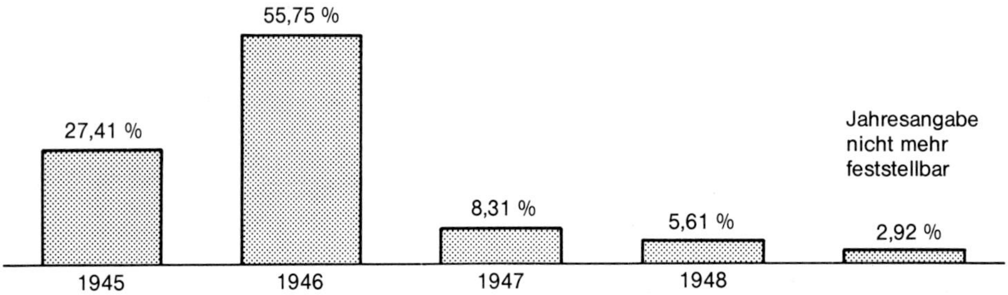


Von den insgesamt 445 Verlagslizensierungen (1945–1948) wurden 122 im Jahr 1945, 248 im Jahr 1946, 37 im Jahr 1947 und 25 im Jahr 1948 ausgesprochen. Bei 13 Verlagen war das genaue Jahr der Lizenzerteilung nicht mehr feststellbar.

* Die nachfolgenden Angaben wurden bei Nachforschungen in der Bibliothek des Börsenvereins des Deutschen Buchhandels (Frankfurt/M.), in der Deutschen Staatsbibliothek (Berlin) gefunden sowie aufgrund von im Institut für Jugendbuchforschung (Frankfurt/M.) archivierten Materialien (Fronemann-Nachlaß, DJW-Materialsammlung) und Angaben im „Handbuch der Lizenzen deutscher Verlage", 1947, und im „Lizenzen-Handbuch Deutscher Verlage", 1949, zusammengetragen.

*Kinder- und Jugendbuchproduktion in der Bundesrepublik Deutschland 1951 bis 1960*

Ab 1952 gibt der Börsenverein des Deutschen Buchhandels in Frankfurt am Main jährlich die Zusammenstellung „Buch und Buchhandel in Zahlen" für das jeweils vorausgegangene Jahr heraus. Die Zahlen in der nachfolgend abgedruckten Tabelle sind daraus entnommen.

Hieraus ergibt sich, daß von 1951 bis 1954 ein stetiges Ansteigen des Anteils von Kinder- und Jugendliteratur an der Gesamtproduktion zu verzeichnen ist, die von 7,4% im Jahr 1951 auf einen Höchstwert von 9% im Jahr 1954 ansteigt und dann wieder bis zum Jahr 1960 auf 4,6% absinkt. Das Jahr 1954 bringt mit 1466 Titeln gleichzeitig die im Untersuchungszeitraum höchste Anzahl von Kinder- und Jugendbuchtiteln. Die für 1960 gezählten 1043 Titel entsprechen fast genau den im Jahr 1951 erschienenen 1045 Kinder- und Jugendbuchherausgaben. Der kleinere prozentuale Anteil an der Gesamtproduktion, der im Gegensatz zu den 7,4% im Jahr 1951 bei nur 4,6% im Jahr 1960 liegt, ist darauf zurückzuführen, daß sich die Gesamtproduktion an Titeln in der Bundesrepublik von 1951 bis 1960 fast verdoppelte, während die Anzahl der Kinder- und Jugendbuchtitel vom Jahr 1960 gegenüber denen vom Jahr 1951 konstant blieb.

Die Erstauflagen im Bereich der Kinder- und Jugendliteratur haben in den fünfziger Jahren eine deutlich steigende Tendenz, wachsen über die 75%-Marke der gesamten Kinder- und Jugendbuchproduktion hinaus. Offensichtlich wurde in den ersten Jahren nach 1945 mehr auf schon vorhandene Titel mit Neuauflagen zurückgegriffen als dies ab 1952 der Fall war.

*Produktion an Kinder- und Jugendbüchern in der Bundesrepublik Deutschland zwischen 1951 und 1960 im Vergleich zur Gesamtproduktion*

| | Gesamtproduktion | KJL insgesamt | Anteil der KJL an der Gesamtproduktion | Erstauflagen in der KJL | Anteil der Übersetzungen in der KJL |
|---|---|---|---|---|---|
| 1951 | 14054 | 1045 | 7,4% | 62,7% | 108 = 10,3% |
| 1952 | 13913 | 1106 | 7,9% | 73,2% | 113 = 10,2% |
| 1953 | 15738 | 1265 | 8,0% | 73,2% | 205 = 16,2% |
| 1954 | 16240 | 1466 | 9,0% | 79,2% | 202 = 13,8% |
| 1955 | 16660 | 1359 | 8,2% | 86,1% | 242 = 17,8% |
| 1956 | 17215 | 1336 | 7,8% | 83,8% | 217 = 16,2% |
| 1957 | 16690 | 948 | 5,7% | 83,0% | 172 = 18,4% |
| 1958 | 20476 | 1357 | 6,6% | 82,5% | 318 = 23,4% |
| 1959 | 16532 | 719 | 4,3% | 74,3% | 193 = 26,8% |
| 1960 | 22524 | 1043 | 4,6% | 78,3% | 258 = 24,7% |

Zusammengestellt nach: Buch und Buchhandel in Zahlen. Frankfurt/M. Ausgaben 1952–1961.

Die Anzahl der Übersetzungen von 10,3% im Jahr 1951 bis zu 24,7% im Jahr 1960 zeigt einen steten Anstieg, der die zunehmende Internationalität des Kinder- und Jugendbuches widerspiegelt.

### *Die Sparten „Kinder- und Jugendbuch" und „Belletristik" 1951–1960*

Die Kurven sind im Hinblick auf steigende oder fallende Tendenz (mit Ausnahme des Jahres 1957) identisch.

Was die realen Titelzahlen anbetrifft, so ergibt sich für die Jahre 1951 bis 1956, daß die Titel aus dem Bereich des Kinder- und Jugendbuches rund 50% der im Bereich Belletristik ausgewiesenen ausmachen. Ab 1957 verschlechtert sich dieses Verhältnis. Während es 1957 nur noch 30 zu 100 ausmacht, ist es im Jahr 1960 sogar auf fast 20 zu 100 zurückgefallen.

*Produktionshöhe von Kinder- und Jugendliteratur und Belletristik im Vergleich für die Jahre 1951–1960*

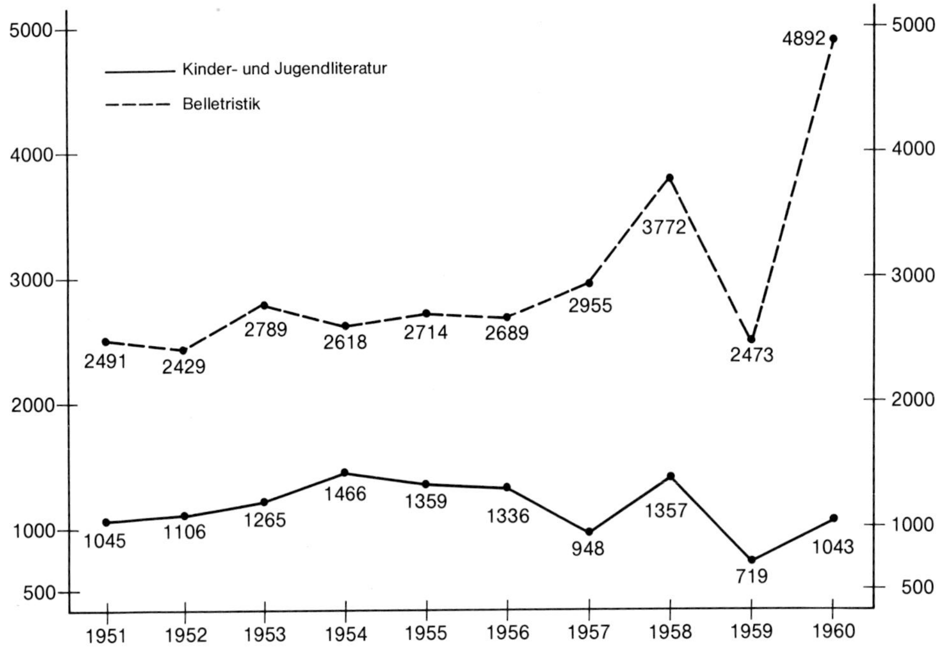

*Der Anteil der Übersetzungen in den Sparten „Kinder- und Jugendbuch" und „Belletristik" 1951–1960*

Im gesamten Jahrzehnt liegen die Zahlen übersetzter Werke in der Belletristik etwas höher als im Kinder- und Jugendbuchbereich, jedoch ist eine allmähliche Annäherung, aber auch – bis auf die Werte des Jahres 1960 – eine Steigerung von 10,3% (1951) bis 26,8% (1959) feststellbar. Daraus folgt, daß rund ein Viertel der erscheinenden Kinder- und Jugendbücher Übernahmen aus anderen Sprachen sind. An erster Stelle sind es Bücher aus dem angloamerikanischen Sprachgebiet.

*Prozentualer Anteil der Übersetzungen bei Kinder- und Jugendbüchern und Belletristik im Vergleich*

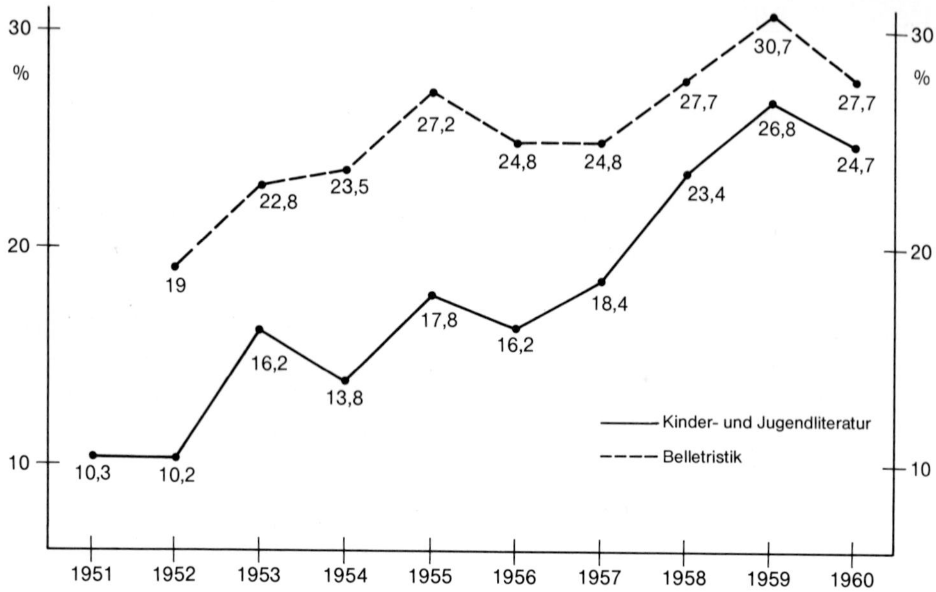


*Verlagsübersicht*

Die folgende annotierte Verlagsliste führt alle Firmen auf, die die Basis für den statistischen Teil bildeten. Genannt werden Daten zum Verlagssitz, zu Gründung und – abgesehen von jenen Verlagshäusern, die erst ab 1949 gegründet wurden – Angaben zu Lizenz (lizenzerteilende Besatzungsmacht und Datum der Lizenzerteilung) und Lizenzträgern. Zum Teil wurden zu einem Verlag verschiedene Zulassungsdaten gefunden; hierbei kann es sich entweder um fehlerhafte Angaben in den unterschiedlichen Quellen oder auch um spätere Neulizensierungen mit veränderten/erweiterten

Verlagsgebieten beziehungsweise einem Wechsel bei den Lizenzträgern handeln. Außerdem wird nach Möglichkeit vermerkt, ob der jeweilige Verlag im Laufe der untersuchten Periode aufgelöst wurde.

Die hohe Anzahl der in die Untersuchung eingegangenen Firmen wie auch die für die Nachkriegsjahre häufig dürftige Quellenlage gestalteten die Recherchen auf diesem Gebiet äußerst kompliziert, so daß nicht in jedem Fall vollständige und exakte Daten zu ermitteln waren, beziehungsweise verschiedene Quellen zum Teil unterschiedliche Angaben machten, die nicht immer verifiziert werden konnten.

*Abkürzungen:*

| | | | |
|---|---|---|---|
| gegr. | = gegründet | F | = französische Lizenz |
| A | = amerikanische Lizenz | R | = russische Lizenz |
| B | = britische Lizenz | | |

| | |
|---|---|
| Abendland-Verlag | Wuppertal; gegr. 1945; Lizenz: B 9.10.1945 bzw. 28.5.1947. |
| R. van Acken Verlag | Lingen/Ems; gegr. 1868. |
| Advent-Verlag | Kuppenheim/Murgtal; gegr. 1946; Lizenz: F 4.1.1946; Lizenzträger: Emil Franz Krehbiel; ab ca. 1947: Elpis-Verlag; erloschen 1949. |
| Ähren-Verlag | Heidelberg; gegr. 1946; Lizenz: A 18.12.1945; Lizenzträger: Anna Hartnagel; erloschen 1959. |
| Agentur des Rauhen Hauses | Hamburg; gegr. 1842; Lizenz: B 15.2.1946; Lizenzträger: Gotthold Donndorf. |
| Agrippina-Verlag | Köln; gegr. 1953; erloschen 1958. |
| Karl Alber Verlag | Freiburg, München; hervorgeg. 1946 aus: Bodenseeverlag Karl Alber, Ravensburg; Lizenz: F 10.12.1945, A 22. bzw. 23.3.1946; Lizenzträger: F Dr. Theo Herder-Dorneich, A Johannes Harling. |
| Alfo-Kunstdruckverlag | Kaiserslautern; im Handelsreg. gelöscht 1958. |
| Alpha-Verlag Hans-Gerhard Dobler | Alfeld/Leine; Tätigkeit eingestellt 1957. |
| Alsatia Verlag | Colmar, Paris, Freiburg; gegr. 1897, Niederlassung Freiburg 1944. |
| Alster Verlag Curt Brauns | Wedel/Holstein; gegr. 1919; Lizenz: B 2.11.1945; Lizenzträger: C. Brauns; erloschen 1958. |
| Verlag Haus Altenberg | Köln, ab 1956 Düsseldorf; gegr. 1946; Lizenz: B 12. bzw. 16.4.1946; Lizenzträger: Ludwig Wolker. |
| Wilhelm Andermann Verlag | Wien, ab 1949 München; gegr. 1921 in Königstein, Hrsg. von Jugendbüchern ab 1950; übernommen von Drachenverlag, Hannover, 1961. |

| | |
|---|---|
| Anker-Verlag | München, ab 1950 Frankfurt/M.; gegr. 1860 in Bremen; Lizenz: A 1946; Lizenzträger: Karl Merz; 1950 übernommen von Anker-Verlag u. Druckerei Meyer & Co., Frankfurt/M. |
| Apis-Verlag | s. Weka-Verlag |
| Verlag E. Appelhans & Co. | Braunschweig; gegr. 1729. |
| Appelmann Verlag | Augsburg. |
| arani-Verlag | Berlin; gegr. 1947; Lizenz: B 17.11.1947; Lizenzträger: Arno Scholz. |
| Buchverlag Die Arche, Deutsche Verlags-GmbH | Herford; gegr. 1947; Lizenz: B 21.5.1946; Lizenzträger: Dr. Dieter Lauenstein; erloschen um 1962. |
| Arka-Verlag | Berlin. |
| Oswald Arnold-Verlag | Berlin; gegr. 1878; Lizenz: B 9.11.1945; Lizenzträger: O. Arnold; im Handelsreg. gelöscht 1961. |
| Verlag Ars sacra | München; gegr. 1896. |
| Artemis-Verlag | Zürich, Stuttgart; gegr. 1943, Niederlassung Stuttgart 1957. |
| Aschendorffsche Verlagsbuchhandlung | Münster; gegr. 1720; Lizenz: B Herbst 1945 (nur Schulbücher), B 23.1.1946; Lizenzträger: Eduard u. Friedrich Leopold Hüffer. |
| Johannes Asmus Verlag | Konstanz, ab 1954 Stuttgart, ab 1959 Mannheim, ab 1960 Hamburg; gegr. 1922; Lizenz: F 7.11.1945; Lizenzträger: J. Asmus. |
| Assindia-Verlag | Essen; gegr. 1934; Lizenz: B 7.12.1945; Lizenzträger: Hubert Lange-Huesken. |
| Atharva-Verlag | Frankfurt/M., Berlin; Lizenz: A 29.1.1946; Lizenzträger: R. Noss. |
| Atlantis-Verlag | Zürich, Freiburg i. Br.; gegr. 1930 in Berlin; Lizenz: F 26.1.1946; Lizenzträger: Martin Hürlimann, Th. W. Dengler. |
| Atlas-Verlag | Köln. |
| Aue Verlag | Möckmühl/Württ.; gegr. 1919. |
| Verlag Ludwig Auer/Cassianeum | Donauwörth; gegr. 1875; Lizenz: A 19.2.1947; Lizenzträger: Friedrich Knapp. |
| Aufwärts-Verlag | Berlin; gegr. 1934. |
| Augustinus-Verlag | Würzburg; gegr. 1922 als Rita-Verlag, 1947 Neugründung; Lizenz: A 1946; Lizenzträger: Josef Zimmer. |
| Aussaat-Verlag | Wuppertal-Barmen; gegr. 1899; Lizenz: B 21.5.1946; Lizenzträger: Willi Köster. |
| Awa-Verlag | München. |

| | |
|---|---|
| August Bach Verlag | Düsseldorf; gegr. 1949. |
| Bachem Verlagsbuchhandlung | Köln; gegr. 1818; Lizenz: B 22.12.1945 bzw. 4.2.1946; Lizenzträger: Franz Carl Bachem; firmiert auch J. P. Volker-Bachem-Verlag. |
| Heinrich F. S. Bachmair Verlag | Starnberg; gegr. 1911; Lizenz: A 4.1.1946; Lizenzträger: F. S. Bachmair; erloschen 1955. |
| Badenia Verlag u. Druckerei AG | Karlsruhe; gegr. 1874; Lizenz: A 19.12.1945; Lizenzträger: Erich Vollmar. |
| Badischer Verlag | Freiburg i. Br.; gegr. 1946; Lizenz: F 31.1.1946; Lizenzträger: Dr. Josef Knecht, Heinrich Rombach, Oskar Stark. |
| Bären Verlag | Düsseldorf; gegr. 1955. |
| Bärenreiter Verlag | Kassel; gegr. 1924 in Augsburg; Lizenz: A 25.1.1946; Lizenzträger: Richard Baum, Paul Gümbel. |
| Carl Baeßler Verlag | Bamberg; gegr. 1947; Lizenz: A 28.8.1947; Lizenzträger: C. Georg Baeßler; 1955 Zusammenlegung mit Staackmann Verlag, Bamberg. |
| Karl Bäuerle Verlag | Karlsruhe; gegr. 1934; Lizenz: A o. J.; Lizenzträger: Eugen Fricker; erloschen. |
| August Bagel Verlag | Düsseldorf; gegr. 1801 in Wesel; Lizenz: B 15.12.1947; Lizenzträger: Ilse Bagel. |
| Friedrich Bahn Verlag | Schwerin, ab 1953 Konstanz; gegr. 1891; ab 1953 in Personalunion mit Christl. Verlagsanstalt, Konstanz. |
| Baken Verlag Walter Schnoor | Hamburg; gegr. 1951. |
| Verlag Bamberger Reiter | Bamberg; erloschen 1954. |
| Bamberger Verlagshaus | Bamberg; gegr. 1922; Lizenz: A 11.1.1946; Lizenzträger: J. A. Meisenbach; ab 1957 Verlagshaus Meisenbach. |
| Bandschapp Verlag | Baden-Baden. |
| Walter Barbier Verlag | Schmitten/Ts., Frankfurt/M.; gegr. 1946; Lizenz: A 1946. |
| Bardtenschlager Verlag | Reutlingen; gegr. 1852; Lizenz: F 26.1.1946; Lizenzträger: Willy Bardtenschlager. |
| Friedrich Bassermann'sche Verlagsbuchhandlung | München; gegr. 1843; Lizenz: A 2.12.1947 bzw. 7.12.1948; Lizenzträger: K. Gall. |
| Bastion-Verlag | Düsseldorf; gegr. vor 1945; Lizenz: B 31.10.1945; Lizenzträger: Jakob Pötz. |
| Otto Bauer Verlag u. Druckerei | Stuttgart; gegr. 1945; Lizenz: A 1.3.1946; Lizenzträger: O. Bauer. |
| Bayrische Verlagsanstalt | Bamberg; gegr. 1949. |
| Ludwig Bechauf Verlag | Bielefeld; gegr. 1893 als Druckerei, Verlagstätigkeit ab 1946; Lizenz: B 20.8.1946; Lizenzträger: L. Bechauf. |

| | |
|---|---|
| Bechtle-Verlag | Esslingen, ab 1960 München; gegr. 1868, Buchverlag ab 1949. |
| C. H. Beck'sche Verlagsbuchhandlung | München; gegr. 1763 in Nördlingen. |
| Richard Beeck Verlag | Hannover; gegr. 1945; Lizenz: B 11.1.1946; Lizenzträger: R. Beeck. |
| Chr. Belser Druckerei u. Verlag | Stuttgart; gegr. 1835. |
| Benziger Verlag | Einsiedeln, Zürich, Waldshut, Köln; gegr. 1792; Lizenz: F 23.10.1946; Lizenzträger: Franz Bettschart. |
| Julius Beltz Verlagsbuchhandlung | Langensalza, Bad Blankenburg, ab 1949 Weinheim/Bergstr.; gegr. 1841; Enteignung in sowj. Besatzungszone 1948. |
| Heinrich A. Berg Verlag | München; gegr. 1920; erloschen vor 1961. |
| Verlag Berg & Fürniss | Baden-Baden. |
| Berliner Druckhaus | Berlin. |
| Karoline Bernheim Verlag | Fürth; gegr. 1945; Lizenz: A 22. bzw. 23.3.1946; Lizenzträger: Dr. K. Bernheim. |
| C. Bertelsmann Verlag | Gütersloh; gegr. 1835; Lizenz: B 21. bzw. 27.3.1946; Lizenzträger: Reinhard Mohn. |
| Verlagsbuchhandlung Bethel | Hamburg; gegr. 1905; Lizenz: B 16.11.1945; Lizenzträger: Ludwig Appel. |
| Verlag Gustav Betschinger | Reutlingen; Lizenz: F ca. 1947; Lizenzträger: G. Betschinger; erloschen. |
| Erich Beyer Verlag | Berlin; gegr. 1929; Lizenz: B 24.10.1945 bzw. 4.12.1945; Verlagstätigkeit eingestellt 1951. |
| Bibliographisches Institut | Leipzig, ab 1954 Mannheim; gegr. 1826 in Gotha; 1946 Enteignung in sowj. Besatzungszone. |
| L. Bielefelds Verlag | Freiburg i. Br.; gegr. 1839 in Berlin; Lizenz: F 21.1.1946; Franz L. Bielefeld-Gießler. |
| Bitter-Verlag | Recklinghausen; gegr. 1938; Lizenz: B 3. bzw. 5.1.1946; Lizenzträger: Wilhelm u. Käthe Bitter; 1953 übergegangen in Paulus Verlag K. Bitter. |
| Lothar Blanvalet Verlag | Berlin; gegr. 1935; Lizenz: A 5.1.1946; Lizenzträger: L. Blanvalet. |
| Blickpunkt Verlag | Oberhausen-Sterkrade; gegr. 1949. |
| Blüchert Verlag | Biberach/Riss, ab 1950 Stuttgart, ab 1956 Hamburg; gegr. 1946. |
| Bodenseeverlag | Ravensburg; gegr. 1910; Lizenz: A 21.1.1946; Lizenzträger: Nina Knecht; 1951 aufgelöst. |
| Bohr Verlag | Berlin. |

| | |
|---|---|
| Boje-Verlag Hanns Jörg Fischer | Schemmerberg üb. Biberach, ab 1950 Stuttgart; gegr. 1947. |
| Bollwerk Verlag Karl Drott | Offenbach/M.; gegr. 1946; Lizenz: A 1946; Lizenzträger: K. Drott; ab 1954 Karl Drott Verlag. |
| Dr. Hans Bolten Verlag | Stuttgart; gegr. 1947; Lizenz: A 8.3.1946; Lizenzträger: Dr. H. Bolten, erloschen. |
| Verlagshaus Bong & Co. | München; gegr. 1872 als Deutsches Verlagshaus Bong & Co. in Berlin u. Wien; Lizenz: A 2.12.1947; Lizenzträger: Paul Friedrich Höhne. |
| Bonifacius Druckerei | Paderborn; gegr. 1870; Lizenz: B 18.6.1947; Lizenzträger: Dr. Johannes Hatzfeld. |
| Adolf Bonz & Co. Verlagsbuchhandlung | Korntal, ab 1951 Stuttgart, ab 1959 erneut Korntal; Lizenz: A 4.8.1948; Lizenzträger: Heinz Berkhan. |
| Borgmann-Verlag | Dortmund; gegr. 1886. |
| Johannes Borgmeyer Verlag | Bonn; gegr. 1878; 1953 in die Franz Borgmeyer OHG, Hildesheim, übergegangen, 1960 erloschen. |
| Born-Verlag | Kassel; gegr. 1906 in Friedrichhagen/Berlin als Jugendbundverlag; Neugründung 1948. |
| Verlag der Buchgemeinde Borromäus-Verein | Bonn; gegr. 1844; Lizenz: B 14.11.1945; Lizenzträger: Johannes Braun. |
| Gustav Bosse-Verlag | Regensburg, ab 1957 Kassel; gegr. 1912; Lizenz: A 1948; Lizenzträger: Bernhard Bosse; Fusion mit Bärenreiter Verlag, Kassel, 1957. |
| Verlag Braun & Schneider | München; gegr. 1843. |
| Julius Breitschopf Verlagsbuchhandlung | Wien, ab 1954 München; gegr. 1907. |
| Bremer Schlüsselverlag Hans Kasten | s. Hans Kasten Verlag |
| Brentano Verlag Viktor Kubczak | Stuttgart; 1947 hervorgeg. aus Ostdeutsche Verlagsanstalt, Breslau; Lizenz: A 22.7.1947; Lizenzträger: V. Kubczak. |
| Verlag Die Brigg | Augsburg, bis 1958 Basel; gegr. 1950. |
| F. A. Brockhaus Verlag | Leipzig, Wiesbaden; gegr. 1805 in Amsterdam; Lizenz: A 21.3.1946; Lizenzträger: Hans-Eberhard Brockhaus; Enteignung in sowj. Besatzungszone 1953; Verlagsname in Wiesbaden 1945–53 Eberhard Brockhaus Verlag. |
| R. Brockhaus Verlag | Wuppertal-Elberfeld; gegr. 1853; Lizenz: B 15.2.1946; Lizenzträger: Wilhelm Brockhaus. |
| Broschek-Verlag | Hamburg; gegr. 1913. |
| Verlag Die Brücke | Freiburg i. Br.; Lizenz: F 22.2.1946; Lizenzträger: A. de Roquemaurel. |
| Brückenverlag Hans Enz | Frankfurt/M.; gegr. 1946; Lizenz: A 21.3.1946; Lizenzträger: H. Enz, erloschen. |

| | |
|---|---|
| Brühlscher Verlag | Gießen; gegr. 1949. |
| Brunnen Verlag | Gießen, Basel; gegr. 1919. |
| Buchdienst Verlag Wilhelm Schmidt | Kreuztal; gegr. 1933; Lizenz: B 8.2.1946; Lizenzträger: Karl W. Schmidt. |
| Buchheim Verlag | Frankfurt/M., ab 1952 Feldafing; gegr. 1951. |
| Dr. Heinrich Buchner Verlag | München; gegr. 1937; Lizenz: A 2.7.1946; Lizenzträger: Franziska Buchner. |
| Buchring der Jugend | Berlin, Hamburg; gegr. 1947; Lizenz: B 24.2.1947, R o.J.; Lizenzträger: Dr. Walther Teich; erloschen. |
| Büchergilde Gutenberg | Berlin, Zürich, Wien, Frankfurt; gegr. 1924; Lizenz: R 25.2.1947, F 25.2.1947, B vor November 1947, A 6.1.1948; Lizenzträger: R Richard Barth, Paul Kotzur, F u. A Dr. Helmut Dressler, B Werner Hansen, Ernst Rathlow, Max Thoma. |
| Bühnen- u. Musikverlag Dr. Sikorski | s. Sikorski Verlag |
| Bürger-Verlag | Stuttgart, ab 1949 Lorch, ab 1950 Schwäbisch Gmünd; gegr. 1946; Lizenz: A 27.2.1946; Lizenzträger: Alfons Bürger; im Handelsreg. gelöscht 1953. |
| Bumb Verlag | Stuttgart, Neustadt/Haardt. |
| Anton Bumiller Verlag | Sigmaringen. |
| Bund-Verlag | Köln; gegr. 1947; Lizenz: B 2.4.1947; Lizenzträger: Hans Böchler, Albin Marl. |
| Bundes-Verlag | Witten/Ruhr; gegr. 1887 als Verlag Friedrich Fries & Co.; Lizenz: B 15.6.1946; Lizenzträger: Wilhelm Wöhrle. |
| Burckhardthaus-Verlag | Berlin, Gelnhausen; gegr. 1918; Lizenz: A 12.3.1946; Lizenzträger: Hulda Zarnack. |
| Verlag Erwin Burda | Freiburg i. Br.; gegr. 1938; Lizenz: F 6.6.1946; Lizenzträger: E. Burda. |
| Henry Burmester Verlag | Schildhorst, Freden/Leine, Wildeshausen bei Bremen, ab 1951 Bremen; gegr. 1931; Lizenz: B 16.2.1946; Lizenzträger: H. Burmester. |
| Walter Butt Verlag | Wuppertal; Verlagstätigkeit 1959 eingestellt. |
| Verlag Butzon & Bercker | Kevelaer/Rhld.; gegr. 1870 als Buchbinderei. |
| Calwer Verlag | Stuttgart; gegr. 1836 in Calw/Württ.; Lizenz: A 1945; Lizenzträger: Friedrich u. Margarethe Gundert. |
| Caritas-Verlag | Freiburg i. Br.; gegr. 1924; Lizenz: F 14.5.1946; Lizenzträger: Martin Vorgrimmler, Bertha Benz; ab 1951 Lambertus-Verlag. |
| Ludwig Carl Verlag | Stuttgart; gegr. 1904. |

| | |
|---|---|
| Carlsen Verlag | Hamburg; gegr. 1953. |
| Carolus Druckerei | s. Verlag Josef Knecht – Carolusdruckerei. |
| Cassianeum | s. Verlag Ludwig Auer. |
| Ceylon Verlag | Berlin. |
| Verlag Christ Unterwegs | München; gegr. 1950. |
| Verlag Christen & Co. | s. Phönix Verlag. |
| Christliche Verlagsanstalt | Konstanz; gegr. 1882 als Kunstverlag Carl Hirsch; Lizenz: F 4.4.1946; Lizenzträger: Rudolf Hindrichs. |
| Christliche Verlagsgesellschaft | Dillenburg; gegr. 1888. |
| Christlicher Allianz Verlag | Fellbach/Württ., ab 1954 Leonberg-Etlingen; gegr. 1927; Lizenz: A 6.11.1945; Lizenzträger: W. Geugelin. |
| Christlicher Zeitschriftenverlag | Berlin; gegr. 1880; Lizenz: A 10.11.1945; Lizenzträger: Dr. Th. Wenzel. |
| Christliches Verlagshaus | Stuttgart; gegr. 1872; Lizenz: A 11.12.1945; Lizenzträger: Ernst Humburger bzw. Carl Brück. |
| Christophorus Verlag Herder KG | Freiburg, Düsseldorf; gegr. 1935; Lizenz: F 10.12.1945, B 26.6.1946; Lizenzträger: F Dr. Theophil Herder-Dorneich, Dr. Josef Knecht, Josef Diewald; B Dr. Th. Herder Dorneich, Josef Diewald, Willy Esser. |
| Chronos Verlag | Berlin; gegr. 1947; Lizenz: F 1.6.1946; Lizenzträger: Gustav Spielberg; ab 1949 Gustav Spielberg Chronos-Verlag; Konkurs 1950. |
| Verlag Claassen & Goverts | Hamburg; gegr. 1934 als Henry Goverts Verlag; Lizenz: B 30.10.1945; Lizenzträger: Eugen Claassen; ab 1950 Claassen Verlag. |
| Claudius Verlag | München; gegr. 1954. |
| H. Cobet Verlag | Frankfurt/M.; gegr. 1946; Lizenz: A 16.10.1945; Lizenzträger: Heinrich Cobet. |
| Columba Verlagsgesellschaft | Berlin; Lizenz: R o.J.; Lizenzträger: Karl Mossner; erloschen. |
| Comel Verlag, Heinrich Comel | Köln; gegr. 1949. |
| Comenius Verlag, Buch u. Zeitschriften Verlagsgesellschaft | s. Turm-Verlag |
| Condor-Verlag Hugo Langethal | Berlin; gegr. 1946; Lizenz: F 1.6.1946; Lizenzträger: H. Langethal. |
| Constanze Verlag | Hamburg; gegr. 1948. |
| Franz Cornelsen Verlag | Berlin; gegr. 1946; Lizenz: B 26.4.1946; Lizenzträger: Fr. Cornelsen. |

| | |
|---|---|
| Corona-Verlag | Neustadt/Haardt, ab 1949 Mittelberg/Kleinwalsertal; Lizenz: F 31.3.1947; Lizenzträger: Klaus Günther Specht; erloschen. |
| Verlag Cram, de Gruyter & Co. | Hamburg; gegr. 1928; Lizenz: B 1945 bzw. 23.4.1946; Lizenzträger: Herbert Cram. |
| Hermann Curtaz Verlag | Karlsruhe. |
| Daco Verlag | Berlin, ab 1956 Stuttgart; gegr. 1943; Lizenz: B 25.8.1948; Lizenzträger: Margarethe Bläse. |
| Dalemär-Verlag | Bonn; im Handelsreg. gelöscht 1950. |
| Damokles Verlag | Ahrensburg. |
| Wilhelm Daucher Verlag | Stuttgart; gegr. 1946; Lizenz: A 20.12.1945; Lizenzträger: W. Daucher; Produktion 1954 in Mairs Geographischen Verlag übergeleitet. |
| Verlag Werner Dausien | Hanau; gegr. 1949. |
| Franz Decker Verlag | Regensburg, ab 1954 Stuttgart, ab 1955 Schmiden. |
| Werner Degener Verlag | Hannover; gegr. 1935; Lizenz: B 12.4.1946; Lizenzträger: W. Degener. |
| Verlag Kurt Desch | München; gegr. 1945; Lizenz: A 17.11.1945; Lizenzträger: K. Desch. |
| Engelbert Dessart Verlag | Mainz; gegr. 1946; Lizenz: F 23.10.1946; Lizenzträger: E. Dessart. |
| Detektiv-Club Verlagsgesellschaft | Wiesbaden; gegr. 1949; im Handelsreg. gelöscht 1954. |
| Deuerlieh'sche Verlagsbuchhandlung | Göttingen; gegr. 1807; Lizenz: B 3.10.1946; Lizenzträger: Helmut Martin Ruprecht; 1956 in Verlag Vandenhoek & Ruprecht, Göttingen, aufgegangen. |
| Deutsche Bibelgesellschaft | Nürnberg; gegr. 1902; Lizenz: A 1946; Lizenzträger: Ludwig Liebel; ab 1948 Deutsche Buchverlagsgesellschaft für christliche Literatur, Nürnberg. |
| Deutsche Buchgemeinschaft | Berlin, Darmstadt, Wien; gegr. 1924; Lizenz: B 30.10.1945; Lizenzträger: Erna Leonhard. |
| Deutsche Buchverlagsgesellschaft für christliche Literatur | s. Deutsche Bibelgesellschaft |
| Deutsche Buchvertriebs- u. Verlagsgesellschaft | Berlin, Düsseldorf; gegr. 1932; Lizenz: B 26.9.1945; Lizenzträger: Karl Steffens; erloschen. |
| Verlag Deutsche Jugendbücherei | Berlin; gegr. 1909, Neugründung 1950. |
| Deutsche Verlagsanstalt | Stuttgart; gegr. 1848; Lizenz: A 12. bzw. 16.2.1946; Lizenzträger: Hermann Leins. |
| Verlag Deutsche Volksbücher | Rottenburg/Neckar, ab 1951 Stuttgart; gegr. 1900; Lizenz: F 5.5.1946; Lizenzträger: Wilhelm Schlösser. |

| | |
|---|---|
| Deutsche Volksbücherei | s. Verlag A. H. Rupp Deutsche Volksbücherei. |
| Deutscher Bücherbund | Düsseldorf; gegr. 1876 als Bibliothek der Unterhaltung und des Wissens. |
| Deutscher Jugend-Verlag Arnold Lorenz | Münster; gegr. 1947. |
| Deutscher Jugendbuchverlag – Verlag der Neuen Generation | Stuttgart; erloschen 1960. |
| Deutscher Jugendbuchvertrieb | Frankfurt/M.; erloschen 1956. |
| Deutscher Laienspiel-Verlag | Rothenburg/Fulda, ab 1952 Weinheim/Bergstr.; gegr. 1946. |
| Deutscher Literatur-Verlag Otto Melchert | Hamburg; gegr. 1905; Lizenz: B 21.5.1946; Lizenzträger: O. Melchert; ab ca. 1954 Otto Melchert Verlag. |
| Diamant-Verlag Otto Schaffer | Hannover, Berlin; erloschen 1955. |
| Diederichs Verlag | Düsseldorf, Köln; gegr. 1896 in Florenz; Lizenz: B 28.10.1948; Lizenzträger: Dr. Peter Diederichs. |
| Diesterweg Verlag | Frankfurt/M.; gegr. 1860. |
| Maximilian Dietrich Verlag | Ziemetshausen, ab 1949 Memmingen; gegr. 1946; Lizenz: A 30.7.1948. |
| Oswald Dobbeck Verlag | Speyer, ab 1960 München; gegr. 1939; Lizenz: F 1946; Lizenzträger: O. Dobbeck. |
| Don Bosco Verlag | München; gegr. 1948; Lizenz: A 24.8.1948; Lizenzträger: Edmund Johannes Lutz. |
| Donau Verlag | Köln. |
| Walter Dorn Verlag | Bremen, Hamburg; gegr. 1923; Lizenz: A 23.10.1945; Lizenzträger: W. Dorn. |
| Drei Eichen Verlag | München; gegr. 1931 in Dresden; 1956 auf Drei Eichen Verlag Hermann Kissener, München, übergegangen. |
| Drei Eulen Verlag | Düsseldorf; gegr. 1945; Lizenz: B 17.11.1945; Lizenzträger: Hulda Pankok; erloschen 1953. |
| Drei Fichten Verlag Rudolf Vonficht | München; gegr. 1946; Lizenz: A 4.1.1946; Lizenzträger: R. Vonficht; erloschen 1954. |
| Drei Punkte Verlag | Duisburg, Oberhausen, Mühlheim; im Handelsreg. gelöscht 1956. |
| Drei Säulen Verlag | Bad Wörishofen, ab 1960 Gräfelfing; gegr. 1935 in Berlin; Lizenz: A 22.3.1946; Lizenzträger: Dr. Edmund Banaschewski. |
| Drei Spatzen Verlag | Füssen. |
| Drei Türme Verlag | Hamburg; gegr. 1946; Lizenz: B 9.11.1946; Lizenzträger: Franz Wilhelm Paulus; Franz Beyrich; im Handelsreg. gelöscht 1953. |

| | |
|---|---|
| Dreibein-Presse | München. |
| Dreilinden Verlag Eduard Grosse sen. | s. Horizont-Verlag |
| Dreima Verlag | Berlin, Wiesbaden; gegr. 1947. |
| Cecilie Dressler Verlag | Berlin; gegr. 1928 als Verlag Williams & Co.; Lizenz: B 4.12.1945; Lizenzträger: C. Dressler. |
| Droemersche Verlagsanstalt | Wiesentheid/Unterfranken, ab 1949 München; gegr. 1901 als Verlag Th. Knaur, Berlin; Lizenz: A 7.6.1946; Lizenzträger: Willy Droemer, Dr. Paul Zöckler; firmiert auch Verlag Th. Knaur Nachf.. |
| Droste Verlag | Düsseldorf; gegr. 1711 als Zeitungs- u. Zeitschriftenverlag. |
| Karl Drott Verlag | s. Bollwerk Verlag K. Drott |
| Druffel-Verlag, Sibylle von Druffel | Leoni am Starnberger See; gegr. 1952. |
| Ferdinand Dümmlers Verlag | Bonn; gegr. 1808 in Berlin; Lizenz: B 15.11.1945; Lizenzträger: Dr. Willy Lehmann. |
| Dürr'sche Buchhandlung | Nahrendorf, ab 1949 Bonn, ab 1955 Bad Godesberg; gegr. 1652 in Leipzig; Lizenz: B 1948. |
| Hans Dulk Verlag | Hamburg; gegr. 1935; Lizenz: B vor 20.12.1945; Lizenzträger: H. Dulk; 1960 aufgegangen in Rütten & Loening Verlag, Hamburg. |
| J. Ebner Verlag | Ulm; gegr. 1803; Lizenz: A 18.4.1946; Lizenzträger: Paul Thielemann. |
| Echter-Verlag | Würzburg; gegr. 1900 als Fränkische Gesellschaftsdruckerei; Lizenz: A 17.1.1946; Lizenzträger: Dr. Ernst Döhling. |
| Verlag Eckhardt & Messtorff | Hamburg; gegr. 1882; Lizenz: B 13.11.1945 bzw. 9.11.1946; Lizenzträger: Johann Otto Messtorff. |
| Verlag Die Egge | Nürnberg; gegr. 1946; Lizenz: A 12.1.1946; Lizenzträger: Rudolf Tauer. |
| L. Ehlermann Verlag | Dresden, ab 1950 Düsseldorf; gegr. 1823; Lizenz: R o.J.; im Handelsreg. gelöscht 1960. |
| Verlag Dr. Hans Ehlers | Mainz; gegr. 1947; Lizenz: F 1.10.1946; Lizenzträger: Dr. H. Ehlers; im Handelsreg. gelöscht 1957, firmiert auch Verlag für Technik u. Wirtschaft Dr. Hans Ehlers. |
| Franz Ehrenwirth Verlag | München; gegr. 1945; Lizenz: A 5.12.1945; Lizenzträger: Fr. Ehrenwirth. |
| Eichenkreuz Verlag | Kassel; gegr. 1927. |
| Eichenlaub-Verlag | Landau; gegr. 1946; Lizenz: F 23.7.1946; Lizenzträger: Friedrich Eichenlaub. |

| | |
|---|---|
| Alfons Eidens Verlag | Duisburg. |
| Verlag Heinrich Ellermann | Hamburg, ab 1952 München; gegr. 1934; Lizenz: B 6. bzw. 11.12.1945; Lizenzträger: H. Ellermann. |
| Elpis-Verlag | s. Advent-Verlag |
| Engelbert-Verlag | Iserlohn, ab 1956 Balve; gegr. 1930; ab 1956 Engelbert-Verlag Gebrüder Zimmermann. |
| Max von Engelhardt Verlag | Detmold-Berlebeck; gegr. 1945; Lizenz: A 12.4.1946; Lizenzträger: Baron Max-Eugen von Engelhardt; erloschen. |
| Engelhorn-Verlag | Stuttgart, ab 1952 Leinfelden; gegr. 1860; Lizenz: A 23.6.1948; Lizenzträger: Inge u. Adolf Spemann; Angliederung an Deutsche Verlagsanstalt, Stuttgart, 1956. |
| Enz & Rudolf Verlag | Frankfurt/M.; gegr. 1876; erloschen. |
| Eos-Verlag | Berlin, Rastatt; gegr. 1947; Lizenz: F Nov. 1947; Lizenzträger: Herbert Domino; erloschen 1957. |
| Epos-Verlag | München. |
| Erasmus Verlag I. u. S. Federmann | München; gegr. 1946; Lizenz: A 10.9.1946; Lizenzträger: Ilse u. Senta Federmann; ab 1948 I. u. S. Federmann-Verlag. |
| Verlag E. A. Eriksen | Bonn; Lizenz: B 21.4.1948; Lizenzträger: Götz Schwippert. |
| Europa Verlag | München; gegr. 1933. |
| Verlag der Europäischen Bücherei | Bonn; gegr. 1946; Lizenz: B 21. bzw. 23.5.1946; Lizenzträger: Hubert Martin Hieronimi. |
| Europäische Verlagsanstalt | Hamburg, ab 1952 Frankfurt/M.; gegr. 1946. |
| Europäischer Jugendbuchverlag | München; gegr. 1952. |
| Evangelischer Missionsverlag | Stuttgart; gegr. 1920; Lizenz: A 17.2.1947; Lizenzträger: Dr. Alfred Zechnall. |
| Evers-Krenz Verlag | Berlin; gegr. 1947. |
| Fackelverlag | Radolfzell, ab 1947 Stuttgart; gegr. 1919. |
| Fackelträger-Verlag | Hannover; gegr. 1933, Neugründung 1949. |
| I. u. S. Federmann-Verlag | s. Erasmus-Verlag |
| Verlag Wilhelm Fehrholz & Co. | Baden-Baden; gegr. 1936; Lizenz: F 4.1.1946; Lizenzträger: W. Fehrholz. |
| Felguth-Verlag | Berlin; gegr. 1945; Lizenz: A 10.11.1945; Lizenzträger: Arthur Felguth; erloschen 1950. |
| Felsen-Verlag | Berlin; Lizenz: B 17.9.1946; Lizenzträger: Wolfgang Müller; erloschen um 1951. |
| Felsenburg-Verlag | Marburg; gegr. 1947; Lizenz: A o.J.; Lizenzträger: Otto Apel-Dube; im Handelsreg. gelöscht 1954. |

| | |
|---|---|
| Heinrich Finck-Verlag | Bremen, Bremerhaven. |
| Emil Fink Verlag | Stuttgart; gegr. 1919; Lizenz: A 23.10.1945; Lizenzträger: Emil Fink. |
| Georg Fischer Verlag | Wittlich; gegr. 1865; erloschen 1958. |
| W. Fischer-Verlag | Göttingen; gegr. 1948. |
| Walter Flechsig Verlag | München; gegr. 1933 in Dresden, Neugründung 1948. |
| Forum Verlag | Wien, Hannover, Basel. |
| Francke Buchhandlung | Marburg; gegr. 1934 als Buchhandlung, Verlagstätigkeit ab 1950. |
| Franckh'sche Verlagshandlung | Stuttgart; gegr. 1822; Lizenz: A 3.10.1945; Lizenzträger: Franz Mittelbach. |
| Verlag Fredebeul & Koenen | Essen; gegr. 1866; Lizenz: B 3.1.1946; Lizenzträger: Hugo Koenen. |
| Verlag Freies Geistesleben | Stuttgart; gegr. 1947; Lizenz: A 19.3.1947; Lizenzträger: Walther Junge. |
| Freimund-Verlag | Neuendettelsau; gegr. 1928; Lizenz: A 11.2.1948; Lizenzträger: Woldemar Schilberg. |
| Freitag-Verlag | München; gegr. 1939; Lizenz: A 1.2.1946; Lizenzträger: Willi Ernst Freitag; erloschen. |
| Verlag Freunde der Jugend | Berlin; Lizenz: F 1.6.1946; Lizenzträger: Georg W. Pijet. |
| Leonhard Friedrich Verlagsbuchhandlung | Bad Pyrmont; gegr. 1922; Lizenz: B 27.3.1946; Lizenzträger: L. Friedrich. |
| A. Fromm Verlag | Osnabrück; gegr. 1868. |
| Füllhorn Verlag | Berlin; gegr. 1906. |
| Fuhr Verlag | s. Philadelphia Verlag |
| Bernhard Funck Verlag | München; gegr. 1920, nach 1945 auch Hrsg. von Jugendbüchern; Lizenz: A 30.3.1946; Lizenzträger: B. Funck. |
| Funk Verlag | Stuttgart. |
| Furche-Verlag | Tübingen; gegr. 1916 in Berlin; Lizenz: F 10.12.1945; Lizenzträger: Dr. Ewald Katzmann; ab ca. 1950 Katzmann Verlag. |
| Edmund Gans Verlag | Gräfelfing bei München; gegr. 1948. |
| Wilhelm Geugelin, Christl. Buchvertrieb u. Verlag | s. Christlicher Allianz Verlag |
| Geppert Verlag | München. |
| Karl Germer Verlag | Berlin; Lizenz: F o.J.; im Handelsreg. gelöscht 1951. |
| Friedrich Gersbach Verlag | Bad Pyrmont; gegr. 1906. |

| | |
|---|---|
| Gerstmayer Verlag | Berlin; gegr. 1941. |
| Verlag der Gesellschaft der Freunde des vaterländischen Schul- und Erziehungswesens | Hamburg; gegr. 1947; Lizenz: B 21.5.1946; Lizenzträger: Richard Ballerstädt. |
| Gilde-Verlag Hans Gerhard Dobler | Alfeld/Leine, ab 1956 Röllinghausen; gegr. 1947; Lizenz: B 30.9.1948; Lizenzträger: H. G. Dobler. |
| Gilden-Verlag | Hamburg. |
| W. Giradet-Verlag | Essen; gegr. 1865. |
| Globus Verlagsgesellschaft | Hamburg; gegr. 1947; Lizenz: B 31.10.1945; Lizenzträger: Robert Mölich; im Handelsreg. gelöscht 1952. |
| Glock & Lutz Verlag | Nürnberg; gegr. 1923; Lizenz: A 14.12.1945; Lizenzträger: Karl Borromäus Glock. |
| Glocken-Verlag Dr. Martin Lurz | München; gegr. 1946; Lizenz: A 25.1.1946; Lizenzträger: Dr. M. Lurz. |
| Karl Glöckner Verlag | Bonn; gegr. 1948; Verlagstätigkeit eingestellt 1952. |
| Verlag M. Glogau | Hamburg; gegr. 1850. |
| Verlag Glückauf | Kettwig/Ruhr, ab 1950 Essen; gegr. 1865; Lizenz: B 21. bzw. 27.3.1946; Lizenzträger: Dr. Hans Meis. |
| Ingeborg Gnamm Verlag | Stuttgart, München; gegr. 1945; Lizenz: A 6.11.1945; Lizenzträger: I. Gnamm; erloschen 1959. |
| Gödicke Verlag | Hannover. |
| Göttrup Verlag | Berlin. |
| Verlag Gräfe und Unzer | Marburg, ab 1950 Bad Wiessee, ab 1957 München; gegr. 1722 in Königsberg; Lizenz: A 30.5.1947. |
| Gral-Verlag Alois Gräf | Heidelberg; gegr. 1946; Lizenz: A 1946; Lizenzträger: A. Gräf. |
| Grehl Verlag für Kinder- und Jugendbücher | Stendal, Sonthofen, ab 1958 Oberstdorf; gegr. 1945. |
| Verlag Der Greif, Walther Gericke | Wiesbaden; gegr. 1877; Lizenz: A 10.10.1945; Lizenzträger: W. Gericke. |
| Grenzland-Verlag Heinrich Hollands | Aachen; Lizenz: B 10.1.1946; Lizenzträger: H. Hollands; erloschen 1952. |
| Greven Verlag | Köln; gegr. 1831. |
| Verlag Grieshaber & Säuberlich | Stuttgart; Lizenz: A 2.5.1946; Lizenzträger: Moritz Grieshaber. |
| Gross-Talmon-Verlag | Stuttgart; Lizenz: A 28.9.1948; Lizenzträger: Paul Gross-Talmon. |
| G. Grote'sche Verlagsbuchhandlung | Berlin, ab 1949 Hamm, ab 1958 Köln, Berlin; gegr. 1849. |

| | |
|---|---|
| Grünwald Verlag | München. |
| Hans E. Günther Verlag | Stuttgart; gegr. 1935 in Berlin; Lizenz: A 8.3.1946; Lizenzträger: H. Eberhard Günther. |
| Gütersloher Verlagshaus | Gütersloh; gegr. 1959. |
| D. Gundert-Verlag | Stuttgart, ab 1956 Hannover; gegr. 1878; Lizenz: A 2.5.1946; Lizenzträger: Margarethe Gundert. |
| Haar-Verlag | Stuttgart. |
| Josef Habbel Verlag | Regensburg; gegr. 1870; Lizenz: A 8.3.1946; Lizenzträger: Dr. J. Habbel. |
| Haefele Verlag | Heilbronn. |
| Verlag Hafferburg | Braunschweig; gegr. 1803 als Buchhandlung; erloschen. |
| Alfred Hahn's Verlag | Leipzig, ab 1948 Hamburg; gegr. 1898. |
| Hallwag Verlag | Bern, Stuttgart; gegr. 1912. |
| Hamburger Lesehefte-Verlag | Hamburg; gegr. 1953. |
| Verlag Hamburgische Bücherei | Hamburg; gegr. 1946; Lizenz: B 15.2.1946; Lizenzträger: Paul Neumann. |
| Verlag Hammerich & Lesser | Hamburg; gegr. 1789; Lizenz: B 11.12.1945; Lizenzträger: Heinrich u. Axel Springer. |
| Heinrich Hannsmann Verlag | Stuttgart; gegr. 1946; Lizenz: A 27.2.1946; Lizenzträger: H. Hannsmann; erloschen 1960. |
| Hansa Druck und Verlag | Kopenhagen, Berlin. |
| Hansen Verlag | Saarlouis. |
| Hansischer Gildenverlag | Hamburg; gegr. 1935; Lizenz: B 23.2.1946; Lizenzträger: Joachim Heitmann. |
| Verlag Dr. Herta Hartmannshenn | Wiesbaden; gegr. 1945; Lizenz: A 28.11.1945; Lizenzträger: Dr. H. Hartmannshenn; erloschen 1949. |
| Gerd Hatje Verlag | Stuttgart, Calw; gegr. 1945; Lizenz: A 2.11.1945, F 19.12.1945; Lizenzträger: G. Hatje. |
| Verlag Dr. Ernst Hauswedell & Co. | Hamburg; gegr. 1927; Lizenz: B 9.11.1945; Lizenzträger: Dr. E. Hauswedell. |
| Hebel-Verlag | Baden-Baden, ab 1955 Rastatt; gegr. 1947; Lizenz: F 4.6.1947; Lizenzträger: Fritz Fürniss jun. |
| J. F. Heckenhauer Verlag | Tübingen; gegr. 1823; Lizenz: F 12.6.1946; Lizenzträger: Luise Sonnewald. |
| Verlag Hegel & Schade | Leipzig, ab 1947 Bonn, ab 1955 Bad Godesberg; gegr. 1853. |
| Joh. Heider Verlag | Bergisch-Gladbach; gegr. 1889. |
| Martin Heilmann Verlag | Gladbeck; gegr. 1945; Lizenz: B 25.7.1946; Lizenzträger: M. Heilmann; firmiert auch Schriftenmissionsverlag Martin Heilmann. |

| | |
|---|---|
| Heimatdienstverlag | Berlin; gegr. 1919; Lizenz: F o.J.; um 1958 übernommen von der Berliner Missionsgesellschaft, Berlin. |
| Ernst Heimeran-Verlag | München; gegr. 1922; Lizenz: A 17. 1. 1947; Lizenzträger: Dr. E. Heimeran. |
| Verlag Rudolf Heinke | s. Märkischer Verlag Rudolf Heinke |
| Heinrich Heine Verlag | Mengen/Württ.; gegr. 1946; Lizenz: F 1946; Lizenzträger: Dr. Gert Buchheit; erloschen 1949. |
| Verlag Heise-Kother | Köln; im Handelsreg. gelöscht 1950. |
| Waldemar Heldt Verlag | Hamburg; gegr. 1893; Lizenz: B 9. 11. 1945; Lizenzträger: W. Heldt. |
| Heliand-Verlag | Lüneburg; gegr. 1889 in Leipzig; Lizenz: B 17. 12. 1945; Lizenzträger: Alfred Winter. |
| Heliopolis Verlag Ewald Katzmann | Tübingen; gegr. 1949. |
| Verlag Helios-Diemer | Mainz; gegr. 1953. |
| Henkel Verlag | Düsseldorf. |
| Henkerhaus-Verlag | Bad Orb. |
| Alois Henn Verlag | Ratingen; gegr. 1939. |
| Karl Heinz Henssel Verlag | Berlin; gegr. 1938; Lizenz: A 12. 12. 1945; Lizenzträger: K. H. Henssel. |
| Hera-Verlag | s. Verlag Hermann Hübener |
| F. A. Herbig Verlagsbuchhandlung | Berlin; gegr. 1821; Lizenz: B 26. 9. 1945; Lizenzträger: Walter Kahnert. |
| Verlag Herder | Freiburg i. Br.; gegr. 1801; Lizenz: F 29. 10. 1945; Lizenzträger: Dr. Th. Herder-Dorneich, Max Welte, Dr. Josef Knecht, Dr. Julius Dorneich. |
| Wilhelm Herget Verlag | Stuttgart; gegr. 1839. |
| Richard Germes Verlag | Hamburg; gegr. 1903; Lizenz: B 13. 3. 1946; Lizenzträger: R. Hermes. |
| Herold Verlag | Stuttgart; gegr. 1871 als Verlag Levy und Müller; Lizenz: A Anfang 1946; Lizenzträger: Carl Brück; ab 1951 Herold Verlag Brück KG. |
| R. Herrosé Verlag | Stuttgart; gegr. 1857 als Zentralverlag für Berufs- und Fachschulen R. Herrosé in Wittenberg u. Gräfenhainichen; Lizenz: A 25. 6. 1947; Lizenzträger: Franz Steiner. |
| G. Hertel-Verlag | Stuttgart, ab 1957 Leinfelden; gegr. 1946; Lizenz: A 9. 2. 1946; Lizenzträger: Gottfried Hertel; erloschen. |
| Herz Jesu Missionshaus | Hiltrup; gegr. 1924. |
| Verlag E. Herzog & R. Damm | Goslar; gegr. 1949. |

| | |
|---|---|
| Hess Verlag | Braunschweig. |
| Max Hesses Verlag | Berlin, ab 1950 Wunsiedel, ab 1959 erneut Berlin; gegr. 1880 in Leipzig. |
| Hesse und Becker Verlag | Freiburg i. Br., München; gegr. 1910. |
| Verlag der Hiltruper Missionare | Münster. |
| Hirschgraben Verlag | Frankfurt/M.; gegr. 1946; Lizenz: A 23.11.1946; Lizenzträger: August Verleger. |
| Hirundo Verlag | München. |
| Hoch Verlag | Düsseldorf; gegr. 1887; Lizenz: B 1.1.1949. |
| Hönne Verlag | Balve/Westf. |
| Erich Hoffmann Verlag | Dettingen, ab 1950 Heidenheim/Brenz; gegr. 1945. |
| N. J. Hoffmann Verlag | Köln, Berlin; gegr. 1956. |
| Theodor Hofmann Verlag | Frankfurt/M. |
| Verlag Hoffmann & Campe | Hamburg; gegr. 1781; Lizenz: B 1.11.1946; Lizenzträger: Martin Christensen, Kurt Ganske. |
| Verlag am Hofgarten | s. Paul Hugendubel Verlag |
| Verlag Hohe Warte Franz von Bebenburg | Stuttgart, ab 1952 Pähl; gegr. 1949; erloschen 1961. |
| Hohenzollern Verlag | Beuron, ab 1961 Rottweil; gegr. 1946; Lizenz: F 27.5.1946; Lizenzträger: Dr. Gabriele Dolezich. |
| Holzner-Verlag Hans Otto Holzner | Tilsit, ab 1951 Kitzingen, ab 1955 Würzburg; gegr. 1926. |
| Horizont-Verlag Eduard Grosse sen. | Berlin; gegr. 1945; Lizenz: A 15.11.1945; Lizenzträger: E. Grosse; erloschen 1953; ab 1948 Dreilinden Verlag Eduard Grosse. |
| Hermann Hübener Verlag | Berlin, ab 1947 Wilhelmshaven, ab 1949 Buxtehude; gegr. 1945; Lizenz: B 12.11.1945; Lizenzträger: H. Hübener; ab 1947 Hera Verlag Hermann Hübener. |
| Paul Hugendubel Verlag | München; gegr. 1880; Lizenz: A 12.8.1948 (für Verlag am Hofgarten); Lizenzträger: Anneliese Hugendubel; 1948 erzwungene Namensänderung in Verlag am Hofgarten, ab 1949 wieder Paul Hugendubel Verlag. |
| Humboldt-Bücherei | Berlin; gegr. 1905. |
| Hundt-Verlag | Hattingen/Ruhr; gegr. 1948. |
| Hunia-Verlag | Berlin; Lizenz: B 23.4.1946; Lizenzträger: Ladislaus Somogyi. |
| Hutzelmännlein Verlag | s. Wolfram Körner Verlag |
| Igel-Verlag | Frankfurt/M.; Lizenz: A 1.12.1945; Lizenzträger: Martin Koser; im Handelsreg. gelöscht 1952. |

| | |
|---|---|
| Wilhelm Ilsemann Verlag | Obernkirchen; gegr. 1889. |
| Info-Buchverlag | Berlin; gegr. 1947; Lizenz: B 18.7.1947; Lizenzträger: Alfons F. Schöpflin; erloschen 1952. |
| Insel-Verlag | Leipzig, Wiesbaden; gegr. 1902; Lizenz: A 12.9.1945, R 10.11.1947; Lizenzträger: A Dr. Friedrich Michael, R Prof. Dr. Anton Kippenberg; 1960 Verlegung des Verlagssitzes nach Wiesbaden. |
| Verlag der Internationalen Bibliothek | Freiburg i. Br., ab 1954 Frankfurt/M., ab 1961 Marburg; gegr. 1949. |
| Internationaler Verlag Herbert Mann | Nussdorf, ab 1957 Überlingen; gegr. 1930; Lizenz: F 26.6.1946; Lizenzträger: H. Mann. |
| Jaeger'sche Buchdruckerei | Speyer; gegr. 1852; Lizenz: F 26.4.1946; Lizenzträger: Dr. Alfons Krezdorn. |
| Janssen Verlag | s. Lippia Verlag Rudolf Janssen |
| Jedermann-Verlag Dr. Otto Pfeffer | Heidelberg; gegr. 1947; Lizenz: A 8.2.1946; Lizenzträger: O. Pfeffer. |
| Hermann Jensen Verlag | Breklum; gegr. 1875; ab 1950 Rahlau Verlag Hermann Jensen. |
| Josefs-Verlag | Rheinshagen. |
| Karl Jost Verlag, Der Verlag der Jugend | Neuwied; gegr. 1945; Lizenz: F 6.6.1946; Lizenzträger: K. Jost; erloschen 1953. |
| Verlag Jugend und Volk Dr. Eugen Ottow | Hildesheim; 1952 übernommen von A. Weichert-Verlag. |
| Verlag Jugend und Volk | Wien, München; gegr. 1921. |
| Jugendbuchgemeinschaft | Göttingen. |
| Jugenddienst-Verlag | Oldenburg, ab 1954 Wuppertal; gegr. 1951. |
| Verlag Jugendpresse | Bad Ems. |
| Verlag für Jugendschriften | Hamburg; erloschen 1953. |
| Jugendschriftenverlag Georg Dannenberg | Frankfurt/M., ab 1955 Wetzlar; gegr. 1953; 1956 übergegangen an Bambi Hefte H. Burgmann, Wetzlar. |
| Jung-Stilling-Verlag | Kreuztal; gegr. 1930; Lizenz: B 8.2.1946; Lizenzträger: Karl Wilhelm Schmidt. |
| Verlag Junge Gemeinde Schwinghammer KG | Stuttgart; gegr. 1928; Lizenz: A 2.8.1948. |
| Verlag Junge Gemeinde | Göttingen. |
| Verlag Junge Welt Dr. Herbert Hörhager | Opladen; gegr. 1949; 1955 übergegangen an Paulus-Verlag, Recklinghausen. |
| Verlag Junges Volk A. Burgemeister & Co. | Schöningen; erloschen 1955. |

| | |
|---|---|
| Jupiter Verlag | Darmstadt; gegr. 1949; erloschen 1960. |
| Juventa-Verlag | München; gegr. 1953. |
| Kalmár Verlag | Wien, Stuttgart; erloschen 1955. |
| Kaloso-Verlag Karl E. Lowatz KG | Solingen; Lizenz: B 7.11.1945; Lizenzträger: Horst E. Visser; erloschen 1953. |
| Verlag Hans Kammerer | Heidelberg; gegr. 1945; Lizenz: A 19.2.1948; Lizenzträger: H. Kammerer. |
| Verlag Ferdinand Kamp | Bochum; gegr. 1909. |
| Kanisiuswerk, Druckerei und Verlag | Konstanz; gegr. 1921; Lizenz: F 1946. |
| Karl-May-Verlag | Radebeul, Bamberg; gegr. 1913. |
| Edition Kasparek | München; gegr. 1946; Lizenz: A 4.11.1945; Lizenzträger: Hans Kasparek; erloschen 1959. |
| Hans Kasten Verlag | Bremen; gegr. 1945; Lizenz: A 6.11.1946; Lizenzträger: Hermann Kasten; firmiert auch Bremer Schlüssel Verlag Hans Kasten. |
| Katzmann Verlag | s. Furche Verlag |
| Verlag Ernst Kaufmann | Lahr/Baden; gegr. 1816; Lizenz: F 21.1.1946; Lizenzträger: E. Kaufmann. |
| Hermann Kayser Verlag | Kaiserslautern; gegr. 1844; Lizenz: F o.J.; Lizenzträger: Fritz u. Carl Hildebrand. |
| Willi Kehrwecker Verlag | Ravensburg; Lizenz: F 1947. |
| Theo Kemper-Verlag | Heidelberg, Waibstadt; gegr. 1938; Lizenz: A 28.11.1945; Lizenzträger: Th. Kemper. |
| P. Keppler-Verlag | Baden-Baden; gegr. 1935; Lizenz: F 30.11.1945; Lizenzträger: Paul Keppler. |
| F. H. Kerle Verlag Wilhelm Ruehling | Heidelberg; gegr. 1868; Lizenz: A 30.10.1945; Lizenzträger: W. Ruehling. |
| Kesselringsche Verlagsbuchhandlung | Wiesbaden; gegr. 1918 in Hildenburg; Lizenz: A 2.1.1946; Lizenzträger: Henny von Mayer; 1954 übergegangen in Bayrische Verlagsanstalt, Bamberg. |
| Keysersche Verlagsbuchhandlung | Heidelberg; gegr. 1777 in Erfurt; Lizenz: A 1946; Lizenzträger: Dr. Kurt Häfner. |
| Johannes Kiefel Verlag | Wuppertal-Barmen; gegr. 1920. |
| Gustav Kiepenheuer Verlag | Köln; gegr. 1947; ab 1950 Verlag Kiepenheuer, Witsch & Co. |
| Mettau Kinau Nachf. Verlag | Lüneburg; gegr. 1925; Lizenz: B 1.2.1946; Lizenzträger: Ewald Könemann. |
| Kinderbuchverlag | Kaiserslautern. |

| | |
|---|---|
| Verlag „Der Kinderfreund“ | Berlin. |
| Albrecht Kindt Verlag | Karlsruhe, Ettlingen; gegr. 1946; Lizenz: A 6.11.1945; Lizenzträger: A. Kindt; erloschen 1953. |
| Verlagsbuchhandlung Kirchheim & Co. | Mainz; gegr. 1819; Lizenz: F 13.6.1946; Lizenzträger: Carl Stenz. |
| Verlagsanstalt Klein | Braunschweig. |
| Verlag „Kleine Kinder“ Dr. Piorkowski | Lindau; gegr. 1927 in Dresden; Lizenz: F 27.2.1946; Lizenzträger: Dr. Hans Piorkowski. |
| Kleine Verlagsgesellschaft | Stuttgart; gegr. 1952. |
| Kleins Druck- und Verlagsanstalt | Lengerich; gegr. 1893 als Verlag Bischof & Klein. |
| Hermann Klemm Verlagsanstalt | Leipzig, ab 1951 Braunschweig, ab 1952 Freiburg i. Br.; gegr. 1901 in Berlin; erloschen 1960. |
| Ernst Klett Verlag | Stuttgart; gegr. 1867; Lizenz: A 23.11.1945; Lizenzträger: Ernst Klett jun. |
| Erika Klopp Verlag | Berlin; gegr. 1925 als Literarischer Verlag Fritz Klopp; Lizenz: B 21.11.1945; Lizenzträger: E. Klopp. |
| Verlag Th. Knaur Nachf. | s. Droemersche Verlagsanstalt |
| Verlag Josef Knecht – Carolusdruckerei | Frankfurt/M.; gegr. 1946; Lizenz: A 1.3.1946; Lizenzträger: Dr. J. Knecht; firmiert auch Carolus Druckerei. |
| Koehlers Verlagsgesellschaft | Biberach/Riss, ab 1960 Jugenheim/Bergstr.; gegr. 1789. |
| Hans Köhler Verlag | Hamburg; gegr. 1924; Lizenz: B 1.12.1945; Lizenzträger: H. Köhler. |
| Friedrich Köhler Verlag | Vlotho; erloschen 1958. |
| Wolfram Körner Verlag | Stuttgart; Lizenz: A 28.10.1945; Lizenzträger: W. Körner; firmiert auch Hutzelmännlein Verlag. |
| Kösel Verlag | München, Kempten; gegr. 1593; Lizenz: A 18.1.1946; Lizenzträger: Dr. Heinrich Wild, Ottilie Huber. |
| Fr. K. Koetschau Verlag | Berlin, ab 1952 Darmstadt; gegr. 1946; Lizenz: F 4.10.1946; Lizenzträger: Kurt Koetschau. |
| Verlagsbuchhandlung J. Kohl | Sobernheim/Nahe, Bad Kreuznach; Lizenz: F 16.1.1946; Lizenzträger: Josef A. Kohl. |
| Kolibri-Verlag | Wuppertal. |
| Komet-Verlag | Düsseldorf; gegr. 1929; Lizenz: B 1.2.1946; Lizenzträger: Wilhelm Hagemann; ab 1954 Lehrmittelverlag W. Hagemann. |
| Verlag Die Kommenden | Freiburg i. Br.; gegr. 1946. |
| Kompaß-Verlag | Oberursel; gegr. 1946; Lizenz: A 28.3.1946; Lizenzträger: Margarete Landé. |

| | |
|---|---|
| Dr. Hanns Krach Verlag | Mainz; gegr. 1945; Lizenz: F 25.2.1946; Lizenzträger: Dr. H. Krach; 1959 auf Verlag Hermann Schmidt übergegangen. |
| Adam Kraft Verlag | Zellsee/Obb., ab 1951 Augsburg; gegr. 1927 in Karlsbad, Neugründung 1950; 1946 Enteignung durch tschechoslowak. Staat. |
| Dr. Waldemar Kramer Verlag | Frankfurt/M.; gegr. 1939; Lizenz: A 21.12.1945; Lizenzträger: Dr. W. Kramer. |
| Kranz-Verlag | Neustadt/Pfalz; gegr. 1945; Lizenz: F Okt. 1945 bzw. 25.2.1946; Lizenzträger: Wilhelm Kranz; Konkurs 1955. |
| Kreisselmeier Verlag | München; gegr. 1958. |
| Verlag Krenz-Evers | s. Evers-Krenz Verlag |
| Kreuz-Verlag | Stuttgart; gegr. 1945; Lizenz: A 18.12.1945; Lizenzträger: Erich Breitsohl. |
| Kühlen Verlag | Mönchengladbach; gegr. 1825; Lizenz: B 5.8.1947; Lizenzträger: Wilhelmine Neuenhofer. |
| Kunstdruckerei Künstlerbund | Karlsruhe; gegr. 1897. |
| Kyrios Verlag für christliches Geistesgut | Meitingen bei Augsburg; gegr. 1916 als Volksheil Verlag in Graz; Lizenz: A 8.2.1946; Lizenzträger: Berta Konrad, Herta Figelius. |
| Hermann Laatzen Verlag | Hamburg; gegr. 1933; Lizenz: B 21.5.1946; Lizenzträger: H. Laatzen; ab 1949 Nordwest Illustrierte-Verlag. |
| J. W. Laemmel Verlag | Mannheim; gegr. 1932; Lizenz: A 7.2.1946; Lizenzträger: Willibald Laemmel. |
| Lahn-Verlag | Limburg; gegr. 1900 als Pallottiner Verlag; Lizenz: A 4.10.1946; Lizenzträger: Dr. Heinrich Schulte, Karl Friedrich. |
| Lambertus Verlag | s. Caritas Verlag |
| Lancelot Verlag | Neuwied; gegr. 1948. |
| Verlag Langen & Müller | München; gegr. 1932, Neugründung 1952 (Verlagstätigkeit mußte nach 1945 auf Verlangen der Besatzungsmacht ruhen). |
| Langethal-Verlag | Berlin. |
| Langewiesche Verlag | Berlin. |
| Wilhelm Langewiesche-Brandt Verlag | Ebenhausen/Isartal, ab 1956 München; gegr. 1906 in Düsseldorf. |
| C. A. Laumannsche Verlagsbuchhandlung | Dülmen; gegr. 1907; Lizenz: B 14.10.1947; Lizenzträger: Gisela Pötz. |
| Lauxmann Verlag | Stuttgart, Bad Cannstadt, ab 1954 Rheine/Westf.; gegr. 1949. |

| | |
|---|---|
| August Lax Verlagsbuchhandlung | Hildesheim; gegr. 1849; Lizenz: B 1. bzw. 5.2.1946; Lizenzträger: A. Lax. |
| Walter Lehning Verlag | Hann.-Münden, ab 1951 Hannover; gegr. 1946; Lizenz: B 5.6.1946; Lizenzträger: W. Lehning. |
| Lehrmittelverlag W. Hagemann | s. Komet Verlag |
| Leibniz Verlag, bisher R. Oldenbourg | München; gegr. 1858 als R. Oldenbourg Verlag; Lizenz: A 30.8.1946; Lizenzträger: Prof. Dr. Manfred Schröter (Treuhänder); erst ab 1949 darf der Verlag wieder seinen ursprünglichen Namen annehmen. |
| Leliand Verlag | Lüneburg. |
| Georg Lentz Verlag | Berlin, ab 1955 München; gegr. 1953. |
| C. W. Leske Verlag | Darmstadt, ab 1960 Opladen; gegr. 1824. |
| Liberator-Verlag | Lustadt/Pfalz, Godesberg; Lizenz: F 23.12.1946; Lizenzträger: Dr. Fritz Kummer; gelöscht im Handelsreg. 1953. |
| Verlagsbuchhandlung Ludwig Liebel | Nürnberg; gegr. 1929; Lizenz: A 14.12.1945; Lizenzträger: Ludwig u. Konrad Liebel. |
| Albert Limbach Druck- und Verlagshaus | Braunschweig; gegr. 1865 als Druckerei, 1897 als Buchverlag; Lizenz: B 27.2.1946 bzw. 13.3.1946; Lizenzträger: Hans Eckensberger. |
| Limes Verlag Max Niedermayer | Wiesbaden; gegr. 1945; Lizenz: A 1.10.1945; Lizenzträger: M. Niedermayer. |
| Alfred H. Linde Verlag | Berlin; gegr. 1932; Lizenz: B 14.11. bzw. 8.12.1945; Lizenzträger: A. Linde. |
| Lippia-Verlag Rudolf Janssen | Lippstadt; gegr. 1945; Lizenz: B 14.11.1945 bzw. März 1946; Lizenzträger: R. Janssen; erloschen 1961; firmiert auch Janssen Verlag. |
| Lipsius & Tischer Verlag | Kiel; gegr. 1876; firmiert auch Verlag „Die Truhe", Lipsius & Tischer. |
| Paul List Verlag | Leipzig, Garmisch, München, Freiburg i. Br.; gegr. 1894; Lizenz: A 18.1.1946 (München) bzw. 8.2.1947 (Garmisch) R 8.2.1947, F 4.11.1947 (für Paul List Verlag, F. E. Fehsenfeld); Lizenzträger: A Dr. E. Walter List, R Dr. E. Walter List, Gustav Heinz Schöbel, F Dr. E. W. List, Rolf Hirschberg. |
| Loepthien Verlag | Meiringen, Stuttgart; gegr. 1910. |
| Löwen-Verlag | Braunschweig; gegr. 1945; Lizenz: B 23.4. bzw. 6.5.1946; Lizenzträger: Ferdinand Masuch, Heinrich Schnell; 1959 auf F. Masuch und H. Schnell OHG übergegangen. |
| Loewes Verlag Ferdinand Carl | Stuttgart; gegr. 1863 in Leipzig; Lizenz: A 8.3.1946; Lizenzträger: Dr. Hans Bolten. |
| Lot Verlag | Worms, vor 1957 erloschen. |

| | |
|---|---|
| Lucas Cranach Verlag | München; gegr. 1954. |
| Martin Lurz-Verlag | s. Glocken-Verlag Dr. Martin Lurz |
| Robert Lutz Verlag | Worms, Stuttgart; gegr. 1885; erloschen 1961. |
| Verlag Sebastian Lux | Murnau/Obb., München, ab 1957 Basel, ab 1958 Allschwil; gegr. 1919; Lizenz: A 18.1.1946; Lizenzträger: S. Lux. |
| Mädchenbibelkreis-Verlag | Bad Salzuflen. |
| Märkischer Verlag Rudolf Heinke | Lüdenscheid; gegr. 1947; Lizenz: B 18.9.1946; Lizenzträger: R. Heinke. |
| Mahlberg Verlag | Calw/Württ.; Lizenz: F 1946; Lizenzträger: Paul Mahlberg. |
| Karl Mahnke Bühnenvertrieb u. Verlag | Verden/Aller; gegr. 1841 als Buchhandlung; Lizenz: B 21.5. bzw. 17.7.1946; Lizenzträger: K. Mahnke. |
| Otto Maier Verlag | Ravensburg; gegr. 1883; Lizenz: F 15.12.1945; Lizenzträger: Otto u. Karl Maier. |
| Main-Verlag | Frankfurt/M.; gegr. 1958. |
| Maindruck Dr. Walter Oppenheimer | Frankfurt/M.; gegr. 1945; Lizenz: A 18.7.1947; Lizenzträger: Dr. W. Oppenheimer. |
| Mainzer Verlagsanstalt | Mainz; gegr. 1897. |
| Gustav Mandt Verlag | Lauterbach/Hessen; gegr. 1890. |
| Manu-Verlag | Augsburg; gegr. 1946; Lizenz: A 5.12.1945; Lizenzträger: Walter Beyschlag. |
| Verlag und Druckerei G. J. Manz | München; gegr. 1830 in Regensburg; Lizenz wurde von Amerikanern verweigert. |
| Verlag Manz & Lange | Göttingen, Hannover, Bremen; gegr. 1889; Lizenz: B 1.11.1945; Lizenzträger: Martin Christensen, Kurt Ganske; im Handelsreg. gelöscht 1960. |
| Marées Verlag Dr. Hubert Tigges | Wuppertal-Elberfeld; gegr. 1946; Lizenz: B 3.1.1946; Lizenzträger: Dr. H. Tigges. |
| Carl Marhold Verlagsbuchhandlung | Halle, ab 1953 Berlin; gegr. 1895; Lizenz: R 8.2.1947; Lizenzträger: Wolfgang Jäh; 1953 in DDR enteignet. |
| Martin Luther Verlag | Rothenburg, Erlangen, Würzburg; gegr. 1935. |
| Matthes Verlagsbuchhandlung | Leipzig, Hamburg. |
| Matthias Grünewald-Verlag | Mainz; gegr. 1918; Lizenz: F 27.2.1946; Lizenzträger: Richard Knies, Ewald Veltgens. |
| Matthiesen Verlag | Tübingen, ab 1956 Lübeck; gegr. 1892; Lizenz: F 26.9.1946; Lizenzträger: Dr. Marius Matthiesen. |
| Karl Mayer-Verlag | Stuttgart; gegr. 1945; Lizenz: A 28.11.1945; Lizenzträger: K. Mayer. |

| | |
|---|---|
| MBK-Verlag für Missions- und Bibelkunde | Bad Salzuflen; gegr. 1923 in Leipzig; Lizenz: B 8.2.1946; Lizenzträger: Anna Lawton. |
| Verlag Rudolf Meier | Worms, Karlsruhe, Hamburg; gegr. 1946; Lizenz: F 10.8.1946; Lizenzträger: R. Meier. |
| Verlagshaus Meisenbach | s. Bamberger Verlagshaus |
| Otto Meißner's Verlag | Hamburg-Bleckede; gegr. 1848; Lizenz: B 5.2.1946; Lizenzträger: Otto Heinrich Meißner; Jugendbuchreihe 1953 an den Theodor Oppermann Verlag, Hannover, übergegangen. |
| Verlag Hermann Meister | Heidelberg; gegr. 1911; Lizenz: A 3.8.1945; Lizenzträger: H. Meister. |
| Verlag Otto Melchert | s. Deutscher Literaturverlag Otto Melchert |
| Verlag Jacob Mendelsohn | Nürnberg; gegr. 1919; Lizenz: A 11.1.1946; Lizenzträger: J. Mendelsohn; erloschen 1957. |
| Mens Verlag | Höchstadt/Aisch; gegr. 1933; Lizenz: A 11.1.1946; Lizenzträger: Max Martin Brehm. |
| Verlagsanstalt Merk & Co. | Konstanz; gegr. 1886. |
| Merkur-Verlag Artur Robert Blum | Düsseldorf; gegr. 1945; Lizenz: B 26.9. bzw. 3.10.1945; Lizenzträger: Adelgunde Blum bzw. Artur Robert Blum; erloschen 1955. |
| Alfred Metzner Verlag | Frankfurt/M.; gegr. 1909 in Berlin; Lizenz: A 25.8.1948; Lizenzträger: Dr. Wolfgang Metzner; Verlagsname 1948–1951 Wolfgang Metzner Verlag. |
| Paul Meyer-Verlag | Bremen, ab 1952 Bonn, ab 1956 erneut Bremen; gegr. 1945; Lizenz: A 2.1.1946; Lizenzträger: P. Meyer. |
| Friedrich Middelhauve Verlag | Leverkusen, Opladen; gegr. 1947. |
| Minerva-Verlag | Berlin, Frankfurt/M.; gegr. 1945; Lizenz: B 26.9.1945; Lizenzträger: Sinos Sinodoru; im Handelsreg. gelöscht 1951. |
| Missionshandlung Hermannsburg | Hermannsburg/Celle; gegr. 1856; Lizenz: B 21.5.1946; Lizenzträger: August Elfers. |
| Gerhard Moebius, Evangelischer Verlag | Neumünster; gegr. 1925. |
| Hermann Moeck Verlag | Celle; gegr. 1920; Lizenz: B 15.6.1946; Lizenzträger: H. Moeck. |
| Verlag Robert Mölich | Hamburg; gegr. 1938; Lizenz: B 30. bzw. 31.10.1945; Lizenzträger: R. Mölich; im Handelsreg. gelöscht 1956. |
| Verlag H. Möller Söhne | Rendsburg; gegr. 1807. |
| Sigbert Mohn-Verlag | Gütersloh; gegr. 1959. |
| Dr. Karl Moninger Verlag | Karlsruhe; gegr. 1921 in Greifswald. |

| | |
|---|---|
| Morawe & Scheffelt Verlag Richard Hermes | Hamburg; gegr. 1911; Lizenz: B 13.3.1946; Lizenzträger: R. Hermes; 1954 an R. Hermes Verlag übergegangen. |
| Morus Verlag des bischöflichen Stuhls Berlin | Berlin; gegr. 1945; Lizenz: A 10.11.1945; Lizenzträger: Konrad Graf von Preysing. |
| Alfred Mülbüsch Verlag | Castrop-Rauxel. |
| C. F. Müller Verlag | Karlsruhe; gegr. 1797; Lizenz: A 18.4.1946; Lizenzträger: Dr. Robert Müller-Wirth. |
| E. Müller Verlag | Wuppertal-Barmen; gegr. 1903. |
| Josef Müller Verlag | München. |
| Paul Müller Verlag | München; gegr. 1895; Lizenz: A 11.1.1946; Lizenzträger: Reinhard Müller. |
| Verlag Müller & I. Kiepenheuer | Berlin, Holzhausen, Bergen/Obb.; gegr. 1919 in Potsdam; Lizenz: A 1.2.1946; Lizenzträger: Irmgard Kiepenheuer, Hans Müller. |
| Verlag Rudolph Müller & Steinicke | München; gegr. 1903; Lizenz: A 4.1.1946; Lizenzträger: Dr. Ernestine Teuscher. |
| Münchner Bilderbuchverlag | München. |
| Münchner Buchverlag | München; gegr. 1941. |
| Münchner Jugendverlag | München; Lizenz: A 12.8.1948; Lizenzträger: Ulrich Klever; Alfred Zacharias; im Handelsreg. gelöscht 1955. |
| Münster-Verlag | Ulm. |
| Mulder Verlag | Emmerich/Rhein. |
| Mundus-Verlag, Jupp Gerhards | Stuttgart; gegr. 1946; Lizenz: A 9.3.1946; Lizenzträger: J. Gerhards. |
| Musen-Verlag | Neustadt/Haardt; gegr. 1945; Lizenz: F 1946; Lizenzträger: Jakob Gottlieb Schreiber. |
| Verlag Albert Nauck & Co. | Berlin, ab 1949 Detmold, ab 1952 Köln; gegr. 1840; Lizenz: B o.J. |
| Verlag Joh. Wilhelm Naumann | Göggingen, ab 1949 Augsburg, ab 1956 Würzburg; gegr. 1945; Lizenz: A 22.2.1946; Lizenzträger: J. W. Naumann. |
| Nest-Verlag | Nürnberg, ab 1955 Frankfurt/M.; gegr. 1946. |
| Neu Sennefelder Jugend – Hans Klassen | Kassel; Lizenz: A 1945 bzw. 1946; Lizenzträger: H. Klassen. |
| Neubau-Verlag Adolf Karl Gross | München; gegr. 1945; Lizenz: A 14.12.1945; Lizenzträger: A. Gross; nach Konkurs 1955 erloschen. |
| Die Neue Lese Verlagsgesellschaft | Berlin; gegr. 1946. |
| Verlag „Das Neue Wort" | Stuttgart, ab 1954 Düsseldorf; gegr. 1946; Lizenz: A 9.2.1946; Lizenzträger: Karl Friedrich. |

| | |
|---|---|
| Neuer Jugendschriftenverlag | Göttingen, Hannover; gegr. 1953. |
| Neues Verlagshaus für Volksliteratur | Berlin, ab 1950 Bad Pyrmont; gegr. 1931. |
| Verlag J. Neumann-Neudamm | Lüneburg; ab 1950 Melsungen; gegr. 1872. |
| Verlag Neumann & Wolff | Kiel; gegr. 1949. |
| H. H. Noelke Verlag | Hamburg; gegr. 1883; Lizenz: B 6.11.1945; Lizenzträger: Hans-Jürgen Mensing. |
| Verlag Nordland-Druck | Lüneburg; gegr. 1950. |
| Nordwest Illustrierte Verlags GmbH | s. Hermann Laatzen Verlag |
| Novalis-Verlag | Freiburg i. Br.; gegr. 1894; Lizenz: F 10.12.1945; Lizenzträger: F. Hillringhaus. |
| Nymphenburger Verlagshandlung | München; gegr. 1946; Lizenz: A 26.7.1946; Lizenzträger: Curt Vinz. |
| Oberbadischer Verlag | Singen; gegr. vor 1933; Lizenz: F 15.12.1945; Lizenzträger: Richard u. René Jäckle; Liquidation 1958. |
| Obpacher Buch- und Kunst-Verlag | München; gegr. 1952. |
| Verlag Öffentliches Leben | Göttingen, Hamburg, ab 1954 Frankfurt/M.; gegr. 1925, Neugründung 1948. |
| Verlag Oertel und Spörer | Reutlingen; gegr. 1887; firmiert auch Verlagshaus Reutlingen, Oertel und Spörer. |
| Österreichischer Bundesverlag | Wien, München; gegr. 1772. |
| Verlag Friedrich Oetinger | Hamburg; gegr. 1946, Hrsg. von KJL ab 1949; Lizenz: B 21.5. bzw. 12.6.1946; Lizenzträger: Fr. Oetinger, Carl Tornieporth. |
| Paul H. Ohlert Verlag | Berlin, Stuttgart; gegr. 1945; Lizenz: B Ende 1946 bzw. Anfang 1947. |
| R. Oldenbourg Verlag | s. Leibniz Verlag |
| Oldenburger Verlagshaus | s. Stalling-Verlag |
| Olympia-Verlag | Zirndorf, ab 1949 Nürnberg; gegr. 1946; Lizenz: A 6.11.1946; Lizenzträger: Dr. Joseph Drexel, Dr. Friedebert Becker. |
| Verlag J. G. Oncken Nachf. | Kassel, Stuttgart; gegr. 1828; Lizenz: A 25.10.1945; Lizenzträger: Eberhard Schröder. |
| Theodor Oppermann Verlag | Hannover-Kirchrode; gegr. 1900. |
| Verlag Die Ordnung | Freiburg i. Br.; gegr. 1947; Lizenz: F 19.6.1946; Lizenzträger: Heinz Klein. |
| Orion-Verlag | Baden-Baden, ab 1949 Stuttgart; gegr. 1948; Lizenz: F o.J. Lizenzträger: B. Wagner; im Handelsreg. gelöscht 1951. |

| | |
|---|---|
| Margot Ortlieb Verlag | Wiesbaden; gegr. 1946; Lizenz: A 1946; Lizenzträger: M. Ortlieb. |
| Orso-Verlag | Oldenburg. |
| Overbeck Verlag O. u. H. Munske | Wilhelmshaven, ab 1954 Düsseldorf; gegr. 1950. |
| Pabel-Verlag | Rastatt; gegr. 1949. |
| Pädagogischer Verlag Berthold Schulz | Berlin, Hannover; gegr. 1945; Lizenz: B 14.9.1945; Lizenzträger: B. Schulz; Liquidation 1956; firmiert auch Berthold Schulz Verlag. |
| Palmen-Verlag | s. Dietrich Reimer Verlag |
| Edition Pan | Wildbad/Schwarzw., ab 1954 Düsseldorf; gegr. 1946; Lizenz: F Sept. 1946; Lizenzträger: Gerd Oppenheimer; im Handelsreg. gelöscht 1957. |
| Pandion Verlag | Frankfurt/M., Berlin, Bad Kreuznach. |
| Papageno-Verlag Franz Josef Breuer | Hamburg; gegr. 1948. |
| Parabel Verlag | München; gegr. 1954. |
| Parcus Verlag „Die Büchergrille“ | München; Jugendbuchprod. 1958 an Blüchert Verlag, Hamburg, übergegangen. |
| Verlag Paul Parey | Hamburg, Berlin; gegr. 1848; Lizenz: A 22.9.1947; Lizenzträger: Dr. Rudolf Rixen. |
| Parus Verlag Max Bruhn | Reinbek, Wentorf; gegr. 1908; Lizenz: B 1. bzw. 5.2.1946; Lizenzträger: M. Bruhn; im Handelsreg. gelöscht 1959. |
| Verlag Parzeller & Co. | Fulda; gegr. 1873; Lizenz: A 21.3.1946; Lizenzträger: Michael Schmitt. |
| Patmos-Verlag | Düsseldorf; gegr. 1946; Lizenz: B 14.5.1946; Lizenzträger: Adelheid Böhringer. |
| Paul Pattloch Verlag | Aschaffenburg; gegr. 1827; Lizenz: A 14.12.1945; Lizenzträger: P. Pattloch. |
| Paulinus-Verlag | Trier; gegr. 1875; Lizenz: F 8.10.1946; Lizenzträger: Georg Wagner. |
| Paulus Verlag K. Bitter | Recklinghausen; gegr. 1922 als Vestische Druckerei und Verlags AG; Lizenz: B 3. bzw. 5.1.1946; Lizenzträger: Wilhelm bzw. W. u. Käthe Bitter. |
| Pestalozzi-Verlag | Fürth, Erlangen; gegr. 1844 als Gustav Löwensohn Verlag. |
| Peters Verlag | Bad Honnef; gegr. 1952. |
| Pfalz-Verlag | Neustadt/Haardt; Lizenz: F 1946. |
| J. Pfeiffer-Verlag | München; gegr. 1882; Lizenz: A 8.12.1947; Lizenzträger: Joseph Hafner. |

| | |
|---|---|
| Pfeil-Verlag, Ernst Uhl | Schwabach; gegr. 1949; Konkurs 1953. |
| Pfeiler-Verlag | Rottenburg/Neckar; gegr. 1947. |
| Richard Pflaum-Verlag | München; gegr. 1919; Lizenz: A 22.7.1946; Lizenzträger: R. Pflaum. |
| Verlag „Der Pflug" Julius Nüttgens | Angermund bei Düsseldorf; gegr. 1939; Lizenz: B 27.2.1946; Lizenzträger: J. Nüttgens; Konkurs 1950. |
| Pforten-Verlag Schwab & Co. | Bad Homburg v.d.H.; erloschen 1961. |
| Pharus-Verlag | Reinbek. |
| Philadelphia-Verlag | Reutlingen; gegr. 1923; Lizenz: F 8.3.1946; Lizenzträger: August Fuhr; firmiert auch Fuhr Verlag. |
| Phönix-Verlag Christen & Co. | Hamburg; gegr. 1946; Lizenz: B 17.11.1945; Lizenzträger: Bruno Christen; ab 1948 Verlag Christen & Co. |
| Balduin Pick Verlag | Köln; gegr. 1907; Lizenz: B 20.12.1945; Lizenzträger: B. Pick. |
| Pilger Verlag | Speyer; gegr. 1920; Lizenz: F 9.3.1946; Lizenzträger: Wilhelm Hogg. |
| Pinguin-Verlag Werner Neumann-Bensel | Berlin; gegr. 1945; Lizenz: B 10. bzw. 11.1.1946; Lizenzträger: W. Neumann-Bensel. |
| R. Piper & Co. Verlag | München; gegr. 1904; Lizenz: A 4.1.1946; Lizenzträger: Reinhard u. Klaus Piper. |
| Planet-Verlag | Braunschweig; gegr. 1948. |
| Porta-Verlag | Stolzenau/Weser. |
| Felix Post Verlag | Gelsenkirchen; gegr. 1919; Lizenz: B 21.5.1946; Lizenzträger: F. Post; ab 1950 Salamander-Bücherei Felix Post. |
| Prestel-Verlag Dr. Paul Capellmann | München; gegr. 1924 in Frankfurt/M. |
| Progreßverlag | Düsseldorf, ab 1959 Darmstadt; gegr. 1954. |
| Verlag Friedrich Pustet | Regensburg; gegr. 1826. |
| Hans Putty Verlag | Wuppertal-Elberfeld; gegr. 1945; Lizenz: B 8. bzw. 9.10.1945; Lizenzträger: H. Putty. |
| Quell-Verlag der Evangelischen Gesellschaft | Stuttgart; gegr. 1830 in Eßlingen; Lizenz: A 1945; Lizenzträger: Gustav Askani. |
| Der Quell Verlag | Münster; Lizenz: B 1. bzw. 6.2.1946; Lizenzträger: Karl-Heinz von Saint-George. |
| Quickborn Verlag | Hamburg; gegr. 1915. |
| Rahlau Verlag Hermann Jensen | s. Hermann Jensen Verlag |
| Rappold Verlag | Ravensburg. |
| Rascher Verlag | Zürich, Stuttgart; gegr. 1908. |

| | |
|---|---|
| Verlag Rathaus-Buch | Lindau/Bodensee. |
| Walter Rau Verlag | Heidelberg, Dietmannsried; gegr. 1946; Lizenz: A 29.3.1946; Lizenzträger: W. Rau. |
| Karl Rauch Verlag | Boppard, ab 1949 Bad Salzig/Rhein, ab 1953 Düsseldorf; gegr. 1923 in Dessau; Lizenz: F o.J.; Lizenzträger: K. Rauch. |
| Adolf Rausch Verlag | Heidelberg; gegr. 1945; Lizenz: A 5.11.1945; Lizenzträger: A. Rausch. |
| Rebmann-Verlag | Lörrach/Baden; gegr. 1945; Lizenz: F 19.12.1945; Lizenzträger: Karl Friedrich Vogel, Richard Borkelon. |
| Phil. Reclam jun. Verlag | Leipzig, Stuttgart, Baden-Baden; gegr. 1828; Lizenz: A 15.2.1947, F 1948; Lizenzträger: Gotthold Müller; Verlag in Leipzig ab 1953 unter staatl. Führung. |
| Regensbergische Verlagsbuchhandlung | Münster; gegr. 1591; Lizenz: B 29.11.1945; Lizenzträger: Bernhard Lucas. |
| Hanns Reich Verlag | München; gegr. 1946; Lizenz: A 4.1.1946; Lizenzträger: H. Reich. |
| Reich & Heidrich, Evangelischer Verlag | Hamburg; gegr. 1945; Lizenz: B 1.2.1946; Lizenzträger: Herbert Reich, Walter Heidrich; erloschen 1952. |
| Dietrich Reimer Verlag | Berlin; gegr. 1845; Verlagsname 1949–1951 Palmen-Verlag. |
| Reindl-Verlag | München; gegr. 1928; Lizenz: A 1948; Lizenzträger: Dr. Jacob Reindl; erloschen ca. 1956. |
| Joachim Reinhard Verlag | Wuppertal, Darmstadt. |
| Ernst Reinhardt Verlag | s. Erasmus Verlag |
| Adam Reitze Verlag | Worpswede, ab 1953 Hamburg; gegr. 1948. |
| Renaissance-Verlag Friedhelm von Othegraven | Düsseldorf; gegr. 1946; Lizenz: B 16.4.1946; Lizenzträger: Fr. v. Othegraven; erloschen 1951. |
| Verlag Rennebohm & Hausknecht | Bielefeld; gegr. 1920; Lizenz: B 13.8.1946; Lizenzträger: Alfred Hausknecht. |
| Verlagshaus Reutlingen Oertel und Spörer | s. Verlag Oertel und Spörer |
| Rex Verlag | Luzern, ab 1955 Niederlassung in München; gegr. 1931. |
| Rhabanus Maurus Verlag | Mainz; Lizenz: F o.J.; Lizenzträger: Dr. Klingelschmitt; erloschen vor 1959. |
| Rhein-Nahe-Verlag Dr. Bruno Raupach | Bingen; gegr. 1832; Lizenz: F 11.5.1946; Lizenzträger: Dr. Br. Raupach. |
| Rheingold-Verlag | Mainz; gegr. 1877; Lizenz: F 27.2.1946; Lizenzträger: Paul Smets. |

| | |
|---|---|
| Verlagsanstalt Rheinhausen | Rheinhausen; gegr. 1923. |
| Verlag des Rheinischen Missionshauses | Wuppertal-Barmen; gegr. 1862; Lizenz: B 13.7.1946; Lizenzträger: Hermann Berner. |
| Siegfried Rieck Verlag | Delmenhorst; gegr. 1822. |
| Dr. Karl Riederer Verlag | Stuttgart; gegr. 1945; Lizenz: A 26.10.1945; Lizenzträger: Dr. K. Riederer. |
| Dr. Hans Riegler Verlag | Berlin, ab 1949 Stuttgart; gegr. 1925. |
| Roch Verlag | Hamburg. |
| Philipp Otto Röhm Verlag | Stuttgart; gegr. 1945; Lizenz: A 6.11.1945; Lizenzträger: Ph. O. Röhm. |
| Verlag Ludwig Röhrscheid | Bonn; gegr. 1818; Lizenz: B 3.9.1946; Lizenzträger: Karl Glöckner. |
| Karl Rohm Verlag | Lorch; gegr. 1898. |
| Buchdruckerei und Verlag Rohr | Kaiserslautern; gegr. 1946; Lizenz: F 1946; Lizenzträger: Heinz Rohr. |
| Roland-Verlag | Bühl/Baden; gegr. 1946; Lizenz: F 6.7.1946; Lizenzträger: Dr. Max Görler; Konkurs 1951. |
| Die Rose Verlag Marianne Piepenstock | Unterhaching; gegr. 1955. |
| Rosenheimer Verlagshaus Alfred Förg | Rosenheim; hervorgeg. aus 1911 gegr. Meister Verlag, Neugründung 1949. |
| Rosgartenverlag | s. Südverlag |
| Rost-Verlag | Westheim bei Augsburg; Lizenz: A April 1946; Lizenzträger: Gangolf Rost; erloschen 1952. |
| Verlag Erich Rottacker | Stuttgart; Lizenz: A 27.2.1946; Lizenzträger: E. Rottacker; Verlagstätigkeit eingestellt 1956. |
| Rowohlt Verlag | Stuttgart, Hamburg, Berlin; gegr. 1908 in Leipzig; Lizenz: A 6.11.1945, B 27.3.1946, R 14.11.1947; Lizenzträger: A H. M. Ledig, B u. R Ernst Rowohlt. |
| Rubens-Verlag | Unna. |
| Friedrich Rudl Verlag | Frankfurt/M.; gegr. 1950, 1959 nach Konkurs erloschen. |
| Rütten & Löning Verlag | Frankfurt/M., ab 1958 Hamburg; gegr. 1844 als Literarische Anstalt J. Rütten, Neugründung 1950; 1946 in sowj. Besatzungszone enteignet. |
| „Der Rufer" Evangelischer Verlag Hermann Werner Nachf. | Gütersloh; gegr. 1937; Lizenz: B 27.3.1946; Lizenzträger: Reinhard Mohn; ab 1953 Rufer Verlag Mohn KG, 1958 von Gütersloher Verlagshaus G. Mohn übernommen. |
| A. H. Rupp Deutsche Volksbücherei | Goslar; gegr. 1946; Lizenz: B 21.5.1946; Lizenzträger: August Hans Rupp; ab 1948 auch Deutsche Volksbücherei A. H. Rupp; 1958 nach Konkurs erloschen. |

| | |
|---|---|
| Saar-Verlag | Saarbrücken; gegr. 1947; Lizenz: F 21. 2. 1946; Lizenzträger: Johannes Hoffmann, Matthias Lackas. |
| Saatkorn Verlag | Hamburg; gegr. 1948. |
| Safari-Verlag Carl Boldt | Berlin; gegr. 1921; Lizenz: B 24. 10. 1946; Lizenzträger: Reinhard Jaspert. |
| Verlag Saint-George & Strauf | s. Der Quell Verlag |
| Salamander-Bücherei Felix Post | s. Felix Post Verlag |
| Franz Sales Verlag | Eichstätt, Wien, Düdingen; gegr. 1931; Lizenz: A 1. 2. 1946; Lizenzträger: Paul Rudolf Lackner. |
| Salvator-Verlag Max Tannerbauer | Steinfeld/Eifel, ab 1954 Köln; gegr. 1890, Neugründung 1948. |
| Eugen Salzer Verlag | Stuttgart, Heilbronn, Würzbach ü. Calw; gegr. 1891; Lizenz: A 15. 1. 1948; Lizenzträger: Friedrich Pfäfflin. |
| St. Johannis-Druckerei | Lahr-Dinglingen/Schwarzw.; gegr. 1856; Lizenz: F 1946; Lizenzträger: Wilhelm Grünewald, Rudolf Hafner. |
| St. Josefs-Verlag | Reimlingen/Bayern, ab 1960 Würzburg; gegr. 1923. |
| Saturn-Verlag | München. |
| Verlag Sauerländer | Aarau, Frankfurt/M.; gegr. 1807. |
| H. C. Schaack-Verlag | Bonn; gegr. 1945; Lizenz: B 21. 5. 1945 bzw. 17. 6. 1946; Lizenzträger: Heinz C. Schaack. |
| Verlag Schaffende Jugend | Hannover, ab 1952 Bonn, ab 1956 Frankfurt/M.; gegr. 1948. |
| Schaffer-Verlag Otto Schaffer | Berlin, ab 1949 Hannover; gegr. 1939; erloschen 1954. |
| Hermann Schaffstein Verlag | Köln; gegr. 1894; Lizenz: B 18. 6. 1946; Lizenzträger: Anton Eisenreich. |
| Schahl-Verlag | Lörrach. |
| Schaper Verlag | Hannover, Hamburg; gegr. 1897; Lizenz: B 4. 1. 1946; Lizenzträger: Elsa Schaper. |
| Moritz Schauenburg Verlag | Lahr; gegr. 1792; Lizenz: F 19. 1. 1946; Lizenzträger: Wilhelm Dreecken. |
| Georg Kurt Schauer Verlagsbuchhandlung | Frankfurt/M.; gegr. 1946; Lizenz: A 9. 8. 1945; Lizenzträger: Dr. G. Schauer. |
| Verlag Heinrich Scheffler | Frankfurt/M.; gegr. 1949. |
| Hans Scherer Verlag | Willsbach/Württ., ab 1949 Heilbronn; gegr. 1946; Lizenz: A 13. 6. 1946; Lizenzträger: H. Scherer; erloschen 1953. |
| Richard Scherpe-Verlag | Krefeld; gegr. 1932; Lizenz: B 13. 12. 1945; Lizenzträger: R. Scherpe. |
| Richard Schikowski Verlag | Berlin; gegr. 1945. |
| Max Schirmer Verlag | Hemer/Westf.; gegr. 1947. |

| | |
|---|---|
| Hans Schlichting Verlag | Hamburg; gegr. 1946; Lizenz: B 27.8.1946; Lizenzträger: H. Schlichting. |
| Paul Schlösser-Verlag | Braunschweig; gegr. 1946; Lizenz: B April 1946; Lizenzträger: P. Schlösser, Dr. Klaus Schweitzer. |
| Schmerold Verlag | Passau. |
| Carl Günther Schmidt Verlag | Duisburg, vor 1956 erloschen. |
| Erich Schmidt Verlag | Berlin, Detmold, Bielefeld; gegr. 1924; Lizenz: B 1. bzw. 5.2.1946, R 5.2.1946; Lizenzträger: Dr. E. Schmidt. |
| Verlag Heinrich Schmidt & Karl Günther | Leipzig, ab 1952 Frankfurt/M.; gegr. 1875; Lizenz: R 10.12.1947; Lizenzträger: K. W. Günther. |
| Verlag Die Schmiede | Memmingen, ab 1951 Eggenfelden; gegr. 1946; Lizenz: F 10.12.1946; Lizenzträger: Heinz H. Schmidt; vor 1957 erloschen. |
| Wilhelm Schmitz Verlag | Gießen; gegr. 1847; Lizenz: A 28.11.1945; Lizenzträger: W. Schmitz. |
| Franz Schneekluth Verlag | Celle, ab 1951 Darmstadt; gegr. 1949. |
| Franz Schneider Verlag | Wittenberg, ab 1947 Augsburg, ab 1953 München; gegr. 1913 in Berlin; Lizenz und Produktion ab 1948 zunächst nur im Vier Tannen Verlag Schneider & Co., s. auch dort. |
| Lambert Schneider Verlag | Heidelberg; gegr. 1925; Lizenz: A 25.10.1945; Lizenzträger: L. Schneider. |
| Dr. Schnell & Dr. Steiner Verlag | München; gegr. 1934; Lizenz: A 15.2.1946; Lizenzträger: Dr. Joh. Steiner, Dr. Hugo Schnell. |
| J. Schnellsche Buchhandlung | Warendorff/Westf.; gegr. 1834; Lizenz: B 21. bzw. 27.3.1946; Lizenzträger: Carl bzw. Laura u. C. Leopold. |
| Ferdinand Schöningh Verlag | Paderborn, Würzburg; gegr. 1847, als Buchverlag 1925; Lizenz: A o.J.; Lizenzträger: Eduard Schöningh. |
| Josef Scholz-Mainz Verlag | Mainz, Wiesbaden; gegr. 1793; Lizenz: A 11.3.1946, F 1946; Lizenzträger: A Edith Scholz. |
| J. F. Schreiber Verlag | Esslingen; gegr. 1831. |
| Schriftenmissionsverlag | s. Heilmann Verlag |
| Marion von Schröder Verlag | Hamburg; gegr. 1935; Lizenz: B 30.10.1945; Lizenzträger: Siegfried Buchenau. |
| Schröter Verlag | Darmstadt; gegr. 1927; Lizenz: A 27.6.1946; Lizenzträger: Wolfgang Schröter; firmiert auch Verlagshaus Darmstadt Wolfgang Schröter. |
| Carl Schünemann Verlag | Bremen; gegr. 1810; Lizenz: A 24.11.1945; Lizenzträger: Friedrich Trüjen. |
| Verlag Kurt Schütte | Frankfurt/M.; gegr. 1946; Lizenz: A 23.7.1947; Lizenzträger: K. Schütte; erloschen 1949. |

| | |
|---|---|
| Schuler Verlag | Stuttgart; gegr. 1932; Lizenz: A 8. 1. 1946; Lizenzträger: Josef Egon Schuler. |
| Verlag Berthold Schulz | s. Pädagogischer Verlag Berthold Schulz. |
| Dr. Schulze Verlagsgesellschaft | Darmstadt, ab 1956 Wuppertal; gegr. 1923 in Leipzig. |
| Curt E. Schwab Verlag | Stuttgart; gegr. 1946; Lizenz: A 27. 2. 1946; Lizenzträger: C. E. Schwab. |
| Schwabenverlag Josef Voegele | Stuttgart; gegr. 1848; Lizenz: A 23. 11. 1945; Lizenzträger: J. Voegele. |
| Kurt Schwalvenberg-Verlag | Dortmund; gegr. 1946; Lizenz: B 20. bzw. 28. 8. 1946; Lizenzträger: K. Schwalvenberg; erloschen 1951. |
| L. Schwann Verlag | Düsseldorf; gegr. 1821; Lizenz: B 21. 12. 1945; Lizenzträger: Adelheid Francken-Schwann. |
| Schwarzwaldverlag | Freudenstadt; gegr. 1946; Lizenz: F 13. 8. 1946; Lizenzträger: Doris Matthes; Verlagstätigkeit eingestellt 1961. |
| Schweickhardt-Verlag | Lahr, Dinglingen. |
| Schwerdtfeger-Verlag | Karlsruhe, ab 1952 Frankfurt/M.; gegr. 1946; Lizenz: A 16. 5. 1946; Lizenzträger: Dr. Walter Schwerdtfeger. |
| Verlag Götz Schwippert | Bonn; gegr. 1945; Lizenz: B 10. bzw. 24. 1. 1946; Lizenzträger: G. Schwippert; Konkurs 1949. |
| Sebaldus-Verlag | Nürnberg; gegr. 1910; Lizenz: A 1946; Lizenzträger: Balthasar Moekel, Anna Schäffler. |
| Verlag der Bücherstube Fritz Seifert | Hameln; gegr. 1926; Lizenz: B 20. 11. 1945; Lizenzträger: Fr. Seifert. |
| Seiler Verlag | Stuttgart. |
| Siebeneicher Verlag | Berlin; gegr. 1925; Lizenz: B 5. 2. 1946; Lizenzträger: Georg E. Siebeneicher. |
| Siebert Verlag | Bad Orb, Bad Aibling. |
| Siegel-Verlag Otto Müller | Frankfurt/M.; gegr. 1945; Lizenz: A Anfang 1946; Lizenzträger: Otto Müller, Dr. Fritz Stegmeyer. |
| Signal Verlag Hans Frevert | Baden-Baden; gegr. 1959. |
| Sikorski Verlag | Hamburg; gegr. 1936; firmiert auch Bühnen- und Musikverlag Dr. Sikorski. |
| Verlag Silberburg | Stuttgart; gegr. 1924. |
| Verlag der Silberstreifen, Mila Ketterer | Stuttgart. |
| Solitude Verlag | Stuttgart; gegr. 1949. |
| Silva-Verlag V. u. E. Müller | Iserlohn, ab 1959 Verden; gegr. 1945; Lizenz: B 23. 1. 1946; Lizenzträger: Vera Müller. |
| E. Sommer Verlag | Ahlen/Westf.; gegr. 1848. |

| | |
|---|---|
| Sonnenweg Verlag | Neuffen/Württ.; gegr. 1922 in Berlin, Neugründung 1948. |
| Dr. Wilhelm Spael Verlag | Essen; gegr. 1941; 1954 übergegangen an Verlag Fredebeul & Koenen, Essen. |
| Verlag Dr. Speck & Co | s. Westland Verlag |
| W. Spemann-Verlag | Stuttgart; gegr. 1873; Lizenz: A 3.10.1945; Lizenzträger: Franz Mittelbach. |
| Gustav Spielberg Chronos Verlag | s. Chronos Verlag |
| Sphinx-Verlag | Berlin, ab 1952 Duisburg; vor 1957 erloschen. |
| Adolf Sponholtz Verlag | Hannover; gegr. 1894; Lizenz: B 20.12.1945; Lizenzträger: Käte Paucke. |
| Sport- und Jugendverlag | Hamburg; gegr. 1947. |
| L. Staackmann Verlag | Leipzig, Bamberg; gegr. 1869; Lizenz: R Febr. 1947; Lizenzträger: Dr. Martin Greiner. |
| Dr. Ingeborg Stahlberg Verlag | Karlsruhe; gegr. 1946; Lizenz: A 8.3.1946; Lizenzträger: Dr. I. Stahlberg. |
| Stalling Verlag | Oldenburg, ab 1790 als Verlag tätig; mußte nach 1945 auf Verlangen der britischen Besatzer seinen Namen ändern, firmierte bis 1951 als Oldenburger Verlagshaus, vormals Gerhard Stalling-Verlag. |
| Verlag Der Standpunkt | Stuttgart; gegr. 1945; Lizenz: A 2.12.1945; Lizenzträger: Erwin Schmidt; nach Konkurs 1953 im Handelsreg. gelöscht. |
| Stassen Verlag | Bacherach. |
| Johannes Stauda Verlag | Kassel; gegr. 1919 in Eger; Lizenz: A 25.1.1946; Lizenzträger: Paul Gümbel. |
| Franz Steiner Verlag | Wiesbaden; gegr. 1949. |
| Ulrich Steiner Verlag | Laupheim/Württ.; gegr. 1947; Lizenz: F o.J.; erloschen 1961. |
| Steingrüben-Verlag | Stuttgart; gegr. 1950. |
| J. F. Steinkopf-Verlag | Stuttgart; gegr. 1792; Lizenz: A 29.6.1948; Lizenzträger: Eugen Nestle. |
| Steuben Verlag Paul G. Esser | Berlin; gegr. 1938; Lizenz: B 17.9.1946; Lizenzträger: P. G. Esser. |
| Steyler Verlagsbuchhandlung | Kaldenkirchen/Rhld.; gegr. 1927; Lizenz: B 6.2.1946; Lizenzträger: Heinrich Eidens. |
| Verlag Johannes Storm | Bremen; gegr. 1897; Lizenz: A 6.11.1945; Lizenzträger: Wolfram Hermann. |
| Verlag Hermann Stratz | Säckingen/Rh.; gegr. 1873; Lizenz: F 23.3.1946; Lizenzträger: Bernhard u. Bruno Stratz. |
| Verlag F. W. Stritzinger | s. Verlag „Die Wende“ |

| | |
|---|---|
| Stromverlag Albrecht, Evert & Gutsche | Hamburg; gegr. 1946; Lizenz: B 9. bzw. 10.8.1946; Lizenzträger: Walter Albrecht, Paul Evert; 1950 übergegangen an Stromverlag Johann Reinhard Biebler; erloschen. |
| Stucho-Betriebe | Frankfurt/M. |
| Stufen-Verlag Willi Kratt | Diez/Lahn; Lizenz: F ca. 1947; Lizenzträger: W. Kratt; erloschen 1950. |
| Herbert Stuffer Verlag | Baden-Baden; gegr. 1926; Lizenz: F 8.11.1945; Lizenzträger: H. Stuffer. |
| Styria-Verlag | Graz, Wien, Köln; gegr. 1871. |
| Süd-Verlag | Konstanz; gegr. 1946; Lizenz: F 5.5.1946; Lizenzträger: Johannes Weyl; firmierte 1952–1958 Rosgartenverlag. |
| Süddeutscher Verlag | München; gegr. 1947; Lizenz: A o.J. |
| Süd-West-Verlags- und Vertriebs GmbH | Marbach, ab 1959 München; gegr. 1949. |
| Verlag Johannes Sünneke | Frankfurt/M.; gegr. 1937; erloschen ca. 1954. |
| Verlag Sweekhorst | Essen. |
| Werner Tapper-Verlag | Ulm; gegr. 1946; Lizenz: A 9.3.1946; Lizenzträger: W. Tapper. |
| Verlag für Technik und Wirtschaft Dr. Hans Ehlers | s. Verlag Hans Ehlers |
| Tellus Verlag Karl Koenen & Co. | Essen; gegr. 1950. |
| Verlag des Druckhauses Tempelhof, vormals Deutscher Verlag | Berlin; gegr. 1877 als Verlag Ullstein; Lizenz: A 29.5.1946; Lizenzträger: Ernst Strunk. |
| Ernst Tessloff Verlag | Hamburg. |
| Thalhammer Verlag | München. |
| Günter Thiebes Verlag | Hagen; im Handelsreg. gelöscht 1959. |
| K. Thienemanns Verlag | Stuttgart; gegr. 1849; Lizenz: A 17.1.1946; Lizenzträger: Eberhard Schröder bzw. E. Schröder u. Lotte Weitbrecht; Verlag kann nach 1945 zunächst nur unter Lizenz von E. Schröder, Besitzer des Oncken Verlags, arbeiten, der bis 1950 offizieller Leiter von Thienemanns bleibt. |
| Thomas-Verlag | Kempen/Niederrh.; gegr. 1871; Lizenz: B 13. bzw. 14.8.1946; Lizenzträger: Karl Wilhelm Engels. |
| Jan Thorbecke Verlag | Lindau, Reutlingen, ab 1960 Konstanz; gegr. 1946; Lizenz: F 26.4.1946; Lizenzträger: J. Thorbecke. |
| Tiden Verlag | Norden. |
| Tirana-Verlag | Wiesbaden. |
| Titania-Verlag | Stuttgart; gegr. 1949. |

| | |
|---|---|
| Johann Trautmann Verlag | Hamburg; gegr. 1920; Lizenz: B 9. bzw. 13. 11. 1945; Lizenzträger: J. Trautmann. |
| Trifels-Verlag | München, ab 1950 Mannheim, ab 1953 Frankfurt/M.; gegr. 1939. |
| Friedrich Trüjen Verlag | Bremen; gegr. 1931; Lizenz: A 24. 11. 1945; Lizenzträger: Fr. Trüjen. |
| Verlag „Die Truhe" Lipsius & Tischer | s. Verlag Lipsius & Tischer |
| Turm-Verlag | Berlin; gegr. ca. 1948; Lizenz: A 18. 1. 1948; Lizenzträger: Erich Casper, Herbert Bernhardt; ab 1950 Comenius Verlag, Berlin; erloschen 1958. |
| Verlag Carl Ueberreuter | Wien, Heidelberg; gegr. 1548; Hrsg. von Jugendbüchern erst nach 1945. |
| Ernst Uhl Verlag | Schwabach; gegr. 1925; Konkurs 1953. |
| Ultra Verlag | Iserlohn. |
| Union Deutsche Verlagsgesellschaft | Stuttgart; gegr. 1890; Lizenz: A 6. 11. 1945 bzw. 2. 5. 1946; Lizenzträger: Dr. Heinz Winners (Treuhänder). |
| Universitas Verlag | Berlin; gegr. 1920; Lizenz: A 20. 5. 1946; Lizenzträger: Paul von Bergen. |
| Verlag Urachhaus | Stuttgart; gegr. 1925; Lizenz: A 28. 11. 1945; Lizenzträger: Kurt von Wistinghausen. |
| Ustad-Verlag | Bamberg; gegr. 1952. |
| Uta-Verlag | Naumburg/Saale, ab 1949 Essen, Uelzen, ab 1950 Sinzig/Rh.; gegr. 1919. |
| Ullstein Verlag | s. Verlag des Druckhauses Tempelhof |
| Verlag Velhagen & Klasing | Leipzig, Bielefeld, Berlin, ab 1954 Darmstadt; gegr. 1835. |
| Vier Falken Verlag Dr. Rolfbaldur Herzog | Berlin, Leipzig, ab 1950 Düsseldorf; gegr. 1936; Lizenz: B 11. 1. 1946; Lizenzträger: R. Herzog; ab 1955 Vier Falken Verlag E. M. Zimmer KG, Schönau bei Berchtesgaden. |
| Vier Tannen Verlag Schneider & Co. | Berlin, ab 1951 Augsburg; gegr. 1940; Lizenz: B 7. 5. 1948; Lizenzträger: Luise Schneider; 1952 übergegangen in den Franz Schneider Verlag, Augsburg. |
| Vier Türme Verlag Abtei Münsterschwarzach | Münsterschwarzach; gegr. 1950. |
| Horst E. Visser Verlag | Duisburg; gegr. 1945. |
| Voggenreiter Verlag | Potsdam, ab 1949 Bad Godesberg; gegr. 1919; 1947 Enteignung in der sowj. Besatzungszone. |
| Verlag Volk und Heimat Dr. Richard Mai | München, ab 1957 Buchenhain; gegr. 1951. |

| | |
|---|---|
| Verlag Volk und Zeit | Karlsruhe; gegr. 1946; Lizenz: A 27.2.1946; Lizenzträger: Wilhelm Beisel; 1951 nach Konkurs erloschen. |
| Volker-Verlag | Köln; gegr. 1934; Lizenz: B 21. bzw. 22.12.1945; Lizenzträger: Dr. Josef Peter Bachem; 1955 übergegangen an J. P. Bachem-Volker-Verlag. |
| Volksbücherei-Verlag Aug. Hans Rupp | s. Verlag A. H. Rupp Deutsche Volksbücherei |
| Waldkircher Verlagsgesellschaft | Waldkirch i. Br.; gegr. 1909. |
| Waldstatt Verlag | Einsiedeln, Konstanz; gegr. 1865. |
| Otto Walter-Verlag | Olten, Freiburg i. Br.; gegr. 1921. |
| Eduard Wancura Verlag | Stuttgart, Wien; gegr. 1953. |
| Willi Webels Verlagsbuchhandlung | Essen; gegr. 1919; Lizenz: B 12.11.1945; Lizenzträger: W. Webels. |
| Wolfgang Weber Verlag | Nussdorf/Baden, Überlingen; gegr. 1946; Lizenz: F 7.6. bzw. 7.8.1946; Lizenzträger: W. Weber; 1950 Verlagstätigkeit eingestellt. |
| Karl F. Wede Verlag | Hamburg; gegr. 1945; Lizenz: B 6.12.1945; Lizenzträger: K. Wede. |
| Christian Wegner Verlag | Hamburg; gegr. 1936; Lizenz: B 30.10.1945; Lizenzträger: Max Chr. Wegner. |
| Wegweiser-Verlag | Berlin; Lizenz: B 3.1.1946; Lizenzträger: Friedrich Fuhrmann, Helmut Ossenbach bzw. Herbert Geisler; übergegangen in Volksverband der Bücherfreunde, Berlin, Essen. |
| Verlag Wehnert & Co. | Leipzig, ab 1948 Hollfeld; gegr. 1920. |
| A. Weichert Verlagsbuchhandlung | Berlin, ab 1952 Hannover; gegr. 1872; Lizenz: R 28.8.1946; Lizenzträger: Hans Limberg; 1950 Enteignung in der DDR. |
| Willi Weismann Verlag | München; gegr. 1946; Lizenz: A 8.3.1946; Lizenzträger: W. Weismann. |
| Gebrüder Weiss Verlag | Berlin, München; gegr. 1945; Lizenz: A 27.12.1945; Lizenzträger: Johannes u. Richard Weiss. |
| Rudolf Weiter Verlagsbuchhandlung | Berlin. |
| Weizacker-Verlag | Arolsen; gegr. 1852. |
| Weka-Verlag | Trossingen; gegr. 1946; Lizenz: F 6.3.1946; Lizenzträger: Oscar Wehner, Willi Kratt; ab 1949 Apis-Verlag. |
| Weltkreis Verlag | Jugenheim/Bergstr. |
| Verlag „Die Wende“ | Gadernheim, Neckargemünd; gegr. 1946; Lizenz: A 27.12.1945 bzw. 28.1.1946; Lizenzträger: Fritz Stritzinger; ab 1947 F. W. Stritzinger Verlag. |

| | |
|---|---|
| Wende-Verlag Wilhelm Hagemann | s. Komet Verlag |
| Werk-Verlag Frisch & Perneder | Lindau; gegr. 1923; Lizenz: F 29.4.1946; Lizenzträger: Eberhard Frisch, Franz Perneder; erloschen 1956. |
| Verlag „Werkstatt zu den 7 Zwergen“ | Dornach. |
| Verlag Georg Westermann | Braunschweig; gegr. 1838; Lizenz: B 8.2.1946; Lizenzträger: Everhard Westermann. |
| Westland-Verlag Dr. Erwin Speck & Co. | Düsseldorf; gegr. 1945; Lizenz: B o.J.; ab 1948 Verlag Dr. Erwin Speck & Co. |
| Franz Westphal Verlag | Wolfshagen-Scharbentz; gegr. 1903; erloschen 1960. |
| Erich Wewel Verlag | Krailling, ab 1951 Freiburg i. Br.; gegr. 1936; Lizenz: A 10.5.1947; Lizenzträger: Dr. E. Wewel. |
| Verlagsgesellschaft Augustin Wibbelt | s. Verlag Fredebeul & Koenen |
| Wichern-Verlag | Berlin; gegr. 1920; Lizenz: B 27.2.1946; Lizenzträger: Herbert Renner. |
| Wick-Verlag | Husum. |
| H. Wigankow Druck- und Verlagsanstalt | Berlin; gegr. 1946; Lizenz: F 16.5.1946; Lizenzträger: Horst Wigankow. |
| Wiking-Verlag | Berlin, ab 1951 München; gegr. 1934. |
| Dr. Eduard Wildhagen Verlag | Hamburg; gegr. 1952. |
| Verlag Dr. Irmin M. Wildner | Lübeck; gegr. 1946; Lizenz: B 18.3.1946; Lizenzträger: I. M. Wildner. |
| Matthias I. Wilkens Verlag | Rendsburg; gegr. 1944; Lizenz: B 6. bzw. 15.2.1946; Lizenzträger: M. Wilkens; im Handelsreg. gelöscht 1956. |
| Verlag Williams & Co. | s. Cecilie Dressler Verlag |
| Winfriedwerk | Augsburg; hervorgegangen aus Saarbrücker Druckerei- und Verlagsgesellschaft, Neugründung 1948. |
| Winkler Verlag | Köln; gegr. 1954. |
| Karl Winter Verlag | Kassel; gegr. 1930. |
| Wiso-Verlag | Solingen-Weyer. |
| Witte Verlag | Freiburg i. Br.; gegr. 1947. |
| L. C. Wittich Verlag | Darmstadt; gegr. 1738. |
| Friedrich Wittig Verlag | Hamburg; gegr. 1946; Lizenz: B 19.12.1945; Lizenzträger: Fr. Wittig. |
| Norbert Wolgemuth Verlag | Mannheim; gegr. 1930; Lizenz: A 6.11.1945 bzw. '46; Lizenzträger: N. Wolgemuth; erloschen 1958. |

| | |
|---|---|
| Verlagshaus Christian Wolff | Flensburg; gegr. 1909; Lizenz: B 7.2.1946; Lizenzträger: Chr. Wolff. |
| Rainer Wunderlich Verlag | Tübingen, Stuttgart; gegr. 1913; Lizenz: F 16.2.1946; Lizenzträger: Hermann Leins. |
| Verlagsbuchhandlung Ernst Wunderlich | Leipzig, ab 1948 Worms; gegr. 1876; Lizenz: R 7.2.1947, F vor Febr. 1947; Lizenzträger: Hans Wunderlich. |
| Zähringer Verlag Wolfgang Mahrholz | Freiburg i. Br.; Lizenz: F 29.11.1947; Lizenzträger: Dr. M. Grewe, W. Mahrholz. |
| Verlag M. Zahnwetzer | Kassel; Lizenz: A 1946; Lizenzträger: Moritz Zahnwetzer. |
| Andreas Zettner Verlag | Würzburg; gegr. 1953. |
| Hans-Günther Ziegler Verlag | Schwenningen; gegr. 1953. |
| Johann Josef Zimmer Verlag | Trier; gegr. 1939; Lizenz: F 10.8.1946; Lizenzträger: J. J. Zimmer. |
| Zimmermann Verlag | s. Engelbert Verlag |
| Rudolf Zitzmann Verlag | Lauf bei Nürnberg; gegr. 1926; Lizenz: A 1946; Lizenzträger: R. Zitzmann. |
| Paul Zsolnay Verlag | Berlin, Hamburg; gegr. 1924; Lizenz: B 4.7.1947; Lizenzträger: Oswald Arnold. |
| Verlag „Die Zukunft" | Metzingen, Reutlingen; gegr. 1946; Lizenz: F 23.6.1946; Lizenzträger: Werner Steinberg, Herbert A. Tulatz; im Handelsreg. gelöscht 1956. |

## *Anmerkungen*

1 Dietrich Strothmann gibt in seiner Studie 2694 Verlage für das Jahr 1933 an, 3122 für 1940; 1941 seien etwa 5000 Verleger und Verlagsbuchhändler als Mitglieder der Reichsschrifttumskammer mit einer Berufserlaubnis ausgestattet gewesen (vgl. Strothmann, [3]1968, S. 116).

2 Aus dem Bereich der Kinder- und Jugendliteratur unterstanden politische und Kriegsbücher einer direkten Zensur.

3 Hierzu einige Beispiele: das Burckhardthaus (Berlin, Gelnhausen) durfte keine Zeitschriften mehr herausbringen; dem Christlichen Verlagshaus (Stuttgart) wurden 1941 die Papierlieferungen entzogen, so daß nur die Druckerei und Buchbinderei weiterarbeiten konnten; der Lahn-Verlag (Limburg) der Pallottiner wurde nach diversen Behinderungen 1942 endgültig geschlossen; für den Verlag Urachhaus Kurt v. Wistinghausen (Stuttgart) kam es 1941 zur Schließung und Enteignung des Inhabers.

4 Die Wirtschaftsstelle des deutschen Buchhandels formulierte in ihrem Erlaß vom 4. September 1944 u. a. folgendermaßen:
„Infolge der Maßnahmen zur Durchführung des totalen Kriegseinsatzes sind die deutschen Papierfabriken nicht mehr in der Lage, alle bei ihnen laufenden Papierbestellungen zu

erledigen. Um eine schematische Regelung zu vermeiden, die die Annullierung aller zur Zeit laufenden Bestellungen zur Folge hätte, werden die deutschen Verlage ersucht, sofort bei den Papierfabriken ihre Bestellungen, soweit diese noch nicht geliefert sind, für Bücher der nachgenannten Sachgruppen von sich aus zurückzuziehen:
1. Schöngeistiges Schrifttum.
2. Unterhaltsames Schrifttum.
3. Kinder- und Jugendschrifttum.
4. Politisches und militärisches Berichtsschrifttum der Zeit.
5. Kunst- und kunstwissenschaftliches Schrifttum.
6. Geisteswissenschaftliches Schrifttum, ausgenommen Werke der deutschen und der fremden Sprachwissenschaften ..." (Börsenblatt für den Dt. Buchh. 111. Jg. Nr. 70 v. 9. September 1944, S. 168).

5 Für die sowjetische Zone wurde Anfang 1946 eine von der Deutschen Bücherei in Leipzig erarbeitete vorläufige Liste mit ca. 15000 Titeln von der Deutschen Verwaltung für Volksbildung herausgegeben. Die Leitung des amerikanischen Nachrichtenkontrollamts hatte allerdings noch im Herbst 1945 eine – wie die „Neue Zeitung" vom 25. Oktober 1945 berichtet – Liste mit Namen von 1440 Deutschen aus dem Bereich der Kultur zusammengestellt, die in eine weiße, eine graue (Beschäftigung dieser Personen möglich, aber nicht in leitender Stellung) und eine schwarze Teilliste untergliedert war. Genannt wurden an dieser Stelle, bis auf wenige Ausnahmen, jedoch nur die Namen der „weißen Liste", darunter viele Buchhändler wie auch einige Verleger (Die „Weiße Liste" deutscher Kultur 1945).

6 Im folgenden ist von den Bestimmungen in der jeweiligen Besatzungszone die Rede, ohne die entsprechenden Sektoren Berlins anzusprechen. Die Regelungen für Berlin waren nämlich weitgehend identisch mit denen der Zonen. Eine größere Abweichung bestand lediglich darin, daß in Berlin die Lizenzpflicht nicht wie im Bundesgebiet 1949 aufgehoben wurde, sondern erst mit der „Allgemeinen Genehmigung" vom 18. Dezember 1951.

7 Die Aufgabe des PWD während des Krieges war die Verbreitung militärischer Propaganda, die die Deutschen zur Kapitulation bzw. zum Aufstand gegen Hitler bewegen sollte.

8 Erneut in Konflikt mit den amerikanischen Kontrollbehörden kam der Gebrüder Weiß Verlag 1949 nach Erscheinen des ursprünglich 1931 veröffentlichten Titels „Hans Urian. Die Geschichte einer Weltreise" von Lisa Tetzner. Daß der Titelheld darin in den Vereinigten Staaten im Jahre 1927 nur Menschen vorfindet, die mit Waffen- und Munitionsfabrikation beschäftigt sind, aber keine, die sich einer armen Waise annehmen (i.G. zu einem darauffolgenden Besuch in der Sowjetunion), nahmen die amerikanischen Dienststellen zum Anlaß, den Verkauf der Neuauflage nicht freizugeben. Man war der Ansicht, daß das Buch soziale Verhältnisse in den Vereinigten Staaten darstelle, die heute (1949) nicht mehr oder nur noch teilweise existieren; deshalb wurde eine Änderung oder Streichung der entsprechenden zwei Kapitel verlangt.
Außer der Autorin protestierte z.B. der PEN-Club wie auch die Schweizer Regierung gegen dieses Verbot (vgl. Hans Urian verboten, 1949, u. Hans Urian ist wieder da, 1949).
Daß es zu relativ wenig Konflikten in dieser Hinsicht kam, sei mit einer starken Selbstzensur der Verleger zu erklären, die neuen Bücher hätten im allgemeinen nur das reflektiert, von dem man annahm, daß es die Amerikaner (oder die anderen Besatzer) hören wollten. Diese Einschätzung entstammt einem nur wenige Jahre später publizierten Bericht eines ICD-Mitarbeiters (vgl. Breitenkamp, 1953, S. 69).

9 Unter der Überschrift „Grundlegende Ziele der Militärregierung in Deutschland" heißt es: „a) Es muß den Deutschen klargemacht werden, daß Deutschlands rücksichtslose Kriegsführung und der fanatische Widerstand der Nazis die deutsche Wirtschaft zerstört und Chaos und Leiden unvermeidlich gemacht haben, und daß sie nicht der Verantwortung für das entgehen können, was sie selbst auf sich geladen haben.

b) Deutschland wird nicht besetzt zum Zwecke seiner Befreiung, sondern als ein besiegter Feindstaat [...] Die Verbrüderung mit deutschen Beamten und der Bevölkerung werden Sie streng unterbinden. [...]
c) Das Hauptziel der Alliierten ist es, Deutschland daran zu hindern, je wieder eine Bedrohung des Weltfriedens zu werden [...]" (Um den Frieden mit Deutschland, 1948, S. 58).
Allerdings wird gleich zu Anfang dieser Direktive ihr Vorläufigkeitscharakter betont.

10 Die gesamte Lizensierungsprozedur vollzog sich in mehreren Schritten gleichbedeutend mit den verschiedenen Ebenen der Militärregierung. Zunächst legte der Antragsteller die sehr umfangreichen (ca. siebenmal so viel Fragen wie in den Standardfragebögen) mehrfach auszufüllenden Fragebögen dem lokalen ICD-Offizier vor, der nach zusätzlichem persönlichen Gespräch darüber zu entscheiden hatte, ob der Antrag näher in Betracht gezogen werden könnte; dabei war natürlich auch der rein subjektive Eindruck mitentscheidend. Bei positivem Bescheid erging an den Antragsteller die Aufforderung, ein Verlagsprogramm für ein Jahr – ausgearbeitet in einzelnen Titeln – vorzulegen, das an das Hauptquartier des entsprechenden Landes weitergeleitet wurde (Berlin, Wiesbaden, Stuttgart, Bremen, München). Dort ging es um die Frage, ob das vorgesehene Programm eine Lücke in der Gesamtproduktion der amerikanischen Zone schließen könnte. Bei abermals positivem Bescheid stand als nächstes ein Gespräch mit einem „Intelligence Officer" auf dem Programm, das sich mit allen Lebensbereichen des Bewerbers, auch den privaten, befaßte. Nach einer Gegenprüfung aller vom Antragsteller gemachten Angaben anhand des Berlin Document Centers etc. wurde der Antrag an das Zonenhauptquartier weitergeleitet, wo er ein letztes Mal durchgesehen und überprüft wurde. Gegebenenfalls wurde von dieser Stelle dann die Lizenz ausgegeben. Insgesamt soll die Bearbeitung eines Lizenzantrags von drei Monaten bis zu mehr als einem Jahr gedauert haben (vgl. Breitenkamp, 1953, S. 40–41).

11 Nach Reichmann (1947, S. 189) waren nur ca. 5% der Antragsteller bei den Amerikanern erfolgreich.
Eine andere Studie führt Zahlen aus einem amerikanischen Bericht über das erste Besatzungsjahr an, nach dem in diesem Zeitraum in Bayern von 726 Lizenzanträgen 70 positiv beschieden worden seien (Schwab, 1984, S. 63).
Allerdings schränkt bereits Reichmann ein, daß ein Teil der negativ beantworteten Anträge nicht endgültig abgelehnt, sondern nur auf einen späteren Zeitpunkt verschoben worden sei.

12 Gespräch mit Georg Popp am 21. September 1984 in Würzburg.

13 In München wurde auf Anregung der Amerikaner zum Beispiel ein Jugendparlament, „Die Junge Stadt", eingerichtet wie auch anderswo Diskussionsrunden mit jungen Leuten.
Ansonsten wurden innerhalb des großangelegten US-Jugendprogramms Sportkurse jeder Art angeboten wie auch Musik- und Bastelgruppen für Kinder organisiert, amerikanische Filme vorgeführt und hin und wieder Büchereien oder Kinderlesestuben eingerichtet. Von dem Enthusiasmus, mit dem viele der Besatzungsoffiziere diese Aufgaben angingen, zeugen beispielsweise folgende Worte, gesprochen auf einer Konferenz höherer amerikanischer Offiziere zur Weiterentwicklung des Jugendprogramms: „In der Geschichte der Besetzung waren noch nie zuvor Soldaten und Offiziere besser in der Lage, einen echten Beitrag zur Weltkultur zu leisten. Wir können eine Wiedergeburt der Demokratie in Deutschland in nicht zu ferner Zukunft voraussehen, wenn sie ihre Pflicht der deutschen Jugend gegenüber erfüllen" (US-Jugendprogramm für 400000. In: Die Neue Zeitung v. 28. Oktober 1946).
Andererseits wurden Versuche von Jugendlichen, sich politisch zu betätigen, oder eigentlich schon, sich zu informieren, abgedrosselt. Eine Jugendorganisation etwa, die einen Redner aus der Sowjetzone zu Vorträgen eingeladen hatte, wurde 1946, also noch vor „offiziellem" Ausbruch des Kalten Krieges, schlicht aufgelöst. Man sah in diesem Vorgang eine Verletzung des Verbots politischer Betätigung. Die amerikanische Militärregierung

betonte in diesem Zusammenhang, sie lege das größte Gewicht darauf, daß die Jugend nicht in einem zu frühen Alter bereits politisch oder gar parteipolitisch festgelegt werde (vgl.: US-Jugendprogramm für 400000. In: Die Neue Zeitung v. 28. Oktober 1946).

14 Einzige Ausnahme: in der amerikanischen Zone bestand 1947 für Bayern kurzfristig ein deutsches Gremium, das an der Lizensierung mit beratendem Status teilnehmen sollte; von ca. 80 von diesem Gremium befürworteten Anträgen wurden von der Militärregierung allerdings nur sieben tatsächlich bewilligt.

15 Maßgeblich in diesem Zusammenhang ist das „Gesetz Nr. 5 über die Presse, die Berichterstattung und die Unterhaltungsstätten" vom 21. September 1949. Artikel 1 lautet: „Die Freiheit der deutschen Presse, des deutschen Rundfunks und anderer deutscher Mittel der Berichterstattung sind gewährleistet, wie im Grundgesetz vorgesehen. Die Alliierte Hohe Kommission behält sich das Recht vor, jede von der Regierung auf politischem, verwaltungsmäßigem oder finanziellem Gebiet getroffene Maßnahme, die diese Freiheit bedrohen könnte, für ungültig zu erklären oder aufzuheben" (zit. nach Umlauff, 1978, Sp. 1509). Ebenfalls wichtig in unserem Zusammenhang ist Artikel 6: „Die Alliierte Hohe Kommission kann innerhalb des Bundesgebiets die Verbreitung, Ausstellung oder den Besitz jeder Veröffentlichung oder jedes Erzeugnisses eines Unternehmens untersagen, welches nach ihrer Meinung dem Ansehen und der Sicherheit der Alliierten Streitkräfte abträglich sein könnte. Desgleichen kann sie die Einführung derartiger Veröffentlichungen oder Erzeugnisse in das Bundesgebiet untersagen" (ebd., Sp. 1510).

16 Nach Angaben der Militärregierung erschienen z.B. in der amerikanischen Zone bis zum 20. Dezember 1945 ganze 54 Bücher und Schriften.

17 Von dem für Publikationen insgesamt zur Verfügung stehenden Papier wurden 60% für Zeitungen und Zeitschriften und nur 40% für Bücher verwandt.

18 Bis Mitte 1948 waren in der amerikanischen Zone 513 Zeitschriften und zeitschriftenähnliche Wochenzeitungen lizensiert gegenüber 254 in der britischen und 142 in der französischen Zone (für die Rubrik „Jugendzeitschriften und Jugendbewegung" lauten die entsprechenden Zahlen: 22, 7, 5) (Zahlenangaben entnommen aus: Dovifat, 1949, S. 20).

19 Bei der Papierverteilung an die einzelnen Verlage spielte allerdings neben der insgesamt verfügbaren Papiermenge die „Wichtigkeit" des Verlages eine Rolle. Dazu war ein spezielles Klassifizierungssystem für Verlage eingeführt worden, wobei eine Verlegerarbeitsgemeinschaft an der Einstufung der einzelnen Verlage beteiligt war. Es gab vier Gruppen, bei denen Alter des Verlags, Renommé, Datum der Lizenz, Größe und das Produktionsprogramm eine Rolle spielten.

20 Beispielsweise trat Ernst Rowohlt kurz nach der Währungsreform aus dem norddeutschen Verlegerverband aus als Protest gegenüber dem Verhalten vieler seiner Verlegerkollegen, „die ihre Auflagen im Hinblick auf die Währungsreform zurückgehalten hätten und jetzt für neues Geld auf den Markt würfen, während er, Rowohlt, selbst seine Verlagserscheinungen stets sofort zum öffentlichen Verkauf freigegeben habe" (in: Die Neue Zeitung v. 4. Juli 1948).

21 Neben reinen Unterhaltungsromanen und Fachliteratur enthielten die amerikanischen Übersetzungslisten zum Beispiel eine ganze Reihe von Biographien von Gründungsvätern der US-amerikanischen Demokratie u. ä.

22 Die eigentliche Begegnung mit dem Ausland wurde in den ersten Jahren wesentlich eher in Zeitungen und Zeitschriften geleistet. Dort war es nämlich im allgemeinen leichter, an Materialien aus dem Ausland heranzukommen. Seit November 1946 wurden Zeitungen und Zeitschriften der amerikanischen Zone etwa regelmäßig über die Publications Control Branch mit Artikeln aus amerikanischen Blättern beliefert (vgl. Schwab, 1984, S. 64).

23 In der amerikanischen Zone waren bis Ende Juni 1948 von 400 Angeboten 300 verkauft, bis zum April 1949 von inzwischen 390 angekauften Titeln 112 bereits veröffentlicht.

Von den Briten hatten deutsche Verleger bis August 1948 358 Titel erworben, von denen bis zu diesem Zeitpunkt 102 hatten publiziert werden können. Die französische Zone brachte es dagegen – allerdings bis 1952 – auf 1596 Übersetzungstitel allein aus dem Gebiet der Belletristik.

24 Unter den in Anm. 23 genannten 112 veröffentlichten Übersetzungen aus dem Amerikanischen befanden sich ganze 14 Jugendbücher, die 358 englischen Titel enthielten 59 bzw. bei den bis 1948 publizierten 11 Jugendbücher; über den Anteil an Jugendbüchern bei Übersetzungen aus dem Französischen sind keine Zahlen bekannt.

25 Bei den „overseas-editions“ handelte es sich um in Amerika übersetzte und hergestellte Titel meist geschichtlichen, zeitgeschichtlichen, soziologischen Inhalts, die in einer Auflage von je 35000 Exemplaren über die Organe der Militärregierung in der amerikanischen Zone verteilt wurden.

26 Hierzu macht übrigens eine Untersuchung von Marieluise Christadler „Kriegserziehung im Jugendbuch – Literarische Mobilmachung in Deutschland und Frankreich vor 1914“ (Diss. Frankfurt 1977) Aussagen, die allerdings auch der französischen trivialen Kinder- und Jugendliteratur vor dem Ersten Weltkrieg nationalistische Züge anlasten.

27 Von den 784 im Rahmen dieser Studie untersuchten Verlagen erhielten 445 eine Lizenz.

28 Eine Ausnahme hiervon bildeten die meist für den Schulgebrauch, später zusätzlich als Antischundtherapie intendierten „Lesehefte“, die im allgemeinen in etablierten Jugendbuchverlagen erschienen.

29 Beim Union Verlag (Stuttgart) war Dr. Heinz Winners als Treuhänder eingesetzt; bei der Franckhschen Verlagshandlung trat 1946 Franz Mittelbach neu ein und fungierte als Lizenzträger; der Stalling Verlag, Oldenburg, mußte seinen Namen ändern und firmierte bis 1951 als „Oldenburger Verlagshaus“.

30 Bis zu einem gewissen Grad könnte man die Aufnahme in die Gemeinschaft der Lizenzträger auch als Parallele zur ebenfalls obligatorischen Mitgliedschaft in der Reichsschrifttumskammer sehen.

31 Tatsächlich veröffentlicht wurde das Buch dann erst 1950 bei Westermann (Gespräch mit Kurt Lütgen am 7. März 1984 in Bad Salzuflen).

32 Zum Abschluß dieses Themas heißt es im Report: „We believe far more in this type of book than in the purely informative or the ‚children-of-many-lands-hands-across-the-sea‘ kind of thing“ (German Book Publishing and Allied Subjects, 1948, S. 34).

33 Die vom Börsenverein herausgegebenen jährlichen Produktionsstatistiken erschienen erst wieder ab 1952 (für 1951).

34 Diese Schätzung beruht auf einer „Hochrechnung“ gelegentlich von den Besatzungsmächten veröffentlichter Zahlen für die Zeit bis zur Währungsreform; für die restlichen 2½ Jahre bis Ende 1950 wurde eine den Jahren 1951 und 1952 vergleichbare Produktionshöhe angenommen.

35 Kurt Port, zitiert nach E. C. Breitenkamp, 1953, S. 60.

36 Anton Baumeister in einem Gespräch am 3. Juni 1985 im Herder Verlag (Freiburg).

37 Gasser, 1947, schildert es: „Sein Verteilungssystem ist denn auch das umständlichste, zeitraubendste und anspruchsvollste. Läßt er doch durch überall in Deutschland wohnende Freunde und Vertrauensleute Listen von geistig interessierten Menschen anlegen; mehr noch: ganze Karteien mit genauen Angaben über den Grad und die Art ihrer Bildung, über die Frage, ob sie den schönen Künsten oder den exakten Geisteswissenschaften mehr zugetan [...] Erscheint nun ein neues Buch, so werden diese Listen gesichtet und die in Frage kommenden Leser durch eine Postkarte benachrichtigt, daß das Werk bis zu einem bestimmten Datum bei diesem und diesem Buchhändler zu ihrer Verfügung stehe ...“.

38 Die anderen einschlägigen Rubriken sind dort: Abenteuer, Jungen-, Mädchen- und Tiererzählungen.

39 Vgl. zu diesem Thema: T. J. Leonard: First steps in cruelty. 1947. In: Hessische Blätter für Volks- und Kulturforschung. NF. 18. 1985. S. 111–116; Jörg Becker: Der hilflose Antifaschismus. Ebd. S. 117–120.
Zusätzlich zu den bei Becker genannten Literaturhinweisen sind folgende Aufsätze interessant:
Clara Menck: Chemisch gereinigte Kinderseelen. In: Frankfurter Hefte. 1. 1946, 9. S. 888–890; Günther Birkenfeld: Ketzerische Gedanken zum neuen deutschen Jugendbuch. In: Horizont. 2. 1947, 4. S. 3–4; Entrüstung und Beifall. In: Horizont. 2. 1947, 8. S. 3–4. Hugo Hagn: Eine Lanze für die Brüder Grimm. In: Horizont. 2. 1947, 14. S. 3–4.

40 Vgl. zu diesem Abschnitt: E. Umlauff: Der Wiederaufbau des Buchhandels. Frankfurt a. M. 1978 und U. Liebert: Der Felguth-Verlag in Berlin in den Jahren 1945 bis 1950. In: Die Schiefertafel. 8. 1985, 2/3. S. 75–91.

41 Zum Teil waren Bücher von den Druckereien aufgrund der höheren Aufträge nicht mehr rechtzeitig vor Weihnachten fertiggestellt worden.

42 „Wenn erst die Währungsreform, gegen die kein ellbogiger Egoismus, kein partikularistisches Brett vor der Stirn und kein einwandfreier politischer Fragebogen etwas helfen wird, das große Sterben der allzu vielen Interessenträger und eine gesunde Wirtschaft eingeleitet hat, wird es weniger Verleger, mehr Papier und, so der Verein der Musen es will, bald darauf auch bessere Bücher geben" (Kogon, 1947, S. 874).

43 Aus einer Einschätzung des Verlegerstandes vor der Währungsreform: „Es gibt fraglos große und bedeutende Verlage, die wichtige und bedeutende Bücher produziert haben. Aber es ist nur ein verschwindender Prozentsatz vom Verlegergros, für das diese Qualifikation gilt. Der Rest weiß gar nicht mehr, was das ist, ein Verleger zu sein, aber er bekommt die gleiche Papiermenge zugeteilt. Dabei bringt er weder die geistigen noch die technischen Voraussetzungen mit, die zum Beruf gehören [...]" (Schüddekopf, 1947).

44 Die Büchergilde Gutenberg wurde 1924 gegründet, um „‚Bücher voll guten Geistes und von schöner Gestalt zu drucken', die sich auch Menschen mit geringem Lohn leisten könnten" (Bücher voll guten Geistes, 1964, S. 11). Auch damals wurden unter anderem einige Kinderbücher publiziert, hauptsächlich Märchenbände, z. B. von Lisa Tetzner, Carl Dantz, Bruno Schönlank. Gleich nach 1933 wurde die Büchergilde von der SA besetzt, dann gleichgeschaltet, den Gründern gelang es allerdings zu emigrieren; sie gründeten daraufhin neue, selbständige Büchergilden in Prag, Wien und Zürich.

45 1950 erschien bei der Büchergilde die „Rote Zora und ihre Bande" von Kurt Held, der bis heute erfolgreichste Titel des Jugendbuchprogramms.

46 Umlauff (1978) gibt den 4. Januar 1946 als Datum der Zulassung an, im Lizenzen-Handbuch 1947 ist dagegen der 20. Februar 1946 angegeben.

47 Genannt werden können hier z. B. folgende Titel: Christa Hoch: Soldatentöchter (1912), Wilhelm Momma: Waffenbrüder. Erzählung aus dem großen Krieg 1914/15 (1915), Emmy Höhlbaum: Kindererlebnisse in Südwest (1929).

48 Gleichzeitig mit seinen Kolonialerzählungen bei Ensslin & Laiblin publizierte Viera bei Schneider während des Dritten Reiches eindeutig dem NS-Regime verpflichtete Titel wie „SA-Mann Schott" (1933). Vgl. hierzu auch den Abschnitt über den Schneider Verlag.

49 In der Ensslin & Laiblin-Chronik heißt es zum Wiederauftauchen dieses Autors nach 1945: „Auch der alte Afrikaner Josef S. Viera war wieder auf dem Plan, ‚Zwischen Kap und Kairo' aufregende Erlebnisse erblühen lassend. Bis zum Jahr 1939 hatte Viera, der den Schwarzen Kontinent zu Fuß erwanderte, 2 Millionen Lesehefte der von ihm betreuten Serie ‚Aus weiter Welt' unter die Leser gebracht. Seine Vergangenheit als Kolonialkämpfer und als Leiter des Presseamtes beim Reichskolonialbund und im kolonialpolitischen Amt, Berlin, waren keine Hinderungsgründe, ihn nicht schriftstellerisch überleben zu lassen" (Künnemann, 1968, S. 194).

50 Angesichts dieses Vorworts ist wohl auch folgende Deutung der Empfehlung des NS-Lehrerbunds recht müßig: „Daß trotz dieser Askese" – gemeint sind die „wenigen" sich direkt auf den NS-Staat beziehenden Titel – „vom NS-Lehrerbund eine pauschale Empfehlung der Gesamtreihen ausgesprochen wurde, zeugt zumindest für die Anfangszeit des Nationalsozialismus davon, daß die Erzieher nicht von allen guten Geistern und vom soliden literarischen Geschmack verlassen waren" (Künnemann, 1968, S. 185). Insgesamt muß jedoch – trotz einiger kritischer Einwände zur „kritischen Chronik" des Verlags festgehalten werden, daß Ensslin & Laiblin eines der ganz wenigen Verlagshäuser ist, das – zumindest im Jahr 1968 – in einer Eigenveröffentlichung zur Verlagsgeschichte die „braunen Jahre" nicht einfach unter den Tisch fallen läßt oder lediglich die materiellen Schäden während der Kriegszeit bejammert, wie das bei anderen Verlagen oft zu finden ist.

51 Eine Ausnahme bildet allenfalls das „Hornissenvolk" (1948) von Kurt Knaak, in dem – wenig verhüllt – dem Führerkult gehuldigt wird. Näheres zu diesem Titel und der Resonanz darauf an anderer Stelle der Studie.

52 Von Autoren, die bereits zwischen 1933 und 1945 Texte veröffentlicht hatten (nicht unbedingt nur bei Ensslin), publizierten nach 1945 dort u. a. Hugo Kocher, Kurt Knaak, Otto Koke, Hans Baumann, Anton Graf Bossi-Fedrigotti, Edmund Mudrak, Erich Wustmann.

53 Eduard Rothemund war ab 1933 Leiter der zentralen Jugendschriftenstelle im „Haus der Erzieher" in Bayreuth, außerdem übernahm er 1935 die Schriftleitung der gleichgeschalteten „Jugendschriften-Warte".

54 Dieses Gesamtbild kann auch sicherlich nicht durch das hier herausfallende Werk eines Hans Baumann, auf dessen Entwicklung an anderer Stelle in dieser Studie eingegangen wird, umgekehrt werden.

55 Allein von Viera erschienen 1933: „SA-Mann Schott" (noch 1933 das 11.–15. Tsd.), „Der Kampf um die Feldherrnhalle", „Utz kämpft für Hitler", „Horst Wessel, Künder und Kämpfer des 3. Reichs" und 1934: „Achtung! Achtung! Fliegeralarm!", „Kommune über München".

56 Wie Franz Schneider berichtet, mußte für die Druckgenehmigung eines Manuskripts zunächst das Ja eines deutschen Kulturreferats eingeholt werden, danach habe man das Buch bei der russischen Kommandantur einreichen und von einem Zensor prüfen lassen müssen. Dabei sei es bereits ein Kunststück gewesen, Namen und Telefonnummer des zuständigen russischen Offiziers, ohne die man nicht in die Kommandantur hineinkam, in Erfahrung zu bringen; solche Telefonnummern seien deshalb auch unter Freunden schwarz gehandelt worden. Zusätzliche Schwierigkeiten entstanden noch durch die schlechten Verkehrsbedingungen und Unterkunftsmöglichkeiten. Als ein Mittel, um dieses langwierige Verfahren zu umgehen, habe er dann Fotokopien eingesetzt, mit deren Hilfe er die nur für ein Buch erteilte Lizenz auf andere habe übertragen können. Die Druckgenehmigungen beinhalteten im übrigen keine Papierzuteilung, das notwendige Papier habe man selbst ausfindig machen müssen (Gespräch mit Franz Schneider am 26. 6. 1984).

57 Aufgrund gegenseitiger Vereinbarungen der Besatzungsmächte (darunter waren auch Absprachen in bezug auf Buchaustausch und Belieferung zwischen den einzelnen Zonen) waren Doppellizensierungen desselben Unternehmens in mehreren Zonen nicht mehr möglich. Aus diesem Grund lief der Lizenzantrag von Luise Schneider in der amerikanischen Zone auf den Franz Schneider Verlag, in der britischen dagegen auf den Vier Tannen Verlag Franz Schneider. Die Briten waren bei der Lizenzbewilligung einfach schneller, deshalb wurde die bei den Amerikanern beantragte Zulassung nicht mehr weiterverfolgt.

58 Von Margarete Haller erschienen zwischen 1948 und 1960 vierzehn Titel im Schneider Verlag, darunter die „Gisel und Ursel"-Bände (1950–1953) oder „Hilde, die Wilde" und deren Fortsetzungen (1951–1967). Erich Kloss, von dem in derselben Zeitspanne ebenfalls

vierzehn Titel herausgebracht wurden, war vertreten mit seinen „Försterhaus"-Bänden und Titeln wie „Flitz, das Wildkaninchen" (1948) oder „Bären in der Wildnis" (1959). Bei Peter Mattheus waren es zwischen 1950 und 1956 acht Publikationen, angefangen mit „Minnewitt macht nicht mehr mit" (1950).

59 Zum Beispiel: Hans Jürgen Laturner: „Gold am Kängeruh-Fluß" (1955), Hans O. Meissner: „Im Geistertal von Sumatra" (1957).

60 Umsatzzahlen und anderes Zahlenmaterial wurden vom Verlag immer schon bereitwillig veröffentlicht. Demnach betrug der Jahresumsatz bereits 1949 eine Million DM, 1957 dann drei Millionen DM (vgl. 30 Jahre Franz Schneider Verlag in Bayern, 1977, S. 17).

61 Man muß hinzufügen, daß die Geldmittel bei Schneider damals äußerst beschränkt gewesen sein müssen. Nach eigenen Angaben hatte man beispielsweise wenige Monate zuvor eine Papierlieferung nach Bielefeld umleiten müssen, um inzwischen Geld für die Frachtrechnung organisieren zu können (vgl. 30 Jahre Franz Schneider Verlag in Bayern, S. 15).

62 Diese und die folgenden Angaben beziehen sich auf ein Gespräch mit Anton Baumeister und Theo Rombach im Verlag Herder am 3.6.1985.

63 Bei aller Verschiedenheit der Jugendbuchprogramme bei Herder bzw. bei Arena läßt sich an diesem Punkt eine weitere Parallele in der Entwicklung der beiden Verlage und der Zeitströmung feststellen. Während die Jahre direkt nach dem Krieg bestimmt waren von einer allgemeinen Suche nach Trost und Kompensation der Verzweiflung und/oder der Schuldgefühle im Religiösen, mehr noch von einer Rück- und Neubesinnung auf christliche Tugenden und Werte im angestrengten Bemühen um eine neue Sinnfindung, was durch die vielfache materielle Not noch verstärkt wurde, ging mit der wirtschaftlichen Gesundung, dem allgemeinen Aufschwung, ein erneuter Säkularisierungsprozeß einher. Einen Niederschlag fand dieser Prozeß auch in der geschilderten Programmentwicklung christlicher Verlage. Daß dies bei privatwirtschaftlichen, nicht direkt kirchenabhängigen Unternehmen relativ früh begann und stärker zum Tragen kam (der gesellschaftliche Einfluß der Kirchen und einzelner kirchlicher Organisationen – z.B. des Volkswartbundes oder des Borromäusvereins – war in den fünfziger Jahren noch enorm hoch), ist dabei kaum verwunderlich. Bei Herder fing diese Entwicklung allerdings besonders frühzeitig an.

64 Selbst in diesem Bereich erschienen die ersten tatsächlichen Bücher nicht vor 1947 und aufwendigere Werke wie „Das Maurerbuch" oder „Der praktische Zimmerer" erst 1949.

65 Interessanterweise ist in diesem Bericht auch schon von einem französischen Elefantenbilderbuch „Baba" die Rede, das eventuell für einen Ankauf in Frage käme. Zehn Jahre später, ab 1956, sollten die Babar-Bücher von Jean und Laurent de Brunhoff dann tatsächlich bei O. Maier erscheinen.

66 Obwohl das Buch in einem heute kaum mehr erträglichen moralisierenden Ton gehalten ist, es genaue Verhaltensmaßregeln bis zum täglich mehrmaligen Zähneputzen gibt, wird doch an anderer Stelle ausdrücklich zu Toleranz gegenüber anderen Religionen und Nationen aufgerufen, Krieg überhaupt als ein „furchtbares Unglück" apostrophiert und die Unzeitgemäßheit von Kriegsspielen betont (Tesarek, 1948, S. 13).

67 Auf diese Weise kam man z.B. an die holländische Autorin An Rutgers.

68 In: „Das verlorene Licht" (1957) werden z.B. psychologisch äußerst differenziert die Schwierigkeiten eines Jungen beschrieben, der durch einen Unfall beim Spielen erblindet und mit dieser neuen Situation vor allem seelisch fertig werden muß. Am Schluß des Buches erlangt er jedoch durch eine Operation sein Augenlicht wieder, was zudem durch wohlmeinende pädagogische Bemerkungen, wie selten so etwas möglich sei, verbrämt wird.

69 Im Rahmen des Deutschen Jugendbuchpreises wurden 1956 „Mio, mein Mio" von Astrid Lindgren mit einem Sonderpreis, 1959 „Matthias und das Eichhörnchen" von Hans Peterson und „Pioniere und ihre Enkel" von An Rutgers, schließlich 1960 „Mein Urgroßvater und ich" von James Krüss ausgezeichnet.

# Der Kampf gegen Schmutz und Schund

## Das Problemfeld der literarischen Jugendgefährdung

Das Problem der „Schmutz- und Schundliteratur“ und ihrer Bekämpfung war zu Anfang der fünfziger Jahre, als es sich massiv zu stellen schien, weder gänzlich neu, noch fand es um 1960 sein endgültiges Ende. Bereits zu Anfang des Jahrhunderts – wie heute immer noch – erschien, beziehungsweise erscheint „Jugend“ als schutzbedürftig und schützenswert gegenüber den verderblichen Einflüssen gewisser Arten, gewisser „Auswüchse“ von Literatur oder der Medien überhaupt.

**Schundschriften** sind rein aus Geschäftsgründen von Schriftstellern und Kolportageverlegern veröffentlichte, minderwertige Schriftwerke, die die Dummheit und schlechten Anlagen ungefestigter Menschen ausnützen wollen. Gesunde Jugend ist zu stolz, ihre Neugierde durch die „reißerisch“ aufgemachten, geschmacklosen Umschläge dieser Hefte reizen zu lassen. Sie hilft auch mit, durch Verbreitung guter Bücher ihre Freunde vor diesem Gift zu schützen.

*Aus dem Kinderlexikon „Die Welt von A–Z“, das 1952 von Richard Bamberger, Fritz Brunner und Heinrich Lades herausgegeben wurde.*

Der gesamte Schmutz- und Schundkomplex erfordert eine Annäherung unter einer ganzen Reihe unterschiedlicher Blickwinkel, liegt er doch am Schnittpunkt verschiedenartiger gesellschaftlicher Konfliktebenen.

Daß hier eine immanent literaturhistorische und -analytische Betrachtungsweise dem Thema nicht gerecht werden kann, liegt auf der Hand. Schon bei einer oberflächigen Auseinandersetzung mit dem Thema wird klar, daß die Beschäftigung mit konkreten Texten der sogenannten Schmutz- und Schundliteratur den geringsten Teil einschlägiger Debatten einnimmt. Es genügt auch keinesfalls, die Diskussion um das „unterwertige Schrifttum“ einzig im Zusammenhang oder besser als Ausfluß der politisch-gesellschaftlichen Struktur der „finsteren“, restaurativen fünfziger Jahre, beziehungsweise noch anhaltender Wirkungen des Zweiten Weltkriegs zu sehen,

denn bereits in zeitgenössischen Auseinandersetzungen bezogen sich Gegner wie Befürworter einer gesetzlichen Regelung auf die Diskussion und das daraus entwachsende Schmutz- und Schundgesetz der zwanziger Jahre. Somit ist immer wieder ein Blick auf die historische Entwicklung des Disputs vonnöten.

**Weißt Du . . .**

. . . daß die Polzei helfen will, Dein Kind zu schützen?

Fort mit den Märchen von dem bösen Schutzmann, der die bösen Kinder einsperrt!

Präge Deinem Kinde ein: „Auch auf der Straße ist die Polizei Dein bester Freund!"

In allen Fragen der Gefährdung Deines Kindes steht Dir jede Polizeidienststelle, insbesondere die Dienststelle Weibliche Kriminalpolizei, Köln, Waidmarkt 1, Anruf 27 51, beratend zur Seite.

Bringe Dir bekanntgewordene Sittendelikte, die an Deinem oder an anderen Kindern und Jugendlichen verübt wurden, ohne Sorge vor der Kritik der Nachbarn und Bekannten und ohne Rücksicht auf die Person des Täters zur Anzeige. So kannst Du zur Verringerung sittlicher Gefährdung beitragen.

Lasse Dein Kind unbefangen und unbeeinflußt zur notwendig gewordenen polizeilichen Vernehmung gehen, denn nur dann sind seine Angaben verwertbar.

. . . daß es in Köln folgende Einrichtungen und Dienststellen gibt, die Dir jederzeit helfend und beratend dienen können?

Die Adressen sind:

Kath. Erziehungsberatung, Köln
Arnold-von-Siegern-Straße —
westl. Auffahrt zur Severinsbrücke
(an der Kirche St. Johann)
Tel. 3 29 10

Evangelische Erziehungs- und
Eheberatung im Kirchenkreis Köln
Köln-Riehl, Boltensternstr. 2
Tel. 7 89 94, Postfach 61

Erziehungsberatungsstelle der
Stadt Köln
Köln, Merlostr. 24, Tel. 28 21

Schulpsychologischer Dienst
Köln, Schulamt, Stadthaus
Pipinstraße, Tel. 20 38 35 83

Jugendamt der Stadt Köln,
Badstr. 1b, Tel. 23 34 31

Außerdem kannst Du Dich vertrauensvoll an Lehrer, Ärzte Geistliche, Fürsorgerinnen und Jugendpfleger wenden!

Herausgeber:
Jugendamt und Schulamt der Stadt Köln

**Empfangsbescheinigung**

Das Merkblatt „Eltern, euren Kindern droht Gefahr!" habe (n) ich — wir — am .......... erhalten und den Inhalt zur Kenntnis genommen.

..............................
(Unterschrift des(r) Erziehungsberechtigten)

*Kinder und Jugendliche vor den überall lauernden – besonders sittlichen – Gefahren schützen zu müssen, war in den fünfziger Jahren keine auf den literarischen Sektor begrenzte Forderung. Ausschnitt aus dem vom Jugendamt und Schulamt der Stadt Köln herausgegebenen Merkblatt „Eltern, Euren Kindern droht Gefahr".*

Des weiteren erscheint der Zusammenhang sogenannter Schmutz- und Schundschriften mit oder als Teil der Geschichte der begrifflich ebenfalls umstrittenen „Trivialliteratur" wichtig wie auch eher „unliterarische" Aspekte, nämlich die Bedeutung des Schmutz- und Schundkampfes innerhalb der Pädagogik, überhaupt der Komplex des Jugendschutzes[1] oder auch sein Beitrag zum Thema: Staat und Zensur. Diese verschiedenen Betrachtungsebenen können hier allerdings nicht alle ausführlich angegangen werden.

Auf einen, häufig zu wenig beachteten Punkt sollte dennoch von Anfang an die Aufmerksamkeit gelenkt werden. Wie kontrovers auch immer das Thema jugendgefährdende Literatur diskutiert worden ist, wie unversöhnlich Gegner und Befürwor-

ter gesetzlicher Restriktionen einander gegenüberstanden, in der grundsätzlichen Ablehnung einer gewissen Sorte von Texten, in der Konstatierung einer negativen Beeinflussung der Jugend durch „Schundlektüre“, war man sich allgemein einig. Selbst ansonsten progressive Gruppierungen – in den zwanziger wie in den fünfziger Jahren meist scharfe Gegner der vorgelegten Gesetzesentwürfe – betonten in den entsprechenden Debatten die Notwendigkeit der Bekämpfung minderwertiger Literatur, nur mit anderen Mitteln. Den moralisch schlimmsten Vorwurf mußte es deshalb bedeuten, wenn Gesetzesbefürworter ihren Gegnern die Sorge um das Wohl der Jugend absprachen. Daher erklärt sich auch die an und für sich befremdliche Tatsache, daß die Grundposition, ob nämlich die inkriminierten Schriften wirklich etwas Negatives, zu Bekämpfendes, darstellten, kaum je erörtert wurde. Diskutabel – und auch dies manchem kaum – erschien lediglich der Stellenwert, den man der Frage gesamtgesellschaftlich zuwies sowie die Auswahl geeigneter Taktiken und Abwehrmaßnahmen.

Betrachtet man sich die „Kampfschriften“ und Apelle der Anti-Schund-Aktivisten, so könnte man meinen, es handle sich bei „Schmutz und Schund“ um völlig klare, zweifelsfrei bestimmbare Begriffe, die – jedermann geläufig – nicht auch noch näher definiert werden müßten. Schmutz und Schund galt den meisten als nach Augenschein erkennbar und meinte so ungefähr alles, was an billiger Heft- und Illustriertenliteratur am Kiosk zu haben war.[2] „Schmutz und Schund“ wurde formelhaft und unreflektiert immer wieder als Feindbild eingesetzt, abgewechselt höchstens von solchen Begriffen wie „untergeistige Literatur“, „Afterliteratur“, „unterwertiges Schrifttum“. Nicht in der Diskussion darum, wohl aber in dem Gesetzestext von 1953, ist das Begriffspaar erstmals durch den Ausdruck „jugendgefährdendes Schrifttum“ ersetzt worden.

Bei näherem Hinsehen zeigt sich jedoch, daß durchaus nicht immer dasselbe gemeint ist, wenn von Schundliteratur die Rede ist, und daß Streitfälle in bezug auf die Zuordnung bestimmter Texte zum Schund nicht nur vereinzelt auftraten. Dementsprechend blieb die mangelnde Definierbarkeit und Abgrenzbarkeit zur „echten“ Literatur hin auch ein nie widerlegter Kritikpunkt der Gegner eines Schmutz- und Schundgesetzes.

Einigkeit auf einen minimalen Nenner gebracht bestand immerhin insofern, als unter „Schmutz“ gemeinhin erotisch verdächtige Schriften und hier ganz besonders natürlich Abbildungen verstanden wurden, unter „Schund“ hingegen alles an anrüchigen Abenteuer-, Kriminal-, zum Teil auch Kriegsschriften einschließlich jeglicher Art von Comics. Ebenfalls konstitutiv für diese Zuordnung war die massenhafte Produktion und Verbreitung derartiger Publikationen einschließlich ihres informellen Verkaufs am Kiosk oder im Bahnhofsbuchhandel.

## Gesetzliche Maßnahmen gegen jugendgefährdende Schriften

Was weder das obrigkeitsstaatliche Kaiserreich mit seinen Zensurbestimmungen und der „Lex Heinze“[3] nebst der Verbotslisten während des Ersten Weltkriegs, nicht das Weimarer Schund- und Schmutzgesetz von 1926, und nicht einmal das NS-Regime vor Kriegsbeginn hatten erreichen können (oder wollen), in der unmittelbaren Nachkriegszeit, den Jahren bis 1948/49, war Deutschland unter alliierter Kontrolle und zwar in allen vier Zonen „schundfrei“. Ohne Lizensierungs- und Zensurpraktiken der Besatzungsmächte mit den nationalsozialistischen Zwangsmaßnahmen gleichsetzen zu wollen, ist immerhin jedoch auffällig, daß die Kontrollmechanismen der Besatzer – wohl im Verein mit einer rigorosen Selbstzensur der Verleger – in diesem Bereich effektiver funktionierten als alle vorherigen Maßnahmen.[4]

Dann aber tauchte sehr schnell eine Großzahl früherer oder neuer Verleger auf, von denen die meisten zunächst ältere Seriengestalten wieder auferweckten und, wie Wilhelm Fronemann in einem Brief an die Regierung von Nordrhein-Westfalen vom 29.12.1948 formulierte, „alle Zeitungskioske und viele Schreibwarenläden in ein buntes Gewand“ hüllten (vgl. Nachlaß W. Fronemann, Institut für Jugendbuchforschung).

Wie schon die internationalen Anti-Schund-Abkommen von 1910 und 1923 belegen können, waren auch nach 1945 Schundproduktion und Schundkampf kein typisch und rein deutsches Problem. Auch in den Nachbarländern der Bundesrepublik sah man sich zumeist zur Bekämpfung „schlechter“ Literatur genötigt, in Frankreich bestanden seit 1949 zum Beispiel wesentlich restiktivere Verbotsbestimmungen und Eingriffsmöglichkeiten als sie das spätere bundesdeutsche Gesetz gewährte (vgl. Schilling, 1954, S. 42ff.).[5]

Proteste gegen die „neuen“ Heftreihen und Illustrierten und bald darauf Forderungen nach einer neuerlichen Schmutz- und Schundgesetzgebung folgten sofort und auch in der Presse erschienen vielfach besorgte Berichte über Gefahren und vermutete Folgen solcher Lektüre bei Jugendlichen. Man meinte wiederum, eine gerade Linie zwischen steigender Jugendkriminalität und Heftchenkonsum ziehen zu können, schloß von der „Jugendnot“ der Nachkriegsjahre auf die Notwendigkeit eines „literarischen Jugendschutzes“.

In aller Eile wurden von verschiedenen Seiten Entwürfe für ein neues Schmutz- und Schundgesetz erarbeitet und den Landesregierungen, bald nach ihrem Entstehen auch der Bundesregierung, vorgelegt. So sprach der Bundestag bereits in seiner 24. Sitzung am 16. Dezember 1949 ein Ersuchen an die Bundesregierung zur Ausarbeitung eines entsprechenden Gesetzes aus. Am 13. Juli 1950 fand die erste Lesung des von Bundesinnenminister Gustav Heinemann eingebrachten Entwurfes statt, der auf der Grundlage eines Vorentwurfes des Volkswartbundes erstellt worden war. Er wurde bei dieser Gelegenheit an den Ausschuß für Jugendfürsorge, den Ausschuß für Fragen der Presse, des Rundfunks und des Films, den Rechtsausschuß und an den Kulturpolitischen Ausschuß überwiesen.

Schneller war man nur noch in Rheinland-Pfalz. Dort war bereits am 12. Oktober 1949 ein Landesgesetz „Zum Schutze der Jugend vor Schmutz- und Schundschriften" verabschiedet worden.[6]

Genauso schnell, wie sich die aktiven Schundkämpfer und Gesetzesbefürworter nach dem erneuten Auftauchen der Groschenhefte formiert hatten, meldeten sich

DIE ZEIT

WOCHENZEITUNG FÜR POLITIK · WIRTSCHAFT · HANDEL UND KULTUR

Auf Seite 11 Urtiere und das Übertier

Nr. 39 / 7. Jahrgang — Hamburg, den 25. September 1952 — Preis 50 Pfennig

## Schmutz und Schund

Daß es nötig ist, die Jugend gegen den Einfluß unzüchtiger oder schamloser Schriften und Bilder zu schützen, darüber ist man sich in allen verantwortungsbewußten Kreisen einig. Nur über die Methode, wie dies geschehen soll, kann man verschiedener Meinung sein. Der Bundestag hat ein Gesetz angenommen über den Vertrieb jugendgefährdender Schriften, dessen Grundlagen im Bundesinnenministerium ausgearbeitet worden sind. Die Regierungsparteien stimmten für das Gesetz, die Sozialdemokraten waren ausnahmslos dagegen.

Die Ablehnung der Opposition begründete die Abgeordnete Frau Keilhack (SPD). Sie erklärte, das Gesetz sei unklar, gefährlich und rechtlich unzulänglich. Schon der Paragraph 1 beweise dies. In ihm sei die Rede von „Schriften, die geeignet sind, Jugendliche sittlich zu gefährden". Wie eigentlich soll hier eine klare Abgrenzung vorgenommen werden? Sie zitierte hierzu aus einer Umfrage bei katholischen Geistlichen, Lehrern und Erziehern ein sehr interessantes Beispiel: „Die ästhetische Leistung eines Bühnen- oder Filmregisseurs, der ein den Katholiken heiliges Gut unter dem Gesichtswinkel eines materialistischen Genusses erfaßt, kann diesem rein materialistischen Regisseur Kunst im höchsten Sinne, dem Katholiken Schund und Schmutz sein."

Mit diesem völlig objektiven Zitat, das keinerlei Aggressivität enthält, hat die sozialdemokratische Abgeordnete vorzüglich dargelegt, wo die besondere Gefahr dieses Gesetzes liegt, in der Unmöglichkeit nämlich, den Tatbestand zu begrenzen. Sie fragte weiter, was es eigentlich bedeute, wenn es im zweiten Absatz des Paragraphen 1 heißt, eine Schrift dürfe nicht *„allein* wegen ihres politischen, sozialen, religiösen oder weltanschaulichen Inhalts" verboten werden. Sie wollte wissen, was dieses Wörtchen *allein* besage; sie hat keine befriedigende Antwort erhalten. Wir wollen sie ihr geben: dies ist ein vorzügliches Beispiel für eine Fehlleistung im Freudschen Sinne, daß man aus Versehen sagt, was man Druckschrift, einer illustrierten Zeitschrift etwa? Sie hat einen Schaden von mehreren hunderttausend Mark. Vielleicht erhält sie gelegentlich recht. Wer zahlt ihren Schaden; wer zahlt ihre Kosten für Anwälte, Gutachten, Sachverständige? In dieser Hinsicht ist das Gesetz ungewöhnlich diskret, es setzt nur fest, daß die Kosten einer Berufung, der widersprochen wird, vom Antragsteller zu zahlen sind. Daß der Betroffene, den man auf ungerechte Weise geschädigt hat, Anspruch auf Schadenersatz haben könne, ist dem Gesetzgeber, der nach totalitärem Vorbild nur den Staat, aber nicht den Staatsbürger sieht, nicht in den Sinn gekommen. So ist es möglich, daß Verleger, auch wenn sie im Berufungsverfahren Erfolg haben, in Form von Verlusten eine Strafe von mehreren hunderttausend Mark auf sich nehmen müssen, ohne sich solchen Verwaltungsakten widersetzen zu können.

Solche Schäden, die entschädigungslos bleiben, kann man auch auf beschleunigte Weise herbeiführen. Die Landesprüfstellen dürfen auch — sogar in verkleinerter Besetzung — einstweilige Verfügungen (nicht gerichtliche, sondern verwaltungsmäßige, gegen die nicht sofort eine gerichtliche Entscheidung erlangt werden kann) erlassen. Dies, so heißt es in der Begründung dieses miserabelen Gesetzes, trage „der Schnelligkeit Rechnung, mit der heutzutage Zeitschriften auf den Markt geworfen werden". Würde der Gesetzgeber und würden die Abgeordneten, die diesem Gesetz zugestimmt haben, uns vielleicht erklären, wie man gesetzlich der Schnelligkeit begegnen könnte, mit der ein Mörder sein Opfer umbringt? In beiden Fällen handelt es sich um ein gleiches Recht, eine gleiche Justiz, wenn man nicht im Falle der jugendgefährdenden Schriften die Methode des *präventiven* Verwaltungsaktes anwenden will.

Die Hybris des heutigen Staatsbewußtseins kommt sehr bezeichnend auch im Paragraphen 25 des vorliegenden Gesetzes zum Ausdruck. Hier heißt es im Hinblick auf die Paragraphen 184 und 184a des Strafgesetzbuches, die von der Bestrafung unsittlicher, schamloser und anstößiger Berichte handeln: „Sollten widersprechende gerichtliche Entscheidungen über dieselbe Schrift bekannt werden, so hat der Vorsitzende (der Landesprüfstelle) die Entscheidung der Bundesprüfstelle herbeizuführen." Wie bitte? Eine Verwaltungsinstanz hat über richterliche Urteile zu entscheiden?

Die Sozialdemokratie hat, wofür man ihr dankbar sein muß, angezweifelt, ob dieses Gesetz dem Grundgesetz entspricht. Es ist anzunehmen, daß die Opposition in dieser so sehr wichtigen Frage das Bundesverfassungsgericht um eine Normenkontrolle ersuchen wird. Es spricht vieles dafür, daß sie dabei zugleich recht behalten und wahren wird.

Inzwischen haben bereits eine Reihe Künstler, Journalisten und Verleger gegen das Gesetz Protest eingelegt, was der Gesetzgeber in seiner Begründung schon mit einigem Hohn vorausgesagt hat. Es wäre gut, wenn hierbei auch positive Vorschläge gemacht würden, so daß man etwa, wie die Abgeordnete Frau Keilhack vorschlug, zu einer Selbstkontrolle des deutschen Kunst-, Buch- und Zeitschriftenhandels kommen könnte, einer Institution also, wie sie ähnlich bereits für den Film existiert. Und die Juristen, die ja allen Anlaß haben, sich gegen die Übergriffe der Verwaltung zu wehren, sollten überlegen, ob es nicht möglich wäre, Verfahren gemäß der Paragraphen 184, 184a des Strafgesetzbuches mit einer gewissen Beschleunigung durchzuführen.

*Richard Tüngel*

Ulbricht: „So, nun laßt mal sehen, was ihr aus Bonn mitgebracht habt . . .!"

## PEP-unwürdig

*H. M. W. Triest*, Ende September

Die Hilfsstellung für Tito wächst sich gelegentlich zu einem moralischen „appeasement" aus. Wie im zweiten Weltkrieg gegenüber den Russen läßt sich auch hier eine fatale Neigung der demokratischen Staatsmänner feststellen, das Nützliche nicht nur für nützlich, sondern auch für liebenswert zu halten. Um das Los derjenigen zu erleichtern, die kommunistischen Zwangssystemen entfliehen, haben die Amerikaner recht bedeutende Fonds bereitgestellt, die den Wohlfahrtsorganisationen unter dem Kennwort „PEP" bekannt sind. (Die Buchstaben deuten an, daß es sich hier um das Programm des Präsidenten für „escapees" handelt.) Seit kurzem dürfen diese Mittel nun auf keinen Fall für jene verwendet werden, die aus Jugoslawien entflohen sind Die Flucht aus

IN DIESER AUSGABE:

**R. S.: Das stenographische Protokoll des Gesprächs mit der Pankower Delegation**

**J. R.: Hold fast (Halt fest) — Manöverbericht**

**Lewalter: Jenseits von rechts und links**

**Marktwirtschaft von links — Zum „Aktionsprogramm" der SPD**

**Familienhilfe — staatliche oder private Aufgabe?**

**Emil Preetorius: Ich — myself — moi même**

**Martin Rabe: Verwandlungen des Menschengesichts**

**Vincent Bonn: Der Wettlauf an der Schallgrenze**

**Literarische Zeit**

*Die Wochenzeitung „Die Zeit" widmete dem Thema „Schund und Schmutz" am 25. September 1952 ihren Leitartikel und setzte eine Karikatur daneben, aus der hervorgeht, daß dieses Thema damals auch die Beziehungen zwischen der Bundesrepublik Deutschland und der Deutschen Demokratischen Republik berührt hat.*

auch deren Widersacher zu Wort. So faßte etwa das deutsche PEN-Zentrum bereits 1949 eine Resolution, wonach zur Bewahrung der Geistesfreiheit jegliche prohibitiven Maßnahmen von Staats wegen gegen irgendeine Art von Publikationen scharf abgelehnt wurden. Als einer der profiliertesten und hartnäckigsten Gegner gesetzlicher Regelungen erwies sich dabei Erich Kästner, der damalige Präsident des deutschen PEN-Zentrums. Er wurde auch – gemeinsam mit Stefan Andres – als Vertreter der Autoren vor dem federführenden 33. Bundestagsausschuß für Fragen der Jugendfürsorge angehört[7], wo beide ein Gesetz gegen Schmutz und Schund klar ablehnten.[8]

Unfreiwillig verräterisch ist die kurze Zusammenfassung dieser Anhörungen, die Robert Schilling, Jurist und späterer Vorsitzender der Bundesprüfstelle für jugendgefährdende Schriften, in seinem Kommentarwerk zum Gesetz gibt: „Alle Gutachter bejahten grundsätzlich den Entwurf bis auf die Autoren, die grundsätzlich dagegen waren, und die Literatursachverständigen, die zwar ein derartiges Gesetz bejahten, aber wesentliche Änderungen empfahlen" (Schilling, 1954, S. 47). Von entgegengesetzter Position aus betrachtet bedeutet dies nichts anderes, als daß uneingeschränkte Befürworter des Gesetzes – immerhin des ersten, das das Grundrecht auf Meinungsfreiheit tangierte – nur diejenigen waren, die von Berufs wegen wenig bis nichts mit dem eigentlichen Gegenstand, der Literatur, zu tun hatten.

Daß ein mehrheitsfähiger Konsens über diese Vorlage nur mühsam zustande kam, ist allein schon daran ersichtlich, daß in siebzehn Sitzungen des Gesamtausschusses sowie einigen Unterausschußsitzungen darüber beraten wurde und es erst am 17. September 1952 zur zweiten und dritten Lesung des überarbeiteten Entwurfs kam. Selbst dort sprachen sich neben SPD und KPD auch noch einzelne Abgeordnete der FDP und die DP[9] gegen das Gesetz aus und stimmten auch in der abschließenden Abstimmung mit Nein. Trotzdem erbrachte die erste Verabschiedung eine zahlenmäßig klare Annahme des Gesetzes.[10]

Bei der darauffolgenden Beratung im Bundesrat traten nochmals Bedenken auf, der Vermittlungsausschuß mußte letzten Endes jedoch zweimal wegen eher formalrechtlicher Zweifel[11] angerufen werden, so daß es beinahe ein weiteres Jahr dauerte, bis Bundestag (am 12. Mai 1953) und Bundesrat (am 22. Mai 1953) dem Gesetz endgültig zugestimmt hatten und es am 9. Juni 1953 verkündet werden konnte.

Die wichtigsten Veränderungen, die das Gesetz seit seinem ersten Entwurf bis zum Inkrafttreten erfuhr, waren:

1. Der Titel. Statt „Gesetz über den *Vertrieb* jugendgefährdender Schriften" hieß es dann „Gesetz über die *Verbreitung* jugendgefährdender Schriften", da das Wort „Vertrieb" zu eng begrenzt erschien.
2. In § 1 wurde die Umschreibung für den Ausdruck Schmutz und Schund, „Schriften, die geeignet sind, Jugendliche sittlich zu gefährden", in der Endfassung durch folgenden Zusatz präzisiert: „Dazu zählen vor allem unsittliche sowie Verbrechen, Krieg und Rassenhaß verherrlichende Schriften."
3. Die Ergänzung und damit Verschärfung des § 6 der ursprünglich „nur" das generelle Verbreitungsverbot an Jugendliche für „Schriften, die durch Bild für Nacktkultur werben" beinhaltete, wurde durch folgenden Absatz ergänzt: „Schriften, die Jugendliche offensichtlich schwer gefährden, unterliegen den Beschränkungen der §§ 3 bis 5, ohne daß es einer Aufnahme in die Liste oder einer Bekanntmachung bedarf."
4. Aufgrund des Einspruches des Bundesrats und der Verhandlung im Vermittlungsausschuß wurden die ursprünglich vorgesehenen Landesprüfstellen zugunsten einer alleinigen Bundesprüfstelle gänzlich gestrichen.

Im Vergleich zu dem Gesetz von 1926 ist vor allem der Verzicht auf das Begriffspaar „Schmutz und Schund" bemerkenswert.[12] Außerdem gewährte das neue Gesetz den Jugendlichen selbst grundsätzliche Straffreiheit. Die Strafbestimmungen bezogen sich

(und beziehen sich noch heute) ausschließlich auf Produzenten und Vertreiber entsprechender Veröffentlichungen.

Die Bundesprüfstelle für jugendgefährdende Schriften nahm schließlich am 18. Mai 1954 ihre Arbeit in Bonn auf; Vorsitzender wurde Robert Schilling, Erster Staatsanwalt a. D. Die weiteren Mitglieder dieser Institution setzten sich zusammen aus jeweils zwei Beisitzern der Gruppen: Kunst, Literatur, Buchhandel, Verlegerschaft, Jugendverbände, Jugendwohlfahrt, Lehrerschaft, Kirchen.[13]

Während der überaus langwierigen Behandlung des Gesetzes in Bundestag und Bundesrat, die ja sozusagen mit dem Aufkommen des Problems oder kurz danach ihren Anfang genommen hatte, waren das Hauptaugenmerk und die Hoffnungen der Jugendschützer vor allem auf dessen Durchsetzung und möglichst weitreichende Eingriffsmöglichkeiten gerichtet. Um in der Öffentlichkeit auf die scheinbare Dringlichkeit des Problems aufmerksam zu machen, um die vorgebliche Notwendigkeit gesetzgeberischer Restriktionen allgemeinverständlich vor Augen zu führen und Gesetzesgegnern damit fast schon (und manchesmal nicht nur fast) den Weg ins moralische Abseits zu weisen, versuchte man gleichzeitig mit einer Vielzahl an Broschüren, Beiträgen in Verbandsorganen und Fachzeitschriften wie auch Artikeln in Boulevardblättern und der Tagespresse ein möglichst plastisches Bild des „Status quo" zu zeigen. Eifrige Zeitgenossen – häufig auch von Amts wegen – liefen in Städten und Städtchen umher und zählten unbekleidete Körperteile und pistolenbewaffnete Hände (mehr noch ersteres), leerten verdächtige Schultaschen oder spekulierten auf freiwillige Herausgabe des „Schunds" mittels Lockangeboten („drei schlechte Hefte für ein gutes"). Darüber hinaus standen die – teilweise mit Fotos nachgestellter Szenen versehenen – Schilderungen und Berichte von zwölf-, dreizehn-, vierzehnjährigen Dieben, Vergewaltigern, Mördern an Dramatik und Sensationslust den inkriminierten Schmökern nur um weniges nach. Die jugendlichen Delinquenten, so wurde suggeriert, hatten zuvor Krimiheftchen – meist in größeren Mengen – konsumiert und – nach eigenen Angaben – Anregungen für ihre Tat daraus bezogen. Beispiele dieser Art wurden flächendeckend über die ganze Bundesrepublik verteilt veröffentlicht, wobei einzelne Fälle zum Teil über Jahre hinweg wieder und wieder als Beweis herhalten mußten.[14] Häufig wurden zu solchen Versuchen einer Konstruktion von Kausalitätsbeziehungen zwischen „untergeistigen" Lesestoffen und dem Abrutschen in die Kriminalität auch Ärzte und Psychologen hinzugezogen, deren Beurteilung dieses vermeintlichen Zusammenhangs aber genauso von persönlich-subjektiver Einschätzung und Vorverständnis des Gesamtproblems abhing.[15]

Oft hielten sich die Autoren von Artikeln zur Schundproblematik allerdings auch gar nicht erst bei einer argumentativen Beweisführung der schädlichen Wirkung solcher Lektüre auf, sondern setzten dies offenbar als selbstverständliche, allgemein anerkannte Tatsache voraus und riefen sofort Mitstreiter in martialischem Ton an die „Front". Diese Spezies von Schundkämpfern trat besonders häufig unter Erziehern und Kirchenleuten auf, zwei Gruppen, die sich offensichtlich den größten missionarischen Elan bewahrt hatten.

In der „Jugendschriften-Warte" schreibt 1952 so auch ein Lehrer, Vorsitzender eines Jugendschriftenausschusses, in entsprechendem Sinne:

*„Müssen wir zusehen, wie man die deutsche Jugend verdirbt? [...]* Deutsche Erzieher an die Front! *Diesen Ruf wollen wir hinausschreien! H i n a u s s c h r e i e n ! Wenn die Eltern, die in erster Linie Verantwortlichen v e r s a g e n , dann muß die Lehrerschaft in die Bresche springen! Die Jugendschriften-Warte aber muß das Kampfblatt der Erzieher werden. [...] Warten wir doch nicht mehr! Warten wir nicht, bis sich die Behörden zum Kampf entschließen! Deutsche Erzieher nehmt geschlossen den Kampf auf!"* (vgl. Schwanecke, 1952, S. 1).

Solche Sätze erinnern von Wortwahl und Inhalt her an damals noch nicht lange vergangene Zeiten. In einer Broschüre aus dem Echter-Verlag mit dem Titel „5 vor 12" aus dem Jahre 1950 war denn auch – passend dazu – nachzulesen, daß Erich Kästner in seinen Werken, besonders in dem 1946 erschienenen Gedichtsband „Bei Durchsicht meiner Bücher", in „so wenigen Verschen soviel Unrat angehäuft" habe, daß es „um solche eindeutigen Zweideutigkeiten zu verbieten, [...] kein Schmutz- und Schundgesetz" brauche, denn: „Dieses Gereimsel steht tief unter Schmutz und Schund. Es müßte vom § 184 des Strafgesetzbuches abgedrosselt werden" (5 vor 12, 1950, S. 22). Und an anderer Stelle dieses Pamphlets werden Gegner eines Schmutz- und Schundgesetzes in enge Nachbarschaft mit Mördern, Giftmischern, Meineidigen und Homosexuellen (!) gerückt. Analog zur Feststellung „§ 211. Mord. Der Mörder wird mit dem Tode bestraft. Wer ist gegen § 211? D e r M ö r d e r !" heißt es dort zum Schluß: „§ 184. Verbreitung unzüchtiger Schriften usw. [...] Wer ist gegen § 184 und ein kommendes Schmutz- und Schundgesetz? D e r ... e d l e K ä m p f e r f ü r d i e F r e i h e i t d e s G e i s t e s !" (5 vor 12, S. 2).

Diese Broschüre wurde – laut Nachwort – von einem „Kreis junger Männer und Frauen" geschrieben, denen „ganz einfach der ‚Kragen geplatzt'" ist, „angesichts des Trommelfeuers von Angriffen, das die Freunde von Schmutz und Schund zum Teil unter merkwürdigen Parolen in Erwartung der Bundestagsdebatte begonnen haben" (5 vor 12, S. 31). „Für den Inhalt verantwortlich" zeichnete übrigens Oskar Neisinger, später Mitglied der Bundesprüfstelle in der Gruppe „Jugendverbände".

## Negative und positive Phase des Schundkampfes

Mit der Verabschiedung des „Gesetzes über die Verbreitung jugendgefährdender Schriften" und der Konstituierung der Bundesprüfstelle endete gleichzeitig die erste, die „negative" Phase des Schundkampfes. Negativ soll diese Phase deshalb genannt werden, weil in diesen Jahren der Abwehrkampf gegen „untergeistige Literatur"[16], eine eindeutige „Anti"-Haltung also, und die Bemühungen um prohibitive gesetzliche Bestimmungen im Vordergrund gestanden haben.

Die Jahre 1953 und 1954 bedeuteten eine Art Zwischenpause, in der wenig an Grundsätzlichem zur Schundfrage veröffentlicht wurde – außer ersten ausführlichen Kommentaren zum Gesetz aus juristischer Sicht. Die meist ansonsten mit Kinder- und Jugendliteratur weniger befaßten Kritiker einer gesetzlichen Lösung waren weitgehend resigniert verstummt, die anderen warteten vor allem ab, wie sich die Arbeit der Bundesprüfstelle entwickeln würde.

Schon nach wenigen Monaten der Arbeit dieser Institution begann sich Enttäuschung ob der als viel zu gering beanstandeten Auswirkungen auszubreiten. Außer einigen Comicserien erschien kaum eine der heftig befehdeten Reihen auf der „Liste der jugendgefährdenden Schriften". Die Folge war eine Umorientierung der Schundkämpfer, da eine baldige Verschärfung des Gesetzes unrealistisch erscheinen mußte.

Um 1954/55 ist dementsprechend der Beginn einer zweiten, jetzt „positiven" Phase der Schundbekämpfung in der Bundesrepublik anzusetzen, für die man kein exaktes Ende bestimmen kann, die auf jeden Fall bis weit in die sechziger Jahre anhielt, aber zunehmend an Bedeutung im Gesamtzusammenhang der Jugendliteraturarbeit verlor.

Selbstverständlich hatte es auch vor 1954 sogenannte „positive" Maßnahmen innerhalb der Schmutz- und Schundkampagne gegeben. Die Notwendigkeit, „gute" Jugendliteratur zu fördern, Aufklärung über „schlechte" Schriften und die Leseerziehung überhaupt zu intensivieren, war nicht nur von allen Parteien in den Bundestagsdebatten betont und gefordert worden, sondern in dieser Hinsicht waren sich wohl alle Beteiligten einig, es waren im Prinzip seit 1948/49 (in Einzelfällen auch noch früher) verschiedenste Aktionen zur Förderung guter Jugendbücher in der Praxis durchgeführt worden. Nur, vordem war der Kern der Schundkämpfer von der Vorrangigkeit der Beseitigung oder Verhinderung minderwertiger Lesestoffe ausgegangen. Nachdem das neue Gesetz dies nun in der erhofften Form nicht zuwege brachte, stürzten sich die meisten Schundkämpfer auf konkrete Maßnahmen zur Aufklärung und „Immunisierung" der Öffentlichkeit, sowohl der Kinder und Jugendlichen als auch deren Eltern. Man brauchte sich dabei auch kaum mehr grundsätzlich zu rechtfertigen. Die Jugendgefährdung durch schlechte Lektüre galt sozusagen als staatlich beglaubigt und diejenigen, die sich den flankierenden Maßnahmen zur Arbeit der Bundesprüfstelle widmeten, konnten sich in dieser Funktion nun ebenfalls öffentlich anerkannt fühlen.

Daraus ergibt sich beinahe ein Paradoxon. Das, was manchen Zeitgenossen heute noch als *der* Schmutz- und Schundkampf im Gedächtnis ist, die zahlreichen Umtausch- und Schmökergrabaktionen etwa, das, was man aus der Distanz heute spöttisch bis leicht schamhaft (aufgrund persönlicher Verwicklung) belächelt und was den Nachgeborenen – frönen sie nicht der Elvis-Petticoat-Nierentisch-Nostalgie – schlicht als Inbegriff jener immer wieder beklagten Muffigkeit der fünfziger Jahre erscheinen muß, das alles sind überwiegend die Erscheinungsformen der zweiten Schundkampfphase. Die eigentliche „ideologische" Auseinandersetzung war zu diesem Zeitpunkt jedoch größtenteils abgeschlossen.[17]

Und noch ein Charakteristikum der positiven Schundkampfphase, die deren Betrachtung als eigentliche Hochzeit der Kampagne zumindest relativieren sollte, muß genannt werden. In der theoretischen Beschäftigung mit Lesestoffen von Kindern und Jugendlichen nahm die Beschäftigung mit der Schmutz- und Schundliteratur in dieser Zeit zusehends ab. Über die Akzentverschiebung hin zur Förderung als positiv eingeschätzter Bücher und Hefte wandten sich die „Jugendschriftler" im engeren Sinne verstärkt der Sichtung und Untersuchung der entsprechenden Texte zu, wenngleich die Bedrohung durch das „Schlechte" immer wieder einmal, auch auf Tagungen, aktuell zu werden drohte.[18]

### *Die Arbeit der Bundesprüfstelle für jugendgefährdende Schriften*

Entgegen der ursprünglichen Planung, in der Landesprüfstellen in den einzelnen Bundesländern vorgesehen waren, war – wie gesagt – aufgrund des Einspruchs des Bundesrats eine alleinige Prüfinstanz, die Bundesprüfstelle für jugendgefährdende Schriften in Bonn, übriggeblieben, die für die Öffentlichkeit erstmals in Erscheinung trat mit den Entscheidungen vom Juli 1954. Die Bundesprüfstelle durfte dabei nach den Bestimmungen des Gesetzes nicht von sich aus tätig werden, sondern prüfte Publikationen nur auf Antrag; antragsberechtigt waren in den ersten Jahren der Bundesminister des Innern sowie die obersten Jugendbehörden der Länder. Geprüfte und als „jugendgefährdend" eingestufte Titel wurden auf die „Liste der jugendgefährdenden Schriften" gesetzt, die außerdem noch die von den Gerichten nach § 184 und § 184a für „unzüchtig" und „schamlos" erklärten Publikationen enthielt. Indizierte Veröffentlichungen dürfen (auch heute noch) Jugendlichen unter achtzehn Jahren nicht überlassen, nicht ausgestellt oder ausgelegt werden, und es darf für sie nicht geworben werden. Von der Bedingung, daß nur geprüfte Publikationen unter Verbreitungsbeschränkung gestellt werden dürfen, kann bei periodischen Veröffentlichungen abgewichen werden und zwar, wenn mindestens zwei Indizierungen derselben Reihe oder Zeitschrift in einem Jahr bereits ausgesprochen sind; in diesem Fall ist eine drei- bis zwölfmonatige Indizierung möglich, was in der Praxis fast gleichbedeutend mit einem völligen Verbot ist.

Bereits in der Entscheidung Nr. 1 vom 9. Juli 1954 wurde dabei eine Reihe von Leitsätzen aufgestellt, die auch als Grundsatz für die weitere Arbeit gelten sollten. Den Argumenten, die die von Indizierung bedrohten Verlage vorbrachten, wurde darin die Anerkennung verweigert. Der von Verlegerseite geäußerten Auffassung, in einer harten Zeit müsse zur Härte erzogen werden oder auch, daß der Begriff „Sittlichkeit" relativ sei und sich gerade in einem Wandel befinde, hielt man entgegen, daß es nicht darauf ankomme, ob „das Gute siege", sondern einzig darauf, „ob die angewandten Mittel unserer Sozialordnung entsprechen" (zit. nach Schilling, 1955, S. 40). Außerdem nahmen die Prüfer eine nicht unerhebliche interpretatorische Erweiterung vor, indem sie feststellten, daß „auch eine geistige Gefährdung [...]

sittlich gefährden“ (ebd.) kann; im Gesetzestext war ja nur von „sittlicher“ Gefährdung die Rede.

Weitere frühe Grundsatzentscheidungen bezogen sich hauptsächlich auf die Comics, die, obwohl ihnen bis zur Gesetzesverkündung kaum Beachtung von den Schundkämpfern geschenkt worden war, im ersten Arbeitsjahr der Prüfstelle das größte Kontingent innerhalb der Anträge auf Verbreitungsbeschränkung und tatsächlicher Indizierung stellten.[19]

Bemerkenswert – auch für die sonstigen Schundexperten – war, daß kaum irgendwelche der Reihen à la „Billy Jenkins“ oder „Rolf Torring“, denen zuvor der Großteil der Attacken gegolten hatte, belangt wurden. Die Antragsberechtigten sahen wohl selbst nur geringe Chancen, mit den Mitteln des bestehenden Gesetzes in diesen Fällen eine Indizierung erwirken zu können und sorgten auch nicht für eine regelmäßige, systematische Beobachtung des Marktes. Im übrigen erwies sich der Eifer der möglichen Antragsteller insgesamt als recht bescheiden. Robert Schilling bedauert 1959 in einem umfangreicheren Bericht über die Arbeit der zurückliegenden Jahre ausdrücklich, daß dieses „Großgebiet der Massenlesestoffe“ von den antragsberechtigten Dienststellen bis dahin „übersehen oder verkannt“ (Schilling, 1959, S. 81) worden war. Von den seit Bestehen der Bundesprüfstelle weit über zehntausend herausgekommenen derartigen Titeln seien noch keine zwanzig zur Prüfung vorgelegt, davon nur acht in die „Liste der jugendgefährdenden Schriften“ aufgenommen worden. Des weiteren klagt der Prüfstellenvorsitzende dort über das noch weitverbreitete „polizeistaatliche Denken“ (Schilling, 1959, S. 147), aufgrund dessen keinerlei „private Initiative“ zum Tragen gekommen sei. Und außerdem kritisiert er den im Gesetz ausschlaggebenden, aber zu abstrakten Begriff „sittlich jugendgefährdend“, der nie populär geworden sei und in der Öffentlichkeit allenfalls mit sexuellen Inhalten in Verbindung gebracht würde. Eine zusätzliche Hemmung einer wirkungskräftigen Bearbeitung von Indizierungsanträgen bildete in den Augen der Kritiker die gewöhnlich für Hefttitel zu späte Beantragung, da zur Zeit der Vorlage die einzelnen Nummern häufig nicht mehr im Handel waren (vgl. Schilling, 1959, S. 123f.).

Eine exakte Einschätzung der Auswirkungen des „Gesetzes über die Verbreitung jugendgefährdender Schriften“ in den fünfziger Jahren muß auch aus der Distanz einigermaßen schwerfallen. Übereinstimmend wird von Zeitzeugen berichtet, das Bild der Städte habe sich relativ schnell gewandelt, zumindest die große Zahl der „Erotica“ sei aus dem (sichtbaren) Angebot verschwunden. Andererseits ist deutlich, daß die diversen Romanheftserien, die Textsorte also, die einen erheblichen Anstoß zur Verabschiedung des Gesetzes gegeben hatte, im Untersuchungszeitraum kaum berücksichtigt wurden, auffällige Veränderungen im Angebot von Romanheften – abgesehen vom Auftreten neuer Genres – dementsprechend kaum zu erkennen sind. Etwas anders war die Situation bei den zeitweilig stark im Mittelpunkt stehenden Comicheften, bei denen – offenbar aufgrund der häufigen Indizierung – ab Mitte der fünfziger Jahre eine Verschiebung von den ursprünglich zahlenmäßig überwiegenden Abenteuerserien zu den „Funnies“ zu bemerken ist.

Insgesamt wird man dennoch mit Schilling (vgl. 1959, S. 120) von einer eher indirekten Wirkung des Gesetzes und der Arbeit der Bundesprüfstelle in Form von stärkerer Selbstkontrolle und Vorsichtsmaßnahmen von Verlegerseite ausgehen können. Für diese Annahme spricht auch, daß sich ab 1954 für die verschiedenen Untergruppen des „Schunds" Selbstkontrolleinrichtungen herausbildeten.

*Werbefaltblatt des Deutschen Jugendschriftenwerks (um 1957) für eine „positive" Schundbekämpfung mittels „guter" Jugendhefte.*

### *Selbstkontrollgremien*

Als erste entstand im März 1955 – im direkten Anschluß an eine Indizierungsoffensive der Bundesprüfstelle – die freiwillige Selbstkontrolle für Serienbilder, die im Mai desselben Jahres die ersten Prüfungen von Comicserien durchführte. Das Entscheidungsgremium war ähnlich dem der Bundesprüfstelle zusammengesetzt und traf nicht nur Povitiv- oder Negativ-Verdikte, sondern erarbeitete auch Änderungsvorschläge.

Mit der Prüfung von Romanheften befaßte sich der 1956 gegründete Remagener Kreis. Arbeitsgemeinschaft von Verlegern der Volksliteratur, in dem sich ein Teil der

Heftchenverleger zusammengeschlossen hatte, die nach Schilling (1959, S. 82) 56 von 79 ermittelten Reihen herausbrachten.[20] Die von dem Verein ausgearbeiteten Leitsätze wandten sich insbesondere gegen die Darstellung oder Überbewertung von Brutalität, Sadismen und Perversitäten, Unanständigkeiten und sexuellen Schlüpfrigkeiten und allgemein gegen asoziale und antihumane Tendenzen.

*Ab Mitte der fünfziger Jahre erfreuten sich Kriegsromanhefte wieder wachsender Beliebtheit. Titelseite des Heftes „Alcazar" der Reihe „Signal. Wahre Berichte aus schwerer Zeit" (Verlag Presse-Buch W. Hermann, Hamburg).*

Außerdem wurde 1957 eine Selbstkontrolle der Illustrierten ins Leben gerufen, wie auch die Aktion 57, ein Verein, dessen Aufgabe die Überprüfung von speziellen Leihbüchern war.[21]

Nicht als reines Kontrollgremium verstand sind das Deutsche Jugendschriftenwerk (DJW), das 1956 gemeinsam von Vertretern der Verlage anerkannter Kleinschriftenreihen, Buchhändlern, Pädagogen und anderen an Jugendliteratur Interessierten gegründet wurde. Bei positiver Beurteilung zur Prüfung eingereichter Hefte, Zeitschriften oder Taschenbücher erhielt die somit als jugendgeeignet bewertete Publika-

tion das Recht, ein DJW-Gütezeichen zu tragen. Die Arbeit des Deutschen Jugendschriftenwerks ging im übrigen von Anfang an über die reine Prüftätigkeit hinaus, denn man befaßte sich auch mit Leseerziehung, Marktbeobachtung und Werbeaktionen für die empfohlenen Schriften.

### *Die Novellierung des „Gesetzes über die Verbreitung jugendgefährdender Schriften"*

Ungefähr ab Mitte der fünfziger Jahre bevölkerten neben den länger eingeführten Kriminal- und Abenteuerreihen zunehmend auch wieder Kriegsromanhefte den Markt. Vermutlich bestehen hier Zusammenhänge mit dem allmählich wiedererwachenden „Mut" alter Krieger, besonders nach dem Beschluß zur Wiederbewaffnung 1956 wie auch kurz zuvor der endgültigen Entlassung der Bundesrepublik in die Unabhängigkeit mit Beendigung des Besatzungsstatuts (1955); damit verbunden war beispielsweise auch die Aufhebung von Vetoklauseln, die den Besatzungsmächten durchaus Einspruchsrechte gegen unliebsame Druckwerke gewährt hatten.

Aufmerksam auf diesen Bereich wurde man dennoch erst gegen Ende des Jahrzehnts, und im Mai 1960 erschienen zum erstenmal Schriften mit „kriegsverherrlichendem" Inhalt auf dem Index der Bundesprüfstelle.[22] Die Indizierungsanträge hierzu waren auf der Grundlage der Initiative eines Bremer Arbeitskreises von Pädagogen und Juristen zustande gekommen, die den Heften „unglaubliche Bagatellisierung und Verniedlichung des Kriegsgeschehens" vorwarfen und das „Heldenidol" beanstandeten, wonach einzelne Landser im Stile von „Superman" vorgeführt würden. In „schnoddriger Weise" beschriebene Kampfszenen erweckten überdies Angst vor einer „verrohenden Wirkung" solcher Hefte (zit. nach: Die Bundesprüfstelle ..., 1961, S. 52). Gleichzeitig und als Reaktion auf das Bremer Gutachten waren zahlreiche Beiträge in der Presse zu lesen, die auf diese „neue" Gefahr aufmerksam machen wollten und teilweise eine Verschärfung des „Gesetzes über die Verbreitung jugendgefährdender Schriften" forderten.[23]

Aufgrund dessen sowie zuvor genannter Klagen über die mangelnde Wirksamkeit des Gesetzes fand auf Antrag der CDU/CSU-Fraktion eine Überarbeitung des Textes von 1953 statt, die zu der Neufassung des Schmutz- und Schundgesetzes vom 29. April 1961 führte. Die Novelle erläuterte in § 4 den Geltungsbereich der Verbreitungsbeschränkung neu, bezog dabei besonders den Versandhandel, die gewerblichen Leihbüchereien und gewerbliche Lesezirkel mit ein und betonte das zuvor eher indirekt enthaltene Verbot, indizierte Schriften über Kioske zu verbreiten. Leicht geändert wurde auch der § 1. Zusätzlich wurde „verrohend wirkende" und „zu Gewalttätigkeit anreizende" Literatur in den Gesetzestext aufgenommen. Das erklärte sich als Reaktion auf die sogenannten „harten" oder „hartgesottenen" Krimis, die – nach amerikanischen Vorbildern oder Übersetzungen – in den Jahren zuvor populär geworden waren und die laut Ausschußbericht „rücksichtslose Gewaltanwendung und ein brutales Faustrecht als übliche Mittel der zwischenmenschlichen

Auseinandersetzung“ propagierten (zit. nach Potrykus, 1954, S. C 17). Nach Potrykus sollten damit ebenfalls „Verbrecher-Comic-Stripes“ ausdrücklich erfaßt werden können. In bezug auf die Kriegsliteratur brachte die Gesetzesnovelle dagegen wenig an konkreten Änderungen gegenüber der ursprünglichen Fassung.[24]

*Aufruf zur Schmöker-Umtauschaktion.*
*Handzettel des Jugendheftrings*
*Oberursel.*

## *Aktionen im Schmutz- und Schundkampf*

In der breiten Öffentlichkeit „lebte“ der Schmutz- und Schundkampf – wie schon erwähnt – vor allem durch eine große Zahl zum Teil breit angelegter, manchesmal fast spektakulärer, Aktionen.

Bei weitem die beliebteste Veranstaltungsform waren die sogenannten Umtauschaktionen, die landauf und landab seit Beginn der Schmutz- und Schundkampagne, verstärkt aber nach 1953/54 stattfanden und nicht selten mit anderen Aktionsformen kombiniert wurden. Kernstück und hauptsächliches Lockmittel solcher Umtauschaktionen war – dem Wortsinn entsprechend – der Umtausch von „Schlechtem“ in

„Gutes". Meist wurde für drei bis fünf „Schmöker" ein gutes Leseheft angeboten oder für zehn ein „gutes" Buch.

Auch diese Art der Schundbekämpfung war keine originäre „Erfindung" der Jahrhundertmitte, war – wenigstens vereinzelt – schon vor 1933 anzutreffen[25], wurde jedoch erst in den fünfziger Jahren zum Inbegriff einer aktiven Schundabwehr.

*Werbezettel für eine Umtauschaktion mit anschließender Vernichtung der eingesammelten „Schund"hefte in einem „Schmökergrab".*

Veranstaltungen dieser Art waren häufig verbunden mit Autorenlesungen, Theater- oder Musikdarbietungen. Ihr Charakter lag zwischen Kinderfest und allgemeiner Volksbelustigung. Zu Vorträgen, beziehungsweise Lesungen, wurden Schriftsteller, zum Beispiel der Abenteuerbuchautor Herbert Kaufmann, eingeladen oder auch der „Weltumradler" Fritz Helfgen, der zahlreiche derartige Lesungen mit eigenen Erlebnissen füllte und sich somit als kompetenter Promotor seiner als Heftserie und in Buchform erschienenen Reiseerlebnisse erwies.

Resumés solcher Aktionen wie die Berichterstattung in der Presse schwelgten in vielstelligen Zahlen[26], was die Ablieferungsmenge von Schundheften betraf, wohinge-

gen Stoßseufzer von Verlegern „guter“ Jugendhefte und Bücher zuweilen dahingehend ausgestoßen wurden, daß sie mit Leichtigkeit einen Großteil ihrer Produktion „absetzen“ könnten als Spenden an die unzähligen Bittsteller und Organisatoren von Tauschaktionen.

Ausgehend von der Anti-Schmutz- und Schundkampagne, jedoch zunehmend unabhängiger davon und nicht mit Umtauschaktionen gekoppelt, spezialisierten sich beispielsweise ab 1954 die Friedrich-Bödecker-Kreise auf „geistige Jugendhilfe“, insbesondere durch Organisation von Autorenlesungen für Kinder und Jugendliche.

Einen überregionalen Bekanntheitsgrad erlangten auch die etlichen „Schmökergrab“-Aktionen (etwa unter dem Motto: „Was an Schmutz und Schund ich hab’, hinein damit ins Schmökergrab“), bei denen dem Schundeinsammeln die spektakuläre „Unschädlichmachung“ – zum Beispiel in stillgelegten Steinbrüchen – auf dem Fuße folgte. Noch gründlicher gingen in Sachen „Vernichtung von Schmutz und Schund“ solche Veranstalter vor, die ihre Aktivitäten mit einer Übergabe der eingesammelten Groschenhefte an die Flammen krönten. In einem Bericht über eine bescheidene Schulaktion heißt es zu diesem Punkt etwa schlicht: „In einer kleinen Schulfeier wurden die abgelieferten Hefte öffentlich verbrannt“ (DJW-Materialsammlung, Institut für Jugendbuchforschung).

Pretentiöser gingen Organisatoren vor, die von vornherein eine „Aktion Scheiterhaufen“ planten und diese Titulierung gleichzeitig als Lockmittel einzusetzen versuchten. Aufgerufen zu einem derartigen Unternehmen wurde 1957 beispielsweise vom Bund der katholischen Jugend in Frankfurt, der mit dem Deutschen Jugendschriftenwerk zusammenarbeitete – unter ausdrücklicher Billigung der Evangelischen Jugend und des Schulamtes. Der laut Durchführungsplan[27] vorgesehenen einwöchigen Anti-Schund-Offensive ging eine dreiwöchige „Werbekampagne“ voraus, beispielsweise mit Predigten zum Problem Schmutz und Schund, und enden sollte diese Woche mit „einem bunten Zug zum Domplatz und Scheiterhaufen“.[28] Nicht nur die Publizierung (mit Pressekonferenz, 500 Plakaten und 60000 Handzetteln) nahm generalstabsmäßige Formen an, sondern mehr noch die technische Durchführung des Einsammelns, zu der jede Frankfurter Pfarrei mit herangezogen wurde. Daß in diesem Fall letztendlich die geplante öffentliche Verbrennung der eingesammelten Hefte nicht stattfand, war nicht einer späten Einsicht der Veranstalter, sondern einzig Protesten in Presse und Öffentlichkeit zu verdanken. Noch im Abschlußbericht zeigten sich dagegen die Organisatoren düpiert. Sie glaubten, ungerecht behandelt worden zu sein. Sie unterstellten den „Scheiterhaufen“-Kritikern, deren Motivation läge in „unliebsamen Erinnerungen“ an Ereignisse, „bei denen sie keine allzugute Rolle“ gespielt hätten (Hans Wieland, Bericht über die „Aktion Scheiterhaufen“, vgl. Anm. 27).

Nicht erst und nicht nur solche Verbrennungspläne oder Aktionen riefen grundsätzliche Kritik an Umtauschaktionen hervor, sondern mit Zunahme derartiger Unternehmen meldeten sich vermehrt bedenkliche Stimmen. Verschiedene Argumente wurden dabei angeführt: Solche Sammelaktionen machten den Markt nur frei

für verstärkte Nachfrage nach neuen Schundheften, denn verdächtigerweise hätte noch kein Schundverleger Beschwerde dagegen geführt. Neben tatsächlichem Schund würden genauso gute Hefte abgegeben, es sei also offenbar kein Bewußtsein über Qualitätsmaßstäbe vorhanden. Auch bedeute die Ausgabe von guten Heften an Schundleser deren ungerechtfertigte Belohnung (vgl. Schilling, 1959, S. 137f.). Vor allem – und hierin waren die Kritiker von Umtausch- und Schmökergrabaktionen einer Meinung – hätten solche Unternehmen mit Sicherheit keinerlei Nutzen, solange es bei einer einmaligen, isolierten Aktion bliebe (vgl. Schmutz und Schund unter der Lupe, 1955).

Ebenfalls zu rigorosen Methoden griffen, besonders in der ersten Phase der Schundbekämpfung, nicht wenige Kommunalverwaltungen, indem sie Kioskpächtern auf städtischem Grund und Bahnhofsbuchhändlern den Verkauf minderwertiger Literatur unter Androhung einer Kündigung des Pachtverhältnisses untersagten.[29]

Zuweilen meldeten sich auch ganze Ortschaften „schundfrei" nach entsprechenden Kampagnen der lokalen Jugendschützer und Schmutz- und Schundkämpfer wie etwa 1952 das Städtchen Bad Harzburg.[30] Allerdings hielt die Wirkung solcher Kampagnen selten länger an.

Von städtischer Seite wurden weiterhin auch „positive" Versuche mit Bücher-Omnibussen (z. B. 1950 in Mannheim) unternommen oder auch mit Jugendkiosken (u. a. in Frankfurt), an denen Jugendliche sich mit guter und billiger Literatur versorgen können sollten, ohne die Hemmschwelle zum Betreten einer Buchhandlung überwinden zu müssen. Solche Jugendkioske trafen allerdings – aufgrund ihrer kommunalen Subventionierung – auf die Ablehnung des Buchhandels, der in ihnen eine ungleiche Konkurrenz sehen mußte. Sie wurden im allgemeinen nach relativ kurzer Lebensdauer wegen unzureichender Finanzierungsmöglichkeiten und wohl auch eines nicht allzugroßen Zuspruchs wieder geschlossen.

In vielen Orten wurden zur Optimierung vereinzelter Maßnahmen Arbeitskreise gegen Schmutz und Schund gegründet, zum Teil mit Beteiligung der Jugendämter oder anderer Stellen der Kommunalverwaltungen, zum Teil auch als unabhängige Gruppen von Lehrern und/oder Eltern und anderen Interessenten. Der wahrscheinlich umfassendste solcher Arbeitskreise auf lokaler Ebene war die 1951 gegründete Geistige Jugendhilfe in Dortmund, in der über sechzig Institutionen und Gruppen[31] zusammengeschlossen waren und die unterschiedlichsten Aktivitäten entwickelten. Diese Arbeitsgemeinschaft ging wie viele ähnliche, kleinere davon aus, daß nicht Verbote Wirkungen zeitigen könnten, sondern einzig und allein „die Pflege und die Förderung und ein Überangebot des wirklich Guten" (Mitteilungen der AG Geistige Jugendhilfe, 1952, S. 1).[32]

Die auch von den Dortmundern geförderten Leseringe gehörten ab etwa 1955 (unter unterschiedlichen Benennungen wie Jugendheft-Lesering, Heftl-Ring usw.) in vielen Gegenden der Bundesrepublik zu den bevorzugten positiven Maßnahmen zur Schundabwehr. Die Leseringe waren im allgemeinen so aufgebaut, daß an einer oder mehreren sogenannten Tauschstellen (meist in Buchhandlungen oder Schulen) ein

zunächst aus Spenden finanzierter Grundbestand an „guten“ Jugendheften vorrätig war. Wer Mitglied des jeweiligen Leserings wurde, mußte ein neues, selbstgekauftes Heft abliefern. Dafür hatte er dann das Recht, eine bestimmte Zeit über andere Hefte auszuleihen. Zu Beginn des jeweils nächsten Zeitabschnitts mußte ein neues Heft vom

*Erstes Heft der von der „Harzburger Aktion“ im Sponholtz Verlag (Hannover) 1953/54 herausgegebenen Contra-Reihe, verfaßt von dem bekannten Tierbuchautor Otto Koke (1909–1966). Die Hefte sollten einen Beitrag zur „positiven“ Schundbekämpfung darstellen.*

Mitglied in den Bestand eingebracht werden, wozu es zusätzlich noch auf den beim Eintritt ausgestellten Mitgliedsausweis eine Buchsparmarke (im Wert von fünf oder zehn Pfennigen) erhielt, die auf spätere Buchkäufe angerechnet wurde. Zeitweise waren solche Jugendheft-Leseringe in einigen Städten recht erfolgreich, hatten mehrere hundert Mitglieder, konnten sich allerdings kaum längerfristig halten.

Großes Vorbild war vielerorts der österreichische Buchklub der Jugend. Es wurde auch einiges an Bemühungen unternommen, eine parallele Organisation in der Bundesrepublik aufzubauen. Dazu fanden wiederholt Kontakte mit den zuständigen

Ministerialbehörden der Bundesregierung statt, die sich anfänglich dieser Idee nicht abgeneigt zeigten. Daß es vor 1963, als der Kinder- und Jugendbuchklub Domino entstand, dann doch nicht zur Gründung eines deutschen Pendants zum österreichischen Klub kam, hing offensichtlich mit dem Widerstand zusammen, den ein Teil der Verlegerschaft gegen diesen Gedanken an den Tag legte.[33]

Aktionen gegen das schlechte und für das gute Leseheft oder Buch, die sich direkt an Kinder und Jugendliche wandten, wurden oft von flankierenden Maßnahmen begleitet, die die Eltern über den Hauptlesestoff ihrer Kinder aufklären sollten. Auf solchen Veranstaltungen – häufig mit turnusgemäßen Elternabenden koordiniert – sprach dann ein Experte über die Gefahren der Schundliteratur, und/oder es wurde eine Tonbildschau zum Thema vorgeführt. Die verbreitetste, vom Deutschen Jugendschriftenwerk erarbeitete, Diareihe unter dem Titel „Die Eltern waren ahnungslos"[34] wurde noch bis gegen Ende der sechziger Jahre in der Bundesrepublik und auch in Österreich eingesetzt, andere hießen zum Beispiel „Tarzan ist an allem schuld" oder „Verführung der Jugend".[35]

Einige der Schundkampfvereinigungen und der in diesem Zusammenhang entstandenen Interessengemeinschaften bemühten sich auch um konkrete Verbesserungen auf dem Heftchensektor, so wie die genannte Geistige Jugendhilfe durch Beratungstätigkeit oder der Verein zur Förderung guter Jugendschriften in Hannover, der ebenfalls Verlage und Initiativgruppen, die planten, „gute" Jugendhefte zur Verdrängung der schlechten herauszugeben, mit Fachberatern unterstützen wollte, dessen Arbeit allerdings nach etwa einem Jahr, Ende 1955, aus finanziellen Gründen wieder eingestellt werden mußte.

Eine Heftreihe, die solcherart ausdrücklich als Anti-Schund-Reihe geplant worden war, waren die „Contra-Hefte" der Harzburger Aktion, die damit versuchte, den Schund mit seinen eigenen Mitteln zu schlagen, das heißt durch möglichst abenteuerliche, aber unbedenkliche Handlung und reißerische äußere Aufmachung. Von einigen weiteren Versuchen dieser Art wird im folgenden Abschnitt noch die Rede sein.

## *Schlechte Hefte – gute Hefte – Anti-Schund*

Es dürfte in unserem Zusammenhang schwierig sein, für die Schmutz- und Schundliteratur, insbesondere die „Groschenhefte", einen umfassenden und verläßlichen Gesamtüberblick über die Anzahl der Verlage, Heftreihen wie auch Art und Verbreitung dieser Literaturform zu geben. Das Zahlenmaterial, das in zeitgenössischen Quellen zuweilen mitgeteilt wird, ist so uneinheitlich, weicht so stark voneinander ab, daß darauf keinesfalls aufgebaut werden kann.[36] Das heißt, man muß – so vorhanden – auf die Primärliteratur, die Hefte selbst, zurückgreifen, beziehungsweise die diversen, von unzähligen Vereinen und Gruppen zusammengestellten „weißen" und „schwarzen" Listen zu Rate ziehen. Deren Angaben sind allerdings auch nicht

immer korrekt, vor allem bieten sie wenig Hilfe in bezug auf Gründung und Lebensdauer der einzelnen Verlage und deren Publikationen.

*„Die Aasgeier" von Billy Jenkins. Titelseite der 1955 im Uta-Verlag (Sinzig) erschienenen 148. Folge der Westernheftreihe. Die ursprünglich bereits in den dreißiger Jahren verbreitete Reihe „Billy Jenkins" zählte auch in den fünfziger Jahren wieder zu den populärsten Westernheften.*

Immerhin läßt sich sagen, daß zwischen 1948 und 1960 mindestens hundert entsprechende Verlage[37] existiert haben, die teilweise jedoch nur mit einer einzigen Serie – und dies mitunter auch nur kurzfristig – den Markt bevölkerten.

Konzentriert man sich bei einem Überblick über das Heftangebot der fünfziger Jahre auf die in erster Linie für Jugendliche intendierten Reihen, so läßt sich der weitaus größte Teil der Produktion dem Abenteuergenre zuordnen, worunter dann als Untergruppen die Kriminal-, Wildwest-, Science fiction- wie auch Kriegsromanhefte aufzulisten wären; bei der Sondergruppe der Comics überwogen bis zur Mitte der fünfziger Jahre ebenfalls Abenteuerreihen gegenüber den „Funnies".

In der bisherigen Forschung zum Themenkomplex „Trivialliteratur“ wurden hauptsächlich Grundsatzfragen erörtert[38], beziehungsweise strukturell-funktionale Untersuchungen durchgeführt, in denen etwa der Typ der Heftromanhelden und dessen Handlungsmechanismen untersucht wurden. Eine historisch-chronologische

Am 21. Januar 1954 starb Billy Jenkins in seinem Wohnwagen in Köln an den Folgen der schweren Verletzungen, die er sich im Kriege zuzog, als er bei einem Brand seine Adler retten wollte. In den letzten Jahren wurde sein narbenbedeckter Leib nur von einem Stahlkorsett zusammengehalten.

Tief erschüttert stehen wir an der Bahre des großen Abenteurers. Mit uns trauert die gesamte Lesergemeinde.

**UTA-VERLAG**

*„Nachruf“ des Uta-Verlags (Sinzig) auf Billy Jenkins aus dem Jahr 1954. Seit 1934 konzipierte und verfaßte anfänglich der unter diesem Namen lebende Dompteur und Wildwestartist die gleichnamige Westernheftserie. Später übernahmen professionelle Heftromanautoren die Textproduktion. Das Leben „Billy Jenkins“ wurde in Heftromanmanier stilisiert.*

Charakterisierung der Heftliteratur fällt demgegenüber schwer; Spezialforschungen zu diesem Aspekt sind bislang noch stark vernachlässigt worden.[39] Deshalb können zur Kennzeichnung der Groschenhefte der fünfziger Jahre hier nur einige knappe Hinweise gegeben werden.

Den meisten der ab 1948/49 erscheinenden „Schund“-Heftreihen war eine nur recht kurze Lebensdauer beschieden, wobei sicherlich auch die mangelnde Kapital- und

finanzielle Durchhaltekraft der damals noch sehr zahlreichen Kleinverleger eine Rolle spielte. Bei einer aus Rentabilitätsgründen erforderlichen Mindestauflage von 30 000 und mehr Exemplaren bedeutete die starke Konkurrenz zwischen einer Vielzahl

*Titelseite der Ende der fünfziger Jahre erschienenen Folge „Angriff auf Luna IV" (Utopia Kleinband Nr. 42) aus der Science Fiction-Serie „Utopia. Jim Parkers Abenteuer im Weltraum" aus dem Erich Pabel Verlag (Rastatt).*

einander ähnelnder Heftreihen – in dieser Phase besonders der Detektiv- und Westernhefte – für so manchen Serienhelden ein vorzeitiges Ende. Als relativ erfolgreich erwiesen sich dabei die aus den dreißiger Jahren wieder auferstandenen Heldenfiguren, an deren Spitze als populärster Westernheld der fünfziger Jahre wohl „Billy Jenkins" lag. Ebenfalls wiedererweckt wurden zum Beispiel die Figuren „John Kling", „Rolf Torring", „Jörn Farrow", „Bob Hunter", „Hein Class", „Tom Shark", „Fred Parker", „Frank Allen" und „Sun Koh".

Charakteristischerweise entsprachen die Wildwesthefte um 1950 allerdings noch kaum den späteren Vorstellungen vom Western einschließlich der entsprechenden

Heldentypisierung. „Billy Jenkins“ etwa war keineswegs Cowboy oder Sheriff, sondern staatlich besoldeter Geheimpolizist mit Sonderaufträgen.

Im allgemeinen konnten sich die nach 1945 wiederbelebten Serien bis ungefähr in die Mitte der fünfziger Jahre halten, einige wenige – nach Verlagswechsel – auch bis etwa 1960.[40]

*Plakat und Handzettel aus der Werbekampagne für die Anti-Schund-Serie „Die Schwarze Hand“ des Signal-Verlags (Stuttgart). Worum es sich bei der „Schwarzen Hand“ handelte, wurde – um Spannung zu erzeugen – in der Initialphase 1950 erst nach einigen Tagen bekanntgegeben.*

Die Jahrzehntmitte bildete jedenfalls in mehrfacher Hinsicht einen gewissen Einschnitt auf dem „Schund“-Sektor. In Nachfolge der abtretenden „Helden“ tauchte mit „G-man Jerry Cotton“ und „Kommissar X“ neuartige amerikanische Importware auf, die sich bald und nicht nur bei Jugendlichen durchsetzen sollte. Sicherlich kein Zufall ist es, daß diese beiden Serien im Bastei-, beziehungsweise im Pabel-Verlag, den späteren Marktbeherrschern, erschienen.

Ebenfalls in der zweiten Hälfte der fünfziger Jahre wurde dem Heftroman – nach vereinzelten Vorläufern – auch die „Zukunft“ erschlossen in Science fiction-Serien (z. B. „Utopia“, Pabel-Verlag), und – wie schon erwähnt – verlegte man auch wieder

Heftreihen mit Kriegsthematik, als deren bekannteste, doch auch umstrittenste die „Landser"-Reihe (ab 1957) aus dem Pabel-Verlag[41] zu gelten hat. Und Mitte der fünfziger Jahre setzte zudem – nach einer im Verhältnis zur Entstehungszeit der allgemeinen Jugendbuchverlage verzögerten Gründungsphase – in diesem Bereich ein wesentlich deutlicherer Trend zur Konzentration ein, der sich mindestens bis etwa 1970 fortsetzte.[42]

*Die „schlechten" Groschenheften nachempfundene Einbandgestaltung sollte junge Leser zum Kauf der Hefte der „Schwarzen Hand" verlocken, dabei aber moralisch „sauberen" Inhalt bieten.*

Schon bald nach dem ersten (Nachkriegs-)Anlauf zu einer Schmutz- und Schundgesetzgebung glaubte ein kleinerer Teil der Schundgegner, eine andere Taktik zur Beeinflussung der Jugend, zu ihrer Abwerbung von den verderblichen Schmökern, in Anwendung bringen zu müssen. Eine Gruppe unter den Literaturpädagogen hielt eine Geschmackserziehung des jungen Lesers mittels Angebot von anerkannter, guter Literatur für undurchführbar – es kursierte auch die 1934 geschriebene, aber erst 1950 veröffentlichte Schrift Erwin Ackerknechts vom „Kitsch als kulturellem Übergangswert" –, und man wollte die Jugend statt durch „hohe Literatur" mit Hilfe „vorsätzlicher Täuschung" ködern. Konkret bedeutet das, es sollten Heftreihen

geschaffen werden, die – äußerlich den begehrten Schundheften ähnlich – vor allem mittels einer reißerischen Aufmachung und einer abenteuerlich-spannenden, aber moralisch sauberen Handlung den chronischen Heftleser für sich gewinnen und damit auf bessere Pfade führen könnten.

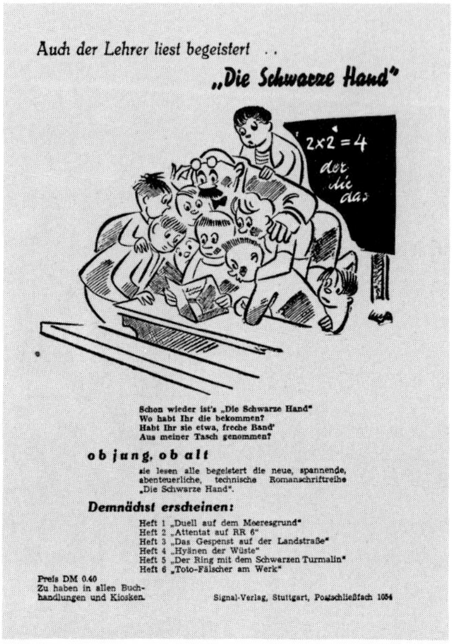


*Handzettel aus der Heftreihe „Die Schwarze Hand". Wegen ihrer Intention, „Schund" durch Besseres zu ersetzen, zunächst freudig begrüßt, wurde diese Reihe gerade aus pädagogischen Kreisen bald wegen allzu trefflicher Nachahmung der üblichen Groschenhefte abgelehnt.*

Den ersten Versuch in dieser Richtung – verbunden mit einem werbemäßigen „Großangriff" – unternahm 1950 der eigens zu diesem Zwecke vom Evangelischen Verlagswerk, im dem zum Beispiel „Christ und Welt", Stuttgart, erschien, und dem Zeitungsverlag der „Schwäbischen Post", Aalen, in Stuttgart gegründete Signalverlag, dessen Vorhaben auch die Unterstützung des württemberg-badischen Kultministeriums fand. Über Kiosk und Zeitschriftenhandel – also das klassische Vertriebsnetz für „Schund"-Hefte – versuchte der Verlag die Heftreihe „Die Schwarze Hand" zu verbreiten. Mit Titeln wie „Duell auf dem Meeresgrund" (Nr. 1), „Das Gespenst auf der Landstraße" (Nr. 3) oder „Hyänen der Wüste" (Nr. 4) und einer schaurig-schönen Umschlaggestaltung entfernten sich die Herausgeber nicht allzuweit von den

üblichen Heften. Aber, „nicht ein ‚Held' [...] konnte den Zusammenhang zwischen den einzelnen Heften der Serie herstellen, vielmehr die Geheimorganisation ‚Die Schwarze Hand' als Organisation der besten Techniker und Fachleute, eine Verschwörung aller Gutgesinnten gegen das Böse. Unter Verzicht auf den fragwürdigen

*„Hohe" Literatur unter der Tarnkappe: Mit schaurig-reißerischer Aufmachung sollten die von Kurt Held im Verlag Sauerländer (Aarau) – für die Bundesrepublik Deutschland anfänglich im Kurt Desch Verlag (München) – herausgegebenen Salamander-, später Drachenbücher junge Leute zur Lektüre spannender Erzählungen der Weltliteratur verlocken.*
*Zur Konzeption der Drachenbücher gehörte auch eine allmähliche „Milderung" einer der Schundliteratur angepaßten Aufmachung, was den Leser nach und nach an ästhetisch Besseres gewöhnen sollte. Der bekannte Schweizer Illustrator Felix Hoffmann (1911–1975) gestaltete den Umschlag des Heftes „Der Druide" von Jeremias Gotthelf (1954).*

Hintergrund der Wildwest- und Detektivromane wird die spannende Handlung hineingestellt in die gegenwärtigen weltpolitischen Auseinandersetzungen [...]" wurde den potentiellen Vermittlern gegenüber verkündet (Rundschreiben des Kultministeriums vom 7. April 1951 an sämtliche Berufs-, Berufsfach- und Fachschulen in

Nordwürttemberg). Man wollte also den Einzelhelden durch eine wechselnde Gruppe von Spezialisten ersetzen, die mit technisch-wissenschaftlichen Hilfsmitteln Verbrechen bekämpfen oder menschheitsbedrohende Verschwörungen aufdecken sollte. Das „Gute“ dieser Hefte zeigte sich auch daran, daß man mit einer Informationsseite am Schluß jeder Folge den Leser weiterbilden wollte. Nach einer ersten und

*Werbeprospekt für die Taschenbuchreihe der Drachenbücher. Die zwischen 1949 und 1961 erschienenen 88 Bände der Reihe blieben in bezug auf Auflagenhöhe und Wirkung weit hinter den pädagogisch inspirierten Hoffnungen und Erwartungen ihrer Initiatoren zurück.*

teilweise enthusiastischen Begrüßung einer solchen Idee und weiteren offiziellen Empfehlungsschreiben meldete sich sehr bald grundsätzliche Kritik an den Heften. Herausgeber und Autoren hatten die populären Schmöker so vortrefflich nachgeahmt, daß viele der Jugendschützer kaum mehr einen Unterschied zu dem eigentlichen „Schund“ zu erkennen vermochten. Nach Wilhelm Fronemann enthielten die Hefte der „Schwarzen Hand“ beispielsweise den „tollsten Nervenschund, der mir zu Gesicht gekommen ist“ (Verzeichnis „Untergeistiges Schrifttum in Form der Kolpor-

tage", 1952, siehe Fronemann-Nachlaß, Institut für Jugendbuchforschung).[43] Dementsprechend war die „Schwarze Hand" auch auf kaum einer der etablierten Empfehlungslisten zu finden, konnte sich aber dennoch mehrere Jahre halten. 1954 mußte sie dann wegen Finanzierungsschwierigkeiten eingestellt werden.

*„Siegfried", Leseheft Nr. 52 der Deutschen Jugendbücherei, im Wandel der Jahrzehnte. Das Titelbild von 1911 zeigt (links) den Drachentöter in Aktion, kurz vor seinem Sieg. Später, um 1926, wird Siegfried nach vollbrachter Tat in der Pose des Siegers und mit allen Merkmalen germanischen Heldentums dargestellt.*

Eine ähnliche Intention verfolgten die Initiatoren der Harzburger Aktion, als sie 1952 einen Autorenwettbewerb für abenteuerlich-spannende Jugendhefte ausschrieben, dessen preisgekrönte Manuskripte dann ab März 1953 die ersten Nummern der im Sponholtz Verlag, Hannover, erscheinenden und progammatisch betitelten „Contra-Hefte" bildeten.[44] Auch diese Unternehmung wurde ministeriell (von den Kultusministern von Niedersachsen und Nordrhein-Westfalen) gutgeheißen, aus Mitteln des Bundesjugendplans unterstützt und im Gegensatz zur „Schwarzen Hand" von pädagogischen Kreisen anerkannt.[45]

Bei der Konzeption der taschenbuchähnlichen Reihe der „Salamander-", beziehungsweise später der „Drachenbücher"[46] stand der Gedanke an eine Abwerbung von Schundlesern mittels einer möglichst attraktiven Aufmachung anfangs ebenfalls im Mittelpunkt.[47] Im Unterschied zu den zuvor genannten Serien handelte es sich bei der zuerst in der Schweiz ab 1949, in der Bundesrepublik dann ab 1950 erscheinenden

*Das Umschlagbild von 1950 verzichtet demgegenüber völlig auf den Titelhelden und führt eine mittelalterliche Hofszene vor (Verlag Deutsche Jugendbücherei, Berlin)*

Buchreihe jedoch ausschließlich um spannende Erzählungen der Erwachsenen-Weltliteratur[48], die eine Art Brückenfunktion in der Erziehung der Jugend zu guter Literatur übernehmen sollte. Als Herausgeber war Kurt Held (d.i. Kurt Kläber) für diese Reihe verantwortlich, die in internationaler Zusammenarbeit produziert wurde.[49]

Der Erfolg dieses und ähnlicher Versuche mit guter oder vermeintlich guter Literatur im Schundgewand war gering bis mäßig. Selbst wenn solche Unternehmungen Anklang bei der zeitgenössischen Kritik fanden, erlaubte der Absatz nur in den

seltensten Fällen eine längere Lebensdauer.[50] Auch den „Drachenbüchern" wurde von Zeitgenossen ein nur „mittelmäßiger" Erfolg (vgl. Jenkins contra Poe, 1951) bestätigt. Obwohl bis 1961 insgesamt 88 Bände erscheinen konnten, blieb die Reihe mit einer Auflage von acht- bis zehntausend Exemplaren pro Titel weit hinter den Erwartungen ihres Herausgebers zurück.

*Der „Taschenjunior", einer der ersten Versuche (ab 1953) mit billigen Taschenbüchern – im Kleinstformat, pro Band für 95 Pfennig – für Jugendliche, gedacht als Beitrag des Verlags Friedrich Oetinger zur positiven Schundbekämpfung.*

Neben diesen ausdrücklich als Anti-Schund-Medizin intendierten Heft- und Buchreihen existierte natürlich auch eine große Anzahl sozusagen unbesehen guter Hefte und billiger Buchreihen, wobei der jeweilige Zusammenhang mit der Anti-Schund-Diskussion nicht immer deutlich zu erkennen ist.[51]

Alle diese Reihen waren jedenfalls – mehr noch als die gleichzeitige Jugendbuchproduktion – von pädagogischen Interessen getragen, wurden zum Teil auch direkt als unterrichtsbegleitende Lektüre verstanden (z. B. die „Deutsche Jugendbücherei",

Verlag Deutsche Jugendbücherei, oder „Geschichte in Erzählungen" aus dem Beltz Verlag). Mit am eifrigsten betrieben die religiös ausgerichteten Verlage die Hefteproduktion, wobei das Spektrum von bereits dem Titel nach in diese Sphäre einzuordnenden Erzählungen (beispielsweise „Gotteszeugen" aus dem Verlag Junge Gemeinde) über Umweltgeschichten (z.B. die „Hannelore-" oder die „Heckenrosen-Hefte" beim R. Brockhaus Verlag) bis zum Detektiv im Priestergewand (etwa die Krimihefte des Lahn-Verlags) reichte.[52]

*„Die schönsten Schilderungen aus Brehms Tierleben", vom Herausgeber, dem Neuen Verlagshaus für Volksliteratur in Bad Pyrmont als „gute" Heftreihe angepriesen, von Pädagogen und Schundbekämpfern demgegenüber als Trivialisierung des Originals abgelehnt.*

Auch Pilotversuche mit dem Taschenbuch für Kinder und Jugendliche entwickelten sich mehr oder weniger direkt aus der Schmutz- und Schunddebatte heraus. Von den „Drachenbüchern" war gerade die Rede, bereits im ersten Kapitel wurde der „Taschenjunior" des Oetinger Verlags genannt. Außerdem experimentierten jedoch noch eine ganze Anzahl weiterer Verlage[53] mit unterschiedlich deutlich ausgesproche-

nen Absichten mit diesem Medium, wobei die während der fünfziger Jahre begonnenen Taschenbuchreihen beinahe alle wieder aufgegeben werden mußten. Die Gründe hierfür lagen auf ganz unterschiedlichen Ebenen. Zum einen hat es – wie in Gesprächen mit mehreren Verlegern zu erfahren war – einen recht heftigen Widerstand von seiten des Buchhandels gegeben. Der Beratungsaufwand im Verhältnis zum niedrigen Preis schien zu hoch, zudem sollte dem Kinder- und Jugendbuch sein traditioneller Status als Geschenk- und Repräsentationsbuch wohl erhalten bleiben.

Aus pädagogischer Sicht wurden gegenüber Taschenbüchern teilweise ähnliche – irrationale – Bedenken wie gegen die Heftreihen laut. Offenbar machte allein schon deren „massenweises" Erscheinen Angst. Außerdem entsprachen sie auch rein äußerlich wenig den vorherrschenden Vorstellungen vom „guten Buch", dem nicht zuletzt ein gewisser Symbolcharakter als Bildungsmittel und -gut, als Inbegriff etwas ästhetisch und geistig Wertvollem, zu eigen war. Ersichtlich wird dies an den Kritikpunkten, die Horst Künnemann 1961 als die häufigsten gegen das Taschenbuch für junge Leute (und ähnlich denen gegen die Reihen für Erwachsene) gerichteten aufzählt: „zu rascher Verschleiß, Schnelligkeit, beschleunigtes Zerlesen, unleserliche Drucktype, schlechtes Papier, Novitätensucht, grelle Aufmachung usw." (Künnemann, 1961, S. 63).

Zusätzliche Schwierigkeiten ergaben sich für den Jugendbuchverleger dadurch, daß bei den meisten das Reservoir an Titeln, an eigenen Rechten, zu gering war, um damit ein erfolgreiches Taschenbuchprogramm gestalten zu können.

Im wesentlichen die erste bundesdeutsche Taschenbuchreihe für Jugendliche, die sich tatsächlich behaupten konnte, waren die ab 1958 erscheinenden Arena-Taschenbücher, bei denen anfänglich ausschließlich auf Bestseller des eigenen Verlages zurückgegriffen wurde.[54]

Insgesamt muß zum Thema Jugendtaschenbuch in den fünfziger Jahren festgestellt werden, daß es – trotz der recht vielfältigen Versuche auf diesem Sektor – noch kaum eine bedeutende Rolle spielen konnte, weder im Hinblick auf die Schundszene, noch im Gesamtzusammenhang der Kinder- und Jugendliteratur. Einer Untersuchung aus dem Jahre 1962 zufolge betrug im übrigen der Anteil der Jugendtaschenbücher an der Gesamttitelzahl (der Taschenbücher) von 1948–1961 ganze zwei Prozent und der Auflagenanteil sogar nur ein Prozent (vgl. Platte, 1965, S. 120).

### *Von Bilderflut und Bilderwut: Die Comics*

Ein Bereich, der in den Schmutz- und Schunddiskussionen der fünfziger Jahre zuweilen im Zentrum der Angriffe stand, ist der in den fünfziger Jahren in der Bundesrepublik populär gewordene Comic oder – wie man ihn damals oft bezeichnete – das Bildstreifenheft. Comics bildeten 1954/55 das Hauptkontingent in der gerade beginnenden Arbeit der Bundesprüfstelle für jugendgefährdende Schriften, obwohl sie in der Diskussion um das Gesetz noch keinerlei Rolle gespielt hatten.

*Ausführliche Kampfszenen waren der häufigste Indizierungsgrund bei den Comics. Von der Westernserie „Rocky Lane" beanstandete die Bundesprüfstelle für jugendgefährdendes Schrifttum bereits das erste Heft.*

Die Bedenken und Beschuldigungen gegenüber den Comics waren zum großen Teil dieselben wie die bezüglich der Heftromane und der übrigen abgelehnten Textsorten. Man wandte seinen Blick in erster Linie auf die Abenteuer-Comics, die „psychologisch" angeblich eine „Saat der Gewalt" bedeuteten (Schückler, 1958, S. 11). Gerne bediente man sich auch der US-amerikanischen Comic-Kritik, ohne zu beachten, daß sich die Mehrzahl der dort gemachten Feststellungen – ganz abgesehen von der Frage ihrer Stichhaltigkeit – auf die Sonderform der „Horror-Comic-books" bezog, die in der deutschen Comicsszene gar nicht vertreten waren (vgl. Schmutz und Schund unter der Lupe, 1955, S. 89).

Natürlich entsprach auch die Bildästhetik der Hefte nicht dem künstlerischen Geschmack der Beurteiler, um so weniger, als das Gros besonders der Abenteuercomics weder Gesichtspunkten der „Altersgemäßheit" Beachtung schenkte, noch seine Figuren im geringsten an im Kinderbuch noch vorherrschenden Verniedlichungstendenzen orientierte.

Hinzu trat allerdings als weiteres Begründungselement einer rigorosen Ablehnung der Comics deren Charakter als überwiegend visuelles Medium, das nicht mehr an

*Insbesondere Bibliothekare und Pädagogen nahmen an den Comics Anstoß. „Auspeitschungen, die ausführlich geschildert werden" – so kommentiert der Direktor der Städtischen Bücherei Hagen, Wilhelm Hoppe, – „erfreuen sich besonderer Beliebtheit. So wird in der Reihe ‚Sigurd, der ritterliche Held' … in Heft 11 eine Auspeitschung auf sieben Bildern mit allen Einzelheiten ausgemalt. Die Wirkung dieser Bilder wird noch dadurch gesteigert, daß sie in verschieden abgestuften roten Farbtönen koloriert sind."*

Kinder im Bilderbuchalter, sondern an ein späteres „Lese"-Alter gerichtet war. Klage wurde geführt über die zunehmende Bildersucht, über einen Bildidiotismus. Die Sprache der Texte empfand man als verstümmelt, in Wortfetzen zerrissen oder als Wortsalat. Besonderen Abscheu riefen die sogenannten „Peng-Worte" hervor, die als Gipfel einer neuen Sprachlosigkeit galten. Die Fama vom „Esperanto der Analphabeten" breitete sich aus, wogegen die – allerdings seltenen – Gegenstimmen kaum ein Gegengewicht bilden konnten.[55] Man kann darin die aufwallende Abwehrreaktion einer neuen visuellen Gattung gegenüber sehen, zumal wenn sie – wie hier – auf massenweise Verbreitung angelegt ist. Ähnliche Ressentiments traten seit seinem ersten Erscheinen dem Film gegenüber auf, auch bei den Illustrierten, und noch in den fünfziger Jahren werden beim Thema „Bildersucht" neben Comics immer wieder der Film und bald auch das Fernsehen genannt.

In dem oben bereits zitierten Beitrag von Georg Schückler beschreibt der Autor die Wirkung von Bildheften folgendermaßen: Der Leser von comic stripes „verfehlt den wichtigsten Zugang zur Persönlichkeitsbildung im umfassenden Sinne, wie er in den heilen und heilenden Ordnungs- und Sinnkräften der Sprache gegeben ist" (Schückler, 1958, S. 13).

Es scheint so, als ob hinter einer sich offen denunziatorisch äußernden oder für heutige Begriffe bisweilen ins Lächerliche abrutschenden Aggressivität der Verurteilung eher irrationale Ängste hervorbrächen. Wo mit Ortega y Gasset – wie entstellt auch immer – der „Einbruch des Urwaldes", also des „Primitiven", Unzivilisierten[56]

befürchtet wurde, mutet es vielleicht nicht allzu verwegen an, die Verteufelung der Comics in den fünfziger Jahren und danach zum Teil bis heute auch als eine Art Furcht vor einem Rückfall in frühere, primitivere Stadien zu interpretieren, in lebensgeschichtlich frühere („Infantilismus" wurde Comic-Lesern seinerzeit des öfteren vorgeworfen), vor allem aber auch in zeitgeschichtlich frühere. Die Geschichte schien zurückgedreht, oder besser, eine der wichtigsten Kulturleistungen des vielberufenen christlichen Abendlandes, die Schriftsprache, in der sich die kulturelle Identität eines Volkes der „Dichter und Denker" ausdrückte, schien gefährdet.

*Unter den Comic-Verlagen wurden gegen den Marktführer Walter Lehning Verlag (Hannover) die meisten Indizierungsanträge gestellt. Oft mußten die Serien, wie im Falle von „Raka", deren Heft Nr. 35 in die Liste der jugendgefährdenden Schriften aufgenommen wurde, daraufhin ganz eingestellt werden.*

## Die Hintergründe des Schmutz- und Schundkampfes

Trotz der Zugehörigkeit der aktivsten Schundkampforganisatoren zu kirchlich-konservativen Kreisen, trotz Nähe oder Eingebundenseins eines Großteils der Schundkämpfer in politisch konservative Gruppierungen und Parteien, kann es nicht angehen, die Verantwortung für die gesamten Anti-Schund-Bestrebungen der fünfziger Jahre ein paar ewig gestrigen Schundaposteln und/oder einigen militanten Jugendschützern in die Schuhe zu schieben.

Dabei scheint es so unkompliziert, die in dieser Auseinandersetzung Engagierten in zwei Lager zu teilen und ihnen die passenden Attribute zuzuordnen. Der Blick auf die Entstehungsgeschichte des „Gesetzes über die Verbreitung jugendgefährdender Schriften", auch auf die Abstimmungsergebnisse, bestärkt diesen Schluß: auf der

einen Seite die rückwärts orientierten Kirchen und Parteien, also CDU/CSU und Ultrakonservative, auf der anderen Seite „fortschrittliche" gesellschaftliche Kreise wie unabhängige Schriftsteller und – auf politischer Ebene – SPD und KPD.

Dennoch: Tatsache ist, daß der Schundkampf nicht identisch war mit den Bemühungen um gesetzliche Verbote (und selbst da führt eine genauere Betrachtung der Bundestagsdebatten zu einem wesentlich differenzierteren Bild), und Tatsache ist ebenso ein sozusagen oder beinahe universelles Einverständnis aller Beteiligter hinsichtlich der Problemstellung. Man war sich – wie gesagt – weitestgehend darin einig, daß eine abzulehnende „unterwertige" Literatur massenweise verbreitet sei, daß

*Kinder und Jugendliche als Prügelhelden. Indiziertes Heft 35 der aus Italien übernommenen Science-Fiction-Serie „Raka".*

die Jugend durch sie gefährdet werde und selbst die Notwendigkeit, Gegenmaßnahmen zu ersinnen, wurde generell anerkannt, ging – mit minimalen Ausnahmen – quer durch alle politischen Richtungen und quer durch die Generationen. Uneinigkeit herrschte „lediglich" hinsichtlich der Ursachen und des Stellenwertes, dem man dieser Erscheinung gesamtgesellschaftlich zuwies wie auch über die Art und Weise der Bekämpfung, der man seine Präferenz gab.

Die Schwierigkeit bei der Analyse des Verlaufs von „Frontlinien" zwischen den einzelnen Parteiungen besteht darüber hinaus darin, daß Grundmuster der Argumentation gegen den Schund, daß Metaphern und Vergleiche von weltanschaulich diametral entgegengesetzten Gruppierungen gleichermaßen verwandt wurden. Dies geschah zum Teil wohl in der bewußten Absicht, dem jeweiligen Gegner mit Hilfe „pervertierter" Argumente den Wind aus den Segeln zu nehmen, zum Teil aber wahrscheinlich mehr oder minder unbewußt. Das heißt, einige der immer wieder benutzten Grundmuster erschienen so elementar, daß man sie einfach anführen zu müssen glaubte; selten wurde dabei deren Herkommen oder Funktionsmechanismus durchschaut.

Es muß jedoch jetzt die Aufmerksamkeit auf einen weiteren Befund gelenkt werden, der für Einordnung und Bewertung des gesamten Problemkreises von Schmutz und Schund gleichermaßen grundlegend ist. Das Phänomen des Schundkampfes läßt sich nämlich nicht auf den Bereich der Pädagogik und noch weniger den der Literatur, nicht einmal unter Einschluß der Jugendpolitik, begrenzen oder als ein isoliertes, randständiges Problem ansehen. Vielmehr zeigt sich in der gesamten Kampagne gegen Schmutz und Schund, für und wider gesetzgeberische Maßnahmen, für die „Freiheit des Geistes", daß es im Grunde – und daher auch die Heftigkeit und Vehemenz, von der sie zuweilen begleitet war – um viel wesentlichere Fragen ging, daß es – zumindest auch – eine Auseinandersetzung (und hier besonders der Mehrheit der Konservativen) um die grundsätzliche Gültigkeit gesellschaftlicher Normen war, konkreter: ein Kampf – wie viele meinten – um den Fortbestand der „christlich-abendländischen Kultur", beziehungsweise des mit ihr scheinbar unauflöslich verknüpften Wertesystems.

Daß sich diese Auseinandersetzung an der Lektüre von Jugendlichen – aber natürlich nicht nur dort – entzündete, hatte zunächst die vordergründige Ursache darin, daß – wie berichtet – im Anschluß an die Währungsform tatsächlich eine große Menge an Groschenheftreihen und Illustrierten jeglicher Provenienz auf den Markt drängte. Dies mußte passionierten Jugendbewahrern einen um so größeren Schock versetzen, als sie auf eine längere Zeitspanne erst – seit Beginn des Dritten Reichs – nur eingeschränkter, später und in den ersten Nachkriegsjahren völliger „Schundfreiheit" zurückblicken konnten. Eine tiefergehende Begründung wird aber wohl darin zu sehen sein, daß unübersehbare Anzeichen eines kulturellen wie gesellschaftlich-moralischen Umbruchs, die vielfach als Zeichen des Verfalls eingeschätzt wurden, der erwachsenen Generation gegenüber bereits nicht mehr – gemäß dem demokratischen Anspruch der Zeit – mit der notwendig erscheinenden Härte und mit tatsächlich Erfolg versprechenden Maßnahmen (gesetzlich oder administrativ) angegangen und bekämpft werden konnten. Es blieb – als Ausweg und Hoffnung – die, wie man meinte, durch Zeitumstände zwar zutiefst gefährdete, aber von Natur aus unverdorbene, schützenswerte und (legitimermaßen) lenk- und beeinflußbare Jugend, der man sich zuwenden konnte, ja mußte.

### *Die Sprache der Schmutz- und Schundkämpfer*

Einige Ansatzpunkte zu einem solchermaßen erweiterten Verständnis des Schundproblems sind bei näherem Hinsehen bereits aus den im Disput um das Thema immer wiederkehrenden Bildern und Vergleichen herauszukristallisieren.

Weitaus häufigste Metapher in Pamphleten, aber auch gemäßigteren Beiträgen zur minderwertigen Literatur, war die von den Schundschriften als „Flutwelle", die die schutzlose Jugend überschwemmen konnte, entweder weil früher vorhandene schützende Dämme und Deiche – gemeint waren damit meist eine intakte Familie und feste

religiöse Bindungen – nicht mehr vorhanden und demnach schnellstens zu restaurieren wären oder weil ein ausreichender Schutz dagegen, da noch nie existent, überhaupt erst erdacht, entsprechende Dämme und Deiche also konstruiert werden müßten.

Wie der ganze Schmutz- und Schundkampf der fünfziger Jahre in großen Zügen bereits zu Anfang des Jahrhunderts und in den zwanziger Jahren vor- und durchexerziert worden war, so stammte auch diese Gleichsetzung eines literarischen Phänomens mit einer Naturkatastrophe, der man jedoch mit einiger Gewissheit Herr werden zu können glaubte, aus den frühen Jahren der Auseinandersetzung.[57] Auffallend ist jedoch, daß dieses Bild von der einzudämmenden Schmutz- und Schundflut so oder in Variationen immer erneut eingesetzt wurde, als handle es sich um ein spontan gefundenes, gerade die aktuelle Situation kennzeichnendes Bild, ob es nun die „Flut einer gewissen Art von Abenteuer-, Wildwest-, Kriminal- u.ä. Literatur" war, die sich 1957 „an die Schule heranwälzt" (Hans Bauer, 1957, S. 14) oder ob im Bundestag als einmütige Auffassung aller Parteien konstatiert wurde, „daß eine Flutwelle von Schmutz und Schund" die Jugend bedrohe (Verhandlungen des Deutschen Bundestages. 1. Wahlperiode. 230. Sitzung vom 17. 9. 1952. Stenographischer Bericht. Bd. 13, S. 10532).

Der zweite Bildkreis, ohne dessen Versatzstücke fast keine Diskussion auskam, umfaßt das Feld der diversen Krankheiten, Seuchen, Süchte, das schleichende oder schnell wirkende Gift, zu denen die Schundschriften in Analogie gesetzt wurden. Auch hier sind frühe Beispiele schon 1909 bei Schultze zu finden, der etwa von dem „allenthalben" lebhaft entbrannten Kampf berichtet, „um dieser Pest unseres Kulturkreises entgegenzutreten" (E. Schultze, S. 11).

Der Schund wird als „Krebsschaden am deutschen Volke" gesehen (Jugend in Gefahr, 1952, S. 3), auch allgemeiner als „Seuche", zu deren Bekämpfung keine „Ermahnungen" von der Regierung gefordert werden, sondern ein „brutales Verbot" (Den Schund bezahlt ..., 1951). Die beim Vergleich minderwertiger Lesestoffe mit Rauschgiften immer implizierte Suchtgefahr oder Süchtigkeit konnte hierbei als Ursache ebenso wie als Folgeerscheinung des Schundkonsums auftauchen. Einmal waren es „besonders jüngere Kinder", auf die speziell die „Sensationen der üblichen illustrierten Presse" angeblich wie ausgesprochenes Rauschgift wirken und sie süchtig werden lassen sollte (W. Metzger, 1957, S. 451), ein andermal bedeutete Schund generell „Opium für Geist und Seele" (Den Schund bezahlt ..., 1951) junger Menschen, und für die Vereinigten Jugendschriftenausschüsse war das „entscheidende Merkmal der Schundproduktion" das „eines Opiat-Monopols, welches von Sondersteuern befreit ist" (Jugend in Gefahr, S. 8).

Wenn noch allgemeiner von Schmutz und Schund als Gift und von einer Vergiftung der Jugend die Rede war, dann zumeist in Verbindung mit dem Attribut „schleichend". „Unsittliche Schriften" stellten etwa nach Meinung der CDU-Abgeordneten Niggemeyer ein dergestalt „schleichendes Gift" dar, das in seiner Dauerwirkung eine moralische Zerstörung der Jugend anrichte, weil es sexuelles Gefühlsleben verzerre

und Wertmaßstäbe verschiebe (vgl. Verhandlungen des Deutschen Bundestages..., 17. 9. 1952. Stenographischer Bericht. Bd. 13, S. 10536).

Wilhelm Fronemann versuchte hingegen – wie etliche seiner Mitstreiter – mit der Apostrophierung des „Afterschrifttums" als „geistiges Narkotikum", als „schleichendes Gift" mit dem zusätzlichen Hinweis, der Staat habe andere Narkotika wie Schnaps, Tabak, Morphium oder Opium wie auch das Kino einem freien Zugriff von Kindern und Jugendlichen längst entzogen, eine unwiderlegbare Rechtfertigung öffentlicher Verbotsmaßnahmen gegenüber Kindern und „geistig schwachen Menschen" (!) zu erbringen (Fronemann, 1950, S. 19).

Und auch diese Argumentationsführung hörte sich bereits vor dem Ersten Weltkrieg sehr ähnlich an: „Sie" (i.e. die Gesetzgebung) „bewahrt doch die Unkundigen und Unmündigen vor medizinischen Giften, warum bewahrt sie jene nicht auch vor dem narkotischen Gift der seelenverderbenden Schundlektüre?" (Just, 1909, S. 10).

Um deutlich vor Augen zu führen, daß es sich bei der vorgeblich so ausdrucksvollen Metaphernsprache der Schundkämpfer eigentlich weitgehend um längst erstarrte Sprachformeln und Floskeln handelte, sei – neben dem Verweis auf die sozusagen vertikal „zeitlose" Verwendbarkeit und Verwendung dieser Sprachmuster – nochmals der gleichfalls horizontal unspezifische, soll heißen die weltanschauliche Ausrichtung des Benutzers nicht berührende, Gebrauch solch sprachlicher Versatzstücke unterstrichen.

Die hier versammelten Zitate sind eben nicht nur Vertretern der Restauration, der Ultra-Konservativen, aus der Feder geflossen. Schon Paul Samuleit erklärt in einem 1921 auf einem Lehrgang zur Bekämpfung der Schundliteratur gehaltenen Vortrag nicht nur seine Feindschaft gegenüber Abenteuerserien und sonstigen üblicherweise inkriminierten Groschenheften, sondern gibt sich gleichfalls als scharfer Kritiker der Kriegsschundliteratur und der mit ihr verbundenen Verlagshäuser zu erkennen (vgl. Samuleit, 1922) oder 1951 war das „brutale Verbot dieses gemeinen Drecks" vom Landesjugendleiter und Bezirkssekretär Hessen der Falken gefordert worden. Zu ergänzen ist an dieser Stelle noch, daß ebenfalls Walter Dirks 1955 in den „Frankfurter Heften" in einem einerseits um Ausgleich zwischen den im Schundkampf zerstrittenen Parteien bemühten Aufsatz, der andererseits sehr eindeutig sein Mißtrauen gegenüber den nun mit der Schundbekämpfung betrauten Institutionen zum Ausdruck bringt, sozusagen als Prämisse konstatiert: „Es gibt Bücher und Schriften, die so eindeutig Dreck und Gift sind, daß man sich scheut, sie auch nur anzufassen" (Dirks, 1955, S. 231). Damit kolportiert auch er – jedenfalls stellenweise – die gleichen Worthülsen.

### *Grundmuster der Argumentation*

Beim nächsten Schritt auf die unterhalb der bislang beschriebenen „äußerlichen" Ebene sprachlicher Gestaltung liegende Stufe der eigentlichen Diskussionsinhalte, der

Versuche, Ursachen, aber auch Folgen des „Schmökerns" zu erhellen und danach genauso notwendig erscheinende wie erfolgversprechende Rezepte gegen eben diese Schundlektüre zu propagieren, machen sich einerseits wiederum einige wenige Grundmuster der Argumentation bemerkbar. Andererseits ist hierbei eine sehr viel stärkere Ausdifferenzierung, bei einigen Punkten Polarisierung, zwischen weltanschaulich unterschiedenen Zielen der an der Debatte beteiligten Personen festzustellen; daraus folgen auch ganz verschiedene Strategien.

Die Schmutz- und Schundkämpfer beschäftigten sich im allgemeinen wenig mit genauen Untersuchungen der von ihnen angeklagten Texte. Wenn überhaupt, so warfen sie lediglich einen kursorischen Blick darauf, denn deren Minderwertigkeit oder Unterwertigkeit schien ihnen sofort und zweifelsfrei ins Auge zu springen. Die vorgebrachten Argumente bewegten sich demnach selten auf der sprachlichen oder literarischen, im Normalfall nicht einmal auf der Handlungsebene eines oder mehrerer konkreter Einzelhefte oder Reihen, sondern man arbeitete mit verallgemeinernden Charakterisierungen bestimmter Hefttypen, etwa der Kriminal„reißer" und „Sittenromane" oder – wie meist im Falle der Comics – mit der generalisierenden Beurteilung beziehungsweise Verurteilung einer ganzen Gattung. Es werden höchstens einzelne, als besonders anstößig empfundene Sätze zitiert, häufig ohne irgendwelche näheren Quellenangaben (teilweise wird nicht einmal die Reihe genannt), weil ja keine „Werbung" für bestimmte Titel betrieben werden sollte.

Anstelle einer Analyse des beanstandeten Materials wandte man sich sofort dem vorgeblich klar ersichtlichen verderblichen Charakter solcher Publikationen zu, mit Vorliebe deren Wirkung auf jugendlichen Geist und Seele, und man schloß auf daraus entstehende Folgen. Die Überlegungen zu dieser Problemstellung reichten dabei bis hin zu einer ebenso grundsätzlichen wie umfassenden Zeit- und Kulturkritik.

Ganz generell muß an dieser Stelle doch auch betont werden, daß, was angenommene und behauptete Ursachen sowie Folgeerscheinungen des Konsums von Schmutz- und Schundliteratur angeht wie auch die vielfach beklagte „Jugendnot" überhaupt, daß also in diesem genannten Komplex eine allgemeine und ständige Begriffsunsicherheit und -verwechslung stattfand. Um die Verquickungen unterschiedlicher Argumentationsebenen miteinander durchsichtiger zu machen, um letztlich vollständige Argumentationsketten der verschiedenen Lager freizulegen, die in Wortmeldungen zum Thema oft genug nur als Stückwerk, in immer denselben Bruchstücken, zum Vorschein kamen, und um an diesen Argumentationsketten entlang zu den eigentlichen Motiven des Schundkampfs vorzudringen, soll die Diskussion um den Schund im folgenden anhand einzelner typischer Argumentationsfelder aufgeschlüsselt werden.

### 1. Die „direkte" sexualisierende und brutalisierende Wirkung auf das jugendliche Gemüt

Wenige Jahre nach Kriegsende, zu einer Zeit, als die Jugend – wie viele meinten – „wieder genesen und das Verlorene wieder finden sollte", tauchte plötzlich eine „sexualisierte Asphaltliteratur vor ihr auf und springt ihr mit ihren aufreizenden Bildern auf Schritt und Tritt ins Auge" (Stammler, 1949). Es handle sich bei den entsprechenden Zeitschriften größtenteils um Material, „das jeder öffentlichen Moral spottet" (Gegen Schund und Schmutz, 1949), um „Dreck, der unsere Kioske in greulicher Buntheit ziert", um eine „seelische Hölle" (Brief Wilhelm Fronemanns an Carlo Schmid vom 23. Januar 1950, siehe Nachlaß W. Fronemann, Institut für Jugendbuchforschung). Für einen anderen Autoren bedeutete Sexualisierung in diesem Zusammenhang „die Erziehung zur Schamlosigkeit und die Enthemmung, Aufpeitschung und Isolierung der animalischen Seite des Geschlechtslebens" (W. Metzger, 1957, S. 448).

Anfänglich war es auch vornehmlich die „Schmutz"-Literatur, an der sich die Debatte entzündete, aufgrund derer unter Entsetzensgeschrei gesetzliche Abwehrmaßnahmen gefordert wurden. Gängig war dabei die Annahme, die Phantasie Jugendlicher werde durch stark auf das Triebleben[58] gerichtete Schundhefte in falsche Bahnen gelenkt, ihr Seelenleben werde vergiftet (vgl. Trobitzsch, 1949).

Auf welchen Vorstellungen die öffentlich – besonders aus christlich-konservativem Blickwinkel – propagierte, vielfach noch als gültig angesehene Sexualmoral beruhte, wird besonders deutlich in der Begründung für die geplante generelle (d.h. ohne ein auf jede einzelne entsprechende Veröffentlichung bezogenes Prüfverfahren) Aufnahme von FKK-Publikationen auf die „Liste der jugendgefährdenden Schriften" der CDU-Bundestagsabgeordneten Heller. Sie führte im Laufe der zweiten Lesung des Gesetzes 1952 aus:

„*Das Schamgefühl ist etwas Natürliches [...] Die Freikörperkultur ist auf die Breite gesehen [...] ein Kampf gegen das natürliche Empfinden [...] Sie (i.e. die FKK-Zeitschriften) den Jugendlichen wahllos zugänglich zu machen, ist ein Unrecht an den jungen Menschen. Die Schamhaftigkeit wie auch die sexuelle Spannung zwischen den Geschlechtern gehören zu den gottgewollten Geheimnissen der Schöpfung*[59]*, und ihre künstliche Verminderung ist unnatürlich*" (Verhandlungen des Deutschen Bundestages..., 17. 9. 1952. Stenographischer Bericht. Bd. 13, S. 10539).[60]

Erotisches Schrifttum, „unzüchtige" Bilder und Schriften wie auch entsprechende Inserate in Zeitungen und Zeitschriften führten nach Meinung damaliger Tugendwächter zu einer „sittlichen Enthemmung", das Erlernen der unabdingbar notwendigen Triebbeherrschung werde gestört, wenn nicht gar verhindert.[61] Die Zeit überhaupt wurde vielfach gesehen als eine Zeit „sittlichen Tiefstandes, einer weitgehend aufgelösten Sexualmoral" mit einer Gesamtatmosphäre sexueller Überreizung und Verrohung (Riedel, 1952, zit. nach Schilling, 1954, S. 85).

Trotzdem fürchteten auch die noch so überzeugten Retter der Moral, die das gottgewollte Mysterium um Zeugung und menschliche Triebkräfte als ein Sakrileg geradezu schützen zu müssen glaubten, offenbar den Spott der Gegner, denn derartigen Ausführungen fehlte fast nie eine einschränkende Bemerkung in der Art: man hüte sich vor übertriebener Prüderie, aber ... Genauso verschwenderisch, wie die Autoren die „Aber“ ausmalten, genauso sparsam fielen Hinweise darauf aus, was angesichts des allgemeinen Lamentos überhaupt noch übertriebene Prüderie sein könnte.

Der zweite „Stein des Anstoßes“, die Spezies der Abenteuer-, Kriminal- und Wildwestliteratur, vor allem in Heftform, wirkte – in den Augen der „Ankläger“ – besonders schädigend auf die männliche Jugend. Ob die Gefährdung, die von dieser Textsorte angeblich ausging, schwerwiegender wäre, als die durch unsittliche und unzüchtige Schriften verursachte, darüber gingen die Meinungen allerdings weit auseinander. Tendenziell hingen der zuerst genannten Variante die ansonsten eher „Fortschrittlichen“ unter den Schundgegnern an.

Schund bewirke eine „Entfesselung der Instinkte“ (Dirks, 1955, S. 233), Wildwesthefte und Kriminalreißer übten eine zersetzende Wirkung auf die geistige Entwicklung aus (CSU-Abgeordneter Kemmer, Verhandlungen des Deutschen Bundestages..., 17. 9. 1952. Stenographischer Bericht. Bd. 13, S. 10544), führten nach Aussagen eines Jugendrichters zu „Bandenbildung“ (zit. nach: Jugend in Gefahr, 1952, S. 11). Und, wo bloßes Leseerlebnis nicht mehr ausreiche, verwandle sich der ursprünglich durch Lesen kompensierte Betätigungsdrang der Jugendlichen wieder zurück, müsse sich nunmehr aber notgedrungen orientieren an der Haltung des „Sozialschädlings“ als dem Helden der Schundliteratur. Affektive wie bewußte antisoziale, zum Teil kriminelle, Verhaltensweisen seien dann die Folge (vgl. Jugend in Gefahr, S. 10). Obwohl niemals konkretes und vor allem stichhaltiges Zahlenmaterial vorlag (und auch nicht vorliegen konnte) über Kausalbeziehungen zwischen Lesen von „Schundliteratur“ und Jugendkriminalität, obwohl bereits in den zwanziger Jahren Psychologen berechtigte Zweifel an mechanistischen Reiz-Reaktionsmodellen zu Papier gebracht hatten und obwohl nicht einmal die zu den Bundestagsausschußsitzungen geladenen Experten aus den Bereichen der Jugendkriminalistik und der Jugendgerichtsbarkeit nach dem Bericht der CDU-Abgeordneten Niggemeyer „mit 100% Sicherheit sagen“ konnten, „daß ein Kriminellwerden der Jugend lediglich auf das Lesen jugendgefährdender Schriften zurückzuführen ist“ (Verhandlungen des Deutschen Bundestages..., 17. 9. 1952. Stenographischer Bericht. Bd. 13, S. 10532), ging der größte Teil der Anti-Schund-Aktivisten immer wieder von einem eindeutig bewiesenen Zusammenhang aus. In einem Kommentar zum Gesetz heißt es dann beispielsweise schlicht:

*„Das (i.e. die sittliche und charakterliche Gefährdung durch schlechte Literatur) zu bestreiten, heißt vor der Wirklichkeit die Augen zu schließen. Die Frage: ‚Macht Schund kriminell?‘ ist bedenkenlos zu bejahen“* (Potrykus, 1954, S. A 2).

Im Anschluß daran werden – wie das so üblich ist – einige spektakuläre von Jugendlichen verübte Verbrechen angeführt, was – neben dem stereotypen Hinweis auf die Verbrechensstatistik – die einzige Art der Beweisführung ist, den die zahlreichen Vertreter dieser Theorie offensichtlich kennen. Robert Schilling gibt in seinem Kommentar zum „Gesetz über die Verbreitung jugendgefährdender Schriften" zunächst sogar zu, daß die Angaben jugendlicher Krimineller bezüglich ihrer Lektüre „nur mit Vorsicht verwertbar" seien, um gleich danach jedoch festzustellen:

*„Es ist aber auf diesem Gebiet ein exakter, mathematischer Beweis zuviel verlangt [...] Man kommt nicht an der Tatsache vorbei, daß in der Jugendpraxis allerorten immer wieder Fälle erlebt werden, in denen der schlechte Einfluß schädigender Lektüre oder Filme unbezweifelbar augenscheinlich ist, ja wo sogar genau nach der im Schundroman gelesenen Gebrauchsanweisung verfahren worden ist"* (Schilling, 1954, S. 94f.).

Solche Art der Argumentation führt sich zuweilen selbst ad absurdum, ohne daß dies deren Wortführer überhaupt gewahr werden. Abschließend meint Schilling an genannter Stelle nämlich, man könne sich unbedenklich dem kriminalistischen Gutachten der Ausschußberatungen dahingehend anschließen, „daß – ohne daß das beweisbar sei – mit Sicherheit kriminelle Schriften zur Nachahmung anreizen" (Schilling, 1954, S. 96).

Die Überzeugung von einer kriminogenen Wirkung der Schmutz-[62] und Schundliteratur – mindestens jedoch von ihr als Mitursache zahlreicher Verbrechen, besonders unter „labilen" Jugendlichen – war beinahe so universell anerkannt, wie das zugrundeliegende Bewußtsein einer Jugendgefährdung durch schlechte Literatur überhaupt. Im übrigen lassen sich Beispiele für diese Auffassung auch dort finden, wo keine Rechtfertigung für Gesetzesinitiativen oder Forderungen nach etwaigen anderen Verbotsmodalitäten gesucht wurde. Walter Dirks konzidiert sozusagen nebenbei, daß die Wirkung des Schunds bis zum „kriminellen Anreiz" gehen könne, wenngleich es ihm an dieser Stelle eher um andere, indirekte Wirkungsweisen geht (Dirks, 1955, S. 234). Und bei einem anderen Diskussionsteilnehmer, der sich in der Konsequenz ausdrücklich gegen staatliche Reglementierung in Fragen der Literatur bekennt, ist die Rede von der Notwendigkeit – angesichts des aktuellen Problems der „Halbstarken", der Überfälle Jugendlicher auf Frauen und Morde –, alle Einflüsse zu bekämpfen, „die mit zu diesem Abgleiten normaler ‚Pubertätsstörungen' ins Neurotisch-Kriminelle führen" (Hühnerfeld, 1956).

Solcher Art der „Beweisführung" konnte auch nicht Einhalt geboten werden durch die Präsentation sachlich fundierter Untersuchungsergebnisse. Spätestens 1955 hätten derartige Behauptungen ansonsten wenigstens ernsthaft in Zweifel gezogen werden müssen, als nämlich im dipa-Verlag eine – für die Zeit – ungemein besonnene und faktenreiche Materialsammlung mit ausführlichem Kommentar zum gesamten Problemkreis von Schmutz und Schund veröffentlicht wurde, worin etwa die völlige Unzuverlässigkeit (wegen Uneinheitlichkeit) diesbezüglicher Statistiken festgestellt wird wie auch eine ganze Ansammlung von psychologischen und kriminalistischen

Untersuchungen zur Beziehung zwischen Film beziehungsweise Schundliteratur und Jugendkriminalität angeführt werden, die allesamt einen direkten Zusammenhang verneinen.[63] Dabei tritt der Band insgesamt durchaus für (positive) Gegenmaßnahmen gegenüber der Schundliteratur ein (vgl. Schmutz und Schund unter der Lupe, 1955).

## 2. Die „indirekten" Wirkungen des Schundlesens: „Willenslähmung" und Verzerrung des Weltbildes

Nicht jeder, der vor den Gefahren der Schundlektüre warnte, hatte dabei sofort oder einzig – im obigen Sinne – sexualisierende, brutalisierende Auswirkungen im Sinne. Kaum eine im weitesten Sinne charakterliche Fehlentwicklung, die man an Jugendlichen zu entdecken glaubte, die nicht irgendwann auf die „Schmöker" zurückgeführt worden wäre.

Wenige gingen dabei allerdings soweit wie die Vereinigten Jugendschriftenausschüsse auf ihrer Pfingsttagung 1952. In dem dazugehörigen Tagungsbericht werden – außer der Jugend selbst – als „direkt" Geschädigte genannt: 1. die Eltern, 2. die Wirtschaft, 3. Produktion und Vertrieb der Literatur, 4. der Staat, 5. die schulischen und außerschulischen Erzieher. Zu einer „beachtlichen Form der Kapitalverschleuderung" habe sich der Schund entwickelt, wird unter Punkt 2 ausgeführt. Schund lähme nämlich den Sparwillen der Jugend – durch überteuerte Ware –, bewirke höhere Steuerlasten – wegen wachsender Folgekosten für Jugendgerichte und Sozialämter –, bedeute eine vermeidbare Rohstoffverschwendung, vor allem jedoch eine Kostenerhöhung für die gesamte Produktion. Denn „unzureichende Prüfungsergebnisse bei Gesellenprüfungen", „unzureichende Arbeitsleistung und -disziplin", über die die Innungen und Handwerkskammern klagten, ließen sich nicht länger als Folgen von Kriegserlebnissen oder Folgen mangelhafter Schulbildung während des Krieges und der Nachkriegszeit charakterisieren. Alleinige Ursache sei die allgemein beobachtbare „Willenslähmung" der Jugend, an der der „desorientierende Schund" mitgewirkt habe (vgl. Jugend in Gefahr, 1952, S. 4). Mit solcher Auslegung wurden der Diskussion um Schmutz und Schund noch ganz andere Dimensionen eröffnet. In weiteren Abschnitten derselben Broschüre wird versucht, das, was in den Begriff „Willenslähmung" zusammengefaßt wurde, weiter aufzuschlüsseln, als beinahe zwangsläufiges psychologisches Entwicklungsmodell vorzustellen. Der jugendliche Schundleser zeichnet sich nach Auffassung der Vereinigten Jugendschriftenausschüsse durch eine äußerlich zunehmende Passivität seiner Umgebung gegenüber aus, die jedoch nur eine geheimgehaltene turbulente seelische Aktivität überdecken soll. Aus deren Spannung resultiere eine Stagnierung der Intelligenzentwicklung wie auch eine Zerstörung des Sinns für Wahrheit und Wirklichkeit, was letztlich die Erkenntnis sittlicher Lebenshaltung verhindere. Die behaupteten Folgen werden auch nicht auf solch eher abstrakter Ebene belassen, sondern das Ergebnis läßt sich in den Augen der Lehrer

und Jugendschriftler ganz deutlich am Verhalten des Schundlesers erkennen. Es äußert sich „gegenüber seiner Umgebung als Müßiggang, Arbeitsscheu, Aufsässigkeit gegenüber Elternhaus, Schule und Lehrmeister“ und offenbart „somit ebenfalls die Stagnierung der Sozialbewußtseins“ (Jugend in Gefahr, 1952, S. 10).

*„Fliegergeschichten“ aus dem Moewig Verlag (München). Eine der harmloseren, aber dennoch verharmlosenden Heftserien mit Kriegsthematik. Band 99 „Vom Rammjäger zum Postflieger“ (1957) führt vor, wie aus einstigem Feind nach Kriegsende ein Freund wird.*

„Berückend“ an diesen Sätzen scheint, wie leicht man auf diese Art ein Erklärungsmuster und vor allem einen Hauptschuldigen in „Person“ der Schundliteratur für offenbar in Umwandlung begriffene, jedenfalls aber unerwünschte Verhaltensweisen Jugendlicher gefunden hatte, ohne an der Gültigkeit der eigenen Grundwerte und erzieherischen Zielvorstellungen auch nur zweifeln zu müssen. Mehr noch als bei der Behauptung einer kriminogenen Wirkung von Schmutz und Schund treffen sich hier eine Vielzahl unterschiedlichster Auffassungen, die alle indirekte Wirkungsmechanismen des Schundlesens zugrunde legen. Der scheinbare Konsens hierin erweist sich bei

näherem Hinsehen jedoch sehr bald als täuschend. Sowohl was die Richtung der angenommenen Gefährdung betrifft, als auch die vorgestellten Erklärungsmuster, ja mehr noch die Konsequenzen, die jeweils empfohlen oder gefordert werden, ist keine – auch nur annähernde – Übereinstimmung zwischen den verschiedenen an der Diskussion beteiligten Lagern zu erkennen. Im Gegenteil, die einzelnen Positionen schließen einander zum Teil geradezu aus. Von CSU-Seite war etwa 1952 im Bundestag zu hören, daß es den Gesetzesbefürwortern gar nicht so sehr um ein ausgesprochenes Kriminellwerden gehe. „Die vielfache Zerstörung der seelischen, geistigen und auch religiösen Werte“, so heißt es dort, „ist doch eine ebenso traurige Folge und oft die Ursache eines verpfuschten Lebens“ (Abgeordneter Kemmer, Verhandlungen des Deutschen Bundestages..., 17. 9. 1952. Stenographischer Bericht. Bd. 13, S. 10544).

Walter Dirks befürchtete für den heranwachsenden Menschen die Verstellung der eigentlichen Erfahrung. Für ihn schädigt Schund die „soziale Moral“, was ihm aber nicht für gleichbedeutend gilt mit einer unbotmäßigen Auflehnung junger Menschen gegenüber traditionellen Autoritäten. „Soziale Moral“ definiert er als „menschliches Miteinander“ (Dirks, 1955, S. 234).

In einem anderen, mehrfach veröffentlichten Beitrag zum Thema stellt sich beim jugendlichen Schundleser nach Meinung des Verfassers ein ununterbrochener Argwohn gegenüber der Welt ein, und zwar aufgrund selbstverständlicher Darstellung mitmenschlicher Beziehungen als Machtkämpfe. Er lerne etwa nicht, daß auch der Feind kein „Ungeziefer“, sondern ein Mensch ist (vgl. W. Metzger, 1957, S. 449), das heißt, die rein passive Beschäftigung mit menschlichen Schicksalen und Katastrophen führe solcherart zu einer Gemütsverhärtung. Es ist dies sicherlich auch eine Reaktion auf die ab Mitte der fünfziger Jahre den Markt bevölkernden schönfärberischen Kriegsschilderungen. Das, was in dem Beitrag anschließend allerdings als „Handlungsanweisung“ formuliert wird, ist so extrem sonst kaum zu finden:

*„In Anbetracht des Ernstes dieser Gefahren, wird man aber – über die Forderungen des Gesetzes hinaus – auch auf die Darstellung von Geburt, Liebesspiel und Zeugung, schwerer Verletzung und gewaltsamem Tod durch Unfall, Selbstmord oder Mord (auch kriegerischer und polizeilicher Tötung) in Schriften, die in die Hand junger Menschen gelangen, ganz verzichten müssen“* (W. Metzger, 1957, S. 451 f.).

Gerade in Anbetracht des letzten Zitats muß ein weiterer immer wieder vorgebrachter Vorwurf der Schundliteratur gegenüber umso zweifelhafter erscheinen. Gemeint ist damit die Behauptung vom verzerrten Weltbild, der verfälschten Realität und der Wertvorstellungen, die dem Leser von Schmutz- und Schundschriften ohne Unterlaß vorgeführt würden. Die Jugend deute deshalb ihre eigene Wirklichkeit „durch die Schundbrille“ (Jugend in Gefahr, 1952, S. 6) und solch Befund oder Befürchtung wird als umso schwerwiegender empfunden angesichts dessen, daß sich in der Reifezeit überhaupt erst ein spezifisches Weltbild entwickele (vgl. Schilling, 1954, S. 91 f.).

*„Engelchen" von Oswald Rathmann, ein Leseheft der Reihe „Wegblumen" des Christlichen Verlagshauses in Stuttgart aus dem Jahrt 1951. Laut Verlagskommentar will die Reihe „der Kinderwelt in zurückhaltender, aber doch wirksamer Weise die erprobten Grundsätze christlichen Glaubens und Lebens vermitteln".*

Es ist nun sicherlich kaum zu bestreiten, daß in den Heftchen und anderen „Schund"-Texten tatsächlich kein wirklichkeitsgetreues Bild der Welt im Jahre 1950 oder irgendeiner anderen Zeit vermittelt wird, auch wenn man der behaupteten Wirkung solcher Texte gegenüber skeptisch ist. Gerade deshalb muß aber die Frage nach der Gegenkonzeption besonders interessant sein, die Frage nach dem, was die Schmutz- und Schundgegner statt dessen einforderten oder was – in anderer literarischer Ausformung – bereits vorhanden und für „gut" befunden worden war. An anderer Stelle heißt es in oben erwähntem Aufsatz von Wolfgang Metzger:

*„Was ist Vorbild?" (gemeint: in der Schundliteratur) „– jedenfalls nicht die Mutter, die Krankenschwester, die treue Magd, die Heilige, sondern die Modepuppe, das ‚Fräulein Nummer', die Revuetänzerin, die ‚Schönheitskönigin'"* (W. Metzger, 1957, S. 450f.).

Man mag für den Moment dahingestellt sein lassen, wie zutreffend oder nicht das „Feindbild" erfaßt ist. Was hier jedoch ex negativo dem Frauenbild der Schundlitera-

*Die „Hannelore-Hefte" von Berta Schmidt-Eller aus dem Verlag R. Brockhaus (Wuppertal) wollten Gegenbilder zu den Helden der „Schundhefte" darstellen: frische, fröhliche Menschenkinder mit kleinen Fehlern, aber immer bereit für den christlichen Glauben – selbst gegenüber dem skeptischen Vater – aktiv einzutreten.*

tur entgegengehalten wird, ist es das, was jungen Mädchen im Jahre 1957 als Vorbild, als Leitbild dienen soll? Die „treue Magd", die „Heilige" und nicht zu vergessen die „Mutter" sind schon überdeutliche Fingerzeige darauf, welche Art von Welt als „positiv" empfunden, welches Weltbild weitergetragen werden sollte. In der Bundestagsdebatte um die „jugendgefährdende Literatur" von 1952 sprach an einer Stelle auch der CDU-Abgeordnete Kemmer seine Vorstellungen von positiver Jugendschutzpolitik und einer Idealjugend aus:

*„Wir wollen ohne jede Prüderie und ohne jedes Muckertum eine saubere, gesunde, quicklebendige Jugend, der alles offenstehen soll, was schön und gut ist, von der aber auch ferngehalten werden muß, was ihr schadet"* (Verhandlungen des Deutschen Bundestages..., 17. 9. 1952. Stenographischer Bericht. Bd. 13, S. 10546).

Ergänzt man solche Äußerungen noch um die Einsicht, daß in der damals existierenden „guten Jugendliteratur" nur in den seltensten Fällen ein der Realität der fünfziger Jahre nahekommendes Bild von der Welt vermittelt wird, dann ergibt sich daraus, daß

es nicht eigentlich die Darstellung von „Wirklichkeit" ist, was als Gegenmodell zur Schundliteratur verlangt wurde, sondern letztlich nur die Spiegelung eines zutiefst unwirklichen, weil reduzierten und „gezähmten", Wunschbildes von der Welt, das auf den Grundfesten eines traditionellen Tugendkatalogs und traditioneller Rollenverteilung aufbauen sollte.

## 3. Ursachen und Gründe für die Verbreitung von Schmutz und Schund

„Schmutzliteratur und Schundliteratur sind gar keine Literatur [...] sind vielmehr Industrieerzeugnisse, sind Ware" (Popert, S. 2). Diese Feststellung von Hermann Martin Popert aus dem Jahre 1926 weist auf ein anderes Argumentationsfeld hin, das in alten und neuen Schundkämpfen, bei konservativen wie bei progressiven Gruppen Aufnahme gefunden hat und zwar auf eine mehr oder weniger deutlich ausgesprochene Kapitalismuskritik.[64] Es ist die Rede von gewissenloser Geschäftemacherei auf Kosten der Seelen der jungen Arbeiterschaft (vgl. Den Schund bezahlt ..., 1951), von „üblen Profithyänen" (Knorr, 1959), oder es wird gefordert: „Der Raum der Erziehung muß frei sein vom Interesse des Handels mit Kinderseelen!" (Jugend in Gefahr, 1952, S. 6). Kennzeichnenderweise handelte es sich in der Mehrzahl der Fälle um eine nur indirekte und keinesfalls systematische Kritik am kapitalistischen Wirtschaftssystem, an strukturellen Mängeln in Politik und Wirtschaft. Gerade konservative Kritiker blickten nur auf Folgeerscheinungen, die sie – im Falle der Schundliteratur – als vermeidbare, beziehungsweise abstellbare Auswüchse empfanden. Dabei wurden nicht selten – so hat es zumindest den Anschein – entsprechende Beschuldigungen von dieser Seite nur vorgebracht, um dem (weltanschaulichen) Gegner zuvorzukommen, ohne jedoch die Implikationen, die sich aus einer „Einsicht" in systemimmanente Mängel zwangsläufig hätten ergeben müssen, ernst zu nehmen. Man verurteilte den skrupellosen Schundverleger nach moralischen Kategorien[65], sprach jedoch nicht von den Erfordernissen des Markts. Überdies war derartige „Kapitalismuskritik" auf einer gewissermaßen „zeitlosen" Ebene angesiedelt und oft vermischt mit einem diffusen Fortschrittsskeptizismus bis hin zu dessen rigoroser Ablehnung.

Die „neuen" Konsumangebote überhaupt erschienen verdächtig, Mißtrauen und Mißfallen wurde bekundet gegenüber der gesamten zu neuem Leben erwachten „Vergnügungsindustrie".

Angst, häufig irrationale Angst, flößte etwa der Massencharakter der „unterwertigen" Literatur ein, wobei sich solche Ängste mit einer latenten oder offen genannten Furcht vor einer Vermassung des Individuums im seelenlosen Industriezeitalter trafen.[66]

Daß aber auch das konservative Lager kein momolithischer Block war, daß dort unterschiedliche Kräfte am Wirken waren, immanente Widersprüche nicht wirklich aufgelöst wurden, beziehungsweise werden konnten, wird auch und gerade im

erweiterten Feld des Jugendschutzes, der Jugendpolitik, als deren Bestandteil sich der „literarische Jugendschutz“ eindeutig verstand, sichtbar.

So gibt auch der schon zu Beginn der fünfziger Jahre spürbare neue Konsumwille in der Bevölkerung - obwohl konstitutiv für das System des marktorientierten Wirtschaftsliberalismus und Mitinitiator des sonst stolz verbuchten, eben in Gang kommenden bundesrepublikanischen „Wirtschaftswunders“ – manchem Zeitgenossen, selbst aus dem Regierungslager, Anlaß zur Sorge. Der erste Bundesminister für Familienfragen Franz-Josef Wuermeling – das Ministerium wurde erst 1953 geschaffen – sprach etwa 1955 auf einer Veranstaltung des Volkswartbundes mit klar negativem Anklang von der „wirtschaftswunderlichen“ Gesellschaft der Bundesrepublik und einer parallel dazu oder besser: aus ihr heraus sich entwickelnden Vergnügungsindustrie. Dabei wurde von ihm (und anderen konservativen Kritikern) der Charakter des herrschenden Beschäftigungssystems durchaus richtig erkannt, wenn er von einer durchrationalisierten Arbeitswelt sprach mit einer immer subtileren Teilung der Funktionen, die dem jungen Menschen die Erfüllung grundlegender Persönlichkeitsbedürfnisse weithin versage. Deshalb werde außerhalb des Berufs eine Genußsteigerung gesucht, die aber nur eine Scheinbefriedigung (durch Angebote der „Vergnügungsindustrie“, etwa der Groschenhefte) erführe (vgl. Wuermeling, 1959, S. 15). Solche, im wesentlichen zutreffende Beobachtung führte in diesem wie in ähnlichen Fällen aber nicht zu einer Einsicht in notwendige Veränderungen, zum Beispiel der Arbeitsbedingungen oder deren Ursachen, vielmehr wurde die Lösung in einer von der sozio-ökonomischen und politischen Basis scheinbar völlig abgeschiedenen, privaten Sphäre der Familie und darüber hinaus der „Volkssittlichkeit“ gesucht. Die „Familie“ jedoch galt selbst als sanierungsbedürftig; nach Wuermeling war sie im gegenwärtigen Zustand nicht mehr in der Lage, die (von den durch die Arbeit nicht mehr befriedigten Persönlichkeitsbedürfnissen verursachte) Lücke zu füllen, weil sie auch von Genußsucht erfaßt sei, weil sie die „Familiengemeinschaft“ dem „Götzen des Lebensstandards“ opfere (Wuermeling, S. 15).

Ursachen und Folgeerscheinungen der politisch-ökonomischen Entwicklung wurden also künstlich auseinanderdividiert, um mit weltanschaulich (und direkt politisch) genehmeren Entwicklungsmodellen argumentieren zu können.

Ein völliger Trugschluß muß es deshalb auch sein, solchen Formen von „Kapitalismus-“ und Gesellschaftskritik, die sich noch dazu in Widersprüche mit anderen Feldern der Politik verwickelten, irgendwelche progressiven Züge zu bescheinigen, in ihnen gar Vorboten „heutiger Gesellschafts- und Fortschrittskritik in Kreisen der Linken, der Grünen, der Umweltschützer, der heutigen Protestbewegungen“ (Heinritz, S. 314ff.) sehen zu wollen, wie dies innerhalb der letzten Shell-Jugendstudie von 1985 gemacht wird. Die tatsächlichen Zusammenhänge werden mit solchen Aktualisierungsversuchen eher verwischt. Nicht nur, daß es für eine Gesamteinschätzung des Schundkomplexes nachgerade fatal wäre – wie vorgeschlagen –, von der ausgeprägten Sexualfeindlichkeit damaliger Jugendschützer, auch der Schmutz- und Schundkämpfer – und um so mehr noch von der insgesamt prohibitiven Ausrichtung der

Jugendschutzbestrebungen der fünfziger Jahre – auch nur zeitweise – abzusehen. Denn was sonst, wenn nicht diese, waren die grundlegenden Elemente der damaligen Jugendschutzbewegung. Nicht nur dies also stünde einer solchen, in die Gegenwart verlängerten, Deutung entgegen, sondern dieser Ansatz verkennt vollkommen, daß all das, was das Gros der traditionellen Bewahrpädagogen und literarischen Jugendschützer als Alternativ-, als Reformprogramm vorzuschlagen hatte, fast ausnahmslos rückwärtsgewandte, an einer historisch unbestimmten, unbestimmbaren Vergangenheit orientierte Ideen und Idealvorstellungen waren. Es ging ihnen nicht um die Suche oder das Ausprobieren neuer, „sinnvoller" Lebensformen, nicht um eine wie auch immer geartete „Selbstverwirklichung", sondern Kernbegriffe der geforderten Umkehr, des geforderten Umdenkens waren: Zucht, (moralische) Sauberkeit, Enthaltsamkeit, Opferbereitschaft, Dienst. Nicht jeder, der „Konsumverzicht" forderte(e), dachte (oder denkt) dabei an hungernde Mitmenschen, und dem Lärm und der Hektik der Großstadt wollten auch schon die Jugendbewegten entfliehen, ganz zu schweigen von der Blut- und Bodenromantik der Nationalsozialisten.

Kaum irgendein Beitrag zum Thema der „unterwertigen" Lektüre ist in den fünfziger Jahren geschrieben worden, der nicht auch an irgendeiner Stelle (wiederum durch alle weltanschaulichen und politischen Parteiungen hindurch) auf das als brennend empfundene Problem der „Jugendnot" zu sprechen gekommen wäre. Tatsache ist aber auch, daß die einhellige Meinung von der sich in einer Notsituation befindenden Jugend sich aufsplitterte, sobald Näheres berichtet wurde von den Ausprägungen der Jugendnot, mehr noch von Ursachen und Rezepten zu ihrer Beseitigung.

Jugendkriminalität, sexuelle Verwahrlosung, die vielen alleinerziehenden Mütter und die Wohnungsnot kamen zur Sprache wie auch überfüllte Schulklassen und Schichtunterricht; seltener – und dann meist von links – wurde der Mangel an Ausbildungs- und Arbeitsplätzen genannt.

Einem Erklärungsmodell zufolge sah man darin in erster Linie Auswirkungen des Krieges, manchmal auch des nationalsozialistischen Regimes und seiner Nachwehen, doch auch einer falsche Akzente setzenden oder grundsätzlich verfehlten Wirtschafts- und Sozialpolitik nach 1945.

Schmutz- und Schundliteratur, beziehungsweise das – wie man meinte – übergroße Interesse daran, waren dementsprechend nur äußerlich sichtbare Symptome.

Eine andere Diagnose bescheinigte eine ebenfalls nicht erst aktuell entstandene psychische und/oder moralische Not der Jugend. Auf die Anklagebank setzte man nun nicht oder nicht in erster Linie das nationalsozialistische Unrechtssystem oder die Nachkriegswirren, vielmehr glaubte man, die Ursachen der Jugendnot in einer schon chronischen Störung der natürlichen Ordnung, in einer stetig zunehmenden Zerrüttung des als konstitutiv erachteten Wertesystems gefunden zu haben. Schundliteratur betrachtete man hierbei als immer erneuten Initiator oder doch mindestens als Verstärker. Als Initiator insofern, als sie alle niedrigen und rohen Instinkte bei einer labilen und geschwächten Disposition der jugendlichen Psyche zum Ausbruch

bringen können sollte, beziehungsweise als Verstärker, indem sie einfach die durch eine allgemeine moralische Krise und andere ungünstige Umweltfaktoren bereits in Gang gesetzte psychisch-moralische Zerrüttung des Jugendlichen potenzieren könnte.

Die Schuldigen an dieser Misere – und das scheint charakteristisch – waren in den Augen der Jugendschützer und Schundapostel keineswegs die Jugendlichen selbst, sondern die Erwachsenen. Die jungen Schundleser wurden vor allem als Opfer gesehen. Als Opfer der Kriegs- und Nachkriegswirren, als Opfer verantwortungsloser Schundverleger und bloß noch egoistischer Erwachsener[67] (als einzige „positive" Ausnahme sahen die Schmutz- und Schundaktivisten und Jugendschützer sich wohl selbst an) und als Opfer ihrer eigenen, aufgrund der Zuchtlosigkeit der Zeit, nicht mehr im Zaume zu haltenden Triebe.

Es zeigt sich an der Art der „Analyse" der Ursachen von Schmutz und Schund von seiten der Jugendschützer, daß ihr Anspruch eigentlich ein wesentlich anderer oder jedenfalls weiterer war, als nur „der Jugend helfen" zu wollen. Robert Schilling betonte etwa in einem Referat auf der Jahrestagung des Volkswartbundes 1954 den „Wert und die Wichtigkeit" der Arbeit für den literarischen Jugendschutz für das „Volksganze"; bei der „Abwehr störender und gefährdender Einflüsse" von der Jugend handele es sich „um entscheidene Existenzfragen für uns alle" (Schilling, 1955, S. 42). Im Gewande der „Literaturkritik" verbarg sich bei vielen die Aufkündigung des Einverständnisses mit den real vorfindbaren Formen gesellschaftlichen Lebens, mit der Weigerung, sich verändernde Auffassungen von Moral oder überhaupt deren Wandelbarkeit und Zeitgebundenheit zu akzeptieren.

Dies wurde nicht eigentlich als „politisch", als politische Stellungnahme oder gar als grundsätzliche Kritik an der herrschenden Staatsform empfunden, jedenfalls kaum bewußt. Andererseits sah man die beanstandeten „negativen Erscheinungen" nicht als „isolierte Phänomene", sondern als Erscheinungsformen einer allgemeinen moralischen Krise" (Schilling, 1954, S. 77) der (damaligen) Gegenwart. Die „erheblichen Verfallserscheinungen", die sich in unserem Kulturkreis zeigten (vgl. Riedel, 1953, S. 26) würden – wie besonders die Pädagogen wieder und wieder betonten – am Zerfall, an der Zerrüttung der Familien, der Institution Familie, besonders sichtbar. Der Jugend fehle die „Geborgenheit natürlicher Wachstumsbedingungen" (Jugend in Gefahr, 1952, S. 9). Noch 1961 sah Peter Härtling (in der Dt. Zeitung vom 2. Januar) die Existenz des „Gesetzes über die Verbreitung jugendgefährdender Schriften" nur in der „Schwäche der Familie" begründet, die keinen Schutz vor dem Schmutz mehr gewähren könnte, deren moralischer Mauerbau unter dem Ansturm von unkontrollierbaren Einflüssen zerbröckelte.

Häufig anzutreffen ist deshalb auch die Forderung, „die Familie und ihre zur Zeit schwer gefährdete Lebensfähigkeit wiederher(zu)stellen, namentlich die Mütter wieder zu ihren Kindern zurück(zu)führen" (W. Metzger, 1957, S. 487).

Die Mehrzahl der Teilnehmer an dieser geistigen Auseinandersetzung gewahrte Hand in Hand gehend mit einem Verfall von Sitte und Moral oder als dessen Ursache

*„Gotteszeugen", eine Schriftenreihe „für Jugend und Gemeinde" aus dem Verlag Junge Gemeinde (Stuttgart) war eine der zahlreichen christlich inspirierten Serien für junge Leser. Hier das Heft 9 „Johann Friedrich Oberlin – Der Gärtner Gottes im Steintal" von A. Ringwald (Stuttgart 1951).*

ein „Schwinden und Erkalten der religiösen Substanz", ein „Sichabwenden und -entfremden von Gott und seiner Schöpfung", ein „Sichbegnügen mit der Welt als purer Welt" (Rutt, 1959, S. 69). Als noch direktere Folge solcher Entwicklung sah Rutt es an, „daß Künstler, Gelehrte und Lehrer nicht mehr die Ehrfurcht genießen, die ihnen noch vor zwei Menschenaltern gerne gewährt wurde" (ebd.).

Die Verbindlichkeit einer religiösen, konkret natürlich der christlichen Grundlage, wurde beinahe durchgängig von denen, die sich im Umfeld des Jugendschutzes (und der Jugendliteratur) zu Wort meldeten, betont, etwa wenn in einem Kommentarwerk zum „Gesetz über die Verbreitung jugendgefährdender Schriften" festgestellt beziehungsweise behauptet wird:

*„[...] trotz der weithin bestehenden weltanschaulichen Freiheit ist die christliche Lebensauffassung noch immer für die abendländische Kultur bestimmend, wenn sie auch in etwas abgeschwächter und verweltlichter Form auftritt"* (Riedel, 1953, S. 27).

Und in der Entscheidung Nr. 1 der Bundesprüfstelle für jugendgefährdende Schriften vom 9. Juli 1954 ist unter anderem der Satz zu lesen:

*„Die Bundesprüfstelle geht aus von einer verbindlichen Sittlichkeit, die den ethischen Kern der abendländischen Kultur darstellt“* (zit. nach Schilling, 1955, S. 40).

Als unverzichtbarer Bestandteil dieser christlich-abendländischen Kultur galt den Neokonservativen der fünfziger Jahre also immer noch der überkommene starre Sitten- und Moralkodex. Sehr deutlich brachte diese Überzeugung der Bundesfamilienminister zum Ausdruck:

*„Die Anerkennung eines von Zeitströmungen unabhängigen Sittenbegriffs des christlichen Abendlandes sichert uns den festen Boden gegenüber allen Versuchen, das Sittenbewußtsein des Einzelnen und der Allgemeinheit zu unterhöhlen“* (Wuermeling, 1959, S. 11).

In dem krampfhaften Festhalten an scheinbar unverrückbaren geistigen und sittlichen Grundlagen drückte sich nicht zuletzt die Furcht vor einem Hineinlaufen ins Ungewisse aus, vor der weitverbreiteten Schreckensvorstellung eines „Abgleitens in nihilistische Zustände“ (Turmlirz, zit. nach Schilling, 1954, S. 94). Hier trifft sich die Jugendschutzdebatte in ihrer Angst vor dem Nihilismus – auf anderem theoretischem Niveau freilich – mit der Auseinandersetzung um den französischen Existenzialismus.

### *Die Gewährsleute: José Ortega y Gasset, Eduard Spranger und Oswald Spengler*

Anerkannte Gewährsleute, die zur Begründung des eigenen kulturkritischen Standpunktes, der Situationsbeschreibung und -interpretation, kurz zur Untermauerung umfassenden Anspruchs auf Zeit- und Weltdeutung immer neu herangezogen wurden, waren José Ortega y Gasset mit seiner Abhandlung „Der Aufstand der Massen“ (span. 1930, dt. 1931), Eduard Spranger mit der „Psychologie des Jugendalters“ (1924) und Oswald Spengler mit seinem „Untergang des Abendlandes“ (Bd. 1–2. 1918–1922), um nur die am häufigsten genannten und bestimmendsten zu nennen. In allen genannten Fällen handelt es sich um kulturkritische Auffassungen aus der Zeit der Weimarer Republik.

Im „Aufstand der Massen“ fand man eine große Anzahl zitierbarer Stellen, die das Zeitgefühl[68] vieler in Worte faßten, das sich in den über zwanzig Jahren seit seiner Niederschrift offenbar nicht merklich verändert hatte. Mit seiner vehement vorgetragenen Lehre von den wenigen „aristokratischen“ (im Sinne eines Geistesadels) Menschen im Gegensatz zu der großen Menge der selbstzufrieden vor sich hinlebenden Durchschnitts- oder Massenmenschen schien diese Auffassung Ortega y Gassets der denkbar beste Garant für die Selbstrechtfertigung einer geistigen Elite. Daß diese Masse von Durchschnittsmenschen nach Meinung des Autors aufgrund historisch-politischer Liberalisierungsprozesse dabei war, sich jenseits jeglicher Vernunft gegen

*Eduard Spranger (1882–1963), Psychologe, Pädagoge und Kulturphilosoph. Seine Werke, besonders die „Psychologie des Jugendalters“ von 1924, wurden bis weit in die Zeit nach dem zweiten Weltkrieg von Pädagogen, auch Literaturpädagogen, als richtungsweisend verstanden.*

die Auserwählten durchzusetzen, konnte als Bestätigung und Ansporn des eigenen Kampfwillens gegen eine weitere „Vermassung“ gelten.

Eduard Sprangers „Psychologie des Jugendalters“ zählte für die Pädagogen der Nachkriegszeit zu den unverzichtbaren Standardwerken. Die Schundkämpfer sprach daran wohl besonders die gleichzeitig als Norm vorgestellte klare Trennung an von „jugendlicher Erotik“ einerseits – als der „seelischen Form der Liebe“ mit einem „ästhetischen Grundcharakter“, als der „Wurzel alles Idealisierens“ (Spranger, [23]1953, S. 81), die allein dem Jugendalter eigen und zuträglich sei – und von Sexualität andererseits, als einer Erscheinung, die alle Erregungen und Erlebnisse umfaßt, „die mit einer sinnlichen Lusterregung vom Grundcharakter geschlechtlicher Lust in bewußter Verbindung stehen“ (ebd.). Wenn Spranger als eine neue Form von „Jugendkultur“ ein Abwenden von der geforderten sexuellen Enthaltsamkeit feststellt, wenn er besonders eine für einen Teil der Oberschichtjugend zur Zeit der Ausarbeitung seiner Psychologie charakteristische größere sexuelle Freizügigkeit, mit den Worten kommentiert: „hier bereitet sich der ‚Untergang des Abendlandes‘ vor“ und als Unterstreichung hinzufügt, auch die alte Welt sei zugrundegegangen, weil ihre führenden Schichten an der Wurzel, in ihrem sexuellen und erotischen Leben, krank

*José Ortega y Gasset (1883–1955), spanischer Kulturphilosoph und Journalist, dessen Werk „Der Aufstand der Massen" (1929; dt. 1931) nach dem Zweiten Weltkrieg heftig diskutiert wurde, wirkte auf die Diskussion um die Kinder- und Jugendliteratur ein und war Hauptreferent einer von Jella Lepman 1951 in München einberufenen internationalen Tagung (Foto: Ullstein).*

gewesen seien (vgl. Spranger, [23]1953, S. 122), dann konnte dies den Jugendschützern nur eine Bestätigung und Rechtfertigung ihrer eigenen sexualfeindlichen Anschauungen bedeuten. Das um so mehr, als es sich bei Sprangers Buch ja um eine „wissenschaftliche" Arbeit handelte, die oben genannte Feststellungen als naturgegeben vorstellt.[69] Selbst der Brückenschlag zur spezielleren Frage der Schundliteratur findet bei Spranger insofern statt, als er die Wichtigkeit von Lektüreeinflüssen gerade während der jugendlichen Entwicklungszeit betont.

Zur Erhärtung der allgemeinen moralischen Verfallsthese, als übergreifende geistige Basis und Hintergrund sozusagen, diente Oswald Spenglers kultur- und geschichtsphilosophisches Werk vom „Untergang des Abendlandes". Sein Verständnis jeglicher Menschheitsgeschichte als eines Nach- zum Teil auch Nebeneinanders gleichrangiger, mitunter stark voneinander abweichender Kulturen, die jedoch alle demselben undurchbrechbaren Entwicklungsgesetz vom zyklischen Aufstieg und

Niedergang innerhalb eines zeitlich wie von der Abfolge her fest umrissenen Rahmens unterworfen seien, wurde vielfach als erwiesene Tatsache schlicht vorausgesetzt. Demnach lebte das Abendland in der letzten seiner vorgegebenen Entwicklungsphasen[70], in der der „Zivilisation“, und mußte sein Möglichstes tun, um den bereits vorgezeichneten Untergang solange wie möglich hinauszuzögern. Dies schien nur möglich auf dem Wege einer neuerlichen Besinnung auf die inneren Werte[71] der abendländisch-christlichen Kultur, einem Festhalten auch an traditionellen Moralvorstellungen, denn Spengler ging überdies davon aus, daß jeder Kultur eine bestimmte, unveränderliche Moral zu eigen ist, bei der niemand eine freie Wahl habe.

Der Bogen von der Schmutz- und Schunddebatte im engeren Sinne bis zu solchen Welterklärungsmodellen von universellem Anspruch ist nun nicht etwa willkürlich oder nur zwischen den Zeilen lesend so weit gezogen worden. Die drei genannten Werke und Autoren werden in einer großen Anzahl von Beiträgen zum Problem der jugendgefährdenden Literatur als Bezugspunkte genannt und allein die beiden kurz nach Verabschiedung des „Gesetzes über die Verbreitung jugendgefährdender Schriften“ erschienenen Kommentarwerke von Hermann Riedel und Robert Schilling führen diverse Zitate daraus an, benutzen insbesondere Spengler und Ortega y Gasset als Beweis für die angeblich überall verspürte und sichtbare moralische Krise.[72] Die einzelnen Aussagen in den drei Werken paßten – scheinbar – allzugut zusammen, schienen einander gegenseitig zu ergänzen. Spranger etwa wiederholt Spenglers programmatischen Titel in Bezug auf mögliche Auswirkungen einer verfallenden Sexualmoral, und Ortega y Gasset „sekundiert“, wenn er vom „Urwald“ spricht, dessen Einbruch es aufzuhalten gelte (vgl. Ortega y Gasset, S. 95).

Übersehen oder besser übergangen wird dabei vollständig, daß der so dräuende „Aufstand der Massen“ selbst von seinem Autor – wiewohl als drohende Gefahr eines Rückfalls in die Barbarei empfunden – nicht grundsätzlich und nicht notwendigerweise als negativ dargestellt, eine deterministische Deutung geschichtlicher Entwicklungen sogar klar abgelehnt wird.[73] Im übrigen widerspricht Ortega y Gasset (S. 87) ausdrücklich den Grundthesen Spenglers und schon dadurch erscheint es fragwürdig, beide sozusagen im gleichen Atemzug, im gleichen Begründungszusammenhang, zu nennen.

Auch die Arbeit Sprangers ist in ihrer Gesamtheit mitnichten von einem kulturpessimistischen Grundton beherrscht, überhöht sie doch rein deskriptive Teile mit einem – in den Augen des Autors – zukunftsorientierten pädagogischen Imperativ.

Und selbst Spengler wird in diesem Rahmen allzustark und simplifizierend auf eine bloße Untergangsphilosophie reduziert, wohingegen seine Ausführungen – bei allem Determinismus der darin aufgestellten Prinzipien, bei aller Irreversibilität des dort vorgestellten Entwicklungsschemas – kaum als fatalistisches Klagelied, als Nachruf auf das „Abendland“ verstanden werden wollten. Zu eindeutig hat Spengler sich bereits 1922 im Vorwort zum bearbeiteten ersten Band seines Werks gegen verbreitete Misinterpretation seiner Gedanken, gegen „das Geschrei über Pessimismus“ (Spengler, 1923, S. IX) zur Wehr gesetzt.[74]

Zuvorderst und vor allem muß jedoch auffallen, daß die von Schundkämpfern und Jugendschützern hauptsächlich als „Beweismittel“ für den Ernst der Lage beigebrachten Zitate sämtlich aus Werken stammen, die – wie schon erwähnt – ursprünglich zwanzig, dreißig Jahre zuvor, bei Spengler lange vor Beginn der nationalsozialistischen Herrschaft, erschienen waren, dennoch aber eingesetzt wurden, als handelte es sich um tatsächlich „aktuelle“ Beschreibungen der Nachkriegsgesellschaft, um Kommentare zum Zeitgeschehen der fünfziger Jahre.[75]

Im übrigen, eine echte „Weltuntergangsstimmung“ wollte (und sollte) in den entsprechenden Texten der Jugendbewahrer wohl kaum aufkommen. Der Zustand der Jugend und der Gesellschaft insgesamt schien unerquicklich, ja verdammenswert – deshalb auch die abschreckenden Beispiele und Prognosen zum Thema „Schundfolgen“ –, aber doch nicht ganz hoffnungslos. Denn all denen, die sich (in der Schundfrage wie auch allgemein moralische Überzeugungen betreffend) aufforderungsgemäß zu (innerer) Einkehr, Umkehr und Rückkehr nicht zu neuen, sondern zu „festen“ moralischen Ufern bereitfanden, denen schimmerte auch aus den Worten der Schundbekämpfer die Morgenröte der Hoffnung entgegen.

### *Dualistische Züge in der Schmutz- und Schunddebatte*

Überhaupt sind gewollte Aktualität auf der einen und auf der anderen Seite der häufig wiederkehrende Hinweis auf Verwurzelung der gegenwärtigen Bestrebungen in einer länger zurückreichenden Tradition Eckpunkte für einen eigentümlichen Dualismus, der kennzeichnend ist für die gesamte Schmutz- und Schunddebatte der fünfziger Jahre. Ein Dualismus, dessen einer Pol bestimmt ist von einem historisch einzuordnenden Denksystem des moralischen Rigorismus, einer christlich-verbrämten, starr konservativen Sexualethik und – allgemeiner – eines politisch-pädagogischen Protektionsdenkens, das demokratischer Freizügigkeit immer noch weniger traute als staatlich verordneter, behördlicher Kontrolle, welcher jedoch – trotz allem – sich „zeitgemäß“ gab mittels der für den Durchschnittsrezipienten äußerlich zur Schau getragenen „Spontan-Reaktionen“ auf die „herrschende“ Misere. Der andere Pol war charakterisiert durch eine Art Pseudohistorizität und zwar eine Pseudohistorizität in mehrfacher Hinsicht. Die Aktualität des Schundkampfs sollte gleichsam überhöht werden, indem die Schundkämpfer beständig historische Analogien im Munde führten, indem sie danach trachteten, sich mit entsprechenden früheren Aktivitäten in eine Reihe zu stellen, wobei ihre Vorgehensweise sich jedoch nach Überprüfung solcher Traditionslinien als eigentlich und zutiefst ahistorisch herausstellt.

Den häufig gezogenen Parallelen zu früheren Stadien des Schundkampfes war nämlich kaum ein tatsächliches Erkunden damaliger Gegebenheiten vorausgegangen, es ging kaum um Verständnis der Ursprünge und des Entwicklungsganges. Man wollte statt dessen seine sowieso feststehende Position historisch absichern, das heißt, einzelne „stimmige“ Details, Bruchstücke älterer Phasen wurden funktionalisiert,

instrumentalisiert. Erkennbar ist das zum Beispiel an der Art und Weise, wie die Schmutz- und Schundgesetzgebung von 1926 in die neuere Diskussion eingeführt wurde. Ein Gesetz – so argumentierten Befürworter neuerlicher juristischer Regelungen – war also bereits damals notwendig und es hat keinem geschadet. Vorherige Bedenken, die Meinungsfreiheit betreffend und in den zwanziger Jahren geäußert von so prominenten Persönlichkeiten wie Heinrich und Thomas Mann, Kurt Tucholsky oder Gerhart Hauptmann und Alfred Döblin, seien durch die Praxis der Prüfstellen entkräftet worden. Anders dagegen sahen es die, die für schärfere Verbotsmaßnahmen, als es eine Verbreitungsbeschränkung bieten konnte, plädierten. Für sie hatte dieses Gesetz in den Jahren nach 1926 seine völlige Unbrauchbarkeit unter Beweis gestellt, weshalb eine auch nur annähernde Neuauflage von dieser Seite scharf abgelehnt wurde (z. B. von Wilhelm Fronemann). Dasselbe, also die Wirkungslosigkeit, machte daneben auch ein Teil der grundsätzlichen Gesetzesgegner geltend, wobei hier natürlich entgegengesetzte Konsequenzen gezogen wurden.

In ähnlicher Weise konnte bei der Untersuchung der verwandten Metaphern schon gezeigt werden, daß bestimmte Bilder immer wiederkehrten und sich als weitgehend beliebig einsetzbar erwiesen.

Entsprechendes ist von den eigentlichen Argumentationsmustern nachzutragen. Gleichgültig, ob damit historisches Eingebundensein oder besondere Zeitnähe unter Beweis gestellt werden sollte, die Erklärungsmodelle für die Ursachen der beklagten Schundflut blieben seit den Anfängen der Debatte in den Grundzügen die gleichen, stellen sich aus der Distanz mehr und mehr als reine Mittel zum Zweck dar.

Wenn 1958 „der heutige junge Mensch [...] in der Gefahr" war, „von der Vielfalt der Eindrücke hin- und hergerissen, ja zerrissen zu werden" (Rutt, 1959, S. 83), dann litt er demgegenüber 1909 schon unter der Reizüberflutung des „modernen Lebens" mit Großstadtlärm, Verkehr und einem vielfältigen Angebot von Vergnügungen (vgl. Schultze, S. 60/61). In beiden Fällen galt Schmutz und Schund sowohl als Bestandteil dieser alltäglichen Reizüberflutung als auch das Interesse an ihr durch die mannigfachen anderen Reizmittel geschürt oder verstärkt. Und wenn in den fünfziger Jahren die Furcht vor dem Zerfall aller Wertmaßstäbe, vor einem bloßen Frönen materieller Güter umging, dann hieß es 1923 im Vorwort einer Abhandlung mit dem Titel „Kampf dem schlechten durch das gute Buch" bereits:

*„Kein Mensch wird leugnen können, daß wir in einer Zeit leben, da der Materialismus seine größten Orgien und damit – in seinem Sinne – höchsten Triumphe feiert. Das höchst erstrebenswerte Ziel scheint der sinnliche Genuß zu sein, das: Lebe dem Augenblick! findet heute seine niedrigste Auslegung und deren wörtlichste Befolgung"* (Benfer, 1923, S. 7).

Ein anderes „herausragendes" Beispiel der Instrumentalisierung historischer Fakten zu Argumentationszwecken lieferte Wilhelm Fronemann in einem Brief an Carlo Schmid vom 23. Januar 1950, in dem er sich hauptsächlich über dessen Artikel zur Schmutz- und Schundfrage beschwerte. Dort heißt es unter anderem:

*„Überall, wo man den Schund sachgemäß angriff, verschwand er: 1916, als ihn die Generalkommandos verboten, 1935 als ihn Goebbels auf Drängen der H.J. verbot. Wer hat denn damals Schundliteratur gesehen?“* (Fronemann-Nachlaß, Institut für Jugendbuchforschung).[76]

Es genügt sehr kurzes Weiterdenken, um die latent enthaltene Botschaft zu entschlüsseln: Eine „sachgemäße“ Bekämpfung von Schundliteratur ist nur mit diktatorischen Mitteln erreichbar.

Solche Heranziehung aller möglichen Argumentationshilfen unter bloßen Nützlichkeitsaspekten bringt zuletzt noch die beschriebene Verwendung von Zitaten prominenter „Gewährsleute“ ans Licht. Wenn in entsprechenden Passagen die Rede ist von „heute“ oder „Gegenwart“, dann bleibt durchaus und wohl absichtlich unklar, welches Heute damit gemeint ist, ob das Heute von 1955, das von 1925 oder womöglich eine Gegenwart, die das ganze zwanzigste Jahrhundert umfaßt.[77]

Will man nicht mit dem Vorwurf des völligen Dilettantismus und/oder schierer Ignoranz an die Aussagen der „Chef-Ideologen“ der Schundkampfszene herangehen, dann bleibt im Grunde nur die Annahme übrig, daß man dort glaubte, ältere Argumentationsmuster oder auch die genannten Gewährsleute bar deren konkreten historischen Standorts, beziehungsweise dessen Erläuterung verwenden zu können in dem Bewußtsein, daß zum einen unter „Eingeweihten“ solch zeitliche Einordnung sowieso klar sein mußte, zum anderen sich die gesellschaftliche und kulturelle („Negativ“-)Entwicklung wenigstens des 20. Jahrhunderts als eine kontinuierliche darstelle. Oder anders ausgedrückt: der Mehrheit der Schundkämpfer schien offenbar die grundsätzliche Befindlichkeit, die grundsätzliche Gefährdung der Jugend (und damit als Zukunftsaussicht die des Volksganzen) 1955 noch mehr oder weniger dieselbe zu sein wie 1925. Daß das auch Rückschlüsse auf den historischen (und für die Agierenden den aktuellen) Stellenwert, den man dem Dritten Reich beimaß, eröffnet, ist offensichtlich.

Der Gedanke scheint im übrigen nicht abwegig, daß man oft genug „Jugend“ sagte, aber „Gesellschaft“ meinte. Nur, eine Chance, in der Tat etwas zu erreichen, unverzichtbar erscheinende Werte und moralische Maßstäbe wieder aufzurichten, eine solche Chance oder Hoffnung erschien selbst den härteren Schundkämpfern nur in bezug auf die junge Generation möglich. Und bewußt steht hier „in bezug auf“ und nicht „mit“, denn ein wichtiger Teilaspekt des Gesamtphänomens war auch das grundsätzliche Verhältnis zwischen Jugendlichen und Erwachsenen, zwischen Lehrern oder Eltern und Kindern, wo eine nochmalige Restauration, eine nochmalige Verfestigung autoritärer Strukturen auf dem Plan stand.

Die Erwachsenen, die man als guter (Neu)Demokrat nicht so einfach gängeln konnte, versuchte man auf andere Art und Weise in die Pflicht zu nehmen, zumal in ihnen, in ihrem Egoismus, eindeutig die Schuldigen erkannt schienen. Zum einen, indem man ihnen – als Eltern – Schreckensvisionen vom unausweichlichen Schicksal ihrer schundlesenden Kinder vorgaukelte, zum anderen, indem man sie – als Vorbild

für eine bessere Welt – zu werben versuchte. Dahin gehört auch der hohe Grad von Emotionalisierung, der pastose Ton, durch den sich die ganze Auseinandersetzung auszeichnete. In einer – um im Bild zu bleiben – jugendschützerisch „vergifteten" Atmosphäre waren „Schlachtrufe" in der Art von: Unsere Jugend ist in Gefahr! Rettet die Jugend! Schützt die Kinder! für den Normalbürger, für die Durchschnittseltern, ja einen Großteil der Lehrer geeignet, jeglichen rationalen Zugang zu dieser Thematik von vornherein und sozusagen berechtigterweise zu verstellen. Wer sich als Gegner zu erkennen gab, die Jugend offensichtlich nicht schützen wollte, setzte sich damit von Anfang an ins Unrecht, lief Gefahr, der Komplizenschaft mit den Jugendverderbern bezichtigt zu werden.

## Die Gegner der prohibitiven Jugendkulturpolitik

Auch die Gegner einer prohibitiven Jugend- und Kulturpolitik können nicht auf eine einzige einheitliche und klar zu definierende Position festgelegt werden. Unter ihnen fanden sich einige wenige, die meinten, es seien keinerlei nachteilige Folgen durch sogenannte Schmutz- und Schundschriften zu erwarten, die weitgehend einen Standpunkt vertraten, der schon 1926 in einem Artikel des Psychoanalytikers und Pädagogen Siegfried Bernfeld zum Ausdruck gekommen war und den aussagekräftigen Titel trägt: „Das Kind braucht keinen Schutz vor Schund! Es schützt sich selbst!".

Die große Mehrheit ging dagegen – wie früher schon bemerkt – von einer tatsächlichen Gefährdung der jungen Schundleser aus, gab aber einer nur positiven Bekämpfung den absoluten Vorzug. Dabei lagen die größten Unterschiede darin, ob man die „positive Bekämpfung" in erster Linie auf dem literarischen Gebiet angesiedelt sehen wollte, also für eine intensivere Leseerziehung, eine Verbilligung der „guten" Literatur und eine Niveauanhebung dort plädierte oder ob man vor allem eine politische Lösung, das hieß in diesem Falle soziale Maßnahmen zur Beseitigung der „Jugendnot", forderte.

Da Aspekte solcher Gegenpositionen mehrfach bereits angeklungen sind, besonders auch von den durchaus vorhandenen Gemeinsamkeiten mit den orthodoxen Schundkämpfern etwa bei der verwendeten Bildersprache die Rede war, sollen anschließend nur die hauptsächlichsten Gegenargumente in konzentrierter Form vorgestellt werden.

Einzufügen bleibt zuvor, daß Proteste gegen Ziel und Vorgehensweise der Schundkämpfer noch sehr viel stärker (inhaltlich und zeitlich) an den konkreten Streit um gesetzliche Verbote gebunden waren als die üblichen Pamphlete wider den Schund.

An oberster Stelle einer Liste der Gegenargumente stand immer die Furcht vor einem Mißbrauch gesetzlicher Lösungen, vor einer erneuten Zensur, oder positiv ausgedrückt: das Plädoyer für die uneingeschränkte „Freiheit des Geistes", wie das –

nicht ohne Pathos – im allgemeinen formuliert wurde. Bestärkt sah man sich in dieser Furcht durch wenig eindeutige Begriffsbestimmungen im Gesetz. Erich Kästner erklärte etwa, es müsse mit Begriffen arbeiten, „die sich nicht definieren, dafür aber umso weitgehender interpretieren ließen“ (Das Schmutz- und Schundgesetz, 1951, S. 42).

Von dem erst noch geplanten Gesetz hieß es, es laufe dem Grundgesetz, der dort postulierten Meinungsfreiheit zuwider. Dieser Vorwurf ließ sich jedoch nicht halten, denn dem wurde der dort ebenfalls vorgesehene Vorbehalt zum Schutze der Jugend entgegengehalten.[78]

Zu den Kernpunkten der Gesetzesgegner zählte ebenfalls das Argument, die vorhandenen Paragraphen gegen Pornographie genügten im Kampf gegen jugendgefährdende Schriften, beziehungsweise es wurde dort ein Zusatz speziell in Hinsicht auf „Schund“-Schriften vorgeschlagen.

Überhaupt fand man, die „Kioskgefahr“ werde außerordentlich überschätzt. Die Heftchen und andere jugendgefährdende Literatur seien ein Symptom der „Jugendnot“ und diese kein Problem der Pädagogik, sondern der Wirtschaft, an dem man nicht mit literarischen Zwangsmaßnahmen herumpfuschen dürfe. So heißt es in einem Zeitungsbeitrag auch:

*„Beseitigt man die skandalösen Wohnverhältnisse, unter denen viele Familien leben, sorgt man für befriedigende Berufsaussichten und lüftet man die muffige Atmosphäre unserer Erziehung etwas durch, so hat der Staat damit zum Schutze der Jugend getan, was er tun kann (was allerdings schwerer ist als ein Gesetz gegen Schund- und Schmutzliteratur herauszugeben)“* (Menck, 1950).

Auch die SPD empfahl in der Bundestagsdebatte 1952, anstatt dem Gesetz zuzustimmen lieber den Ursachen des Notstandes entgegenzuwirken (vgl. Verhandlungen des Deutschen Bundestages..., 17. 9. 1952. Stenographischer Bericht. Bd. 13, S. 10542), und von der KPD[79] verlautete an gleicher Stelle, das Gesetz solle nur von den wahren Ursachen des Elends ablenken.[80]

Carlo Schmid bezeichnete in verschiedenen Zeitungsartikeln ein Verbot jugendgefährdender Literatur als beste Reklame und alle bisherigen Versuche, gegen Schundliteratur gesetzlich vorzugehen, als wirkungslos (vgl. Schmid, 1950b) und meinte, Freiheit und Demokratie beinhalteten immer gewisse Risiken.

Alternative Modelle zum „Gesetz über die Verbreitung jugendgefährdender Schriften“ waren die genannte Umorientierung in der Wirtschafts- und Sozialpolitik, daneben oder zusätzlich wurde auch hier die „Erziehung“ in der Familie und der Schule, das persönliche Vorbild und geschickte Aufklärung in den Vordergrund gehoben, um „die gesunden Abwehrkräfte, die in der Jugend selbst liegen“, zu aktivieren (Neudeck, 1950). Vorschläge, wie die Schaffung von Selbstkontrollgremien, wurden demgegenüber auch im eigenen Lager nicht unwidersprochen vorgebracht.

*„Sie (i. e. Zensur und Selbstkontrolle) stinken zudem immer nach Diktatur, und sei es die Diktatur des guten Geschmacks“* (Geschmacksache, 1949).

Nach Verabschiedung des Gesetzes ließ die Energie zu grundsätzlicher Kritik von seiten der Gegner, zu Kritik auch der Praktiken des Schundkampfes überhaupt, sehr rasch nach, jedenfalls bis zur Diskussion um seine Nivellierung Ende der fünfziger Jahre.

Eine so apodiktische Stellungnahme, wie sie 1956 in der „Zeit“ zu lesen war, bedeutete jedenfalls eine ausgesprochene Seltenheit, faßte die kritische Position – auch nach ersten Erfahrungen mit der Arbeit der Bundesprüfstelle für jugendgefährdende Schriften – nochmals deutlich zusammen:

*„Sieht man die Liste (i. e. der jugendgefährdenden Schriften) durch, so muß man den Zensoren sogar bestätigen, daß sie [...] unvorhergesehen brav gearbeitet haben [...] Aber darum geht es nicht: es geht um das Prinzip der Brandmarkung von Literatur – meinetwegen schlechter Literatur – durch den Staat. Dieses Prinzip ist falsch. Dem Staat steht eine solche Brandmarkung nicht zu. Er ist nicht kompetent, über Literatur zu urteilen, auch nicht über ‚Kriminalreißer‘ und auch nicht, wenn ein solches Urteil mit dem Mantel des Schutzes für die Jugend behängt wird. Das Gesetz gegen Schmutz und Schund ist schlecht. Der Ausschuß als Institution ist schlecht. Beide haben so schnell wie möglich zu verschwinden“* (Hühnerfeld, 1956).

Obzwar die Gesetzesgegner immer wieder versuchten, Argumente der Gegenseite in Frage zu stellen, übliche „beweiskräftige“ Behauptungen über Wirkung und Folgen des Schundlesens ins Wanken zu bringen, muß man der Gesamtheit solchermaßen oppositioneller Kräfte doch vorwerfen, daß auch sie es nicht vermochte, die Situation, das Schundproblem insgesamt, zu analysieren oder überhaupt zu durchschauen. Anscheinend wurde versäumt, Grundlagen und tiefere Motive der Schundkämpfer aufzuspüren, jedenfalls aber dies in die allgemeine Diskussion einzubringen und tatsächlich öffentlich zu machen. Viel zu häufig blieb es bei Scheingefechten, die zu einem immer wiederkehrenden Schlagabtausch bei kaum veränderten Argumentationsmustern führten. Und ein Versäumnis bedeutete es auch, daß sich die Kritiker fast nur an der Pro- und Contra-Debatte bezüglich des geplanten Gesetzes beteiligten, das gesamte Ausmaß der Schundbekämpfung hingegen viel zu wenig im Auge hatten. Und nicht umsonst fehlte es ebenso an ernsthaften Untersuchungen (von allen Seiten) der inkriminierten Texte selbst wie auch an Wirkungsanalysen oder wenigstens Ansätzen dazu, etwa um auf diesem Wege alternative Erklärungen für die Ursachen des massenhaften Konsums solcher Literatur ausarbeiten zu können.

Eine derartige Unterlassung, solch umfassendes Desinteresse an einer „Grundlagenforschung“ in diesem Bereich, läßt sich letztlich zurückführen auf ein immer noch – jenseits aller politisch-weltanschaulichen Einordnung der Beteiligten – weitestgehend ungebrochenes bildungsbürgerliches Kultur- und Literaturverständnis. Die „liberalsten“ Spitzen innerhalb der Schundkampfopposition waren vielleicht gerade

noch bereit, die Massenlesestoffe als einen von einer Demokratie zu verkraftenden, unvermeidlichen Risikofaktor zu tolerieren, nicht aber dazu, das allgemeine Vorverständnis von „guter" (und „schlechter") Literatur und deren gesellschaftlicher Funktion ernstlich in Zweifel zu ziehen.

Überdies lagen wohl auch andere der Grundpositionen beider Gruppen (oder jedenfalls eines größeren Teils beider Gruppen) gar nicht so weit voneinander entfernt. Die Überzeugung, die Jugend müsse nach Möglichkeit vor allem Bösen und Schlechten in der Welt und selbst vor dem Wissen darum bewahrt werden, war (beinahe) Allgemeingut.

*„Es ging auch um ein sorgsam gehütetes soziales Tabu [...]: das Tabu der heilen und unschuldigen Kinderwelt"* (Eßbach, 1974, S. 111).

Besonders deutlich wird dieser Aspekt, betrachtet man ihn von der erweiterten Warte der gesamten Jugendschutzbestrebungen.

Im übrigen mag das Nicht-Sehen oder Nicht-Zulassen anderer potentieller Erklärungen für das Schundphänomen, die den Jugendlichen (oder den Rezipienten überhaupt) und seine Lesebedürfnisse ernst genommen hätten[81], auch Grund sein für den – gemessen an Anspruch und Aufwand – nur mäßigen Erfolg der Schundkämpfer in den fünfziger Jahren. Weder verschwanden die Comics von der Bildfläche, noch gab es irgendwelche Anzeichen, daß der Konsum von Romanheften nachhaltig am Zurückgehen war.

Eine subjektiv empfundene Ehrlichkeit in ihren Bemühungen ist einem Großteil der Schundkämpfer kaum abzusprechen. Man kann überdies dem einzelnen Individuum, das sich – dem vielbeschworenen Zeitgeist zufolge – für den literarischen Jugendschutz engagierte, nicht alle Versäumnisse einer nicht oder kaum existenten analytischen und wissenschaftlichen Aufbereitung des gesamten Problemkreises anlasten.

Dennoch muß man zu dem Ergebnis kommen, daß interessierte Kreise sich diese Kampagne zu Nutze gemacht haben zur Verfolgung persönlicher, wirtschaftlicher oder „ideologischer" Interessen, auch wenn sie den Gesamtmechanismus vielleicht nicht bis ins Letzte durchblickt hatten. Der verbreitete Stil der – auch persönlichen – Diffamierung des Andersdenkenden – erinnert sei an Erich Kästner – ist keineswegs in der Rubrik „zum Wohle der Jugend" zu verbuchen und selbst ein berechtigter Zorn hätte die Maßstäbe – etwa bei den Vereinigten Jugendschriftenausschüssen – nicht soweit verschieben dürfen, daß im Einleitungsabsatz ihrer Broschüre „Jugend in Gefahr" das „Attentat" der Schundverleger „auf die Seelen unserer Jugend" – indirekt, aber unüberhörbar – mit den Machenschaften des Nationalsozialismus verglichen wird.[82]

Und daß 1965 (!) ein Jugendbund für entschiedenens Christentum am Düsseldorfer Rheinufer eine „Schund"-Verbrennung stattfinde lassen konnte, bei der unter anderem Werke von Erich Kästner (wieder einmal), Günter Grass und Albert Camus in die Flammen wanderten, ist – wenngleich in dieser Form Ausnahme – eine solche

Provokation und Ungeheuerlichkeit, daß sie keines weiteren Kommentars mehr bedarf.

## Die Folgen der Kampagne

Einige Zeilen seien zum Abschluß dieses Kapitels der Bedeutung der Schmutz- und Schundkampagne für die Entwicklung der Kinder- und Jugendliteratur gewidmet.

Wenn zuvor von Folgen und behaupteten Auswirkungen der Schundliteratur auf junge Leser die Rede war, so soll jetzt das Augenmerk auf die möglichen Folgen des Schundkampfes für die Kinder- und Jugendliteratur selbst gerichtet werden. Mehr als spekulativ wäre sicherlich die These, der Schmutz- und Schundkampf sei allein verantwortlich für eine retardierte Herausbildung einer neuen westdeutschen Kinder- und Jugendliteratur, habe auf direktem Wege die Entwicklung und Weiterentwicklung von Neuansätzen auf diesem Gebiet nach 1945 abgedrosselt. Genauso fragwürdig erschiene andererseits die Annahme, eine derart umfassende Kampagne, in die maßgebliche Organisationen und Institutionen der Kinder- und Jugendbuchszene wie etwa die Vereinigten Jugendschriftenausschüsse stark involviert waren, habe keinerlei Auswirkungen auf die angesichts der „Schundflut" stets erneut als Heilmittel apostrophierte „gute" Jugendliteratur gehabt.

Die Mehrzahl der von uns befragten Jugendliteraturexperten der Periode vertrat die Meinung, in der Jugendbucharbeit hätten zwei personell klar voneinander getrennte Stränge bestanden, deren einer die passionierten Schmutz- und Schundkämpfer umfaßt habe, der andere dagegen diejenigen, die sich konkret mit Kinder- und Jugendbüchern (und nicht mit „Schund" jeglicher Provenienz) befaßt hätten – als „Macher", Vermittler, Theoretiker. Zwischen diesen beiden Gruppierungen hätten kaum innere Verbindungen bestanden. Zieht man demgegenüber einschlägige Zeitschriften zu Rate, mustert deren Autoren, wirft einen Blick auf Tagungsthemen und Teilnehmerlisten, auf die Mitgliederzusammensetzung der verschiedenen Anti-Schund-Organisationen und Vereine, sind dieser Behauptung gegenüber zumindest Zweifel angebracht. Kaum ein in Jugendliteratursachen prominienter Name, der dort nicht irgendwann auch auftauchte. Entweder bescheinigt man einer Anzahl der Beteiligten, aus Opportunismus beziehungsweise weil dieses Thema einfach dazu gehörte in entsprechenden Gruppen, bei entsprechenden Aktionen, mitgewirkt zu haben, oder man konstatiert eine gewisse Verzerrung des Bildes im Rückblick, aus späterer („besserer") Einsicht.

Selbst wenn man jedoch von der Richtigkeit dieser Annahme ausginge – was, wie gesagt, einigermaßen zweifelhaft erscheinen muß –, selbst dann also ließe sich fragen, ob die gesamte Atmosphäre des Schmutz- und Schundkampfes „neuen" Ansätzen, einem „Bruch" mit der Tradition gar, förderlich oder wenigstens bedeutungslos dafür sein konnte.

– Wer – so muß man sich fragen – hatte bei einer Grundstimmung, die geprägt war von Klagen über den Zerfall und Verfall familiärer Bindungen und überkommener Zucht und Ordnung, den Mut, in einem Text für Kinder oder Jugendliche, Autorität – egal, ob die der Eltern, des Lehrers, der Kirche – anzuzweifeln, in irgendeiner Form in Frage zu stellen oder auch nur ernstlich an der Rollenverteilung zwischen Frau und Mann rütteln zu wollen? Schien es nicht Aufgabe der Zeit, nach dem Chaos der Kriegs- und unmittelbaren Nachkriegszeit, in der Frauen einzig aufgrund der Nichtverfügbarkeit männlicher Arbeitskräfte vielfach deren Aufgaben und damit Rollen hatten übernehmen müssen, „ihren Mann hatten stehen" dürfen, nun endlich also zu einem geordneten „Normal"-Zustand zurückzukehren?

– Welcher Autor – vielleicht auch noch jung und unbekannt – wagte es, in einem an junge Leser gerichteten Buch mehr Rechte und Selbständigkeit für diese Gruppe einzufordern, für eine Jugend, die doch bereits moralisch korrumpiert, sittlich zumindest stark gefährdet schien und mehr als alles andere vor der bösen Welt geschützt werden mußte?

– Wer sollte sich etwa erdreisten, die „gottgewollten Geheimnisse" von Zeugung und Geburt nebst der „natürlichen" Schamhaftigkeit des Menschen in einem Jugendbuch zu enträtseln?

– Welcher Autor konnte es wagen, in der Atmosphäre des Kalten Krieges zudem die Verbindlichkeit des Gesellschaftssystems der jungen Bundesrepublik Deutschland, das in sich noch nicht wirklich gefestigt sein konnte, zur Diskussion zu stellen?

– Und schließlich: Wer hätte solche Manuskripte verlegt, solche Bücher verkauft? Und an wen?

## *Anmerkungen*

1 Nicht selten laufen Kommentare im Schmutz- und Schundkampf auch unter der Überschrift „literarischer Jugendschutz".

2 Einige Beispiele für Definitionsversuche zwischen 1909 und 1984:
1909
„Um eine kurze Begriffsbestimmung zu geben, kann man die Schundliteratur vielleicht in folgende zwei Klassen scheiden:
1. Literarisch schlechte, aber moralisch ungefährliche Bücher. Sie wirken auf die sittliche Haltung des Lesers nicht gefährlich ein, aber sie verwirren und verderben seinen Geschmack und machen ihn dadurch zum Genuß künstlerisch wertvoller Bücher unfähig.
2. Literarisch wertlose und gleichzeitig moralisch gefährliche Bücher. Sie verbilden nicht nur den Geschmack, sondern verwirren auch das sittliche Urteil des Lesers und verwüsten seine Phantasie. [...]
Ihre Bekämpfung ist daher nicht nur eine Aufgabe von hoher Wichtigkeit, sondern geradezu eine Lebensfrage für unser Volk, unendlich bedeutungsvoll für seine Selbstachtung und Selbsterhaltung" (E. Schultze, 1925, S. 9f.).
1909/10
Schundliteratur sind „Machwerke von literarischem Unterwert, die im Gegensatz zu dem sonstigen Zwecke der Literatur stilistisch, ethisch und moralisch die Leser verderben,

anstatt sie zu verbessern. Diese Produkte wirft der Verleger in Erkenntnis ihrer Wertlosigkeit durch billige Bezugspreise und mit marktschreierischer Reklame jeder Art den anspruchslosen Klassen vor“ (Max Homburger, zit. nach Dickfeldt, 1979, S. 30).

1926

„Schmutzliteratur und Schundliteratur sind gar keine Literatur. Sie sind noch weniger Kunst, sind vielmehr Industrie-Erzeugnisse, sind Ware [...] Entweder muß dieser Lesestoff den Geschlechtstrieb künstlich, sei es aufpeitschen, sei es aufkitzeln. Dann haben wir Schmutzliteratur. Oder aber dieser Lesestoff muß den Entartungen schmeicheln, die der natürliche Trieb der Jugend, der Trieb zum Erleben oder auch zum Abenteuer, durch die Mechanisierung unserer Zeit erlitten hat: Durch das Zusammengepferchtsein in den luft- und lichtlosen Großstädten. Durch den, auch im neuen Deutschland gar zu oft noch geduldeten, veralteten Massenunterricht in der Schule. Durch oft seelenlos betriebene Berufsarbeit der Jugendlichen. Kurz, durch unser ganzes Kulturelend. Jener natürliche und gesunde Trieb der Jugend zum Erleben und auch zum Abenteuer ist so umgebogen worden in Roheit, und in Freude teils am Schauderhaften, teils am völlig verzerrten, durch und durch unwahren, Weltbilde. Derjenige Lesestoff, mit dem um deswillen Massengeschäfte zu machen sind, weil diese verzerrten Jugendtriebe heute massenhaft bestehen, ist die Schundliteratur“ (H. M. Popert, 1926, S. 213).

1950

„Was ist Schundliteratur? Mit Literatur hat es nur den Namen gemeinsam. Sonst ist es Instinktmache gewissenloser schlechter Skribenten, und wer es verbietet, der verletzt nicht die Verfassungsbestimmung vom freien Wort, sondern legt gewissenlosen Menschen, die an den geistigen und sittlichen Schwächen ihrer Mitmenschen Geld verdienen wollen, das Handwerk. Das Afterschrifttum zielt immer auf Triebe und Instinkte, reizt Triebe und Instinkte bis zum Äußersten und macht die Leser unempfänglich für gutes Schrifttum“ (W. Fronemann, 1950, S. 19).

1952

„Was ist Schund? Das Wort ‚Schund‘ ist schon seit 1558 in der deutschen Sprache geläufig und muß etymologisch von dem Verbum ‚schinden‘ hergeleitet werden. Es bedeutete ursprünglich den ‚Inhalt der Grube des Abdeckers (Schinders), der zugleich Kloakenreiniger war‘, dann aber auch einfach etwas ‚Widerwärtiges, Wertloses‘. Erst seit einigen Jahrzehnten ist es zu dem von der literarischen Kritik so häufig gebrauchten Begriff geworden.

‚Schundliteratur‘ nennt man Bücher, die, anstatt in ernsthaftem künstlerischen Bemühen das Menschenleben auf einen sinnvollen höheren Mittelpunkt zu beziehen und ins Überpersönliche und Allgemeine zu verdichten (‚Dichtung‘), flache und leere, aber der breiten, gedankenlosen Masse zugkräftige, meist auch noch bloß an die niederen Instinkte appellierende Geschichten einer undisziplinierten Phantasie darbieten. Ihre Themen holen sie sich aus dem Bereich der Kriminalistik, einer falschen Erotik und des verlogenen Abenteuers. Man darf den Schund nicht mit dem harmlosen Kitsch verwechseln, der zwar künstlerisch ebenfalls wertlos ist, aber doch nicht die Gefahr einer sittlichen Schädigung des Volkes in sich birgt“ (Was ist Schund?, 1952, S. 37).

1954

„Auf bestimmte literarische Erscheinungen übertragen, wird unter Schmutz alles das zu fassen sein, was durch Text- oder Bildveröffentlichungen das Schamgefühl des normal empfindenden Menschen verletzt [...]

Es sind also mit dem Begriff Schmutz diejenigen Schriften gemeint, die etwas sittlich Minderwertiges darstellen [...]

Zunächst ist der Schund inhaltlich, seinem Geist, das heißt seinem untergeistigen Gehalt nach, verschieden von Schmutz [...]

Mit Schund muß also alles das bezeichnet werden, das sozial Minderwertiges mit sprachlichen Mitteln auf eine Weise darstellt, die das soziale Gefühl des normal Veranlagten verletzt und die geeignet ist, den sozial Labilen zu gefährden" (H. Schmidt, 1954, S. 13–16).

1965

„*Schund* bedeutet im literar. Bereich eine ästhet. und vor allem ethisch wertlose Schrift, die durch verlogene Phantasie, sprachl. Minderwertigkeit und einen zur Wirklichkeit gegensätzlichen Lebensrhythmus das natürliche Verlangen nach ‚Spannung' übertrieben steigert. Nicht das Gesetz der inneren Wahrheit ist tragend, sondern die Sensationslust, der Hunger nach Leben, der vom Verfasser in breiten Leserschichten vorausgesetzt wird. In Stoffwahl und Motivierung sind Kennzeichen des Sch.s Seichtheit und Oberflächlichkeit. Er spricht die niederen Triebe des Menschen an und deren Verkehrungen, wie Gier nach Reichtum, äußerem Glück, Geltungsdrang, Roheit, Schadenfreude, nährt sie ohne Verantwortung gegenüber der Bestimmung des Menschen und seiner personalen Wirklichkeit und Würde. Da der Begriff Sch. gewöhnl. in sprachl. enger Verbindung mit Schm. auftritt, wird die Bedeutung beider inhaltl. nicht übereinstimmender Begriffe verwischt und Sch. als eine Art Oberbegriff angesehen. *Schmutz* umfaßt das wegen seiner Unsauberkeit und betont erot. Reizwirkung das Schamgefühl des noch gesund empfindenden Menschen verletzende und als ausgespr. unzüchtig geschlechtl. Lüsternheit weckende Schrifttum. Gemeinsam ist Sch. und Schm., daß sie die geist. Vorstellungen der jungen Leser negativ beeinflussen, enthemmend auf die Willenssphäre und verarmend auf das Seelenleben einwirken" (Lexikon der Pädagogik, Bd. 4. 1965, Sp. 215f.).

1984

„Schundliteratur [...], abwertende Bezeichnung für einen Teil der Trivialliteratur, v.a. für erzählende Texte, die literar. (d.h. ästhet.) anspruchslos und moral. – im Sinne einer bürgerl. Moral – nicht einwandfrei sind. Allerdings hängt die Beurteilung sehr vom jeweiligen Standpunkt des Betrachters ab" (Kellner, 1984, S. 418).

3 Als „Lex Heinze" wurde eine Ergänzung der Strafgesetzgebung gegen Kuppelei und Verbreitung unzüchtiger Schriften bezeichnet, die Wilhelm II. 1891 im Zusammenhang mit dem Prozeß gegen den Zuhälter Heinze gefordert hatte und die im Jahre 1900 verabschiedet worden war. Abgesehen von der Verbreitung „unzüchtiger Schriften" wurde darin dann auch verboten, Veröffentlichungen, „welche, ohne unzüchtig zu sein, das Schamgefühl gröblich verletzen", Personen unter sechzehn Jahren gegen Entgelt zu überlassen oder anzubieten.

Mit dieser Formulierung im § 184a kam erstmalig ein besonderer Jugendschutzgedanke im Zusammenhang mit Literatur zur Geltung.

4 Selbst Comics gelangten zwar über die Besatzungssoldaten selbstverständlich in die Hände der deutschen Bevölkerung, aber eben nur die amerikanischen Originale. In Deutschland hergestellt wurden Comics erst gegen Ende der eigentlichen Besatzungszeit, d.h. vor allem nach Aufhebung von Papierbewirtschaftung und Lizensierungspflicht.

5 Riedel schreibt hierzu in seinem Kommentar zum „Gesetz über die Verbreitung jugendgefährdender Schriften", daß besonders pornographische Schriften und Bilder nach dem Zweiten Weltkrieg zu einem Weltproblem und einer Weltgefahr in den Ländern der westlichen Zivilisation geworden seien. Zur Bekämpfung dieser internationalen Seuche hätten sich bisher ca. 30 Länder im Rahmen der Vereinten Nationen zur Social Activities Division zusammengeschlossen (vgl. Riedel, 1953, S. 31).

6 Ein weiterer Entwurf des bekannten Jugendschriftlers Wilhelm Fronemann wurde z.B. von der Stadt Frankfurt mit dem Verweis auf ein bereits in Ausarbeitung befindliches Bundesgesetz gar nicht mehr an den hessischen Regierungspräsidenten weitergeleitet.

7 Neben weiteren Gutachten aus den Kreisen der Justiz, der Psychologie und Kriminologie sowie dem eines Mitglieds der Prüfstelle aus den zwanziger Jahren und des Generalsekretärs

des Volkswartbundes kamen dort auch ein Vertreter des Verbandes deutscher Autoren sowie Ernst Kreuder und Alfred Döblin als Mitglieder der Akademie der Wissenschaften und der Kultur in Mainz zu Wort.

8 Proteste gegen die Gesetzesinitiative kamen im übrigen auch vom Börsenverein des Deutschen Buchhandels, vom Gesamtrat für das deutsche Buch-, Musikalien- und Zeitschriftenwesen, vom Deutschen Journalistenverband, von einem Gremium von Verlegern, Autoren, Buchhändlern, Künstlern etc. unter dem Vorsitz von Ernst Rowohlt wie von einer großen Zahl einzelner Persönlichkeiten, die teilweise noch an den Bundesrat appellierten (z. B. Hans Henny Jahnn, Ludwig Marcuse, Wolfgang Weyrauch u. a.) und um Zurückweisung des Gesetzes baten.

9 Diese Partei hielt allerdings weitergehende Maßnahmen als in dem Gesetzentwurf geplant für nötig.

10 Es wurden 165 Stimmen für das Gesetz, 133 dagegen und 7 Enthaltungen abgegeben.

11 Dabei ging es um die Form der Beschwerde gegen Entscheidungen der Prüfstelle und darum, welcher Instanzenweg in diesem Zusammenhang dem Grundgesetz entsprechend zulässig sei.

12 Robert Schilling gibt in seinem Gesetzeskommentar dazu folgende Erläuterung: „Der Verzicht auf die Begriffe Schund und Schmutz und deren Ersetzung durch den Begriff ‚geeignet, Jugendliche sittlich zu gefährden', wird zu bedeuten haben, daß die Prüfstelle nicht genötigt ist, ihre Entscheidungen mit dem objektiven Wert oder Unwert einer Schrift zu begründen, sondern sich damit begnügen kann, deren mutmaßliche Wirkung auf Jugendliche zu beurteilen" (Schilling, 1954, S. 153f.).

13 Interessant erscheint, daß sich für die Gruppe Literatur Stefan Andres, der eigentlich gegen das vorliegende Gesetz votiert hatte, zur Verfügung stellte (zweites Mitglied dieser Gruppe war die Jugendschriftstellerin Alma de L'Aigle) und daß auch die Verleger sowie der Buchhandel, die ebenfalls eine ablehnende Haltung eingenommen hatten, damals Vertreter in dieses Gremium entsandten (zur Zeit arbeiten in der Bundesprüfstelle aus Protest gegen die gegenwärtige Spruchpraxis keine Vertreter dieser Gruppen mit).
Ferner scheint von Bedeutung, daß die Kirchen nicht nur durch die zwei Mitglieder ihrer Gruppe repräsentiert waren, sondern auch noch durch ein Mitglied in der Gruppe „Jugendwohlfahrt", und zwar durch den Generalsekretär des Volkswartbundes Michael Calmes (Stellvertreter war ein Pastor Engelmann vom Zentralausschuß für die Evangelische Innere Mission) wie auch in der Gruppe „Jugendverbände" durch Oskar Neisinger, Bundesführer der Deutschen Katholischen Jugend.

14 Versuche, Statistiken aufzustellen, Zahlenbeispiele zu geben, kamen zu so unterschiedlichen Ergebnissen, daß ihnen keinerlei Beweiskraft zugesprochen werden kann. Dazu einige Beispiele:
Laut Friedrich Bödecker gab es bei den in Gefängnissen sitzenden Jugendlichen eine Quote von 25% eifriger Heftchenleser (zit. nach Botzat, 1951). In der „Schwäbischen Landeszeitung" war 1959 zu lesen, daß sich „heute 75% der Jugendbestraften auf schlechtes Schrifttum als Ursache ihres Tuns berufen" (Schundhefte führen auf den schlechten Weg, 1959).
Ein anderer Zeitungsartikel spricht 1951 davon, daß 90% der straffällig gewordenen Jugendlichen nicht zufällig auch regelmäßige Kinogänger seien; nach dem „Schundfilm" rangierten dabei sofort die „grellfarbigen Groschenhefte", die Jungen und Mädel auf die schiefe Bahn brächten (vgl. Das Jugendgericht zieht Bilanz, 1951).
Oder es wird diffus auf die Kriminalstatistiken verwiesen, die eine Sprache sprächen, die wir nicht überhören sollten (vgl. Herrle, 1949).

15 Beispielsweise operierte ein Professor für Kinderpsychiatrie in einer medizinischen Fachzeitschrift mit Zahlen einer englischen Statistik, mit denen man eher den Gegenbeweis hätte

antreten können. Danach sei 1947 von über 38000 vor dem Jugendgericht erschienenen Jugendlichen bei 141 Fällen der Film eindeutig an den Delikten schuldig (Film und Literatur wird vom Autor mehr oder weniger gleichgesetzt); bei 112 Fällen sei überdies eine „Lockerung des sittlichen Verhaltens" aufgetreten (Destunis, 1956, S. 1630). Der Autor bezeichnet drei Gruppen als besonders empfänglich und gefährdet: „1. die Bindungslosen, 2. die Fehlgeleiteten, 3. die leicht debilen bzw. grenzdebilen Kinder und Jugendlichen", bei denen Kriminalfilme und Schmutz- und Schundliteratur zu folgenden drei „Endzuständen" führten: „1. Kriminalität, 2. Asozialität, 3. sexuelle Haltlosigkeit" (Destunis, 1956, S. 1629f.).

16 Bei diesem Begriff handelt es sich um eine Wortschöpfung Wilhelm Fronemanns.

17 Daß grundsätzlich Positionen zum Teil erst nach Verabschiedung des Gesetzes – etwa in den Kommentarwerken von Schilling und Riedel – formuliert erschienen, bedeutet keinen Widerspruch hierzu; es sind dies sozusagen nur nachgereichte schriftliche Fassungen zuvor relevant gewordener Auffassungen.

18 Als ein Indiz für diesen Wandel möge die Berichterstattung in der Zeitschrift „Jugendliteratur" gelten: 1955 und 1956, in den ersten beiden Jahren ihres Bestehens, tauchte das Thema Schmutz und Schund praktisch in jedem Heft auf, egal, ob Stefan Andres dort gegen Comics wetterte, Vergleiche zu Nachbarstaaten gezogen oder über diverse Aktionen und Pläne zur Schundabwehr berichtet wurde. Außerdem wurden regelmäßig die indizierten Publikationen angezeigt. 1957 ging dann die Berichterstattung über die Schundkampfszene schon merklich zurück, im Jahrgang 1958 findet sich fast nur noch die Liste der indizierten Veröffentlichungen und selbst deren Abdruck wurde ab 1959 aufgegeben. Das Thema „literarischer Jugendschutz" wird nur noch äußerst sporadisch angesprochen. Hinzufügen muß man allerdings, daß Schmutz und Schund auch 1955/56 nicht das Zentralthema der „Jugendliteratur" waren, daß sie nie in dem Sinne ein „Kampfblatt" in Sachen Schundliteratur war wie zeitweise etwa die „Jugendschriften-Warte".

19 Als von besonderer Bedeutung erwies sich in diesem Zusammenhang ein Urteilsspruch des Bundesgerichtshofs vom 14. Juli 1955, der die Comics betraf und in dem eine „prinzipielle sittliche Gefährdung" durch Bildstreifenhefte nicht zugegeben, statt dessen auf deren jeweiligen bildlichen und textlichen Inhalt verwiesen wurde (vgl. Gatzweiler, 1955, S. 5). Nach diesem Urteil ließ die Anzahl der Indizierungsanträge und tatsächlichen Indizierungen von Comics merklich nach.

20 Folgende Verlage waren Mitglieder des Remagener Kreises: Erich Pabel-Verlag, Zauberkreis-Verlag, Uta-Verlag, Neues Verlagshaus für Volksliteratur, Wolfgang Marken-Verlag, Bastei-Verlag.
Laut Sitzungsprotokoll eines Kasseler Arbeitskreises gegen Schund und Schmutz vom 15. November 1956 übte der Remagener Kreis eine „starke Zensur" aus, indem sämtliche Heftchenmanuskripte vor Drucklegung überprüft wurden.

21 Das gewerbliche Leihbuch- und Leihbüchereiwesen stellte in den Augen der Jugendschützer zeitweilig ein besonderes Übel dar, da ein Großteil der 15000 bis 20000 Leihbüchereien in der Bundesrepublik, die von etwa 40 reinen Leihbuchverlagen mit „Konsumromanen" beliefert wurden, nicht fachkundig geleitet würde. Die mangelnde Qualifikation unter den Leihbuchhändlern führe dazu, daß auf diesem „eminent wichtigen Großgebiet" der gesetzlich verankerte Jugendschutz so gut wie wirkungslos bliebe, d.h. Indizierung von Büchern nicht beachtet würde (vgl. Schilling, 1959, S. 56ff.).

22 Es handelte sich dabei um sechs Hefte der „Landser"-Reihe des Erich Pabel-Verlags.

23 Vereinzelt waren allerdings auch Gegenstimmen zum Bremer Vorstoß zu hören. So bezichtigte ein Major Karl Bauer, Mitarbeiter im Verteidigungsministerium, in einem Zeitschriftenartikel, der auch als Sonderdruck vom Bundespresse- und Informationsamt verbreitet wurde, die Bremer Arbeitsgruppe lediglich politischer Intentionen, fürchtete

aufgrund der dort vorgetragenen Meinungen eine Schwächung des Wehrwillens und zog Parallelen zwischen der Argumentationsweise der Bremer und der von Artikeln in der sowjetisch besetzten Zone (vgl. K. Bauer, 1960, S. 27ff.).

24 Hier heißt es dann statt „den Rassenhaß verherrlichende [...]", zu „Rassenhaß anreizende [...] Schriften", da zuvor bemängelt worden war, daß nur in den seltensten Fällen „Rassenhaß" tatsächlich „verherrlicht" würde, auch wenn ein Text ein negatives Bild anderer Rassen zeichne. Allerdings blieb es bei „kriegsverherrlichenden" Schriften, obwohl auch dort ähnliche Kritik angebracht worden war (vgl. Schilling, 1959, S. 44–47).

25 In einem Beitrag im „Proletarischen Kind" ist 1922 z.B. von einer solchen Umtauschaktion während der Neuköllner Jugendwoche die Rede, wo sogar im Verhältnis 1:1 umgetauscht wurde. Übrigens endete auch diese Veranstaltung schon mit einer „feierlichen Verbrennung vieler Tausender Hefte Schundliteratur". Dem Autor des Beitrags erschien daran trotzdem weniger das Verbrennen kritisierenswert, als die Kostspieligkeit der gesamten Prozedur wie auch das Freiwerden des Marktes für neue Massen an Schundheften (vgl. E. Hoernle, 1922, S. 253).

26 Nach einer Freiburger „Aktion Schmökergrab" vom 13.–15. November 1956 wird von 18 Zentnern oder ca. 20000 Stück Schmökerheften berichtet. In Braunschweig sollen ebenfalls 1956 sogar 100000 Schmöker gegen 25000 Jugendhefte und -bücher eingetauscht worden sein (vgl. Vietinghoff-Scheel, 1957).

27 Dieser „Durchführungsplan" sah folgendermaßen aus:

„1) 1.9.–15.9. Intensive Werbung auf Pfarrebene:
  a) durch überzeugende Jungschar und Gruppenstunden
  b) durch Werbung im Schaukasten
  c) durch Predigten über das Problem „Schmutz und Schund"

2) 17.9. Aushängen der Plakate in den Schulen soweit wie möglich in den einzelnen Klassen.
Gleichzeitig Verteilung des 1. Flugzettels.
18.9. 2. Flugzettel und Vorführung des Films „Tarzan ist an allem Schuld" (Tascisiusverlag Bad Ems) in den Pfarrsälen von Heilig Kreuz, Frauenfrieden St. Josef, Bonifatius)
19.9. 3. Flugzettel und (wenn Nachfrage besteht) 2. Vorführung des Films
20.9. 4. Flugzettel und Öffnung der Umtauschstätten in den Schulen und Gemeindehäusern, Beginn des Umtausches.
21.9. Umtausch
22.9. Umtausch, Predigt an die Erwachsenen über das Schrifttum der Jugend bzw. Hinweis auf Montagabend (Elternabend)
23.9. Umtausch, Eltern- und Lehrerabend im Unterweg, evtl. Buchausstellung.
24.9.
25.9. Umtausch
26.9.
27.9.
28.9. Wenn möglich bunter Zug zum Domplatz und *Scheiterhaufen.*" (Hans Wieland: Aktion Scheiterhaufen" des BDKJ Frankfurt a.M. v. 23.9.–29.9.1957. Bericht. Siehe Materialsammlung des DJW, Institut für Jugendbuchforschung).

28 Der Leiter der Aktion hatte nach eigenen Worten „nichts Geeigneteres" finden können als die Veranstaltung eines Scheiterhaufens „auf der Suche nach einem augenfällig spannenden Abschluß, der die ganze Aktion noch lange im Gedächtnis der Jungen und Mädchen halten könnte" und „das Verbrennen als Symbol für die Vernichtung von etwas wirklich Untauglichen" schien ihm „durchaus sinnvoll und auch für die Knaben und Mädchen einleuchtend" (Hans Wieland, Bericht über die „Aktion Scheiterhaufen", vgl. Anm. 27).

29 In Frankfurt war 1952 einem derartigen Schreiben an die Pächter beispielsweise eine Liste mit 34 beanstandeten Magazinen beigefügt mit dem Zusatz, auch „ähnliches Schrifttum" nicht vertreiben zu dürfen. Im Zweifelsfalle sollte das städtische Jugendamt zur Begutachtung herangezogen werden können (vgl. Gegen den Vertrieb ..., 1952).

30 Wie einem Erfahrungsbericht über die „Harzburger Aktion" zu entnehmen ist, dauerte die dortige Ant-Schund-Kampagne fast das ganze Jahr 1951 über an und beinhaltete Artikelserien zur Schundliteratur und Jugendkriminalität, Expertenvorträge, Elternversammlungen, Sammeln von Schundheften und eine Woche des Jugendbuches mit einer Buchausstellung. Vor allem fanden auch Gespräche mit Buch- und Zeitschriftenhändlern statt, die sich letzten Endes alle einsichtig zeigten, d.h. sich einverstanden erklärten, keinerlei Abenteuerheftchen mehr auszustellen oder zu empfehlen. Bei den Kioskbesitzern oder -pächtern und Schreibwarenhändlern war allerdings „Nachhilfe [...] in einigen Fällen nötig", die etwa in der Boykotterklärung einer Schulklasse bestand. Zudem, „In allen Fällen sorgten Schüler durch Verächtlichmachung der Schundliteratur vor den Kiosken für die nötige Stimmung (Literatur der Primitiven)" (Köhlert, 1952, S. 6).

31 Die Mitglieder dieser Arbeitsgemeinschaft reichten von den „klassischen" Jugendschutzorganisationen der Kirchen, der Lehrer, dem städtischen Jugendamt über die Gewerkschaften, die politischen Parteien (CDU, Zentrum, SPD, FDP, KPD), kulturellen Vereinigungen bis hin zur Polizeibehörde, dem Amtsgericht, der Staatsanwaltschaft, aber auch der Industrie- und Handelskammer, der Kreishandwerkerschaft oder der Ärztekammer.
Der literarische Jugendschutz war nicht das einzige Anliegen dieser Arbeitsgemeinschaft, deshalb wurden für die praktische Arbeit fünf Untergruppen gebildet: 1. Literatur (Buch-, Zeitschriftenhandel, Büchereiwesen), 2. Film, 3. Presse, 4. Funk und Fernsehen, 5. Jugendschutz (Stand von 1955).

32 Die praktischen Maßnahmen erstreckten sich auf so unterschiedliche Bereiche wie fachliche Beratung von Verlegern bei der Herausgabe „guter und wertvoller" Jugendschriften und von Kioskbesitzern und Grossisten bei deren Auswahl, dem Erstellen und Verteilen von Empfehlungslisten, der Initiierung von Leseringen an Schulen, der Erstellung einer Wanderbücherei mit nach Lesealter geordneten Kisten, die jeweils für verschiedene Zwecke entliehen werden konnten.

33 Erst 1963 wurde der Kinder- und Jugendbuchklub Domino e.V. von einer Gruppe von Schriftstellern, Illustratoren, Theoretikern, Pädagogen und Fachleuten aus dem Verlagswesen gegründet, der aber bei weitem keinen so großen Einfluß innerhalb der jugendliterarischen Szene der Bundesrepublik gewinnen konnte wie der Österreichische Buchklub der Jugend dort. In erster Linie ist der Domino-Verein eine Buchgemeinschaft, die ausschließlich Kinder- und Jugendbücher herausgibt.

34 Der Text zur Diareihe vollzieht in einer Art Rollenspiel eine Diskussion über das Thema Schundliteratur nach, in der Vater, Mutter, die Psychologin sowie ein Diskussionsleiter zu Wort kommen. Zur Sprache der Comics heißt es dort u.a.: „Es ist das Gestammel von Analphabeten, das man schon allenthalben auf der Straße aus Kindermund hören kann" (S. 2) und deren Wirkung auf Kinder wird als „Erschütterung des kindlichen Gemütslebens, Schwächung der moralischen Wertordnung, Angstträumen und Nervenstörungen, Lesestörungen" beschrieben (S. 4). Es sei ärztlich erwiesen, daß die geistige Entwicklung durch diese Bilderflut und die grellen Nervenreize gehemmt und mitunter sogar ganz unterbrochen" werde (S. 4). Abschließend wird folgendes Idealbild verantwortlich handelnder Eltern entworfen: „Eine gute Mutter sorgt für ihre Kinder, ihr ist kein Weg zu weit und keine Frage zu viel. Herzlich freut sie sich mit dem stolzen Papa an ihrer Gesundheit und ihrem Frohsinn. Die richtige leibliche Ernährung und Erziehung nehmen alle Eltern ernst – genauso selbstverständlich müßte es sein, daß Vater und Mutter sich um die geistige Gesundheit und das Reifen ihrer älteren Kinder sorgen und sie durch das eigene Beispiel und

den reichen Schatz der eigenen Lebenserfahrung in die Welt der Erwachsenen, des Berufes und der Gemeinschaft einführen" (Die Eltern waren ahnungslos, 1959, S. 12).

35 In einer anderen Tonbildschau, die 1957 in Regensburg im Zusammenhang mit einer Umtauschaktion erstellt wurde, wird versucht, ein Gegenmodell zum Menschenbild der Schundliteratur in „poetische" Form zu fassen:

„*Das Kind:*
Wie so leicht lehrt sich ein Kind
All' zum Guten, all' zum Bösen!
Wie den Schlüssel es gewinnt,
Wird es alle Rätsel lösen.
Wie so leicht lehrt sich ein Kind!

*Junges Mädchen:*
Es ist ein sanftes Land.
Frühlingsbeginnen,
unschuldige Matten.
Manchmal erregt ein Wind
Blumen, die Zeit verrinnt
traumhaft, und Hand in Hand
wandern darin
Gestalten und Schatten.

*Jüngling:*
Fühlst du dich stark genug,
der Kämpfe schwerste zu kämpfen,
Wenn sich Verstand und Herz,
Sinn und Gedanken entzwei'n?
Mutig genug, mit des Zweifels
unsterblicher Schlange zu ringen
Und dem Feind in dir selbst
männlich entgegen zu gehn?

*Frau und Mutter:*
Hat jemand Heimat so wie du,
so jemand zeugende Gewalt?
So Mutterkraft, so Weisheit schwer,
so ahnensichere Wohlgestalt?

*Mann:*
Mäßigkeit, Einsicht und Tapferkeit
prägen dein Antlitz harmonisch,
doch die Gerechtigkeit hebt
dich zum Vorbild empor."

(Das entstellte Bild des Menschen in der Kitsch-, Schund- und Schmutzliteratur, S. 3/4)

36 Am „glaubhaftesten" und damit verläßlichsten erweisen sich noch solche sporadischen Einzelergebnisse wie beispielsweise die bei Schilling erwähnte Kontrollaktion 1952 in Köln, wo im Bücherkarren eines einzelnen „ambulanten Händlers neben 17 verschiedenen erotischen Heftreihen und 83 verschiedene Reihen von Groschen-Liebesromanen [...] nicht weniger als 79 verschiedene Reihen von Wildwest-, Indianer-, Kriminal- und Revolverheftreihen festgestellt" wurden (Schilling, 1954, S. 68).

37 Diese Zahl ist nicht absolut zu sehen, es sind darin auch nicht die „seriösen" Verlage enthalten, die neben ihrer Buchproduktion auch noch „gute", zum Großteil pädagogisch intendierte Heftreihen herausbrachten. Genausowenig wurden die Firmen bzw. deren Publikationen berücksichtigt, die in erster Linie an Erwachsene gerichtete „Kriminalreißer", Liebes-, Heimat- und Arztromane sowie Erotica verlegten (die aber natürlich auf der Liste der Bundesprüfstelle häufig auftauchten). Oder positiv ausgedrückt: es wurden hier vor allem die Abenteuer-, Wildwest- und Comic-Hefte produzierenden Verlage erfaßt, deren Veröffentlichungen in erster Linie für Kinder und Jugendliche gedacht waren.

38 Ein umfassender Forschungsbericht zur „Trivialliteratur" ist nicht im Textteil, noch weniger in den Anmerkungen möglich, es sei nur so viel festgestellt, daß sich die entsprechenden Arbeiten vor allem mit drei Problemkreisen (und dies mehr in systematischer als in chronologisch-historischer Weise) beschäftigen:

1. Definition des Begriffs „Trivialliteratur" (in Abgrenzung oder Auseinandersetzung mit den Begriffen Kitsch, Schund, Unterhaltungs- oder Volks- und Massenliteratur) nebst Diskussion um Verwend- oder Nichtverwendbarkeit als wissenschaftlicher Terminus.
2. Grundsätzliche methodologische Probleme und Fragen:
   Können übliche literaturwissenschaftliche (germanistische) Methoden dem Phänomen der „Trivialliteratur" gerecht werden, muß nicht viel stärker – statt von den Texten – vom Leser und dessen Bedürfnisstruktur ausgegangen werden?

3. Die Wertungsproblematik
   Die „Trivialliteratur“ zwischen sozialer Ächtung (als im Verhältnis zur „Hochliteratur“ ästhetisch wertlose, moralisch oder ideologisch gefährliche Unterschichtlektüre, als Massenkonsumartikel zur notwendigen Bedürfnisbefriedigung und/oder -kompensation) und prinzipieller Gleichberechtigung als akzeptierter Bestandteil des Gesamtkomplexes Literatur.

Für eine ausführliche Darlegung und Diskussion der Forschungsgeschichte zur „Trivialliteratur“ sei hier besonders auf die Arbeiten von Helga Geyer-Ryan (1983) und von Günther Fetzer (1980) hingewiesen.

39 Heftanalysen bzw. Analysen einzelner Reihen sind z.B. vorgenommen worden in der Studie von Günther Neumann („Der politische Gehalt von Groschenheften“, 1976), aber anhand eines Samples von Texten der fünf größten Heftverlage aus dem Jahre 1974. Speziell mit Wildwestheften beschäftigte sich Jens-Ulrich Davids („Das Wildwestromanheft in der Bundesrepublik“, 1969); dort sind ansatzweise Bemerkungen zur historischen Entwicklung dieses Genres zu finden, zudem bietet der Anhang eine zeitlich gegliederte Übersicht über die Westernreihen in der Bundesrepublik. Die ausführliche Untersuchung einer einzelnen Serie, der „Jerry Cotton“-Hefte, nimmt Peter Wesollek in seiner Dissertation („Jerry Cotton oder Die verschwiegene Welt“, 1976) vor.

40 Das trifft z.B. auf die „Billy Jenkins“-Reihe zu, die von 1949 bis 1954 im Uta-Verlag wieder erschienen war und von der der Pabel-Verlag später Nachdrucke herausbrachte; andere Serien wurden nach dem Auslaufen der Hefte später in Buchform für Leihbüchereien nachgedruckt, z.B. die Serie „Sun Koh“, die 1949–1953 beim Planet-Verlag erschien und 1958–1961 noch einmal in Leihbuchausgaben beim Borgsmüller Verlag.

41 Andere Reihen mit Kriegsthematik waren: „Signal. Wahre Berichte aus schwerer Zeit“ aus dem Verlag Presse-Buch W. Hermann & Co. (zuvor: Signal-Verlag W. Hermann), die in den Untergruppen „Marine“, „Heer“ und „Luftwaffe“ erschienen, und die wesentlich harmloseren „Fliegergeschichten“ aus dem Arthur Moewig Verlag.

42 Zu diesem Zeitpunkt kam es zur Bildung der Verlagsgruppe Pabel-Moewig-Semrau im Besitz des Bauer-Konzerns, die zusammen mit dem leicht führenden Bastei-Verlag ca. zwei Drittel der Gesamtauflage an Groschenheften, zusammen mit den in der Größenordnung nachfolgenden Verlagen Zauberkreis, Marken und Kelter sogar 90% in diesem Bereich produzierten. Diese mit relevantem Marktanteil übriggebliebenen fünf Verlage bzw. Verlagsgruppen sind im übrigen weitgehend dieselben, die sich 1956 zu der Selbstkontroll-Arbeitsgemeinschaft des Remagener Kreises zusammengeschlossen hatten (s. Anm. 20; vgl. G. Neumann, 1976, S. 20).

43 In der „Jugendschriften-Warte“ (Nr. 1, 1952) wurde u.a. eine vom Signalverlag erbetene Stellungnahme der Vereinigten Jugendschriftenausschüsse zu einem der Hefte (Nr. 9 „Kampf um den goldenen Fußball“) abgedruckt, in der die zusammenfassende Beurteilung folgendermaßen lautet:
„Bei diesem Büchlein handelt es sich um einen der üblichen Kriminalreißer. Wenn auch die ‚Schwarze Hand‘ Verbrechen und Gewalttat bekämpft, so führt sie doch den Leser stets in das Milieu der Unterwelt ein, hält ihn durch die spannende Handlung rauschartig gefangen und verleitet ihn dazu, immer noch mehr über die Heldentaten der ‚Schwarzen Hand‘ zu erfahren. Ein Junge kann 1000 solcher Hefte lesen, er wird dadurch nicht die geringste Bereicherung erfahren“ (zit. nach: Betrifft: Die Schwarze Hand, 1952).
Und abschließend kommentiert die „Jugendschriften-Warte“ das Vorhaben des Signalverlags:
„Wir haben keinerlei Ursachen, den guten Willen des Signalverlags zu bezweifeln. Aber wir sind der unbedingten Überzeugung, daß man sich einer sehr gefährlichen Selbsttäuschung hingibt, wenn man glaubt, mit derartigen Schriften wie ‚Die Schwarze Hand‘ eine Besserung

herbeiführen zu können und sehen allen Anlaß gegeben, die deutsche Lehrerschaft eindringlich vor den hier aufgeführten neun Heften dieser Serie zu warnen“ (ebd.).

44 Immerhin war der damals als Tierbuchautor hochgeschätzte Otto Koke Träger des ersten Preises und damit Verfasser des „Contra-Hefts“ Nr. 1 („Hände hoch! Eine Wilderergeschichte“).

45 Von der „Jugendschriften-Warte“ wurde diese Reihe begrüßt, andererseits aber davor gewarnt, „ähnliches zu versuchen, [...] die Kräfte in ungesicherten, finanziell schwachen Einzelunternehmungen zu zersplittern“ (Westphal, 1953, S. 21; vgl. auch die Beurteilungen der Hefte 1–6 von Alfred Herr, 1953, S. 79f.).

46 Aufgrund eines Einspruchs der Salamander-Schuhwerke wegen ihrer gleichnamigen Kunden(kinder)zeitschrift mußte der Reihentitel abgeändert werden.

47 Ebenfalls Bestandteil des pädagogischen Konzepts war es, daß die den Groschenheften angenäherte „reißerische“ Umschlaggestaltung im Laufe der Zeit immer weiter abgemildert wurde, bis sie schließlich dem gängigen „guten“ Geschmack entsprach.

48 Einige Titelbeispiele: Oscar Wilde: Das Gespenst von Canterville; Friedrich Gerstäcker: Der Schiffszimmermann; Edgar Allan Poe: Der Goldkäfer; Honoré de Balzac: Das rote Wirtshaus.

49 Westdeutscher Partner war dabei anfänglich der Kurt Desch Verlag in München, später wurden die „Drachenbücher“ dann von der bundesdeutschen Niederlassung des Schweizer Originalverlags, des Verlags Sauerländer, herausgebracht.

50 Den meisten Verlagen, die sich mit Anti-Schund-Heftreihen versuchten, fehlte es an genügendem Kapital – etwa für hohe Startauflagen –, vor allem aber fehlten im allgemeinen die Verbindungen zum Zeitungs- und Zeitschriftenvertrieb, d. h. die „guten“ Hefte wurden vielfach nicht am Kiosk angeboten, sondern im Buchhandel (und auch dort oft nur widerwillig) oder über Schule und Kirche. Auf diese Art und Weise erreichten sie die echten „Schundleser“ kaum.

Eine weitere Schwierigkeit bestand darin, daß kaum eine Organisation oder ein Verlag, die „Besseres“ als die üblichen Hefte bieten wollten, mit der regelmäßigen und rasch aufeinander folgenden Erscheinungsweise der „Schundhefte“ (das Gros erschien mindestens im vierzehn-Tage-Rhythmus) mithalten konnte; allein Autoren für solche Publikationen zu finden, die genügend viel und schnell (und „gut“) produzierten, erwies sich als äußerst kompliziert. Potentielle Käufer und Leser liefen so auch aufgrund der meist unregelmäßigen Erscheinungsweise weg. Im übrigen ließen sich auch relativ wenig Jugendliche auf Dauer von dem „Schundgewand“ solcher Veröffentlichungen täuschen, weder bei für Hefteleser verfaßten Alternativ-Reihen noch bei „verkleideten“ Kostproben aus der Weltliteratur.

51 Zum Teil waren solche Reihen in der Besatzungszeit – also lange vor den „Schundheften“ – begonnen oder wieder aufgenommen worden; einige setzten z.B. Traditionen aus den zwanziger, dreißiger Jahren fort (Schaffsteins „Blaue“ und „Grüne Bändchen“ u.a.), waren aber teilweise damals schon im Rahmen des Schundkampfs herausgegeben worden (etwa die „Deutsche Jugendbücherei“). Andere Verleger nutzten die „Gunst der Stunde“ (oder beabsichtigten das zumindest) und reihten sich aus werbepsychologischen Gründen in die Reihen der Schundbekämpfer und Besserer ein. Auf alle Fälle – egal wie ehrlich oder nicht die Intentionen der jeweiligen Verleger gewesen sein mögen – gab es im Bereich der Kinder- und Jugendliteratur nur wenige, die nicht in irgendeiner Form auf diese Debatte reagierten, und wenn sie nur ihr normales Buchprogramm als Gegenmodell zu den „Schundheften“ anboten.

Außer Heften und Taschenbüchern wurden im Zusammenhang mit dem Schundkampf von manchen Verlagen auch gebundene sogenannte „billige Reihen“ herausgebracht, etwa die „Hoch-Bändchen“ oder die „Göttinger Jugendbücher“ im W. Fischer Verlag oder auch die „Kleinen Ensslin Bücher“.

52 Ohne hier in eine breite Diskussion über die Wertungsproblematik eintreten zu können, sei aber doch angemerkt, daß den christlichen Verlagen entstammende Heftreihen sich häufig durch eine geradezu peinlich dick aufgetragene „Tendenz", durch eine Verabsolutierung religiöser Wertmaßstäbe und einen überdeutlich ausgeprägten Missionierungseifer auszeichneten. Wirft man etwa stellvertretend einen Blick auf die „Hannelore"-Hefte aus dem R. Brockhaus Verlag, fallen dort an der Heldenfigur eine mindestens ebenso starke Typisierung wie auch eine ansonsten stereotype Personencharakterisierung und Rollenverteilung in der Familie auf; auch Konfliktmuster und -lösungen sind stets die gleichen (was an den „schlechten" Heften ständig moniert wird): Hannelore muß sich wieder und wieder gegen ihr eigenes egoistisches und widerspenstiges Selbst zur Wehr setzen (was ihr mit Gottes Hilfe von Folge zu Folge besser gelingt) und sich ihrem Vater gegenüber durchsetzen, der ihren religiösen Ambitionen (sie möchte unbedingt „Gottes Kind" werden und andere bekehren) mißtrauisch bis ablehnend gegenübersteht.

53 Beispielsweise erschienen im Blüchert Verlag, Stuttgart, die „Blücherts Jugend-Bücherei-Taschenbücher", im Kreuz Verlag, Stuttgart, „Die Feuerschiff-Bücher" und der Verlag Neumann & Wolff, Kiel, brachte die „Taschengeld Taschenbücher" heraus.

54 Ein weiteres wichtiges Detail in bezug auf Hindernisse, die dem Taschenbuchgeschäft in der Praxis in jenen Jahren entgegenstanden, erwähnte Georg Popp (Gespräch v. 21.9.1984) gesprächsweise, und zwar hätten sich die Buchhändler damals geweigert, Taschenbücher in ihre Regale einzustellen. Es hätten also passende Ständer (kostenlos) mitgeliefert werden müssen, und das bedeutete auch, daß zuerst eine genügend große Anzahl an Titeln produziert sein mußte, um solch einen Ständer zu füllen.

55 In der von Kurt Werner Hesse herausgegebenen Broschüre „Schmutz und Schund unter der Lupe" (1955) werden in damals selten fundierter Form die gängigen Vorurteile gegenüber den Comic-Heften in Frage gestellt oder sogar verworfen. Zum Thema der Spracharmut und -verstümmelung werden dort etwa Untersuchungen aus Schweden wie auch eine eigene angeführt, nach denen solche Vorwürfe als – auf statistischer Grundlage – weitgehend unhaltbar erscheinen.

56 Ortega y Gasset definiert seinen Begriff des „Urwalds" selbst als „alles, was primitiv ist" (Ortega y Gasset, 1949, S. 94).

57 Zum Beispiel spricht Paul Samuleit 1922 von einer „Hochflut der Verbrecher- und Detektivserien", die zwischen 1905 und 1910 „über die ganze europäische Jugend hereinbrach" (Samuleit, 1922, S. 10).

58 Auch die Unterscheidung von „Schmutz" und „Schund" gerät in Beiträgen zum Thema häufig durcheinander.

59 Wie das Protokoll vermerkt, gab es auch damals schon an dieser Stelle „Lachen und Zurufe" von seiten der Opposition (vgl. Verhandlungen des Deutschen Bundestages ... Sitzung v. 17.9.1952. Stenographischer Bericht. Bd. 13, S. 10539).

60 In bezug auf diesen Aspekt erklärt Riedel noch weitergehend in seinem Gesetzeskommentar: „Wenn in einem Volk die Schamhaftigkeit schwindet oder gar beseitigt ist, so bedeutet dies nicht eine selbstverständliche Offenheit von Mensch zu Mensch, sondern eine Unterdrückung und Zerstörung natürlicher Werte und Empfindungen. Alle sittlichen Werte einer Kultur geraten ins Schwanken, wenn die natürliche Schamhaftigkeit innerhalb eines Volkes nicht mehr vorhanden ist" (Riedel, 1953, S. 41).

61 Eine zusätzliche Gefährdung für die gegenwärtige Jugend bestehe auch in einer Akzeleration der geschlechtlichen Reifung, dergegenüber die geistige Reifung deutlich verzögert sei oder in anderen Worten in einer „rein physiologischen Scheinerwachsenheit, verbunden mit einem inneren Infantilismus" (W. Metzger, 1957, S. 448).

62 Auch die „Sexualisierung" durch „Schmutz"schriften konnte in den Augen vieler zu Notzuchtverbrechen führen, also ebenfalls zu einem Abrutschen ins Kriminelle.

63 Statt dessen wurde z. B. noch Ende der fünfziger Jahre die Tonbildschau „Die Eltern waren ahnungslos" produziert, in der die These anhand diverser Beispiele jugendlicher Straftäter Verbreitung fand.

64 Genauso direkt wie Popert bezeichnete Theodor Heuss, ebenfalls 1926, die Serienhefte als „kapitalistische Massenfabrikation von bedrucktem Papier, die in der Form einer zerstreuten Kolportage, durch zahllose anonyme Kanäle, ein kritikloses Käuferpublikum aufsucht, aufstachelt und sich allen Bemühungen in den Weg stellt, gute, künstlerisch wenigstens brauchbare Volksbildungsarbeit zu leisten" (zit. nach: Schmutz- und Schundgesetz – Ja oder Nein?, 1950, S. 8).

65 Das zusammenfassende Urteil der Jugendschriftler in den Prüfungsausschüssen lautete: „Das Elend unserer Jugendschundliteratur ist die parasitäre Ausbeutung der psychischen Not der Jugend" (Jugend in Gefahr, 1952, S. 9).

66 Auch derartige Überlegungen hatten ihre Vorläufer in früheren Schmutz- und Schunddebatten, sah man doch den Massencharakter dieser Lesestoffe als eines ihrer konstitutiven Merkmale an. Popert ging 1926 sogar so weit zu behaupten, nähme ein „findiger und kapitalkräftiger Verlag" eine Erzählung aus Bocaccios „Dekamerone" oder Balzacs „Drolligen Geschichten" heraus, ließe einen „verlockenden Umschlag" machen und würfe dieses Produkt in Riesenmassen in den Vertrieb, „dann wäre dieses Machwerk des Schundkapitals als ganz echte ‚Schmutzliteratur' anzusehen und zu bekämpfen" (Popert, 1926, S. 7/8) im Gegensatz zu der normalen, nicht für den Massenvertrieb bestimmten Buchausgabe.

67 Riedel umschreibt das so: „Jedoch trifft die Hauptschuld nicht die Jugend, sondern die Erwachsenen, die nicht auf die Jugend Rücksicht nehmen, wie es erforderlich ist. Das erzieherische Vorbild und Vorleben ist in den Kreisen der Erwachsenen nicht in gleichem Maße wie früher gegeben [...] Ein egozentrischer Standpunkt mit liberalistischen Tendenzen ist in die Kreise der Erwachsenen immer mehr eingedrungen zum Schaden der Jugend" (Riedel, 1953, S. 29).

68 Auch andere Arbeiten zur Jugendliteratur, nicht nur zur Schmutz- und Schundproblematik direkt, gaben mitunter diesem Zeitgefühl Ausdruck. So beginnt Wilhelm Klages 1957 einen Beitrag zur Reise- und Abenteuerliteratur mit folgenden Sätzen: „Wir leben in einer Zeit der Vermassung und leiden unter der Entpersönlichung des Menschen, wir treiben zwischen Kollektivierung und Isolierung dahin und suchen nach einer neuen Sinngebung des Seins" (Klages, 1957, S. 74).

69 Zusätzlich kann man von einem Grundeinverständnis eines Großteils der Jugendschützer bzw. der Pädagogen überhaupt mit dem Sprangerschen Werk ausgehen, ist es doch geprägt von einem „ausgereiften Neuidealismus" (Lexikon der Pädagogik, Bd. 4. 1965, S. 440) und bestätigt in hohem Maße traditionelle Vorstellungen etwa von einer eigenen Kinderwelt („Das Kind [...] lebt in einer anderen Welt als wir.", Spranger, [23]1953, S. 29) oder auch von Grundcharakter und natürlicher Rolle der Frau („Frauen verstehen die Welt nur durch eine geliebte Person hindurch", Spranger, [23]1953, S. 83).

70 Die Phasen einer jeden etwa tausend Jahre währenden Kultur bei Spengler sind (allgemein und auf die christlich-abendländische Kultur bezogen): Frühzeit (Gotik), Reifungskrise (Renaissance), Spätzeit (Barock), Alterungskrise (Aufklärung) und danach als letzte eben die Phase der Zivilisation.

71 Bezugnehmend auf Spengler kommentiert auch Riedel: „Und es zeigen sich in der Tat in unserem Kulturkreis erhebliche Verfallserscheinungen [...] In dieser gegenwärtigen Kulturlage kann man die Beobachtung machen, daß sich die europäische Völkerwelt auf ihre inneren Werte besinnt und an ihnen festhalten will" (Riedel, 1953, S. 26/27).

72 Schilling überschreibt in seinem Gesetzeskommentar einen Unterabschnitt direkt mit „Allgemeine moralische Krise" und beginnt darunter seine Ausführungen folgendermaßen: „Die dargelegten negativen Erscheinungen", also: Sittlichkeitsdelikte, zunehmende Ver-

wahrlosung Jugendlicher etc., „sind keine isolierten Phänomene, sondern Erscheinungsformen einer allgemeinen moralischen Krise. Diese wird überzeugend begründet von Ortega y Gasset in ‚Der Aufstand der Massen' [...]" (Schilling, 1954, S. 77).

73 Konkret heißt es dazu an entsprechender Stelle: „Die Rebellion der Massen kann den Übergang zu einer neuen, ungeahnten Ordnung des menschlichen Lebens, aber sie kann ebensogut eine Katastrophe im Leben der Menschheit bedeuten. Daß ein Fortschritt gemacht ist, läßt sich nicht leugnen, aber ihn für gesichert zu halten, erscheint uns unbesonnen" (Ortega y Gasset, 1949, S. 82).

74 In genanntem Vorwort heißt es im Zusammenhang: „Da erhebt sich denn das Geschrei über Pessimismus, mit dem die Ewiggestrigen jeden Gedanken verfolgen, der nur für die Pfadfinder des Morgen bestimmt ist. Indessen habe ich nicht für solche geschrieben, welche das Grübeln über das Wesen der Tat für eine Tat halten. Wer definiert, der kennt das Schicksal nicht" (Spengler, 1923, S. IX).

75 Siehe hierzu auch Anm. 72; dieses Zitat von Robert Schilling macht deutlich, daß zwischen seiner eigenen Situationsbeschreibung der gesellschaftlichen Situation in der Bundesrepublik Mitte der fünfziger Jahre und der von Ortega y Gasset aus dem Jahre 1930, die sich ja nicht speziell auf Deutschland bezieht, nicht unterschieden wird, beide sich – scheinbar – ohne Schwierigkeiten einander zuordnen lassen.

76 In einem Schreiben vom 31. August 1949 an Kurt Kläber (Ps. Kurt Held), mit dem Fronemann im Zusammenhang mit den „Drachenbüchern" im Briefwechsel stand, verficht er denselben Standpunkt fast noch deutlicher. In Entgegnung von Kläbers Bedenken gegenüber einem Schmutz- und Schundgesetz heißt es dort nämlich: „Ich denke immer an die Zeit nach 1933, wo die Hitlerjugend, die damals nichts anderes als die braun angezogene Jugendbewegung war, sich bemühte, der Schundliteratur Herr zu werden. Es ist ihr nicht gelungen, bis sich schließlich Goebbels bewegen ließ, eine Verbotsliste herauszugeben, die die Schundliteratur radikal beseitigte. Es hat ihr niemand eine Träne nachgeweint. Daß man die gewonnene Freiheit für die Verbreitung von Weltanschauungsmache benützt hat, beweist nicht, daß das Verbot falsch war. Für mich steht es fast nach 30jähriger Erfahrung fest, daß alles Getue im Kampf gegen die Schundliteratur vergeblich ist, solange das Geschmier gedruckt und verkauft werden darf" (Fronemann-Nachlaß, Institut für Jugendbuchforschung).

77 Im Extremfall liest sich das so wie in dem Kommentarband Hermann Riedels zum Jugendwohlfahrtsgesetz (Riedel hat ja auch das „Gesetz über die Verbreitung jugendgefährdender Schriften" kommentiert). Dort heißt es in einem Abschnitt über die kulturelle Umwelt des Menschen: „Wir leben in einer Zeit, in der alle die bisher scheinbar unantastbaren Kulturwerte erschüttert zu werden drohen, in der alle ernsthaften Menschen dafür einstehen müssen, daß nicht die noch feststehenden Werte unserer christlich-abendländischen Kultur dahinschwinden [...] Wir leben in einer Zeit aufgelöster Geschlechtsmoral, wohl tiefer und stärker als nach dem ersten Weltkriege [...] Spranger [...] bemerkt zur sexuellen Not der Jugend, daß die problematischen Verhältnisse der Gegenwartskultur in der Regel geschwächte seelische Widerstandskraft bei der Jugend vorfinden" (Riedel, 1955, S. 203). Einzig Titel und Seitenzahl des Sprangerschen Werks werden genannt, das Literaturverzeichnis führt eine Ausgabe von 1949 an, ohne zu vermerken, daß es sich dabei um die 20. Auflage handelt, daß das Buch ursprünglich 1924 erschienen ist, mit „Gegenwart" demnach nur die Jahre um 1925 gemeint sein können (Spranger betont im übrigen in der ersten Nachkriegsauflage 1948, daß das Buch, bis auf einige Fußnoten, unbearbeitet wieder erscheine).

78 Artikel 5 des Grundgesetzes lautet:
„(1) Jeder hat das Recht, seine Meinung in Wort, Schrift und Bild frei zu äußern und zu verbreiten und sich aus allgemein zugänglichen Quellen ungehindert zu unterrichten.

Die Pressefreiheit und die Freiheit der Berichterstattung durch Rundfunk und Film werden gewährleistet. Eine Zensur findet nicht statt.

(2) Diese Rechte finden ihre Schranken in den Vorschriften der allgemeinen Gesetze, den gesetzlichen Bestimmungen zum Schutze der Jugend und in dem Recht der persönlichen Ehre.

(3) Kunst und Wissenschaft, Forschung und Lehre sind frei. Die Freiheit der Lehre entbindet nicht von der Treue zur Verfassung"

(zit. nach: Schmutz- und Schundgesetz – Ja oder Nein?, 1950, S. 12/13).

79 Die weitere Argumentation der KPD, die eine Aufgabe darin sah, „die Jugend in ihrem Widerstand gegen die Überfremdung der deutschen Kultur mit amerikanischem Kitsch und Schund zu unterstützen" (Verhandlungen des Deutschen Bundestages ..., Sitzung vom 17. 9.1952. Stenographischer Bericht. Bd. 13, S. 10543) stieß nur auf Unverständnis, und der Vorschlag, Maßnahmen zu beschließen, um die „vorbildliche Jugendliteratur aus der Deutschen Demokratischen Republik in Westdeutschland" einführen und verkaufen zu können, erntete allerdings – wie im Protokoll vermerkt – schlicht Gelächter (vgl. ebd.).

80 Ähnliche Argumente waren u.a. auch von namhaften Schriftstellern (nicht nur von Erich Kästner) zu hören. Anfang 1950 lieferte z.B. Luise Rinser zu einer Umfrage der „Neuen Zeitung" nach der Notwendigkeit eines Schmutz- und Schund-Gesetzes folgenden Beitrag: „Ich beantrage das Verbot von Goethes Faust (besonders Faust II) und das Entfernen der nackten Adams und Evas an romanischen und gotischen Domen. Konsequenz, meine Herren, weiter nichts [...] Wäre es nicht besser, Gesetze gegen das zu enge Wohnen von Menschen zu erlassen, das Kinder zwingt, frühreife Beobachter nächtlicher Szenen zu sein? Warum macht man von anderen ‚Sünden' nicht ebensoviel Aufhebens? Ist Hartherzigkeit und Verlogenheit nicht viel sündhafter als alles, was im Bereich des Sexuellen falschgemacht wird?" (zit. nach: Schmutz- und Schundgesetz – Ja oder Nein?, 1950, S. 21).

81 Die Frage nach den Lektürebedürfnissen oder -vorlieben Jugendlicher wurde kaum in Angriff genommen. Sozusagen ausnahmsweise ist Theodor Rutt in einem Grundsatzreferat auf der Mainau-Jugendbuchtagung 1958 auch auf diesen Aspekt relativ ausführlich eingegangen. Die von ihm benannten Motive zum Lesen der „Ersatzliteratur" sind allerdings fast ausschließlich auf eine moralische Beurteilung bzw. Verurteilung des jugendlichen Lesers ausgerichtet, wie aus folgenden Beispielen ersichtlich:

„1. Die Sucht nach den starken und fesselnden Gestalten um jeden Preis [...]
2. Der Hang nach Sensationen unter allen Umständen und ohne Rücksichtnahme auf Geist, Gewissen und Seele; [...]
3. Die Freude am Kraftmeiertum, am Mord, an der Gewalttat und Quälerei, am Muskelmenschen und seiner ungeordneten Triebwelt; [...]
4. Eine wild wuchernde Phantasie, die alles Rohe und Grauenhafte bevorzugt, um sich daran zu ergötzen [...]
10. Primitive Sprache, infantiler Stil [...]
17. Ethische Verwirrung, religiöse Passivität [...]
23. Der Protest (oft um des Protestes willen!) gegen das Übliche, Schickliche und Gesittete; Rache infolge Verkennung.

[...]" (Rutt, 1959, S. 79–81).

Insgesamt führt Rutt 27 Punkte an, worunter auch „soziale und moralische Mißstände", „zerrüttete Ehe- und Familienverhältnisse" zu finden sind, allerdings unter ferner liefen ... Einige Jahre später, 1965, machte sich Ursula Wölfel in anderem Zusammenhang auch Gedanken über das offensichtliche Bedürfnis nach „Schundliteratur", kam dabei aber zu völlig anderen Ergebnissen als Rutt.

Sie hebt drei Charakteristika der „Groschenliteratur" hervor, die diese für junge Leser attraktiv machen:

„1. Themen, Schauplätze und Probleme bieten Einblicke in die Welt Erwachsener.
2. Die Handlung ist stark farbig, spannend, sie scheut nicht die Darstellung des Grauenvollen und des Wunderbaren.
3. Die Sprache ist drastisch, explosiv, aggressiv, eiskalt oder gefühlsbetont. Ohne Rücksicht auf das Verständnis junger Leute spricht sie zu ihm, als sei er ein Erwachsener" (Wölfel, 1965, S. 281).

Und die Funktion solcher Literatur für Jugendliche faßt sie folgendermaßen zusammen: „Die gestammelte Brutalität der Sprechblasenhelden, der rüde Jargon der Schmöker, die sentimentale Allüre der Schicksalsromane spricht für sie die eigene Aggression, das eigene ungestillte Gefühl aus" (Wölfel, S. 282).

Auch wenn hier noch die übliche, abschätzige Beurteilung der Comics anklingt, wird die Problemstellung, der jugendliche Leser zumal, in ganz anderer Weise ernstgenommen. Im übrigen benennt Wölfel die von ihr beschriebenen Wesensmerkmale der „Groschenliteratur" gleichzeitig als die offensichtlichen Defizite der eingeführten, sogenannten „guten" Kinder- und Jugendliteratur.

82 Wörtlich lautet der erste Absatz dieser Broschüre:
„Wir wenden uns an alle, denen die Zukunft des deutschen Volkes am Herzen liegt und die bereit sind, der deutschen Jugend zu helfen in ihrem Suchen nach neuen Lebensformen. Jeder Deutsche ist überzeugt von der Notwendigkeit einer sauberen geistigen Jugendführung zur Überwindung des unseligen Erbes unserer Vergangenheit. Wir dürfen uns darum nicht nochmals schuldig machen, indem wir schweigen zu dem erneuten Attentat auf die Seelen unserer Jugend, welches profitgierige Schundverleger ungehindert durchführen und sowohl nach Umfang wie der Tendenz nach ständig verschärfen" (Jugend in Gefahr, 1952, S. 3).

# Der wachsende Kreis der Institutionen

## Die Vereinigten Jugendschriftenausschüsse und die Position der „Jugendschriftler“

Die Gruppe, die traditionsgemäß und etwa seit Mitte des 19. Jahrhunderts zunehmend in organisierter Form das Sichten und Beurteilen der Kinder- und Jugendbuchproduktion als ihre Domäne betrachtet hatte, die Lehrerschaft, trat auch nach 1945 wieder frühzeitig auf den Plan.

Frühere Mitglieder der in diesem Bereich ältesten und ehedem, das heißt vor 1933, auch einflußreichsten Organisation, der Ende des 19. Jahrhunderts begründeten Vereinigten Deutschen Prüfungsausschüsse für Jugendschriften, fanden zum Teil noch während der Besatzungszeit wieder zusammen, um die Vereinigung neu zu beleben. Bereits im Oktober 1947 kam es – während der ersten Vertreterversammlung des Allgemeinen deutschen Lehrer- und Lehrerinnen-Verbandes (AdLLV) – zu einem Treffen der bis dahin auf lokaler Ebene und erst in bescheidenem Umfang wiedererstandenen Prüfungsausschüsse, allerdings vorerst nur zwischen denen der britischen Zone; interzonale Zusammenkünfte waren zu diesem Zeitpunkt noch untersagt. Es wurde dort beschlossen, die Vereinigten Deutschen Prüfungsausschüsse als wieder bestehend anzusehen, und traditionsgemäß wurde Hamburg als Vorort, d.h. zur Zentrale der Vereinigung, gewählt.

Im Nachhinein wurde allerdings erst die Tagung der Prüfungsausschüsse vom 5. bis 7. November 1948 in Hamburg, an der erstmals auch Vertreter anderer Zonen teilnehmen konnten, als offizieller Termin der Wiederbegründung ausgegeben. Gleichzeitig wurde zu diesem Zeitpunkt die Umbenennung in Vereinigte Jugendschriftenausschüsse (VJA) vollzogen, und die Finanzierungsfrage fand eine Regelung durch die Eingliederung des AdLLV, dem die Jugendschriftenausschüsse angehörten, in die Gewerkschaft Erziehung und Wissenschaft (GEW). Den vorläufig letzten Schritt der Rekonstruktion des äußeren Rahmens bildete dann das Wiedererscheinen der „Jugendschriften-Warte“ ab Januar 1949.

Der innere Aufbau gestaltete sich ebenfalls relativ zügig: 1948 konnten 20 Jugendschriftenausschüsse gezählt werden, 1950 bestanden schon 80 und im Laufe des Jahres 1952 stieg deren Anzahl im Bundesgebiet auf etwa 200.

Trotz Umbenennung und Anschluß an die GEW deutete sich in der inneren Gliederung, in der Organisation der Beurteilungsarbeit der neu herauskommenden

Kinder- und Jugendbücher und dem Erstellen von Empfehlungslisten eine enge Orientierung an der Praxis der Prüfungsausschüsse in der Zeit vor 1933 an. Auch auf personeller Ebene zeigten sich solche Parallelen. Die Initiative zur Neugründung von Prüfungsausschüssen war anfänglich in der Regel von Männern ausgegangen, die in der Weimarer Republik in der Jugendschriftenbewegung aktiv gewesen waren. So hatte etwa – als markantestes Beispiel – John Barfaut, der in den Jahren bis 1933 Vorsitzender des Hamburger Prüfungsausschusses gewesen war, auch wieder nach 1945 – genauer von 1948 bis 1960 – die Leitung des Vorortausschusses inne. Zusätzlich wurde in jüngst geführten Gesprächen mit Theoretikern der damaligen Jugendbuchszene das bewußte Anknüpfen an die Tradition der Vorhitlerzeit bestätigt, das Bemühen um ein von Anfang an – häufig unkritisches – Fortsetzen an dem Punkt, an dem man glaubte, 1933 zwangsweise aufgehört zu haben.

Auch die Veröffentlichungen in der „Jugendschriften-Warte“ lassen – besonders im Hinblick auf das bald herausragende Thema der Schmutz- und Schundbekämpfung – auf Jahre hinaus wenig an neuen Ideen erkennen.

Dennoch zeigt ein Blick auf interne Rundschreiben der Vereinigten Jugendschriftenausschüsse, auf Briefe und Tagungsprotokolle der frühen Nachkriegszeit, daß dieses Bild differenziert werden muß, daß in der Frühphase, in der Zeit der Wiedergründung, Ansätze zu einer vorsichtigen Neuorientierung zutage getreten waren, ebenso wie der Versuch einer Sichtung des Erbes der Jugendschriftenbewegung.

Die Ausführungen John Barfauts zum Thema „Die Jugendschriftenarbeit und die heutige Zeit“ auf der zweiten Vertreterversammlung der Jugendschriftenausschüsse der britischen Zone an Pfingsten 1948 schienen eine solche Entwicklung vorzubereiten, beziehungsweise einzuleiten. Barfaut sprach dort von der Notwendigkeit, „die Schuld unseres Versagens in den vergangenen Jahren deutlich zu erkennen“ und der daraus erwachsenden Erfordernis, die eigenen kulturphilosophischen Forderungen und damit auch die Erziehungsforderungen „aus der Analyse der gesellschaftlich-politischen Situation der Gegenwart zu entwickeln“ (VJA Rundschreiben Nr. 2 vom 15.6.1948). Als wertvolles Erbe, an das es sich anzuknüpfen lohne, sah Barfaut weniger die Jugendschriftenarbeit der Prüfungsausschüsse, so wie sie direkt vor 1933 stattfand, an, als vielmehr die Position Wolgasts, seinen Kampf gegen Jugendschriften nationalistisch vaterländischer und religiöser Tendenz oder – positiv gewendet – dessen Wille – in der Interpretation Barfauts –, „zur Selbstverantwortung, Anerkennung gleicher Rechte, gleicher Freiheit, zur Ehrfurcht vor der Menschenwürde (zu) erziehen“ (ebd.). Als negativ in der früheren Praxis der Prüfungsausschüsse bezeichnete Barfaut eine zu starke Konzentration auf die Auslese „werthaften und kindgemäßen Schriftguts“. Die konkrete „geschichtliche Schuld“ der damaligen Arbeit sah er darin, daß „wesentliche Leitgedanken einer Erziehungsarbeit, die aus der geschichtlichen Lage unseres Volkes nach dem 1. Weltkrieg hätten erkannt werden müssen, keinen Niederschlag“ gefunden hätten, wobei er direkt den „Friedensgedanken, den sozialen und den demokratischen Gedanken“ (ebd.) nannte.

Barfaut folgerte daraus, daß die zukünftige Arbeit bewußt der „sittlichen Forderung nach Völkerfrieden und menschlicher Gerechtigkeit zu unterstellen" sei (VJA Rundschreiben Nr. 2 vom 15.6.1948). Auch noch die folgende Tagung, jetzt der Vereinigten Jugendschriftenausschüsse, vom 5. bis 7. November 1948 war von einem ähnlichen Grundton geprägt. Barfaut wiederholte dort seine These von der „tragischen Schuld" der Prüfungsausschüsse in der Periode 1918–1933 wie auch die Wichtigkeit des Friedens- und des demokratisch-sozialen Gedankens für die „neue Jugendschrift".[1]

Der vorausgehende Vortrag von Anna Siemsen begann mit der Feststellung, die Gegenwart bedeute eine der größten Umwälzungen in der Geschichte, größer als die Völkerwanderung oder die französische Revolution. Deshalb schien ihr die Vorstellung von einem möglichen Weg nach rückwärts – in ihren Augen der frühere Hauptfehler – bestenfalls eine Illusion. Sie hatte wohl recht mit ihrer Einschätzung, daß an ihr immer noch eine größere Anzahl – auch unter ihren Zuhörern – festhielten. Darüber hinaus stand das Referat unter der programmatischen Überschrift: „Erziehung zum Europäertum" und formulierte als Zielsetzung die Schaffung eines europäischen „Heimatbewußtseins" durch und mit Hilfe von Kinderbüchern.

Allerdings machte sich bei näherem Blick auf die Diskussionsbeiträge dieses Treffens, auch die von Barfaut, bereits ein Trend bemerkbar, der sich in der weiteren Entwicklung zunehmend deutlicher ausprägen sollte. Gegenüber seinen Worten im Mai 1948 erscheint der ein halbes Jahr später gehaltene Vortrag bezüglich der Bestandsaufnahme früherer Fehler eigentlich noch weniger konkret. In der Zusammenfassung am Schluß seiner Ausführungen wirkt die vorsichtige Distanz zur eigenen Geschichte, das Besinnen auf fortführbare Traditionen, aber auch auf „historische Schuld", was ja erst einmal konkret hätte aufgearbeitet werden müssen, schon wieder zurückgenommen. Dort heißt es:

*„Ich bin heute nicht der Überzeugung, daß ein wesentlich Anderes geschaffen werden kann als in der Periode vor '33. Was wir heute fordern, ist die Schaffung von Arbeiten, deren tragende Ideen von immerwährender Bedeutung bleiben, die nicht umgestoßen werden können. In diesem Sinne ergibt sich lediglich eine Akzentverschiebung gegenüber unserer früheren Arbeit: wir konzentrieren uns nicht mehr so stark auf das wertvolle Kunstbuch, sondern auf das Buch, das den Ideen gerecht wird, mit denen wir glauben das Kind zu erziehen zu einem Menschen, der fähig und bereit ist zum Aufbau der Kultur Deutschlands und Europas"* (VJA Rundschreiben Nr. 5 vom 1.12.1948).

Danach, auf späteren Tagungen der Jugendschriftenausschüsse oder in der „Jugendschriften-Warte", war von einem kritischen Blick zurück kaum mehr die Rede. Wenn die Vergangenheit der Prüfungsausschüsse zur Debatte stand, dann bildeten so gut wie immer Wolgast und seine Theorien zur Jugendliteratur den Bezugspunkt, wobei deren Interpretation im allgemeinen vom jeweiligen „Verwendungszweck" abhing. Daneben fand auch eine Art Ablösungsprozeß vom Wolgastschen Gedankengut statt, das in diesem Zusammenhang auf seine Idee der Erziehung zu literarischer Genußfä-

higkeit reduziert wurde und insofern als historisch überholt galt. Damit legitimierte man erstens die übergroße Pädagogisierung der eigenen Aktivitäten und zweitens, was daraus folgte, die Betrachtung vornehmlich der inhaltlichen Ebene eines Kinder- oder Jugendbuchs und dessen mögliche erzieherische Funktion.

Diese Tendenz ist selbst dann zu verspüren, wenn keine restriktiven Forderungen damit verbunden waren. So als Anna Siemsen in einem Diskussionsbeitrag auf der genannten Tagung meinte, in einem Jugendbuch käme es darauf an, eine Wirklichkeit, die uns innerlich ergreift, den Kindern klar werden zu lassen; es müßte nicht notwendig eine große Formung, eine Dichtung sein, aber doch etwas, was sie mitreißt (vgl. Rundschreiben Nr. 5 vom 1.12.1948).

Mit solchen und ähnlichen Äußerungen[2] wurde der Kinder- und Jugendliteratur von seiten der damals wohl einflußreichsten Institution in der frühen Nachkriegszeit zunächst ein Weg gewiesen – sowohl in bezug auf Anspruch und Selbstverständnis ihrer Produzenten als auch hinsichtlich ihres Ansehens im gesamtliterarischen Rahmen –, der sie nicht nur einer endlichen Aufwertung und Akzeptanz als grundsätzlich gleichberechtigtem Teilbereich der Literatur kaum näherbrachte, sondern sie eher noch stärker als bisher von dieser Zielvorstellung weg in eine außerliterarische, pädagogisch dominierte Sphäre führte, auch wenn das nicht unbedingt die erklärte Absicht der jeweiligen Urheber gewesen ist.

Versucht man, eine Bilanz der ersten Jahre der zu neuem Leben erweckten Vereinigten Jugendschriftenausschüsse zu ziehen, so ist festzustellen, daß eine gewisse Aufbruchsstimmung, die 1947/48 – partiell zumindest – spürbar gewesen war, sehr rasch verflog und daß der anfänglich bekundete Wille zu einer Revision der Vorgeschichte der eigenen Organisation schnell unterging.

Einem allgemein formulierten Schuldbekenntnis, wie es John Barfaut vorgebracht hatte, brauchte keiner – auch nicht aus Selbstschutz – zu widersprechen. Fragen nach einer Fehlentwicklung vor 1933, aufgrund derer sich ein nicht unmaßgeblicher Teil ehemaliger Jugendschriftler und Mitglieder der Vereinigten Prüfungsausschüsse problemlos in die neugeschaffenen Jugendschriftenstellen des NS-Regimes hatte integrieren lassen[3], solche Fragen blieben ungestellt. Offenbar bereitete es seinerzeit kein Problem, löste auch keinerlei Diskussionen aus, als ein während des Dritten Reichs so hoher Funktionsträger in Jugendliteratursachen wie Eduard Rothemund bereits 1948 auf einer im Zusammenhang mit der mehrfach zitierten Novembertagung in Hamburg durchgeführten Aussprache mit Verlegern wieder auftrat.

In der öffentlich wirksamen Arbeit der Jugendschriftenausschüsse – in der „Jugendschriften-Warte" oder in anderen Veröffentlichungen – wurde späterhin die intern kurzfristig geübte Kritik nicht mehr zur Sprache gebracht. Statt dessen bringt die erste Nummer der Neuen Folge des Verbandsorgans eine Empfehlungsliste mit nach 1945 wieder erschienenen Schriften, die – wie eigens angemerkt – schon vor 1933 im Verzeichnis der Prüfungsausschüsse ihren Platz eingenommen hatten. Von einem – etwa pragmatisch ausgerichteten – Neuansatz war also wenig zu spüren. Lediglich der Beitrag von Anna Siemsen über „Internationale Jugendliteratur" in einer der ersten

Nummern der „Jugendschriften-Warte“ spricht modernere Gedanken aus (Siemsen, 1949).

Abgesehen von der nachdrücklichen Behandlung der sogenannten Schmutz- und Schundliteratur, die bald einen Großteil der Energien band, standen wieder Fragen nach Altersgemäßheit der Lektüre, „Vielleserei“ oder dem spezifischen Mädchenbuch an. Die Furcht, daß durch „Verfrühung“, also einen dem Lesealter nicht angemessenen Lesestoff, Kinder Schaden nehmen könnten, ging erneut um. Statt auf die Lesealter Charlotte Bühlers stützte man sich nun vermehrt auf ein lesertypologisches und -psychologisches Modell, das vornehmlich von Elisabeth Schliebe-Lippert erarbeitet und weiterentwickelt wurde, das jedoch trotz stärkerer Differenzierung ähnlich schematische Einteilungen potentieller Rezipienten entwarf.[4]

Eine weitere Sorge galt der wiederum diagnostizierten Vielleserei oder Lesewut, die wie schon seit den Zeiten einer gerade aufkommenden Massenproduktion von Druckschriften im vorigen Jahrhundert als Übel, dem möglichst Einhalt zu gebieten war, vermerkt wurde (erst mit der Ausbreitung des Fernsehens sollte diese Furcht einer neuen Platz machen). Theodor Rutt, Direktor der Pädagogischen Akademie Köln, konstatierte hierzu in einem Vortrag auf der Hauptversammlung der Jugendschriftenausschüsse an Pfingsten 1952: „Es wird ja viel zu viel und viel zu schnell gelesen. Die Schnell- und Vielleserei muß, soweit die Schule es kann, unterbunden werden“ (VJA Rundschreiben Nr. 27 vom Juli 1952).

Wie früher auch schon verurteilte man neben „Schmutz und Schund“ auch den Kitsch, ging insbesondere gegen altmodische Mädchen- und Backfischgeschichten à la Nesthäkchen und deren Nachkommen vor. Positiv wurden zum Beispiel die Bücher von Lise Gast dagegengehalten, die ihre Vorstellungen von Sinn und Zweck des Mädchenbuchs in der „Jugendschriften-Warte“ 1951 selbst so zusammenfaßte:

*„Es muß den Eltern gefallen, sonst kaufen sie es nicht. Es muß also gut, sogar erziehend sein. Das klingt vielleicht moralisierend, ist es aber nicht. Jedes gute deutsche Buch soll und muß aufbauen, erbauen, bessere Wege zeigen, Ideale wecken; das Jugendbuch erst recht. Dies bedeutet keine faustdicke Tendenz, wohl aber eine saubere Einstellung des Autors, die man zwischen den Zeilen, aber deutlich, erfühlt“* (Gast, 1951).

Die allgemeine Ablehnung bestimmter konventioneller Erzählmuster im Mädchenbuch bedeutete keineswegs ein gleichzeitiges Sprengen überkommener Rollenverteilung und -charakterisierung im Jugendbuch. Stereotype Vorstellungen vom typisch Weiblichen und den dazugehörigen Bedürfnissen hatten sich unbeschadet erhalten und wurden im Hinblick auf das Ideal von der intakten Familie erneut heraufbeschworen. In einem Beitrag der „Jugendschriften-Warte“, ebenfalls von 1951, heißt es:

*„Bestimmend ist vielmehr, daß das Buch der weiblichen Wesensart verwandt ist und Werte birgt, die den typisch weiblichen Bedürfnissen nach Erhellung, Bewältigung und ‚Überhöhung‘ des Lebens entgegenkommen. [...] das Buch müßte dem Mädchen*

*helfen, das Leben, seinen Alltag und seinen Feiertag gestalten und meistern zu lernen. Die Frau als ‚Hüterin des häuslichen Herdfeuers' steht dem Mädchen in seiner ihm innewohnenden Zielgerichtetheit näher als der kämpfende Mann"* (Stodt, 1951).

„Neuere" Töne wurden – zum Teil jedenfalls – ab etwa Mitte der fünfziger Jahre vernehmbar. Während das alte Thema „Schmutz und Schund" pünktlich nach Verabschiedung des „Gesetzes über die Verbreitung jugendgefährdender Schriften" mit der ungefähr gleichzeitig einsetzenden Comic-Diskussion eine aktuelle Variante und erneute „Frische" wie auch Vehemenz erhielt, sollte „Internationalität" laut „Jugendschriften-Warte" – nach der Gründung des Internationalen Kuratoriums für das Jugendbuch – die Devise für das Jahr 1954 angeben. Vorerst drückte sich allerdings der wieder aufgefrischte Wille zur Internationalität in erster Linie in einer Rundumschau auf die Schmutz- und Schundfront im westlichen Ausland aus.

Eine deutliche Erweiterung der Perspektive hätte demgegenüber die Aufnahme der „literaturpädagogischen Tatsachenforschung", womit man die empirische Leserforschung meinte, innerhalb des Aufgabenbereichs der Vereinigten Jugendschriftenausschüsse bilden müssen. Obwohl auch dieses Gebiet nicht ganz ohne Vorläufer in der Arbeit der Prüfungsausschüsse vor 1933 war (vgl. Rückschau und Aufgabenstellung, 1955), wollte man nun, ab etwa 1955, durch breit angelegte Befragungsaktionen eine tragfähige Basis für die Entwicklung zeitgemäßer leserpsychologischer Erkenntnisse vorbereiten. Es wurde etwa untersucht, welche Ganzschriften in der Schule gelesen wurden.[5] Oder eine Umfrage unter mehreren Tausend Schülern anhand einer Liste mit fiktiven Titeln sollte Klarheit über die Art der Lesewünsche herstellen und eine weitere Fragebogenaktion die tatsächlichen Lieblingsbücher ermitteln.[6] Daneben wurden in der „Jugendschriften-Warte" jetzt regelmäßig von einzelnen Lehrern eingesandte Zusammenstellungen von Urteilen Jugendlicher über ihre Lektüre abgedruckt, um den Grundstock an Fakten über Leseinteressen zu verbreitern. Allerdings dienten die Rezensionsversuche junger Leser eher dazu, vorgefaßte Meinungen in Hinsicht auf mangelnde Urteilskraft bei Jugendlichen und die vermeintlich daraus resultierende Notwendigkeit, auf das „freie", außerschulische Lesen reglementierend einzuwirken, zu unterstützen.

Die grundlegende Haltung gegenüber dem eigenen Aufgabengebiet, beziehungsweise gegenüber den anvisierten Erziehungsobjekten, die von der Mehrzahl der Mitglieder der Jugendschriftenausschüsse an den Tag gelegt wurde, war die, die auf einer Gesamtvorstandssitzung der Vereinigung Ende 1950 vom damaligen Vorsitzenden der GEW Goosmann, also eigentlich einem Außenstehenden, schon zum Ausdruck gebracht worden war, als er zusammenfassend ausführte:

*„Den Kindern kann die Buchauswahl nicht allein überlassen werden, eine Bevormundung, eine Abschirmung der Jugend ist notwendig. Die Jugendschriftenausschüsse sind also notwendig"* (Beilage zum Rundschreiben Nr. 18 vom 4./5. 11. 1950).

Das Zeitgefühl, die Weltsicht und hier besonders ein umfassender Kultur- und Zivilisationspessimismus, die den Ausgangspunkt für derartige keinesfalls vereinzelte

Äußerungen bildete, deutet sich in den Worten Goosmanns, die obigem Zitat vorausgehen, bereits an, wenn es dort heißt:

*„Im Untergrund unseres gesamten geistigen Lebens stimmt etwas nicht, es muß tief angesetzt werden, um eine Änderung herbeizuführen“* (ebd.).

Daß die Kinder- und Jugendliteratur und die Problematik ihrer Vermittlung in den Jahren nach 1945 nicht als ein von gesamtgesellschaftlichen und allgemein kulturellen Entwicklungen abgelöster, isolierter Bereich betrachtet werden kann und auch damals nicht so gesehen wurde, läßt sich aus den Äußerungen und Beiträgen der Jugendschriftler ablesen. Sie machen deutlich, daß sich die Überzeugung von der Erfordernis einer das Kind und nach Möglichkeit noch den Jugendlichen vor den – natürlich schlechten – Einflüssen der Welt, der Realität abschirmenden, bewahrenden Erziehung – auch und besonders durch das Medium Buch –, daß eine solche Überzeugung sich gründet auf einer negativen Gegenwarts- und Gesellschafts„analyse“.

Die Vergangenheit, gerade noch vorsichtig oder andeutungsweise kritisch gesehen, mußte in diesem Zusammenhang wieder in einem wesentlich helleren Licht erscheinen. In diesem Sinne gab Erich Weißer noch 1956 in der „Jugendschriften-Warte“ folgende Zustandsbeschreibung des gegenwärtigen Kulturlebens:

*„Aber zum Lesen braucht man Zeit und Bereitschaft, jenen aus dem Innern kommenden Impuls, der unmittelbar zum Lesen treibt. Aber dieses ursprüngliche Bedürfnis des Lesens, das ein Kennzeichen eines gesunden Kulturlebens ist, nimmt immer mehr ab. Die Jugend kennt ja gar nicht mehr jenes einmal so selbstverständlich gewesene Bildungsleben, als der Bücherschrank noch ehrfürchtig empfundene Weihe ausstrahlte und die ganze Familie lesend oder gemeinsam dem Vorleser lauschend sich unter dem trauten Schein der Feierabendlampe zusammenfand. So atmet die Jugend auch nicht mehr in jener Atmosphäre der Stille und des Einfachen, die so selbstverständlich zu dem verlorenen Bildungsleben gehörte [...] Man liest bestenfalls noch, um sich zu unterhalten, um sich von den ‚Nöten des Lebens‘ vor seiner aufpeitschenden Betriebssamkeit in eine ‚milde Narkose‘ zu versetzen, denn in der allgemeinen Hetzjagd verlor der Feierabend seinen bildenden Sinn, und man tauschte dafür die Gier nach Betrieb, nach Sensation um jeden Preis ein [...]“* (Weißer, 1956, S. 66).

Es ist wohl kaum notwendig, diese Sätze im einzelnen zu analysieren; Romantizismus und historische Verneblung sind ohnehin überdeutlich. Erinnert sollte an dieser Stelle freilich daran werden, daß auch im vorausgegangenen Kapitel von den hier geschilderten „Krankheitssymptomen“ des Kulturlebens, von einer überhandnehmenden Sensationsgier als Mitursache für das Schmutz- und Schundproblem die Rede war.

Eine negative Zeitschau gab auch John Barfaut, als er 1953 in einem Rechenschaftsbericht über die Arbeit der Vereinigten Jugendschriftenausschüsse davon sprach, daß vielen Kindern die ruhende Lebensform der Familie fehle, viele Eltern im breiten Strom der rücksichtslosen Sicherung ihres materiellen Daseins, der Zerstreuung und flachen Unterhaltung trieben (vgl. Barfaut, 1953).

Und ein noch düstereres Bild zeichnete Walter Flacke, ab 1955 Schriftleiter der „Jugendschriften-Warte", in einem 1954 erschienenen Beitrag über die Beziehungen der zeitgenössischen Jugendschriftler zu Heinrich Wolgast:

*„In stiller Besinnung auf das Erbe dieses großen Mannes werden wir die Kraft schöpfen, unserer Jugend in hoffnungslos dunkler Nacht die helle Fackel der Begeisterung voranzutragen im Kampfe für die Einheit unseres armen, zerrissenen deutschen Volkes gegen die finsteren Mächte des Kulturzerfalls, die das deutsche Volk vollends dem Untergange überantworten wollen"* (Flacke, 1954, S. 794–795).

Auch hier sind die Parallelen zwischen der schon ausführlich dargelegten Schmutz- und Schunddebatte und deren „geistigen Grundlagen", als die die darin engagierten Schundbekämpfer eine moralische und kulturelle Krise, wenn nicht gar den Verfall, der Zeit erkannt haben wollten, unverkennbar. Und wenn der zuvor zitierte Erich Weißer „die Leserschaft von morgen", falls die literatur-pädagogischen Maßnahmen der Erzieher und Bibliothekare der laufenden Entwicklung keinen Einhalt zu gebieten vermöchten, zum Lesen nicht mehr unter dem „trauten Schein der Feierabendlampe" versammelt sieht, vielmehr als eine „amorphe Masse perfektionierter Maschinen, die sich auch Geist und Bildung – Denken, Fühlen, Schauen und Lesen – von ihren Robotergehirnen besorgen lassen möchte" (Weißer, 1956, S. 66), wird daran sichtbar, daß die Zukunfts- oder besser Schreckensvisionen, die die passionierten Schundkämpfer von einer an der Massenware „Schundheft" geschulten „Massengesellschaft" ausmalten, keineswegs deren exklusive Vorstellungswelt ausmachten, beziehungsweise auf diesen Bereich begrenzt blieben (oft genug waren die hier erwähnten Personen ja auch im Schundkampf aktiv). Damit sei nochmals betont, wie falsch es wäre, den gesamten Schmutz- und Schundkomplex als ein isoliertes und leicht ab- oder ausgrenzbares Randthema der allgemeinen Literatur- und Kulturdiskussion anzusehen.

Genausowenig lassen sich die literaturpädagogischen Konzeptionen der Zeit von ihrem eigenen Anspruch her eng auf die Kinder- und Jugendliteratur einschränken, beziehungsweise bleiben die Aufgaben, die sich die Literaturpädagogen stellten, auf ein jugendliches Publikum begrenzt; und das auch nicht nur im Rahmen eines allgemein pädagogischen Erziehungsauftrags im Sinne einer „echten Menschenbildung" durch und mit dem Jugendbuch, die selbstverständlich auch auf den zukünftigen Erwachsenen projeziert wurde. Vielmehr empfand ein großer Teil der Lehrer und Jugendliteraturadepten den eigenen Erziehungsauftrag als einen „volkserzieherischen", der ihnen eine Rolle als – in ihrem Sinn fortschrittliche – Erzieher der Nation zuwies.

So schließt der mehrfach schon angeführte Aufsatz Weißers explizit mit der Darlegung der besonderen pädagogischen Aufgabe des Jugendbuchs als weit über die literarische Erziehung im engeren Sinne hinausweisendem Bildungsmedium, ohne jedoch die bei eine Etikettierung als Jugendbuch schon beim jungen Leser, geschweige denn beim erwachsenen, in Aktion tretenden Abwehrmechanismen zu reflektieren:

*„Damit wird aber auch der pädagogische Impuls des Themas ‚Jugendbuch' sichtbar, der nicht nur auf die Formung der Jugend gerichtet ist, sondern als Bildungsimpuls nach dem ganzen Menschen greift, um ihn wieder in die verlorene Mitte des Geistes zurückzuführen. Angesichts des allgemein verlorengegangenen Impulses zum Lesen und der geschwächten Bereitschaft dürften sehr viele Jugendbücher für den Erwachsenen selbst unmittelbar ein gangbarer Weg dahin zurück sein" (Weißer, 1956, S. 66).*

Solche Gedankengänge werden verständlicher, zieht man das gleichzeitig verbreitete Mißtrauen, ja zum Teil eine offene Feindschaft gegenüber dem Intellekt und den Intellektuellen mit in Betracht, auch wenn dieser Aspekt in den Ausführungen Weißers nur zwischen den Zeilen anklingt.

In einem anderen Artikel, überschrieben „Die Mission der Jugendliteratur in unserer Zeit", von Gustav Sichelschmidt, der 1958 erst und auch nicht in der „Jugendschriften-Warte" erschienen ist, werden die Antinomien – Naivität versus Reflektion, moderne Kunst versus einfaches, doch schöpferisches Erzählen – ausdrücklich angesprochen, und als übergeordnetem Bezugspunkt wird hierbei fortwährend auf die Jugendliteratur rekurriert. Sichelschmidt geht in seinem Beitrag von einer von ihm negativ beurteilten zunehmenden Intellektualisierung des künstlerischen Schaffensprozesses bei den Protagonisten der avantgardistischen Kunst aus. Er behauptet, „Kunstwerke, die früher der genialen Naivität, dem reflexionslosen Gefühl ihr Entstehen verdankten", würden „heute sozusagen mühsam in der Retorte des Intellekts synthetisch hergestellt", der Künstler sei „zum Artisten degradiert" und der „losgebundene Intellekt" besitze nicht die geringste Fähigkeit, „neue Idole zu errichten" (Sichelschmidt, 1958, S. 202).

Versierte, qualifizierte Schriftsteller ließen sich zum Schreiben von Kinderbüchern deshalb nicht bewegen, weil sie einfach nicht mehr erzählen könnten, weil sie „die Unschuld des Schöpferischen bereits verloren" hätten (ebd., S. 203). Positiv gewendet müßte der „geborene Kinderbuchautor" für Sichelschmidt eher ein „Idylliker" sein, der jenseits von „abstraktem Intellektualismus", von „Karikaturhaftem", von aller „Exzentrik", vor allem jenseits von Ironie und zurückgetreten hinter seine eigene Person, keine anderen Ambitionen verfolgt, „als auf künstlerisch unanfechtbare Weise Freude zu bereiten" (ebd., S. 203f.). Auf seine Ablehnung von künstlerischer Avantgarde und Intellekt – auch der „intellektuell verklemmte Kritikaster" wird hierin eingeschlossen – und auf das wahrhaft „idyllisch" gezeichnete Gegenbild des echten Kinderbuchautors läßt Sichelschmidt ein Programm für die Zukunft folgen:

*„Im Hinblick auf die Sackgasse, in der sich unsere gegenwärtige Literatur befindet, kommt dem Jugendschrifttum, das seinem Wesen nach keine Elemente des künstlerischen und ethischen Verfalls dulden kann, in dieser geschichtlichen Stunde – so meinen wir – die einmalige Mission zu, die echten künstlerischen und ethischen Maßstäbe in eine Zeit hinüberzuretten, die wieder zu einem neuen Gleichgewicht der menschlichen Grundkräfte und zu einer neuen Natürlichkeit nach dieser dürftigen Zwischenepoche eines im Grunde unschöpferischen Manierismus zurückfindet"* (ebd., S. 204).

Auf dem Sektor der Literaturpädagogik, der dabei nicht auf den Kreis der Jugendschriftenausschüsse eingegrenzt werden kann, hatten sich so auch Kräfte gesammelt, die in der Kinder- und Jugendliteratur nun nicht mehr bloß einen der „großen Literatur“ ewig hinterherlaufenden, wesensmäßig epigonalen Literaturzweig sahen oder sehen wollten, sondern sie – in ihren gelungeneren Beispielen – als letztes Refugium einer sich ansonsten dissoziierenden Kunst, als letzten Hort der wahren und einfachen Form, betrachteten. Nur in einem solchen Zusammenhang konnte für die Jugendliteratur von dieser Seite eine Art „Ende der Bescheidenheit“ proklamiert und sie mit einer als Rettung der Literatur und Kultur überhaupt ausgegebenen „Mission“ betraut werden. Daß eine solcherart „missionarische“ Aufgabe, die hier der Jugendliteratur zuerkannt wurde, Illusion geblieben ist, wird man kaum bedauern können angesichts der literaturästhetischen Implikationen, die dieses Konzept charakterisieren. Es zeigt sich daran in jedem Fall jedoch, wie tiefgreifend und kaum überbrückbar die Kluft zwischen sozusagen offiziell protegierter, propagandierter Jugendliteratur und moderneren literarästhetischen Konzeptionen auch subjektiv und bereits hinsichtlich der Erwartungshaltung empfunden wurde.

Ausdruck derselben Grundeinstellung war der Ruf nach dem „gemütsbetonten Jugendbuch“ (vgl. Funk, 1956), denn dem „gemüthaften Wesenselement“ wurde „die eigentliche erzieherische Kraft und Wirkungsmöglichkeit“ zugesprochen. Zudem wurde in der „Jugendschriften-Warte“ behauptet, die Jugend suche „gefühlsmäßig“ nach dem gemütsbetonten Buch, wohingegen sie ebenso „gefühlsmäßig“ auf Distanz gehe „gegenüber jenem Jugendbuch, das vorwiegend vom Verstandesmäßigen, vom Intellekt her anspricht“ (Funk, 1957, S. 5). Konkret wurde auch in diesem Fall die literaturpädagogische Aufgabenstellung als Reaktion auf eine negative Zeitschau entwickelt:

*„Denn vordringlich in unserer gefährdeten Situation ist, die junge Generation aus der verderblichen materiellen und geistigen Oberflächlichkeit, aus der zersetzenden Ehrfurchtslosigkeit, aus dem allzu nüchternen Rationalismus und dem schnoddrigen Intellektualismus herauszulösen, in dem sie gefangen ist, sobald und solange sie als Masse auftritt und den Gesetzen der Masse unterliegt“* (Funk, 1957, S. 5).

Nicht, daß es zur damaligen Zeit keinerlei Gegenstimmen, keine anderen Kunstauffassungen auch unter den aktiven Jugendschriftlern gegeben hätte – die in Angriff genommene „literaturpädagogische Tatsachenforschung“ war wohl von Ansatz und Intention her der Versuch zu einer Gegenbewegung.[7] Trotzdem aber konzentrierten sich offenbar in dem Bereich der pädagogischen, vermittelnden Instanzen intellektfeindliche, „anti-geistige“ Strömungen, so daß die genannten Alternativen vorerst noch ohne weiterreichende Konsequenzen blieben.

Was im Zusammenhang mit diesen weitverbreiteten anti-intellektuellen, gefühlsbestimmten Tendenzen nicht gesehen wurde, gesehen werden wollte oder auch „nur“ schon wieder vergessen war, waren die Parallelen – im Vokabular, aber zumindest teilweise auch in der Sache –, die von hier zu einer analogen Geisteshaltung in der NS-

Zeit gezogen werden können. Daß mit der Hervorkehrung des Gemüts und gleichzeitigen Ablehnung des Verstandesmäßigen gerade beim jungen Menschen, in seiner Erziehung, Motive angesprochen waren, die gleichermaßen unverbrämt der nationalsozialistischen Ideologie unterlegen hatten, als deren integraler Bestandteil anzusehen waren, hätte eigentlich einer solch anscheinend unbekümmerten Weiterverwendung entgegenstehen müssen. Unter anderen Vorzeichen konnten hier eine ganze Reihe im Grunde völlig diskreditierter Ideen bis weit in die Nachkriegszeit hinein ohne jegliche Diskussion überleben, weiterleben, ja öffentlich propagiert werden. Sicherlich war nicht jedem, der entsprechenden Vorstellungen anhing und sie verbreitete, bewußt, in welche Tradition er sich damit stellte. Aber wenn von einem Versagen, von verpaßten Gelegenheiten nach 1945 in Verbindung mit den Vereinigten Jugendschriftenausschüssen gesprochen werden soll, dann müßte dieses Versagen, das eine weitgehende Stagnation innerhalb der am Jugendbuch interessierten Kreise mitbewirkte, als das Unvermögen definiert werden (oder auch eine mehr oder weniger bewußte Weigerung), ein brauchbares analytisches Instrumentarium zu entwickeln, mit Hilfe dessen nicht nur die Gegenwartssituation genauer, beziehungsweise unvoreingenommener hätte eingeschätzt werden können, sondern auch die historische Entwicklung bis hin zur jüngsten Vergangenheit in einem anderen Lichte hätte erscheinen müssen. Allerdings bildete nicht zuletzt eine intellektfeindliche Einstellung selbst eines der Hindernisse oder beförderte wenigstens nicht gerade einen schnellen Zugriff auf analytische Methoden für eine Autopsie der eigenen Arbeit wie deren Grundlagen und Voraussetzungen.

Daß es den Mitgliedern der Jugendschriftenausschüsse weniger um Literatur an sich ging, sie sich vielmehr – nach 1945 mehr denn je – einem selbstauferlegten Erziehungsauftrag verpflichtet fühlten, einem Auftrag unter der Devise der Erziehung nicht zum Buch, sondern durch das Buch, wurde eingangs schon vermerkt.

Die Erziehungsziele, zu denen hinerzogen werden sollte, waren anfangs – als Forderungskatalog – deutlich mitgeprägt von den Reeducation-Vorstellungen der Besatzungsmächte; und das um so mehr, als es sich ja um eine hauptsächlich von Lehrern gebildete Organisation handelte und die Militärregierungen dem Bereich der Schule und Erziehung natürlicherweise große Aufmerksamkeit schenkten.[8] Dementsprechend lauteten auch die damals formulierten Ziele etwa „Erziehung zur Demokratie“, „Erziehung zum Europäertum“ oder allgemeiner zur „Völkerverständigung“.

Mit der eigentlichen Aufnahme der Arbeit rückten solche umfassenden Maximen vorerst zunehmend in den Hintergrund. Andere Aufgaben – namentlich die Zurückdrängung von „Schmutz und Schund“ – erschienen dringlicher. Das soll nicht heißen, man habe den Wiederbeginn nur mit modischen (und politisch opportunen) Formulierungen ausstaffieren wollen. Der subjektive Wille zur Veränderung war bei vielen, die den Neuanfang wagten, sicherlich vorhanden. Andererseits muß aber doch danach gefragt werden, wie sich die grundlegende Zielsetzung innerhalb der Vereinigten Jugendschriftenausschüsse weiterentwickelt hat, wie solch allgemein gehaltene

Grundsätze interpretiert und in die Praxis umgesetzt worden sind. Zum Teil ist dies auf den vorangegangenen Seiten en passant bereits beantwortet worden. An dieser Stelle soll freilich nochmals dezidiert das Vorhaben, zur Demokratie zu erziehen, ins Auge gefaßt werden.[9]

Die Idee, Jugendliteratur bei der Erziehung junger Menschen zur Demokratie einzusetzen, hatte anerkanntermaßen nicht nur einen Stellenwert im Rahmen des Reeducation-Programms der Besatzungsmächte. In Kindern immer auch die zukünftigen Erwachsenen zu sehen, muß gerade vom Standpunkt des Erziehers aus als selbstverständlich konzidiert werden. Daß man dabei in einer Zeit wie der nach dem Zweiten Weltkrieg auf die Jugend in besonderem Maße die Funktion eines Hoffnungsträgers projezierte, kann kaum verwundern. John Barfaut drückte das im Schlußwort einer Vorstandssitzung der Jugendschriftenausschüsse 1951 mit den Worten aus: „[...] es geht uns um den Menschen im Kinde, um den Träger einer besseren Zukunft" (VJA Rundschreiben Nr. 23 vom 7.11.1951). Das, was eine bessere, demokratische Zukunft ausmachen sollte, stand demgegenüber kaum einmal zur Debatte, wie überhaupt die Forderungskataloge an die Jugendliteratur dort, wo sie konkret wurden, sehr viel stärker mit dem arbeiteten, was in jedem Falle abzulehnen wäre, als mit positiven Alternativen.

Eine „Politisierung" der Jugendschriftenarbeit im Sinne einer bewußten Einbeziehung gesellschaftlich-sozialer Gesichtspunkte – auch als mögliche Forderung an die Jugendliteratur – fand über die ersten Apelle zur Zeit der Neugründung hinaus kaum statt.[10] Politik schien beinahe als Synonym für Tendenz[11], und die hatte ihren scheinbar festen Platz im Osten.

Eduard Rothemund nannte beispielsweise unter den Themen, die einen Jugendbuchverlag zur Ablehnung eines Manuskripts veranlaßten, „geschichts-philosophische Betrachtungen und geschichtlich-politische Parteitendenzen", die gleichermaßen nicht in ein Jugendbuch gehörten, denn „Tendenzen im eigentlichen Sinne des Wortes würden fast immer in unkünstlerischer Form vorgetragen" (Rothemund, 1951).

Statt dessen wurde intensiv auf die Beeinflußbarkeit des Einzelnen abgehoben, auf das „Menschliche" schlechthin verwiesen. Im Zusammenhang mit Überlegungen, welche pädagogische Konsequenz aus der überhandnehmenden „Schundflut" zu ziehen sei, heißt es z.B. auf einer Hauptversammlung der Jugendschriftenausschüsse 1955:

*„Wir können nur das Auge des Einzelnen schärfen, wir müssen die Masse zu Persönlichkeiten erziehen, dann ist auch die rechte Stellung für das Buch gegeben"* (vgl. VJA Rundschreiben Nr. 47 vom 20.6.1955).

Oder es wird der Anspruch erhoben, die Jugendschrift im Unterricht müsse die Rückführung auf das Menschliche bewirken (vgl. VJA Rundschreiben Nr. 30 vom 21.10.1952). Und von Rothemund ist im Anschluß an die Verurteilung allen „Tendenzschrifttums" zu erfahren, das Buch müsse dem Menschlichen dienen (vgl. Rothemund, 1951).

Der zentrale Begriff für die erwünschte Wirkung der Jugendliteratur in den fünfziger Jahren und darüber hinaus ist der der „Lebenshilfe". Aufgrund seiner Unschärfe sind bis heute sehr unterschiedliche Bedeutungsinhalte mit diesem Begriff in Verbindung gebracht worden, deren Gemeinsamkeit der Nützlichkeitsgedanke, der Wunsch oder die Überzeugung von einer möglichen positiven und konkreten Auswirkung der Lektüre auf den Leser und dessen Agieren im realen Leben war und ist.[12]

Für unseren Untersuchungszeitraum knüpfte sich an das Wort „Lebenshilfe" aber auch die meist kategorische Ablehnung eines reinen „Unterhaltungslesens" als bloßer Zeitvergeudung. Ein „Sprachwerk" sollte etwa, um nach Auffassung Karl Vaupels eine „Lebenshilfe" darzustellen, „Anregung oder gar Antwort für die Bewältigung typischer Probleme, die die Jugend" habe, geben (vgl. „Vorschlag für Beurteilungsgrundsätze", Anlage zum VJA Rundschreiben Nr. 26 vom 2.5.1952). Das Jugendbuch kann nach Theodor Rutt „zur wirklichen Lebenshilfe, zur bildenden Macht" werden, wenn es sich dabei um „kindeigenes und stufengemäßes Lesegut" in lebendiger Sprache handele (vgl. VJA Rundschreiben Nr. 27 vom Juli 1952). Die „Lebenshilfe" gehörte auch zu den Betriffen, deren Bedeutung scheinbar feststand, was eine Definition in den meisten Fällen überflüssig erscheinen ließ. Zuweilen wurde der Anspruch an Jugendbücher, „Lebenshilfe" zu vermitteln, freilich noch durch verwandte Wortschöpfungen ergänzt, so etwa wenn in der „Jugendschriften-Warte" gefordert wird, bei der Auswahl des Schrifttums darauf zu achten, daß die Lektüre „Wachstums- und Lebenshilfe, Entwicklungshilfe sein soll" (Funk, 1957, S. 5). Und in einer Abhandlung zum Thema „Buch und Jugend" von Theodor Rutt heißt es:

*„Das selbständig erworbene und innerlich angeeignete wertvolle Buch wird zur Lebens- und Herzenshilfe; es ermutigt zu einem eigenen Lebensplan, und es macht zuversichtlich im Kampf gegen Schein und Unwahrhaftigkeit. Es stärkt bei dem Bemühen, sich zurechtzufinden; es kräftigt bei der Suche nach letztverpflichtenden Normen und ehernen Grundsätzen. Wort und Buch können dem jungen Menschen nunmehr zu einem nicht versiegenden geist-seelischen Gesundbrunnen und Trostquell werden"* (Rutt, 1959, S. 31).

Als weiteren Aspekt beinhaltete die damalige Auffassung vom Jugendbuch als „Lebenshilfe" die Notwendigkeit zur „Positivität", Harmonie, zur inhaltlichen (und formalen) Geschlossenheit. Man glaubte – wie etwa Margarete Dierks im Gespräch betonte –, nur wenn im Jugendbuch Konflikte zur Katharsis geführt würden, nicht ins Offene liefen, sondern Vertrauen festigten und Beispiele gäben, könnte es eine „Lebenshilfe" darstellen (Gespräch am 1.6.1984).

In damaliger Diktion liest sich die Forderung nach Positivität beispielsweise so:

*„Wenn beim Buch für die Erwachsenen, wenn in ihm das Leben selbst in Frage gestellt wird, der tragische Ausgang oft notwendig erscheint, wenn Schuld, Verhängnis, Auswegslosigkeit nicht gesühnt und aufgehoben werden können, so hat das Jugend-*

*buch solche Themen nicht zu stellen. Es wäre ein Verbrechen, wollte das Jugendbuch den ohnehin heute in weitgehendem Maße bedrohten Lebensglauben der Jugendlichen durch die Behandlung solcher Themen mit zerstören helfen. Darum muß ein Kinderbuch einen glücklichen, ein Jugendbuch aber immer noch einen befriedigenden Ausgang nehmen, ohne daß man diese Art von ‚happy end' als Kitsch zu bezeichnen hat*" (Pietsch, 1957, S. 8).

Zugleich machte diese „unbedingt zu wünschende positive Einstellung zum Leben" als „conditio sine qua non" eines der Hauptkriterien des Konzepts vom „guten Jugendbuch" aus (vgl. ebd., S. 9), wozu ja auch schon die gewünschte Funktion als Übermittler von „Lebenshilfe" zu zählen ist.

### *Das Konzept des „guten Jugendbuchs"*

Aus der Distanz von über 30 Jahren beschrieb Hubert Göbels in einem Gespräch das „gute Jugendbuch" in der Sicht der Nachkriegszeit und der fünfziger Jahre als eines, „von dem wir erhofften, es werde in der gesamtpädagogischen Bemühung helfen, ein einigermaßen intaktes Weltbild aufzubauen". Man habe Kindern, die den Krieg miterlebt hatten, endlich wieder eine bessere Welt zeigen wollen (Gespräch vom 4.5.1984).

Nach Hermann Bertlein definiert sich demgegenüber „das gute Jugendbuch" als das mit den jeweils gesellschaftlich erwünschten Idealen (Gespräch vom 8.4.1984). Margarete Dierks nennt in erster Linie die Punkte, die dieses Konzept definitiv ausgeschlossen haben wollte, nämlich die realistische Darstellung von Verbrechen und sexuelle Schilderungen. Das Konzept des „guten Jugendbuchs" habe vor allem ein bestimmtes Selektionsprinzip zur Folge gehabt, das etwa für das historische Jugendbuch die klare Ablehnung von Kriegsverherrlichung bedeutet hätte, andererseits aber die genauso klare Abwehr gegenüber etwaiger „Nestbeschmutzung". Im Ergebnis habe ein „gutes Jugendbuch" um „Verbrämung" bemüht sein müssen (Gespräch vom 1.6.1984).

Allein aus diesen Äußerungen geht schon hervor, daß über das „gute Jugendbuch", das von den im literaturpädagogischen Bereich Engagierten – und dies waren keineswegs nur die Vereinigten Jugendschriftenausschüsse – als Ideal, auf das es hinzuarbeiten galt, in den Mittelpunkt ihrer Bemühungen gestellt wurde, daß darüber weder damals noch heute eine definitorische Klarheit herzustellen war oder ist. Dennoch soll und muß hier der Versuch unternommen werden, diejenigen Charakteristika dieses Konzepts herauszufiltern, über die ein möglichst breiter Konsens herrschte.

Zum einen wurde das „gute Jugendbuch" völlig eindimensional funktionalisiert und, als Gegenpol zum „Schmutz und Schund", wieder und wieder im Rahmen einer breiteren Öffentlichkeitsarbeit in der Kampagne gegen „untergeistiges Schrifttum"

verwandt. Diesem Gesichtspunkt wurde aus entgegengesetzter Perspektive bereits genügend Aufmerksamkeit geschenkt, er soll darum nicht nochmals näher ausgebreitet werden.

*Dieses Plakat wirbt für den Besuch einer „Bücherstube". Die Gründung von „Bücher-" oder „Lesestuben" war eine praktische Maßnahme zur Bekämpfung der Schmutz- und Schundlektüre unter Jugendlichen.*

Auf der anderen Seite bedeutete das Konzept des „guten Jugendbuchs" ein komplexes Gebilde, auf das von seiten der Jugendschriftler alle positiven Vorstellungen bezüglich einer wünschenswerten Kinder- und Jugendliteratur projeziert wurden, einschließlich der dazugehörigen Hoffnungen und Erwartungen hinsichtlich der Wirkung solcher Texte, selbst dann, wenn die verschiedenen Vorstellungen einander widersprachen. Neben der „Lebenshilfe" klangen weitere mögliche Bedeutungsinhalte in den Äußerungen der befragten Experten an. Der daneben wohl umfassendste, zugleich diffuseste Anspruch, an dem man ein Jugendbuch maß, war der Anspruch

auf „Ganzheitlichkeit“, verstanden als inhaltlich-kompositorisches, sprachlich-formales und die Beziehung zwischen beiden Ebenen beschreibendes Gestaltungsprinzip. Die Forderung nach Ganzheitlichkeit gründete sich zum einen auf eine entsprechende entwicklungspsychologische Deutung von „Kindheit“. Das Denken des Kindes sei auf eine ganzheitliche Erfassung der Welt gerichtet und unterscheide sich dadurch von analysierender und abstrahierender Betrachtungsweise des Fachgelehrten, schreibt die „Jugendschriften-Warte“ 1949 (vgl. NF. 1. 1949. H. 6, S. 123), und bei Rutt heißt es 1952, die Möglichkeiten einer angemessenen Wirkung des literarischen Bildungsgutes lägen in der „ungeteilten Einheit der kindlichen Person“. Deshalb müsse „jedes Lesegut, welches das kindliche Streben nach Geschlossenheit und Harmonie auf die Dauer stört und verletzt“, ausgeschaltet werden (VJA Rundschreiben Nr. 27 vom Juli 1952). Zum anderen verband man mit der immer wieder beschworenen „Einheit von Gehalt und Gestalt“ – jenseits der simplen Bedeutungsebene, die besagte, daß die formale Gestaltung eines Textes mit seinem Inhalt korrespondieren müsse – auf einer höheren Ebene die Vorstellung von einem „ganzheitlichen Kunstwerk“, das im Idealfall Wirklichkeitspartikel zusammenfügende und ordnende Kräfte entwickelte, vermöge derer in ihm eine Ordnung der Welt, eine Einheit von Mensch und der ihn umgebenden Umwelt wiederhergestellt würde, die in der Realität längst verlorengegangen war.

Konkret gesprochen sollte in einem „guten Jugendbuch“ als Pendant zu einer ästhetisch geschlossenen Form eine Welt- und Wertordnung aufscheinen, die weit entfernt von einer real vorfindbaren politisch, sozial und ideologisch zerrissenen Welt war.[13] Abgesehen von der sowieso noch überwiegenden Orientierung an einem traditionellen Kunstverständnis, das insbesondere Literaturformen und Erzählweisen des 19. Jahrhunderts als verbindlich verinnerlicht hatte, lassen sich die genannten Forderungen nach geschlossener Form einschließlich positivem Ende, also harmonischer Grundstimmung im Jugendbuch, nicht zuletzt auch auf die hier dargelegten Gedankengänge zurückführen.

Der Ruf nach „Ganzheitlichkeit“ war demnach ein Ausdruck der Sehnsucht nach der – wie man glaubte – durch Technisierung, Rationalisierung und Materialismus verloren gegangenen Mitte des Menschen, in religiöser Deutung einem entschwundenen naiven Gottvertrauen, letztlich also Teil einer Sinnsuche. An dieser Stelle kann man auch nochmals erinnern an Sätze, die an anderer Stelle zitiert wurden, und in denen das Jugendbuch als Mittel gefaßt wurde, den Menschen in die „verlorene Mitte des Geistes zurückzuführen“ (vgl. S. 403). Die Erwartungshaltung gegenüber dem „guten Jugendbuch“ läßt sich somit auch als Ausdruck der unerfüllten, unerfüllbaren Sehnsüchte der Erwachsenengeneration verstehen. Und man sollte hierbei nicht ignorieren, daß „Ganzheitlichkeit“ gerade in der Erziehung eine bis heute oder heute wieder aktuelle Forderung darstellt.

Eng in diesem Zusammenhang gehört weiterhin der ausgeprägte Hang der Zeit zur Innerlichkeit, zur Verinnerlichung, der keineswegs nur im Umfeld der Kinder- und Jugendliteratur spürbar war.[14]

Bereits an anderer Stelle dieser Untersuchung war von den kulturphilosophischen Theorien José Ortega y Gassets die Rede. Es konnte deren Einfluß und Wirkung nicht nur auf die Zeit allgemein, sondern auch im engeren Sinne auf die Jugendschriftenarbeit im Zusammenhang mit der Schmutz- und Schunddiskussion gezeigt werden. Wenn an dieser Stelle ein zweitesmal auf Gedankengänge und Überlegungen Ortega y Gassets eingegangen werden soll, dann geschieht dies aus mehreren Gründen. Den konkreten Anlaß liefert sein Auftreten als Festredner auf einer von der Internationalen Jugendbibliothek organisierten Tagung im November 1951 in München. Diese Tagung unter dem Motto „Internationale Verständigung durch das Kinder- und Jugendbuch" war nicht nur deshalb wichtig, weil sie als erste dieser Art – der experimentelle Charakter wird im Protokoll ausdrücklich vermerkt – ein ungewöhnlich breites Echo fand, sondern auch aufgrund ihrer respektablen Besetzung aus dem In- und Ausland, die die gesamte Breite der damaligen Jugendbuchszene repräsentierte.[15]

Die Wahl Ortega y Gassets für den Eröffnungsvortrag mit dem Titel „Die pädagogische Paradoxie und die Idee einer mythenbildenden Erziehung" kann als Beweis gelten sowohl für den Stellenwert, den man nicht nur seinen früheren Arbeiten, sondern auch seinen aktuellen kulturphilosophischen Anschauungen zuerkannte, als auch für die konkreten Beziehungslinien, die von seinen Gedanken zu den grundlegenden Konzepten der Jugendliteraturtheoretiker gezogen wurden.

Die Ausführungen Ortega y Gassets sollen im folgenden aber auch darum näher dargelegt werden, weil sie ein repräsentatives Bild zeittypischer geistiger Strömungen vermitteln können, zugleich jedoch ein Bild zeittypischer Mißverständnisse und Mißinterpretationen.

Die Überlegungen Ortega y Gassets gehen von einer These des „konstitutionellen Anachronismus pädagogischer Systeme" aus, womit gemeint ist, daß die Pädagogik sich nie auf die gerade aktuellen philosophischen Ideen gründe, daß also die Schule, deren Bestreben es ja sei, die Zukunft zu organisieren, ständig um eine Generation im Rückstand lebe. Daran schließt er die Forderung an, die Pädagogen, die wirklich den Zeiten gewachsen sein wollten, sollten begreifen, „welch ungeheure aufstrebende Horizonte in den letzten Jahrzehnten erreicht wurden".

Vor der Formulierung seiner Zielvorstellung für die Erziehung setzt Ortega eine Einschätzung der damaligen Situation. Nach einer „vorübergehenden Zuspitzung des Politizismus in Europa" komme – so meint er, „eine exemplarische Entwertung alles Politischen", das aus den ersten Reihen der menschlichen Anliegen verschwinden werde. Daraus muß seiner Meinung nach die Einsicht erwachsen, daß – in Anlehnung an Plato – nicht die Pädagogik sich an die Politik, sondern die Politik sich an die Pädagogik anpassen müsse.

In welchem Verständnis von Politik seine Gedankengänge wurzeln, wird deutlich, wenn er an späterer Stelle über den Unterschied zwischen Zeitungen und Literatur bei der schulischen Verwendung spricht:

*„Die Zeitung beleuchtet das soziale Leben und von diesem stellt sie in erster Linie das entlegenste Gebiet dar: die Politik, die Technik, die Wirtschaft [...] Das Innere, Persönliche, Tiefere ist fast völlig ausgeschlossen."*

Argumenten bezüglich der Nützlichkeit – in diesem Beispiel von Zeitungslektüre für den Alltag – tritt er von daher entgegen, lehnt überhaupt jegliche funktionalistische Erziehung zugunsten einer „wesentlichen" Erziehung ab. „Wesentliche Erziehung" bedeutet für Ortega die Erziehung des Inneren des Kindes.

*„Das Kind muß in einer Atmosphäre kühner, großherziger, ehrgeiziger und enthusiastischer Gefühle eingehüllt werden. Auch soll man in ihm ein wenig Härte und eine Dosis Heftigkeit merken. Hingegen muß man aus seiner Umgebung alles entfernen, was das Vertrauen auf sich selbst und auf das Leben überhaupt herabzumindern geeignet ist und in seiner Seele Argwohn und die Ahnung vom Irrtum des Lebens hervorrufen könnte."*

Von daher seien Bilder wie das des Herkules oder Olysses, die wie alle Mythologie einen „unerschöpflichen Kraftenthusiasmus" erzeugten, „ewig für die Schule geeignet". Der Mythos sei „das Hormon der Psyche". Kinder solle überhaupt immer ein „primitiver Stil" umgeben, sie sollten „im Schein der Morgendämmerung gehalten bleiben".

Weiter betont Ortega, daß es für jedes Lebewesen eine andere Welt gebe, denn die „lebendige Umwelt" sei nur das, was für den Organismus, der lebendig ist, existiert. Daraus folgt für ihn, daß es eine eigene Welt des Kindes gebe, die nicht nur als eine ungesunde, fehlerhafte Durchgangsperiode auf dem Weg zur Reife gesehen werden dürfe, sondern „als eine Epoche des menschlichen Lebens, ebenso glücklich und voll von Rechten wie die anderen". Überhaupt seien „Reife und Kultur nicht Schöpfungen des Erwachsenen und des Weisen [...], sondern des Kindes und des Wilden", eine Auffassung, die Ortega zu dem Apell führt: „Laßt uns vollkommene Kinder machen, indem wir so weit wie möglich davon absehen, daß sie einmal erwachsen werden."

Aus all dem erwächst für ihn auch die Überzeugung, daß der „beste Mensch", daß überragende Persönlichkeiten die seien, die auch nach 30 Jahren und noch später in ihrem Herzen den reichen Schatz der Kindheit bewahrt hätten. Es sei also „die Reife keine Aufhebung, sondern eine Integration der Kindheit" (vgl. Internationale Jugendbibliothek. Jahresbericht 1951).

In dem von Ortega y Gasset hier vorgestellten Gedankengebäude, das ja nicht nur „zeittypische" Überlegungen wiedergibt, sondern auf die geistig-kulturelle Grundkonstellation der Periode mit eingewirkt hat, scheinen eine Reihe von Punkten wieder auf, die zuvor schon als grundlegend für Jugendbucharbeit und Geisteshaltung ihrer Protagonisten in den fünfziger Jahren erkannt wurden. Insbesondere der Innerlichkeitskult verbunden mit einem individualisierenden, anti-politischen und technikfeindlichen Grundzug, wonach Politik und manch anderen Bereichen des öffentlichen Lebens das Odium des rein Äußerlichen und also existentiell unerheblichen angeheftet

wird, kann als zentral bestimmt werden. Auch korrespondiert die Betonung „genialer Naivität", die Feier der „Unschuld des Schöpferischen" (vgl. Sichelschmidt, 1958, S. 202f.) von seiten der Jugendschriftler mit der Lobrede Ortegas auf das Kindliche oder in Analogie zur Menschheitsgeschichte das „Primitive"; nicht aber findet sich bei Ortega eine ähnliche Intellektuellenschelte.

Andere Aspekte lassen eine noch oberflächlichere Ähnlichkeit in den Auffassungen der Literaturpädagogen und denen Ortegas erkennen. Die Vorstellung von einer eigenen, sozusagen separaten Kinderwelt befand sich so durchaus im Einklang mit den Ideen der Jugendschriftler. Aber bei ihnen ging es eher darum, die „Kinderwelt" von den schädigenden Umwelteinflüssen abzukapseln, sie vor allem „Negativen" zu schützen – und sei es mit restriktiven Mitteln –, um sie auf den Weg zu dem von ihnen als ideal empfundenen Erwachsenen zu bringen. Die Vorstellung, das Kind in seine Rechte als vollwertiger Mensch einzusetzen, hatte dabei kaum Raum. Dafür läßt sich die Überhöhung bis hin zur Mystifizierung von Kindheit bei Ortega im eher übertragenen Sinne, in der Feier der einfachen Form wiederfinden.

Im übrigen schienen ihnen auch Ortegas kritische Einlassungen zum Anachronismus der Pädagogik offenbar nicht auf sie gemünzt zu sein, wähnten sich doch die Jugendschriftler traditionell auf der Seite des Fortschritts.

## Jugendliteratur und Schule

Im Zusammenhang von Auswahl und Vermittlung von Kinder- und Jugendliteratur spielte neben anderen Instanzen immer schon die Schule eine wichtige Rolle. Deren Beachtung oder Nichtbeachtung von Jugendliteratur liefert darüber hinaus ein wichtiges Indiz für den gesamtgesellschaftlichen Stellenwert dieses Literaturzweigs. Auch in diesem Abschnitt wird nochmals von den Vereinigten Jugendschriftenausschüssen die Rede sein. Denn als Organisation, die aus der Lehrerschaft hervorgegangen war und deren Mitglieder zu einem großen Teil als Lehrer arbeiteten, bildeten auch für die Jugendschriftenausschüsse Fragen nach Integration von Jugendliteratur in den Unterricht, beziehungsweise nach einer Einbeziehung und Lenkung persönlicher, mithin eigentlich außerschulischer Leseinteressen der Schüler ein zentrales Problemfeld. Zudem lieferte die Lesebuchfrage nach 1945, auf die hier allerdings nur am Rande eingegangen werden kann, einen andauernden Diskussionsstoff auch innerhalb der Überlegungen der Jugendschriftenausschüsse. Die Auseinandersetzung um Lesebuch oder „Ganzschrift" blieb in pädagogischen Kreisen über Jahre hinweg ein heißumkämpftes Thema.

Schon bald nach dem Sieg über Hitlerdeutschland nahmen die Alliierten als eines der dringlichsten Probleme die Reform des gesamten Schulwesens unter deutscher Mitwirkung in Angriff. Neben der Entfernung nationalsozialistisch belasteter Lehrer und einer Revision der Schulbücher ging es ihnen zunächst darum, die äußeren

Organisationsformen umzuwandeln, insbesondere das dreigliedrige Schulsystem – in ihren Augen Ausdruck eines undemokratischen, elitär ausgerichteten Ausleseverfahrens – abzuschaffen. Sie versuchten damit, eine Reform in Gang zu setzen, die bei den meisten deutschen Pädagogen auf wenig Gegenliebe stieß und somit bereits in den ersten Anfängen steckenblieb. Bei Übernahme der Regierungsverantwortung von deutscher Seite war dann auch die Beibehaltung beziehungsweise Restituierung der frühzeitig nach Bildungswegen getrennten Schulzweige sozusagen beschlossene Sache.

Währenddessen bildete für die wieder oder neu in den Schuldienst aufgenommenen Pädagogen im Gegensatz zu äußeren, organisatorischen Veränderungen die „innere Schulreform" das maßgebliche Stichwort. Laut einer Studie von Rainer Gantenbrink bestand über die grundsätzlichen Ziele dieser „inneren Schulreform" weitgehend Einigkeit, was in einem gemeinsamen Beschluß der Erziehungsminister aller vier Besatzungszonen 1948 zum Ausdruck kam. Demnach sollten beim Wiederaufbau des Schulwesens in Deutschland folgende vier Prinzipien beachtet werden: 1. Demokratie, 2. soziale Gerechtigkeit, 3. Frieden, 4. Völkerverständigung.[16]

Im Rahmen dieser grundsätzlichen Erziehungsziele verstand sich der Deutschunterricht in den Westzonen und später der Bundesrepublik weiterhin als „gesinnungsbildender" Unterricht[17], in dessen Mittelpunkt drei wesentliche Aufgaben standen: 1. die Vermittlung von Lebenshilfen, 2. die Erhöhung der ethisch-menschlichen Grundhaltung im Sinne einer „Versittlichung" und 3. die subjektiv-individuelle Charakterbildung beziehungsweise Persönlichkeitsentwicklung (vgl. Gantenbrink, 1979).[18]

Basis für den gesamten Erziehungsplan bildete dabei durchweg eine im Religiösen wurzelnde Grundhaltung.[19]

In der Lesebuchfrage schienen die Weichen nach 1945 – urteilt man anhand der Berichte der „Jugendschriften-Warte" – endgültig auf Abschaffung des traditionellen Lesebuchs gestellt, bei ersatzweiser Einführung eines Kanons von Ganzschriften aus dem Fundus der bestehenden Jugend- – wie „Erwachsenen-"Literatur.

Während die Diskussionen um Lesebuch oder Ganzschrift, die bereits vor 1933 begonnen hatten, gerade erst wieder einsetzten, mußte für die im Herbst 1945 wiedereröffneten Schulen eine schnelle Lösung gefunden werden. Als Notbehelf und während von den Militärregierungen beauftragte Kommissionen aus weitgehend deutschen Fachleuten an der Zusammenstellung neuer Lesebücher arbeiteten, wurden anfänglich mit Billigung der Besatzungsmächte Lesebücher aus den Jahren vor 1933 unverändert nachgedruckt. Im Bayerischen Schulbuchverlag erschien – herausgegeben für die Höheren Schulen – im Jahre 1947 sogar in Neuausgabe ein Lesebuch, das 1854 zum ersten Mal ediert worden war. Einer der beiden damaligen Herausgeber war Adalbert Stifter. Im Vorwort vom April 1946 schreibt Josef Habisreutinger unter anderem:

*„Es mag nun wenig zeitnahe erscheinen, auf ein Lesebuch zurückzugreifen, das im Jahre 1854 für österreichische Schulen herausgegeben und damals von der Unterrichts-*

*behörde wegen mangelnder Übereinstimmung mit den Lehrplänen abgelehnt worden ist. Doch die Schicksale und Erfahrungen unserer Zeit dürften andere und höhere Zielsetzungen gelehrt haben als das Streben nach Modernität"* (Lesebuch zur Förderung humaner Bildung, 1947).

Zum Teil arbeitete man auch mit Büchern aus der Schweiz oder – in der französischen Zone – auch mit solchen aus Luxemburg.

Es wurde schon bemerkt, daß es anfänglich so schien, als habe das traditionelle Lesebuch endgültig ausgespielt; besonders die Jugendschriftenausschüsse vertraten diese Richtung. Die Präferenz von „Ganzschriften" gegenüber Lesebüchern mit ihrer „Häppchenkost" war dabei nur wieder eine andere Ausdrucksform für das Ideal der Ganzheitlichkeit. Selbst eine Vertreterin der britischen Militärregierung erklärte auf der Tagung der – damals noch – Vereinigten Deutschen Prüfungsausschüsse im November 1948, ihre Behörde fördere grundsätzlich ebenfalls Ganzschriften, allerdings beharrten die deutschen Lehrer auf dem Lesebuch und es herrsche noch ein Mangel an brauchbaren Ganzschriften. Auf derselben Tagung wurde auch die folgende „einmütige Stellungnahme" formuliert:

*„Die seit 1945 entstandenen Lesebücher sind nur Notergebnisse. Lesebogen, auch wenn sie in sich einheitlich sind, können nur als eine Entwicklung zur Ganzschrift angesehen werden. Das Ziel ist die Ganzschrift, die allein zum guten Schrifttum, zur Freude am Buch führt"* (Beilage zum VJA Rundschreiben Nr. 5 vom 1.12.1948).

Konkret aufgebaut wurde eine Sammlung von Ganzschriften in Heftform als Lesebuchersatz allerdings nur in Hamburg in Form einer Neubearbeitung und -herausgabe des ursprünglich 1929 erschienenen „Hamburger Lesewerks".

1953 heißt es dagegen in der „Jugendschriften-Warte" bereits, die deutsche Lehrerschaft habe sich in der Lesebuchfrage für ein „sowohl als auch entschieden" (vgl. Barfaut, 1953), also für die Beibehaltung des Lesebuches und Ganzschriften als Ergänzung.

Die Ziele, die die Jugendschriftler bei der schulischen Literaturerziehung verwirklicht sehen wollten, unterschieden sich im allgemeinen kaum von den bislang genannten.

Die literarische Erziehung sollte – Leitsätzen Karl Vaupels zufolge – der Entfaltung der musischen Kräfte als wesentlicher Grundlage echter Menschenbildung dienen und unter Vermeidung von „Verfrühung" und „Überfütterung" im Zeichen der „inneren Schulreform" auch von neueren Methoden wie Individualisierung, Selbständigkeit, Einzel-, Gruppen- und Gemeinschaftsarbeit begleitet sein, um zum „selbständigen Bildungserwerb" auch durch das Buch anzuleiten (VJA Rundschreiben Nr. 26 vom 2.5.1952).

Erwartungsgemäß war auch ein beträchtlicher Anteil der Literaturerziehung in der Schule aufgrund des „Massenangebots an untergeistigem Schrifttum" der Gewöhnung an „gutes Schrifttum" gewidmet. Zur Abwehr des Schlechten gedachte man dabei

DJW – Deutsches Jugendschriftenwerk

Dieses Gütezeichen

tragen alle Kleinschriften, die von den Beurteilungsgremien des DEUTSCHEN JUGENDSCHRIFTENWERKES geprüft worden sind. Nur einwandfreie und wirklich empfehlenswerte Schriften werden mit dem Signum gekennzeichnet. Selbstverständlich sind die Gutachter (dies sind mehrere Jugendschriftenausschüsse, die Harzburger Aktion, der Volkswartbund u. a. m.) unabhängig von den Mitgliedsverlagen und fachlich für ihre Aufgabe geeignet.

*Diese Information über das Gütesiegel wurde vom Deutschen Jugendschriftenwerk verbreitet. Das Gütezeichen qualifizierte Kleinschriften – Zeitschriften, Lesehefte, Taschenbücher – u. a. für den Gebrauch bzw. Vertrieb innerhalb der Schulen.*

auch den Weg zu „kritischer Stellungnahme" (vgl. Vaupel, ebd.) zu bahnen, einen Weg, der dann oft genug mit der Durchsuchung der Schultaschen und Konfiszierung der verderblichen „Schmöker" begann.

Der Begriff der „Lebenshilfe", der – wie berichtet – auch in der außerschulischen Jugendbucharbeit eine große Rolle spielte, tauchte hinsichtlich der Literaturerziehung in der Schule bereits unter den anfangs genannten allgemeinen Aufgabenstellungen des Deutschunterrichts auf und bildete somit ebenso eines der hauptsächlichen Kriterien für die Textauswahl in diesem Bereich. Und nicht nur auf „Schmutz und Schund" gemünzt wurde noch 1957 von einem zeitbedingten Sonderproblem der literarischen Erziehung gesprochen, indem anders als früher überhaupt erst zum Lesen erzogen werden müsse. Die Schüler müßten „aus jener Lese- und Denkschlamperei herausgeführt werden, die allgemein Platz gegriffen hat und ein Teil jenes Mangels an Konzentrationsfähigkeit ist, jener Unlust zur geistigen Zucht, zur Disziplin schlechthin, die auf der anderen Seite mit einer unverständlichen Ichsucht und Überheblichkeit verbunden ist. Damit ist zugleich auch der Anteil der literarischen Erziehung an der inneren Schulreform gekennzeichnet" (Funk, 1957, S. 5).

Der „Schauder" vor dem „Massenmenschen" – schon in früheren Abschnitten wiederholt herausgestellt – hat selbstverständlich auch seinen Platz unter den mit schulischer Literaturerziehung verknüpften Bildungszielen. In diesem Sinne wurden etwa Schüler des 5.–8. Schuljahres in einem Vorwort auf das zuerst 1950 vom Badischen Ministerium des Kultus und Unterrichts herausgegebene „Badische Lese-

buch“ eingestimmt. Erst die Einführung „in den tieferen Wesensgrund der Sprachstücke“ durch den Lehrer würden – laut Herausgeber – die direkt angesprochenen Leser nämlich erkennen lassen, „wieviel dem oberflächlich lesenden, nur Unterhaltung begehrenden Blick verschlossen und verborgen bleibt. Nur dem, der mit dem erhellenden Blick der Erkenntnis in die tiefe Hintergründigkeit seiner Muttersprache dringt, wird das höchste Glück der Persönlichkeit zuteil, das Glück des wesentlichen Menschen, den es vor dem ausgekernten Leben der abgerichteten Masschenmenschen schaudert“ (Badisches Lesebuch …, ²1951).

**Lesen macht Spaß**

Liebe Jungen und Mädel! Der deutsche Buchhandel lädt alle Dreizehn- und Vierzehnjährigen (7. Schuljahr) zu einem Vorlese-Wettbewerb ein. Ihr sollt drei bis fünf Minuten lang einen Text oder ein Gedicht aus Eurem liebsten Buch vortragen. Die besten Vorleser aus den Städten und Gemeinden treffen sich zum »Tag des Buches« am 6. November 1959 in Frankfurt. Dort werden die Besten des Wettbewerbs ermittelt.

Die kleine Mühe lohnt sich. Eure Lehrer, alle Buchhändler oder die Bibliothekare helfen Euch bestimmt gern bei der Auswahl des Buches, aus dem Ihr vorlesen wollt.

**Als Preise werden verteilt: Für den Gesamtsieger eine Drei-Wochen-Reise in die Berge. Für die zehn Landesbesten je eine Vierzehn-Tage-Reise ins Allgäu, an den Bodensee, in den Schwarzwald, Harz oder nach Hamburg. Ausserdem verschenken wir viele schöne Bücher.**

Und nun recht viel Erfolg!

Der Wettbewerb findet in unserer Schule am um in Klasse statt.

*Einladung zur Beteiligung am Vorlesewettbewerb. Diese Aktion, seit 1959 vom Börsenverein des Deutschen Buchhandels in Zusammenarbeit mit Schulen und Bibliotheken organisiert, sollte unter dreizehn- und vierzehnjährigen Schülern eine leseförderdnde Wirkung erzielen, auch die Kinder- und Jugendliteratur mehr als seither in die Schulen bringen.*

Entgegen den Bemühungen und Hoffnungen der Jugendschriftler fand im Untersuchungszeitraum die Kinder- und Jugendliteratur auf die Gesamtheit gesehen keinen breiten Eingang in den Deutschunterricht, in die Lesebücher oder gar Lehrpläne. So ist 1957 in einem Artikel der Zeitschrift „Der Deutschunterricht“ zu lesen:

*„Dem Einsatz des Jugendbuches (i. e. im Unterricht) steht bei uns ein Vorurteil entgegen, das erst einmal beiseite geräumt werden muß: das Jugendbuch gilt nicht als*

*Schlußveranstaltung des Vorlesewettbewerbs 1960 im Frankfurter Goethehaus. In Anwesenheit von Prominenz werden die Bundessieger ermittelt.*

*Literatur, der man als Erwachsener Beachtung schenkt [...] Man hat zu vielen von denjenigen das Feld überlassen, die meinen, ‚nur für ein Jugendbuch' reiche es aus, schreiben zu können, aber mit dem Recht-schreiben in jeder Beziehung ist es da eben nicht weit her"* (Pietsch, 1957, S. 7).

In den Lesebüchern für die Grundschule und bis etwa zum 6. Schuljahr finden sich neben Märchen- und Sagenstoffen verschiedentlich auch einzelne kinderliterarische Texte, meist von älteren Autoren wie Christoph von Schmid, Franz Graf Pocci, Agnes Sapper, Wilhelm Matthießen, auch von Heinrich Scharrelmann oder Paula Dehmel. Natürlich sind auch „volkstümliche" Autoren – vor allem Hermann Löns oder Peter Rosegger – vertreten. Moderne Jugendschriftsteller sind demgegenüber selten anzutreffen. Nur vereinzelt sind Beiträge von Kurt Lütgen, Hans Baumann, Irmgard von Faber du Faur oder selbst Erich Kästner aufgenommen und noch seltener Texte ausländischer Schriftsteller. Bei den Lesebüchern für die höheren Klassen ist zudem ein deutlicher Unterschied zwischen Volksschulausgaben und denen für Gymnasien festzustellen.

Während, wie eine Untersuchung zum Lehrplan des Deutschunterrichts für die Jahre nach 1945 herausarbeitet, der muttersprachliche Unterricht in der Volks-

schule mit dem Sachunterricht verwoben und stark auf das Konkrete, auch Volkstümliche ausgerichtet war, auch eine Reduzierung auf die Inhalte betrieb, bezog sich der Deutschunterricht der Gymnasien auf einen ganz anderen Traditionsstrang, kehrte laut Juliane Eckhardt zu traditionellen elitären, „bildungsbürgerlichen" Positionen mit sprach- und literaturwissenschaftlicher Grundlegung zurück, deren Bedeutung auf der Form statt auf dem Inhalt lag (vgl. Eckhardt, 1979, S. 233ff.). Das heißt aber auch, je höher der angestrebte Schulabschluß, desto eindeutiger und schneller wandte sich auch die Textauswahl in den Lesebüchern und der zusätzliche Lektürekanon ausschließlich der „hohen" Literatur zu.[20]

## Der Einfluß der Kirchen auf das Jugendbuch

Obschon Bedeutung und Einfluß der Kirchen nicht nur auf Jugendliteratur, sondern auf alle gesellschaftlichen Bereiche bezogen, gerade für die unmittelbare Nachkriegszeit und die fünfziger Jahre hoch angesetzt werden müssen, soll hier nun keine ausführliche Beschreibung kirchlicher Aktivitäten auf dem Sektor der Jugendliteratur folgen. Denn, in den seltensten Fällen wohl nur, hat man sich von kirchlicher Seite sozusagen in direkter Form mit diesem Thema befaßt. Vielmehr haben die Kirchen über eine Reihe von ihnen geleiteter Organisationen oder solchen, in denen sie mehr oder weniger tonangebend waren, die jugendliterarische Szene zum Teil entscheidend mitbestimmt.

Aufgrund dessen, daß sich der kirchliche Einfluß auf allen Ebenen innerhalb des Umfelds der Kinder- und Jugendliteratur bemerkbar machte, muß jeweils an den entsprechenden Stellen auf die Teilhabe religiöser Vorstellungen, beziehungsweise auf eine konkrete Beteiligung an einzelnen Aktionen und Unternehmungen hingewiesen werden.

So wurde bereits der religiöse Faktor im Verlagswesen zur Sprache gebracht, etwa indem die Anfänge des Arena-Verlags in der katholischen Jugendbewegung aufgezeigt wurden. Es kann auch daran erinnert werden, welch bedeutende Rolle kirchliche Organisationen wie etwa der Volkswartbund im Zusammenhang mit dem Schmutz- und Schundkampf – von ihm stammte unter anderem ein Vorentwurf zur ersten Gesetzesvorlage in dieser Angelegenheit – gespielt haben. Im nachfolgenden Abschnitt wird zudem der Stellenwert kirchlicher Arbeit im Rahmen des Bibliothekswesens zur Sprache kommen.

Hier nun sollen statt dessen einige grundlegende Bemerkungen über die Beziehung zwischen Kirchen und Gesellschaft – immer in Blickrichtung auf Jugend und Jugendliteratur – eingefügt werden.

Als sich im Mai 1945 die Alliierten im nun besetzten Deutschland nach einheimischen Vertrauensleuten umsahen, auf die sie sich als Berater bei der Einrichtung einer deutschen Zivilverwaltung, beim Wiederaufbau des Schulwesens und des kulturellen

Sektors stützen könnten, blieben – abgesehen von Einzelpersönlichkeiten unter den aus den Konzentrationslagern Befreiten oder in der Uniform der Besatzer zurückkehrenden Emigranten – als einzige Gruppe, die nicht bereits per se diskreditiert erschien, die der Kirchenleute der beiden großen christlichen Konfessionen übrig.

Verfolgung kirchlicher Repräsentanten und Akte des Widerstands besonders in der letzten Phase des NS-Regimes schienen die Institution Kirche hinreichend als schuldlos, beziehungsweise schuldarm an der deutschen Katastrophe zu legitimieren.

Auch stellten die Kirchen die einzigen Institutionen dar, die das Kriegsende einigermaßen intakt überlebt hatten und auch nicht von den Besatzern zwangsweise aufgelöst worden waren.

In einer Zeit des politischen Vakuums auf deutscher Seite konnten sie demnach eine Lücke füllen, die es ihnen erlaubte, ihre während des Dritten Reichs vielfach verlorengegangenen Positionen zurückzuerobern und auszubauen.

In einer Abhandlung über „Kirchen und Politik in Deutschland" von Frederic Spotts werden sie für den Zeitraum bis 1949, als eine deutsche Regierung gebildet wurde, als „die mächtigste und lauteste Stimme des deutschen Volkes" beurteilt (Spotts, 1976, S. 49). So war den Kirchen etwa das Privileg zugesprochen, Entnazifizierungsmaßnahmen in ihren Reihen weitgehend in eigener Regie duchzuführen[21], oder sie waren auch bei Lizenzierung und Papierzuteilung bevorzugt.

Andererseits hielten sich die Besatzer, und hier gerade die Amerikaner, streng an den Grundsatz einer Trennung von Kirche und Staat. Die Kirchen waren ihrer Meinung nach nur für eine moralische Erneuerung zuständig. In dieser Haltung waren die Konflikte, die sich sehr bald ergaben – etwa durch die grundsätzliche Kritik an den Entnazifizierungsverfahren oder in Form des Streits um die Wiedererrichtung konfessioneller Schulen –, bereits angelegt. Die zunehmende Abkühlung der Beziehungen zwischen Kirchen und Besatzungsmächten konnten neues Ansehen und Stellenwert der christlichen Religion in der Bevölkerung kaum mindern, hatte das Ende des Dritten Reiches und die deutsche Niederlage im Zweiten Weltkrieg doch nicht nur ein politisches Vakuum bewirkt, sondern auch ein moralisches. In dem Suchen nach Möglichkeiten eines über das physische Überleben hinausgehenden geistigen Weiterlebens vermochte die Religion – und traditionsgemäß die christliche – dem Gros derer, die nicht völlig verzweifelten oder einfach resignierten, eine neu-alte Sinngebung zu vermitteln. Mit der Interpretation der zwölf Jahre nationalsozialistischer Machtausübung als einer Periode eines ausufernden Nihilismus – wohl einer beliebten Vokabel im Kampf gegen jegliche religionsfernen Strömungen – und der Herrschaft des Antichristen wurde einer neuen Gläubigkeit als zukunftsweisendem Allheilmittel und Ausweg aus der gegenwärtigen Misere, die zudem genaueres Suchen in der Vergangenheit nach Gründen überflüssig machte, auch von seiten der Kirchen selbst der Weg gewiesen.

Die Kritik an Maßnahmen der Militärregierung war dabei höchstens ein zusätzlicher Beweggrund für die Bevölkerung, Sympathie gegenüber der Kirche zu empfinden.

Zudem entkrampfte sich das Verhältnis zu den Besatzungsmächten mit Beginn des Kalten Krieges zusehends, konnten sie doch in den Kirchen zurecht willige Verbündete im Kampf gegen den atheistischen Kommunismus sehen.

Demgegenüber blieben Erneuerungsversuche etwa eines aufgeschlosseneren und kritischen Katholizismus', wie er bei Eugen Kogon und Walter Dirks begegnete, trotz deren Ansehen aus dem inneren Bereich der Amtskirche und damit von breiteren Einflußmöglichkeiten ausgeschlossen. Es sei nur daran erinnert, daß Walter Dirks (1955) in den „Frankfurter Heften" eine wesentlich tolerantere, besonnenere Haltung der Schmutz- und Schundproblematik gegenüber zum Ausdruck gebracht hatte, als sie aus anderen kirchlichen Kreisen zu vernehmen war.

In jedem Fall galt für die Jugendbucharbeit in und außerhalb der Schule eine christliche Grundtendenz – schon deshalb, weil viele glaubten, daß „unsere Kultur steht und fällt mit dem christlichen Glauben" (Heuser, 1955, S. 7).[22]

Zumindest die christlich-abendländische Tradition einschließlich des mit ihr verbundenen Wertekodexes wurde als verbindlich zugrundegelegt. Letzteres galt auch für die Vereinigten Jugendschriftenausschüsse, die traditionsgemäß – Wolgast hatte unter anderem schon gegen zu penetrant aufgetragene religiöse Tendenz Stellung genommen – den Kirchen weniger nahe standen.

Andere Organisationen wie etwa der 1950 gegründete Arbeitskreis „Das gute Jugendbuch"[23] orientierten sich in ihrer Arbeit ausdrücklich am Christentum, waren aber – wie die genannte Vereinigung – nicht unbedingt konfessionell gebunden.[24]

Auch innerhalb der christlichen Jugendbucharbeit entwickelten sich ab etwa Mitte der fünfziger Jahre sichtbar Trends gegen eine allzu enge, frömmelnde Richtung bei den Vermittlungsinstanzen und dem religiösen Jugendbuch selbst. Eine „Pioniertat" im Rahmen der Beschäftigung mit dem christlichen Jugendbuch nannte Horst Schaller in dieser Hinsicht das programmatische Mainau-Jugendbuchseminar 1956 mit dem Titel „Zwischen Schund und frommem Kitsch" (Gespräch vom 3.5.1984).

Überhaupt machte sich zur selben Zeit, Mitte der fünfziger Jahre, eine Veränderung innerhalb der Kirchen, aber auch im Verhältnis der Außenwelt zu ihnen, bemerkbar. Mit dem Ansteigen der wirtschaftlichen Produktivität, dem „Wirtschaftswunder", und der anlaufenden Konsumwelle war die größte Not der Nachkriegszeit überwunden und Normalität eingekehrt. Proportional zur abnehmenden materiellen Not versiegte aber auch das starke elementare Trostbedürfnis der „Stunde Null". Die zweifache Wirkung war zum einen ein teilweises Sich-Abwenden von einer nun als allzu eng empfundenen Bindung an Kirche und Glauben. Andererseits wurden von den Kirchen und kirchlich orientierten Gruppen vorsichtige Öffnungsstrategien ausgearbeitet. So datiert zum Beispiel die Öffnung und Ausweitung des Jugendbuchprogramms im Verlag Herder (Freiburg), die von dem Unternehmen als bewußter Aufbruch gesehen wird und nicht auf den Jugendbuchsektor beschränkt bleiben sollte, um die Jahrzehntmitte (vgl. S. 251). Oder Georg Popp führte den bis dahin katholisch orientierten Arena-Verlag nunmehr auf „neutralen" Boden, um einer Ghettoisierung und einer Beschränkung auf ein zu begrenztes Publikum zu entgehen (vgl. S. 253).

Die genannte Mainautagung zum religiösen Kinder- und Jugendbuch 1956, wie auch weitere in den Folgejahren, war ebenso ein Schritt in diese Richtung. Die Veranstaltungen dort gaben einen Blick auf Alternativen zu einer – auch gleichzeitig noch praktizierten – intolerant-militanten Auslegung und Ausformung christlicher Prinzipien frei, wie sie in besonderer Weise im Schmutz- und Schundkampf zutage getreten waren und zuweilen die Erinnerung an die Zeiten der Inquisition hatten aufkommen lassen.

Nicht zuletzt begann ebenfalls in der Mitte der fünfziger Jahre – besonders soweit es die katholische Kirche betraf – ein allmählicher Prozeß des Umdenkens hinsichtlich der Rolle, die sie als Institution während des Dritten Reiches gespielt hatte. Öffentlich wurde die Schuldfrage trotz erster eigener Versuche zur „Vergangenheitsbewältigung" dann erst in Verbindung mit einem Eklat, mit der bekannten Auseinandersetzung um Rolf Hochhuths Stück „Der Stellvertreter" Anfang der sechziger Jahre.

Obwohl ungefähr zum gleichen Zeitpunkt auch die Jugendliteratur einen „Aufbruch" in die jüngste Vergangenheit wagte, blieb da die Frage nach einer Schuldverstrickung der Kirchen in das nationalsozialistische System ungestellt.

## Jugendliteratur im Bibliotheksbereich

*„Sternengleich schweben goldene Bücher im Traumhimmel des Kindes. Aschenbrödel und Schneewittchen erwecken sein lebendes Mitleid. Am Tor der Erkenntnis aber steht ein Engel, der mit lächelnder Miene dem Träumenden die Fibel weist"* (Hans Ludwig Held u. Hans Engl: Internationale Ausstellung „Das Jugendbuch". Denkschrift v. 3. 8. 1946, S. 3; Archiv IJB).

Unter diesem Motto stand die im Verlagskapitel bereits erwähnte, von Jella Lepman initiierte erste Internationale Jugendbuchausstellung, die 1946/47 in mehreren deutschen Städten gezeigt wurde und deren Bestand den Grundstock für die 1948 gegründete Internationale Jugendbibliothek in München bildete. Jella Lepman sah in dieser Ausstellung und in den nachfolgenden Aktivitäten die Chance, mit Hilfe von Büchern aus aller Welt schon und gerade bei Kindern einen Grundstein für gegenseitiges Verständnis über Ländergrenzen hinweg und friedliches Miteinander der verschiedenen Völker zu legen.

„Lassen sie uns bei den Kindern anfangen, um diese gänzlich verirrte Welt langsam wieder ins Lot zu bringen. Die Kinder werden den Erwachsenen den Weg zeigen" (Lepman, 1964, S. 47). Mit solchen Worten habe sie – wie sie in ihrem autobiographischen Buch „Die Kinderbuchbrücke" schildert – das Einverständnis ihrer Vorgesetzten zu der Ausstellung erlangt.

Der Erfolg und das große öffentliche Echo, das dieser Ausstellung zuteil wurde, lag in erster Linie allerdings nicht an einer plötzlichen allgemeinen Begeisterung für

Internationale Jugendbuch-Ausstellung Frankfurt

Liebe Jugend!

Für euch sind harte Zeiten. Da braucht ihr einen Freund, der euch die Hand reicht und auf dem Weg durchs Leben begleitet. Ich weiß solchen Freund. Er ist bescheiden, verlangt nicht viel von euch und ist doch immer bereit, euch Freude und Mut zu schenken. Wer ist's? Schaut hier in der Buchausstellung um euch. Aus Deutschland und England, aus USA und dem Osten, aus Nord und Süd kommen all die Bücher zu euch, nicht als Feinde aus fremden Ländern, sondern als gute Freunde.

Das Buch als Freund bleibt euch treu durchs ganze Leben. Kennt ihr des englischen Dichters Dickens schöne Erzählung „Der Weihnachtsabend". Da träumt der alte selbstsüchtige Geizhals Scrooge am Vorabend der Weihnacht von seiner Jugend, wie er als Knabe einsam im kalten Zimmer saß ohne Freunde und liebe Menschen. Aber das schöne alte Märchenbuch aus dem Morgenland war sein Freund, und die Gestalten des Märchens besuchen jetzt den alten Mann im Traum und machen ihn wieder jung. Dir hält das gute Buch Freundschaft und ist dir doch nicht untreu, wenn es auch vielen tausend anderen seine Schätze schenkt. Das Buch der Bücher hat schon vielen Millionen Jungen und Alten auf er ganzen Welt erzählt von Josef und seinen Brüdern und vom Heiland, der die Kinder zu sich rief. Hier in der Buchausstellung seht ihr Bücher für Kinder und Jugend, die eure Freunde werden wollen. Bald kommen sie auch wieder zu euch ins Haus. Dann nehmt sie auf, nicht als flüchtige oberflächliche Bekannte, sondern als gute Freunde fürs ganze Leben.

FÜR DEN LANDESJUGENDAUSSCHUSS
GROSS-HESSEN

*Aufruf des Landesjugendausschusses von „Groß-Hessen" zur ersten von Jella Lepman (1891–1970) organisierten und von der amerikanischen Militärregierung unterstützten „Internationalen Jugendbuchausstellung", die nach München und Stuttgart 1946 u.a. auch in Frankfurt a.M. gezeigt wurde.*

Jugendliteratur, sondern ihre Bedeutung erlangte sie, weil sie als eines der ersten großen Kulturereignisse mit internationalem Charakter der deutschen Bevölkerung wenigstens kurzfristig den Eindruck, wieder dazuzugehören, zu vermitteln wußte, der durch die Buchspenden des Auslands noch verstärkt wurde.

*Erich Kästner 1950 bei einer Lesung aus „Emil und die Detektive" in der Münchner Internationalen Jugendbibliothek.*

Allerdings war es wohl so, daß die Internationale Jugendbibliothek – abgesehen von der symbolischen Wirkung durch ihre bloße Existenz – in den ersten Jahren ihres Bestehens vor allem eine Bibliothek für die Stadt München war und Verständigungsarbeit im Rahmen der dort ansässigen deutsch- und anderssprachigen jungen Leser geleistet hat, eine Einschätzung, die von unseren zeitgenössischen Gesprächspartnern weitgehend bestätigt wurde.[27] Auch gab Walter Scherf, der 1957 von Jella Lepman die Leitung der Internationalen Jugendbibliothek übernahm, in einem Interview an, zum Zeitpunkt eben dieser Übernahme habe es lediglich „vage Vorstellungen" darüber gegeben, welche Funktion die internationalen Bestände haben sollten (vgl. Es war ein Traumberuf, 1982, S. 485).

Die eigentlich anvisierten Übersetzungs- und Vorschlagsdienste und Forschungsarbeiten hätten mit dem vorhandenen Mitarbeiterstab auch gar nicht bewältigt werden können.

Scherf bemühte sich als Leiter der Bibliothek dann auch intensiv darum, ihre Breitenwirkung zu verstärken, die Kontakte zu Kinder- und Jugendbuchverlegern zu verbessern und – als Ausgangsbedingung für eine wissenschaftliche Auswertung – für

die verschiedenen Sprachen eigene Referate aufzubauen, zumal nach Auslaufen der Rockefellergelder Druck von seiten des nunmehrigen Hauptgeldgebers, des Bundesministeriums für Familien- und Jugendfragen ausgeübt wurde. Es hieß dort, man könne die Internationale Jugendbibliothek aus Mitteln des Bundesjugendplans nur dann weiterfinanzieren, wenn ihre Tätigkeit für die ganze Bundesrepublik relevant würde.

Die größte Bedeutung unter breiter angelegten Veranstaltungen der Bibliothek in ihrer Anfangszeit hatte sicherlich die Internationale Tagung von 1951, auf der Josè Ortega y Gasset – wie erwähnt – den Einführungsvortrag gehalten hatte. Weitere Programmpunkte dieser Tagung waren Podiumsdiskussionen „Über die Grausamkeit im Märchen" etc. Vor allem aber wurde dort der Entschluß gefaßt, eine Internationale Arbeitsgemeinschaft zur Förderung des Jugendbuchs zu gründen. Man einigte sich auch schon auf die Bezeichnung „Kuratorium" für die geplante Institution und wählte in ein vorbereitendes Gremium eine Persönlichkeit aus jedem der auf der Tagung vertretenden Länder (Bundesrepublik Deutschland, Berlin, Österreich, Schweiz, Norwegen, Holland, Schweden).

Aus diesen ersten Planungen entstand 1953 dann in Zürich das Internationale Kuratorium für das Jugendbuch (International Board on Books for Young People = IBBY).[28]

Mit Blick auf das gesamte Büchereiwesen für Kinder und Jugendliche muß allerdings nochmals betont werden, daß die Internationale Jugendbibliothek – vor allem mit der Breite ihrer Aktivitäten – einen Sonderfall darstellte.

### *Das öffentliche Büchereiwesen*

Bibliotheken und Buchbestand, darunter natürlich auch die für Kinder und Jugendliche, waren durch die Kriegseinwirkungen stark in Mitleidenschaft gezogen, beziehungsweise dezimiert worden. Zudem stellte sich 1945 bei den noch vorhandenen Beständen zunächst die Aufgabe, Werke nationalsozialistischen und militaristischen Charakters auszusondern; die von den Militärregierungen in diesem Zusammenhang erlassenen Bestimmungen wurden bereits genannt. Ebenso kam die Unsicherheit, die sie bei den einen auslösten, weil – in den Westzonen – keine konkreten Negativtitel- oder Autorenlisten ausgegeben wurden, aber auch die Unzufriedenheit bei anderen, die ein zu spätes Eingreifen beklagten, schon zur Sprache. Zugleich erschien ein rascher Wiederaufbau vonnöten, schon aufgrund der anfänglich eklatanten Buchknappheit, die es dem Durchschnittsbürger beinahe unmöglich machte, wichtigere und interessante Titel käuflich zu erwerben.

In bezug auf die Jugend hielt man es dabei für besonders nötig, ihr geeigneten Lesestoff zuzuführen, sollte ihr doch – auch mit Hilfe von Büchern – ein Weg aus der chaotischen Kriegs- und Nachkriegszeit heraus zu einer besseren und schöneren Welt gewiesen werden. Wenige Jahre später – nach 1948/49 – plädierte man für einen

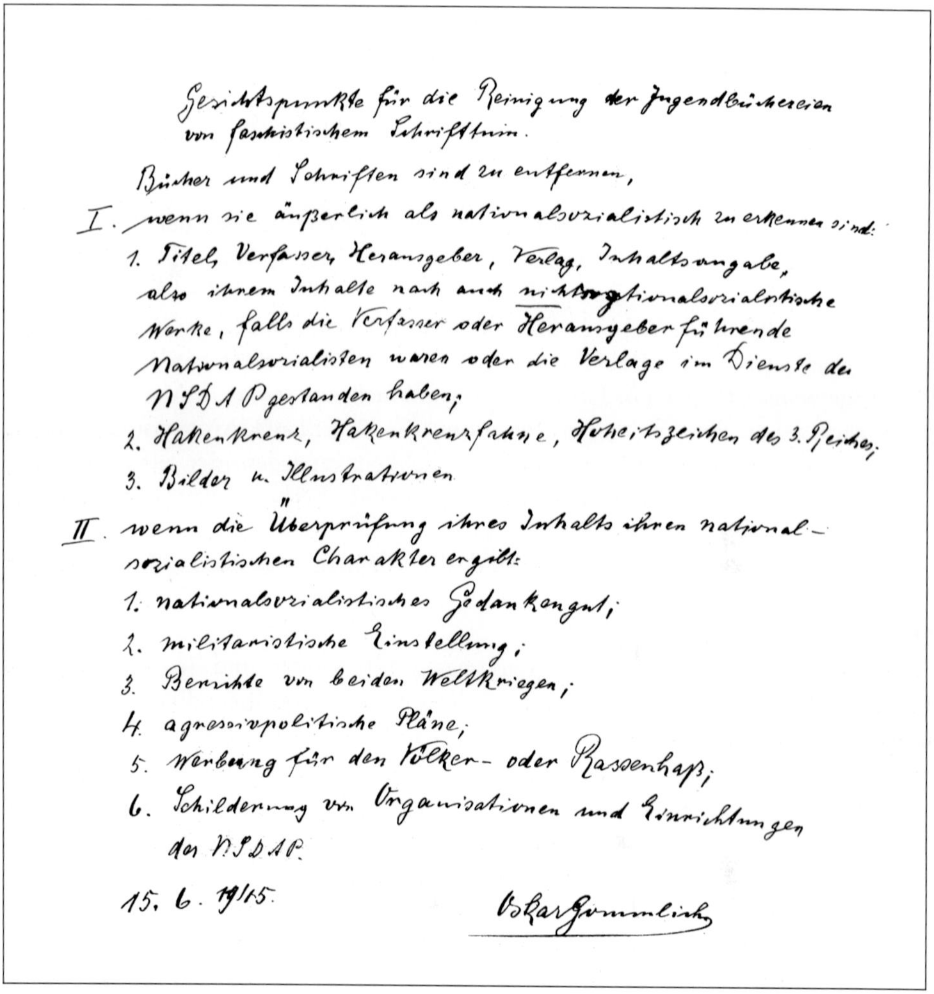

Gesichtspunkte für die Reinigung der Jugendbüchereien
von faschistischem Schrifttum.

Bücher und Schriften sind zu entfernen,

I. wenn sie äußerlich als nationalsozialistisch zu erkennen sind:

1. Titel, Verfasser, Herausgeber, Verlag, Inhaltsangabe,
also ihrem Inhalte nach auch nichtnationalsozialistische
Werke, falls die Verfasser oder Herausgeber führende
Nationalsozialisten waren oder die Verlage im Dienste der
NSDAP gestanden haben;
2. Hakenkreuz, Hakenkreuzfahne, Hoheitszeichen des 3. Reiches;
3. Bilder u. Illustrationen

II. wenn die Überprüfung ihres Inhalts ihren national-
sozialistischen Charakter ergibt:

1. nationalsozialistisches Gedankengut;
2. militaristische Einstellung;
3. Berichte von beiden Weltkriegen;
4. agressivpolitische Pläne;
5. Werbung für den Völker- oder Rassenhaß;
6. Schilderung von Organisationen und Einrichtungen
der NSDAP.

15. 6. 1945. Oskar Gommlich

*Sechs Wochen nach Kriegsende: Eine der ersten Aufgaben war die Säuberung des noch vorhandenen Buchbestandes von Werken nationalsozialistischen, nationalistischen und militaristischen Charakters. Im Nachlaß des Jugendschriftstellers Wilhelm Fronemann fanden sich diese von einem Oskar Gommlich (?) formulierten „Gesichtspunkte ...".*

intensiveren Auf- und Ausbau von Kinder- und Jugendbüchereien auch noch, um den jungen Lesern eine Alternative zu den „Schund"-Heften anbieten zu können. Die Eindämmung der „Schundlektüre" stellt denn auch in den fünfziger Jahren das häufigste und meist auch hervorgehobenste Argument in den Plädoyers für eine schnellere Entwicklung des Büchereiwesens dar.

Ganz allgemein hielt man – wie Hans Ludwig Held, Bibliothekar in München[29], im „Jahrbuch der Jugendarbeit" 1949 schreibt – die „außerschulische literarische Betreu-

ung der Kinder [...] aus Gründen der bewahrenden Jugendpflege" für geboten, und er führt als Begründung hierzu an:

„*Vielen Erwachsenen ist die Fähigkeit, im Sinne einer beschaulichen Aufnahme zu lesen, verloren gegangen. Sie suchen weniger Sammlung als Zerstreuung durch Sensationen verschiedener Art. Daher wird es immer seltener, daß den Kindern in der Familie die besinnliche Auseinandersetzung mit einem Buche vorgelebt wird. Eltern, die selbst kein inneres Verhältnis zum Buche haben, stehen der Lektüre ihrer Kinder teilnahmslos gegenüber. Bei den gegenwärtig schwierigen Wohnungsverhältnissen fehlt es vielfach an Platz und Ruhe für das lesende Kind. Gleichgültigkeit der Eltern gegen die Qualität des Lesestoffes steigert die sittliche Gefährdung der Kinder*" (H. L. Held, 1949, S. 128).

Gerade die akute Notlage auf dem Wohnungssektor führte besonders in der Nachkriegszeit mancherorts zur Wiedereinführung von Kinderlesestuben oder -hallen[30], die dann zu den wenigen (im Winter geheizten) Plätzen zählten, an die sich Kinder aus der häuslichen Enge flüchten konnten. So wurden beispielsweise in München bis 1949 drei (von vordem 14) Kinderlesestuben eröffnet, die erste bereits Ende 1946 mit 800 Büchern. Auch wurden bereits in den ersten Jahren nach 1945 – teilweise mit Unterstützung der Besatzungsbehörden – Fahrbüchereien eingerichtet.

Dennoch ging der Aufbau von Jugendbüchereien nicht so zügig voran, wie Bibliothekare und Erzieher dies forderten, so daß bis Ende der fünfziger Jahre die Klagen und „Mahnrufe" zur Notlage der Büchereien nicht aufhörten. Die Mittel, die etwa aus dem Bundesjugendplan für deren Aufbau aufgewendet wurden, reichten bei weitem nicht aus[31], und die gewerblichen Leihbüchereien bedeuteten den meisten nur Umschlagplätze für „Schmutz und Schund", den verantwortungslose, nur materiell interessierte Betreiber wahllos auch an Jugendliche abgäben.

Obwohl man allgemein also eine Bewahrhaltung gegenüber dem jungen Leser als unabdingbar annahm, zählte man andererseits zu dem Aufgabenfeld der Jugend- und Schülerbüchereien die Erziehung zur Selbständigkeit. In diesem Sinne wurde in einschlägigen Veröffentlichungen nach 1945 auch beinahe einstimmig für die Einführung der in Deutschland unüblichen Freihandbuchaufstellung im Gegensatz zur bislang gebräuchlichen Thekenausleihe als einziger sinnvoller Entwicklungsmöglichkeit plädiert. Die Freihandbücherei nannte Heiner Schmidt 1959 das „Wesensmerkmal moderner Büchereiarbeit"; auf sie träfen die klassischen Slogans demokratischer Freizeitgestaltung zu: „private Initiative, eigene Verantwortung, freie Selbstbildung" (H. Schmidt, 1959, S. 14). Der Realisierung standen allerdings, wenigstens Anfang der fünfziger Jahre, noch Hindernisse subjektiver – in Form von zählebigen, auf Bevormundung des Lesers gerichteten Traditionen – und objektiver Art – Freihandaufstellung bedeutete einen ungefähr dreifachen Platzbedarf – entgegen, die nur nach und nach überwunden werden konnten.

Neben dem kommunalen Büchereiwesen spielten auch die Bibliotheksorganisationen der Kirchen eine bedeutende Rolle.

Die katholische Kirche besaß im seit 1845 bestehenden Borromäus-Verein eine mächtige Organisation, die 1952 eigenen Angaben zufolge die umfassendste Buchorganisation Deutschlands darstellte.

Zu diesem Zeitpunkt verfügte der Verein über 4500 Büchereien in der Bundesrepublik mit über drei Millionen Bänden. Bei der Auswahl der Bücher sollte dabei nicht die konfessionelle Zugehörigkeit des Autors maßgebend sein oder eine positive Förderung der katholischen Grundlagen. Es wurde nur verlangt, daß die Bücher der katholischen Glaubens- und Sittenlehre nicht widersprächen, im übrigen aber stand die Eignung zu einer „wahren Volks- und Jugendbildung" im Vordergrund (vgl. Deutschland braucht Büchereien, 1952, S. 38). Das „Kunstprinzip" folgte demgegenüber erst als letztes der Auswahlkriterien.[32]

In Bayern widmete sich statt des Borromäus-Vereins der 1901 als katholischer Preßverein gegründete St. Michaels-Bund der Büchereiarbeit. Der Zweck seiner Büchereien sei „kein anderer als Seelsorge. Den Schaden des Schrifttums möglichst einzudämmen und auszugleichen durch Pflege und Einsatz des katholischen Schrifttums als unerläßliches modernes Mittel der Seelsorge" galt als Aufgabe (zit. nach: Deutschland braucht Büchereien, 1952, S. 40).

Von evangelischer Seite befaßte sich der 1927 gegründete und 1951 als Verein neukonstituierte Deutsche Verband evangelischer Büchereien mit dem entsprechendem Aufgabengebiet.[33] Dabei wollte der Verband weniger die öffentlichen Büchereien ersetzen, als sie vielmehr in seelsorgerischer Absicht ergänzen.

1960 beschreibt ein Artikel im Verbandsorgan, dem „Evangelischen Buchberater", den Sinn evangelischer Büchereien für den Jugendlichen als eine „ganz schlichte Hilfe für den jungen Menschen, angesichts der tausend Stimmen, die auf ihn einreden". Man wolle ihm sagen:

*„Wir von der Evangelischen Bücherei wollen bei dem großen Angebot auf den Märkten dieser Welt einfach lehren, zunächst Brot und Steine zu unterscheiden, wir wollen dir, der du in deinem Entwicklungsalter gern einen geistigen Alleingang liebst, in den Büchern stille und treue Helfer zur Seite geben"* (Kenntner, 1960, S. 64).

Daß unter solcher Hilfestellung aber nicht nur eine auf Selbständigkeit gerichtete Unterscheidungshilfe gemeint, sondern durchaus auch an eine gewisse Abschirmung vor „nicht jugendgeeigneten" Themen gedacht war, erläutern folgende Sätze zu inhaltlichen Anforderungen an Jugendliteratur:

*„In den Reihen für die Jugend müssen ganz eindeutig die zehn Gebote gelten. Ein reifer Mensch, der Leser der Erwachsenenbücherei, wird imstande sein, trotz allen Versagens und trotz aller Schuld und aller Verirrungen, die der Inhalt eines Buches*

*widerspiegeln mag, dennoch die Gültigkeit des Gottesgesetzes anzuerkennen. Ein junger Mensch dagegen resigniert hier leicht, er wird zynisch, er ist überfordert. In einem Buch für Jugendliche muß die Auflösung der Dissonanzen des Lebens auf irgendeine Weise sichtbar werden. Das heißt aber nun nicht, daß die evangelische Jugendbücherei ein künstlich harmonisiertes Leben schildert und einer optimistischen Scheinliteratur huldigt. Die Botschaft vom Kreuz, das Gericht und Gnade bedeutet, schützt uns vor diesem Abweg"* (ebd., S. 65).[34]

Der seelsorgerische Aspekt kirchlicher Büchereiarbeit wurde im übrigen auch nicht auf die Buchauswahl begrenzt, wie in einem Beitrag 1960 über „Aufgaben und Möglichkeiten literarischer Jugendhilfe durch die evangelischen Büchereien" ausgeführt wurde. Auch die Ausleihe sei diesem besonderen Aspekt unterstellt, so daß „eine evangelische Bücherei ohne Leseberatung nicht denkbar ist. Es kommt nicht darauf an, daß möglichst viele Bücher gelesen werden, sondern uns liegt daran, daß der einzelne Mensch das für ihn richtige Buch findet" (Cramer, Referat 1960, Archiv IJB).

### *Die Schülerbüchereien*

Außer durch öffentliche und kirchliche Büchereien sollte Kindern und Jugendlichen der Zugang zum Buch, zur freien Lektüre, auch durch die Schülerbücherei eröffnet werden, wobei deren genauere Aufgaben zum einen auf der Ebene der Schule selbst, in Begleitung und Unterstützung des Unterrichts gesehen wurden, zum anderen aber die Schülerbücherei Vorbereitung und Bindeglied zur außerhalb der Schule gelegenen öffentlichen Bücherei bilden sollte, was häufig eine Zusammenarbeit zwischen Schülerbücherei und Volksbücherei erstrebenswert erscheinen ließ. Freilich wurde demgegenüber von manchen Pädagogen, zum Beispiel Wilhelm Fronemann, auch die These vertreten, „daß man Schüler erst als selbständige Leser in die Jugendbuchabteilungen der Volksbücherei schicken kann, wenn sie gelernt haben, wie man ein Buch lesen muß, um es auszuschöpfen" (zit. nach Zifreund, 1951/52, S. 114). Der Wunsch nach Zusammenarbeit zwischen den beiden Büchereitypen für junge Leser wurde in diesem Fall als Versuch der Volksbibliothekare, Einfluß auf die schulische Literaturerziehung zu gewinnen, hingestellt.

Tiefere Ursache für einen solchen Zwist bildeten nicht zuletzt divergierende Auffassungen über den Zweck des Lesens. Aus schulischer Sicht wurde, wie es auch dem Fronemann-Zitat zugrunde liegt, reines „Unterhaltungslesen" oft genug grundsätzlich als unnütz, wenn nicht gar schädlich oder gerade eben geduldet, abgelehnt[35], wohingegen der Bibliothekar einer öffentlichen Bücherei, die der junge Leser aus eigenem Antrieb in seiner Freizeit besucht, schon von daher eher an den persönlichen Leseinteressen orientiert sein müsse (vgl. Langfeldt, 1954, S. 820ff.).

Die Schülerbücherei sollte dabei – wie der Unterricht – im Zeichen der „inneren Schulreform" als Beitrag zu einer ganzheitlichen Bildung im Sinne eines Humanismus stehen, der sich als „Interesse am Menschen" versteht (vgl. Vaupel, 1952).

In einem „Mahnruf zum Auf- und Ausbau von Schülerbüchereien" der Vereinigten Jugendschriftenausschüsse, der Anfang März 1952 an die Kultusminister, den Deutschen Städtetag und den Bundestag geschickt wurde, ist dieser Zusammenhang deutlicher gekennzeichnet:

*„Die Schule steht überall im Zeichen der inneren Schulreform. Ihre Verwirklichung hängt weitgehend ab von einer reichhaltigen Schülerbücherei, die in Zukunft immer mehr zu einer Arbeitsbücherei für den gesamten Unterricht ausgebaut werden muß. Sie fördert den selbständigen Bildungserwerb, leitet zur Selbständigkeit des werdenden Staatsbürgers, erfüllt das vielseitige Interesse der verschiedenen intellektuellen und praktischen Begabungen."*

Allerdings handelte es sich dabei eher um Wunschvorstellungen, die 1951 an kaum einer Schule Wirklichkeit waren.[36]

Als Grund für den „völlig unbefriedigenden" Zustand wird dort auch die mehrmalige Säuberung aufgrund „zeitpolitischer Vorgänge" genannt.

Dagegen wurde überhaupt nicht reflektiert, daß der Auf- und Ausbau von Schülerbüchereien eine im Dritten Reich initiierte Bewegung war, wie Norbert Hopster und Ulrich Nassen in einer Studie über „Literatur und Erziehung im Nationalsozialismus" deutlich machen, die in „unmittelbarer Einwirkung auf den ganzen Menschen" statt auf dem „Umweg über Verstandesschulung und Wissensvermittlung" auch die Formen privater Lektüre vereinnahmen wollte (zit. nach Hopster/Nassen, 1983, S. 65).

Während der Hauptausschuß des Deutschen Städtetags 1955 innerhalb allgemeiner Empfehlungen zur Förderung guten Jugendschrifttums den Gemeinden auch die Unterstützung von Schülerbüchereien und Volksbüchereien sowie deren Zusammenarbeit ans Herz legte, nahmen die Klagen über unzureichende finanzielle Zuwendungen bis Ende des Jahrzehnts nicht ab.

Nach einer Repräsentativbefragung von Schülerbüchereien an circa 1000 Schulen stellten die Vereinigten Jugendschriftenausschüsse 1958 fest, das Ergebnis füge sich lückenlos in das Gesamtbild „Schule in Not" ein (VJA Rundschreiben Nr. 56 vom 10.11.1958).

## Jugendliteraturförderung mit staatlichen Mitteln

Gleich zu Anfang muß hier betont werden, daß natürlich direkte Einflußmöglichkeiten staatlicherseits in der Bundesrepublik zum einen durch das privatwirtschaftliche Wirtschaftssystem und zum zweiten durch das gesetzlich fixierte Prinzip der freien Meinungsäußerung und Ablehnung einer staatlichen Zensur eng begrenzt waren (und

sind). Zudem steht das System der Kulturhoheit der Länder selbst einer umfassenden zentralen Förderung jugendliterarischer Aktivitäten im Wege oder erschwert sie, so daß, wollte man sich dennoch auf diesem Gebiet betätigen, Hilfskonstruktionen gefunden werden mußten.[37]

Bereits im ersten Jahr bundesrepublikanischer Eigenstaatlichkeit waren dennoch Fragen der Jugendlektüre in Form der ersten Schmutz- und Schunddebatte im Bundestag Thema auf höchster Ebene. Über Verlauf und Ergebnis dieser und der folgenden Verhandlungen wurde ausführlich berichtet und es wurde auch festgehalten, daß der gesamte Schmutz- und Schundkomplex und dessen Behandlung symptomatisch für das kultur- und gesellschaftspolitische Klima der frühen Adenauer-Ära waren.

Die Organisationsform, in deren Rahmen seit 1950 zunehmend auch Jugendliteratur staatliche Unterstützung fand, war die der Bundesjugendpläne, deren erster im Dezember 1950 verkündet wurde.[38] Ausgangspunkt für alle Überlegungen, die dann im Konzept des Bundesjugendplans mündeten, war auf der einen Seite die als Gefährdung der gerade erst im Entstehen begriffenen Demokratie empfundene „Jugendnot", das heißt die zur Zeit der Gründung der Bundesrepublik noch nicht behobene wirtschaftliche und soziale Krisensituation, unter der – allgemeiner Auffassung zufolge – die junge Generation in besonderer Weise zu leiden hatte.[39] Auf der anderen Seite war es gerade diese Generation, die als einzige für das NS-Regime nicht verantwortlich zu machen war, von der man sich demzufolge den – auch moralisch-ethischen – Aufbau des neuen Staates erhoffte.

Nach einer ersten großen Parlamentsdebatte zum Thema „Jugendnot" Anfang 1950 und einer Planungsphase, in der der allgemeine Finanzmangel mehrfach alle Pläne zunichte zu machen drohte, wurde der 1. Bundesjugendplan am 18. Dezember 1950 – in noch bescheidenem Umfang – verkündet.[40]

Die grundsätzlichen Schwierigkeiten mit den Ländern in Fragen der Zuständigkeit des Bundes wurden mit Hilfe eines Kunstgriffs gelöst, indem nämlich die Jugendpflege, der dieses staatliche Unterstützungsprogramm zuzurechnen war, als „vorbeugende Jugendfürsorge" deklariert wurde, für die dem Bund das Recht der Gesetzgebung als einem Teil der öffentlichen Fürsorge zukam.

Oberster Grundsatz aller im Rahmen des Bundesjugendplans getroffenen Maßnahmen war der der „Subsidiarität" des Staates gegenüber der gesellschaftlichen Initiative, das heißt das Ziel der Bemühungen war die freiwillige Zusammenarbeit der verantwortlichen Kräfte in der Gesellschaft und deren Eigeninitiative.

Mit den Mitteln des Bundesjugendplans wurde demnach nie eine Vollfinanzierung irgendwelcher Jugendprogramme geleistet, sondern es wurden immer nur Zuschüsse zu Eigenleistungen gewährt; die allgemeine Zielsetzung lautete „Hilfe zur Selbsthilfe der Jugend und der freien Jugendarbeit" (Der Deutsche Bundesjugendplan, 1961, S. 6). Mit diesem System, das darauf abgestellt war, eine „Initialzündung" für jugendpflegerische Eigeninitiativen zu geben, als wertvoll erachtete Projekte in ihrer Aufbauphase zu unterstützen, beziehungsweise Defizite abzudecken, sollte auch

jeglicher Verdacht einer staatlichen Lenkung der Jugendarbeit abgewehrt werden. Man war peinlich darauf bedacht, keinerlei wie auch immer geartete Parallelen zur Jugendpolitik im Dritten Reich und ihrer Vereinnahmung der Jugend als Staatsjugend sichtbar werden zu lassen; dieser Anspruch richtete sich natürlich auch ausdrücklich gegen die Formen der Jugendpolitik in der Deutschen Demokratischen Republik und den anderen sozialistischen Staaten.[41]

Der Bundesjugendplan umfaßte seit seiner erstmaligen Verkündung 1950 eine ganze Anzahl von Programmen, die dem gesamten Freizeitbereich, oder besser außerschulischen Bereich, zugute kamen; besondere Aufmerksamkeit wurde dabei der Eingliederung von Spätaussiedlern und Flüchtlingen aus der Deutschen Demokratischen Republik gewidmet (vgl. auch Anm. 41) wie auch im Laufe der Jahre zunehmend der politischen Bildung, die als „aktiver Verfassungsschutz" verstanden werden sollte.[42] Zu den Teilbereichen, die hier konkret interessieren, zählen die Unterstützung der Jugendpresse bereits seit dem ersten Bundesjugendplan, Aufbauhilfen für Modellbüchereien wie auch Gelder für die Büchereiarbeit in „Notstandsgebieten", meist Zonenrandgebieten und – beginnend mit dem 3. Bundesjugendplan 1952 – die Förderung des Jugendschrifttums im engeren Sinne.

Die anfängliche Konzentration – soweit es den Sektor der Jugendliteratur betrifft – auf Jugendzeitschriften, lag vor allem an deren relativ großer Verbreitung; man sah in ihnen ein Medium, das Interesse an politischen Fragen hervorrufen und insgesamt die Bereitschaft zu demokratischer Diskussion fördern könnte. Darin spiegelt sich wohl auch noch das besondere Interesse, das die Besatzungsmächte dem Pressewesen – auch in bezug auf die Jugend – entgegengebracht hatten, obwohl die typischen Zeitschriften der Besatzungszeit am Ende dieser Phase untergegangen waren.

Nach Meinung des zuständigen Gremiums für den Bundesjugendplan im Bundesministerium des Innern hatte sich aufgrund dieser Hilfestellung die Jugendpresse innerhalb weniger Jahre soweit konsolidiert, daß 1954 von einem „gehobenen Niveau" und „gewisser Festigkeit" (vgl. Rutkowski, 1954, S. 304) und 1961 von einer „festen wirtschaftlichen Grundlage" und einer – bei einer Gesamtauflage von circa fünf Millionen Exemplaren – breiten Streuung (vgl. Der Deutsche Bundesjugendplan, 1961, S. 267) gesprochen wurde.

Ebenfalls seit dem 1. Bundesjugendplan wurde auch das Jugendbibliothekswesen unterstützt. Da Aufbau und Unterhalt von Büchereien im Prinzip Sache der Kommunen waren, konnte eine direkte Unterstützung von seiten des Bundes nur Einrichtungen mit Modellcharakter wie beispielsweise der Internationalen Jugendbibliothek gewährt werden oder der 1954 beschlossenen Errichtung einer Reihe von Musterjugendbüchereien in verschiedenen Teilen der Bundesrepublik, die im Zusammenhang mit einer „Aktion zur Förderung des guten Jugendbuches in Jugendnotstandsgebieten" stand.[43]

Andere Formen der Jugendliteratur über den Bereich der Zeitschriften hinaus wurden mit Beginn des 3. Bundesjugendplans 1952 in den Förderungskatalog einbezogen.

In einer Übersicht über die Ergebnisse der Hilfsmaßnahmen der ersten zwölf Bundesjugendpläne heißt es 1961, die staatliche Förderung des guten Jugendbuches habe nicht nur die Abwehr von Schundliteratur im Auge, sondern ziele „vielmehr auf die Vermittlung von Werten, die der Bewältigung von Lebensfragen dienen" (Der Deutsche Bundesjugendplan, 1961, S. 268), es seien jedoch einige „Umwege" notwendig gewesen, um die „rechte Form" zu finden (ebd.). Mit diesen „Umwegen" ist die anfänglich recht massive Unterstützung von „guten Jugendheften" zur Schundbekämpfung gemeint, die in Einklang stand mit entsprechenden, während der Aussprachen über das „Gesetz über die Verbreitung jugendgefährdender Schriften" wiederholt erhobenen Forderungen nach flankierenden „positiven" Maßnahmen. So wurden beispielsweise „im Zusammenwirken mit dem Jugendausschuß des Bundestages zunächst vier Verlagen", die zuvor schon „Pionierarbeit" mit guten, billigen Heften geleistet hätten, „für schlagartig einsetzende und umfangreiche Werbemaßnahmen in den Monaten Januar bis März 1954 Mittel bewilligt" (Rutkowski, S. 306). Diese und weitere derartige Hilfen führten jedoch nicht zu dem erhofften Erfolg. Selbst mit finanzieller Unterstützung von seiten des Staats konnte sich die Spezies der ausdrücklichen Anti-Schundhefte nicht wirklich bei der intendierten Rezipientengruppe durchsetzen. Für die staatliche Förderung ergab sich daraus die Erkenntnis, daß auf diesem Wege die „Schundflut" nicht eingedämmt werden konnte.

Beinahe gleichzeitig wurde ein anderes Programm in die Wege geleitet, dem zunächst ebenfalls kein großer Erfolg zuteil wurde. Mit einer Verfügung des Bundesinnenministers vom 9. Januar 1953 wurde ein „Deutscher Jugendpreis" gestiftet, der neben dem „besten fotografischen Erlebnisbericht aus der praktischen Jugendarbeit" und dem „besten Jugendmusikwerk" auch das „beste Jugendbuch" – aufgeteilt in zwei altersstufenmäßig getrennte Einzelpreise – prämieren sollte. Begrenzt war der Preis allerdings auf Manuskripte von Autoren mit deutscher Staatszugehörigkeit, die nach dem 31.12.1919 geboren waren, stand also stark im Zeichen einer Nachwuchsförderung. Die ausgeschriebenen Preise wurden zwar verteilt, man mußte jedoch feststellen, daß keine „Spitzenleistungen" unter den über hundert eingesandten Arbeiten waren und schrieb deswegen den Preis in dieser Form nicht erneut aus.

Ab etwa Mitte der fünfziger Jahre vollzogen sich innerhalb der Konzeption des Bundesjugendplans – nicht nur in bezug auf die Literaturförderung – eine Reihe wichtiger Veränderungen, so daß dessen Gesamtentwicklung im ersten Jahrzehnt seines Bestehens als Übergang von einem Jugendsozialprogramm – oder in einer anderen Formulierung: einem Jugendnothilfeprogramm – zu einem Jugendbildungsplan gekennzeichnet wurde.

1961 lautete dann das Ziel, dem man dienen wollte: die Heranbildung des „kritikfähigen und entscheidungsfreudigen, zur Übernahme echter Verantwortung für das Gemeinwohl bereiten jungen Bürgers" (Der Deutsche Bundesjugendplan, S. 12). Die Umstrukturierung ab etwa 1955 hatte eine Ursache in der Überwindung der sogenannten „Berufsnot", wodurch Gelder für neue Verwendungszwecke frei

*Bundespräsident Theodor Heuss bei seiner Ansprache anläßlich der Verleihung des Deutschen Jugendbuchpreises in Mannheim.*

wurden. Gleichzeitig führten zum Beispiel Kulturabkommen mit anderen Staaten zu einer Anhebung der Mittel für internationale Begegnungen. In diesem Zusammenhang sei nochmals daran erinnert, daß erst mit Erlöschen des „Besatzungsstatuts" 1952 die Bundesrepublik endgültig in die staatliche Unabhängigkeit entlassen wurde.

Auch im engeren Rahmen der Jugendliteraturförderung ist für diese Zeit ein Umdenken festzustellen. Parallel zur allgemeinen Tendenz in Jugendbuchkreisen rückte nun das „gute Jugendbuch" in den Mittelpunkt des Interesses. Ihren Ausdruck fand diese Entwicklung in einem – nach zweijähriger Denkpause – neuen Konzept eines staatlichen Jugendliteraturpreises, der, als Deutscher Jugendbuchpreis mit Erlaß vom 29. August 1955 erstmals ausgeschrieben, bis heute – in modifizierter Form und unter der Bezeichnung „Deutscher Jugendliteraturpreis" – jährlich vergeben wird.

Gegenüber dem ersten Versuch mit dem „Deutschen Jugendpreis" fiel nun die altersmäßige Begrenzung bei den Autoren fort, und es sollten künftig auch nur bereits erschienene Bücher prämiert werden können. Zusätzlich wurde im Zuge einer in vielen Bereichen stattfindenden Öffnung gegenüber dem Ausland die gesamte Übersetzungsliteratur gleichberechtigt zugelassen. Ziel und Bedeutung des Deutschen Jugendbuchpreises wurden 1961 folgendermaßen umschrieben:

*„Er soll in einer Zeit, in der selbst das Buch schon weithin Konsumware geworden ist, die Öffentlichkeit auf die Bedeutung des guten Jugendbuches aufmerksam machen und der Jugend, die sich auch hier als Konsument umworben sieht, Beispiele und Maßstäbe für die Auswahl von Büchern vermitteln, die ihnen etwas Bleibendes bedeuten"* (Der Deutsche Bundesjugendplan, S. 268).

Mit der Organisation und Auswahlarbeit wurde der gerade erst gegründete und ebenfalls aus den Mitteln des Bundesjugendplans unterstützte Arbeitskreis für Jugendschrifttum in München betraut. Auch hinsichtlich des Jugendbuchpreises wurde von seiten des Ministeriums immer wieder die Unabhängigkeit der Entscheidungen gegenüber staatlicher Einflußnahme betont.

Gegen Ende des Untersuchungszeitraums, nachdem, wie gesagt, soziale Hilfsmaßnahmen nicht mehr im Vordergrund zu stehen brauchten, wurden in der Gesamtkonzeption des Bundesjugendplans Programme zur politischen und gesellschaftlichen Bildung stärker in den Mittelpunkt gerückt, wobei die Auseinandersetzung mit „totalitären Systemen" den Schwerpunkt bilden sollte.

Dies bezog sich zum einen auf das nun bemerkte Versäumnis, die Jugend über die jüngste Vergangenheit Deutschlands aufzuklären, zum anderen erschien nun – statt eines diffusen Antikommunismus' – eine kritische Auseinandersetzung mit dem politischen und gesellschaftlichen System der Deutschen Demokratischen Republik wünschenswert.

In seiner Ansprache anläßlich der Verleihung des Deutschen Jugendbuchpreises 1959 ging der Bundesminister für Familien- und Jugendfragen[44], Franz-Josef Wuermeling, in der „Frontstadt Berlin" programmatisch auf diese Punkte ein:

*„So wie in der SBZ der Jugendliche und der junge Mensch durch gefährliche Bücher bewußt auf den falschen Weg gebracht wird, müssen wir umgekehrt bemüht sein, ihm durch gutes Schrifttum den Weg zu freiheitlichem Sein und Denken zu ebnen"* (F.-J. Wuermeling: Verleihung des Deutschen Jugendbuchpreises 1959. Auszug aus der Ansprache ... am 11. 5. 1959; Archiv Arbeitskreis für Jugendliteratur).

Denn, „viele aus der jungen Generation, allzu viele", wüßten „kaum etwas von der Hitlerzeit, von den unsagbaren Greueln jener Machthaber, von der Aufteilung Deutschlands in zwei Teile oder gar von menschenunwürdiger Wirklichkeit in der Zone" (ebd., S. 7). Und von dem Erfolg aller Bemühungen um die politische Bildung hinge nicht zuletzt ab, „ob unser Volk die geistigen und sittlichen Werte von Generationen gegen eine Welt des Ungeistes, des Materialismus und der Menschenverachtung verteidigen und erhalten kann" (ebd., S. 7).

Eine Zusammenschau staatlicher Aktivitäten auf dem Feld der Jugendliteratur- beziehungsweise der Jugendkulturarbeit zwischen 1949 und 1960/61 zeigt – und dabei muß, abgesehen vom Bundesjugendplan selbstverständlich auch die Gesetzgebung, besonders das „Gesetz über die Verbreitung jugendgefährdender Schriften", in Betracht gezogen werden –, daß der geistige Hintergrund vor dem und aus dem heraus

sich die konkreten politischen Maßnahmen entwickelten, deutliche Gemeinsamkeiten mit den geistigen Grundlagen der im engeren Sinne in der Jugendbucharbeit Tätigen aufwies.

Der zentrale Punkt war auch hier die Gefährdung der jungen Generation, die – fußend auf tatsächlichen aus NS-Zeit und Zweitem Weltkrieg resultierenden Mißständen – in Form von „Schmutz und Schund" etwa eine Bedrohung darzustellen schien, der es mit bewahrenden und vorbeugenden Maßnahmen Einhalt zu gebieten galt. Doch sind auch charakteristische Unterschiede bemerkbar, Unterschiede, die erkennen lassen, daß die Perspektive, unter der man staatlicherseits Jugendarbeit und Jugendbucharbeit betrachtete, eine – zumindest teilweise – andere war und auch die Zielvorstellungen divergierten, mußte doch im Mittelpunkt staatlicher Initiativen immer die Erziehung der Jugend zu loyalen (wie eng oder weit auch immer auslegbar) Staatsbürgern stehen. Ein wichtiger Aspekt hatte demnach die politische Bildung zu sein, die sich die Jugendschriftler im allgemeinen kaum auf ihre Fahnen geschrieben hatten. Ein Näherrücken der Standpunkte und Zielvorstellungen in dieser Beziehung ergibt sich erst gegen Ende der fünfziger Jahre, als auch in der Jugendliteraturszene der Bezug zu Gegenwart und Zeitgeschichte intensiviert wurde.

Auch methodisch ergaben sich aus dem anderen Blickwinkel einer staatlichen Stelle Differenzen. So brachte man aus dem Kreise der Literaturpädagogen dem Zeitschriftenwesen generell keine solche Wertschätzung entgegen, wie sie die besonders anfänglich intensiven Unterstützungsmaßnahmen aus Mitteln des Bundesjugendplans bedeuteten. Ganz im Gegenteil dazu wurde dort dieses Medium aufgrund seines nicht einheitlichen, sich aus unterschiedlichen Textsorten zusammensetzenden Inhalts, was dem geforderten Prinzip der Ganzheitlichkeit zu widersprechen schien, vielfach gänzlich abgelehnt. Der breite Rezipientenkreis, den Zeitschriften im Gegensatz zu den meisten Büchern erreichten und der ebenfalls einen Förderungsgrund und -ziel dargestellt hatte, flößte passionierten Jugendschriftlern in ihrer Angst vor „Vermassung" eher zusätzliche Skepsis ein.

Auch in Einzelfragen offenbarten sich mitunter unterschiedliche Einschätzungen. So erntete etwa die Förderung der Antischundserie „Die Schwarze Hand" mit 25 000 DM aus dem Bundesjugendplan heftige Kritik aus pädagogischen Kreisen.

Ein weiteres, eher generelles Unterscheidungsmerkmal soll nur noch kurz benannt werden. Die verständliche Angst der Politiker, gerade in Literaturfragen staatlicher Beeinflussung bezichtigt zu werden, führte zu großer Vorsicht, überhaupt inhaltliche Fragen – und wenn, dann nur sehr global – anzuschneiden, und zur Betonung dieser bewußten Zurückhaltung bei jeder Gelegenheit.

Demgegenüber betrachteten Jugendschriftler wie etwa die Mitglieder der Vereinigten Jugendschriftenausschüsse ihre „Einmischung" in alle Fragen, die die Jugendliteratur betrafen, vom pädagogischen Standpunkt aus geradezu als Pflicht.

Die Bedeutung allerdings, die Bundesminister Wuermeling bei der Verleihung des Deutschen Jugendbuchpreises 1958 den Unterstützungsprogrammen des Bundes, beziehungsweise dem Lesen für den jungen Menschen allgemein zuerkannte, fand in

dieser Form sicherlich auch in pädagogischen Kreisen Anklang. Im Anschluß an eine Aufzählung der staatlichen Förderungsmaßnahmen faßte er dort nämlich folgendermaßen zusammen:

„*All diese Hilfen des Bundes sollen dazu dienen, die jungen Menschen zum Buch und zum Lesen hinzuführen. Sie sollen das Gefühl für Sprache und Wort als Verbindung des Menschen zum Sein wecken. Sie sollen die Fähigkeit des jungen Menschen bilden, die rein kreatürliche Welt aus der höheren Welt des Geistes zu erleben. In einer Zeit der Gefährdung des Wortes und durch das Wort muß das menschliche Wort wieder als Ausdruck echten Menschentums im Spiegel des Göttlichen neu gewertet werden*" (Franz-Josef Wuermeling: Rede anläßlich der Verleihung des Deutschen Jugendbuchpreises 1958. Auszug für die Presse v. 16. 5. 1958; Archiv Arbeitskreis für Jugendliteratur).

## Eine neue Phase zum Ende der fünfziger Jahre

Wiederholt war in den vorausgegangenen Abschnitten und Kapiteln von Anzeichen einer gewissen Klimaveränderung in der jugendliterarischen Szene (und nicht nur dort) ab etwa 1955 die Rede, und zwar einer Klimaveränderung in den verschiedensten Kreisen und auf unterschiedlichen Ebenen.

Es handelte sich – auch soweit es die Kinder- und Jugendliteratur und ihr Umfeld angeht – in keinem Fall um eine so eindeutige und so bewußte „Wende", wie sie Ende der sechziger, Anfang der siebziger Jahre stattfinden sollte, aber es gab durchaus – in Grenzen – eine Art Aufbruchstimmung, ein gewisser Umbruch bahnte sich an. Verschiedene Komponenten – aus dem Bereich des „Jugendbuchwesens" und von außerhalb – spielten dabei eine Rolle und müssen hier genannt beziehungsweise rekapituliert werden.

1. Die wirtschaftliche Gesundung der Bundesrepublik war soweit vorangeschritten – das „Wirtschaftswunder" bereits in vollem Gange –, daß etwa im Verlagssektor nun konkret neue Planungen für die Zukunft in Angriff genommen werden konnten, daß heißt die Verlage hatten sich – nach dem Rückschlag durch die Währungsreform und anschließender Herstellungsverteuerung bei rapide gesunkener Nachfrage – jetzt im allgemeinen finanziell konsoldiert, so daß sich Raum für einen Blick nach vorn eröffnete. Beim Otto Maier Verlag, Ravensburg, zum Beispiel wie auch beim Verlag Herder, Freiburg, oder dem Arena Verlag in Würzburg konnte das – wie erwähnt – deutlich beobachtet werden.

2. Die Tore zum Ausland öffneten sich nun – im wörtlichen wie im metaphorischen Sinne – endgültig. „Internationalität" und den Willen zu einer neuen Völkerverständigung (allerdings nur in Richtung Westen), lange nur vielbeschworene Schlagworte, konnte man nun versuchen, mit Inhalt zu füllen oder umzusetzen. Als Folge hiervon –

dem Zugehen auf das Ausland entsprach ja auch die Bereitwilligkeit der anderen, die Bundesrepublik und die Deutschen wieder als Nachbarn zu akzeptieren – konnte sich ein neues kollektives Selbstbewußtsein aufbauen.

3. Der Schmutz- und Schundkampf war in ein Stadium der Stagnation geraten.[45] Das mehr oder minder militant geforderte „Gesetz über die Verbreitung jugendgefährdender Schriften" war verabschiedet, das Vollzugsorgan, die Bundesprüfstelle für jugendgefährdende Schriften, errichtet, doch ein Erfolg im Sinne seiner Ziehväter setzte nicht – wie erhofft – schlagartig ein. Ein Teil derer, die sich in dieser Auseinandersetzung engagiert hatten – kaum der „harte Kern" –, resignierten, wandten sich anderen Themen, auch außerhalb der Jugendbuchszene, zu. Andere stürzten sich erst recht in die Schundbekämpfung; „pragmatischer" als zuvor – die Argumente waren auch alle ausgetauscht – entwickelten sie einen stupenden und oft auch blindwütigen Aktionismus – in der Eltern„aufklärungs"arbeit etwa oder bei Umtauschaktionen etc.

Bei einer dritten Gruppe dagegen bildete sich mehr und mehr die Überzeugung heraus, daß neue Formen in der Jugendbucharbeit gefunden werden müßten, insbesondere neue Formen der Zusammenarbeit untereinander.

Klage war in der Jugendbuchszene schon über längere Zeit hinweg geführt worden über einen zu großen Partikularismus, über eine Zersplitterung der Kräfte in unzählige Gruppen und Grüppchen, die, durchaus von Idealismus für das Wohl der Jugend beseelt, diverse Aktionen und Kampagnen besonders gegen die Schundliteratur auf die Beine stellten, aber häufig kaum etwas voneinander wüßten.

Ein Schritt auf verstärkte Zusammenarbeit hin, aber auch neuen Kontakten entgegen, war eine Gründung im Vorfeld der Veränderungen in der bundesdeutschen Jugendbuchszene, die des Internationalen Kuratoriums für das Jugendbuch 1953 in Zürich (vgl. auch Anm. 28), die in Ausführung der Entschließung auf der von Jella Lepman initiierten und durch die Internationale Jugendbibliothek 1951 durchgeführten Tagung zustande gekommen war. Abgesehen von der noch weithin ungesicherten finanziellen Ausstattung der jungen Institution konnte dort auch kaum an eine konkrete Arbeit gedacht werden, solange auf nationaler Ebene keine zentralen Ansprechpartner existent waren.

### *Eine neue Zeitschrift: Die „Jugendliteratur"*

Einen weiteren Schritt auf diesem Weg stellte die Herausgabe einer neuen Zeitschrift für Fragen des Kinder- und Jugendbuches dar. Ab Januar 1955 erschien die Zeitschrift „Jugendliteratur" mit der ihre Herausgeber aus der Bundesrepublik, Österreich und der Schweiz ein Forum für alle Gruppen und Personen bilden wollten, die sich mit diesem Gebiet beschäftigten.

Die Hauptschriftleitung der neuen Zeitschrift übernahm Fritz Westphal, der bis dahin für die „Jugendschriften-Warte" verantwortlich gewesen war.

Diese Anstrengungen in Richtung auf verstärkte Zusammenarbeit der jugendliterarisch engagierten Kreise wurden von den zuständigen Ministerialbeamten im Bundesinnenministerium nicht nur mit Interesse beobachtet, sondern aktiv unterstützt, wenn nicht sogar mitinitiiert. Für die Bundesrepublik Deutschland zeichnete bei der „Jugendliteratur" unter anderem Heiner Lades vom Bundesinnenministerium verantwortlich für die Herausgabe[46], und die Zeitschrift wurde mit Mitteln des Bundesjugendplans subventioniert.

In den einführenden Worten zur ersten Ausgabe lädt Heiner Lades alle an der Jugendliteratur Interessierten zum „Gespräch" ein, das er als „Atem der Demokratie" definiert, und nicht nur – wie es dort ausdrücklich heißt – zu Vorträgen oder Referaten etc. Weil junge Menschen, die eigentlich nach dem guten Buch suchten, denen der Weg dorthin aber nicht gezeigt werde und die infolgedessen nur noch um der flüchtigen Erregung willen läsen oder gar nicht mehr, „weil der Lärm unserer ‚Kultur' und die Unrast ihres Herzens ihnen die Ruhe nehmen, die das gute Lesen erfordert", die Versuche, die Dinge zu bessern aber oft an mangelnder Erfahrung scheiterten, solle das Gespräch in dieser Zeitschrift hier helfen:

*„Das Gute, das getan wird, soll gut genannt werden, damit wir wieder Mut in der oft fast hoffnungslosen Wirrnis unserer Tage bekommen. Das Schlechte soll schlecht genannt werden, damit sich sein Wirkungsraum verringere"* (Lades, 1955, S. 2).

Dieses intendierte Gespräch sollte dabei zwischen Menschen unterschiedlicher politischer und weltanschaulicher Einstellung in Gang kommen. Es solle dabei nicht nur „zu dürftigen gemeinsamen Resolutionen kommen", sondern Lades verlangt, ganz klar zu sagen, „wo unsere Wege auseinandergehen". Trotzdem bedeutet für die Herausgeber das eigentliche Ziel das Bemühen um das Gemeinsame, „denn es scheint, daß in unserer Zeit der Vorherrschaft von Gruppeninteressen das Einigende all zu oft vergessen wird. Dieses Gespräch soll auch zwischen Österreichern, Schweizern und Deutschen geführt werden. Nach den Erfahrungen der vergangenen Jahrzehnte wird dazu viel Mut, Geduld und Brüderlichkeit gehören" (ebd.).

### *Der Arbeitskreis für Jugendschrifttum*

Das nächste und für die Folgejahre wohl wichtigste Ereignis war dann die Gründung des Arbeitskreises für Jugendschrifttum zu Anfang des Jahres 1955 in München, einschließlich des kurze Zeit darauf gefaßten Entschlusses, einen – vom Bundesministerium des Innern zu stiftenden – Deutschen Jugendbuchpreis zu inaugurieren, von dem im vorigen Abschnitt schon kurz die Rede war.

Hierzu fand am 22. Januar 1955 eine Zusammenkunft mit Vertretern wichtiger jugendliterarischer Organisationen und Verbände sowie Einzelpersönlichkeiten aus diesem Arbeitsgebiet statt, die der Gründung einer deutschen Sektion des Internatio-

nalen Kuratoriums für das Jugendbuch dienen sollte und von Heiner Lades in Zusammenarbeit mit Erich Kästner vorbereitet worden war.

Man war sich dort einig darüber, daß vorerst nur eine lose Arbeitsgemeinschaft gebildet werden sollte[47], die sich in erster Linie der Förderung und Koordinierung aller Bemühungen um das „gute Jugendbuch“ widmen sollte.

Aus dem projektierten Mitgliederkreis und dieser Aufgabenstellung geht bereits hervor, daß der Arbeitskreis nicht als Gegenentwurf zu den bestehenden jugendliterarischen Einrichtungen ins Leben gerufen wurde, die verstreuten Aktivitäten vielmehr „nur“ konzentrieren sollte. Von daher war auch nicht eigentlich daran gedacht, über den Arbeitskreis grundlegend neue Prinzipien in die Jugendbucharbeit einzubringen. Die Einzelaufgaben, die in „Richtlinien“ und den „Statuten“ genannt wurden, illustrieren das, wenn darin zum Beispiel von gemeinsamen Aktionen zur Förderung des guten und Abwehr minderwertigen Schrifttums gesprochen wird.

Die Mitglieder rekrutierten sich also aus den bestehenden und meist schon lange bestehenden Institutionen[48], wobei es sicherlich die Aufgeschlosseneren und an neuen Ideen Interessierteren waren, die sich für die Mitarbeit in der neuen Vereinigung engagierten. In sich stellte der Arbeitskreis somit auch eine Vermittlungsstelle zwischen – um es schlagwortartig zu benennen – Tradition und Aufbruch dar.

Wenig verwundern kann es darum, daß die „Abwehr minderwertigen Schrifttums“ unter den zentralen Arbeitsvorgaben – zum Teil noch vor der internationalen Zusammenarbeit – genannt wurde, ein Passus, der (inzwischen in anderer Formulierung) im übrigen erst im Frühjahr 1986 endgültig aus der Satzung gestrichen wurde. Und dieser Punkt war auch mit Sicherheit nicht nur aus taktischen Gründen aufgenommen worden, wie dies im nachhinein mitunter zu hören war. Es kann dazu nur nochmals wiederholt werden, daß sich den Zeitgenossen von damals die Gefährdung der Jugend durch „minderwertige Schriften“ nahezu ausnahmslos als unumstößliche Tatsache darstellte, was es selbstverständlich erscheinen ließ, im Rahmen einer Beschäftigung mit Jugendliteratur zumindest auch auf Abhilfe demgegenüber zu sinnen. So führte John Barfaut auf der Gründungsversammlung etwa aus, „es müsse mehr Tatsachenforschung getrieben werden, es müsse erforscht werden, was Kinder und Jugendliche wünschen und wollen. Hierbei solle man in Betracht ziehen, daß die Jugendlichen einmal ein verpflichtendes Vorbild bekommen müßten durch die Literatur. Die Frage sei, welche Mittel setzen wir ein, um dieser Fülle minderwertigen Schrifttums zu begegnen. Auch für die deutsche Sektion des Internationalen Kuratoriums für das Jugendbuch sei es eine der Hauptaufgaben [...] sich zu überlegen, was zu tun ist, um den jungen Menschen dahin zu bringen, daß er eine richtige Haltung gewinnt“ (Bericht über die Gründungsversammlung ..., 22. 1. 1955; Archiv Arbeitskreis).

Zudem muß an dieser Stelle darauf hingewiesen werden, daß auch bei der Gründung des Internationalen Kuratoriums für das Jugendbuch, dessen deutsche Sektion der Arbeitskreis ja darstellen sollte, neben dem Willen, durch Förderung und Verbreitung guter Jugendliteratur zu Völkerverständigung und Weltfrieden beizutra-

gen, mit dieser Institution nach effektiveren Wegen und Methoden gesucht werden sollte, der in allen Mitgliedsländern als bedrohlich empfundenen Schundgefahr zu begegnen. Gerade der internationale Status und das Bewußtsein von der Internationalität des „Schund"-Marktes schienen in wechselseitiger Absprache und Koordination eine Chance auf größere Durchschlagskraft zu verheißen. Bestimmt bedeutete es andererseits eine Mißinterpretation, den neugegründeten Arbeitskreis als eine nationale Schundkampfzentrale ansehen zu wollen, obwohl wenige Jahre zuvor einige der Gruppen, die dann auch an der Bildung des Arbeitskreises beteiligt waren, eine derartige Einrichtung sicherlich freudig begrüßt hätten. Die Art und Weise, wie man mit diesem Problem umging, hatte sich gegenüber der Negativphase des Schundkampfes ja auch einschneidend gewandelt und der Ton, der auf Zusammenkünften des Arbeitskreises bei diesem Thema vorherrschte, war um einiges nüchterner, verglichen etwa mit dem innerhalb der Jugendschriftenausschüsse.

Ebenfalls eine Tatsache ist, daß in der konkreten Arbeit der Vereinigung das Interesse an direkten Schundabwehrmaßnahmen stetig abnahm. Die Pflege des „guten Jugendbuchs" oder mehr noch, die „Provokation" zu einer Niveauanhebung waren immer dominant – trotz gelegentlicher „Rückfälle".[49]

Hanns Ott vom Bundesinnenministerium nannte in seinem Referat auf der Gründungsversammlung des Arbeitskreises auch weitere Möglichkeiten für eine sinnvolle Zusammenarbeit innerhalb der Jugendbuchszene, die auf bisherige Defizite zurückgingen. Vor allem eine „systematische Forschungsarbeit", die im Prinzip das gesamte Feld der Jugendliteratur und der Beschäftigung mit ihr abdecken sollte, erschien vordringlich.[50] Dazu unternahm der Arbeitskreis innerhalb der nächsten Jahre auch mehrfach Anstrengungen. Bereits auf der ersten Tagung im Juni 1955 wurde beispielsweise beschlossen, ein Exposé zur Frage eines Forschungsinstituts für Jugendliteratur und Jugendlektüre auszuarbeiten wie auch ein weiteres zur Förderung von Jugendbuchautoren durch den Bundesjugendplan, beides allerdings Pläne, die nicht zur Ausführung kamen, beziehungsweise rasch wieder verworfen wurden.[51]

### *Der Deutsche Jugendliteraturpreis*

Deutlich im Mittelpunkt der Aktivitäten des Arbeitskreises im Untersuchungszeitraum stand jedoch die Durchführung der Auswahlarbeit und Verleihung des Deutschen Jugendbuchpreises, wie dies auch aus Arbeitsplanungen und Rückblicken auf diese Zeit hervorgeht. Die Initiative zur Installierung des Deutschen Jugendbuchpreises ging dabei weniger von dem gerade erst neugegründeten Arbeitskreis für Jugendschrifttum aus, als vielmehr von den für die Literaturförderung zuständigen Ministerialbeamten im Bundesinnenministerium und den dort beratend mitarbeitenden Jugendbuchexperten.

Wie Heiner Lades 1956 auf einer Zusammenkunft des Arbeitskreises mit einer Gruppe von Jugendbuchverlegern resümierte, sei der Sinn des Jugendbuchpreises,

„die Entwicklung der Qualität der Jugendbücher zu verfolgen und das Niveau im Rahmen des Möglichen zu heben". Und später auf derselben Versammlung führte Lades aus:

*„Als das Bundesinnenministerium mit der Bitte, den Jugendbuchpreis zu übernehmen, an den Arbeitskreis herangetreten ist, hat uns auch die Frage der Verdrängung des schlechten Schrifttums bewegt"* (Zusammenkunft Jugendbuchverleger-Arbeitskreis, 1956; Archiv Arbeitskreis).

Auf der genannten ersten Tagung des Arbeitskreises im Juni 1955 wurde nach kurzer Diskussion, in der Einwände einzelner Mitglieder zur Sprache kamen, aber auch die Bedeutung eines solchen Preises für das Ansehen der Jugendliteratur von Verlegerseite hervorgehoben wurde, der Ausschreibung des Deutschen Jugendbuchpreises und einer Übernahme der Organisation durch diese Vereinigung zugestimmt.

Leichte Meinungsverschiedenheiten traten freilich noch bei der Frage auf, ob Bücher ausländischer Autoren einbezogen werden sollten, eine Frage, die bekanntermaßen mit der Zulassung von Übersetzungsliteratur entschieden wurde, die allerdings auch in den späteren Jahren noch öfter für Diskussionsstoff sorgen sollte. Mehrfach wurde etwa bemängelt, der Anteil ausländischer Titel an den Preisbüchern und der Bestliste sei zu hoch[52], deutsche Autoren, mithin das deutsche Jugendbuch, erführen deshalb nicht die Förderung, die der Preis eigentlich bezwecke. Auch wurde der Vorschlag unterbreitet, lieber einen speziellen Preis für Übersetzungsliteratur anzugliedern. Letztlich setzten sich jedoch die Befürworter der Beibehaltung der „Internationalität" des Preises – darunter nicht zuletzt das preisstiftende Ministerium – jedesmals durch. Eingegrenzt wurde die Ausschreibung lediglich auf Titel von in der Bundesrepublik niedergelassenen Verlagen.

Hinsichtlich der zu prämierenden Buchgruppen entschied man sich für die Sparten „Kinderbuch" und „Jugendbuch" sowie wechselnde „Sonderpreise".[53] Im übrigen war die Ausschreibung auf jeweils eine Jahresproduktion begrenzt. Trotz der im folgenden sich ändernden Ausschreibungstermine blieb es jedoch dabei, immer nur einen Jahrgang an Neuerscheinungen zugrunde zu legen[54], was bereits vor und nach der ersten Preisverleihung zum Vorwurf, die „Novitätensucht" zu fördern, führte.

Zusätzlich zu den Preisbüchern sollte noch eine Jahresbestliste mit einer Auswahl an guten Büchern in jeder Sparte zusammengestellt werden.

Die Auswahlarbeit wurde in die Hände von Einzeljurys für jede der Buchgruppen und einer endgültig entscheidenden Hauptjury gelegt.[55] Noch während der fünfziger Jahre erlangte der Deutsche Jugendbuchpreis – den Zeitgenossen zufolge – einen beachtlich hohen Bekanntheitsgrad. Anteil daran hatte wohl auch der Umstand, daß die Verleihung von hochrangigen Persönlichkeiten als Signal für den intendierten Stellenwert des Preises vollzogen wurde. Für die erste Preisverleihung 1956 stellte sich so etwa der damalige Bundespräsident Theodor Heuss zur Verfügung, und mehrfach übernahm diese Aufgabe danach der dann zuständige Minister für Familien- und Jugendfragen Franz-Josef Wuermeling. Die Öffentlichkeitsarbeit für den Preis ging

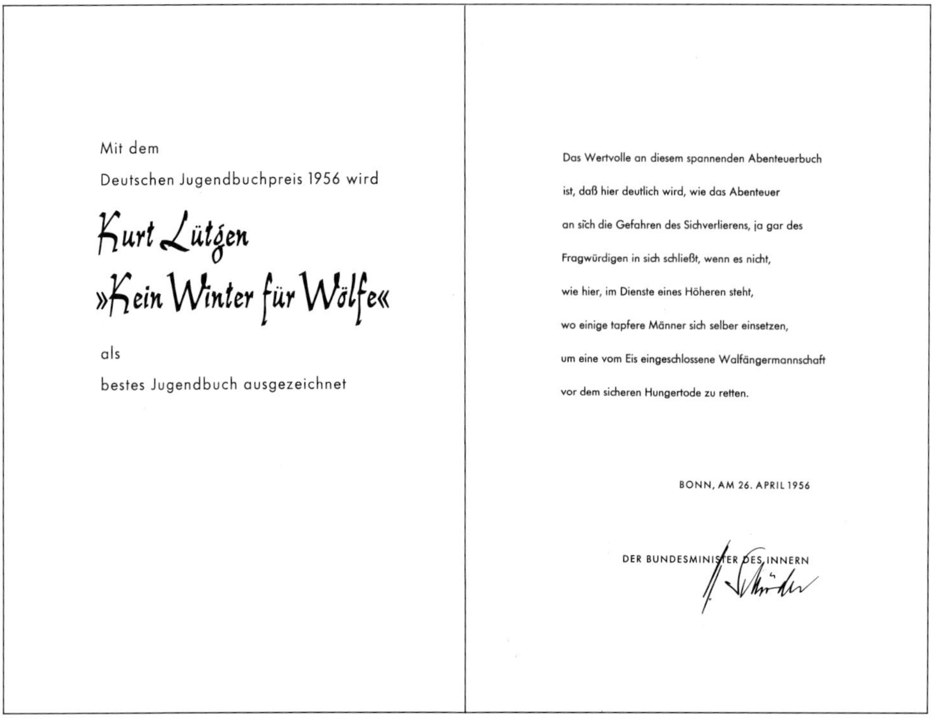
Mit dem
Deutschen Jugendbuchpreis 1956 wird
Kurt Lütgen
»Kein Winter für Wölfe«
als
bestes Jugendbuch ausgezeichnet

Das Wertvolle an diesem spannenden Abenteuerbuch
ist, daß hier deutlich wird, wie das Abenteuer
an sich die Gefahren des Sichverlierens, ja gar des
Fragwürdigen in sich schließt, wenn es nicht,
wie hier, im Dienste eines Höheren steht,
wo einige tapfere Männer sich selber einsetzen,
um eine vom Eis eingeschlossene Walfängermannschaft
vor dem sicheren Hungertode zu retten.

BONN, AM 26. APRIL 1956

DER BUNDESMINISTER DES INNERN

*Urkunde des Deutschen Jugendbuchpreises 1956 für das „beste Jugendbuch", die Erzählung „Kein Winter für Wölfe", die seinem Autor Kurt Lütgen überreicht wurde.*

sogar so weit, daß teilweise nicht nur zur Verleihung, sondern bereits zur Schlußsitzung der Hauptjury Presse, Rundfunk und Fernsehen geladen waren.

Wie kaum anders zu erwarten, gaben die Entscheidungen der Jury von Anfang an auch Anlaß zu öffentlicher Kritik.

So wurde nach der ersten Preisverleihung[56] in besonderem Maße die Vergabe des Sonderpreises für das „schönste Mädchenbuch", beziehungsweise der statt dessen verteilten Prämien, in Zweifel gezogen. Sybil Gräfin Schönfeldt schrieb damals, mit der Auswahl der Prämienbücher habe sich die Jury ihre Unfähigkeit zu objektiver Kritik testiert. Das eine Buch (Alberta Rommel: „Der goldene Schleier") erzähle die „süßlich-sentimentale Geschichte eines Mädchens, das trotz anfänglicher Backfischhemmungen, das Leben meistert'" und der zweite Titel (Helga Strätling-Tölle: „... ganz einfach Doko") „in manieriert simpler Umgangssprache und dem pädagogischen Selbstbewußtsein einer wohlwollenden Gouvernante [...] die Geschichte eines alltäglichen Mädchens" (zit. nach Schönfeldt, 1986, S. 14). Immerhin hatte die Jury mit beiden Büchern dennoch Titel ausgewählt, die – ohne ihnen etwa im nachhinein besondere literarische Qualitäten zugestehen zu wollen – nicht das weitgehend noch

immer verbreitete Rollenklischee (im Mädchenbuch wie in der Realität) vom Lebensziel „Hausfrau und Mutter“ kolportierten.

Der zweite durchgehend geäußerte Kritikpunkt bezog sich auf die äußerst umfangreiche Bestliste, die in jenem ersten Preisjahr über sechzig Titel umfaßte, deren Güte als sehr unterschiedlich eingestuft wurde.[57]

Über die ersten Entscheidungen von 1956 hinaus wurde (und wird) die Beschränkung auf die jeweilige Vorjahresproduktion beispielsweise von Otfried Preußler, aber auch anderen, als Konstruktionsfehler angesehen, weil dadurch die „Gesamtwerke von Autoren unterschlagen“ worden wären (Gespräch vom 2. Juli 1984); Kurt Lütgen etwa bedauerte im gleichen Zusammenhang, daß aus diesem Grunde besonders Erich Kästner, aber auch Barbara Bartos-Höppner nie mit dem Deutschen Jugendbuchpreis ausgezeichnet worden sind (Gespräch vom 7. März 1984).

Insgesamt wurde in Gesprächen mit Autoren, mehr noch mit Verlegern, deren Titel mit dem Deutschen Jugendbuchpreis ausgezeichnet worden waren, dessen Bedeutung und Wirkung, vor allem in den fünfziger, aber auch noch den sechziger Jahren klar hervorgehoben. Wie bereits vermerkt, meint man im Verlag Herder hierzu, die frühen Preisverleihungen und die Aufnahme von Verlagstiteln in die Auswahlliste habe dem eigenen gerade erst ausgebauten Jugendbuchprogramm zum „eigentlichen Durchbruch“ und hohen „Prestigegewinn“ verholfen.[58] Es sei für Jugendbuchverlage nunmehr interessanter gewesen, „Qualität zu produzieren“, weil allein schon ein Platz auf der Auswahlliste eine sichere Abnahme von mindestens tausend Exemplaren durch die Büchereien bedeutete und damit in die Verlagsplanung hineingewirkt hätte (Gespräch mit Anton Baumeister vom 3. Juni 1985). Auch Heidi Oetinger meinte, der Preis habe das gesamte Niveau der Kinder- und Jugendliteratur gehoben und die Autoren seien neu motiviert worden (Gespräch vom 14./15. November 1984).

Unter den Autoren von Preisbüchern aus jenen ersten Jahren nach Einrichtung des Deutschen Jugendbuchpreises fallen immerhin eine ganze Reihe auf, die auch dreißig Jahre später noch präsent sind, denkt man nur an Kurt Lütgen („Kein Winter für Wölfe“, Jugendbuchpreis 1956), Herbert Kaufmann („Roter Mond und heiße Zeit“, Jugendbuchpreis 1958), James Krüss („Mein Urgroßvater und ich“, Kinderbuchpreis 1960), Michael Ende („Jim Knopf und Lukas der Lokomotivführer“, Kinderbuchpreis 1961) oder Ursula Wölfel („Feuerschuh und Windsandale“, Kinderbuchpreis 1962).

*Dreierlei Eintrittskarten, alle „kostenfrei“, zur Krüss-Lesung 1961 in München: für Kinder, für eine Schülerin bzw. einen Schüler und für eine Begleitperson.*

*Plakat aus dem Jahr 1961 zu einer Lesung von James Krüss in München.*

Die Werke, die für den Preis ausgewählt wurden, bedeuteten im einzelnen kaum eine Revolutionierung der Kinder- und Jugendbuchszene, immerhin jedoch wagte man sich wiederholt, jüngere, damals noch unbekannte Autoren auszuzeichnen und auch hier war um 1960 herum deutlich das Eindringen der Zeitgeschichte und sozialer Problemfelder zu bemerken. Titel wie „Elegie der Nacht" von Michel del Castillo (Sonderpreis „Der junge Mensch in seiner Umwelt", 1960), „Shanghai 41" von Elizabeth Foreman-Lewis (Jugendbuchpreis 1960) oder Clara Asscher-Pinkhofs „Sternkinder" (Jugendbuchpreis 1962) bedeuteten doch einen gewaltigen Einbruch in die Theorie von der „heilen Kinderwelt".

Neben Organisation und Ausrichtung des Deutschen Jugendbuchpreises, von dem in der Gründungsversammlung des Arbeitskreises noch überhaupt nicht die Rede gewesen war, trat der Arbeitsauftrag, der den Anlaß für die Bildung der Vereinigung dargestellt hatte, eine nationale Zentrale für die internationale Zusammenarbeit auf dem Jugendbuchsektor zu sein, in den ersten Jahren stark in den Hintergrund. Die diesbezügliche Tätigkeit des Arbeitskreises beschränkte sich weitgehend darauf, von den Jugendbuchpreisjuroren ausgesuchte Titel für den Internationalen Hans Christian Andersen-Preis zu präsentieren, beziehungsweise Vertreter auf die Zusammenkünfte des Internationalen Kuratoriums für das Jugendbuch zu entsenden.

Ansonsten sind aus dem Betätigungsfeld des Arbeitskreises die Seminare erwähnenswert, die ab 1957 veranstaltet wurden und sich so unterschiedlicher Themenstellungen wie „Das Sachbuch und der junge Mensch“ (Oktober 1958) oder „Der Autor

*Die Hans Christian Andersen-Medaille, höchste internationale Auszeichnung für Kinder- und Jugendbuchautoren, die seit 1956 alle zwei Jahre vom Internationalen Kuratorium für das Jugendbuch (IBBY) verliehen wird.*

und die kommunistische Welt“ (in Zusammenarbeit mit der Ostakademie Königstein, April 1959) annahmen. Die „Politisierung“ um 1960 zeigt sich auch an diesen Seminarthemen. Für 1961 sind hier noch hinzuzufügen: „Der junge Mensch und die politische und kulturelle Zeitung“ (Mai 1961), beziehungsweise „Geschichte im Kinder- und Jugendbuch“ (Oktober 1961).

Daß von den ursprünglichen Vorhaben, die bei der Gründung des Arbeitskreises aufgelistet worden waren, bis Ende der fünfziger Jahre noch wenig realisiert oder überhaupt ernsthaft in Angriff genommen war, verdeutlicht nicht zuletzt ein Exposé

zur „Aktivierung des Arbeitskreises“ von 1961[59], in dem nochmals alle die Punkte – nur detaillierter skizziert und ergänzt – versammelt waren, die bereits den Aufgabenkatalog bei der Gründung ausgemacht hatten.

Allerdings wurde dort auch festgestellt, daß bei der damaligen finanziellen und personellen Ausstattung des Arbeitskreises diese Aufgaben nicht zu erfüllen waren.

### *Die Jugendbuchtagungen des Internationalen Instituts Schloß Mainau*

Um den Überblick über die wichtigsten Gruppen und Instanzen, die das jugendliterarische Umfeld in unserem Untersuchungszeitraum geprägt haben, zu vervollständigen, muß unbedingt noch eine „Institution“ hervorgehoben werden, die nach Aussagen vieler Beteiligter in besonderem Maße bedeutsam für die Entwicklung der Kinder- und Jugendliteratur, beziehungsweise des sogenannten Jugendbuchwesens in der Bundesrepublik, aber auch in Hinsicht auf internationale Zusammenarbeit in diesem Bereich, geworden ist. Von 1955 bis 1967 fanden im Rahmen der Tagungen des Internationalen Instituts Schloß Mainau, das unter dem Protektorat des Weltbundes der Christlichen Vereine junger Männer stand, jedes Jahr auch solche zu Fragen der Jugendliteratur und ihrer Leser statt, an deren ursprünglichem Zustandekommen unter anderen Eduard Rothemund maßgeblich beteiligt war.

Das Vorwort zur ersten umfangreicheren Publikation von Ergebnissen einer solchen Tagung, die 1959 erschien, nennt als Grundlage für die ersten Programmplanungen „die Erkenntnis, daß speziell auf dem Gebiet der sogenannten religiösen Jugendliteratur ein literarischer Tiefstand zu beobachten sei, der angesichts des Gegenstandes besonders peinlich empfunden wurde“ (Jugend und Buch, S. 5). Zu einem Zeitpunkt, an dem es an ersten Schritten zur internationalen Fühlungnahme nicht gefehlt habe, erschien es „fruchtbar“, sich „in den breiten Strom der unaufhaltsam anschwellenden Flut [...] allgemeiner Jugendliteratur einzuschleusen“ und dabei die internationale Ebene auszubauen (vgl. ebd.).

Nach einer ersten thematisch allgemein gehaltenen Zusammenkunft – zunächst mit Teilnehmern aus dem deutschsprachigen Bereich – waren die Mainau-Jugendbuchtagungen ab 1956 jeweils einem bestimmten, näher eingegrenzten Thema gewidmet. 1956 lautete die Überschrift „Zwischen Schund und frommem Kitsch“, 1957 „Quantität oder Qualität der Jugendbücherflut“ oder 1958 „Die Jugendliteratur des Reifealters (14–18 Jahre) in christlicher Sicht“.

Bei aller Hervorhebung des religiösen Aspektes, besonders auf den ersten Treffen, bedeutete diese Gewichtung keineswegs eine dogmatische Begrenzung der Perspektive, weder in bezug auf Themenstellung noch deren Behandlung, und schloß – signalisiert in der Titulierung der Tagung von 1956 – durchaus kritische Züge ein.

Der Teilnehmerkreis dieser Zusammenkünfte wurde daneben fortlaufend „internationalisiert“. Nach Fachleuten aus der Schweiz und Österreich folgten solche aus den nord- und westeuropäischen Ländern; ab 1960 kamen auch – erstmals seit Gründung

der beiden deutschen Staaten – Interessenten aus der Deutschen Demokratischen Republik und später aus weiteren sozialistischen Staaten hinzu.

Als programmatisch für diese Entwicklung stand die VI. Mainau-Jugendbuchtagung 1960 unter dem Motto „Jugendbücher bauen Brücken“. Auf inhaltlicher Ebene behandelten die Tagungen das ganze Spektrum der Fragen, die damals die jugendliterarische Szene bewegten. Auch hier konnte dabei die Problematik der „spezifischen Schundliteratur“ nicht übersehen werden, „wenn auch die Eigenart der Arbeitsmethode des Instituts eine direkte Auseinandersetzung mit diesem traurigen Kapitel ausschließt“, wie im Band „Jugend und Buch“ von 1959 (S. 6) nachzulesen ist.[60]

Ihre Bedeutung erlangten die Mainau-Jugendbuchtagungen nicht so sehr aufgrund ausgefallener, neuartiger Themen, die dort diskutiert wurden, eher wegen der internationalen Zusammensetzung der Teilnehmerschaft und eines Stils, „der theoretische Besinnung mit den Überlegungen zu praktischen Erfordernissen in ein sorgsam ausgewogenes Verhältnis zu bringen“ suchte (Mainau 1959/60, S. 58), wodurch diese Treffen immer stärker „die Merkmale einer repräsentativen Veranstaltung“ – im positiven Sinne – entwickelten (ebd.).

*

Die Darstellung der Institutionengeschichte der Kinder- und Jugendliteratur läßt deutlich werden, daß die alteingesessenen und nach 1945 wiederbegründeten jugendliterarischen Gruppen und Organisationen aus sich heraus und auf sich selbst gestützt zunächst zu keinem wirklichen Umbruch und Umdenken imstande waren.

Die Vergangenheit, namentlich die Wiederaufnahme der Schmutz- und Schundkampagne, aber auch die Vorstellungen von einer aus der Erwachsenenwelt ausgrenzbaren, um jeden Preis zu bewahrenden Kinderwelt, holte sie rasch wieder ein.

Bei der in den Jahren bis etwa 1955 wohl bedeutendsten spezifisch jugendliterarischen Einrichtung, den Vereinigten Jugendschriftenausschüssen, ist – aus der Distanz von heute – vielleicht die Diskrepanz zwischen Selbsteinschätzung der dort Organisierten und dem tatsächlichen Erscheinungsbild ihrer Arbeit am auffallendsten.

Ein Neuanfang sollte gewagt werden, doch der Mut zu einer echten Konfrontation mit der Vergangenheit fehlte, der Versuch einer Revision der eigenen Vorgeschichte blieb in Ansätzen stecken. Das Bewußtsein, in der Tradition von Jugendbewegung, Reformpädagogik und einer – in der Nachfolge Wolgasts – literatur- wie gesellschaftskritischen Gesamtkonzeption zu stehen, verstellte bei den Vereinigten Jugendschriftenausschüssen den Blick auf die eigene Position in der Wirklichkeit der fünfziger Jahre. Die Entwicklung, die zwischen Wolgast – dessen Theorien hätten selbst einer tieferen Analyse bedurft – und der Wiederbegründung im Jahre 1948 lag, wurde in weiten Teilen unterschlagen.

Nur so konnte die negative Sicht auf die Nachkriegsgegenwart nicht etwa im Sinne eines nur konservativen, rückwärtsgerichteten Denkens verstanden werden, sondern im Gegenteil als kritischer, konstruktiv gemeinter Reflex auf die vermeintlichen Übelstände der Zeit.

Der Ausweg in die Innerlichkeit, dem als Pendant eine bewußt apolitische Haltung entsprach, war ebenso Folge einer bloß oberflächlichen Auseinandersetzung mit der Vergangenheit, die einen offenen Umgang mit Themen aus Politik und Gesellschaft in der Kinder- und Jugendliteratur mit den Formen politischer Indoktrination unter dem NS-System verwechselte. Auch die wieder hervorgeholte Devise vom „Schonraum Kindheit" erwuchs aus diesem Mißverständnis.

Wie leicht solche Positionen innerhalb eines restaurativen Grundzuges der Periode funktionalisiert für außerliterarische Ziele in Anspruch genommen werden konnten – gerade auch wegen ihres im Schmutz- und Schundkampf am deutlichsten zum Ausdruck kommenden moralischen Rigorismus' und dem unbeirrten Festhalten an angeblich unumstößlichen Werten –, das heißt, wie „politisch" diese Ansichten im Grunde waren, darüber herrschte innerhalb dieser Gruppe offensichtlich wenig Klarheit.

Innere Widersprüche in den Theorien der Jugendschriftler gab es zudem genügend – wie etwa den zwischen einer Mystifizierung von Literatur, oder besser Dichtung überhaupt, und deren Einfluß auf die geistig-seelische Entwicklung des Kindes einerseits und einem Sichbescheiden bei der Beurteilung von Kinderbüchern mit „kleinen Talenten" und sauberer Haltung andererseits.

Die Versuche, die Arbeit noch während des Untersuchungszeitraums zu reorganisieren, eine Art Grundlagenforschung als Voraussetzung für eine Änderung der Praxis zu begründen, zeigen zwar, daß sich auch innerhalb der Jugendschriftenausschüsse Zweifel an einer Zeitgemäßheit der eigenen Aktivitäten meldeten, sie blieben jedoch ohne weiterreichende Konsequenzen bis zum Ende der fünfziger Jahre.

Es dominierten eindeutig diejenigen, die die nur „widerwillig" übernommene Pflicht, „Schmutz und Schund" zu bekämpfen, zu ihrer Lebensaufgabe ausgestaltet hatten; dazu bot ihnen auch nach der Jahrzehntmitte der Publikumserfolg der Comics reichlich Gelegenheit.

Andere jugendliterarisch engagierte Gruppen konnten sich – wie etwa verschiedene kirchliche Organisationen – ebenso auf alte Schundkämpfe und allgemein einem restriktiven Jugendschutzdenken verpflichtete Tradition berufen, wobei vielen Integrität und Glaubwürdigkeit von deren Absichten und Zielen bereits aus der Verbindung zur Institution Kirche zu erwachsen schien.

Eine Tendenzwende, die eine andere, eine neue Richtung anzeigte, bahnte sich demgegenüber erst mit der Umorganisation des Jugendbuchwesens um 1955 an, als sich parallel zur Entwicklung neuer Organisationsformen ein erweitertes, in Teilen erneuertes Bild vom „guten Jugendbuch" zu manifestieren begann, auch wenn dies in theoretischen Überlegungen zum Thema noch wenig Niederschlag fand, wohl aber in manchen Buchbesprechungen oder zum Teil bei der Auswahl von Titeln zum Deutschen Jugendbuchpreis.

1 Interessant in diesem Zusammenhang ist auch die Erwähnung von kritischen Äußerungen der britischen Militärregierung in bezug auf die deutsche Jugendliteratur, die die tragische und traurige Seite des Lebens überbetone und zur Weltfremdheit erziehe, eine Einschätzung, die laut Protokoll von seiten der Anwesenden bestätigt wurde.
Bei der folgenden Tagung im November 1948 war eine Vertreterin der britischen Militärregierung sogar anwesend und brachte dort Einwände vor allem gegenüber altem deutschen Volksgut vor – als Beispiel wurde „Rübezahl" angeführt –, dem sie eine krankhafte und morbide Grundhaltung bescheinigte. Insgesamt kritisierte sie einen Kult mit alter Tradition bei den Deutschen, verwahrte sich allerdings auch gegenüber der Meinung, die britische Militärregierung hätte Märchen grundsätzlich abgelehnt, wohingegen man lediglich die Überbewertung des Märchens im Verhältnis zu anderen Stoffen kritisiert habe.

2 Wilhelm Fronemann schreibt z. B. in einem Aufsatz von 1952: „Es ist aber auch kein Goethe notwendig, um ein gutes Jugendbuch hervorzubringen. Kleine Begabungen finden sich häufig besser zum Kinde hin als die großen Dichter" (Fronemann, Das Jugendlesen ..., 1952, S. 20).

3 Die alten Prüfungsausschüsse wurden 1933 nicht direkt vom neuen Regime aufgelöst oder verboten, sondern durch die Umorganisation bzw. Gleichschaltung der Lehrervereinigungen und die anschließende Neuordnung zentraler Institutionen, die sich der Jugendliteratur widmen sollten, sozusagen überflüssig, bzw. wurden – wie etwa in Hamburg – vom neuen Vorstand des Hamburger Lehrervereins aufgelöst.
Die Jugendschriftenarbeit wurde zusammengefaßt in der Reichsstelle für das Jugendschrifttum in Bayreuth, deren Leiter Eduard Rothemund wurde. Ab 1.4.1935 wurde auch die „Jugendschriften-Warte" von Bayreuth aus mit Rothemund als Schriftleiter herausgegeben. Das alles bedeutete jedoch nicht, daß nicht auch frühere Mitglieder der Prüfungsausschüsse in den neuen Gremien mitarbeiteten, wie sich ja die Mehrheit der Lehrerschaft nicht gerade als systemfeindlich erwies.

4 Die Großeinteilung bei Schliebe-Lippert geht von einer vor- oder außerästhetischen literarischen Entwicklung des Kindes aus, die bis zum 13. Lebensjahr reicht, auf die dann ab dem 14. Lebensjahr der eigentlich literarästhetische Bereich der Leseentwicklung folgt. Innerhalb der außerästhetischen literarischen Entwicklung unterscheidet sie vier Stufen:
„1. Stufe: Lebenseigene, gegenstandsgebundene Anfangsphase (spielender und handelnder Umgang mit dem Literaturgut im 2.–5. Lebensjahr. Bilderbuch, Märchen, Kasperletheater, Fingerspiel, Kinderreim, Lied, Gebet; Zeit des Vorlesens und Erzählens).
2. Stufe: Märchenhafte Lesephase (Märchen, Puppenspiele, Kleinkindergeschichte, Legende, einfache Pflanzen- und Tiergeschichte. Kinderreim; Kinderspiel, Kinderlied. 6.–8. Lebensjahr, Vorlesen, selbständiges Lesen und Erzählen).
3. Stufe: Sachbetonte Lesephase (Sagen, einfache Reiseerzählungen, Kindergeschichten, Tier- und Pflanzenbücher, technische Bücher, Werkarbeitsbücher, Lexika, Atlanten, Wörterbücher, chemische und physikalische Experimentierbücher, erdkundliche, weltkundliche und geschichtliche Bücher, Zeitung, Zeitschrift, Film, Theater. 9. und 10. Lebensjahr).
4. Stufe: Apsychologisch-sensationsgesteuerte Lesephase (11.–13. Lebensjahr. Abenteuerbücher, Reisebücher, Sportbücher, Backfischliteratur, Romane, Kitsch und Schund. Vorherrschaft des Gefühligen bei den Mädchen und des Heldenhaften bei den Knaben)."

Innerhalb der literarästhetischen Entwicklungsphase unterscheidet Schliebe-Lippert nochmals zwei Stufen.

„1. Stufe: Die psychologisch-ästhetische Erregungsphase im Jugendalter hat zwei Teilstufen:
a) Frühstufe: 14.–16. Lebensjahr. Historische Romane, Balladen, Novellen, Dramen, Märchen, Kunstmärchen;
b) Reifestufe: 17.–20. Lebensjahr. Biographien, Romane, philosophische Dichtung, religiöse Dichtung, Lyrik.

2. Stufe: Psychologisch-ästhetische Beruhigungsphase der Erwachsenheit. Sie erscheint in zwei Formen:
a) Normalform: psychologisch-ästhetische Beruhigungsphase,
b) Hochform: vollästhetische Beruhigungsphase" (Schliebe-Lippert, 1950, S. 56/57).

Außerdem sind nach Schliebe-Lippert noch folgende Typen des jungen Lesers zu unterscheiden: der romantische Typ, der realistische Typ, der intellektuelle Typ, der ethisch-pädagogische Typ, der interessen- und zweckbezogene Typ, der fluktuierende Typ (vgl. Protokoll der Arbeitstagung der Jugendschriftenausschüsse des BLLV, 18.–19. 10. 1958, S. 19; DJW-Materialsammlung, Inst. f. Jugendbuchforschung).

5 Als Ergebnis einer Zusammenstellung der Anschaffungen an hessischen Schulen im Rahmen der Lernmittelfreiheit im Jahre 1954 stellte sich dabei heraus:
1. Für den Literaturunterricht wurden fast ausschließlich Werke aus dem 19. Jahrhundert angeschafft.
2. Neueres Schrifttum tauchte vermehrt nur in Form sachgebundener Werke auf.
3. Die Literatur des 20. Jahrhunderts bis hin zur Gegenwart war fast überhaupt nicht berücksichtigt worden (vgl. Diederich, 1956).

6 Auf der Vorstandssitzung der VJA am 5./6. Oktober 1956 wurde als Ergebnis des ersten Tests (fiktive Titelliste) festgehalten: „Es gibt keine Lesealter im Sinne Charlotte Bühlers oder Heiner Schmidts mehr. Eine Umschichtung der Interessen und Bedürfnisse, eine vielgestaltige Differenzierung ist eingetreten. Erfreulicherweise ist die Neigung zur minderwertigen Literatur und damit ihr Einfluß nicht so stark wie vermutet" (VJA Rundschreiben Nr. 52 v. 6.11.1956; vgl. auch „Jugendschriften-Warte" Nr. 3–9, 1957).
Der zweite Test, in dem nach Lieblingsbüchern gefragt wurde, brachte kaum Überraschendes zutage. Bei den Jungen lagen Cooper, Defoe, May, Stevenson und bei den Mädchen Spyri, Haller, von Rhoden an der Spitze (vgl. hierzu: Test „Dein Lieblingsbuch", 1959–1960).

7 In einem Beitrag über „Möglichkeit und Notwendigkeit literaturpädagogischer Tatsachenforschung" von Adolf Hasseberg in der „Jugendschriften-Warte" konstatierte der Autor sogar, daß die Arbeit der Jugendschriftenausschüsse in einem Weltbild gründe, das von der Erziehungswissenschaft bereits seit rund dreißig Jahren überwunden worden sei (vgl. Hasseberg, 1955). Veröffentlichungen dieser Art stellten jedoch seltene Einzelfälle dar.

8 In diesem Zusammenhang wird auch verständlich, daß bei einem ersten überregionalen Treffen, wie geschildert, eine Vertreterin der Militärregierung zugegen war.

9 Auf die zweite Zielsetzung, den Internationalitätsgedanken, wird hier deshalb nicht näher eingegangen, weil 1. in den frühen Jahren nach 1945 eine Reihe objektiver Hindernisse – sie werden zum Teil bei der Darstellung der Verlagsentwicklung genannt – eine intensive Auseinandersetzung mit diesem Gedanken im Rahmen der Jugendbucharbeit erschwerte (u.a. fehlte einfach die Basis an Büchern aus dem Ausland) und weil 2. auf diesen Aspekt später noch in Verbindung mit der Gründung des Arbeitskreises für Jugendschrifttum die Rede kommen wird.

10 Erst 1961 wurde auf einer Vorstandssitzung der Jugendschriftenausschüsse der Mangel an zeitgeschichtlichen Werken in den Empfehlungslisten als Kritik angemerkt, wohingegen Autoren wie H. F. Blunck dort durchaus entbehrlich seien.

11 Die Unterscheidung in „tendenziöse" Jugendschriften, verstanden als „reine Zweckdarstellungen ohne Anknüpfung an das Jugendverständnis, ohne Bildungswert und ohne Gestaltung" auf der einen Seite und auf der anderen in Werke „mit echter Tendenz" in Anlehnung an Jack London, verstanden als solche, in denen „die Nahtstelle zwischen Idee und Formgebung nicht mehr sichtbar wird, wie sie Alfred Herr 1950 in der „Jugendschriften-Warte" vornimmt, blieb bei aller Diffusität eines solchen Abgrenzungsversuchs Einzelfall (vgl. Herr, 1950, S. 29).

12 Daß, wer schreibt, normalerweise – bewußt oder unbewußt – auch etwas im Leser bewirken will, ist eine Selbstverständlichkeit. Es läßt sich aber dennoch danach fragen, inwieweit in dem Lebenshilfekonzept der fünfziger Jahre Literatur lediglich zu einem Hilfsmittel der Pädagogik deklassiert wurde und die beabsichtigte Lehre das zentrale Kompositionselement darstellen sollte.

Denkbar sind allerdings auch andere Interpretationsweisen des meist als Schlagwort verwandten Begriffs „Lebenshilfe". Ursula Wölfel setzte sich z.B. in späteren Jahren in Interviews mehrfach mit diesem Begriff auseinander. Sie lehnt ihn nicht etwa kategorisch ab, sondern nur dort, wo er konkrete Rezepte oder Verhaltensmuster impliziert. Sie möchte nicht Fragen beantworten, sondern Fragen provozieren, Probleme artikulierbar machen und sieht darin durchaus ein Stück „Lebenshilfe" (vgl. Konflikte im Kinderbuch?, 1972, S. 60).

Auch Theo Rombach vom Herder Verlag bekräftigte uns gegenüber in heutiger Sicht die These von „Jugendliteratur als Lebenshilfe" in Opposition zu einem l'art pour l'art-Denken, bedauerte aber zugleich den Schlagwortcharakter des Begriffs (Gespräch v. 3.6.1985).

13 Dabei sollte ergänzt werden, daß in literaturpädagogischen Beiträgen und Abhandlungen häufig scheinbar das Gegenteil verlangt wird, nämlich eine lebendige, wirklichkeitsnahe oder lebensechte Literatur für junge Leser. Rutt beginnt den im Text oben zitierten Vortrag auf der Hauptversammlung der Jugendschriftenausschüsse 1952 mit der üblichen Klage über die Niveaulosigkeit der Zeit (Film, Funk, illustrierte Blätter und „Ersatzliteratur", „Schund" versus „edle literarische Bildungsgüter"), um dann mit der Feststellung fortzufahren, die Schule könne „im Ansturm der einebnenden Massenwirkungen nur noch etwas gelten und wirken, wenn sie das kindliche und jugendliche Leben wirklichkeitsgetreu auffängt, wie es also tatsächlich ist, nicht wie es sein sollte oder könnte." Rutt führt dazu Beispiele aus der zeitgenössischen Dichtung an, die gegenwartsbetont und wirklichkeitsnäher als das Schrifttum früherer Epochen sei und darum den Leser mündig mache.

Bei der Übertragung dieser Gedanken auf die Jugendliteratur bzw. den jungen Leser wurde jedoch und nicht nur bei Rutt ein Großteil der geforderten Wirklichkeitsnähe wieder zurückgenommen durch die vorgeblich notwendige Rücksichtnahme auf die jeweilige Altersstufe. Was man meinte, Kindern an Wirklichkeit zumuten zu können, fand seine engen Grenzen an der geforderten harmonischen Grundstimmung, wodurch nur enge Wirklichkeitsausschnitte zur Behandlung im Kinder- und Jugendbuch übrigblieben.

Eine andere Möglichkeit, mit der durchaus vorhandenen Forderung nach mehr Realität umzugehen, war deren weitgehende „Verbannung" ins Sachbuch, wie sie sich etwa bei Wilhelm Fronemann finden läßt. Er schreibt – ebenfalls 1952 –, die Rolle der äußeren Wirklichkeit in der Dichtung habe seit dem Naturalismus ständig an Bedeutung verloren, sie sei in der dichterischen Gestaltung nur noch Symbol, und niemandem werde es mehr einfallen, die Dichtung als Offenbarung echter Wirklichkeit anzusehen. Seine Schlußfolgerung lautete deshalb: „Wir wecken den Wirklichkeitssinn der Kinder nicht durch die Dichtung, sondern durch das Sachbuch" (Fronemann, Das Jugendlesen ..., 1952, S. 21).

Karl Vaupel wollte überhaupt dem Sachbuch den Vorzug bei der literarischen Versorgung der Jugend geben, wie er bereits 1948 auf der ersten großen Tagung der Jugendschriftenaus-

schüsse ausführlich darlegte. Der Bildungswert der „objektiven Kulturgüter“ in bezug auf Lebensgestaltung habe sich als zweifelhaft erwiesen. Zur lebens- und zur charakterlichen Bildung brauchte man nicht nach der literarischen Seite zu fragen, sondern: „Hat es Kraft, vom Kinde aus schöpferisch zu sein, und vor allem im Alltäglichen.“ Diese Kraft zur Erschließung der Wirklichkeit geht auch Vaupel vor allem von der „Kindersprache und damit der Sprache des Volkes“ aus. Aufgrund dessen plädiert er für eine gestaltete Sachliteratur, zu deren Schaffung das Laientum, „der Volksmann“, eingeschaltet werden sollte (vgl. VJA Rundschreiben Nr. 5 v. 1.12.1948).

14 In einem 1947 in der Münchner „Neuen Zeitung“ erschienenen und „Ruf nach Verinnerlichung“ überschriebenen Beitrag ist z. B. die Rede von der derzeitigen historischen Chance für die Deutschen, „auf dem Weg voranzugehen, der allein aus der Verarmung und Entartung menschlichen Seins in einem durch den Rationalismus veräußerlichten Leben herauszuführen vermag. Es ist der Weg der Verinnerlichung. Wissend geworden durch Erfahrungen, die uns über den Abgrund einer Hölle geführt haben, im Äußerlichen verarmt, vertrieben aus dem Scheinparadies einer wohleingerichteten Welt, in der alles zur Verfügung steht, und hineingestellt in ein Dasein, in dem alle Sicherungen des äußeren Lebens hinfällig werden, sind wir vor die Wahl gestellt, uns entweder in die Bodenlosigkeit des Nihilismus, der verzweifelten Verneinung allen Daseinssinnes, fallen zu lassen, oder in einer ebenso ernsten wie leidenschaftlichen Konzentration des Gemütes, des Geistes und des Gewissens, deren uns die Äußerlichkeit der rationalisierten Daseinsordnung völlig entwöhnt hat, innerlicher und wesentlicher zu werden und zu Gott und seiner Schöpfung und zu uns selbst und den Urwerten menschlichen Seins zurückzufinden. Die Entscheidung hierüber hängt von jedem einzelnen ab; ihm vor allem ist sie zugeteilt, und nur von ihm kann sie ausgehen“ (Lersch, 1947).

15 Um einen ungefähren Eindruck zu vermitteln, sei hier eine Auswahl der Teilnehmer an den größeren Podiumsdiskussionen der Tagung genannt: Erich Kästner, Lisa Tetzner, Kurt Kläber, Günter Birkenfeld, Luise Rinser, Alfred Zacharias, Ernst Penzoldt, Jella Lepman, Richard Bamberger, Fritz Brunner, Erwin Ackerknecht, John Barfaut, Wilhelm Fronemann, ein Vertreter des Bundesinnenministeriums, eine Vertreterin der UNESCO sowie eine Reihe in- und ausländischer Verleger (vgl. auch zu den Zitaten des „Exkurses“: Internationale Jugendbibliothek: Jahresbericht 1951, darin S. 19–47: Tagung „Internationale Verständigung durch das Kinder- und Jugendbuch“; Archiv IJB).

16 Ein Bericht des hessischen Kultusministers Erwin Stein definiert z. B. die Schulreformpläne 1947 näher. Zu den Erziehungszielen hinsichtlich eines angestrebten allgemeingültigen Menschenbildes heißt es dort, es müsse über die deutsche Eigenart im Guten wie im Bösen Klarheit herrschen. „Was das Negative betrifft, so kommt es hier vor allem darauf an, mit der Erziehung zur bürgerlichen Verantwortlichkeit und zu demokratischer Lebensweise durch den Lehrplan und die Organisation der Schule selbst die politischen Schwächen und die Verantwortungslosigkeit des Deutschen sowie seine Neigung zum Kommandieren einerseits, zum blinden Gehorsam andererseits zu überwinden. Ferner ist es notwendig, durch Förderung des internationalen Verstehens jedem neuen Nationalismus vorzubeugen. Die Erziehung muß Deutschland nicht isoliert, sondern stets im Zusammenhang mit der Welt sehen. Von hier aus muß die Aufgabe und das Ziel der Erziehung bestimmt werden. Im Positiven muß die neue Erziehung jene humanitären, weltbürgerlichen, friedfertigen und toleranten Kräfte des deutschen Charakters und der deutschen Geschichte, welche die großen Beiträge des deutschen Volkes zur Kultur der Menschheit hervorgebracht haben, ausnutzen und lebendig machen. Dies ist für den Erfolg der neuen Erziehung entscheidend [...].
Eine rein positivistische Ausbildung zu Lebenstüchtigkeit und zu den demokratischen Spielregeln wird die Jugend auf die Dauer nicht zur Freiheit und zur Ehrfurcht vor der

Freiheit erziehen. Die neue Erziehung muß den Mut zum Aufbau und zur Verteidigung einer neuen Welt entfachen. Die Jugend braucht daher eine Erziehung, die aus den tiefsten, den religiös-sittlichen Quellen wahrer Humanität gespeist ist. Alles Gute und Große in der deutschen Geschichte kommt aber aus dem Ethos eines christlichen Humanismus. Dieser ist zugleich das Ethos, das alle Völker der abendländischen Kultur, zu der auch Amerika gehört, innerlich verbindet. Alle Erziehung zu echter Humanität und zu ehrlicher Völkerverständigung muß sich also auf einen aus christlichem Geiste lebenden sozialen Humanismus gründen, der allein die Zukunft der demokratischen Welt tragen kann" (Stein, 1947, S. 176/77).

17 So ist z.B. auch im Lehrerheft zum Volksschullesebuch „Die gute Saat", Bd. V von 1959, zu lesen, daß die Lesebücher der mehr idealistischen Richtung ihre Aufgabe darin sehen, „unter Ausscheidung allen bloßen Wissensstoffes geprägtes Literaturgut darzubieten, das sowohl der religiös-sittlichen wie auch der muttersprachlichen Bildung dienen soll" (S. 3).

18 Einen direkten Bezug zwischen „innerer Schulreform", literarischer Erziehung und deren gemeinsamen ethischen Grundlagen stellte Karl Vaupel 1952 in seinen „Leitgedanken zum literarischen Unterricht" her:
„Die innere pädagogische Bewegung (innere Schulreform) umfaßt mit ihren Zielen und Zwecken auch die literarische Erziehung. Sie steht im Dienst der Menschenbildung auf der Grundlage christlich abendländischer Kultur, der Sozialerziehung und der Erhaltung des Friedens unter den Völkern" (Beilage zum VJA Rundschreiben Nr. 26 v. 2.5.1952).

19 Beispielsweise lautet Punkt 5 der Grundsätze in einem Plan zur Erneuerung des Schulwesens im Lande Hessen vom September 1947 (s. auch Anm. 16) folgendermaßen:
„Der einheitliche Erziehungsgeist bestimmt sich nach dem einen Menschenbilde, das heute für alle demokratischen Kulturvölker der Welt maßgebend ist, und dem jedes einzelne Volk nur sein besonderes Gepräge zu geben hat. Das verpflichtende Menschenbild ist die in ihrem Gewissen an Gott gebundene Freie Persönlichkeit, die sich selbstverantwortlich in den Dienst von Volk und Menschheit einordnet und jede echte Überzeugung achtet" (Stein, 1947, S. 174).

20 Da im Rahmen unserer Arbeit eine grundsätzliche Darstellung des Themas „Lesebuch" nicht zu leisten ist, sollen hier zu diesem Gebiet einige wenige allgemeine Hinweise gegeben werden. Die nach 1945 neu entstandenen Lesebücher enthielten sich ihrem Auftrag entsprechend jeglichen im engeren Sinne auf den Nationalsozialismus zurückweisenden Gedankenguts. Das bedeutet jedoch nicht, daß man sich darum bemühte, in Auswahl und Anordnung der Lesestoffe irgendwelche neuen Wege zu beschreiben oder gar Experimente zu wagen. Mehr noch als auf dem Gebiet der eigentlichen Jugendliteratur beherrschten in den Lesebüchern die in den bildungsbürgerlichen Literaturkanon aufgenommenen Erzähler des 19. Jahrhunderts die Szene neben einigen Vertretern davorliegender Epochen sowie dem deutschen „Volksgut". Außerdem fehlte es auch nicht an Repräsentanten eines als unpolitisch verstandenen Stranges von Autoren, die auch unter dem NS-Regime weite Verbreitung gefunden hatten; namentlich Ina Seidel, Agnes Miegel, Hans Carossa oder Josef Weinheber zählten zu dieser Gruppe.
Angesagt war nicht die Auseinandersetzung mit der Welt- und Gegenwartssicht zeitgenössischer Autoren, sondern „zeitloses", auf „Innerlichkeit" bedachtes Lesegut. Wie im Lehrerheft zur „Guten Saat" (Bd. V, 1959) vermerkt ist, „entscheidet über die Jugend- und Zeitgemäßheit des Lesegutes nicht die Modernität der Einkleidung, sondern die Echtheit des Kerns. So bietet dieser Band etwa eine Textgruppe mit Stoffen ‚aus der weiten Welt'."
„Allerdings", heißt es, „handelt es sich nicht um Berichte und nicht um Beschreibungen und Schilderungen der Welt, wie sie heute ist und morgen schon vielleicht nicht mehr sein wird – das Aktuelle veraltet am schnellsten –, sondern es geht in allen dargebotenen Geschichten und Darstellungen um das Bild des Menschen in dieser sich wandelnden Welt [...] Was aber

zeitlos gültig ist, das gilt auch für unsere Zeit, und für sie erst recht, mag sich auch das wahre und echte Menschenantlitz unter vielerlei Masken verbergen" (S. 3/4). Vom Aufbau her orientieren sich die Lesebücher am Kreis der Jahreszeiten oder z. B. an einem kapitelweise sich erweiternden Blickfeld vom Familienkreis über die Heimat bis in ferne Länder. Charakteristische Kapitelüberschriften lauten etwa: „Der Mensch lebt auf Erden nicht allein", „Des Menschen Geist strebt in die Ferne", „Über allem waltet Gott", „Heimatland" (Das Garbenfeld, Bd. 2, ³1958); „Wurzeln – Wachsen – Reifen", „Schicksal und Bewährung", „Menschenleben – Menschenschicksal" (Deutsches Lesebuch, Bd. 5, 1951); „Das Leben bringt uns Arbeit und Mühen", „Das Leben schenkt uns auch viele Freuden", „Wir fahren in die weite Welt", „Über uns waltet Gott" (Das Garbenfeld, Bd. 1, ⁴1959).
Die Antiquiertheit dieser Lesebücher wurde zuweilen auch von Zeitgenossen schon bemerkt. So erschien bereits 1947 eine harsche Kritik zu einem der ersten „neuen" Lesebücher in der „Süddeutschen Zeitung", die hier, weil sie Anspruch auf Allgemeingültigkeit erheben kann, ausführlich wiedergegeben werden soll; sie bezieht sich auf das „Bayerische Lesebuch" für das dritte und vierte Schuljahr:
„Wir wissen nicht um die Absichten des rührigen Bayerischen Schulbuchverlages (bzw. des Kultusministeriums) und des Herausgebers (Fritz Färber), glauben jedoch, daß man in ‚Geistes- und Gemütswerten' machen wollte. Das mit den Gemütswerten ist allerdings völlig gelungen, das Buch ist eine einzige Flucht in die Romantik, in die Illusion, in die (gewiß reizvolle) Welt deutscher Märchen, Sagen, Legenden und braver Erzählungen von Anno Tobak, gegen die nichts gesagt sei, die aber einem modernen Schullesebuch nicht das Gepräge geben dürfen. Das neue Lesebuch baut eine versunkene romantische Welt auf, es geht an den furchtbaren Realitäten des heutigen Lebens wie auch an Technik und Verkehr vorbei, es negiert sie völlig. Man hat den Eindruck, daß der Herausgeber, auf einer märchenhaften Insel oder in einem weltabgeschiedenen Dorf lebend, den Zweiten Weltkrieg mit seinen Folgen, ja die letzten 25 Jahre, verschlafen hat, daß er in einer großen Bibliothek altes Volksgut, Märchen, Sagen und nette Harmlosigkeiten zusammengeklaubt hat und sie nun den bayerischen Volksschülern von 1948 widmet. Für den Herausgeber gibt es kein Radio und kein Flugzeug, kein Großstadtelend, keine Ruinen, keinen Hunger, keine zerrissenen Schuhe, keine Schulspeisung, keine kriegsgefangenen Väter, keine Verkehrsnöte, keine Flüchtlinge, keine zusammengepferchten und frierenden Menschen, aber auch kein wiederaufgebautes Haus, keinen Kran und keinen Bagger – alles Dinge, die auch die Acht- bis Zehnjährigen heute tagtäglich sehen und erleben. Über alle diese Kinder, die den Luftkrieg und den Zusammenbruch eines Volkes mitgemacht haben, wird eine geistige Glasglocke gestülpt, sie werden künstlich von der heutigen Welt abgesondert, sie leben sozusagen in einer glücklichen Waldschule, die von einer hohen Mauer umgeben ist, über die man nicht hinaussieht. Ist denn überhaupt ein großstädtischer moderner Pädagoge bei diesem Buch Pate gestanden? Wir betrachten diese völlige Abkehr von den Gegebenheiten unserer Zeit als einen pädagogischen Konstruktionsfehler, von dem sich übrigens auch ähnliche Publikationen des gleichen Verlags nicht völlig freigehalten haben. Das neue bayerische Lesebuch hätte ebensogut im Jahre 1900 erscheinen können" (Hahn, 1947).

21 Der mangelnde Elan in diesem Punkt, besonders bei der katholischen Kirche, war allerdings auch einer der Gründe, die zu einer raschen Abkühlung der guten Beziehung, hauptsächlich mit den Amerikanern, führten.

22 Eine derartige Überzeugung führte mitunter dann dazu, daß in Buchbeurteilungen auch dort „theologische Antworten" vermißt wurden, wo sie vom Autor vielleicht absichtsvoll gar nicht versucht, d. h. nicht gewollt waren.
In einem Beitrag über „moderne christliche Jugendbücher" wird in diesem Zusammenhang etwa Lisa Tetzners Buchreihe „Die Kinder aus Nr. 67" folgendermaßen kritisiert:
„Bei Tetzner sind zwar Ansätze zur religiösen Sicht da – die Frage nach der Schuld kommt

aus dem Bereich –, aber im entscheidenden Moment findet sie nicht den Mut zur Antwort" (Heuser, 1955, S . 13).
Und gegen Kästner richtet sich der noch abstrusere Vorwurf, er scheue sich, Christus beim Namen zu nennen, weil er die schulische Weihnachtsfeier im „Fliegenden Klassenzimmer" „so profan wie möglich" gestaltet habe (ebd., S. 14).

23 Der Arbeitskreis „Das gute Jugendbuch" wurde 1951 von Vertretern der beiden katholischen Lehrerverbände sowie denen der Vereinigung katholischer Verleger und Buchhändler und von Volksbibliothekaren gegründet, um – wie es in einer Selbstdarstellung heißt – das deutschsprachige Jugendschrifttum „aus christlicher Verantwortung" zu prüfen. Dazu veröffentlichte der Verein halbjährliche Verzeichnisse mit Jugendbuchbeurteilungen. Ab 1956 wurden diese Verzeichnisse zur Zeitschrift „Das gute Jugendbuch. Werkblätter für die Fragen des Jugendschrifttums" erweitert. Außerdem richtete der Verein z.B. eine eigene Kinderlesestube ein und beteiligte sich an weiteren solchen Unternehmungen.

24 Zum Beispiel war auch bald nach 1945 die Jugendschriftenzentrale des katholischen Lehrerverbands wieder ins Leben gerufen worden, ebenfalls um das neu herauskommende Jugendschrifttum zu sichten und Verzeichnisse zusammenzustellen.
Eine Gründung der beiden Kirchen in Verbindung mit den großen konfessionellen Jugendverbänden war Anfang 1950 der Deutsche Jugendbuch-Vertrieb in Frankfurt (Ende 1954 Umbenennung in Deutscher Jugendbuchdienst e.V., Düsseldorf), der das gute Jugendschrifttum und Kinder- und Jugendlesestuben in Form einer Beratungs- und Informationsstelle fördern wollte.

25 Unter anderem unternahm Jella Lepman 1948 eine Vortragsreise durch die USA, auf der sie auch die Unterstützung von Eleanor Roosevelt erlangte.

26 Anfänglich war sogar eine eigene Verlagsabteilung geplant, die exemplarische Übersetzungen veröffentlichen sollte, dann aber nicht zustande kam.

27 Zum Beispiel seien die Übersetzungslisten der IJB nicht aktuell genug gewesen, um eine wirkliche Hilfe für Verleger darzustellen.

28 Da Gründung und Entwicklung des Internationalen Kuratoriums für das Jugendbuch nur mittelbar in eine Darstellung des „Jugendbuchwesens" der Bundesrepublik Deutschland gehört, sollen an dieser Stelle einige Hinweise zu dieser Institution genügen.
Auf der Münchner Tagung von 1951 waren schon einige Aufgaben für ein zukünftiges Internationales Kuratorium ins Auge gefaßt worden und zwar: „1. Informationen zu geben und zu vermitteln; 2. den gegenseitigen Gedankenaustausch in jeder Hinsicht anzuregen; 3. die Zusammenarbeit in ganz bestimmten konkreten Anliegen zu intensivieren. Hierzu gehören die Propagierung des guten Jugendbuches und die Zusammenarbeit auf dem Gebiet der Ausbildung von Bibliothekaren" (IJB Jahresbericht 1951, S. 47). 1954 nannte Otto Binder die kurz zuvor entstandene Institution einen „Welt-Horchposten", der als internationales Zentrum allen Bestrebungen des guten Kinder- und Jugendbuches dienen sollte (vgl. Binder, 1954, S. 298). Das erste Präsidium des Internationalen Kuratorims fügte obiger Aufgabenliste noch einige Punkte an, z.B. die Förderung der Herausgabe und Verbreitung wertvoller Jugendliteratur und die Errichtung wissenschaftlicher Forschungsstätten für das Jugendbuch. Auch war nun ausdrücklich nicht nur von einer Förderung „guter Jugendliteratur" die Rede, sondern auch von einer Einflußnahme auf die Kulturgebiete, die das Jugendbuch hemmen, namentlich „Schmutz und Schund".
Konkret wurde gleich mit der Entstehung des Internationalen Kuratoriums die Schaffung des „Internationalen Jugendbuchpreises Hans Christian Andersen", der alle zwei Jahre in Form einer Medaille verliehen werden und „die höchste Ehre für einen Jugendschriftsteller" bedeuten sollte, beschlossen (Binder, S. 299). Die erste „Hans Christian Andersen-Medaille" wurde 1956 an Eleanor Farjeon (Großbritannien) vergeben; es folgten als Preisträger 1959 Astrid Lindgren (Schweden) und 1960 für die Bundesrepublik Erich

Kästner. In bezug auf die Arbeits- und Organisationsmethode beschloß das Kuratorium eine dezentrale Abwicklung seiner Tätigkeiten, d.h. die Bearbeitung eines Großteils der Aufgaben sollte in die einzelnen Mitgliedsländer verlegt werden. Dementsprechend wurde z.B. mit einem der ersten Projekte, einer Umfrage über den Stand des „Jugendbuchwesens“ in den wichtigsten Ländern, die Internationale Jugendbibliothek betraut.
Zum regelmäßigen Programm sollten auch weitere internationale Tagungen bzw. Kongresse gehören, von denen der erste im Gründungsjahr 1953 stattfand. Von Richard Bamberger wurde außerdem die Schaffung einer internationalen Zeitschrift für Jugendbuchfragen angeregt und konzipiert, die unter der Bezeichnung „Bookbird“, allerdings jedoch erst seit 1962, erscheint.

29 Derselbe Hans Ludwig Held hatte im übrigen 1946 die von Jella Lepman initiierte erste Internationale Jugendbuchausstellung in München organisatorisch betreut.

30 In Deutschland waren seit Beginn des Jahrhunderts die ersten Kinderlesehallen und -lesestuben – an bestehende Volksbibliotheken angegliedert – eingerichtet worden, vor allem, um die Jugend vor dem verderblichen Einfluß der „Schund“literatur zu schützen.

31 Welch geringer Stellenwert den öffentlichen Büchereien (spezielle Angaben zu Kinder- und Jugendbüchereien stehen nicht zur Verfügung) im Rahmen der gesamten Kulturförderung zugewiesen wurde, wird für den Anfang der fünfziger Jahre in einer Denkschrift der deutschen UNESCO-Kommission festgehalten. Dort sind die Ausgaben für Kultur aufgeschlüsselt, u.a. anhand einer vom Deutschen Städtetag 1950 veröffentlichten Statistik zum Kulturetat von 233 Gemeinden über 20000 Einwohner, die – auch wenn es sich nur um die kommunalen Mittel handele – symptomatisch sei für die Gesamtlage: „Die untersuchten Städte gaben 3,02 D-Mark je Einwohner für die Bezuschussung der Theater aus. Die Musikpflege erforderte einen Betrag von 0,78 D-Mark je Einwohner. Für Museen und Kunstausstellungen wurden 0,62 D-Mark je Einwohner ausgegeben [...] Für die öffentlichen Büchereien und die Schrifttumspflege wurden 0,80 D-Mark je Einwohner ausgegeben.“ Oder für die Situation im Land Schleswig-Holstein heißt es dort, daß 18% des im Landeshaushalt 1949/50 vorgesehenen Betrages für Bibliotheken und Archive an die öffentlichen Büchereien gegangen sei. Der Gesamtbetrag für Bibliotheken und Archive wiederum habe 2,8% der Summe ausgemacht, die für Hochschulen, Kliniken, Theater, Musik und Bibliotheken zur Verfügung stand, einer Summe, die insgesamt ganze 2% des Landeshaushalts bedeutet habe (vgl. Deutschland braucht Büchereien, 1952, S. 35).

32 Weitere Charakteristika des Borromäus-Vereins seien hier am Rande vermerkt. So wurde der Verein ursprünglich als Hausbüchereiorganisation gegründet, quasi als frühe Form der späteren Buchgemeinschaften. Die Mitglieder erhielten für ihren Vereinsbeitrag auch jährlich ein Buch nach eigener Wahl zum Eigenbesitz. Die Einrichtung eigener Büchereien entwickelte sich, historisch gesehen, als Lösung der Frage nach einer zweckmäßigen Verwendung der Vereinsüberschüsse. Auch sonst zeichnete sich der Verein von Anfang an durch eine spezielles System der Selbsthilfe aus, was in bezug auf die Büchereiarbeit bedeutete, daß sie weitestgehend von ehren- und nebenamtlichen Kräften geleistet wurde.

33 Zuvor hatte sich speziell um Jugendbuchfragen schon die 1903 von einigen Hamburger Lehrern gegründete Zentralstelle für Jugendlektüre gekümmert, die 1909 vom Zentralausschuß für Innere Mission übernommen und von da 1924 an den Evangelischen Presseverband für Deutschland übergeben worden war.

34 Merkwürdigerweise tauchen in einem Tagungsbeitrag zur „literarischen Jugendhilfe durch die evangelischen Büchereien“ die zuvor zitierten Sätze des Artikels von Karl Kenntner wörtlich auf, nur mit einer etwas anderen Formulierung am Schluß des entsprechenden Abschnitts, der dort lautet: „Die Tatsache des Kreuzes auf Golgatha verbietet uns einfach diese Leichtfertigkeit. Auflösung der Dissonanzen kann etwa heißen, daß nur der Ton des Leides, nur die Sehnsucht nach Ordnung und Heil in einem Buche anklingen“ (Monika

Cramer: Aufgaben und Möglichkeiten literarischer Jugendhilfe durch die evangelischen Büchereien. Referat auf der literar-pädagogischen Arbeitswoche „Wege zum Jugendbuch", 17.–22.10.1960. Landschaftsverband Rheinland-Landesjugendamt Köln, unveröff. Berichtsheft; Archiv IJB).

35 In diesem Sinne führt beispielsweise Karl Reumuth innerhalb einer Arbeit zum „muttersprachlichen Unterricht" im Kapitel über die Schülerbücherei aus, diese müsse die Arbeit der Schule fortsetzen und nach der lebenspraktischen Seite ergänzen; dazu sind nach Reumuth neben dem Unterhaltungsschrifttum „Lebensbücher" notwendig, vor allem alte Volksdichtung (vgl. Reumuth, 1951).

36 Als Beispiel für die finanzielle Ausstattung Anfang der fünfziger Jahre wird von Viktor Zifreund der Schuletat einer rheinischen Großstadt genannt, der für Schülerbüchereien der Volksschulen einen Betrag von jährlich 8 Pfennigen je Schüler vorsehe oder in Frankfurter Schulen von 12 Pfennigen. Damit ergebe sich günstigenfalls ein jährlicher Zuwachs von 10 Büchern für mehr als 400 Kinder (vgl. Zifreund, 1951/52, S. 113).
Die Vereinigten Jugendschriftenausschüsse gaben in den fünfziger Jahren demgegenüber einen jährlichen Finanzbedarf von 1 DM pro Schüler an.

37 Öffentliche Stellen, die sich im Untersuchungszeitraum u. a. mit Fragen der Jugendliteratur befaßten, waren:
- das Bundesministerium des Innern, später das Bundesministerium für Familien- und Jugendfragen;
- die entsprechenden Referate bei den Kultusministerien der Länder;
- die Ständige Konferenz der Kultusminister;
- der Kulturausschuß des Deutschen Städtetags;
- die Fachkonferenz der Staatlichen Büchereistellen in Rendsburg;
- die Bundesprüfstelle für jugendgefährdende Schriften.

38 Analog zum Bundesjugendplan existierten auch Landesjugendpläne, im Rahmen derer die zentral beschlossenen Programme wie auch zusätzliche zur Ausführung gelangten und die auch Geldmittel vom Bundesministerium (aus dem Bundesjugendplan) zur Weiterverteilung erhielten. Zugunsten einer Konzentration in der Darstellung soll im Text jedoch im wesentlichen nur auf die zentralen Förderungsmaßnahmen eingegangen werden.

39 Als Beweis für die „Jugendnot" brachte man folgende Zahlen vor: 2 Millionen heimatvertriebene Kinder und Jugendliche (teilweise in Massenunterkünften); 1,6 Millionen Waisen oder Halbwaisen; 600000 jugendliche Arbeitslose bzw. Jugendliche ohne Lehrstelle; ⅓ aller Kinder und Jugendlichen litten unter völlig unzureichenden Wohnverhältnissen. Allerdings wurden solche Daten zur „Jugendnot" meist so behandelt, als stellte die junge Generation eine isolierte Gruppe innerhalb der Gesellschaft dar und als wäre der „Rest" der Bevölkerung nicht ebenso von Wohnungsnot, Arbeitslosigkeit etc. betroffen.

40 Die finanzielle Ausstattung des Bundesjugendplans steigerte sich seit 1950 rapide. Eine Aufstellung der Entwicklung bis 1961 kann dies verdeutlichen:

1. Bundesjugendplan 1950 = 17,5 Millionen DM
2. Bundesjugendplan 1951 = 17,5 Millionen DM
3. Bundesjugendplan 1952 = 20 Millionen DM
4. Bundesjugendplan 1953 = 30 Millionen DM
5. Bundesjugendplan 1954 = 28,8 Millionen DM
6. Bundesjugendplan 1955 = 32,6 Millionen DM
7. Bundesjugendplan 1956 = 49,8 Millionen DM
8. Bundesjugendplan 1957 = 62,3 Millionen DM
9. Bundesjugendplan 1958 = 62,3 Millionen DM
10. Bundesjugendplan 1959 = 73,4 Millionen DM
11. Bundesjugendplan 1960 = 81 Millionen DM

12. Bundesjugendplan 1961 = 84,4 Millionen DM
(vgl. Der Deutsche Bundesjugendplan, 1961).
Der größte Posten von diesen insgesamt 559,8 Millionen DM, nämlich 122,95 Millionen DM, wurde allerdings für die Eingliederung jugendlicher Zuwanderer aufgewendet.
66,61 Millionen DM wurden bis 1961 für sogenannte „Freizeithilfen" ausgegeben; außer Jugendliteratur fielen darunter auch Jugendherbergen, Freizeitheime, Büchereien, Jugendmusik, Fotografie, Film, Funk und Fernsehen.

41 Während die Beratungen über die Schaffung eines zentralen Jugendförderungsprogramms in der Bundesrepublik noch im Gange waren, hatte Walter Ulbricht 1950 in der Deutschen Demokratischen Republik das „Gesetz über die Teilnahme der Jugend am Aufbau und die Förderung der Jugend" mit einem für die damalige Zeit hochangesetzten Finanzierungsprogramm von 46 Millionen Mark verkündet, ein Grund mehr für die westdeutschen Politiker, ihre Planungen – trotz akuten Geldmangels – zu beschleunigen.

42 Neben den in Anm. 40 genannten Gebieten konnten mit den Geldern des Bundesjugendplans auch jede Art von Tagung, die sich mit Jugendarbeit – natürlich auch Jugendliteratur – und Problemen Jugendlicher auseinandersetzte, unterstützt werden.

43 Bei der Vergabe solcher Gelder wurde etwa auch darauf geachtet, daß die verschiedenen Träger entsprechender Einrichtungen gleichmäßig bedacht wurden. So ging die finanzielle Unterstützung dieser Musterjugendbüchereien je zu einem Drittel an kommunale Büchereien, den Borromäus-Verein und die Evangelische Kirche.

44 1957 ging die Zuständigkeit für den Bundesjugendplan vom Bundesministerium des Innern auf das Bundesministerium für Familien- und Jugendfragen über.

45 Der Kampf gegen die Comics, der ja erst nach 1953 voll eingesetzt hatte, ist in diesem Zusammenhang durchaus als Sonderfall zu sehen.

46 Die weiteren Herausgeber waren für die Bundesrepublik Deutschland Elisabeth Schliebe-Lippert, für Österreich Richard Bamberger und Peter Lalics und für die Schweiz Fritz Brunner und Hans Cornioley.

47 Die Rechtsform ist seit 1957 die eines eingetragenen Vereins.

48 Zum Beispiel war John Barfaut, bis 1960 Vorsitzender der Vereinigten Jugendschriftenausschüsse, in den ersten Jahren auch durchgehend Vorstandsmitglied im Arbeitskreis.
Insgesamt beteiligten sich folgende Organisationen und Einzelpersönlichkeiten an der Gründung des Arbeitskreises bzw. bildeten die ersten Mitglieder (Stand v. 14.11.1955):
- Aktion Jugendschutz, Hamm
- Arbeitsgemeinschaft der Jugendbuchverleger (Lotte Weitbrecht)
- Sortimenterausschuß im Börsenverein (Rudolf Köhl)
- Arbeitsgeminschaft der Buchgemeinschaften
- Arbeitsgemeinschaft für Jugendpflege und Jugendfürsorge, Bonn
- Börsenverein des Deutschen Buchhandels (Lambert Schneider)
- Borromäus-Verein
- Deutsche Akademie für Sprache und Dichtung
- Deutscher Bundesjugendring (Martin Faltermaier)
- Deutscher Verband Evangelischer Büchereien
- Internationale Jugendbibliothek
- St. Michaelsbund
- Verein Deutscher Volksbibliothekare
- Vereinigte Jugendschriftenausschüsse
- Verein zur Förderung guter Jugendschriften, Hannover
- Deutscher Jugendbuchdienst, Düsseldorf.

Einzelmitglieder:
Elisabeth Ekström, Gertrud Gelderblom, Aloys Henn, Heiner Lades, Johannes Langfeldt,

Jella Lepman, Erich Kästner, Hanns Ott, Willi Overwien, Doris Rossa-Fischer, Theodor Spitta, Annedore Weitbrecht, Fritz Westphal.

49 So wurde z.B. noch in einem Exposé zur „Aktivierung des Arbeitskreises“ vom 27. September 1961 u.a. vorgeschlagen, einen Fernsehfilm herzustellen, „der die Gefahren von Schmutz und Schund aufzeigt, die Verantwortung der Eltern für die Lektüre der Jugend herausstellt und die Wege zum positiven Schrifttum aufzeigt“ (Archiv Arbeitskreis).

50 Im einzelnen stellte Ott fest: „Es fehlt eine gegenwartsnahe Jugendleser-Psychologie ebenso wie eine zuverlässige Marktanalyse des Jugendschrifttums – die jugendgemäße Illustration müßte genauer erforscht werden – wertvoll wären auch Untersuchungen über den Einfluß und die Wirkung des guten und besonders des schlechten Schrifttums auf die Jugend (Gesetz) – es fehlen Untersuchungen über das Wesen der Jugendliteratur, über zeitgemäße Literaturpädagogik, über Stellung und Bedeutung des Jugendschrifttums in der Jugendpflege“ (Ott, 1955b, S. 55).

51 Das von Johannes Langfeldt ausgearbeitete Exposé zu einem Institut für Jugendliteratur beinhaltete ein breites Spektrum möglicher Aufgaben, die sich zum einen direkt auf die Erforschung des Jugendbuches bezogen, auf seine Inhalte und die Ausstattung, auch in historischer Sicht sowie auf Herstellung, Verbreitung und Buchkritik. Zum anderen sollte vom Leser ausgegangen werden, Förderung und Bedrohung durch Lektüre, die Bedeutung des Lesealters und der Lesertypen auch unter Zuhilfenahme empirischer Verfahren untersucht werden. Die praktische Auswertung der Forschung wurde vor allem in der Fühlungnahme mit anderen Institutionen bzw. sämtlichen Kreisen der Jugendbucharbeit gesehen.

Für eine staatliche Autorenförderung arbeitete Fritz Westphal einen anderen Entwurf aus, der zunächst einmalig zu gewährende Stipendien aus den Mitteln des Bundesjugendplans vorsah, die es ermöglichen sollten, befähigte westdeutsche Autoren für einen begrenzten Zeitraum für eine Arbeit an einem Jugendbuch von alltäglichen Aufgaben zu befreien. Die Durchführung dieser Aktion sollte vom Arbeitskreis übernommen werden.

Dieser Plan wurde jedoch auf der nächsten Vorstandssitzung bereits verworfen, weil Bedenken gegen eine Auslegung als staatliche Lenkung der Literaturproduktion aufgekommen waren.

52 Der Anteil ausländischer Titel an den Preis- und Auswahllistenbüchern betrug bis 1961 knapp unter 50%.

53 In den ersten Jahren wurden die Sonderpreise in folgenden Bereichen vergeben: 1956 für das „schönste Mädchenbuch“, 1959 wurde zusätzlich ein „Bilderbuchpreis“ verliehen (regelmäßig wurde die Sparte „Bilderbuch“ erst ab 1965 einbezogen), 1959 wurde das „beste Sachbuch“ prämiiert, für 1960 lief der Sonderpreis unter der Bezeichnung „Der junge Mensch in seiner Umwelt“ und für 1961 waren „Neubearbeitungen klassischer Kinder- und Jugendbücher“ gefragt.

54 Die erste Ausschreibung 1955 bezog sich sogar nur auf Titel, die zwischen dem 1. Januar und dem 31. Oktober 1955 erschienen waren.

55 Die Aufgabe der Einzeljurys war es, eine Vorauswahl aus allen eingereichten Titeln der jeweiligen Sparte zu treffen. Die endgültig entscheidende Hauptjury setzte sich aus dem Hauptjuryvorsitzenden sowie den Vorsitzenden und deren Stellvertretern der Einzeljurys zusammen.

56 Den Deutschen Jugendbuchpreis 1956 erhielten: Luise Fatio/Roger Duvoisin: Der glückliche Löwe (Kinderbuch); Kurt Lütgen: Kein Winter für Wölfe (Jugendbuch); Helga Strätling-Tölle: ... ganz einfach Doko – Die Geschichte eines Mädchens (Prämie „schönstes Mädchenbuch“); Alberta Rommel: Der goldene Schleier – Roman eines jungen Mädchens (Prämie „schönstes Mädchenbuch“).

57 Im übrigen zeigt sich an dieser Stelle auch die Zeitbedingtheit von Schönfeldts Kritik, wenn sie urteilt: „Niemand hat etwas gegen ein gründlich und zuverlässig unterrichtendes Sachbuch. Doch Bücher dieser Art gehören nicht unbedingt und nicht in überwiegendem Prozentsatz auf eine Bestliste. Dort erwartet man Bücher, die den Kindern einen Begriff von dichterischer Imagination und Kraft geben" (zit. nach Schönfeldt, 1986, S. 14).

58 An Titeln des Verlags Herder wurden bis 1961 ausgezeichnet: 1956 Louise Fatio/Roger Duvoisin: Der glückliche Löwe (Kinderbuch); Artur Maximilian Miller: Die Poggermühle (Prämie). 1960 Elizabeth Foreman-Lewis: Shanghai 41 (Jugendbuch). Außerdem standen bis 1961 über 20 Herder-Titel auf der Auswahlliste.

59 Mit jeweils näherer Erläuterung wird in dem Papier dementsprechend folgender Aufgabenkatalog erstellt:

1. Koordinierung aller Einzelmaßnahmen in Organisationen und Ländern mit dem Ziel einer geschlosseneren Wirkung (Austausch und Verbreitung von Buchurteilen, laufend ergänztes Grundstockverzeichnis, Zentralkartei aller Beurteilungen, Erfahrungsaustausch, Jugendbuchpreis und Jugendbuchwoche).
2. Öffentlichkeitsarbeit (Hinführung der Jugend zu Buch und Bücherei, Förderung der Freude am Lesen und Weckung der Eigenkritik, Weckung des Verantwortungsgefühls der Eltern für die Lektüre ihrer Kinder, Aufklärung der Lehrer und methodische Ausbildung in Hinführung der Jugend zum Buch, Propagierung des Pflichtfaches Jugendschrifttums in der Lehreraus- und -fortbildung; dasselbe bei Kindergärtnerinnen und Jugendpflegern).
3. Vortrags- und Ausbildungsarbeit (Referenten- und Materialgestellung für Vorträge über Fragen des Jugendschrifttums; Vorbereitung besonderer Jugendschriftenseminare und -tagungen).
4. Einflußnahme auf Film, Fernsehen und Rundfunk (Fachleute für Jugendschriftenfragen in Programmbeiräten).
5. Zusammenarbeit mit der Presse.
6. Forschung (Bildung eines wissenschaftlichen Forschungsbeirates, der sich befaßt mit: Koordinierung laufender Arbeiten, Aufbau eines Forschungsinstituts, Zentralkatalog sämtlicher Jugendschriften, Förderung neuer Untersuchungen und Seminare, Betreuung eines periodischen wissenschaftlichen Organs, Ausbau der IJB).
7. Einflußnahme auf die Etatberatungen (Bundes- und Landesjugendpläne, Volks- und Schülerbüchereien).
8. Zusammenarbeit mit der Bundesprüfstelle für jugendgefährdende Schriften.
9. Zusammenarbeit mit dem Internationalen Kuratorium

(vgl. Exposé über die Aktivierung des Arbeitskreises v. 27.9.1961).

60 Dies bedeutete jedoch nicht, daß es nicht auch einmal eine spezielle Arbeitsgruppe zu einem in diesen Bereich fallenden Thema gab wie z.B. auf der V. Mainau-Jugendbuchtagung 1959 zum Aspekt „Comic Strips und die Illustration des Abenteuerbuches".
Im übrigen taucht das „Schundproblem" auch in zahlreichen Referaten auf, die sich eigentlich einer anderen Frage widmen, als sozusagen selbstverständlicher Bestandteil der zeitgenössischen Diskussion.

# Ausblicke in die Deutsche Demokratische Republik, nach Österreich und in die Schweiz

## Vorbemerkung

Ein Blick über die Grenzen der Bundesrepublik hinaus verspricht gerade in Anbetracht einer detailreichen Studie die Chance als Korrektiv wie auch als nochmalige Erweiterung der Perspektive zu wirken, was wiederum die Möglichkeit einer distanzierteren Betrachung des eigentlichen Gegenstandes eröffnet.

Eine komparatistische Ergänzung ist zudem bei einer vier unterschiedlichen Staaten (weitgehend) gemeinsamen Sprache auch naheliegend.

Darüber hinaus gibt die Periode, der unser Interesse gilt, noch besonderen Anlaß zu einer vergleichenden Sicht auf die anderen deutschsprachigen Länder, bildeten doch drei von ihnen – jedenfalls in dem unmittelbar unserem Untersuchungszeitraum vorausgehenden Zeitabschnitt eine auch politische Einheit, wobei zudem, soweit es die spätere Deutsche Demokratische Republik betrifft, zu Beginn der ins Auge gefaßten Periode deren nachmalige Eigenständigkeit noch keine Selbstverständlichkeit, noch keine beschlossene Sache gewesen ist.

Die Einbeziehung der deutschsprachigen Schweiz schließlich als einzigem von Nationalsozialismus und Krieg dabei nicht direkt tangiertem Staat läßt demgegenüber eine korrigierende Funktion besonders deutlich werden, indem hieran politisch induzierte oder in einem breiteren geistesgeschichtlichen Zusammenhang stehende Besonderheiten in der Entwicklung einer „deutschen" Kinder- und Jugendliteratur und des zugehörigen Institutionenwesens überprüft werden können.

Andererseits kann und soll ein kurzes Kapitel zur Situation der Kinder- und Jugendliteratur in den anderen deutschsprachigen Staaten nicht Ersatz sein für eine tiefgreifende Behandlung der jeweiligen nationalen Entwicklung, kann nicht die dortigen Verhältnisse erschöpfend aufarbeiten, was zum Teil aus anderer Perspektive ja auch schon geschehen ist. Das heißt, wir können und wollen innerhalb dieser Studie keineswegs gleichzeitig eine Geschichte der Nachkriegs-Kinder- und Jugendliteratur der Deutschen Demokratischen Republik, Österreichs und der Schweiz vorlegen. Wichtig und interessant scheint es uns dagegen, einige wenige Aspekte – geleitet von den Grundinteressen unserer Arbeit – herauszugreifen und, immer in Blickrichtung auf die entsprechenden Vorgänge in der Bundesrepublik, parallele oder eben anders verlaufene Entwicklungstendenzen zu skizzieren.

Im Mittelpunkt steht dabei immer die zentrale Frage nach Kontinuität und Diskontinuität, nach „Tradition und Aufbruch".

Als Kristallisationspunkte bieten sich – analog zur seitherigen Aufgliederung – dieselben Unterabschnitte an, also die produktionstechnischen und verlegerischen Rahmenbedingungen, Ausprägung und Stellenwert des Kampfes gegen „Schmutz und Schund" wie eine Kurzcharakteristik spezifischer Organisationen und Institutionen der jeweiligen jugendliterarischen Szene.

## Die Entwicklung in der Deutschen Demokratischen Republik

### *Verlagswesen und Kinder- und Jugendbuchproduktion*

Von Anfang an nahm die sowjetisch besetzte Zone in Fragen der Publikation von Druckerzeugnissen eine – im Verhältnis zu den Westzonen – gewisse Sonderstellung ein. Das in der amerikanischen, britischen und französischen Zone verbindliche „Gesetz Nr. 191" (vgl. auch S. 211) hatte hier keine Gültigkeit, statt dessen regelte zunächst der „Befehl Nr. 19 vom 20. 8. 1945 des Obersten Chefs der Sowjetischen Militärverwaltung in Deutschland" (SMAD, vgl. Umlauff, 1978, Sp. 1649f.) die Modalitäten des Publikationswesens. Ähnlich der Situation im Westen bestand auch in der sowjetischen Zone eine allgemeine Lizensierungspflicht für Verleger; zusätzlich war eine Sonderlizenz für jede einzelne Veröffentlichung vorgeschrieben.

Im Gegensatz zu den westlichen Militärregierungen lizensierten die Sowjets nicht nur Einzelpersonen, sondern erteilten eine der frühen Lizenzen beispielsweise der Arbeitsgemeinschaft Thüringischer Verleger.[1]

Obwohl die sowjetische Administration und bald auch die deutsche Verwaltung kulturellen Fragen insgesamt einen viel höheren Stellenwert einräumte[2], künstlerische Darbietungen und Produktion bewußt und intensiv protegiert wurden, auch die Sprach- und Landeskenntnis sowie die Qualifikation für kulturelle Angelegenheiten bei den sowjetischen Kulturoffizieren im Durchschnitt höher war als bei dem vergleichbaren Besatzungspersonal der Westmächte, trotz all dem kam hier gerade das Lizensierungsprogramm sehr viel langsamer in Gang als in den drei anderen Zonen, so daß bis Ende 1945 kaum eine Handvoll ostdeutscher Verleger eine Zulassung erhalten hatte. Eine Begründung hierfür ist wohl in dem selbst im Vergleich mit der französischen Zone noch wesentlich komplizierteren Lizensierungsverfahren zu sehen, waren hier doch den letztlich bestimmenden Stellen der Besatzer von vorneherein deutsche Instanzen vorgeschoben, die eine Art Empfehlungsrecht hatten.[3] Trotz solcher Regelungen verliefen die ersten Monate nach Kriegsende auch auf dem Gebiet des Publikationswesens nicht völlig wohlgeordnet. Es bestanden durchaus unterschiedliche örtliche Bestimmungen oder Auslegungsarten nebeneinander. Der kommissarische Vorsteher des Leipziger Börsenvereins berichtete im Dezember 1945 etwa

von lokalen Einzelgenehmigungen für kleinere Objekte wie Sprachführer oder Bilderbücher (vgl. Jäh, 1946). Auch wurden, wie in den Westzonen, zum Teil für den Vertrieb noch vorhandener, nicht anstößiger Bestände Genehmigungen erteilt. Im Rückblick urteilte Ende 1947 Otto A. Kielmeyer – zu diesem Zeitpunkt Leiter des Kulturellen Beirats –, die anfänglich der Initiative örtlicher Stellen überlassene Wiederbelebung des Verlagswesens habe zunächst „durch eine rein geschäftslüsterne Produktion“ zu völliger Verwilderung und einem Raubbau an den raren Papiervorräten geführt (vgl. Kielmeyer, 1947, S. 329). Und ebenso wie in den Westzonen wurde im Leipziger Börsenblatt über ein chaotisches Broschüren- und Traktatunwesen und die Zweckentfremdung entsprechender Erzeugnisse aufgrund des allgemeinen Papiernotstandes geklagt.[4] Mitte 1946 übernahm dann der Kulturelle Beirat für das Verlagswesen[5] die Funktion einer Vorzensur; nur rein politische Literatur unterstand weiterhin der direkten Überprüfung durch die sowjetische Militärregierung. Mit der offiziellen Aufhebung der Vorzensur durch den SMAD-Befehl Nr. 90 vom 12. April 1947 änderten sich auch die Aufgaben des Kulturellen Beirats, die nun vor allem in einer Dringlichkeitseinstufung der geplanten Verlagsproduktionen bestanden, womit der Beirat eine zentrale Planungsfunktion erfüllte. Daneben wurden in verschiedenen Kommissionen dieses Gremiums – unter anderem existierte auch eine Fachkommission für das Jugendbuch – thematische Vorschläge erarbeitet, die die Verlage in freier Wahl zur Realisation bringen können sollten.[6] Auch damals offensichtlich schon geäußerten Bedenken hinsichtlich einer solcherart offiziellen Lenkung der Buchproduktion begegnete der Leiter des Kulturellen Beirats mit den Argumenten der beschränkten Produktionsmöglichkeiten (Papiermangel) wie auch der besonderen Situation Deutschlands, angesichts derer jeder einsichtige und missionsbewußte Verleger froh sein müßte, daß ihm eine objektive und verständnisbereite Institution beratend und weisend zur Seite stünde (vgl. Kielmeyer, S. 329). Leute, die immer noch freie Produktionsentwicklung und individuelle Selbstentfaltung forderten, hatten – dieser Auffassung zufolge – nichts vergessen und nichts hinzugelernt; bei ihnen herrsche immer ein merkantiler Unterton (vgl. ebd.).

Ebenfalls zum Aufgabenbereich des Kulturellen Beirats gehörte die Papierzuteilung an die einzelnen Verleger. Die Ausgangslage bezüglich der Papierversorgung war in der sowjetischen Zone ursprünglich günstiger als in den anderen Zonen, da etwa 40% der Gesamtkapazität der papiererzeugenden Industrie in diesem Gebiet angesiedelt war. Allerdings seien bis 1948 von der bei Kriegsende verbliebenen Kapazität circa 45% durch Demontage und laufende Entnahmen für den Gebrauch der Besatzungsmacht und Reparationsleistungen verlorengegangen (vgl. Umlauff, 1978, Sp. 1251). Trotzdem müßte nach Umlauff der Stand besser gewesen sein als im Westen, auch angesichts der niedrigeren Zahl lizensierter Verlage.[7]

Wie bereits angesprochen, wurde unter sowjetischer Kontrolle die Aussonderung unerwünschter Literatur früher und energischer als in den Westzonen in Angriff genommen. Der Kontrollratsbefehl Nr. 4 über die „Einziehung von Literatur und Werken nationalsozialistischen und militaristischen Charakters“ v. 13. 5. 1946 (vgl.

Umlauff, 1978, Sp. 1503–1506) war vor allem auf Initiative der Sowjets zustande gekommen. Zwar konnten die darin enthaltenen Bestimmungen, die die Säuberung aller Büchereien, Buchhandlungen und Verlage innerhalb von zwei Monaten vorsahen, auch hier nicht buchstabengetreu eingehalten werden, wohl aber wurden schon zuvor vierzehntäglich erscheinende Listen mit unerwünschten Titeln erstellt, und ebenfalls noch vor dem Kontrollratsbefehl kam am 1. April 1946 eine umfangreiche Liste mit 14000 Buchtiteln und 1500 Zeitschriftenartikeln, die ausgesondert werden sollten, heraus, der mehrfach Nachträge folgten. Auch wurden einige Autoren beziehungsweise deren Werke verboten, die nicht in direktem oder keinem Zusammenhang mit nationalsozialistischer oder militaristischer Gesinnung zu bringen waren.[8] So wurden beispielsweise unter anderem die Werke Karl Mays aus der Öffentlichkeit verbannt, beziehungsweise nicht wieder aufgelegt, der Karl May Verlag in Dresden nicht neu lizensiert.[9] Oder es durften – laut Anweisung des Kulturellen Beirats – die Werke Wilhelm Buschs nicht gedruckt werden, da sie Erziehungstendenzen in der Deutschen Demokratischen Republik störten (vgl. Der Leihbuchhändler Nr. 2 vom 20. Januar 1951, S. 15).[10]

Nachdem das Lizensierungsprogramm in der Ostzone erst 1946 wirklich angelaufen war, entstand auch hier eine ganze Anzahl neuer Verlage, oder ältere Unternehmungen wurden wiedergegründet. Von vorneherein zeigten sich jedoch charakteristische Unterschiede zu den Westzonen. Neben kleineren Privatverlagen – für den Bereich der Kinder- und Jugendliteratur sind hier besonders der 1945 gegründete Altberliner Verlag Lucie Groszer (Berlin), der ebenfalls nach dem Zweiten Weltkrieg ins Leben gerufene Alfred Holz Verlag (Berlin) und der seit 1933 bestehende Gebrüder Knabe Verlag (Weimar) zu nennen – wurden größere Staatsverlage beziehungsweise Verlage in der Hand gesellschaftlicher Organisationen gegründet. So wurde als für unser Gebiet wichtig vor allem 1946 der Verlag Neues Leben (Berlin) auf Initiative der Freien Deutschen Jugend gegründet. 1949 entstand der Kinderbuchverlag (Berlin) und 1951 der Verlag Junge Welt (Berlin), der sich auf die Herausgabe von Zeitungen und Zeitschriften für Kinder und Jugendliche spezialisierte. Anders als bei den westlichen Besatzungsmächten schuf sich außerdem die sowjetische Militärregierung in der ersten Nachkriegszeit einen eigenen Verlag, den SWA-Verlag (Verlag der sowjetischen Militäradministration), der besonders in den Jahren bis 1949 erste richtungsweisende Publikationen – aus dem Reservoir der russischen und sowjetischen Literatur – herausgab. An Kinder- und Jugendbüchern erschienen im SWA-Verlag ab 1946 vornehmlich sowjet-russische „Klassiker“[11], Titel aus der „Sturm und Drang“-Periode der Sowjetunion, also den zwanziger und dreißiger Jahren, in der der sowjetische Kulturoffizier Sergej I. Tulpanow eine Parallele – in bezug auf die gesellschaftliche Entwicklung – zur damaligen Situation in der sowjetischen Besatzungszone sah (vgl. Ebert, 1976, S. 17).[12] Insgesamt durchlief das Verlagswesen in der östlichen Zone und später der Deutschen Demokratischen Republik mehrere Etappen, deren Anfangs- und Endpunkte nicht immer genau zu fixieren sind. Kinder- und Jugendbuchverlagen oder Verlagen, die unter anderem derartige Titel herausbrachten,

fiel in dieser Beziehung keine Sonderrolle zu. Wie erwähnt wurde – vermehrt ab 1946 – eine zahlenmäßig zwar nicht der Entwicklung in den Westzonen entsprechende, aber doch recht große Anzahl an Verlagen, darunter viele Firmen in Privathand, zugelassen. 1945 war im Leipziger Börsenblatt auch noch ein breit angelegtes Bekenntnis zur Notwendigkeit des Privatverlags mit einem Plädoyer für dessen Fortbestehen erschienen. Bis 1949 hatten etwa 150 Verlage eine Lizenz erhalten, 1951 bestanden 185 Firmen; wieviele darunter Kinder- und Jugendbücher verlegten, läßt sich nur schwer ermitteln. Immerhin kann festgestellt werden, daß innerhalb des gesamten Untersuchungszeitraums von 1945 bis 1960 von etwa 125 Verlagen – häufig allerdings in sehr bescheidenem Umfang – Kinder- und Jugendliteratur publiziert wurde.

Einen tiefen Einschnitt in der Entwicklung des Verlagswesens der Deutschen Demokratischen Republik bildete in mehrfacher Hinsicht das Jahr 1951. In diesem Jahr wurde als Nachfolgeinstitution des Kulturellen Beirats – nach einer kurzen Zwischenperiode[13] – mit der „Verordnung über die Entwicklung fortschrittlicher Literatur“ das Amt für Literatur und Verlagswesen geschaffen, das gegenüber dem Kulturellen Beirat einen höheren Rang einnahm.[14] In einer vom Bundesministerium für gesamtdeutsche Fragen 1956 herausgegebenen Untersuchung zu Buchproduktion und Verlagswesen der sowjetischen Zone heißt es dazu, daß „sich der Fachmann darüber im klaren (war), daß damit zugleich auch ein Konzentrationsprozeß größten Ausmaßes im sowjetzonalen Verlagswesen eingeleitet wurde“ (Taubert, 1956, S. 22).[15] Und Umlauff interpretiert in seiner Buchhandelsgeschichte die Entstehung dieses Amtes als „endgültige Gleichschaltung“ (Umlauff, 1978, Sp. 1241). Gleichzeitig mit der Schaffung dieser Institution kam es zu bedeutenden Veränderungen für die Verlage selbst. Die bis dahin ausgegebenen Lizenzen waren nämlich nur bis Ende 1951 gültig gewesen, eine Neuzulassung durch das Amt für Literatur und Verlagswesen erhielten jedoch zunächst nur 65 von bislang 185 Lizenzträgern. In der Hauptsache handelte es sich bei den nicht zugelassenen Firmen um Privatunternehmen.[16] Im Laufe der fünfziger Jahre stieg allerdings die Zahl der Verlage mit Arbeitsgenehmigung noch einmal um das Doppelte an.[17]

Die Produktion von Kinder- und Jugendbüchern zeigte gegenüber der in den Westzonen beziehungsweise der Bundesrepublik Deutschland einige auffallende Unterschiede. Bemerkenswert ist sicherlich das gänzlich verschiedene Verhältnis zwischen Titelzahl und Auflagenhöhe. Nach Angaben einer um 1960 entstandenen Untersuchung über „Das Kinder- und Jugendbuch in der SBZ“[18] wurden in der Deutschen Demokratischen Republik 1957/58 umgerechnet auf die Bevölkerungszahl ungefähr fünfmal soviel Kinder- und Jugendbücher veröffentlicht wie in der Bundesrepublik.[19] Als Begründung für diese unterschiedliche Editionspolitik gibt die Studie die große Anzahl öffentlicher Büchereien mit speziellen Kinder- und Jugendbuchabteilungen und die zahlreichen Schülerbüchereien sowie Büchereien der Jugendorganisationen an wie auch die Praxis, „förderungswürdige“ Titel in größeren Mengen als Preise und Prämien zu verleihen.

Zu den wichtigsten Stationen für die Entwicklung der Kinder- und Jugendliteratur in der Deutschen Demokratischen Republik gehörten die genannte Gründung der Verlage Neues Leben[20] und das in die Zeit unmittelbar nach der Staatsgründung fallende Entstehen des Kinderbuchverlags, des Verlags der Jungen Pioniere, Ende 1949.[21] Nach dem Vorbild des zentralen Kinderbuchverlags Detskaja Literatura in Moskau wurde auch der Berliner Kinderbuchverlag zur führenden Institution auf diesem Sektor ausgebaut. In den ersten zehn Jahren seines Bestehens erschienen dort ungefähr tausend Titel in einer Auflage von mehr als dreißig Millionen Exemplaren.

Der Austausch von Jugendbüchern oder Büchern überhaupt zwischen den Westzonen und der Ostzone fand kaum statt. Grundsätzlich war vor der westdeutschen Währungsreform die Lieferung von Druckerzeugnissen über die Zonengrenzen hinaus nicht gänzlich unmöglich[22], in der Praxis waren offenbar jedoch höchstens Zeitschriften auf beiden Seiten erhältlich. Allein schon das knappe Angebot an Büchern, die dem Buchhandel zugeteilt wurden, verhinderte, daß Lieferungen unter unklaren Bestimmungen, bei denen Komplikationen zu befürchten waren, zustande kamen. Vom Westen aus gesehen war das Interesse an Erzeugnissen aus der sowjetischen Zone augenscheinlich von Anfang an sehr gering. Die Währungsreformen in Ost und West komplizierten die Situation zusätzlich. In der sowjetischen Zone war man aber eher noch an Literatur aus dem Westen interessiert als umgekehrt.[23]

Nur vereinzelt kam es in den frühen Nachkriegsjahren zu gleichzeitiger Drucklegung bei Verlagen mit (sehr seltener) Mehrfachlizensierung. Einige wenige Bücher, darunter auch Jugendbücher, fanden in der sowjetischen Zone wie in einer der Westzonen einen Verleger und kamen so auf beiden Seiten heraus wie beispielsweise „Die Aufbaubande“ (1948) von Walter Pollatschek oder Anna Müller-Tannewitz' „Pocahontas“ (1946).

Einer der ersten westdeutschen Verlage, der in den fünfziger Jahren vermehrt in Koproduktion oder als Lizenz auch Titel aus der Deutschen Demokratischen Republik veröffentlichte, war der 1954 gegründete Parabel Verlag.

Anders sah dies auf dem Gebiet der sogenannten Schmutz- und Schundliteratur aus, die massenweise – doch auf Schleichwegen – aus dem Westen in die sowjetische Besatzungszone beziehungsweise die Deutsche Demokratische Republik gelangte.

### *Die Schmutz- und Schunddiskussion*

Die Schmutz- und Schundproblematik wurde in der Deutschen Demokratischen Republik wie im Westen öffentlich – allerdings nicht in derselben Breite – diskutiert. Dabei sah man sich weniger durch die Produktion im eigenen Staatsgebiet bedroht, wo entsprechende Erzeugnisse nicht oder kaum[24] verlegt werden konnten, als vielmehr durch die illegal in großen Mengen aus dem Bundesgebiet einströmenden Hefte.

*Zwei Bände der ersten ab 1949 vom Verlag Neues Leben (Berlin) in der Deutschen Demokatischen Republik herausgegebenen Heftreihe „Das Neue Abenteuer" (Nr. 45, 1954 und Nr. 153, 1959). Die Titelillustrationen der als Abwehrmaßnahme gegen den „Schund" aus dem Westen konzipierten Hefte unterscheiden sich in ihrer reißerischen Aufmachung kaum von der bekämpften Schmuggelware aus der Bundesrepublik Deutschland.*

Über deren Schädlichkeit für die Jugend war man sich mit den westdeutschen Schmutz- und Schundkämpfern in vielem einig, wobei andererseits besonderes Gewicht – auch in propagandistischem Sinne – darauf gelegt wurde, daß es sich bei diesen Produkten um typische Auswüchse des kapitalistischen Wirtschaftssystems und des amerikanischen Imperialismus' handele. Im übrigen sah man nicht nur die Jugend durch die „Schund"-Literatur aus dem Westen gefährdet, sondern auch Erwachsene; sentimentale Liebesromanhefte erfreuten sich offensichtlich bei Mädchen und Frauen ähnlicher Beliebtheit wie Abenteuerhefte beim männlichen Teil der Bevölkerung.[25] In diesem Zusammenhang entspann sich vermehrt ab etwa Mitte der fünfziger Jahre eine Diskussion um die Notwendigkeit einer neuen Abenteuerliteratur, was beispielsweise eines der Themen auf dem IV. Deutschen Schriftstellerkongreß Anfang 1956 war.[26] Bereits ab 1949 versuchte man dieser Entwicklung gegenzusteuern durch die Schaffung eigener billiger Heftreihen, die dann ausschließlich über Kioske vertrieben wurden und von denen ein Einzelheft üblicherweise in einer Auflage von über 100 000 Exemplaren herauskam.

Es erschienen ab 1949 unter anderem die Reihen „Das neue Abenteuer"[27] im Verlag Neues Leben oder „Geschichten, die das Leben schrieb" im Verlag Vorwärts; 1950 folgte die „Kleine Jugendreihe" im Verlag Kultur und Fortschritt, die bis 1954 ausschließlich sowjetische Erzählungen enthielt, danach um klassische und solche eigener Autoren erweitert wurde. Weitere Reihen entstanden in den Folgejahren, so daß 1956 zehn verschiedene erschienen, was den Höhepunkt auf diesem Gebiet darstellte. 1957 kam es dann zu einem fast schlagartigen Rückgang bei der Hefteproduktion, der mit Forderungen nach strengeren Maßstäben für die Qualität in Verbindung gebracht wird. Besonders jüngere Heftreihen, deren Verlagen es wohl an der nötigen Erfahrung gefehlt habe, seien damals wieder eingestellt worden (vgl. Gaida, 1970, S. 167). Danach, zwischen 1958 und 1962, habe sich in der Reihenproduktion ein deutlicher Stabilisierungsprozeß vollzogen (vgl. ebd.).

Die Erklärung für die Aufnahme dieser Textsorte durch die Verlage, die eine „erste Bestandsaufnahme" 1970 in den „Weimarer Beiträgen" nennt, weist zum Teil argumentative Parallelen mit der Befürwortung von Antischundheften in der Bundesrepublik auf: „Es sollte durch die Hefte unserer DDR-Verlage vor allem in den fünfziger Jahren ein wirksamer Damm gegen die Gefahr des Eindringens westlicher Schmutz- und Kitschliteratur gebildet und damit die Verbreitung feindlicher Ideologie und Propaganda weitgehend unterbunden werden. Gleichzeitig sollten die Hefte eine ‚Brücke' zur ‚hohen' Literatur schlagen, d. h. ihre Leser an anspruchsvollere literarische Werke heranführen" (Gaida, 1970, S. 159). So sollte der Begriff „Abenteuer" auch als soziales Abenteuer gefaßt werden und demnach das übergeordnete Thema für die Reihe „Das neue Abenteuer" etwa „die menschliche Bewährung des Helden beim Einsatz für eine gute, vorwärtsweisende Sache" (Gaida, 1970, S. 171) darstellen.

Dafür, wie ernst man das Schundproblem nahm, zeugt im übrigen eines der frühen Kinderbücher Benno Pludras; sein „Sheriff Teddy" (1956) will – erzählerisch vermittelt – die Gefahren der bunten Heftchen aus dem Westen, besonders für diejenigen, die noch nicht fest in die Jugendorganisationen eingebunden sind, aufzeigen. Darüber hinaus wurde 1955 eine „Verordnung zum Schutze der Jugend" erlassen, die unter anderem Herstellung und Verbreitung von „Schmutz- und Schundliteratur" verbietet.[28]

Gegenüber der eigenen Hefte-Produktion und deren Erzeugnissen gab es allerdings auch in der Deutschen Demokratischen Republik von Anfang an kritische Stimmen. Die unglaubwürdige bis karikaturhafte Verzeichnung der Negativfiguren wurde moniert, der Schematismus in der Darstellung[29] allgemein wie auch niedriges sprachliches Niveau beklagt.

Von ihrer Aufmachung her, besonders der Titelgestaltung, bestand häufig nur ein geringer Unterschied zu westlichen Vertretern der Spezies.[30] Auch in der Deutschen Demokratischen Republik existierte im übrigen ein grundsätzliches Vorurteil gegenüber der Heftliteratur von seiten der Autoren, so daß Schwierigkeiten bestanden, Manuskripte von qualifizierten Schriftstellern zu erhalten.

*Zusammenstellung der in der Deutschen Demokratischen Republik zwischen 1949 und 1968 publizierten Leseheftreihen*

| Verlag/Verlagsort | Heftreihe | Erscheinungs-jahr | Heftzahl |
|---|---|---|---|
| Verlag Kultur und Fortschritt, Berlin | Kleine Jugendreihe | 1950–1965 | 329 |
| | Kap | 1966–1968 | 72 |
| Verlag Neues Leben, Berlin | Das neue Abenteuer | 1949–1950 | 8 |
| | Das neue Abenteuer | 1952–1968 | 278 |
| | Abenteuer aus weiter Welt | 1955–1956 | 18 |
| Deutscher Militärverlag, Berlin | Erzählerreihe | 1961–1968 | 95 |
| | Tatsachen | 1961–1968 | 86 |
| | Kleine Erzählerreihe | 1963–1966 | 48 |
| | Meridian | 1966–1968 | 14 |
| Verlag des Ministeriums für Nationale Verteidigung, Berlin | Zur Abwehr bereit | 1956 | 17 |
| | Für Volk und Vaterland | 1956 | 10 |
| | Erzählerreihe | 1957–1960 | 49 |
| Verlag Das Neue Berlin, Berlin | Blaulicht | 1963–1968 | 70 |
| Verlag des Ministeriums des Innern, Berlin | Für Volk und Vaterland | 1954–1956 | 27 |
| | Zur Abwehr bereit | 1955–1956 | 12 |
| | Blaulicht | 1958–1963 | 30 |
| Verlag Sport und Technik, Berlin | Der junge Patriot | 1956 | 7 |
| | Technische Abenteuer | 1957 | 6 |
| | Abenteuer des fliegenden Reporters Harri Kander | 1957–1958 | 15 |
| | Broschürenreihe | 1958–1962 | 29 |
| Evangelische Verlagsanstalt, Berlin | Weite Fahrt | 1953–1958 | 17 |
| Verlag Vorwärts, Berlin | Geschichten, die das Leben schrieb | 1949–1951 | 14 |
| Gebr. Knabe | Knabes Abenteuerreihe | 1955–1956 | 10 |
| Verlag Weimar | | | |
| Verlag der Kasernierten Volkspolizei, Berlin | Für Volk und Vaterland | 1956 | 6 |
| | Zur Abwehr bereit | 1956 | 4 |
| Altberliner Verlag Lucie Groszer, Berlin | Bären-Lese-Hefte | 1955–1957 | 7 |
| Sportverlag, Berlin | Jugendheftreihe | 1956 | 4 |

Aus: E. Gaida: Belletristische Heftreihenliteratur in der DDR. In: Weimarer Beiträge. 16. 1970, H. 12. S. 158–176, hier S. 165.

Aufgrund des gänzlich anderen politisch-gesellschaftlichen Systems hat sich das Jugendbuchwesen in der Deutschen Demokratischen Republik von allem Anfang an klar von dem der übrigen deutschsprachigen Länder unterschieden. Zwar versuchten sich zum Beispiel auch im östlichen Teil Deutschlands gleich nach Kriegsende die früheren Prüfungsausschüsse für Jugendschriften zu reorganisieren und nahmen verschiedentlich die Arbeit wieder auf, doch wurden derartige Vereinigungen bald durch andere Organisationsformen abgelöst.

Obwohl bereits vor der Staatsgründung der Deutschen Demokratischen Republik in der damaligen sowjetischen Besatzungszone ein deutlicheres Interesse und Engagement für Fragen der Jugendliteratur wie Jugendkultur überhaupt von offizieller Seite spürbar waren, setzte eine systematische öffentliche Förderung dieses Bereichs erst ab etwa 1950 ein. Einen wichtigen Schritt in dieser Beziehung bedeutete das „Gesetz über die Teilnahme der Jugend am Aufbau der Deutschen Demokratischen Republik und die Förderung der Jugend in Schule und Beruf, bei Sport und Erholung" vom 8. Februar 1950. Dessen Abschnitt VI ist überschrieben mit „Schaffung einer neuen Jugend- und Kinderliteratur" und darin heißt es, es sei eine „hohe Pflicht aller Schriftsteller und Dichter" daran in einer Weise mitzuwirken, „die die demokratische Erziehung der heranwachsenden Generation fördert". Ebenso werden hier alle „Gelehrten und Fachschriftsteller" sozusagen dazu verpflichtet, „durch Schaffung volkstümlicher, wissenschaftlicher und technischer Literatur der Jugend Kenntnisse in den Hauptfragen der modernen Naturwissenschaften und Technik zu vermitteln" (zit. nach: Staat und Jugend, 1965, S. 82f.). Als konkreten Handlungsauftrag enthielt der zweite Unterpunkt gleichzeitig die Anweisung, regelmäßige Preisausschreiben durchzuführen, bei denen die besten Bücher, Theaterstücke, Lieder für Jugendliche sowie volkstümliche Jugendliteratur auf wissenschaftlichem und technischem Gebiet (ebd., S. 83) prämiert werden sollten.[31] Das erste dieser „Preisausschreiben zur Förderung der sozialistischen Kinder- und Jugendliteratur" wurde 1950 vom Ministerium für Volksbildung ausgerichtet, die folgenden vom Amt für Literatur und Verlagswesen und ab 1956 vom Ministerium für Kultur ausgeschrieben.[32] Trotz reger Beteiligung – zum Teil wurden über 500 Manuskripte aus allen Teilen der Bevölkerung eingereicht – entsprach das Niveau der Texte anfänglich nicht unbedingt den Anforderungen und den mit dem Preis verbundenen Hoffnungen. So verlautete etwa zur ersten Prämierung, daß abgesehen von Anna Jürgens (d.i. A. Müller-Tannewitz) Indianerbuch „Blauvogel" die weiteren Preisbücher ein bescheideneres Gewand trügen und „der Forderung nach einer glücklichen Verbindung von wirklich spannender Jugendlektüre und Gegenwartsaufgabe vielleicht nicht immer ganz gerecht" würden (Kretzschmar, 1953, S. 833). Mehrfach wurde ein Teil der ausgeschriebenen Preise auch gar nicht verteilt, oder prämierte Autoren fanden keinen Verlag für ihre Manuskripte, wie dies von der zeitgenössischen Kritik wiederholt angemerkt wurde (vgl. Kretzschmar, S. 833f. bzw. Hugk, 1954, S. 118).

Zum Teil versuchte man mit spezieller Themenstellung bei der Ausschreibung literarische Bereiche, die bislang vernächlässigt worden waren, solcherart besonders zu fördern. So sollten beim achten Preisausschreiben 1955 insbesondere populärwissenschaftliche und Abenteuerschriften geschaffen werden, 1957 etwa „das Leben und die Zukunft auf dem Land“ im Mittelpunkt der eingereichten Arbeiten stehen oder 1959 „das Leben der Pioniere und FDJler“. Auch bemerkte Fred Rodrian in einer Bilanz des Beginns der Kinder- und Jugendliteratur in der Deutschen Demokratischen Republik 1969, daß es damals nicht gelungen sei, die Preisverleihung ins Bewußtsein der Öffentlichkeit zu bringen, wobei auch bei Presse und Fernsehen ausgesprochene Zurückhaltung geübt worden sei (vgl. Rodrian, 1969, S. 925).

Neben diesen speziellen Jugendliteratur-Preisausschreiben wurden wiederholt Autoren für jugendliterarische Werke im Rahmen des Nationalpreises für Kunst Literatur, der höchsten Auszeichnung der Deutschen Demokratischen Republik für künstlerische Leistungen, bedacht. So erhielten diesen Preis im Untersuchungszeitraum 1955 Ludwig Renn für „Trini“ und im selben Jahr Erwin Strittmatter für „Tinko“, einem Roman, der bis heute als beispielhaftes Werk angeführt wird, das die – auch qualitative – Trennung zwischen Jugendliteratur und „Erwachsenen“-Literatur erstmals überwunden habe[33] (vgl. Rodrian, 1969, S. 930).

In dem genannten ersten Jugendgesetz von 1950 wurde – abgesehen von den Punkten, die sich direkt auf die Kinder- und Jugendliteratur beziehen – auch das Bibliothekswesen angesprochen und angeordnet, in allen Bibliotheken Kinderbuchabteilungen einzurichten. Der Auf- und Ausbau solcher Abteilungen oder gesonderter Kinderbibliotheken wurde in der Deutschen Demokratischen Republik daraufhin auch wesentlich schneller und umfassender in Angriff genommen als etwa in der Bundesrepublik, ein Umstand, der auch von westlicher Seite häufig neidvoll angemerkt wurde.

Der Zusammenarbeit von Kinderbibliotheken und der Pionierorganisation wurde besonderes Interesse entgegengebracht – zum Teil waren (und sind) Kinderbibliotheken auch direkt in Pionierhäusern untergebracht – wie auch auf eine gegenseitige Unterstützung von Schülerbücherei und außerschulischer Kinder- und Jugendbibliothek hingewirkt wurde.

In bezug auf den Literaturunterricht an den Schulen wurde dem Gebiet der Kinder- und Jugendliteratur ebenfalls wesentlich stärkere Beachtung geschenkt als etwa in der Bundesrepublik Deutschland. Zu einem tatsächlich in breiterem Umfange verbindlichen Bestandteil des schulischen Lektürekanons wurden Kinder- und Jugendbücher freilich erst im Rahmen des Lehrplanwerks von 1959/60, das auf der Grundlage einer „Direktive für den Deutschunterricht“ von 1956 erarbeitet worden war. Dennoch hatten jugendliterarische Texte auch zuvor schon einen gewissen Platz im Deutschunterricht und fanden auch in den entsprechenden Lehrplänen bereits Erwähnung.

Bald nach Kriegsende im Deutschlehrplan der Sowjetischen Besatzungszone vom Juli 1946 wurde die Hauptaufgabe des Literaturunterrichts noch darin gesehen, durch künstlerisch vollendete Werke „in der Jugend das Streben nach dem Wahren, Guten

und Schönen zu erwecken" – als Bestandteil des übergeordneten Ziels der Erziehung des ganzen Menschens im Geiste der Humanität (vgl. Lehrpläne ..., 1946, S. 3).[34] An Kinder- und Jugendliteratur enthielt der Plan für die Grundstufe Märchen und deutsche Sagen, aber auch „kindertümliche" Gedichte und Erzählungen bekannter Autoren, vornehmlich der Jahre vor 1933, beziehungsweise für die Mittelstufe auch Abenteuergeschichten in- und ausländischer Autoren.[35] Ab der 9. Klasse wies der Lektürplan dagegen nur noch „hohe" Literatur auf.

In einer nächsten Phase in den fünfziger Jahren waren dann jährlich einige (meist 7 oder 8) Stunden für die Behandlung von Kinder- oder Jugendbüchern vorgesehen, die der Lehrer nach eigenen Vorstellungen über das Schuljahr zu verteilen hatte. „In diesen Stunden berichten die Schüler über Jugendbücher, die sie gelesen haben, äußern ihre Meinung über den Inhalt der Bücher und sprechen sich darüber aus" (Lehrplan für Mittelschulen, 1955, S. 14). Angefügt waren den Lehrplänen dann auch zunehmend umfangreichere Listen mit für die entsprechende Altersstufe zu empfehlenden Büchern, die größtenteils eine Auswahl aus der zeitgenössischen Jugendbuchproduktion – darunter viele sowjetische Jugendbuchklassiker – darstellten.[36] In dem bereits angesprochenen Lehrplanwerk von 1959/60 wurde die Stundenzahl dann erhöht, dem Literaturlehrer der Klassen 5 bis 7 etwa standen nun zwölf Stunden für die Besprechung einiger zur klassischen Lektüre junger Leute adaptierter Erzählwerke der bürgerlich humanistischen Weltliteratur sowie ausgewählter Werke der sozialistischen Literatur[37] zur Verfügung. Ansonsten wurde auch vom Lehrer in der Deutschen Demokratischen Republik erwartet, nach Möglichkeit Einfluß auf die Privatlektüre seiner Schüler auszuüben, nicht zuletzt um die Gefahren des „minderwertigen Schrifttums" abzuwehren.[38]

Im Rahmen der außerschulischen Erziehung zum Buch stand auch der „Buchklub der Schüler", der allerdings erst 1960 eingeführt wurde, und dessen Mitglieder mindestens fünf Bücher pro Jahr zu einem verbilligten Preis bezogen.

Eine andere Institution, die ebenfalls erst gegen Ende des Untersuchungszeitraums 1959 gemeinsam vom Ministerium für Volksbildung, der Pionierorganisation, der FDJ und Verlegern gegründete Arbeitsgemeinschaft für das Kinder- und Jugendbuch, unternahm den Versuch, sich eher von der theoretischen Ebene her der Förderung der Kinder- und Jugendliteratur wie der internationalen Zusammenarbeit und der Anregung von Forschungsarbeiten zu widmen.[39]

Bei theoretischen Überlegungen zur Kinder- und Jugendliteratur aus den fünfziger Jahren sind nicht selten Parallelen zu gleichzeitigen Verlautbarungen aus der Bundesrepublik zu bemerken. Auch von Literaturpädagogen in der Deutschen Demokratischen Republik wurde etwa konstatiert, der jugendliche Leser habe bis zur Reifezeit nur Interesse am Stoff, weshalb der „Einfluß des Buches auf die ästhetische Bildung des Kindes [...] weniger bedeutsam" zu sein scheine (vgl. Wagner, 1957, S. 12).

Deutlich abgelehnt wurde jedoch grundsätzlich die Vorstellung von einer separaten Kinderwelt, und man bemängelte in diesem Zusammenhang beispielsweise auch Erzählungen, in denen ausschließlich Kinder als Handlungsträger vorkommen.

Insgesamt zeigen sowohl zeitgenössische als auch spätere Urteile von Jugendbuchexperten an, daß anfänglich auch in der Deutschen Demokratischen Republik in den Bereichen der Literaturkritik wie auch der Forschung die Kinder- und Jugendliteratur gegenüber der für Erwachsene weitgehend vernachlässigt wurde. So beklagt Alex Wedding (d.i. Grete Weiskopf) in einem Referat auf dem IV. Deutschen Schriftstellerkongreß im Januar 1956:

*„Unsere Kinder- und Jugendliteratur wird zwar theoretisch als Bestandteil unserer Nationalliteratur anerkannt, in der Praxis findet sie aber erst zu einem Teil Anerkennung. Obwohl wir heute schon über eine Anzahl von Werken der Kinder- und Jugendliteratur verfügen, die es mit der Literatur für erwachsene Leser ideologisch und künstlerisch aufnehmen können und die eine nachhaltige erzieherische Wirkung auf große Massen von Kindern und Jugendlichen nicht allein in der DDR, sondern über ihre Grenzen hinaus ausüben, werden diese Werke und ihre Autoren nicht für voll genommen"* (zit. nach Bonk, 1961, S. 5).

Weiterhin moniert sie, daß ausführliche Kritiken von Kinder- und Jugendbüchern in der Presse noch seltener erschienen als Literaturkritiken im allgemeinen und Nachschlagwerke die Kinder- und Jugendliteratur stiefmütterlich oder gar nicht behandelten (vgl. ebd.).

Noch 1962 heißt es etwa in einer Arbeit über das Pionierleben im Kinderbuch: „Eines allerdings fehlt uns noch immer: die systematische und wissenschaftliche Kritik des Kinderbuches [...] Es wird Zeit, daß auch bei uns zulande die Theorie des Kinderbuches aufhört, Steckenpferd eines verschworenen Häufleins zu sein" (H. Meyer, 1962, S. 13/14). Und Günther Ebert bemerkt über die Situation Ende der fünfziger Jahre, daß von einer Theorie der Kinder- und Jugendliteratur in dieser Zeit gar nicht zu sprechen gewesen sei (vgl. Ebert, 1976, S. 67).

Auch in der Bundesrepublik machte man sich zuweilen – wie zum Beispiel Marcel Reich-Ranicki Anfang 1961 – Gedanken über die dortige mangelnde Kinderliteraturkritik, fand es „auffällig, wenn nicht gar verdächtig, daß die sowjetzonale Literaturpresse die Kinderbücher meist ignoriert". Eine Erklärung hierfür hatte Reich-Ranicki auch bereit: „Die Funktionäre und parteiergebenen Redakteure wissen nämlich genau, daß die Kinderliteratur längst zur Zuflucht für Autoren geworden ist, die angesichts der in der Zone bestehenden Verhältnisse nicht mehr für Erwachsene schreiben wollen oder können" (Reich-Ranicki, 1961).[40] Mag es dem einen oder anderen Autor tatsächlich als Möglichkeit gegolten haben, sich der vorgeblich weniger brisanten Jugendliteratur und dort vielleicht noch zeitlich und räumlich weit entfernten (und ideologisch einschätzbaren) Themen zuzuwenden – nicht wenige unter den frühen bedeutenderen Jugendbuchautoren der Deutschen Demokratischen Republik nahmen sich „exotischer" Themen an –, so steht diesen auf jeden Fall eine andere Gruppe von Autoren gegenüber, die sich mehr oder weniger differenziert, bestimmt aber bewußt, das gegenwärtige Leben der jungen Generation im neuen Staat zur Vorlage genommen haben – (qualitativ) an ihrer Spitze Erwin Strittmatter mit seinem

„Tinko" – und dies kaum, um sich aus der herrschenden politischen Situation auszuklinken.[41]

Der Mangel an theoretischer Aufarbeitung der jugendliterarischen Entwicklung muß so wohl eher mit dem traditionellen Vorurteil angeblich literarischer Bedeutungslosigkeit von Kinder- und Jugendbüchern in Zusammenhang gebracht werden, das auch in der Deutschen Demokratischen Republik offensichtlich nicht mittels staatlicher Willensbekundung kurzfristig zu überwinden war. Die anfänglichen Formen der Literaturpolitik, die bei der Kinder- und Jugendliteratur einseitig die thematische Ausrichtung, zum Teil eingegrenzte Bereiche wie das Landleben, in den Vordergrund hoben, wohingegen der „eigenständige Erziehungswert des Ästhetischen" (auch nach Meinung von Jugendliteraturexperten der Deutschen Demokratischen Republik) „in vielen Fällen verkannt wurde" (Ebert, S. 46), trug kaum – jedenfalls nicht in den fünfziger Jahren – zu einem schnellen Abbau dieses Vorurteils bei. Der „Schematismus" – allgemein im Handlungsaufbau, der Charakterisierung der Protagonisten und der Darstellung der politisch geforderten „Moral" –, der viele Beispiele der „neuen" Jugendliteratur kennzeichnete, wurde damals wie später auch innerhalb der Deutschen Demokratischen Republik in Fachpublikationen kritisiert, verhinderte aber wohl trotzdem – von Einzelfällen abgesehen – ein Sicheinlassen und Ernstnehmen literaturästhetischer Fragestellungen in Verbindung mit Kinder- und Jugendliteratur in breiteren Kreisen der Literaturkritik wie der Öffentlichkeit überhaupt.

## Die Entwicklung in Österreich

### *Verlagswesen und Kinder- und Jugendbuchproduktion*

Mit charakteristischen Unterschieden gegenüber Deutschland gestaltete sich das Kriegsende für die Österreicher in politischer Hinsicht und in der Folge auch im Bereich des Publikationswesens.

Die ehemaligen „Donau- und Alpengaue" waren zwar ebenso militärisch besiegt, doch kurz vor dem unausweichlichen „Zusammenbruch" hatte sich noch eine österreichische provisorische Regierung bilden können, die schließlich auch Anerkennung der Alliierten fand. Österreich wurde – wie Deutschland – von den Siegermächten besetzt, wurde gleichzeitig jedoch als Opfer Hitlers und der Deutschen gesehen[42], beziehungsweise sprach sich mehr noch diese Rolle selbst zu. Darin sahen weite Kreise in Österreich auch die Berechtigung, die Jahre nach dem Anschluß sozusagen zurecht und unbefangen auszugrenzen und genau dort anzuknüpfen, wo man 1938 vermeintlich aufgehört hatte.[43]

Entsprechend einem solchen, von Deutschland unterschiedenen Selbst- wie auch Außenbild differierte auch die Behandlungsweise von seiten der Besatzer, die im

Vergleich zur Situation in Deutschland durch weniger Reglementierungen und mehr österreichische Eigenverantwortlichkeit gekennzeichnet war.

So war auch hier Papier Mangelware, wurden Bestimmungen zur Entfernung nationalsozialistischer und militaristischer Literatur aus Buchhandel und Verlagswesen erlassen, doch außer für die Presse bestand keine allgemeine Lizensierungspflicht für Verleger durch die Besatzungsmächte und lagen von vorneherein doch stattfindende Lenkungsmaßnahmen weitestgehend in österreichischer Hand.

Im Juni 1945 wurde etwa vom Staatsamt für Volksaufklärung, Erziehung und Unterricht[44] die Notwendigkeit einer „zentralen Beaufsichtigung der neuen (i.e. Buch-) Produktion" erklärt, da „das Buch [...] im geistigen und kulturellen Neuaufbau Österreichs eine ganz hervorragende Bedeutung und Wirkung" habe (zit. nach Karger, 1985, S. 112). Kurz darauf erfolgte dann eine Anordnung, die den Druck und die Verbreitung von Druckwerken aller Art ohne eine schriftliche Druckgenehmigung des Staatsamtes für Volksaufklärung, für Unterricht und Erziehung und für Kultusangelegenheiten unter Verbot stellte.[45] Eine gewisse Planung der Verlagsproduktion erschien vorübergehend sowieso wünschenswert, denn die „Gunst des Augenblicks", in dem „ein großer Teil der Druckereien und Bindereien im ehemaligen Deutschen Reich [...] zerstört, die entsprechenden Anlagen in Österreich fast alle intakt" waren (Dvorak/Neider, 1945, S. 4), sollte genutzt und Österreich durch die „Förderung der Produktion wirklich wertvoller Bücher" ein „großer Vorsprung" gesichert werden (ebd.).

In Übereinstimmung mit dem Bemühen der Verantwortlichen in allen Bereichen um die Wiederherstellung eines österreichischen Nationalgefühls wurde bereits im August 1945 ein Apell an den Patriotismus und das Verantwortungsbewußtsein österreichischer Schriftsteller veröffentlicht, nicht oder nicht wieder im Ausland – vornehmlich also in Deutschland – zu publizieren.[46] Man träumte von „Wien als Buchstadt", träumte davon, aus der Not, der Not nämlich, Deutschland bis auf weiteres als Absatzgebiet verloren zu haben, eine Tugend zu machen und die Nachfolge des zerstörten Leipzig anzutreten.[47] Den Hintergrund zu diesem Wunschdenken bildete das bisherige – in nationaler Hinsicht – Schattendasein des österreichischen Verlagswesens, das zugegebenermaßen nur als „Teil des deutschen Verlagsbuchhandels" hatte existieren können (Dvorak/Neider, S. 4).[48] Allerdings währten diese Träume aufgrund der Situation auf dem Papiermarkt nicht sehr lange, wobei ein auf die zweite Währungsreform Ende 1947 folgendes Nachlassen des Kaufinteresses die Ernüchterung noch fortsetzte und baldigen Versuchen, mit Deutschland erneut in Handelsbeziehungen zu treten, Platz machte.[49]

Geradezu bestimmend war diese Lage auch für den Bereich der Kinder- und Jugendliteratur, der Verlag Jugend und Volk beispielsweise hatte vor 1945 70% seiner Produktion nach Deutschland exportiert.

Übereinstimmung herrschte aus österreichischer Sicht darin, daß sich eine eigenständige österreichische Kinder- und Jugendliteratur – nach Ansätzen in den zwanziger und dreißiger Jahren und früher – erst in der Folge des Zweiten Weltkrieges

herausgebildet hat, ursächlich aufgrund der den politisch-wirtschaftlichen Verhältnissen entwachsenden Emanzipation des Verlags- und gesamten Publikationswesens von deutscher Übermacht wie einer in den ersten Nachkriegsjahren in Österreich insgesamt vorherrschenden anti-deutschen Grundstimmung.[50]

Während sich auch in Österreich ungefähr seit Beginn des zwanzigsten Jahrhunderts eine eigene Jugendschriftenbewegung ausgebildet hatte, waren deren „erfreuliche" Auswirkungen, von denen etwa Richard Bamberger spricht (vgl. Bamberger, 1965, S. 459ff.), hauptsächlich in den damals erarbeiteten theoretischen und literaturpädagogischen Ansatzpunkten sichtbar geworden, nicht aber in den Produktionsziffern österreichischer Jugendbuchverlage. Obwohl in die Zwischenkriegszeit etwa die Gründung des Deutschen Verlags für Jugend und Volk und des Verlags Jungbrunnen fiel, erschienen während dieser Zeitspanne jährlich nie mehr als dreißig Jugendbücher, mehrfach – so ab 1933 – noch wesentlich weniger.[51] Nach Kriegsende steigerte sich demgegenüber die österreichische Jugendbuchproduktion gewaltig, erreichte ab 1948 eine durchschnittliche Jahresproduktionsziffer von circa 200 Titeln.[52]

Im Gegensatz zur Entwicklung in der Belletristik wanderten aus diesem Sektor auch nicht so viele Autoren – als das wieder möglich war – in (west)deutsche Verlage ab.

Grund für eine relativ schnelle Stabilisierung, wenn nicht überhaupt Etablierung einer österreichischen Kinder- und Jugendliteratur war dabei mit Sicherheit die starke staatlich-institutionelle Förderung, die diesem literarischen Bereich nach 1945 mehr als jedem anderem zuteil wurde.

Zunächst war auch diese Sparte noch denselben Bedingungen – und das hieß zuallererst demselben zeitbedingten Mangel an Druckpapier – ausgesetzt wie das gesamte Publikationswesen.[53]

Nachdem in den ersten auf das Kriegsende folgenden Monaten dieser Notstand noch nicht so deutlich geworden war – soweit man überhaupt schon wieder produzieren konnte, verbrauchte man noch vorhandene Vorräte –, mußte für Wien, das traditionelle Verlegerzentrum, der Papierverbrauch sehr bald zentral gelenkt werden; ganz Österreich wurde ab Juli 1947 nach Absprache mit den Alliierten in die Papierbewirtschaftung, die weitestgehend von österreichischen Stellen besorgt wurde, einbezogen.[54] Trotz dieser widrigen Umstände kam es in Österreich ebenso wie im Nachbarland Deutschland zu einem Gründungsboom an neuen Verlagen, Zeitungen und Zeitschriften[55], aber – wie in den Westzonen dort – überstanden eine ganze Anzahl der neugegründeten Verlage die ersten Jahre nicht. Auch hier beschleunigte die Währungsreform Ende 1947 ein meist auf mangelndem Kapital und/oder mangelnder Erfahrung beruhendes Verlagssterben. Gleichzeitig mehrten sich Klagen über ein niedriges Niveau der Publikationen, über ein überhandnehmendes Broschüren-, Traktätchen- und Zeitschriftenwesen oder -unwesen sowie auch über professionelle Unfähigkeit eines Großteils der Neuverleger. Eine eigene Note bekam das österreichische Klagelied auf den Qualitätsverfall damals dadurch, daß wegen der von Anbeginn an größeren Unabhängigkeit von den Besatzungsmächten, das heißt auch

einer gegenüber Deutschland wesentlich schwächeren Kontrolltätigkeit von dieser Seite, etwa auf dem Papiermarkt in größerem Maßstabe ein „Schleichhandel" entstehen und aufgrund dessen bereits sehr früh „Schmutz- und Schundliteratur" in Produktion gehen konnte. Eine Besserung, fast Normalisierung[56] der Lage auf dem Papiermarkt trat dann überraschend schnell im Frühjahr 1948 ein, so daß bereits in diesem Jahr die österreichische Buchproduktion auf allen Gebieten in eine bislang unbekannte Höhe kletterte, die sie – soweit es die Kinder- und Jugendliteratur betraf – erst in den sechziger Jahren wieder erreichen sollte.

Die äußeren Bedingungen für den Buchverleger, auch den Jugendbuchverleger, hatten sich somit bis Mitte 1948 weitgehend normalisiert, es blieb jedoch vorerst bei der geschlossenen Grenze in Richtung Deutschland.

Ähnlich wie dort fehlte es freilich den Verlagen in Österreich an geeigneten Autoren, an druckreifen Manuskripten. Auch hier griff man aus diesem Grunde anfänglich im allgemeinen zu märchenhaften Texten von Hobby- und Nebenerwerbsautoren oder hielt sich an Klassiker der Jugendliteratur und veranstaltete Neuauflagen bewährter heimatverbundener Titel.[57] Und auch in Österreich zeigte sich bald eine (quantitative) Blüte von wenig umfangreichen, schnell zu produzierenden Texten, darunter eine Vielzahl an Bilderbüchern, so daß eine durchaus charakteristische Überschrift im Verbandsorgan des österreichischen Buchhandels im November 1946 verkündete: „Papierknappheit, aber Bilderbücher im Überfluß!" (Anzeiger für den Buch-, Kunst- und Musikalienhandel, Nr. 21/22 vom 10. November 1946, S. 6).

Dagegen ließen ausländische Titel in Übersetzungen ähnlich wie in Westdeutschland auf sich warten. Zum einen herrschte in der Kulturpolitik anfangs – wie gesagt – ein stark auf die Herausbildung eines Österreich-Bewußtseins ausgerichteter Trend vor, der allerdings eher als anti-deutsch anstatt anti-international zu charakterisieren wäre, zum anderen bestanden ähnliche Schwierigkeiten beim Erwerb ausländischer Copyrights wie in Westdeutschland. Das Übersetzungsprogramm der Amerikaner kam zudem ebenso zögernd in Gang wie dort. Eine vermehrte Anzahl von Übersetzungen – hauptsächlich aus dem angelsächsischen Raum, in geringerem Umfang auch aus dem Russischen – machte sich trotzdem früher, schon ab 1948/49, bemerkbar als in den Westzonen Deutschlands beziehungsweise der Bundesrepublik.[58]

Unter den Verlagen, die schon bald nach Kriegsende mit einem umfangreicheren Kinder- (mehr noch als Jugend-)buchprogramm aufwarteten, finden sich – abgesehen von den traditionellen Jugendbuchverlagen – häufig die Namen Luckmann Verlag (Wien), Amandus Edition (Wien) und auch Julius Breitschopf Verlagsbuchhandlung (Wien), deren Verlagssitz allerdings 1954 nach München verlegt wurde.[59] Durch die Hinzunahme einer sich dann stetig verbreiternden Kinder- und Jugendliteraturproduktion in der Nachkriegszeit sollte auch der Verlag Carl Ueberreuter (Wien), der vordem hauptsächlich Kalender und volkswirtschaftliche Titel herausgebracht hatte, ein neues Profil gewinnen. Insgesamt konnte dieser Verlag seine Jugendbuchproduktion ab 1946 so entwickeln, daß er auf diesem Gebiet bald zu einem der bedeutenderen Unternehmen im deutschsprachigen Raum zählte.

Bei den Verlagen, die sich früher bereits mit Kinder- und Jugendliteratur befaßt hatten, konnte von einer ungestört kontinuierlichen Entwicklung durch die Nazijahre hindurch weiter in die Nachkriegszeit keine Rede sein. Von dem 1921 in Wien durch Gemeinderatsbeschluß gegründeten Deutschen Verlag für Jugend und Volk – bald nach Kriegsende umbenannt in: Jugend und Volk Verlagsgesellschaft – berichtet die Verlagsgeschichte, das Programm sei während der NS-Zeit von Berlin diktiert worden (vgl. Profile und Blickpunkte, 1971, S. 6). Nach 1945 knüpfte man dann bewußt an die Verlagstradition der zwanziger und dreißiger Jahre an, besonders an die Bemühungen im Zusammenhang mit der damaligen Schulreform. Andererseits wollte man nicht bei der Wiederaufnahme früherer Ideen stehenbleiben. Aufgrund der gesicherten finanziellen Basis als gemeinwirtschaftliches Unternehmen konnte man sich auch schwierigeren Themen zuwenden. „Gesellschaftskritische Bücher mit weltpolitischen Themen" entstanden teilweise – wie etwa bei einigen Werken Karl Bruckners – in enger Zusammenarbeit mit dem Autor. Andere angesehene Autoren des Verlags waren in den fünfziger Jahren (und später) zum Beispiel Mira Lobe, Fritz Habeck, Vera Ferra-Mikura. Die Jubiläumsschrift zum fünfzigjährigen Bestehen gibt an, die neue Richtung des Verlags nach 1945 habe „einen wesentlichen Beitrag zur Überwindung des cultural lag in der Jugendliteratur" geleistet (Profile und Blickpunkte, S. 60). In jedem Fall hat sich die Jugend und Volk Verlagsgesellschaft nach 1945 – abgesehen von ihren anderen Verlagsgebieten – zum größten österreichischen Jugendbuchverlag entwickelt.

Der seit 1772 bestehende Österreichische Bundesverlag, der vor allem durch seine Schulbuchproduktion wichtig war, hatte ab 1938 neben der Namensänderung zunächst die Vernichtung eines Großteils seiner Buchbestände hinnehmen müssen und war 1942 an den Deutschen Schulbuchverlag übergegangen, womit seine Eigentätigkeit bis zum Kriegsende völlig eingestellt blieb.[60] Als er Ende 1945 seine Arbeit wieder aufnehmen konnte, war zunächst die Herstellung neuer Schulbücher die vordringlichste Aufgabe, die allerdings durch die Besatzungsmächte „einigermaßen gehemmt" worden sei (vgl. 200 Jahre Österreichischer Bundesverlag, 1972, S. 58) durch ihren Anspruch auf Mitspracherecht bei der Konzeption neuer Geschichts- und Lesebücher. An ausgesprochener Kinder- und Jugendliteratur verlegte das Unternehmen in den fünfziger Jahren beispielsweise Titel von Josef Guggenmoos, Othmar Franz Lang, Erich Dolezal oder Alexis Steiner (d.i. Alois Franz Rottensteiner).

Der Verlag Jungbrunnen schließlich, der 1923 aus den Aktivitäten des sozialistischen Erziehungs- und Schulvereins Freie Schule – Kinderfreunde hervorgegangen war, konnte bereits ab 1934 nicht mehr arbeiten und wurde erst 1946 als Jungbrunnen Verlagsgesellschaft wieder ins Leben gerufen. Seit Beginn seines Bestehens stand dort – wie bei den „Kinderfreunden" überhaupt – die Abwehr der „Schundliteratur" durch billige und gute Bücher im Programm. Angeboten wurden nach 1945 Bücher von Autoren wie Karl Bruckner, Friedrich Feld (d.i. Fr. Rosenfeld), Vera Ferra-Mikura, Oskar Jan Tauschinski. Obwohl der Verlag nach dem Zweiten Weltkrieg nicht mehr ausschließlich für die „Kinderfreunde" publizierte, bedeutete doch eine jährliche

Abnahme durch den Verein von über 100000 Büchern eine entscheidende finanzielle Absicherung[61], so daß die Programmkonzeption weniger auf Absatzorientierung ausgerichtet zu sein brauchte als bei anderen Unternehmen. Trotzdem habe der Verlag im Vergleich mit seiner Ausrichtung in den zwanziger Jahren nach 1945 – wohl auch in Anlehnung an die geänderte Linie der Sozialistischen Partei Österreichs – eine eher „ideologieferne" Position entwickelt, damit aber eine Verbreiterung der Zielgruppe erreicht (vgl. Lercher, 1983, S. 89).

### *Der Schmutz- und Schundkampf*

Österreichs Jugendschützern war 1945 nach Kriegsende keine solche „Atempause" vergönnt, wie sie in Deutschland die stärkeren Kontrollen der Verlagstätigkeit seitens der Militärregierungen und die ebenfalls von den Besatzungsmächten durchgeführte Papierbewirtschaftung notwenigerweise mit sich gebracht hatte.

Das hier im „Schleichhandel" – besonders in der Provinz – erhältliche und damit kostspielige Papier sollte möglichst schnell und möglichst gewinnbringend eingesetzt werden; solche schnellen Gewinne ließen sich mit „Groschenheften" jeglicher Art am einfachsten erwirtschaften. Das heißt, sobald also überhaupt Papier und Druckkapazitäten organisiert werden konnten, wurde in Österreich wieder „Schmutz- und Schundliteratur" produziert. Da dieser Zweig des Publikationswesens somit rascher und ohne irgendwelche öffentliche Unterstützung in Gang kam als eine tatsächliche Buchproduktion, sah sich der Präsident des Verbandes demokratischer Schriftsteller und Journalisten, Edwin Rollett, bereits 1947 genötigt, an die Regierung die Frage zu stellen, wieso „man kein Schreibmaschinenpapier, kein Notenpapier, keine Schulhefte" bekomme, „aber in Wien, und vor allem in den Landeshauptstädten, die Zeitungsstände überschwellen von dem überflüssigsten gedruckten Mist, Kitsch und Schund bösester Sorte, von Traumbüchern, Romanheften, Pornographien und Zeitschriften, die kein Mensch braucht?" (Herr Unterrichtsminister ..., 1947, S. 1). Zuvor schon, Anfang 1946, hatten in einem Ständigen Buchgewerblichen Ausschuß Vertreter verschiedener Ministerien und sämtlicher einschlägiger Berufsgruppen bei der Beratung von Richtlinien für die Zukunft einen als besonders wichtig eingestuften Beschluß über den „gemeinsamen Kampf gegen Schmutz und Kitsch" gefaßt (vgl. Schöler, 1946). Die in der Öffentlichkeit wiederholt laut gewordenen „nachdrücklichen Beschwerden über das Überhandnehmen von Schmutz und Schund im Druckschriftenwesen, insbesondere aber auf dem Gebiete der Jugendschriften" (Errichtung ..., 1942), veranlaßten das Bundesministerium für Unterricht als einen Schritt auf dem Wege zur Förderung des Jugendbuches eine Jugendschriftenkommission bei diesem Ministerium zu errichten, die die eingereichten Bücher und Manuskripte begutachten und eventuell mit einem Prädikat auszeichnen sollte.

*Zwei Bände der Anti-Schund-Heftreihe „Das große Abenteuer", herausgegeben vom Österreichischen Buchklub der Jugend (Wien) als Beitrag zur positiven Bekämpfung von „Schmutz und Schund".*

Auch der 1948 gegründete Österreichische Buchklub der Jugend, von dem noch die Rede sein wird, zählte die Abwehr der „Schmutz- und Schundliteratur" zu seinen maßgeblichen Aufgaben.

Angenommene Ursachen und Auswirkungen, das Vokabular der Schundkämpfer und deren Argumentationsmuster waren hier die gleichen, wie sie für die Bundesrepublik Deutschland detailliert beschrieben wurden. Der „gesetzlose Zustand" (vgl. Jambor, 1965, S. 36) ging hier nur deshalb schon 1950 zu Ende, weil der „schmutzige Krieg" (vgl. Finder, 1965, S. 3) gegen die Schundliteratur früher begonnen worden war. Im Gegensatz zum bundesdeutschen „Gesetz über die Verbreitung jugendgefährdender Schriften" wurde das österreichische Bundesgesetz vom 31. März 1950 über die „Bekämpfung unzüchtiger Veröffentlichungen und den Schutz der Jugend gegen sittliche Gefährdung" jedoch einstimmig verabschiedet. Überhaupt fand in Österreich keine ähnlich kontroverse Diskussion über gesetzgeberische Maßnahmen statt wie in der Bundesrepublik. Dies ist wohl vor allem im Zusammenhang mit der damaligen politischen Konstellation erklärbar, wo aufgrund einer Allparteienregierung nach 1945, beziehungsweise ab 1947 einer großen Koalition aus Sozialisten und Volkspartei, der gesamte Untersuchungszeitraum im Zeichen einer Kompromiß- und Konsenspolitik stand.

Das, was wir in dem entsprechenden Kapitel zur Schundproblematik in der Bundesrepublik darzustellen versucht haben, daß nämlich die Grundeinstellung der Schundliteratur gegenüber, also die – von wenigen Ausnahmen abgesehene – Verurteilung dieser Textsorten, zwischen den politischen Parteiungen gar nicht so stark divergierte, könnte anhand der österreichischen Variante des Schundkampfes noch sinnfälliger zum Ausdruck gebracht werden, wobei das zugrunde liegende Ideal einer Abschirm- und Bewahrpädagogik hier insgesamt sicherlich noch umfassender als in der Bundesrepublik ausgeprägt war.

Das österreichische Schmutz- und Schundgesetz sieht – wie das bundesdeutsche – kein Produktionsverbot, sondern nur Verbreitungsbeschränkungen vor und zwar für Druckwerke, „die geeignet sind, die sittliche, geistige oder gesundheitliche Entwicklung jugendlicher Personen, insbesondere durch Verleitung zu Gewalttaten oder zu strafbaren Handlungen aller Art, durch Reizung der Lüsternheit oder durch Irreleitung des Geschlechtstriebes, schädlich zu beeinflussen" (zit. nach Bamberger/Jambor, 1965, S. 26).

Bei „unzüchtigen Schriften", also bei Pornographie, wurde darüber hinaus die Verbreitung als Verbrechen eingestuft und war somit der Strafgesetzgebung unterstellt. Im Gegensatz zur Bundesrepublik lag die Altersgrenze schon bei sechzehn, nicht erst bei achtzehn Jahren; dafür mußte aber auch nicht erst eine spezielle Prüfstelle eingeschaltet werden, sondern jede Bezirksverwaltungsbehörde konnte auf Antrag einer Behörde oder einer Person bei nachgewiesenem berechtigtem Interesse eine Verbreitungsbeschränkung für ihren Amtsbereich aussprechen; zusätzlich war der Landesamtmann ermächtigt, solche Beschränkungen für sein Bundesland anzuordnen, und als weiteren Schritt konnte „das Bundesministerium für Inneres im Einvernehmen mit dem Bundesministerium für Unterricht Verbreitungsbeschränkungen für das gesamte Bundesgebiet anordnen" (Bamberger/Jambor, 1965, S. 26f.).

Ähnlich wie auch in Westdeutschland blieb unmittelbar nach Inkrafttreten des Gesetzes der erhoffte Erfolg erst einmal aus. Anträge wurden kaum gestellt und wenn doch, war bis zum Beschluß einer Verbreitungsbeschränkung der entsprechende Text bereits wieder vom Markt verschwunden. Aus diesem Grunde baute der Buchklub der Jugend ab Anfang 1952 eine spezielle Anzeigenorganisation für die Beantragung solcher Verbreitungsbeschränkungen auf, wodurch laut Richard Bamberger selten mehr als sechs Tage zwischen Erscheinen und Verbot eines schädlichen Heftes vergingen (vgl. Bamberger, 1955, S. 178), so daß die inländische Produktion bis Ende 1953 beinahe vollständig habe vernichtet werden können (vgl. Jambor, 1965, S. 38).[62]

Allerdings wurde die Freude der österreichischen Schundkämpfer über diesen Erfolg bald wieder gedämpft, als nämlich 1954 mit der Liberalisierung der Ein- und Ausfuhrbestimmungen eine „wachsende Flut von Schundliteratur, insbesondere die sogenannten Comics" (Jambor, 1965, S. 39), aus oder über Westdeutschland nach Österreich gelangten. Bei dieser neuerlichen „Flut" an Heften gelang des den Schundgegnern nicht mehr, mit der Antragstellung nachzukommen; eine Novellierung des Gesetzes wurde verlangt, kam freilich wegen verfassungsrechtlicher Bedenken nicht zustande.[63]

Die Bemühungen um die Gesetzesnovellierung mit vielfältigen begleitenden Aktionen bedeuteten gleichzeitig Höhepunkt, aber auch den „Anfang vom Ende" des österreichischen Schundkampfes (vgl. Lercher, 1983, S. 138). Mit dem Scheitern der Gesetzesänderung war die „aktive" Phase des Schundkampfes beendet, doch bedeutete das keineswegs ein Ende aller gegen Schmutz und Schund gerichteten Bestrebungen in Österreich. Die Anzeigenstelle des Buchklubs führte selbstverständlich ihre Tätigkeit fort, wobei die quasi zentralisierte Arbeitsform österreichischer Schundkampforganisationen größere „Effektivität" als anderswo garantierte. Die im Verhältnis zur Bundesrepublik Deutschland bedeutend stärkere Bündelung und Zusammenfassung diesbezüglicher Interessen auf organisatorischer Ebene hatten zur Folge, daß die Schmutz- und Schundkampagne hier noch monolithischer die gesamte jugendliterarische Szene überspannte. Die faktische und offen zur Schau getragene Personalunion zwischen Schundkämpfern – am prominentesten darunter Richard Bamberger und Walter Jambor – und Jugendliteraturmanagern, die vielfach wiederholte Selbstdarstellung als Vorbild für andere Länder, bestimmte über lange Jahre maßgeblich auch das Außenbild Österreichs auf diesem Sektor. Inwieweit oder zu welchem Prozentsatz taktische Überlegungen – taktische Überlegungen dahingehend, eine möglichst große Anzahl gerade der Lehrer für eine aktive Jugendliteraturarbeit zu gewinnen – bei der Inszenierung des Schundkampfes eine Rolle spielten, wie Richard Bamberger dies rückblickend mehrfach erläuterte (vgl. Lercher, 1983, S. 108; Gespräch vom 2. 11. 1984)[64], muß bei der Beurteilung des Verlaufs und der Auswirkungen weitgehend irrelevant bleiben. Zumal es offenbar, wollte man nicht eine nur opportunistische Haltung unterstellen, keine unauflösbaren Widersprüche zwischen Bambergers eigenen Wertsetzungen in bezug auf Literatur und Jugendschutz und dem der Schundbekämpfung zugrundeliegenden Literaturverständnis und bewahrpädagogischen Denken gegeben hat.

Daß politisch links einzuordnende Persönlichkeiten wie Richard Bamberger als Mitinitiatoren und bedeutende Vertreter des Schundkampfes der endvierziger und fünfziger Jahre (und darüber hinaus) zu gelten haben, daß sozialistische Organisationen wie die „Kinderfreunde" ebenso als Mitstreiter genannt werden können, kann als Sinnbild des kulturell-gesellschaftlichen Klimas dieser Phase kaum hoch genug eingeschätzt werden.

Es scheint auch so, als habe diese Konstellation es ermöglicht, in Österreich mehr noch als in der Bundesrepublik Deutschland Parolen und Argumentationsmuster aus dem Schundkampf mißbräuchlich zur Verächtlichmachung und Ausgrenzung anderer („unerwünschter") Literaturzweige – vornehmlich wohl avantgardistischer – benutzen zu können, worauf jedenfalls gelegentliche Äußerungen von Autoren oder in theoretischen Arbeiten hindeuten.[65]

Die zwei wichtigsten Institutionen der österreichischen Jugendbuchszene in den Jahren nach 1945, die Österreichische Jugendschriftenkommission und der Österreichische Buchklub der Jugend, sind schon mehrfach genannt worden, denn die starke Verzahnung innerhalb des österreichischen Jugendbuchwesens – auf intitutioneller und personeller Ebene – macht eine strikte Abgrenzung der einzelnen Bereiche unmöglich.

Im Gegensatz zu den bedeutenderen institutionellen Neugründungen innerhalb der bundesdeutschen Jugendbucharbeit wie dem Arbeitskreis für Jugendschrifttum, der sozusagen als Spätfolge der Schmutz- und Schundkampagne entstand, kam es in Österreich schon sehr zeitig – 1947/48 – zu den für das Jugendbuchwesen relevanten Gründungen und zwar ausgesprochenen Neugründungen. Es versuchten wohl auch hier einige ältere Gruppierungen ihre frühere Arbeit fortzusetzen, wie etwa die „Kinderfreunde", doch deren ursprüngliches nach sozialistischen Vorstellungen ausgerichtetes Konzept wurde im neuen Österreich relativ schnell dem geänderten politischen Kurs angepaßt. Am ehesten könnte noch von Kontinuität bei der katholischen Jugendbucharbeit gesprochen werden, wobei aber die auch für die weitere Entwicklung richtungweisende Institution, die Studien- und Beratungsstelle für Kinder- und Jugendliteratur in Wien ebenfalls eine Nachkriegsgründung darstellt, die 1955 aus einem seit 1947 bestehenden Arbeitskreis für Jugendliteratur innerhalb des katholischen Jugendwerks in Österreich hervorgegangen ist.[66]

Wenn gerade die Aufmerksamkeit auf die frühen Gründungsdaten der Österreichischen Jugendschriftenkommission und des Österreichischen Buchklubs der Jugend gelenkt wurde, dann ist hierbei unbedingt an die zum Teil bereits erwähnten, von denen in Westdeutschland sich unterscheidenden Rahmenbedingungen zu erinnern. Während in Österreich seit Kriegsende eine – in Grenzen – handlungsfähige österreichische Regierung bestand in einer auch als solche anerkannten Hauptstadt, wäre die Gründung zentraler Institutionen in den Westzonen Deutschlands zu diesem Zeitpunkt noch gar nicht möglich gewesen, zumal es überdies dort an einem eindeutigen kulturellen Zentrum fehlte.

Außerdem sollte in diesem Zusammenhang nicht vergessen werden, daß auch später, nach Gründung der Bundesrepublik Deutschland, eine Einrichtung wie die Österreichische Jugendschriftenkommission schon aufgrund der Dezentralisation der Bildungs- und Kulturpolitik, aufgrund der Kulturhoheit der Länder, nicht hätte zustande kommen können. Auch bestand in Österreich als einem Staat, der sich davor zu bewahren verstanden hatte, in irgendeiner Weise in die Nachfolge des Dritten Reiches zu treten, gewiß eine niedrigere Hemmschwelle gegenüber staatlicher Einflußnahme in kulturellen Angelegenheiten. Die parteipolitische Konstellation der Nachkriegsära mit ihrem bis in nachgeordnete Einrichtungen und Positionen hineinreichenden Proporzdenken erwies sich in Österreich auch für das institutionelle Umfeld der Kinder- und Jugendliteratur als prägend. In allen grundsätzlichen

*„Wir sind nun einmal, nach Gottes unerforschlicher Laune, ein Schlaraffenland mit Butter und Käse, mit Matterhorn und Freiheit, die auf den Alpen wächst, mit Schokolade, mit Kaffee und Speck ...“*

Und diesem neidvollen Blick ins scheinbar „gelobte Land“ hielt er seine Realität der Kriegsjahre, wie sie von ihm und anderen erlebt worden war, entgegen:

*„Es gab sozusagen nichts, was man ohne Marken bekam, was frei war. Ausgenommen das Denken, das Wissen um den Wahnsinn, der rings um unsere Grenzen herrschte [...] Und wir waren sechs Jahre lang gefaßt, daß auch wir an die Reihe kommen würden [...] Wir hörten die Bomber, wenn sie in der Nacht nach München flogen, nach Ulm, Welle um Welle; wenn die Kinder eingeschlafen waren, kamen sie zurück, Welle um Welle, und wenn wir nichts hatten, so hatten wir mindestens eines, was uns niemand absprechen wird: Angst. Und das heißt Ahnung“* (Frisch, 1946).

Die Schweizer Verlagstätigkeit und also Buchproduktion in ihrer Gesamtheit hatte Ausweitungstendenzen ungefähr seit Anfang des Jahrhunderts gezeigt, insbesondere auf den Gebieten Jugendschriften, Kunst und Medizin, wie der Schweizerische Buchhändlerverein 1949 in einer Jubiläumsschrift berichtete (vgl. Hundert Jahre Schweizerischer Buchhändlerverein, 1949). Als kleines Land – ähnlich wie Österreich – eng verbunden mit dem deutschen Buchhandel – jedenfalls was den deutschsprachigen Landesteil betrifft – führte der sich steigernde deutsche Nationalismus, schließlich der Erste Weltkrieg, zu einem ersten Innehalten und Sich-Besinnen auf eidgenössische Grundwerte und nationale Besonderheiten.

Von vereinzelten Vorläufern abgesehen datiert die Ausbildung einer breiteren spezifisch Schweizer jugendliterarischen Tradition im wesentlichen in diese Jahre um und nach dem Ersten Weltkrieg.

Auf Ausschau nach Einschnitten innerhalb des zwanzigsten Jahrhunderts könnten jedoch am ehesten die frühen dreißiger Jahre, insbesondere die Machtübernahme der Nationalsozialisten in Deutschland, genannt werden, jedenfalls soweit es die Institutionengeschichte angeht. Der Ausbau des Schweizer Verlagswesens datiert sehr deutlich aus dieser Zeit. Mit dem Beginn des Dritten Reichs in Deutschland brach für die schweizerischen Unternehmen die „große Wende“ an (vgl. Heß, 1970, S. 144); ungeahnte Möglichkeiten erwuchsen dem dortigen Publikationswesen durch die in Deutschland nun verbotenen Autoren und Bücher, wenn auch die Politik gegenüber tatsächlich emigrierenden Autoren und Verlegern zeitweise „sehr zurückhaltend“ gewesen sei (Heß, S. 145)[84] und Emigranten, etwa Kurt Kläber, war häufig zwar nicht das Schreiben, doch aber das Veröffentlichen verboten. Speziell das Schweizer Jugendbuch habe in diesen Jahren eine große Blüte erlebt (vgl. Heß, S. 145). Sowohl nach Titeln wie auch gemäß dem prozentualen Anteil an der gesamten Buchproduktion konnte sich die Sparte der Kinder- und Jugendliteratur bis Anfang der fünfziger Jahre stetig steigern von 62 Titeln oder 2,9% 1938 über 170 Titel = 4,35% 1945 bis auf 272 Titel im Jahre 1951, die 7,6% der Gesamtproduktion entsprachen.

Als „Sternstunde“ für die Schweizer Verlage wurde im Rückblick das Jahr 1942 mit 150prozentigen Zuwachsraten beim auch weiterhin noch steigenden Buchexport – 1946/47 sei er sogar neunmal höher gewesen als zwei Jahre zuvor – gesehen (vgl. Heß, S. 149ff.). Dementsprechend wurde in der Schweiz eine größere Anzahl neuer Verlage nicht nach 1945 gegründet, sondern bereits kurz vor beziehungsweise während der Kriegsjahre. Allerdings war es auch hier so, daß sich viele der Neugründungen nicht lange behaupten konnten.

Gründungen wie die der Stiftung Pro Helvetia 1939[85] oder die Unterstützung kulturell tätiger Personenkreise hatten vor allem die „geistige Landesverteidigung“ im Auge und zielten auf ein Zusammenstehen des ganzen Volkes als Solidargemeinschaft ab.

Die zunehmende Einkreisung des Landes durch „feindliche“ Staaten, verbunden mit wachsender wirtschaftlicher Isolation, führten allerdings auch zu einschränkenden Maßnahmen wie einer militärischen Zensur oder 1943 zur Einführung einer Papierkontingentierung, die 1945 verschärft und auch nach Kriegsende noch beibehalten werden mußte.[86] Trotzdem steigerte sich die Gesamtproduktion noch während der Kriegsjahre enorm, verdoppelte sich zwischen 1941 und 1946. Bei Kriegsende befand sich demnach das Publikationswesen der Schweiz in einer einzigartigen Position innerhalb des deutschen Sprachraums, das „Schweizer Buch“ präsentierte sich – laut „Schweizer Buchhandel“ – „noch sauber und verlockend, wie zu den besten Vorkriegszeiten“ (Jg. IV, H. 2 vom 31.1.1946, S. 35). Es wurde im gleichen Zusammenhang aber auch bereits Kritik an zu vielen neuen Büchern laut.

Im Gegensatz zur Entwicklung der Buchproduktion insgesamt und noch auffallender beim Vergleich mit der Belletristikpublikation [87] konnten die Jugendbuchverlage ihr bis Kriegsende erreichtes quantitatives Niveau in den folgenden Jahren halten, beziehungsweise bis 1960 noch weiter ausbauen, trotz des auch hier aufgetretenen Papiermangels und weiterer Schwierigkeiten mit überlasteten Druckereien und Bindereien[88] und auch angesichts der wieder erstarkenden Konkurrenz seitens der Nachbarländer.

Immerhin versuchte man mit allen Mitteln[89] der Gefahr zu begegnen, der – jetzt – westdeutsche Buchhandel könne wieder den Anspruch auf die Vertretung des gesamten deutschsprachigen Buchhandels erheben, um nicht nochmals in ein „provinzielles Dornröschendasein“ zurückzugleiten (Schweizerischer Buchhändler- und Verlegerverein, 1955, S. 6).

Ähnlich wie bei der Entwicklung der diesbezüglichen Handelsbeziehungen zwischen den Westzonen und später der Bundesrepublik und Österreich dauerte es auch hier bis Anfang der fünfziger Jahre, bevor der Buchexport von und nach Deutschland wieder liberalisiert war. Zuvor, während der Zeit des größten Buchmangels in den kriegsführenden Staaten, hatte die Anfang 1946 ins Leben gerufene „Schweizer Bücherhilfe“[90] unter anderem auch westdeutsche Bibliotheken, Flüchtlings- und Kinderheime mit Buchspenden unterstützt, besonders mit wissenschaftlicher und mit Jugendliteratur. In Zusammenarbeit mit der amerikanischen Militärregierung in

Deutschland waren beispielsweise auch fahrbare Wanderbibliotheken für die deutsche Jugend eingerichtet worden.

Der Aufschwung, den die schweizerische Kinder- und Jugendliteratur in den dreißiger und vierziger Jahren erlebt hatte, stand natürlich in enger Wechselbeziehung zur Entwicklung der Jugendbuchverlage oder -programme in größeren Verlagen. Auffallend ist, daß es sich bei den für den jugendliterarischen Bereich in den vierziger/fünfziger Jahren bedeutsamen Verlagen fast durchgehend um ältere Unternehmen sowie um keine reinen Jugendbuchverlage handelte. Der Verlag Sauerländer (Aarau) hatte zwar seit seiner Gründung 1807 auch Jugendbücher ediert, der bewußte Aufbau eines Jugendbuchprogramms war jedoch in erster Linie von Remi Sauerländer in der Zwischenkriegszeit mit einem ausdrücklichen Akzent auf der Pflege des Schweizer Jugendbuches begonnen worden. Eine „Überschwemmung" ab 1933 auch der Schweiz mit nationalsozialistischen Schriften machte es ihm nach „nötig, die unschweizerische ausländische Konkurrenz, soweit sie den Schweizer Markt mit ungeeigneten Publikationen versorgt, zurückzudrängen" (150 Jahre ..., 1957, S. 92).

Dementsprechend wurde das Angebot an Kinder- und Jugendliteratur weiterhin systematisch ausgebaut, so daß es von 75 lieferbaren Titeln im Jahre 1939 bis auf 170 Ende der vierziger Jahre und 260 1956 erweitert werden konnte. Bis in die fünfziger Jahre brachte der Verlag Sauerländer dabei vorwiegend Titel so bekannter Schweizer Jugendbuchautoren wie Josef Reinhart, Olga Meyer, Fritz Aebli oder Fritz Brunner heraus; letztere waren in vielfältiger Weise auch in jugendliterarischen Institutionen tätig.

Noch während des Zweiten Weltkriegs nahm sich der Verlag aber auch schon der Werke des im Schweizer Exil lebenden Schriftstellerehepaars Lisa Tetzner und Kurt Held (d.i. K. Kläber) an, veröffentlichte zwischen 1941 und 1949 Tetzners neunbändige Kinder-Odyssee der „Kinder aus Nr. 67" oder 1941 Helds „Die rote Zora und ihre Bande".

Neben diesen und den erwähnten bereits länger schreibenden Autoren waren nach 1945 auch die eher traditionellen Mädchenbücher Gertrud Häusermanns sowie Abenteuer- und Reiseerzählungen von René Gardi charakteristisch für das Programm bei Sauerländer. Außerdem begann man sich ungefähr ab Mitte der fünfziger Jahre auch für ausländische Autoren zu interessieren.

Die erzieherische Note, die bei der Gestaltung des jugendliterarischen Schwerpunkts immer mitspielte, wird zum Beispiel daran ersichtlich, daß die nach Verlagsangaben etwa hundert jährlich eingereichten Manuskripte nicht von hauptamtlichen Lektoren, sondern von Jugendbuchspezialisten aus dem Kreise der Lehrer, Bibliothekare, Mitglieder von Jugendbuchkommissionen geprüft wurden. Außerdem engagierte sich der Verlag ab 1949 auch in der Auseinandersetzung um „Schmutz und Schund" in Form der Herausgabe der von Kurt Held betreuten „Drachenbücher" (vgl. S. 343f.).

Abgesehen vom Verlag Sauerländer war auf dem Gebiet der Jugendliteratur natürlich eine Reihe weiterer Verlage tätig. Wenigstens erwähnt werden müssen

darunter der Orell Füssli Verlag (Zürich), der Verlag A. Francke (Bern) sowie der Atlantis-Verlag in Zürich. Der Benziger Verlag (Einsiedeln) bot, abgesehen von seinem theologischen und belletristischen Programm, im Untersuchungszeitraum jährlich zwischen zwanzig und vierzig lieferbare Kinder- und Jugendbuchtitel an, bei denen der hohe Anteil an Übersetzungsliteratur, den Benziger bereits in den frühen fünfziger Jahren aufzuweisen hatte, bemerkenswert ist.

*Zwei Bände der Kleinschriftenreihe des 1931 gegründeten Schweizerischen Jugendschriftenwerkes in Zürich (Nr. 361, 1950 und Nr. 523, o.J.). Neben der Schundabwehr war mit der Herausgabe dieser Hefte von Anfang an die Absicht, nationale Tradition – bis hin zur „geistigen Landesverteidigung“ – untertützen zu wollen, verbunden.*

### *Die Schmutz- und Schunddiskussion*

Ähnlich wie in den Nachbarländern sah man auch in der schweizerischen Jugendbucharbeit eine wichtige Aufgabe in der Abwehr von „Schmutz- und Schundliteratur“. Von Anfang an konzentrierte man sich hier jedoch weniger auf eine direkte Bekämpfung entsprechender Erzeugnisse, sondern eher auf Förderung und Bereitstellung positiver Alternativen. Diese Einstellung spiegelt sich auch in der wohl

bedeutendsten Organisation auf diesem Felde, nämlich in dem 1931 gegründeten Schweizerischen Jugendschriftenwerk[91], das – anders als das spätere Deutsche Jugendschriftenwerk, das ja „nur“ bestehende Kleinschriftenreihen einer Prüfung unterzog[92] – in erster Linie selbst verlegerisch tätig wurde und eine umfangreiche Reihe von Heften erst nur für den deutschen Sprachraum, später auch für die drei anderen Landessprachen herausbrachte.

In einer Jubiläumsschrift zum fünfzigjährigen Bestehen 1981 heißt es zur Aufgabenstellung in der Anfangszeit:

*„Unser Ziel ist, die heimische Jugend mit gesunder, kräftiger und bodenständiger Lesekost zu versehen, dem billigen Schund durch das billige Gute den Boden zu entziehen und so ein wichtiges Stück vaterländischer Jugendpflege zu vollbringen“* (zit. nach Brunner, 1981, S. 13).

Als zusätzliche Komponente und Eigenart der schweizerischen gegen den Schund gerichteten Bemühungen kommt bereits in diesen Sätzen ein ausgeprägter Zug für eine gleichzeitige Bewahrung beziehungsweise Unterstützung nationaler Tradition hinzu.

Diese Tendenz sollte sich mit der Ausbreitung des Nationalsozialismus in Deutschland und mehr noch während des Zweiten Weltkrieges merklich verstärken, so daß die Hefte des Schweizerischen Jugendschriftenwerks aus diesen Jahren sich teilweise auch in die Maßnahmen zur „geistigen Landesverteidigung“ einreihen ließen. Nach Kriegsende führte diese explizit „schweizerische“ Ausrichtung – der genannten Jubiläumsschrift zu entnehmen – zu einigen Finanzierungsschwierigkeiten, weil dann das Denken eher international ausgerichtet gewesen sei.

Obwohl das Kriegsende für die Schweiz auf dem Gebiet der Schundabwehr genausowenig wie etwa bei der Verlagsentwicklung einen ausgesprochenen Einschnitt bedeutete, hat die international fast schlagartig ansteigende Heftreihenproduktion einen Niederschlag auch hier gefunden, indem es zunächst zu einem Boom an italienisch- und französischsprachigen „Schundheften“ kam und anschließend die „neue Gefahr“ der Comics ihren Einzug hielt. Aufgrund dieser – wie anderswo empfundenen – verstärkten Bedrohung der Jugend durch minderwertige Literatur wurde noch in den vierziger Jahren die Frage nach gesetzgeberischen Maßnahmen aufgeworfen. Nach dem Schweizer Strafgesetzbuch (Artikel 212) konnten nämlich nur „das Geschlechtsgefühl durch Überreizung oder Irreleitung gefährdende Schriften oder Bilder“ belangt werden (zit. nach: Was ist Schundliteratur?, 1953, S. 58).

1948 fand deshalb auf Einladung des Departments des Innern eine eidgenössische Konferenz zu dieser Problematik statt, als deren Ergebnis ein spezielles Gesetz gegen „Schund und Kitsch“ aber allgemein abgelehnt wurde, zum einen, weil die Definition zu unsicher sei, zum anderen wegen einer möglichen Gefährdung der Kunst- und Pressefreiheit; statt dessen wurde eine gesundere Familienpolitik empfohlen.

Obschon der gesamte Ton der Schmutz- und Schunddebatte in der Schweiz moderater war als etwa in der Bundesrepublik – es wurde zum Beispiel wesentlich seltener eine kriminogene Wirkung, sondern eher eine mittelbare der Heftlektüre

behauptet –, glichen sich die Grundüberzeugung von der Verderblichkeit dieser Lektürestoffe für die Jugend wie auch Argumentationsmuster und Vokabular in vielen Fällen. Vom „bildverseuchten Kind“ (Aebli, 1954, S. 91) wurde gesprochen, von „ständiger geistiger Infektion“ und „Schwächung der seelisch-geistigen Widerstandskraft“ (Martin, 1957, S. 99) oder auch eine falsch verstandene Pressefreiheit ins Feld geführt (vgl. Cornioley, 1966, S. 24).[93] Und dementsprechend herrschte hinsichtlich der Maßnahmen zur Verdrängung von „Schundliteratur“ auch weithin Übereinstimmung mit den parallel zu den gesetzlich bedingten Verbreitungsbeschränkungen geübten Praktiken in der Bundesrepublik oder in Österreich. Das heißt, auch in der Schweiz führte man Umtauschaktionen von „schlechten“ in „gute“ Hefte durch, bemühte sich, die Lehrerschaft für die Bekämpfung von Schundliteratur und überhaupt für eine Beeinflussung der Privatlektüre ihrer Schüler zu gewinnen, man versuchte, Jugendkioske einzurichten oder die Eltern über die ihren Kindern scheinbar drohende Gefahr aufzuklären.

Und, wenn es um die Klärung der Ursachen der „Schundseuche“ ging, sah man sie auch in der Schweiz oft genug in ungünstigen Umwelteinflüssen der Gegenwart, in einer charakteristischen Hemmungslosigkeit der Jugend, die sich in der Sexualisierung des öffentlichen Lebens zeige (vgl. Martin, 1957, S. 99ff.), in auffallender Unrast und innerer Unruhe der Jungen und dem Zerfall gerade junger Familien (vgl. Aebli, 1954, S. 91). Demgegenüber galt die Bekämpfung aller zersetzenden Kräfte vielen der Erhaltung des Geistes des Abendlandes und der christlichen Zivilisation (vgl. ebd.).

### *Die jugendliterarischen Institutionen*

Unter den auch für die Untersuchungsperiode tonangebenden jugendliterarischen Institutionen der Schweiz hatte die Jugendschriftenkommission des Schweizerischen Lehrervereins mit ihrer Gründung im Jahre 1858 bei weitem die längste Tradition nicht nur in nationaler Hinsicht, sondern für den gesamten deutschen Sprachraum, aufzuweisen. Vergleichbar den deutschen Vereinigten Jugendschriftenausschüssen arbeitete man dort hauptsächlich Empfehlungsverzeichnisse für Büchereien, Buchrezensionen oder Kataloge empfehlenswerter Bücher für Eltern aus. In der Beilage zur Schweizer Lehrerzeitung „Das Jugendbuch“ wurden auch grundsätzliche Artikel publiziert.

Wenn von einer gewissen Zäsur in der Arbeit der Jugendschriftenkommission gesprochen werden soll, so ist sie auch in diesem Fall nicht für 1945 anzusetzen, sondern fällt – wie dies in einem Bericht über diese Organisation aus schweizerischer Sicht konstatiert wird (vgl. Köttgen, 1947, S. 66) – in die erste Hälfte der dreißiger Jahre. Ausdruck einer damaligen Umorganisation der Jugendschriftenkommission war deren neues Reglement vom Dezember 1935, auf das man sich noch in der Nachkriegszeit stützte. Als Zweck der Tätigkeit der Kommission galt es demnach,

gute Jugendschriften – besonders solche schweizerischen Ursprungs – zu fördern und schlechte zu bekämpfen (vgl. ebd.). Auch hier zeigte sich also in Folge der politischen Veränderungen außerhalb der Schweiz eine Besinnung auf nationale Grundlagen und einen patriotischen Kurs. Insgesamt bemühte man sich deshalb auch um eine Intensivierung der Jugendbucharbeit einschließlich etwa einer stärkeren Zusammenarbeit mit kantonalen und örtlichen Ausschüssen zur Organisierung von Vorträgen, Ausstellungen oder des Ausbaus einer Wanderbücherei.

Ebenfalls im Zeichen einer mit Kriegsbeginn verständlicherweise noch gesteigerten Konzentration auf schweizerische Eigenstaatlichkeit stand die Begründung des Schweizerischen Jugendbuchpreises, der 1942 auf Initiative von Hans Cornioley von der Jugendschriftenkommission beim Schweizerischen Lehrerverband (ab 1946 beteiligte sich auch der Schweizerische Lehrerinnenverband) beantragt und 1943 erstmals vergeben worden war.

Entsprechend den 1946 zuerst veröffentlichten Richtlinien zur Begutachtung eines Jugendbuches, nach denen die für den Preis eingereichten Werke beurteilt wurden, standen an erster Stelle psychologische Wahrhaftigkeit und wirklichkeitsgetreue Wiedergabe des Lebens. Immerhin folgten darauf noch vor der Forderung „erzieherischer Werte" an zweiter Stelle der „literarische Anspruch" und an dritter der nach künstlerischer Gestaltung.[94]

Der Preis wurde im allgemeinen für einzelne Werke oder das Gesamtschaffen eines Autors vergeben, daneben wurden aber ebenfalls Illustratoren, jugendliterarische Institutionen oder beispielsweise Redakteure von Jugendzeitschriften ausgezeichnet.[95]

In den Jahren nach Kriegsende kam es in der Schweiz zunächst zu keinen Neugründungen in der Jugendbuchszene. Das kann auch kaum verwundern, bestand doch für die schweizerischen Jugendschriftler keinerlei Anlaß zum Bruch mit dem Vergangenen, keinerlei Anlaß, einen „Neuanfang" in Angriff zu nehmen oder auch nur herbeizuwünschen. Statt dessen konnte man sich dem Ausbau und der Weiterentwicklung bereits vorhandener Organisationen und Institutionen widmen, wobei sich die einmalig starke Stellung des gesamten schweizerischen Buchwesens zu diesem Zeitpunkt, das im Gegensatz zu den deutschsprachigen Nachbarn weder mit einer materiellen oder eine ideellen, moralischen, Zerstörung fertig zu werden hatte, nur günstig auswirken konnte.

Was sich auch in der Schweiz in der Nachkriegszeit allmählich änderte oder, anders ausgedrückt, aufgrund des politischen Umbruchs in Europa nun nicht mehr erforderlich war, war die intensive patriotische Orientierung in allen Bereichen der Kultur.

Daß die zuvor bewußt geförderte Intensivierung nationalen Bewußtseins nicht nur positive Auswirkungen gezeitigt hatte, mitunter Trends zur „Heimatkunst" genährt worden waren, die auch nach 1945 nicht blitzartig verschwanden, hatte sich beinahe zwangsläufig aus der Gesamtentwicklung ergeben. Die Angst vor einer „Überfremdung" durch die Emigranten hatte – trotz der Tradition der Schweiz als Asylland – solche Trends zusätzlich verstärkt.[96]

Schneller als dies in den Nachbarstaaten de facto möglich war, nahm man nach Kriegsende wieder Kontakte zum Ausland auf, beziehungsweise intensivierte sie und reihte sich von seiten offizieller wie privater Organisationen und Gruppen auch in die Bemühungen ein, Wiederaufbauhilfen zu leisten. In diesen Zusammenhang gehörten beispielsweise die früher genannte „Schweizer Bücherhilfe“ und ähnliche Aktionen. Dabei konnte man an eine in der Schweiz schon aufgrund der Mehrsprachigkeit der eigenen Bevölkerung stets parallel zu (lokal)patriotischen Tendenzen existierende traditionelle Internationalität anknüpfen.

So war es sicherlich kein Zufall, daß 1953 das Internationale Kuratorium für das Jugendbuch – die Anregung war ja von einer Konferenz auf deutschem Boden ausgegangen – ausgerechnet in der Schweiz, in Zürich, gegründet wurde.

Der in Verbindung hiermit 1955 ins Leben gerufene Schweizerische Bund für Jugendliteratur hatte – wie der Arbeitskreis für Jugendschrifttum in der Bundesrepublik – die Funktion einer nationalen Sektion des Internationalen Kuratoriums inne.

Als eine seiner ersten Tätigkeiten wurde etwa eine Dokumentation über den Stand der Jugendbibliotheken zusammengestellt, wobei man sich dabei mit Blick auf die Zukunft für eine Reform der als zu nüchtern empfundenen Schweizer Volksbibliotheken und insbesondere für die Einführung des Freihandsystems aussprach wie selbstverständlich auch für eine Einbeziehung von Jugendliteratur in alle Büchereien.

Bei einer Sichtung der inhaltlichen Diskussionen der vierziger und fünfziger Jahre in Schweizer Jugendbuchkreisen ergibt sich, daß dort im Prinzip dieselben Themen und Fragestellungen aktuell waren wie in der Bundesrepublik oder in Österreich, nur mitunter mit einer abweichenden Gewichtung, wie das für den Schmutz- und Schundkomplex ja bereits festgestellt wurde. Eindeutig galt auch für das schweizerische Jugendbuchwesen der Primat des Pädagogischen vor dem ästhetisch-literarischen Anspruch. Von der Jugendbuchkritik schrieb Hans Cornioley noch 1966, sie müsse „pädagogisch verwurzelt und pädagogisch zielbewußt sein“ (Cornioley, 1966, S. 117) und an späterer Stelle heißt es:

*„Die Jugendbuchkritik darf sich nicht mit einer hauptsächlich ästhetischen Beurteilung begnügen, die an anderer Stelle durchaus berechtigt sein mag“* (ebd., S. 125).

In ähnlicher Weise wurde in einem Beitrag zur Schundproblematik und einem damit verbundenen Plädoyer für das „gute Jugendbuch“ behauptet, dem Jugendbuch sei eine pädagogische Aufgabe zu eigen, die nicht primär im Ästhetischen liege (vgl. Martin, 1957, S. 125). Weitere Themen, die auch deutsche oder österreichische Jugendschriftler bewegte, tauchten in Schweizer Fachpublikationen zur Jugendliteratur mehr oder minder parallel auf wie etwa die geforderte Rücksichtnahme auf die „Altersgemäßheit“ von Lesestoffen für junge Menschen und damit verbunden die Furcht vor einer „Verfrühung“. Auch hierfür stellte der grundlegende pädagogische Anspruch an die Kinder- und Jugendliteratur den Bezugspunkt dar. Genauso richteten sich aus der schweizerischen Jugendbuchszene Forderungen nach wenigstens vorwiegender Verwendung von „Ganzschriften“ an die Schule, was ebenso wie

von westdeutschen und anderen Literaturpädagogen mit der „Zerfahrenheit“ insbesondere der städtischen Schüler in der Gegenwart begründet wurde (vgl. Brunner, 1957, S. 75ff.).

Spezifisch „schweizerische“ Probleme in der Jugendbucharbeit scheinen demgegenüber nicht existiert zu haben.

## Zusammenfassung

In diesem Kapitel sollte nach Gemeinsamkeiten beziehungsweise Unterschieden für den Bereich der Jugendliteratur innerhalb des gesamten deutschsprachigen Raumes gesucht werden; es hätte demnach darüber auch die Frage stehen können, mit der eines der Foren beim Internationalen Germanistenkongreß in Göttingen 1985 überschrieben war, nämlich mit der Frage „Vier deutsche Literaturen?“, die auch dort zum Teil auf das institutionelle Umfeld erweitert war.

Darauf kann – wenigstens für das Jugendbuchwesen – keine einfache – zustimmende oder verneinende – Antwort gegeben werden. Gezeigt haben sich auf den vorausgegangenen Seiten durchaus charakteristische Unterschiede zwischen den behandelten Staaten und deren jeweiliger Jugendbuchszene, was sich in besonderer Weise in der – im engeren Sinne – Institutionengeschichte widerspiegelt.

Hier soll nun jedoch nicht mehr von diesen Unterschieden gesprochen werden – die wichtigsten wurden ja bereits angeführt –, sondern von dem Phänomen, daß – soweit es die zentralen Ideen der eingehend mit der Jugendliteratur befaßten Personenkreise angeht –, weitaus mehr Parallelen sichtbar werden (die Deutsche Demokratische Republik nimmt hier eine Sonderstellung ein) als Divergenzen. In der Tat zeichnen sich vor einem weithin gemeinsamen geistigen Hintergrund, der vereinfacht noch einmal mit Begriffen wie Zivilisationskritik („der Untergang des Abendlandes“), Kindheit als von der Erwachsenenwelt isolierter Schonraum und rigoroser Wertefestschreibung zu umreißen wäre, vor diesem Hintergrund also zeichnen sich nur durch Akzentuierung und graduell verschiedene Intensität abgrenzbare Themen ab, die den größten Teil der Diskussionen um das Jugendbuch in Österreich und der Schweiz wie auch der Bundesrepublik Deutschland bestimmten.

Es sind dies die Fragen nach der Gefährdung der Jugend durch „schlechte“ Schriften – ein Punkt, der selbst die Jugendbuchexperten in der Deutschen Demokratischen Republik zeitweise intensiv beschäftigte –, aber auch die nach der Bedeutung von Altersgemäßheit kinder- und jugendliterarischer Texte oder die Furcht vor möglichen Schäden durch „Vielleserei“, die Furcht vor reinem „Unterhaltungslesen“ und vor Zerstreuung, wohingegen Lesen im Sinne eines Literaturerlebnisses den im Kind noch angelegten „ganzheitlichen“ Menschen vor den zersetzenden Einflüssen der modernen Massengesellschaft immunisieren, beziehungsweise ihn restituieren

sollte. Auffallend an diesen Themenkomplexen ist nicht nur ihr analoges Auftreten innerhalb der Jugendbuchszene der genannten Staaten, sondern auch deren lange Tradition, die mindestens bis zum Ende des 19. und Anfang des 20. Jahrhunderts, bis zur Jugendschriftenbewegung oder eher deren „Erben", zurückreicht, ohne in den Jahrzehnten seither essentielle Veränderungen erfahren zu haben.

Angemerkt sei, daß selbst während der Zeit des Naziregimes der Kampf gegen Schmutz und Schund fortgesetzt worden war, nur aufgrund „besserer" Verbortsmöglichkeiten langwierige Diskussionen wohl gar nicht notwendig erscheinen mußten.

Die kaum von scharfen Zäsuren gekennzeichnete Entwicklung in der Schweiz läßt dabei weniger den Eindruck eines gesonderten Werdegangs aufkommen, sondern klärt eher den Blick für die Erkenntnis einer in ihren Grundtendenzen wenig gewandelten Jugendbuchszene auch in der Bundesrepublik Deutschland.

Darüber hinaus ließe sich weiterfragen, ob die genannten Themenkomplexe ein typisch „deutsches" Phänomen darstellen oder innerhalb des Jugendbuchwesens der anderssprachigen europäischen Staaten analoge Diskussionen geführt wurden. Zumindest was den Schmutz- und Schundkampf betrifft, muß es auch im nicht deutschsprachigen Raum ähnliche Interessen gegeben haben, wie dies an dortigen Gesetzesinitiativen erkenntlich wird.

Das, was die Jahre nach 1945, insbesondere die nach 1950 von denen vor 1933 unterschied, war nicht nur die nun – zum Teil erzwungene – Abwesenheit von militantem Nationalismus und Hegemonialismus, die auch in der Literatur ihren Ausdruck gefunden hatten, sondern eine zunehmende bewußte Internationalisierung sowohl der Kinder- und Jugendliteratur selbst – dies zeigt sich sehr deutlich zum Beispiel an den Produktionserweiterungen oder -umorientierungen im Verlagswesen – als auch bei den mit ihr verbundenen Organisationen und Vereinigungen. Damit ist gleichzeitig nochmals eine der zentralen Komponenten dessen benannt, was hier schon mehrfach als Klimawechsel, Klimaveränderung um die Mitte der fünfziger Jahre beschrieben wurde.

Erinnert sei daran, daß die realpolitischen Rahmenbedingungen eine solche Entwicklung wesentlich früher kaum zugelassen hätten. Immerhin wurde erst 1952 das Besatzungsstatut für die Bundesrepublik Deutschland aufgehoben, und Österreich erlangte sogar erst mit dem Staatsvertrag von 1955 die volle Souveränität. In der zweiten Hälfte der fünfziger Jahre wurden ebenfalls erst die Bemühungen in Richtung auf die (west)europäische Integration – unter Einschluß der Bundesrepublik Deutschland – intensiviert. Im Prinzip konnten dann erst gleichberechtigte Beziehungen zwischen (West) Deutschland und den Nachbarstaaten angeknüpft werden.

Auf dem Jugendbuchsektor stehen für diese neue Internationalität etwa das Internationale Kuratorium für das Jugendbuch, die Mainau-Jugendbuchtagungen oder die Geburt der Zeitschrift „Jugendliteratur".

Andererseits sollte auch hierbei nicht übersehen werden, daß mit den vorsichtigen Veränderungen um 1955 nicht etwa ein 1945 verpaßter Bruch mit der Vergangenheit vollzogen, ja nicht einmal intendiert war. Im Geleitwort zur ersten Ausgabe der

„Jugendliteratur" bezog Heiner Lades sich ausdrücklich auf die Jugendschriftenbewegung, und auch die Themen, um die die weiteren Debatten in der Jugendbucharbeit kreisten, änderten sich nicht schlagartig. Was sich änderte oder zu ändern begann, veränderte sich zunächst eher aufgrund pragmatischer Erwägungen, nicht als Reaktion auf einen theoretischen Neuansatz.

## *Statistische Angaben 1945–1960*

*Produktionshöhe von Kinder- und Jugendliteratur und Belletristik in der Deutschen Demokratischen Republik zwischen 1951 und 1960*

| | Gesamtproduktion | KJL | Belletristik |
|---|---|---|---|
| 1951 | 2142 | 119 = 5,4% | 474 = 22,0% |
| 1952 | * | | |
| 1953 | 4310 | 159 = 3,6% | 740 = 17,1% |
| 1954 | 5410 | 243 = 4,5% | 991 = 18,3% |
| 1955 | 5359 | 348 = 6,5% | 930 = 17,4% |
| 1956 | 5583 | 440 = 8,0% | 1062 = 19,1% |
| 1957 | 5012 | 383 = 7,6% | 913 = 18,2% |
| 1958 | 6205 | 515 = 8,3% | 1107 = 17,8% |
| 1959 | 5631 | 447 = 7,9% | 1239 = 22,0% |
| 1960 | * | | |

* Für die Jahre 1952 und 1960 liegen keine Zahlen vor.

Zusammengestellt nach S. Taubert: Über das Verlagswesen in der Bundesrepublik, in Berlin und in der Deutschen Demokratischen Republik. Frankfurt/M. 1953; Buch und Buchhandel in Zahlen. Frankfurt/M. Ausgaben 1954–1960.

*Produktionshöhe von Kinder- und Jugendliteratur und Belletristik in Österreich zwischen 1945 und 1960*

| | Gesamtproduktion | KJL | Belletristik |
|---|---|---|---|
| 1945 | 512 | 27 = 5,3% | 60 = 11,7% |
| 1946 | 1194 | 66 = 5,5% | 232 = 19,4% |
| 1947 | 2108 | 145 = 6,9% | 511 = 24,2% |
| 1948 | 4099 | 271 = 6,6% | 1111 = 27,1% |
| 1949 | 3126 | 188 = 6,0% | 635 = 20,3% |
| 1950 | 2977 | 220 = 7,4% | 402 = 13,5% |
| 1951 | 3409 | 190 = 5,8% | 480 = 14,1% |
| 1952 | 3266 | 229 = 7,0% | 512 = 15,7% |
| 1953 | 3548 | 227 = 6,4% | 470 = 13,2% |
| 1954 | 2686 | 213 = 7,9% | 409 = 15,7% |
| 1955 | 3081 | 200 = 6,5% | 476 = 15,4% |
| 1956 | 3696 | 227 = 6,1% | 438 = 11,9% |
| 1957 | 3824 | 211 = 5,5% | 572 = 15,0% |
| 1958 | 4198 | 171 = 4,1% | 428 = 10,2% |
| 1959 | 3769 | 138 = 3,7% | 403 = 10,7% |
| 1960 | 4375 | 156 = 3,6% | 461 = 10,5% |

Zusammengestellt nach den im „Anzeiger für den Buch-, Kunst- und Musikalienhandel", Wien, von 1951–61 erschienenen Produktionsstatistiken.

*Produktionshöhe von Kinder- und Jugendliteratur und Belletristik in der Schweiz zwischen 1945 und 1960*

| | Gesamtproduktion | KJL | Belletristik |
|---|---|---|---|
| 1945 | 3949 | 170 = 4,3% | 1040 = 26,8% |
| 1946 | 4001 | 164 = 4,1% | 1002 = 25,0% |
| 1947 | 3810 | 138 = 3,6% | 879 = 23,1% |
| 1948 | 4691 | 242 = 5,2% | 962 = 20,5% |
| 1949 | 3562 | 212 = 5,2% | 707 = 19,8% |
| 1950 | 3527 | 183 = 5,2% | 685 = 19,4% |
| 1951 | 3601 | 272 = 7,6% | 713 = 19,8% |
| 1952 | 3245 | 176 = 5,4% | 577 = 17,8% |
| 1953 | 3591 | 267 = 7,4% | 636 = 17,7% |
| 1954 | 3675 | 281 = 7,6% | 678 = 18,4% |
| 1955 | 3829 | 174 = 4,5% | 619 = 16,2% |
| 1956 | 3903 | 182 = 4,7% | 639 = 16,4% |
| 1957 | 4216 | 164 = 7,6% | 751 = 17,8% |
| 1958 | 4549 | 266 = 5,8% | 659 = 12,5% |
| 1959 | 4371 | 216 = 4,9% | 621 = 14,2% |
| 1960 | 4899 | 319 = 6,5% | 711 = 14,5% |

Zusammengestellt nach dem 40. bis 47. Bericht der Schweizerischen Landesbibliothek, Zürich, für die Jahre 1945–1960.

*Prozentualer Anteil der Kinder- und Jugendbuchproduktion in der Bundesrepublik Deutschland, Österreich und der Schweiz an der Gesamt-Buchproduktion in den Jahren 1945–1960*

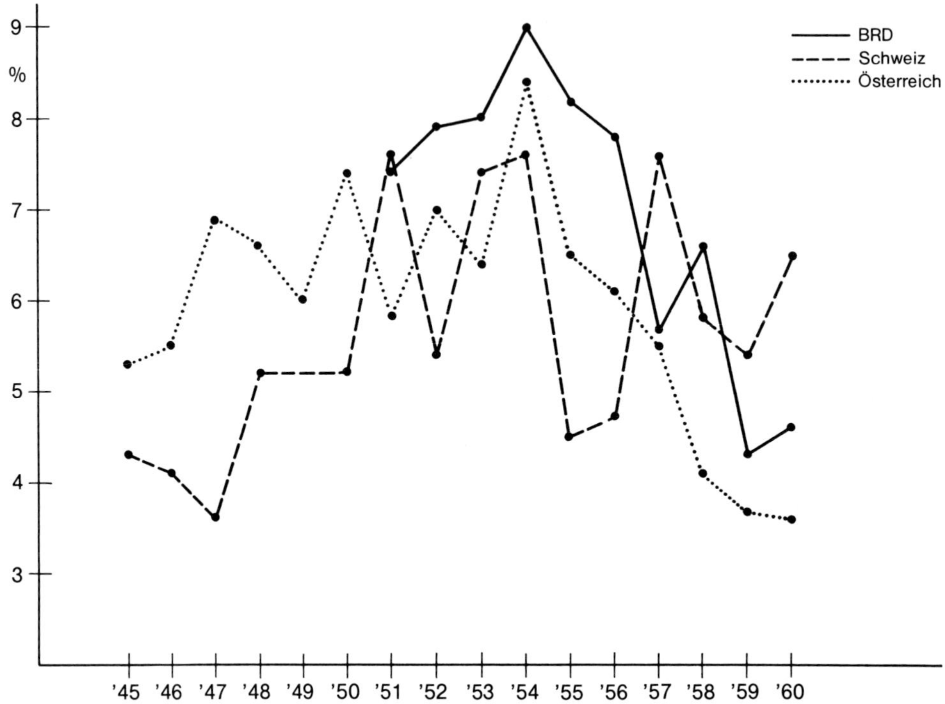


## *Anmerkungen*

1 Dieser Arbeitsgemeinschaft gehörten 13 Verlage an, darunter auch solche, die Kinder- und Jugendbücher herausgaben, wie z. B. der Gebrüder Knabe Verlag in Weimar.

2 Ein deutlicher Hinweis hierauf ist etwa die Einstufung von „Geistesarbeitern" bezüglich der Lebensmittelzuteilung in den verschiedenen Besatzungszonen. Während Künstler und Wissenschaftler z. B. bei den Amerikanern in der niedrigsten von fünf Kategorien eingestuft waren, stand dieser Gruppe bei den Sowjets die höchste Stufe bei den Lebensmittelrationen zu, wie sie etwa auch Schwerarbeiter erhielten. Wenn die Situation der Kulturschaffenden in der amerikanischen Zone 1947 und 1948 zu öffentlichen Protesten und Aufrufen der Betroffenen angesichts ihrer katastrophalen Ernährungslage und einem offensichtlichen Desinteresse an dieser Bevölkerungsgruppe von offizieller (d. h. in diesem Fall vor allem von Besatzer-)Seite führte, was mit Berichten von physischen Zusammenbrüchen von Schauspielern auf offener Bühne aufgrund von Unterernährung oder Theaterschließungen aus dem gleichen Grund noch „untermalt" wurde, erfuhr die gleiche Schicht in der sowjetischen Besatzungszone neben der besseren materiellen Versorgung merklich höhere gesellschaftliche Achtung und Anerkennung wie auch – zumindest anfänglich – die gesellschaftlichen Einfluß- bzw. Mitbestimmungsmöglichkeiten von dieser Seite als relativ hoch erscheinen mußten. In Anbetracht dessen nimmt es wenig wunder, daß sich besonders in den ersten

Jahren nach 1945 ein bedeutender Anteil deutscher Künstler und Intellektueller, gerade auch unter den Rückkehrern aus dem Exil, denen von westlicher Seite eher Mißtrauen entgegengebracht als freudiger Empfang bereitet wurde, im Ostteil des Landes ansiedelte.

3 Lizenzanträge mußten über regionale deutsche Stellen bei den Länder- und Provinzverwaltungen für die zentrale „Abteilung für Verlagswesen", einer Unterabteilung der „Zentralverwaltung für Volksbildung", eingereicht werden. Aufgrund der dort zusammengestellten Unterlagen und Empfehlungen wurde dann von der SMAD in Berlin-Karlshorst endgültig über den Lizenzantrag entschieden.

4 „Dem ‚Verleger' zur Kenntnis!
Ein Brief
Angeregt durch die Bekanntmachung des Bibliographischen Instituts, daß der ‚Duden' infolge Papiermangel usw. usw. erst im Herbst erscheinen kann, sowie bezugnehmend auf die verschiedenen Artikel im ‚Börsenblatt' (Verlegersorgen, Buchproduktion usw.) möchte ich nicht verfehlen, auch meine Erfahrungen und Erkenntnisse einer zuständigen Stelle zu übermitteln. Ich bin zwar nur ein kleiner Buchhändler in einer kleinen Stadt, aber so wie hier werden die Verhältnisse wohl überall liegen.
Es gibt kein Papier für den ‚Duden'! Ich tue tagaus, tagein fast nichts weiter, als meine Ladentafel und mein Schaufenster mit neuen Broschüren, Heftchen, Tafeln und Druckwerken aller Art auszustaffieren, um das Zeug, das vielfach unverlangt gesandt wird, überhaupt abzusetzen. Kleintierzucht, Kochrezepte, Sprachführer, Astrologische Kalender, Hampelmänner, Stundenpläne, Schlagertextbücher, Ratschläge für die Hausfrau, Spiele, Posttarife, Wildgemüsetafeln, Pilz-, Tabak-, Tomaten-, Kürbis- und sonstige Anbauratschläge liegen schichtenweise auf- und übereinander. Briefmarkenkataloge in vier Sorten gibt es in Hülle und Fülle, Modenblätter und Schnitte, teils zu horrenden Preisen, Kunstdrucke, Zeitschriften, die früher niemand gekauft hätte, liegen überall herum und kommen noch ständig neu hinzu.
Ist es den zuständigen Stellen bekannt, daß gerade diese (es tut mir leid, das schreiben zu müssen, und ich möchte ausdrücklich betonen, daß ich mich um eine einigermaßen vernünftige Bedarfslenkung bemühe!) zu 90% als Klosettpapier gekauft werden!? Daß es den meisten Käufern nur darauf ankommt, ob das Papier weich und in einem handlichen Format und billig ist?! So ist es mit Büchern, Broschüren, Heften und Zeitschriften. Ich bemühe mich, z. B. die ‚Gesetze, Befehle, Verordnungen usw.', die von der Landesdruckerei herausgegeben werden, an nur wirkliche Interessenten gelangen zu lassen. Was tut man aber, wenn Hunderte von Flüchtlingen, z. T. kinderreich, auf der Suche nach Lokuspapier einem die Hefte aus der Hand reißen?!
Könnte nicht endlich mit diesen vielen Verlagswerken Einhalt getan werden und nur die wirklich dringenden Sachen zum Druck kommen? – Aus Idealismus möchte man das erleben. Allerdings, und trotz aller schönen Reden muß der Buchhändler auch Geld verdienen, ist der Umsatz, so wie er jetzt ist, ganz brauchbar. Aber immerhin, man wünscht sich doch wieder vernünftige Verhältnisse herbei!" (Börsenblatt für den Dt. Buchh. (Leipzig) Nr. 25 v. 27.9.1947, S. 271).

5 Nachdem sich eine totale Überlastung der „Abteilung Verlagswesen" herausgestellt hatte, wurde mit dem SMAD-Befehl Nr. 25 im August 1946 der Kulturelle Beirat für das Verlagswesen geschaffen. Dieser Beirat setzte sich gemäß dem SMAD-Befehl zusammen aus Vertretern des öffentlichen Lebens, der demokratischen Parteien, der Gewerkschaften, des Kulturbundes, der Freien Deutschen Jugend, des Frauenkomitees, der Hochschulen, der öffentlichen Bibliotheken, des Börsenvereins der deutschen Buchhändler, der Selbstverwaltung der Bundesländer und Provinzen sowie aus Vertretern der Wissenschaft, Literatur und Kunst. Nach damaliger westlicher Meinung stellte der Kulturelle Beirat eine einzige große Zensurbehörde dar.

6 In dem programmatischen Artikel des damaligen Leiters des Kulturellen Beirats vom November 1947 wird ausdrücklich der Wunsch dieser Institution nach engster Verbindung mit den Verlegern und der Autorenschaft betont. Durch ständige Zusammenarbeit mit Bibliotheken und Sortimentsbuchhändlern unterrichtete sich der Kulturelle Beirat über Bedürfnisse und Wünsche der Leserschaft. Karteimäßig wurden hier sämtliche Bucherscheinungen der sowjetischen Besatzungszone erfaßt wie auch die Produktion westdeutscher Verlage laufend verfolgt, um die eigene Produktion in sinnvolle Abstimmung auf die gesamtdeutsche Herstellung zu bringen und dem realen Buchbedarf gerecht zu werden.
Der Weg von Verlegerseite vorgebrachter Verlagsvorhaben im Kulturellen Beirat sah konkret folgendermaßen aus:
Der Verleger reichte dem Sekretariat zunächst ein Vierteljahresprogramm ein. Daraufhin hatte die Planungskommission zu entscheiden, welche Werke aufgrund bereits vorliegender wie in Arbeit stehender Produktionen dem Verlag zur Zurückstellung empfohlen wurden, welche ohne Manuskriptanforderung in die Fachkommissionen überwiesen werden sollten und bei welchen eine vollständige oder teilweise Manuskripteinreichung für notwendig erachtet wurde. Manuskripte, denen ein Gutachten des Verlagslektors beigelegt sein sollte, wurden jeweils zwei Lektoraten (im Zweifelsfall einem dritten) vorgelegt. Nach Vorlage dieser Lektoratsgutachten hatte dann die entsprechende Fachkommission zu dem Projekt Stellung zu nehmen. Diese Stellungnahme wurde schließlich dem Hauptausschuß vorgelegt, der folgende Druckgenehmigungen aussprechen konnte:
Dringlichkeitsstufe I = vordringlich (mit Papierbefürwortung),
II = dringlich (ohne Papierbefürwortung),
III = nicht dringlich (ohne Papierbefürwortung).
Dabei zählte bei der damaligen angespannten Papierlage vor allem der Inhalt eines Buches. „Und in der augenblicklichen Not haben wir nicht das Recht, Bücher für Bibliophile und Feinschmecker herzustellen, sondern für Verbraucher und Wissenshungrige“ (Kielmeyer, 1947, S. 335).

7 Laut Börsenverein besaßen bis März 1947 eine Lizenz:
in den Westzonen und Westberlin = 622 Verlage,
in der sowjetischen Zone und Ostberlin = 92 Verlage.

8 Eine andere Aktion, die laut Leipziger Börsenblatt (v. 29.1.1949) von der Fachversammlung der Leipziger Leihbuchhändler einstimmig beschlossen worden war, war die Entfernung und Vernichtung einer ganzen Anzahl trivialer Romane, unter anderem die der Hedwig Courths-Mahler und von E. Marlitt. Dazu heißt es zur Begründung: „Da der ideologische Klärungsprozeß in unserer Zone gewaltige Fortschritte gemacht hat und mehr und mehr auch zur Stärkung eines kulturellen Bewußtseins führte, ist es an der Zeit, auch im Hinblick auf das vorhandene Unterhaltungsschrifttum neue Maßstäbe anzulegen“ (Kitsch abliefern und einstampfen, 1949, S. 40).

9 Wilhelm Fronemann, auch einer der erbittertsten Karl May-Gegner (in einigen seiner Ausführungen vermittelt er den Eindruck, die Vorliebe für Karl May sei eine der schlimmsten Untaten Hitlers gewesen), führte nach Kriegsende über Jahre hinweg einen ans Groteske grenzenden Briefwechsel mit dem Volksbildungsministerium in Dresden (das Land Sachsen war Teilhaber am Karl May Verlag). Darin versuchte er, die sächsische Landesregierung von der Minderwertigkeit der Mayschen Werke zu überzeugen (wovon sie allerdings selbst schon hinlänglich überzeugt war) bzw. beschwor und beschimpfte seine Ansprechpartner abwechselnd, die Rechte an diesen Büchern (nicht) in den Westen zu verschachern, was man in den Antwortbriefen aber weit von sich wies.
Paradoxerweise kam es dann 1950 zu einem Kompensationsgeschäft zwischen Ost und West mit einem Restbestand an 118000 Karl May-Bänden, die den Krieg überstanden hatten. Diese Bücher wurden über den Leipziger Kommissions- und Großbuchhandel unter

Vermittlung des schon in den Westen übergesiedelten Mitinhabers und Leiters des Karl May Verlags an zwei westdeutsche Großbuchhandlungen übergeben im Austausch gegen westliche wissenschaftliche Literatur.

10 In einem geschichtlichen Abriß der Kinder- und Jugendliteratur nach 1945 von 1977 ist davon freilich nicht mehr die Rede. Nach Bemerkungen zu Buschs Pessimismus gegenüber der kapitalistischen Entwicklung heißt es: „Es versteht sich, daß Buschs Werk bei uns in Auswahlausgaben Kindern und Jugendlichen erschlossen ist" (Sozialistische Kinder- und Jugendliteratur, 1977, S. 43).

11 Titel des SWA-Verlags, die hohe Auflagen erreichten, waren z.B.: Walentin Katajew „Es blinkt ein einsam Segel", 1946; Wenjamen A. Kawerin „Zwei Kaptäne", 1946/47; Alexander Grin „Das Purpursegel", 1946. Besonders bekannt wurde „Timur und sein Trupp" von Arkadi Gaidar, 1947, das auch in dramatisierter Form häufig an den neu entstandenen Kinder- und Jugendtheatern gezeigt wurde.

12 Auf dem Gebiet des Jugendtheaters etwa bemühte sich die sowjetische Besatzungsmacht um aktive Aufbauarbeit. Mit direkter Unterstützung der sowjetischen Militäradministration wurde schon 1946 in Leipzig das „Theater der Jungen Welt" gegründet, dem später in deutscher Regie das „Theater der Jungen Generation" in Dresden (1949), das „Theater der Freundschaft" in Berlin (1950) und „Das Theater der Jungen Garde" in Halle folgten. In den Anfangsjahren der Deutschen Demokratischen Republik war der Anteil von Übernahmen aus der Sowjetunion beim Kinder- und Jugendtheater noch höher als auf dem Buchsektor. Nach Wolfgang Bussewitz beinhalteten die Spielpläne in den Jahren 1950–1955 zu etwa fünfzig Prozent Stücke nach sowjetischen Vorlagen (vgl. Bussewitz, 1981, S. 141).

13 In der beschriebenen Form bestand der Kulturelle Beirat bis Ende 1950, seine Aufgaben wurden dann kurzfristig fortgeführt von der „Hauptabteilung Literatur" im Ministerium für Volksbildung, die durch die Verordnung vom 16. August 1951 aufgelöst wurde.

14 Das neue Amt entsprach rangmäßig einem Staatssekretariat mit eigenem Geschäftsbereich, was gleichzeitig eine stimmberechtigte Teilnahme an Kabinettssitzungen bedeutete.

15 Bei Taubert findet sich auch eine Tabelle, die diese Umstrukturierung im Verlagswesen Anfang der fünfziger Jahre veranschaulicht.

*Verlagsstruktur der SBZ 1951 und 1955 (v.H.-Anteile)*

| Gruppe | Verlage | | Titel | |
|---|---|---|---|---|
| | 1951 | 1955 | 1951 | 1955 |
| Kleinverlage (1–10 Titel) | 61,0 | 38,4 | 13,0 | 2,8 |
| Mittelverlage (11–50 Titel) | 31,1 | 36,7 | 39,9 | 22,3 |
| Großverlage (51 Titel und mehr) | 7,9 | 24,9 | 47,1 | 74,9 |
| Insgesamt | 100,0 | 100,0 | 100,0 | 100,0 |

(Taubert, 1956, S. 24)

16 Als Grund für die Nichtzulassung wurde vielfach ungenügendes Niveau angegeben.

17 Taubert nennt 132 Unternehmen für 1954, 117 für 1955 (Verlage, die in dem entsprechenden Jahr mindestens einen Titel produziert haben), Umlauff spricht unter Bezugnahme auf das Frankfurter Börsenblatt von 123 Verlagen für das Jahr 1957.
Deutlich wird bei Taubert auch eine Verschiebung bei der Buchproduktion zuungunsten der kleineren und mittleren (meist privaten) Verlage (vgl. Anm. 15).

Ob dabei im wesentlichen wieder die Verlage zugelassen wurden, die 1951 zunächst keine weitere Lizenz erhalten hatten, oder ob es sich bei den Zulassungen ab 1953 um Neugründungen handelte, konnte hier nicht im einzelnen untersucht werden. Die weiter oben genannten Studien machen ebenfalls keine Angaben zu diesem Punkt.

18 Diese Untersuchung entstand auf der Grundlage eines im Auftrage des Ministeriums für Familien- und Jugendfragen angelegten Archivs von Jugendliteratur aus der sowjetischen Besatzungszone bzw. der Deutschen Demokratischen Republik.

19 Die genannte Studie gibt für die Deutsche Demokratische Republik 20093000 für 1957 und 17403000 an gedruckten und vertriebenen Kinder- und Jugendbüchern an. Demgegenüber habe sich die Jahresproduktion in der Bundesrepublik nach Schätzungen (amtliche Zahlenangaben stehen nicht zur Verfügung) auf höchstens 12 bis 15 Millionen Bände belaufen. Insgesamt wurden 1957 in der Deutschen Demokratischen Republik 515 verschiedene Titel innerhalb der Sparte Jugendliteratur mit einer durchschnittlichen Auflage von über 40000 Exemplaren herausgegeben. Ebenso differiert das Verhältnis zwischen Neuerscheinungen und Nachauflagen sehr stark. Während 1957 in der Deutschen Demokratischen Republik bei einer Gesamtanzahl von 515 Titeln 275 Neuerscheinungen 240 Nachauflagen gegenüberstanden, waren unter denen im selben Jahr in der Bundesrepublik erschienenen 948 Titeln nur 161 Nachauflagen. Das heißt also, daß in der Deutschen Demokratischen Republik aufgrund anderer Lenkungsmöglichkeiten und weniger Konkurrenzdruck die im Westen von Jugendbuchexperten häufig beklagte „Novitätensucht" weitaus schwächer ausgeprägt war.

20 Wie es in der Bibliographie zum 25jährigen Bestehen des Verlags Neues Leben im Vorwort von Walter Tölg heißt, arbeitete man dort von Anbeginn an darauf hin, „der heranwachsenden Generation Bücher in die Hand zu geben, in denen sie sich wiederfindet, ihren Alltag, ihre Hoffnung, ihren kritischen Geist, ihre Liebe zum Leben. Der Verlag sieht seine Hauptaufgabe darin, Literatur herauszugeben, in der die Lebenssphäre der Jugend und die Welt der Erwachsenen als ein organischer Zusammenhang dargestellt sind, Bücher, die humanistisch und von hohem künstlerischen Niveau sind" (25 Jahre Verlag Neues Leben, 1971, S. 5).

21 In einem programmatischen Zeitschriftenbeitrag erläuterte Walter Pollatschek 1950 „Weg und Ziele des Kinderbuchverlages". Er meinte, „an die Stelle der Anarchie" (i.e. im Verlagswesen, in der Kinderbuchproduktion) müsse „die verantwortungsvolle Planung treten", die „keine Verengung, sondern im Gegenteil eine Erweiterung, Vertiefung, Bereicherung" bedeutete. Als wichtige Themenbereiche werden dort das Vertrautmachen mit Umwelt und Natur genannt, in deren Mittelpunkt immer der Mensch zu stehen habe, nicht in „individualistischer Vereinzelung", sondern als „Glied einer Gemeinschaft". Weiter müsse das „neue Kinderbuch" für den „Kampf und den Frieden und die Einheit Deutschlands" begeistern, gleichzeitig aber „die Liebe zu unserem Lande, zur Deutschen Demokratischen Republik fördern, zugleich aber das Gefühl der Verbundenheit mit allen Völkern wecken und stärken". Kinderbücher dürften künftig nicht mehr „zur Schwärmerei und Sentimentalität" führen, sondern würden „in erster Linie an den Geist appellieren, an den Wissenstrieb der jungen Menschen". Statt gefühlsarm zu sein, werde die neue Literatur „auf das Positive hinlenken: die junge Begeisterung für das Gute, die Verehrung für das Große, die Liebe zur Gerechtigkeit". Den kindlichen Leser solle das Buch „in die klare Empfindungswelt des sozialen Humanismus" leiten. Zusammenfassend war für Pollatschek „die Aufgabe des Kinderbuchverlags eine pädagogische: auf geistig-sittliche, wissenschaftliche, technische und nicht zuletzt auch ästhetische Erziehung gerichtet" (Pollatschek, 1950, S. 17). Und auch in diesem Rahmen betonte der Verfasser die Vorbildfunktion der Sowjetunion und der „hervorragenden Jugendliteratur" dort.
Auffallend an dieser Absichtserklärung scheint – neben oder trotz deutlichem Appell an

Geist und Wissenstrieb versus Schwärmerei und Sentimentalität – ihr doch recht pathetischer Idealismus, der ja in der Formulierung nicht weit von einer auch im Westen beliebten Anrufung des „Wahren, Guten, Schönen" entfernt ist. Obwohl in der Einleitung des Artikels die Situation in Westdeutschland noch negativer als die im „vorfaschistischen Deutschland" beurteilt wird (die erfolgreichsten und überhaupt am meisten gedruckten Jugendbücher in Westdeutschland seien die, als deren „Spitzenleistungen" man Karl May und Christoph von Schmid nennen könne, von „guten alten" Pensionatsgeschichten gar nicht zu reden), enthält sich der Autor in der eigentlichen Programmformulierung aller „revolutionärer" Parolen oder Anspielungen auf den mittlerweile in Gang befindlichen Kalten Krieg. Statt dessen ist die Rede von Frieden, Fortschritt, der Einheit Deutschlands, von Heimatliebe und dem Vorbild Sowjetunion.

22 Der Alliierte Kontrollrat erließ am 25. Juni 1947 auch die „Direktive Nr. 55" „Über den Austausch von Druckschriften und Filmen im Interzonenverkehr". Ausgehend von einer Empfehlung durch die Außenministerkonferenz in Moskau „genehmigt die Alliierte Kontrollbehörde den freien Austausch von Zeitungen, Zeitschriften, Filmen und Büchern, die in den einzelnen Besatzungszonen und in Berlin erscheinen" (zit. nach Umlauff, 1978, Sp. 1508). Sie enthielt nur die damals üblichen Einschränkungen der militärischen Sicherheit, der Bedürfnisse der Besatzung und der Verhinderung eines Wiederauflebens von Nationalsozialismus und Militarismus. Tatsächlich aber erwies sich die „Direktive Nr. 55" als nicht sehr erfolgreich. Konfiskationen und Embargos wechselten einander ab.

23 Einzelne Kompensationsgeschäfte, bei denen Bücher aus dem Westen gegen die Erledigung von Druckaufträgen im Osten geliefert wurden, wurden auf diese Art abgewickelt. Allerdings stieß dies schnell auf Proteste der nach der Währungsreform bald nicht mehr ausgelasteten Druckereien, besonders in Westberlin.

Von Walter Ulbricht Ende 1953 vorgebrachte Vorschläge, den Literaturaustausch neu zu regeln, führten auch nicht zum Erfolg. Er hatte in der Regierungserklärung vom 25. November 1953 ein gesamtdeutsches Gremium angeregt, das jeweils geeignete Bücher aussuchen sollte. Von westlicher Seite wurde das als versuchte Zensurmaßnahmen und damit verfassungswidrig abgelehnt.

Die ersten offiziellen Interzonenhandelsvereinbarungen enthielten Druckerzeugnisse überhaupt nicht oder ließen nur wissenschaftliche Bücher und Fachzeitschriften aus dem Osten zu; Unterhaltungs- und Erbauungsliteratur aus der Deutschen Demokratischen Republik wurde ebenso wie Jugendliteratur von westlicher Seite zunächst ausgeschlossen. Eine von der Deutschen Demokratischen Republik länger gewünschte erste Ausschreibung eines Austausches für Belletristik und Jugendliteratur kam schließlich am 12. Februar 1955 zustande (auf der Basis von 500000 Verrechnungseinheiten), wurde aber laut Umlauff kaum in Anspruch genommen. Vom Vorstand des Börsenvereins war zuvor zu diesem Abkommen folgendes zu hören gewesen: „Wir sind daran interessiert, unsere schöngeistige Literatur in die SBZ zu liefern, wir haben aber kein Interesse daran, umgekehrt schöngeistige Literatur der SBZ hier einzuführen." Aber es sei „viel wichtiger, daß für 500000 D-Mark Bücher von uns in die SBZ kommen, als daß wir die Gefahr der politischen Infektion durch die Literatur, die von drüben zu uns hereinkommt, fürchten. Wir dürfen nicht vergessen, daß der größte Teil der Menschen in der SBZ mit dem System nichts zu tun hat und sehr darauf wartet, unsere Bücher zu bekommen" (zit. nach Umlauff, 1978, Sp. 1399).

24 Auf einer 1953 in der „Jugendschriften-Warte" (H. 9) abgedruckten Liste abzulehnender Heftreihen werden u.a. auch fünf Abenteuerreihen aus Verlagen auf mitteldeutschem Gebiet genannt: „Jan Mayen" (Verlag A. Bergmann, Leipzig), „Hein Class" (Werner Dietsch Verlag, Leipzig), „Alaska-Jim" und „Bob Hunter" (Verlagshaus Freya GmbH, Heidenau bei Dresden), „Frank Fabers Abenteuer" (Vaterhaus Verlagsgesellschaft Schuster & C., Niedersedlitz/Sa.). Der Frage, ob oder inwiefern diese Hefte dort tatsächlich

hergestellt und verkauft werden konnten oder etwa nur für den Westen produziert wurden, konnte im Rahmen unserer Untersuchung nicht nachgegangen werden.

25 Hierzu berichtet Christa Wolf z.B. 1955 in der „Neuen deutschen Literatur“ von ihren Erfahrungen und Gesprächen während eines Krankenhausaufenthalts, in der sie zu ähnlichen Worten und Argumenten greift, wie sie in der westlichen Diskussion zu finden sind. „Empört würde Frau Weber eine Aufforderung zurückweisen, sich und ihre Familie mit minderwertigen oder gar vergifteten Nahrungsmitteln zu ernähren; sie raucht nicht einmal, weil sie das schädlich findet. Aber einer dauernden geistigen Unterernährung selbst Vorschub zu leisten, trägt sie keine Bedenken“ (Wolf, 1955, S. 138). Allerdings tritt Wolf als Fazit nicht etwa für schärfere Kontrollen oder Verbote ein, sondern insgesamt für eine bessere, lebendigere Literatur.

26 In den vorbereitenden Materialien wird dort etwa das, was es zu bekämpfen galt, und das, was erkämpft werden sollte, gegeneinander gesetzt: „Unsere Aufgabe ist es, diesen Kampf gegen die Demoralisierung der Jugend durch das schlechte Buch vom Positiven her zu eröffnen. Dem schlechten Abenteuerbuch ist das gute entgegenzusetzen; dem Versuch, das Kind zu Rassenhaß und Gangstermoral zu erziehen, stellen wir unsere Bemühungen entgegen, es zu den Maximen einer wirklich humanistischen Weltanschauung zu führen, die der ideelle Kern jedes guten Abenteuerbuches sein muß“ (Könner, 1955, S. 30).

27 1949 erschienen in dieser Reihe Heft 1 bis 9. 1950 wurde sie zunächst eingestellt, allerdings schon 1952 wieder aufgenommen. Von 1952 bis 1966 erschienen dann über 250 Nummern. Die Reihe enthielt „klassische“ Erzählungen, z.B. von Gerstäcker, London, Poe, aber auch viele gegenwartsbezogene Texte, die – vom schematischen Aufbau her – den traditionellen Heftreihen gar nicht so unähnlich waren.

28 Zur Definition und Begründung heißt es, gemeint seien „antihumanistische Schriften, bildliche Darstellungen und andere Gegenstände, die zum Zwecke verfaßt, hergestellt oder geeignet sind, insbesondere bei Jugendlichen Neigungen zu Grausamkeit, Menschenverachtung, Rassen- und Völkerhaß, Mord, Gewalttätigkeit u.a. Verbrechen sowie geschlechtliche Verirrungen zu wecken und die damit durch Inhalt und Tendenz die Interessen aller friedliebenden Menschen und das geistige und sittliche Wohl der Kinder gröblich verletzen“ (zit. nach Rabenstein, 1975, S. 299).

29 In den genannten Vorbereitungsmaterialien zum Schriftstellerkongreß 1956 heißt es u.a. über Gegenwartsautoren von Abenteuerliteratur: „Einige Autoren müssen endlich aufhören, die Handlung um die Tendenz zu wickeln; es kommt in solchen Fällen doch nur ein in Papier und Wörter versteckter Lehrsatz heraus“ (Könner, 1955, S. 51).

30 Edith Gaida beschreibt die Titelillustrationen als „sehr farbenfreudige naturalistische Darstellungen spannungsgeladener Aktionen aus dem Handlungsverlauf der Erzählung“, die „in der Mehrzahl zum Klischee herabgesunken“ seien (Gaida, 1970, S. 162).

31 Abgesehen von dem Auftrag zur Durchführung von Preisausschreiben für Kinder- und Jugendliteratur enthielten spätere Anordnungen zur Durchführung des Jugendgesetzes noch genauere Festsetzungen über zu schaffende Jugendbücher. In der entsprechenden 5. Anordnung vom 4.2.1954 lautet der § 29 z.B.: „Das Amt für Literatur und Verlagswesen wird beauftragt, die Jugend- und Kinderbuchverlage bei der Herausgabe von Sammelbänden alter deutscher und ausländischer Volksmärchen, Fabeln und Heimaterzählungen zu unterstützen. Die Herausgabe der ersten vier dieser Sammelbände soll noch im Jahre 1954 erfolgen“ (zit. nach: Staat und Jugend, 1965, S. 91). Oder in dem „Plan des Ministerrats der Deutschen Demokratischen Republik zur Förderung der Jugend im Jahre 1955“, der sich ebenfalls auf das Jugendgesetz von 1950 und die genannte Anordnung von 1954 bezieht, wird das Amt für Literatur und Verlagswesen diesmal beauftragt, die Herausgabe folgender Kinder- und Jugendbücher zu ermöglichen: „a) Populärwissenschaftliche Literatur für Kinder und Jugendliche – 90 Titel; b) Kinder- und Jugendbelletristik – 165 Titel (darunter

sollen sich 40 Märchen- und Fabelschriften und 40 Abenteuer- und Zukunftsromane befinden)" (zit. nach: Wird beauftragt ..., 1955, S. 182).

32 Preisträger der ersten Jahre waren u.a. Anna Jürgen (d.i. A. Müller-Tannewitz) mit „Blauvogel" (1. Preisausschreiben 1950), Liselotte Welskopf-Henrich mit „Die Söhne der Großen Bärin" (3. Preisausschreiben, 1951), Max Zimmering mit „Buttje Pieter und sein Held" (4. Preisausschreiben 1952), Alex Wedding (d.i. Grete Weiskopf) mit „Das eiserne Büffelchen" (5. Preisausschreiben 1952).

33 Daß Erwin Strittmatters Roman „Tinko" von vornherein eine Sonderstellung einnahm, bezeugt auch die Tatsache, daß er 1954 gleichzeitig von zwei Verlagen, dem Aufbau Verlag und dem Kinderbuchverlag, herausgebracht wurde. Allerdings wird ebenfalls bemerkt, daß das Beispiel „Tinko" – jedenfalls kurzfristig – keine Nachfolger gefunden habe (vgl. E. Schmidt, 1969, S. 1022).

34 Ein ganz ähnlicher Grundton herrschte damals z.B. vor in der Proklamation der „Grundrechte der jungen Generation" durch die Freie Deutsche Jugend, ebenfalls aus dem Jahre 1946, wo es u.a. heißt: „Vor uns liegt der neue Weg, steinig und hart, der allein uns aus den Trümmern und dem Elend wieder herausführen kann und wird. Es ist der Weg des Neuaufbaues unserer Heimat und unserer Volksgüter. Es ist der Weg friedlicher, aber wahrhaft heldenhafter Arbeit. Es ist der Weg, der zur Wiedergeburt unserer Ideale führt, wo Mut, jugendliche Begeisterung und Elan am rechten Platze sind und die großen Gedanken des Humanismus, das Gute und Edle zum Gemeingut der Menschen und zur Richtschnur unseres Handelns werden. Es ist auch der Weg, der Freude und Frohsinn und die demokratischen Freiheiten wieder erstehen läßt" (zit. nach: Staat und Jugend, 1965, S. 72).

35 In der Grundstufe sollten z.B. Gedichte und Erzählungen von Paula und Richard Dehmel, Hermann Löns oder Heinrich Scharrelmann behandelt werden oder in der Mittelstufe u.a. Kästners „Emil und die Detektive" oder Bonsels „Biene Maja" sowie ausländische Autoren wie R. Kipling, S. Lagerlöf, J. London.

36 Auf diesen Empfehlungslisten fanden sich häufig Titel von Ludwig Renn („Trini", „Der Neger Nobi"), Willi Bredel („Sieger ohne Sieg"), Alex Wedding („Das eiserne Büffelchen"), Erwin Strittmatter („Tinko"), Karl Veken („Vier Berliner Rangen"), Willi Meinck („Der Herbststurm fegt durch Hamburg"), Benno Pludra („Sheriff Teddy") und Texte der sowjetischen Autoren Arkadi Gaidar, Nikolai Nossow, Boris Polewoi etc.
1958 wurde einer entsprechenden Empfehlungsliste dann auch ein kurzer Kommentar beigegeben, wonach die aufgeführten Kinderbücher „für die sozialistische Erziehung wertvoll sind [...] die Weltanschauung entwickeln helfen, [...] die Bildung erhöhen und die Liebe zum guten Buch vertiefen". Zudem heißt es dort jetzt auch, der Deutschlehrer sei verpflichtet, sich über Neuerscheinungen auf dem laufenden zu halten und – als Niederschlag der angestrebten gesellschaftlichen Veränderungen: „dabei wird er sein besonderes Augenmerk auf Kinderbücher mit Themen aus der sozialistischen Umgestaltung des Dorfes und aus der produktiven Arbeit der Schüler richten" (Lehrplan Deutsch, 7. Klasse Mittelschule, 1958, S. 14). Im Einleitungsabschnitt zum selben Lehrplan wird Auswahl und Einsatz von Texten für den Literaturunterricht wie der gesamte Deutschunterricht noch deutlicher funktionalisiert, wenn es dort lautet: „Der Deutschlehrer der Landschule muß in seinem Literaturunterricht solche Lesestoffe und Kinderbücher in den Vordergrund rücken, die die sozialistische Umgestaltung des Dorfes zum Inhalt haben. Die Themen für die sprachlichen Übungen müssen häufig der Arbeit der Schülerproduktionsbrigaden in den LPG und MTS und der gesamten sozialistischen Entwicklung auf dem Dorfe entnommen werden. Dadurch kann der Deutschunterricht in den Landschulen wesentlich dazu beitragen, daß die Schüler die großen Perspektiven der sozialistischen Landwirtschaft erkennen und sich für einen Beruf auf dem Lande entscheiden" (ebd., S. 4).

37 Zu diesem verbindlichen Lesekanon gehörten in der Sparte der „Klassiker“ z. B. „Robinson Crusoe“, „Gullivers Reisen“, „Don Quichote“ und die Gavroche-Episoden aus V. Hugos „Die Elenden“; bei der Gruppe der sozialistischen Literatur war die Lektüre auch früher schon empfohlener Titel nun verbindlich wie etwa solche von A. Wedding, L. Renn oder E. Strittmatter.

38 In diesem Zusammenhang wurde mitunter direkt im Lehrplan auf die „wichtige erzieherische Aufgabe“, die der Deutschlehrer „in der Bekämpfung der Schundliteratur“ zu erfüllen habe, hingewiesen (Lehrplan für Mittelschulen. Deutsch, 5. Klasse, 1956).

39 Später (ab 1963) wurden von der Arbeitsgemeinschaft für das Kinder- und Jugendbuch auch die „Beiträge zur Kinder- und Jugendliteratur“ herausgegeben.

40 Reich-Ranicki nennt als Beleg für seine Behauptung die Autoren: Friedrich Wolf, Ludwig Renn, Erwin Strittmatter, Karl Mundstock und Franz Fühmann.

41 Äußerungen wie die Reich-Ranickis sind – wenigstens teilweise – auch der Stimmungslage des Kalten Krieges zuzurechnen, der sich – schärfer noch als in diesem Beispiel – sowohl in der Sekundärliteratur als auch in einer Reihe von Kinder- und Jugendbüchern auf östlicher wie auf westlicher Seite niederschlug. Wetterte man auf der einen Seite gegen eine amerikanische, mit imperialistischen Tendenzen behaftete Gesellschaft im Westen, so wurde von dort politisch-ideologische Indoktrination der Jugend in der „SBZ“ oder eine Verunglimpfung der Kirchen angeprangert, wobei man um 1960 noch vorsichtige Zukunftshoffnungen hegte, da der Beeinflussung der Jugend durch den Staat ein „weitgehend wohl auch [...] noch nicht mit kommunistischer Ideologie infiziertes Elternhaus“ gegenüberstehe (vgl. Das Kinder- und Jugendbuch in der SBZ, 1960, S. 3).

42 In der Moskauer Deklaration vom Oktober 1943 hatten die Alliierten Österreich bereits als erstes Opfer von Hitlers Angriffspolitik bezeichnet. Auch die Präambel zur „Unabhängigkeitserklärung“ der Provisorischen Regierung betont, daß „der Anschluß des Jahres 1938 [...] durch militärische Bedrohung von außen und den hochverräterischen Terror einer nazifaschistischen Minderheit eingeleitet, einer wehrlosen Staatsleitung abgelistet und abgepreßt, endlich durch militärische kriegsmäßige Besetzung des Landes dem hilflos gewordenen Volke Österreichs aufgezwungen worden“ sei; die Besetzung Österreichs durch die Alliierten müsse deshalb als Befreiung von der deutschen Herrschaft angesehen werden (zit. nach Bartsch/Goltschnigg, 1984, S. 193).

43 Symptomatisch für eine solche Geisteshaltung, der die Pose des armen, kleinen Landes, das sich nur auf seine ruhmvolle Vergangenheit zu besinnen brauchte, gefiel, drückte sich Alexander Lernet-Holenia, einer der damals angesehensten österreichischen Schriftsteller, im Oktober 1945 in einem „Gruß des Dichters“ an die Zeitschrift „Der Turm“ aus, wenn er dazu aufrief: „dort fortzusetzen, wo uns die Träume eines Irren unterbrochen haben, in der Tat brauchen wir nicht voraus-, sondern nur zurückzublicken. Um es vollkommen klar zu sagen: wir haben es nicht nötig, mit der Zukunft zu kokettieren und nebulöse Projekte zu machen, wir sind im besten und wertvollsten Verstande unsere Vergangenheit, wir haben uns nur zu besinnen, daß wir unsere Vergangenheit sind – und sie wird unsere Zukunft werden[...] Gewiß werden wir noch erhebliche Zeit in materieller Unfreiheit zu verharren haben. Wir wollen's hinnehmen als Folge des Unheils, das uns heimgesucht hatte und nach dessen genauen Ursachen zu forschen kleinlich wäre. Ein Staat ist ein viel zu multiples Gebilde, als daß man eindeutig sagen könnte, er als Ganzes habe ein Verderben mitheraufbeschworen oder es abwehren wollen“ (Lernet-Holenia, 1945/46).

44 Zuvor, im Mai 1945, war von diesem Amt schon eine Aufforderung an Verlag und Buchhandel ergangen (und danach mehrfach wiederholt worden), nationalsozialistisches und gegen die Alliierten gerichtetes Schrifttum „im Interesse einer reibungslosen Zusammenarbeit mit den alliierten Besatzungsbehörden und im eigenen Interesse jedes Berufsangehörigen“ auszusondern (Anzeiger für den Buch-, Kunst- und Musikalienhandel Nr. 5 v.

15.11.1945, S. 2); das Staatsamt erstellte auch Listen mit den Namen unerwünschter Autoren.

45 Solche Kontrollbestimmungen riefen zwar auch Proteste hervor, doch waren diese weniger grundsätzlicher Art und damit gegen eine mögliche Lenkung der Planung der literarischen Produktion gerichtet, sondern bezogen sich in erster Linie auf eine Mißachtung der buchhändlerischen Berufsvertretung bei der geplanten Durchführung derartiger Kontrollmaßnahmen.
In einem Beitrag über „die Lage des österreichischen Buchhandels im Herbst 1945" regten sogar die Autoren für die Übergangszeit der Papierbewirtschaftung eine „zentrale Planungsstelle" (in Händen der Berufsvertretung des Buchhandels) an – Ziel sollte selbstverständlich die „völlige Freiheit der literarischen Produktion [...] im demokratischen Österreich" sein (Dvorak/Neider, S. 4) – die, ohne Zwang auszuüben, „schädliche Doppelplanungen" vermeiden helfen könnte.

46 Dieses „Mahnwort" mündet zum Schluß fast schon in eine Drohung an künftige Vaterlandsverräter, wenn es dort heißt: „Wir betrachten aber jeden, der in Zeiten größter Not sein geistiges Bündel außer Landes trägt, nicht mehr als zu uns gehörig. Er möge dorthin gehen, wo das goldene Zeitalter begonnen hat. Wir werden ihn zu entbehren wissen" (Frick, 1945).

47 Wien hätte dabei zunächst Zürich, das zu dieser Zeit für die deutschsprachige Buchproduktion am wichtigsten war, überflügeln müssen (vgl. Lunzer, 1984, S. 26). Von dort erwartete man sich Unterstützung beim Wiederaufbau des österreichischen Buchhandels, blickte andererseits neidvoll auf die potentere Schweizer Konkurrenz, da die „Schweizer Verleger es während des Krieges verstanden" hätten, sich „unter tatkräftiger Unterstützung eines Konsortiums der Schweizer Großbanken einen großen Teil der wichtigsten Übersetzungsrechte des dem deutschen Reiche feindlichen Auslandes zu sichern" (Dvorak/Neider, 1945, S. 5).

48 Näher führen Dvorak/Neider an dieser Stelle zur Situation vor 1945 aus: „Der österreichische Verlag konnte niemals daran denken, eine allen Bedürfnissen genügende Produktion wissenschaftlicher und belletristischer Bücher zu planen, sondern mußte immer auf die Produktion der deutschen Verlage außerhalb Österreichs Rücksicht nehmen, denn er mußte ja immer mit der Konkurrenz dieser Verlage in Österreich und im Ausland rechnen [...] Ein Versuch, für den österreichischen Verlag allein zu produzieren, war wegen seiner Kleinheit zur Aussichtslosigkeit verurteilt. Der größte Teil der Produktion wurde exportiert" (Dvorak/Neider, S. 4).

49 Erste Vereinbarungen – noch auf einer eng begrenzten finanziellen Basis – über Buchex- und -import kamen mit der Bi-Zone 1948 zustande, Freizügigkeit in dieser Beziehung herrschte erst wieder 1953.

50 Vgl. hierzu z.B. den Österreich-Artikel von Richard Bamberger im „Lexikon der Kinder- und Jugendliteratur", Bd. 2, 1977, oder die Dissertation von Hubert Hladej, 1968. – Die antideutsche Haltung drückte sich z.B. in der Einführung der Bezeichnung „Unterrichtssprache" für das bisherige Schulfach „Deutsch" aus. Die Bemühungen zur Propagierung eines österreichischen Staatsbewußtseins von offizieller Seite hielten auf alle Fälle bis zum Abschluß des Staatsvertrags 1955 an, der Österreich die staatliche Unabhängigkeit garantierte.

51 Nach Bamberger wurden in Österreich nach 1933 jährlich nicht mehr als ein halbes Dutzend Titel an Kinder- und Jugendbüchern produziert, weil sie dem Geist Deutschlands nicht mehr entsprochen hätten, demnach der Export gedrosselt worden, der Import dagegen weiter gediehen sei (vgl. Bamberger, 1965, S. 465).

52 Auch wenn Richard Bamberger in dem Österreich-Artikel im „Lexikon der Kinder- und Jugendliteratur" von einem einzigartigen Verhältnis zwischen Jugend- und Erwachsenenliteratur (Belletristik) spricht – an Jugendbüchern erscheine der Titelzahl nach halb so viel wie

bei der Schönen Literatur –, ist der Prozentsatz der österreichischen Kinder- und Jugendliteratur im Rahmen der Gesamtproduktion keineswegs so überaus hoch, wie es nach diesem Vergleich den Anschein hat, sondern beträgt für die Jahre 1951 bis 1960 6,4%, zum Vergleich dazu in der Bundesrepublik Deutschland im gleichen Zeitraum 7%. Allerdings ist in Österreich die Belletristikproduktion mit 13,2% (1951–1960) an der Gesamttitelzahl um einiges niedriger als in der Bundesrepublik (17,4%), was Bamberger in dem Kommentar zu obigem Zahlenvergleich, wo es heißt, viele österreichische (Erwachsenen-)Autoren hätten vor dem Staatsvertrag von 1955 entweder überhaupt nicht publiziert, weil ihre Verlage immer schon in Deutschland gelegen hätten bzw. andere wären aus Unzufriedenheit in deutsche Verlage abgewandert, höchstens indirekt durchblicken läßt.
Analog in beiden Ländern ist demgegenüber ein starkes Absinken – sowohl nach Anzahl der Titel als auch prozentual – der Jugendbuchproduktion gegen Ende der fünfziger Jahre; in Österreich sank deren Anteil an der Gesamtproduktion von 7,9% (213 Titel) 1954 (höchster prozentualer Anteil zwischen 1945 und 1961) auf 3,6% (156 Titel) 1960, in der Bundesrepublik von 9% 1954 (1466 Titel, hier war im gleichen Jahr der höchste Produktionsanteil bei der Sparte Jugendbuch zu verzeichnen) auf 4,3% (719 Titel) 1959; ab Anfang der sechziger Jahre stieg in beiden Staaten die Jugendbuchproduktion wieder an.

53 Auch in den europäischen Siegerstaaten des Zweiten Weltkrieges herrschte in der unmittelbaren Nachkriegszeit vielfach große Papierknappheit. Von der Situation in England berichtete z.B. der Präsident des Internationalen Verlegerkongresses Sir Stanley Unwin in der Eröffnungsansprache zur Deutschen Buchausstellung Berlin 1947, daß auch dort akuter Papiermangel zu beklagen sei, der eine Papierbewirtschaftung notwendig gemacht habe (vgl. Unwin, 1947, S. 2).

54 Die Ausgangslage war in Österreich im Vergleich mit Deutschland zwar eine wesentlich günstigere – die Produktionsstätten waren durchweg unzerstört geblieben –, doch mußte ein bedeutender Anteil der bald wieder einsetzenden Papierproduktion in den Export gehen, zum Teil aufgrund von Anweisungen der Besatzungsbehörden, zum Teil um mit diesem wertvollen Exportartikel notwendige Importe (nicht zuletzt Rohstoffe für die Papiererzeugung selbst) kompensieren zu können. Die Briten hatten etwa die Auflage erhoben, mindestens 40% der Papiererzeugung für den Export bereitzustellen und bei Unterschreitung der Lieferung eines bestimmten Papierquantums für ihre Zone in Deutschland mit einer Einschränkung der Lieferung von Ruhrkohle ihrerseits gedroht. Auch führte ein zunehmender Rohstoff-, besonders Holzmangel, zu einer gegenüber den Vorkriegsjahren stark verminderten Papierproduktion. Außerdem wurde – ebenfalls unter alliiertem Einfluß – im Verhältnis zu früher wesentlich mehr Zeitungspapier erzeugt. Dementsprechend gestaltete sich die Materiallage für österreichische Buchverlage in dieser Zeit ähnlich kompliziert wie in Deutschland.

55 Wien hat – zeitgenössischen Berichten zufolge – zeitweise selbst das Zeitschriftendorado Berlin in den Schatten gestellt (vgl. Stuck-Reznicek, 1946).

56 Ihren Vorkriegsstand erreichte die Papierproduktion erst 1950 wieder.

57 Ein Blick in den ab August 1945 wieder erscheinenden Wiener „Anzeiger für den Buch-, Kunst- und Musikalienhandel" läßt für die erste Nachkriegszeit Kinderbuchtitel wie die folgenden als typisch erscheinen: Fritz Mögle: „Monki Manki's Fahrt ins Traumland" – Kirschner Verlag Wien; Maria Neuhauser: „Die Märchenbrille" – Amandus Edition Wien; Viktoria Fenzl: „Drudi Dradi, Hand in Hand, reisen in das Mohrenland" – Deutscher Verlag für Jugend und Volk Wien; Johann Pilz: „So dankt der Osterhase" – Rudolf Lechner & Sohn, Wien. Auch neue „Kunstmärchen" für Kinder entstanden in Österreich wie z.B. „Stille Nacht. Ein modernes Weihnachtsmärchen" von Petrus Steigerwald, 1946, für das der Verlag Emil Alexa & Col., Wien, in einer ganzseitigen Annonce im „Anzeiger" (Nr. 21/22 v. 10.11.1946) mit folgender „Kostprobe" warb: „[...] das aber war das Wunderlichste von

allem: Wo überall auf der Welt ein Radioapparat war, kamen die sieben Tönlein auf ihren Wellenpferdchen angeritten. Membran, der große Zauberer, nahm sie in seine Arme und gab ihnen ihre alte, liebliche Gestalt [...]."
Richard Bamberger, der gesprächsweise die „Märchenwelle" in der ersten Nachkriegszeit auch hervorhob, sah darin ein Verlangen nach „Unwirklichem" nach einer „Zeit des schrecklichsten Realismus", allerdings sei ein Großteil der literarischen Produktion – was fast an Tragik grenze – „lächerliche Brotliteratur" gewesen (Gespräch v. 2.11.1984).

58 Für die Zeit zwischen 1951 und 1960 ist allerdings dann der Anteil der Übersetzungen innerhalb der Kinder- und Jugendliteratur in der Bundesrepublik Deutschland mit 17,8% gegenüber 14,9% in Österreich etwas höher.

59 Eine Jubiläumsschrift zum hundertjährigen Bestehen des Hauptverbandes der österreichischen Buchhändler zählt 1959 als Verleger guter Jugendschriften des weiteren auf: Tyrolia, Innsbruck; Kremayr und Scheriau, Wien; Verlag Herder, Wien; Inn-Verlag, Innsbruck; Pfad-Verlag, Salzburg; Trauner Verlag, Linz; Frau und Mutter Verlag, Wien; Wancura Verlag, Wien (Fontana, 1959).

60 Bei seiner Gründung trug das Unternehmen den Namen Verlag der deutschen Schulanstalt, ab 1807 dann K. K. Schulbücherverschleißadministration, nach 1855 K. K. Schulbücherverlag. Nach dem Ende des Ersten Weltkrieges und Auflösung der Monarchie begann der zweite Aufbau unter der seit 1920 geführten Bezeichnung Österreichischer Schulbücherverlag, ab 1925 trug die Firma schließlich den heutigen Namen, der allerdings unter dem Naziregime zeitweilig in Österreichischer bzw. später Ostmärkischer Landesverlag verwandelt worden war.

61 Die „Kinderfreunde" verschenkten in jährlichen Weihnachtsbuchaktionen eine solche Anzahl von Büchern an Kinder und Jugendliche, die üblicherweise wenig in Kontakt mit Büchern kamen.

62 Die „Schund"produktion wurde vom Buchklub systematisch angekauft und Anträge auf Verbreitungsbeschränkung unter Einsatz bezahlter Gutachter auf einem eigens zu diesem Zweck erstellten Formular beim zuständigen Jugendamt in Wien eingereicht; gleichzeitig wurden diese Anträge an das Bundesministerium für Unterricht übermittelt mit der Bitte, sie mit Befürwortung an das Bundesministerium für Inneres weiterzuleiten, um nach Möglichkeit so eine Verbreitungsbeschränkung für alle Bundesländer zu erwirken.

63 Die Forderung war unterstützt worden von einer intensivierten „Aufklärungsarbeit" – meist vom Buchklub organisiert – bei Lehrern und vor allem Eltern. Ebenfalls der Buchklub der Jugend hatte in diesem Zusammenhang eine gegen den Schund gerichtete Unterschriftenaktion durchgeführt, als deren Ergebnis dem Bundesminister für Unterricht, der als erster Unterzeichner die Aktion von Anfang an unterstützt hatte, im September 1956 eine Million Unterschriften nebst Denkschrift überreicht wurden. Daraufhin wurde von der Bundesregierung einstimmig eine Novelle beschlossen und im Oktober 1956 dem Nationalrat als Regierungsvorlage übermittelt. Das Gesetz sollte damit eine Ergänzung erhalten, nach der jeglicher Verkauf von Comics außer durch den Buchhandel (und dort nur an Personen über 16 Jahren) verboten worden wäre. Aufgrund des Vorwurfes, damit eine verfassungsrechtlich nicht abgesicherte Zensurbestimmung zu legalisieren, konnte im Nationalrat bzw. in dem damit befaßten Verfassungsausschuß jedoch keine Einigung erzielt werden, die Vertreter der SPÖ sprachen sich dort – im Gegensatz zur eigenen Regierungsfraktion – wegen eben dieser verfassungsrechtlichen Bedenken gegen die Vorlage aus. Das bedeutete, daß sie mit Ende der Legislaturperiode 1959 schließlich verfiel.
Zu den Bedenken gegenüber der Gesetzesnovellierung hatte z. B. auch ein von juristischen Gutachten unterstützter Einspruch der Walt Disney-Produktion beigetragen, mit dem als Ergänzung zur geplanten Änderung zumindest eine Definition und Unterscheidung in „gute" und „schlechte" Comics gefordert worden war.

64 Bei diesem Gespräch erläuterte Bamberger, die (zum größten Teil katholische) Lehrerschaft habe man damals hauptsächlich mittels des Schmutz- und Schundkampfes für die Buchklub-Arbeit bzw. das Jugendbuch überhaupt interessieren können; nur auf diese Art sei es möglich gewesen, das Mißtrauen ihm, dem „roten Bamberger", gegenüber zu überwinden. Andererseits hätten die Heftserien, insbesondere die Comics, eine wirkliche Gefahr dargestellt, da sie – damals wie heute – faschistoide Züge trügen und einzig dem Monopolkapitalismus dienten.

65 So zitiert Lercher in ihrer Untersuchung der jugendliterarischen Institutionen in Österreich folgende Aussage von Andreas Okopenko: „Immer wieder wurde für die Moderne halbernst die Zwangsjacke oder das Fallbeil oder ganz ernst ein Veröffentlichungsverbot durch elastische Verwendung des Begriffs ‚Schmutz und Schund' gefordert" (zit. nach Lercher, 1983, S. 111). Und in einem neueren Beitrag zur literarischen Nachkriegssituation in Österreich heißt es: „Mit der Intensivierung surrealistisch-experimenteller Bestrebungen in Österreich verschärfte sich indessen der Widerstand nationaler und klerikaler Lager gegen diesen angeblichen ‚Schmutz und Schund'" (Bartsch/Goltschnigg, 1984, S. 207).

66 Die auf Initiative von Wilhelmine Lussnigg, die auch Leiterin des vorausgehenden Arbeitskreises war, gegründete Studien- und Beratungsstelle für Kinder- und Jugendliteratur befaßte sich im wesentlichen mit denselben Themen und Mißständen wie die übrigen Jugendbuchorganisationen in Österreich oder auch der Bundesrepublik Deutschland und gründete ihre Bemühungen ebenso wie sie auf eine negative, zivilisationskritische Zeitsicht. Bei der praktischen Arbeit der Studien- und Beratungsstelle zählte in erster Linie nicht der ästhetische Wert eines Kinder- oder Jugendbuches, sondern sein Erziehungswert, wobei natürlich auch der christliche Standpunkt nicht außer acht gelassen werden sollte. Auch von seiten dieser Organisation wandte man sich entschieden gegen „Schmutz und Schund", wobei besonderen Anstoß die „Sexualisierung des Lebens" erregte, der man nach Willy Lussnigg bereits im Kleinkinderbilderbuch begegne, „das neckische Anzüglichkeiten zwischen vierjährigen Buben und Mädchen" darstelle (Lussnigg, 1957, S. 356).
Daneben war hier eine auf eine fröhliche Kinderwelt ausgerichtete, reale Schrecknisse des Lebens ausklammernde Haltung dominanter als etwa beim Buchklub. 1956 schrieb Lussnigg etwa in der „Jugendliteratur": „Wann werden wir so weit sein, daß unsere Kinder die Schrecken des Krieges und der Nachkriegsjahre, die den Erwachsenen so sehr in den Gliedern sitzen, in den Kinderbüchern nicht mehr kennenlernen müssen? Ist es wirklich günstig, die Schulpflichtigen mit solchen Erlebnissen zu befassen? Sollten wir nicht trachten, endlich wieder einmal einer Schar von Kindern die naturgegebene unbeschwerte Fröhlichkeit ihrer Kindheit zu schenken? Kann Hilfsbereitschaft, Kameradschaft, Güte von Mensch zu Mensch nicht auch außerhalb von Barackenlagern, Kriegswaisen- und Flüchtlingsschicksal wachsen?" (Lussnigg, 1956, S. 153/54).
Andererseits sei die Studien- und Beratungsstelle – wie Lercher ausführt – im Verhältnis zu anderen katholischen Organisationen offener, hätten von Anfang an Mitglieder in allen – auch weltanschaulich gemischten – Vereinigungen mitgearbeitet, die sich in Österreich mit dem Jugendbuch beschäftigten (vgl. Lercher, 1983, S. 58ff.).
Innerhalb der katholischen Jugendbucharbeit war neben der Studien- und Beratungsstelle besonders das Österreichische Borromäuswerk von Bedeutung, das ähnlich der entsprechenden westdeutschen Organisation in größerem Umfang Rezensionen zur Kinder- und Jugendliteratur veröffentlichte, sich vor allem auch um Auf- und Ausbau von (katholischen) Büchereien einschließlich solcher für junge Leser bemühte.

67 Bei ihrer Gründung gehörten der Jugendschriftenkommission beim Bundesministerium für Unterricht an: 7 Vertreter des Bundesministeriums für Unterricht, je 1 Vertreter der in den Bundesländern eingerichteten Jugendschriftenprüfungsausschüsse, 8 Vertreter des Jugendkulturbeirates, 2 Vertreter des Vereines der österreichischen Buch-, Kunst- und Musikalien-

händler, 1 Vertreter des Verbandes der demokratischen Schriftsteller, 1 Vertreter des demokratischen Journalisten- und Schriftstellervereines „Concordia", die der Abteilung 2 (= Abteilung „Jugend" im Bundesministerium für Unterricht) zugeteilten Mitarbeiter) (vgl. Errichtung einer Jugendschriftenkommission ..., 1942).

68 „Aufgrund des eingelangten Berichtes des (der) Fachreferenten erteilt die Kommission die Prädikate: a) „für die Jugend wertvoll"; b) „für die Jugend brauchbar" oder c) sie versagt die Erteilung eines Prädikates (Errichtung einer Jugendschriftenkommission ..., 1942).

69 In Gänze lauten diese Richtlinien: „Die Jugendschrift in dichterischer Form muß inhaltlich den Gesetzen der Wahrheit, Schönheit und Sittlichkeit und in ihrer sprachlichen Gestaltung ästhetischen Grundsätzen, entsprechen. Das belehrende Jugendbuch muß auf gesicherten wissenschaftlichen Ergebnissen beruhen und von lauteren belehrenden Absichten getragen sein.

Jede Jugendschrift muß nach Inhalt und sprachlicher Formung der Altersstufe entsprechen, für die sie bestimmt ist.

Die technische Gestaltung muß im wesentlichen mit den Forderungen, die an Schulbücher gestellt werden, übereinstimmen.

In den Jugendschriften dürfen nicht Rassenhaß und Kriegsideologien aufscheinen. Sie müssen zur Freiheit, zur Humanität, zur Friedensgesinnung, zur Heimat- und Vaterlandsliebe und zu Staats- und Kulturgesinnung führen" (zit. nach Bamberger, 1955, S. 249).

70 Bamberger bezeichnete etwa in einem frühen Kommentar zur Buchklub-Arbeit die „Erziehung zum Buch" als „Wegbereitung einer dauernden Volksbildung" (Jugendbuch und Erziehung, 1950, S. 2). Im Rückblick meinte er, sein Grundinteresse sei es gewesen, für Jugendbuch und Jugendbucharbeit „Menschen zu gewinnen", Kinder, Eltern, Lehrer bis hin zum zuständigen Minister. Mit Hilfe der Kinderliteratur sollte der Leser „sich hinauflesen" im Sinne einer Bereicherung des eigenen Lebens, einer Entwicklung und Entfaltung der je eigenen Anlagen und Möglichkeiten (Gespräch v. 2.11.1984).

71 Neben der reinen Abwehrarbeit, von der schon die Rede war, unternahm man vom Buchklub aus auch „positive" Anstrengungen auf dem Felde der Kleinschriften. Er förderte – mehr oder minder direkt – in Zusammenarbeit mit verschiedenen Verlagen die Herausgabe „guter" Hefte wie z.B. der Reihen: „Die goldene Leiter", „Das große Abenteuer" oder „Frische Saat".

72 Diese Worte von Unterrichtsminister Drimmel stammen aus seiner Eröffnungsrede zu einer österreichischen Buchausstellung in Bozen am 15. Juni 1955, die hier noch etwas ausführlicher zitiert werden soll: „Es war das Buch, das eine bedeutende und damit heilende Kraft besessen hat, als wir uns mit einer Zeit auseinandersetzen mußten, deren geistiger Raum das von Schatten und Existenznot erfüllte Niemandsland der ersten Nachkriegszeit gewesen ist. Es war das Buch, das inmitten der Verheerungen eines Zusammenbruches ohnegleichen die Auferstehung des guten Willens gegen Lüge und Ungunst und Apathie und Weltangst aufs neue mobil gemacht hat: damals, als die Gefahr zu bestehen schien, daß sich die Mechanik des Materialismus einer durch permanente Katastrophen, aber auch durch Leerlauf und Indolenz erschöpften europäischen Gesellschaft bemächtigte. Es war das Buch, das der Freund und Bruder, der Mensch schlechthin dem andern reichte; der erste Blockadebrecher, dem es gelang, die Blockade, in die wir alle, einzeln und insgesamt, nach einem Zusammenbruch ohnegleichen geraten waren, zu durchbrechen; die Anbahnung eines geistigen Dialogs an Stelle der Vergangenheit in einem gefährlichen Monolog" (zit. nach Fontana, 1959, S. 205).

73 Abgesehen von der Leitung des Buchklubs beruhte die organisatorische Durchführung der verschiedenen Aktivitäten auf der Mitarbeit der Lehrerschaft, insbesondere der „Buchklubreferenten" an den einzelnen Schulen; bis 1965 konnten hierzu ungefähr 5000 Schulreferenten gewonnen werden (vgl. Bamberger, 1965, S. 559).

74 Nach Erfahrungen der ersten drei Jahre heißt es z.B.: „Über jedes parteiliche und persönliche Interesse hinweg konnte die Buchklubleitung alle Beschlüsse, die auf die Förderung der Jugend und der Kultur abzielten, einstimmig fassen“ (Jugendbuch und Erziehung, 1950, S. 13).

75 Interessant ist in diesem Zusammenhang auch, welche wechselnden „Platzziffern“ die verschiedenen Ziele einnahmen: Während die bei Bamberger in der ersten Auflage seiner „Jugendlektüre“ (1955) abgedruckten Statuten des Buchklubs „den Kampf gegen die verderbliche Schundliteratur“ als dritten und letzten Punkt in der Rubrik „Zweck des Vereins“ aufführen (S. 265), erscheint in einer ebenfalls von Bamberger verfaßten Broschüre des Buchklubs von 1950 oder ’51 der „Schutz der Jugend vor Schmutz und Schund“ noch an erster Stelle der dort genannten Aufgaben der Vereinigung (vgl. Jugendbuch und Erziehung, 1950, S. 2).

76 Buchklubmitglieder konnten besonders empfohlene Bücher mit einem Preiserlaß von 25% im Buchhandel erwerben. Zeitweise bestand auch eine A- und eine B-Mitgliedschaft. B-Mitglieder erhielten im Gegensatz zu den völlig „freien“ A-Mitgliedern eine 35prozentige Preisermäßigung in Verbindung mit der Verpflichtung, mindestens vier Bücher pro Jahr zu erwerben.

Die Auswahl der Buchklubbücher erfolgte nach folgenden Kriterien: „1. Das Jugendbuch in dichterischer Form muß künstlerisch wertvoll sein. (Das Stoffliche muß durch Gehalt und Form überwunden scheinen.) 2. Das Jugendbuch muß jugendtümlich, das heißt in Stoff, Gehalt und Form der bestimmten Altersstufe zugänglich sein. 3. Das Jugendbuch muß erzieherisch wertvoll sein, es muß die Entwicklung des Lesers fördern und ihn unseren Kulturzielen näher bringen. 4. Fachbücher beziehungsweise belehrende Werke müssen wissenschaftlich einwandfrei sein. 5. In guten Jugendbüchern spüren wir die Freude und das Vergnügen, die der Verfasser beim Schreiben empfand. 6. Umschlag, Einband, Papier, die Lettern, kurz die Solidität und Schönheit der äußeren Gestaltung sind zu beachten“ (Jugendbuch und Erziehung, 1950, S. 16).

Durch den Buchklub seien auch die besten deutschen u.a. ausländische Autoren nach Österreich gekommen, weil man sich bei Autoren oder Titeln, die wichtig erschienen, zum Teil direkt um die Vermittlung von Lizenzen an österreichische Verlage oder um Gemeinschaftsproduktionen bemüht habe (in die Auswahl der Buchklubbücher konnten nur Titel aus österreichischen Verlagen aufgenommen werden) (Gespräch mit R. Bamberger v. 2.11.1984).

77 Die Jahrbücher – bald in verschiedene Bände nach Altersstufen eingeteilt – enthielten, ja enthalten noch heute hauptsächlich Ausschnitte aus Buchklubbüchern, die auch einen Kaufanreiz bilden sollten. Darüber hinaus wurden die Jahrbücher bald vielfach als „zweites Lesebuch“ im Unterricht verwandt, sollten dezidiertermaßen eine Brücke zwischen Lesebuch und Privatlektüre bilden.

78 Anfänglich lautete die Bezeichnung des Vereins auch „Jugendbuchgemeinschaft“, wurde jedoch noch 1948, um „die Gegnerschaft im Buchhandel zu verringern“ (Bamberger, 1955, S. 267), in Österreichischer Buchklub der Jugend umbenannt. „Nachwehen“ solcher Ressentiments im Buchhandel sind auch noch in der Jubiläumsschrift zum hundertjährigen Bestehen des Hauptverbandes der österreichischen Buchhändler zu spüren, wenn es dort heißt: „Auch mit dem ‚Österreichischen Buchklub‘ [...] machte das Sortiment, so ungewohnt das Verfahren im Anfang war, im großen und ganzen gute Erfahrungen, um so mehr, als Dr. Richard Bamberger, der Leiter des ‚Österreichischen Buchklubs‘, dessen eigene Interessen mit den Wünschen und Erfahrungen des österreichischen Buchhandels geschickt zu koordinieren wußte, so daß in dieser wichtigen Frage fast durchaus ein zufriedenstellendes Einvernehmen herrschte“ (Fontana, 1959, S. 195f.).

79 Um die Entwicklung des Österreichischen Buchklubs der Jugend zu veranschaulichen,

einige Zahlen zum Mitgliedsstand in den ersten Jahren seines Bestehens:
Nach der Gründung im Februar 1948 erwies sich das Interesse an der neuen Organisation zunächst als recht gering. Bis Weihnachten 1948 konnten nur 4000, bis Juli 1949 9000 Mitglieder geworben werden. Großangelegte Werbekampagnen und die Einführung des Jahrbuches (ab 1949) bzw. dessen Ausbau als eine Art zweites Lesebuch für den Schulunterricht bewirkte einen stark zunehmenden Zulauf, so daß der Buchklub im Sommer 1950 40000, im Herbst 1951 65000, zu Schuljahrsende 1951/52 80000 und bis Herbst 1953 100000 Mitglieder verzeichnen konnte; bis 1965 erlangte der Buchklub einen Mitgliedsstand von 650000 (für die Zahlenangaben vgl. Bamberger, Jugendlektüre, 1955, S. 263–279 und dass., [2]1965, S. 561).

80 Bereits ein Jahr früher hatte auch die Stadt Wien einen jährlich zu vergebenden Jugendbuchpreis gestiftet, der lebenden Autoren mit österreichischer Staatsangehörigkeit, deren Bücher in Wiener Verlagen erschienen waren, verliehen werden konnte.

81 Diese Begrenzung auf österreichische Autoren für die Anfangszeit sollte nicht unbedingt nur als nationale oder gar nationalistische Engstirnigkeit gedeutet werden. Bei einem kleinen Land wie im Falle Österreichs, für das 1955 eine selbständige Kinder- und Jugendliteratur, die fähig war, sich innerhalb des deutschen Sprachraums zu behaupten, noch keineswegs als Selbstverständlichkeit vorausgesetzt werden konnte, mochte es durchaus legitim erscheinen, in Besonderheit „eigene“ Autoren zu fördern, um einer noch im Entstehen begriffenen nationalen Kinder- und Jugendliteratur überhaupt erst eine Basis zu verschaffen und etwa Autoren davon abzuhalten, ins (wirtschaftlich potentere) Ausland abzuwandern.

82 In dieser Beziehung auffallende Titel von Karl Bruckner waren z.B.: „Giovanna und der Sumpf“, 1953; „Lale, die Türkin“, 1958; „Sadako will leben“, 1961.

83 Vgl. die in Anm. 82 genannten Titel, deren Handlungsort jeweils außerhalb Österreichs liegt. Beim erstgenannten Buch „Giovanna und der Sumpf“ wird am Ende – nach realistischer Schilderung der Armut und Unterentwicklung in bestimmten Gebieten Italiens – die Heldin sogar nach Österreich, von dem der Eindruck einer Paradiesähnlichkeit vermittelt wird, zur Erholung geschickt.

84 Als Beispiel benennt Heß Gottfried Bermann Fischer, der eine Absage für die Ansiedlung seines Verlages in der Schweiz erhielt.

85 Zu den Aufgaben von Pro Helvetia zählte es, „die geistigen Grundlagen der schweizerischen Eidgenossenschaft, die geistige Eigenart unseres Landes und unseres Staates neu ins Bewußtsein zu rufen, den Glauben an die erhaltende und schöpferische Kraft unseres schweizerischen Geistes zu festigen und neu zu entflammen und dadurch die geistige Widerstandskraft unseres Volkes zu stählen“ (zit. nach Siegrist, 1986, S. 64).

86 Weitere kriegswirtschaftliche Maßnahmen waren etwa 1940 die Einführung einer Ausfuhrkontrolle und einer Preiskontrolle wie auch der Bundesratsbeschluß vom 3. November 1944 über den Schutz des Schweizer Verlags gegen Überfremdung, mit dessen Hilfe der Lizenzerwerb ausländischer Verlagswerke kontrolliert werden sollte; dabei ging es hauptsächlich jedoch um wissenschaftliche Werke.

87 Den kurzen Kommentaren zu den Statistiken der schweizerischen Verlagsproduktion in den Berichten der Schweizerischen Landesbibliothek ist zu entnehmen, daß auch Schweizer zunehmend ihre Werke wieder im Ausland veröffentlichten, besonders in Frankreich und Italien. Damit ist gleichzeitig ein grundsätzliches Problem bei der Beschäftigung mit der Situation des schweizerischen Buchhandels angesprochen. Die verfügbaren statistischen Angaben schlüsseln nämlich nur die jeweilige Jahresgesamtproduktion in die verschiedenen Sprachen, in denen sie erschienen sind, auf, nicht aber die Angaben für die einzelnen Sachgebiete. Deshalb sind in den hier verwendeten Zahlenangaben nicht nur die deutschsprachigen Titel enthalten, obwohl sie natürlich den prozentual höchsten Anteil ausmachen.

88 Diese produktionstechnischen Schwierigkeiten beruhten zum einen auf der außerordentlich

gestiegenen Produktivität der Schweizer Verlage und dem zusätzlichen Umstand, daß ausländische Verlage – aufgrund eigener Engpässe – teilweise in der Schweiz herstellen ließen. Der nochmalige heftige Anstieg der Produktionszahlen 1948 wurde entsprechend auf Verzögerungen durch die außerordentliche Überlastung der Druckereien im Jahr 1947 zurückgeführt (vgl. Schweizerische Landesbibliothek, 41. Bericht für die Jahre 1947 und 1948).

89 Eines dieser Mittel, das „Schweizer Buch“ über die Kriegszeiten und die damalige fast schon Monopolstellung hinaus im Ausland weiterhin bekanntzumachen, war z.B. eine Anfang 1953 beginnende und vom Department des Innern wie auch Pro Helvetia durch Kredite unterstützte Aktion, bei der einige tausend Exemplare des „Schweizer Buches“ an wichtige Bibliotheken und eine gewisse Anzahl von Buchhändlern in der ganzen Welt verteilt wurden.
Weiterhin erschien auch eine stärkere Verbreitung der Schweizerischen Nationalbibliographie notwendig, wofür mit österreichischen und westdeutschen Verlegern eine Vereinbarung erzielt wurde, als deren Ergebnis die deutsche Nationalbiographie darauf verzichtete, „die Titel der in deutscher Sprache in den beiden anderen Ländern erscheinenden Werke aufzunehmen, was sie vor dem Krieg getan hatte“ (Schweizerische Landesbibliothek, 43. Bericht für die Jahre 1951 und 1952).

90 Im Rahmen der „Schweizer Bücherhilfe“ wurde auch anderen, vom Krieg in Mitleidenschaft gezogenen Ländern, z.B. Österreich, Frankreich, Luxemburg durch Buchspenden geholfen, wobei nach Angaben aus der Schweiz etwa ein Drittel aller gesammelten und angekauften Buchbestände nach Deutschland gegangen ist (Meldung der „Süddeutschen Zeitung“ v. 30.8.1948).

91 Das Schweizerische Jugendschriftenwerk erhielt anfänglich keinerlei staatliche Zuschüsse, sondern mußte sich durch den Verkauf der Hefte und eine Unterstützung durch die Stiftung Pro Juventute finanzieren. 1957 erfolgte dann die Umwandlung der als „Verein“ ins Leben gerufenen Organisation in eine Stiftung. Ende des gleichen Jahres erhielt das Schweizerische Jugendschriftenwerk dann erstmals eine finanzielle Unterstützung von Staats wegen.

92 Dementsprechend war es etwas irreführend, wenn das Deutsche Jugendschriftenwerk sich in Selbstdarstellungen immer auf das Schweizerische Jugendschriftenwerk als Vorbild bezog; die einzige Übereinstimmung bei beiden Institutionen bestand – außer in der Namensgebung – in ihrem Interesse für „gute“ Hefte, d.h. in der „positiven“ Schundbekämpfung.

93 Gerade Hans Cornioley, einer der wichtigsten Schweizer Jugendschriftler, gehörte allerdings auch zu denjenigen, die eine Bekämpfung des „Schunds“ mittels guter Jugendschriften nicht für ausreichend hielten. In der „Jugendliteratur“ meinte er 1955 dazu: „Man bekämpft die Pest eines Heuschreckenschwarms nicht dadurch, daß man den mörderischen Angreifern einen Schwarm lieblicher Schmetterlinge entgegenschickt“ (Cornioley, 1955, S. 179). An gleicher Stelle sprach er sich deshalb für ein Verbot von Schundliteratur aus. „Die Morgensonne einer besseren Welt“, die ein Mitarbeiter des Schweizerischen Jugendschriftenwerkes kurz vor Kriegsende „verheißungsvoll über dem Horizont“ habe stehen sehen, bescheine nun eine wenig bessere Welt. „Auf dem verhältnismäßig winzigen Gebiete der Jugendliteratur haben wir beinahe mehr zu kämpfen gegen einen Strom von einheimischem und ausländischem Schund; dabei steht die stolze Fahne mit der Inschrift ‚Pressefreiheit‘ über all dem Schmutz, wie wenn sie dies alles nichts anginge; man beginnt nachgerade zu fürchten, die Fahne selber werde schmutzig ... Aber nein, wir setzen gar kein bitteres Lächeln auf. Wir arbeiten weiter, weil immer, jeden Tag ‚die Morgensonne einer besseren Welt verheißungsvoll am Horizont steht‘“ (ebd., S. 180).

94 Im Wortlaut fordern diese Richtlinien, die mindestens bis 1963 gültig waren:
„1. Das gute Jugendbuch muß psychologisch wahr sein, wirkliche Menschen und richtiges

Leben widerspiegeln. 2. Das Jugendbuch hat literarischen Ansprüchen zu genügen; es muß in einfacher, aber gepflegter Sprache geschrieben sein. 3. Es soll künstlerisch gestaltet und 4. erzieherisch wertvoll sein. Aufdringliches Moralisieren und tendenziöse Darstellungen werden abgelehnt. 5. Das Jugendbuch sei gut und zweckmäßig ausgestattet" (1943–1963. 20 Jahre Jugendbuchpreis in der Schweiz, 1963).

95 Für Einzelwerke erhielten den Schweizerischen Jugendbuchpreis z. B. Olga Meyer 1945 („Anneli") und 1956 („Heimliche Sehnsucht") oder 1948 Selina Chönz und Alois Carigiet für „Schellenursli"; für ihr Gesamtschaffen wurden 1946 Elisabeth Müller, 1949 Traugott Vogel, 1955 Ernst Kreidolf oder 1959 Fritz Brunner ausgezeichnet; 1957 bekam der Illustrator Felix Hoffmann den Preis zuerkannt, 1951 das Schweizerische Jugendschriftenwerk; eine „Ehrengabe" ging 1950 an Josef Reinhart für den „Jugendborn", an Reinhold Frei-Uhler für die „Illustrierte Schweizer Schülerzeitung" und an Fritz Aebli für den „Schweizer Kamerad".

96 Selbst aus Schweizer Sicht wurde im nachhinein mitunter Kritik an Verniedlichungstendenzen in der Kinderliteratur geübt. Hans Cornioley sprach im Rückblick auf die Kriegszeit etwa von den formalen und inhaltlichen Schwierigkeiten, „das Kriegsgeschehen gleichzeitig themagerecht und kindgerecht darzustellen". Dies habe zu Gebilden geführt, „die bei allem guten Willen und Können seltsam anmuten, so wenn Mundartverslein für kleine Leser Motive aus der Grenzbesetzung gestalteten, was eine gefährliche Verkleinerung der Vorgänge" erzeugt habe (Cornioley, 1947, S. 63).

MARTIN HUSSONG

# Jugendzeitschriften von 1945 bis 1960
# Phasen, Typen, Tendenzen

# Vorbemerkung

„Keine Jugendzeitschrift der Vergangenheit und Gegenwart genügt den Anforderungen, welche die heutige Pädagogik an die Jugendlektüre stellt. Darum und aus theoretischen Erwägungen heraus halten wir die gute Jugendzeitschrift überhaupt für eine Unmöglichkeit. Eine Notwendigkeit aber, an ihrer Form festzuhalten, die zu Kompromissen zwingt, liegt nicht vor, da sich an sie viel mehr schädliche als nützliche Einflüsse knüpfen. Das sind die Gründe, weshalb wir jegliche in Form einer Zeitung oder Zeitschrift verbreitete Jugendlektüre mit aller Entschiedenheit zurückweisen." Mit diesen Sätzen schließt Otto Hilds 1905 erschienene Kampfschrift, die den programmatischen Titel „Die Jugendzeitschrift in ihrer geschichtlichen Entwickelung, erziehlichen Schädlichkeit und künstlerischen Unmöglichkeit" trägt. Diese Einstellung hat nicht verhindern können, daß es weiterhin eine große Zahl von Jugendzeitschriften gab und gibt. Sie verfolgen die Interessen von Verbänden, pädagogischen Institutionen oder kommerziellen Verlagen. Natürlich wollen sie dabei auch das Interesse der jugendlichen Leser finden. Obwohl Jugendzeitschriften so zu Sozialisationsfaktoren, die man nicht unterschätzen darf, geworden sind, hat das Mißtrauen bzw. die Geringschätzung seit Otto Hild und schon vorher Heinrich Wolgast dazu geführt, daß Kinder- und Jugendzeitschriften bisher noch keine entsprechende wissenschaftliche Beachtung gefunden haben, die Zeitschriften der Aufklärungspädagogen vielleicht ausgenommen.

Auch die Jugendzeitschriften nach dem Zweiten Weltkrieg und in den fünfziger Jahren sind noch weitgehend unerschlossen, schwer zugänglich, über viele Bibliotheken verstreut, dort oft nur unvollständig erhalten.

Die folgende Darstellung will an typischen Beispielen das Spektrum der Jugendzeitschriften der Nachkriegszeit und der Zeit des Aufbaus und der Konsolidierung der Bundesrepublik beschreiben. Inhalts- und Gestaltungsuntersuchungen sollen die Frage beantworten, welches Bild von Jugend die Herausgeber und Redakteure hatten, welche Ziele sie verfolgten. Programmatische Äußerungen und Hintergrunddokumente stehen nur selten zur Verfügung. Veränderungen in Aufmachung und Inhalt, Auflagenhöhen oder das Ende einer Zeitschrift erlauben gewisse Rückschlüsse auf politisch, pädagogisch oder kommerziell motivierte Initiativen, aber auch auf den

*Suchmeldungen nach Vermißten stehen nach dem Krieg neben Werbeanzeigen für Industrieprodukte. „Stalingrad. Wer kann Auskunft geben über das Schicksal meines Sohnes ...?" Diese Kleinanzeige ist im „Benjamin" 1947 (1. Jg. Heft 5) unter den Annoncen für „Nivea" und „Briefmarkensammeln" zu finden.*

tatsächlichen Erfolg bei den Lesern. Die Untersuchung bemüht sich, Phasen und Trends herauszuarbeiten, die mit historischen, ökonomischen und gesellschaftlichen Entwicklungen korrespondieren.

Eine gewisse Unschärfe des Wortes „Jugendzeitschrift" muß in Kauf genommen werden, kann man darunter doch auch das weite Feld der Kinderzeitschriften und -blättchen verstehen. In der Tat handelt es sich aber im folgenden vorwiegend um die Betrachtung periodischer Publikationen für jenen Teil der Jugend, der sich in und nach der Pubertät entweder in einer eigenen Jugendkultur bewegt oder aber schon an der Erwachsenenkultur teilnimmt. Allerdings sind nach 1945 auch viele Kinderzeitschriften neu entstanden oder auch wiedererschienen – wie z. B. die „Jugendlust", die schon im endenden 19. Jahrhundert entstand und bis in die siebziger Jahre ediert wurde.

Überblickt man die Jugendzeitschriften in der Zeit nach dem Zweiten Weltkrieg bis zum Jahr 1960, so lassen sich drei Phasen, die sich allerdings teilweise überschneiden, unterscheiden. Sie lassen sich mit den Schlagworten „Re-education", „Jugendpflege" und „Kommerz" grob kennzeichnen.

Bis zur Währungsreform, während der ersten Phase, richten sich die Jugendzeitschriften an die „junge Generation" der Nachkriegszeit, die noch im Nationalsozialismus aufgewachsen ist. Sie dienen, gemäß den Absichten der Besatzungsmächte, der Umerziehung, der Re-education. Vor allem gilt es, demokratische Tugenden, Mut und Engagement zu bilden, dem Nihilismus und der Lethargie vorzubeugen. Aufklärerische Ansätze werden jedoch oft mit der Restauration traditioneller kulturbürgerlicher Werte verbunden oder bald ersetzt. Gegenüber der Konkurrenz der Unterhaltungsmagazine können sich diese Zeitschriften, nach Wegfall der Subventionen 1948, nicht halten. Einiges lebt noch in Zeitschriften von Jugendverbänden oder politischen Organisationen fort, bleibt in seinem Wirkungskreis jedoch eingegrenzt. In der zweiten Hälfte der fünfziger Jahre neu entstehende kritisch-politische Zeitschriften erreichen nur eine intellektuelle Minderheit.

Nach 1948 und vor allem in den fünfziger Jahren dominieren die Zeitschriften für 10- bis 14jährige. Sie werden oft durch öffentliche Mittel gefördert und erreichen die Leser über Jugendverbände und Schulen. Im Kampf gegen Schmutz und Schund dienen diese Zeitschriften der Jugendpflege und dem Jugendschutz. „Presse, Kirche und Behörden verschrieben sich dem Jugendschutzgedanken, um der epidemischen Ausbreitung von Schmutz und Schund entgegenzuwirken. Die alten Reizthemen der reaktionären Kulturkritik waren wieder auf dem Tisch: der Sumpf der Großstadt, die Abgründe des Triebes, die Schnellebigkeit der Massengesellschaft ... Das Zeitklima war jugendschützerisch bis zur Jugendfeindschaft" (Ziehe, 1986, S. 255f.). Den modernen Tendenzen werden traditionelle, z.T. noch vorindustrielle ästhetische und moralische Werte und Rollenbilder entgegengesetzt. Kindheit ist einerseits ein Ort der Harmonie, noch ohne Bezug zu gesellschaftlichen Konfliktfeldern, andererseits die Zeit des Erlernens von Normen. Den kindlichen und jugendlichen Realitätssinn befriedigt man am besten mit Naturbildern und der Exotik ferner Länder. Verbunden ist diese Vorstellung einer heilen Kinderwelt allerdings mit einem durchaus wirklichkeitsadäquaten Nützlichkeitsprinzip. Freizeit darf nicht leerer Unterhaltung dienen.

Auch die „Rasselbande" ist in ihren Anfängen noch dem Kampf gegen Schmutz und Schund verbunden. Man versucht dem Unterhaltungsbedürfnis mit spannender und attraktiver, jedoch niveauvollerer Unterhaltung zu entsprechen. Dahinter stehen jedoch auch kommerzielle Gründe. Zugleich arbeitet die „Rasselbande" an einem neuen Jugendbild, das stärker am wirtschaftlichen und technischen Fortschritt und Leistungsbewußtsein orientiert ist.

In der zweiten Hälfte der fünfziger Jahre äußert sich – vor allem bei den Sechzehn- bis Zwanzigjährigen – zunehmend ein Unbehagen an der Arbeits- und Erwachsenenwelt, ihrer Stupidität, ihren Konventionen, die oft als leer und wirklichkeitsfern empfunden werden. Die subkulturellen Merkmale der Halbstarken, der „Exis", des Rock'n Roll werden von „Bravo" aufgegriffen, entschärft und im Teenagermodell kommerziell ausgewertet (R. Lindner, 1986, S. 279). Der Erfolg von „Bravo" ist auch darin begründet, daß diese Zeitschrift sich – was vorher noch von keinem Organ dieser Art auch nur versucht wurde – ganz auf die Seite der Jugendlichen zu stellen scheint.

Indem aber das Protestpotential in ein hedonistisches Freiheitsbedürfnis umgebogen wird, machen „Bravo“ und ähnliche Medien die Jugendlichen kommerziellen Interessen dienstbar. Dabei geht es nicht nur um den Verkaufserfolg der „Bravo“, sondern auch um die Unterhaltungsindustrie und ihre Accessoires. Jungsein ist nicht mehr – wie noch in der Jugendbewegung der zwanziger Jahre – der idealistische Protest gegen Spießertum, der Traum von einem anderen Leben, sondern schrankenlose Konsumfreiheit. Und dies, ohne daß der moralische oder konventionelle Konsens der Gesellschaft gefährdet scheint.

*Der „Pinguin“ als Leitsymbol der jungen Generation. Titelseite des ersten Heftes dieser von Erich Kästner ab 1946 herausgegebenen Jugendzeitschrift.*

# Vom Kriegsende bis zur Währungsreform: Zeitschriften für die „Junge Generation" im Kampf gegen Nihilismus und Lethargie

## *Erich Kästners „Pinguin" und die Revision der Tugenden*

Zu Beginn des Jahres 1946 erschien in Stuttgart, im Rowohlt-Verlag, mit amerikanischer Lizenz die erste Nummer der Monatszeitschrift „Pinguin". Sie trug den Untertitel „Für junge Leute". Herausgeber war Erich Kästner, zu dieser Zeit noch Redakteur der „Neuen Zeitung" in München. „Pinguin" stellt sich auf dem Titelblatt, das sein Konterfei ziert, selbst vor: „Pinguin ist mein Name. Ich rede, wie mir der Schnabel gewachsen ist: Ich lache, wie es mir gefällt. Ich will mich anfreunden mit all denen, die jung sind und sich jung fühlen. Ich liebe das Leben und alles, was lebendig ist. Ich hasse das Abgelebte und Verstaubte, den Spießbürger und den Schnüffler. Ich

*Karikatur aus dem Heft 6 des Jahrgangs 1947 der Zeitschrift „Pinguin". Die Unterschrift lautet: „Wenn die Prügelstrafe eingeführt wird, werden die Lehrer an Spezialgeräten geschult. In der neuen PDV (Prügel-Dienst-Verordnung) werden Haltung des Stockes und Griff an die Hose genauestens festgelegt. Die Spezialübungsgeräte werden an allen Lehrerseminaren eingeführt."*

freue mich an der Schönheit der weiten Welt, an den Wundern der Natur und den Schöpfungen der großen Künstler. Ich habe ein offenes Ohr für die Klagen der Bedrückten, und mein Herz schlägt mit Allen, die guten Willens sind. Ich will Euch begeistern für all das, was wir tun können, um uns selbst ein besseres Leben zu schaffen."

Pathos und Antispießerattitüde der Jugendbewegung der zwanziger Jahre haben in der veränderten historischen Situation eine neue, konkretere Bedeutung erhalten. Die Artikel des ersten Heftes sind programmatisch, erläutern die allgemeinen Aussagen des Titels. Unter der Überschrift „Alle Menschen gleich geschaffen" wird eine

Artikelserie „Dokumente der Demokratie“ mit der Unabhängigkeitserklärung der Vereinigten Staaten von Amerika eingeleitet. Wo angesetzt werden muß, ein „besseres Leben zu schaffen“, erklärt Erich Kästner in seinem Leitartikel. Um aus der Sackgasse herauszukommen, seien nicht nur Ziegelsteine und Saatkartoffeln nötig, sondern eine Revision der Tugenden, die in der Zeit des Dritten Reiches verkommen sind. „Nie zuvor sind Eigenschaften wie Zivilcourage, Ehrlichkeit, Gesinnungstreue, Mitleid

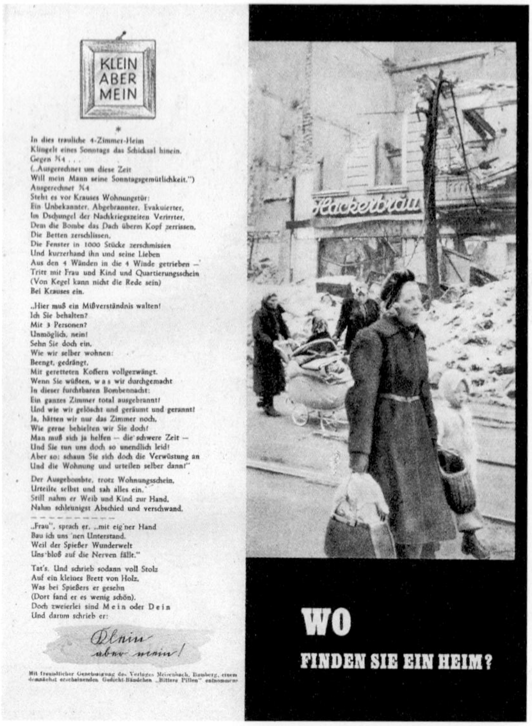
KLEIN
ABER
MEIN

*

In dies trauliche 4-Zimmer-Heim
Klingelt eines Sonntags das Schicksal hinein.
Gegen ¾4 . . .
(„Ausgerechnet um diese Zeit
Will mein Mann seine Sonntagsgemütlichkeit.“)
Ausgerechnet ¾4
Steht es vor Krauses Wohnungstür:
Ein Unbekannter, Abgebrannter, Evakuierter,
Im Dschungel der Nachkriegszeiten Verirrter,
Dem die Bombe das Dach überm Kopf zerrissen,
Die Betten zerschlissen,
Die Fenster in 1000 Stücke zerschmissen
Und kurzerhand ihn und seine Lieben
Aus den 4 Wänden in die 4 Winde getrieben –
Tritt mit Frau und Kind und Quartierungsschein
(Von Kegel kann nicht die Rede sein)
Bei Krauses ein.

„Hier muß ein Mißverständnis walten!
Ich Sie behalten?
Mit 3 Personen?
Unmöglich, nein!
Sehn Sie doch ein,
Wie wir selber wohnen:
Beengt, gedrängt,
Mit geretteten Koffern vollgezwängt.
Wenn Sie wüßten, w a s wir durchgemacht
In dieser furchtbaren Bombennacht:
Ein ganzes Zimmer total ausgebrannt!
Und wie wir gelöscht und geräumt und gerannt!
Ja, hätten wir nur das Zimmer noch,
Wie gerne behielten wir Sie doch!
Man muß sich ja helfen – die schwere Zeit –
Und Sie tun uns doch so unendlich leid!
Aber so: schaun Sie sich doch die Verwüstung an
Und die Wohnung und urteilen selber dann!“

Der Ausgebombte, trotz Wohnungsschein,
Urteilte selbst und sah alles ein.
Still nahm er Weib und Kind zur Hand,
Nahm schleunigst Abschied und verschwand.

– – – – – – – – – – –

„Frau“, sprach er, „mit eig’ner Hand
Bau ich uns ’nen Unterstand,
Weil der Spießer Wunderwelt
Uns bloß auf die Nerven fällt.“

Tat’s. Und schrieb sodann voll Stolz
Auf ein kleines Brett von Holz,
Was bei Spießers er gesehn
(Dort fand er es wenig schön).
Doch zweierlei sind M e i n oder D e i n
Und darum schrieb er:

Klein
aber mein!

Mit freundlicher Genehmigung des Verlages Meisenbach, Bamberg, einem demnächst erscheinenden Gedicht-Bändchen „Bittere Pillen“ entnommen



*Ein Plädoyer für die Hilfsbereitschaft in der Trümmerzeit und eine Anklage der Spießermentalität im 1. Heft des „Pinguin“ 1946.*

und Frömmigkeit so grausam und teuflisch bestraft, nie vorher sind Laster wie Roheit, Unterwürfigkeit, Käuflichkeit, Verrat und Dummheit so maßlos und so öffentlich belohnt worden.“ Dennoch seien die Deutschen nicht unfähig geworden, „menschlich zu empfinden und ‚demokratisch‘ zu handeln“. Kästner schließt: „Wir wollen Deutschland neu aufbauen und bei unserem Charakter beginnen“ (1, 1946, 1, S. 1). Es sind Tugenden des Humanismus und der Aufklärung, die Kästner im Blick hat.

Um Charakterbildung geht es in den verschiedensten Artikeln und den verschiedensten Zusammenhängen. Ein satirisches „Lied vom trauten Heim“ von Magda Clewe prangert ein besonderes Phänomen der Charakterverderbnis an: Familie

Krause hat Krieg und Bomben nahezu unbeschadet überstanden, weigert sich aber nun, Ausgebombte aufzunehmen. Der „Abgebrannte, Evakuierte, im Dschungel der Nachkriegszeit Verirrte“ entschließt sich, „weil der Spießer Wunderwelt uns bloß auf die Nerven fällt“, mit eigener Hand seinen Unterstand zu bauen (S. 13). Darin gleicht er Robinson. „Hilf Dir selbst wie Robinson!“ heißt ein weiterer Artikel, denn „dem Mutigen hilft Gott“ (S. 8). Die Doppelseite „Was meinst du dazu?“ findet sich künftig

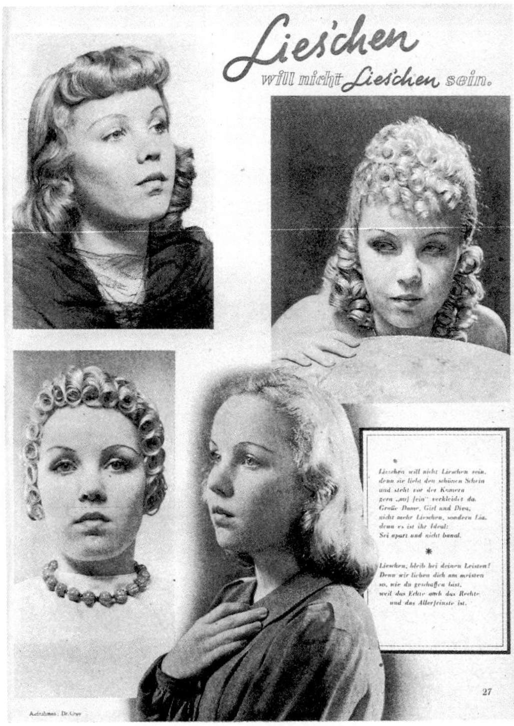


*„Lieschen, bleib bei deinen Leisten“. Versuche, gleich im ersten Heft des „Pinguin“ 1946 Ideale für junge Mädchen zu propagieren.*

in jeder Nummer des „Pinguin“. Collageartig enthält sie Zeitungsausrisse, links Beispiele des Abgelebten, Verstaubten, Spießerischen unter der Überschrift „... Hört, Hört! ...“ Beispiele für positive, zukunftsweisende Handlungen stehen unter dem Titel „... Bravo! ...“ auf der rechten Seite. Angeprangert werden in der ersten Nummer z.B. die Gründung einer monarchistischen Partei in Bayern, zu der alte Nazis strebten; Arbeitszwang, der Ruf nach einer Arbeitspolizei; die Abweisung junger Kriegsversehrter bei der Arbeitssuche; Preiswucher in Gaststätten; die Bindungs- und Ziellosigkeit verwahrloster Jugendlicher. Positiv angemerkt werden Beispiele der Eigeninitiative beim Wiederaufbau und bei der Versorgung, selbst wenn

es darum geht, auch aus deutschem Tabak eine „mild-aromatische Mischung“ herzustellen. Weiter die Einrichtung von Stellen für Friedensrichter, Rechtsberatung für Unbemittelte, aber auch Ansätze einer künftigen Bodenreform und Gewinnbeteiligung von Arbeitnehmern.

Ein Artikel „So sind die Menschen, die auf dieser Welt leben!“ von Hendrik Willem van Loon beschreibt skeptisch-ironisch die Position und Situation des Menschen in der belebten Welt und mündet in den Appell: „Wir alle sind Fahrtgenossen auf demselben Planeten und gleich verantwortlich für das Glück und Wohlergehen dieser Welt, in der zu leben nun einmal unser Schicksal ist.“ Damit ist – neben dem Robinsonmodell – ein zweiter Ansatz, der Voraussetzung für „besseres Leben“ ist, genannt. Er wird im „Pinguin“ immer wieder angesprochen: Die Menschen sind zu internationaler Solidarität aufgerufen. Nationalismus gehört zum „Verstaubten“; auf die Verhinderung von Krieg zielt auch die Arbeit der UNO, deren Aufbau und Arbeitsweise eine Bildergeschichte erläutert.

Allerdings scheint es nicht immer leicht, die Jugend für das Neue zu gewinnen, wie es sich bei der Ablehnung moderner Malerei zeigt: „Die Jugend hat also nicht verstanden“ (S. 10). Hier wirke noch Hitlers und seiner Gefolgsleute Kunstbegriff, einen anderen habe die Jugend ja nicht kennengelernt. Deshalb auch hier der Appell: „Bemühen wir uns! Es wird uns nichts geschenkt! Auch in der Kunst nicht“ (S. 11). Das Neue allerdings ist nicht an sich schon ein Wert: Wenn Lieschen sich gern als große Dame, Girl oder Diva sehen, „apart und nicht banal“ sein will, dann wird sie auf „das Echte“ verwiesen, welches „das Rechte und Allerfeinste“ sei. Auch die Mode hat teil an der Charakterbildung, wobei hier jedoch nicht ganz sicher ist, ob „Pinguin“ mit seinem Ideal eines „echten deutschen Mädels“ nicht selbst „Abgelebtem“ nachhängt.

### *Adressaten, Herausgeber und Redakteure der Jugendzeitschriften*

Der „Pinguin“ ist kein Einzelphänomen. Das 1947 in Berlin erschienene „Handbuch der Lizenzen Deutscher Verlage. Zeitungen, Zeitschriften, Buchverlage“ verzeichnet 35 Jugend-, Kinder- und Schülerzeitschriften. Es muß angenommen werden, daß diese Liste noch nicht vollständig ist. Einige dieser Zeitschriften erreichen erstaunlich hohe Auflagen, obgleich sie – wegen der Zonengrenzen – nur regionale Verbreitung fanden.

Ebenfalls mit amerikanischer Lizenz erschien in Berlin „Horizont. Halbmonatsschrift für junge Menschen“, herausgegeben von Günther Birkenfeld. Die Auflage lag bei 150000 Exemplaren. Am selben Ort wurde in einer Auflage von 250000 Exemplaren „Start. Illustriertes Blatt der jungen Generation“ vertrieben, mit russischer Lizenz. Britische Lizenzen hatten die folgenden Zeitschriften: „Jugend. Zeitschrift für die Jugend von 14–18 Jahren“, herausgegeben von Ernst Müller, Auflage 150000; „benjamin. Zeitschrift für junge Menschen“, Auflage 80000, herausgegeben von Karl Heinz Ressing und Heilwig von der Mehden. Werner Steinberg gab mit

französischer Lizenz „Zukunft. Unabhängige Zeitschrift junger Menschen" heraus. Sie erreichte eine Auflage von 100000 Exemplaren. In der französischen Besatzungszone erschienen außerdem: „Das Ziel. Zeitschrift der jungen Generation", Auflage zwischen 100000 und 200000, Schriftleitung Franz Bauer; „Die Kommenden. Zeitschrift der jungen Generation", herausgegeben von Hans Frowein, Auflage 45000. Letztere stellt einen Sonderfall dar, weil sie einer bestimmten weltanschaulichen Gruppierung nahesteht, den Anthroposophen. Die höchsten Auflagen erreichten die Zeitschriften aus der sowjetischen Besatzungszone. Neben „Start" (Schriftleitung: Arne Rehahn) erreichte die Zeitschrift „Neues Leben", ein Blatt der FDJ, herausgegeben von Erich Honecker, eine Auflage von 500000, ebenso die im gleichen Verlag von A. Buchholz herausgegebene Zeitschrift „Junge Welt. Die Zeitung der Jugend".*

Wenn sich die genannten Jugendzeitschriften – es handelt sich um die wichtigsten und typischsten – auch in Qualität, Aufmachung und z.T. auch tendenziell unterscheiden, so sind sie im Grunde doch alle solchen Zielen verpflichtet, wie sie der „Pinguin" in seiner ersten Nummer vorgestellt hat. Werner Steinberg z.B. will „neues Leben" ermöglichen. Dazu bedürfe es „wirklich neuer Erkenntnisse". Vor allem gelte es, die Skepsis und den Nihilismus, die in der jungen Generation verbreitet seien, zu überwinden. „Ein nihilistisch zersetztes Deutschland würde eine Einigung Europas für ewige Zeiten verhindern", meint Karl Heinz Ressing im „benjamin" (1, 1947, 1, S. 2). Auch ihm geht es um Charakterbildung, denn diese Jugend habe „ihre Wertmesser und Maßstäbe" verloren. Günther Birkenfeld warnt im „Horizont" davor, sich in „dumpfe Resignation eines geistigen Fellachentums" fallen zu lassen (1, 1946, 1, S. 3). Man müsse „im sittlichen Auftrage" des Gewissens handeln, sich „durch die Macht der Wahrheit", wie sie vor allem das „Reich des Schönen", die Kunst, vermittle, befreien.

Der Begriff „Jugendzeitschrift" ist bei diesen Blättern anders zu verstehen als heute. Die Untertitel „Für die junge Generation" oder „Für Junggebliebene" zeigen, daß das angesprochene Lesepublikum sehr breit gefächert ist. „benjamin" denkt z.B. an die Zwangzig- bis Fünfunddreißigjährigen (1, 1947, 1, S. 3). Günther Birkenfeld wendet sich gar an die Siebzehn- bis Siebzigjährigen, „an alle, die im Herzen jung geblieben sind". Als einzige der hier genannten Zeitschriften enthält die „Jugend" eine Altersangabe im Untertitel. Im ersten Heft beschränkt sie sich auf die Vierzehn- bis Achtzehnjährigen, erweitert im zweiten Heft auf zwanzig Jahre und läßt schließlich die Eingrenzung ganz fallen.

Diese Ausweitung des Jugendbegriffs fiel auch ausländischen Gästen auf, die vom 14. bis 20. März 1948 mit Redakteuren deutscher Jugendzeitschriften in Speyer

* Auf die Zeitschriften der SBZ bzw. DDR kann nur in einem Anhang eingegangen werden. Sie sind in westdeutschen Universitätsbibliotheken kaum zu finden, bieten überdies Spezialprobleme, die den Rahmen dieser Darstellung sprengen.

zusammenkamen. Es war das einzige Treffen dieser Art. Unterstützt hatte es die französische Militärregierung, angeregt worden war es vom „benjamin“ und der „Zukunft“. Bei dieser Zusammenkunft hatten einige ausländische Teilnehmer den Jugendbegriff der Zeitschriften problematisiert. Im „Pinguin“ wird darüber berichtet (3, 1948, 5–6, S. 45): „Für die Franzosen und die Engländer ist ‚Jugend‘ ein anderer Begriff als für die deutsche Nachkriegsgeneration. In England und in Frankreich erscheinen wohl auch Blätter für die 15- bis 18jährigen, aber Parallelerscheinungen zu unseren Zeitschriften, die ausdrücklich die Generation zwischen 20 und 30 ansprechen, sind im Ausland unbekannt.“

Die deutschen Redakteure befanden sich allerdings in einer ganz anderen Situation. Sie schrieben für die Generation derer, die ihre Kindheit und z.T. noch die Schulzeit im Nationalsozialismus erlebt hatten, noch am Ende des Krieges – zumindest als Flakhelfer – eingezogen worden waren. An diese Jugend, „die am allerwenigsten für den Nationalsozialismus verantwortlich gemacht werden kann, da sie ja nichts anderes kennenlernte, kämpfen wir in besonderem Maße“, wendet sich z.B. Werner Steinberg („Zukunft“ 1, 1946, 1, S. 1). Diese Jugendlichen, jetzt z.T. heimat- und arbeitslos, z.T. Schüler gymnasialer Abschlußklassen oder Studierende, bedurften in besonderem Maße der Charakterbildung, denn „es wird die Zeit kommen, in der die Jugend die Zukunft gestalten wird“ (ebd.).

Von einem solchen Ansatz her ist es nicht weiter verwunderlich, daß es in dieser Zeit für die 10- bis 16jährigen sehr viel weniger Zeitschriften gibt. Die sowjetische Besatzungszone macht hier eine Ausnahme. Im Westen sind auch die Auflagen der wenigen Blätter niedriger. An 100000 kommen nur „Liliput“ (amerikanische Lizenz) und „Ins neue Leben“ (britische Lizenz).

An die „Zwischengeneration“ (Ressing, im „benjamin“) also wenden sich die meisten Zeitschriften, und zwar an Jugendliche „beiderlei Geschlechts“, auch an die „handarbeitende Jugend“ („Horizont“). Betrachtet man jedoch den Inhalt und den Anspruch der meisten Beiträge, so wird deutlich, daß sie doch eher an die akademische Jugend gerichtet sind. Auch Mädchen scheinen nicht in gleicher Weise angesprochen, wie die oft mehr angeklebten Mädchenseiten mit Mode und Basteltips zeigen. Der „Horizont“ betont ausdrücklich, „daß er sich an eine Elite wendet und sie vor allem fördern will“ (2, 1947, 19, S. 12).

„Junge Menschen gestalten diese Zeitschrift, und sie haben es sich zur Aufgabe gesetzt, ihre Generation – die der Benjamine – zu Wort kommen zu lassen“ (Ressing). Außer dem „Pinguin“ betonen alle diese Zeitschriften, daß hier Jugendliche für Jugendliche schreiben. „Übrigens sind auch die Schriftleiter jung – der älteste von uns ist 32!“, schreibt der 1913 geborene Werner Steinberg im April 1946. In der Tat werden auch immer wieder junge Leser aufgefordert, selbst für diese Zeitschrift zu schreiben. Der „Horizont“ hat eine ständige Rubrik „Die Kommenden“. Beiträge erscheinen hier öfter mit der Altersangabe der Autoren. Im Schnitt sind sie 20 Jahre alt. Steinberg erwähnt einen Stab ständiger Mitarbeiter, Jungen und Mädchen im Alter von 15 bis 25 Jahren. Die Bezeichnung „jung“ wird in bezug auf die Redakteure

jedoch ähnlich großzügig interpretiert wie die Bezeichnung „Jugendzeitschrift". Genaue Angaben sind jedoch nicht leicht zu ermitteln, viele Namen sind unbekannt, über sie keine Informationen vorhanden. Einige gehörten vielleicht – wie Alfred Frankenfeld in einem Aufsatz „Vom Tage ‚Null' zum Wiederaufbau" (1950) die Situation der Mitarbeiter der Tagespresse nach 1945 charakterisiert – zum Heer der andrängenden „unerfahrenen Jugend, Opportunisten des Berufs, ausgerüstet mit weißen Fragebögen oder raffinierten Persil-Scheinen" (S. 56). Zu vermuten ist, daß mancher in der Mitarbeit an einer Jugendzeitschrift eine berufliche Perspektive suchte oder sich ein Zubrot zur Finanzierung des Studiums verdienen wollte. So war z.B. Iring Fetscher, geboren 1922, während seiner Zeit als Student in Tübingen Mitglied der Schriftleitung der „Zukunft", schrieb auch in der Anfangszeit regelmäßig Artikel zur Geschichte und Theorie der Arbeiterbewegung bzw. des Sozialismus. Der ebenfalls 1922 geborene Conrad Ahlers verdiente sich seine ersten journalistischen Sporen beim „benjamin" in Hamburg. Zu den schon Dreißigjährigen gehörte ein weiterer wichtiger Mitarbeiter des „benjamin", der 1916 geborene Heinz-Joachim Heydorn. Der älteste Herausgeber ist Erich Kästner, 1899 geboren. 1901 ist Günther Birkenfeld geboren, Werner Steinberg 1913, und Kurt Marek (später als Ceram bekannt geworden), der Lizenzinhaber und zeitweise Redaktionsmitglied des „benjamin", ist Jahrgang 1915. Heilwig von der Mehden gehört zu den Jüngeren. Sie ist 1923 geboren. Von Karl-Heinz Ressing waren keine Daten zu ermitteln.

Mit Jugendkultur oder Jugendliteratur hat – Erich Kästner ausgenommen – vorher keiner der Herausgeber und Schriftleiter etwas zu tun gehabt. Einige waren Schriftsteller oder Berufsjournalisten, hatten im Dritten Reich teilweise Veröffentlichungsverbot oder andere Schwierigkeiten. Sie waren Vertreter der „inneren Emigration", auf unverfängliche Themen ausgewichen. Erich Kästner liefert in der ersten Nummer des „Pinguin" die typische Rechtfertigung auf die Frage, warum er nicht emigriert sei: „Ein Schriftsteller will und muß erleben, wie das Volk, zu dem er gehört, in schlimmen Zeiten sein Schicksal erträgt. Gerade dann ins Ausland zu gehen, rechtfertigt sich nur durch akute Lebensgefahr. Im übrigen ist es seine Berufspflicht, jedes Risiko zu laufen, wenn er dadurch Augenzeuge bleiben und eines Tages schriftlich Zeugnis ablegen kann."

Als Schriftsteller hervorgetreten waren auch Günther Birkenfeld und Werner Steinberg. Ersterer war von 1927 an Generalsekretär des Reichsverbands des Deutschen Schrifttums und seiner Notgemeinschaft, wurde 1933 geächtet, zwei seiner Bücher verbrannt. Mit Arbeiten zu überwiegend historischen Themen, z.B. über Gutenberg und Augustus, konnte er aber weiter veröffentlichen. Werner Steinberg war 1934 wegen antifaschistischer Tätigkeit zu drei Jahren Gefängnis verurteilt worden, schlug sich dann als Kontorist und Verlagsbuchhändler durch, konnte aber ebenfalls veröffentlichen. Ein 1943 erschienener Roman „Musik in der Nacht" vermischt expressionistische Tendenzen und neuromantisches Künstlerklischee. Der schwülstige Stil und die Mystifikationen passen durchaus in die Zeit. Inhaltlich ist von Antifaschismus nichts zu bemerken, eher das Gegenteil: Die Uraufführung der Oper

des Helden fällt in den zwanziger Jahren einer Intrige zum Opfer. Erst als die Zeit des „Verfalls“ durch den „Umbruch“ abgelöst wird, kann es zu einer Rehabilitation der Oper kommen. Kurt Marek hatte seine Schriftstellerlaufbahn 1941 mit einem Kriegstagebuch begonnen, in dem er schon die Form des Tatsachenromans, den er und der ihn später berühmt gemacht hat, vorbildet: „Wir hielten Narvik“. Dargestellt wird der heldenhafte Kampf von fünfzig Mitgliedern eines Flakregiments in Norwegen.

Als Journalisten in der Zeit des Dritten Reiches hatten z. B. Annemarie Czettritz-Lohmüller, Heinrich Benedikt (Pseudonym für Benno Wundhammer) und Hilmar Pabel (als Quick-Bildberichterstatter später bekannt geworden) vom „Pinguin“ und Willy Martin von der „Zukunft“ gearbeitet.

Die meisten Berufsjournalisten arbeiteten wohl beim „Pinguin“ im Team Erich Kästners, der ja selbst in seiner Zeit am „Berliner Tageblatt“ und der „Vossischen Zeitung“ redaktionelle Erfahrungen gesammelt hatte. Allerdings ist der Altersdurchschnitt beim „Pinguin“, soweit er sich ermitteln ließ, am höchsten; 1946 betrug er 41 Jahre.

Emigranten oder eigentlich Verfolgte des Naziregimes gab es unter den Mitarbeitern nur wenige. „Pinguin“-Mitarbeiter und Schriftsteller Hermann Mostar war 1933 wegen eines Marx-Romans geächtet worden und lebte von da an in der Emigration. Oskar Holewa von der „Zukunft“ war wegen illegaler Tätigkeit im Rahmen der Arbeiterjugendbewegung fünfeinhalb Jahre im KZ und dann im Fronteinsatz bei der berüchtigten Straf- bzw. Sonderdivision 999. In amerikanischer Gefangenschaft war er Mitherausgeber der Gefangenenzeitung „PW“.

Einige Herausgeber von Jugendzeitschriften waren direkt nach 1945 und vor ihrer Arbeit an der Zeitschrift bereits als Redakteure bei Tageszeitungen beschäftigt: Erich Kästner bis zum 1.4.1947 bei der „Neuen Zeitung“ in München; Kurt Marek bei der Hamburger „Welt“ (zugleich Cheflektor bei Rowohlt), Werner Steinberg war Mitherausgeber des „Schwäbischen Tageblatts“ und gab neben der „Zukunft“ die dann von den Franzosen verbotene „Weltpresse“ heraus.

### *Die Jugendzeitschriften und das Re-education-Programm der Besatzungsmächte*

In der ersten Nummer des „Horizont“ findet sich eine etwas rührende Geschichte. Sie erählt, wie der 17jährige Eduard Gosse, der sich schon als Schüler mit Ralf Dahrendorf zusammen im Widerstand gegen die Nazis betätigt hatte und nur knapp dem KZ entkommen war, nach 1945 hartnäckig bei den Besatzungsmächten für eine neue Jugendzeitschrift eingesetzt habe. Der Artikel schließt: „Wir Älteren, die wir hinzugezogen wurden, um Eduard Gosse bei der Verwirklichung seines schönen Planes zu helfen, vereinigten unsere Stimme mit der seinen in dem Zuruf an die heranreifenden Jugendlichen: schenkt uns euer Gehör und euer Vertrauen, wirkt dabei mit, daß diese Zeitschrift ein recht lebendiges und vielgestaltiges Abbild des

guten Geistes und der edlen Kräfte heutiger deutscher Jugend wird“ (S. 9). Über den Anfang des „Pinguin“ berichtet Erich Kästner in einem Feuilleton mit dem Titel „Der tägliche Kram“. Er habe seine schriftstellerischen Ambitionen gegenüber der journalistischen Tätigkeit zurückgestellt, da „würdig aussehende Männer“ ihn eines Tages aufgesucht und zur Übernahme dieser Arbeit aufgefordert hätten. Er habe nicht absagen können, „weil es nötig ist, daß jemand den täglichen Kram erledigt, und weil es zu wenig Leute gibt, die es wollen und nicht können“ (1, 1946, 7, S. 1).

Eines ist beiden Berichten gemeinsam: Die Aufträge an die Herausgeber kamen von anderen, d.h. von den Besatzungsmächten. Deren Motiv wird aus einer Bemerkung des „benjamin“ deutlich: „In allen vier Zonen sind nach der Kapitulation Zeitschriften für die Jugend, von der Jugend, für die junge Generation, für junge Menschen usw. erschienen. Vor dem Krieg und vor 1933 war das anders. Jetzt aber legten die Besatzungsmächte ausgesprochenen Wert auf die Umerziehungsversuche der deutschen Jugend, waren der Meinung, daß auf dem Gebiet des Zeitungs- und Zeitschriftenwesens gerade die Jugend freie Entwicklung haben sollte, um einen intensiven Meinungsaustausch zu pflegen“ (2, 1948, 3, S. 3). Die Jugendzeitschriften waren Bestandteil des Re-education-Programms der Besatzungsmächte und wurden von ihnen gefördert, z.B. mit Papierzuteilungen. Nachdem sichtbar geworden war, welch große Bedeutung Zeitungen und Zeitschriften für die Besatzungspolitik der Sowjets hatten, gerieten die Westmächte in Zugzwang. Sie trugen die Aufgabe Schriftstellern oder Journalisten an, die sich fachlich ausgewiesen hatten und im Dritten Reich Schwierigkeiten nachweisen oder glaubhaft machen konnten. Nach ihrer Arbeit an den Jugendzeitschriften, die in der Regel 1948 endete, blieben viele weiter als Journalisten tätig bzw. wendeten sich wieder schriftstellerischen Arbeiten zu. Günther Birkenfeld wurde kulturpolitischer Kommentator beim Sender Freies Berlin, Conrad Ahlers ging zum Sonntagsblatt, dann zum Spiegel; Werner Steinberg wurde Chefredakteur der „Schlesischen Rundschau“, wechselte 1956 in die DDR, wo er weiter schriftstellerisch tätig ist. Heilwig von der Mehden, seit 1949 mit Conrad Ahlers verheiratet, war kurze Zeit Mitherausgeberin einer anderen Zeitschrift, wurde später Brigitte-Kolumnistin; Karl-Heinz Ressing wurde Chefredakteur der Radio-Illustrierten Funk-Wacht. Heinz-Joachim Heydorn, Iring Fetscher und Theodor Eschenburg (freier Mitarbeiter beim „Pinguin“, zugleich Staatskommissar für das Flüchtlingswesen von Württemberg-Hohenzollern, seit 1947 Ministerialrat im Innenministerium) schlugen eine akademische Laufbahn ein. Keiner der Redakteure arbeitete also weiter im Bereich der Jugendbildung oder Jugendliteratur.

Rosemarie Schittenhelm, Schriftleiterin der „Zukunft“, hat in ihrem Bericht von der genannten Speyerer Konferenz den Zusammenhang mit dem Re-education-Programm ausdrücklich bestätigt: „Da sind die ‚Jungen‘, die 14 Jahre in ihrer Entwicklung zu kurz gekommen sind, weil sie nach einer bestimmten Façon gedrillt wurden, ohne die Möglichkeit zu haben, das zu lernen, was in jener Zeit der biologischen Jugend gelernt werden will und gelernt werden soll. Dann kam der Krieg, der verhinderte, daß diese Generation den normalen Anschluß an das

Berufsleben fand. Nun ist sie vor die Aufgabe gestellt, diese Entwicklung nachzuholen" (2, 1948, 4, S. 11). Vor allem ausländische Teilnehmer der Konferenz betonten den Erziehungsauftrag der Jugendzeitschriften, so Alfred Grosser vom „Combat": „Was die Jugend will und was sie auch tun sollte, ist: Denken lernen und nicht nur Ideen vertreten, die ihr von irgend einer Seite aufgezwungen werden" („benjamin" 2, 1948, 7, S. 5). Ähnlich Christiane Journe von der Pariser „Reforme": die Jugendpresse habe „eine große Verantwortung in der Erziehung und der Festigung des Charakters der jungen deutschen Generation" (ebd.).

Eine weitere Aufgabe nennt Robin Wade, BBC London: „Die deutsche Jugend zur Arbeit anzuspornen, worin die Jugendorganisationen bisher versagt haben" (ebd.). Der britische Jugendoffizier Mr. Spicer erklärte: „Ihr solltet alle viel weniger debattieren, theoretisieren und kritisieren, sondern euch konkreten Aufgaben und dringenden Arbeiten zuwenden. Wenn ihr Kinder- und Jugenddörfer gründet und euch zu Erziehern, Lehrern und Jugendhelfern heranbildet, wenn ihr zupackt und praktische Aufbauarbeit leistet, dann seid ihr nicht mehr allein, denn dann finden sich auch in England immer mehr Freiwillige, Studenten und andere Kreise, die herüberkommen, um euch zu helfen!" („Horizont" 3, 1948, 8, S. 7).

Die deutsche Jugendpresse identifizierte sich mit dem Re-education-Programm durchaus auch mit Überzeugung, war es doch, wie etwa die Worte Alfred Grossers zeigen, mit aufklärerischem Impetus verbunden und sollte neben der theoretischen auch eine „aktivpolitische" Komponente („benjamin" 2, 1948, 7, S. 5) haben. Im „Pinguin" schreibt Kästner: „Das Dritte Reich war ein Käfig. Die im Käfig Geborenen können sich nicht vorstellen, wie es vorher zuging." Er schlägt vor: „Wie wäre es zum Beispiel, wenn wir ihnen einmal von *unserer* Jugend erzählten? Denn es geht ja nicht nur darum, daß wir *sie*, sondern genau so darum, daß sie *uns* begreifen" (1, 1946, 2, S. 10). Ein Mitarbeiter der „Zukunft" definiert die Aufgabe so: „Die Aufgabe, die gesamte (geistige) Nahrung der Jugend über Bord zu werfen und über Nacht dafür eine gesündere, bessere und ebenso lockende Kost zu setzen. Und das bei einer Hungersnot. Einer geistigen und körperlichen. Nebenbei blieb noch das kleine Problem zu lösen: Das bis dato in der Jugend Gewachsene mit der Wurzel auszureißen. Gegen den Willen der Jugend" (1, 1946, 2, S. 11). Auch die Bevormundung durch die Besatzungsmächte wird gerechtfertigt: „Auf politischem Gebiet haben wir den anderen einen derartig deutlichen und für sie unheilvollen Beweis unserer Unreife ... gegeben, daß wir dafür kein Vertrauen in unsere Einsicht und Umkehr von den anderen erwarten dürfen." Man müsse noch 5–10 Jahre mit einer Vormundschaft rechnen („Jugend" 3, 1948, 7, S. 32).

Eine Auseinandersetzung mit dem Re-education-Programm findet selten und nur in Ansätzen statt. Immer droht – wie der Fall Alfred Andersch und seine „Blätter für die junge Generation", die von den kritischen Köpfen damals mit großem Interesse verfolgte Zeitschrift „Der Ruf", deutlich zeigten – der Lizenzentzug. Lediglich im „benjamin" hatte Conrad Ahlers bereits 1947 den Begriff Re-education vorsichtig in Frage gestellt: „Es gibt keine Zurückerziehung ... einer Umerziehung sind wir

allerdings dringend bedürftig" („benjamin" 1, 1947, 7, S. 3). Sie solle der vorherrschenden „Restauration" entgegenwirken. Allerdings meinen Ahlers wie Andersch, daß die Umerziehung nicht eine Sache der Besatzungsmächte, sondern der Deutschen selbst sein solle. Während die Alliierten den Abzug der Besatzungstruppen von der „Wiederherstellung friedlicher und demokratischer Gesinnung" der Deutschen, also von einer gelungenen Umerziehung abhängig machten, sieht Ahlers die politische Unabhängigkeit als „Voraussetzung für eine wirkliche Umerziehung".

### *Resignative und idealistische Züge im Bild der deutschen Nachkriegsjugend*

Der pädagogische Impetus ist das wesentliche Charakteristikum der Jugendzeitschriften aus den ersten Jahren nach 1945. Diese Blätter gehen dabei allerdings aus von – sicher verständlich aus der damaligen Situation – eher spekulativen oder begrenzter Erfahrung entspringenden, z.T. auch recht stereotypen Vorstellungen. Einen gesicherten Befund über die soziale und psychische Lage der Jugend gibt es nicht. Auffällig ist, daß in den Zeitschriften meist kollektiv von „der deutschen Jugend" gesprochen wird.

Verbreitet ist die Klage über Skeptizismus und Nihilismus dieser in ihren Idealen enttäuschten, aus der „Kulturzone in die Elementarzone" („Horizont" 2, 1947, 12, S. 3) versetzten Jugendlichen. Sie seien verschlossen, fast krankhaft unfähig, sich mitzuteilen, von hemmungslosem Egoismus („Horizont" 2, 1947, 8, S. 10), unsicher und haltlos („Horizont" 2, 1947, 19, S. 12). Werner Steinberg faßt die verbreitete Haltung dieser Jugend typisierend in folgende fiktive Aussage: „Ich will von nichts mehr etwas wissen, es ist ja doch alles Lüge, wir werden sowieso betrogen, mir genügt es, wenn ich irgendwo meinen Lebensunterhalt finde, von allem andern lasse ich die Finger" („Zukunft" 1, 1946, 1, S. 1). Diese Jugend will offensichtlich am Aufbau des neuen demokratischen Staatswesens nicht mitmachen. Im „Pinguin" beschreibt Heinrich Benedikt Begegnungen mit Jugendlichen, die in die Schwarzmarktszene und Kriminalität abgeglitten sind und dieses Deutschland für einen einzigen „Misthaufen" halten (1, 1946, 6, S. 29). Unter der Überschrift „... aber was tut die Jugend?" beklagt die „Zukunft" Fälle, in denen Jugendliche die Hilfe, die man ihnen angeboten hat, ausgenützt haben. Verantwortlich Denkende besorgten Jugendlichen, um sie aus den Wartesälen der Großstädte zu holen, Arbeit, regelmäßiges Essen und Unterkunft: „Zum Dank stehlen sie alles, was sie greifen können, und verschleudern Dinge, die nicht mehr zu ersetzen sind, auf dem Schwarzen Markt, um sich ein paar lustige Tage zu machen" (1, 1946, 13, S. 2).

Gelegentlich wird aus den Reihen jugendlicher Leser Protest gegen dieses negative Bild laut. Eine Leserin schreibt im „Horizont": „Mit einigem Staunen sehen wir Jungen heute das Bild, das sich die ältere Generation von uns macht. Eine vollkommen apathische Jugend, indolent in allen Fragen der Politik und des Aufbaus, zu großen

Teilen demoralisiert im täglichen Leben ..." (1, 1946, 6, S. 11). Diese Anschuldigungen gibt die Autorin an die Erwachsenen zurück. Die Tatkraft Jugendlicher finde kein Ziel, da ihre Umwelt ihr keine Möglichkeit für sinnvolle Betätigung biete, Berufsaussichten hätten die Jugendlichen so gut wie keine. Auch politische Betätigung sei nicht attraktiv; die Jugend sei nicht nach ihrer Meinung gefragt worden, man setze ihr nur „fertige Parteiprogramme" vor.

Auch Erich Kästner geht von der Feststellung aus, die Moral gleite ab „wie auf einer eingeseiften Rutschbahn". Er betont, der Mensch sei nicht nur Produkt der Um- und Zustände, gibt aber zu bedenken, „die moralische Standhaftigkeit des Durchschnitts" habe „unverbrüchliche Grenzen". Es sei deshalb jetzt an der Zeit, „statt der unveränderlichen Menschen die veränderliche Komponente zu ändern: die Zustände". Initiative und Arbeitsmoral seien abhängig von der Geldwährung: „Das Geld muß wieder einen Sinn erhalten. Eine Arbeit muß sich wieder lohnen" („Pinguin" 2, 1947, 6, S. 6). Die „Fortdauer der gegenwärtigen Verhältnisse" macht auch Günther Birkenfeld mitverantwortlich („Horizont" 1, 1946, 20, S. 3).

Der gleiche Autor läßt sich im „Horizont" in eine leidenschaftliche Diskussion mit Alfred Andersch über Nihilismus ein. Andersch hatte zu einer „Ablehnung aller Wertsysteme, die sich selbst absolut begreifen", aufgefordert, auch wenn dies den „Vorwurf des Nihilismus" bewirke („Horizont" 3, 1948, 7, S. 3). Birkenfeld betont ihm gegenüber die Notwendigkeit „absoluter Werte". In den wichtigsten Momenten des Lebens könne nur „der Aufblick zu dem Höchstwert uns zu einem Entschluß verhelfen" (3, 1948, 8, S. 4). „Nihilismus" scheint so etwas wie ein Schreckgespenst der Zeit gewesen zu sein. Ihn gilt es zu bekämpfen, zu überwinden. An anderer Stelle fordert Birkenfeld: „Wir müssen uns durchringen zum Glauben an den Sinn der Geschichte ... Wir müssen uns bekennen zum Glauben an die edlen Kräfte im Menschen" („Horizont" 1, 1946, 5, S. 3). Im Leitartikel zum ersten Heft der „Jugend" definiert der Herausgeber, Regierungsdirektor Ernst Müller, lakonisch: „Jung ist der, der den großen Glauben an das Gute in sich trägt" (1, 1946, 1, S. 4). Die „moralische Aufrüstung" sei die Antwort auf den Materialismus, den größten Feind der Demokratie („benjamin" 1, 1947, 18, S. 8). Überall wird nach Vorbildern für die Jugend gefragt, oder es werden Vorbilder angeboten. Symptomatisch ist eine Äußerung Ernst Wiecherts aus einem Artikel mit dem Titel „An die Jugend. Zuspruch und Tröstung", der in mehreren Zeitschriften abgedruckt ist: „Es wird von euch nur verlangt, daß ihr wieder an das Gute glaubt, an die reine Menschlichkeit, an die Duldung, die Wahrheit, das Recht, und vor allem an die Liebe" („Horizont" 1, 1946, 4, S. 5). Der Nationalsozialismus wird im wesentlichen als Verbrechen an der Seele des jungen Menschen gesehen, entsprechend müsse die Jugend heute nach „dem ‚Menschen' als einer geistigen und moralischen Wesenheit" suchen („Die Kommenden" 1, 1946, 1, S. 3).

Neben das negative Bild der Jugend tritt oft unvermittelt, aus idealistischen Vorstellungen abgeleitet, ein positives. Es wird von der „unverständlichen Tatkraft" gesprochen, die die Jugend an den Tag lege („Horizont" 3, 1948, 3, S. 7). Nicht von

Zynismus ist dann mehr die Rede, sondern von kritischer Einstellung. Die Mädchen sind dann nicht mehr „verkerlt", sondern selbständig („Horizont" 2, 1947, 12, S. 9).

Das Pathos, mit dem dieses idealistische Jugendbild beschworen wird, wirkt nicht selten unfreiwillig komisch, jedenfalls auf den heutigen Leser: „Jungsein ist Leben in dem unmittelbaren Geschehen. In der Hingabe an die Weltwerdung erlebt es sich. Es fließt zusammen mit diesem. Das jugendliche Seelenleben mit seinen idealistischen Lebenszielen ist der Ausdruck dieses aufsteigenden Lebensstromes. Es ist ein frühlingshaftes Erfülltsein mit sprießendem, schwellendem Leben" („Die Kommenden" 2, 1947, 7, S. 5). Der junge Mensch müsse zu „Aktivitäten im Innern" aufgerufen werden (1, 1946, 4, S. 2). So nur könne er den Nihilismus als Durchgangsstation überwinden (1, 1946, 1, S. 1). Der Weg nach innen wird allenthalben propagiert, so von Wolfdietrich Schnurre („unbeirrbar nach innen lauschen", „Horizont" 2, 1947, 1, S. 23) und Manfred Hausmann („Es gilt endlich die Wendung nach innen zu vollziehen", „Zukunft" 1, 1946, 8, S. 7).

Dem Idealismus korrespondiert der ständige Appell zum Mut („Ziel" 1, 1946, 6, S. 3), zum „Arbeiten" und nicht „Verzweifeln" („benjamin" 2, 1948, 8, S. 3), zur Forderung nach einem „geistigen Notprogramm" („Horizont" 2, 1947, 6, S. 3). Mehrfach werden Aussagen des Engländers Victor Gollancz zitiert: „Es ist die Sache der deutschen Jugend, daß sie ihre Größe dadurch beweist, daß sie sich fähig zeigt, die Versuchung zu überwinden, in Zynismus und Verzweiflung zu versinken" („benjamin" 1, 1947, 11, S. 7).

Die Herkunft des idealistischen Jugendbildes aus Jugendbewegung, Reformpädagogik usw. ist deutlich. Die Wiederaufnahme dieser Vorstellung, die einhergeht mit einer Abblendung genauerer historischer, politischer und psychologischer Analyse, sofern diese nach dem Krieg schon möglich gewesen war, trägt restaurative Züge.

### *Inhalte, Strategien*

Das Re-education-Programm, dem die Jugendzeitschriften dienen, zielt auf Umerziehung: Hoffnung, moralische Aufrüstung, Bereitschaft zur Teilnahme an einem demokratischen Staatswesen. Es ist deshalb nicht verwunderlich, wenn auch auf die Dauer ermüdend, daß appellative Leitartikel, oft von den Herausgebern, das Bild der meisten Zeitschriften prägen.

Ein Heft beginnt mit einem Leitartikel, der ein aktuelles Problem aufgreift, allgemein abhandelt. Es folgen dann Artikel, die Teil einer Reihe sind, z.B. Lebensbilder als Vorbilder darstellen oder Informationen über demokratische Systeme und Verfassungen bieten. Informationen über Künstler, Wissenschaftler u.ä., die in der nationalsozialistischen Zeit unterdrückt waren oder unzugänglich blieben, spielen eine große Rolle. In der Regel dominiert dabei die kulturelle Tradition der Besatzungsmacht, die die Lizenz vergeben hat. Die Neigung, bestimmte Themen in Artikelreihen abzuhandeln, deutet auf den Willen, Zusammenhänge zu vermitteln, Lernfortschritte zu ermöglichen. Breiten Raum nehmen Analysen und Berichte über

Jugendprobleme, Jugendhilfe, Arbeits- und Ausbildungsfragen, Jugendkonferenzen und über die Beziehung der Geschlechter ein. Vor allem der „Pinguin“ ist hier mehr an der Praxis als an der Theorie interessiert, ohne daß der mahnende Unterton fehlte.

Literatur, Kunst und Musik bilden einen weiteren wichtigen Themenbereich. Der „Pinguin“ macht vor allem mit klassischer amerikanischer Literatur bekannt. Gelegentlich werden auch junge deutsche Autoren vorgestellt. Große Beachtung finden Wolfgang Borcherts „Draußen vor der Tür“, Aufführungen amerikanischer Stücke wie Thornton Wilders „Unsere kleine Stadt“ und „Wir sind noch einmal davongekommen“. Jean Paul Sartres „Fliegen“ werden kontrovers diskutiert, sein Nihilismus stößt auf Widerspruch. Historische Darstellungen, Portraits berühmter Gestalten ausgenommen, sind selten. Ein neues, demokratisches Geschichtsverständnis macht noch Schwierigkeiten. Artikel zu geographischen Themen, zur Technik, zur Biologie, klassische Themen der Jugendzeitschriften früher Jahre, spielen jetzt eine eher untergeordnete Rolle. Die Entwicklung der Atombombe wird überall beachtet, in der Regel unter dem Motto „Segen und Fluch der Technik“ abgehandelt. Schließlich hat jede Zeitschrift einen Briefkastenteil, Sport und Unterhaltung mit Anekdoten, Rätseln und Witzen.

Deutlich ist das Bemühen, demokratische Erziehung auch journalistisch umzusetzen. Der Leser soll nicht nur Rezipient sein, sondern aktiv Stellung beziehen. Man will Offenheit und Vielfalt der Meinungen, auch wenn man sich dabei mitunter die Schelte mancher Leser einhandelt. Der Abdruck von Leserbriefen nimmt überall breiten Raum ein. Abgedruckt werden auch solche Briefe, die in Tendenz und Vokabular noch deutlich nationalsozialistische Züge haben. Briefe werden aber auch zusammenfassend referiert und kommentiert. Zu bestimmten Themen fordert man die Stellungnahme der Leser oder provoziert sie durch einen Artikel, der eine Meinung pointiert vertritt.

Die Qualität der journalistischen Arbeit ist bei den einzelnen Zeitschriften sehr unterschiedlich. Eintönig, undifferenziert und betulich ist z.B. „Jugend“, die wohl weitgehend vom Herausgeber selbst geschrieben wurde. Ähnliches gilt von „Das Ziel“. Beide Zeitschriften vertreten konservative, bürgerlich-idealistische und religiöse Traditionen. „benjamin“ hat ein engagiertes, journalistisch aber noch wenig versiertes Redaktions- und Mitarbeiterteam. Das Bemühen, Jugendliche nicht nur zu belehren, sondern sie direkt anzusprechen und miteinzubeziehen, ist in dieser Zeitschrift besonders deutlich. „Horizont“ wurde stark von Günther Birkenfeld geprägt, der sich aber bemüht hat, junge Autoren zu Wort kommen zu lassen, oder in der Reihe „Das Gespräch“ Meinungen Jugendlicher zu bestimmten Themen ausführlich referiert, analysiert und kommentiert. Zunehmend gewinnt seine Zeitschrift ihr Profil auch in der Auseinandersetzung mit der FDJ und der Besatzungspolitik der Sowjets. Dabei kristallisieren sich deutlich Positionen heraus, die den vorherrschenden Meinungen der bürgerlichen Parteien in der entstehenden Bundesrepublik entsprechen, etwa die Ablehnung der Planwirtschaft, einer radikalen Bodenreform, einer „Einheitsschule“.

Das journalistisch differenzierteste Bild bietet Erich Kästners „Pinguin“. Ein allzu aufdringlicher Appellstil ist vermieden, Leitartikel fehlen. Erich Kästners eigene Beiträge, durchaus belehrend gemeint, haben mehr die Form des Feuilletons, der Glosse, sind narrativ gestaltet. Man setzt mehr auf die Überzeugungskraft des Beispiels.

Wie der „Pinguin“ ein langfristiges Ziel vorbereitet und verfolgt, läßt sich an einem Thema verdeutlichen, das für diese Zeitschrift zentrale Bedeutung hat, der Idee des Weltstaates. Der schon erwähnte Artikel „So sind die Menschen“ von Hendrik Wilhelm van Loon hatte die gemeinsame Verantwortung der Menschen für das Schicksal des Planeten beschworen (1, 1946, 1, S. 4ff.). Im 6. Heft nennt Emery Revers als Bedingung des Friedens die Vernichtung des Nationalismus, die Abgabe souveräner Staatsmacht an eine größere und höhere Einheit (S. 6ff.). Ziel sei deshalb, „die Integration der zerstreuten, miteinander in Konflikt stehenden nationalen Souveränitäten in eine vereinte höhere Souveränität, die fähig ist, eine gesetzliche Ordnung aufzurichten, innerhalb derer alle Völker gleiche Sicherheit genießen können, und unter Recht und Gesetz gleiche Rechte und gleiche Pflichten haben“ (S. 23). Letztlich geht es um „die Verbreitung eines neuen Glaubens“ (S. 24). Auf diesen Artikel bezieht sich im nächsten Heft der Ausschnitt eines vom Nordwestdeutschen Rundfunk gesendeten Hörspiels von Axel Eggebrecht: „Was wäre, wenn ...“ (1, 1946, 7, S. 4ff.). Es ist ein utopisches Hörspiel: Bei der Eröffnung einer UNESCO-Universität in Prag im Jahre 2047 gibt ein Professor einen historischen Rückblick auf das Jahr 1947. Angefangen habe es mit einem Brief von G. B. Shaw, worin er die Mächtigen der Völker aufgefordert habe, den Kapitalismus, politischen Absolutismus, staatliche Bürokratie und vor allem die Nationalstaaten abzuschaffen: „Wir können uns keine Nationen mehr leisten!“ Shaw sei es gelungen, die Staatsführer zu überzeugen, obgleich viele Stimmen der öffentlichen Meinung gegen ihn gewesen seien. Es sei zu der Gründung eines „Weltbundes der freiwilligen Staatenlosen“ gekommen. Thomas Mann habe sich ebenfalls zum kommenden Erdstaat bekannt. Noch 1947 sei schließlich C. E. (Central Europe), später „Shaw-Land“ genannt, gegründet worden. Eine ganze Reihe weiterer Artikel und Aktivitäten des „Pinguin“ verfolgen die gleiche Idee. Das 9. Heft druckt einen traktathaften Ausschnitt aus dem Roman „Die Welt des William Clissod“ von H. G. Wells, in dem die Idee einer Weltrepublik mit einer nicht streitbaren Weltregierung entworfen wird (S. 1ff.). Im Heft 8 des Jahrgangs 1947 startet der „Pinguin“ eine Leserumfrage, veröffentlicht einen umfangreichen Fragebogen. Schon im Novemberheft (Nr. 10/11) wird aus Antworten zitiert. Das Ergebnis der Umfrage folgt im Heft 5/6, 1948. Die Schlagzeile lautet „90% für Weltregierung!“. Zwischenzeitlich wurden, um zu dokumentieren, daß es sich dabei nicht nur um einen typischen Traum der Deutschen handelt, internationale Aktivitäten dargestellt, z.B. „Studenten in USA arbeiten für Frieden und Weltregierung“ (3, 1948, 2/3, S. 47). Das Thema „Internationalismus“ liegt auch der Esperanto-Reihe der „Zukunft“ zugrunde.

Analysen der nationalsozialistischen Vergangenheit finden sich selten. Natürlich ist diese Zeit dennoch allgegenwärtig. Es ist die Zeit der Finsternis, der Lüge, des Verbrechens, des Chaos, der Schuld. Die Kollektivschuld wird jedoch abgelehnt, die Jugendlichen tragen keine Schuld, sie sind Opfer. Für sie gilt es, einen neuen Weg zu finden. Die vorherrschenden Theorien für diesen Weg – Demokratie, Weg nach innen, praktische Bewältigung anstehender Probleme – machen eine systematische Auseinandersetzung mit der jüngsten Vergangenheit nicht zwingend. Es sind deshalb meist aktuelle Anlässe, die eine „Rückblende" bewirken. Ein Plakat des Oberpräsidenten der Provinz Westfalen über die Kriegsopfer ist für den „Pinguin" z.B. Ausgangspunkt, kurz über die Stationen der Machtergreifung Hitlers zu informieren und zu mahnen, weiter wachsam zu sein, sich um Politik zu kümmern (2, 1947, 2). Ein Artikel eines ehemaligen Dachau-Häftlings im „Horizont" ist Anlaß, „die völlige Teilnahmslosigkeit der Bevölkerung" zu beklagen: „Die Haltung bedeutet, sich noch einmal mitschuldig machen ..." (2, 1947, 18, S. 3).

Ansätze zu einer theoretischen Reflexion über die Wurzeln und Wirkungen des Nationalsozialismus bleiben vereinzelt. Günther Birkenfeld sieht in Hitlerherrschaft eine der furchtbarsten Entartungen „des preußisch-deutschen Idealismus". Der Idealismus habe das geistige Leben mechanisiert, für alles ein System „eherner" Werte und Gesetze geschaffen, sich damit von der Lebenswirklichkeit verhängnisvoll entfernt. Vor allem sei der Begriff des Staates verabsolutiert worden, der damit für Hitler „die geistige Grundlage für seinen unmenschlichen Anspruch" geboten habe („Horizont" 2, 1947, 6, S. 3). In einem Artikel mit dem Titel „Adolf Hitler lebt" zieht Werner Steinberg eine Verbindung zwischen Nationalsozialismus und Kapitalismus. Da letzterer nicht überwunden sei, bestehe die Gefahr eines Wiederauflebens des Nationalsozialismus. Hinzu müsse aber noch eine gewisse historische und psychische Disposition der Bevölkerung kommen, die in den USA, England und Frankreich nicht in gleicher Weise bestehe. Steinberg schließt: „Nur mit dem Sozialismus können wir ein neues Deutschland aufbauen" („Die Zukunft" 1, 1946, 6, S. 1ff.).

Die deutschen Verbrechen an Juden sind kein Thema der Jugendzeitschriften. Eine Ausnahme ist hier „benjamin". In einer Artikelserie (1, 1947, Nrn. 10, 11, 12 und 14, jeweils S. 18–19) versucht Heinz-Joachim Heydorn Wesen und Schicksal des europäischen, speziell des deutschen Judentums aus seiner Geschichte zu erklären und so zur Revision antisemitischer Einstellungen beizutragen.

Das Thema „Juden und Deutsche" wird im „benjamin" noch weitergeführt. Ein Leitartikel kritisiert das englische Verhalten im Falle „Exodus", klagt weiter darüber, daß eine Wiedergutmachung an den Überlebenden von Auschwitz und Maidanek „noch keinen Schritt weitergekommen" sei. Beispiele des Antisemitismus bei den Besatzungsmächten selbst, die „Verpestung" unseres Lebens „mit Bürokratie" leisteten auch hier der Re-education einen schlechten Dienst (1, 1947, 14, S. 3). Im Anschluß an diesen Artikel kommt es zu einer über drei Hefte hinweg geführten

Diskussion zwischen dem jüdischen Emigranten und Schriftsteller Heinz Liepmann und der Redaktion des „benjamin“ über das Problem der Schuld. Das eigentliche Ziel dieses Gesprächs ist jedoch ein anderes. Heinz Liepmann schreibt: „Was mich persönlich angeht, so finde ich die Frage der Schuld nicht so wichtig. Natürlich müssen die Mörder bestraft werden. Aber viel wichtiger ist, daß etwas geschieht, welches uns mit absoluter Sicherheit – mit der Sicherheit, mit der die Sonne aufgeht und die Jahreszeiten wechseln – garantiert, daß so etwas nie wieder geschehen kann“ (1, 1947, 20, S. 7). An einer späteren Stelle heißt es dann: „Viele junge Deutsche reden heute von Demokratie und wissen kaum, um was es sich dabei handelt ... Demokratie ist eine Form gesellschaftlichen Zusammenlebens, in der das Individuum wichtiger ist als der Staat. In einer Demokratie muß jeder Mensch das Recht haben, zu denken, zu glauben, zu schreiben und zu sagen, was er will, ohne Einschränkungen und Kompromisse“ (2, 1948, 1, S. 4). Die Auseinandersetzung mit der Vergangenheit dient in den Jugendzeitschriften, sofern sie stattfindet, der Erziehung zur Demokratie im Sinne des Re-education-Programms.

### *Demokratischer Sozialismus und Parteienstaat*

Von ihrem Anspruch her sind die Jugendzeitschriften überparteilich, Parteizeitungen erhielten in den westlichen Besatzungszonen zunächst keine Lizenz. In der Tat bemühen sich diese Zeitschriften um Toleranz und Neutralität. Vor allem in den Leserbriefen kommen die unterschiedlichsten Positionen zu Wort. Bei einigen Zeitschriften läßt sich dennoch eine gewisse Neigung zur Sozialdemokratie feststellen. Das gilt besonders für „benjamin“ und „Horizont“. Heydorn vom „benjamin“ war zu dieser Zeit noch SPD-Mitglied. Günther Birkenfeld schreibt 1946 eine „Charakterstudie“ der Parteien. Seine Beurteilungsweise ist typisch: Nicht das Programm, sondern der Charakter, d.h. die moralische Qualität des Auftretens wird beurteilt. Kategorien sind „Ruhe“, „Besonnenheit“, „Aufrichtigkeit“, „jugendliche Frische“. Am schlechtesten schneidet die SED ab, der Agitation, Doktrinismus, Druckmittel und Volksverdummung vorgeworfen werden. Am besten beurteilt wird die SPD. Sie habe „jene Tugenden bewiesen, die jeden jungen Menschen von jeher begeisterten: Einsatz der ganzen Person für eine Idee, Charakterfestigkeit ...“ (1, 1946, 23, S. 4). Sie müßte sich allerdings noch deutlicher vom doktrinären Marxismus und „vorgestrigen Klassenkampfgedanken“ absetzen.

Das Thema „Sozialismus“ und „Sozialisierung“ spielt eine gewichtige Rolle. Allgemein ist die Forderung nach sozialen Veränderungen. Wenn im „Pinguin“ auch programmatische Artikel fehlen, so scheint das Problem doch immer wieder durch. Ebenso allgemein ist die Ablehnung totalitärer Methoden, etwa der radikalen Boden- und Schulreform in der SBZ. Mehrfach wird die Tradition der christlichen Sozialisten der zwanziger Jahre beschworen. Heydorn kommt z.B. zum Schluß: „Ich glaube, daß Religion und Sozialismus sich nicht feindlich gegenüberstehen müssen, sondern

in einem tieferen Sinn sogar ergänzen" („benjamin" 1, 1947, 1, S. 23). Vor allem wird betont, Sozialismus sei letztlich nur in einer Demokratie durchführbar, sei nicht aus bestimmten Weltanschauungen ableitbar, sondern einzig von der sozialen Notwendigkeit her, also pragmatisch gefordert. Eine „Klassenkampfideologie" wird abgelehnt. Sozialismus erscheint als moralische Forderung, oft nicht weit entfernt davon, eine besondere Ausprägung des „Weges nach innen" zu sein. Die Zeitschrift „Die Kommenden" fordert z.B. einen „humanistischen Sozialismus". Er beinhalte einmal die „Überleitung der kapitalistischen Wirtschaftsform in Kooperativen aller Interessierten", in eine Art „Assoziationsvertrag" (1, 1947, 8, S. 10), Begrenzung der Staatsmacht und völlige Freigabe des Geistes- und Erziehungswesens. Es gelte nämlich, die „moralische Gleichgewichtsstörung", die im Vordringen des Materialismus bestehe, zu beheben. Hier liege die Wurzel allen Übels. Das Denken müsse wieder vergeistigt werden durch „Hinaufsteigerung der Denkkräfte" (1, 1947, 12, S. 10).

Eine Gegenposition scheint „Die Zukunft" einzunehmen. Die Behauptung, Sozialismus sei nur in der Demokratie möglich, kehrt Werner Steinberg um: Nur der Sozialismus verbürge die wahre Demokratie (1, 1946, 2, S. 2). Erst eine sozialistische Wirtschaftsordnung verdiene den Namen Ordnung (2, 1947, 11, S. 1). Pointiert heißt es: „Es gibt nur zwei Möglichkeiten für die Menschheit: sie wird sozialistisch werden oder sie wird untergehen" (ebd., S. 2). Iring Fetscher, der vor allem auch die historischen Grundlagen des Sozialismus aufarbeitet, Saint-Simon, Fourier und Owen z.B., fordert „die Überführung der Schwerindustrie in die Hand des Staates" („Die Zukunft" 1, 1946, 10, S. 5). Ist schon bei Fetscher auffällig, daß seine Beispiele nicht aus dem Bereich des Marxismus-Leninismus genommen sind, so erweist sich bei näherer Betrachtung der radikale Sozialismus der „Zukunft" auch als in einer bürgerlich aufklärerischen Tradition stehend. Aus zwei Gründen soll nämlich der Kapitalismus bekämpft werden: Einmal sei er die wesentliche Kriegsursache, der Kampf gegen den Krieg sei Kampf gegen den Kapitalismus. Fetscher wie Steinberg behaupten über den Ersten wie Zweiten Weltkrieg: „Dieser Krieg galt im wesentlichen dem Profit der deutschen Kapitalisten" (ebd.). Steinberg schreibt: „Wir dürfen nicht nur sagen: Nie wieder Krieg! Das hat man auch nach 1918 gesagt, und es hat nichts genutzt. Wir müssen einen entschlossenen Kampf für den Frieden führen, wir müssen darum kämpfen, den Kapitalismus zu beseitigen, ein jedes Volk zu seinem Haus" (1, 1946, 10, S. 2). Interessant ist das zweite Argument für Sozialismus, Entprivatisierung und Planwirtschaft. Ohne Planwirtschaft nämlich sei kein ökonomisches Wirtschaften, vor allem keine effektive Ausnützung der Maschinen möglich: „Ein Ingenieur, der heute nicht Sozialist ist, hat seinen Beruf verfehlt" (2, 1947, 11, S. 1). „17 Mann könnten den amerikanischen Jahresbedarf an Mehl mahlen. Solange von solchen Beispielen nur in irrealen Sätzen gesprochen werden kann, ist unsere Wirtschaft rückständig" (ebd., S. 2).

Trotz des Willens zur politischen Erziehung und zum demokratischen Engagement fällt bei den Jugendzeitschriften, bei den Redakteuren wie bei den Lesern, die Skepsis

gegenüber den politischen Parteien auf: „Alle Parteien umwerben die deutsche Jugend ... Die Jugend erwidert im allgemeinen die Liebe der Parteien zu ihr nicht besonders" („Die Kommenden" 2, 1947, 2, S. 1, vgl. auch „Horizont" 1, 1946, 7, S. 3). Im „Horizont" heißt es lakonisch: „Die Partei widerspricht dem Lebensgefühl des jungen Menschen" (3, 1948, 8, S. 10). Auch für Theodor Eschenburg sind Parteien nur ein „notwendiges Übel" („Pinguin" 2, 1947, 10, S. 14). In diesen Zusammenhang gehört eine Umfrage des „Pinguin" über das Wahlsystem. Mit großer Mehrheit wird das Verhältniswahlrecht abgelehnt und ein System gefordert, das es erlaubt, Persönlichkeiten ins Parlament zu wählen. „Wir brauchen ‚Männer' mit klarem Verstand und keine Parteien" (1, 1946, 10, S. 28f.).

Institutionen, in denen sich Macht anonym repräsentiert, begegnet man mit äußerster Skepsis. Beispiel dafür ist die verbreitete Klage über die zunehmende Bürokratie, die „epidemische Bürokratie", wie sie Erich Kästner nennt („Pinguin" 2, 1947, 9, S. 6).

Insgesamt tun sich die Jugendzeitschriften mit politischem Denken schwer. Obgleich sie ein waches Auge auf restaurative Tendenzen und Schwachstellen des sich entwickelnden Systems der Bundesrepublik haben, bleiben sie selbst bei abstrakten, idealistischen, letztlich apolitischen Betrachtungsweisen stehen.

### *Reflexe des Kalten Krieges*

Die Entwicklung des Ost-West-Konflikts spiegelt sich deutlich in den Jugendzeitschriften. Während „Pinguin" unter den „Dokumenten der Demokratie" zunächst auch die Verfassung der UdSSR würdigt, über Jugendkongresse der FDJ in der sowjetischen Zone berichtet, Briefe der FDJ abdruckt, nimmt die Distanz doch zu. Berichtet wird bald auch über Verstöße gegen demokratische Prinzipien in der Ostzone.

Die Auseinandersetzung mit dem „Dirigismus" wird vor allem im „Horizont" geführt. Die Zeitschrift vertritt dabei selbst Positionen einer liberalen Demokratie, verteidigt das Recht auf freie Meinungsäußerung und der Persönlichkeit, wendet sich gegen manipulative Tendenzen und „Vereinheitlichung". An einem Roman Johannes R. Bechers („Abschied", 1940 in Moskau, 1945 in Berlin im Aufbau Verlag erschienen) wird z.B. kritisiert, er sei „nicht frei von Tendenz" (1, 1946, 17, S. 19). Die Schulreform der SBZ, die eine Einheitsschule zum Ziel hat, wird abgelehnt. Man müsse statt dessen mehr Gewicht auf das Individuum legen, viel wichtiger als die äußere Form sei deshalb eine „innere Schulreform" (1, 1946, 19, S. 13). Gegenüber der FDJ bleibt man abwartend skeptisch. Es wird zwar zugestanden, die „einheitliche Zwangsorganisation" habe es vermocht, das Los der Jugend in der SBZ zu bessern, dieser Vorteil sei aber „mit der Bedrohung oder Einschränkung der persönlichen Freiheit (nicht nur der Jugend) ziemlich teuer erkauft" (2, 1947, 10, S. 6). Den Aufruf eines Briefschreibers, in der SBZ zu sabotieren, weist „Horizont" allerdings zurück

und verweist auf die „legale und zukunftsträchtige Tätigkeit der nichtmarxistischen Parteien in der Ostzone" (2, 1947, 3, S. 11).

Die Verhaftung von Berliner Studenten, meist Mitgliedern der CDU, ohne Angaben von Gründen und ohne öffentliches Verfahren im März 1947 ist es schließlich, die die Auseinandersetzung zunehmend verschärft (2, 1947, 8, S. 11). Das Bewußtsein, sich in einer Entscheidungssituation zu befinden, nimmt zu. Im „Pinguin" heißt es: „Auf dem eng begrenzten, übersichtlichen Schauplatz dieser Stadt (i.e. Berlin) spielt sich der weltpolitische Kampf zwischen Ost und West in der vordersten Linie ab" (3, 1948, 5/6, S. 28). Heinz-Joachim Heydorn schreibt im „benjamin": „Wir stehen heute in einer weltweiten Auseinandersetzung, in einem Kampf der Ideen, wie er in der bisherigen Geschichte ohne Beispiel ist" (2, 1948, 9, S. 4). Der Kampf gegen den Kommunismus trägt immer mehr die gleichen Vorzeichen wie der gegen den Nationalsozialismus: „Wie die Nazis, so treten auch die Kommunisten nur unter einer Maske auf. Sie haben sich dabei ein merkwürdiges Vokabularium angelegt. Die Terminologie ist gar nicht wiederzuerkennen" (ebd.). Die Berlinblockade ist schließlich, auch in den Zeitschriften, Höhepunkt der Auseinandersetzung. Kurz zuvor hatte es zwischen einigen Jugendzeitschriften und dem Ostberliner „Start" eine direkte Auseinandersetzung gegeben. Letzterer hatte die Behauptung aufgestellt, die „Zukunft" und andere Zeitschriften beschäftigten ehemalige Nazis. Er begründete damit sein Fernbleiben vom Speyerer Treffen im März 1948.

Unter dem Eindruck dieser Auseinandersetzungen verändern sich auch politische Positionen der Jugendzeitschriften. Das Thema „Sozialismus" tritt in den Hintergrund, die Hoffnung auf eine internationale Lösung der Konflikte in Form einer Weltregierung schwindet. Der radikale Pazifismus wandelt sich zu einem „kämpferischen Pazifismus". Pazifismus sei nicht gleichbedeutend „mit absoluter Widerstandslosigkeit". „Bis zur Schaffung eines allgemein anerkannten Weltschiedsgerichts" bleibe „die Entscheidung über Krieg und Frieden den Völkern oder besser den Erwägungen ihrer Regierungen überlassen. Der Widerstand gegen das Unrecht bleibt Pflicht des einzelnen gegenüber dem Staat, des Staates gegenüber dem Angreifer. Nur wer bereit ist, für Frieden, Freiheit und Gerechtigkeit zu kämpfen, hat das Recht, sich Pazifist zu nennen" („benjamin" 1, 1947, 11, S. 10). Diese Sprache hat sich schließlich durchgesetzt, ist dem heutigen Leser weniger fremd als das Pathos eines idealistischen Demokratieverständnisses, des Pazifismus und Internationalismus der frühen Phase der Jugendzeitschriften.

### *Erziehung zur Kunst, Erziehung durch Kunst*

Da es den Jugendzeitschriften, auch dort noch, wo sie eine politische Mission erfüllen wollen, um die Bildung des inneren Menschen, um Charakterbildung geht, kommen den Themen, die traditionell in der bürgerlichen Gesellschaft diesem Bereich zugeordnet sind, eine besondere Bedeutung zu. Daß dies in den Jugendzeitschriften, mit

wenigen Ausnahmen (z. B. „Das Ziel"), nicht die Religion ist, sondern Kunst und Literatur, entspricht ebenfalls der bürgerlichen Tradition. In der ersten Nummer des „Horizont" hatte Günther Birkenfeld bereits davon gesprochen, man wolle „gemeinsam das Reich des Schönen betreten und jenes höchsten Wertes teilhaftig werden, den es zu vergeben hat: Befreiung durch die Macht der Wahrheit" (1, 1945, 1, S. 3).

Bevor allerdings eine Erziehung „durch" Kunst und Literatur möglich war, mußte eine Erziehung „zur" Kunst erfolgen. Der Weg war nicht einfach, hatte doch der Nationalsozialismus einerseits die Klassiker in seinem Sinne mißbraucht, andererseits einen radikalen Bruch mit der Modernen vollzogen und war nun seinerseits abrupt beendet worden. Am leichtesten taten sich noch die, die, nationalsozialistische Verfälschungen ignorierend, einfach wieder bei den Klassikern anknüpften. „Goethe in unserer Zeit" heißt ein Artikel in der ersten Nummer der Jugendzeitschrift „Das Ziel". Bezeichnend ist folgende Aussage: „Leuchtet nicht das Licht seines Geistes hell über die Trümmerfelder, die unser Land bedecken, und unter denen auch die sichtbaren Zeugen begraben sind, die Goethes Kindheit und Jugend sahen? Muß Goethescher Geist nicht die Quelle werden, aus der – das neue Menschenbild zu formen – höchste Verpflichtung der Jugend ist" (1, 1946, 1, S. 7). Günther Birkenfeld hat sich mit einer solchen unreflektierten Anknüpfung an der Tradition einer Kunstreligion kritisch auseinandergesetzt. In solchen Zeitschriften spielten Literaten von gestern, „von beziehungslosen Kunstprodukten kostbar umrankt, schon wieder neunzehntese Jahrhundert" („Horizont" 3, 1948, 7, S. 4).

Schwieriger war es, Jugendliche an moderne Kunst heranzuführen, an Pablo Picasso, Otto Dix, die Expressionisten, die Abstrakten; in der Musik z. B. an Paul Hindemith. Das Thema „Moderne Kunst" hat die Gemüter von Redakteuren und Lesern erhitzt, zu keinem Thema gibt es mehr und heftigere Leserbriefe. In vielen dominiert noch die Terminologie der nationalsozialistischen Zeit, die sich oft mit kleinbürgerlichen Aversionen deckt. Begriffe wie „entartete Kunst" (z. B. „Die Zukunft" 3, 1948, 1, S. 11) und „Schmiererei krankhafter Gehirne" (z. B. „Das Ziel" 1, 1946, 11, S. 17) kommen in solchen Leserbriefen nicht selten vor.

„Erziehung zur Kunst" wird besonders intensiv und systematisch von der „Zukunft" versucht. Eine besondere Rolle spielt dabei die literarische Erziehung. Der Leser und Betrachter muß, da Kunst ein gesellschaftliches Phänomen und als solches auch dem Wandel unterworfen ist, traditionelle Werteschemata über Bord werfen, er muß wieder ein Gefühl für die „echten Mittel der Kunst" entwickeln (2, 1947, 23/24, S. 11). Deshalb ist Bildung notwendig. Die Zeitschrift beginnt mit dem Abdruck eines Erzähltextes ohne Nennung des Autors (aus Zweigs „Sternstunden der Menschheit"), fordert die Leser auf, den Text zu beurteilen, setzt sich dann mit den eingegangenen Stellungnahmen auseinander. Zweimal wird ein Novellenpreisausschreiben annonciert. Auch hier werden die Einsendungen kritisch analysiert. Die Nummer 23/24 des Jahrgangs 1947 ist ganz dem Thema Kunst und Literatur gewidmet. Unter dem Titel „Tandaradei – Ist das euer Lebensgefühl?" werden triviale Gedichte, aus einer „Sintflut von lyrischen Ergüssen", die auf den Redaktionstisch kommen, abgedruckt.

Ihnen werden drei Gedichte von Majakowski, Hasenclever und Brecht als Qualitätsmaßstab gegenübergestellt. In der gleichen Nummer wird aufgefordert, zu Emil Noldes Holzschnitt „Prophet“ Stellung zu beziehen.

„Horizont“ und „Ziel“ widersprechen einer solchen „Erziehung zur Kunst“ heftig. Kästner, der im „Pinguin“ das „geschmackliche Analphabetentum“ beklagt und von der Notwendigkeit, um Kunst sich zu mühen, gesprochen hatte (1, 1946, 1, S. 10f.), wirft man vor, seine Leser zu schulmeistern und gegen den Geist der Kritik zu verstoßen („Horizont“ 1, 1946, 5, S. 15). Allerdings ist hinter der Ablehnung einer „Erziehung zur Kunst“ oft nicht die Sorge um die Freiheit der Meinungsbildung zu vermuten, sondern ein festgefahrenes, traditionelles Kunstverständnis.

Zwei typische Kunstauffassungen lassen sich unterscheiden. Die eine, für die Kunst Ausdruck des Zeitgeistes ist und sein soll, findet sich vor allem im „Pinguin“ und in der „Zukunft“. Für andere aber ist Kunst mit den Begriffen „das Schöne“, „das Wahre“, „das Überzeitliche“ unlösbar verbunden. Als Macht des Kosmos steht sie dem Chaos gegenüber, kann so helfen, dieses zu überwinden. Eine solche Auffassung findet sich überwiegend in „Horizont“, „benjamin“ und „Ziel“. Warnungen vor dem „Elfenbeinturm“ und dem „Sichverlieren in sogenannte ewige Schönheitsbegriffe“, wie sie Walter Kolbenhoff äußert, bleiben vereinzelt („Horizont“ 2, 1947, 5, S. 8).

Sind die Kunstauffassungen auch noch so verschieden, in einem Punkt treffen sie doch zusammen: Ob von überzeitlichen Werten, Schönheit und Wahrheit ausgegangen wird, ob Kunst Impuls zum Denken geben soll, Widerspiegelung gesellschaftlicher Probleme ist, immer erwartet man von ihr, daß sie helfen kann, die Misere der Gegenwart zu überwinden. Kunst ist – wie Wolfdietrich Schnurre schreibt – „Bollwerk gegen das Chaos“ („Horizont“ 2, 1947, 11, S. 22). Sie liefert wesentliche Impulse zum Verstehen der Gegenwart, zugleich die Sinngebung, die Werte und Ziele, die Gegenwart auf eine bessere Zukunft hin zu verändern. Kunst ersetzt – so könnte man vermuten – die Analyse der Wirklichkeit. Es ist so nur logisch, daß ästhetische Erziehung zwar quantitativ nicht den gleichen Raum einnimmt wie die politische, daß sie aber keineswegs nur ein Additum darstellt. Eigentlich setzt die politische Erziehung nämlich eine ästhetische voraus.

### *Das frühe Ende der Zeitschriften für die junge Generation*

Die Lektüre der Jugendzeitschriften der Jahre 1945 bis 1948 erzeugt zunächst Erstaunen, auch Neid des heutigen Betrachters über die Vielfalt und den moralischen Ernst, mit dem diese Zeitschriften seinerzeit versucht haben, die Probleme ihrer Gegenwart anzugehen. Vergleichbares gibt es heute nicht, diese Gattung von Jugendzeitschriften scheint ausgestorben. Wenn sich dann doch nach und nach Skepsis meldet, so hat diese nicht allein darin ihre Ursache, daß uns der Appellstil, das Pathos und der Idealismus fremd geworden sind, sondern weil geschieht, was eigentlich bei jeder historischen Betrachtung unausweichlich ist: Der Betrachtende hat

nicht nur das historische Phänomen im Blick, sondern weiß auch, was daraus geworden ist. Haben die Jugendzeitschriften den Auftrag, den ihnen die Besatzungsmächte gegeben haben, mit dem sie sich voll identifiziert haben, erfüllen können? War ihr Ansatz wegweisend für die Zukunft? Die Bundesrepublik ist ein stabiler Staat geworden, seine Grundlagen, obwohl demokratisch, entsprechen aber weniger den idealistischen und aufklärerisch-humanistischen Prinzipien eines Erich Kästner. Als wirkungskräftiger haben sich die des Wirtschaftsliberalismus, der Konkurrenz, des Konsums und des Ost-West-Gegensatzes erwiesen.

Zukunft

Nur 20 Pfg.

UNABHÄNGIGE ZEITSCHRIFT JUNGER MENSCHEN

3. JAHRGANG · NR. 6 · REUTLINGEN, ANFANG JULI 1948 · PREIS 20 DPF.

**DMark - eine Chance für die Jugend**

Der große und wirkungsreiche Einschnitt der Währungsreform in unserem Wirtschaftsleben wurde von der Jugend, wie wir häufig feststellten, mehr mit einer beinahe heiteren Neugierde für das ungewöhnliche Ereignis gewürdigt, als mit dem Ernst, der dieser, allgemeinen Wandel schaffenden. Tatsache zukommt. Man beäugte das neue Geld und freute sich, daß ein Jeder in den ersten Tagen nur über den gleichen Kopfbetrag verfügte, man drehte den Pfennig mit Heiterkeit in der Tasche herum und machte seine Witze über das Sparenmüssen. Der tiefe Ernst, der hinter diesem Ereignis bereits sichtbar steht und gewaltige Folgerungen nach sich zieht, wurde oft nicht wahrgenommen. Dabei ergeben sich gerade für die Jugend ganz besondere Konsequenzen. Der Zustand, daß bereits Schuljungen große Geldbeträge bei sich führten und danach trachteten, das Geld möglichst „umzusetzen", ist vorbei. Das neue Geld verspricht einen Wert zu haben, den wir ihm vordem nicht zutrauten. Damit kommt es auch nicht mehr in dieser Menge in die Taschen der jungen Leute, es reißt sie aus der bisherigen Teilnahme an allem sofort heraus. Was bedeutete es bisher, eine oder zwei Mark für das Kino auszugeben, was hieß es schon, für das Theater oder für Konzerte teuere Eintrittspreise zu bezahlen? Eine Reise war garnichts Außergewöhnliches mehr. Das Fahrgeld spielte dabei die geringste Rolle. Die Welt hatte trotz des zweifelhaften Wertes des Geldes keine allzu engen Grenzen für jeden. Diese Grenzen sind nun aber von heute auf morgen gekommen. Und sie sind so augenscheinlich da, daß man darüber wohl ein paar Worte verlieren muß. Die Frage: Was machen wir nun? stellt sich nicht nur zwangsläufig, sondern auch sehr laut. Die Geldbörsen sind leer, und alle die Dinge, die man nahm, ohne sich recht viel dabei zu denken, sind in weite Ferne gerückt. Das greift selbst in die Jugendarbeit der Verbände tief hinein. Wenn in Hinblick auf die Jugend überhaupt vorher auf die Frage „Was machen wir jetzt?" mit einem Gang ins Kino oder in eine andere Vergnügungs-, Kultur- oder auch Sportstätte, mit einer Wanderung oder Reise verhältnismäßig leicht beantwortet war, bleibt die Anwort jetzt zumeist aus. Was machen wir jetzt? Wir haben kein Geld, um irgendwohin zu gehen. Wir wissen nicht, wie wir die Miete für unser Heim aufbringen. Wir haben nicht soviel Geld, um in einer Buchhandlung ein Buch

Welcher junge Mensch würde nicht begeistert Sport treiben wie unsere beiden Rhönradler hier? Wo man das richtige Spielen lernt, sagt Ihnen unser Bericht auf Seite 6 u. 7. Foto: A. Grimm.

*Bald nach Erscheinen dieser Nummer mußte die „Zukunft" ihr Erscheinen einstellen. Sie fiel der Währungsreform zum Opfer.*

Das entscheidende Datum, an dem eine kritische Würdigung der Jugendzeitschriften der Besatzungszeit nicht vorbeikommt, ist ihr plötzliches und vollständiges Ende nach der Währungsreform.

Auf der genannten Konferenz im März 1948 in Speyer hatte man das „Speyerer Büro" gegründet. Es sollte die Zusammenarbeit der Zeitschriften ermöglichen. Es

findet sich nirgends ein Hinweis darauf, ob dieses Büro seine Tätigkeit überhaupt aufgenommen hat. Die vereinbarte Folgetagung im Herbst des gleichen Jahres in Wiesbaden hat wohl nicht mehr stattgefunden. In kurzer Zeit hatte sich die Lage der Jugendzeitschriften nämlich total verändert. Kurz nach der Währungsreform mußten die meisten ihr Erscheinen einstellen. Einige versuchten sich durch Veränderung des Programms und des Erscheinungsbildes noch einige Zeit am Leben zu erhalten, so „benjamin" und „Pinguin", jedoch ohne Erfolg.

Ab der Nr. 12 von 1948 fehlt „benjamin" der Untertitel „Zeitschrift für junge Menschen", man wählt ein anderes Schriftbild; auf dem Titel posiert das typische Illustriertenmädchen im Badeanzug. Die Rubrik „benjamins Panoptikum", die aktuelle Ereignisse kritisiert hat, wird durch die Kolumne „Kuriosa" ersetzt. Ein Fortsetzungsroman beginnt (dabei handelt es sich allerdings eher um einen literarischen Spaß, ein Gemeinschaftswerk mehrerer Autoren, z. B. Ernst Schnabel, Kurt W. Marek, Walther von Hollander; jeder schrieb eine Fortsetzung). Vom Heft 14 an wird der Umfang reduziert, die Zeitschrift erscheint aber jetzt wöchentlich. Das Heft 25 schließlich trägt den Titel „Illustrierte", der Untertitel „benjamin" ist kaum noch lesbar. Schlechtes Papier und billigste Aufmachung gehen dem Ende voraus.

Ein ähnliches Schicksal ereilte den „Pinguin", wenn er auch etwas länger durchhielt. Erich Kästner zeichnete zum letzten Mal für die Nr. 6 des 4. Jahrgangs, 1949, verantwortlich. Schon 1948 (Heft 4) war neben ihm Cläre Wirth im Impressum aufgetaucht. Im vorhergehenden Heft war der Untertitel „Für junge Leute" vom Titelblatt verschwunden, erschien nur noch im Impressum. Zugleich begannen Experimente mit Aufmachung und Format. Die entscheidende Wende trat dann mit der Nr. 7 des Jahres 1949 ein: Nicht nur das Format änderte sich erneut, sondern auch der Verlag. Der Rowohlt-Verlag hatte den „Pinguin" an den Verlag Curt E. Schwab übergeben. Cläre Wirth wurde alleinige Herausgeberin. Die neue Illustrierte erschien mit der Bemerkung „Jetzt alle 14 Tage mit Roman". In dieser Form lebte sie noch bis 1951. Gegenüber Kästners „Pinguin" hatte sie ihren Anspruch vollständig verändert. Jetzt geht es in mehreren Folgen um „Schicksal und Liebe auf Europas Thronen". Motto ist: „Lebe in zeitdichten Schotten! Grüble nicht über das nach, was kommen könnte" (5, 1950, 26, S. 23).

Direkte Ursache für das Ende war, daß die Besatzungsmächte die Reglementierung der Papierzuteilung einstellten. Papier war nun auf dem freien Markt erhältlich, der den Preis diktierte. Die Auflagenhöhe richtete sich nicht mehr nach der Subvention, sondern nach dem tatsächlichen Erfolg. Gegenüber dem kometenhaften Aufstieg der Illustrierten „Stern" und „Quick" – Nannen hatte für den „Stern" die Lizenz von einer Jugendzeitschrift übernommen – konnten sich Jugendzeitschriften mit Bildungsanspruch nicht mehr halten. Die Leser reagierten auf den pädagogischen Zeigefinger zunehmend allergisch, hatten eher ein eskapistisches Interesse (H. Gehring, 1977, S. 259f.).

Eine weitere Ursache ist, daß diese Zeitschriften ihre Zielgruppe verloren hatten. Die Jugendlichen der Jahrgänge vor 1930 hatten sich mit dem neuen Staat abgefunden,

die Spielregeln erlernt. Die Währungsreform und das beginnende Wirtschaftswachstum boten neue Möglichkeiten, lenkten Interesse auf den Ausbau einer sicheren Existenz. Die bürgerlich-idealistischen Ideale hatten, solange noch Aufbruchstimmung herrschte, eine gewisse Rolle gespielt, vermochten ein ideologisches Vakuum auszufüllen. Ungeeignet zur Analyse und Kritik der jeweilig herrschenden Lage lebten sie in den fünfziger Jahren als kultureller Überbau in den Erziehungszielen der Schule fort, verstellten dabei aber eher den nüchternen Blick auf die tatsächlichen Werthaltungen der Wirtschaftswundergesellschaft.

Schließlich waren die Jugendzeitschriften, obwohl sie in die Breite wirken wollten, eher elitär, für akademisch Gebildete. Um aber wirklich einen festen Leserstamm akademisch Gebildeter zu interessieren, fehlte es dann doch an Substanz. Die Zeitschriften blieben zum großen Teil unprofessionell. Das unterschied sie z. B. von den „Frankfurter Heften".

## Jugendzeitschriften zwischen 1948 und 1960 im Dienste der Jugendpflege

### *Jugendpflegerische Ansätze im Spektrum der Jugendzeitschriften zwischen 1948 und 1960*

In der Zeit von 1948 bis 1960 haben sich im wesentlichen die Formen der Kinder- und Jugendzeitschrift entwickelt und etabliert, die bis heute das Spektrum bestimmen. Es sind dies folgende sechs Sparten:

- Jugendzeitschriften von Verbänden;
- Kinder- und Jugendmagazine mit unterhaltendem und belehrendem Charakter;
- Kundenzeitschriften von Firmen und Branchen für Kinder und Jugendliche (z. B. Banken, Apotheken, Schuhindustrie);
- Heftchen- und Comicreihen mit Zeitschriftenteil;
- kommerzielle Jugendzeitschriften großer Medienverlage;
- jugendeigene Presse, d. h. Zeitschriften von Jugendlichen für Jugendliche, z. B. Schülerzeitungen.

Über Zahl und Auflagenhöhe der Jugendzeitschriften läßt sich wenig Genaues ermitteln. Informationen finden sich vor allem in den Handbüchern von Konrad Friesicke, so im 1953 erschienenen „Handbuch der Jugendzeitschriften" (Jugend-Presse-Verlag Mainz) und im „Handbuch der Jugendpresse" (München, 1956). Beide machen jedoch keine Aussage, auf welche Weise die Liste der Jugendzeitschriften zustandegekommen ist. Ihre Vollständigkeit muß bezweifelt werden. Hinzu kommt, daß beide Listen nicht ganz vergleichbar sind, da sie sich in der Systematik unterscheiden. Das Handbuch von 1956 enthält zusätzlich ein Verzeichnis der jugendeigenen Zeitungen (S. 324–361[1]). Nebenbei erwähnt Friesicke, die Gesamtauf-

DER PFEIL

ZEITSCHRIFT DER DEUTSCHEN JUGEND DES OSTENS

Jahrgang 3 · Folge 10 N/NW Oktober 1953

# Es wird so schön, Soldat zu sein!

**Gedanken zu einem Gespräch zwischen Bundesjugendring und Dienststelle Blank**

Das „Amt Blank" ist jene Diensstelle in Bonn, die in Ermangelung eines Verteidigungsministeriums alle militärischen Fragen im Auftrag der Bundesregierung bearbeitet. Als einen der vordringlichsten Arbeitspunkte bezeichnete dieses Amt die Vorlage eines „Freiwilligengesetzes für die Rekrutierung der 100 000-Mann-Kadertruppe des zukünftigen deutschen EVG-Kontingentes". Mit dieser Gesetzesvorlage wird sich der neue Bundestag also zu beschäftigen haben. Und damit stehen vor uns neuerdings Fragen auf, die uns vor etwas über acht Jahren zunächst einmal streng verboten worden waren und die in der Zwischenzeit in unserem Alltagsleben kaum Aufmerksamkeit erregten.

Zunächst sollen also 100 000 junge Deutsche wieder in Kasernen einziehen. Freiwillig. Was danach folgt, wissen wir zur Zeit noch nicht. Es hängt von sehr viel Umständen der großen Weltpolitik ab. Gewitzigt durch die Erfahrungen um das Jahr 1945 wird sich jedoch schon angesichts der 100 000 Freiwilligen mancher junge Mensch fragen, wie das Landserleben von Morgen aussehen soll.

Auch der Bundesjugendring, als Sprecher etlicher Millionen Jugendlicher — zu denen auch wir gehören — stellte sich die gleiche Frage. Das heißt, er stellte sie der Diensstelle Blank. Wie der geistige Gehalt der kommenden Truppenverbände beschaffen sein wird, wie man ihn gestalten will, wollte der Bundesjugendring wissen. Die Antworten des Amtes Blank wurden zusatzlos zur Kenntnis genommen. Das war kein richtiges Gespräch. Unter einem Gespräch wollen wir ein Nehmen und Geben verstanden wissen, das freilich nur zwischen selbständigen Persönlichkeiten möglich ist. Weil in der Gegenwart solche Gespräche selten sind, wollen wir versuchen, dies wenigstens in einigen Punkten nachzuholen. Denn die heutigen Gespräche werden ja meist nur zwischen unversöhnlichen Konfessionen, Parteien und Weltanschauungen geführt.

*

An dem Gespräch fallen uns die grundlagebildenden Fragen auf:

I. Grundrechte — Persönlichkeitsrechte — Menschenwürde.
II. Gerichtsbarkeit — Disziplinarstrafen — Eid — Gehorsam.
III. Staatspolitische Erziehung — Koalitionsrecht — Betreuung.
IV. Wehrpflicht — Dienstzeit — Aufbau.
V. Verschiedenes.

Jeder der angeführten Begriffe ist auf die Rechte des Soldaten in der neuen Wehrmacht abgestellt — ohne vorherige Herausstellung des tieferen Sinnes und Zweckes des Soldatentums.

Man glaubt, Schutt und Geröll aus der Zeit vor 1945 forträumen zu müssen. Ist es nicht genau so notwendig, den Schmutz und die Voreingenommenheiten nach 1945 gegen das deutsche Soldatentum wegzuräumen? — Es ist notwendig! Denn es wird Söhne von Vätern geben, die wieder den Soldatenrock werden anziehen müssen, deren Väter aber als „Militaristen" in den Maschen der Entnazifizierungsgesetze hängen blieben, von den sogenannten „Kriegsverbrechern" ganz zu schweigen.

Es wird aber auch um die Personen der Kommandeure gehen. Zu welchen werden die jungen Soldaten wahres Vertrauen haben?

Im Potsdamer Abkommen heißt es, das Ziel der Besetzung Deutschlands sei die völlige Abrüstung und Entmilitarisierung des Landes. Zu diesem Zwecke waren alle Organisationen, die der Erhaltung militärischer Überlieferung dienten, völlig und endgültig aufzulösen. In Befolgung dieses Potsdamer Befehls wurden alle Deutschen als Militaristen bezeichnet, die das Leben des deutschen Volkes auf eine Politik der militärischen Gewalt auszurichten suchten. Militaristen waren „insbesondere die, die als Inhaber einer Kommandogewalt verantwortlich dafür waren, daß nach dem Einmarsch in Deutschland Stadt und Land sinnlos verwüstet wurden". Die Sühne dafür: Arbeitslager bis zu fünf Jahren samt den bekannten Nebenauflagen.

Wir glauben an die moralische Kraft unseres Rechts und deshalb an das Gelingen unseres friedlichen Ringens um Heimat.

Das Potsdamer Abkommen ist noch nicht tot. Jede Sowjetnote beweist dies. Der Osten bezeichnet jetzt schon die Befürworter des „Europäische-Verteidigungs-Gemeinschaft"-Vertrages als Militaristen.

Bei dieser Sachlage scheint es jedoch nötig, die Frage der Militaristen vom Grundsätzlichen her aufzurollen, denn wir haben erlebt, daß Soldaten aller Rangstufen jahrelang gefangengehalten wurden, ohne persönliche Schuld. Wir erleben heute noch, daß sie als „präsumptive" (mutmaßliche) oder abgeurteilte Kriegsverbrecher hinter Gittern gehalten werden.

Wenn es auch keine sachliche Begriffsbestimmung des „Angriffskrieges" gibt so hat das Grundgesetz im Art. 26 festgelegt:

*„Handlungen, die geeignet sind und in der Absicht vorgenommen werden, das friedliche Zusammenleben der Völker zu zerstören, insbesondere die Führung eines Angriffskrieges vorzubereiten, sind verfassungswidrig. Sie sind unter Strafe gestellt."*

*Rehabilitation des „Soldatentums" aus dem Jahre 1953 in „Der Pfeil" (Jg. 3, Folge 10), Jugendzeitschrift der Vertriebenen.*

fünfziger Jahren spiegeln. Schien nach 1945 die Gesellschaft noch offen, so hatte sich jetzt mit dem gegliederten Schulsystem, z.T. auch mit den Konfessionsschulen, den politischen Parteien, den Interessenverbänden, den Kirchen und Jugendverbänden, den sozialen Schichten, ein vielfältig gegliedertes System der Gruppenzugehörigkeit gebildet, das zwar sicher offener und mobiler als früher war, dennoch dazu tendierte, gerade die Jugendlichen frühzeitig zu umwerben und zu vereinnahmen. Nach Helmut Schelsky entsprechen die Jugendverbände und -organisationen „den organisierten sozialen Lebensbereichen der Gesamtgesellschaft", es seien Freizeit- und Berufsorganisationen, politische, religiöse und kulturelle Verbände. Keinesfalls seien die Jugendverbände – wie noch in den zwanziger Jahren – eine „aus spezifisch jugendseelischer Bewegtheit bestehende und bejahte, sich von der Erwachsenenwelt abwendende Jugendeigenwelt, aber auch keine oppositionelle, im Jugendraum vorgeformte und vorgelebte Zukunftsplanung der Gesellschaft (Schelsky, 1957, S. 470). Jugendarbeit sei zu einem „organisatorischen Anliegen der Gesamtgesellschaft" geworden (ebd.) und werde durch erwachsene, „hauptamtliche Jugendführungskräfte" getragen (Schelsky, S. 471). Jugendverbände seien in gewisser Hinsicht „zum Organ des Staates geworden, insofern dieser ihnen durch finanzielle Zuschüsse, durch Bundes- und Landjugendpläne, durch Einschaltung der Jugendverbände in öffentliche Institutionen, Beratungsgremien usw. öffentlich anerkannte Aufgaben überträgt" (ebd.).

Die relative Offenheit konkurrierender Gruppen, Interessen und Verbände zwingt diese, neue Mitglieder unter den Jugendlichen zu werben bzw. ihre Mitglieder bei der Stange zu halten. Jugendzeitschriften dienen so auch der Werbung und der Identifikation der Mitglieder mit den Zielen des Verbandes. Das Miteinander von Bildungsauftrag, Identifikationsangebot und Werbung wird deutlich in den knappen Selbstdarstellungen einzelner Zeitschriften im „Handbuch der Jugendpresse".

- Die Zeitschrift für die Gewerkschaftsjugend im DGB, „Aufwärts": „Die Zeitschrift dient der politischen und kulturellen Bildung. Es werden alle Gebiete des Lebens angesprochen, in besonderem Maße Vorgänge der Innen- und Außenpolitik – jugendpolitische und gewerkschaftliche Fragen ... Das Blatt hat bewußt einen zeitkritischen Charakter" (Friesicke, 1956, S. 39).
- „Der Fährmann" „will der Entfaltung der christlichen Persönlichkeit auf der Grundlage des katholischen Glaubens dienen ..." Die Zeitschrift wolle „bilden – unterhalten – Richtung weisen" (Friesicke, 1956, S. 80).
- „Jugend unterm Wort. Evangelische Jugendzeitschrift für Jungen und Mädchen" „stellt bewußt weltanschauliche Ansprüche. Ihre Aufgaben sind: Aktuelle, in die Wirklichkeit übertragene Darstellung der christlichen Botschaft" (Friesicke, 1956, S. 143).

Nach wie vor dominiert in den Leitartikeln der Appellstil: „Nur es gehört Mut dazu, sich selbst zu erkennen, noch mehr aber, sich positiv zu ändern und aus der egozentrischen Einstellung herauszukommen, um die Aufgabe in der Gesellschaft zu erfüllen. Nur mit dem Willen dazu dürfen wir hoffen! Hoffen, daß uns das Jahr 1953 einen weiteren Schritt unserem Ideal, der sozialen Gerechtigkeit, näher bringt." So

heißt es – stellvertretend für viele ähnliche Aussagen – in der „Jugendpost. Monatsschrift für die DAG-Jugend“ (6, 1953, 1, S. 3).[2]

Ob diese hohen Ansprüche bei den Jugendlichen ankamen, bleibt fraglich. Zwar sind etwa vierzig Prozent der Jugendlichen in irgendeiner Jugendorganisation oder -vereinigung organisiert, ihre Beziehung dazu bleibt aber recht locker. Schelsky schreibt: „Zugehörigkeit und Teilnahme an den Veranstaltungen einer Jugendvereinigung oder -gruppe sind für sie nur eine sinn- und zweckvolle Ergänzung ihres privaten Lebensraumes, dagegen keineswegs eine ‚soziale Heimat‘, ein totaler Lebensbereich echter Jugendlichkeit; sie wollen nicht in einer Gemeinschaft ‚aufgehen‘, sondern ‚Anschluß finden‘, der bei aller geselligen Verbindung die Grenzen ihres persönlichen Lebens respektiert“ (1957, S. 469). Viele Jugendliche, die eine Verbandszeitschrift automatisch mit dem Mitgliedsbeitrag abonniert haben, werden sich auf die Nachrichten und den Unterhaltungsteil beschränkt oder gar das Blatt ungelesen beiseite gelegt haben. Die Masse der jugendlichen Leser, zumindest der über 16jährigen, liest nicht Jugendzeitschriften, sondern Funk-Blätter und Illustrierte. Populärwissenschaftliche technische Blätter, etwa das technische Magazin „Hobby“. Spezialzeitschriften für einzelne Hobbies gewinnen an Bedeutung.

Abseits der Verbände erreicht das 1955 von Peter Rühmkorf und Klaus Rainer Röhl gegründete kritische, politische Magazin „konkret“ das Interesse einiger intellektueller Jugendlicher und Studenten. Erst in den sechziger Jahren wird es dann, ähnlich „Pardon“ und dem „Kursbuch“, als Organ einer kritischen Jugendkultur wichtig für die Außerparlamentarische Opposition (APO) und die Studentenbewegung. Das in der zweiten Hälfte der fünfziger Jahre wachsende kritische Potential, vor allem unter Gymnasiasten und Studenten, das sich z. B. im Interesse an Jazz und Existentialismus wiederfindet, macht diese Gruppe auch für die Medienindustrie interessant. Die 1959 entstandene, professionell und mit großem Aufwand gestaltete Jugendillustrierte „Twen“, die die Jazztrompete zu ihrem Symbol erkoren hatte, versuchte ein marktgängiges Leitbild des Twen-Typs zu kreieren. Der Erfolg blieb jedoch nach kurzer Zeit aus, und „Twen“ verschwand vom Markt.

### *Jugendeigene Zeitschriften*

Neben den von Erwachsenen redigierten Jugendzeitschriften und z.T. auch als Gegenmodell hat sich nach 1945, besonders dann in den fünfziger Jahren, eine „jugendeigene Presse“ entwickelt. Man versteht darunter die von Jugendlichen selbst verfaßten Zeitschriften von Heimen, Lehrlingsgemeinschaften, Jugendstrafanstalten und besonders die Schülerzeitungen. Nach Angaben der „Arbeitsgemeinschaft Junge Presse“, der Interessenvertretung dieser jugendeigenen Zeitschriften auf Bundes- und Länderebene, stieg die Zahl dieser Blätter zwischen 1953 und 1960 von 200 auf 600 mit einer Gesamtauflage von rund 600000 Exemplaren (D. Grimm, 1961, S. 7 u. 9).

Schülerzeitungen und von regionalen Jugendgruppen selbst verfaßte Blätter gab es schon vor 1945, ja vor 1914. Sie entstanden weitgehend im Gefolge von Jugendbewe-

gung und Reformpädagogik. Hans Fenske, Bundesvorsitzender der Jungen Presse 1956/57, definiert die Zielsetzung der Jugendredakteure, indem er sie vom idealistischen Enthusiasmus der Hohen Meißner-Generation absetzt, so: „Nicht um Sendung, Weltanschauung oder gar Erneuerung der Lebenswirklichkeiten ging es den ersten Schülerredakteuren, sondern sehr viel einfacher darum, sich selbst und dem eigenen Lebensbereich Ausspracheorgane zu schaffen und damit etwas auch beizutragen, ‚schöpferische und tatkräftige Persönlichkeiten heranzuziehen, die lernen, Verantwortung zu tragen, und damit mithelfen an der mitbürgerlichen Erziehung'" (H. Fenske, 1961, S. 12ff.).

Diese Aussage, die in ihrem zweiten Teil das Protokoll einer Junge Presse-Tagung von 1952 zitiert, verbindet zwei Aspekte, die doch sehr unterschiedlicher Herkunft sind. Einmal wird eine Emanzipationstendenz gegenüber der von Erwachsenen verantworteten Jugendpresse sichtbar. Schülerredakteure wollen für sich selbst und über ihre eigenen Probleme schreiben. Zugleich ordnen sie sich aber ihrerseits wieder einer pädagogischen Zielsetzung von Erwachsenen unter bzw. machen sie sich zu eigen. Darin liegt eine Spannung, die schon in der Geschichte der Jungen Presse angelegt ist. Die Junge Presse wurde im Jahre 1952 als Dachverband der jugendeigenen Zeitschriften gegründet. Hans Fenske erwähnt in seinem Artikel „die Re-Education-Einflüsse bei der Gründung der ersten Nachkriegsschülerzeitungen" (1961, S. 13). Die ersten lockeren Zusammenschlüsse hatten sich in der amerikanischen Besatzungszone unter dem Einfluß der Besatzungsmacht gebildet (1948 in Berlin, 1949/50 in Hessen, 1951 in Bayern). Der Zusammenschluß dieser Verbände zur „Jungen Presse" im Jahre 1952 erfolgte ebenfalls nicht ohne Einwirken der Amerikaner, die kurz vor Einstellung ihres Erziehungsprogramms die Arbeit der Schülerzeitungen auf eine sichere Basis stellen wollten.

Bei der Gründungsversammlung haben, so bei Fenske zu lesen, überwiegend Erwachsene das Wort ergriffen und das Programm im Sinne einer pädagogischen und jugendpflegerischen Zielsetzung bestimmt. Erst nach und nach habe sich die junge Generation mit ihren Zielen durchsetzen können (Fenske, 1961, S. 14).

Der Widerspruch, einerseits die Interessen der Jugendlichen zu vertreten, ihnen Möglichkeiten zu geben, sich zu artikulieren, damit aber gerade politische Bildung betreiben zu wollen, bleibt für die Junge Presse konstitutiv; denn „politische Bildung" beschränkt sich nicht darauf, Jugendlichen ein Forum zu bieten, sondern versucht auch inhaltlich Einfluß zu nehmen. Ein Katalog der Ziele aus dem Jahre 1961 zeigt diesen Zusammenhang: Interessenvertretung – Zeitungsförderung – politische Bildung – Bewußtseinsbildung (Junge Presse, 1961, S. 10ff.). Diese Ziele spiegeln sich auch im Publikationsorgan der Jungen Presse, dem „Junge Presse Informationsdienst" (JPI).

Neben Nachrichten über die Verbandsarbeit, über Tagungen, Seminare, neben Artikeln, die sich theoretisch und praktisch mit der Redaktionsarbeit beschäftigen, stehen Artikel, die das Selbstverständnis der jungen Redakteure diskutieren. Hier werden Rechte der Schüler beschworen. Man kritisiert z.B. die Einschränkung der

Grundrechte von demokratischen Staatsbürgern in einer öffentlichen Anstalt, der Schule nämlich (JPI 5, 1956, 3, S. 10).

Man diskutiert aber auch aktuelle politische Fragen, und zwar in einer Weise, wie sie durchaus der Politik der Bundesregierung nahestand, z. B. Auseinandersetzungen mit dem kommunistischen System, Probleme der jüngsten Vergangenheit, Wiederbewaffnung, europäische Einigung, Probleme der Wirtschafts- und Sozialpolitik. Wenn die Junge Presse auch keineswegs verlängerter Arm der Bundesregierung war, mußte sie sich doch mit dem Vorwurf aus den eigenen Reihen auseinandersetzen, von ihr abhängig zu sein. So wurde ihr vorgeworfen, sie habe sich vor den Karren der „Wehrpropaganda" des Verteidigungsministers Blank spannen lassen (JPI 5, 1956, 5/6, S. 5). Es ist in der Tat nicht zu übersehen, daß deutlich mehr positive als kritische Stellungnahmen zum Konzept Blanks erschienen sind (vgl. JPI 5, 1956, 4, S. 11; 6, 1957, 1, S. 9). Der Vorwurf hängt auch mit der Tatsache zusammen, daß die Junge Presse, die sich zunächst nur aus Mitgliedsbeiträgen finanziert hatte, seit 1954 Mittel aus dem Bundesjugendplan erhielt und daß ein umfangreiches Angebot an Tagungen zu politischen Fragen weitgehend vom Bund finanziert wurde.

Gegen Ende der fünfziger Jahre vermehren sich im „Junge Presse Informationsdienst" und sonstigen Verlautbarungen Klagen und Kritik am Zustand der Schülerpresse. Man beklagt den Rückgang des kritischen Interesses, spricht von der neuen „Gläubigkeit" (JPI 6, 1957, 1, S. 10f.), kritisiert Tendenzen der Kommerzialisierung und Verflachung. Die Schülerzeitungen seien dabei, langweilig zu werden (P. Haungs, 1961, S. 31f.). Die Baden-Württembergische Landesversammlung stellt 1961 fest: „Es fehlt das persönliche Konzept und die klare Linie. Die allgemeine Selbstgerechtigkeit, Oberflächlichkeit und die mangelnde Initiative nehmen überhand" (Haungs, 1961, S. 32). „Immer mehr Zeitschriften der ‚Jungen Presse' füllen ihre Spalten mit reiner Unterhaltung und setzen journalistischen Perfektionismus an die Stelle von Spontaneität" (JPI 7, 1958, 1/2, S. 6).

In diesen Klagen von jugendlichen Redakteuren und Funktionären über ihre Altersgenossen wird ein besonderes Phänomen deutlich. Es hat sich hier ein Elitegeist herausgebildet, der sich mit pädagogischem Sendungsbewußtsein paart. „Die Schülerzeitung muß bewußt als pädagogisches Mittel eingesetzt werden" (JPI 7, 1958, 1/2, S. 6). Hier gebärden sich also Schülerzeitungsredakteure als Erzieher gegenüber ihren Altersgenossen. Gerade die Form der Jugendzeitschrift, die in der Lage sein müßte, wirklich Bedürfnisse von Jugendlichen zu erkennen und zu artikulieren, gerät so wieder unter das Diktat der Pädagogik nach dem Motto „Jugend muß erzogen werden". Es scheint bis heute kaum ein Ausbrechen aus diesem Problemkreis zu geben. Die Konflikte um kritische Schülerzeitungen zu Beginn der siebziger Jahre haben das deutlich gemacht. Wo Schülerzeitungen attraktiver werden wollen, ist der Vorwurf verflachender Unterhaltung nicht weit. Und wo sie wirklich gegen den Stachel löcken, brisante Themen aus ihrer Sicht provozierend angehen, stoßen sie schnell an die Grenzen der Toleranz des Erziehungssystems Schule.

Diejenigen Jungen und Mädchen, die 1945 jünger als sechzehn Jahre alt waren, hatten im Bewußtsein der Besatzungsmächte keine große Rolle gespielt. Entsprechend blieb auch die Zahl der Zeitschriften für diese Altersstufe sehr gering. Eine Ausnahme war „Liliput. Das fröhliche Jugendmagazin", das 1946 in Nürnberg mit amerikanischer Lizenz erschien, die Währungsreform überstand und zum Vorbild für eine Reihe ähnlicher Zeitschriften (z. B. heute noch „Treff") wurde.

Ursprünglich ist auch „Liliput" der Re-education verpflichtet. Die jungen Leser werden über „Stars and Stripes" informiert, eine „Kleine Schule der Demokratie" beginnt, wird aber nicht fortgesetzt. Unterdessen hat nämlich eine Befragung ergeben, daß die Leser an Politik kein Interesse haben. Sie wollen in erster Linie Abenteuer- und Detektivgeschichten, Humor und Witz, Erfindungen und Entdekkungen u. ä. „Liliput" richtet sich weitgehend nach diesen Wünschen, denn es ist auf den kommerziellen Erfolg angewiesen. Zum reinen Unterhaltungsblatt wird „Liliput" damit jedoch nicht. Nur die politischen Themen werden zurückgedrängt, um schließlich ganz zu entfallen. Ansonsten behält die Zeitschrift trotz der unterhaltenden Darstellungsweise eine lehrhafte Tendenz, will vor allem Sachwissen vermitteln (Geographie, Naturkunde, Technik, Sport u. ä.). Man versucht, die Neugierde, den kindlichen Realismus und die Erlebnisfähigkeit anzusprechen. Eine besondere Rolle spielen dabei Ratespiele, Preisrätsel mit z. T. anspruchsvollen Denksportaufgaben. Sie gehen über mehrere Hefte und veranlassen den, der sich einen Geld- oder Buchpreis erhofft, die Zeitschrift weiter zu beziehen. Die Vermischung des Kommerziellen mit dem pädagogischen Aspekt wird in diesen Preisrätseln besonders deutlich. Das kommerzielle Interesse äußert sich auch in den häufigen Aufforderungen, neue Leser zu werben, sowie die „Liliput"-Leser als geschlossene Gemeinde (Liliputaner mit „Liliput-Abzeichen") anzusprechen (z. B. 6, 1952, 6, S. 3). Vorbild war hier wahrscheinlich die – unterdessen in eine Jahrbuchreihe übergegangene – Jugendzeitschrift „Der gute Kamerad" (gegründet 1887), die zur Bildung von Lesergemeinschaften, „Gute-Kamerad-Ortsgruppen", aufgerufen hatte.

Die kommerzielle Ausrichtung von „Liliput" hatte durchaus ihre Vorteile. Es fehlte der muffige Moralismus, wie man ihn sonst immer wieder findet, z. B. in „Unser Guckloch: Große illustrierte Jugendzeitschrift", herausgegeben von der Neudeutschen Jungengemeinschaft und den Marianischen Mittelschülerkongregationen, katholischen Verbänden. Hier werden Kinder etwa davor gewarnt, ihre Groschen für Eis auszugeben und dabei zu vergessen, „daß die Diaspora nicht einmal genügend Meßgewänder besitzt" (5, 1952, 11, S. 188).

Der belehrende, sachkundige Ansatz von „Liliput" ist auch durch die Vertriebsart bedingt. Aus verstreuten Bemerkungen und Leserbriefen geht hervor, daß „Liliput" in sehr starkem Maße über Schulen und Schulklassen vertrieben wurde. Bestellung und Verteilung übernahm der Lehrer. Ihm also mußte „Liliput" auch gefallen: Übereinstimmend rühmen die Lehrerbriefe (1, 1947, 6, S. 20–21) den

unterhaltenden und bildenden Wert: „Diese äußerst lehrreiche und wertvolle Zeitschrift möchte ich daher nicht länger meinen Schülern vorenthalten." „Liliput" konnte auch – vor allem in der ersten Zeit – an Stelle schwer zu beschaffender Lehrbücher oder als ergänzendes Unterrichtsmaterial verwendet werden (H. Gieseler, 1958, S. 79).

Es entstanden auch Zeitschriften, die ganz speziell auf bestimmte Schulfächer hin konzipiert waren und ebenfalls weitgehend über Schulen vertrieben wurden, so z. B. „Der kleine Tierfreund" der 1956 eine Auflage von 200000 erreichte. Er arbeitete eng mit der Bundesanstalt für Naturschutz und Landschaftspflege in Bonn zusammen.

Aus Dokumenten und Korrespondenz der „Vereinigten Jugendschriften-Ausschüsse in der GEW"[3] läßt sich einiges über die Werbestrategie einer anderen Jugendzeitschrift, der 1957 entstandenen, recht erfolgreichen „Stafette", sagen. Zunächst bemühte sich der Verleger Hans Witte erfolgreich um positive Gutachten des Bundesministeriums für Familien- und Jugendfragen, von Schulämtern und um Rezensionen. In einem solchen wird z. B. bemerkt, die Zeitschrift bedeute eine ausgezeichnete Bereicherung des Geographieunterrichts. Des weiteren wendet sich der Verleger an die Eltern: „Die Eltern lassen sich von dem Wert einer Bildungszeitschrift (sic!) wie ‚Stafette' überzeugen und, wenn das gelungen ist, zeigen sich die Eltern bereit, für das wertvolle Objekt den entsprechenden Preis zu zahlen".[4]

Auch Verbände und Institutionen, die für ihre Belange in der Schule erzieherisch wirken wollen, geben eigene Zeitschriften heraus, oft in Zusammenarbeit mit Lehrern. Die Jugendliga für Verkehrssicherheit und der Bundesverband für den freiwilligen Schülerlotsendienst bieten seit 1950 die Zeitschrift „Gib acht!" in den Schulen an. Gleich in zwei Versionen, für Ältere und Jüngere, erscheint die „Junge Hilfe" des Roten Kreuzes. Beide Blätter befassen sich noch nicht einmal in erster Linie mit Verkehrserziehung oder Erster Hilfe, sondern verstehen sich als Schülerzeitschriften, wollen wertvolle Informationen vermitteln, die man im Unterricht verwenden kann („Junge Hilfe" 3, 1951, 4B, S. 2). In einer Beilage zum Ende des ersten Jahrgangs von „Gib acht!" heißt es: „Gib acht!" wolle durch „Vielgestaltigkeit des Inhalts, durch die lebendige graphische Form" „... geistige Anregungen" geben, „Werte des Gemütslebens" vermitteln und „die Jugend zu selbständigem Denken und zur Lebenstüchtigkeit erziehen".

Im Unterschied zu „Liliput" ist das Lehrhafte in diesen Zeitschriften oft sehr aufdringlich, ebenso die Moral. Kinder werden an traditionellen Rollenbildern gemessen, betulich anbiedernd mit „Mädel und Buben" angeredet (z. B. „Gib acht!" 1, 1950, 2, S. 5). Sie sind Wesen, die man zu Aufmerksamkeit, Anstand, Rücksichtnahme, Ordnung erziehen muß. Neugierde ist „naseweis", führt ins Unglück. „Der Steg warnt: ‚Hemme deinen Schritt! / Gefahr droht dem, der mich betritt!' / Die Liese wollte nicht drauf hören. / Ein kaltes Bad muß sie belehren –" („Gib acht!" 1, 1950, 2, S. 16). Nicht viel anders in der „Jungen Hilfe": „Rechte Buben sind zur Hand / flink und ohne Zagen; / helfen, holen, laufen gern, schieben, heben, tragen, / hacken, schaufeln, regen sich, / basteln, sägen, zimmer, / und fließt dabei auch mal Blut, / nie

hörst du sie wimmern“ (4, 1952, 1B, S. 3). Auf Schritt und Tritt merkt man, daß diese Zeitschriften in erster Linie von Lehrern verfaßt wurden. Sie ähneln deshalb nicht nur zufällig, bis in die Aufmachung hinein, jenen Blättern, die von Lehrerverbänden herausgegeben wurden, den Schulzeitschriften, z.B. der „Jugend am Rhein“, hrsg. von der GEW, Landesverband Rheinland-Pfalz, und der „Jugendlust“, einer Monatsschrift des Bayerischen Lehrervereins, die schon im vorigen Jahrhundert gegründet worden ist. 1960 kann sie schon auf 78 Jahrgänge zurückblicken. Sie erscheint ebenfalls in zwei altersspezifischen Ausgaben.

*Moralisierende Bildgeschichte aus dem Heft 1 des Jahrgangs 1950 der illustrierten Schülerzeitschrift „Gib acht!“.*

Beide Zeitschriften sind ausdrücklich für die Volksschulen gedacht, bezeichnen sich als „weltanschaulich neutral“ und dienen der „Belebung des Unterrichts und als Ergänzung des Lesebuchs“ (Friesicke, 1956, S. 123 u. 135). Im Unterschied zu „Gib acht!“ und „Junge Hilfe“ sind sie weniger sachkundlich als literarisch orientiert. Jedes Heft der „Jugendlust“ hat ein Generalthema, das unter verschiedenen Gesichtspunk-

*Titelholzschnitt „Muttertag" der Monatsschrift des bayrischen Lehrervereins, „Jugendlust" (Heft 5 Oberstufe), die 1961 im 79. Jahrgang ediert wurde.*

ten und mit verschiedenen Textsorten bearbeitet wird. Ein Thema heißt z. B. „Kinder in fremden Ländern" (79, 1961, 4, Oberstufe), ein anderes „Mutter" (79, 1961, 5 Oberstufe). Die Überschriften einiger Artikel und Texte sind kennzeichnend: „Ein Mutterherz", „Kind in Gefahr", „Mutters Hände", „Das Spinnrad". Ein Text schließt mit folgendem Satz: „Für einen solchen Reichtum, eine solche Schönheit und Größe hilft allein ein ewiges Wort, ein göttlicher Name: Mutter" (ebd., S. 80).

Diese „Schulzeitschriften", letztlich auch kommerzielle wie „Liliput", bieten ein recht einheitliches Bild:

1. Die Grundauffassung ist, daß Kinder unfertige Menschen sind. Sie müssen Wissen erwerben, lernen, die Werte der Gesellschaft zu akzeptieren.

Im Bericht aus einer türkischen Mädchenschule in der „Jugendlust" fragt die Inspektorin die Mädchen: „‚Nun sagt uns noch etwas: Genügt das, wenn ihr in der Schule nur klug werdet, rechnet, lesen und schreiben könnt und einiges mehr, oder ...?' – ‚Nein, das genügt nicht', sagte eines der großen Mädchen, ‚wir sollen uns besser benehmen lernen. Und gut sein lernen.' – ‚So, gut sein lernen', fragte die ältere

Hanum, ‚was versteht ihr darunter?‘ – ‚Nicht hauen!‘ – ‚Nicht petzen!‘ – ‚Einander helfen!‘ schwirrten die Antworten durcheinander. ‚Und …?‘ fragte Kamer Hanum. ‚Die Wahrheit sagen und die Gebote Mohameds halten‘, erwiderten die Kinder“ (79, 1961, 4, Oberstufe, S. 66).

2. Es sind die traditionellen Rollen und Wertvorstellungen, die selbstverständlich vorausgesetzt und vermittelt werden. Die Rollen von Jungen und Mädchen sind eindeutig unterschieden. Die Werte werden kaum – außer z. B. bei der Verkehrserziehung – auf die konkrete Umwelt der Kinder bezogen. Vielfach erscheinen sie im Zusammenhang trivialer, klischeehafter, fiktionaler Texte. Wenn auch kaum mit Praxisbezug, so dienen sie doch dem Aufbau eines gesellschaftlichen „Werte-Über-Ichs“.

3. Sachinformationen können nicht als Korrektiv gegenüber einem solchen Moralismus wirken; denn die Sachverhalte bleiben selbst in einem wirklichkeitsfernen Bereich. Entweder sind sie exotisch („ferne Länder“), wobei alle irritierenden politischen und gesellschaftlichen Aspekte ausgespart bleiben, oder sie haben – gerade in der erlebnishaften Aufbereitung – weniger einen informierenden als einen gemüts- und wertebildenden Charakter. Kommerzielle Zeitschriften wie „Liliput“ und dann „Stafette“ moralisieren zwar weniger, informieren „neutral“. Die Information vermeidet aber auch hier sorgfältig reale Probleme. Hier werden stärker auch technische Themen berücksichtigt, meist jedoch ins Gigantische, Außergewöhnliche gerückt: So groß – so viel – so weit, usw.

4. „Kindgemäß“ sind diese Zeitschriften insofern, als sie natürlich an die Verständigungsmöglichkeiten und Rezeptionsweisen ihrer Leser anknüpfen, auf sie eingehen, um ihre Informationen und Botschaften interessant zu machen. „Verfrühung“ gilt es unbedingt zu vermeiden. Deshalb dominieren erlebnishafte Darstellungen, Lustiges, Bilder und das Prinzip „variatio delectat“. Eigentlich geht es dabei aber nicht um die Kinder, die Jugendlichen, sondern um die Ziele, die Erwachsene mit ihnen haben. Man geht auf die Kinder so weit ein, wie man sich bestimmter Erkenntnisse der Entwicklungspsychologie und der pädagogischen Erfahrung als Mittel zum Zweck bedient.
Letztlich sind diese Zeitschriften doch am Kind vorbei konzipiert, hätten außerhalb der Schule keine Chancen gehabt. Kommerzielle Zeitschriften haben dagegen nach Wegen gesucht, das Unterhaltungsbedürfnis der Kinder nachhaltiger anzusprechen und auszunützen. „Liliput“ z. B. spricht mehr den Spieltrieb an, befriedigt das Bedürfnis nach Abenteuergeschichten. An die Stelle von Zeichnungen treten zunehmend realistische Fotografien, wie der Vergleich der Bände 1949–1952 und 1956/57 zeigt. Aber auch „Liliput“ hätte sich ohne jede Unterstützung der Lehrer nicht halten können.

Während die „Schulzeitschriften“ von dem Interesse der Erzieher zeugen, zunehmend auch den Freizeitbereich der Kinder und Jugendlichen unter Kontrolle zu bekommen, hatte sich dieser in der Tat schon weitgehend verselbständigt. Die kindlichen und jugendlichen Leser befriedigten ihr Lesebedürfnis zunehmend lieber

mit Blättern, auf die Eltern und Lehrer keinen Einfluß hatten, die sie aber oft kategorisch ablehnten: Kundenzeitschriften von Firmen, Comics und Heftchenreihen.

### *„Jugend-Maßarbeit" gegen „Schmutz und Schund"*

Konrad Friesicke schreibt den Jugendzeitschriften „Erlebniskraft und Bindekraft" zu (Friesicke, 1953b, S. 23). Die jugendpflegerische Arbeit der vom Bundesjugendplan geförderten Jugendpresse bezeichnet er – durchaus verräterisch – als „Jugend-Maßarbeit" (ebd., S. 22) und sieht sie in Konkurrenz zu den „Unternehmen, die die modischen Interessen der Jugend in Konfektion verarbeiten und den Trend nach lockeren Bindungen zu stützen und zu nützen wissen". Der Kampf um die „dritte Dimension", die „ethisch fundierte, zentrale Idee" (ebd., S. 23f.), spiele sich zwischen Jugendpflege und Kommerz ab. Die Lösung sieht Friesicke in einer noch stärkeren Hilfe des Bundes, denn „es bleibt die paradoxe Situation, daß auf der einen Seite unsere Jugendpresse ein profiliertes Anliegen vertritt, aber die Bundesjugendplanmittel nicht ausreichen, um der Vertriebsorganisation und Werbung die erforderliche Stütze zu geben" (ebd., S. 21). Betrachtet man die Produkte dieser „Jugend-Maßarbeit", so ist zu bezweifeln, ob mehr Geldmittel hier wirklich etwas bewirkt hätten. Die Gründe dafür, daß Jugendliche in ihrer Freizeit lieber etwas anderes lesen, sind eher konzeptioneller Art. In vielen Zeitschriften werden weder die Realität der Kinder noch ihr Erlebnis- und Unterhaltungsbedürfnis angemessen berücksichtigt. Immer wieder müssen sich die Leser daran erinnert fühlen, daß sie eben nur Kinder sind.

Wie sah die Konkurrenz aus, deren sich Friesicke erwehren wollte? Es sind

- Kinderzeitschriften verschiedenster Branchen, die in erster Linie werben sollen. Sparkassen, Putzmittel, Zahnpasta, Margarine, Bekleidungsindustrie, Schuhfirmen usw. „bedenken publizistisch ihre ‚kleinen Freunde', meist mit humorigen Geschichten, Bildergeschichten, Comics und Preisrätseln" (Friesicke, 1953b, S. 24).
- Die Comic-Serie „Micky Maus" gibt sich als Kinderzeitschrift. Neben den in Fortsetzungen über mehrere Hefte verteilten Comic-Geschichten enthält der Zeitschriftenteil Informationen, Bastelanleitungen, Rätsel, Witze und einen Briefkasten.
- Heftchenreihen, z.B. „Pete" und das Pendant „Gaby" aus dem Uta-Verlag, die im wesentlichen aus einer großen Geschichte (Wildweststory bei „Pete") bestehen. Sie bereiten den Einstieg in die jeweilige Groschenheftreihe des Verlags (z.B. „Billy Jenkins") vor. Angeschlossen ist ein kurzer Zeitschriftenteil mit Sachinformationen, Kurzgeschichten, Ratgebern und Briefen.

In der Tat erfüllt der Zeitschriftenteil von „Pete" kaum mehr als eine Alibifunktion zur Leserwerbung. Neben kurzen Sachartikeln über willkürlich ausgewählte Themen

(z.B. Verbrechensbekämpfung, Erdöl in Zahlen, Glasproduktion in Deutschland, Heft 56, 1953), die sehr trocken geschrieben sind, kaum mehr als Daten und Fakten enthalten, einer Kurzgeschichte und Rätseln spielen Mitteilungen des „Pete-Bundes“ eine wichtige Rolle. Dabei handelt es sich um lockere Lesergruppen in den verschiedensten Städten, für die geworben wird. Natürlich werden auch andere Verlagspro-

*Die Aufmachung der Jugendzeitschrift „Pete“ und der für Mädchen mit dem Titel „Gaby“ zeigt, daß sie den Stil der Groschenromanreihen des Verlages, z.B. „Billy Jenkins“, aufgriffen.*

dukte angepriesen, z.B. für „Stars und Sterne“. Entsprechend dem Rollenbild der Mädchen geht es in „Gaby“ neben der Mädchenabenteuergeschichte um Mode, Kochen, Bastelarbeiten und gutes Benehmen.

Auffällig ist, daß auch diese „Zeitschriften“ nicht ohne den moralischen Zeigefinger auskommen. Offensichtlich müssen sie ihre guten Absichten den Erziehern gegenüber dokumentieren. Die Hauptsache bleibt jedoch – auch für die Leser – die nach bekannten, einfachen Mustern gestrickte spannende Geschichte mit Identifikationsfiguren.

Der Kampf gegen solche Jugendzeitschriften wurde Ende der vierziger Jahre in der Auseinandersetzung um „Schmutz und Schund“ aufgenommen. Allerdings war manchen Pädagogen das Phänomen „Jugendzeitschrift“ überhaupt verdächtig. Das

zeigt ein Protokoll der Vertreterversammlung der „Vereinigten Jugendschriften-Ausschüsse in der Gewerkschaft Erziehung und Wissenschaft“ im Mai 1950. Hanns Gieseler hat dabei ein Referat gehalten, in dem er mit Jugendzeitschriften hart ins Gericht geht.[5] Nahezu unverändert vertritt er seine Position noch einmal in dem 1958 in der „Jugendschriften-Warte“ erschienenen Aufsatz „Die Jugendzeitschrift. Grundsätze zu ihrer Beurteilung“. Obwohl er ihm „diktatorische Einseitigkeit“ vorwirft, geht Gieseler dennoch im wesentlichen von der Position Otto Hilds aus dem Jahre 1905 aus. Zwar könne man eine Jugendzeitschrift nicht nach den literarischen Maßstäben wie ein Buch beurteilen, das Prinzip der Gegenwärtigkeit, die Schaffung eines Gegenwärtigkeitsverhältnisses könne durchaus Ziel einer Zeitschrift sein, während sich das Buch als „Schatzhalter überzeitlicher Gestaltung“ verstehe (Gieseler, 1958, S. 77). Dennoch könne die Zeitschrift nur eine Ergänzung zum Buch bilden, dürfe es nicht ersetzen. Den Jugendzeitschriften wird – wie schon bei Hild – vor allem eine „zerstreuende und zerfasernde Wirkung“ vorgeworfen. Sie erziehen zu „müßiggängerischem Zeitvertreib“, schaffen den „magazinsüchtigen Leser“, der „Prototyp eines verbildeten Menschen“ sei (ebd., S. 78). In Gieselers „Leitsätzen“ heißt es unter anderem: „Das Ziel jeder literaturpädagogischen Unterweisung ist die Erziehung zum Buch“ ... „Wir lehnen daher jede magazinartige Zeitschrift ab“. Eine förderungswürdige Jugendzeitschrift müsse ein einheitliches Thema haben, in pädagogischer Verantwortung gestaltet sein. „Für sie muß gelten, daß sie in allen ihren Beiträgen im Sachlichen klar und wahr, im Gefühlsmäßigen echt, in der Gestaltung lebendig, im Sprachlichen sauber ist“ (ebd., S. 80). Gnade vor Gieselers Augen finden nur die sogenannten „literarischen Zeitschriften“, „Jugend am Rhein“ und „Jugendlust“. „Liliput“ lehnt er, da magazinartig, kategorisch ab.

Gieselers Position mag – verglichen mit der Friesickes – besonders extrem und einseitig gewesen sein. Verfolgt man jedoch das Diskussionsprotokoll von 1950, so ist man doch über die fast einhellige Zustimmung der Gesprächsteilnehmer erstaunt.

### *Zwischen pädagogischem Diktat und Angebot der Freizeitindustrie*

Zusammenfassend lassen sich die Jugendzeitschriften von 1948 bis in die Mitte der fünfziger Jahre so charakterisieren:

1. Ein mediendidaktisches Konzept wird in dieser Zeit noch nicht in Ansätzen sichtbar bzw. alte Traditionen werden unbefragt weiterverfolgt.

2. Die Beurteilungskriterien sind überwiegend ästhetischer und kulturkritischer, z.T. modernitätskritischer Art. Die Positionen der Literaturdidaktik, die auch auf die Zeitschriften angewandt werden, entstammen weitgehend der Jahrhundertwende.

3. Nur zögernd erkennt man das Bedürfnis nach „Gegenwärtigkeit“ als legitimes pädagogisches Ziel an. Gedanken einer demokratischen, staatsbürgerlichen Bildung fehlen, werden ersetzt durch ein Harmoniekonzept, durch Integrationsmodelle,

Appelle zur Pflichterfüllung. Das gilt natürlich nicht in gleicher Weise für die Zeitschriften der politischen Jugendorganisationen.

4. Jugendzeitschriften stehen unter dem Diktat der Pädagogik. Es gilt dabei die Auffassung, daß Kinder unfertige, im Denken unselbständige Wesen sind, die man nicht mit Problemen der Erwachsenenwelt konfrontieren sollte.

5. Die traditionellen Werte und Rollen der bürgerlichen Gesellschaft werden unbefragt übernommen und zu Erziehungszielen. In vielen Fällen handelt es sich dabei nicht um die tatsächlichen gesellschaftlichen Normen, sondern um deren ideologische Verschleierung.

6. Die Jugendzeitschrift wird häufig als Mittel gesehen, die Jugendlichen, die dem pädagogischen Einfluß in ihrer Freizeit zunehmend entgleiten, auch hier noch beeinflussen zu können (Gieseler, 1958, S. 80). Zwar kommt man am Unterhaltungsbedürfnis nicht vorbei, will es aber ausnützen. Natürlich steht auch die Unterhaltung unter ästhetischen und moralischen Forderungen, wobei das ästhetische Urteil vom moralischen weitgehend abhängig zu sein scheint.

7. Zwar erreichen diese Jugendzeitschriften mit pädagogischer Tendenz über Jugendverbände und Schulen viele Leser. Über ihre tatsächliche Wirkung ist damit noch nicht viel gesagt. Sie ist schwer einzuschätzen. Ein Indiz ist die Tendenz vieler Jugendlicher, auf kommerzielle Unterhaltungsmedien auszuweichen.

8. Kommerzielle Zwänge haben einige Zeitschriften hervorgebracht, die wenigstens in ihrer Form, in der Gestaltung und im Inhalt Jugendliche mehr ansprechen können, den Zeigefinger nicht zu deutlich heben. Aber auch sie selektieren und filtern die Welt der Kinder und Jugendlichen in Richtung auf ein harmonisches Weltbild und auf Geltung überzeitlicher Werte. Ob ihres Magazincharakters werden sie z.T. von Didaktikern abgelehnt.

9. Neben den von Verbänden, Bundesjugendplan und Schulen bzw. Lehrern geförderten Jugendzeitschriften hat sich ein breiter Markt von Blättern und Illustrierten gebildet, auf den Kinder und Jugendliche – oft trotz der Verbote von Lehrern und Eltern („Schulmappenkontrollen") – immer häufiger ausweichen. Früh greifen sie zu Medien, die eigentlich für Erwachsene bestimmt sind: Boulevardblätter, Regenbogenpresse, Illustrierten, Programmzeitschriften.

10. Firmen und Verlage erkennen den neuen Markt und produzieren eigens für Kinder und Jugendliche Zeitschriften, in denen sie entweder für ihre Produkte werben oder die jungen Leser auf den Medienkonsum, den die Freizeitindustrie den Erwachsenen zunehmend anbietet, vorbereiten. Sie spekulieren dabei auf das Taschengeld, das jetzt immer mehr Jugendliche bekommen.

# Neue Impulse durch kommerzielle Zeitschriften in den fünfziger Jahren

## *Perfekte Machart und neues Programm: die „Rasselbande“*

An der ab 1953 erscheinenden „Rasselbande“ schieden sich die Geister. Gieseler hat sie vehement abgelehnt: „Eine im Text von Seite zu Seite das Thema wechselnde Zeitschrift, mit der Fortsetzungsgeschichte, mit dem Anreiz einer nur auf den Stoff gerichteten Neugier, immer auf der Jagd nach Illusionen, voll prickelnder falscher Abenteuerromantik und mit den üblichen Zusätzen von Bastelecke, Witzseite und anderen ähnlichen Zusätzen ist sie völlig abzulehnen“ (1958, S. 80). Konrad Friesicke dagegen zeichnete ein fast schon hymnisches Portrait der „Rasselbande“ (1955, S. 78–80).

*Ein reißerischer Auftakt: Das Titelbild der ersten Nummer der „Rasselbande“, die im Juli 1953 für 50 Pfennig erschien.*

Ohne Zweifel wurde die „Rasselbande“ zur erfolgreichsten Jugendzeitschrift der fünfziger Jahre. Nach kurzer Zeit erreichte sie schon eine Auflage von 300 000. Gegen Ende des Jahrzehnts ging diese allerdings etwas zurück, erschien aber

noch bis 1965 und wurde dann unter dem Titel „Wir“ weitergeführt. Eigentlich war das Grundkonzept nicht neu. Die Mischung aus Information und Unterhaltung, der spannende Fortsetzungsroman, Reportagen, Rätsel, Witze und Bastelseiten gehörten zum Grundbestand der meisten bisherigen Zeitschriften, hatten sich seit dem traditionsreichen Blatt „Der gute Kamerad“ bewährt. Dennoch ist das Erscheinungsbild der „Rasselbande“ von der ersten Nummer an anders. Schon der äußere Eindruck deutet auf ein wohl kalkuliertes Konzept. Die Zeitschrift hat nichts Anbiederndes oder Betuliches mehr, sondern setzt auf spontane emotionale Wirkung. Ins Auge fällt die Illustration, die verschiedenste Möglichkeiten nutzt. Reportagen werden mit Fotos illustriert, technische Informationen und Bastelanleitungen mit Schemazeichnungen, fiktionale Texte mit farbig gemalten Bildern. Dazu kommen noch Karikatur- und Witzzeichnungen und Bildergeschichten. Die „Rasselbande“ scheute sich auch nicht, Erfolgsrezepte der Groschenheftzeitschriften aufzugreifen, die dramatische Titelgestaltung, die Abenteuergeschichte mit reißerischen Effekten, den Comic. Gerade darin ist die „Rasselbande“ besser als die Vorbilder, „Pete“ wirkt im Vergleich dazu eher ärmlich.

Das Erscheinen der „Rasselbande“ im Jahre 1953 war von einem großen, für Jugendzeitschriften völlig ungewöhnlichen Werbeaufwand begleitet, wobei der Medienverlag Heinrich Bauer seine technischen Möglichkeiten und seine Erfahrung sowie seine Finanzkraft voll ausnützte. Mit seiner Kinderseite in der Rundfunkzeitschrift „Hören und Sehen“ hatte er schon vorher Erfolg gehabt. Im Juli war das Gesetz über die Verbreitung jugendgefährdender Schriften in Kraft getreten. Das Bundesinnenministerium stellte einigen Verlagen große Summen für Werbezwecke für ihre Jugendzeitschriften zur Verfügung. Zwei der geförderten Zeitschriften, das „juniormagazin“ und „Das Zelt“, gingen schnell in der „Rasselbande“ auf, die deren Mittel nutzen konnte.

Der Heinrich Bauer-Verlag warb in der Presse mit Fotos, auf denen Jugendliche mit großen „Rasselbande-Bällen“ und Zelten mit der Aufschrift „Rasselbande“ spielten. Es wurde ein „Rasselbanden-Schlager“ geschaffen, über Funk und Schallplatte verbreitet. Später entstand ein eigener Roman, „Oh diese Rasselbande“ (2, 1954, 5, S. 18ff.), schließlich auch ein Rasselbanden-Spielfilm. Es folgten Luftballons, Anstecknadeln, Wimpel. Die große Rasselbanden-Gemeinde war gebildet, der kommerzielle Erfolg blieb nicht aus.

Aufmachung und Werbeaufwand allein können diesen Erfolg jedoch nicht erklären. Auch der Inhalt mußte für die Leser attraktiv sein. Interesse fanden vor allem die Fortsetzungsromane und Erzählungen. 1954 erweiterte „Rasselbande“ seinen Umfang, um noch mehr Romane aufnehmen zu können. 27 von 61 Seiten des Heftes 26 im Jahrgang 1955 sind den Romanen vorbehalten (vier Fortsetzungsromane), von denen einer den Umfang eines Pete-Romans übertrifft. Erlebnisberichte aus exotischen Ländern, Reportagen usw. ergänzen dieses Angebot. Ein beträchtlicher Teil der „Rasselbande“ besteht also aus Erzählungen, die spannend sind, den jugendlichen Lesern Identifikationsmöglichkeiten bieten.

Eine weitere Attraktion der „Rasselbande“ waren die „Jungreporter“. In verschiedenen Großstädten hat „Rasselbande“ jugendliche Mitarbeiter, deren Berichte, Interviews mit Prominenten aus Politik und Unterhaltungsindustrie, Reportagen aus verschiedenen Betriebszweigen, in keinem Heft fehlen. Ihre Texte sind wohl meist redaktionell überarbeitet worden. Die „Jungreporter“ sind mehr als ein Versuch, die Leser zu beteiligen, sie sind gewissermaßen die Leitfiguren der „Rasselbanden-Jugend“: Jung, wißbegierig, clever, ohne Angst vor großen Tieren, begeisterungsfähig durch Leistung und Erfolg. Diese Ideale spiegeln sich in der Bevorzugung der Themen Sport, moderne Technik, Autos und Flugzeuge wider. Über mehrere Hefte hinweg wird z. B. – mit vielen Zuschriften – die Misere des Schulsports angeprangert (1955). Noch ist Weltraumfahrt Utopie, „Rasselbande“-SF-Reportagen berichten aber über Raketenraumschiffe: „Wissenschaftlich einwandfreie Erkenntnisse und sensationelle Berichte pflegen selten übereinzustimmen; aber so unwahrscheinlich es klingt, geheimnisvolle Funkmeldungen aus dem Weltall sind ebensowenig Ausgeburten einer blühenden Phantasie wie die Behauptung, Menschen würden in zehn oder fünfzehn Jahren in den Weltraum vorstoßen“ (1, 1953, 5, S. 13). Im gleichen Heft wird über die Erfolge des Volkswagenwerks berichtet. Der Artikel schließt: „Das ist innerhalb so kurzer Zeit eine Leistung, auf die nicht nur das Werk, sondern jeder Deutsche mit berechtigtem Stolz blicken kann“ (ebd., S. 11).

Das Leitbild des aktiven, leistungsbewußten jungen Menschen wird vor allem in den Jungreporterberichten vielfältig variiert. Im Heft 4 des Jahres 1953 (S. 46–47) berichten sie z. B. von einer Radtour von sieben Mädchen, einer Schülertheateraufführung, von Hörspielversuchen mit dem Tonbandgerät und von der Einrichtung einer „Schulverkehrswacht“ („Kinderpolizei“). Durch Anstrengung zum Erfolg, das ist die griffige Formel, die zwar nicht, offen ausgesprochen, „gelehrt“ wird, jedoch alle Hefte wie ein roter Faden durchzieht. Der jugendliche Leser kann sich damit identifizieren, wird sie doch von seinesgleichen vorgelebt.

Der Weg zum Erfolg verläuft in einem weitgehend konfliktfreien Raum. Auch dafür will „Rasselbande“ sorgen. Der Berliner Versuch einer „Schülerselbstverwaltung“ findet ein positives Echo, weil damit das Verhältnis von Lehrern und Schülern verbessert wird, die Schüler mehr Freude an der Schule haben (1, 1953, 8, S. 15). Die Schüler wählten keineswegs die „Wortführer und Raufbolde und die Immer-Besser-Wisser“. „Nein, sie hielten sich an die Stillen und Bescheidenen, an die Gerechten und Aufrichtigen, an die Fleißigen und Ordentlichen.“ An anderer Stelle heißt es: „Man hört überhaupt immer mehr Fälle, daß die Schüler ganz prima mit ihren Lehrern auskommen“ (2, 1954, 14, S. 2). Es geht also nicht um demokratische Erziehung – Politik kommt in der „Rasselbande“ nicht vor –, sondern um Harmonie, um Vermeidung von Konflikten. Zwischen Jugendlichen und den Staats- und Bildungsinstitutionen besteht ein harmonisches Miteinander. Natürlich ist auch die Beziehung zur Polizei gut, die erwähnte „Kinderpolizei“ geht auf einen Vorschlag des Polizeidirektors und des Schulrats zurück. Eine solche Harmonie ist wichtig für ein reibungsloses Miteinander im Dienste des technischen und wirtschaftlichen Fortschritts. Die

**Ruhe! Der Präsident spricht!**

**Wir Schüler vertreten uns selbst – Aber gehorchen müssen wir doch – Unser Ziel: Freude am Unterricht**

*Demokratische Erziehung wird 1953 im 1. Jahrgang der Jugendzeitschrift „Rasselbande" (Heft 8) thematisiert, jedoch in Form einer Erziehung zur Konfliktvermeidung dargestellt.*

„Rasselbande" wird so zur Propagandazeitschrift der Wirtschaftswundergeneration.

Diese Propaganda ist nicht grobschlächtig, es wird nicht die lasche „skeptische Generation" beklagt. In der „Rasselbande" ist der „richtige" Jugendliche vorausgesetzt. Er wird als Leser angesprochen, ist allenthalben präsent.

Verständnis für Kulturen und Mentalitäten, die nicht leistungsbewußt sind, kann auf dieser Grundlage nicht vorausgesetzt werden. Die Reiseberichte über ferne Länder reproduzieren die Klischees über die „Eingeborenen", die sich in der Tradition des Kolonialismus gebildet und verfestigt haben. Natürlich ist in einem sudanesischen Dorf „nicht viel los". Gott sei Dank findet der Reisende wenigstens noch ein „solides Rasthaus" (3, 1955, 13, S. 53). Und natürlich erscheint dem Tierfänger für Hagenbeck ein Negerstamm, der wenig Verständnis für sein Anliegen zeigt, als eine „faule und gerissene Gesellschaft" (3, 1955, 14, S. 18).

Die „Rasselbanden-Welt" scheint in Ordnung. Das Böse kommt nicht vor, und wenn, dann ist es eindeutig identifizierbar, z. B. in der Abenteuergeschichte. Oder es zeigt sich da, wo Kinder und Jugendliche die Ideale der neuen Zeit mißverstehen, nicht im Sinne der Gesellschaft, sondern zu ihrem eigenen Nutzen gebrauchen. Meist handelt es sich dabei um verachtenswerte oder gar kriminelle Aktivitäten. Hier hebt auch die „Rasselbande" den moralischen Zeigefinger, respektive der Chef der „Rasselbande", Dax, hebt den Zeigefinger, auf der zweiten Seite jeder Nummer. Da werden die falschen Helden von den echten geschieden (1, 1953, 7, S. 2), da geht es nicht um „berühmt werden – um jeden Preis" (1, 1953, 8, S. 2), und da hatten doch Schüler wirklich Schießpulver in der Schultasche (2, 1954, 14, S. 2). Die Fälle sind eindeutig, der Chef weiß sich mit seinem Leser einig, und wenn nicht, tut es auch eine humorig-väterliche Abmahnung.

„Rasselbande“ hat zwei Seiten: Einerseits ist es die nahezu perfekt gemachte Zeitschrift, gegen die die bisherigen „guten“ Zeitschriften oder auch die Heftchenpresse kaum ankommen. Andererseits steht „Rasselbande“ auch für ein neues gesellschaftliches Programm. Es will einen neuen Typ von Jugendlichen schaffen und vertreten. Ob „Rasselbande“ damit Erfolg gehabt hat, muß offen bleiben. Sie entsprach jedenfalls jener Mischung aus Realitätsangebot und „emotional befriedigenden Erlebnissen“, wie sie Charlotte Niederle in einer „Testzeitschrift“ als besonders erfolgreich ausgemacht hat (1972, S. 131). Wenn ich mich selbst an meine „Rasselbanden“-Zeit zurückerinnere und jetzt die Hefte wieder durchblättere, dann erkenne ich manches wieder: Die Titelblätter, Bilder zu einzelnen Berichten, Fortsetzungsromane. Die kleingedruckte Pädagogik des Herrn Dax habe ich damals wohl nicht gelesen. Die Botschaft war aber auch in den Reportagen und Geschichten enthalten.

### *Eine Zeitschrift für die Teenagergemeinschaft: „Bravo“*

Über Deutschlands bis heute auflagenstärkste Jugendzeitschrift „Bravo“ ist viel geschrieben worden. Die meisten Untersuchungen betreffen jedoch die Zeit nach 1965, als „Bravo“ sich Jugendzeitschrift nannte.[6] Im wesentlichen wiederholen sich die Vorwürfe und Urteile gegenüber „Bravo“:

- „Bravo“ sei apolitisch, enthalte sich jeder Gesellschaftskritik (J. H. Knoll, 1978a, S. 77). Als „Ideologieträger und Wegweiser für die Pubertierenden“ (J. Braun, 1978, S. 94) vertrete „Bravo“ eher „kleinbürgerliche Wohlverhaltensregeln“ (J. H. Knoll, 1978b, S. 11).
- Andererseits werde eine Art Scheinwelt aufgebaut, deren Personal aus den Helden der Unterhaltungsmedien (Film, Fernsehen, Popmusik) stammten. Ihnen gegenüber erfolge eine Art „Leitbildfixierung“ (Knoll, 1978a, S. 77 u. 83).
- „Bravo“ sei von der Werbebranche abhängig, wecke immer neue Begehrlichkeiten, indem es die „angebotenen Waren mit Identifikationssymbolen“ koppele, erziehe so die „Jugendlichen zu kritiklosen Konsumenten“ (J. Braun, 1978, S. 94ff.).
- Besonders verhängnisvoll sei die „Kombination von Sex und Crime“ (Knoll, 1978b, S. 19). Sie hat mehrfach zu Indizierungsversuchen bzw. Indizierungen durch die Bundesprüfstelle geführt. Allerdings betreffen diese nicht unseren Untersuchungszeitraum. Ein Versuch des Sozialministeriums von Rheinland-Pfalz, „Bravo“ wegen eines Starschnitts von Brigitte Bardot in Lebensgröße zu indizieren, scheiterte im Jahre 1959.

Vor allem Soziologen und Pädagogen hatten sich der „Bravo“ kritisch bemächtigt (Knoll, 1978b, S. 16). Politischen Positionen rechts wie links ist „Bravo“ auch später immer ein Dorn im Auge gewesen. Vor allem die riesige Auflage – 1977 waren es wöchentlich 1 404 059 Exemplare, wobei jedes Exemplar noch von mehreren Jugendlichen gelesen wurde (Knoll, 1978a, S. 75), provozierte den Vorwurf, hier werde eine

ganze Generation manipuliert. Bei aller berechtigten Kritik ist jedoch nicht zu übersehen, daß die Kritiker von „Bravo“ – gerade, wo sie einen pädagogischen Anspruch vertreten, – die Jugendlichen stets nur als Objekt von Beeinflussung sehen. „Bravo“ sei ein falscher Erzieher, ein Verführer, vor dem eigentlich die Jugendlichen bewahrt werden oder gegen den sie immunisiert werden müßten. Die Frage, ob nicht die jugendlichen Leser mit „Bravo“ wichtige Bedürfnisse befriedigen können, die von Bildungsinstanzen und „gutem Schrifttum“ nicht beachtet oder gar unterdrückt werden oder wurden, wird nicht gestellt. Ob das Lesen von „Bravo“ nicht auch mit dem Versuch, dem Zugriff der Erzieher zu entgehen, zu erklären ist?

In dem zitierten Band „Pro und Contra Bravo“ findet sich auch ein Artikel, in dem der Chefredakteur von „Bravo“, Gert Braun, die Kritiker zurückzuweisen versucht. Braun bekennt sich uneingeschränkt zur Unterhaltung. „Bravo ist eine Entspannung vom Leistungsstreß.“ Und er fragt: „Ist in unserer immer härter und brutaler werdenden Gesellschaft kein Platz mehr für tröstliche Wunschträume, für Ausflüge in das Reich der Phantasie? Sind nicht gerade solche Kompensationen ein reich dosiertes Mittel gegen Realitätsflucht durch Drogen, Alkohol und gesellschaftliche Aggressionen?“ (G. Braun, 1978, S. 138). Im Interesse der Jugendlichen für Pop- und Rockmusik, für den „Showsektor“ sieht Braun geradezu eine „antiautoritäre Haltung“ gegen das „oberfläche Statusdenken der Erwachsenen“ (ebd., S. 133). Den Vorwurf der Konsummanipulation weist er ab, betont aber zugleich, Kapitalismus sei nichts Amoralisches, gerade angesichts von Arbeitslosen (ebd., S. 140). Im übrigen sei es eine unzulässige Vereinfachung anzunehmen, Bravo-Leser bekämen nichts anderes von der Welt mit „als was in Bravo steht“ (ebd., S. 137).

Auch Knoll muß schließlich zugestehen, daß man „Bravo“ nicht nur als Manipulationsmedium ansehen könne, daß es zugleich „auch ein Indikator für jugendliches Selbstverständnis sein dürfte“ (1978 b, S. 12). Es muß, um den Erfolg von „Bravo“ zu erklären, davon ausgegangen werden, daß die Zeitschrift in besonderem Maß auf Bedürfnisse der Leser eingeht, sie erfüllt. Zu fragen ist dann aber auch, wie bzw. mit welchen eventuellen Folgen sie von der Zeitschrift befriedigt werden.

Im Zeitraum dieser Untersuchung ist „Bravo“ nicht offiziell als Jugendzeitschrift bezeichnet worden, wenn die Vokabel „jung“ auch von Anfang an eine Rolle gespielt hat. Im August 1956 erschien, mit dem Chefredakteur P. H. Boenisch, das erste Heft von „Bravo“ als „Zeitschrift für Film und Fernsehen“. Modetips und Liebes- bzw. Schicksalsromane scheinen sich eher an ein erwachsenes Publikum zu wenden. Daß „Bravo“ dennoch von Anfang an viele jugendliche Leser erreicht, findet seine Reaktion in einem neuen Untertitel, der von Nr. 13 im Jahrgang 1957 an lautet: „Die Zeitschrift mit dem jungen Herzen“. Eine Untersuchung aus dem Jahre 1960 bestätigt, daß mehr als 50% der Leser zwischen 10 und 20 Jahre alt sind, 30% zwischen 12 und 16 Jahre (vgl. H. Jung, 1966, S. 13). Der neue Untertitel wird so begründet: „An alle Bravo-Freunde! ... In kürzester Zeit ist Bravo ein Begriff geworden. Nach wie vor steigt die Auflage von Woche zu Woche. Immer mehr Bravo-Freunde kommen hinzu. Für sie alle, die Alten und Jungen, ist der neue

Untertitel entstanden: Die Zeitschrift mit dem jungen Herzen. Dieser Untertitel ist keine Änderung, sondern ein Dank und ein Kompliment an unsere Leser, denn Hunderttausende – Menschen jeden Alters – lieben Bravo, die Zeitschrift mit dem jungen Herzen“ (2, 1957, 13, S. 2). Den Untertitel „Deutschlands größte Zeitschrift für junge Leute“ erhielt „Bravo“ erst im September 1965 im Zusammenhang des Wechsels vom Münchner Kindler und Schiermeyer zum Heinrich Bauer-Verlag. Zunächst also blieb „Bravo“ eine Zeitschrift für alle Altersgruppen. Das kann auch zum Erfolg bei Jugendlichen beigetragen haben, die nicht zu befürchten brauchten, als Kinder angesprochen zu werden.

„Bravo“ will zwischen den Altersgruppen nicht offen differenzieren, redet ihre Leser, mit denen sie sich immer einig weiß, oft in rhetorisch-suggestiven Fragen insgesamt an, gerade wo es um Meinungen und Stellungnahmen geht. Innenminister Schröder hat den deutschen Film kritisiert. „Bravo“ kontert: „Das Kinopublikum stellt fest: Deutsche Filme sind gut“ (3, 1958, 33, S. 36). „Bravo“ beansprucht also, Stimme und Meinung der Leser zu vertreten. Zugleich aber wird das Bild dieser Leser von „Bravo“ geformt. Dies geschieht nicht durch Belehrung, sondern indem man geschickt Tendenzen aufgreift, sie neu strukturiert, harmonisiert und in den verschiedensten Darstellungsweisen verstärkt.

„Bravo“ scheint dabei durchaus zwischen den geheimen Wünschen der Leser und ihrem offiziellen Selbstverständnis zu unterscheiden. Einerseits wird das lockere Liebesleben von Stars wie Frank Sinatra, Brigitte Bardot oder Curd Jürgens ausgebreitet. Sie werden oft in provozierenden Posen abgebildet. Das bekannte Sozialmärchen begegnet auf Schritt und Tritt: Aus armer Kirchenmaus wird durch Entdeckung und/ oder entbehrungsreiche Mühen der große Publikumsstar (z. B. das Starportrait von Kim Novak, 2, 1957, 52, S. 16). Andererseits kommt man den internalisierten gesellschaftlichen Moralvorstellungen entgegen, bestätigt sie, so daß der Leser – zwar mit Entrüstung – begehrlich die Bilder und Storys konsumieren kann So empört sich „Bravo“ in einem reich und geschickt bebilderten Artikel über eine Nacktwelle im deutschen Film: „Bravo ist gewiß nicht prüde. Wir haben auch nichts gegen Nackedeis im Film, wenn die Handlung Haut verlangt. Aber was kann die Handlung schon verlangen, wenn es sie kaum noch gibt? ... Hängt in das Schaufenster des deutschen Films mehr gute Filme und weniger Fleisch“ (2, 1957, 35, S. 38–39).

Obgleich „Bravo“ also in der Anrede zwischen den Lesealtern nicht scheidet, differenziert doch das Angebot. Neben den Altstars (Sinatra, Cooper, Jürgens, Schell usw.) spielen die Teenagerstars Peter Kraus, Conny Froboess, Sabine Sinjen u. a. eine besondere Rolle. Sie helfen das Leitbild des Teenagers aufzubauen, mit dem sich die jugendlichen Leser identifizieren sollen und können. Dieses Modell läßt zwar Unterschiede vom konservativen Verhaltenskodex Erwachsener und Pädagogen zu, so daß es dem Jugendlichen das Bewußtsein von Eigenständigkeit und Identität mit seiner Altersgruppe ermöglicht. Zugleich aber läßt es die Grenzen zu den Erwachsenen nicht unüberwindlich erscheinen. Das Leitbild des Teenagers erlaubt zwar mitunter, aufmüpfig zu werden, nicht aber radikalen Protest. Sein wesentlicher Inhalt

ist der Anspruch auf Eigenständigkeit des Jungseins. Immerhin impliziert dies das Recht auf eigene Lebensformen und Interessen, und zwar in ganz anderer Weise, als sie das Bild vom Kind und Jugendlichen in einer jugendpflegerisch orientierten Jugendpresse bisher vertreten hat. Das Teenagerideal ist das Besondere von „Bravo" und bedingt wohl z.T. auch den großen Erfolg dieser Zeitschrift bei jungen Lesern. Es soll deshalb im folgenden näher untersucht werden.

Im Grunde vertreten die Teenager keine anderen moralischen Grundsätze als ihre Eltern, brechen aus deren Welt nicht aus. Von Gruppen, die in der öffentlichen

*„Bravo" wird, wie hier im Heft 41 aus dem Jahrgang 1960, nicht müde zu betonen: Ihre Leser sind keine „Exis" oder „Halbstarke".*

Meinung als radikale Zerstörer der gesellschaftlichen und sittlichen Ordnung angesehen werden, Halbstarken und Existentialisten, setzt sich der Bravo-Teenager deutlich ab. Anläßlich des Filmes „Endstation Liebe", den einige Starkritiker als Ausdruck des Lebensgefühls der Jugend in den ausgehenden fünfziger Jahren (miß-)verstanden hätten, fragt „Bravo": „Ist unsere Jugend so?" Die Antwort lautet: „Nein". Stellvertretend kommt eine Hausfrau zu Wort: „Nur Traurigkeit und Widerwärtigkeit auf der Leinwand, das will ich nicht haben" (3, 1958, 15, S. 9). Der Film sei kein Stück abgebildeter Wirklichkeit. „Das Gegenteil von ‚Grüß Gott, lieber Kitsch' ist doch nicht ‚Bonjour Tristesse'" (ebd., S. 7). Weiter heißt es: „Der Himmel junger Menschen hängt nicht voller Geigen. Aber es gibt dort auch Trompeten, das Lachen

und die Zärtlichkeit. Das Leben muß keine Hölle sein, wenn es lebensecht ist. Überall ist ein Stückchen Himmel" (ebd., S. 8).

Der Begriff „Bonjour Tristesse" bezieht sich auf den Erfolgsroman von Françoise Sagan, für „Bravo" Inbegriff existentialistischer Menschenverachtung. Wieder heißt es: „Sind Teenager wirklich so?" (3, 1958, 23, S. 6–7). „Sind sie egoistisch, vergnügungssüchtig, leichtsinnig, verrucht, verantwortungslos, voll krankhafter Komplexe? ... Bravo sagt nein! So sind sie nicht ... Mit der Cecile ihres Romans wollte Françoise Sagan einer ganzen Generation von Teenagern einen Stempel aufdrücken. Aber dieser Stempel ist falsch. Er mag für einzelne Typen aus den Existentialistenkellern stimmen, wo Françoise Umschau hielt. Mit einer sehr sehr dunklen Brille." So urteilt Steffi, auf die noch näher einzugehen sein wird. Den Existentialismus definiert sie lakonisch so: „Es soll eine Theorie sein, wonach alle Leute schlecht sind und das Leben nichts wert ist" (3, 1958, 44, S. 6).

Die Abgrenzung gegenüber Halbstarken läßt sich besonders gut an den Berichten über Karin Baal ablesen. Als Teenagerstar hatte sie in dem Film „Die Halbstarken" mitgewirkt. Aber die jungen Darsteller hatten an ihrer Rolle zu viel Spaß gefunden. „Sie wollten wirklich Halbstarke sein und das auch zeigen. Jede Nacht zogen sie los, durch Kaschemmen und Kneipen. Karin immer mittendrin" (3, 1958, 15, S. 10). Natürlich gerät Karin Baal auf die schiefe Bahn, ihre Starlaufbahn scheint vorzeitig zu Ende, denn „Karin hat unsere Zeit zurechtfrisiert. Aber ist dieses Make-up der Tanzkeller und des Asphalts nicht falsch? Der Publikumsgeschmack spricht noch immer ein entscheidendes Wort mit, wenn es um die Karriere eines Filmstars geht. Und Euer ‚Publikumsgeschmack'? Welches Gesicht gefällt Euch besser? Die verschleierten Augen der Karin? Oder das offene Lächeln der Vera" (d.i. Tschechowa) (3, 1958, 24, S. 3). Als sich Karin Baal besinnt, sich wieder auf die Schulbank setzt und fleißig ist, kommt auch der Erfolg wieder. „Ich verspreche: Nie mehr halbstark ..." (4, 1959, 37, S. 10).

Im Heft 32 des Jahrgangs 1958 wird Steffi – im Alter von 16 Jahren – „geboren". „Steffi ist ein Teenager aus Wien. Ein Mädchen, das seit einem halben Jahr sein Tagebuch schreibt. Bravo sah dieses Tagebuch. Bravo bat Steffi, ihr Tagebuch Bravo anzuvertrauen. Steffi überlegte 14 Tage lang. Dann sagte sie ja. Bravo wird nur die Namen von Steffis Freunden und Bekannten verändern ..." (S. 3). In jeder Nummer erscheint jetzt also eine Fortsetzung aus Steffis Tagebuch, beginnend mit ihrem 16. Geburtstag. Bald muß sie zusätzlich noch Post beantworten. Schließlich endet das Tagebuch, und Steffi betätigt sich nur noch als Briefkastentante und nimmt in „Aufsätzen" zu aktuellen Teenagerproblemen Stellung. Es ist eine Vorform der Lebenshilferubrik, die erst Jahre später zur Attraktion von „Bravo" wurde. Ende 1959 (Heft 51) nimmt Steffi endgültig Abschied. Sie hat ihre Aufgabe erfüllt, nämlich das Bild des Teenagers ins Bewußtsein der Leser gebracht.

Steffi ist offensichtlich eine fiktive Figur. Als Adresse für Leserpost dient ein Postfach, als Leser ein Bild von ihr sehen wollen, erscheint eine Zeichnung (Titelblatt 4, 1959, 3), die dann jeden weiteren Beitrag ziert. Auch das Tagebuch enthält zu viele

*Ein Leserwunsch wird erfüllt: Das ist Steffi, die Teenagerideologin, deren Kopf 1959 als Titelfoto das „Bravo"-Heft Nr. 3 schmückt.*

Kolportageelemente, um als echt gelten zu können: Steffi verliebt sich in den Sohn eines zu Unrecht des Mordes Angeklagten.

Immer wieder behauptet Steffi, nichts Besonderes zu sein. Ihr Tagebuch könne jede Leserin geschrieben haben (3, 1958, 39, S. 6f.). Dennoch gehört sie eher in den Umkreis der Traumwelt der Stars. Angeblich kommt sie aus gut betuchtem Elternhaus, einer intakten Familie, mit kleinen, aber zu bereinigenden Störfällen. Der Vater ist Rechtsanwalt, die Mutter war ehemals Schauspielerin; Steffi selbst besucht das Gymnasium, will Innenarchitektin werden, wenn sie – wie sie mehrfach betont – nicht vorher heiratet. Sie entspricht also eher dem Traum bürgerlicher Solidität als der Wirklichkeit der Leser. In ihrem Tagebuch geht es in erster Linie um erste Liebeserfahrungen mit drei verschiedenen Jungen, natürlich alles in Ehren. Steffi flirtet gern, geht aber nie „zu weit". Ein weiteres Thema bietet die Auseinandersetzung mit Mutter und Vater, der Erwachsenengeneration, die den eigenen Lebensstil der Teenager als „halbstark" attackiert. Dagegen verwahrt sich Steffi natürlich („So verloren kutschiere ich ja doch nicht in der Welt herum. Es gibt Hunderte Dinge, die mir Spaß machen ..." 3, 1958, 39, S. 7), sie verteidigt ihre Flirts und die Bluejeans, nimmt andererseits aber auch manchen Rat von Erwachsenen an.

Steffi legt Wert darauf festzustellen, „daß wir ‚Teenager' alle miteinander ‚eine große Gemeinschaft' sind (ebd.). Und „Bravo" ist die Zeitschrift dieser Gemeinschaft, denn „es spricht wohl für Bravo, daß in dieser Zeitschrift wenigstens ein Teenager sagen kann, was er sich denkt" (4, 1959, 44, S. 7). In „Bravo" gibt Steffi, wie sie behauptet, „die durchschnittlichen Teenageransichten" wieder (4, 1959, 22, S. 6). Zwar habe ein Teenager manches von den Amerikanern gelernt, z. B. die „Offenheit", er geht aber mit dem „Amerikanismus" kritisch um. So hat Steffi keine Lust, ihre Eltern mit dem Vornamen anzureden (4, 1959, 6, S. 6). Teenager haben einen guten, „gesunden Instinkt", gesünder als der der Erwachsenen, „die aus lauter guten Instinkten zwei Kriege machten" (4, 1959, 22, S. 6). Steffi gibt zwar zu, Teenager interessierten sich nicht für Politik: „Die meisten von uns lesen mehr Illustrierten und Wochenblätter als Tageszeitungen." Die frühere Generation habe den Lauf der Welt jedoch auch nicht ändern können, obgleich sie sich enorm für Politik interessiert habe. Im übrigen hätten die Teenager „eine viel bessere Vorstellung von der Freiheit" als die Politiker. „Wir sind gegen jegliche Art von ‚Verbotstafeln'," Bluejeans bewahrten schließlich vor anders gefärbten Hemden (4, 1959, 15, S. 6).

Teenager seien keine Idioten, auch wenn sie weniger Bücher lesen. Ihre Bildung entnehmen sie dem Fernsehen. Zudem erlebten sie mehr, und das Leben sei der beste Lehrmeister (4, 1959, 25, S. 6). Der Film- und Plattenindustrie seien die Teenager keineswegs ganz verfallen. Sie zeigten vielmehr einen guten Geschmack, sähen und hörten nur, was ihnen Spaß macht, und: „Wir ‚machen' den Erfolg von Stars wie Elvis Presley, von Schallplatten, sogar von Filmen. Na also! Das heißt doch ganz klar und eindeutig, daß wir ‚auswählen'" (4, 1959, 9, S. 6). Natürlich kann Steffi deshalb auch nicht der These zustimmen, das Kino verderbe die Jugend. Zu einem Einzelverbrechen könne man nicht angeregt werden, wenn man keine kriminelle Anlage habe. Der Film habe auch keine Dauerwirkung, außerdem hätten neun von zehn Filmen eine „ausgesprochen moralische Lehre". Die Erwachsenen sollten einmal genauer hinsehen, für welche Filme sich die Teenager begeisterten, welche sie auswählten (4, 1959, 36, S. 6). Steffi schwärmt für Peter Kraus und Conny Froboess. Filme wie „Das Mädchen Rosemarie" (über den Mord an der Prostituierten R. Nitribitt) lehnt Steffi entrüstet ab (4, 1959, 7, S. 6). Sie hat auch etwas gegen skandalträchtige Stars, z. B. Liz Taylor. Teenager haben eben den richtigen Instinkt (4, 1959, 5, S. 6).

Selbstbewußt schlägt Steffi die Vorwürfe der Erwachsenen aus dem Feld, denn Teenager sind viel ehrlicher. „Wir machen nicht gern faule Kompromisse" (4, 1959, 44, S. 6). Außerdem seien Teenager gar nicht so übertrieben „modern", sehnten sich vielmehr sogar eher nach der guten alten Zeit. Deshalb lehnten sie auch die kindische abstrakte Malerei und die unverständlichen modernen Romane ab (4, 1959, 34, S. 6). Mit sechzehn seien sie zwar noch nicht erwachsen und könnten nicht verlangen, im Verein der Erwachsenen voll mitzuspielen. „Wir sollten vielmehr verlangen, daß man unseren ‚Verein' versteht, achtet und als gleichberechtigt anerkennt ... Sind unsere Gedanken, Gefühle und Handlungen weniger beachtenswert? Ist unsere Liebe weniger ernst, nur weil sie anders ist?" (4, 1959, 44, S. 6).

Teenager scheinen eigentlich die besseren Erwachsenen zu sein, vertreten die Normen der Gesellschaft „ehrlicher", „mit besserem Instinkt". Nur ihre Interessen und Sorgen sind andere. Steffi kennt sie, aus der Fanpost. Es sind vor allem „seelische Probleme", z.B. „Können Liebe und Freundschaft Hand in Hand gehen?" (4, 1959, 22, S. 6). Steffi stellt die häufigsten Fragen ihrer Leser in einer Liste zusammen, es sind: „1. In welchem Alter ist man zuerst verliebt? 2. Warum sind die Eltern gegen Bluejeans? 3. Soll man sich ‚ansprechen' lassen? 4. Kann man einen Schlagersänger als Schauspieler bezeichnen? 5. Soll man das Privatleben der Stars ‚aufwühlen'?" (4, 1959, 39, S. 6). Heiße Themen werden von Steffi aufgegriffen. Sie schreibt über die Fragen „Wollen alle Jungens ‚dasselbe'?" und „Zu jung zum Heiraten – aber ..." (4, 1959, 50, S. 20 u. 48, S. 6).

Ihre Antworten sind eher ausweichend. Natürlich wollen alle Jungen „dasselbe", die Mädchen können die Jungen aber „richtig auswählen", „lenken und überzeugen". Zu „demselben" darf es natürlich nicht kommen, flirten und sich ein bißchen verlieben schadet aber nichts. Irgendwann wird der Richtige dann schon kommen. Mit 17 kann man noch keine richtige Ehefrau sein (4, 1959, 2, S. 7). Deshalb ist es auch besser, keinen ständigen Freund zu haben. Wenn man auch auf gewisse Vorrechte des Erwachsenen verzichten muß („dasselbe"), ist Steffi von Frust weit entfernt: „Ich will gestehen, daß ich es nicht überdrüssig bin, jung zu sein. Ich liebe all die Dinge, die eine verheiratete Frau, oder gar eine junge Mutter nicht mehr tun kann – zumindest nicht, ohne lächerlich zu wirken" (4, 1959, 2, S. 7).

Trotz allen Pochens auf Eigenständigkeit der Teenager gibt es über die entscheidenden Normen keinen Dissenz mit den Erwachsenen. Diese werden nur insofern angegriffen, als sie die Jugendlichen in eine falsche Ecke, in die der Halbstarken nämlich, stellen wollen oder sich über Bluejeans und das Interesse an Schlagern oder Filmen, über Äußerlichkeiten also, aufregen. Steffi bezeichnet sich selbst geradezu als „Moraltante", wenn es darum geht, daß eine Fünfzehnjährige mit einem fünfzigjährigen Filmstar ein Verhältnis eingeht. Da ist ihre Haltung eindeutig: Das Mädchen (sic!) gehört in die Besserungsanstalt (4, 1959, 48, S. 6).

Die „Rasselbande" hatte als erste versucht, ein Jugendideal zu konstituieren, das jugendlichem Selbstverständnis zumindest in Ansätzen entsprach, zugleich die Integration in die von Technik und Wirtschaftswachstum geprägte Gesellschaft implizierte. Dieses Bild war jedoch noch unprofiliert, sparte vor allem Konflikte, z.B. mit den Erwachsenen aus. Erst das Bild des Teenagers in „Bravo" ermöglicht es den Jugendlichen, sich als eigenständige Gruppe zu fühlen. Gerade die angesprochenen Konflikte und Proteste gegen die Erwachsenen bieten dem jugendlichen Leser Deutungsmodelle zur Bewältigung seiner eigenen täglichen Erfahrungen und Auseinandersetzungen. Allerdings bietet ihm „Bravo" nur die Attitüde des Protests. Das Anderssein hat seine festen Grenzen. Immerhin, die Leser von „Bravo" können, innerhalb dieser Grenzen, mit gutem Gewissen sich so verhalten und das genießen, was sie wollen, ohne daß eine Zensur der Erwachsenen spürbar wird. Jugendschutz führt weitgehend nur noch Rückzugsgefechte.

Es geht, jedenfalls nach „Bravo", um Genießen, um Spaß. Trotz des Moralismus kündigt sich hier doch die Ablösung des „moralischen Codes" durch ein hedonistisches Lebensgefühl an (H.-H. Krüger, 1986). Ernstfälle des Lebens bleiben ausgespart, Berufsleben, Politik und weitgehend auch Sexualität. Das Teenagerdasein ist in einem von der Wirklichkeit abgehobenen Niemandsland, einer Spielwiese, angesiedelt. Jugend ist eine eigentlich geschichtslose Phase. Die Freiheiten, die sie bietet, sind auf Flirts, Schlager, Filme, Stars, Tanz und Mode eingeschränkt. Nutzbar sind diese Möglichkeiten aber nur, wenn man konsumiert. Man ist also auf das Angebot, das „Bravo" und die Medien- und Freizeitindustrie machen, angewiesen. Zwar mag die Teenagerkultur aus einer gewissen Enge herausgeführt haben, zugleich mündet sie jedoch in eine neue Abhängigkeit. Aus Geschäftsgründen ist „Bravo" auf seiten der Jugendlichen (R. Lindner, 1986, S. 279 u. 282). Indem sie Triebbedürfnisse weckt, aber nur fiktive Möglichkeiten der Befriedigung bietet, erzeugt sie suchtartige Abhängigkeit, die sich selbst reproduziert und damit steigert.

## Jugendzeitschriften in der Deutschen Demokratischen Republik

Auf die Kinder- und Jugendzeitschriften in der DDR ausführlich einzugehen, ist in diesem Zusammenhang aus mehreren Gründen nicht möglich. Zum einen ist die Beschaffung des Materials schwierig. Die meisten Zeitschriften sind in westdeutschen Bibliotheken nicht zu finden. Zum anderen müßte eine solche Untersuchung die viel engere Beziehung zwischen Erziehung, Propaganda und Medienpolitik im Sozialismus berücksichtigen, deren Wurzeln bei Lenin, Makarenko, Krupskaja, aber auch in der kommunistischen Kinder- und Jugendbewegung nach dem Ersten Weltkrieg zu suchen sind. Dennoch sollen hier einige Bemerkungen angefügt werden, die auf wichtige Unterschiede, aber auch auf vergleichbare Entwicklungen hinweisen. Sie stützen sich vor allem auf die in der DDR 1983 (Berlin) erschienene Darstellung von Rudi Chowanetz, „Die Kinderzeitschriften in der DDR von 1946 bis 1960", sowie auf Bände der Zeitschrift „Neues Leben".

Die sowjetische Besatzungsmacht hat als erste in ihrem Einflußbereich Zeitungen und Zeitschriften zugelassen oder angeregt. Die Medien gehörten zu ihrer wichtigsten Strategie, nicht nur faschistischen Ungeist zu bekämpfen, sondern den Boden für eine sozialistische Veränderung zu bereiten. Bereits im Juli 1945 gründeten die Sowjets die Jugendausschüsse. „Ihre Aufgaben bestehen darin, in der deutschen Jugend das von den Nazis getötete Gefühl für Recht und Unrecht, Wahrheit und Lüge, Sittlichkeit und Verbrechen neu zu erwecken, die Naziideologie aus ihren Köpfen zu entfernen und die Jugendlichen zu ehrlich denkenden Menschen zu erziehen, damit sie mit jugendlicher Begeisterung mitarbeiten an der großen Aufgabe der antifaschistischen, demokratischen Erneuerung Deutschlands".[7] Es geht also auch hier um Umerziehung

und moralische Erneuerung. Noch im gleichen Jahr erschienen die ersten Zeitschriften, z.B. „Neues Leben. Zeitschrift der Freien Deutschen Jugend“, herausgegeben von Erich Honecker, Chefredakteur war Paul Verner.

Schon in dieser Anfangszeit zeichnet sich das System der Kinder- und Jugendpresse in der künftigen DDR ab, wobei die Gründung der FDJ 1946 und der Pionierorganisation 1948 die wesentlichen Daten der Ausformung sind:

1. Alle Kinder- und Jugendzeitschriften der DDR werden von der FDJ herausgegeben.

2. Das Angebot ist nach dem Alter und z.T. auch dem Interessengebiet der Leser differenziert. Der Zeitschrift für Primarschüler, die „ABC-Zeitung“ aus dem Jahr 1946, folgt 1957 mit „Bummi“ sogar eine eigene Zeitschrift für die 3- bis 6jährigen.

3. Die Zeitschriften erscheinen in hohen Auflagen, zwischen 300000 und z.T. über 700000. Sie werden über die Schulen und Jugendorganisationen vertrieben.

4. Die Zeitschriften sollen „politisch und organisatorisch auf das Leben der Kinder“ einwirken (Chowanetz, 1983, S. 14). Zu den Aufgaben gehört die politische Bildung, die Leistungsmotivation, die Gestaltung und Verbesserung der Arbeit in den Jugendorganisationen, z.B. der Pioniere, der Kulturarbeit, der Vorbereitung von Massenaktionen der Jugend, schließlich auch die Charakterbildung, die Freizeitgestaltung.

5. Es gibt eine enge Verbindung zwischen Partei bzw. Jugendorganisation, Schule und Zeitschrift. 1958 werden z.B. die Leitungsmitglieder und Pionierleiter angewiesen, die „Zeitschriften wirklich als Organ der Zentralleitung“ zu betrachten „und in Anwendung“ zu bringen (ebd., S. 71). Sitzungen der Zentralleitungen der FDJ und der Pioniere befassen sich regelmäßig kritisch mit der Arbeit der Zeitschriften, stellen Forderungen, machen Veränderungsvorschläge, initiieren die Gründung neuer Zeitschriften. So entsteht 1953 die Zeitschrift „Frösi“ („Fröhlich sein und singen“) zur Verbesserung der kulturellen Arbeit. Die 1958 entstandene Zeitschrift „Rakete“ diente der Unterstützung der polytechnischen Erziehung und Bildung (ebd., S. 57). Obwohl immer wieder betont wird, die Jugendzeitschriften müßten sich nach den Bedürfnissen ihrer jugendlichen Leser richten, ist es doch das Kennzeichen der Zeitschriften der DDR, daß ein ideologisches Programm ganz dezidiert ihre Funktion, ihren Inhalt, ihre Struktur bestimmen. Ein solches Programm wird, im Gegensatz zu dem auch den westdeutschen Zeitschriften immanenten, ausgewiesen und jeweils auf seine wirksame Umsetzung hin überprüft. Die Frage nach einem eigenständigen, nicht mit dem von Erwachsenen übereinstimmenden Interesse und Lebensstil stellt sich hier kaum.

Obgleich diese Zeitschriften also von einem politischen Programm bestimmt sind, lassen sich doch Entwicklungen und Tendenzen feststellen, die denen in der Bundesrepublik vergleichbar sind. Die Zeitschrift „Neues Leben“ hat in den ersten Jahren im Grunde die gleiche Struktur, ähnliche Inhalte und Tendenzen wie „Pinguin“, „Horizont“ usw. Auch hier geht es um demokratische Erziehung, um Kulturgüter, Diskussionen über moderne Kunst und Jazz. Dabei wird durchaus auch kontrovers

diskutiert. In Fortsetzungen erscheint Erich Kästners „Emil und die Detektive", ebenfalls von Kästner ist ein Artikel „Die Klassiker stehen Pate" über das Projekt eines ständigen Kindertheaters (2, 1946, 2. Sonderh., S. 32–33). Zu Weihnachten 1946 wird eine Predigt abgedruckt. Ein sozialistischer Ansatz läßt sich zwar bei genauerer Betrachtung finden, wird aber zunächst nicht explizit, selbst nicht in den ausführlichen Berichten über die FDJ, ihre Kongresse und programmatischen Verlautbarungen, z.B. den „Grundrechten der jungen Generation" (2, 1946, 8, S. 32–33). Entsprechend der Strategie der Sowjets und der SED betonte man gerade im Zusammenhang der Gründung der FDJ deren demokratischen und überparteilichen Charakter. „Wir wollen keine Staatsjugend. Wir wollen auch keine tausend Jugendvereine. Wir wollen aber – gleich welcher politischen oder konfessionellen Richtung – uns in einer freien Jugendorganisation bei gegenseitiger Achtung der Meinung des Anderen zusammenfinden" (2, 1946, 4, S. 4). Der Vorwurf der Abhängigkeit von der KPD wird zurückgewiesen: „Wir betonen gleich am Anfang, daß das Prinzip der Unabhängigkeit unserer Organisation, als die Garantie für die Einheit unserer Jugend, von uns um keinen Finger breit verlassen werden wird. Weder heute noch morgen" (2, 1946, 15, S. 10).

Mit der faktischen Trennung der SBZ von den Westzonen hat sich dies sehr wohl und sehr schnell verändert. Die 4. Tagung des Zentralrats der FDJ im Dezember 1949 kritisiert die mangelnde gesellschaftspolitische Ausrichtung der Zeitschriften, bestimmt politisch-ideologische Ziele, aktiviert den Vertrieb (Chowanetz, 1983, S. 35f.). Die 1948 entstandene Zeitschrift „Der Junge Pionier" (Jg. 1. 1948 u.d.T.: „Unsere Zeitung für Mädel u. Jungen") erhält die Aufgabe, im Rahmen des Wettbewerbs „Aufwärts" die Pionierziele immer wieder ins Bewußtsein zu bringen: „Wir werben für den Verband – Wir lernen für die Zukunft – Wir bringen Freude und Frohsinn – Wir helfen mit am Neuaufbau Deutschlands" (Chowanetz, S. 33). Den Zeitschriften wachsen – entsprechend der Entwicklung der DDR – immer wieder neue politische Aufträge zu. Sie unterstützen die „Aktivistenbewegung" beim Aufbau, die „Orientierung auf den bewaffneten Schutz der DDR" gegen die Remilitarisierung der Bundesrepublik (Chonawetz, S. 42).

Bei allen diesen propagandistischen Aufgaben ist es nicht zu verwundern, daß die Zeitschriften, obgleich man sich der verschiedensten journalistischen Formen bedient, doch immer wieder der Kritik ausgesetzt sind. Sie seien zu hölzern geschrieben, enthielten oft viel zu lange Artikel mit kategorischen Forderungen, seien zu eintönig oder konfliktarm (Chowanetz, S. 45 u. 48). „Die Darstellung politischer Ereignisse im In- und Ausland werden häufig genutzt, um auf die Motive der Pioniere für das Lernen, ihre Taten für die Republik einzuwirken. Meist standen die Aufforderungen direkt am Schluß eines Beitrages, manchmal sehr beziehungslos und sich wiederholend. Damit gerät auch die gute Absicht in einen Widerspruch zur Wirkung" (Chowanetz, S. 42f.).

In den fünfziger Jahren verändern sich die Zeitschriften. Auch hier ist eine stärkere Ausrichtung am Lesergeschmack zu beobachten. Das hat nicht nur mit einer

Sinneswandlung der Funktionäre zu tun, sondern ist z.T. auch Reaktion auf die Schwierigkeiten mit der Motivation der Leser, die auch in der DDR lieber nach leichterer, unterhaltender Lektüre greifen. Auch in der DDR gab es einen Kampf gegen Schmutz und Schund, der wegen der „offenen Grenze" aus der Bundesrepublik illegal einströmte. „Schule und Pionierorganisationen kämpften unermüdlich gegen deren Einfluß" (Chonawetz, S. 56 u. 119). Es kam zur Gründung neuer Zeitschriften,

*Im DDR-Jugendmagazin „Neues Leben" erschien 1957 auf der Titelseite Sophia Loren als „Covergirl" (Heft 3).*

wobei auch hier Darstellungsmethoden der bekämpften Schriften aufgegriffen wurden. 1955 entstand die Bilderzeitschrift „Mosaik", 1957 die Vorschulzeitschrift „Bummi". Die Form der Bildergeschichte, die Einführung fiktiver Identifikationsfiguren lassen sich vor allem in den Kinderzeitschriften überall finden. Die offene Propaganda und Programmtraktate gehen stark zurück, was nicht gleichbedeutend mit einer Entpolitisierung oder -ideologisierung ist. Politische Fragestellungen und Positionen werden in andere Formen, vor allem journalistische und literarische, z.B. Reiseerzählungen und Kurzgeschichten, gebracht (Chowanetz, S. 62).

Ein Beispiel für diese Tendenz ist die Veränderung, die die Jugendzeitschrift „Neues Leben“, jetzt mit dem Untertitel „Magazin der Jugend“, im Jahre 1956 erfahren hat. Sie ist in der Tat ein Magazin geworden, das bei oberflächlicher Betrachtung auch im Westen hätte erscheinen können. Die Titel sind knallig, es handelt sich meist um Farbaufnahmen aus Filmen mit bekannten Stars. Wichtiger Bestandteil ist überhaupt die Filmberichterstattung und das Starportrait, wobei auch westdeutsche Filmschauspieler, Romy Schneider und O. W. Fischer etwa, gewürdigt werden. Weiter geht es um Mode, Tanzen, Schlager. Zwar erscheint der Rock'n Roll noch als westlich-dekadent, gegen Jazz hat man aber nichts mehr einzuwenden. Nicht ohne Widerspruch bei den Lesern blieb ein Rückenaktfoto eines nackten Mädchens (1956, 2, S. 21, dazu Heft 4, S. 43). Man druckt Leserbriefe, in denen die DEFA aufgefordert wird, Unterhaltungsfilme zu drehen, „in denen nicht nur dauernd von Arbeit, Planerfüllung und Politik die Rede ist“ (1956, 4, S. 42). Dennoch ist „Neues Leben“ nicht die „Bravo“ der DDR. Die politisch-ideologische Tendenz findet sich allenthalben, vor allem in den Erzählungen, den Reportagen und Reiseberichten. Das Heft 7 des Jahres 1957 stellt „Zwei Häuser in Berlin“ gegenüber (S. 12–14). Das Haus in Westberlin ist verkommen, die Mieter zum Teil Tbc-krank, während der Besitzer in einer schönen Villa wohnt und Mieten erpreßt. Das Haus in Ostberlin dagegen, ursprünglich ebenfalls heruntergekommen, wurde – wenn auch mit Schwierigkeiten – von der „volkseigenen Wohnungsverwaltung“ renoviert, seine Bewohner sind glücklich. Ähnliche Darstellungen finden sich immer wieder. Von einer Reise ins schöne Paris heißt es u. a.: „Du findest eine Schicht gerissener und hartgesottener Geschäftsleute, die es verstanden haben, aus dem romantischen und etwas verdorbenen Geschmack des ausländischen Touristen einen blühenden, goldbringenden Erwerb zu machen. Und von den Brosamen, die dabei unter den Tisch fallen, ernähren sich, kümmerlich und unter Verlust ihrer letzten Würde, die Scharen von Bewohnern der Hinterhöfe, der Keller- und Bodenstuben, der Seitengasse der Metropole“ (1957, 9, S. 2). Die Wirklichkeit hat nichts mit dem Paris des Films zu tun, es lohnt sich also nicht, sich eine echte Paris-Reise zu wünschen, die den meisten Lesern doch unerreichbar wäre. In anderer Weise, aber durchaus vergleichbar, wird also auch in der DDR das Unterhaltungsbedürfnis der jugendlichen Leser angesprochen und zu befriedigen versucht, um sie dann um so besser bei der Stange zu halten. Auch „Neues Leben“ zeichnet einen Modelljugendlichen, der seine Freiheitsbedürfnisse im Unterhaltungssektor befriedigen kann. Im Gegensatz zu „Bravo“ wird jedoch auch immer wieder die Bereitschaft, Leistungen für die sozialistische Gesellschaft zu erbringen, beschworen. Der Jugendliche des „Neuen Lebens“ ist aktiv, diese Leistung zu bringen ist ihm selbstverständlich.

## *Anmerkungen*

1 Vgl. M. Knocke, M. Lindgens, M. Meissner, 1979, S. 18f.

2 Auch Betriebszeitungen wollen „erzieherisch, belehrend und geschmacksbildend wirken", so „Jugend und Werk. Monatsschrift für die Werksjugend der BASF Ludwigshafen" (1, 1950-12, 1961, H. 5), vgl. Friesicke, 1956, S. 142.

3 Dieses Material befindet sich im Archiv des Instituts für Jugendbuchforschung an der J. W. Goethe-Universität Frankfurt am Main.

4 Aus der Korrespondenz der „Vereinigten Jugendschriften-Ausschüsse".

5 Protokoll in den Akten der „Vereinigten Jugendschriften-Ausschüsse".

6 Vgl. Pro und Contra „Bravo", 1978. Darin besonders: J. Braun, „Bravo" im Spiegel der Literatur, S. 91–115.

7 Dokumente und Bilder zur Geschichte der Pionierorganisation „Ernst Thälmann", zit. nach: R. Chonawetz, 1983, S. 19.

# Literaturverzeichnis

## Quellen

### *Kinder- und Jugendbücher*


Altenhöfer, Ludwig: Aktion Grün. Ein Buch vom Widerstand der Jugend gegen die Diktatur. Würzburg 1956.

Angerhausen, Julius: Der Granatapfel. Warendorf 1947 (2. Aufl. 1948).

Asscher-Pinkhof, Clara: Sternkinder. Berlin 1961.

Badisches Lesebuch für das 5.–8. Schuljahr. Hrsg. vom Badischen Ministerium des Kultus und Unterrichts. 2. Aufl. Offenburg 1951.

Bahl, Franz: Schwarze Vögel. Braunschweig 1957 (zit. nach d. Ausg. Würzburg 1971).

Bantzer, Marigard: Die Straße. Ravensburg 1950.

Bartos-Höppner, Barbara: Entscheide dich, Jo. Stuttgart 1959.

Bartos-Höppner, Barbara: Der gezähmte Falke. Stuttgart 1957.

Bartos-Höppner, Barbara: Kosaken gegen Kutschum-Khan. Stuttgart 1959.

Bartos-Höppner, Barbara: Rettet dem großen Khan. Stuttgart 1961.

Bartos-Höppner, Barbara: Sturm über dem Kaukasus. Stuttgart 1963.

Bartos-Höppner, Barbara: Taigajäger. Stuttgart 1960.

Bartos-Höppner, Barbara: Die Töchter des Königsbauern. Stuttgart 1956.

Bartos-Höppner, Barbara: Das tönende Holz. Stuttgart 1958.

Bartos-Höppner, Barbara: Wir wollen Freundschaft schließen, Nina! Bamberg, Wiesbaden 1956.

Baumann, Hans: Alexander. Jena 1941.

Baumann, Hans: Der Bär und seine Brüder. Reutlingen 1961.

Baumann, Hans: Die Barke der Brüder. Aus der Zeit Heinrichs des Seefahrers. Reutlingen 1956.

Baumann, Hans: Der große Alexanderzug. Reutlingen 1967 (zit. nach d. Ausg. München 1978).

Baumann, Hans: Heldensagen aus aller Welt. München 1979.

Baumann, Hans: Die Höhlen der großen Jäger. Vier Jungen und ein Hund geraten in die Eiszeit. Reutlingen 1953.

Baumann, Hans: Ich zog mit Hannibal. Reutlingen 1960 (zit. nach d. Ausg. München 1972).

Baumann, Hans: Das Kind und die Tiere. Legenden. Düsseldorf 1949.

Baumann, Hans: Legenden der Liebe. Wolfenbüttel 1951.

Baumann, Hans: Der Sohn des Kolumbus. Reutlingen 1951.

Baumann, Hans: Steppensöhne. Vom Sieg über Dschingis-Khan. Reutlingen 1954.

Baumann, Hans: Der Turm Nehaj. Jena 1941.

Benary, Albert: Panzer voran! Berlin 1939.

Benary-Isbert, Margot: Annegret und Cara. Stuttgart 1951.

Benary-Isbert, Margot: Die Arche Noah. München 1948.

Benary-Isbert, Margot: Der Ebereschenhof. München 1949.
Benary-Isbert, Margot: Die Großmutter und ihr erster Enkel. München 1957.
Bergengruen, Werner: Die heile Welt. Zürich 1950.
Bernheim, Karoline: Vom Wasser. Fürth 1946.
Beseler, Horst: Die Moorbande. Berlin 1952 (2. Aufl. 1959).
Beskow, Elsa: Hänschen im Blaubeerenwald. Stuttgart 1903 (NA. Stuttgart 1948).
Bindschedler, Ida: Die Kummerbuben. Bern 1941.
Bindschedler, Ida: Die Turnachkinder. Frauenfeld 1906.
Blum, Lisa-Marie: Der Geburtstagskuchen. Braunschweig, Berlin, Hamburg 1946.
Blyton, Enid: Die Burg der Abenteuer. Berlin 1950.
Blyton, Enid: Diese Angeber. Berlin 1953 (zit. nach 2. Aufl. 1965).
Blyton, Enid: Enid Blyton erzählt aus ihrem Leben. Eine Biographie. 2. Aufl. Berlin 1979.
Blyton, Enid: Die Insel der Abenteuer. Berlin 1950.
Blyton, Enid: Das Tal der Abenteuer. Berlin 1951.
Bonsels, Waldemar: Die Biene Maja und ihre Abenteuer. Berlin 1912.
Borchert, Wolfgang: Draußen vor der Tür. Hamburg, Stuttgart 1947.
Boris, Otto: Die Bärenkinder. Stuttgart 1948.
Bosch, Martha Maria: Der arme Schlucker. Die Geschichte vom Frieder und seinem kranken Schwesterchen. Stuttgart 1949.
Bosch, Martha Maria: Frauen, von denen man spricht. Stuttgart 1956.
Bosch, Martha Maria: Irenes erstes Lehrjahr. Stuttgart 1948.
Bosch, Martha Maria: Die Kinder des Holzschnitzers. Stuttgart 1950.
Bosch, Martha Maria: Mareile und Dieter. Stuttgart 1946.
Bosch, Martha Maria: Ulrike. Ein Buch für Mädchen. Stuttgart 1955.
Bosch, Martha Maria: Was wirst du, Ursula? Stuttgart 1954.
Bratt, Berte (d.i. Annik Saxegaard): Anne und Jess. München 1955.
Brecht, Bertolt: Der verwundete Sokrates. Berlin 1949.
Bruckner, Karl: Giovanna und der Sumpf. Wien 1953.
Bruckner, Karl: Lale, die Türkin. Wien 1958.
Bruckner, Karl: Sadako will leben. Wien 1961.
Brüne, Klaus: Die schwarze Fahne. Köln 1948.
Brunhoff, Jean de: Die Geschichte von Babar, dem kleinen Elefanten. Ravensburg 1956.
Der bunte Garten. Lesebuch für katholische Volksschulen. Bd. 3: 5. u. 6. Schuljahr. Dortmund o.J. (genehmigt 1953).
Der bunte Kranz. Hrsg. von Otto Appel, Heinrich Gloßner u.a. Ausg. für Rheinland-Pfalz. Bd. 2: 3./4. Schuljahr. Frankfurt a.M., Berlin, Bonn 1956.
Carigiet, Alois u. Selina Chönz: Flurina und das Wildvöglein. Zürich 1952.
Carigiet, Alois u. Selina Chönz: Der große Schnee. Zürich 1955.
Carigiet, Alois u. Selina Chönz: Schellen-Ursli. Zürich 1945.
Ceram, C. W. (d.i. Kurt W. Marek): Götter, Gräber und Gelehrte. Hamburg, Stuttgart 1949.
Cesco, Federica de: Der rote Seidenschal. Eine Indianergeschichte für meine Schulkameraden. Solothurn 1957.
Cetto, Gitta von: Bäume wachsen nicht in den Himmel. Stuttgart 1957.
Clemen, Petra: Der singende Drachen. Heidelberg 1946.
Coqui, Marthe u. Hanna Forster: Des Kindes erstes Weihnachtsbuch. Stuttgart 1946.
Cramer, Ella: Brigitte. Angermund 1947.
David, Kurt: Der erste Schuß. Berlin 1959.
David, Kurt: Die Verführten. Halle 1956.
del Castillo, Michel: Elegie der Nacht. Hamburg 1958.
Denneborg, Heinrich Maria: Daniel der kleine Uhrmacher. Zürich 1953.

Denneborg, Heinrich Maria: Das Eselchen Grisella. Berlin 1955.
Denneborg, Heinrich Maria: Der fliegende Schneider. Solothurn 1958.
Denneborg, Heinrich Maria: Jan und das Wildpferd. Berlin 1957.
Denneborg, Heinrich Maria: Das Wildpferd Balthasar. Berlin 1959.
Deutscher Erntesegen. Auswahl deutscher Meisterprosa für das 5.–8. Schuljahr. Hrsg. von der Lesebuchverwaltungskommission. Kassel 1947.
Deutsches Lesebuch für höhere Schulen. Bd. 5: Obertertia, Untersekunda. Hrsg. von Ernst Bender. Karlsruhe 1951.
Deutsches Lesebuch für höhere Schulen. Bd. 6: Obersekunda. Hrsg. von Ernst Bender u.a. Karlsruhe 1954.
Dichterinnen erzählen der Jugend. 31.–35. Tsd. Stuttgart 1947 (1. Aufl. u.d.T.: Junges Herz am Morgen. Stuttgart 1940).
Durian, Wolf (d.i. Wolfgang W. Bechtle): Kai aus der Kiste. Leipzig 1927.
Durian, Wolf: Der kleine Gustav. Berlin 1948.
Duvoisin, Roger: Petunia. Ravensburg 1956.
Duvoisin, Roger: Petunia in der Stadt. Ravensburg 1957.
Duvoisin, Roger: Petunia, nimm dich in acht. Ravensburg 1959.
Duvoisin, Roger: Petunia und das Lied. Ravensburg 1958.
Ehmcke, Susanne: Gaukelmärchen. Düsseldorf 1946.
Ehmcke, Susanne: Le petit Dictionnaire en images. The little picture-dictionary. Das kleine Bilderlexikon. Ravensburg 1949.
Eins und Alles. Gedichte für Kindheit und Jugend. Gesammelt u. hrsg. von Heinz Ritter. Kuppenheim/Murgtal 1948.
Eismann, Peter: Weg in die Weite. Worte ins Leben für Jungen. 2. Aufl. Nürnberg 1949.
Ende, Michael: Jim Knopf und die Wilde 13. Stuttgart 1962.
Ende, Michael: Jim Knopf und Lukas der Lokomotivführer. Stuttgart 1960.
Engelhardt, Ingeborg: Im Schatten des Staufers. Stuttgart 1962.
Engelhardt, Ingeborg: Ein Schiff nach Grönland. Gütersloh 1959.
Erde ist mehr als andere Habe. Hrsg. von David Gathen. Düsseldorf 1946.
Eschbach, Josef: Geheimnis um Stollen III. Nürnberg 1949.
Die Fackel. Lesebuch für höhere Schulen. Hrsg. von Franz Werneke u.a. Bd. 1: 5. Schuljahr. 3. Aufl. Göttingen 1959.
Fatio, Louise u. Roger Duvoisin: Der glückliche Löwe. Freiburg i.Br. 1955.
Federau, Wolfgang: Juttas Glück in Afrika. Augsburg 1950.
Federau, Wolfgang: Sybille und ihr Soldat. Berlin 1940.
Felguth, Arthur (Pseud. Onkel Lüddensnack): Die Geschichte von Bennimops und Suckikind. Berlin 1949.
Felguth, Arthur (Pseud. Ohm Till): Robbi und Robba. Die große Reise. Berlin 1946.
Fenzl, Viktoria: Drudi Dradi, Hand in Hand, reisen in das Mohrenland. Wien 1932 (NA. 1945).
Ferra-Mikura, Vera: Der Märchenwebstuhl. 1946 (zit. nach NA. u. d.T.: Der Teppich der schönen Träume und andere Märchen. Wien 1955).
Ferra-Mikura, Vera: Der Zaubermeister Opequeh. Wien 1956.
Fischer, Hans: Pitschi, das Kätzchen. Zürich 1948.
Fischer, Hans: Rumpumpum. Zürich 1951.
Fischer, Marie Louise: Die Klasse ist für Petra. München 1959.
Frank, Anne: Das Tagebuch der Anne Frank. Heidelberg 1950.
Friedrichs, Käthe: Bille und die Holtermänner. Reutlingen 1948.
Frohe Fahrt. Lesebuch für Rheinland-Pfalz. Bd. 3. 4. Hrsg. von der Arbeitsgemeinschaft der Erzieher des Landes Rheinland-Pfalz. Düsseldorf 1953.

Fromberg, Clara: Schlupps der Handwerksbursch. Frankfurt 1947.
Fürstenberg, Hilde: Das Mädchen Corry. Berlin, Augsburg 1949.
Füsser, Hans u. Walter Thierbach: Heinz und Inge. Düsseldorf 1946.
Gajdar, Arkadij (d.i. Arkadij Petrowitsch Golikow): Timur und sein Trupp. Berlin 1947.
Das Garbenfeld. Hrsg. von Otto Appel, Heinrich Gloßner u.a. Ausg. für Rheinland-Pfalz. Bd. 1. 2. Frankfurt a.M., Berlin, Bonn 1956 (Bd. 1: 5./6. Schuljahr. 4. Aufl. 1959. Bd. 2: 7./8. Schuljahr. 3. Aufl. 1958).
Gast, Lise (d.i. Elisabeth Richter): Die Haimonskinder. Stuttgart 1950.
Gaudecker, Hans von: Waldinchen. Wittenberg 1946.
Gebhardt, Hertha von: Freundinnen. Köln 1948.
Gebhardt, Renate von: Annemarie Denger, Stud. mus. Köln 1949.
Die Glocke. Ein Lesebuchwerk. Teil 1: Morgenruf. Lesebuch für das 2. Grundschuljahr. Bearb. von Ernst Fenske u. Carl Schulz. 95.–114. Tsd. Berlin, Hannover 1949.
Görlich, Günter: Die Ehrgeizigen. Berlin 1959.
Görlich, Günter: Der schwarze Peter. Berlin 1958.
Görlitz, Walter: Abraham Lincoln. Heidelberg 1946.
Golding, William: Herr der Fliegen (Lord of the flies, dt.). Frankfurt a.M., Berlin 1956.
Gotthelf, Jeremias: Der Knabe des Tell. Berlin 1946.
Graf, Georg Engelbert: Das Märchen vom Rhein und von den Menschen. Berlin 1946.
Grin, Alexander: Das Purpursegel. Berlin 1946.
Die Großen der Welt. Hrsg. von Georg Popp. Würzburg 1955.
Gündel-Knacke, Emma: Elke, der Schlingel. Berlin 1937 (57.–66. Tsd. Schemmerberg 1948. 131.–150 Tsd. Stuttgart 1951).
Gündel-Knacke, Emma: Der verhexte Rucksack. Leipzig 1940.
Die gute Saat. Hrsg. von Joseph Antz, Fritz Leisinger u.a. Bd. 5: Ein Lesebuch für das 7.–8. Schuljahr. Braunschweig, Berlin, Hamburg, München, Kiel, Darmstadt 1953.
Die gute Saat. Hrsg. von Joseph Antz, Fritz Leisinger u.a. Bd. 7: Ein Lesebuch für das 9. Schuljahr. Braunschweig, Berlin, Hamburg, München, Kiel, Darmstadt 1961.
Haarer, Johanna: Unsere Schulkinder. München 1950.
Habeck, Fritz: Der Kampf um die Barbacane. Wien 1960.
Habeck, Fritz: Der Scholar vom linken Galgen. Hamburg, Wien 1960.
Häusermann, Gertrud: Marianne. Aarau, Frankfurt a.M. 1952.
Halm, Beate: Dein Garten wächst mit dir. Vom Kinderbeet zum Wohngarten. Ravensburg 1952.
Haller, Adolf: Heini von Kri. Aarau 1942.
Haller, Adolf: Heiri Wunderli von Torliken. Aarau 1944.
Haller, Alfred: Tanz um den Freiheitsbaum. Aarau, Frankfurt a.M. 1954.
Haller, Margarete: Erika, die Tochter des Kapitäns. München 1959.
Haller, Margarete: Grisel und Ursel auf eigenen Wegen. München 1953.
Haller, Margarete: Gisel und Ursel, die beiden Glücksmädel. Leipzig 1932 (NA. Augsburg 1950).
Haller, Margarete: Gisel und Ursel, die beiden Sportmädel. Berlin 1938 (NA. Augsburg 1950).
Haller, Margarete: Hilde, die Wilde. Augsburg 1951.
Haller, Margarete: Hilde und der Fünferbund. Augsburg 1953.
Haller, Margarete: Hilde und Heinz. München 1955.
Haller, Margarete: Hilde sorgt für die Tiere. München 1956.
Haller, Margarete: Ilse und der Wettbewerb. Berlin 1936 (NA. Berlin, Augsburg 1948).
Haller, Margarete: Liselotte. Berlin, Augsburg 1949.
Haller, Margarete: Die Mädchen von Oberhofen. Augsburg 1952.
Haller, Margarete: Marias große Reise. Berlin, Augsburg 1948.

Hanratty, Margarethe: Eine Räubergeschichte. Rendsburg 1946.
Hanratty, Margarethe: Der Riese Wolkenhaupt und andere Märchen. Rendsburg 1946.
Hauterre, Henri: Albert Schweitzer. 2. Aufl. Nürnberg 1948.
Hecht, Walther: Kindermärchen. Bd. 2. Karlsruhe 1945.
Held, Kurt (d.i. Kurt Kläber): Die rote Zora und ihre Bande. Eine Erzählung aus Dalmatien. Aarau 1941. Dass. Frankfurt a.M. 1950.
Herzog, Wilhelm Peter: Jochens Flug in den Weltenraum. München 1958.
Hesse, Hermann: Werke. Bd. 10. Frankfurt a.M. 1970.
Hesselbacher, Karl: Haltet stand! und andere Geschichten. Stuttgart 1935 (11.–15. Tsd. Stuttgart 1949).
Hetmann, Frederik (d.i. Hans-Christian Kirsch): Blues für Ari Loeb. Freiburg 1961.
Hetmann, Frederik: Gewalt oder Gewaltlosigkeit? Von Robespierre bis Martin Luther King und Mao Tse-tung. Würzburg 1972.
Hinzelmann, Elsa Margot: Ma-Re-Li. 3. Aufl. Ravensburg 1951.
Hiller, Martin: Keine so wie sie. Stuttgart 1946.
Hoch, Christa: Soldatentöchter. Reutlingen 1912.
Höhlbaum, Emmy: Kindererlebnisse in Südwest. Reutlingen 1929.
Hoerttrich-Schimming, Marie-Luise: Jopo. Stuttgart 1945.
Holst, Adolf: Gernegroß. Bilder von Gertrud Caspari. Leipzig, Zwickau 1948.
Holst, Adolf: Die Schule im Walde. Bilder von Else Wenz-Viëtor. Oldenburg 1931.
Holtz-Baumert, Gerhard: Alfons Zitterbacke. Berlin 1958.
Iljin, Michail: Berge und Menschen. Erzählungen von der Umgestaltung der Natur. Wien 1946.
Italiaander, Rolf: Hans und Jean. Roman junger Menschen dieser Zeit. Stuttgart 1951.
Italiaander, Rolf: Italo Balbo. München 1942.
Italiaander, Rolf: So lernte ich segelfliegen. Zürich, Leipzig 1931.
Italiaander, Rolf: Wegbereiter deutscher Luftgeltung. Berlin 1941.
Italiaander, Rolf: Der weiße Oganga. Albert Schweitzer. Hannover 1954.
Italiaander, Rolf: Das Wunderpferd. Reinbek b. Hamburg 1947.
Jacobs, Rudolf: Abenteuer im Treibeis. Stuttgart 1947.
Janosch (d.i. Horst Eckert): Die Geschichte von Valek dem Pferd. München 1960.
Janosch: Der Josa mit der Zauberfiedel. München 1960.
Janosch: Valek und Jarosch. München 1960.
Jugend, Heimat, Welt. Lesebuch für das 7. u. 8. Schuljahr. Hrsg. von der Hessischen Lesebuchstiftung. Wiesbaden 1957.
Jugend unterm Schicksal. Lebensberichte junger Deutscher. 1946–1949. Hrsg. von Kurt Hass. Hamburg 1950.
Jugendborn. Lesebuch für das 3. und 4. Schuljahr. Hrsg. vom Lipp. Lehrerverein. Detmold 1946.
Kästner, Erich: Als ich ein kleiner Junge war. Berlin 1957 (zit. nach: E.K.: Gesammelte Schriften. Bd. 6. Köln 1959).
Kästner, Erich: Das doppelte Lottchen. 1949 (zit. nach: E.K.: Gesammelte Schriften. Bd. 7. Köln 1959).
Kästner, Erich: Drei Männer im Schnee. Zürich 1934.
Kästner, Erich: Emil und die Detektive. 1928 (zit. nach: E.K.: Gesammelte Schriften. Bd. 6. Köln 1959).
Kästner, Erich: Emil und die drei Zwillinge. 1934 (zit. nach: E.K.: Gesammelte Schriften. Bd. 6. Köln 1959).
Kästner, Erich: Fabian. Stuttgart 1931.
Kästner, Erich: Das fliegende Klassenzimmer. Stuttgart 1933 (zit. nach: E.K.: Gesammelte Schriften. Bd. 7. Köln 1959).

Kästner, Erich: Der 35. Mai oder Konrad reitet in die Südsee. Berlin 1932.
Kästner, Erich: Die Konferenz der Tiere. 1949 (zit. nach: E.K.: Gesammelte Schriften. Bd. 7. Köln 1959).
Kästner, Erich: Pünktchen und Anton. 1929 (zit. nach: E.K.: Gesammelte Schriften. Bd. 6. Köln 1959).
Kästner, Erich: Die Schule der Diktatoren. 1956 (zit. nach: E.K.: Gesammelte Schriften. Bd. 4. Köln 1959).
Kästner, Erich: Die verschwundene Miniatur oder auch Die Abenteuer eines empfindsamen Fleischermeisters. Basel, Wien, Mähr. Ostrau 1936.
Kantorowicz, Alfred: Suchende Jugend. Briefwechsel mit jungen Leuten. Berlin 1949.
Katajew, Valentin: Es blinkt ein einsam Segel. Berlin 1946.
Kaufmann, Herbert: Roter Mond und heiße Zeit. Köln 1958.
Kaufmann, Herbert: Der Teufel tanzt im Juju-Busch. Köln 1956.
Kawerin, Wenjamin A.: Zwei Kapitäne. Bd. 1–2. Berlin 1946–1947.
Kern, Artur: Gritzly. Lustige Geschichten aus aller Welt. Mannheim 1947.
Kinderland – Wunderland. 1947. Stuttgart 1946.
Kinderlust. Ein Ludwig-Richter-Büchlein. Norden 1946.
Die Kinderwelt von A bis Z. Hrsg. von Richard Bamberger, Fritz Brunner u. Fritz Westphal. Reutlingen 1954.
Kirchner, Christel: In der neuen Heimat. Erlebnisse der Reinhardskinder. Göttingen 1949.
Kirsten, Otto u. Kurt Rübner: Zweibein und Vierbein. Dresden 1946.
Kirsten, Rudolf: Getarnte Wahrheit. Hamburg 1947.
Klaffke, Bernhard: Der deutschen Kinder wundersame Deutschlandreise. Braunschweig, Hamburg, Berlin 1948 (2. Aufl. 1949).
Klatt, Edith: Neitah, ein Mädchen im hohen Norden. Berlin 1957.
Klingg, Thomas (d.i. Peter Franz Stubmann): Der Stern des Gewissens. Nürnberg 1948.
Kloss, Erich: Bären in der Wildnis. München 1959.
Kloss, Erich: Flitz, das Wildkaninchen. Wittenberg 1948.
Kloss, Erich: Horst wird Förster. München 1953 (Im tiefen Forst. 1).
Kloss, Erich: Horst und das Raubwild. München 1953 (Im tiefen Forst. 2).
Kloss, Erich: Jagdabenteuer am Waldsee. München 1953 (Im tiefen Forst. 4).
Kloss, Erich: Der König der Nacht. München 1953 (Im tiefen Forst. 3).
Knaak, Kurt: Hornissenvolk. Eine Geschichte aus dem Leben der Natur. Reutlingen 1948.
Knaak, Kurt: Die kleinen Freunde des Herrn Wendlin. Im Reiche der Waldameisen. Göttingen 1949.
Koch-Gotha, Fritz: Die Häschenschule. Verse von Albert Sixtus. Leipzig 1924.
Körner-Schrader, Paul: Treibjagd im Dorf. Berlin 1959.
Kordt, Irene: Kleine Schwester aus Korea. München 1955.
Kranz, Herbert: Abenteuer am Uhehe. Köln, Leipzig 1937.
Kranz, Herbert: Das Buch vom deutschen Osten. Leipzig 1940.
Kranz, Herbert: Erzählte Geschichte. Friedrich II., König von Preußen. Bd. 1–2. Stuttgart 1959.
Kranz, Herbert: Erzählte Geschichte. Die letzten hundert Jahre. Bd. 1–3. Stuttgart 1960–1961. 1. Bismarck und das Reich ohne Krone. 1960. 2. Schwarz Weiß Rot und Schwarz Rot Gold. 1961. 3. Das Ende des Reiches. 1961.
Kranz, Herbert: Die Fundgrube. 150 Geschichten aus unserer Zeit, heitere und ernste, gute und böse, für solide Leute. Frankfurt a.M. 1957.
Kranz, Herbert: Der Hansnarr. Eine Reihe neuer deutscher Schwänke. Frankfurt 1935ff.
Kranz, Herbert: Hinter den Kulissen der Kabinette und Generalstäbe. Eine französische Zeit- und Sittengeschichte 1933–1940. Frankfurt 1941.

Kranz, Herbert: Im Dschungel abgestürzt. Freiburg i. Br. 1953.
Kranz, Herbert: In den Klauen des Ungenannten. Freiburg i. Br. 1953 (4. Aufl. 1955).
Kranz, Herbert: Schuldlos unter Schuldigen. Freiburg i. Br. 1954.
Kranz, Herbert: Der Thronfolger. Freiburg, Basel, Wien 1963.
Kranz, Herbert: Die weiße Herrin von Deutsch-Ost. Köln, Leipzig 1935.
Kraze, Hanna-Heide: Des Henkers Bruder. Berlin 1956.
Kreki (d.i. Paul G. Chrzescinski): Husch, das gute Gespenst. Berlin 1948.
Kreki: Onkel Fritz fängt einen Räuber. Berlin 1946.
Kreki: Schlaufuchs und andere Geschichten. Berlin 1946.
Krokisius, Bärbel: Aus dem Kinderland. Verse für Kinder. Lüneburg 1946.
Krüss, James: Adler und Taube. Hamburg 1963.
Krüss, James: Die glücklichen Inseln hinter dem Winde. Bd. 1–2. Hamburg 1959–1960.
Krüss, James: Der goldene Faden. Reinbek b. Hamburg 1946.
Krüss, James: Hanselmann hat große Pläne. Oldenburg 1954.
Krüss, James: Hanselmann reist um die Welt. Oldenburg 1953.
Krüss, James: Der Leuchtturm auf den Hummerklippen. Hamburg 1956.
Krüss, James: Mein Urgroßvater, die Helden und ich. Hamburg 1967.
Krüss, James: Mein Urgroßvater und ich. Hamburg 1959 (1959b).
Krüss, James: Naivität und Kunstverstand. Weinheim, Basel 1969.
Krüss, James: Timm Thaler oder das verkaufte Lachen. Hamburg 1962.
Krüss, James: Timm Thalers Puppen oder die verkaufte Menschenliebe. Hamburg 1979.
Lambeck, Herbert u. Heinrich Mellmann: Geschichten von Werner und Anneliese. Hamburg 1947.
Laturner, Hans-Jürgen: Gold am Kängeruh-Fluß. München 1955.
Lauber, Ceçile: Land einer Mutter. Bd. 1–2. Zürich 1946–1950.
Lechner, Auguste: Das Licht von Montsalvat. Innsbruck, Wien, München 1956.
Leip, Hans: Das Zauberschiff.The magic Ship. Hamburg 1946.
Lemke-Czerwinsky, Elly u. Anna P. Wedekind-Pariselle: Bunte Reise im Kreise. Berlin 1946 (Onkel Chery's Bilderbuch. 1).
Lesebuch zur Förderung humaner Bildung. Hrsg. von Adalbert Stifter und Johannes Aprent. (Für die höheren Schulen Bayerns neuherausgegeben von Josef Habisreutinger.) München 1947.
Lewis, Elizabeth Foreman: Schanghai 41. Freiburg, Basel, Wien 1959.
Lieberenz, Paul: Abenteuer mit der Filmkamera. Berlin 1946.
Lillegg, Erica: Vevi. München 1954.
Lindgren, Astrid: Mio, mein Mio. Hamburg 1955.
Lindgren, Astrid: Pippi Langstrumpf. Hamburg 1949.
Lobe, Mira: Hannes und sein Bumpam. Wien 1961.
Lobe, Mira: Insu-pu. Wien 1951.
Lochmann, Gudrun: Bäumchen, schüttel Dich. Ein schwarz-weißes Bilderbuch für die Kleinen. Hamburg 1946.
Löhr, Adolf: Kasperle und die Pflaumendiebe. Wuppertal 1948.
Lück, Konradine: Frauen. Reutlingen 1937 (48.–57. Tsd. 1949).
Lück, Konradine: Männer, Kämpfer, Sieger. Reutlingen 1940.
Lütgen, Kurt: Der große Kapitän. Braunschweig 1950.
Lütgen, Kurt: Kein Winter für Wölfe. Braunschweig 1955.
Lütgen, Kurt: Das Rätsel der Nordwestpassage. Braunschweig 1966.
Lütgen, Kurt: Der weiße Kondor. Braunschweig 1952.
Lutz, Berthold: Die leuchtende Straße. Würzburg 1950.
Marschak, Samuil J.: Bärtig und gestreift. München 1960.

Marschak, Samuil J.: Das Katzenhaus. München 1957.
Mattheus, Peter: Minnewitt macht nicht mehr mit. Leipzig 1929 (Berlin, Augsburg 1950).
Matthießen, Wilhelm: Das rote U. Köln 1932.
Meinck, Willi: Der Herbststurm fegt duch Hamburg. Berlin 1954 (zit. nach 4. Aufl. u. d. T.: Kuddel und Fietje. Berlin 1959).
Meinck, Willi: Das verborgene Licht. Berlin 1959.
Meissner, Hans-Otto: Im Geistertal von Sumatra. München 1957.
Merkelbach-Pinck, Angelika: Deutsche Volksmärchen. Kassel 1946.
Meyer, Olga: Anneli. Zürich 1919.
Meyer, Olga: Anneli am Ziel und am Anfang. Zürich 1934.
Meyer, Olga: Anneli kämpft um Sonne und Freiheit. Zürich 1927.
Meyer, Olga: Heimliche Sehnsucht. Aarau, Frankfurt a.M. 1955.
Michael Manfred (d.i. Henry Winterfeld): Timpetill. Die Stadt ohne Eltern. Linz u.a. 1948.
Miethe, Käthe: Friedel im Pflichtjahr. Köln 1940.
Miethe, Käthe: Kamerad in der Not. Köln 1947.
Miethe, Käthe: Die Kinder vom Lindenhof. Köln 1944.
Miethe, Käthe: Unser neues Leben. Köln 1949.
Miethe, Käthe: Zur rechten Stunde. Köln 1948.
Miller, Artur Maximilian: Die Poggermühle. Freiburg i.Br. 1955.
Mögle, Fritz: Monki-Manki's Fahrt ins Traumland. Wien 1945.
Momma, Wilhelm: Waffenbrüder. Erzählung aus dem großen Krieg 1914/15. Reutlingen 1915.
Mühlenweg, Fritz: Nuni. Die Geschichte eines langen Heimwegs, bei dem die Sterne halfen. Freiburg i.Br. 1953.
Mühlenweg, Fritz: In geheimer Mission durch die Wüste Gobi. T. 1. 2. Freiburg i.Br. 1950.
Mühlenweg, Fritz: In jenen Tagen. 2. Aufl. Freiburg i.Br. 1958.
Mühlenweg, Fritz: Das Tal ohne Wiederkehr oder die Reise von Magog nach Gog. Freiburg i.Br. 1952.
Müller, Elisabeth: Vreneli. Bern 1916.
Müller, Otto Heinrich: Geschichte in Kurzfassung. Frankfurt a.M. 1949.
Müller-Tannewitz, Anna: Blauvogel. Wahlsohn der Irokesen. Berlin (Ost) 1950. Dass. Düsseldorf 1952.
Müller-Tannewitz, Anna: Pocahontas. Berlin (Ost) 1946. Dass. Berlin (W) 1948.
Mylius, Gottfried: Cecco, der Trapezschwinger. Mannheim 1948.
Neuhauser, Maria: Die Märchenbrille. Wien 1946.
Neumann, Karl: Frank. Berlin 1959.
Noack, Hans-Georg: Hautfarbe Nebensache. Baden-Baden 1960.
Noack, Hans-Georg: Stern über der Mauer. Baden-Baden 1962.
Oppitz, Manuel: Die Abenteuer des kleinen Hansel. Innsbruck 1946.
Oskowski, Nikolai: Wie der Stahl gehärtet wurde. Berlin 1947.
Peterson, Hans: Matthias und das Eichhörnchen. Hamburg 1958.
Pilz, Johann: So dankt der Osterhase. Wien 1946.
Pinguin. (1. 1946 – 3. 1948, 7: Für junge Leute.) Hrsg. von Erich Kästner. Stuttgart. 1. 1946 – 4. 1949, 6.
Planner-Petelin, Rose: Der Wutzel. München 1946.
Pludra, Benno: Sheriff Teddy. Berlin 1956 (2. Aufl. 1957).
Pöhlmann, Olga: Renate. Roman für junge Mädchen. Nürnberg 1949.
Pollatschek, Walther: Die Aufbaubande. Berlin (Ost) 1948. Dass. Stuttgart 1949.
Popp, Georg u. Heinrich Pleticha: Wir leben seit 5 Sekunden. Würzburg 1958.
Preußler, Otfried: Bei uns in Schilda. Die wahre Geschichte der Schildbürger nach den Aufzeichnungen des Stadtschreibers Jeremias Punktum. Stuttgart 1958.

Preußler, Otfried: Die kleine Hexe. Stuttgart 1957.
Preußler, Otfried: Der kleine Wassermann. Stuttgart 1956.
Preußler, Otfried: Der Räuber Hotzenplotz. Eine Kasperlgeschichte. Stuttgart 1962.
Pries, Peter: Das ländliche Jahr der Antje Gärtner. Berlin, Augsburg 1948.
Prokofjev, Sergei S.: Peter und der Wolf. Berlin 1958.
Provensen, Alice u. Martin: Die neue Arche Noah. Ravensburg 1955.
Reich und stark ist unsere Republik. Lesebuch für die 4. Klasse. (Bearb. in Zus.arb. mit e. Autorenkollektiv: Hildegard Priester.) Berlin 1960.
Reichwein, Adolf: Abenteuer mit Mensch und Tier. München 1949.
Reidel, Marlene: Das bunte Bilderbuch. München 1957.
Reidel, Marlene: Kasimiers Weltreise. München 1957.
Reinhart, Josef: Brot der Heimat. Aarau 1943.
Reinhart, Josef: Helden und Helfer. Aarau 1931.
Reinhart, Josef: Schweizer, die wir ehren. Aarau 1941.
Reinheimer, Sophie: Von Regen, Sonne, Schnee und Wind und anderen guten Freunden. Berlin 1913.
Renn, Ludwig: Krieg. Frankfurt a.M. 1928.
Renn, Ludwig: Trini. Geschichte eines Indianerjungen. Berlin 1954 (3. Aufl. 1956).
Richter, Hans Peter: Damals war es Friedrich. Nürnberg 1961.
Richter, Hans Peter: Wir waren dabei. Freiburg i.Br. 1962.
Richter, Hans Peter: Die Zeit der jungen Soldaten. Freiburg, Colmar, Paris 1967.
Rinser, Luise: Martins Reise. Zürich, Freiburg 1949.
Rodrian, Fred u. Werner Klemke: Hirsch Heinrich. Berlin 1960.
Rodrian, Fred u. Werner Klemke: Das Wolkenschaf. Berlin 1958.
Roeder-Gnadeberg, Käthe von: Das Niemandskind. Heidelberg 1949.
Roesler-Ehrhardt, Gertrud: Der Himmelrutscher. Wiesbaden 1946.
Rohrbach, Paul: Unser Weg. Köln 1949.
Rommel, Alberta: Der goldene Schleier. Roman eines jungen Mädchens. Stuttgart 1955.
Rosegger, Peter: Als ich noch der Waldbauernbub war. Leipzig 1902.
Rossmann, Edith: Der Bund der fünf Gerechten. Köln 1949.
Rubinowicz, Dawid: Das Tagebuch des Dawid Rubinowicz. (Aus d. Poln. übertr. von Wanda Bronska-Pampuch.) Frankfurt a.M. 1960.
Ruhe, Christa: Männe und die wilden Tiere. Hannover 1948.
Ruhe, Christa: Tunichtgut der Engelsbub. Zehn fröhliche Märchen aus der Weihnachtszeit. München 1948.
Rutgers, An (d.i. Anna Rutgers van der Loeff-Basenau): Pioniere und ihre Enkel. Hamburg 1958.
Rutgers, An: Das verlorene Licht. Hamburg 1957.
Salten, Felix: Bambi. Berlin 1923.
Sandgren, Gustav: Der große Ameisenkrieg. Ein Märchen für alle. 2. Aufl. Berlin 1949.
Schaumann, Ruth: Der Weinberg. Hamburg 1946.
Schenzinger, Karl Aloys: Anilin. Berlin 1936 (NA. München, Wien 1951).
Schenzinger, Karl Aloys: Der Hitlerjunge Quex. Berlin, Leipzig 1932.
Schenzinger, Karl Aloys: Metall. Berlin 1939 (NA. München 1949).
Schieker-Ebe, Sofie: Du schöner grüner Wald. Stuttgart 1949.
Schieker-Ebe, Sofie: Das Haus an der Stadtmauer. Stuttgart 1949.
Schieker-Ebe, Sofie: Das Haus Nr. 100. Beinahe eine Kriminalgeschichte. Stuttgart 1951.
Schieker-Ebe, Sofie: Im Lenz des Lebens. Die Geschichte einer Jugendfreundschaft. Stuttgart 1937 (49.–55. Tsd. 1949).
Schieker-Ebe, Sofie: Karin und ihr Ring. 22.–26. Tsd. Stuttgart 1949.

Schieker-Ebe, Sofie: Machet auf das Tor. Geschichten aus der Kindheit. Stuttgart 1946.
Schieker-Ebe, Sofie: Der neue Tag. Stuttgart 1949.
Schieker-Ebe, Sofie: Sibylle blickt ins Leben. Stuttgart 1931 (28.–32. Tsd. 1946).
Schieker-Ebe, Sofie: Tines Fahrt ins Blaue. Eine Sommergeschichte. 21.–30. Tsd. Stuttgart 1946.
Schieker-Ebe, Sofie: Was tun, Sibylle? Stuttgart 1932 (48.–52. Tsd. 1946).
Schierenberg, August John: Das Geheimnis der Paradiesfarm. Hannover 1948.
Schilhab, Elmar Peter: Die Augen des Amazonas. 6.–10. Tsd. Nürnberg 1948.
Schnack, Anton: Die Angel des Robinson. München 1946.
Schnack, Friedrich: Der Spielzeugladen. München 1948.
Schnare, Karl: Lebenslied einer schönen Kannibalin. Geschichte einer Raubforelle und ihrer Umwelt. Reutlingen 1948.
Schönebeck, Erich: Immanuel. Eine Erzählung um den jungen Kant. Stuttgart 1946.
Die schönsten Gute-Nacht-Geschichten. Hrsg. von Jörg Schmitthenner. Ravensburg 1951.
Scholl, Inge: Die weiße Rose. Frankfurt a. M. 1952.
Schroeter, Adolf: So regiert sich England. Technik und Wesen der englischen Demokratie – Ein Vergleich zur Weimarer Republik. Braunschweig, Berlin, Hamburg 1946.
Seemann, Margarete: Gegrüßet seist du, Maria! Nürnberg 1946.
Seemann, Margarete: Vater unser. Nürnberg 1946.
Semsrott, Albert: Hein Spuchtfink auf großer Fahrt. 53.–57. Tsd. Stuttgart 1949.
Siebold, Marianne: Die Forsthausmädel. Heidelberg 1948.
Signal. Ein Buch für junge Menschen. Folge 1. Baden-Baden 1959.
Smolik, Hans Wilhelm: Die ganze Welt unter einem alten Dache. Braunschweig 1945.
Smolik, Hans Wilhelm: Das goldene Herz des Waldes. Stuttgart 1949.
Smolik, Hans Wilhelm: Knorzel, der Baumstumpf. Braunschweig, Berlin, Hamburg 1949.
Smolik, Hans Wilhelm: Mein Freund Sägebein. Braunschweig, Berlin, Hamburg 1945.
Smolik, Hans Wilhelm: Rauschebart. Braunschweig 1946.
Smolik, Hans Wilhelm: Schäfer Martin und die Tiere. 49–56. Tsd. Braunschweig, Berlin, Hamburg 1949.
Sonnleithner, A. Th. (d. i. Alois Tlučhoř): Die Hegerkinder. Bd. 1–2. Wien 1923–1924.
Sonnleithner, A. Th.: Die Höhlenkinder. Bd. 1–3. Stuttgart 1918–1920.
Spyri, Johanna: Heidi kann brauchen, was es gelernt hat. Gotha 1881.
Spyri, Johanna: Heidis Lehr- und Wanderjahre. Gotha 1880.
Steffens, Greta: Lotti hilft überall. München 1958.
Steffens, Greta: Susi Sausewind. München 1956.
Steigerwald, Petrus: Stille Nacht. Ein modernes Weihnachtsmärchen. Wien 1946.
Steuben, Fritz (d. i. Erhard Wittek): Durchbruch anno achtzehn. Stuttgart 1933.
Steuben, Fritz: Der fliegende Pfeil. Stuttgart 1930 (150.–157. Tsd. 1949).
Stolz, Mary: Liebe hat Zeit. Stuttgart 1959.
Strätling-Tölle, Helga: ... ganz einfach Doko. Recklinghausen 1955 (3. Aufl. 1963).
Streit, Elisabeth: Renate wird Stewardeß. München 1955.
Strittmatter, Erwin: Ochsenkutscher. Berlin 1954.
Strittmatter, Erwin: Tinko. Berlin 1954.
Teich, Walter: Armand und Armida. Hamburg 1949.
Tesarek, Anton: Der Kinder-Knigge. Hamburg 1948.
Tesdorpf, Anneliese: Glückliches Kinderland. Zwickau 1946.
Tetzner, Lisa: Erlebnisse und Abenteuer der Kinder aus Nr. 67. Bd. 1–9. Aarau. 1. Erwin und Paul. Geschichte einer Freundschaft. 20.–24. Tsd. 1947. 2. Das Mädchen aus dem Vorderhaus. 1947. 3. Erwin kommt nach Schweden. 1943. 4. Das Schiff ohne Hafen. Aarau o. J. (um 1947) (39.–42. Tsd. Aarau, Frankfurt a. M. 1954). 5. Die Kinder auf der Insel. 1944.

6. Mirjam in Amerika. 1945. 7. Ist Paul schuldig? 1945. 8. Als ich wiederkam. Aus Erwins Tagebuch. 1946. 9. Der neue Bund. 1949.
Tetzner, Lisa: Erwin kommt nach Schweden. Baden-Baden 1948. (Dass. Aarau 1943 s. L. Tetzner: Erlebnisse und Abenteuer der Kinder aus Nr. 67. Bd. 3.)
Tetzner, Lisa: Erwin und Paul. Geschichte einer Freundschaft. Stuttgart 1933 (Sonne und Regen im Kinderlind. 42). Dass. 20.–24. Tsd. Aarau 1947 (Erlebnisse und Abenteuer der Kinder aus Nr. 67. Bd. 1).
Tetzner, Lisa: Hans Urian. Die Geschichte einer Weltreise. Stuttgart 1931 (36.–45. Tsd. Berlin 1949).
Tetzner, Lisa: Die Kinder auf der Insel. Baden-Baden 1948. (Dass. Aarau 1944 s. L. Tetzner: Erlebnisse und Abenteuer der Kinder aus Nr. 67. Bd. 5.)
Tetzner, Lisa: Mirjam in Amerika. Baden-Baden 1949. (Dass. Aarau 1945 s. L. Tetzner: Erlebnisse und Abenteuer der Kinder aus Nr. 67. Bd. 6.)
Trott, Magda: Goldköpfchen. Leipzig 1928 (Goldköpfchen. 1).
Trott, Magda: Goldköpfchen. Bd. 1–10. Iserlohn 1949–1952 (NA.).
Trott, Magda: Pucki. Bd. 1–12. Leipzig 1935–1941 (NA. Stuttgart 1950–1951).
Trott, Magda: Zwitschervögelchen. Leipzig 1922 (NA. u.d.T.: Stürmende Jugend findet den Weg. 6. Aufl. Berlin 1940. NA. u.d.T.: Wildfang Doris. Iserlohn 1953).
Über allen Völkern. Eine Anthologie. Gesammelt von George Catlin, Vera Brittain u. Sheila Hodges. Aus dem Engl. übertragen von Ursula Andrasch. Berlin, Hamburg 1949.
Ulrici, Rolf: Käpt'n Konny als Pirat. München 1955.
Ulrici, Rolf: Käpt'n Konny in der Klemme. München 1954.
Ulrici, Rolf: Käpt'n Konny und der Seeteufel. München 1954.
Ulrici, Rolf: Käpt'n Konny schnuppert Seeluft. München 1954.
Ulrici, Rolf: Ein Mädel mit Herz. München 1955.
Ungerer, Tomi: Crictor, die gute Schlange. München 1959.
Ury, Else: Nesthäkchen fliegt aus dem Nest. Berlin 1921. Neubearb. Düsseldorf 1950 (Nesthäkchen. Bd. 5).
Ury, Else: Nesthäkchen und ihre Puppen. Berlin 1918. Neubearb. Düsseldorf 1951 (Nesthäkchen. Bd. 1).
Veken, Karl: Vier Berliner Rangen. Berlin 1957.
Viera, Josef S.: Achtung! Achtung! Fliegeralarm! Leipzig 1934.
Viera, Josef S.: Horst Wessel. Künder und Kämpfer des 3. Reichs. Leipzig 1933.
Viera, Josef S.: Der Kampf um die Feldherrnhalle. Leipzig 1933.
Viera, Josef S.: Kampf um Wild-Süd. Afrika-Erzählung aus großer Zeit. Reutlingen 1929.
Viera, Josef S.: Karl Peters' Kampf um ein ostafrikanisches Kolonialreich. Reutlingen 1939.
Viera, Josef S.: Kommune über München. Leipzig 1934.
Viera, Josef S.: SA-Mann Schott. Leipzig 1933.
Viera, Josef S.: Utz kämpft für Hitler. Leipzig 1933.
Viera, Josef S.: Zwischen Kap und Kairo. Reutlingen 1952.
Volkart, Hans: Friedemanns Märchenbuch. Stuttgart 1946.
Vom Endt, Rudi: Tierlein rund um uns. Düsseldorf 1946.
Von Gestern und Heute. Geschichten für kleine Leute, als Lesebuch d. 3. Klasse eingeführt. Berlin, Leipzig 1946.
Vor den Toren. Ein Lesebuch für Rheinland-Pfalz. Bd. 2: 3. u. 4. Schuljahr. Hrsg. von der Arbeitsgemeinschaft der Erzieher des Landes Rheinland-Pfalz. Düsseldorf 1950.
Walsemann, Edgar: Jonni, komm mit. Berlin 1948.
Walter, Robert: Die Bremer Stadtmusikanten. Hannover 1946.
Wedding, Alex (d.i. Grete Weiskopf): Ede und Unku. Berlin 1931 (NA. Berlin 1954).
Wedding, Alex: Das eiserne Büffelchen. Berlin 1952.

Wehl, Rotraud von der: Der wunderbare Fischzug. Kuppenheim/Murgtal 1948.
Weidenmann, Alfred: Gepäckschein 666. Stuttgart 1953.
Weidenmann, Alfred: Jungen im Dienst. Bd. 1–3. Stuttgart 1936–1938. 1. Jungzug 2. 50 Jungen im Dienst. 1936. 2. Trupp Plassen. 1937. 3. Kanonier Brakke Nr. 2. 1938.
Weidenmann, Alfred: Kaulquappe. Bd. 1–2. Stuttgart 1951–1953 (NA. u.d.T.: Die 50 vom Abendblatt. Stuttgart 1960).
Wellm, Alfred: Igel, Rainer und die anderen. Berlin 1958.
Wellm, Alfred: Kaule. Berlin 1962.
Wellm, Alfred: Die Kinder von Plieversdorf. Berlin 1959.
Welskopf-Henrich, Liselotte: Die Söhne der großen Bärin. Bd. 1–3. Berlin 1951–1963.
Die Welt von A bis Z. Hrsg. von Richard Bamberger, Fritz Brunner u. Heinrich Lades. Reutlingen 1952.
Wenck, Lene: Despina Bronsart. Stuttgart 1949.
Wendel, Rosemarie: Zottelbär, wo kommt er her? München 1946.
Wendt, Gretel: Das lustige Hexenbüchlein. Berlin 1946.
Werner, Else J. u. Cornelius de Witt: Lebendige Geographie. Ravensburg 1955.
Westecker, Grete: Das sparsame Jahr. Köln 1947.
Wiechert, Ernst: Märchen. Bd. 1–2. Zürich 1946.
Williams, Ursula M.: Das Rößlein Hü. Köln 1949.
Wilutzki, Ingeborg: Monika und Dieter. Berlin, Hannover 1948.
Die Wissens-Truhe 1949. Das Wissen von heute für junge Leute. (Red.: Jupp Gerhards.) Stuttgart 1948.
Wölfel, Ursula: Feuerschuh und Windsandale. Düsseldorf 1961.
Wölfel, Ursula: Fliegender Stern. Düsseldorf 1959.
Wölfel, Ursula: Mond, Mond, Mond. Düsseldorf 1962.
Wölfel, Ursula: Der rote Rächer und die glücklichen Kinder. Düsseldorf 1959.
Wölfel, Ursula: Sinchen hinter der Mauer. Düsseldorf 1961.
Wohanka, Emmy: Prinz Pips. Eine Spatzengeschichte aus Schönbrunn. Wien 1945.
Zimmering, Max: Buttje Pieter und sein Held. Berlin 1951.
Zimmering, Max: Die Jagd nach dem Stiefel. Berlin 1953.
Zimnik, Reiner: Der Bär und die Leute. München 1954.
Zimnik, Reiner: Der Kran. Eine Bildergeschichte. Berlin 1954.
Zimnik, Reiner: Der Regen-Otto. München 1958 (1958a).
Zimnik, Reiner: Der Trommler für eine bessere Zeit. Berlin 1958 (1958b).
Zimnik, Reiner: Xaver der Ringerlstecher und das gelbe Roß. München 1954.

## *Kinder- und Jugendzeitschriften*

Die Angabe ff. hinter dem Erscheinungsjahr zeigt an, daß die betreffende Zeitschrift unter dem angegebenen Titel über den Untersuchungszeitraum hinaus erschienen ist.

Auf neuem Pfad. Blatt einer Jungmannschaft. Kassel-Wilhelmshöhe (ab Jg. 28. 1961, H. 3: Ulm/Donau): Pfad-Verl. Jg. 18. 1951 ff.
Aufwärts. Illustrierte Zeitung des Deutschen Gewerkschaftsbundes für junge Menschen. Köln: Bund-Verl. Jg. 1. 1949 ff.
Benjamin. Zeitschrift für junge Menschen. Hamburg: Benjamin-Verl. (ab Jg. 3. 1949, Nr. 19: Laatzen) Jg. 1. 1947 – Jg. 3. 1949, Nr. 49. (Ab Jg. 2. 1948, Nr. 25 u.d.T. „Illustrierte". Ab Jg. 3. 1949, Nr. 6 u.d.T. „Nord-West Illustrierte".)

Bravo. Eine Zeitschrift für Film und Fernsehen. München: Kindler u. Schiermeyer 1956ff.
Der Fährmann. Zeitschrift der Katholischen Jungmänner-Gemeinschaft. Freiburg i.Br.: Christopherus Verl. 1946ff.
Gaby. Eine Zeitschrift für junge Mädchen. Sinzig/Rhein: Uta-Verl. Jg. 1952–1954, Nr. 55.
Gib acht! Illustrierte Schülerzeitschrift. Wiesbaden Jg. 1. 1950ff.
Horizont. Halbmonatsschrift für junge Menschen. Berlin/Tempelhof: Horizont-Verl. Jg. 1. 1945/46 – Jg. 3. 1948, Nr. 18.
Ins neue Leben. Illustrierte Jugendzeitschrift (ab Jg. 1946, Nr. 27 – Jg. 5. 1950, Nr. 11/12: Zeitschrift für Jungen und Mädchen). Berlin: Minerva-Verl. (ab Jg. 5. 1950, Nr. 10: Charlottenburger Verlagsges.) Jg. 1. 1945/46 – Jg. 5. 1950, Nr. 13. (Jg. 5, 1950, Nr. 13 u.d.T.: „Bunter Globus von Ländern, Tieren, Menschen".)
Jugend. Zeitschrift für die Jugend von 14–18 Jahren [Untertitel wechselt]. Hannover [Jg. 1.] 1946 – Jg. 3. 1948, H. 11.
Jugend am Rhein. Monatsschrift für Schule und Haus. Neustadt a.d. Weinstr.: Neustätter Druckerei u. Verlagsgesellschaft (ab Jg. 8. 1958, Nr. 7/8: Speyer/Rhein: Verlag Jugend am Rhein) Jg. 1. 1950/51ff.
Jugend und Werk. Monatsschrift für die Werksjugend der BASF Ludwigshafen: Jg. 2. 1951 – Jg. 12. 1961, H. 5.
Jugend unter dem Wort. Ev. Jugendzeitschrift für Jungen und Mädchen. Wuppertal-Barmen: Jugend unter dem Wort (ab 1957: Kassel: Eichenkreuz-Zeitschriften-Verl.).
*Jungenausg.* [Jg. 1.] 1947/48 – Jg. 9. 1956. (Ab 1957 aufgegangen in: Baustein. Ev. Jugendzeitschrift. Kassel 1946ff.).
*Mädchenausg.* [Jg. 1.] 1947/48 – Jg. 9. 1956. (Ab 1957 als selbständige Zeitschrift u.d.T.: Jugend unter dem Wort. Ev. Mädchenzeitschrift).
Jugendlust. Monatsschrift des Bayerischen Lehrervereins. (Zuletzt u.d.T. „Frohe Jugend".) Unterstufe. Oberstufe. Nürnberg: Sebaldus Jg. 72. 1954, Nr. 5ff.
Jugendpost. Monatszeitschrift für die DAG-Jugend. Hamburg: Verl. d. dt. Angestellten-Gewerkschaft Jg. 1. 1948/49ff.
Junge Hilfe. Schul- und Jugend-Rotkreuz-Zeitschrift. (Ab Jg. 1. 1949, Nr. 6: Ausg. A: für Ältere. Ausg. B: für Jüngere.) Karlsruhe-Durlach: Kindt (ab Jg. 3. 1951: Dups) Jg. 1. 1948/49ff.
Junge Presse Informationsdienst. Frankfurt a.M. [Ort wechselt]: Junge Presse Jg. 1. 1952ff.
Junge Welt. Die Zeitung der Jugend. (Ab Jg. 1. 1947, Nr. 42: Zentralorgan der Freien Dt. Jugend.) Berlin: Verl. Neues Leben. Jg. 1. 1947ff.
Der kleine Tierfreund. Monatsheft für die Schuljugend. (Ab 1953, Nr. 48:) Mainz, Helios-Diemer-Verl. (Jg. 1. 1949, Nr. 1: Frankfurt, Bad Harzburg: Tierfreundverl.; Jg. 1. 1949, Nr. 2 – Jg. 4. 1952, Nr. 41: Frankfurt a.M.: Helios-Kunstverl.; danach bis 1953, Nr. 47: Mainz: Helios-Kunstverl.)
Die Kommenden. Zeitschrift der jungen Generation. Freiburg i.Br.: Novalis-Verl. (ab Jg. 5. 1951, Nr. 17: Verlag „Die Kommenden"). Jg. 1. 1946/47ff.
Konkret. Unabhängige Zeitschrift für Kultur und Politik. (Bisher u.d.T.: „Studenten-Kurier. Unabhängiges Nachrichtenmagazin für deutsche Studenten". Hamburg Jg. 1. 1955 – Jg. 3. 1957, Nr. 7.) Hamburg: Verl. Konkret 1957, 8ff.
Liliput. Das fröhliche Jugendmagazin. Nürnberg: Sebaldus Jg. 1946/47ff. (Ab 1967, Nr. 9 aufgegangen in: „Neue Stafette". Nürnberg: Sebaldus 1961ff. Bisher u.d.T. „Stafette". Freiburg i.Br. 1957ff.)
Neues Leben. Zeitschrift der freien deutschen Jugend [Untertitel wechselt]. Berlin. Leipzig: Volk und Wissen (ab Jg. 1946, H. 12: Berlin: Verl. Neues Leben, ab Jg. 1953: Berlin: Verl. Junge Welt) Jg. 1. 1945 – Jg. 5. 1949, H. 2. Erneut ab Jg. 1953, H. 1ff.
Pete. Eine Zeitschrift für die Jugend. Bad Godesberg-Mehlen: Uta-Verl. Jg. 1. 1951/52 – 1959, Nr. 215.

Pinguin. (Jg. 1. 1946–Jg. 3. 1948, H. 7: Für junge Leute.) Stuttgart: Rowohlt (ab Jg. 4. 1949, Nr. 7: Schwab) Jg. 1. 1946–Jg. 6. 1951, H. 10.
Rasselbande. Hamburg: Bauer 1953ff.
Sonnenblumen. Zeitschrift für junge Mädchen. Heidelberg: Kerle (ab 1949: Keyser; ab 1954: Bamberg: Bayerische Verlagsanstalt) Jg. 1. 1947ff. (Ab 1962 aufgegangen in „Blüte. Mädchen-Zeitschrift". Donauwörth: Cassianeum 1950ff.)
Stafette. Freiburg i. Br.: Witte 1957ff. (Ab Okt. 1961 u. d. T. „Neue Stafette".)
Start. Illustriertes Blatt der jungen Generation. Berlin: Berliner Verl. Jg. 1. 1946 – Jg. 4. 1949, Nr. 49. (Ab 1950 aufgegangen in „Junge Welt". Berlin 1947ff.)
Twen. Revue der Zwanzigjährigen. Köln: Journal-Verl. (ab 1960: München: Martens): Jg. 1. 1959ff.
Unser Guckloch. Ein Rundbrief der Jungschar. Würzburg: Arena 1948ff. (Ab Jg. 11. 1958 u. d. T.: „Guckloch. Die große illustrierte Jugendzeitschrift". Ab Jg. 1961 u. d. T.: „Das neue Guckloch. Die moderne Jugendzeitschrift".)
Walt Disney's Micky-Maus. Stuttgart: Ehapa Verl. 1951ff.
Das Ziel. Zeitschrift der jungen Generation. Mainz: Mainzer Verlagsanstalt 1946–1947, Nr. 23/24.
Zukunft. Unabhängige Zeitschrift junger Menschen. Reutlingen: „Die Zukunft" (ab 1948: Futurum-Verl.) Jg. 1. 1946 – Jg. 3. 1948, Nr. 10.

## *Fachliteratur (bis 1960)*

Ackerknecht, Erwin: Kitsch als kultureller Übergangswert. Bremen 1950.
Adorno, Theodor W.: Auferstehung der Kultur in Deutschland? In: Frankfurter Hefte. 5. 1950, 5. S. 469–477.
Aebli, Fritz: Das volkstümliche Jugendschriftenwerk. In: Pro Juventute. 35. 1954, 2/3 („Die Jugend und ihre Lektüre"). S. 88–91.
Ahrend, Hanna: Sechs Essays. Heidelberg 1948.
Almanach für die Freunde des Kinderbuches. Zum fünfjährigen Bestehen des Kinderbuchverlages. Berlin 1954.
Almanach für die Freunde des Kinderbuches. 1949–1959. Zusammengest. von Ilse Ploog. Berlin 1959.
Andersch, Alfred: Deutsche Literatur in der Entscheidung. Ein Beitrag zur Analyse der literarischen Situation (1948). In: A. Andersch: Das Alfred Andersch Lesebuch. Hrsg. von Gerd Haffmans. Zürich 1979. S. 111–134.
Andersch, Hellmuth: Verlagsaufbau trotz größter Schwierigkeiten. In: Die Neue Zeitung v. 5.4.1946, Feuilleton- und Kunstbeilage.
Angst, Anny: Die religions- und moralpädagogischen Jugendschriften in der deutschen Schweiz von der Reformation bis zur Mitte des 19. Jahrhunderts. Diss. Zürich 1947.
Antz, Josef: Dichtung und Deutung. In: Der Katholizismus in Deutschland und der Verlag Herder 1801–1951. Freiburg 1951. S. 173–204.
Antz, Josef: Führung der Jugend zum Schrifttum. Ratingen 1950.
Antz, Josef: 150 Jahre Verlag Herder. In: Pädagogische Rundschau. 6. 1951/52. S. 141–142.
Antz, Josef: Zehn Leitsätze. Zum Thema Jugendlektüre und Jugendliteratur. In: Das literarische Deutschland v. 5.7.1951, Beilage: Das Jugendbuch.
Anzeiger für den Buch-, Kunst- und Musikalienhandel. Wien. 80. 1945, 1 (August) – 96. 1961. (Ab 84. 1949, 3/4 u. d. T.: Anzeiger des österreichischen Buch-, Kunst- und Musikalienhandels.)

Die Arbeit der öffentlichen Büchereien für die Jugendlichen. Ziele und erste Versuche der Verwirklichung. Ergebnisse einer Arbeitstagung westdeutscher Jugendbibliothekare in München, Oktober 1952. Hrsg. von der Arbeitsstelle für das öffentliche Büchereiwesen im Verband deutscher Bibliotheken. Bremen 1953.
Bachmann, Hans: Vom Jugendbuch. In: Schola. 4. 1949. S. 521–526.
Bärmeier, Erich: Leipziger Lebenszeichen. Blick auf die Produktion der alten Verlegerstadt. In: Süddeutsche Zeitung Nr. 55 v. 12.5.1949, S. 10.
Bäumer, Gertrud: Der neue Weg der deutschen Frau. Stuttgart 1946.
Bahnmüller, Karl: Hermann Melville und sein „Moby Dick". In: Werke der Weltliteratur für die Jugend. Ensslin-Jahresgabe 1951. Reutlingen 1950. S. 69–84.
Bahnmüller, Karl: James Fenimore Cooper und sein „Lederstrumpf". In: Werke der Weltliteratur für die Jugend. Ensslin-Jahresgabe 1951. Reutlingen 1950. S. 50–67.
Ballusek, Lothar von: Dichter im Dienst. Der sozialistische Realismus. Wiesbaden 1956.
Bamberger, Richard: Das Jugendbuch und die Bildungsaufgabe unserer Zeit. Festrede anläßlich der Feier „10 Jahre Buchklub der Jugend". In: Die Barke. Lehrer-Jahrbuch 1959. Hrsg. von der Leitung des Österreichischen Buchklubs der Jugend. Wien. S. 296–304.
Bamberger, Richard: Jugendlektüre. Bonn, Wien 1955.
Bamberger, Richard: Der Österreichische Buchklub der Jugend. In: Deutsche Jugend. Beiträge, Berichte, Dokumente. 1. 1953, 9. S. 5–7.
Bamberger, Richard: Stoff und Gehalt. In: Jugendliteratur. 4. 1958, 2. S. 72–73.
Bamberger, Richard: Tätigkeitsbericht der Leitung anläßlich der Jahreshauptversammlung v. 22. März 1956. In: Die Barke. Lehrer-Jahrbuch 1956. Hrsg. von der Leitung des Österreichischen Buchklubs der Jugend. Wien. S. 391–396.
Barfaut, John: Unsere Aufgabe heute. In: Jugendschriften-Warte. NF. 5. 1953, 5. S. 33–34.
Barfaut, John: Die Vereinigten Jugendschriften-Ausschüsse. In: Westermanns Pädagogische Beiträge. 1. 1949. S. 428–430.
Barfaut, John: Wo stehen wir? In: Jugendschriften-Warte. NF. 1. 1949, 2. S. 39–40.
Barth, Karl: Zur Genesung des deutschen Wesens. Stuttgart 1945.
Bartusch, Fritz: Herbert Kranz gegen Karl May? In: Jugendliteratur. 2. 1956, 8. S. 384–385.
Barzel, Candidus (Bearb.): Die deutsche Sprache. Von der Sprachlehre zum Lesestoff. Eine Bibliographie. Bad Nauheim 1955.
Bauer, Arnold: Zweierlei Sprache. Zum ersten deutschen Schriftstellerkongreß in Berlin. In: Die Neue Zeitung v. 10.10.1947, Feuilleton- und Kunstbeilage.
Bauer, Hans: Die moderne Schule im Kampf gegen Schmöker, Plund und Schund. Kulmbach 1957.
Bauer, Karl: Sind die „Kriegsgroschenhefte" eine Gefahr? In: Deutsche Monatshefte für Politik und Kultur. 2. 1960, 5. S. 27–30.
Baukloh, Friedhelm: Die Manager des Gutgemeinten. Kann Schund durch Kolportage bekämpft werden? In: Frankfurter Hefte. 10. 1955, 10. S. 695–696.
Baumann, Hans: Auf die versöhnliche Mitte hin. In: Jugendliteratur. 2. 1956, 9. S. 403.
Baumann, Hans: Die Bewährungen des Dichters. In: Das Innere Reich. 1941, 9. S. 461–471.
Becher, Johannes R.: Deutsches Bekenntnis. 3. Aufl. Berlin 1946.
Becker, O. E. H.: Das aktivistische Jugendbuch. In: „Sie" v. 28.1.1951.
Becker, O. E. H.: Was die Jugend lesen will. Ergebnisse einer Umfrage. In: Börsenblatt für den Deutschen Buchhandel. NF. 3. 1947, 11/12. S. 211–213.
Becker, Walter: Der Jugendschutzgedanke und die Kunstfreiheit. In: Jugendliteratur. 6. 1960, 7. S. 291–297.
Begegnung mit dem Buch. Tagung der Gesellschaft für christliche Kultur, Düsseldorf, in Verbindung mit dem Kultusminister von NRW, Okt. 1949. Ratingen 1950.
Bekanntmachung über die Wiedereröffnung von Verlagsanstalten, Gesuche um Veröffent-

lichungserlaubnis und Säuberung der Vorräte. In: Mitteilungen für den Buchhandel in der französischen Zone. 1. 1946, Nr. 1 v. 1.3., S. 3–4.
Bekanntmachungen der Section des Relations Intellectuelles et du Livre (Bureau Edition). Zusammenfassung und Wiederholung der gültigen Verordnungen. In: Mitteilungen für den Buchhandel in der französischen Zone. 3. 1948, Nr. 1 v. 1.1., S. 5–7.
Bemerkungen zum Schundliteraturproblem. In: Schweizerische Lehrerzeitung. 99. 1954, 6. S. 60–79.
Benfer, Heinrich: Buch und Bild in Erziehung und Unterricht unter besonderer Berücksichtigung des Einfühlens in die Dichtung. Bochum 1950.
Benfer, Heinrich: Kampf dem schlechten durch das gute Buch. Dortmund 1923.
Benfer, Heinrich: Schundkampf und literarische Jugendpflege. Langensalza, Berlin, Leipzig 1932.
Berichtsheft mit einer Zusammenfassung der Referate und den Berichten der vier Arbeitsgruppen. 5. Mainau-Jugendbuchtagung. 1.–9. April 1959. Hrsg. vom Internationalen Institut Schloß Mainau. o.O. o.J. [Mainau 1959].
Bernet, Ch.: Alltag im Jugendbuchverlag. In: Jugend und Lektüre. Zürich 1957. S. 89–97.
Bernfeld, Siegfried: Das Kind braucht keinen Schutz vor Schund! Es schützt sich selbst! In: Die literarische Welt. 2. 1926, Nr. 49 v. 3.12., S. 1. (Wiederabdr. in: Das politische Kinderbuch. Hrsg. von Dieter Richter. Darmstadt, Neuwied 1973. S. 245–248.)
Bertlein, Hermann: Mark Twain und das Jungenbuch. In: Jugendbücher der Weltliteratur. Ensslin-Jahresgabe 1952. Reutlingen 1951. S. 46–69.
Bertlein, Hermann: Über die Problematik des geschichtlichen Jugendbuches. In: Das gestaltete Sachbuch und seine Probleme. Ensslin Jahresgabe 1955. Reutlingen 1955. S. 5–28.
Bertlein, Hermann: Zur Problematik des jugendlichen Tierbuchs in der Gegenwart. In: Jugendschriften-Warte. NF. 2. 1950, 11. S. 42–43.
Betrifft: Die Schwarze Hand. In: Jugendschriften-Warte. NF. 9. 1952, Nr. 1 v. 15.1.
Das Bildungsgut der Volksschuloberstufe. Ein Lehrplan. Hrsg. vom Schulamt der Stadt Köln. Dortmund 1957.
Binder, Otto: Das Internationale Kuratorium für das Jugendbuch. In: Verlags-Praxis, 1. 1954, 10. S. 298–307.
Birkenfeld, Günther: Entrüstung und Beifall. In: Horizont. 2. 1947, 8. S. 3–4.
Birkenfeld, Günther: Ketzerische Gedanken zum neuen deutschen Jugendbuch. In: Horizont. 2. 1947, 4. S. 3–4.
Blättner, F.: Jugendliteratur. In: Die Religion in Geschichte und Gegenwart. Hrsg. von Kurt Galling u.a. Bd. 3. Tübingen 1959. Sp. 1031–1034.
Blum, Lisa-Marie: Bücher für kleine und große Leute. In: Jugendschriften-Warte. NF. 4. 1952, 7. S. 44–46.
Blyton, Enid: Wie ich das Schreiben für Kinder betrachte. In: Jugendliteratur. 3. 1957, 10. S. 464–466.
Bock, Stephan: Literatur, Gesellschaft, Nation. Materielle und ideelle Rahmenbedingungen der frühen DDR-Literatur (1949–1956). Stuttgart 1980.
Bockemühl, Erich: Ein kurzes Wort zur kindertümlichen Literatur. In: Lebendige Schule. 9. 1954, 12. S. 795–797.
Boeckh, Joachim G.: Die erzieherische Aufgabe der deutschen Literatur. In: Karussell. 2. 1947, 14. S. 13–21.
Bödecker, Friedrich: ... marschiert im Geiste mit. In: Jugendschriften-Warte. 4. 1952, 6. S. 34–35.
Böll, Heinrich: Bekenntnis zur Trümmerliteratur (1952). In: H. Böll: Werke. Bd. 7. Frankfurt, Zürich, Wien 1979. S. 31–35.
Börsenblatt für den Deutschen Buchhandel. Frankfurter Ausg. Frankfurt a.M. 112. (NF. 1) 1945, 1 (Oktober) – 17. 1961.

Börsenblatt für den Deutschen Buchhandel. Leipziger Ausg. Leipzig. 109. 1942 – 128. 1961.
Bolay, Karl Heinz: Tendenzen in der deutschen Nachkriegsliteratur. Hrsg. vom Studienzirkel Deutsche Literatur. Stadtbibliothek Helsinki. Helsingfors 1955.
Bonnesen, Merete: Warnung vor dem Vergessen. In: Die Neue Zeitung v. 18.7.1948, Kunst- und Feuilletonbeilage u. S. 4.
Bonk, Jürgen: Zu einigen Fragen der Jugendliteratur. Referat auf der Autorenkonferenz des Zentralrats der FDJ und des Verlags Neues Leben im April 1960. Berlin 1961.
Botzat, Robert: Die grausame Wirklichkeit von Groschenromanen. In: Die Neue Zeitung v. 19.10.1951.
Braem, Helmut M.: Die Literatur des Endes und des Anfangs 1945–1953. In: Buch und Bibliothek. 6. 1954, 11. S. 1045–1063.
Brauchlin, Eleonora: Bibliographie der deutschsprachigen Publikationen des Schweizerischen Jugendschriftenwerkes 1932–1952. Unter besonderer Berücksichtigung der erzieherischen Bedeutung des SJW. Zürich 1953.
Braun, Eva: Über unsere neue Jugendliteratur. In: Unsere neue Jugendliteratur. Berlin 1955.
Braun, Hanns: Uraufführung im Schauspielhaus: „Die drei goldenen Haare des Teufels". In: Süddeutsche Zeitung v. 12. 10. 1948, S. 5.
Breitenkamp, Edward Carlton: The US Information Control Division and its effect on German publishers and writers. 1945–1949. University Station, Grand Forks (North Dakota, USA) 1953.
Brücher, Hildegard: Jugend-Kongreß ohne Resolutionen. Internationale Konferenz wegen Währungsreform vorzeitig beendet. In: Die Neue Zeitung v. 20.6.1948, S. 5.
Brunner, Fritz: Das Jugendbuch als Klassenlektüre. In: Jugend und Lektüre. Zürich 1957. S. 75–87.
Brunner, Fritz: Das Schweizerische Jugendschriftenwerk. In: Deutsche Jugend. Beiträge, Berichte, Dokumente. 1. 1953, 9. S. 3–5.
Brunner, Fritz: Warum ein Schweizerischer Bund für Jugendliteratur. T. 1. 2. In: Schweizerische Lehrerinnenzeitung v. 20.6.1955 u. 20.7.1955.
Bücher für jugendliche Leser. Ein empfehlendes Bücherverzeichnis. Ausgearbeitet im Auftrag des Bundesministeriums für Unterricht. Wien o.J. [1955].
Das Buch in Kindeshand. Autoren und Erzieher tagen. In: Der Morgen v. 18.8.1950.
Bürki, Fritz: Bericht über die pädagogischen Rekrutenprüfungen im Jahre 1960. o.O. 1960.
Bumerang. In: Frankfurter Allgemeine Zeitung v. 17.3.1957, S. 3.
Bundesjugendplan. Frankfurt a.M. 1952 (dipa-Handbuch des Jugendführers. Reihe A, Heft 1).
Bundespräsident Theodor Heuß verlieh den Jugendbuchpreis. In: Bulletin des Presse- und Informationsamtes der Bundesregierung. Nr. 84 v. 5.5.1956, S. 790–791.
Bunte Jugendbücher. Bunte Bücher. Bunte Bände. Vollständiges Verzeichnis der billigsten reich bebilderten, literarisch hochwertigen, von allen Seiten empfohlenen Lesehefte, einschließlich der Neuerscheinungen 1934. Hrsg. von der Lehrervereinigung für Kunstpflege, Berlin. Reutlingen 1934.
Conrad, Erika: Gedanken und Studien zur Jugendliteratur. In: Pädagogische Rundschau. 9. 1954/55. S. 222–225.
Cornioley, Hans: Die Auswirkungen des Krieges auf unser Arbeitsgebiet. In: Jugendschriften-Fragen. Zürich 1947. S. 62–64.
Cornioley, Hans: Das schweizerische Jugendschriftenwerk und das Jugendbuch der Schweiz. Jugendliteratur. 1. 1955, 4. S. 178–180.
Dahlmann, Alfred: Magnolien, Generale und Mobilar. Besuch in Baden-Baden. Ausstellung des Centre d'études. In: Süddeutsche Zeitung v. 11.9.1948, S. 5.
Deicke, Günther: Erzählungen und Romane für Kinder. In: Neue deutsche Literatur. 4. 1956, 10. S. 144–148.

Dembski, Otto: Erziehung durch das Buch. In: Neue Deutsche Schule. 24. 1950, 12. S. 14–15.
Destunis, Georg: Die Schädigung des Kindes durch Schmutz- und Schundliteratur. In: Medizinische Klinik. 1956, 39. S. 1629–1630.
Deutsch, Otto Erich: Kinderschriften in Österreich 1770–1850. In: Die literarische Welt. Nr. 49 v. 3.12.1926, S. 6–15.
Deutsche Gegenwartsliteratur. In: Die neue Saar v. 16.1.1948.
Deutsche Jugend. Beiträge, Berichte, Dokumente. 2. 1954, H. 4.
Das Deutsche Jugendschriftenwerk e.V. Helfer der Eltern im Dienste der Jugend. In: Das Fundament. Februar 1958, S. 6.
Deutsche Zentralverwaltung für Volksbildung in der SBZ Deutschlands: Lehrpläne für die Grund- und Oberschulen in der SBZ Deutschlands vom 1. Juli 1946. Leipzig 1946.
Deutsches Buchschaffen. Die vier Zonen – Buchausstellung in Bielefeld. In: Die Neue Zeitung v. 17.2.1947, S. 4.
Deutschland braucht Büchereien. Eine Denkschrift der Deutschen UNESCO-Kommission. Köln 1952.
Deutsch-österreichische Literaturgeschichte. Hrsg. von Johann Willibald Nagl, Jakob Zeidler u. Eduard Castle. Bd. 2. Wien 1914.
Diederich, Werner: Welche Ganzschriften werden in der Schule gelesen? Ein Beitrag zur literaturpädagogischen Tatsachenforschung. In: Jugendschriften-Warte. NF. 8. 1956, 3. S. 21–23.
Dirks, Walter: Schutz der Jugend oder Schutz der Freiheit. In: Frankfurter Hefte. 10. 1955, 4. S. 230–234.
Dirks, Walter: Über Wesen und Unwesen des Kitsches. In: Probleme der Jugendliteratur. Ratingen 1956. S. 238–255.
Dirks, Walter: Die zweite Republik. Frankfurt a.M. 1947.
Dittrich, Günther: Das deutsche Jugendbuch. Gesamtverzeichnis einschließlich der Übersetzungen ins Deutsche. Rheinhausen 1952.
Diwisch, Franz: Drei Jahre Kampf um das gute Buch. In: Erziehung und Unterricht. 1953. S. 328–333.
Documents in Germany under Occupation 1945–1954. Hrsg. von Beate Ruhm von Oppen. London, New York, Toronto 1955.
Doderer Klaus: Die Phantasieerzählung und ihre Verwendungsmöglichkeit. In: Pädagogische Rundschau. 11. 1956/57. S. 460–465.
Döring, Karlheinz: Leserbrief. In: Börsenblatt für den Dt. Buchh. 17. 1951, 90. S. 428–429.
Donath, Andreas: Was wollen die 10- bis 15jährigen Leser lesen? In: Frankfurter Allgemeine Zeitung. Nr. 220 v. 23.9.1952.
Dovifat, Emil: Eine erste Pressestatistik. In: Lizenzen-Handbuch Deutscher Verlage. Berlin 1949. S. 19–28.
Dreessen, Peter: Es wird zuviel beschönigt. In: Die Neue Zeitung v. 24.6.1948, Kunst- und Feuilletonbeilage.
Dvorak, Franz u. Heinrich Neider: Die Lage des österreichischen Buchhandels im Herbst 1945. In: Anzeiger für den Buch-, Kunst- und Musikalienhandel. 80. 1945, 5. S. 4–5.
Dyck, Richard: Literatur in Deutschland. Gespräch mit dem Verleger Bermann-Fischer. In: Die Neue Zeitung v. 26.2.1948, S. 4.
Dyhrenfurth-Graebsch, Irene: Geschichte des deutschen Jugendbuches. Hamburg 1951.
Ebin, F.: Das Schaffen A. P. Gaidars. In: Über Kinderliteratur. Berlin 1955. S. 107–135.
Ebsworth, Raymond: Restoring Democracy in Germany. The British Contribution. London 1960.
Eckstein, Hans: Kunst und Kultur in Konstanz. In: Die Neue Zeitung v. 21.6.1946, Feuilleton- und Kunstbeilage.

Der Einfluß der Publikationsmittel auf die Vorstellungswelt des Jugendlichen. In: Buch und Buchhandel in Zahlen. Ausg. 1956. Frankfurt a.M. 1956, S. 73–76.
Eisenreich, Anton: Das dichterische Jugendbuch. Ziel einer Verlagsarbeit. In: Der Bücherfreund. 2. 1951, Nr. 11.
Eisenreich, Anton: Jugend und Jugendschrifttum. Verlag und Buchhandel. In: Börsenblatt für den Deutschen Buchhandel. Nr. 33a v. 25.4.1956, S. 527–531.
Enderle, Luiselotte: Kampf um Kitsch. In: Die Neue Zeitung v. 18.3.1946, Feuilleton- und Kunstbeilage.
Engl, Hans: Internationale Jugendliteratur. In: Pädagogische Welt. 1. 1947, 2. S. 164–171.
Das Ensslin-Buch. Mitteilungen an die Freunde des Verlages. 2. 1951, Folge 1.
Das Ensslin-Buch. Mitteilungen an die Freunde des Verlages. 4. 1953, Folge 1.
Das Ensslin-Buch. Mitteilungen an die Freunde des Verlages. 7. 1956, Folge 1.
Ergebnis der „Jugendbuchwoche" der Dortmunder AG „Geistige Jugendhilfe" vom 11. bis 17.5.1952. In: Der Leihbuchhändler. 6. 1952, Nr. 11.
Erich Kästner zum Gruß. In: Süddeutsche Zeitung v. 24.2.1949, S. 3.
Errichtung einer Jugendschriftenkommission beim Bundesministerium für Unterricht. In: Anzeiger für den Buch-, Kunst- und Musikalienhandel. 82. 1947, 7. S. 2.
Etscheit, Hans: Jugendlektüre. In: Frankfurter Allgemeine Zeitung v. 4.10.1952.
Faber du Faur, Irmgard von: Das Jugendbuch. In: Die Pädagogische Provinz. 2. 1948. S. 435–436.
Faßbender, Erich: Gangster, Greuel und Generale. Zum Problem des Jugendschutzes gegen literarischen Schmutz und Schund. In: Jugendliteratur. 5. 1959, 5. S. 200–208.
Faßbender, Erich: Resignation in Rastatt – wie lange? Kriegshefte-Produzent Pabel gibt nicht auf. In: Jugendliteratur. 6. 1960, 12. S. 550–555.
Fehse, Willi: Dichter, die wir nicht vergessen haben. In: Neue Westfälische Zeitung v. 25.1.1946.
Feuer, Johannes: Der Kampf gegen die Schundliteratur ist ein Kampf für die Hebung des allgemeinen Bildungsniveaus. In: die neue schule. 3. 1948, 18. S. 603–604.
Das Fiasko der Rauschebärte. Gedanken eines Einsichtigen zum Thema Jugendliteratur. In: Westdeutsches Tageblatt v. 25.5.1956.
Flacke, Walter: Heinrich Wolgast – Unsere Verpflichtung. In: Lebendige Schule. 9. 1954, 12. S. 793–795.
Flügel, Ralf: Die gemeinsame Welt des Kinderbuchs. In: Welt und Wort. 1. 1946. S. 63–67.
Förster, Friedrich W.: Die deutsche Frage. Hannover 1946.
Fontana, Okar Maurus: Hundert Jahre Hauptverband der österreichischen Buchhändler im Spiegel der Zeit 1859–1959. Wien o.J. [1959].
Franckh'sche Verlagshandlung, Stuttgart. Ein altes Verlagshaus mit jungem Geist. Stuttgart 1957.
Frank, Karl B.: Erobert, nicht befreit. New York 1946.
Frankenfeld, Alfred: Vom Tage „Null" zum Wiederaufbau. In: Zehn Jahre Deutscher Journalistenverband. Bonn 1960. S. 53–58.
Frenzel, Elisabeth: Jugendliteratur. In: Reallexikon der deutschen Literaturgeschichte. Bd. 1. 2. Aufl. Berlin 1958.
Den Freunden des Verlages F. A. Brockhaus, Wiesbaden, 1955–1956. Wiesbaden 1955–1956.
Freundschaftsreden an die Jugend. Brailsford, Gide sprechen auf der Münchner Kundgebung. In: Die Neue Zeitung v. 30.6.1947, S. 1.
Frick, Wilhelm: Mahnwort an Österreichs Schriftsteller. In: Anzeiger für den Buch-, Kunst- und Musikalienhandel. 80. 1945, 1 (August). S. 3.
Friedrich, Hans Eberhard: Ausweg aus der Blockade des Geistes? In: Süddeutsche Zeitung v. 9.4.1949, S. 6.

Friesicke, Konrad: Handbuch der Jugendpresse. München 1956.
Friesicke, Konrad: Handbuch der Jugendzeitschriften. Mainz 1953.
Friesicke, Konrad: Hausse in Jugend. Streiflichter auf anonyme Jugendarbeit von der Zugabenwerbung bis zur Clubbildung. In: Deutsche Jugend. Beiträge, Berichte, Dokumente. 1. 1953, 8. S. 21–28 (1953b).
Friesicke, Konrad: Portrait einer Jugendzeitschrift. Rasselbande, ein Jugendmagazin. In: Jugendliteratur. 1. 1955, 2. S. 78–80.
Friesicke, Konrad: Die Situation der deutschen Jugendzeitschrift. In: Lebendige Erziehung. 2. 1950/51. S. 268–269.
Frisch, Max: Der Hang zum Skizzenhaften. In: Die Neue Zeitung v. 11.8.1947, Feuilleton- und Kunstbeilage.
Frisch, Max: Das Schlaraffenland, die Schweiz. In: Die Neue Zeitung v. 26.4.1946, Feuilleton- und Kunstbeilage.
Frisch, Max: Tagebuch 1946–1949. Frankfurt 1950 (zit. nach: 8. Aufl. München, Zürich 1970).
Fronemann, Wilhelm: Die beherrschenden Ideen im Jugendschrifttum und in der Volksbildung von Wolgast bis heute und ihre Träger. In: Begegnung mit dem Buch. Ratingen 1950. S. 7–27.
Fronemann, Wilhelm: Das Jugendlesen als Erziehungsproblem. In: Lebendige Schule. 7. 1952. S. 12–25.
Fronemann, Wilhelm: Jugendschrifttum und die Frage der Jungleserkunde in der Lehrerbildung. In: Schola. 3. 1948. S. 329–340.
Fronemann, Wilhelm: Jugendschrifttum und Schullesebuch. In: Die Schulwarte. 2. 1949, 6. S. 338–344.
Fronemann, Wilhelm: Leserzuschrift. In: Schola. 4. 1949, 11. S. 928–929.
Fronemann, Wilhelm: Das neue Jugendschrifttum. In: Bildung und Erziehung. 2. 1949. S. 465–469.
Fronemann, Wilhelm: Schrifttum und Erziehung. Richtlinien für den neuen Leseunterricht. Ratingen 1951.
Fronemann, Wilhelm: Waschzettel-Kritik oder literarische Wertung des Jugendbuches? In: Lebendige Schule. 9. 1954, 12. S. 831–833.
Fronemann, Wilhelm: Zum Neuaufbau des deutschen Jugendschrifttums. In: Die Brücke. 2. 1947, 1/2. S. 58–61.
Fünf vor 12. Verantw.: Oskar Neisinger. Würzburg 1950.
Für gesunde und kraftvolle Jugend. Handbuch zur Aktion Jugendschutz. Büren 1948.
Funk, Ernst Rudolf: Die besondere Bedeutung der literarischen Erziehung in der gegenwärtigen Situation. In: Jugendschriften-Warte. NF. 9. 1957, 1. S. 4–5.
Funk, Ernst Rudolf: Der Drang nach dem gemütbetonten Jugendbuch und seine Gründe. In: Die Pädagogische Provinz. 9. 1955. S. 415–423. (Wiederabdr. in: Jugendschriften-Warte. NF. 8. 1956, 12. S. 81–83.)
Funk, Ernst Rudolf: Vom Verhältnis der Jugend zum Buch. In: Die Pädagogische Provinz. 8. 1954. S. 430–437.
Gaiser, Konrad: Buch und Jugend. In: Die Schulwarte. 7. 1954. S. 321–326 u. S. 406–415.
Gasser, Manuel: Fragwürdigkeiten der deutschen Buchproduktion. In: Die Neue Zeitung v. 4.8.1947, S. 4.
Gast, Lise (d.i. Elisabeth Richter): Jungmädchenbücher. In: Jugendschriften-Warte. NF. 3. 1951, 5. S. 2.
Gatzweiler, Richard: Verbrecher-Comics gefährden die Jugend. Gedanken zu einem Urteil des Bundesgerichtshofes. Köln 1955.
Gebhardt, Hertha von: Mädchenbücher – heute. In: Jugendschriften-Warte. NF. 3. 1951, 3. S. 8–10.

Gegen den Vertrieb unsittlicher Schriften. In: Frankfurter Allg. Zeitung v. 26.4.1952.
Gegen Schmutz und Schund. In: Tagespost (Augsburg) v. 2.8.1949.
Gegen wen richtet sich das beabsichtigte Schmutz- und Schundgesetz? In: Südbayrische Volkszeitung v. 23.2.1959.
Gehrke, Martha Maria: Ich und das Buch. Das Ergebnis unserer Rundfrage. In: Die Neue Zeitung v. 30.12.1950.
Gehrke, Martha Maria: Verwandeltes Baden-Baden. Aus der Hauptstadt der französischen Besatzungszone. In: Die Neue Zeitung v. 1.7.1946, Feuilleton- und Kunstbeilage.
Geiger-Hof, Anni: Anni Geiger-Hof. In: Jugendschriften-Warte. NF. 5. 1953, 11. S. 78.
Geistesschaffende „am Ende der Schlange". In: Die Neue Zeitung v. 27.6.1948, S. 8.
Geistige Hilfe ohne Propaganda: Versorgung mit Büchern. Ein Beitrag zur Lösung der deutschen Frage. In: Die Neue Zeitung v. 27.10.1947, S. 5.
George, Edith: Bemerkungen zur Erstleseliteratur in der DDR (unveröff. Ms. 1957).
George, Edith: Hoffnung auf reifere Werke. In: Neue deutsche Literatur. 8. 1960, 9. S. 108–116.
German Book Publishing and Allied Subjects. A Report by the Visiting Committee of American Book Publishers. München, New York 1948.
Germany 1947–1949. The Story in Documents. Department of State Publication 3556. European and British Commonwealth Services 9. Washington US Government Print. Off. 1950.
Geschmacksache. In: Hamburger Abendblatt v. 3. 12. 1949.
Gesellschaft für deutsch-sowjetische Freundschaft, Zentralvorstand: Drei Buchbesprechungen für unsere Jugend. Berlin 1952.
Gespräch mit einem Verleger. Ernst Rowohlt über seinen Ro-Ro-Ro-Plan. In: Die Neue Zeitung v. 9.12.1946, S. 4.
Getreues Spiegelbild. Querschnitt durch die deutsche Buchverlag-Produktion 1945/47. Teil 1, 2. In: Die Gegenwart. 2. 1947, 23/24. S. 18–28 u. 3. 1948, 50/51. S. 19–27.
Gide, André: An die Jugend. Der Wortlaut seiner Münchner Rede. In: Die Neue Zeitung v. 4.7.1947, Feuilleton- und Kunstbeilage.
Gieseler, Hanns: Die Jugendzeitschrift. Grundsätze zu ihrer Beurteilung. In: Jugendschriften-Warte. NF. 10. 1958, 12. S. 77–81.
Glaser, Martha: Jugend und Dichtung. Welche Bücher eignen sich für die Jugend? Lahr 1948.
Gorki, Maxim: Über Kinderliteratur. Aufsätze und Äußerungen. Berlin 1953 (NA. 1971).
Greyerz, Otto von: Sprache, Dichtung, Heimat. Bern 1933.
Grimme, Adolf: Selbstbesinnung. Reden u. Aufsätze aus dem ersten Jahr d. Wiederaufbaus. Hrsg. v. Hans Thierbach. Braunschweig, Berlin, Hamburg 1947.
Grisar, Erich: Der handarbeitende Mensch und das Buch. In: Begegnung mit dem Buch. Ratingen 1950. S. 60–74.
Gröber, Conrad: Die deutsche Jugend. Ihr Irrweg und ihre Heimkehr. Hirtenschreiben v. 1. August 1945. 2., unveränd. Abdr. Freiburg i.Br. o.J. (Sonderdr. aus d. Amtsbl. d. Erzdiözese Freiburg i.Br. 1945).
Groll, Günter: Das Haus am Genfer See. In: Süddeutsche Zeitung v. 30.3.1947, S. 5.
Groll, Günter: Die Klosettfrau und die Intellektuellen. In: Süddeutsche Zeitung v. 4.5.1948, S. 5.
Groll, Günter: Soll es so weitergehen? Offene Worte zur Münchner Kulturkrise. In: Süddeutsche Zeitung v. 1.5.1948, S. 5.
Das gute Jugendbuch. Hrsg. vom Arbeitskreis „Das gute Jugendbuch" in Verbindung mit dem Deutschen Jugendbuchdienst. Ratingen. 1. 1956ff.
Das gute Jugendbuch. Tagung der evangelischen Akademie im Rheinland vom 23.–25. Juni 1953. Düsseldorf 1953 (Freundesbriefe der evangelischen Akademie Mühlheim/Ruhr. H. 1).

Das gute Jugendbuch 1948–1953. Eine kritische Auswahl. Erarb. und hrsg. vom Arbeitskreis „Das gute Jugendbuch“. Ratingen 1953.
Die gute Saat. Lesebuch für Volksschulen. Bd. 5 für das 7./8. Schuljahr. Lehrerheft. Braunschweig, Berlin, Hamburg, München, Kiel, Darmstadt 1959.
Härtling, Peter: Schutz vor Schmutz. In: Deutsche Zeitung v. 2.1.1961.
Hagn, Hugo: Eine Lanze für die Brüder Grimm. In: Horizont. 2. 1947, 14. S. 3–4.
Hahn, Alois: Flucht in die Romantik. Das neue bayerische Lesebuch. In: Süddeutsche Zeitung Nr. 103 v. 9.12.1947, S. 2.
Halberstadt, Gerhard: Jugendgefährdung durch kriegsverherrlichende und -verfälschende Schriften. In: Recht der Jugend – Zeitschrift für Jugenderziehung, Jugendpflege und Jugendschutz, für Jugendfürsorge und Jugendstrafrecht. 8. 1960, 16. S. 246–248.
Hamburger Leitsätze zur Herausgabe von Kriegsliteratur. Ein Diskussionsbeitrag. Rastatt/Baden 1960.
Handbuch der Lizenzen deutscher Verlage. Zeitungen, Zeitschriften, Buchverlage. Berlin 1947.
Hans Urian ist wieder da! In: Frankfurter Rundschau v. 12.11.1949.
„Hans Urian“ verboten. In: Kieler Nachrichten Nr. 193 v. 17.12.1949.
Hartung, Hermann: Haßliteratur für die Jugend. Linientreuer Schmutz und Schund in der Sowjetzone. In: Rheinischer Merkur Nr. 1 v. 4.1.1957.
Hartung, Hermann u. Gottfried Paulsen: Was liest die Jugend der Sowjetzone? Hrsg. vom Bundesministerium für gesamtdeutsche Fragen. Bonn, Berlin 1959.
Hasseberg, Adolf: Über die Möglichkeit und Notwendigkeit literaturpädagogischer Tatsachenforschung. In: Jugendschriften-Warte. NF. 7. 1955, 9. S. 57–60 u. 11. S. 73–74.
Hassinger, Heinrich: Jugendpflege und Volksbildung im deutschen Aufbau. Mit einem Geleitwort von Theodor Heuß. Stuttgart 1946.
Hazard, Paul: Kinder, Bücher und große Leute. Hamburg 1952.
Heimeran, Ernst: Über das Werden eines Kinderbuches. In: Lebendige Erziehung. 1. 1949, 3. S. 21–23.
Held, Hans Ludwig u. Hans Engl: Bibliothekswesen und Jugendschrifttum. In: Jahrbuch der Jugendarbeit. Hrsg. von J. Müller-Zurlinden. München. 1. 1949. S. 128–144.
Held, Kurt (d.i. Kurt Kläber): Jeder Kopf ist anders. Das Jugendbuch und die Jugend. In: Jugendliteratur. 3. 1957, 6. S. 266–267.
Held, Kurt: Jugendbuch und Schule. In: Börsenblatt für den Dt. Buchh. 10. 1954, 77. S. 561–562.
Held, Kurt: Der Jugendbuchautor Kurt Held. In: Jugendschriften-Warte. NF. 5. 1953, 10. S. 67.
Held, Kurt: Wandlungen des jungen Menschen. In: Jugendschriften-Warte. NF. 4. 1952, 5. S. 25–26.
Hennecke, Hans: Thomas Manns Münchner Tage. In: Süddeutsche Zeitung v. 30. 7. 1949, S. 6.
Herde, Klaus: Die Pionierorganisation an die Schriftsteller. In: Almanach für die Freunde des Kinderbuches. 1949–1959. Berlin 1959. S. 81–89.
„Herr Unterrichtsminister, helfen Sie uns!“ Präsident Rollett gegen die Saboteure des österreichischen Kulturschaffens. In: Anzeiger für den Buch-, Kunst- und Musikalienhandel. 82. 1947, 11. S. 1–2.
Herr, Alfred: Aus der Praxis der Beurteilungsarbeit. In: Jugendschriften-Warte. NF. 2. 1950, 8. S. 29–30.
Herr, Alfred: Neuerscheinungen in „Billigen Reihen“. 3.: Contra-Hefte. In: Jugendschriften-Warte. NF. 5. 1953, 11. S. 79–80.
Herrle, Stephan: Literatur als Mordanstifterin. In: Bayrische Rundschau v. 1.10.1949.

Hesse, Kurt Werner: Die „Freiwillige Selbstkontrolle für Serienbilder (FSS)". In: Der neue Vertrieb. 7. 1955, 157. S. 618–619.
Heumann, Hans: Erziehung zum Lesen. In: Schulverwaltungsblatt für Niedersachsen. 3. 1951. Nichtamtlicher Teil. S. 128–132.
Heumann, Hans: Was liest die Jugend? In: Pädagogische Rundschau. 6. 1951/52. S. 115–120.
Heuser, Siegfried: Moderne christliche Jugendbücher. Ein Beitrag zur kritischen Sichtung. In: Studium zur Jugendliteratur. 1. 1955. S. 5–45.
Heuss, Theodor: Die deutsche Nationalidee im Wandel. Stuttgart 1946.
Hild, Otto: Die Jugendzeitschrift in ihrer geschichtlichen Entwickelung, erziehlichen Schädlichkeit und künstlerischen Unmöglichkeit. Leipzig 1905.
Hilferuf der geistig Schaffenden. In: Die Neue Zeitung v. 16.5.1948, S. 4.
Hinweis auf zwei neue Jugendschriftenverzeichnisse. In: Pädagogische Rundschau. 6. 1951/52. S. 139–141.
Hirsch, Karl Jakob: Das Ende der Emigration in USA. In: Süddeutsche Ztg. v. 6. 11. 1948, S. 4.
Hocke, Gustav René: Zwischen Geist und Macht. Meinungskämpfe auf dem Schriftstellerkongreß. In: Die Neue Zeitung v. 23.5.1948, S. 4.
Hölder, Anneliese: Hat das Abenteuerbuch seine Berechtigung in der Reifezeit des Oberschülers? In: Mitteilungsblatt der Lehrerinnen-Vereinigung Baden-Württemberg. 10. 1957, 4. S. 3–8.
Hoernle, Edwin (?): Unser Kampf gegen die Schundliteratur. In: Das Proletarische Kind. 1922, 3. S. 9–11. (Wiederabdr. in: Das politische Kinderbuch. Hrsg. von Dieter Richter. Darmstadt, Neuwied 1973. S. 251–255.)
Horst, Karl August: Die deutsche Literatur der Gegenwart. München 1957.
Hoyer-Tiemefeld, Nora: Dein Kind und das Bilderbuch. In: Pädagogische Rundschau. 6. 1951/52. S. 12–14.
Hühnerfeld, Paul: Wenn schon Zensur – dann ohne Staatsanwalt. In: Die Zeit Nr. 25 v. 21.6.1956.
Hürlimann, Bettina: Europäische Kinderbücher in drei Jahrhunderten. Zürich, Freiburg i.Br. 1959.
Hugk, Margarete: Wo bleiben unsere Kinderbücher? In: Der Bibliothekar. 8. 1954, 4. S. 118–119.
Hundert Jahre Schweizerischer Buchhändlerverein 1849–1949. Festgabe. Zürich 1949.
Hundertfünfzig Jahre Haus Sauerländer in Aarau. Zusammengestellt von Hans Sauerländer. Aarau 1957.
Ihring, Herbert: Vom Geist und Ungeist der Zeit. Berlin 1947.
Im Kampf um Sitte und Sittlichkeit. Ein Jahr Volkswartbundarbeit. Köln 1955.
Internationale Ausstellung „Das Jugendbuch" in München. In: Internationale Zeitschrift für Erziehungswissenschaft. 4. 1947/48. S. 132–138.
Die Internationale Jugendschriften-Ausstellung und ihr Ergebnis. In: Börsenblatt für den Dt. Buchh., Leipzig. 114. 1947, 6. S. 89–90.
Internationale Kinder- und Jugendbuch-Ausstellung 1950. Katalog. München o.J. (1950).
Internationale Tagung für das Jugendbuch. Zürich, 1.–4.10.1953. Berichte und Vorträge. Aarau 1954.
Italiaander, Rolf: Besiegeltes Leben. Begegnungen auf vollendeten Wegen. Goslar 1949.
Italiaander, Rolf: Fliegerbücher für die deutsche Jugend. In: Jugendschriften-Warte. 43. 1938, 7. S. 51–52 u. 8. S. 55–56.
Jacob, Gerhard: Daniel Defoe und sein „Robinson Crusoe". In: Werke der Weltliteratur für die Jugend. Ensslin-Jahresgabe 1951. Reutlingen 1950. S. 30–48.
Jäckel, Gerhard: Deutsche Jugendzeitschriften. In: Jahrbuch der Jugendarbeit. Hrsg. von J. Müller-Zurlinden. München. 1. 1949. S. 145–153.

Jäh, Walther: Der deutsche Buchhandel in der russischen Zone. In: Der Schweizer Buchhandel. 4. 1946, 3. S. 66–69.
Jahrbuch der Jugendarbeit. Hrsg. von J. Müller-Zurlinden. München. 1. 1949.
Jambor, Walter: Entwicklung und Aufgaben des Kampfes gegen die Schundliteratur. In: Die Barke. Lehrer-Jahrbuch 1958. Hrsg. von der Leitung des Österreichischen Buchklubs der Jugend, Wien. S. 273–289.
Jaspers, Karl: Die Schuldfrage. Heidelberg 1946.
Jehmlich, Brigitte: Neue ausländische Mädchenbücher. In: Studien zur Jugendliteratur. 3. 1957. S. 34–45.
Jenkins contra Poe. In: Frankfurter Neue Presse v. 27.7.1951.
Jessel, H. J.: Das neue deutsche Kinderbuch – eine fällige Forderung. In: Börsenblatt für den Dt. Buchh., Leipzig. 115. 1948, 51. S. 469–470.
Jonas, Rudolf: Frohsein, Sonne und die schöne, weite Welt. Junge Menschen aus vieler Herren Länder in Freundschaft verbunden. Wien 1949.
Jürgens, Franz: Tagung der Vereinigten Jugendschriftenausschüsse in Marburg am 7. Juni 1949. In: Jugendschriften-Warte. NF. 1. 1949, 6.
Jugend der Welt will gute Nachbarschaft. 21 Nationen auf der zweiten internationalen Jugendwoche in München. In: Süddeutsche Zeitung v. 15.8.1948, S. 1.
Jugend in Gefahr. Unser Kampf gegen Schund- und Schmutzschriften. Stellungnahme der Vereinigten Jugendschriften-Ausschüsse im Auftrage des Kongresses der Lehrer und Erzieher in Berlin, Pfingsten 1952. In: Material- und Nachrichten-Dienst („MUND“) der Arbeitsgemeinschaft Deutscher Lehrerverbände. 3. 1952, 30. S. 1–12.
Jugend und Buch. Bericht über die 4. Mainau-Jugendbuchtagung 1958. Konstanz 1959.
Jugend und Buch. Mitteilungsblatt des Österreichischen Buchklubs der Jugend. Wien. 1. 1952–9. 1960.
Jugend und Buch. Vorträge der Arbeitstagungen für Jugendbibliothekare im Bibliothekar-Lehrinstitut des Landes Nordrhein-Westfalen 1956–58. Köln 1959.
Die Jugend und ihre Lektüre. Pro Juventute. 35. 1954, 2/3 (Sonderheft).
Jugend und Lektüre. Vorträge gehalten am Jugendbuchkurs 1956 der Jugendschriftenkommission des Schweizerischen Lehrervereins. Zürich 1957.
Jugend zwischen 15 und 24. Eine Untersuchung zur Situation der deutschen Jugend im Bundesgebiet. Durchgeführt vom Emnid-Institut für Meinungsforschung. Hamburg, Bielefeld 1954.
Jugend zwischen 15 und 24. Zweite Untersuchung zur Situation der deutschen Jugend im Bundesgebiet. Durchgeführt vom Emnid-Institut für Meinungsforschung. Hamburg, Bielefeld 1955.
Das Jugendbuch als Bildungsmacht. Arbeitsgruppenberichte der 7. Mainau-Jugendbuchtagung, 5.–13. April 1961. Mainau 1961.
Das Jugendbuch als Erziehungsmittel. Ein Stiefkind der bedeutenden deutschen Autoren. In: Börsenblatt für den Dt. Buchh., Leipzig. 115. 1948, 51. S. 471–472.
Das Jugendbuch der Reifezeit. Hrsg. vom St. Michaelsbund zur Pflege des katholischen Schrifttums in Bayern. München 1954.
Jugendbuch in aller Welt. Ergebnisse einer Umfrage bei 24 Nationen über den Stand des Jugendbuches. Zusammengest. i. A. des Internationalen Kuratoriums für das Jugendbuch 1953–1955. München, Wien 1956.
Jugendbuch und Erziehung. Die geistigen, pädagogischen und organisatorischen Grundlagen des Buchklubs der Jugend. Hrsg. vom Österreichischen Buchklub der Jugend. Wien o. J. [um 1950].
Jugendbücher bauen Brücken. Bericht über die 6. Mainau-Jugendbuchtagung 1960. Konstanz 1961.

Jugendbücher bauen Brücken. Mainau-Tagung 1960. In: Der Evangelische Buchberater. 14. 1960, 1. S. 1–3.
Das Jugendgericht zieht Bilanz. Fördern schlechte Filme und Bücher die Jugendkriminalität? In: Westfälische Rundschau v. 4.9.1951.
Jugendlektüre, amtlich empfohlen. In: Welt und Wort. 6. 1951. S. 215.
Jugendliteratur. Monatsschrift für Jugendschrifttum. Hrsg. von Richard Bamberger u.a. München. 1. 1955 – 9. 1963.
Jugendschriften-Fragen. Eine Sammlung von Aufsätzen zur Einführung in das Jugendschrifttum. Zürich 1947.
Die Jugendschriften-Warte. Organ der Vereinigten Jugendschriften-Ausschüsse. Hamburg. 1. 1893 – 49. 1944. NF. 1. 1949ff.
Julius, Liselotte: Vom Aschenputtel bis zur Kati in Amerika. In: Die Neue Zeitung v. 22.12.1952.
Junge Autoren geben Hoffnung. In: Die andere Zeitung v. 30.8.1956.
Just, Theodor: Die Schundliteratur, eine Verbrechensursache und ihre Bekämpfung. Düsseldorf 1909.
Kadelbach, Gerd: Neue Leitthemen in der Jugendliteratur. In: Schule und Leben. 6. 1954/55. S. 127–129.
Kadelbach, Gerd: Die Problematik des Jugendbuchs. In: Schule und Leben. 6. 1954/55. S. 124–127.
Kadelbach, Gerd: Über die Beurteilung von Jugendschriften. In: Schule und Leben. 2. 1950. S. 41–44.
Kästner, Erich: Die Augsburger Diagnose. Kunst und deutsche Jugend. In: Die Neue Zeitung v. 7.1.1946, Feuilleton- und Kunstbeilage.
Kästner, Erich: Betrachtungen eines Unpolitischen. In: Die Neue Zeitung v. 14.1.1946, Feuilleton- und Kunstbeilage.
Kästner, Erich: Gedanken eines Kinderfreundes. In: Die Neue Zeitung v. 1.2.1946, Feuilleton- und Kunstbeilage.
Kästner, Erich: Gedanken eines Kinderfreundes. 1946. In: E.K.: Gesammelte Schriften. Bd. 5. 3. Aufl. Köln 1965.
Kästner, Erich: Gescheit, und trotzdem tapfer. In: Pinguin. 1. 1946, 1. S. 1.
Kästner, Erich: Jugend, Literatur und Jugendliteratur. In: Deutsche Jugend. Beiträge, Berichte, Dokumente. 1. 1953, 9. S. 39–46.
Kästner, Erich: Die Klassiker stehen Pate. Ein Projekt zur Errichtung ständiger Kindertheater. In: Die Neue Zeitung v. 21.10.1946, S. 6.
Kästner, Erich: Nachwort eines älteren Kollegen. In: James Krüss: Der wohltemperierte Leierkasten. Gütersloh 1961.
Kästner, Erich: Reise in die Gegenwart. Rückblick auf den PEN-Kongreß in Zürich. In: Die Neue Zeitung v. 21.6.1947, Feuilleton- und Kunstbeilage.
Kästner, Erich: Reise in die Vergangenheit. Wiedersehen mit Dingen und Menschen. In: Die Neue Zeitung v. 27.6.1947, Feuilleton- und Kunstbeilage.
Kästner, Erich: Sowjetische Kinderbücher. In: Die Neue Zeitung v. 28.10.1946, S. 4.
Kästner, Erich: Zur Naturgeschichte des Jugendschriftstellers. Rede anläßlich der Verleihung der Hans-Christian-Andersen-Medaille in Luxemburg. In: Jugendliteratur. 6. 1960, 11. S. 482–486.
Kamm, Elisabeth: „Schonkost" für Halbwüchsige? Gedanken zum Thema Jugendbuch. In: Frankfurter Allg. Zeitung v. 21.4.1956.
Kasack, Hermann: Dichtung als Gleichnis. Zur Literatur in Deutschland. In: Die Welt v. 17.1.1951.

Kaufmann, Herbert: Die Bedeutung des Jugendschrifttums. In: Das gute Jugendbuch. 10. 1962, 2. S. 17–24.
Kenntner, Karl: Warum evangelische Büchereien, insbesondere Jugendbüchereien? In: Der Evangelische Buchberater. 14. 1960, 2/3. S. 61–65.
Kerckhoff, Susanne: Bücher aus allen Zonen. Deutsche Buchausstellung 1947 in Berlin. In: Die Neue Zeitung v. 27.6.1947, S. 4.
Kernmayr, Erich: Der große Rausch. Rußlandfeldzug 1941–1945. Zürich 1948.
Kessel, E.: Probleme des Jugendbuches. In: Die neue Schule. 3. 1948. S. 316–318.
Kesten, Hermann: Die gevierteilte deutsche Literatur. In: Welt und Wort. 8. 1953, 1. S. 1–5.
Kielmannsegg, J. A. Graf von: Der Fritschprozeß. Hamburg 1949.
Kielmeyer, Otto A.: Der kulturelle Beirat und das Verlagswesen. In: Börsenblatt für den Dt. Buchh., Leipzig. 114. 1947, 34. S. 329–330 u. 335–336.
Das Kinder- und Jugendbuch in der SBZ. Beobachtungen ... auf der Grundlage eines im Auftrage des Ministeriums für Familien- und Jugendfragen angelegten Archivs. Teil 1. 2. o.O. o.J. [um 1960].
Kinder werden zu Mördern. Drei Fälle aus einer Woche und einer Stadt. In: Neue Illustrierte, Köln. 6. 1951, Nr. 38 v. 19.9., S. 10.
Kinderbuch und Sozialismus. Das Kinder- und Jugendbuchschaffen in der Deutschen Demokratischen Republik – ein Beitrag zum Aufbau des Sozialismus. Ausstellung der Deutschen Staatsbibliothek 1958/59. Katalog. Berlin 1958.
Kirchgessner, Maria: Bücher sind nicht einfach Bücher! In: Lebendige Erziehung. 1. 1949, 3. S. 13–20.
Kirstein, Jenny: Ist die Kinderliteratur eine Hilfsform der Pädagogik? In: Der Bibliothekar. 8. 1954, 8. S. 878–879.
Kitsch abliefern und einstampfen. In: Börsenblatt für den Dt. Buchh., Leipzig. 116. 1949, Nr. 5 v. 21.1., S. 3–44.
Klages, Wilhelm: Reisebeschreibungen, weite Welt und Abenteuer. In: Der Deutschunterricht. 9. 1957, 4. S. 74–91.
Klein, K. H.: Der Jugendschriftenverlag und der Kulturelle Beirat. In: Börsenblatt für den Dt. Buchh., Leipzig. 115. 1948, 29. S. 283.
Knaak, Kurt: Die Bedeutung der wissenschaftlichen Tiergeschichte. In: Jugendschriften-Warte. 48. 1943, 1/2. S. 12–14.
Knaak, Kurt: Die Tierdichtung im deutschen Jugendschrifttum. In: Jugendschriften-Warte. 47. 1942, 3/4. S. 17–19.
Knaak, Kurt: Wesen und Bedeutung der Tiergeschichte. In: Jugendschriften-Warte. NF. 6. 1954, 6. S. 41–42.
Knorr, Lorenz: Jugendnot und Machtwille. In: Junge Gemeinschaft. Zeitschrift für die sozialistische Jugend. 1959, 9.
Koch, Ruth: Phantastische Erzählungen für Kinder. In: Studien zur Jugendliteratur. 5. 1959. S. 55–85.
Koehl, Rudolf: Der Jugend das richtige Heft in die Hand. In: Wiesbadener Kurier v. 23.11.1957.
Koehl, Rudolf: Literarische Jugendhilfe und das deutsche Jugendhilfswerk. In: Kultur-Arbeit, Köln. 1957, 11. S. 219–220.
Köhlert, Adolf: Bad Harzburger Aktion. Ein Erfahrungsbericht. In: Jugendschriften-Warte. NF. 4. 1952, 2. S. 5–6.
Könner, Alfred: Über unsere Abenteuerliteratur. In: Unsere neue Jugendliteratur. Berlin 1955. S. 29–61.
Könner, Alfred: Vom Aschenputtel zum Lieblingskind. In: Neue deutsche Literatur. 5. 1957, 2. S. 101–109.

Koettgen, Gertrud: Die Arbeit der Jugendschriftenkommission des Schweizerischen Lehrervereins. In: Jugendschriften-Fragen. Zürich 1947. S. 65–67.
Kogon, Eugen: An Thomas Mann. Offener Brief zur Weimar-Reise. In: Süddeutsche Zeitung v. 30.7.1949, S. 1.
Kogon, Eugen: Papierknappheit und Verlagsprogramm. In: Frankfurter Hefte. 2. 1947, 9. S. 873–874.
Kogon, Eugen: Der SS-Staat. Düsseldorf 1946.
Kolbenhoff, Walter: Laßt uns Zeit. Stimme aus der jungen Schriftstellergeneration. In: Die Neue Zeitung v. 25.1.1948, Feuilleton- und Kunstbeilage.
Konferenz zu Fragen der Arbeit mit dem Kinderbuch, Schwerin 1959. In: Der Bibliothekar. 14. 1960 (Sonderheft).
Kopp, Ferdinand: Von der vergessenen Kunst des Lesens. In: Pädagogische Welt. 8. 1954, 4. S. 169–170.
Koppe, Friedrich: Alte und neue Jugendschriften. In: Westermanns Pädagogische Beiträge. 1. 1949. S. 564–566.
Korn, Ilse: Die Arbeit mit den Märchen. In: Der Bibliothekar. 8. 1954. S. 328–337.
Kramer, Dietrich: Weshalb eigene Jugendbüchereien? Bibliothekarische Überlegungen zur aktuellen Jugendfrage. In: Der Leihbuchhändler. Nr. 15 v. 5.11.1950, S. 170–172.
Kranz, Herbert: Worum es mir ging. Ein Nachwort zu der zehnbändigen Reihe der Kranz-Bände im Verlag Herder. Freiburg, Basel, Wien 1959.
Kraut, Dora: Die Jugendbücher in der deutschen Schweiz bis 1850. Bern 1945.
Krehbiel, Emil Franz: Nachwort. In: Jakob u. Wilhelm Grimm: Die zwei Brüder und andere Märchen. Kuppenheim 1948.
Kretzschmer, Anna Dorothea: Die ersten fünf Preisausschreiben des Amtes für Literatur und Verlagswesen zur Schaffung einer neuen Kinder- und Jugendliteratur. In: Der Bibliothekar. 7. 1953, 11. S. 832–837.
Kreuder, Ernst: Literatur: vorher – nachher. In: Die Neue Zeitung v. 17.11.1947.
Krieger, Heinrich: Das Buch im Rahmen der Volksbildungsarbeit. In: Pädagogische Rundschau. 6. 1951/52. S. 6–12.
Kriegsliteratur als jugendgefährdendes Schrifttum. In: Frankfurter Hefte. 15. 1960, 1. S. 39–46.
Krüger, Anna: Das Buch – Gefährte eurer Kinder. 2. Aufl. Stuttgart 1954.
Krüger, Anna: Das gute Mädchenbuch. In: Der Deutschunterricht. 9. 1957, 4. S. 92–113.
Krüger, Anna: In welchen Formen verstehen Kinder humoristische Darstellungen? In: Lebendige Schule. 9. 1954, 12. S. 798–803.
Krüger, Anna: Wodurch unterscheiden sich schlechte von guten Kinderbüchern? In: Pädagogische Welt. 8. 1954, 4. S. 172–178.
Krüss, James: Die Familie Pfäffling – wieder gelesen. In: Süddeutsche Zeitung Nr. 132 v. 3.6.1966.
Krüss, James: Gedichte für Kinder. In: Welt und Wort. 8. 1963. S. 402–403.
Kuberzig, Kurt: Ketzerische Gedanken eines Autors zum Jugendbuch und ein Vorschlag zur Güte. In: Jugendschriften-Warte. NF. 2. 1950, 3. S. 10–11.
Kuhn, Hugo: Die verfälschte Wirklichkeit. Stuttgart 1946.
Kuhnert, Heinz: Lehrbriefe für das Fachschulstudium. Reihe B – Bestandskunde – Nr. 3: Kinderliteratur, Teil 1. Bearb. u. hrsg. v. d. Abteilung Fernstudium an der Fachschule für Bibliothekare „Erich Weinert“, Leipzig. 2. Aufl. Leipzig 1962 (3. Aufl. 1964) (als Ms. gedr.).
Kurt Knaak „Hornissenvolk“ (Rezension). In: Jugendschriften-Warte. NF. 1. 1949, 7. S. 160–161.
Kutzleb, Hjalmar: Hinführung zum Buch. In: Lebendige Schule. 7. 1952, 6. S. 410–412.
Kurz, Karl: Lebensverhältnisse der Nachkriegsjugend. Eine soziologische Studie. Bremen 1949.

Lades, Heiner: Einladung zum Gespräch. In: Jugendliteratur. 1. 1955, 1. S. 1–2.
Lalics, Peter: Acht Jahre österreichische Jugendschriftenkommission. In: Jugendliteratur. 1. 1955, 2. S. 81–82.
Lalics, Peter: Bemühungen zur Zurückdrängung von Schmutz und Schund in Österreich. In: Jugendliteratur. 1. 1955, 4. S. 182–184.
Lambeck, Herbert u. Heinrich Mellmann: Geschichten von Werner und Anneliese. Braunschweig, Berlin, Hamburg 1947.
Lamszus, Wilhelm: Kinder berichten von ihren Büchern. In: Jugendschriften-Warte. NF. 2. 1950, 3. S. 9–10.
Landré, Berta: Was soll die Jugend lesen? In: Frankfurter Allg. Zeitung v. 6.10.1956.
Lane, Claus Ludwig: Das Bild des Menschen in der Kolportage. In: Jugendliteratur. 1. 1955, 10. S. 455–459.
Langewiese, Marianne: Modernes Kinderbuch – Spiegel unserer Zeit. In: Süddeutsche Zeitung v. 30.10.1958, S. 10.
Langfeldt, Johannes: Jugendbücher – Lebenshelfer. In: Freundliches Begegnen. 4. 1954, 6. S. 1–3.
Langfeldt, Johannes: Jugendlektüre in der Sicht des Lehrers und des Bibliothekars. In: Lebendige Schule. 9. 1954, 12. S. 820–824.
Langfeldt, Johannes: Kind und Buch. Grundsätzliches zur Jugendbuchauswahl. In: Bücherei und Bildung. 5. 1953. S. 831–843.
Langfeldt, Johannes: Volksbildung als Aufgabe. Köln 1953.
Langner, Hans-Joachim: Landserhefte verherrlichen verlogene Kriegsromantik. In: Neue Rhein-Zeitung v. 23.1.1960.
Langosch, Karl: Jugendbuchforschung und Pädagogische Hochschule. In: Probleme der Jugendliteratur. Ratingen 1956. S. 130–161.
Laue, Claus Ludwig: Das Bild des Menschen in der unterwertigen Literatur. In: Probleme der Jugendliteratur. Ratingen 1956. S. 200–223.
Lazar, Auguste: Arabesken. Aufzeichnungen aus bewegter Zeit. Berlin 1957.
Leary, Bernice E.: Winke für Verfasser von Kinderbüchern. In: Levana. 1. 1948. S. 105.
Lehr- und Arbeitsplan der Volksschule. Vorschläge für die Stoffverteilung in den einzelnen Fächern des Volksschulunterrichts. Hrsg. vom Didaktischen Arbeitskreis, Köln. 3. Aufl. Ratingen 1959.
Lehr- und Bildungspläne 1921–1924. Hrsg. von Hubert Hettwer. Bad Heilbrunn/Obb. 1976.
Lehrpläne für die Grund- und Oberschulen in der sowjetischen Besatzungszone Deutschlands. Deutsch. Berlin, Leipzig 1946.
Lehrplan Deutsch, 9. und 10. Klasse. Mittelschule. Berlin 1957.
Lehrplan Deutsch, 6. Klasse. Mittelschule. Berlin 1957.
Lehrplan Deutsch, 7. Klasse. Mittelschule. Berlin 1958.
Lehrplan für Grundschulen. 5.–8. Schuljahr. Deutsch. Berlin 1953.
Lehrplan für Mittelschulen. Deutsch, 5. Klasse. Berlin 1956.
Lehrplan für Mittelschulen. Deutsch, 9. Klasse. Berlin 1955.
Lehrplan für Mittelschulen. Deutsch, 10. Klasse. Berlin 1956..
Der Leihbuchhändler. Fachblatt für d. deutschen Leihbuchhandel. Wiesbaden. 1. 1948 – 7. 1954.
Leins, Hermann: Was der Verleger vom Autor erwartet. In: Mitteilungen für den Buchhandel in der französisch besetzten Zone. 3. 1948, 8. S. 303.
Leiter, Helmut: Die neue Verlogenheit. In: Jugendliteratur. 6. 1960, 4. S. 145–149.
Leo Weismantel. Leben und Werk. Ein Buch des Dankes zu des Dichters 60. Geburtstag. Berlin 1948.
Lepman, Jella: Internationale Verständigung in Kinderschuhen. In: Die Neue Zeitung v. 15.12.1946, S. 4.

Lernet-Holenia, Alexander: Gruß des Dichters. Brief an den „Turm“. In: Der Turm. 1. 1945/46, 4/5. S. 109.
Lernet-Holenia, Alexander: Die materielle Krise der Kultur. In: Anzeiger für den Buch-, Kunst- und Musikalienhandel. 82. 1947, 4. S. 2. (Nachdruck aus: Der Turm. 1946, Nr. 3/4.)
Lersch, Philipp: Ruf nach Verinnerlichung. In: Die Neue Zeitung v. 25. 8. 1947, Feuilleton- und Kunstbeilage.
Lesen lernen und richtig lesen. Schwäbisch Gmünd 1950 (Schriftenreihe der pädagogischen Arbeitsstelle Stuttgart. H. 3).
Die lesende Jugend. In: Buch und Buchhandel in Zahlen. Ausg. 1955. Frankfurt a. M. 1955. S. 66–68.
Lesestoffe für den Literaturunterricht. 6. Schuljahr. Berlin 1953.
Leseunterricht und literarische Erziehung. Beiträge zu einer Lesekunde. Hrsg. von Richard Bamberger. o. O. o. J. (Sonderdr. aus: Die Barke. Lehrer-Jahrbuch 1960.)
Lippert, Elisabeth: Backfischbuch. In: Lexikon der Pädagogik. Bd. 1. Freiburg i. Br. 1952.
Lippert, Elisabeth: Der Mensch als Leser – Entwicklungsverlauf der literarästhetischen Erlebnisfähigkeit. In: Begegnung mit dem Buch. Ratingen 1950. S. 47–59.
Liste der auszusondernden Literatur. Hrsg. von der deutschen Verwaltung für Volksbildung in der sowjetischen Zone. (Vorlieg. Ausg. nach d. Stand vom 1. April 1946; 1947.) Nebst Nachtrag 1–3. Berlin 1947–1953.
Lizenzen-Handbuch Deutscher Verlage. Zeitungen, Zeitschriften, Buchverlage. Berlin 1949.
Ludwig, Nadeshda: Die Bedeutung der sowjetischen Jugendliteratur für die deutsche Jugendliteratur der Gegenwart. In: Almanach für die Freunde des Kinderbuches. 1949–1959. Berlin 1959. S. 49–54.
Ludwig, Nadeshda: Die grundlegenden Wesenszüge der sowjetischen Jugendliteratur. Diss. Berlin 1955.
Ludwig, Nadeshda: Über sowjetische Jugendliteratur für Kinder im Alter von etwa 10 Jahren. Berlin 1954.
Lütgen, Kurt: Beseitigte Schranken. In: Bücherei und Bildung. 10. 1958, 6. S. 273–275.
Lütgen, Kurt: Gestaltungsprobleme beim Abenteuerbuch aus der Sicht des Autors. In: Zeitschrift für Jugendliteratur. 2. 1968, 2. S. 67–86.
Lütgen, Kurt: Das Jugendbuch im Spiegel der Kritik. In: Jugendliteratur. 3. 1957, 6. S. 257–261.
Lütgen, Kurt: Ein Nachwort. In: K. L.: Hinter den Bergen das Gold. Würzburg 1971.
Lüthi, Walter: Deutschland zwischen gestern und morgen. Ein Reisebericht. Basel 1947.
Lussnigg, Willy: Bei Durchsicht der Bücher ... in Österreich. In: Jugendliteratur. 2. 1956, 4. S. 153–154.
Lussnigg, Willy: Ethische Grundhaltung. In: Jugendliteratur. 3. 1957, 8. S. 356–359.
Lussnigg, Willy: Eva von morgen. In: Jugendliteratur. 1. 1955, 3. S. 153–155.
Mainau 1959. In: Der Evangelische Buchberater. 13. 1959/60, 2. S. 58–59.
Malberg, Hans J.: Wie entsteht ein Jugendbuch? Weimar 1955.
Mariacher, Bruno: Das Jugendbuch im Schweizer Buchhandel und Verlag. In: Pro Juventute. 35. 1954, 2/3 („Die Jugend und ihre Lektüre“). S. 64–65.
Marsyas [Ps.]: Revolution in der Kinderstube? Von Mädchenbüchern, Genien und Konventionen. In: Jugendschriften-Warte. NF. 5. 1953, 11. S. 73–74.
Martin, Ernst: Das Problem der Schundliteratur. In: Jugend und Lektüre. Zürich 1957. S. 99–125.
Matthießen, Wilhelm: Was ich der Jugend sagen möchte. In: Das gute Jugendbuch. Düsseldorf 1953. S. 13–23.
Matz, Elsa u. Ernst Seeger: Gesetz zur Bewahrung der Jugend vor Schund- und Schmutzschriften vom 18. Dezember 1926 nebst Ausführungsverordnung vom 23. Dezember 1926. Berlin 1927.

Mayer, Hans: Die deutsche Literatur und der Scheiterhaufen. Rede, gehalten auf der Berliner Gedenkfeier des Schutzverbandes Deutscher Autoren zum 15. Jahrestag der Bücherverbrennung am 10. Mai 1948. In: H. Mayer: Literatur der Übergangszeit. Essays. Berlin 1949. S. 239–254.

Mayer, Hans: Der Schriftsteller und die Krise der Humanität. Rede, gehalten in der Paulskirche in Frankfurt a.M. am 20. Mai 1948 aus Anlaß des deutschen Schriftstellerkongresses. In: H. Mayer: Literatur der Übergangszeit. Essays. Berlin 1949. S. 188–199.

Meinecke, Friedrich: Die deutsche Katastrophe. Zürich, Wiesbaden 1946.

Menck, Clara: Chemisch gereinigte Kinderseelen. In: Frankfurter Hefte. 1. 1946, 9. S. 888–890.

Menck, Clara: Die Kunst, mit Kindern zu reden. Vom Geheimnis der klassischen Kinder- und Jugendbücher. In: Deutsche Zeitung und Wirtschaftszeitung Nr. 100 v. 15.12.1954, S. 14.

Menck, Clara: Die offene Bonbondose. In: Frankfurter Allg. Zeitung v. 23. 5. 1950, Beilage für die Frau.

Metzger, Juliane: Zu Fritz Pfeffers Nach-Rede und Gegen-Rede zum deutschen Jugendbuchpreis 1956. In: Das gute Jugendbuch. 7. 1957, 1. S. 3–4.

Metzger, Wolfgang: Was ist jugendgefährdend? In: Jugendliteratur. 3. 1957, 10. S. 443–458.

Metzker, Otto: Gedanken zur Jugendschriften-Kritik. In: Kulturarbeit. 2. 1950. S. 71–72.

Metzker, Otto: Die Gestalt des Tieres in der Literatur, besonders im Jugendschrifttum. In: Das gestaltete Sachbuch und seine Probleme. Ensslin-Jahresgabe 1955. Reutlingen 1955. S. 57–80.

Metzker, Otto: Probleme der Jugendschriftenkritik. In: Jugendschriften-Warte. NF. 2. 1950, 6. S. 22–23.

Metzker, Otto: Wege zu einer fruchtbaren Begegnung zwischen Jugend und Buch. In: Lebendige Schule. 9. 1954, 12. S. 850–855.

Metzker, Otto: Die wertvolle und die minderwertige Tiergeschichte. In: Der Deutschunterricht. 9. 1957, 4. S. 33–50.

Mevissen, Werner: Über ein „neues" Jugendbuch. Kurt Knaak „Das Hornissenvolk". 1948. In: Bücherei und Bildung. 1. 1948/49, 1. S. 32–34.

Meyer, Rudolf: Zum Geleit. In: Jakob u. Wilhelm Grimm: Märchen. Vollst. Ausg. 2 Bde. Herford 1948.

Meyfarth, Brunhild u. Gundula Beer: Kinderbuch und Sozialismus. Berlin 1958.

Miethe, Käthe: Autor und Jugendbuch. In: Jugendschriften-Warte. 46. 1941, 11/12. S. 90–92.

Minder, Robert: Soziologie der deutschen und französischen Lesebücher. In: Minotaurus. Dichtung unter den Hufen von Staat und Industrie. Hrsg. von Alfred Döblin. Wiesbaden 1953. S. 74–87.

Ministerium für Volksbildung, Berlin (Ost): Kinderbuchliste. Berlin 1951.

Mitteilungen der Arbeitsgemeinschaft Geistige Jugendhilfe. 1. 1952, Nr. 1/2.

Mitteilungen für den Buchhandel in der französischen Zone. Baden-Baden (ab 1. 1946, 7: Freiburg i.Br.): 1. 1946 – 5. 1950.

Mohr, Adrian: Volkslesestoff. Offene Worte zur Psychologie und Soziologie der Massenlektüre. Frankfurt a.M. 1954.

Moissl, Konrad u. Ferdinand Krautstengl: Die deutsch-österreichische Jugendliteratur. Teil 1, 2. Aussig 1900–1901.

Momm, Ellen: Kinder spielen für Kinder. Ein Unternehmen, das öffentliche Betrachtung verdient. In: Süddeutsche Zeitung v. 23.6.1949, S. 5.

Moor, Emmy: Jugendgefährdung – Jugendschutz. Zum Problem Schund und Kitsch. Zürich 1954.

Mudrak, Edmund: Die Brüder Grimm und ihre Arbeit für das Märchen. In: Volksgut im Jugendbuch. Märchen, Heldensage, Volksbuch. Ensslin-Jahresgabe 1953. Reutlingen 1952. S. 5–35.

Münchner Schriftsteller hinterm Ladentisch. In: Süddeutsche Zeitung v. 11. 12. 1948, S. 16.
Munz-Koch, Horst: „Du kennst die Weste, nicht das Herz ...". In: Horizont. 2. 1947, 14. S. 22–23.
Neudeck, Heinz: Pressefreiheit und Jugendschutz. Ein Beitrag zur Diskussion über „Schmutz und Schund". In: Die Neue Zeitung v. 18.3.1950.
Die Neue Zeitung. Eine amerikanische Zeitung für die deutsche Bevölkerung. Berlin (u.a.) 1. 1945 – 6. 1950.
Die neuen Schulbücher. Zeitgemäße Überlegungen und Anregungen. In: Die Neue Zeitung v. 17.5.1946, Feuilleton- und Kunstbeilage.
Neumann, Robert: Vom Zustand unserer Literatur. Versuch einer Zwischenbilanz in Kurzschrift. In: Die Welt Nr. 246 v. 21.10.1961.
Niekisch, Ernst: Deutsche Daseinsverfehlung. 2. Aufl. Berlin 1946.
Niemöller, Martin: Über die deutsche Schuld, Not und Hoffnung. Zollikon, Zürich 1946.
Nimm mich mit. Weihnachtsheft. Hrsg. vom Verlag Sauerländer. Aarau 1946.
Norman, Albert: Our German policy. Propaganda and culture. New York 1951.
Ortega y Gasset, José: Der Aufstand der Massen. 71.–77. Tsd. Stuttgart 1949.
Organisationen und Institutionen in Westdeutschland. In: Jugendliteratur. 2. 1956, 11. S. 535–539.
Ott, Hanns: Förderung des Jugendschrifttums durch den Staat. In: Jugendliteratur. 1. 1955, 4. S. 156–159.
Ott, Hanns: Die heutige Situation des deutschen Jugendbuches. In: Probleme der Jugendliteratur. Ratingen 1956. S. 65–87.
Ott, Hanns: Möglichkeiten der Zusammenarbeit auf dem Gebiet des Jugendschrifttums in Deutschland. In: Jugendliteratur. 1. 1955, 2. S. 54–57 (1955b).
Ott, Hanns: Vielseitige Bemühungen um das gute Buch für die Jugend. In: Deutsche Jugend. Beiträge, Berichte, Dokumente. 1. 1953, 9. S. 15–22.
„Overseas Editions" – 600000 Bücher für Deutschland. Sie erzählen dem deutschen Leser von dem unbekannten Amerika. In: Die Neue Zeitung v. 16.9.1946, S. 4.
Paetel, Karl O.: Deutsche innere Emigration. New York 1946.
Papierknappheit, aber Bilderbücher im Überfluß. In: Anzeiger für den Buch-, Kunst- und Musikalienhandel. 81. 1946, Nr. 21/22. S. 6.
Parry, Hans-Heinz: Welche Bücher für die Jugend? In: Börsenblatt für den Dt. Buchh. 4. 1948, 19. S. 594 u. 647.
Paula Rost, Franz de: Aus dem Lande der Wickelkinder. Ein mit ... Beispielen erschröcklichen Schmutzes und Schundes, Zitaten und Abbildungen köstlich illustriertes Gericht. Berlin 1928.
Peters, Josef: Was liest die Jugend? Was will sie lesen? Ein Erfahrungsbericht aus den Volksbüchereien der Stadt Düsseldorf. In: Begegnung mit dem Buch. Ratingen 1950. S. 100–107.
Pfeffer, Fritz: Doch noch eine „Nachrede". In: Das gute Jugendbuch. 7. 1957, 1. S. 5–6.
Pfeffer, Fritz: Gesichtspunkte für die Beurteilung und Bewertung des Jugendbuches. In: Probleme der Jugendliteratur. Ratingen 1956. S. 111–129.
Pfeffer, Fritz: Das Jugendbuch als geistiges Abenteuer. In: Deutsche Jugend. 1. 1953, 9. S. 27–32.
Pfeffer, Fritz: Zum Deutschen Jugendbuchpreis. Nach-Rede und Gegen-Rede. In: Das gute Jugendbuch. 6. 1956, 3. S. 1–6.
Pfeiffer-Belli, Erich: Über die Form und den Gehalt. Anmerkungen zu einigen deutschen Neuerscheinungen. In: Die Neue Zeitung v. 1.8.1947, S. 4.
Pietsch, Marianne: Die Bedeutung der Lektürebetreuung. In: Mitteilungsblatt der Lehrerinnen-Vereinigung Baden-Württemberg. 10. 1957, 4. S. 1–3.

Pietsch, Marianne: Das Jugendbuch im Unterricht. In: Der Deutschunterricht. 9. 1957, 4. S. 5–20.
Pilgert, Henry P.: Press, Radio and Film in West Germany 1945–1953. Historical Division, Office of the Executive Secretary/Office of the US High Commissioner for Germany 1953.
Pittelkow, Fritz: Zweifelhaftes Schmutz- und Schundgesetz. In: Deutscher Kurier v. 18.2.1950, S. 5.
Plivier, Theodor: Wille zur Freiheit. Rede auf dem Frankfurter Schriftstellerkongreß. In: Die Neue Zeitung v. 23.5.1948, Feuilleton- und Kunstbeilage.
Plottke, Paul: Über Hoffmanns Struwwelpeterbuch. In: Schola. 6. 1951, 10. S. 731–735.
Pohl, Gerhart: Die zu führen verboten sind. In: Deutsche Rundschau. 78. 1952, 6. S. 594–598.
Pollatschek, Walther: Weg und Ziele des Kinderbuchverlages. In: Die neue Schule. 5. 1950. S. 125–126.
Popert, Hermann Martin: Hamburg und der Schundkampf. Erstes Buch: Schmutz und Schundliteratur. Hamburg-Großborstel 1926.
Positive Phase der amerikanischen Politik in Deutschland. Der Wortlaut der neuen Regierungsrichtlinie für General Lucius D. Clay. In: Die Neue Zeitung v. 18.7.1947, S. 4.
Potrykus, Gerhard: Bundesgesetze zum Schutz der Jugend in der Öffentlichkeit und über die Verbreitung jugendgefährdender Schriften. Kommentar. München, Berlin 1954.
Praktische Jugendhilfe. Frankfurt a.M. 1956 (Sonderdruck für das Deutsche Jugendschriftenwerk).
Prestel, Josef: Kind und Buch. In: Pädagogische Welt. 8. 1954, 4. S. 170–171.
Prestel, Josef: Kinderbuch. In: Lexikon der Pädagogik. Bd. 2. Freiburg i.Br. 1953.
Prestel, Josef: Lesende Jugend. Lesekunde für das Volksschulalter. München 1950.
Preußler, Otfried: Bei uns in Schilda. In: Jugendliteratur. 4. 1958, 9. S. 404–410 (1958b).
Preußler, Otfried: Erfahrungen eines Kinderbuchautors mit seinen Lesern. In: Humor in der Kinder- und Jugendliteratur. Bericht über eine Internationale Jugendbuchtagung vom 1.–8. April 1970 in Urach. Mainau 1970. S. 59–74.
Preußler, Otfried: Vom kleinen Wassermann und von mir. In: Jugendliteratur. 3. 1957, 6. S. 262–263.
Probleme der Jugendliteratur. Referate der 2. literaturpädagogischen Tagung „Begegnung mit dem Buch" in Düsseldorf, 20.–23.10.1955. Ratingen 1956.
Proklamation der geistig Schaffenden. In: Die Neue Zeitung v. 20.6.1948, S. 4.
Radau, Hanns: Wie man Jugendschriftsteller wird! In: Jugendliteratur. 4. 1958, 9. S. 398–403.
Rang, Bernhard: Wir kämpfen gegen Schmutz und Schund. Gütersloh 1953.
Rang, Martin: Der Geist unserer Zeit. Oberursel/Ts. 1947.
Reding, Johannes: Aus der Werkstatt des Jugendbuches. In: Welt und Wort. 9. 1954. S. 402–403.
Reichmann, Felix: The reorganisation of the book trade in Germany. In: The Library Quarterly. 17. 1947, 3. S. 185–200.
Reinhardt, Helmut: Schmutz- und Schundliteratur im Volksschulalter. Ratingen 1957.
Religiöse Bücher für die Jugend. In: Die Welt der Bücher. Literar. Beihefte zur Herder-Korrespondenz. 1954, H. 1. S. 30–36.
Renn, Ludwig: Ansprache bei der Eröffnung einer Kinderbuchausstellung in der Deutschen Staatsbibliothek am 6.12.1958. In: Almanach für die Freunde des Kinderbuches. 1949–1959. Berlin 1959. S. 13–15.
Renn, Ludwig: Von der seelischen Basis der Kinderliteratur. In: Der Bibliothekar. 13. 1959, 2. S. 143–144.
Reumuth, Karl: Lesen und Gedichtsbehandlung. Bonn 1951.
Richter, Hans Peter: Überlegungen zum Schreiben für Kinder. In: Jugendliteratur. 5. 1959, 11. S. 498–509.

Riedel, Hermann: Gesetz über die Verbreitung jugendgefährdender Schriften vom 9. Juni 1953. Kommentar. Siegburg 1953.
Riedel, Hermann: Jugendwohlfahrtsgesetz, erläutert für den Bereich der Deutschen Bundesrepublik und Westberlin. 2. Aufl. Berlin 1955.
Rieth, Theobald: Die Eltern waren ahnungslos. Die Welt der Schund- und Schmutzliteratur. Heftbeilage zur Tonbildreportage. Hrsg. vom Deutschen Jugendschriftenwerk. Frankfurt a.M. o.J. [1959].
Rinser, Luise: Sachlichkeit als Erziehungsziel. In: Die Neue Zeitung v. 14.1.1946, Feuilleton- und Kunstbeilage.
Ritter, Gerhard: Europa und die deutsche Frage. München 1948.
Rob, Walter A.: Warum es zur Krise kam. Die Lage auf dem österreichischen Büchermarkt. In: Börsenblatt für den Dt. Buchh., Leipzig. 115. 1948, 26. S. 253–254.
Rodnick, David: Postwar Germans. An anthropologist's account. New Haven 1948.
Rodrian, Fred: Notizen zu Erich Kästners Kinderbüchern. In: Neue deutsche Literatur. 8. 1960, 9. S. 117–129.
Rombach, Theo: Jugendbuch. In: Lexikon für Theologie und Kirche. Bd. 5. Freiburg i.Br. 1960.
Rombach, Theo: Probleme des Jugendbuches. In: Wirkendes Wort. 5. 1954/55, 2. S. 105–144.
Rombach, Theo: Wer vertritt die Interessen des Lesers? In: Börsenblatt für den Dt. Buchh. 11. 1955, 1. S. 3–5.
Roos, Heimgard: Das moderne Backfischbuch. In: Studien zur Jugendliteratur. 1. 1955. S. 83–103.
Rossa-Fischer, Doris: 110 Jahre Dienst am Jugendbuch. Eine Chronik. K. Thienemanns Verlag. Stuttgart 1958.
Rothe, Friedrich: Gedanken zur Jugendliteratur. In: Probleme der Jugendliteratur. Ratingen 1956. S. 186–199.
Rothemund, Eduard: Aus der Lektoratsarbeit eines Jugendschriftenverlages. In: Jugendschriften-Warte. NF. 3. 1951, 8. S. 1–2.
Rothemund, Eduard: Aus der Werkstatt eines Jugendschriften-Lektorates. In: Lebendige Schule. 9. 1954, 12. S. 824–831.
Rothemund, Eduard: Autor – Verleger – Leser. Teil 1, 2. In: Jugendliteratur. 1. 1955, 6. S. 247–250 u. 7, S. 303–308.
Rothemund, Eduard: Gestalt und Aufgabe des deutschen Jugendbuchverlegers. In: Börsenblatt für den Dt. Buchh. 12. 1956, 33a. S. 523–527 (1956a).
Rothemund, Eduard: Herkunft und Bedeutung des deutschen Jugendbuches. In: Börsenblatt für den Dt. Buchh. 13. 1957, 38a. S. 604–605.
Rothemund, Eduard: Johanna Spyri und das Mädchenbuch. In: Jugendbücher der Weltliteratur. Ensslin-Jahresgabe 1952. Reutlingen 1951. S. 5–44.
Rothemund, Eduard: Dem Jugendbuchverleger Karl Friedrich Hebsaker zum Gedenken. In: Das Ensslin-Buch. Mitteilungen an die Freunde des Verlages. Jg. 7. 1956, 3 (1956b).
Rothemund, Eduard: Vom Lektorat her gesehen. In: Das literarische Deutschland v. 5.7.1951, Beilage „Das Jugendbuch".
Rotzoll, Christa: Warum es keine neuen Kinderbücher gibt. In: Der Kurier v. 7.4.1948.
Rückschau und Aufgabenstellung. Tatsachenforschung zum Fragenkreis „Kind und Buch". In: Jugendschriften-Warte. NF. 7. 1955, 4. S. 28–29.
Ruthel, Friedrich: Zur Psychologie des Nachkriegskindes. In: Welt der Schule. 1. 1948, 6. S. 1–4.
Rutkowski, Erich: Förderung des Jugendschrifttums. In: Verlagspraxis. 1. 1954, 10. S. 303–307.

Rutt, Theodor: Buch und Jugend. In: Jugend und Buch. Bericht über die 4. Mainau-Jugendbuchtagung 1958. Konstanz 1959. S. 22–120.
Rutt, Theodor: Buch und Jugend. 2. Aufl. Konstanz 1960.
Rutt, Theodor: Sprachentfaltung und Buch. Ratingen 1951.
Rutt, Theodor: Die Sprachgestaltung des Kindes und des Jugendlichen und das Buch. In: Begegnung mit dem Buch. Ratingen 1950. S. 75–86.
Sabais, Heinz-Winfried: Trojanisches Pferdchen der Sittlichkeit? In: Neue Literarische Welt, Darmstadt. Nr. 20 v. 25.10.1952.
Samuleit, Paul u. Hans Brunckhorst: Geschichte und Wege der Schundbekämpfung. Zwei Vorträge. Berlin 1922.
Sarnetzki, Detmar Heinrich: Zur Situation der heutigen Dichtung. In: Geistiges Leben. Beilage zur Kölnischen Rundschau. Nr. 25 v. 18.7.1947.
Schaller, Horst: Jugendbuch. In: Pädagogisches Lexikon. Stuttgart 1961.
Schelski, Helmut: Die skeptische Generation. Eine Soziologie der deutschen Jugend. Köln, Düsseldorf 1957.
Scherf, Walter: Gibt es gute Comics? In: Jugendliteratur. 5. 1959, 3. S. 406–411.
Scherf, Walter: Das Rad an meines Vaters Mühle. In: Jugendliteratur. 3. 1957, 6. S. 278–279.
Schicksalsstunde der Jugend. Hrsg. von Friedrich Rasche. Hannover 1946.
Schilling, Robert: Aus der bisherigen Entscheidungspraxis der Bundesprüfstelle. In: Jugendliteratur. 1. 1955, 1. S. 39–42.
Schilling, Robert: Literarischer Jugendschutz. Theorie und Praxis – Strategie und Taktik einer wirksamen Gefahrenabwehr. Berlin, Neuwied, Darmstadt 1959.
Schilling, Robert: Neufassung des Schrifttumsgesetzes. In: Recht der Jugend. Zeitschrift für Jugenderziehung, Jugendpflege und Jugendschutz, für Jugendfürsorge und Jugendstrafrecht. 8. 1960, 16. S. 249–250.
Schilling, Robert: Schund- und Schmutzgesetz. Handbuch und Kommentar zum Gesetz über die Verbreitung jugendgefährdender Schriften vom 9. Juni 1953. 2., verm. Aufl. Darmstadt, Nürnberg, Düsseldorf, Berlin 1954.
Schilling, Robert: Zwei Jahre Bundesprüfstelle. Köln 1956.
Schlemminger, Johann: Internationale Jugendbuch-Ausstellung Berlin 1946/47. In: Börsenblatt für den Dt. Buchh., Leipzig. 114. 1947, 5. S. 62–65 und 73.
Schmid, Carlo: Die Forderung des Tages. Stuttgart 1946.
Schmid, Carlo: Freiheit darf die Gefahr nicht scheuen. In: Die Neue Zeitung v. 6.4.1950 (1950a).
Schmid, Carlo: Schmutz- und Schund-Gesetz – endlose Schraube. In: Die Welt v. 13.1.1950 (1950b).
Schmidt, Günther: Fünf Jahre Kinderbuchverlag. In: Almanach für die Freunde des Kinderbuches. Berlin 1954. S. 10–16.
Schmidt, Heiner: Freie Hand der Schülerbücherei. (Schmidt, Heiner u. Erich Schindler: Theorie und Praxis der Schülerbücherei. Teil 2.) In: Das gute Jugendbuch. 9. 1959, 2. S. 10–14.
Schmidt, Heiner: Die Lektüre der Flegeljahre. Ein Beitrag zur positiven Bekämpfung der Schundliteratur. Duisburg 1954.
Schmidt, Heiner: Das lesende Mädchen. Eine Untersuchung zur Mädchenlektüre. Wien, München 1959.
Schmidt, Heiner: Schulpraktische Jugendlektüre. Duisburg 1960.
Schmitt, Hans: Gibt es in Deutschland Schubladenliteratur? In: Rheinische Zeitung Nr. 5 v. 29.11.1947.
Schmücker, Else: Das Mädchenbuch. In: Probleme der Jugendliteratur. Ratingen 1956. S. 162–185.

Schmutz und Schund unter der Lupe. Bericht über eine Untersuchung des Gesamtproblems der Jugendgefährdung. Hrsg. von Kurt-Werner Hesse. Frankfurt a.M. 1955.
Das Schmutz- und Schundgesetz. Vortrag vor dem Bundestagsausschuß. In: Berufsbildende Schule. 1951, 1. S. 41–42. (Wiederabdr. aus: „Das literarische Deutschland".)
Schmutz- und Schundgesetz – Ja oder Nein? Gesetzesmaterial und Stimmen zur Schmutz- und Schundgesetzgebung. Zusammengest. aus Anlaß des 3. Diskussionsabends der Gesellschaft für bürgerliche Freiheiten in München am 17. März 1950. München 1950 (Schriftenreihe der Gesellschaft für bürgerliche Freiheiten. H. 2).
Schnurre, Wolfdietrich: Auszug aus dem Elfenbeinturm. 1949. In: W.S.: Schreibtisch unter freiem Himmel. Olten, Freiburg 1964. S. 16–20.
Schöler, Ludwig: Die Mission des österreichischen Buches. In: Anzeiger für den Buch-, Kunst- und Musikalienhandel. 81. 1946, 5. S. 2.
Schönbein, Ilse: Die Jugendschriftstellerin Lise Gast. In: Studien zur Jugendliteratur. 2. 1956. S. 30–73.
Schreiber, Peter: Die richtige Auswahl des Lesestoffes für Kinder und Jugendliche. In: Lebendige Schule. 9. 1954, 12. S. 833–849.
Schriftsteller gegen Schmutz- und Schundgesetz. In: Duisburger Tageblatt v. 21.11.1949.
Schückler, Georg: Jugendschriften, Jugendschutz, Jugendpflege. In: Probleme der Jugendliteratur. Ratingen 1956. S. 224–237.
Schückler, Georg: Probleme des literarischen Jugendschutzes. Köln-Klettenberg 1958.
Schüddekopf, Jürgen: Die literarische Situation der Gegenwart. In: Die Welt der Bücher. Sonderbeilage der Welt v. 23.12.1947.
Schuller, Anneliese: Amerika-Haus – Spiegel einer anderen Welt. In: Süddeutsche Zeitung v. 16.4.1949, S. 6.
Schuller, Anneliese: Gute Kinderstube für Weltbürger. Internationale Jugendbibliothek eröffnet. In: Süddeutsche Zeitung v. 15.9.1949, S. 5.
Schuller, Anneliese: Kein Platz für die Internationale Jugendbibliothek? In: Süddeutsche Zeitung v. 23.11.1948, S. 4.
Schultze, Ernst: Die Schundliteratur. Ihr Wesen – Ihre Folgen – Ihre Bekämpfung. Halle a.d.S. 1909 (3. Aufl. 1925).
Den Schund bezahlt der Arbeiter. In: Stimme der Arbeit aus Hessen v. 19.10.1951.
Das Schund- und Schmutzgesetz und unsere Verantwortung. Referate der Jahrestagung des Volkswartbundes am 10. November 1953. Köln 1954.
Schundhefte führen auf den schlechten Weg. In: Schwäbische Landeszeitung v. 10.10.1959.
Schwab, Edith: Beiträge zur Geschichte des Kinder- und Jugendschrifttums in Österreich. Diss. Wien 1949.
Schwärzler, Gertrud: Traumpferde, Kaugummi, Moderne Kunst. Zur Kinder- und Jugendbuchproduktion. In: Panorama. April 1958. S. 11.
Schwanecke, Günther: Erziehung zur Menschlichkeit? In: Jugendschriften-Warte. NF. 4. 1952, 1. S. 1–2.
Der Schweizer Buchhandel. La Librairie suisse. La Libreria svizzera. Bern (ab Jg. 2: Zürich) 1. 1943 – 7. 1949.
Schweizerischer Buchhändler- und Verleger-Verein: Jahresbericht 1954. Zürich 1955.
Schwerbrock, Wolfgang: Was nützen Tagungen und Aktionen dem Jugendbuch? In: Frankfurter Allg. Zeitung v. 23.4.1958.
Schwetzinger Theater der Jugend eröffnet. Ein Theater für junge Amerikaner und junge Deutsche. In: Die Neue Zeitung v. 16.9.1946, S. 4.
Seyfahrt, Ursula: Das Jugendbuch und sein Publikum. In: Welt und Wort. 4. 1949. S. 355–361.
Seyfahrt, Ursula: Kinderwelt und Kinderbuch. In: Welt und Wort. 3. 1948. S. 425–431.
Sichelschmidt, Gustav: Die Mission der Jugendliteratur in unserer Zeit. In: Jugendliteratur. 4. 1958, 5. S. 201–204.

Siemsen, Anna: Internationale Jugendliteratur. In: Jugendschriften-Warte. NF. 1. 1949, 3.
Siemsen, Anna: Jugendbücher, eine Aufgabe der neuen Erziehung. In: Schola. 2. 1947. S. 296–299.
Siewerth, Gustav: Bild und Wort. In: Probleme der Jugendliteratur. Ratingen 1956. S. 16–38.
Skasa-Weiß, Eugen: Vom Dauerhaften in den Schundromanen. In: Börsenblatt für den Dt. Buchh. 7. 1951, 61. S. 250–251.
Specht, Fritz: Die Flucht in das „Anliegen des Kindes". In: Jugendschriften-Warte. NF. 3. 1951, 9. S. 1–2.
Spengler, Oswald: Der Untergang des Abendlandes. Bd. 1. 1918 (zit. nach: 33.–47. Aufl. München 1923). Bd. 2. München 1922.
Spieglein, Spieglein an der Wand ... Von alten und neuen Kinderbüchern. In: Christ und Welt Nr. 50 v. 15.12.1949, S. 8.
Sponsel, Heinz: Was ich als Jugendschriftsteller schreiben möchte. In: Jugendschriften-Warte. NF. 5. 1953, 1. S. 3.
Sponsel, Heinz: Wünsche der Jugendschriftsteller. In: Welt und Wort. 8. 1953. S. 9–10.
Spranger, Eduard: Psychologie des Jugendalters. Leipzig 1924 (19. Aufl. Heidelberg 1948, 23. Aufl. Heidelberg 1953).
Stammler, Eberhard: Mehr Mut im Zeitungskiosk. In: Christ und Welt v. 11.11.1949.
Stein, Erwin: Bericht über die Pläne zur Erneuerung des Schulwesens im Lande Hessen vom 29.9.1947. In: Die Pädagogische Provinz. 1. 1947. S. 174–184.
Stein, Erwin: Wünsche eines Pädagogen. In: Almanach für die Freunde des Kinderbuches. Berlin 1954. S. 34–36.
Stein, Gottfried: Die Überfütterung mit Mythologie. Dichtung, Wirklichkeit und Erziehung. In: Die Neue Zeitung v. 22.8.1950.
Steuben, Fritz (d.i. Erhard Wittek): Das Abenteuerbuch. In: Jugendschriften-Warte. 43. 1938, 11. S. 69–71.
Steuben, Fritz: Ein Brief Erhard Witteks an Eduard Rothemund. In: Jugendschriften-Warte. 45. 1940, 3/4. S. 19–20.
Steuben, Fritz: Was lesen unsere Mädels? In: Bücherkunde. 6. 1939. S. 169–171.
Steuben, Fritz: Wege zum guten Jugendbuch. In: Jugendschriften-Warte. 42. 1937, 12. S. 83–84 u. 43. 1938, 1. S. 7–8.
Stodt, Wilhelm: Das Mädchenbuch heute. Unsere Forderungen – unsere Aufgaben. In: Jugendschriften-Warte. NF. 3. 1951, 5. S. 1–2.
Stodt, Wilhelm: Vor neuen Aufgaben. In: Der katholische Erzieher. 5. 1952, 4. S. 7–8.
Strittmatter, Eva: Wie man leben soll. In: Neue deutsche Literatur. 8. 1960, 9. S. 41–44.
Stuck von Reznicek, Paula: Wiener Bilderbogen. In: Die Neue Zeitung v. 2.9.1946, S. 4.
Süddeutsche Zeitung. München 1946–1960.
Südwestdeutsches Kulturleben. Die größere Gefahr. In: Schwarzwälder Post (Oberndorf) v. 16.7.1950.
Taubert, Sigfred: Buchproduktion und Verlagswesen in der sowjetisch besetzten Zone im Jahre 1955. Hrsg. vom Bundesministerium für gesamtdeutsche Fragen. Bonn 1956.
Taubert, Sigfred: Jugend und Buch. In: Börsenblatt für den Dt. Buchh. 8. 1952, 4. S. 9–10.
Taubert, Sigfred: Die lesende Jugend. In: Börsenblatt für den Dt. Buchh. 11. 1955, 32. S. 261–266.
Taubert, Sigfred: Über das Verlagswesen in der Bundesrepublik, in Berlin und in der sowjetisch besetzten Zone. Frankfurt a.M. 1953 (Sonderdr. aus: Börsenblatt für den Dt. Buchh. 9. 1953, Nr. 31 u. 32).
Tausend Gramm. Sammlung neuer deutscher Geschichten. Hrsg. v. Wolfgang Weyrauch. Hamburg, Stuttgart, Baden-Baden, Berlin 1949.

Test „Dein Lieblingsbuch". In: Jugendschriften-Warte. NF. 11. 1959, 3. S. 17–20; 4. S. 25–27; 9. S. 49–51; 10. S. 57–59 u. 12. 1960, 3. S. 18–19.
Tetzner, Lisa: Jugend und Jugendbücher. In: Lebendige Schule. 9. 1954, 12. S. 787–793.
Tetzner, Lisa: Liebeserklärung an Pippi. In: Jugendschriften-Warte. NF. 5. 1953, 11. S. 74.
Tetzner, Lisa: Probleme der Kinder- und Jugendliteratur. In: Schola. 2. 1947. S. 300–308.
Tetzner, Lisa: Ursachen. Kleines Brevier für Jugendschriftsteller. In: Jugendschriften-Warte. NF. 5. 1953, 1. S. 2–3.
Tetzner, Lisa: Voraussetzungen der Jugendliteratur. In: Bücherei und Bildung. 1. 1948/49, 2. S. 65–75.
Thieß, Frank: Europa als Schicksal. In: Süddeutsche Zeitung v. 26.3.1949, S. 2.
Tucholsky, Kurt: Herr Wichtig. In: Weltbühne Nr. 34 v. 28.8.1931, S. 312.
Tüngel, Richard: Schmutz und Schund. In: Die Zeit v. 25.9.1952, S. 1.
Türk, Willi: Grundsätzliches über Jugendzeitschriften. In: Pädagogische Welt. 1. 1947. S. 485–487.
Türk, Willi: Der Sinn des Jugendschrifttums. In: Lehrer und Schule in Bayern. 2. 1952, 1. 27–29.
Türk, Willi: Was liest unsere Schuljugend? In: Welt der Schule. 1. 1948, 6. 10–13.
Türk, Willi: Wer am Neubau mithilft, ist willkommen! In: Schule und Gegenwart. 2. 1950, 6. S. 32–34.
Ude, Karl: Literatur für Normalverbraucher? Zur deutschen Buchproduktion seit Kriegsende. In: Welt und Wort. 2. 1947, 12. S. 337–346.
Über Anforderungen an kindergerechte Jugendschriften. In: Hamburger Lehrerzeitung. 3. 1950, 5. S. 24–25.
Über Kinderliteratur. (Übers. a.d. Russ. v. Gertrud Eschbach.) Berlin 1955.
Um den Frieden mit Deutschland. Dokumente zum Problem der deutschen Friedensordnung 1941–1948. Hrsg. v. Wilhelm Cornides u. Hermann Volle. Oberursel/Ts. 1948 (Dokumente und Berichte des Europa-Archivs. Bd. 6).
Um die Zukunft der deutschen Jugend. Hrsg. vom Deutschen Kulturtag. München 1958.
Unsere neue Jugendliteratur. Berlin 1955 (Diskussionsmaterial zur Vorbereitung des 4. Deutschen Schriftstellerkongresses. Beiträge zur deutschen Gegenwartsliteratur. 3).
Unwin, Stanley: Deutsche Buchausstellung, Berlin 1947. Eröffnungsansprache. In: Anzeiger für den Buch-, Kunst- und Musikalienhandel. 82. 1947, 16. S. 2–3.
US-Armee hilft der deutschen Jugend. Die junge Generation diskutiert Verfassungsfragen. In: Die Neue Zeitung v. 6.9.1946, S. 1.
Usinger, Fritz: Die Situation der deutschen Literatur. In: Die Neue Zeitung v. 19.4.1945.
Usinger, Fritz: Die Situation der zeitgenössischen deutschen Literatur. In: Wiesbadener Kurier v. 5.4.1947.
US-Jugendprogramm für 400000. Hilfe für die Jugend – ein echter Beitrag zur Weltkultur. In: Die Neue Zeitung v. 28.10.1946, S. 5.
Usko, Hans-Jürgen: Für ein paar Groschen Blut und Eisen. Der zweite Weltkrieg als Hurra-Kitsch in billigen Heftreihen. In: Die Welt Nr. 160 v. 18.6.1960.
Vaupel, Karl: Das Jugendbuch als Führung und Geleit. In: Neue deutsche Schule. 5. 1953. S. 199–201.
Vaupel, Karl: Die Jugendschrift im Auftrag der Erziehung. In: Westermanns Pädagogische Beiträge. 2. 1950, 6. S. 241–248.
Vaupel, Karl: Probieren geht über Studieren. Ein Beitrag zur Gestaltung von Sachschriften für die Jugend. In: Jugendschriften-Warte. NF. 1. 1949, 5. S. 111–112.
Vaupel, Karl: Schülerbücherei in der inneren Schulreform. In: Jugendschriften-Warte. NF. 4. 1952, 3. S. 9 u. 11.

Vercors spricht zur deutschen Jugend. Französischer Dichter mahnt zur Humanität. In: Die Neue Zeitung v. 17.6.1948, S. 5.
Das Verlagswesen in der Sowjetzone. Hrsg. vom Bundesministerium für gesamtdeutsche Fragen. 2. Aufl. Berlin 1959.
Verzeichnis guter Jugendschriften. Wegleitung für Schulbibliothekare. Zürich 1949.
Viel Steine gab's und wenig Brot. Zur Krise im österreichischen Schrifttum. In: Anzeiger für den Buch-, Kunst- und Musikalienhandel. 82. 1947, 5. S. 1–3.
Vietinghoff-Scheel, von: Freiburger Aktion „Schmökergrab". In: Jugendliteratur. 3. 1957, 1. S. 44.
Vietinghoff-Scheel, von: Was lesen die 10- bis 15jährigen? Vortrag, gehalten auf der Buchhändler-Freizeit in Inzigkofen/Donau. In: Jugendliteratur. 4. 1958, 1. S. 9–14.
Vietta, A.: Die Misere des Jugendbuchs. In: Die Schule. 2. 1947, 5. S. 35–37.
Vom deutschen Lesebuch. Ein Bericht über die Westermann-Ausschreibung für neue Lesestücke. Braunschweig, Berlin, Hamburg o.J. [1950].
Vonhoff, Heiner: Anregungen für eine Jugendlesestunde. In: Lebendige Schule. 9. 1954, 12. S. 855–857.
Vrieslander, Marion: Amerikanische Bibliotheken. Deutsche Leser blicken durch ein neues Fenster in die Welt. In: Die Neue Zeitung v. 9.8.1946, S. 4.
Wachholtz, Johannes: Für die Sache des Menschen. Zu den Abenteuerbüchern von Herbert Kranz. In: Jugendschriften-Warte. NF. 8. 1956, 5. S. 51–52.
Wagner, Paul: Deutsch. Einführung in die Kinder- und Jugendliteratur und in die Jugendschriftenpädagogik: Ergänzungsheft zum Fernstudium für Mittelschullehrer. Berlin 1957 (als Ms. gedr.).
Waldkirch, Gertrud von: Verzeichnis guter Jugendschriften. Zürich 1949.
Was die Jugend lesen will. In: Der Leihbuchhändler. 6. 1952, Nr. 22/23/24 v. 31.12., S. 170.
Was ist Schund? In: Der Leihbuchhändler. 6. 1952, 5. S. 37.
Was ist Schundliteratur? In: Der Bund v. 15. 2. 1953, S. 57–59.
Weber, Heinrich: Dorfkind und Jugendbuch. In: Lebendige Schule. 9. 1954, 12. S. 804–819.
Weber, Heinrich: Das Vakuum. Zur Situation der deutschen Literataur. In: Athena. 1. 1946, 11. S. 14–21.
Weber, Helmut: Das Jugendbuch im Urteil seiner Leser. Reutlingen 1954 (Ensslin-Jahresgabe. 1954).
Weber, Helmut: Der junge Mensch als Leser. In: Deutsche Jugend. Beiträge, Berichte, Dokumente. 1. 1953, 9. S. 33–38.
Weber, Liselotte: Mütter weinen um ihre Kinder. In: Münchener Allgemeine Zeitung v. 3.7.1949.
Wedding, Alex: Der Schrei nach dem Mädchenbuch. In: Neue deutsche Literatur. 2. 1954, 2. S. 164–167.
Weigelt, Friedrich: „Die schwarze Hand" soll die Schmöker verdrängen. In: Die Neue Zeitung v. 2.10.1951.
Weimann, Horst: Gedanken über Jugendzeitschriften. In: Westermanns Pädagogische Beiträge. 1. 1949. S. 223–224.
Weismantel, Leo: Die Behandlung eines Märchens im Deutschunterricht. Wiesbaden 1950.
Die „Weiße Liste" deutscher Kultur. Ausschaltung nationalsozialistischer Elemente aus dem Kunstleben. In: Die Neue Zeitung v. 25.10.1945, S. 3.
Weißer, Erich: Die pädagogische Aufgabe des Jugendbuches im Massenzeitalter. In: Jugendschriften-Warte. NR. 8. 1956, 10. S. 65–66.
Weißert, Elisabeth: Das Jugendbuch. In: Erziehungskunst. Hrsg. vom Bund der Waldorfschulen. 18. 1954, 8. S. 237–244.

Weitbrecht, Lotte: Das Kinder- und Jugendbuch in der Sicht des Verlegers. In: Kulturarbeit. 9. 1957. S. 158–160.
Weitbrecht, Lotte: Von der Welt des Kinderbuches und wie sie sich wandelte. In: Börsenblatt für den Dt. Buchh. 11. 1955, 23. S. 189–191.
Weitbrecht, Lotte: Was ist ein Verleger? In: Jugendliteratur. 2. 1956, 10. S. 455–459.
Weitbrecht, Richard: Wunsch und Wirklichkeit in der Arbeit eines Verlegers von Jugendschriften. In: Das gute Jugendbuch. Tagung der evangelischen Akademie im Rheinland, 23.–25.6.1953. Düsseldorf 1953. S. 5–13.
Welche Literatur ist verboten? Eine vorläufige Liste der Deutschen Bücherei. In: Die Neue Zeitung v. 31.5.1946, Feuilleton- und Kunstbeilage.
Welches war das wichtigste Kulturereignis (1947)? Eine Umfrage der „NZ“ bei deutschen Zeitungen. In: Die Neue Zeitung v. 15.2.1948, S. 4 u. 19.2.1948, S. 4.
Weniger, Heinz: Grenzen der Zensur. In: Rheinische Zeitung v. 1.6.1946.
W[enzel], K[urt] u. M.H.: Die Situation der Jugendheftreihen in der Bundesrepublik. In: Jugendliteratur. 1. 1955, 8. S. 373–377.
Westphal, Fritz: Contra-Hefte. In: Jugendschriften-Warte. NF. 5. 1953, 3. S. 20–21.
Westphal, Fritz: Ist das Jugendbuch literaturfähig? In: Jugendliteratur. 1. 1955, 1. S. 3–7.
Westphal, Fritz: Das Mädchen in der Vorpubertät. In: Jugendschriften-Warte. 3. 1951, 5. S. 1–2.
Westphal, Fritz: Revolutionäre Autoren. Von der „spezifischen Jugendliteratur“ zur neuen Umwelterzählung. In: Deutsche Jugend. Beiträge, Berichte, Dokumente. 1. 1953, 9. S. 23–26.
Westphal, Fritz: Von Emil bis Lottchen. Erich Kästners Kinderbücher. In: Jugendschriften-Warte. NF. 2. 1950, 11. S. 41–42.
Westphal, Fritz: Wege zum Buch – Wege zum Schmöker. In: Jugendliteratur. 2. 1956, 7. S. 314–317.
Weyrauch, Wolfgang: Nachwort. In: Tausend Gramm. Sammlung neuer deutscher Geschichten. Hrsg. von Wolfgang Weyrauch. Hamburg, Stuttgart, Baden-Baden, Berlin 1949. S. 207–219.
Weyrauch, Wolfgang: Die Schuld der Literatur an der Restauration in Deutschland. In: Aussprache. 3. 1951, 5. S. 343–351.
Wiechert, Ernst: Rede an die deutsche Jugend 1945. München 1945 (Europäische Dokumente. H. 1).
Wilpert, Gero von: Jugendliteratur. In: Gero von Wilpert: Sachwörterbuch der Literatur. Stuttgart 1955.
Wird beauftragt ... Plan des Ministerrats der Deutschen Demokratischen Republik zur Förderung der Jugend im Jahre 1955. In: Jugendliteratur. 1. 1955, 4. S. 181–182.
Wolf, Christa: Achtung, Rauschgifthandel. In: Neue deutsche Literatur. 3. 1955, 2. S. 136–140.
Wolffheim, Hans: Die deutsche Literatur nach dem Kriege. Vortrag. Hamburg 1955.
Wolgast, Heinrich: Das Elend unserer Jugendliteratur. Ein Beitrag zur künstlerischen Erziehung der Jugend. Hamburg 1896 (2. Aufl. 1899. 4. Aufl. 1910. 7. Aufl. hrsg. von Elisabeth Arndt-Wolgast und Walter Flacke. Worms 1950).
Wuermeling, Franz-Josef: Demokratie und Jugendschutz. Köln 1959.
Wulf, Ursel: Gedanken und Erfahrungen einer Jugendbibliothekarin. In: Bücherei und Bildung. 1. 1948/49, 1. S. 19–26.
Wulff, Clara: Besinnliches und Ketzerisches über Kinderbildbücher. In: Schola. 6. 1951. S. 735–738.
Wulff, Clara: Indianerbuch und Indianerspiel. Eine Apologie. In: Schola. 3. 1948. S. 495–499.
Wulff, Clara: Kinderseele und Kinderbuch. In: Schola. 5. 1950. S. 445–449.

Wulff, Clara: Das Märchen als Erzieher zur Wahrhaftigkeit. In: Schola. 3. 1948. S. 259–263.
Zander, Irene: Gutenachtgeschichten. In: Die Neue Zeitung v. 22.12.1947, S. 8.
Zehn Jahre Deutscher Journalisten-Verband. Festschrift zum 10jährigen Bestehen des Deutschen Journalisten-Verbandes. Bonn 1960.
Zifreund, Viktor: Voraussetzungen der Zusammenarbeit zwischen Schule und Volksbücherei in der Erziehung zum Buch. In: Pädagogische Rundschau. 6. 1951/52. S. 113–115.
Zifreund, Walther: Jugendbuch. In: Lexikon der Pädagogik. Bd. 2. Freiburg i.Br. 1953.
Zinsli, Paul u. Otto Basler: Josef Reinhart. Würdigung seines schriftstellerischen Schaffens. Aarau 1958.

## Sekundärliteratur

1883–1983. Hundert Jahre Verlagsarbeit. Otto Maier, Ravensburg. Ravensburg 1983.
Adler, Helge u. Adolf Köhlert: Zehn Jahre Jugendschrifttumsarbeit in der Bundesrepublik. Frankfurt a.M. 1966.
Adolf Haller. Freundesgabe zum 70. Geburtstag. Hrsg. von Peter Schuler. Zürich, Arau 1967.
Albrecht, Richard: Leseland DDR. Einblicke in eine deutsche Literaturgesellschaft. In: Bertelsmann Briefe. 115. 1984. S. 15–24.
Aley, Peter: Jugendliteratur im Dritten Reich. Gütersloh 1967.
Als der Krieg zu Ende war. Kunst in Deutschland 1945–1950. Hrsg. von der Akademie der Künste. Berlin 1975.
Arnold, Heinz Ludwig: Ursprung und Weg der nonkonformistischen westdeutschen Literatur. In: Die Tat Nr. 150 v. 29.6.1974, S. 25.
Assel, Jutta: Susanne Ehmcke. Kinderbücher aus fünf Jahrzehnten. Internationale Jugendbibliothek, München, 5.–16.10.1981. München 1981.
Auböck, Ingeborg: Das Bild des Kindes in der Jugendliteratur einst und jetzt. In: Das Kind im Spiegel seiner Lektüre. Hrsg. von Lucia Binder u. Gertrud Pott. Ergebnisse der 15. Tagung des Internationalen Instituts für Jugendliteratur und Leseforschung, Klagenfurt, August 1979. Wien 1980. S. 3–23.
Auböck, Ingeborg: Die literarischen Elemente des Sachbuchs. Diss. Wien 1963.
Auer, Annemarie: Der freundliche Baron. Über Ludwig Renn. In: Liebes- und andere Erklärungen. Berlin, Weimar 1972. S. 319–330.
Aufforderung zum Mißtrauen. Literatur, Bildende Kunst und Musik in Österreich seit 1945. Hrsg. von Otto Breicha u. Gerhard Fritsch. Salzburg 1967.
Augstein, Rudolf: Auf die schiefe Ebene zur Republik. In: Der Spiegel. 39. 1985, Nr. 2 v. 7.1., S. 22–32.
Aus den Trümmern. Kunst und Kultur im Rheinland und in Westfalen. 1945–1952. Neubeginn und Kontinuität. Hrsg. von Klaus Honnef u. Hans M. Schmidt. Köln, Bonn 1985.
Auskünfte über Ruth Werner. Zum 75. Geburtstag. Berlin 1982.
Bänsch, Dieter: Die fünfziger Jahre. Beiträge zu Politik und Kultur. Tübingen 1985.
Bäumler, Marianne: Die aufgeräumte Wirklichkeit des Erich Kästner. Köln 1984.
Bamberger, Richard: Jugendlektüre. 2., erw. Aufl. Wien 1965.
Bamberger, Richard: Jugendliteratur und Jugendschriftenarbeit in Österreich. Vortrag. Frankfurt a.M. 1968.
Bamberger, Richard: Jugendschriftenkunde. Wien, München 1975.
Bamberger, Richard: Österreich. In: Lexikon der Kinder- und Jugendliteratur. Hrsg. von Klaus Doderer. Bd. 2. Weinheim, Basel 1977.

Bamberger, Richard u. Walter Jambor: Die unterwertige Lektüre. Wien 1965.
Barbara Bartos-Höppner. 20 Jahre Jugendbuch-Autorin. Überreicht von Sybil Gräfin Schönfeldt, Sigrid Lichtenberger, Georg Popp u. Richard Weitbrecht. Würzburg, Stuttgart 1976.
Bartsch, Kurt u. Dietmar Goltschnigg: Österreichische Nachkriegsliteratur – sozialgeschichtliche Voraussetzungen und Literaturbetrieb. In: Modern Austrian Literature. 17. 1984, 3/4. S. 193–214.
Bastian, Ulrike: Die „Kinder- und Hausmärchen" der Brüder Grimm in der literaturpädagogischen Diskussion des 19. und 20. Jahrhunderts. Frankfurt a.M. 1981.
Baumeister, Anton: Zum Tode Fritz Steubens – Autor und Buchhändler. In: Börsenblatt für den Dt. Buchh. 37. 1981, Nr. 72 v. 21.8., S. 2108.
Baumgärtner, Alfred Clemens: Deutsche Jugendliteratur seit 1945. Versuch eines Überblicks. In: 20 Jahre Deutscher Jugendbuchpreis. Hrsg. vom Arbeitskreis für Jugendliteratur. München 1976. S. 215–222.
Baumgärtner, Alfred Clemens: Jugendbuchkritik in Deutschland. In: Umstrittene Jugendliteratur. Hrsg. von Horst Schaller. Bad Heilbrunn 1976. S. 143–155.
Baumgärtner, Alfred Clemens: Tendenzen im westlichen Kinder- und Jugendbuch von heute. In: Beiträge zur Kinder- und Jugendliteratur. 11. 1968. S. 117–125.
Becker, Jörg: Der hilflose Antifaschismus. In: Hessische Blätter für Volks- und Kulturforschung. NF. 18. 1985. S. 117–120.
Bemerkungen zur Erstleseliteratur in der DDR. Lesematerialien zum Unterricht über die Kinderliteratur in der DDR. Hrsg. von der Zentralschule der Pionierorganisation „Ernst Thälmann". Droyßig b. Zeitz 1963 (als Ms. gedr.).
Bertlein, Hermann: Das geschichtliche Buch für die Jugend. Frankfurt a.M. 1974.
Beutler, Kurt: Erich Kästner. Eine literaturpädagogische Untersuchung. Weinheim, Berlin 1967.
Bikini. Die fünfziger Jahre. Politik – Alltag – Opposition. Kalter Krieg und Capri-Sonne. Katalog. Berlin 1983.
Bildungspolitik und Bildungsreform. Hrsg. von Leonhard Froese. München 1969.
Birkenfeld, Günter: Aus schattenreichen Zimmern. Berliner Literatur 1945: Improvisationen. In: Tagesspiegel v. 26./27.9.1965.
Blahacek, Raoul: Der lange Weg – Zur Geschichte der belletristischen Verlage in Österreich. In: Anzeiger des österreichischen Buchhandels. 120. 1985, 10. S. 139–142.
Blaue Kinderschaukel. Ein Lesebuch zur Geschichte der Kinderliteratur in der DDR. Hrsg. von Reinhild Schoeller. Darmstadt, Neuwied 1981.
Bönner, Karl H.: Deutschlands Jugend und das Erbe ihrer Väter. Wie skeptisch ist die junge Generation? Bergisch Gladbach 1967.
Bongardt, Ilse: Schon eine Generation der Jugend miterzogen. Gespräch mit Christian Emmerich über die Spitzenleistungen unserer Kinderliteratur seit 1945. In: Sonntag v. 19.7.1970, S. 3.
Borchers, Hans u. Klaus W. Vowe: Die zarte Pflanze Demokratie. Amerikanische Reeducation in Deutschland im Spiegel ausgewählter politischer und literarischer Zeitschriften. Tübingen 1979.
Braun, Gert: Bravo = ein Ärgernis für rechts und links. In: Pro und Contra Bravo. Baden-Baden 1978. S. 131–145.
Braun, Joachim: Bravo im Spiegel der Literatur. In: Pro und Contra Bravo. Baden-Baden 1978. S. 91–115.
Bravo-Villasante, Carmen: Weltgeschichte der Kinder- und Jugendliteratur. Versuch einer Gesamtdarstellung. Hannover, Dortmund, Darmstadt, Berlin, München 1977.
The British in Germany. Educational reconstruction after 1945. Hrsg. von Arthur Hearnden. London 1978.

Brix, Gertraud: Der Erzähler Otfried Preußler. Von der Weckung der Leselust zum Aufbau einer Lesemündigkeit. In: Das gute Jugendbuch. 23. 1973, 1. S. 1–21.

Brüggemann, Theodor: Grundideen der Literaturpädagogik von 1900 bis heute (1962). In: Literarische Bildung und Erziehung. Hrsg. von Harro Müller-Michaels. Darmstadt 1976. S. 69–102.

Brunner, Fritz: 50 Jahre Schweizerisches Jugendschriftenwerk (SJW) 1931–1981. Zürich 1981.

Bücher machen Leute. 50 Jahre Verlag Jungbrunnen. 1923–1973. Wien 1973.

Bücher voll guten Geistes. 1924–1964. 40 Jahre Büchergilde Gutenberg. Frankfurt a.M. 1964.

Die Bücherverbrennung 10. Mai 1933. Hrsg. von Gerhard Sander. München 1983.

Bürgel-Goodwin, Ulrike: Die Reorganisation der westdeutschen Schriftstellerverbände. In: Archiv für die Geschichte des Buchwesens. Bd. 18. Lfg. 3. Frankfurt 1977. S. 362–511.

Die Bundesprüfstelle für jugendgefährdende Schriften. In: C&P-Information. April 1961, S. 51–52.

Bungenstab, Karl-Ernst: Umerziehung zur Demokratie? Re-education-Politik im Bildungswesen der US-Zone 1945–1949. Düsseldorf 1970.

Bussewitz, Wolfgang: Sowjetische Literatur. In: Literatur für Kinder und Jugendliche in der DDR. Berlin 1981. S. 125–145.

Chowanetz, Rudi: Die Kinderzeitschriften in der DDR von 1946 bis 1960. Berlin 1983 (Studien zur Geschichte der deutschen Kinder- und Jugendliteratur. 13).

Christadler, Marieluise: Kriegserziehung im Jugendbuch. Literarische Mobilmachung in Deutschland und Frankreich vor 1914. Frankfurt a.M. 1978.

Cobet, Christian: Deutsche Literatur nach Hitler. 1945–1950. Antiquariatskatalog. Frankfurt 1983.

Cornioley, Hans: Beiträge zur Jugendbuchkunde. Aarau 1966.

Dahrendorf, Malte: Der Erzähler Kurt Lütgen. In: Kurt Lütgen: Jeder lebt von seinem Traum. Baden-Baden 1968. S. 9–27.

Dahrendorf, Malte: Kinder- und Jugendliteratur im bürgerlichen Zeitalter. Königstein i.Ts. 1980.

Dahrendorf, Malte: Literaturdidaktik im Umbruch. Düsseldorf 1975.

Dahrendorf, Malte: Das Mädchenbuch in der Bundesrepublik seit 1945. In: Mädchenbücher aus drei Jahrhunderten. Oldenburg 1983. S. 34–40.

Dahrendorf, Malte: Das Mädchenbuch und seine Leserin. Jugendlektüre als Instrument der Sozialisation. 3. Aufl. Weinheim 1978.

Dahrendorf, Malte: Wenn zwei dasselbe tun ... Zur Kritik einiger verbreiteter Merkmale der Kinder- und Jugendliteratur der DDR. In: Informationen Jugendliteratur und Medien. 29. 1977, 3. S. 39–44.

Damm, Herwig: Das Jugendbuch – Erbe und Aufgabe. In: Schule und Leben. 13. 1962. S. 351–357.

Davids, Jens-Ulrich: Das Wildwest-Romanheft in der Bundesrepublik. Ursprünge und Strukturen. Tübingen 1969.

Demetz, Peter: Die süße Anarchie. Deutsche Literatur seit 1945. Eine kritische Einführung. Berlin, Frankfurt a.M., Wien 1970.

Determinanten der westdeutschen Restauration 1945–1949. Autorenkollektiv: Ernst-Ulrich Huster, Gerhard Kraiker, Burkhard Scherer, Friedrich-Karl Schlotmann u. Marianne Welteke. 7. Aufl. Frankfurt a.M. 1980.

Deutsche Autoren im Exil. Briefe europäischer Autoren 1933–1949. Hrsg. von Hermann Kesten. Wien, München, Basel 1964.

Der Deutsche Bundesjugendplan. Jugend in Freiheit und Verantwortung. Hrsg. von Heinrich Voggenreiter. Bad Godesberg 1961.

Deutscher Jugendbuchpreis 1956–1961. Gesamtverzeichnis. Hrsg. vom Arbeitskreis für Jugendschrifttum. München o.J. [1962].
Deutsches Jugendbuch heute. Hrsg. von Alfred Clemens Baumgärtner. Velber 1974.
Deutschland, England über alles. Gespräch zwischen Marion Gräfin Dönhoff, Haug von Kuenheim, Theo Sommer u. Michael Thomas. In: Die Zeit Nr. 39 v. 21.9.1984.
Dickfeldt, Lutz: Jugendschutz als Jugendzensur. Bensheim 1979.
Diederichs, Ulf: Annäherungen an das Sachbuch. In: Die deutschsprachige Sachliteratur. Hrsg. von Rudolf Radler. München, Zürich 1978. S. 1–37.
Dierks, Margarete: Autorenporträt Ingeborg Engelhardt. In: Ingeborg Engelhardt. Freundesgabe. Göttingen 1983. S. 4–8.
Dierks, Margarete: Biographische Erzählungen und Lebensbilder für die Jugend. In: Der Deutschunterricht. 13. 1961, 6. S. 58–78.
Dierks, Margarete: Die deutsche Jugendliteratur seit 1945. In: Irene Dyhrenfurth: Geschichte des deutschen Jugendbuches. 3., neubearb. Aufl. Zürich, Freiburg 1967. S. 215–264.
Dierks, Margarete: Formen des Jugendbuchs biographischen Gehalts zwischen Märchenalter und Adoleszenz. In: Erziehung als Beruf und Wissenschaft. Festgabe für Friedrich Trost. Hrsg. von Walter Asmus u. Johann Peter Ruppert. Frankfurt a.M., Berlin, Bonn 1961. S. 143–150.
Die Diskussion um das deutsche Lesebuch. Hrsg. von Hermann Helmers. Darmstadt 1969.
Doderer, Klaus: Bauform und literarpädagogische Bedeutung des Sachbuches. In: Bücherei und Bildung. 13. 1961, 1. S. 15–22.
Doderer, Klaus: Erich Kästners „Emil und die Detektive" – Gesellschaftskritik in einem Kinderroman (1969). In: Erich Kästner. Werk und Wirkung. Hrsg. von Rudolf Wolff. Bonn 1983. S. 104–116.
Doderer, Klaus: Das Sachbuch als literarpädagogisches Problem. Frankfurt a.M. 1962.
Doderer, Klaus: Der Standort der Jugendliteratur heute. In: Westermanns Pädagogische Beiträge. 14. 1962, 4. S. 115–121.
Doderer, Klaus: Tendenzen, Entwicklungen, Perspektiven. Ein paar Beobachtungen der Kinder- und Jugendliteratur der letzten 35 Jahre. In: 25 Jahre Deutscher Jugendbuchpreis. Hrsg. vom Arbeitskreis für Jugendliteratur. München 1981. S. 216–219.
Dörr, Monika: Das Kind im Kinder- und Jugendbuch der Gegenwart. Eine Untersuchung von Büchern der Auswahllisten zum Deutschen Jugendbuchpreis 1957, 1965, 1973. Staatsexamensarbeit Konstanz 1981.
Doppler, Bernhard: Schmutz- und Schundkämpfe. Zu einer Figuration literaturpädagogischer Kontrolle. In: Literatur und Erfahrung. 1980, 4. S. 6–18.
Dreher, Ingmar: Untersuchungen zur sozialistischen Jugendliteratur nach 1945. Probleme der Gestaltung des Helden und des Konflikts in der sozialistischen Jugenderzählung mit Gegenwartsstoff (für Leser von 13 Jahren an). Diss. Leipzig 1967.
Dreißig Jahre Franz Schneider Verlag in Bayern. 1947–1977. München, Wien 1977.
Ebert, Günter: Ansichten zur Entwicklung der epischen Kinder- und Jugendliteratur in der DDR von 1945 bis 1975. Berlin 1976 (Studien zur Geschichte der deutschen Kinder- und Jugendliteratur. 8).
Ebert, Günter: Das Kind in der Literatur. In: Ansichten. Aufsätze zur Literatur der DDR. Hrsg. von Klaus Walther. Halle 1976. S. 262–339.
Ebert, Günter: Moralische Erziehung durch Kunst. Gedanken beim Gang durch das Werk von Alex Wedding. In: Beiträge zur Kinder- und Jugendliteratur. 7. 1965. S. 51–70.
Eckhardt, Juliane: Der Lehrplan des Deutschunterrichts. Lernbereichskonstruktion und Lernzielbestimmung unter gesellschaftlich-historischem Aspekt. Weinheim, Basel 1979.
Egler, Annemarie: Titelverzeichnis der deutschsprachigen Schweizer Jugendbücher 1945–1970 nach Stichwörtern. Bern 1972 (Dipl.-Arbeit).

Eisenreich, Hans: 75 Jahre Hermann Schaffstein Verlag. Köln 1969.
Endres, Elisabeth: Die Literatur der Adenauerzeit. München 1980.
Endres, Elisabeth: Der neue Geist der frühen Jahre. In: Die fünfziger Jahre. Hrsg. von Dieter Franck. München 1981. S. 126–134.
Engelmann, Bernt: Wir sind wieder wer. München 1981.
Erleben und Gestalten. Interview mit Günter Görlich. In: Auskünfte. Werkstattgespräche mit DDR-Autoren. Berlin, Weimar 1974. S. 335–350.
Ernte aus altem Lande. Kinder- und Jugendbücher aus Hamburger Verlagen 1945 bis 1955. Katalog zur Ausstellung der Staats- und Universitätsbibliothek Hamburg, 10.12.1985–25.1.1986. Pinneberg 1985 (Sonderh. der Zeitschrift Schiefertafel).
Erzählgattungen der Trivialliteratur. Hrsg. von Zdenko Škreb u. Uwe Baur. Innsbruck 1984 (Innsbrucker Beiträge zur Kulturwissenschaft. Germanistische Reihe. Bd. 18).
Erziehung zum Krieg. Krieg als Erzieher. 1870–1945. Mit dem Jugendbuch für Kaiser, Vaterland und Führer. Hrsg. von Wolfgang Promies. Oldenburg 1979.
Es war ein Traumberuf. BuB-Gespräch mit Walter Scherf. In: Buch und Bibliothek. 34. 1982, H. 6. S. 483–489.
Eschenburg, Thomas: Jahre der Besetzung. 1945–1949. Stuttgart 1983 (Geschichte der Bundesrepublik Deutschland in 5 Bänden. Hrsg. von Karl Dietrich Bracher. Bd. 1).
Eßbach, Wolfgang: Der schmutzige Kampf gegen Schmutz und Schund. In: Die heimlichen Erzieher. Hrsg. von Dieter Richter u. Jochen Vogt. Reinbek 1974. S. 108–128.
Der evangelische Buchhandel. Eine Übersicht seiner Entwicklung im 19. und 20. Jahrhundert. Mit 600 Firmengeschichten aus Deutschland, Österreich und der Schweiz. Hrsg. von der Vereinigung evangelischer Buchhändler. Stuttgart 1961.
Exilforschung. Ein internationales Jahrbuch. Bd. 1. München 1983.
Fehr, Karl: Tendenzen und Namen. Deutsch-schweizerische Literatur vom Ende des ersten bis zum zweiten Weltkrieg. In: Welt und Wort, Zürich. 1975, Nr. 2. S. 11–20.
Fenske, Hans: Bemerkungen zu einer Geschichte der Jungen Presse. In: Junge Presse. Rückblick und Bestandsaufnahme. Itzehoe 1961. S. 12–17.
Fetzer, Günther: Wertungsprobleme in der Trivialliteraturforschung. München 1980.
Finder, Josef: Vorwort. In: Richard Bamberger u. Walter Jambor: Die unterwertige Lektüre. Wien 1965. S. 3–4.
Fischer, Ludwig: Heftroman. In: Literatur in der Bundesrepublik Deutschland bis 1967. Hrsg. von L. Fischer. München 1986. S. 546–563.
Flitner, Andreas: Soziologische Jugendforschung. Darstellung und Kritik aus pädagogischer Sicht. Heidelberg 1963.
Foltin, Hans Friedrich: Zur Erforschung der Unterhaltungs- und Trivialliteratur, insbesondere im Bereich des Romans. In: Studien zur Trivialliteratur. Hrsg. von Heinz Otto Burger. 2. Aufl. Frankfurt a.M. 1976. S. 242–270.
Fotheringham, Hamish: The International Youth Library. In: School Library Journal. 13. 1966, 3. S. 42–43.
Franck, Dieter: Jahre unseres Lebens. 1945–1949. München, Zürich 1980.
Franke, Konrad: Die Literatur der DDR. Zürich, München 1974.
Freundesgabe für Elisabeth Müller zum 80. Geburtstag. Hrsg. von Peter Schuler. Zürich 1965.
Freundesgabe für Olga Meyer, Traugott Vogel, Fritz Brunner. Hrsg. von Peter Schuler. Aarau 1964.
Friedländer, Saul: Kitsch und Tod. Der Widerschein des Nazismus. München 1984.
Friedrich, Thomas: Deutsche Stories oder „Sagt nackt was ihr müßt“. In: Grauzonen, Farbwelten. Hrsg. von Bernhard Schulz. Berlin, Wien 1983. S. 359–375.
Fritsch, Gerhard: Österreichische Literatur. In: Bestandsaufnahme Österreich 1945–1963. Hrsg. von J. Hanak. Wien 1963. S. 353–371.

25 Jahre Deutscher Jugendbuchpreis. Hrsg. vom Arbeitskreis für Jugendliteratur. München 1981.
25 Jahre Verlag Neues Leben, Berlin. Bibliographie. 1946–1971. Zusammengest. u. bearb. von Walter Tölg. Berlin 1971.
Die Fünfziger Jahre. Als das Leben wieder anfing. Hrsg. von Dieter Franck. München 1981.
Gaida, Edith: Belletristische Heftreihenliteratur in der DDR. In: Weimarer Beiträge 16. 1970, 12. S. 158–176.
Galle, Heinz J.: „Sun Koh" und kein Ende! In: Graff-Anzeiger. Informationen über Reise- u. Abenteuerschriftsteller. 1976, 11. S. 34–39 u. 1976, 12. S. 9–15. (Wiederabdr. in: Magazin für Abenteuer-, Reise- und Unterhaltungsliteratur. Sammelband 2. 1979.)
Gantenbrink, Rainer: Der Literaturunterricht der Volks- und Hauptschule im Wandel der Lehrplanrichtlinien von 1945 bis 1968. Eine vergleichende Analyse. Paderborn 1979.
Gebt uns Bücher, gebt uns Flügel. Oetinger-Almanach 1971. Hrsg. von Paul Johannes Schindler. Hamburg 1971.
Gehring, Hansjörg: Amerikanische Literaturpolitik in Deutschland 1945–1953. Ein Aspekt des Re-Education-Programms. Stuttgart 1976.
Gehring, Hansjörg: Literatur im Dienst der Politik. Zum Re-education-Programm der amerikanischen Militärregierung in Deutschland. In: Nachkriegsliteratur. Reinbek b. Hamburg 1977. S. 252–270.
Geiss, Manfred: Sozialistische Kinder- und Jugendliteratur. In: Lexikon der Kinder- und Jugendliteratur. Hrsg. von Klaus Doderer. Bd. 3. Weinheim, Basel 1979.
Geyer-Ryan, Helga: Der andere Roman. Versuch über die verdrängte Ästhetik des Populären. Wilhelmshaven, Locarno, Amsterdam 1983.
Giachi, Arianna: Die Ära nach 1945. In: Das Bilderbuch. Hrsg. von Klaus Doderer u. Helmut Müller. Weinheim, Basel 1973. S. 357–394.
Giachi, Arianna: Der Inseljunge und die Reimkunst. Ein Porträt des Kinderbuchautors James Krüss. In: Frankfurter Allg. Zeitung v. 16.12.1961.
Giese, Rosalinde: Otfried Preußler: Die kleine Hexe. In: Beiträge zur Kinder- und Jugendliteratur. 13. 1969. S. 128–131.
Gilmore, Richard: France's postwar cultural policies and activities in Germany. 1945–1956. Wash. DC. 1973 (Diss. Genf 1971).
Gimbel, John: A German Community under American Occupation. Marburg 1945–1952. Stanford/Calif. 1961.
Gimbel, John: Amerikanische Besatzungspolitik in Deutschland 1945–1949. Frankfurt a.M. 1971.
Glaser, Hermann: Deutschunterricht nach '45. Die Exilliteratur war ohne Chance. In: Börsenblatt für den Dt. Buchh. 39. 1983, Nr. 26 v. 31.3., S. 835–847.
Glaser, Hermann: Kultur der Trümmerzeit. Einige Entwicklungslinien 1945–1948. In: Aus Politik und Zeitgeschichte. Beilage zur Wochenzeitung Das Parlament. B 40–41 v. 5.10.1985, S. 3–21.
Grauzonen, Farbwelten. Kunst und Zeitbilder 1945–1955. Hrsg. von Bernhard Schulz. Berlin, Wien 1983.
Grenz, Dagmar: Zur Geschichte der Mädchenliteratur vom 18. Jh. bis 1945. In: Mädchenbücher aus drei Jahrhunderten. Ausstellungskatalog. Oldenburg 1983. S. 22–33.
Grimm, Dieter: Die jugendeigene Zeitung. In: Junge Presse. Rückblick und Bestandsaufnahme. Itzehoe 1961. S. 7–9.
Gutter, Agnes: Der Aufbau des Jugendliteratur-Unterrichts. Separatdr. aus: „Information". Mitteilungen des Seraphischen Liebeswerkes. 1961, Nr. 2.
Haas, Gerhard: Spielwelten – Spiegelwelten – Gegenwelten. Das Phantastische im Werk Otfried Preußlers. In: Otfried Preußler. Werk und Wirkung. Hrsg. v. Heinrich Pleticha. Stuttgart 1983. S. 33–40.

Härtling, Peter: Schutz vor Schmutz. In: Deutsche Zeitung v. 2.1.1961.
Hannemann, Joachim: Lothar Zschuckelt. Schriftsteller in der Diskussion. Zur Literaturentwicklung der fünfziger Jahre. Berlin 1979.
Hartung, Günter: Über die deutsche faschistische Literatur. In: Weimarer Beiträge. 14. 1968, 4. 691–707.
Haungs, Peter: Kritische Anmerkungen zur Entwicklung der Jungen Presse. In: Junge Presse. Rückblick und Bestandsaufnahme. Itzehoe 1961. S. 28–32.
Das Haus Sauerländer. 1807–1982. Ein Portrait. Aarau 1982.
Hay, Gerhard (zus. mit Hartmut Rambaldo und Joachim W. Storck): Als der Krieg zu Ende war. Literarisch-politische Publizistik 1945–1950. Eine Ausstellung des Deutschen Literaturarchivs im Schiller-Nationalmuseum Marbach a. N. München 1973 (Sonderausstellungen des Schiller-Nationalmuseums. Katalog Nr. 23).
Heimweh nach den falschen Fünfzigern. In: Der Spiegel. 32. 1978, 14. S. 90–114.
Heinritz, Charlotte: „Bedrohte Jugend – Drohende Jugend"? Jugend der fünfziger Jahre im Blick des Jugendschutzes. In: Jugend der fünfziger Jahre – heute. Hrsg. vom Jugendwerk der Deutschen Shell. Leverkusen 1985 (Jugendliche und Erwachsene '85. Bd. 3). S. 293–319.
Held, Jutta: Kunst und Kunstpolitik in Deutschland 1945–1949. Berlin 1981.
Hensel, Barbara: Das Kind und der Jugendliche in der deutschen Roman- und Erzählliteratur nach dem 2. Weltkrieg. Eine pädagogische Untersuchung. Diss. München 1962.
Hermand, Jost: Streit in den fünfziger Jahren? In: Kontroversen, alte und neue. Akten des 7. Internationalen Germanisten-Kongresses Göttingen 1985. Hrsg. v. Albrecht Schöne. Bd. 10. Tübingen 1986. S. 207–211.
Heß, Fritz: Menschen, Bücher und bewegte Zeiten. Frauenfeld 1970.
Hesse, Jürgen u. Hans Christian Schrader: „Was der Falco macht, ist schon nicht so schlimm ...". Ein Song löst bei Lehrern und Eltern Beunruhigung aus. In: Frankfurter Rundschau Nr. 35 v. 11.2.1986, S. 11.
Heyer, Siegfried: Warnsignale in frühen Jahren. Zur Grausamkeit in den Märchen der Brüder Grimm. In: Hessische Blätter für Volks- und Kulturforschung. NF. 18. 1985. S. 121–140.
Heyst, Ilse van: Von der Entwicklung des Jugendbuchs. In: Jugendliteratur. 8. 1962, 9. S. 393–400.
Historische Aspekte zur Jugendliteratur. Hrsg. von Karl Ernst Maier. Stuttgart 1974.
Hladej, Hubert: Das österreichische Kinder- und Jugendschrifttum nach dem Zweiten Weltkrieg. Diss. Wien 1968.
Hladej, Hubert: Zur Geschichte der österreichischen Kinder- und Jugendliteratur. In: Anzeiger des österreichischen Buchhandels. 120. 1985, 10. S. 135–138.
Hofmann, Tessa: Der ewige deutsche Landser. In: Kürbiskern. 1974, 1. S. 102–109.
Hohenberg, Volker: Westermann. Profil eines Verlages. 1838–1963. Ein Jubiläumsbericht. Braunschweig 1963.
Holtz-Baumert, Gerhard: Pony Pedro und Pawlow. In: Beiträge zur Kinder- und Jugendliteratur. 1. 1963. S. 43–55.
Holtz-Baumert, Gerhard: Wie ich ihn arbeiten sehe. Über Erwin Strittmatter. In: Liebes- und andere Erklärungen. Berlin, Weimar 1972. S. 364–375.
Hopster, Norbert u. Ulrich Nassen: Literatur und Erziehung im Nationalsozialismus. Deutschunterricht als Körperkultur. Paderborn 1983.
Hormann, Hanna: Benno Pludra. In: Literatur in der DDR. Hrsg. von Hans J. Geerdts. Stuttgart 1972. S. 550–560.
Hornung, Peter: Die dritte Revolution hat nicht stattgefunden. Die junge deutsche Literatur seit 1945. In: Weltstimme. 25. 1976, 10. S. 478–479.
Hossenfelder, Semra: Die Wirklichkeit blieb draußen. Das Bilderbuch in den Jahren 1945–1952. In: Aus den Trümmern. Kunst und Kultur im Rheinland und in Westfalen 1945–1952. Köln, Bonn 1985. S. 359–362.

Hürlimann, Bettina: Schweizerische Kinderbücher einst und jetzt. Vortrag zur Eröffnung der „Deutschen Jugendbuchwoche“ in Hannover. Separatabzug aus: Der Schweizer Buchhandel. 1963, Nr. 22.
Hürlimann, Bettina: Zu den Anfängen der schweizerischen Kinderliteratur. In: Jugendliteratur. 7. 1961, 11. S. 483–487.
175 Jahre Herder. 1801–1976. Kleines Alphabet einer Verlagsarbeit. Freiburg i. Br. 1976.
150 Jahre Reclam. Daten, Bilder und Dokumente zur Verlagsgeschichte 1828–1978. Stuttgart 1978.
Hussong, Martin: Sachbuch. In: Lexikon der Kinder- und Jugendliteratur. Hrsg. von Klaus Doderer. Bd. 3. Weinheim, Basel 1979.
Ingeborg Engelhardt. Freundesgabe. Hrsg. vom Arbeitskreis für deutsche Dichtung. Göttingen 1983.
Interview mit Ludwig Renn. Schriftsteller – Historiker – Kämpfer. In: Auskünfte. Werkstattgespräche mit DDR-Autoren. Berlin, Weimar 1974. S. 125–135.
Iseli, Rita: Kinder- und Jugendzeitschriften in der Schweiz. Zug 1981.
Jaeger, Manfred: Literatur- und Kulturpolitik in der Entstehungsphase der DDR (1945–1952). In: Aus Politik und Zeitgeschichte. Beilage zur Wochenzeitung Das Parlament. B 40–41 v. 5. 10. 1985, S. 32–47.
Jäschke, Petra u. Winfred Kaminski: Trümmerliteratur für die Kinderstube? Von Aufbau und Erbauung in der Kinder- und Jugendliteratur nach 1945. Frankfurt a. M. 1985.
Jäschke, Petra u. Winfred Kaminski: Von Aufbau und Erbauung. Erforschung der Kinder- und Jugendliteratur nach 1945. In: Börsenblatt für den Dt. Buchh. 41. 1985, Nr. 77 v. 30. 9., S. 2505–2508.
Jambor, Walter: Historischer Abriß des Kampfes gegen die Schmutz- und Schundliteratur in Österreich. In: Richard Bamberger u. Walter Jambor: Die unterwertige Lektüre. Wien 1965. S. 36–48.
Jens, Walter: Vom Geist der Zeit. Der Dichter unter dem Diktator. In: Die Zeit Nr. 47 v. 16. 11. 1979.
Jugend der fünfziger Jahre – heute. Hrsg. vom Jugendwerk der Deutschen Shell. Leverkusen 1985 (Jugendliche und Erwachsene ’85. Bd. 3).
Jugendbuch heute. Ausgabe 1983. Hrsg. von der Arbeitsgemeinschaft von Jugendbuchverlegern in der Bundesrepublik Deutschland. München 1983.
Jugendschriftsteller deutscher Sprache. Hrsg. von Richard Bamberger. Wien 1980.
Jung, Herbert: Die Jugendzeitschriften „Bravo“ und „Twen“. Wiss. Hausarbeit an der J. W. Goethe-Universität Frankfurt a. M., Institut für Jugendbuchforschung, 1966.
Junge Presse. Rückblick und Bestandsaufnahme. Itzehoe 1961.
Jungwirth, Nikolaus u. Gerhard Kromschröder: Die Pubertät der Republik. Frankfurt 1978.
Kaminski, Winfred: Alfred Weidenmann. In: Lexikon der Kinder- und Jugendliteratur. Hrsg. von Klaus Doderer. Bd. 3. Weinheim, Basel 1979.
Kaminski, Winfred: Die Darstellung des Faschismus in Jugendbüchern. In: Informationen des Arbeitskreises für Jugendliteratur. München 1981. Beiheft. S. 62–73.
Kaminski, Winfred: Joseph S. Viera. In: Lexikon der Kinder- und Jugendliteratur. Hrsg. von Klaus Doderer. Bd. 4. Weinheim, Basel 1982.
Kaminski, Winfred: Karl Aloys Schenzinger. In: Lexikon der Kinder- und Jugendliteratur. Hrsg. von Klaus Doderer. Bd. 3. Weinheim, Basel 1979.
Kaminski, Winfred: Kinder- und Jugendliteratur in der Bundesrepublik Deutschland. Eine Übersicht über die Entwicklung seit 1945. In: 25. Kinder- und Jugendbuchausstellung. Eine Dokumentation. Frankfurt 1985. S. 5–14.
Kaminski, Winfred: Überhänge der Tradition und Versuche des Neuanfangs. Kinderliteratur in den Jahren nach 1945. In: Kontroversen, alte und neue. Akten des 7. internationalen

Germanisten-Kongresses Göttingen 1985. Hrsg. v. Albrecht Schöne. Bd. 10. Tübingen 1986. S. 138–146.
Karger, Maria: Bericht einer Augenzeugin über den Untergang des Vereins im Jahre 1938 und dessen Wiedererstehung nach der Befreiung Österreichs im Jahre 1945. In: Anzeiger des österreichischen Buchhandels. 120. 1985, 10. S. 109–120.
Karl Bruckner. Leben und Werk. Hrsg. vom Internationalen Institut für Kinder-, Jugend- und Volksliteratur und dem österreichischen Buchklub der Jugend. Wien 1966.
Keckeis, Peter: Zur Geschichte des Schweizer Jugendbuchs. In: Jugendliteratur. 7. 1961, 11. S. 488–500.
Keil, Annelie: Jugendpolitik und Bundesjugendplan. Analyse und Kritik der staatlichen Jugendförderung. München 1969 (Deutsches Jugendinstitut. Bd. 2).
Kellner, Rolf: Schundliteratur. In: Metzler-Literatur-Lexikon. Hrsg. von Günther u. Irmgard Schweikle. Stuttgart 1984. S. 418.
Kempowski, Walter: 150 Jahre Bertelsmann. Als Bertelsmann aus Gütersloh noch klein und die Pillen aus Gold waren. In: Börsenblatt für den Dt. Buchh. 41. 1985, Nr. 21 v. 15.3., S. 696–714.
Das Kinderbuch. Hrsg. von Renate Gollmitz. Berlin 1971.
Kinderbuchverlag: Gesamtverzeichnis 1949–1964. Zusammengest. von Heinz Wegehaupt. Berlin 1966.
Klauser, Walter: 100 Jahre Jugendschriftenkommission des Schweizerischen Lehrervereins. In: Jugendliteratur. 7. 1961, 11. S. 535–536.
Klausmeier, Ruth-Gisela: Völkerpsychologische Probleme in Kinderbüchern. Bonn 1963.
Kleensang, Maas: Herbert Kaufmanns Schriften unter dem Gesichtspunkt „Afrika heute“. In: Jugendschriften-Warte. NF. 14. 1962, 1. S. 1–4.
Der kleine Muck. Kinderbilderbücher 1945–1949. Hrsg. v. Friedrich Mück. Pulheim b. Köln 1985.
Knocke, Manfred, Monika Lindgens u. Michael Meissner: Jugendpresse in der Bundesrepublik Deutschland. Berlin 1979.
Knoll, Joachim H.: Die gegenwärtige Jugend und was sie liest. Zur Typologie und zum Medienkonsum der heutigen Jugendgeneration. In: Pro und Contra Bravo. Baden-Baden 1978. S. 27–90 (1978a).
Knoll, Joachim H.: Noch eine Bravo-Analyse! In: Pro und Contra Bravo. Baden-Baden 1978. S. 11–25 (1978b).
Konflikte im Kinderbuch? Auszüge aus einem Gespräch zwischen Ursula Wölfel und Mitarbeitern des N. Anrich-Verlages. In: Bulletin Jugend + Literatur. 1972, H. 9 (Rubrik 5). S. 59–61.
Krauss, Marita:: Nachkriegskultur in München. Münchner städtische Kulturpolitik 1945–1954. München 1985.
Krüger, Heinz-Hermann: „Es war wie ein Rausch, wenn alle Gas gaben.“ Die Halbstarken der 50er Jahre. In: Schock und Schöpfung. Jugendästhetik im 20. Jahrhundert. Darmstadt, Neuwied 1986. S. 269–274.
Krüger, Heinz-Hermann: Viel Lärm um Nichts? Jugendliche „Existentialisten“ in den 50er Jahren. In: Schock und Schöpfung. Jugendästhetik im 20. Jahrhundert. Darmstadt, Neuwied 1986. S. 263–268.
Krüger, Peter: Das Jugendbuch in Ost und West. 12. Mainau-Jugendbuchtagung. In: Beiträge zur Kinder- und Jugendliteratur. 11. 1968. S. 113–116.
Krüss, James: Liebenswert und utopisch. In: Christ und Welt v. 1.11.1963.
Krüss, James: Vorläufge Lebensgeschichte eines Geschichtenerzählers. Eine autobiographische Skizze. In: Gebt uns Bücher, gebt uns Flügel. Oetinger Almanach 1965. Hamburg 1965. S. 9–15.

Krüss, James: Was ist ein gutes Kindergedicht? In: Jugendliteratur. 8. 1962, 1. S. 14–18.
Kruntorad, Paul: Charakteristisches der Literaturentwicklung in Österreich. In: Literatur in der Bundesrepublik Deutschland bis 1967. Hrsg. von Ludwig Fischer. München 1986. S. 629–650.
Kruntorad, Paul: Prosa der sechziger Jahre. In: Aufforderung zum Mißtrauen. Hrsg. von Otto Breicha u. Gerhard Fritsch. Salzburg 1967. S. 498–530.
Kruse, Max: Die versunkene Zeit. Bilder einer Kindheit im Käthe Kruse Haus. Stuttgart 1983.
Künnemann, Horst: Aus der Hand in die Tasche. Die Rolle der Taschenbücher in der Jugendliteratur. In: Jugendliteratur. 7. 1961, 2. S. 54–69.
Künnemann, Horst: Kritisches und Unkritisches. In: Otfried Preußler zum 50. Geburtstag. Hrsg. von Heinrich Pleticha. Würzburg, Stuttgart 1973. S. 34–40.
Künnemann, Horst: Von Campe bis Caravelle. Kritische Chronik eines Jugendbuchverlegers. In: Rückblick für die Zukunft. Hrsg. von Joachim U. Hebsaker. Reutlingen 1968. S. 135–210.
Labroisse, Gerd: Neuanfang und Tradition. Heftreihenliteratur in der DDR. In: Kontroversen, alte und neue. Akten des 7. Internationalen Germanisten-Kongresses Göttingen 1985. Hrsg. v. Albrecht Schöne. Bd. 10. Tübingen 1986. S. 147–154.
Lange, Thomas: Literatur des technokratischen Bewußtseins. Zum Sachbuch im Dritten Reich. In: Zeitschrift für Literaturwissenschaft und Linguistik. 10. 1980, 40. S. 52–81.
Larese, Dino: Schweizer Jugendschriftsteller der Gegenwart. Amriscoil 1963.
Leben in den Trümmern. Mainz 1945–1948. Hrsg. von Anton Maria Keim u. Alexander Link. Mainz 1985.
Leonard, T. J.: First steps in cruelty. 1947. Stark gekürzte dt. Übersetzung. In: Hessische Blätter für Volks- und Kulturforschung. NF. 18. 1985. S. 111–116.
Leonhard, Yvonne: Erzählungen vom Aufbruch? In: Grauzonen, Farbwelten. Kunst und Zeitbilder 1945–1955. Hrsg. von Bernhard Schulz. Berlin, Wien 1983. S. 379–412.
Leonhardt, Rudolf Walter: Der Dichter und Dramatiker Hans Baumann. In: Die Zeit Nr. 9 v. 2.3.1962, S. 9–10.
Lepman, Jella: Die Kinderbuchbrücke. Frankfurt a.M. 1964.
Lercher, Elisabeth: „... Aber dennoch nicht kindgemäß". Ideologiekritische Studien zu den österreichischen Jugendbuchinstitutionen. Diss. Innsbruck 1983.
Lexikon der Kinder- und Jugendliteratur. Hrsg. von Klaus Doderer. Bd. 1–4. Weinheim, Basel 1975–1982.
Lexikon der Pädagogik in vier Bänden. Hrsg. vom Institut für wissenschaftliche Pädagogik Münster und dem Institut für Vergleichende Erziehungswissenschaft Salzburg. 4. Aufl. Freiburg, Basel, Wien 1964–1965. Ergänzungsband Freiburg etc. 1964.
Liebert, Ute: Entwurf zu einer Bibliographie. Bilderbücher 1933–1945. Bilderbücher 1945–1949. Aus der Sammlung Ute Liebert. Stuttgart 1981.
Liebert, Ute: Der Felguth-Verlag in Berlin in den Jahren 1945 bis 1950. In: Die Schiefertafel. 8. 1985, 2/3. S. 75–91.
Lindner, Rolf: Teenager – Ein amerikanischer Traum. In: Schock und Schöpfung. Jugendästhetik im 20. Jahrhundert. Darmstadt, Neuwied 1986. S. 278–283.
Lipinsky-Gottersdorf, Hans: Geschichten der Mannhaftigkeit. In: Neue Sammlung. 1961, 4. S. 322–325.
Die Literatur der Bundesrepublik Deutschland. Hrsg. von Dieter Lattmann. München, Zürich 1973.
Literatur der Nachkriegszeit und der fünfziger Jahre in Österreich. Hrsg. von Friedbert Aspetsberger, Norbert Frei u. Hubert Lengauer. Wien 1984.
Literatur für Kinder und Jugendliche in der DDR. Von einem Autorenkollektiv unter Leitung von Christian Emmerich. Berlin 1981.

Der Literaturunterricht. Bearb. von Dietrich Boueke. Weinheim, Berlin, Basel 1971.
Lunzer, Heinz: Der literarische Markt 1945 bis 1955. In: Literatur der Nachkriegszeit und der fünfziger Jahre in Österreich. Hrsg. von Friedbert Aspetsberger u.a. Wien 1984. S. 24–45.
Mach, Helga, Willi Overwien u. Walter Scherf: Jugendliteratur in der Bundesrepublik Deutschland. Berlin 1969.
Maenz, Paul: Die fünfziger Jahre. Stuttgart 1978.
Das Märchen und Lisa Tetzner. Ein Lebensbild. Frankfurt a.M., Wien, Zürich 1966.
Mank, Dieter: Erich Kästner im nationalsozialistischen Deutschland 1933–1945: Zeit ohne Werk? Frankfurt a.M. 1981.
Mann, Thomas: Warum ich nicht nach Deutschland zurückgehe. In: Th. Mann: Politische Reden und Schriften. 3. Frankfurt a.M. 1968.
Manthey, Jürgen: Zurück zur Natur. Die Wiedergeburt des nationalen Selbstgefühls aus dem Geist der Tragödie. In: Nachkriegsliteratur. Hrsg. von Nicolas Born u. Jürgen Manthey. Reinbek b. Hamburg 1977. S. 12–29.
Marwitz, Christa von der: 175 Jahre Jos. Scholz-Mainz Verlag. Mainz 1968.
Mayer, Hans: Außenseiter. Frankfurt 1975.
Mayer, Hans: Stationen der deutschen Literatur. In: Frankfurter Allg. Zeitung Nr. 137 v. 16.6.1979.
Mayer, Hans: Der totale Ideologieverdacht. 1967. In: H.M.: Zur deutschen Literatur der Zeit. Reinbek b. Hamburg 1967. S. 300–320.
Meier, Jörg: Die Bewältigung der Welt durch Ordnung. Erziehungsziele im Schweizer Kinderbuch des 20. Jahrhunderts. Lizentiatsarbeit Zürich 1984.
Mettler, Barbara: Demokratisierung und Kalter Krieg. Zur amerikanischen Informations- und Rundfunkpolitik in Westdeutschland 1945–1949. Berlin 1975 (Rundfunkforschung. Bd. 2).
Meyer, Hansgeorg: Die deutsche Kinder- und Jugendliteratur 1933 bis 1945. Ein Versuch über die Entwicklungslinien. In: Studien zur Geschichte der deutschen Kinder- und Jugendliteratur. Berlin. 6/7. 1975. S. 59–122.
Meyer, Hansgeorg: Pionierleben im Kinderbuch. Berlin 1962.
Mit Bibel und Botschaft fing's an. 125 Jahre R. Brockhaus Verlag. Wuppertal 1978.
Möbius, Eberhard: Der böse Räuber Hotzenplotz und das Kindertheater. In: Otfried Preußler zum 50. Geburtstag. Hrsg. von Heinrich Pleticha. Würzberg, Stuttgart 1973. S. 45–49.
Mombert, Monique: Jeunesse Allemande et Reeducation en Z.F.O. La politique du livre et la reeducation de la jeunesse allemande dans le sud de la Zone Francaise d'occupation de 1945 à 1949. Diss. Strassbura 1985.
Mück, Ferdinand: Preiskatalog 1: Kinderbilderbücher 1945–1949. Pulheim b. Köln 1985.
Die Mühen der Ebenen. Kontinuität und Wandel in der deutschen Literatur und Gesellschaft 1945–1949. Hrsg. von Bernd Hüppauf. Heidelberg 1981.
Müller, Else: Edition und gesellschaftliche Aufnahme sowjetischer Kinderliteratur zwischen 1945 und 1975. Diss. Dresden 1978.
Müller, Helmut: Pädagogische Intentionen in der Kinder- und Jugendliteratur von 1945 bis heute. In: Der evangelische Erzieher. 35. 1983, 1. S. 6–21.
Müller, Helmut: Schweiz. In: Lexikon der Kinder- und Jugendliteratur. Hrsg. von Klaus Doderer. Bd. 3. Weinheim, Basel 1979.
Müller, Helmut: Zur Lage der Jugendbuchautoren. Weinheim, Basel 1980.
Müller, Henning: Theater der Restauration. Westberliner Bühnen, Kultur und Politik im Kalten Krieg. Berlin 1981.
Müller-Doohm, Stefan: Die Gewaltsamkeit des Bildschirms und die Schaulust des Betrachters. Überlegungen zur Produktion und Konsumtion von Horrorfilmen. In: Medien und Erziehung. 29. 1985, 2. S. 100–108.
Müller-Michaels, Harro: Positionen der Deutsch-Didaktik seit 1949. Königstein 1980.

Murken, Barbara: Herbert Stuffer (1892–1966), Repräsentant einer verantwortungsbewußten und kreativen Verlegergeneration. Teil 1. 2. In: Die Schiefertafel. 9. 1966, 2. S. 55–75 u. S. 118–138.
Mythos der 50er. Die Sehnsucht nach den Wunderjahren. Der Spiegel. 32. 1978, 14 (Themenheft).
Nachkriegsliteratur. Hrsg. von Nicolas Born u. Jürgen Manthey. Reinbek b. Hamburg 1977 (Literaturmagazin. 7).
Nachkriegsliteratur in Westdeutschland. Hrsg. von Jost Hermand u.a. Bd. 2. Berlin 1984 (Argument-Sonderband. Nr. 116).
Neumann, Günther: Der politische Gehalt von Groschenheften. Eine erziehungswissenschaftlich-politologische Analyse. Kastellaun, Saarbrücken 1976.
1943–1963. 20 Jahre Jugendbuchpreis in der Schweiz. Zürich 1963.
Niederle, Charlotte: Die Kinderzeitschrift im Urteil ihrer Leser. Wien, München 1972.
Nowak, Krystyna: Arbeit und Arbeiter in der westdeutschen Literatur 1945–1961. Köln 1977.
Nowotny, Joachim: Der Internationalismus in der Kinder- und Jugendliteratur. In: Beiträge zur Kinder- und Jugendliteratur. 21. 1971. S. 7–20.
Nusser, Peter: Romane für die Unterschicht. Groschenhefte und ihre Leser. Stuttgart 1973.
Der österreichische Jugendschriftsteller und sein Werk. Hrsg. von Richard Bamberger. Wien 1965.
Österreichische Kinder- und Jugendliteratur. Hrsg. von Lucia Binder. Wien 1982.
Otfried Preußler. Anmerkungen zu Herkunft, Biographie und Werk. Hrsg. von Dino Larese. Amriswil 1975.
Otfried Preußler. Werk und Wirkung. Hrsg. von Heinrich Pleticha. Stuttgart 1983.
Otfried Preußler zum 50. Geburtstag. Hrsg. von Heinrich Pleticha. Würzburg, Stuttgart 1973.
Otto, Bernd: Die Aufarbeitung der Epoche des Nationalsozialismus im fiktionalen Jugendbuch der Bundesrepublik Deutschland von 1945 bis 1980. Frankfurt a.M., Bern 1981.
Packschies, Günther: Umerziehung in der Britischen Zone 1945–1949. Weinheim, Basel 1979.
Pawlow, Todor: Die Widerspiegelungstheorie. Grundfragen der dialektisch-materialistischen Erkenntnistheorie. Berlin 1973.
Peltsch, Steffen: Leben leben helfen. Zur Kinderliteratur in der DDR. In: Informationen Jugendliteratur und Medien. 36. 1984, 1. S. 2–4.
Petzoldt, Leander: Otfried Preußler und die Tradition. Elemente der Volkserzählung im Werk Otfried Preußlers. In: Otfried Preußler. Werk und Wirkung. Hrsg. von Heinrich Pleticha. Stuttgart 1983. S. 42–50.
Peuckert, Detlev: Der Schund- und Schmutzkampf als „Sozialpolitik der Seele“. In: „Das war ein Vorspiel nur“. Bücherverbrennung Deutschland 1933. Ausstellung der Akademie der Künste. Berlin, Wien 1983.
Pfeffer, Fritz: Zur Beurteilung des Lesegutes der Jugend. In: Handbuch des Deutschunterrichts im ersten bis zehnten Schuljahr. Hrsg. von Alexander Beinlich. Bd. 2. 3. Aufl. Emsdetten 1963. S. 849–872.
Pioch, Bruno: Gegen Herbert Kranz. In: Beiträge zur Kinder- und Jugendliteratur. 2. 1963. S. 54–58.
Platte, Hans Kaspar: Soziologie der Massenkommunikationsmittel. Analysen und Berichte. München, Basel 1965.
Plaul, Hainer: Illustrierte Geschichte der Trivialliteratur. Hildesheim, Zürich, New York 1983.
Pleticha, Heinrich: Zehn Jahre mit Krabat. In: Otfried Preußler zum 50. Geburtstag. Hrsg. von Heinrich Pleticha. Würzburg, Stuttgart 1973. S. 50.
Pludra, Benno: Meine verschiedenen Anfänge mit dem Schreiben. In: Eröffnungen. Schriftsteller über ihr Erstlingswerk. Berlin 1974. S. 114–120.
Pollitz, Andreas: 1883–1983. Hundert Jahre Otto Maier Verlag Ravensburg. Ravensburg 1983.

Potrykus, Gerhard: Gesetz über die Verbreitung jugendgefährdender Schriften. Kommentar. 2. Aufl. München, Berlin 1963.
Preisgekrönte Kinder- und Jugendbücher 1954–1961. Hrsg. vom Institut für Wissenschaft und Kunst. Wien o.J. [1961].
Prestel, Josef: Das Lesegut der Jugend in geschichtlicher Darstellung. In: Handbuch des Deutschunterrichts im ersten bis zehnten Schuljahr. Hrsg. von Alexander Beinlich. Bd. 2. Emsdetten 1961. S. 825–861.
Preußler, Otfried: My Partner and I. In: Bookbird. 10. 1972, 4. S. 22–25.
Prieger, Almut: Das Werk Enid Blytons. Eine Analyse ihrer Erfolgsserien in westdeutschen Verlagen. Frankfurt a.M. 1982.
Pro und Contra Bravo. Hrsg. von Joachim H. Knoll u. Rudolf Stefen. Baden-Baden 1978 (Schriftenreihe der Bundesprüfstelle für jugendgefährdende Schriften).
Profile und Blickpunkte. Sonderausgabe aus Anlaß des fünfzigjährigen Bestehens 1921–1971 der Jugend und Volk Verlagsgesellschaft Wien-München. Wien, München 1971.
Programmheft avj. 54 Verlage stellen sich vor: Bilderbuch, Kinderbuch, Jugendbuch. Hrsg. von der Arbeitsgemeinschaft von Jugendbuchverlegern in der Bundesrepublik Deutschland. Eßlingen 1972.
Promies, Wolfgang: Kinder- und Jugendliteratur. In: Literatur in der Bundesrepublik Deutschland bis 1967. Hrsg. v. Ludwig Fischer. München 1986. S. 525–545.
Promies, Wolfgang: Kontinuität und Wandel in der Literatur der Nachkriegszeit. Vortrag, gehalten am 12.6.1985 an der TH Darmstadt (unveröff. Ms.).
Rabenstein, Gerlinde: Deutsche Demokratische Republik (DDR). In: Lexikon der Kinder- und Jugendliteratur. Hrsg. von Klaus Doderer. Bd. 1. Weinheim, Basel 1975.
Raddatz, Fritz J.: Literatur nach '45. Hamburg 1983.
Raddatz, Fritz J.: Traditionen und Tendenzen. Materialien zur Literatur der DDR. Bd. 1. 2. Frankfurt a.M. 1976.
Raddatz, Fritz J.: Wir werden weiterdichten, wenn alles in Scherben fällt. Der Beginn der deutschen Nachkriegsliteratur. In: Die Zeit Nr. 22 v. 12.10.1979.
Ravensburger Almanach 1978. Kind und Buch. Otto Maier Verlag 1883–1978. Ravensburg 1978.
Rayer-Stromberg, Margret: Die soziologische Funktion der Konsumliteratur, exemplarisch dargestellt am Konsumroman. Diss. Bochum 1981.
Reich-Ranicki, Marcel: Das doppelte Lottchen und die Generallinie. Kinderbücher unter kommunistischer Kontrolle. In: Sonntagsblatt Nr. 2 v. 8.1.1961, S. 7.
Reich-Ranicki, Marcel: Der Fall Hans Baumann. In: Marcel Reich-Ranicki: Literarisches Leben in Deutschland. München 1965.
Renn, Ludwig: Beim Schreiben für Kinder. In: Beiträge zur Kinder- und Jugendliteratur. 1. 1963. S. 2–3.
Renn, Ludwig: Über die Voraussetzungen zu meinem Buch „Krieg“. In: Eröffnungen. Schriftsteller über ihr Erstlingswerk. Berlin, Weimar 1974. S. 9–25.
Reulecke, Jürgen: Jugend – Entdeckung oder Erfindung? Zum Jugendbegriff vom Ende des 19. Jahrhunderts bis heute. In: Schock und Schöpfung. Jugendästhetik im 20. Jahrhundert. Darmstadt, Neuwied 1986. S. 21–33.
Richter, Dieter: Phantasie und anderes Gift. Akten aus der Kriminalgeschichte jugendlicher Lektüre. In: Kinder – Bücher – Medien. 23. 1984. S. 16–19.
Riedel, Harry: Max Zimmering. In: Literatur in der DDR. Hrsg. von Hans J. Geerdts. Stuttgart 1972. S. 110–126.
Rindfleisch, Ruth: Erwin Strittmatter. In: Literatur in der DDR. Hrsg. von Hans J. Geerdts. Stuttgart 1972. S. 250–260.

Rodrian, Fred: Fängt Fische und Fabeln. Über Alfred Wellm. In: Liebes- und andere Erklärungen. Berlin, Weimar 1972. S. 387–395.
Rodrian, Fred: Für den Tag geschrieben. Notizen, Reden, Auskünfte. Berlin 1985.
Rodrian, Fred: James Krüss – Erinnerungen und Vermutungen. In: Gebt uns Bücher, gebt uns Flügel. Oetinger-Almanach 1976. Hamburg 1976. S. 23–29.
Rodrian, Fred: Rundfunkvorträge (unveröff. Ms. Radio DDR vom Okt./Nov. 1968).
Rodrian, Fred: Schnack über Pludra. In: Liebes- und andere Erklärungen. Berlin, Weimar 1972. S. 305–311.
Rodrian, Fred: Voll von Geschichten. Über Günter Görlich. In: Liebes- und andere Erklärungen. Berlin, Weimar 1972. S. 93–104.
Rodrian, Fred: 20 Jahre sozialistische Kinderliteratur in der DDR. Beginn, Bilanz, Aufgaben. In: Der Bibliothekar. 23. 1969, 9. S. 921–943.
Rogge, Jan-Uwe: Thesen zur Moral in den öffentlichen Diskussionen über den Video-Horror. In: Kinder – Bücher – Medien. 25. 1985. S. 6–9.
Ronge, Anna: Die Umwelt der Nachkriegskinder. München 1967.
Rosenmayr, Leopold, Eva Köckeis u. Henrik Kreutz: Kulturelle Interessen von Jugendlichen. Eine soziologische Untersuchung an jungen Arbeitern und höheren Schülern. Wien, München 1966.
Rudloff, Gerhard: Wendung oder Abwendung. Kurt Kläber-Held und seine Kinderbücher. In: Beiträge zur Kinder- und Jugendliteratur. 11. 1968. S. 58–74.
Ruge-Schatz, Angelika: Umerziehung und Schulpolitik in der französischen Besatzungszone 1945–1949. Frankfurt a.M., Bern, Las Vegas 1977.
Rumler, Gerd F.: Die westdeutsche Jugendliteratur seit 1945. München 1973 (unveröff. Staatsexamensarbeit).
Rutschmann, Verena: Die Kinder- und Jugendliteratur der Schweiz (unveröff. Ms. 1979).
Sánches-Blanco, Francisco: Ortega y Gasset: Philosoph des Wiederaufbaus? Anmerkungen zu einer unbeachteten Rezeption. In: Nachkriegsliteratur in Westdeutschland. Hrsg. von Jost Hermand u.a. Bd. 2. Berlin 1984. S. 101–111.
Sauder, Gerhard: Die Bücherverbrennung 10. Mai 1933. München 1983.
Schäfer, Hans Dieter: Das gespaltene Bewußtsein. Deutsche Kultur und Lebenswirklichkeit 1933–1945. München 1981 (3. Aufl. 1983).
Schedler, Melchior: Schlachtet die blauen Elefanten. Weinheim, Basel 1973.
Scheichl, Sigurd Paul: Weder Kahlschlag noch Stunde Null. Besonderheiten des Voraussetzungssystems der Literatur in Österreich zwischen 1945 und 1966. In: Kontroversen, alte und neue. Akten des 7. Internationalen Germanisten-Kongresses Göttingen 1985. Hrsg. von Albrecht Schöne. Bd. 10. Tübingen 1986. S. 37–51.
Schemme, Wolfgang: Trivialliteratur und literarische Wertung. Einführung in Methoden und Ergebnisse der Forschung aus didaktischer Sicht. Stuttgart 1975.
Schenda, Rudolf: Die Lesestoffe der kleinen Leute. Studien zur populären Literatur im 19. und 20. Jahrhundert. München 1976.
Schenda, Rudolf: Volk und Buch. Studien zur Sozialgeschichte der populären Lesestoffe 1770–1910. Frankfurt a.M. 1970.
Scherf, Walter: Die zeitgeschichtliche und politische Jugendliteratur. In: Kinder- und Jugendliteratur. Hrsg. von Gerhard Haas. Stuttgart 1974. S. 392–414.
Scherpe, Klaus R.: Erzwungener Alltag. Wahrgenommene und gedachte Wirklichkeit in der Reportageliteratur der Nachkriegszeit. In: Nachkriegsliteratur in Westdeutschland. 1945–1949. Hrsg. von Jost Hermand u.a. Berlin 1982. S. 35–101.
Schilling, Robert: Der Kunstvorbehalt im Gesetz über die Verbreitung jugendgefährdender Schriften. In: Jugendschutz. Wissenschaftlich-praktische Zweimonatsschrift für gesetzlichen und erzieherischen Schutz der Jugend. 7. 1962, 4. S. 197–200.

Schmid, Georg: Die „Falschen“ Fuffziger. Kulturpolitische Tendenzen der fünfziger Jahre. In: Literatur der Nachkriegszeit und der fünfziger Jahre in Österreich. Hrsg. von Friedbert Aspetsberger u.a. Wien 1984. S. 7–23.

Schmidt, Eberhard: Die verhinderte Neuordnung 1945–1952. 2. Aufl. Frankfurt a.M. 1971.

Schmidt, Egon: Sozialistische Kinderliteratur: Weg und Wert. Bemerkungen zu zwei Jahrzehnten sozialistischer Kinderliteratur der Deutschen Demokratischen Republik. In: Weimarer Beiträge. 15. 1969, 5. S. 1005–1055.

Schmidt, Günther: Zum Geleit. In: Kinderbuchverlag: Verlagsverzeichnis 1949–1973. Berlin 1974. S. 7–10.

Schmidt, Heiner: Bibliographie zur literarischen Erziehung. Gesamtverzeichnis 1900–1965. Zürich, Einsiedeln, Köln 1967.

Schmidt, Uwe u. Tilman Fielter: Der erzwungene Kapitalismus. Klassenkämpfe in den Westzonen 1945–1948. Berlin 1971.

Schmidtke, Werner G.: Für Deutschland um die Welt. Die Abenteuer des Rolf Torring. In: Magazin für Abenteuer-, Reise- und Unterhaltungsliteratur. Sammelband 1. 1978. S. 85–88.

Schmidtke, Werner G.: Von Carter bis Cotton – Sieben Jahrzehnte deutschsprachiger Heftroman. In: Magazin für Abenteuer-, Reise- und Unterhaltungsliteratur. Sammelband 1. 1978. S. 88–99.

Schmidtke, Werner G.: Yippih – they are riding again ... Billy Jenkins und Tom Prox noch einmal im Sattel. In: Graff-Anzeiger. Informationen über Reise- und Abenteuerschriftsteller. 10. 1976. S. 1–7. (Wiederabdr. in: Magazin für Abenteuer-, Reise- und Unterhaltungsliteratur. Sammelband 2. 1979.)

Schnell, Ralf: Literarische Innere Emigration 1933 bis 1945. Stuttgart 1976.

Schnell, Ralf: Nachkriegsliteratur: Leiden am Chaos. In: Börsenblatt für den Dt. Buchh. 39. 1983, Nr. 23 v. 22.3., S. 682–689.

Schober, Otto: Studienbuch Literaturdidaktik. Neuere Konzeptionen für den schulischen Umgang mit Texten. Kronberg/Ts. 1977.

Schock und Schöpfung. Jugendästhetik im 20. Jahrhundert. Hrsg. von Willi Bucher u. Klaus Pohl (i.A. des Deutschen Werkbundes und des Württembergischen Kunstvereins Stuttgart). Darmstadt, Neuwied 1986.

Schönfeldt, Sybil Gräfin (verh. Sybil Schlepegrell): Noch kein Programm – aber feeling. Bilder- und Jugendbücher 1930 bis 1960. In: Ravensburger Almanach. Ravensburg 1978. S. 17–32.

Schönfeldt, Sybil Gräfin: So geht es nicht. Preis-Kritik vor dreißig Jahren. In: Informationen des Arbeitskreises für Jugendliteratur. 12. 1986, 4. S. 13–15.

Schröder, Wolfgang: Über die Bedeutung öffentlicher Mittel für die Tätigkeit von Jugendorganisationen. Mit besonderer Berücksichtigung der Hamburger Jugendförderung. Diss. Hamburg 1961.

Schultheiß, Gabriele: Vom Mythos und seinen Bildern. Krisenbewältigung in der nachkriegsdeutschen Kunst. In: Zwischen Krieg und Frieden. Gegenständliche und realistische Tendenzen in der Kunst nach 1945. Hrsg. vom Frankfurter Kunstverein. Berlin 1980. S. 10–24.

Schwab, Claus-Dieter: Kultur zwischen Kontrolle und kleiner Freiheit – amerikanische Kulturpolitik in München am Beispiel der Information Control Division. In: Trümmerzeit in München. Hrsg. von Friedrich Prinz. München 1984. S. 60–68.

Schwab-Felisch, Hans: Deutsche Literatur und Kunst in der Ära Adenauer. Teil 1–4. In: Die Welt Nr. 15 v. 18.1.1964 bis Nr. 33 v. 8.2.1964.

Seeßlen, Georg u. Bernt Kling: Unterhaltung. Lexikon zur populären Kultur. Bd. 1. 2. Reinbek b. Hamburg 1977.

Siegrist, Christoph: Gefährdung und Behauptung – Überlegungen zur Kontinuität der Schweizer Literatur im 20. Jahrhundert. In: Kontroversen, alte und neue. Akten des 7.

Internationalen Germanisten-Kongresses Göttingen 1985. Hrsg. von Albrecht Schöne. Bd. 10. Tübingen 1986. S. 63–71.
Siegrist, Christoph: Nationalliterarische Aspekte bei Schweizer Autoren. In: Literatur in der Bundesrepublik Deutschland bis 1967. Hrsg. von Ludwig Fischer. München 1986. S. 651–674.
Simon, Ilse: Die neue Kinderliteratur in der Unterstufe. Berlin 1963.
Die sowjetische Kinder- und Jugendliteratur der Gegenwart. Analyse und methodische Hinweise. Hrsg. von der Zentralstelle für Kinder- und Jugendliteratur in Verbindung mit dem Zentralvorstand der Gesellschaft für Deutsch-Sowjetische Freundschaft. Radeberg 1964.
Sozialistische Kinder- und Jugendliteratur der DDR. Ein Abriß zur Entwicklung von 1945–1975. Hrsg. von Friedel Wallesch. Berlin 1977.
Spotts, Frederic: Kirchen und Politik in Deutschland. Stuttgart 1976.
Staat und Jugend. Bearb. von Ulrich Panter. Weinheim 1965 (Kleine Pädagogische Texte. Bd. 32).
Strittmatter, Eva: Über einen Dichter und über die Freundlichkeit. In: Beiträge zur Kinder- und Jugendliteratur. 1. 1963. S. 4–7.
Stroh, Franz u. Göran Löfdahl: Zweimal Deutschland? Zur Literatur und Politik nach 1945. Stockholm 1966.
Strothmann, Dietrich: Nationalsozialistische Literaturpolitik. Bonn 1960 (3. Aufl. 1968).
Swiss picture-books for children – a panorama. (Eine Wanderausstellung der Pro Helvetica.) Zürich 1980 (Arbeitsbericht des Schweizerischen Jugendbuch-Instituts. Nr. 4).
Tabbert, Reinbert: Astrid Lindgren – Leben, Werk und Leserschaft. In: Das gute Jugendbuch. 25. 1975, 1. S. 1–8.
Tabbert, Reinbert: Jim Knopf, Michael Ende und die Lust am Funktionieren. In: Michael Ende zum 50. Geburtstag. Stuttgart 1979. S. 13–35.
Tetzner, Lisa: Das war Kurt Held. Vierzig Jahre Leben mit ihm. Aarau, Frankfurt a.M. 1961.
Theorie und Praxis der Kinder- und Jugendliteratur in Österreich. Hrsg. v. Viktor Böhm u. Heinz Steuer. Wien, München 1986.
Thies, Jochen u. Kurt von Daak: Südwestdeutschland Stunde Null. Die Geschichte der französischen Besatzungszone 1945–1948. Düsseldorf 1979.
Thron, Hans-Joachim: Schulreform im besiegten Deutschland nach dem Zweiten Weltkrieg. Diss. München 1972.
Tölg, Walter: Jugendbücher in Millionenauflage. In: 25 Jahre Verlag Neues Leben. Berlin 1971. S. 5–7.
Trommler, Frank: Realismus in der Prosa. In: Tendenzen der deutschen Literatur seit 1945. Hrsg. von Thomas Koebner. Stuttgart 1971. S. 179–275.
Trommler, Frank: Der zögernde Nachwuchs. Entwicklungsprobleme der Nachkriegsliteratur in Ost und West. In: Tendenzen der deutschen Literatur seit 1945. Stuttgart 1971. S. 1–116.
Trümmer, Träume, Truman. Die Welt 1945–49. Bilder-Lesebuch. Red.: Gabriele Diez u.a. Berlin 1985.
Trümmerzeit in München. Kultur und Gesellschaft einer deutschen Großstadt im Aufbruch 1945–1949. Hrsg. von Friedrich Prinz. Katalog zur Ausstellung im Münchner Stadtmuseum, 2.2.–29.4.1984. München 1984.
Twenty years of IBBY. Hrsg. von Richard Bamberger, Lucia Binder u. Bettina Hürlimann. Prag 1973.
Ueding, Gert: Was sich nie und nirgends hat begeben. In: Ästhetik der Kinderliteratur. Hrsg. von Klaus Doderer. Weinheim, Basel 1981. S. 18–35.
Umerziehung und Wiederaufbau. Die Bildungspolitik der Besatzungsmächte in Deutschland und Österreich. Hrsg. von Manfred Heinemann. Stuttgart 1981.

Umlauff, Ernst: Der Wiederaufbau des Buchhandels. Beiträge zur Geschichte des Büchermarktes in Westdeutschland nach 1945. Frankfurt a.M. 1978 (Archiv für die Geschichte des Buchwesens. Bd. 17).
Der Verlag Herder. Ein Bericht über Programm und Zielsetzung, Geschichte und internationale Tätigkeit eines deutschen Verlagshauses mit einem Beitrag über Buchherstellung in seinem modernen graphischen Großbetrieb. Freiburg i.Br. 1968.
Verlag Neues Leben: 20 Jahre Verlag Neues Leben. Neue Bücher – Neues Leben. Berlin 1966.
Das Verlagswesen in der Bundesrepublik Deutschland. Dargest. vom Deutschen Bundesarchiv München. Rastatt 1971 (Deutschland Report. 4).
Vier deutsche Literaturen? Literatur seit 1945 – nur die alten Modelle? Hrsg. von Karl Pestalozzi u.a. Tübingen 1986 (Kontroversen, alte und neue. Bd. 10).
Vinz, Curt u. Günter Olzog: Dokumentation deutschsprachiger Verlage. 2. Ausg. München, Wien 1965.
Vinz, Curt u. Günter Olzog: Dokumentation deutschsprachiger Verlage. 7. Ausg. München, Wien 1980.
Vietzen, Hermann: Chronik der Stadt Stuttgart 1945–1948. Stuttgart 1972.
Vormweg, Heinrich: Deutsche Literatur 1945–1960: Keine Stunde Null. In: Die deutsche Literatur der Gegenwart. Hrsg. von Martin Durzak. Stuttgart 1971. S. 13–30.
Waldmann, Elisabeth: Das Bilderbuch in der Schweiz. In: Schweizer Bilderbuch-Illustratoren. 1900–1980. Lexikon. Disentis/Mustér 1983.
Waldmann, Günter: Kommunikationsästhetik. München 1976.
Waldmann, Günter: Theorie und Didaktik der Trivialliteratur. 2. Aufl. München 1977.
Walter, Dirk: Zeitkritik und Idyllensehnsucht. Erich Kästners Frühwerk (1928–1933) als Beispiel linksbürgerlicher Literatur in der Weimarer Republik. Heidelberg 1977.
Walter, Hans Albert: Schwieriges Gedenken? Über den öffentlichen Umgang mit unserer Vergangenheit. In: Frankfurter Rundschau. 39. Pfingsten 1983. S. II.
„Das war ein Vorspiel nur ...“. Bücherverbrennung Deutschland 1933. Voraussetzungen und Folgen. Ausstellung der Akademie der Künste, Berlin, 8.5.–3.7.1983. Berlin, Wien 1983.
Was liest der junge Schweizer? Que lit le jeune Suisse? Pädagogische Rekrutenprüfungen 1960. Hrsg. vom Eidgenössischen Statistischen Amt. Bern 1962.
Weber, Bernd: Der deutsche Faschismus als Thema neuerer Jugendliteratur. Frankfurt a.M., Bern, Cirencester/U.K. 1980.
Wedding, Alex (d.i. Grete Weiskopf): Aus vier Jahrzehnten. Erinnerungen, Aufsätze u. Fragmente. Zu ihrem 70. Geburtstag hrsg. von Günter Ebert. Berlin 1975.
Wehdeking, Christian: Der Nullpunkt. Über die Konstituierung der deutschen Nachkriegsliteratur in den amerikanischen Kriegsgefangenenlagern. Stuttgart 1971.
Weismann, Willi: Deutschsprachige Bilderbücher. Ein Verzeichnis 1945–1975 erschienener Titel. München, New York, London, Paris 1980.
Weitsch, Dorothea: Ein Versuch, Kinderbücher psychologisch zu lesen. In: Zeitschrift für Jugendliteratur. 1. 1967, 2. S. 78–85.
Wer schreibt Herder Jugendbücher? Ein kleines Familienalbum. Freiburg i.Br., Basel, Wien 1963.
Wernsing, Armin Volkmar u. Wolf Wucherpfennig: Die „Groschenhefte“. Individualität als Ware. Wiesbaden 1976.
Wesollek, Peter: Jerry Cotton oder „Die verschwiegene Welt“. Untersuchungen zur Trivialliteratur am Beispiel einer Heftromanserie. Bonn 1976.
Wettstädt, Günter: Kinderliteratur – ein wichtiger Helfer bei der staatsbürgerlichen Erziehung. In: Pädagogik. 18. 1963, 6. S. 559–563.
Weyer, Friedrich: Leitfaden Volkswartbund. Köln 1962.
Widmer, Urs: 1945 oder die neue Sprache. Düsseldorf 1966.

Willis, F. Roy: The French in Germany 1945–1949. Stanford/Calif. 1962.
Wischenbart, Rüdiger: Literarischer Wiederaufbau in Österreich 1945–1949. Am Beispiel von sieben literarischen und kulturpolitischen Zeitschriften. Königstein/Ts. 1983.
Wissenschaft und Menschenbildung. 125 Jahre Verlag Julius Beltz. Sonderdruck aus: Börsenblatt für den Dt. Buchh. 22. 1966, Nr. 85 v. 25. 10.
Wöfge, Erika: Märchen, Wunder und Wirklichkeit. Kinderliteratur der DDR – ein Plus unserer Kulturrevolution. Gespräch mit Günther Schmidt. In: Sonntag Nr. 23 v. 7.6.1964.
Wölfel, Ursula: der jungen Leser wegen. In: ... der jungen Leser wegen. Hrsg. von Hans Peter Richter. Düsseldorf 1965. S. 279–283.
Wolbert, Klaus: Die Nackten und die Toten des „Dritten Reiches". Gießen 1983.
Wuermeling, Henric L.: Die weiße Liste. Umbruch der politischen Kultur in Deutschland 1945. Frankfurt a.M., Wien 1981.
Zahn, Susanne: Töchterleben. Studien zur Sozialgeschichte der Mädchenliteratur. Frankfurt a.M. 1983.
Zaunschirn, Thomas: Die fünfziger Jahre. München 1980.
Zehn Jahre Deutscher Jugendbuchpreis 1956–1965. Hrsg. vom Arbeitskreis für Jugendschrifttum. München 1966.
Zehn Jahre Junge Presse. Eine Festschrift zum zehnjährigen Bestehen der Jungen Presse. Itzehoe 1962.
Zehn Jahre Signal-Verlag. Baden-Baden (1969).
10. Mai 1933. Bücherverbrennung in Deutschland und ihre Folgen. Hrsg. von Ulrich Wolberer. Frankfurt a.M. 1983.
Ziehe, Thomas: Die alltägliche Verteidigung der Korrektheit. In: Schock und Schöpfung. Jugendästhetik im 20. Jahrhundert. Darmstadt, Neuwied 1986. S. 254–258.
Zimmering, Max: Wir lieben unsere Zeit. Berlin 1979.
Zur Diskussion über das Schweizer Jugendbuch. Die Meinung eines Verlegers. In: Aargauer Volksblatt v. 8.9.1962 (Erbe und Auftrag. Kulturelle Beilage).
Zur literarischen Situation 1945–1949. Hrsg. von Gerhard Hay. Kronberg i.Ts. 1977.
Der Zusammenbruch oder die Stunde Null. In: Der Spiegel. 39. 1985, Nr. 2 v. 7.7., S. 15–22.
Zwanzig Jahre Jugendbuchpreis 1943–1963. Hrsg. vom Schweizerischen Lehrerverein. Zürich 1963.
200 Jahre Österreichischer Bundesverlag. Wien 1972.
Zwischen Befreiung und Besatzung. Analysen des US-Geheimdienstes über Positionen und Strukturen deutscher Politik 1945. Hrsg. von Ulrich Borsdorf u. Lutz Niethammer. Wuppertal 1976.
Zwischen Krieg und Frieden. Gegenständliche und realistische Tendenzen in der Kunst nach '45. Hrsg. vom Frankfurter Kunstverein. Berlin 1980.

# Personenregister

Das Register wurde von Claudia Fahn zusammengestellt.

*Unser Dank*

Bei den Recherchen zu dieser Untersuchung haben uns durch Auskünfte, Hinweise, Zugänglichmachen von Dokumenten oder Überlassen von Materialien folgende Personen und Institutionen große Hilfe geleistet:

Prof. Dr. Richard Bamberger (Wien), Hans Baumann (Murnau i. Obb.), Anton Baumeister (Freiburg i. Brsg.), Prof. Dr. Hermann Bertlein (Worms), Dr. Lucia Binder (Wien), Dr. Margarete Dierks (Darmstadt), Prof. Dr. Hubert Göbels (Essen), Erwin Glonegger (Ravensburg), Dorothea Hess-Maier (Ravensburg), Gerhard Holtz-Baumert (Berlin/DDR), James Krüss (Gran Canaria), Hans Kulmann (Düsseldorf), Ute Liebert (Stuttgart), Kurt Lütgen (Bad Salzuflen), Velten Merz (Frankfurt), Heidi Oetinger (Hamburg), Prof. Dr. Heinrich Pleticha (Würzburg), Georg Popp (Würzburg), Otfried Preußler (Haidholzen b. Rosenheim), Theo Rombach (Freiburg i. Brsg.), Gangolf Rost (Icking-Walchstadt), Dr. Horst Schaller (Göttingen), Walter Scherf (München), Franz Schneider (München), Christian Stottele (Ravensburg), Alfred Weidenmann (Zollikon-Zürich).

Arbeitsgemeinschaft Jugendliteratur und Medien (ehemals: Vereinigte Jugendschriftenausschüsse) in der Gewerkschaft Erziehung und Wissenschaft (Überlingen), Arbeitskreis für Jugendliteratur e.V. (München), Verlag Ludwig Auer (Donauwörth), Verlag Beltz & Gelberg (Weinheim), Benziger Verlag (Zürich), Börsenverein des deutschen Buchhandels – Bibliothek (Frankfurt), Boje Verlag (Stuttgart), Julius Breitschopf Verlagsbuchhandlung (München), R. Brockhaus Verlag (Wuppertal), Büchergilde Gutenberg (Frankfurt), Carlsen Verlag (Reinbek), Christliche Verlagsanstalt (Konstanz), DDR-Zentrum für Kinderliteratur (Berlin/DDR), Deutsche Bibliothek (Frankfurt), Deutsche Staatsbibliothek (Berlin/DDR), Deutscher Verband Evangelischer Büchereien (Göttingen), Ellermann Verlag (München), W. Fischer Verlag (Göttingen), Franckh-Kosmos Verlagsgruppe (Stuttgart), Gesamteuropäisches Studienwerk (Vlotho), Hauptverband des österreichischen Buchhandels (Wien), Herder Verlag (Freiburg i. Brsg.), Internationale Jugendbibliothek (München), Internationales Institut für Jugendliteratur und Leseforschung (Wien), Jugendschriftenausschuß der Gewerkschaft Erziehung und Wissenschaft (Hamburg), Erika Klopp Verlag (Berlin), Lappan Verlag (Oldenburg), Loewes Verlag (Bayreuth), Friedrich Oetinger Verlag (Hamburg), Österreichisches Staatsarchiv (Wien), Patmos Verlag (Düsseldorf), P.E.N. Zentrum Bundesrepublik Deutschland (Darmstadt), Dr. Hans Peters Verlag (Hanau), Verlag Pro Juventute (Zürich), Sauerländer Verlag (Aarau und Frankfurt), J. F. Schreiber Verlag (Esslingen), Schweizerisches Jugendbuchinstitut (Zürich), Stadtbücherei Dortmund (Dortmund), Südwest Verlag (München), Thienemanns Verlag (Stuttgart), A. Weichert Verlag (Hannover).

Die dieser Studie zugrunde liegenden unveröffentlichten Quellen, wie Rundschreiben, Protokolle, Handzettel, hektographierte Texte, Briefe etc., stellten freundlicherweise die namentlich zitierten Personen bzw. Institutionen zur Verfügung. Teilweise sind diese Materialien als Originale oder Abschriften im Archiv des Instituts für Jugendbuchforschung vorhanden.

*Bildnachweis*

Die Vorlagen der abgebildeten Porträts und Dokumente sind entweder dem Archiv des Instituts für Jugendbuchforschung entnommen oder wurden freundlicherweise von folgenden Personen, Verlagen oder Institutionen zur Verfügung gestellt:

Arbeitskreis für Jugendliteratur (München). – Hans Baumann (Murnau i. Obb.). – Verlag Julius Beltz (Weinheim). – Börsenverein des Deutschen Buchhandels (Frankfurt am Main). – Franckh'sche Verlagshandlung (Stuttgart). – Herder Verlag (Freiburg i. Br.). – Internationales Institut für Jugendliteratur und Leseforschung (Wien). – Internationale Jugendbibliothek (München). – Verlag Jugend und Volk (Wien). – Hans-Christian Kirsch (Nomborn). – Ute Liebert (Stuttgart). – Hans-Georg Noack (Würzburg). – Friedrich Oetinger Verlag (Hamburg). – Schweizerisches Jugendbuchinstitut (Zürich).